澄心清意

澄心文化

阅读致远

东大教授世界文学讲义

⟨1⟩

[日] 沼野充义
——编著——

王凤 石俊
——译——

浙江文艺出版社
Zhejiang Literature & Art Publishing House

越秀译丛

总策划：李贵苍
　　浙江越秀外国语学院外国语言文化研究院院长

主　编：许金龙
　　中国社会科学院外国文学研究所研究员
　　浙江越秀外国语学院大江健三郎研究中心主任

译　者：王宗杰
　　浙江越秀外国语学院东语学院院长

　　王　凤
　　浙江越秀外国语学院东语学院副教授

　　严红君
　　浙江越秀外国语学院东语学院副教授

　　李先瑞
　　浙江大学宁波理工学院外国语学院教授

　　石　俊
　　四川省成都市翻译协会会员

序言：向世界文学中英姿飒爽的主人公们致敬

本书是我作为主持人，对文学界的五位嘉宾依次所做访谈的辑录。五位嘉宾应邀，与我一道，从各个角度就文学相关的多个主题展开了深入探讨。这一系列访谈本来是由日本出版文化产业振兴财团（JPIC）和光文社共同主办，并由我本人所任教的东京大学文学部现代文艺论研究室协办的一个系列讲座项目，最初宣传为"面向初高中学生的读书讲座——'新·世界文学'入门"。

然而，事实上，原本计划中讲座所针对的主要听众——初高中阶段的青少年朋友，并不如我们在项目设想中那么积极，有的时候，甚至反倒是"中老年"听众更为踊跃。当然，论及文学本身，我个人的看法是优秀的作品就是优秀的作品，本来也没有所谓面向青少年或中老年的世代差别，无论听众是谁，我都会怀着同样的热忱，和大家共同分享文学的乐趣。我本来也不是一个善于把简单的问题复杂化、理论化的人。因此，无论是不是面对初高中阶段的青少年朋友，我都坚持用浅显易懂的方式跟大家一起讨论。说实话，我在大学里的授课，也都大致如此。

同样，稍微粗浅直白地说，所谓文学，本没有日本文学、法国文学或者俄罗斯文学之类的区分，希望大家都能在文学的世界里找到乐趣（当然了，国别文学研究领域的专家又另当别论），我个人也始终都是秉持着这样的一种态度。因此，推动超越既有"界限"的"读书运动"，同时打破年龄层的世代阻隔，与各界朋友展开对话讨论，就显得更加难能可贵了。我们的听众当中，既有十二三岁的少年，也有七八十岁的长者，大家怀着对文学同样的热情参加了本次系列讲座活动。在此，我要衷心感谢各位听众朋友的积极参与！

作为嘉宾系列访谈的辑录，本书主要是通过与各位受访嘉宾的对谈，尽量深入浅出地从整体上介绍当前的世界文学是怎样的一个现状，有哪些优秀作品，以及读书方法的推荐，等等。我希望这本书既可以作为初高中学生的文学入门教程，同时也能成为成年人文学再入门的参考书。当然了，提到"世界文学"一词，虽然不过短短四个字，但实在是一个庞大而又难以整体把握的怪物一般的存在。实际上，和广大读者朋友们一样，我们所能接触到的往往只是世界文学的某一个部分而已（不怕各位见笑，从世界文学的角度来看，本书所谈及的文学，也可能仅仅只是这个宏大命题中的一小部分而已）。因此，我觉得所谓的世界文学，不是看大家读了多少作品，而是应该看大家如何选择作品、如何阅读作品。在《什么是世界文学》（日文版由国书刊行会出版，奥彩子等翻译）这本书里，比较文学专家大卫·达姆罗什①认为：世界文学，并非一系列成套的经典文本（正典②目录），而是一种"阅读模式"。所谓"阅读模式"（采用"……模式"这样的词语不过就是为了说起来显得高端而已），简单来说就是指书籍的"阅读方法"，取决于读者怎样阅读作品。

也就是说，在传统的教养主义思维影响下，由专家给定一些所谓的文学名著书单，然后让读者对着这些名著埋头苦读的时代，已经一去不复返了，读者应该通过自己的方式拣选属于自己的"经典文本（正典目录）"。甚至在当今这个时代，意图拣选"经典文本"这一做法本身，也都已经很难实现了吧。因为没有人能替代读者去阅读书籍，每一位读者都是在自己当下的社会现实中来阅读文学作品的，所以读者本身也嬗变成了文学世界真正的主人公。就让我们通过这本书开启通往世界文学的旅程吧，更希望这本书能为各位读者朋友的文学探险之旅提供方向指南。

最后，本书的大部分内容都出自受访嘉宾的真知灼见，同时，作为访谈项目主办单位的日本出版文化产业振兴财团，以及在项目实施过程中一直居于组织核心，长期给予我帮助和坚定支持的，以驹井稔先生为代表的光文社翻译编辑部的各位同人，还有实际主持本书编辑工作，将大量访谈内容的原稿整理、汇集成

---

① 大卫·达姆罗什，哈佛大学比较文学教授。曾任美国比较文学学会会长。其代表作有《叙事公约：圣经文学发展中的文体转换》《什么是世界文学》《如何阅读世界文学》等。
② 正典，指具有绝对权威的经典典籍。

册的今野哲男先生和须川善行先生等，均为本书的成书贡献良多。在此，请允许我向支持本项目的各位受访嘉宾、日本出版文化产业振兴财团、光文社，以及编辑、出版本书的所有工作人员表示衷心的感谢。

本书的研究背景还包括创设于 2007 年的东京大学文学部现代文艺论研究室。在这个世界文学研究的新据点中，（作为亲密的研究伙伴，请允许我省略敬称）不仅有以野谷文昭、柴田元幸、特德·格罗斯（Ted Gross）、大桥洋一、安藤宏、毛利公美、加藤有子、秋草俊一郎等为代表的一批优秀的研究伙伴，还有很多精力充沛的青年学者，以及更多无法一一列举姓名的研究生、大学生，更有来自世界各地的留学生们，大家齐聚一堂，共同追寻文学的梦想和希望，令我对文学的未来充满了信心。

最后，我还要向每夜与我一起在世界文学的梦想中宴饮欢谈、悠游徜徉的沼野恭子表达诚挚的谢意。

沼野充义

2011 年 12 月 14 日

目录

第一章 跨境文学的冒险
——利比·英雄与沼野充义的对谈

在语言的夹缝中求索 / 001

夏目漱石果真是"日本作家"吗 / 003

充满矛盾的"世界文学" / 006

日本缺位下的"世界"文学全集 / 009

日本与世界，谁更伟大 / 013

越境与语言 / 015

"我们的文学"正濒临消亡吗 / 019

对纯粹语言的关注 / 022

为什么要坚持用日语进行文学创作 / 029

持续探访中国的缘由 / 034

在布什和本·拉登的语言面前 / 040

李良枝的重要性 / 044

问题已经超越了 W 文学的范畴 / 050

第二章　飞跃国境与时代
——平野启一郎与沼野充义的对谈

互联网将会改变文学吗 / 061

现代日本文学所处的环境 / 063

互联网时代的文学创作 / 066

从"声音的文化""文字的文化"到"电子的文化" / 069

用电脑写作会给人类社会带来怎样的影响 / 074

变化的文学与不变的文学 / 077

文学的古典是什么 / 082

体量过于庞大的"世界文学" / 085

互联网对新文学的现状带来了怎样的影响 / 091

现代"报纸"的奠基人——吉拉尔丹 / 094

激烈的时间争夺战 / 098

关于"读书经历"与文体 / 102

于两极之间上下求索 / 107

陀思妥耶夫斯基的感召力 / 115

作家应该如何把握与读者之间的距离 / 124

纯文学与娱乐的区别 / 130

日本文学能够融入世界文学吗 / 137

我们应该为文学而文学吗 / 141

非文学所不能办到的事情 / 146

听众交流环节 / 148

第三章　来自"J文学"的邀请
　　——罗伯特·坎贝尔与沼野充义的对谈

在世界文学中阅读日本文学 / 161

何为"J文学" / 163

"世界文学"实际上是阅读模式的问题 / 166

日本文学一千三百年的积淀 / 172

传统审美意识与现代审美意识的共存 / 177

何谓纯文学之"纯" / 180

从不同的距离审视日本文学 / 182

村上春树的回归日本 / 186

"国际化"的日本文学界 / 189

作为外国文学一部的夏目漱石 / 194

跨越国境的日本文学 / 199

听众交流环节 / 206

第四章　读诗、听诗
　　——饭野有幸与沼野充义的对谈

诗是语言的音乐 / 217

何为诗歌 / 219

辞典中诗歌的定义是怎样的 / 222

从《古今和歌集》看诗歌的力量 / 226

对诗歌来说,形式是什么 / 229

对惠特曼诗歌的翻译 / 231

当所有的尝试都做遍之后 / 239

感受诗的韵律 / 244

美国的两万名诗人 / 255

保罗·奥斯特在成为小说家之前曾是一位诗人 / 260

村上春树与美国文学 / 262

诗歌最重要的是音乐性 / 267

读诗的喜悦 / 271

答疑时间 / 275

第五章　在现代日本重新发现陀思妥耶夫斯基
——龟山郁夫与沼野充义的对谈

给上帝已死时代的文学家们的寄语 / 283

陀思妥耶夫斯基与托尔斯泰 / 285

"杀人""恐怖主义""虐童" / 287

陀思妥耶夫斯基之于埴谷、大江、村上 / 292

厚重、深刻又轻快的陀思妥耶夫斯基 / 296

《群魔》是我一生的研究课题 / 298

与维列米尔·赫列勃尼科夫的相遇 / 302

从马雅可夫斯基研究到"一口两舌"研究 / 305

陀思妥耶夫斯基与上帝 / 308

来自弗拉基米尔·纳博科夫的激烈批判 / 310

《卡拉马佐夫兄弟》的续篇后来怎么样了 / 313

对陀思妥耶夫斯基来说,这世界上有上帝存在吗 / 316

虚构中才蕴含着希望 / 321
最后的价值将置于何处 / 324
刺猬型和狐狸型 / 329
有关"父亲"这一文学主题 / 333
如何可以自由自在地读书 / 337

后　记
为了阅读"3·11"地震之后的世界文学 / 345

# 第一章
跨境文学的冒险

——利比·英雄与沼野充义的对谈

在语言的夹缝中求索

利比·英雄

1950年生于美国。以日语为非母语的日本当代作家。由于父亲是外交官，年幼的利比·英雄随父亲辗转各地，五岁来台北，六岁到台中，十一岁至香港，其间也曾短暂返美，直到1967年，终于还是回到日本。此后，便经常在日美两国间往返。利比·英雄毕业于美国普林斯顿大学，博士课程结束后，曾担任普林斯顿大学及斯坦福大学的日本文学教授，目前任教于东京法政大学国际文化学部。1982年以《万叶集》英译版获得美国国家图书奖，1992年凭借小说《听不见星条旗的房间》夺得第14届野间文艺新人奖，2005年小说《支离破碎》获得第32届大佛次郎奖，2009年的《假水》获伊藤整文学奖。其他的代表作还包括《天安门》《写日语的房间》《我的中国》《越境之声》等。跨越东西两洋的空间和语言，利比·英雄是当今世界极少见的作家。

夏目漱石果真是"日本作家"吗

沼野：各位听众朋友，大家好！感谢大家出席本次讲座。在接下来的几次讲座中，我将作为主持人，以访谈的形式与各位受邀嘉宾就世界文学的相关话题展开讨论。当然了，比起我这个主持人的絮叨，今天来到讲座现场的各位听众朋友，想必更期待能亲耳恭听利比·英雄先生的高论。那么讲座的介绍部分，我就尽量长话短说，留出更充裕的时间给利比先生，请他多说点。

我们为本次访谈设定的主题是"世界・日语・文学"。面对这样一个模糊而宏观的议题，我们究竟应该如何展开相关讨论呢？要解决这一类的问题，我建议咱们就从一些一般认为根本不算问题的，最基本、最具体的内容着手，开始今天的访谈吧。

比方说"夏目漱石到底是哪个国家的作家"，大家对这个问题是怎么看的呢？很多听众朋友一定会感到十分诧异："夏目漱石当然是日本作家！你提的这是什么愚蠢的问题啊！"我想，在日本的国语考试里，像这样单独针对夏目漱石的题目应该是不可能出现的了，但是列举几位文学家的名字，然后再设置问题"回答下列作家分别属于哪个国家"这样的考题还是存在的。就类似"夏目属于日本""陀思妥耶夫斯基属于俄国""莎士比亚属于英国"一类的情形吧。

像这些知名作家，所谓的正确答案往往是唯一的，看起来也不会有什么混淆和争议。多数场合下，哪些作家属于哪个国家，只能算是文学领域不言自明的常识性问题。

但是接下来,我就想要引导大家进一步思考一下"凭什么说夏目漱石是日本作家"这个问题了。如果从地理或国家领域的角度来说,"夏目漱石是日本作家"当然言之成理,因为毕竟夏目漱石确实是生活在日本这块土地上。虽然他在三十三岁时曾受文部省①的派遣到英国去留学了两年②,不过这短短的两年也只是他人生经历的一个小小片段而已。因此,我们大致可以这样概括夏目漱石:他是一个整个人生的大部分时间都在日本度过,并且使用日语进行文学创作的作家。

然而,更严谨地去思考这个问题的时候,你就会发现,仅仅这样解释夏目漱石似乎并不充分。明治时代的文人普遍都能读写汉文,夏目漱石尤善此道,其精深的汉文功底,是我们现代人所望尘莫及的。这里说的"汉文"指的是用日语方式(语序)阅读、解释的文言文。这种文言文实际上是古汉语,说到底就是一种外语啊。而且他还能独立创作汉诗,这其实就是在用外语进行文学创作。

而且夏目漱石本身英语能力也很强,要知道,当年他留学英国所学习的专业就是英语,回国之后也在东京大学承担了英语课

---

① 文部省,日本政府机构名称,相当于教育部。
② 1900年,夏目漱石奉文部省之命前往英国留学两年。留学时期,夏目漱石体认到所谓的英国文学和他以前所认识的英文有着极大差异,精通英文不足以增强国势,这使夏目漱石赖以生存的理想几乎幻灭,再加上留学经费不足,妻子又因怀孕而极少来信,他的神经衰弱因此更为加剧,一直到回国后他始终为神经衰弱所苦,但也刺激他更专注于写作。

程的教学。在学生时代，夏目漱石就已经把《方丈记》①翻译成了英文版。在日常生活中，他也会用英语撰写日记和笔记，偶尔甚至还会创作英语诗歌。虽然我们现在已经很难对夏目漱石的英语水平做一个全面系统性的评价了，但是仅就目前所能看到的英文创作，也可以得出结论，他在英语方面的造诣同样精深。当时尚且年轻气盛的夏目漱石甚至还萌生过要在英语文学方面与英美的文学家们一较高下的雄心壮志。虽然这一志向随着他在英国留学期间所遭受的挫折而遗憾地消逝了，但反而孕育出了更加专注于日语文学创作的一代文豪。所以说，夏目漱石实际上是具备用英语进行文学创作的潜在能力的，也有着成为英语作家的可能性。说起来，村上春树在作为作家出道前，也曾尝试过用英语写小说，在现代的日本文学界当中，这恐怕已经是极为罕有的例外现象了吧。然而，在夏目漱石那个时代的知识分子当中，诸如内村鉴三②、冈仓天心③等以英语进行创作并刊行作品于世界文坛

---

① 《方丈记》，日本平安末期、镰仓初期和歌诗人鸭长明（1155—1216）的随笔集。内容为作者隐居日野山时，回忆生平际遇、叙述天地巨变、感慨人世的无常。成书于1212年，被誉为"日本隐士文学的最高峰"。全书共十三节，以简洁严整的和汉混合文体写成，笔意生动而富有感情。
② 内村鉴三（1861—1930），日本明治、大正时代的基督教宗教教育家。1884年至1888年在美国深造。回国后任第一高等中学校讲师，1897年任《万朝报》英文栏主笔。抨击既存教会的繁文缛礼，主张开展以研究《圣经》为中心的无教会运动，其宗教自由思想吸引并影响了一批青年。著有《〈圣经〉之研究》《基督信徒的慰藉》《求安录》《我如何成为基督信徒》等。
③ 冈仓天心（1863—1913），日本明治时代著名的美术家、美术评论家、美术教育家、思想家。冈仓天心是日本近代文明启蒙期最重要的人物之一，致力于向全世界宣传日本及东方文化，强调亚洲对世界进步所做出的贡献。1903年至1906年，他用英文撰写了《东方的理想》《东方的觉醒》《日本的觉醒》《茶书》等重要著作。

的著名文学家却并不鲜见。可见在当时，夏目漱石敢于以英语进行创作活动，并抱有与英美文学家一较长短的雄心壮志并不是什么脱离时代背景的妄想。

因此，断言"夏目漱石是用日语进行文学创作的作家"，并不是一个百分之百正确的说法。如果不仅仅局限于小说，而是把目光投向夏目漱石所创作的所有文学作品，我们就会发现其中至少有百分之五到百分之十左右，并非属于日语文学的范畴。因为夏目漱石不仅能用汉语进行诗歌创作，也具备使用英语创作各种散文、杂记的潜能。从语言能力的角度来说，他就是一个典型的"三语者"，具备熟练使用三国语言的能力。

当然，尽管我们不能百分之百地去断言夏目漱石就是"日本作家"，但至少可以说他"基本上"是一个"日本作家"吧。而且从民族的角度来说，夏目漱石当然是一个典型的日本人。不过一旦我们谈起所谓"民族的角度"，就又会涉及另外的一些问题了，比如："民族"究竟是什么？有部分观点就认为"民族"一词在很大程度上本来就是人为界定的一个虚构的概念。这样探讨下去的话，就又很容易陷入另一个争论的泥潭了。因此，一般来说，我们也就不会再去做更进一步的思考了。姑且对夏目漱石下一个这样的定义吧：他是一位生活在日本，并使用日语进行文学创作，民族属性为日本人的作家。

充满矛盾的"世界文学"

沼野：正如我们前面谈到的，在关于近代文学的探讨中，我们早已习惯于把"某位作家"和他所属的"国家"做联结了，这就产生了诸如日本作家、俄罗斯作家、美国作家等等关于作家的国别分类。既然这些作家都分属于世界各国的国民文学范畴，那么将世界各国作家创作的文学作品搜罗到一起，是否就可称之为"世界文学"了呢？

事实上，在日本的初高中课程里，我们基本上是不会教授世界文学相关内容的。就算提及了莎士比亚、巴尔扎克这些名字，也不会是在国语的课堂上，而是在世界历史的课程中。而且这些大文豪的名字也往往只是作为各国文化的代表性人物，出现在国别史的框架中。

在日本的学校里，国语教学中即使出现少量关于世界文学的课文，最多也就是外国文学作品的翻译节选。当然了，这也是无可厚非的事情，毕竟，在初高中阶段，学校教育的科目名称就仅仅只是"国语"，而不是"文学"。有一些人甚至认为号称"国语"的教科书里如果收入了外国文学作品的话，会很奇怪。我个人觉得持这种观点的人，目光可能并不太长远。

就是说，在日本的国语教育框架中，我们可以学习、探讨芥川龙之介、太宰治等日本作家的文学作品，却很难系统地认识和了解莎士比亚、陀思妥耶夫斯基等外国作家。而事实上，作为文学家，也许后者的影响力更为广泛和深远。因此我们有理由相信，应该让当代的年轻人更多地去阅读这些真正享誉世界文坛的大文豪的作品，这是我们当前的学校教育应该认真思考的问题。当然了，谈到教育，我们的话题就稍微有点扯远了，针对这个问题我们也就不进一步展开了，让我们回到今天的主题。

虽然我在前面啰啰唆唆讲了一大堆道理，不过就我们普通人的一般常识而言，"夏目漱石是日本作家"，这是一个毫无疑问的常识。

然而，就在我们的身边，却又偏偏出现了利比·英雄先生这样非常鲜活的特例。因为如果非要去探讨利比·英雄先生究竟是哪个国家的作家，那么我们马上就会意识到提出这个问题本身就存在是否妥当的问题。在百科词典里关于夏目漱石的条目中，我们可以很容易地给他赋予"日本作家"这样一个简单明了的定义，然而在面对利比·英雄的时候，我们就会感到无所适从。可以说恰恰是因为利比·英雄先生这一类作家的存在，才使得我们开始对"夏目漱石是日本作家"这一思维定式产生了疑问。

在接下来的讲座中，由利比·英雄先生自己来就这个话题做进一步阐述，相信会具有更强的说服力。我们平日里挂在嘴边的"日本作家""日本文学"这些概念，其本质究竟是什么？当我们在言谈中提及"这是日本文学"这句话的时候，这里的"日本"又究竟是什么含义？对于这些问题，我们可能并没有想得足够深入和透彻。

1968年，在斯德哥尔摩举行的诺贝尔文学奖颁奖典礼上，川端康成发表了著名的讲演——《我在美丽的日本》。此时的川端康成为"日本"划出了一个清晰的界限。然而纵观整个当代世界文学领域，想要做出类似"夏目漱石是日本作家"这样的判断已经越来越困难了。面对当今文坛涌现出的许多优秀作家，继续套用这种传统的思维定式，显然是无法准确界定他们的。我甚至可以大胆地推测，对于当今的文学而言，这种现象的出现并不是什么边缘性的次要问题，而是与现代文学的本质息息相关的核心问题。

日本缺位下的"世界文学全集"

沼野：在大家认真思考"日本究竟是什么"的同时,其实还存在着另外一个非常值得我们关注的问题。目前,从文学分类的角度来看,"日本"往往是与"世界"相对而言的一个常用词语,与"日本文学"相对应的自然就是"世界文学"。那么,这里的"世界"又究竟是什么意思呢?

尽管我也曾苦苦思索,然而与"日本"一样,"世界"这个概念也是令人难以捉摸的。就如同"日本"与"非日本"之间的界限已经变得越来越模糊,"世界"这个概念在使用层面上,也有着多样的内涵和外延。"世界",顾名思义,既可以指我们这个星球上所有的国家,也可以指"宇宙万物"。尽管不像电影《星球大战》里刻画的那么戏剧性,如果我们可以想象在宇宙中除了地球以外,还有其他一些天体同样存在生命的话,在那些天体上的人类是不是也会进行文学创作呢?那么,他们创作的文学显然也应该属于这个庞大的"世界文学"范畴之内。当然,就目前的条件来看,进行这样的讨论又会显得思维过于跳跃,"科幻"感也过于强烈了(其实这也是一个很值得探讨的问题),我们姑且把"世界"的范围暂时限定在地球上吧。"世界"本来是一个佛教用语,即指上下四方,也指古往今来,空间上无边无际,时间上无始无终。在佛教的世界观里,我们这个世界的一千倍的一千倍,再乘以一千倍,才是所谓三千世界(也称三千大千世界),这是何等宏大的视野,而我们人类所生活的这个地球,仅仅只是三千世界里的一粒尘埃。以我们人类目前的知识和能力,恐怕根本难以想象人类以外的其他外星生物会创作出怎样的文学,这个问题显然已经远远超越了我们自身的想象力,所以关于这个问题我们只能暂且不去深究。

总而言之,在现实层面上,我们所能想象到的世界文学,可以概括为"在我们这个地球上的各个国家中,由不同民族用不同语言创作出的大量丰富多彩的文学作品的总和"。这应该就是所谓"世界文学"的本来面貌。然而,在日本(其实在欧美各国也都存在着类似的情况),我们对"世界"与"日本"这两个概念,却存在着比较独特的认识区分。

在日本,我们经常在市面上看到所谓"日本文学全集"一类的读物,同时,相对应的也就有所谓"世界文学全集"。不知道是否应该感到庆幸,最近这样的文学全集已经不如之前那么畅销了,类似的书籍也已经不再大规模出版了。不过,在日本的文学出版史上,以昭和时代初期所谓"一日元本"为代表的廉价版文学全集曾风靡一时,并由此开启了全民追捧文学全集的热潮。一时间,各大出版机构接二连三地推出了以"世界文学全集""日本文学全集"为主题的大型系列丛书。

可以说在我的孩提时代,当时几乎所有的人都觉得"谁要是没有一套文学全集,那就是落伍了"。在家里摆一套文学全集,成为知识分子的标配,似乎只有这样才能彰显自己的文化教养。我的父亲其实只是一位干实业的乡镇企业老板,与所谓的文学是完全不沾边的,但就连他也专门花钱订阅了当时由河出书房出版的《世界文学全集》和角川书店出版的《昭和文学全集》,

其中《昭和文学全集》也就是特指在昭和时代创作的日本文学全集。这些被订阅的文学全集通过附近的书商一册一册地每月按时投递到家中。这样一来，我们家书架上的《世界文学全集》和《昭和文学全集》的册数也就以每月一册的速度持续增加起来，并逐渐占据了书架上很大一片地方。

之所以说这种对"世界"和"日本"的认识区分是一种很有意思的现象，正如前面我们所谈到的，"世界"这个概念本来包括了我们地球上所有的国家，而"世界文学全集"中的"世界"却唯独把日本排除在外。也就是说在日本，"日本文学全集"是相对于世界文学的一个特殊的存在。因此，我们这里谈到的这个"世界"显然是一个名不副实的概念。

事实上，只要翻一翻昭和初期新潮社出版的《世界文学全集》，你就会发现，这个全集里收入的作品全部都是来自欧美作家的，不仅没有日本的作品，日本以外的整个亚洲、非洲、南美洲的作品也都没有被收。也许对于当时的日本人来说，欧美就是"世界"的全貌吧。

其实要说名不副实的话，"全集"这个词也和"世界"一样名不副实。因为如果把世界上所有的文学作品真的全部搜集起来的话，就算有成千上万的图书馆恐怕也装不下吧。所以，所谓的"世界文学全集"其实只不过是世界文学的"名作选集"罢了。而且，这种"选集"的作品遴选，往往都是基于编选人员（不一定是哪个特定人物，也可能是某个社会组织或团体）自身的偏好，是他们世界观、文学观的体现。就这样，选集打着"全集"的招牌，在市面上大行其道，而日本大多数的读者只能抱着这些选集，刻苦钻研，以期汲取文学知识，提高文学素养，实在是很有日本特色。

可以说在日本，时至今日，这种流习依旧根深蒂固，仍然有很多出版社常常把事实上不是全集的东西打上"全集"的招牌盗名欺世。我估计要不了多久，在利比·英雄先生笔力正盛之际，也许就会有出版商大胆地尝试推出《利比·英雄全集》的出版计划。在日本，很多出版社都会将作家的个人作品集冠以"全集"的名号，而事实上这些"全集"不过就是搜罗了这些作家代表作的一种作品选集而已。关于"全集"的话题，我们稍微放一放，回过头来继续讨论"世界"的含义。在日本，当我们习惯性地谈论到"世界"这个概念的时候，大多都忽略了一个事实：日本自身也是世界的一个部分。

仔细思考一下，大家难道不会对这种情况感到非常奇怪吗？在日本，我们编纂了大量有关于世界文学的"百科全书"。其中最具代表性的成果首推集英社出版的全六卷《世界文学大事典》。这部全书汇集了日本从事外国文学研究的全部精华，收录了古往今来东西方各国文学相关领域的各种资料，内容丰富，解说详细，所收录的很多文学家的作品甚至连我都未曾涉猎。然而就是这样一部鸿篇巨著，居然把日本完全排除在外，也就是说在这部《世界文学大事典》中你根本找不到包括夏目漱石在内的有关于日本文学家的只言片语。难道说夏目漱石就不是"世界文学"的一部分了吗？毋庸置疑，夏目漱石当然是其中的一部分，但是在日本旧有的传统意识中，把日本和世界作为两个相对立的概念加以区隔的倾向是非常明显的。这种认识倾向与日本在世界舞台上究竟处于怎样的地位，以及我们日本人怎样看待自己所处的位置等问题有着非常直接的关系。我们习惯于把世界看作是与日本相隔绝的另一个时空，这种二元对立的世界观在我们的思想意识中烙下了深刻的印记，其影响时至今日依旧根深蒂固。而如今，随着以利比先生为代表的文学新生力量的涌现，我们看到了逐渐打破这一陈旧观念的希望。

日本与世界，谁更伟大

沼野：自日本明治时代以来，我们在区别"日本"与"世界"的时候，往往隐含着两个完全对立的认识方向，要细数二者的差异并非三言两语所能办到，但如果非要做一个简短归纳的话，一种看法是认为日本是远远落后于西洋或者说世界文明的，觉得我们无论是在科技还是文学领域都无法与西洋文明相提并论，卑躬屈膝地觉得"世界是发达先进的，无与伦比的，而我们日本则根本一无是处"，完全采取一种自虐的认知立场，在追捧世界文明的同时将日本自我矮化，充满着自卑感。

而与这种自虐的认识立场截然相反，另一种看法则认为"日本才是最完美的"。持这种看法的日本人就算不至于明目张胆地宣称世界（主要是指以欧美为代表的西方世界）远逊于日本，也往往坚持认为"外国的那帮家伙根本不能理解日本的优秀之处。日本文化独特而灿烂，绝不能任由其沉沦于平庸的世界而黯然失色"。这种态度与民族主义、国粹主义有着深刻的内在联系。简而言之，就是认为日本文明是伟大而独特的存在，世界文明与日本文明有着本质的不同，是与日本文明所不兼容的异物。

总而言之，第一种立场的人认为"世界优于日本"，第二种立场的人则认为"日本优于世界"，或者即便不这么直白，至少也是抱持着一种"日本是完美的，至于日本以外的世界，怎么样都无所谓"的态度。近代的日本总是纠结于这两种对立的观点，但无论哪种观点，事实上都生硬地割裂了日本和世界之间的内在联系。

这种情况究竟意味着什么呢？它意味着要"把日本作为世界的一部分，把日本人作为国际社会的一分子，和世界人民摆在同一个舞台上，实现平等地交流"这件事情是十分困难的。因此，在文学领域，就算想要做到"求同存异"，却又总会出现一些让人无可奈何的事情。其实，这不仅仅是文学方面的情况，在国际政治和经济领域也是如此。但是，当我们现在开始阅读世界文学的时候，就不要再纠结于"日本更了不起"或者"日本更差劲"的看法了，而是应该毫不勉强地、自然而然地把日本和世界都摆在同一个世界文学的舞台之上来思考。尤其是像利比先生这样的作家，他们才是真正能以客观持平的态度看待世界文学和日本文学的时代旗手。

在我们探讨当今的世界文学时，以利比·英雄先生为代表的这种作家的理想状态之所以会受到大家的重视，还有一个原因，就是来自其独特的越境性。利比先生本人就推出过一部名为《越境之声》的作品，他自己在很多场合也经常把"越境"作为关键词来使用，我自己也经常使用"越境"这个词，不过因为最近大家动不动就把这个词挂在嘴边，我们这里要再想讨论这个话题的话，反倒让人觉得有点不知该从何谈起了。事实上，在20世纪以来的世界文学领域，打破国家、文化以及语言的桎梏，实现自由跨越的生活和创作方式，有着非常重大的意义。但是，这种跨越真的是一种新现象吗？它对于现代文学又究竟意味着什么呢？要解答这一类的疑问，我们的探讨还不够充分。我本人曾以多种形式涉足过"越境文学""流亡文学"等作品。我的一个体会是，这种"越境"现象在20世纪以来，确实显现得越来越突出了，但同时我们也要认识到，这种现象在文学之中，是早有其根源的，绝非无本之木。下面我们也可以请利比先生稍微谈一谈，在《万叶集》出现的时代，日本就已经存在着的所谓"越境文学"。

越境与语言

沼野： 当我们在思考有关"越境"的问题时，首先要面对的一个障碍就是语言。即便是登山航海，通过物理性的身体移动来实现越境，往往还是比较容易办到的事情。但是，身体上跨越国境的行为，并不意味着我们就一定能自由切换自己所使用的语言，轻松越过所谓"语言的障碍"。那么语言的越境又是在怎样的情况下发生的呢？

我自己虽然学过几门外语，也在国外待过一段时间，但就语言能力来说，与普通的日本人并无太大的差异。也就是说，包括我在内，绝大多数日本人都是生活在日本的，因此在日常生活中只需要掌握日语就完全足够了。当然了，最近，在日本的一些公司内部，也出现了试图推行在会议上采用英语发言之类的有点强人所难的改革设想。但除此以外，只要生活在日本这片土地上，一般人是完全没有必要说英语或者俄语的。因此，我们无法掌握高水平的外语，是一件理所当然的事情。与其像某些人一样忧心忡忡，认为日本人在学校学了好几年英语到头来却完全不能开口，是教育方面的严重问题，我反倒宁愿相信生活于日语作为母语的环境之下，在有限的课程时间内学习英语的日本人其实已经学得很好了。和美国人的外语平均水平相比较，你就会发现日本的外语教育已经做出了很大的努力，也取得了相应的成绩。

好吧，我们姑且不去深究教育问题了，因为生活在现代日本的日本人实际上也不太有使用外语的机会和必要性，而要用外语去创作小说就更是令人无法想象的事情。然而，另一方面，也出现了像利比先生这样的人，不仅学好了原本对他而言是一门外语的日语，而且对日语的掌握已经远远超出了所谓流利对话的程度，甚至还可以用日语来创作小说。真不知道他是怎么办到的，我只能单纯地表达我的赞叹与惊讶了！人在旅途，究竟是否真的能够就像乘坐飞机越过国境一样，轻松地跨越语言的界限呢？如果能由利比先生亲自现身说法，向我们介绍这方面的"秘诀"的话，那就太好了。

不过，也说不定其中根本并没有什么"秘诀"。在我看来，世界上还是有不少类似案例的，利比先生的例子虽然在日本很少见，但是在世界范围内绝不是孤立的。而且，在了解过其他一些作家的例子之后，我也逐渐明白，要像这一类作家一样使用外语来从事文学创作的话，是需要具备各种必要条件的。并不是说"只要好好学习英语，从明天开始你就能用英语写小说"。所以说，这当然不是谁都能轻易办到的事情，但也没有必要就此绝望。其实，现代意义上的越境，有着更加多种多样的形式，即使不擅长语言学习的人有时也能简单地跨越某些境界的障碍了。就算大家不能用外语写小说，甚至连用外语阅读小说都办不到，我们事实上每天也都在体验着其他形式的越境。

想必大家已经猜到我在说什么了，没错，我说的就是翻译。请大家千万不要忘记了，通过优秀的翻译来阅读外国文学是"越境"最基本的形态。所谓翻译，其实就像是在相关的语言专家的引导下，从一种语言到另一种语言的旅行。通过这样的"越境"，我们便可以阅读用各种语言所创作出来的世界文学了。但是，因为在翻译中译者等同于向导这个角色，他们像是某种反射的镜子，所以翻译究竟是否真的把原文最重要的内容如实地呈现出来了呢，还是在翻译的过程中有所损失、有所变形了呢？关于这个问题，稍后，我也想请利比先生根据自身的经验再谈一谈。

我还想要强调的一点是，我们所讨论的"越境"不仅仅是类似在美国和日本之间地理、空间上的移动，也包括时间上的迁移，比如在古代和现代之间的往来，利比·英雄先生以其自身的研究、创作历程向我们鲜明地证实了这一点。

作为日本文学研究者，利比先生在美国原本是专门从事《万叶集》研究的，特别是柿本人麻吕研究的专家，他在这方面的研究成果也催生出了一部非常优秀的作品《英语读解〈万叶集〉》并且由岩波书店在日本正式出版发行。在作品的序言中，利比先生以其雄辩之词，充分说明了《万叶集》并非陈旧迂腐的古典作品，而是在现代的世界文学中仍然具有强大生命力的杰作。因此，我们也可以说利比先生是目前对于《万叶集》有着极为深刻理解的研究者之一，另一方面，他也是一位生活在当代日本，用日语创作小说的日本当代作家。从《万叶集》的时代一跃进入现代的日本，利比先生同样也是一位时间的"越境者"。

现代日本与《万叶集》相隔了近一千三百年的岁月。想要跨越如此悠长的历史，远比跨越美日之间的物理距离要困难得多。而完成这样的跨越，对于阅读当今的世界文学而言，同样是必不可少的步骤，有的年轻人认为《万叶集》里所写的不过是些编进了国语教科书的陈旧而迂腐的词调，所以根本不会想去理解其中的含义，最多就是死记硬背一下。没办法，这可能就是所有教科书的宿命吧。无论多么优秀的作品，只要一被编入教科书大概都会变得无聊起来。但是，今天，我们并不仅仅是要去重复教科书一般的解说，而是应该试着思考如果把这一部一千三百年前的日本古典大作，当成是现代文学来读的话，那么它又会展现出怎样的魅力呢？

上面，我们一起简单探讨了"日本是什么""世界是什么"，以及有别于这二者的第三条道路，也就是日本与世界之间、古代与现代之间自由往来的"越境是什么"等问题。关于这些内容，我把大家认为比较关键的几个要点都做了简要的描述，也提出了一些问题。不知道听了这些，利比先生您有何高见，还请不吝赐教。接下来，我们就正式进入到讨论的环节。有请利比先生！

"我们的文学"正濒临消亡吗

利比：听沼野先生讲了这么多与文学相关的故事，内容非常丰富，我一时之间竟也不知道该从何谈起了，不过这几个月我只写了一部纪实文学类型的作品，小说创作方面也正犹豫着该怎样开始下一部作品。其实，每当我在现实中获得了某些体验，往往需要再经过两三年的沉淀之后才能付诸笔端，这是我长久以来的一个创作习惯。我现在就正处在这样一个有些迷茫的阶段当中，所以也不敢在此大言不惭地说一些肯定性的言论，毕竟将来可能无法实现。

关于"世界文学全集"和"日本文学全集"这个话题，我之前好像也在别的什么地方涉及过相关的内容。记得当初刚来日本的时候，曾经见到过一部由大江健三郎和江藤淳①担任编辑委员的文学全集，名叫《我们的文学》，这部文学全集排除了战前就活跃在文坛的大文豪的作品，主要选编了战后当代作家的作品。我当时就想过"如果再加把劲的话，说不定自己也会加入这个'我们'的行列"。之前沼野先生提到那种文化上的自卑感和优越感的循环，实在是一种非常荒谬而又十分真实的现象，所以即便是战后已经过了差不多二十年的时间了，相对于全世界的艺术家而言，日本的文学界仍然存在着这种故步自封的主张，用"我们"来界定内外差别的意识还是非常强烈的。事实上，当我自己去书店的时候，也曾清楚地意识到自己有"希望能加入到

---

① 江藤淳（1932—1999），日本文学批评家。代表评论作品有《论夏目漱石》《小林秀雄》等。

'我们'这个行列"的冲动,同时也就产生了"如果能加入的话,我就用日语来进行文学创作"的热情。

这种思潮在我刚才谈到的《我们的文学》中最具有代表性的,是从上世纪60年代到80年代,中上健次①活跃时期的那种文坛氛围。有趣的是,此后,日本的文学界似乎又回到了早先的状态,又或者说对于当时的时代氛围来说,文学界的基本论调已经发生了改变。但是不是真的发生了时代的转变,我个人还是抱着怀疑的态度。

比如,我在这里向各位听众朋友推荐的三本书(参照后文),这三本书的作者中就包括了我认为的当今日本文坛散文写作第一人——多和田叶子②女士。我和她在德国进行过一次访谈,她对我说:"利比,你'太日本人'了,你的文字也'太日语'了。"其实,我之所以这么努力,正是因为希望成为这个"我们"的一分子,希望身为白人的我也能和各位一样共享日本文学。可以说我作为一个外国人,能以高水平的现代日语写出《听不见星条旗的房间》这样的作品,我个人是感到非常自豪和喜悦的。但是时隔不到五年,我的思想也有了些许变化,如今再有人说我"太日本人了"的话,反倒令我自己生出了些许犹豫。也就是说,我自己也不太知道这个"太日本人"的评价基准究

---

① 中上健次(1946—1992),日本小说家,曾被称为"日本的福克纳"。代表作有《岬》《凤仙花》等。
② 多和田叶子(1960—),日本女性作家,毕业于早稻田大学文学系。1982年赴德国汉堡留学,后又前往瑞士苏黎世大学修读博士课程。1991年以《失去脚踝》获得群像新人奖。2011年,以《修女与丘比特之弓》获得第21届紫式部文学奖,以《雪的练习生》获得第64届野间文艺奖。

竟在哪里。所以我也只能把这个话题暂时先搁置一下了。

只是,譬如,从 2008 年到 2009 年,在芥川奖这样的高水平文学评奖中,一位来自中国大陆的作家竟然脱颖而出,并最终获得了大奖①,另有一位来自伊朗的作家也获得了大奖提名。此后,我的一个学生,来自中国台湾的温又柔,也入选了昴星(SUBARU)文学奖的佳作奖②。这一系列的变化,真的令我非常感慨!我不禁觉得文学创作的大好时代即将来临了。而且我也感觉到日本方面的论调也在朝着自我肯定的方向发展,日本的主流评论基本都认为日本文学的国际化是件好事,无论你是来自中国,还是来自伊朗,任何人都可以创作日本文学,并且都能够得到公正的评价和认可。

但是,让我们来回顾一下最初在 2009 年春天由这一现象所引发的争论。彼时,来自伊朗的作家席琳·内泽玛菲③用非常流利的日语,创作出了与日本几乎完全没有关系的以两伊战争为题材的短篇小说(《白纸》)。正是这部作品在文学界新人奖的评审会上引发了评论家们的热议,有人甚至质疑作者既然写的根本不是日本的事情,又何必用日语来写呢。质疑的核心在于即使你的日语水平再高,创作这种内容上与日本毫无关联的作品,真的能够被纳入日本文学的范畴吗?针对这一质疑,当时提出最尖锐的

---

① 2008 年中国大陆作家杨逸凭借《浸着时光的早晨》荣获第 139 届芥川奖。中译本译作《时光浸染》,由台湾大地出版社于 2009 年出版。
② 2009 年 11 月,中国台湾青年作家温又柔创作的《好去好来歌》获得了日本第 33 届昴星文学奖的佳作奖。
③ 席琳·内泽玛菲(1979—),伊朗籍旅日女作家,凭借短篇小说《白纸》入围第 143 届芥川奖,《窗灯》获得第 42 届日本文艺奖。

反对意见的,我记得正是沼野先生。沼野先生强调,在日本,迄今为止事实上已经存在着大量对英语、法语或者俄语文学的翻译作品了,考虑到这一背景,将这一类在内容上与日本完全没有任何关系的作品视为日语文学也未尝不可。

那么,要说当时我的意见是什么,说实话,我是比较困惑的。当然,我觉得无论是谁用日语进行创作都应该得到肯定,这是无可厚非的事情。但是,我的内心深处一直有个疑问,那就是一部文学作品究竟应该靠什么东西来打动日语读者(包括身为外国人的日语读者)?我个人觉得其中很关键的一点应该是与作者高超的语言表达水平相匹配的思想认识水平。

我的这个看法,与其说是对文学新人的批判,不如说是我个人在这一论述中所抱有的一种文学态度。当然,我的这种态度也许显得有点过于简单了。事实上,文学是一个难以样式化的更加复杂的范畴。如今,当我再一次思考这个问题的时候,我的体会是既然作为日本文学,就应该要能够引发日本的共鸣,引发日本人的共鸣,或者能清楚地反映出创作者与日本的语言之间所建立的深刻联系,以及在融入日本社会时产生的那些难以掩藏的纠葛。

对纯粹语言的关注

沼野:我可以在您阐述的过程中,稍微提一些问题吗?

利比:当然可以。

沼野： 在座的各位听众朋友对于利比先生刚才所提到的几位作家，可能还不是很熟悉，因此我想在这里向大家做一个简单的补充。首先是两位与芥川奖有关的作家，其中一位名叫杨逸，她凭借小说《小王》获得了文学界新人奖，之后又凭借《浸着时光的早晨》获得了芥川奖。杨逸现在虽然是一名使用日语进行创作的作家，但她却并非从小就生活在日本，而是一位土生土长的中国人，直到二十多岁来到日本以后她才开始学习日语，并开始用日语进行文学创作。作为一个中国人，以这样的人生经历获得芥川奖，这还是历史上的第一次。

另一位名叫席琳·内泽玛菲的女性作家则是伊朗人。同样，她也是凭借用日语创作的小说《白纸》一举获得了文学界新人奖。正如利比先生所介绍的那样，这是一部以两伊战争时期的伊朗为背景的小说，书中没有丝毫涉及日本的内容。杨逸虽然是中国人，但由于她的小说，描写的是与中日双方都有一定关联的中国人的故事，所以即便是对于日本读者来说，也还是相对容易接受的。在一定程度上，读者大众也能理解这一类作品用日语来创作的意义。但是伊朗的内泽玛菲却用日语讲述了一个与日本完全无关的故事，这才是问题的关键之所在。对于这样的作品，我们又该如何评价呢？如果读者真的想要阅读一些描写伊朗的故事，大可以让翻译家们把那些由伊朗人用波斯语创作的小说翻译成日语版本就可以了，犯不着专门用日语来创作这样的题材，这有什么特别的意义呢？

最后一位作家，也是利比先生的学生，名叫温又柔。虽然她还只是一位1980年出生的青年作家，却已经凭借作品《好去好来歌》获得了昂星文学奖的佳作奖。《好去好来歌》的主人公是一位以作者本人为原型的中国女性,她出生于中国台湾,成长于日本,作品的主题仍然以语言和身份认同为中心,在汉语、日语这两种语言的复杂交错中细致地描绘出主人公的心理感受与意识活动,是一部极具特色的优秀作品。顺带一提,这部小说的题目取自《万叶集》中山上忆良的一首诗歌①。

此外,利比先生还提到了一位名叫多和田叶子的作家。可以说在最近的这二十年间,尤其是在以利比先生和多和田女士为代表的,从事"越境文学创作"的作家们的共同努力下,"越境文学"作为一种文学现象,已经得到了文学界的普遍认可。

其实,另外还有一位作家,虽然不一定能够简单地框定在"越境性"文学的范畴之内,但也值得我们去关注,那就是水村美苗,她的最近推出的《日语灭亡之时——在英语的世纪之中》一书在社会上引起了巨大的反响。水村女士的另一部代表作是《私小说 from left to right》。这本小说的主体虽然是由日语写成的,但是其中夹杂着大量未经翻译的英语内容,是一部日英双语小说,而且全篇采用横向排版。其内容讲述了一对长期生活在美国的姐妹的故事,在描写日美之间的文化"越境"的同时,语

---

① 《好去好来歌》出自《万叶集》卷五,是山上忆良为即将跟随遣唐使团起程前往中国的丹比广成所作的赠别诗,祈祷友人出使顺利,平安归来。"好去"出自唐代传奇小说《游仙窟》中告别时的话语,"好来"意为平安归来。山上忆良(660—733),奈良时代官僚、诗人。青年时曾以遣唐少录的身份跟随遣唐使团留学中国,回国后历任伯耆守、东宫侍讲、筑前守等官职,与大伴旅人交好。山上忆良深受儒学和佛老思想的影响,汉学造诣深厚,他创作的诗歌具有较强的现实主义特点,体现其深刻的人性关怀。

言表达上也力求实践日英双语的自由切换，作为一部实验性小说具有划时代的意义。从这个意义上来说，《私小说 from left to right》也是一种对"越境性"的探索和尝试，但在此之后，水村女士却展现出回归日本传统叙事的姿态，给人们留下了深刻的印象。

利比：感谢沼野先生的补充。您谈到的这一现象对于当下的日本文学来说，确实具有某种象征意义，但实话实说，我觉得自己的创作跟这些人并没有太大的关联，反而更趋近于津岛佑子①、岛田雅彦②、宫内胜典③这一类活跃在日本国内的后现代派作家，或者在日本国内以摆脱典型的近代文学窠臼为目标的那些作家。此外，刚才您也提到了多和田女士，对于她的作品，如果非要我明确地向大家做一个推荐的话，首先浮现在我脑海中的便是她的《Exophonie——走出母语的旅行》。该书尝试用日语来诠释世界文学，与沼野先生的《通向 W 文学的世界——跨境的日语文学》一样，是近年来涌现出的一部十分难得的佳作。

---

① 津岛佑子（1947—2016），日本女性作家。1969 年发表处女作《安魂曲》，代表作品有《草中卧房》《宠儿》《默市》等。
② 岛田雅彦（1961— ），日本作家，就读东京外国语大学俄罗斯语系时创作的《献给温柔左翼的嬉游曲》入围芥川奖，开始受到注目。1984 年以《为了梦游王国的音乐》获得第 6 届野间文艺新人奖，1992 年以《彼岸先生》获得第 20 届泉镜花文学奖。
③ 宫内胜典（1944— ），日本小说家、散文家，出生于中国东北的哈尔滨，幼时生活在日本九州的鹿儿岛县。曾游历欧美、中东、非洲、南美六十余国，1979 年以《南风》一作文坛出道。1981 年凭借《金色的象》获第 85 届芥川奖提名和第 3 届野间文艺新人奖。2011 年《魔王之爱》获第 22 届伊藤整文学奖。

对我的创作情况比较关注的朋友们也许对这部作品已经有所了解了,但是,在社会上读过这本书的人可能并不多。"Exophonie"是作者生造的一个新词,前缀"Exo-"是"出口""外出"的意思,后缀"-phonie"的含义则是"声、音"。合在一起就是"外出之音",或者"外出之声"。作者虽然身为日本人,却使用德语进行文学创作,还在作品中进一步指出,使用外语进行创作将会成为 21 世纪文学的常态。她认为要满足时代的需求,作家必须有能力进行外语创作,或者在使用母语进行创作的同时,也要对外语有着相当程度的敏感认知。从某种意义上说,这一带有宣言性质的观点具有相当强的说服力,这种现象以欧洲为中心,席卷了整个世界。

当我初次阅读这本书的时候,我就发现作者在第一页中指出了一个非常重要的事实。那就是直到这本书出版为止,我们很多人都认为但凡人类用母语以外的语言进行的创作,都有着某些政治、历史,或者经济上的缘由。包括所谓移民文学,或者以英国为中心的后殖民主义文学,比如:曾受到英国殖民统治的印度人来到英国,用英语写作;或是非洲人从小学习法语,移民到法国后一边忍受着白人种族主义者的欺凌,一边用法语进行创作;又或者是 20 世纪典型的流亡文学,如在流亡欧洲的俄罗斯作家弗拉基米尔·纳博科夫①，他也用俄语以外的语言进行了大量的创作；等等。

所以，如果没有政治、历史上的缘由，或者经济上的动因，人们并不会特意回避自己的母语而采用另一种语言来进行文学创作。在这样一个长期性的大前提之下，当我们仔细品读多和田女士的《Exophonie——走出母语的旅行》之后，我们才会深刻地理解人类从来就不是这么单纯的一种生物，并不是所有的外语创作都源自某些政治或者经济上的理由，事实上每一部作品的创作背景都脱胎于每一个具体作家个人所面临的独特的创作契机，其内涵千差万别，是很难一语道尽的。

多和田女士认为，这些以个人契机为背景的外语文学创作具有极高的正当性。记得我自己刚作为作家出道的时候，很多人都不理解为什么一个美国的白人会专门用日语来进行文学创作。社会上曾充斥着各种流言蜚语，觉得这里面肯定有什么古怪，或者觉得这是西方人在愚弄日本，简直是把日本文学当成了儿戏。甚至时不时还会听到有人质疑我的作品"根本就是编辑写的，'外人'②是写不出这样的日语的"。而多和田女士的出现，则令我

---

① 弗拉基米尔·纳博科夫（1899—1977）俄裔美籍作家。出版小说《王、后、杰克》《圣诞故事》《防守》《眼睛》《荣誉》《黑暗中的笑声》《天赋》《斩首之邀》，并发表和出版了一些翻译作品、诗集、诗剧和剧本。剧本《事件》与《华尔兹的发明》在巴黎以俄语上演。1955年他的代表作《洛丽塔》由巴黎奥林匹亚出版社出版，并获得了巨大成功。1958年，《洛丽塔》在美国出版。这期间，他还出版了《菲雅尔塔的春天》《普宁》《纳博科夫十三篇》等作品，并与独子德米特里合译出版莱蒙托夫小说《当代英雄》。
② 外人，是日本人对外国人的一种不算尊敬的称呼，带有非我族类、内外分别的意味。类似于汉语的"老外""洋鬼子"。

所感受到的压力获得了极大的释放。我觉得终于出现了一个能理解自己的人了。因为多和田女士作为日本人，却是在用德语进行创作，而且没有任何政治上的理由。

对我来说，这是一个非常有趣的现象。我也曾在中国台湾跟多和田女士深入探讨过这个话题。以我个人为例，我生于美国却来到了日本，又在孩提时代作为美国外交官的儿子随父亲去了中国台湾。正因为有了这样的人生经历，我才前往中国大陆，并且用日语来描写中国的故事。如今，我已然成为日中文化交流协会的成员，在自己的创作背景中，也同时拥有美国、日本以及中国的元素。由于本人的创作主题基本都集中在美国、日本和中国，而在近代的历史框架中，美、日、中三方又曾经存在过战争关系，因此我的作品也常常被解读为是在错综复杂的国际力量关系中诞生的产物。

但是相对而言，多和田女士选择德国的语言进行创作而不是俄罗斯、中国或美国的，这一点就非常耐人寻味了。因为在日本和德国之间，并没有类似侵略或被侵略的国际政治关系。而且，她的作品中也并未掺杂任何作者本人的政治倾向，其作品的政治立场可以说是相当中立的。用多和田女士自己的话说，她之所以用德语进行创作，就单纯只是因为喜欢德语这个语言而已。对于她来说，在德语这门语言中存在着日语所不具备的神奇的创作潜力。我觉得她能够把"我也想（用德语）写作"这种非常纯粹的信念，如同诗人的灵魂一般持续地注入自己的德语创作之中，这一点是非常令人钦佩的。也许对于她而言，这就是德语所具有的独特魅力吧。

我所从事的创作是试图用日语来描绘现代的中国社会，这既可以说是一种先驱性的尝试，也可能只是我自己的一种幻想，但我仍然准备在这一领域继续耕耘下去。但是这就必然要面临如何正确处理中日两国文化之间的历史关系问题。在过去两千多年的历史中，中国一直处于文化上的优势地位，只是到了近代以来的一百三十余年间，日本才在文化上有了堪比中国的短暂辉煌，再加上近代以来日、美两国关系戏剧性的发展，这样复杂的文化纠葛不可能不在文学作品中有所反映，这也是现今大多数人的普遍认知。因此也就有人会质疑多和田女士在《Exophonie——走出母语的旅行》中所提出的"纯粹的语言之旅"是否显得过于单纯了。在我看来，这样的争议可以通过类似物理学和数学之间的关系来加以理解。如果把诗比作数学的话，多和田女士就是一个使用语言的数学家，而我的创作则没有她那么纯粹，可能更接近于物理学者的工作。您觉得呢？我觉得沼野先生对于我刚才的意见应该也有自己的思考吧。

为什么要坚持用日语进行文学创作

沼野：您所谈到的内容我非常理解。我的专业本来是俄罗斯文学和波兰文学，在我看来，文学必然要经历一个在政治和意识形态的互相纠缠中不断被塑造的过程，这恐怕也是文学创作需要一直背负下去的一个必然前提。因此，对于多和田女士提出的所谓"纯粹的文学"这种意见，也许很多专家的评价都容易显得过于严苛了。正如您所说的那样，多和田女士是在尝试以一种更加纯粹的方式开启某种带有实验性质的语言世界之门。俄罗斯文学或者东欧的流亡文学通常以政治、革命、战争等社会事件为中心，从未考虑过有所谓"纯粹的语言实验"，因此，多和田女士的这番尝试反倒显得不落俗套，也更加难能可贵。另一方面，与之相对照，利比先生的作品不仅反映出他本身处于支配和被支配的政治权力关系中不得自由的窘境，也正因为这种逼仄的境况，导致作者迸发出试图打破桎梏获得自由的强烈的"越境"意识。我觉得这才是利比先生文学作品中的力量源泉。

既然提到了这本《Exophonie——走出母语的旅行》，我也有两个问题想要请教一下利比先生。第一个问题算是老生常谈了，可能您也已经回应过无数次了，而且也是在您的散文作品中有所提及的一个问题——您为什么要坚持用日语进行文学创作呢？多和田女士说她并不是迫于政治或经济上的原因而进行的文学创作，纯粹是因为用外语写作给她带来了巨大的创作乐趣。那么利比先生，您究竟是怎么想的呢？特别是如今您已经成为一位名副其实的日语作家了，在这个节点上回顾初心，您对自己有何评价呢？

另一个可能也是您经常被问到的问题，利比先生您自己就没考虑过用英语进行创作吗？多和田女士是双语作家，她在创作日语作品的同时，也创作德语的小说、诗歌，还会把自己的作品从一门语言翻译成另一门语言。最近，我稍微计算了一下她的单行本著作的数量，虽然厚的作品并不是很多，但是两个语种基本上都各有三十本左右，在日语和德语的创作量上可以说大体相当。此外，纳博科夫的俄语著作和英语著作的数量也大致相同。与此相对，利比先生在美国作为日本文化的研究学者也积累了大量的经验,而且您的博士论文也是用英语撰写的,但是作为小说家,您却一直保持着只用日语创作的态度。这是为什么呢?您今后也没有用英语进行创作的打算吗?

利比:其实当我过了花甲之年后,就感觉用什么语言写都无所谓了。在我年轻的时候,差不多二十岁左右吧,我有一种很浓重的情结,特别是在日本人面前,对于自己不是日本人,因而难以融入日本社会这一事实有着很深的自卑感,这种情结一度令我感到非常苦恼。

怎么说呢,这恐怕还是与日本社会是否真正实现了国际化这个问题大有关联。在我年轻的时候,整个日本社会对所谓"老外"的基本认知就是:这帮老外是看不懂日语的,更别说写日语了。更极端地说,即使他们知道你正在读《万叶集》,他们也会认为从民族属性上而言我们这些老外是无法理解作品内涵的,更有甚者,甚至打算从生物学的角度去否定外国人解读《万叶集》的可能性。这是当时日本社会看待外国人的主流态度。

关于这个问题,虽然很多专家都有着自己的相关评论,但是在这里我想指出的是,也许正是由于二战失败的冲击,相较于战前,这种对于外国人的抵触情绪在战后变得更加极端了。我总是在想,我要是能生于明治、大正或者昭和初期那些对外国人的态度比较和缓的时代就好了!遗憾的是人类没有办法选择自己所诞生的时代,我的运气不佳,正好遇到了这么一个世道。如今回想起来,我之所以创作《听不见星条旗的房间》这部小说,一个主要的动机就是极力想要证明"自己虽然是个外国人,但同样可以用日语来表达自己的思想"。

个人投身文学创作的初衷或许有些荒诞可笑,然而这并不代表其作品也一定就是荒诞可笑的,这大概就是文学的魅力之所在吧。事实上,文学作品的作者本人并不需要非得去树立一个多么宏大的目标,作为文学创作的契机,即便是源自一些看似荒诞的念头也都已经完全足够了。因此,我愿意再重申一次,我用日语进行文学创作的契机,事实上就是来自对日本人抱持的一种情结。一种由日本人的集体性情结衍生出的我个人的情结。而在我看来,这种情结恰恰是支撑日本文化的重要力量之一。我甚至觉得如果丧失了这种情结,日本文化也将不复存在。比如说,如果去中国的话,你就会感受到中国人有着一种很深刻的觉得自我不足意识。那种意识产生于鸦片战争以来的近现代历史,但却并不一定是一种情结,而且也并不一定是多么复杂的东西。因为明白了这一点,我就开始觉得所谓"中华思想"的这种说法不过是日本单方面对中国的解读罢了。

为什么这样说呢?我小的时候曾经住在中国台湾,此后在中国香港也生活过一段时间。可以说自幼年以来我就一直从周边的视角眺望着中国大陆(内地)。但对于只了解中国的人来说,大概很难有这种认知。更何况,现在的我还没办法用汉语去创作。

为什么会出现这种情况呢?可能是因为在日本的书面语中,存在着由其他各种语言复合而成的情况吧。古代,从中国传来的文字经过变形生成了平假名,到了我开始认识、了解日本的时候,片假名也得到了广泛的使用,罗马字更是把不同文化的文字与日语的发音融合在了一起。可以说,我们从语言学的角度和感性的层面，很容易就能发现，对于他国的语言，日语中一直存在着能够形塑出某种自卑情结的素材。而中国却没有这种情结。因此我觉得我的小说只能通过日语来进行创作。现在做结论也许过于草率，不过，听了沼野先生最初的讲话之后，我觉得在文学领域中引入"我们"这种概念，可能是只有在日本这样的社会文化环境下才会存在。不知道其他的国家会不会有这种情况呢？譬如在俄罗斯，也会存在所谓"我们的文学"或者"世界文学"的观念嘛。

沼野："国民文学"这个概念，本身就带有某种意识形态层面的内涵，任何近代国家都存在这样一种倾向，就是通过划定"自己国家的文学"这个概念，来突出其特殊的价值。日本所谓的"国文学"也是其中之一吧。但是，根据国家的不同，这种情况也是存在些许差异的。

事实上，俄罗斯人对于"我们"和"他们"这两个领域的事物，在心理上有着相当强烈的差别意识，这种心理上的差别也很大程度地反映在了俄罗斯的文学教育方面。与日语中的"国文学"相似，俄语中所使用的提法叫作"祖国文学"。而与之相对，由于美国是一个移民汇集而成的国家，要像这样给美国的文学订立某种一元化的框架就不是一件容易的事情了。至少要在英语中，去强调所谓"我们的文学"或者"我国的文学"还是比较困难的。而在俄罗斯和美国这两种情形之间，日本显然更接近于俄罗斯。在日本人的意识中，对于区别属于"我们"的自己人和非"我们"的外人仍然有着很明显的倾向。甚至整天大言不惭地叫嚣着"日本文化冠绝于世"的也还大有人在。

持续探访中国的缘由

沼野：读过利比·英雄先生作品的人应该都知道，虽说他一直坚持用日语创作小说，但是在创作的间隙，甚至创作过程中，利比先生却不断地经由日本造访中国，最近甚至获得了一个新的名号——"用日语描写中国的作家"。

在这里，我就想稍微请教一下利比先生了。美国、日本和中国之间在历史和现实中存在着影响与被影响，或者侵略与反侵略的关系链条，面对这样一种复杂的三角关系，我用一种可能稍显草率的说法来形容吧，欧美那些在年龄辈分上较利比先生大的日本研究学者中，往往存在着这样一种倾向，那就是伴随着研究和翻译工作的深入，当他们一旦领略到日本文化的独特魅力时，就很容易会深深地沉浸到日语和日本文学的世界中，并在那里寻找到自己心灵的安身之所。而作为学者，您的日本研究之路也是自美国起步的，但是您却并没有止步于最初的研究对象——日本，您虽然最终选择了以小说家的身份，用日语进行文学创作，却并不受制于日语，而是进一步跨越到了汉语的世界之中。您和先前世代的那些研究日本的学者相比，为什么会呈现出如此特立独行的一面呢？是因为不断跨越各种境界的藩篱对于您的创作而言至关重要，或者只是单纯地因为您自幼便与中国有所亲近呢？

利比：要回答这个问题可能还真有点复杂呢。回顾我的个人生涯，1989 年我从斯坦福大学辞职，1992 年创作《听不见星条旗的房间》，并获得了野间文艺新人奖。在此之前的二十年间，我一直希望自己能够长期在日本生活。那时候，在我的意识之中，普林斯顿和新宿之间有着十分奇妙的联结，我也因此频繁地往来于两地之间。我从三十岁到四十几岁的这十多年里，一直想要在日本长期生活，变成日本人，甚至希望从精神上蜕变成为一个能够获得日本社会认同的真正的日本人。我的内心就这样一直受到追逐、归属、跨越等各种情感的驱使，不断地游移飘荡。这期间我在美日之间大概往返了四十余次。虽然获得了各种奖学金的资助，也进行了一些无关痛痒的学术研究，得到了很多资金的支持，但是当我定居于日本，并作为日本的小说家获得了社会的认可之后，就立刻萌生了走出日本到另一个地方去看看的愿望。

也许一切都是命运的安排吧，大约是在上世纪 80 年代末，一本叫作《月刊现代》① 杂志的负责人邀请我前往中国访问。我带着十分轻松的心情参与了杂志社安排的采访工作，正如我在前面提到的那样，中日语言的差异，以及这种差异所体现出的两个社会不同的思想情结，让我对语言的认知受到了巨大的冲击。当我来到北京的时候，这种对于语言认知的冲击，与我当时所萌生的走出日本的愿望，以及儿时的对中国的记忆相互交织缠绕，构成了一种独特的体验。作为白人的我，于是尝试着用日语记录下了这一体验，才最终催生出了一部与中国有关的小说。

在那之后的一段时间里，我开始陷入了一种不知所措的境

---

① 《月刊现代》，创刊于 1966 年 12 月，主要面向白领男性的杂志，内容涉及政治、经济、社会、传媒、体育、健康、教育、夫妻情感等多个领域，2009 年 1 月停刊。

地，但不管怎样，我还是频繁地造访中国，回到日本后也创作了包括纪实文学在内的各种作品，我到现在也弄不明白那种发自内心的狂热之情究竟是怎么一回事。我想大概是因为我感受到了对于日语来说，比起在美国和日本之间的来来往往，中国和日本之间的跨越更具有某种本质性的联系吧。

所以，切换到多和田女士的角度，我想她应该是以日本人的身份与德国产生了某种联系。而从水村女士的角度考虑的话，她就应该是以日本人的身份与美国产生了某种联系吧。也就是说，在我看来这两位作家，一位代表着日语和德语的对照，另一位代表的是日语和英语的对照，而我则在日语和汉语的对照中发现了与她们有所不同的另一种表达的可能性。

刚才，沼野先生提到了西方学者从事东亚研究的相关话题。在欧美，所谓的东方学除了各位所熟知的日本学以外还包括汉学，前者从事日本研究而后者则属于中国研究的范畴。不过，比起日本学的研究，对中国的研究有着更为悠久的历史。有不少人认为，在近代的历史中，欧洲对日本的评价一直是偏低的，而对中国的评价则显得过高，但是考虑到汉学的历史影响，这种不平衡即使到了今天仍然是一个比较普遍的现象。比如说，在我差不多十七八岁，还是普林斯顿大学一年级学生的时候，同样属于东亚研究的日本学和汉学，仍然会经常受到区别对待。

自从1949年中国革命胜利以后，西方人在相当长的一段时间内，不能随意进入中国。所以，从这个意义上讲，我在1993年所感受到的，是一个已经从"我们"所能体验到的领域中消失了很久的真正的中国。当然，我这里所说的"我们"，指的是咱们日本人常说的属于"资本主义阵营"的西方人。

要说我在当时是一种怎样的心境，就不得不提到我所喜爱的另一位作家安部公房①了。安部公房以他自己年轻时在中国东北的经历为基础，创作出了一部在精神上十分阴郁的被称为"黏土墙"的小说（后以《道路尽头的标志》为题，由日本真善美社出版）。在这部小说中，安部公房细致地描写了在中华人民共和国成立以前，尚未获得解放的中国东北的情况，以及在当时社会环境中彷徨无依的一个日本青年的故事。小说行文激荡，笔触浓烈，令人印象深刻，是我一直以来都很推崇的一部作品。

而到1993年江泽民担任中国国家主席时，中国在做什么呢？就我个人的理解而言，中国在开始大力发展经济。经济建设的思想变成了社会主流。经济建设成为中国的社会主义初级阶段基本路线的中心。

这就是1993年到1995年之间的中国国情。而要发展经济就必然要求国家满足社会中个体自由流动的需求。于是，像我这样的外国人在时隔四十年之后终于又可以再次来到中国大地上旅行了。可以说除了个别地方以外，大多数地方都可以成为你探访的目的地。你大可以坐着各站停靠的慢车，在自己喜欢的车站下车，和农民促膝闲谈。

为了探寻时代变迁遗留于中国的那些残影，我不断旅行，并

---

① 安部公房（1924—1993），小说家、剧作家，与三岛由纪夫并称为日本战后派作家的代表人物。1948年发表作品《道路尽头的标志》（国内也有译者译作《终道标》）。安部公房与中国渊源颇深，早年曾生活在沈阳，读者经常能在他的作品中发现中国东北的风土人情。

尽我所能地用日语记录下了这一次次旅行给我的精神世界所带来的巨大冲击。同时，对于我近年来的创作而言，这些来自中国的丰富体验又成了最具可塑性的文学素材。

谈到我自己写的小说，其实我也创作过很多类型不同、题材各异的作品，不过令人出乎意料，我的纯文学类作品中比较畅销的却是《听不见星条旗的房间》和涉及"9·11"恐怖袭击事件的《支离破碎》，并且这两部作品还获得过一些重要的文学奖项。而我的那些描写中国的小说却很难畅销或得到较高的评价，或许是因为人们觉得一个美国佬用日语讲述有关中国的故事没有多大意义，直到 2009 年，我才凭借《假水》这部作品拿到了伊藤整文学奖。

这部《假水》用日语的表达方式将我当时在中国大陆的切身体验如实地反映在了作品之中。小说题名为《假水》，其中"假"这个字在汉语中读作"jiǎ"，是"不真实、伪造"的意思。如今这世道一个不留神，什么东西都能跟"假"字沾上边，不只有假钞，还有假酒、假烟，甚至假日本人、假军官等等。而当时我所认识的中国人，每个月领着微薄的工资，有些人的月收入还不到一千元人民币，一旦收到一张假钞，就意味着三四天的工资化为乌有，害得有些人的生活到了无以为继的地步。普通的中国民众只能非常小心，甚至连我本人都有过这种切身体验。那是坐落在"丝绸之路"东端的一座城市，城市西郊有一家饭馆，我进去买了一瓶四块钱的矿泉水，喝进嘴里时却发现味道有点不对，谁知没过多久就拉肚子了。我赶紧吃了从日本带来的止泻药，竟然不起作用，没办法，只能吃了一整天的豆腐，等身体慢慢恢复。

此后,我乘火车回到中国大陆的东部海岸,跟熟识的中国朋友聊起了这件事情。我的中国朋友马上说道:"你怕不是遇到假水了吧。"这里所谓"假水"是"伪劣的水"的意思,但是当对方提到"假水"这个词的时候,首先在我脑海中反映出的日语却是"仮の水"①。这样一来,我突然意识到这个"假"字(或者"仮"字)已经不仅仅是一个关于"真假"的概念了,更涉及千年以来日语中的一个重要主题——"假借性、临时性"。现实中的一个汉语词语就这样与另一个时间轴中的日语联系在了一起。由此,我将这一段旅行的体验用日语写进了小说之中。这也是我所创作的所有有关中国的作品当中,第一部获得日本文学重要奖项的小说。

那时候我就在想,水村女士在她所使用的英语当中,或者多和田女士与德语之间的碰撞,恐怕很难领略得到这样的趣味吧。我如此频繁地造访中国,也正是为了追寻这一乐趣。当然,这并不意味着我成了所谓的亲中人士,也不是因为厌弃了日本,而仅仅是为了追寻这种语言上的乐趣。时至今日,我的这种追寻仍在持续,而《假水》只是少有的一个成功例子罢了。

---

① 日语中的"仮"字源自汉语的"反"字,常常用来表示"假借、暂时"的含义。日语的"仮の水"应该理解为"假借的水、临时的水",与汉语的"假水",即"伪劣的水"实际上是有语义差别的。而这种日语和汉语的差异,恰恰给《假水》的作者利比·英雄带来了语言认知上的独特体验。

在布什和本·拉登的语言面前

沼野：从日中语言交流的角度来看，《假水》确实是一部非常有趣的小说，正如利比先生所说，日语和汉语之间存在着微妙的差异。毋庸置疑，在漫长的历史上，日语从汉语中汲取了非常多的经验和智慧，但是在不同的文化和历史背景下，由于日语和汉语终究是完全不同的语言体系，即便是从汉语中借用了大量的字、词、发音等语言素材，当这些语言素材融入日语时，也会产生复杂而微妙的变化。日中之间对于"假（仮）"字含义的认知差异也是这么来的。虽然使用同一个汉字，却存在着各自不同的语感或意涵。在日中两种语言中，类似这样的词语和表达方式还有很多。

比如日语所使用的文字符号，汉语叫作"假名"，包括"平假名""片假名"，不过，事实上"假名"本来是对应所谓"真名"的一个概念，就是"假借"来替代"真名"的意思。

利比：对于汉语来说，日语的那种标记符号确实应当称为"假名"。

沼野：嗯，是的。因此，如果追溯到"假名"的起源，那么在日本这个"假（仮）"字的使用方法确实有着非常独特而悠久的历史。您在涉及美国"9·11"事件的小说《支离破碎》中，也提到过自己曾尝试着将美国电视节目中播放的英语译成日语，结果翻译出的日语却非常奇怪，产生了明显的不协调感。

从这个意义上来说，《支离破碎》也是一部语言性很强的小说。但是比起英语和日语,汉语和日语之间显然有着更悠久的历史关系和更复杂的文化联系,因此,可以说《假水》将一系列更为复杂的语言问题呈现在了我们的面前。但是,相较于其他的政治性的议题,我觉得《支离破碎》也同样体现出了在语言之间实现"越境"的可能和极限。

利比: 正如您所言,在推出《支离破碎》这部小说的时候,我经常听到类似这样的评论。"9·11"恐怖袭击事件发生时,我正在加拿大的温哥华。电视上不断播放着美国总统小布什的演讲和本·拉登的录像声明。当时我发现布什的演讲中出现了一个英语关键词,用日语的话,只能翻译为"作恶的人们"[①] 这种怪异的说法,而另一方面,本·拉登则在视频中对自己口中的所谓"异教徒们"[②] 语出恐吓。然而,在英语和阿拉伯语之间,或者说在基督教和伊斯兰教的文化脉络中,这两个语感十分强烈的关键词都无法直接用日语中的词语来翻译,只能用这种不伦不类的日语来表达,这一现象让我意识到在语言的背后有着更深刻的文化内涵。尽管二者都无法抹去其中的政治性因素,但是我从"对某种语言的不理解"发展到"只想要纯粹地说(使用)某种语言"的思想变化,却恰恰根源于此。

---

① "作恶的人们",原文为"evildoers",是典型的基督教徒惯用词,汉语中一般译为"歹徒"。
② "异教徒们",阿拉伯语原文"الكافرون",汉语音译为"卡菲尔",是对不信仰伊斯兰教的人的蔑称,英语翻译为"infidels",和日本类似,中国国内一般把这个词翻译为"异教徒",但是语感已经显得较为中性化了。

沼野：《支离破碎》这部小说在文坛获得了很高的评价，还夺得了大佛次郎奖，也可以说是我个人十分推崇的一部作品。现在我手头上就正好有这本小说的文本，所以我参考了一下利比先生提到的那部分内容，在温哥华的酒店里，主人公爱德华从电视上听到一个操着得克萨斯口音的人频繁地重复着同样的话语。而主人公对话语的内容，却不由自主地思索起来。

> 那人说"evildoers"。
> 我脑子里突然蹦出一个很烂的日语表达——"作恶的人们"。这实在是一个没法儿用日语直接翻译的词啊。我只在四十年前的主日学校里听到过一次，从那以后就几乎再也没有听到过有人提到这个词了。两栋大厦就像沙雕的城堡一样在眼前崩塌，即便是身处其中的罹难者，恐怕口中也喊不出这样的词吧。①

主人公立刻意识到在电视上说话的人正是美国的新任总统小布什。

而就像刚才利比先生提到的那样，再过片刻，当爱德华看到电视台为本·拉登的录像画面所配的英语字幕时，脑海里便开始浮现出一种诡异的幻景。

---

① 因小说《支离破碎》未有中译本，所引用的作品内容为本书译者译。——编者注

infidels

英语的字幕打在画面上。

异教徒们，

一瞬间，爱德华觉得自己仿佛在观看一场一千年前的电视辩论。

眼前一掠而过的是：沙漠，由钢筋和玻璃幕墙构成的高楼化作城堡，在自己的脑海里又再次开始崩塌。

读到这里，我们就会发现这部作品除了深入地探讨了相关政治议题以外，还运用了极为高超的语言表达手法。只是，在英、日两种语言之间，由于语言鸿沟过于明显，导致出现英语中的个别词语无法用日语表达的情况，或者说即使勉为其难地翻译出来，也会显得非常蹩脚。这一现象从另一个侧面反映出英、日两种语言之间存在着所谓"翻译的极限"，非常值得我们细细玩味。而与之相较，日语和汉语之间的关系则更为复杂、微妙。

利比：纵使日语和汉语之间存在着复杂的联系，然而在日本，关于中国的故事却难以流传开来，我觉得其主要原因还是日本社会对中国的市井民情等基本信息缺乏认知和了解吧。有些朋友在看过我写的有关中国的作品之后，甚至评论道："利比最近写的书，基本都是关于金钱方面的内容啊。"言下之意，我的作品只谈论经济类话题，我不能算得上是个文学工作者。

近百年来，在日本文学界内部一直有一个不成文的规定，那就是尽量回避经济类话题，文学作品中也往往存在着一种排斥数据的倾向。鉴于北京、上海等大城市已经发展成为大都市了,所以我现在去中国,并不喜欢待在这些大城市里,而更愿意去深入探访中国内陆广袤的腹地。

我很热爱语言,所以对方言也很感兴趣,只是碍于中国的方言实在太过复杂,相关资料也不够全面,很难一窥究竟。不过,实地生活差不多一星期左右,我也能逐渐适应当地的方言。结果当我意识到自己已经能够听懂方言时,会立刻发现当地人社会生活中的主流话题仍然是以经济活动为中心的。聊天的内容多是诸如去哪里打工能挣一千两百元;哪家面馆很贵,一碗面竟然要卖五元;想置办点家当竟然要花五千元;或者火车软座票只要一百五十元之类。

所以,我逐渐意识到中国正朝着经济"市场化"的方向蓬勃发展,一场经济大变革的序幕正在拉开。这一巨大的变化意味着什么呢?这不正是后冷战时代作为世界主流的市场经济的呼声吗?它标志着中国的老百姓即使身处内陆偏远的腹地,也在积极回应着这一呼声。我试图用日语来还原我所经历的一切,但令我苦恼的是,这一宏大的社会变革是很难用文学来反映的。不得已,我只能沉浸在各种经济数据的海洋之中,任由数字的原始张力冲击着我的感官,而这种体验也只能诉诸纪实文学。抱歉,我把话题扯远了。

李良枝的重要性

沼野:我看您谈兴正浓,咱们讲座中途就不中断了,节省下休息的时间,我们继续聊下去。

今天，我们谈到了美国、日本和中国的关系，利比先生给我们分享了很多他自己的看法。此外，利比先生对于语言的一些思考也非常具有启发性，很值得我们仔细聆听。虽然在谈话中偶尔也会涉及一些看似与文学没有什么直接关联的事物，但是能够参与和聆听像利比·英雄先生这样的文学大家的访谈，本身就可以看作是文学的一部分，我个人感到非常荣幸。

其实，我们今天讨论的话题并不仅仅局限于文学理论框架之内，而是以优秀的文学家和文学作品为实例，向各位听众展示文学的魅力。当着您的面将您作为实例，可能有点失礼，不过由您亲自来向各位听众阐释您所参与构建的现代世界文学，会让大家对这一主题有更真切的感受，这对于各位听众和我个人来说，都是一次十分难得的体验。

最后，我想请您就"值得一读的好书"再谈一谈您的看法，以及您在阅读指导方面对我们的听众有什么更好的建议。那么，我这里现在有三本利比先生推荐的作品，其中两部作品的作者李良枝①和萨曼·拉什迪②是在我们前面的谈话中没有提到的两位重要作家，能请您向我们介绍一下这两位作家和他们作品的精彩之处吗？

---

① 李良枝（1955—1992），第三代在日朝鲜人文学的代表作家之一。代表作有《刻》《由熙》《石之声》等。
② 萨曼·拉什迪（1947—　），印度裔美国作家。出身于穆斯林家庭，创作了一系列讲述穆斯林文化的小说，小说代表作有《午夜的孩子》《撒旦诗篇》《摩尔人最后的叹息》等。

利比: 在座的各位听众朋友中,可能有人之前已经读过李良枝的作品了吧。作为一位在日朝鲜人作家,李良枝是她的汉字姓名,她比我出道稍早了一两年。她出生于日本山梨县,父母给她起了一个叫作"田中淑枝"的日本姓名,直到九岁的时候,她才第一次知道了自己在日朝鲜人的身份,可以说如果没有人告诉她的话,她可能永远也不会发现这个事实,而且将会以一个普通日本人的身份,和其他的日本现代女性一样,一辈子就这样生活下去。而作为具有这样复杂身世背景的一名作家,她创作了一部以主人公的名字为题的小说《由熙》,并一举斩获了第 100 届芥川奖。

《由熙》可以说是一部内容相当复杂的小说,我觉得自己也不太有资格给这部小说做一个定性评价,但是简单地说,核心主旨是一名新时代的在日韩裔女性,即便自己在生活中可能并未受到日本社会的歧视或差别对待,但是面对本民族曾经饱受苦难的历史,她充满着对祖国的无限向往。在二十多岁的时候,她毅然决定前往首尔留学。谁知当她踏入首尔的一瞬间,却深深地感受到自己对韩国文化强烈的抵触情绪。

这种对祖国文化的抵触情绪中最为明显的反应是对韩语的不适,也就是说,她发现自己在语言上根本无法融入韩国社会。主人公虽然知道自己的民族身份,也十分清楚自己的民族在日本社会曾经遭受严重歧视的历史,但是当她想要全心全意地"拥抱"这一民族时,却发现自己的精神世界已经同日语紧密相连,她根本无法从精神构造上剥离日语的影响。这是一个何等艰辛而悲哀的故事啊!

因此，在小说的最后，作者提到了"语言之杖"这么一个概念。清晨，当主人公一觉醒来之时，每每希望借助这根"语言之杖"站立起来，却又在内心深处陷入痛苦的挣扎，自己语言的首字母究竟应该选择平假名"あ""い""う""え""お"的"あ"，还是长得像箭头一样的谚文字母"아"，主人公根本无法做出决断。

小说的内容写到"语言之杖"这里就结束了，而我之所以推崇这部小说的原因，主要在于我虽然没有能力纵览所有的"在日文学"①，也不敢做出什么断言，但是就我所了解的"在日文学"中，大多是以民族歧视、故国思恋、韩国政治史，或美日韩朝的国家关系为题材的作品，而从语言问题的角度切入民族身份认同的话题，这部作品还是首例。

因此，我在其他地方也提到过，就算不是日本人或韩国人，比如印度人或法国人读了这部小说也会对这个问题感同身受。更直白地说，所谓民族身份认同的问题，并不是单指某一个个人自身的民族身份属性，而是与其在生活中所使用的语言息息相关的。很多存在这方面困扰的人士都处在两种语言的夹缝之中，而正视这一现象为我们从更广泛的层面探讨民族身份认同提供了更大的可能性。我觉得这一点是非常重要的。刚才我所提到的作家多和田女士，和作为日本社会中的少数族群里最具有政治性的在日韩裔之间，恰恰是在语言问题上存在着某种内在联系。

---

① "在日文学"，此处特指在日韩国人、在日朝鲜人文学，即生活在日本的朝鲜、韩国裔人士所创作的文学作品的总称。

接下来我要介绍一下萨曼·拉什迪的《撒旦诗篇》。由于日文版译者五十岚一①先生的遇刺事件，这本书在日本的新闻界也有一定的知名度。拉什迪在书中对伊斯兰教的先知穆罕默德做出了具有争议性的描写，引来了伊斯兰国家特别是伊朗的批评，伊朗前精神领袖霍梅尼②按照伊斯兰教法对拉什迪宣判了死刑，在国际社会引发了轩然大波。然而，出生于印度的拉什迪是直到少年时代才移居英国生活的，因此与那些由小说引起的宗教或政治性纷争相比，我更看重拉什迪在这部小说中对两种性质迥异的文明的描写。在我看来，就这个作品而言，其内容所反映出的文明差异，远比伊斯兰宗教问题更为重要。

我个人非常喜欢拉什迪的一句话，而且从某种角度上讲，也可以借用这句话来概括今天我对这个问题的结论。他在短篇小说集《东方、西方》③中写道："全世界都在朝我呼喊着，要我做出选择。但是我拒绝选择。"

也就是说，拉什迪面临着非常严峻的精神拷问：自己究竟是印度人还是英国人？一方面按照印度民族主义者的主张的话，作家就应该抛弃那些移民英国期间所经历的一切，回归到所谓真正的印度人的状态；而另一方面英国的白人社会则强调作为一个真

---

① 五十岚一（1947—1991），中东和伊斯兰问题研究专家，著述颇丰，涉及伊斯兰思想、数学、医学、希腊哲学等多个研究方面。因其翻译了萨曼·拉什迪的争议作品《撒旦诗篇》，1991年7月11日在筑波大学校园内遇刺身亡。
② 鲁霍拉·穆萨维·霍梅尼（1900—1989），伊朗什叶派宗教学者（大阿亚图拉），1979年伊朗革命的政治和精神领袖。该革命推翻了伊朗的巴列维王朝建立了伊朗伊斯兰共和国。在经过革命及全民公投后，霍梅尼成为当时伊朗国家政治和宗教最高领袖。
③ 《东方、西方》，萨曼·拉什迪于1994年推出的一部短篇小说集。

正的英国人，多少应该要从英国人的立场出发来思考问题。但是，拉什迪却坚持认为不应该拘泥于所谓的民族立场。在全世界各国向着多民族社会转变且各民族日益交融的时代背景下，抛弃自己多民族身份中的任何一个部分，单方面地去迎合另一种狭隘的民族意识是很不理性的。最终，在所谓民族立场上，拉什迪拒绝采取任何选边站的行为，并在自己的作品中体现出一种更为平衡的创作理念。

这意味着，在拉什迪的身上，我们可以看到两种文化的共同影响，而在他的作品中我们也能感受到两种文明同时并存的事实。总而言之，这个问题已经不属于所谓"异文化共生"的范畴了，而是在探讨单一个体的精神世界中所存在的多种文化并存的现象。

我很推崇拉什迪在这句话中所体现出的理性态度。简单地说，强迫个人在民族立场上选边站的行为，就如同命令对方必须患上失忆症一样，是一种极其粗暴的做法。这就相当于要求对方将其所经历的一切体验统统砍减一半。19世纪以来，帝国主义和民粹主义都热衷于命令人们"选边站"，而拉什迪这种坚持不做选择的态度令我十分钦佩。萨曼·拉什迪堪称当今西方世界优秀的作家，而我认为他这种坚持不选边站的态度正是他获得成功的一个重要原因。

但是，要谈到结论的话，无论是拉什迪，还是生于日本长于英国的石黑一雄①,或是出生于异国他乡的其他作家,包括来自非洲的后殖民主义作家们,没有一位能够像李良枝那样直接地探讨了语言和民族身份认同之间的内在联系。

这正是我所发现的一个不可思议的事实。在东亚诸国中,要追究日本所具有的显著特征究竟是什么,其中之一也许正是民族主义、民族身份认同和语言之间的相互纠葛吧。正因为如此,李良枝才会生出那许多的烦恼,也才会有人觉得无论从生物学还是民族学的角度,十七八岁的我是根本看不懂《万叶集》的吧。

但是,反过来说,我认为日本文学向我们更加清晰地展示了一个重要的事实,那就是人类的所谓身份认同实际上并非源自人种的差别,而是源自语言,源自各民族固有的语言差异。关于这方面的探索,在英国文学、美国文学、韩国文学,乃至中国文学中都未能被真正深入开展过。

问题已经超越了 W 文学的范畴

沼野: 谢谢利比先生对两位作者的精彩介绍。作为阅读指导,我也向大家推荐了三本书,在讲座的最后,我们也一起来了解一下这三本书吧。

---

① 石黑一雄(1954—),日裔英国小说家和剧作家。出生于日本长崎县长崎市,1960 年随父母移居英国并于 1982 年获得英国国籍。1983 年开始发表小说,是当今英语世界著名的作家,四次入围布克奖,并在 1989 年凭借作品《长日将尽》获得此奖。他在 2005 年出版的长篇小说《别让我走》被《时代周刊》评选为"2005 年度十佳小说"和"1923 年至 2005 年间百部优秀英语小说"。2017 年石黑一雄获得诺贝尔文学奖。此外他还被授予大英帝国勋章、法国艺术及文学骑士勋章等多个奖项,与拉什迪、奈保尔一起被称为英国文坛"移民三雄"。

这三本书中，有两本是利比先生的作品。其一为《英语读解〈万叶集〉》，相信对于古典文学有兴趣的读者朋友，这本书应该是很容易上手的，而且功利地说，阅读这本书对提升我们自己的英语水平，或多或少也是有一定帮助的，因此也受到了读者朋友们的广泛好评。同时，这部作品的出版也标志着利比先生作为现代作家的成熟，为其接下来的创作生涯奠定了坚实的基础。

但我们要注意的是，这本书并不单单只是一部用英语介绍日本古典文学的作品，它对帮助我们深入思考世界文学的发展提供了大量富有启发性的见解。把《万叶集》纳入世界文学的范畴来阅读究竟意味着什么呢？那些古老的日语如何才能够准确而优美地翻译成现代的英语呢？原文中有哪些部分是可以顺利翻译，而又有哪些部分是翻译力所不逮的呢？作品在探讨这些问题的同时，也带领读者们更深入地去思考什么是所谓"诗性的感动"，思考超越时空的文学又是一个怎样的概念。

话说回来，之前我们提到过温又柔女士的一部作品，书名《好去好来歌》正是取自《万叶集》中山上忆良的一首长歌。在这首长歌中，山上忆良赞美日本是"受言灵赐福的国度"①，这已经是大家所熟知的名句了，而想要把这句话翻译成英语，却是一件十分困难的事情。利比先生，您能针对这个问题谈谈自己的看法吗？

---

① "受言灵赐福的国度"，出自《万叶集》卷五中"言霊の幸ふ国"，意为"因语言的灵力而带来幸福的国家"。

利比：这句话确实很难翻译。在这里，我借用沼野先生在《东京新闻》上曾经发表过的相关见解来简要谈一谈我个人对这个问题的思考。

怎么说呢，据比较可靠的研究表明，在古代的日本文学作品中首次提到"言灵"①的诗人山上忆良实际上是出生于朝鲜半岛的"渡来人"②。他在为起程前往中国访问的日本遣唐使送别时，创作了这首祈祷使团访问顺利并平安归国的诗歌，而"言灵"一词正是出现在这一文章脉络之下。

也就是说，在各种因缘际会之下，山上忆良作为一个朝鲜半岛出生的诗人，却在为日本的遣唐使送别时赋诗一首，并明确记录下了日本作为"言灵之国"的文化背景。我们可以从很多的层面来深入探讨这个有趣的现象，而就在最近（2009年10月），沼野先生以此典故为切入点，在《东京新闻》上撰写了一篇文艺时评，文章对近来日本社会中涌现出的各种"语言之魂"做了精彩的阐释。在这里，我想跟大家一起来分享这篇文章，并借

---

① "言灵"，可以通俗地理解为语言中所蕴含的灵力。在古代日本，人们认为语言中蕴藏着某种神秘的力量，相信语言中表达的内容会因这种神秘的力量而转化为现实。日本古代文学作品中第一次记录下"言灵"这个词语的是《万叶集》，在《万叶集》中，"言灵"一词一共只出现了三次，其中之一便是山上忆良的《好去好来歌》。

② "渡来人"，广义而言是指古倭国（日本的旧称）对朝鲜、中国、越南等亚洲大陆海外移民的称呼，约4世纪至7世纪从海外迁移到倭国的人口被考古学者称为"渡来人"，不过主要仍是代称由东亚迁徙而来的移民，这些移民主要来自黄河流域、山东半岛、长江流域、辽东半岛、朝鲜半岛，这些人通常是因国内战争频繁或随文化交流传播而移居日本，这些拥有高度文明的"渡来人"在日本传播了诸如农耕技术、土木建筑技术，以及烧制陶器、冶铁锻造、纺织等技术，推动了日本农业文明的发展。

此为今天的讨论做一个总结。

沼野：总的来说，每当我们提到"言灵"这个词的时候，总是被国粹主义者或者民族主义者看作是一个彰显日本文化的例证，认为是有优秀文化的日本为语言带来了灵力，但我却不这么理解。我反倒觉得恰恰是丰富多彩的"言灵"在冥冥之中造福日本。小说《好去好来歌》之所以令人称道，不正是因为发扬了这种精神吗？因此，尽管这部作品在写作手法上仍有稍显稚嫩的地方，但是我仍然愿意抱着一种欣赏的态度去认真阅读。

以上我们简单聊了一些有关于《英语读解〈万叶集〉》的话题。当然，刚才在谈话过程中也提到了利比先生的其他作品，可以说每一部都非常精彩，如果非要从其中找出一两部推荐给各位年轻朋友的话，我觉得被收入"讲谈社文艺文库"的《听不见星条旗的房间》是一个不错的选择。此外，涉及"9·11"恐怖袭击事件的《支离破碎》，和以中国为故事背景的《假水》也可以作为大家延伸阅读的选项。

今天受利比先生的启发，我们也谈到了关于中国的话题。顺着这个话题，我希望借此机会跟各位听众朋友一起思考一下，如果我们想要了解中国文学，应该选择从哪些作品入手呢？

现在的中国文坛活跃着包括莫言、残雪在内的很多优秀的小说家，虽然他们的作品风格独特，个性鲜明，但多数篇幅较大，内容也比较晦涩，简短易读的比较少。因此，我们可以尝试选择更加传统一点的经典小说，比如鲁迅的作品。鲁迅的小说在日本已经被翻译过很多次了，也涌现出了很多高水平的译作。在这里，我要向大家推荐藤井省三先生最新翻译的《故乡 阿Q正传》。藤井先生颇具现代感的翻译，令鲁迅先生的作品更为贴近时代，也显得更加平易近人了。

由于时间的关系，关于鲁迅文学的相关话题我们就不详细展开了，我在最后强调一点，在鲁迅先生的短篇集中，除了我们日本人熟知的《阿Q正传》以及《狂人日记》之外，还有一部叫作《藤野先生》的作品，对于此前没有接触过这部作品的朋友，我是推荐大家去读一读的。

鲁迅在日本留学时就读于仙台的医学专门学校，他在那里遇到了教授解剖学课程的藤野老师，当时正值日俄战争期间，他看到中国人因为替俄国做间谍而被日本兵枪杀的新闻影片时，内心受到了很大的震动。小说中不仅记录下了鲁迅先生在日本的这一段痛苦经历，同时也详细描写了藤野老师这样一位对中国留学生毫无偏见，治学严谨且学术态度始终如一的教育工作者形象。

要说这位藤野老师究竟有多好呢？当时鲁迅刚到日本不久，日语不是很流利，听老师用日语授课，根本做不了笔记。察觉到这个情况的藤野老师，一次次地让鲁迅把自己的笔记交给他，然后十分严谨地用红笔对笔记中的错漏之处加以订正，甚至连日语本身的错误都一一修改，再还给鲁迅。这样的笔记订正工作一直持续到了整个课程结束。我本人也在从事教育教学工作，而且现在也指导着许多留学生，但是如果真要像藤野老师这样与每一个学生亲身交流，恐怕我自己也很难照顾周到。

这是连咱们日本的教科书都加以收录的一篇名作了，不过，再优秀的文学名作，一旦编入教科书，对于学生来说也只会沦为学习的对象，瞬间变得乏味了许多。但是，如果大家能端正心态，怀着真诚去体会这篇作品的话，就一定会发现这真是一篇描写在跨越国境、跨越文化的过程中个体生存状态的感人佳作。

特别是置身于当时日中两国之间复杂的关系中，作品的情绪基调也掺杂着对于自己受到歧视的不忿和深刻的民族自卑感。虽然只是一篇文风简练的回忆式小品文，但是在文字的背后却映射出当时复杂的社会背景和作者深刻的思想内涵。

顺带一提，从事鲁迅作品翻译的藤井省三先生曾经说过，据他推测，"村上春树其实也深受鲁迅的影响"。因为藤井先生是鲁迅研究方面的专家，所以做出这样的推断，可能或多或少地含有他本人的某些惯性思考的成分，但也从另一个角度向我们展示了中日两国文学间某种意想不到的联结，这种文学与文学之间的沿袭和承继，也正是"世界文学"的一种表现形式。

关于推荐书目的相关介绍，我们今天就先聊到这里。最后，有请利比先生为我们今天的讲座做一个总结吧。

利比：不好意思，我还想再请教一下沼野先生一个问题。在我们今天的讨论中缺少了一本很重要的作品，那就是沼野先生的《通向 W 文学的世界——跨境的日语文学》。这部作品涉及世界各国的众多作家，内容也涵盖了各种文学理论与文学思想，将这部作品命名为《通向 W 文学的世界——跨境的日语文学》，代表着您怎样的一种文学态度呢？

沼野：在创作这本书之前，我经常听到有人谈论所谓的"J 文学",但是我的态度是"对于文学而言,不要总是拘泥于'J文学'这种狭隘的说法,文学应该是'W'的"。这里的"W"当然就是代指World(世界)。因此,我的意见是,我们要放眼"世界文学",而不是囿于"日本文学"的窠臼,在阅读日本文学的同时,更要把日本文学作为世界文学的一分子去看待。这是我当时所抱持的基本的文学态度。但是,距离那本书的出版已经过去了一段时间,如今再回想起来,那种按照所谓"J"或者"W"的标准对文学进行二元对立的划分本身就已经是一种落伍的问题讨论方式了。今天,恐怕我们已经没有非得在二者之间做出一个明确选择的必要了,文学就应该回归于文学本身!

我们在认知世界的时候,对于暂时无法理解的东西,总是会通过给它们贴上各色标签来进行自我安慰。在今天讲座的最开头,我们谈到了许多"越境"作家,而利比先生给我们的回应是似乎这些"越境"作家跟他并没有太大关系,在我看来这应该是一种更加成熟的看法。也就是说,以所谓"越境"作家的框架来框定文学创作者,这种思维模式本身就有问题。

利比:我之前曾认为那个"W",是日语的W①。也就是说,在日本的社会环境中才能诞生出的日式思维,以及带有这种日式思维的语言。

沼野:原来如此!相对于"J"的"W式思维"啊!您把这种思

---

① 利比应该是将此处的W,理解为了日语的"わ"(wa/和)。

维模式本身也看作是日语的一种表象特征了。您的这种解读很有意思!

那么,今天我们与利比先生连续进行了近两个小时的对话,中途也没有休息,让我们再次向利比先生表示感谢。对于在座的各位听众朋友而言,此次讲座也是一个难得的机会。通过此次讲座,想必大家对目前世界文学领域中现实存在的问题,也有了一个更直观的认识。谢谢大家的热情参与!

(本次访谈于2009年11月3日,在光文社总部举行)

●利比·英雄为中学生推荐的三本书:
①李良枝《由熙》(讲谈社文艺文库)
②多和田叶子《Exophonie——走出母语的旅行》(岩波书店)
③萨曼·拉什迪《撒旦诗篇》(五十岚一译,新泉社)

●沼野充义为中学生推荐的三本书:
①利比·英雄《英语读解〈万叶集〉》(岩波书店)
②利比·英雄《听不见星条旗的房间》(讲谈社文艺文库)
③鲁迅《故乡 阿Q正传》(藤井省三译,光文社古典新译文库)

●延伸阅读:
○利比·英雄
《日语的胜利》(讲谈社)

《新宿的〈万叶集〉》（朝日新闻社）
《支离破碎》（讲谈社文库）
《越境之声》（岩波书店）
《假水》（讲谈社）

〇安部公房
《终道标》（讲谈社文艺文库）

〇温又柔
《好去好来歌》（收入《来福之家》）（集英社）

〇鸭长明
《方丈记》（岩波文库、讲谈社学术文库等）

〇川端康成
《我在美丽的日本》（讲谈社现代新书）

〇沼野充义
《通向 W 文学的世界——跨境的日语文学》（五柳书院）

〇席琳·内泽玛菲
《白纸》（收入《白纸　塞拉姆》）（文艺春秋）

○水村美苗

《私小说 from left to right》(筑摩书房)

《日语灭亡之时——在英语的世纪之中》(筑摩书房)

○村上春树

《去中国的小船》(中公文库)

○杨逸

《小王》(文春文库)

《浸着时光的早晨》(文春文库)

○萨曼·拉什迪

《东方、西方》(寺门泰彦译，平凡社)

第二章
飞跃国境与时代

——平野启一郎与沼野充义的对谈

互联网将会改变文学吗

平野启一郎

小说家，1975 年出生于爱知县，毕业于京都大学法学院。1999 年凭借处女作《日蚀》获芥川奖，时年二十三岁，是当时最年轻的芥川奖获奖作家。同年出版了第二部作品《一月物语》，2002 年又推出大作《葬送》轰动日本文坛。这三部小说均以宏大的历史线索为背景，被誉为"浪漫主义三部曲"。此后，平野启一郎文风突变，转而致力于实验性的短篇小说创作，近年来则发行了《溃决》[1]、《曙光号》[2] 等以现代社会为舞台的长篇小说。另有代表作《高濑川》《滴漏时钟群的波纹》《无颜者》和《有名无实的爱》等。小说创作之余，平野启一郎也经常发表散文或文艺评论文章，小说《填满空白》于 2011 年在漫画杂志 Morning 连载。

---

[1]《溃决》，日文原题为《决坏》，另有国内学者译为《决口》。
[2]《曙光号》，2010 年获日本文化村双叟文学奖。

现代日本文学所处的环境

沼野： 今天我们请来的对话嘉宾是著名作家平野启一郎先生。在这里，我先向大家交代一下今天我们此次访谈的整个流程，首先由我做个简要的开场白，然后再有请平野先生接着我们的话题谈谈自己的看法，最后如果各位听众朋友有什么感兴趣的问题，再请平野先生为我们解答。如果大家的问题比较多的话，到时候我们也可以适当延长一点交流的时间。当然了，这些事情本来也没必要交代得这么清楚，只是最近，日本社会上普遍要求不管任何项目、活动，都要一丝不苟地按照事先安排的计划来行事，稍有差池就很容易受人诟病，因此很多活动的主办方都会尽力把各项活动的具体时间按照流程细化到每分每秒。幸好，这次活动的主办方还是比较理解我们这个活动的性质的，所以应该可以允许我们在活动流程的执行上稍微有所放宽。那么，我们的访谈现在正式开始。

作为访谈的引言，请允许我把话题稍微扯远一点。我自己也经常举办各种各样的会议，也有很多的机会邀请来自世界各地的作家和研究人员举行演讲会或者研讨会等活动。当然，在这些活动的组织过程中，我也会为相关人员准备好相应的活动日程安排表。这类日程表上不仅要标明各项活动预定的开始时间，还要写清楚活动的结束时间，这基本上已经是日本社会的一种常识了。但是，这两天，我突然意识到一个问题。那就是，当我在俄罗斯接到这种活动通知的时候,日程表上一般都会标明活动开始的时间,但是我却不记得看到过活动结束的时间安排。而且,如果大家上网去查一查在俄罗斯的各种学术活动信息,就会立刻发现,凡是由大学或其他文化团体来组织的讲座、讲演会之类的活动,基本上都不会写出活动结束的具体时间。我本人的专业是研究俄罗斯文学,所以跟俄罗斯人也有较长时间的接触,但是在这之前我都没怎么意识到这个问题,这个小小的发现还是让我感觉挺惊讶的。

这种事情在日本是肯定无法想象的。比如我在文化中心的讲座,作为讲师,迟到是肯定要杜绝的(毕竟听众是花了钱专门来听讲的),而就连讲座结束的时间也是必须要严格遵守的。文化中心曾经也接到过类似的投诉,说是个别讲师的时间观念淡漠,导致一名学员错过了回家的末班电车。当然了,这只是少数极端情况。不过在现代社会,如果没办法预计活动结束的大致时间的话,对于我们自己的生活安排,确实会带来很多不便。而在俄罗斯,特邀讲演或学术研讨会的通知中从来不会明确告知活动结束的具体时间,那为什么俄罗斯人会对于这一现象习以为常了呢?我对这个情况感到十分好奇,于是在前几天特意询问了一位俄罗斯朋友,结果他一脸漠然,丝毫没觉得这是一件多么值得大惊小怪的事情,他说:"这当然不用规定时间咯!这种活动不就是应该让发言者尽量畅所欲言,听众尽量一饱耳福的吗?谁会去在意什么结束时间啊?"

乍听之下觉得有点不可思议,但是仔细想来,从某种意义上讲,这才是正确的道理啊!如果真的是非常有趣的讲座或讨论的话，大家巴不得一直听下去，还有谁会去在意时间呢？换作是一本精彩的小说，有哪个读者会一边读，还同时一边在留意着要什么时候才读得完呢？恐怕大家甚至还会希望好书永远都读不完吧。就像我自己，有的时候必须要为一些书写写书评，偶尔也会遇到临近截稿日期了，却怎么也读不完的书，那时候心里就会开始惦记着究竟还剩多少页没读完，还要花多少时间，眼睛也就不由自主地就老往时钟上瞟，这样的读书体验实在不怎么好。要是大家看戏或者看电影的时候，也总是盯着手表看的话，那说明这戏或者电影也一定是很无聊的吧。

  因此，我现在谈到的虽然全部都是题外话，不过这些问题和小说也并非完全没有关系。也就是说，当我们在思考小说究竟应该写多长，必须在什么地方结束的时候，也或多或少会与这些问题有所联系。在文学领域，传统上我们认为小说的整体构造都是要有头有尾的，写到一定的长度，就应该要有一个明确的结尾。但同时也有另一种文学观点是认为不用去理会这些限定性的框架，只要故事内容能够很好地延续下去，就不必特别在意其长度。比如芥川龙之介和志贺直哉的短篇小说就基本上是有着一个固定长度的作品，故事讲到该结束的时候就会干脆漂亮地收尾。但是，诸如古代印度的史诗《摩诃婆罗多》、日本的《源氏物语》，或者托尔斯泰的《战争与和平》、马赛尔·普鲁斯特①的《追忆似水年华》，当然还有平野先生的《葬送》，这些长篇大作

---

① 马赛尔·普鲁斯特（1871—1922），法国小说家，意识流文学的先驱。代表作有《欢乐与时日》、《追忆似水年华》、《让·桑特伊》（未完成）等。

在文学史上屡见不鲜。那么在这些作品中，对于篇幅的长短，是否有什么客观规律可循呢？因为一般情况下我们都能认识到，对于作品本身的性质而言，篇幅的长短是一个不可忽视的要素。

以上谈到的呢，就算是我的开场白吧。可能有点啰唆了，但总而言之，我想说的是今天我们的访谈不用太在意时间问题，什么时候结束都可以。

互联网时代的文学创作

沼野：那么，我们言归正传，首先来思考这么一个问题——"在互联网时代为什么会有人想要选择文学创作这条路"。三十五岁上下的平野先生，作为一位非常年轻的知名作家，为日本文坛带来了一股新风，也展现出成为日本文学界未来领军人物的气质。他出道很早，在就读于京都大学的时候，就已经创作出了《日蚀》这样的优秀作品，并受到了社会的广泛好评。如果从那时算起来，平野先生已经在文坛活跃了相当长的一段时间了，所以总会给我们一种比较成熟的错觉，但他实际上还是很年轻的。

和很多年轻人一样，平野先生一直以来也对日本文学的现状抱持着一种批判性的态度，并且对于当下的日本文学在发展过程中出现的各种问题有着敏锐的感知。之前，他就多次在座谈会或者访谈中提出，伴随着信息化社会的快速发展，在计算机技术日新月异、互联网广泛普及的大背景下，当代的文学究竟应该如何发展的问题。在这里，我们想与各位听众朋友一起来探讨一下这个问题。

其实对于这个问题的看法，各年龄层之间的人是有着相当大分歧的，想必在今天的会场中，也一定有不少对电脑和互联网感到力不从心的年长者吧。以我任教的大学文学部为例，百余名教授、副教授中，直到现在仍然有一位老师顽固地坚持拒绝使用电脑和电子邮件。当然了，这是一位相当资深的教育界前辈了，而且似乎我们之前访谈过的利比·英雄先生也是一位完全不碰电脑的作家。

对于包括我在内的五十岁以上的几代人来说，无论如何，传统纸媒才是最基本的阅读素材，早上起来第一件事肯定是看报纸，而且不能是网上传播的电子报刊，得是正正规规印刷的报纸，这已经成为我们的生活习惯了。然而在我所教授的学生中间，有很多人已经不再阅读报纸了。对于他们而言，如果只是为了了解新闻，那么稍微留意一下来自电视或者互联网的信息就已经绰绰有余了。以前从外地来东京求学的大学生，只要安顿好了自己的住处，首先要做的一件事情就是订阅一份报纸。在日本，送报服务是很普遍的，送报者每天早上都会按户派送当日晨报（其实，像日本这么高的报纸销售量在全世界都是很少见的），即使你只是一个大学生也应该订阅报纸，这种观点是以前支撑教养主义人才培养理念的支柱之一。

但是，现在过着单身生活的大学生不仅不订报纸了，而且连固定电话也不再安装了。因为办理一个固定电话，动辄需要花费数万日元来购买电话入网权，这对于一个大学生来说也是一笔不小的花销。不过，现在的年轻人基本都有手机，有些甚至从小学就开始用了，所以即使考上大学，搬到了新的住所，也完全没有安装固定电话的必要了。类似这样的通信设备和信息媒介的变化给我们日常生活所带来的影响是不可忽视的。不过,当我们在思考这个问题的时候,也必须注意到存在于不同年龄层之间巨大的鸿沟。

谈到手机的话题,我顺便再问大家一句,大家用手机接打电话的时候,一般是用哪只手啊?年轻人里的绝大多数肯定是用右手的,而实际上,年长的一代人则往往使用左手的比较多。那为什么会出现这样的差别呢?恐怕主要还是因为以前的固定电话往往设计成左手持话筒的样式,打电话的人用左手拿话筒,而右手空出来就可以做笔记。由于长者们几乎都是在这样一种电话操作习惯下成长起来的,所以他们拿手机的时候就会经常使用左手。我自己也惯用右手,却同样是用左手握手机,一换到右手就会感觉很不协调,不好操作。这事情看起来并不起眼,但是通过这样的一个例子我们仍然可以窥见,通信设备的发展给我们日常生活所带来的影响,已经渗透到如此细微的地方了。当然,手机更直接地影响着当代文学的表现形式。事实上,用手机阅读乃至创作小说从2000年的方兴未艾,发展到今天,"手机小说"作为一种社会现象已无须赘言。

纵观现在的日本文学创作者们,既有在二十岁上下就获得芥川奖,并成为最年轻畅销书作家的金原瞳①、棉矢莉莎②,也有像大江健三郎、古井由吉③、丸谷才一④那样七八十岁仍然笔耕不辍的大文豪。大江先生出生于1935年(昭和十年),现在已经七十多岁了,自从1957年文坛出道以来,从事文学创作已经超过五十年了。2009年大江先生又推出了一部小说《水死》,充分显示出自己仍是现役作家,或者说仍是文学界领军人物。

因此,虽说同是现役作家,但是在最年轻和最年长的作家之间竟然有着超过五十年的巨大跨度,而伴随着信息技术的发展,并不是所有的作家都能超越年龄层的限制,接受信息技术发展给文学创作所带来的影响,或者具备驾驭这种影响的能力。在这方面,作家之间的世代差距是相当大的,不同世代的作家不仅在文学观上各异,对信息化社会的态度也是不同的。

从"声音的文化""文字的文化"到"电子的文化"

沼野:说起来,这已经不是人类第一次面临沟通媒介的根本性变

---

① 金原瞳(1983—),日本小说家,生于东京,其父为儿童文学家金原瑞人。2003年金原瞳以《蛇信与舌环》获得第27届昴星文学奖佳作奖,并于2004年与绵矢莉莎共同获得第130届芥川奖。2010年又以短篇小说《夏旅》获川端康成文学奖提名。2012年小说《母亲们》获日本文化村双叟文学奖。

② 绵矢莉莎(1984—),日本小说家,出生于京都,本名山田梨沙,十七岁时凭借小说《Install未成年加载》夺得第38届文艺奖,后以《欠踹的背影》一作与金原瞳共同荣获第130届芥川奖,她也成为上述两个文学奖项最年轻的获奖作家。

③ 古井由吉(1937—2020),日本作家、翻译家,出生于东京。古井由吉是战后日本文学流派"内向的一代"代表作家,代表作有《杳子》《圣》《栖》《亲》《槿》《野川》等。

④ 丸谷才一(1925—2012),日本小说家、文艺评论家,代表作品有《假声低唱君之代》。

革了，从远古时代以来我们已经历了沟通媒介的数个发展阶段。回想过去（虽然很难想象），在人类语言的起源过程中，作为众多人类个体之间信息交流的产物，最初出现的显然不是文字，而应该是声音。

围绕着人类语言的起源，至今仍留有许多未解之谜等待我们的探索，距离我们彻底解释清楚语言形成的过程仍有一段相当长的路程要走，但无论是谁，只要稍做思考就能马上明白，要人类一开始就用铅笔在纸上书写文字是一件很不现实的事情。

语言的形成始于"语音"的诞生（在此之前当然也肯定存在着包含手势、身体姿态在内的所谓"身体语言"，这里先姑且不论）。不仅文字的发明事实上远在语音之后，纸张、铅笔之类方便的书写工具的产生则又是更为晚近的事情了。

也就是说，只有在以语音为表现形式的语言获得充分发展之后，人类为了记录语音才诞生出了"书写"这一行为。虽然书写最初采用的是以尖锐的器物在石质或木质的材料上刻画痕迹这种相当原始的手段，不过到了15世纪，印刷术在西欧应运而生，这即我们所熟知的"谷登堡革命"①。随着"谷登堡革命"的兴起，人类创作的书籍便不再需要依靠人力逐部手抄了，而是作为印刷品开始大范围地流通。

这只是我们从发展历程的角度，对人类表达方式的变化归纳出的一个梗概。简而言之，语言发展经历了一个从依赖语音的口

---

① "谷登堡革命"，指由德国人约翰内斯·谷登堡的铅活字印刷术带来的西方印刷革命。

头表达，到使用文字的书面表达的过程，而这一变革的意义显然已经远远超越了所谓创造出某种便利的书写工具的维度了。作为从正面详细论述这一问题的著作，沃尔特·翁①的《口语文化与书面文化》值得我们特别关注。在这部著作里，沃尔特·翁深入分析了"第一维度的口语文化"（完全不采用书写的文化）和"深受书面写作影响的文化"之间的根本差异，并系统地论述了"写作"对于现代的人的思考方式和文化产生的巨大影响。

该书的英文原名为 *Orality and Literacy*，"Orality"是"Oral"（口头的）的名词形式，指的是基于语音的一切口头表达。与此相对，"Literacy"一词则一般用于表示"读写能力"，原本是从表示"文字"的拉丁语"littera"演变而来，联系上下文，这个词在这里的含义是指使用文字来进行表达的形形色色的书面文化。

也就是说，在沃尔特·翁看来，由谷登堡的发明所引发的媒体革命，并非只是单纯地让这个世界变得更加便捷了而已，它为人类的意识和语言表达本身带来了更为根本性的变化，其范畴涉及"从口语到书写"的一切文化内容的转换。简单来说，也许在口语文化时代创作的文学作品，无论是《荷马史诗》，还是《源氏物语》，都与书面文化时代创作的作品在构造上有着根本性的差异。

---

① 沃尔特·翁（1912—2003），20世纪媒介研究学者。身为北美媒介环境学派第二代人物，致力于研究从口语文化到书面文化及电子文化的变迁如何影响文化、改变人类意识。沃尔特·翁关于文字媒介的研究重点是文字媒介如何重构了人的意识。他在这方面研究的重要主题是技术的内化。

人类的文化经历了"从口语到书面"的发展历程,这是我们大家相对比较容易理解的,但是在此基础上我想进一步强调的是,现在人类有可能正在进入接下来的第三个发展阶段。只是,与"从口语到书面"这一变革的显而易见相比,新一阶段的变革处在一个比较难以清晰论述的状态之中。该如何用一个短语来称呼这一变革呢?我个人也不太笃定。但众所周知,我们正在迈入以计算机技术和互联网信息传播为基础的电子信息时代,那我们就姑且以这一信息技术变革来为新的文化发展阶段命名。也就是说,如果人类的第一个文化阶段叫作"口语时代",第二个文化阶段叫作"书面时代"的话,与之相应地,人类第三个文化阶段就应该被称为"电子时代"了。

当然了,语言作为人类所掌握的一种工具,是人类表达和传递信息的基本手段,也是将人类与其他动物区别开来的基本特征之一。反过来说,如果人类失去了语言,也就不再是人类了。因此,即便是在"电子时代",人类对语言的依赖也并未发生根本性的转变。但我们同样无法否认的是,今天人类记录语言的手段已经有了飞跃式的发展了。在文字时代,我们把语言用文字记录在纸张上,但是电子媒体已经根本不需要使用纸张了。如今,从印刷品过渡到电子书籍的发展究竟已经深化到何种程度了呢?这种变化又到底会对文学的发展带来多大的影响呢?我们现在就正在亲身经历着这么一场深刻的变革。

沃尔特·翁强调,对于生活在口语时代的人来说,所谓的"知道",实际上指的就是"记得",涉及的是人类记忆的问题。但是,到了书面时代,知识和信息都被记录在了纸上,其最甚者首推百科全书，人类只要根据自己的需求加以查阅即可，记忆就已经变得不是那么重要了。而到了如今的电子时代，几乎所有的信息都可以通过互联网，如在"谷歌"上进行检索，或者参考网络上的维基百科来获得。当然，人们通过互联网得到的信息中难免掺杂了许多良莠不齐的内容，乃至有很多的错误和偏见，所以大学里的老师们往往苦口婆心地规劝学生说"不要轻易地相信互联网上的信息"，但互联网绝佳的便利性却是无可否认的。而早前用纸张印刷出来的大部头百科全书，也在迅速地从我们的视野中消失。

因此，我们现在正在经历一场人类史上的大变革，这次大变革的重要性可能丝毫不亚于沃尔特·翁所指出的从"口语文化"到"书面文化"的革命性过渡。在这种情况下，迄今为止一直是由文字和纸张有机结合而形成的文学又将如何发展下去呢？如果文学家们依旧按照过去的传统模式构思、创作、出版，还能继续在这样的时代变革中挣扎求生吗？也有不少人在大声疾呼，也许文学正面临着前所未有的危机。不过，我们还是不要去盲目地相信这些刻意煽动危机感的言论。比如说当初电影刚被发明出来的时候，也有人对传统的戏剧抱有同样的危机意识，觉得在电影激烈的竞争之下，戏剧行业肯定会被摧毁殆尽吧？可事实上，事情的发展却往往出乎我们的预料。现在的实际情况是，无论互联网多么发达，传统的出版市场上却以更加迅速的节奏推出了各种各样的印刷品，反倒显得热潮汹涌，更胜以往了。只要大家去书店一逛，便会立刻发现，新发行的各类书籍可谓堆积如山。总有人说电子书籍的普及能从根本上改变这样的境况，可事实上这种巨大的变化真的会有到来的一天吗？

用电脑写作会给人类社会带来怎样的影响

沼野：不管怎么说，对于这样一个开放性的议题，在当下，我并不认为有谁真正掌握着所谓绝对正确的答案，但是没人知道答案并不代表对这个问题的探索就没有意义，或者说就不重要了。然而，面对这样一个需要我们持续不断探索下去的重要议题，纵观整个文学界，大部分的作家都显得过于淡定，他们似乎并不太关注这方面的问题，仍旧一如既往地坚持着书面写作。而与此相对，平野先生则以其敏锐的洞察力，牢牢把握住了媒体革命的趋势，成为作家群体中最敢为人先的先锋。

然而，从表面上看，虽然大多数作家并没有太过强烈的危机感，一如既往地坚持着书面写作的习惯，但现在的事实是，大部分作家，特别是六十岁以下的中青年作家中百分之九十九的人早已改用电脑作为自己写作的基本工具了，这是一个相当明显的变化。

写作工具的变化，将会给文学家们创作出来的文学成果以及创作者本人的意识带来怎样的影响呢？这实际上是一系列相当重要的问题，只是如今我们还没有真正探明其中的情况。从更加直观的角度来看，作家不再亲手执笔进行书写创作，而是用打字机或电脑来进行创作，势必会带来作者本人身体感觉上的变化。将文字书写在纸张之上的行为，伴随着复杂的手指和手臂运动，这种行为本身就带有一种身体上的紧张感。特别是在日语的表记体系中，作家除了要使用平假名、片假名以外，还必须能够熟练地运用汉字，整个过程是非常复杂的，尤其是在书写复杂汉字的时候，必须经常依赖自己的头脑，去不断回忆那个汉字的写法（这与沃尔特·翁提到的"口语时代"的"记忆"何其相似）。

然而，用电脑书写汉字的时候，我们就根本不需要去记忆汉字的写法了，在这种情况下可以说"知道"和"记得"这两件事情开始被人为地割裂开了。事实上在日常生活中，就连我本人也已经是百分之九十九的情况下使用电脑进行书写了，结果这么一来，导致本来就不擅长汉字书写的我，更加不会写汉字了，特别是遇到复杂一点的汉字，想写的时候却怎么都想不起来。所以我在大学里给学生们上课的时候，最害怕写板书了。前几年，我在莫斯科大学的日本学系任教，曾一度想要在学习日语的俄国学生面前大显身手，我对他们说"有学识的日本人，连这么复杂的汉字都会写哟"，然后开始在黑板上写"忧郁"（日语汉字为"憂鬱"）两个字。但是，当"郁"（鬱）字写到差不多一半的时候，却突然怎么也想不起来另外一半究竟该怎么写了，当时真可谓是骑虎难下，一筹莫展。因为觉得实在太丢人了，只好硬着头皮狡辩道："哎呀，对于这么复杂的汉字，即使是有学识的日本人，有时也不一定能够写得出来，大家明白了吧。"

如果长时间依赖电脑进行写作的话，由于电脑会替代我们人脑对汉字写法的记忆，所以，渐渐地，我们开始遗忘汉字的具体写法，导致出现复杂汉字不会写，或者对于某些汉字只会认读却记不住写法的问题。而且，使用电脑写作的话，可以对原稿反复多次地进行删改，作者们就会倾向于姑且先把想到的内容一股脑儿写上去，回头再马上修改就好。这种写作模式看起来更简单，但却丧失了在纸张上亲笔手书时的那种身心上的紧张感。因此，也有学者对使用电脑进行文学创作的行为大加挞伐，认为这是导致文学走向堕落，造成人类精神世界力量涣散的罪魁祸首。书法家、书法史专家石川九杨先生就是这种说法的代表人物。石川先生在他的众多著作中，都以非常雄辩的事实阐述了相关理论，值得大家认真倾听，如果各位听众朋友也对这个问题感兴趣的话，请一定要认真读一读这些作品。

但是，石川先生的主张也有稍显极端的地方，所以我个人也并不能完全地赞同他的意见。我们日本人的主要书写工具经历了从毛笔到铅笔、钢笔的演变过程，而后来活动铅笔和圆珠笔的诞生又为这一演变拓展了新的方向，不过，这一系列的演变对日本的文学乃至文化究竟带来什么具体的影响却是一件难以证明的事情。而电脑的普及也同样以这样一种十分微妙的方式在不断地影响着我们的文学创作和社会文化，虽然我们可以明确地感受到这种影响，但是，对于究竟是什么东西发生了怎样的变化，却一时半会儿怎么也说不清楚。

人类的语言本来就随着时代的发展不断变化，而每当产生这种变化的时候，前辈们又往往会发出学统崩摧或文脉衰颓的叹息。但事实上，语言就如同生物一般，只有新陈代谢、不断变化才能存活下来，一成不变的语言说其是形同死物亦可，把变化本身看作是洪水猛兽的观点，实在不可取。既然连日语都会随着时代的变迁不断变化的话，那么作为文学表现形式的文体当然也会随之改变。而要促成语言的这种动态发展，其中一个要素，就是书写工具的演变。我这么说并非刻意夸大。

人们常说世上的一切都是流转变化的，一定不易、永恒不变的东西是不存在的。但是我却不这么认为。我并不是那种虚无的相对主义①者。对于我来说，人类通过语言表达自己意识的这种心理需求就是一个恒久不变的存在。无论你是用笔把文字写在纸张之上，还是用电脑把文字打在显示屏幕上，人类用语言表达自己思想、情感的这种欲望似乎从来没有衰竭过。在这一点上，我还是相当乐观的。

语言是人类的基本能力之一，而正因为人类依旧是人类，所以人类的语言表达才得以通过各种形式传承了下来。一旦这种语言表达本身发生了质的改变，变成了我们人类难以理解的另一种东西时，我们人类也就变得不再是人类了。这听起来就像是科幻小说的题材，但说不定今后人类还会继续进化，在遥远的未来，也许还会掌握一种能够取代语言的，更加先进的信息传递工具，也许将来我们为了满足这种新的沟通工具的要求，还存在着需要对人体进行相应改造的可能。如果发生那样的情况，那时的文学应该也会出现根本性的变革吧，至少现在，无论你是用墨水写，用铅笔写，还是使用文字处理软件在电脑上写，语言表达本身在本质上并没有发生改变。正因如此，我们才有能力去阅读和理解过去时代的文学经典，也才能被它们的故事和情感所打动。

变化的文学与不变的文学

沼野：因为这第一个话题实在是太宏观了，所以我多啰唆了几

---

① 相对主义，是一种认为观点没有绝对的对与错，只有因立场不同、条件差异而相互对立的哲学学说。

句。接下来，我想就直奔几个主要话题，听听平野先生的意见。我们的下一个话题是"从过去到未来——对于小说家来说现代意味着什么"。

在我看来，所谓作家，既要从过去的小说中汲取养分，同时又要为未来的文学开辟新路，而无论是读者还是作家，我们又同样都生活在当下的时代之中。那么，与读者"同处一个时代"对于担负着继往开来使命的作家来说，又究竟意味着什么呢？我们都知道，历史学家善于挖掘过去，科学家醉心于探索未来，宗教家则希冀死后的天堂。不过，实话实说，对于任何人来讲，没有什么比活在当下更重要的了。也许我的这种说法听起来特别像极端现世主义①的言论。但我们终究是生活在当下的这个时代，自己的生活和孩子们的幸福才是我们最关心的事情，在文学上也是同样一个道理。

也就是说，文学也涉及我们应该如何理解、思考"现代"这样一个最需要被重视的议题。而对于小说家平野先生来说，他与"现代"有着更加异乎寻常的联系。平野先生初涉文坛之时还非常年轻，此后持续开展的创作活动也十分引人瞩目，凭借着惊人的智慧和大胆的实验精神，他的每一部作品都在自己的文学道路上开辟出了新的境界。

其出道作品《日蚀》的故事以中世纪的法国为背景，小说本身采用了一种非常古老的文体，文中还特意大量使用了许多生

---

① 现世主义（Secularism），文艺复兴时期兴起的一种追求现世生活的思想。当时的人从中世纪时代对灵魂救赎的全神贯注，转向渴望用获取的金钱去谋取城市生活的舒适和享受。简言之，现世主义是现实主义的强化版。

僻的古汉字，部分内容就连担任芥川奖评审委员的许多前辈作家也必须借助词典才能看得懂。评审委员之一的石原慎太郎就曾在评审意见中专门提出过质疑：《日蚀》中所展现的玄学意趣也好，逼真的拟古文风也罢，难道不使用这样的创作手法，现代文学就不能复苏了吗？但是，不管怎么说，平野先生文学道路的起点，竟然就是这么一部在文体和内容上，连石原慎太郎这样相当资深的前辈作家都觉得晦涩难懂的小说。

诚然，《日蚀》的故事背景在空间（地理）和时间上都与"当下"的日本有着强烈的距离感，小说的文体也与现代日语相去甚远。在此之后，平野先生虽然也陆续推出了一些作品，不过若要论及标志着他的作家生涯进入到下一个创作阶段的代表性著作，就又要首推《葬送》这部小说了。这部里程碑式的长篇巨著，以19世纪40年代后半期的法国为背景，以作曲家肖邦①和画家德拉克洛瓦②为主人公，以历史上真实存在的艺术家和他们真实的人生经历、艺术作品为基础创作而成，是一部描写非常细腻的现实主义小说。在19世纪的欧洲，现实主义小说的顶点已经由托尔斯泰和巴尔扎克构建完成，而平野先生的这部作品可以说是循着前辈的足迹，对现实主义文学巅峰发起的再一次挑战。这部作品的晦涩程度虽然没有达到《日蚀》的地步，但是它描

---

① 弗里德里克·弗朗索瓦·肖邦（1810—1849），19世纪波兰作曲家、钢琴家。代表曲目有《降E大调辉煌大圆舞曲》《降E大调夜曲》《c小调革命练习曲》《波洛涅兹舞曲》等，被誉为"浪漫主义钢琴诗人"。
② 斐迪南·维克多·欧根·德拉克洛瓦（1798—1863），法国著名画家，浪漫主义画派的典型代表，代表画作有《自由引导人民》等。

写的依然是一个远离现代日本的时空。

接下来我想为大家特别介绍的是平野先生的另一部作品《溃决》。这也是一部内容精彩、震撼人心的大作。故事以现代日本为舞台，讲述了一个在互联网高度发达的时代背景下发生的恐怖谋杀事件。同时，作品中也加入了作者本人对于"罪恶究竟是什么"这个问题所做出的哲学思考。这部长篇小说的诞生是平野先生与"现代"主题的首次正面碰撞。作为小说背景的现代社会，战争与恐怖主义的暴力在全世界疯狂肆虐，互联网上也充斥着来自人类"内心的阴暗"。按照小说的观点，如果放任这种情况持续下去，一旦超越了临界点，我们的这个现代社会将面临难以修复的"致命性错误"，而其引发的严重社会灾难，也将如江河堤坝的"溃决"一般一发不可收拾。小说的名称《溃决》似乎正蕴含着这一警示。

最后，我要向大家介绍的是平野先生的最新力作《曙光号》。这是一部带有科幻性质的小说，作品的背景就设定在不远的将来——2030 年。如果有的听众朋友还从来没有看过平野先生的小说的话，我建议大家可以首先从这部作品读起。在今天讲座的后段，有机会的话，我也会向大家介绍另一部由我本人翻译的现代科幻经典——斯坦尼斯拉夫·莱姆①的《索拉里斯星》。其实我自己本身就对这类科幻题材的作品很感兴趣，而且总是被其中天马行空的想象所折服。

---

① 斯坦尼斯拉夫·莱姆（1921—2006），波兰著名科幻作家、哲学家。代表作有《索拉里斯星》《机器人大师》等。

在《曙光号》中所描述的未来时代，人类虽然已经成功地登陆了火星，而在地球上，美国总统大选之类的政治议题依旧如火如荼地展开着。在这样的社会背景下，平野先生通过引入"分人"这个概念，来呈现个人在面对现代社会形形色色的人情万物时，被裂解出的各种身份、特质，并进一步深入挖掘了这种现象的本质。"个人"的人格，作为近代社会中的基本单位，往往被当作是一个无法分割的综合体。而与之相对应地，这部作品中的"分人"这个概念，则是人类为了应对社会中的各种情境、场面，或者为了达成某种目的而专门调动的某一部分自我。在神奇的整形技术的推动之下，"分人"现象不断蔓延，人类不得已开发出了能实现高精确度面部识别的摄像监视系统。这样的情节设定确实带有一定的科幻色彩，但是人类的"身份"或"特质"会发生分裂的现象与其说是科幻，不如说是我们长久以来就一直需要面对的一个社会问题。

在《曙光号》中，主人公的"分人"问题与夫妻情感等现实主题相互影响，不断发展，从这个角度来说，这部作品也可以看作是现代的社会问题在未来的投影。而且故事发生的时间就在不远的2030年，这样的时代设定可以说不远不近，恰到好处。如果那时候我还活着的话，也该七十六岁了。我是真不知道自己能不能活到那一天了，不过对于各位青年读者来说，你们是肯定能活着看到2030年真实面貌的。无论是火星探测也好，面部识别系统也罢，这部小说中出现的科幻设定也并不是多么难以企及的奇幻空想，都是一些只要稍微发挥一下我们的想象力便触手可及的内容。可以说这部小说的创作，展现了今天平野先生面对未来的独特姿态，我对此也是很感兴趣的。顺便一提，小说中的主人公——宇航员"明日人"的名字其实也是具有某种象征意义的。

以上，我们通过四部作品，回顾了平野先生作为作家的"进化"历程。大家可以很清晰地看出其中的脉络：从中世纪的《日蚀》到19世纪的《葬送》，再到描写现在的《溃决》，以及描写未来的《曙光号》，作品中的背景时代逐步前移，由过去奔向未来。平野先生，这是您精心设计的创作之路吗，还是冥冥中有一种力量在背后推动的必然结果？对于这个问题，我很想听听您的解答。而且，对于您这样一位既可以穿越过去，又能够放眼未来的作家来说，现代日本的"当下"又意味着什么呢？您觉得作家在构建自己作品世界的同时应该与眼前的社会保持怎样的距离呢，还是应该经常以某种特殊的形式与眼前的"当下"获得共鸣呢？

文学的古典是什么

沼野：接下来的第三点，我想再简要聊一聊所谓"古典与现代"的相关话题。如果读者们想对世界文学有所涉猎的话，究竟应该先去阅读那些已有定评的古典作品呢，还是应该把重点放在更贴近现实生活的现代小说上呢？之前，我们也提到过"作家应该如何面对现代"这个话题，而在这里，我们想探讨的也包括读者应该如何面对现代文学，以及对过去的古典作品应该采取怎样的态度等方面的内容。从某种意义上讲，这两类问题，实际上是并行统一的。

虽然我们经常笼统地把一部分文学作品称作古典作品，但其实这些古典作品中也有很多不同的种类。其中既有《源氏物语》，也有陀思妥耶夫斯基①的《卡拉马佐夫兄弟》②。《源氏物语》虽然是在一千多年前用平安时代的日语创作的一部小说，但是直到今天它依然受到广大日本读者的喜爱，不仅现代日语的各种翻译版本层出不穷，甚至还有漫画家对其进行过漫画改编。其实，《源氏物语》不仅在日本有着超高的知名度，而且在世界文学领域也同样大获好评。单看其英译版，20 世纪初亚瑟·威利③《源氏物语》的首译本最早向西方介绍了这部古典巨著，此后赛登施蒂克④完成了对《源氏物语》的首次完整翻译，而罗亚尔·泰勒⑤的最新版翻译，不仅注释详细，而且解读准确，也体现出了较高的学术价值。而《卡拉马佐夫兄弟》就没有那么古老了，只是一本一百三十多年前的俄语小说。但是最近，由学者

---

① 费奥多尔·米哈伊洛维奇·陀思妥耶夫斯基（1821—1881），19 世纪俄国作家，代表作有《穷人》《被侮辱与被损害的》《罪与罚》《白痴》《群魔》《卡拉马佐夫兄弟》等。
② 《卡拉马佐夫兄弟》最初在《俄罗斯通报》杂志上连载了将近两年（自 1879 年第 1 期至 1880 年第 11 期），并于 1881 年出版。
③ 亚瑟·威利（1888—1966），英国东方学家、翻译家。精通汉文、满文、蒙古文、梵文、日文和西班牙文等语种。从 1921 年到 1933 年，其翻译并出版了六卷英文版《源氏物语》。
④ 爱德华·赛登施蒂克（1921—2007），著名日本研究专家、翻译家。出生于美国科罗拉多州，长年居于日本，先后执教于东京上智大学、斯坦福大学、密歇根大学、哥伦比亚大学。曾因日本文化研究及日本文学译介方面的杰出贡献，获旭日章、菊池宽奖、日本国际交流基金会奖。所译英文版《源氏物语》家喻户晓，被认为是该作品的最佳英译本。
⑤ 罗亚尔·泰勒（1936— ），美国著名日本文学研究专家、翻译家。耗时八年，完整翻译了《源氏物语》。

龟山郁夫翻译的日语版《卡拉马佐夫兄弟》在出版后立刻就成了畅销书，发行量甚至突破了一百万册。作为一部古典文学作品，《卡拉马佐夫兄弟》能够斩获如此不菲的出版业绩，充分显示出在古典文学中依旧蕴藏着某些能够引起现代读者共鸣的深刻的现实意义。

此外，"古典"一词在日本文学中多指明治时代以前创作的作品，而在欧洲，"古典"被称为"The Classics"，最初是用来专指古代希腊文或拉丁文著作的词语。因此，类似陀思妥耶夫斯基或者夏目漱石这样较为"新近"的作家本来是不属于"古典"范畴的。但是，我们在这里采用了一种比较宽泛的说法，对于那些在19世纪、20世纪创作的文学作品，如果获得了文学界的广泛好评，被认为具备了成为传世佳作的条件，这些重要的优秀作品也都可以被纳入"古典"的范畴。这种相对"新近的古典"有一个更为准确的名称，就叫作"近现代古典（Modern Classics）"。实际上，英国的大型出版公司企鹅图书（Penguin Books）最近就推出了一套名为"现代·古典"的系列丛书，不仅囊括了川端康成、芥川龙之介等人的作品，甚至就连创作《1984》的乔治·奥威尔①的作品也被收录其中。

因此，虽然我们是在笼统地谈论"古典"，但是从古代的希腊、印度、中国到最近的现代文学，"古典"涵盖的范围可以说非常广阔。但不管怎样，"古典"指的肯定不是现在、当下创作

---

① 乔治·奥威尔（1903—1950），英国著名小说家、记者和社会评论家。他的代表作《动物庄园》和《1984》是反极权主义的经典名著。

出来的作品。这些在过去的时代中创作出的古典文学作品，经历了时间考验，不仅流传至今，而且仍然具有重要的价值，其个中原因究竟何在呢？

对于现代的读者而言，这绝不是一个抽象的问题，而是相当实际的问题，也是更具实践性的问题。因为光是在现代创作出来的有趣的、优秀的文学作品，就已经多到令人目不暇接了。无论是大江健三郎还是村上春树，或是平野启一郎，对于这些当代知名作家的文学创作，许多读者都想要一窥究竟。然而另一方面，文学的世界中还存在着从古至今不断累积的大量古典文学瑰宝，其惊人的数量更是远远超过了现代的文学创作。如今，旧式的教养主义思维已渐式微，年轻人也普遍不会再感受到所谓"古典作品必读书目"的阅读压力了，但即便如此，我们的阅读生活也不能完全无视古典作品吧。只是，面对古典文学的庞大体量，很多读者都困惑于不知道该选择怎样的古典作品来读才好。

体量过于庞大的"世界文学"

沼野：其实，我们现在每年仍然有数量庞大的书在不断地出版，从统计资料来看，自2002年以来日本每年的图书出版量都超过了七万部，即便后来整个出版业都已经进入到了数字化发展的阶段，这个数字仍然在持续不断地攀升。到2008年，日本的图书年出版量已经高达约七万六千部了，再到2009年，这个数据更是增加到了七万八千部以上。虽然其中不可避免地包括了学习参考书、游戏攻略书以及其他各类实用书籍，而且也并非全部都是"值得一读"的好书，但是如果单纯从数量上去计算的话，差不多每一天都会有两百多本图书面世。这样一来，我们当然很难从整体上去把握如今活跃于创作舞台上的作家究竟是怎样的一群人物，以及他们究竟创作出了一些怎样的作品。

当然了，这些图书中的大部分都不具有多高的阅读价值。我可以很不客气地说，仅就小说而言，现在新上市的每一百部小说中，差不多百分之九十注定很快就会变成废纸或垃圾，五年至十年之后，将没有人会再去看它们一眼。但是在这一百部小说中，也许还是会有那么一两部是读者们在十年二十年之后仍然愿意继续阅读的作品，这样的作品就会成为名作流传下来，而读者阅读的视野也会随之不断地拓展开来。如果这样的话，那么不管这个"名作率"有多低，随着时间的推移，那些值得读者阅读的作品名单就只会不断地扩充下去。高中的国语老师在进行读书指导的时候，想必一定会拿出一份写着十本、二十本书名的书单对学生们说"你们在高中时代，至少要把这些书看完"。但实际上，想要把从古典到现代的世界文学名著都囊括进来的话，光靠罗列这么点儿书目，怕是远远不够的吧。

在我小的时候，集邮曾是我的爱好。其实阅读的难题和收藏家们所面临的难题非常相似。所谓收藏家，就是希望尽一切可能收集齐"所有"他们感兴趣的东西。但是，这个世界上有着数不清的国家，每个国家又发行过数不清的邮票。特别是世界上的一些小国家，为了赚取外汇，会大量制作很多非常精美的成套的纪念邮票手册。这样的邮票套装每年都在持续不断地推出，而全世界从过去到现在究竟发行了多少邮票，恐怕已经没人能说得清楚了，因此，想要收集齐"全部"的邮票也就成了一件根本办不到的事情。在美国，每年都会出版一本以网罗全世界所有邮票为目标的邮票目录，叫作《斯科特标准邮票目录》①。在这个目录的影响下，童年的我还天真地以为自己可以完成这一壮举，而现在，当真正了解到所谓"全世界所有邮票"这个收集对象的庞大规模时，任谁都会感觉到无能为力了吧。

其实，在世界文学领域也有着同样的现象，新的文学作品大量涌现，如果存在一个世界文学共和国，并持续开放注册的话，显示文学作品总量的列表数据将会疯狂地增长吧。而且，与邮票不同，文学作品还存在着语言方面的问题。对于那些用外语创作的文学作品，无论其内容有多么精彩，只要语言不通，我们就根本看不了。但是，现在世界上用于文学创作的语言究竟有多少种呢？大家觉得是几百，还是几千呢？说实话，对于这个问题的准确答案，恐怕又是谁都说不清的了。不过，不管是多少，反正一个人能认读的语言数和语言的总体数量相比，也就是沧海一粟而已。因为，大多数读者在欣赏文学作品的时候，能够实现流畅阅读的语言就只有一种而已，那些特别擅长外语的人，或者双语并用者当中，也许确实存在一些使用两门，甚至三四门语言的人，但即便如此，也很少有人能够让自己可以使用的语言数量达到两位数以上吧。

所以，我们探讨世界文学的时候，首先会惊讶于其庞大的体量，并且会马上意识到自己所涉猎的内容也许仅仅只是世界文学

---

① 《**斯科特标准邮票目录**》是由斯科特出版公司每年定期出版的一套六册约 **5000** 页的邮票目录。

中极为有限的一小部分而已。面对这种情况,就连文学方面的研究专家或者一些非常伟大的学者也似乎很难以真正诚实的态度来对待。所谓研究专家,往往会对自己专门从事的研究范畴做出明确的界定,并致力于将相关范畴中的所有内容都研究透彻。但同时,他们也绝对不会染指自己研究范畴之外的那片更加广阔无边的世界文学沃土。这种做法,对于研究专家们来说,也许是不得已而为之,但对于一般读者而言,就有些强人所难了。读者毕竟不是专业的研究人员,不是为了专门的研究目的来阅读书籍的。对于普通读者而言,阅读只是一种单纯的乐趣,或者一种探寻心灵归依的方式而已,无论什么书,只要内容精彩、有趣,就自然会有读者愿意追捧。

在美国有一位名叫弗兰克·莫莱蒂[1]的世界文学研究专家,作为学者的他,却有着自己非常特立独行的一面。在极为开阔的视野中,他以敏锐的洞察力捕捉着世界文学的动态系统和传播模式,并从这一角度开拓出了自己独特的"世界文学论"。然而令人感到有趣的是,就连他这样见多识广、博闻强识之人,也坦率地说出了"世界文学的体量已经非常庞大了,对于个人而言,你再怎么博览群书也都只是杯水车薪而已"这样的话。因此,他提倡一种新的阅读方法,那便是"远距离阅读"[2]。

---

[1] 弗兰克·莫莱蒂(1950—),意大利文学史研究家、文学理论家。长期在美国哥伦比亚大学和斯坦福大学任教。

[2] 弗兰克·莫莱蒂将文学与生物学、历史学、社会学、地理学、统计学、哲学等学科的知识资源整合在一起,提出了"远距离阅读"理论。远距离阅读就是系统地运用图表、地图、树形去分析文学现象的方法——图表来自计量史学,地图源于地理学,树形属于进化论领域。

这是一个与"细读"或"精读"相对立的概念，它不是从专业研究的立场出发，而是告诉广大的一般读者们应该更广泛地去接触包括翻译作品在内的各类文学。如果为了正确理解作品的内容，需要了解一些相关专业知识的话，也不必单纯依靠自己的力量去精研细读，只要借助相关专家们的解说和研究成果就可以了。因为如果不这样做的话，普通读者是根本无法面对浩瀚的世界文学海洋的。咱们仔细思考一下就会发现确实是这么一回事，事实上一般的读者朋友们一直以来也都是这么做的。

咱们的话题从"古典与现代"一路扩展到"世界文学"。总而言之，我想说的是包括古典文学、现代文学和日本文学、外国文学在内，世界上值得大家阅读的有趣的作品正在不断地涌现，那么我们究竟应该如何选择那些值得自己阅读的作品呢？在这里，我就只是想稍微提醒一下大家这个问题的存在罢了。如果说有某位了不起的学者能为我们制作出一份"必读书单"，并且在其中列举出几十部作品，告诉我们只要把这些作品读完就足够了的话，那事情就简单多了。但是在世界文学内容多样化、总量膨胀化的现实前提下，妄图整理出这样的权威书单也已经成为一个令人难以想象的难题了。

而不久之前，在日本的市面上，"世界文学全集"之类的出版物还是很受欢迎的。实际上，它也在一定程度上起到了这种类似"必读书单"的作用。这种世界文学全集一般都是邀请各国文学研究领域的知名学者参与编撰的，因此也可以看作是在一定的时代背景下有着很高阅读价值的古典作品的一种总集。这种受到文学界普遍认可的古典作品总集也被称作"经典"（Canon）。

而最近，大家开始强烈地意识到另一个有趣的现象，在文学历史的进程中，即便是"经典"也并非一成不变，有些曾经风靡一时的作家会逐渐被人淡忘，而另一些新的作家、作品又会补充进这个群体。实际上，"经典"本身也是在不断演化着的。

而到了现代，再想要编撰类似过去的那种带有"世界文学全集"属性的"经典"就已经非常困难了，我在思考，我们是不是已经到了必须确立新的"经典"的时代了。作为追求新"经典"的一个非常直接和成功的案例，首推由作家池泽夏树①的《池泽夏树 个人编辑 世界文学全集》（河出书房新社）。但是，另一位美国的比较文学家大卫·达姆罗什也曾说过，世界文学的真正意义也许并不是制作出某种形式的作品选集，而是要帮助读者建立起新的阅读模式。也就是说，所谓世界文学，其实是关于你我究竟应该读什么、怎样读的问题。这种说法乍听之下，虽然显得有点过于突兀，但其核心理念是希望读者不要在最初刚接触世界文学的时候就把自己束缚在某个书单之上，强迫自己"非要看完"某些作品，而是应该尽可能地沉浸在自己感兴趣的作品中，随着阅读的深入，读者们就会发现，能够引起自己阅读兴趣的下一部作品会自然而然地出现在心中。这样一来，读者自身的阅读视野才开始真正地面向世界，也才能获得不断的拓展。这应该也算得上是在世界文学之一崇山峻岭中一条最优的阅读路径了吧。

这种阅读模式极大地解放了读者的主观意识，给予了读者很

---

① 池泽夏树（1945— ），日本诗人、翻译家、小说家。

大的自由。但是，现代社会中书海茫茫，被赋予了自由的读者们也会相应地感觉到迷茫，不知道究竟该何去何从吧。因此，向读者朋友们稍微做出一点提示，指出一条文学探索的道路也是很有必要的。而我的目标就是致力于成为各位读者的文学指路人而已。

那么接下来，就让我们有请此次访谈的主角——平野先生来谈谈他的看法吧。

互联网对新文学的现状带来了怎样的影响

平野：大家好。刚才，沼野先生在谈话中提出了几个非常明确的疑问，那么首先，请允许我就这些问题做个简要的回应，然后再继续我们接下来的探讨。去年（2009年）年末，我有机会参加了几场出版界的"忘年会"①，正如各位朋友所知道的那样，前段时间日本经济萧条，各行各业都陷入了不小的困境，但是在出版界，我从来没有听到过像去年那么多的哀叹和抱怨，"太难了"这个词几乎成了出版界从业者的口头禅，每次见到编辑，人人嘴里都在念叨"太难了！太难了"。

出版界的业绩巅峰期大概是在上个世纪的1995年前后，日本公正交易委员会发布的资料显示，从那时到次贷危机（2008年）之前，出版业的市场规模就已经缩小了近百分之三十，仅为巅峰时期的百分之七十左右。再受到次贷危机的冲击，就目前

---

① "忘年会"，日本的企业或行业组织在年底举行的传统聚会，以回顾过去一年的成绩，准备迎接新年的挑战，类似于中国企业或行业组织的年会。

的业界形势推测，这个数据说不定还会被进一步腰斩。就算那些不是以文学作品为主营业务的出版社，日子也不好过。最近从美国传来的消息，旗下拥有多家时尚杂志的著名出版业集团"康泰纳仕"① 同样业绩下滑，销售额跌落到仅剩巅峰时期的一半而已。所谓"忘年"一词，本来有忘却旧年是非，去旧迎新之意。结果编辑们在"忘年会"上越聊越颓丧，"一想到来年的形势……"一个个都面色凝重，如临大敌。

自去年年末以来，大家最关心的莫过于电子书籍的发展了，社会大众普遍将今年（2010年）视为日本的电子书元年。其理由有很多，但最直接的一个原因就是去年亚马逊推出了一款名为"Kindle"的电子书阅读终端设备。其英语版已经在国外先行发售了，今年将会正式推出日语版本，而在这之前，苹果电脑公司也发售了新款平板电脑"iPad"。今后，肯定还有其他公司会陆续推出搭载"安卓系统"的阅读终端设备来参与相关市场的竞争，到了那个时候，如何给电子书定价将会成为出版界的一大难题。要知道，在出版界辛苦谋生的可不仅仅是出版社和作家，也包括销售渠道商、书店，以及纸张企业和印刷企业等，它们本来都在出版业中扮演着各自的角色，也发挥着各种各样的功能和作用。不过，如今伴随着图书电子化的浪潮，出版业内部的关系又究竟会发生怎样的变化呢？这将会成为一个关系到整个出版界如何展开行业重组的复杂问题。

---

① 康泰纳仕，著名的国际期刊出版集团，于1908年由康泰纳仕在美国创立，总部位于美国纽约，旗下拥有众多出版物，包括《纽约客》《名利场》《智族》《服饰与美容》《现代新娘》《悦游》《连线》等众多知名杂志。

我涉足图书出版界的时间并不长。十多年前，也就是1998年，我才刚刚作为作家出道，1999年获得了芥川奖，说实话，那时候的我做梦也没有想到自己会遇上一个发展如此迅猛的时代。在我刚出道的时候就经常听人谈论一个词，叫"脱离铅字"，这其实是个比喻，意思就是说当时的年轻人，要么沉溺于电视节目，要么沉迷于电子游戏，总而言之就是不看书报，不读文字。

而现如今，再说起"脱离铅字"这个词的时候，恐怕就要按照它真正的字面意思去理解了。正如沼野先生所说，铅字本来是用于活字印刷的，被印刷机记录在了"纸张"这种媒介之上。严格来说，广泛采用"DTP"（桌面出版）技术的现代出版界其实老早就已经告别铅字的时代了。我们现在看到的不过是印制在纸张上的"模拟铅字"罢了，不过为了把这个话题聊下去，我们姑且就把这种"模拟铅字"也当作"铅字"来看待吧。表面上看，人们接触铅字的机会的确在减少，但是通过电脑、手机等数字媒体，现代人每一天读写的文字量却达到了历史上前所未有的高峰。

我小时候，身边有很多小伙伴，一遇到作业要写作文就脸色发青、脑袋发蒙。而现在，很多小朋友从小就会自己主动地撰写、更新自己的博客、日志，也许他们就不会再像以前的小孩那样害怕写作文了吧。我发现近来的一些青年作家，文章都写得得心应手，而且遣词用句也非常平易近人，比如已经出道了相当长一段时间的金原瞳，他们这一代作家虽然并不一定是从小学就开始习惯使用互联网，但总而言之，他们的作品都写得非常出色。

而在互联网时代之后成长起来的新一代青年人，从童年时代就已经养成了日常写作的习惯。今后，如果这些人成为作家，又会给文学带来怎样的影响呢？我经常爱举这么一个例子，就在前不久，整个世界体操界能完成"月面宙反"① 这个技术动作的，还只有屈指可数的一两名职业运动员，而现在，你去任何一所高中的体操队都会发现许多人都能完成这个动作了。技术的发展就是这么一回事，一旦有人达到了某个水平，那么用不了多久，其他人也能很快将这项技术掌握下来。写文章，当然少不了要看一个人的天分。不过，若论单纯的文学技巧，接下来的文学创作在技法上也一定会呈现出日趋早熟化的倾向，我认为这将会成为今后的一大趋势。

因此，当我们在评价新晋作家的时候，即使遇到了文章技法非常老练的作者，也不能对他们轻易折服。作为业余选手如果能完成"月面宙反"的话，当然很值得赞叹，但是对于参加体操比赛的专业运动员来说，仅仅完成一个"月面宙反"，还不足以让现代的体操裁判感到惊讶吧。这两件事情其实是同一个道理。

现代"报纸"的奠基人——吉拉尔丹②

平野：话说回来，我曾经接受过一个名叫"文字·铅字文化推

---

① 1972年慕尼黑奥运会，在单杠项目中获得金牌的日本选手冢原光男，自创了由正握悬垂前摆接两个团身后空翻兼转体一周下的动作，被命名为"Moon sault"，亦称"月面宙反"。
② 埃米尔·德·吉拉尔丹（1802—1881），法国报业企业家，常被认为是最早的传媒企业家。

进机构"的团体的邀请，做了一次演讲，而在讲演的过程中我却对该机构的名称做出了一个不太客气的评论，我认为"文字和铅字是不应该拿来相提并论的"。无论最初是写在木简上，还是刻在金字塔的墙壁上，从楔形文字、象形文字到现代互联网上的数码（电子）文字，文字的发展史可谓源远流长。而铅字则是伴随着活字印刷术的发明而出现的产物，从传播媒介的角度来看，铅字只不过是文字发展历程中的一部分而已。

以前有过这么一个词语，叫作"铅字信仰"，这个词语是什么意思呢？在当时，想要印刷出版自己的作品是一件非常困难的事情，只有那些被筛选出来的极少数人能获得公开出版自己著作的机会。所以，一个人无论多么想成为作家，只要出版社不愿意出版他的作品，那就真的是一点办法也没有。这就是出版社作为文学传播媒介的重要地位。同样，对于铅字来说，作为传播媒介的印刷技术和印刷机也是不可或缺的重要条件。可能有一些听众朋友已经看过了陀思妥耶夫斯基的《群魔》① 这部小说，小说中的人物为什么要自相残杀呢？我觉得这一切归根到底就是围绕着印刷机（传播媒介）的一场争夺。因为《群魔》的主人公彼得，原本只是一个传达来自日内瓦指令的传播媒介一般的存在②。这个故事的主题直到今天依旧发人深省，它充分说明了掌握信息传播的媒介是一件何等重要的事情。

---

① 《群魔》，俄国作家陀思妥耶夫斯基创作的长篇小说。该作品于1871年至1872年首次在《俄罗斯通报》上连载。
② 小说以流言传闻的形式多次暗示了主人公彼得·韦尔霍文斯基领导的秘密团体和日内瓦的"和平自由联盟代表大会"有关联。

在传统出版业中,作者和编辑都是被挑选出来的专业人士。他们具备了较高的专业技术水平,不仅能进行文学创作,还能从事调查采访、文章审校等工作。只有让这样的一群人来有组织地开展图书出版工作,才能获得社会大众的信赖。这也许就是"铅字信仰"的根本原因吧。

然而,这已经是出版业与印刷技术还存在着紧密联系的过去时代的事了。如今在互联网上谁都可以轻松地发表意见和观点,有时候一些网络信息的质量甚至比实际出版物的质量更高。这样一来,"脱离铅字"以及"铅字信仰"的衰退就成了理所当然的现象。

从今年开始,日本的出版市场将正式迎来图书电子化浪潮的巨大冲击,而最近,我又重新阅读了由鹿岛茂[①]先生创作的小说《报业之王吉拉尔丹》。在今天的时代背景下重温这部作品,能让我们发现很多别样的乐趣。吉拉尔丹活跃于19世纪,与音乐家肖邦同处一个时代。自1830年起,吉拉尔丹开始涉足报业,并逐步积累起了巨额的财富。在他早期发行的报纸上,我们发现了一个很有意思的标题——《剽窃报纸》。这是什么意思呢?要知道当时的报纸是必须通过订阅才看得到的,而报纸的种类又分得很细,只能提供某种单一门类的资讯,有的专门介绍最新款的服装,有的专门处理股票交易信息。由于在一张报纸上并不能囊括全部的资讯,社会上就出现了一些方便读者互相传阅报纸的场

[①] 鹿岛茂(1949—),法国文学研究专家、评论家,日本明治大学国际日本学部教授。

所。吉拉尔丹敏锐地发现了这个商机,他亲身往来于这些报纸的传阅场所,收集那些在各家报纸上已经刊登过的最有看点的新闻,再每周刊发一次,而这种"剽窃报纸"竟然一跃成为当时最受欢迎的读物。

吉拉尔丹的这个点子,和现在的谷歌新闻有点类似,也就是将各家新闻机构通过采访收集到的资讯汇集到一起,再提供给读者的模式。虽然文学领域的所谓"编辑"跟谷歌新闻把所有的相关资讯捆绑在一起的做法还是有所区别的,但同时,在近代的历史条件下,作为信息综合平台的小说也逐渐成为一个新兴的资讯门类,可以说二者的发展内涵还是相通的。

此外,吉拉尔丹还注意到不仅仅是都市居民,生活在城镇和乡村的人们也有着相应的资讯需求,他通过在报纸上刊登广告的方式削减成本,把报纸的年订阅费用降低了一半。受到他这种开创性的经营模式的影响,巴黎诞生了世界上最早的一批广告代理商。可以说,吉拉尔丹不仅实现了报纸的廉价化,而且也为广大市民提供了政治立场更为中立的资讯。

吉拉尔丹虽然是近代报业的奠基人,但在当时却并不怎么受人尊敬,在这一点上,倒是和互联网的发展非常相似。

另外,为了吸引读者,增加报纸订阅量,吉拉尔丹开始在报纸上开辟小说连载专栏,这可以算得上是他的又一大功绩。当时,有部分读者就是冲着报纸上连载的小说,才选择订阅的。从那以后,经过了一百多年的漫长岁月,报纸也逐渐变成了一种"伟大的"存在,甚至成了"活字信仰"的对象之一。然而,伴随着互联网新媒体的出现,从某种意义上讲,报纸又陷入了另一种徘徊不前的境地。

激烈的时间争夺战

平野：这种"铅字信仰"不仅仅存在于新闻界，也渗透到了其他领域，小说当然也不例外。最初只是用来为报纸促销的小说，后来也逐渐发展成为一种正统的文学形式，变得高雅严肃起来了。法国的"新小说"① （Nouveau Roman）就是一个典型的例子，日本也一样，20世纪90年代的时候，动不动就冒出些故作高深的奇谈怪论。特别是在纯文学领域，感觉读者已经不再是单纯为了兴趣而去阅读小说了，到上个世纪90年代我刚出道的时候，这种趋势还是比较强的。今天，在购书网站"亚马逊"上那些让人感到无聊的作品会被标注为"一颗星"②，而当时，普通读者对于作品的评价是很难被如此公开地反映出来的。读者实际上也并不清楚哪些作品是比较受欢迎的，或者真正读过的人会有怎样的评价。正因为如此，文学评论家的作用就显得至关重要了，有的时候甚至会被过分夸大。

再到上个世纪90年代末，我觉得所谓的纯文学作家和读者

---

① "新小说"，法国的小说创作流派，其作家被称为"新小说派作家"或"反传统小说派作家"。以阿兰·罗伯-格里耶、娜塔丽·萨洛特、米歇尔·布陶、克洛德·西蒙、马格丽特·杜拉斯等为代表，公开宣称与19世纪现实主义的文学传统决裂，探索新的小说表现手法和语言，描绘出事物的"真实"面貌，刻画出一个前人所未发现的客观存在的内心世界。这一派在20世纪50年代刚出现时不为人所理解，被认为是"古怪""荒诞"的文学流派。20世纪60年代，则成为法国文学一支具有代表性的流派。

② "一颗星"，购书网站"亚马逊"的一种读者评价机制。读者购买图书后可以对图书做出评价，最低的为一颗星，最高的为五颗星。

之间已经拉开了一段相当大的距离。可以说这是一种互相之间视而不见的悲哀吧。反倒是类似町田康①先生和柳美里②女士这样跳脱出文学史脉络的非传统的新晋作家们开始受到读者们的关注。

在这样的背景下，互联网开始登上历史的舞台。最初，用户要上网是必须通过电话线路进行拨号连接的，当时的网络环境也不具备上传下载视频或者图片的能力，因此大家并没有真正感受到互联网的便利性。在2001年前后，网页浏览时间挤占读者书籍阅读时间的情况还并不突出。然而，不久之后，随着网络宽带的扩容，以及光纤的进一步普及，用户与互联网最终实现了持续性连接，从此以后，普通人在家中的可支配时间就开始被互联网大面积吞噬。上班族在下班回家后，如果能腾出两个小时的空余时间，就已经非常难得了，要问大家会把这个空余时间用来干什么，以前恐怕只有读书、看电视、听音乐之类的选择，而现在又一下子多出了上网、玩手机的选项。

尽管人们的空余时间本身在总量上并没有增加，但娱乐活动的形式却在不断丰富，一场针对个人有限的空余时间所展开的争夺战也日趋白热化，这场战役的结果，书籍的销售量和电视的收

---

① 町田康（1962—　），日本朋克摇滚歌手、作家。2000年以小说作品《断断续续》获得芥川奖。
② 柳美里（1968—　），韩国人，演员、剧作家、小说家。最初在剧团担任演员并从事剧本创作。1986年以剧作《致水中之友》而闻名，1992年以小说《鱼之祭》获第37届岸田国士戏剧奖，1995年以《家梦已远》获泉镜花文学奖、野间文艺新人奖。1996年以后主要从事小说创作。1997年以作品《家族电影》获芥川奖。

视率都随之滑落。"阅读"这一智力活动本身更是陷入巨大的存在危机。"不读书，无以能"的教养主义意识越来越淡薄，大众往往会把阅读小说（文学作品），与上网、玩手机、玩游戏等娱乐活动并列起来看待，然后再从中选择出自己在空余时间想要做的事情。在这种情况下，大众凭什么非要选择去阅读小说（文学作品）呢？而小说（文学作品）又究竟应该如何去吸引读者的目光呢？

要说电视的收视率下降，有一部分的原因可能是节目的质量出了问题。不过，在我看来，最主要的不利因素应该是电视节目以外的娱乐活动已经变得越来越丰富了。也正如沼野先生先前所谈到的那样，在小说（文学作品）领域，尽管大众的阅读时间在持续减少，但是图书的出版量却在逐年增加，特别是今后图书一旦全面电子化，其电子数据将会无限地积累下去。收入图书馆或者网上电子书书库"青空文库"的文档也会日益膨胀起来。再加上由图书电子化所带来的出版事业低成本化，书籍的流通性也会越来越高，无论你身处世界的哪一个角落，只要想读书，任何书籍都是触手可及的。

今后，在一些出现新兴市场的国家①出版的小说当中，一定会涌现出将本国的现代化进程与当今潮流尖端相结合的优秀作品。与几乎是在封闭状态中创作出来的日本小说相比，这些作品将显得更加充满活力，更加富有戏剧感染力，也更加有趣。

在图书大量增长的背景下，想必大家会跟我一样感到迷茫，

---

① 此处特指巴西、俄罗斯、印度、中国等国家。

不知道究竟该读些什么书了。在最近这一年中，我也经常会收到来自报纸、杂志的问卷调查，想请我向读者们推荐"十本必读书目"。说实话，对这种要求，我已经开始觉得有点厌烦了。当然，这跟我们今天对话的宗旨似乎是完全相反的。我能理解大家提出类似问题的心情，但是作为杂志的编辑，你们应该自己去思考这个问题的答案啊，这是你们的本职工作啊。我自己是真的不善于向别人推荐图书，所以经常会出现我自己认为难得的佳作，在对方看来却乏善可陈的情况。

而且，当大家看到杂志推出"必读书目"特辑后，真的会去照着书目买书来看吗？如果只是某一家杂志社，选个十部作品，推出一个介绍特辑，也许还会有人去按书目买书阅读，但是许多杂志社经常搞"百名作家大调查"，让每个人都推荐两三本书，我光是看到这一页页的书目就已经厌倦了，谁还会有心情再去买这些书来读啊！

不久前，《群像》杂志制作了一期名为《海外文学最前线》的特辑[①]，动员了日本国内各国别文学的研究专家，计划为读者介绍当代世界文学领域中有着较高阅读价值的优秀作品。总体而言，这是一次非常有益的尝试。沼野先生在特辑中也写道，如今海外文学方兴未艾，许多读者却苦于缺乏有针对性的阅读指导，这个特辑从英语文学圈、法语文学圈等各主要语种文学圈的海量图书中各挑选了十册具有一定代表性的作品，推荐给大家，以便各位读者朋友能对当代的世界文学概况有个大致的了解。看了这

[①] 《海外文学最前线》特辑，《群像》杂志，讲谈社，2009年5月号。

个特辑的介绍,我也去买了很多自己以前没有读过的作品。与那种不负责任的"调查问卷"不同,这样的特辑显示出该杂志较高的编辑水平和撰稿者的认真态度。而其他的一些杂志社则在这方面,显得更加随意了。

关于"读书经历"与文体

沼野:平野先生,您谈到的内容很有意思,谢谢。

您刚才的讲话,从某种意义上来说,是非常符合您个人特质的,与其拘泥于对某些具体的文学作品的评论,不如深入地展开对媒体环境的探讨。这也正是我最初提出的问题,在这里,我想暂时把话题带回到古典文学的作品上。到底是怎样的一种阅读经验成就了您这样的一位作家呢?

平野先生年纪轻轻便以《日蚀》这样一部杰作登上了文学舞台,即使到了今天,也依然有人认为您的出道历程充满了传奇色彩,当时甚至有人评价您是"三岛由纪夫转世"。的确,《日蚀》中的日语表达吸收了许多古代日语中的传统要素,看得出来是经过反复推敲、精心凝练而成的。以您当时仅仅二十三岁的年纪,写出这样的一部作品,实在是令人叹为观止,没有相当的文学功底,恐怕是办不到的吧。那么,在写《日蚀》之前,您到底阅读过哪些书呢?

平野:您这是谬赞了。我在写《日蚀》之前,确实仔细研读过森鸥外的作品,实际上,《日蚀》所采用的文体,就是我在心里暗自模仿森鸥外的史传类作品而创作出来的。刚才我们的谈话中也提到过，十年前，就常有人抱怨说"《日蚀》的内容太难懂了"，但是在接下来的十年中，我发现听到这种抱怨之言的机会变得越来越多了。这当然也是一件让人很心烦的事情，不过更让我感到意外的是，跟许多初次见面的朋友交换名片的时候，其中有相当大的一部分人竟然是在抱怨"《日蚀》里面的汉字太复杂了"。

只是，就我个人的真实感受，20世纪90年代以来日语就逐渐向着批判性解体的方向发展，有赖于许多作家在艰难摸索中所做出的积极尝试，日语小说的文体开始变得更加丰富多彩。但另一方面，日语的词汇库却正在面临着日渐枯竭的危机。日语从出现《万叶集》的时代一直被使用至今，好不容易累积下了一个规模庞大的词汇宝库，今天虽然我们已经开发出了先进的电子语料数据平台，但是却几乎没人认真考虑过对于这样的一种语言财富，我们究竟应该如何善加利用的问题。于是，我就在想，我们是不是应该朝着这个方向稍微努力一下呢？是不是应该对现代日语的词汇、文法再适当地加以扩充呢？我并不是刻意地去推崇那些晦涩难懂的词句，只是单纯地觉得从远古时代留传至今的优美辞藻就像一座尘封的宝藏一样，等待着我们去将它打开。

其实，我当时只是一个来自乡下的文学少年而已，我所钟爱的，也不过就是收入"岩波文库"之类的古典文学作品罢了。

比如铃木信太郎翻译的《恶之花》①,小林秀雄翻译的《地狱一季》②等,其中有许多日语汉字。因此,我所接触到的汉字从一开始就并未局限于学校教育中所教授的汉字,或者媒体所使用的汉字。

前一阵子,我和东浩纪③先生对谈的时候,他就提到说,在最近的小说里"(某某)如此这般地说道"这一表达方式十分常见,他对这种情况很不以为然,难道我们的小说家们就想不出别的说法了吗?每次遇到描写小说人物之间的对话场景,总会看到"某某说、某某说、某某说……"千篇一律地重复着,没完没了。这或许是因为大部分作家都不会只创作一部作品,小说作品写得越多,也就越容易出现遣词造句日渐相似,行文表达日益相仿的情况。从这个意义上来说,如果作家本人所掌握词汇量足够丰富的话,他在小说创作过程中对语言表达的选择范围也就会更加宽广。在作家森鸥外的史传类作品中,不仅日汉杂糅,而且掺入了许多德语的表达,形成了一种端正妥帖而又协调融合的文章风格,我由此得到启发,觉得小说的写法就应该更加丰富才对。

沼野: 虽说同样是森鸥外的作品,但他创作的"史传"却并未

---

① 《恶之花》,法国诗人夏尔·波德莱尔的一部诗集,作品兼具浪漫主义、象征主义和现实主义的特征。铃木信太郎翻译的日语版译本名为《恶之花》,于1961年出版并收入了"岩波文库"。
② 《地狱一季》,法国诗人阿尔蒂尔·兰波的一部诗集。小林秀雄翻译的日语版译本名为《地狱的季节》,于1970年由岩波书店出版。
③ 东浩纪(1971—),日本小说家、文化研究学者。东京大学哲学博士、早稻田大学客座教授,2010年凭《量子家族》获得第23届三岛由纪夫奖。

在读者中得到广泛传阅，因此我在这里向大家做一个简要的补充说明。首先我来介绍一下《涩江抽斋》这部书。森鸥外在收集武鉴①的过程中，发现在弘前藩②有一位名叫涩江抽斋的医师，森鸥外对涩江抽斋产生了浓厚的兴趣，并在对其人生经历、人品、事迹等情况进行了一番详细调查后创作出了《涩江抽斋》这部作品。

森鸥外的史传类作品一共有三部，另外两部分别是《伊泽兰轩》和《北条霞亭》，这些史传类作品在刚发表的时候，并没有获得太高的评价。实际上，由于作品中的遣词用字颇具古风，即便是与森鸥外生活在同一时代的读者，阅读起来也是很有难度的。我在几年前，好不容易才把《涩江抽斋》通读了一遍，森鸥外塑造人物形象的手法就像一个历史侦探，我觉得还是挺有意思的，但是当我翻开《北条霞亭》时却怎么也读不下去了。您在学生时代就喜欢读这样的史传类作品，是真了不起啊！

平野：也不知道什么原因，我觉得森鸥外的作品特别能打动我。因此，我把收入"筑摩文库"中的《森鸥外全集》③从第一册开始一本不落地读了下来，最后就读到了他的史传类作品。所以也不知道自己究竟读懂没读懂，只是感觉读到《伊泽兰轩》的时候还没那么吃力，但是读到《北条霞亭》的时候，由于作品

---

① 武鉴，记载江户时代武士家族的姓名、俸禄、宅邸、家徽等内容的一种带有年鉴风格的名士录。
② 弘前藩，位于今天的青森县北部弘前市周边。
③ 《森鸥外全集》，1971年由筑摩书房出版，后收入"筑摩文库"。

中融入了很多汉文的词句，要读下来就确实需要花一番工夫。但是这部作品格调高雅、清新脱俗，也确实值得我们细细研读，而且读完之后你还能从中体会到一种具有坚实风格的美感。因此，如果说有读者对这样的作品有亲近感的话，与其说是因为这些读者有着深厚的文化修养，还不如说是因为作品中的"异国情调"触动了读者的心灵。

最近，我又在重温谷崎润一郎的作品。我感觉谷崎润一郎的那些俗称"回归日本"的作品也和我们前面谈到的情况类似，只是触发读者对"异国情调"的好奇之心，由过去对欧洲文化的向往，转变成了对古典日本的眷恋。

之所以这样说，是因为在"回归日本"的文学道路上，谷崎踏出的每一步都是踏实而有力的。他先是创作了《阴翳礼赞》和《文章读本》，接着又翻译了《源氏物语》，此后更是开始创作以"王朝时代"（奈良、平安时代）为背景的历史小说，最后甚至把家都搬到关西去了。谷崎曾读过奥斯卡·王尔德①和托马斯·德·昆西②，与二位唯美主义先驱一样，谷崎所憧憬的世界永远不在此处，而是在某个遥远的地方。这种对古典的追求与为古典文学注入血肉，令其获得真正的重生，还是有所不同的。

---

① 奥斯卡·王尔德（1854—1900），以剧作、诗歌、童话和小说闻名，唯美主义代表人物，19世纪80年代美学运动的主力和颓废派的先驱。
② 托马斯·德·昆西（1785—1859），英国散文家和批评家，英国浪漫主义文学的代表人物。

于两极之间上下求索

沼野：也就是说，早年给平野先生带来影响的日本作家，一方面有精通汉语和德语的森鸥外，他的语言风格比柔和的"和语"①更坚实，也更富逻辑性，体现出其智慧博学的底蕴。另一方面，与之形成鲜明对照的是类似泉镜花②那样文笔瑰丽的作家，他那种充满感性色彩和浪漫奇幻的文风也给您带来了很大的影响吧。

平野：您说的没错。我确实一度被泉镜花新奇、瑰丽的文风深深地吸引。我的第二部小说《一月物语》就明显是在泉镜花的影响下创作而成的。不过，回到我们最初讨论的内容，谈到除泉镜花和森鸥外之外我感兴趣的作家，就不得不提到三岛由纪夫了。这次，我在"中学生的三本必读书"的书目中就推荐了三岛由纪夫的《金阁寺》。推荐的理由，是因为我在中学的时候就看过这部作品，当时也不知道是什么原因，就感觉内心受到了极大的震撼，所以我觉得即便是现在的年轻人也不一定能够把这部作品真正完全看懂，但肯定会被它的内容所感动吧。

同时，三岛由纪夫对我来说，还是一位非常合适的阅读向导。通过阅读三岛由纪夫的书，你不仅能了解到森鸥外、泉镜花

---

① 现代日语词汇主要由三种类型的语言文字构成：和语、汉语、外来语。和语是日本原有传统语言，又称大和语，多数用假名表示，里面的汉字，也多为训读，其读音与汉语不同。

② 泉镜花（1873—1939），跨越明治、大正、昭和三个时代的日本作家。1893年发表处女作《冠弥左卫门》，1895年发表《夜间巡警》和《外科室》，被视为"观念小说"的代表作。1900年发表充满浪漫主义色彩的《高野圣僧》。后又发表《妇系图》《歌行灯》等小说。另有《天守物语》《棠棣花》《战国新茶渍》等剧作作品，创作风格具有唯美主义倾向。

的作品，还能邂逅托马斯·曼①、巴尔扎克、巴塔耶②等文豪巨匠。可以说，最初我就是循着其作品的指引，逐渐扩大了自己的阅读范围。而且，一旦你读到了托马斯·曼的作品，就又会产生好奇心——"歌德是怎样的呢""尼采又是怎样的呢"，于是就会想要去阅读歌德、尼采的著作，这样一来，你的阅读范围也就更进一步地被拓展开了。

　　从这个意义上来说，如果读者最初选择阅读的是一个完全不读书的作家的作品，那也许就很难形成这样一种阅读拓展的习惯了吧。我从三岛由纪夫开始，一路追寻着那些历史上的文学先贤，在这个过程中阅读了很多著作，这也就让我既喜爱森鸥外的作品，又迷恋泉镜花的作品。而且，因为喜欢上了三岛的作品，所以往往只要是三岛觉得不错的东西，我也会自然而然地产生共鸣。前面我们不是也提到过所谓"百名作家推荐书目"的事情吗？如果这一百位作家都是些读者不感兴趣的人，就算他们每人推荐三本书，总共三百本，读者恐怕也不大会有想要一读的意愿吧。

沼野： 原来您就是一边研读着这样一些日本作家的作品，一边写出了自己的作品的啊。那么我们就把话题再转回到森鸥外，森鸥

---

① 保尔·托马斯·曼（1875—1955），被誉为德国20世纪最著名的现实主义作家和人道主义者，受叔本华、尼采哲学思想影响。主要作品有小说《布登勃洛克一家》《魔山》等。1929年获诺贝尔文学奖。
② 乔治·巴塔耶（1897—1962），法国评论家、思想家、小说家。主要作品有理论著作《内在体验》《冥想的方法》，小说《眼睛的故事》《蓝天》《艾德沃妲夫人》等。

外作为日本近代文学史上伟大的作家之一，具有非常理性的一面，但是我感觉他的这种理性特质对于小说的故事创作来说不一定是一件好事。

平野：您说的有道理。

沼野：森鸥外的史传历史考据细致，应该属于纪实文学的范畴，包括汉文在内，他的古典文学修养也可以说是非常精深的。不过，这些作品并非我们通常意义上所理解的小说。因此，作为小说家，森鸥外并不能算作是一位超一流的天才作家。而泉镜花的作品则向我们展现了一个充满神佛信仰、超自然的非理性世界，但它同时也是一个充满魅惑幻想的浪漫世界，这与他所采用的文体可谓相得益彰。在泉镜花的作品中，我们虽然经常搞不清楚句子的主语在哪里，句子和句子之间又是怎样的一个脉络关系，但是读者读起来却会觉得自己被语言本身的乐趣和快感深深地吸引住了。从这个意义上来说，泉镜花所采用的应该算是一种非常具有日本特色的文体了吧。说起来，当年我在美国留学的时候，和一位研究泉镜花作品的美国人成了朋友，我们住在同一个宿舍里，所以他经常来我的房间询问一些有关泉镜花作品的问题。然而，他提的问题都是关于泉镜花在作品中所使用的那些非常暧昧的表达方式，基本上连我这个日本人也不太看得明白。说实话，我觉得自己挺丢人的，不过泉镜花笔下那些连日本人都要犯难的，不太符合逻辑性的字句也给我留下了非常深刻的印象。

因此，森鸥外和泉镜花二人的作品无论是在作品类型还是文体上，都是一组非常鲜明的对比实例，虽然二者同样都是作家在自创文体方面可供借鉴的榜样，却又很难相互兼容。而平野先生不仅致力于使两者实现对立统一，同时更开辟出了自己的文学道路。

平野：森鸥外和泉镜花在某种意义上确实是两个极端，也正因为如此，才产生了像芥川龙之介、谷崎润一郎、三岛由纪夫那些既崇敬森鸥外，又喜爱泉镜花的作家。森鸥外的文章，特别是史传类的作品，从某种意义上来说，感觉就像是巴赫的音乐。巴赫的音乐并不是那种很容易让人感到亲近的音乐，其中有很多乐章乍听起来完全不知道是从哪里开始、到哪里结束。但是在认真欣赏的过程中，会有一种崇高的艺术感油然而生，听众单纯就是被这样的音乐旋律打动了。这就恰似文体的精妙之处，它令我们被森鸥外的遣词造句所感动，并由此开始思考他作品中的思想内涵。与之相对，泉镜花的文体是装饰性的、打破常规的。这种文体在某些人看来可能有点让人摸不着头脑，但在作品意境的营造和故事情节的设计中，却具有令人震撼的美感。而且，虽然不如森鸥外那样受到读者的广泛关注，不过在泉镜花作品中却孕育着自由开放的思想。对烟花柳巷和"妖怪"世界的描写，展现了泉镜花在思考人类社会的自由与否时所具有的深刻洞察力。这种介于两极之间的思考，在读者接触文学作品的初期是尤其重要的。

沼野：在昭和文学的代表人物中，三岛由纪夫算是非常出名的了。不过，二战后的现代日本作家中，还有另一位非常重要的人物,那就是比三岛由纪夫正好小十岁的大江健三郎。从大江的文学观来看,在很大程度上,三岛由纪夫是一个应该受到否定的存在。平野先生,作为大江作品的读者,您又是怎样看待大江的文学作品的呢?

平野:诚如您所言,这是最常被大家问到的一个问题。在我成为作家之前,由大江先生创作的,特别是到《万延元年的足球队》为止的一系列作品给我带来了最深远的影响。成为作家之后,我又读了他的《洪水淹没我的灵魂》等作品,感觉也很喜欢。

《葬送》之后,我其实又写了很多被外界称为实验性短篇的作品。就像大江先生的《拔幼芽,打孩子》① 那样,那时的我写出来的文章都是一堆非常稚嫩、天真的东西。在这之后,我开始认真研读大江先生的其他作品,特别是《性的人》②、《十七岁》③

---

① 《拔幼芽,打孩子》,日语原作题为《芽むしり仔撃ち》,是大江健三郎创作的第一部长篇小说。国内学者有的直译为《拔芽击去》或《掐去病芽,勒死坏种》,也有的意译为《感化院的少年》。本书译者按照尽量忠实于原作的翻译原则,结合汉语的表达习惯,将其译为《拔幼芽,打孩子》。
② 《性的人》,大江健三郎于1963年创作的一部中篇小说。作品描写了一个叫J的青年,在物质充足、精神空虚的情况下,对于性的困惑、迷茫和一些具有争议性的追求。作者把"性"作为政治的暗喻,展现了"我们的时代"中人的性别世界,并且探索打破这一社会现状的可能性,给读者提供了一个窥视日本社会的新视角。
③ 《十七岁》,1961年,大江健三郎以刺杀日本社会党委员长浅沼稻次郎的十七岁右翼少年为原型,创作了小说《十七岁》及其姊妹篇《政治少年之死》,在《文学界》1月、2月号上发表。小说以十七岁的普通少年"我"为故事的主人公和叙事者,讲述了"我"如何从一个自卑怯懦的普通高中生逐步走上极端右翼道路,成为信仰天皇的狂热右翼少年,并最终沦为暗杀者的全过程。该书深刻揭露了日本极端右翼势力对青少年的毒害,也展现了作家对民主主义思想的坚持。

等作品。也就是那种能暴露出现代社会生存危机感的作品。

刚才沼野先生简要地介绍了我的创作脉络，在从《日蚀》《葬送》到《溃决》再到《曙光号》的时间洪流中，究竟哪一个时期是最容易让人产生绝望感的呢？我觉得是描写现代的《溃决》。与之相比，在创作《葬送》之类非现实的作品时，我心中都是喜悦，因为我是满怀着憧憬在描绘着自己喜欢的世界。

沼野：原来是这样。虽然《葬送》是一部长篇小说，但是沉浸于其中的作家却希望作品中的这个世界永远不会终结，因为对于作家来说它的确是一个幸福的世界。

平野：确实如此。今年是肖邦两百周年诞辰，因为《葬送》的内容也与之有所关联，为了配合各种纪念活动，我又重新读了一遍《葬送》。不过，这次读下来，我却感觉这部作品好像不是自己写的一样。我就纳闷了，那个时候的自己怎么会写出这么高雅的作品来啊。而《曙光号》的主题则正如书名所暗示的那样，先探讨了未来的希望之所在，然后又将目光从未来投射回现代社会的这么一个作品，但是我在内心深处还是非常清醒的，当我们需要真正地去面对当今的社会之时，就必然会创作出《溃决》这样的作品。所以，在描绘现实世界的时候，我还是深受大江先生影响的，特别是他在创作《万延元年的足球队》时在作品中所营造的那种意境和氛围。而且我写《溃决》的时候，也正好与创作《万延元年的足球队》时的大江先生同岁。

所以，从某种意义上来说，当我只想沉溺在虚幻的美丽世界时，便写出了类似《葬送》这样的小说，而当我想要与现实世界取得更直接联系的时候，给我带来更强烈刺激的是大江先生的作品，而不是村上春树。

沼野：不管怎么说，大江先生比您早出生了正好四十年，算是很年长的前辈了。对于大江先生早期创作的作品，您是肯定不可能在发表当时就看到的，即使后来去读，也需要去回溯当年的时代背景。另一方面，村上春树则属于您能够实时接触到的前辈作家。虽然他的处女作《且听风吟》发表于1979年，那时候您只有四岁，所以在这部作品发表的时候，您应该也还是没有看过的，但是对于村上在上世纪80年代末之后发表的作品，您应该就可以在新作发表的同时读到了吧。

平野：是的。在我上中学的时候，《挪威的森林》大受读者欢迎，我清楚地记得那时候我们学校的国语老师在班级里询问学生有没有正在看什么课外书籍，坐在我旁边的同学就说他"正在读《挪威的森林》"。老师当场回话说"这书对初中生来说有点早了吧"，然后全班同学都笑了起来。

沼野：这部作品对性的描写确实有点多，对年轻人是有一定刺激的。关于读者对于小说中性描写的容忍程度究竟有多大，或者说小说中的性描写到底有多少是真正必要的这个问题，因国籍、文化的不同，其判断标准也存在着很大的差异。时至今日，有些国家的译者在翻译村上作品的时候，还是会对其中的性描写做出部分删节。

　　事实上，去年 9 月份我应邀访问了越南的四个城市，并在当地的大学里分别做了几场关于日本文学的演讲。在演讲结束后听众提出的所有问题中，关于村上春树作品中性描写的问题占据了压倒性的多数。如今除了村上春树以外，包括山田咏美①、金原瞳等作家的作品也都被大量翻译成了越南语，越南对于现代日本文学的介绍和翻译可以说非常及时，这一点倒是令我感到十分意外。不过，多数越南读者并不习惯于个别作品中比较露骨的性描写，觉得这种描写会给人一种喧宾夺主的作品印象。

　　说起村上春树，他去年推出的作品《1Q84》也引发了社会的极大关注，不过，其实平野先生的《曙光号》也是去年推出的，两部作品大体上是同时面世的。

平野：是的。

沼野：而且，您发表《葬送》的那一年，村上春树也正好推出了《海边的卡夫卡》。这恐怕也是一种缘分吧……

平野：当年的事情，我也一样记忆犹新。在（京都的）乌丸御

---

① 山田咏美（1959—　），生于日本东京，原名山田双叶。1985 年以《做爱时的眼神》（或译《床上的眼睛》）获第 22 届文艺奖，从而跻身文坛，其后连续获得直木奖、平林泰子文学奖、女流文学奖、泉镜花奖等文学奖项，代表作有《蝶之缠足》《恋人才听得见的灵魂乐》《风葬的教室》《垃圾》《野兽逻辑》《A2Z》等。

池①有一座由理查德·罗杰斯主持翻修改建的历史建筑，名叫新风馆②。《葬送》刚刚发表之后，我独自一人怀着无比兴奋的心情到那里的一家咖啡餐馆吃饭，结果旁边桌的一对情侣就在那里非常热烈地谈论着《海边的卡夫卡》。

沼野：不过，这两部小说属于完全不同的类型，普通读者对于二者的接受程度也呈现出一种非此即彼、泾渭分明的态度，但即便如此，我还是要感谢二位作家在同一时期的文学舞台上，为我们奉献了两部旗鼓相当的优秀作品。

陀思妥耶夫斯基的感召力

沼野：我们的这次访谈进行到现在，主要都是围绕着日本的近现代文学这个中心展开的，但其实日本还有一个外国文学翻译作品的巨大宝库。那么，我们究竟应该怎样去阅读这些优秀的翻译作品，怎样跟这些作品相处呢？我觉得这也是一个很重要的问题。想必平野先生也并非仅仅只是阅读日本的文学作品吧。通过各种译本，您肯定也涉猎过相当多的外国文学作品。当然了，您一定也阅读过不少法语或英语的原著吧。

---

① 乌丸御池，京都地名，在京都市中心区域。
② 新风馆，建筑物名，原为京都中央电话局，由日本工程师吉田铁郎设计，是日本现存最古老的一座西式钢筋混凝土结构的电话电报大楼。后由著名设计师理查德·罗杰斯主持对该建筑物进行了保护性翻新和改建，并于2001年1月竣工。改建后的新风馆于2003年通过"百年建筑推进协会"（BELCA）的评审，获得了"BELCA奖"，2004年又获得了日本综合类设计的"Good Design奖"。

平野：虽然我是到了初中的年纪才真正开始广泛阅读各类书籍，不过翻译类的文学作品也确实没少读。正因为如此，我曾打算把"岩波文库"中所收入的文学作品全部读完。激发我创作《葬送》之类作品的原动力，就来源于19世纪的法国文学。当然，其中就包括了从司汤达到福楼拜、左拉等大家的各种传世佳作，但是说来也奇怪，到了高中以后我又开始热衷于象征派诗人的作品，尤其对波德莱尔①更是爱不释手。

另一方面，我对太宰治却完全不感兴趣。去年，日本文学界曾掀起过一阵太宰治文学的热潮，我当时就决定缄口不言，尽管其间收到了很多的邀请函，希望我对太宰治做出一些评论，但是最终我还是坚持了下来，什么都没说。而今年正好是"三岛由纪夫逝世四十周年"，有机会的话，我倒是愿意多讲一点这方面的内容。

很多喜欢太宰治的人对我的个人意见可能并不以为然。不过，太宰治创作的特别是自传性的作品是战前、战后那个时代特有的产物，他所刻画的尽是些放浪一生且没出息的男人，或者责任感淡漠的不肖家长等等，这些作品只有在当时的时代背景下才有意义。如果太宰治现在还活着，看到那些在如今的现实生活中深有同感的读者，会不会哑然失笑呢？时空背景已经完全不同了呀！

---

① 夏尔·皮埃尔·波德莱尔（1821—1867），法国19世纪著名的现代派诗人，象征派诗歌先驱，代表作有《恶之花》《巴黎的忧郁》《美学珍玩》《可怜的比利时》等。

只是，在这十几岁的年纪，谁都会有些许对社会的不适应，或者不知该如何处理自己个性化情绪的情况。而我就是在这个年纪，读起了托马斯·曼的早期作品。虽然最初邂逅托马斯·曼是经由三岛的指引，但是后来当我阅读《托尼奥·克勒格尔》① 时就处在这样一种身心不适的状况之下。在这部作品中，主人公既抱有对艺术的热爱，又在内心深处被那些毫不在意艺术的平凡而又爽朗活泼的同班同学所吸引。在刻画这种情感困惑与思想摇摆方面，太宰治做得也不错，不过我还是更喜欢托马斯·曼。托马斯·曼的前卫性体现在他对于市民社会非常积极肯定的评价。这是太宰和三岛都不具备的一个明显特征。少年时期的我喜欢托马斯·曼的早期作品，然而不久之后，我渐渐地开始对他的中后期作品，如《魔山》《浮士德博士》等产生了兴趣。不过现在，我最喜欢的是《布登勃洛克一家》。

因此可以说，我的高中时期几乎没有阅读过任何有关现代思想的书，当我来到京都，在京都大学的生协②第一次亲眼看到那些现代文学的书时，我才意识到"原来现在大家都是在读这样的书啊"。

沼野：平野先生，您在今天的"推荐书目"中，并没有把托马

---

① 《托尼奥·克勒格尔》，托马斯·曼创作的小说，发表于1903年，小说通过主人公的经历和思考展现了一个艺术家的成长过程，探讨了艺术与生活、艺术性与市民性之间的关系。
② 生协，日本市民自发成立、自愿加入的保障市民消费权益与倡导提高食品安全消费意识的组织，全名为"日本生活协同联合组合会"，简称"生协"。

斯·曼的作品放进来，取而代之的是陀思妥耶夫斯基的作品。托马斯·曼的确是一位了不起的大作家，但是作为小说家的陀思妥耶夫斯基，却仍然散发着独特的魅力。在您这样一位小说家的眼里，陀思妥耶夫斯基的作品又有哪些独到之处呢？

平野：首先，陀思妥耶夫斯基非常善于运用轻松幽默的笔调来处理严肃的话题。我相当喜欢他的这种创作手法。在他的作品中，每一个人物都是某种意识形态的集中体现，本来很有可能会被批评成是"思想僵化的图谱式小说"，但他在细节的处理上却很是巧妙。比如《群魔》中的基里洛夫就是一个完全把生死置之度外，只要组织让他"去死"他马上就会去自杀的人，他的思想似乎已经超越了人类的极限，然而偏偏就是这样的一个人，却总是在自己的房间里徘徊打转，遇到有人来访的时候，还会立刻烧热茶炊，殷勤地劝客人"请多喝开水"。你也搞不清楚基里洛夫究竟是不是真的善于周到待客，却能莫名地感觉到他这种人跟喝白开水这件事很配。也说不上什么缘由，但奇妙的是我偏偏对"请多喝开水"这个细节留下了非常深刻的印象。

后来，当组织最终需要基里洛夫自杀顶罪的时候，他把自己关在房间里，却一直没有传出自杀的枪声。彼得等得不耐烦，进入房间后却找不到他这个人了。仔细搜索一番才发现，他竟然把自己夹在了两个衣柜之间的缝隙里。

然后，当彼得伸手靠近基里洛夫的时候，他一口就咬住了彼得的手指。我觉得这样的细节描写，怎么说呢，恐怕已经不是单凭头脑所能构思出来的情节了吧。

读了《死屋手记》① 之后，我也一样有类似的感觉，我认为陀思妥耶夫斯基在西伯利亚流放期间一定遇到过许多奇人异士，所以他对类似的故事实际上也是有所见闻的。从这个意义上来说，他能将作品中十分抽象的人物描写得异常生动，或者说是把那些在现实世界中绝对不可能存在的人物形象写活了，这一点让人感到非常惊讶。我觉得他很了不起。

还有一点，比如读了《卡拉马佐夫兄弟》之后，你会发现，像伊万②这样的人物是比较容易刻画的。因为他那种典型的虚无主义者的形象，反而是比较容易让人理解的。作家通过在语言上的冥思苦索，最终将人物深陷于虚无主义泥淖的境况生动地表现了出来，其实芥川龙之介也是通过同样的手法塑造了许许多多的人物形象。事实上，《溃决》中的主人公泽野崇也是这一类人。

---

① 《死屋手记》，陀思妥耶夫斯基创作的一部长篇纪实小说。作者以亲身经历为基础，用客观、冷静的笔调记述了他在苦役期间的见闻，勾画出了各种人物的独特个性。全书由回忆、随笔、特写、故事等独立成篇的章节组成，结构巧妙，描绘出沙俄牢狱中的悲惨生活。
② 伊万，老卡拉马佐夫的次子。他是狂热的理性主义者，总困惑于莫名感到的苦楚。自幼，伊万就表现得不温不火，似乎隔离于世上的所有人。他虽然嘴上不说，但对老卡拉马佐夫恨之入骨。这份仇恨最后却演变成对于老卡拉马佐夫死的愧疚，让伊万最终精神崩溃。小说中一些相当难忘或出彩的片段中都有伊万的身影，例如"反叛"（第五卷第四章）这一章。

从这个意义上来说，阿列克塞①也是比较容易塑造的，但是德米特里②却是一个很难刻画的人物。这也恰恰体现了陀思妥耶夫斯基在人物塑造方面的深厚功底。

沼野：《溃决》中登场的主人公泽野是一个非常理性，但同时又有着邪恶思想的人物。他与伊万确实有着很多相似之处。

正如您刚才所提到的那样，陀思妥耶夫斯基在人物塑造方面确有其独到之处，每个人物都描摹得"异常生动"。从广义的角度来看，陀思妥耶夫斯基的创作仍旧属于所谓现实主义文学的范畴，在19世纪与另一位大文豪托尔斯泰并称为俄国文学的双璧。托尔斯泰的现实主义主要体现在他更为正统的细节描写上。与之相对，陀思妥耶夫斯基却并不过多着墨于那些常理上应该仔细刻画的细枝末节，而是把大量的笔力投入到了那些能够使读者获得奇妙生动的阅读体验的细微片段上。这样的创作手法使得陀思妥

---

① 阿列克塞，或译阿辽沙、阿辽什卡，是老卡拉马佐夫最小的儿子。小说的开篇，讲述人即宣称他为故事中的英雄（而陀思妥耶夫斯基在序中也是这样宣称的）。在故事一开始，阿列克塞是当地修道院的见习教士。因此他的信仰从一开始便和哥哥伊万的无神论势不两立。他被佐西马神父送回尘世，随后就被卷入了卡拉马佐夫家族肮脏不堪的迷局之中。他还在旁支的故事里帮助了一群小学童，他们的命运给了整部悲剧性的小说一丝希望。阿列克塞在小说中一般充当他的兄弟与其他人之间的故事的传话人或是目击者。

② 德米特里，老卡拉马佐夫的长子，也是老卡拉马佐夫第一次婚姻的唯一一个孩子。他继承了父亲好色的特质，这也使他常常与父亲发生冲突。德米特里喜欢享受整夜的声色犬马和任何能带来刺激的娱乐，这使他很快耗尽资财，更诱发了他与老卡拉马佐夫更大的冲突。老卡拉马佐夫被谋杀后，他也因为父子间紧张的关系自然而然地受到了警方的调查。但事实是，他的确在与父亲争夺同一个女人格露莘卡，并且在这个过程中差点想杀了父亲，可是却被别人抢先了一步。

耶夫斯基的作品形象更加深入人心，也具备了更强大的感召力。

可是，说起来，平野先生，您的文学功底更多的应该是来自法国文学吧。从《葬送》就可以看出支撑您创作的主要养分，应该还是来自对司汤达、巴尔扎克和福楼拜等19世纪法国现实主义小说家作品的刻苦研读和深入理解吧。虽然同样是现实主义作家，巴尔扎克和陀思妥耶夫斯基之间还是有很大差异的。

平野： 巴尔扎克的小说总是要到总篇幅最后的五分之一左右才终于迎来故事的高潮，但陀思妥耶夫斯基的作品却会从开头就给人以三倍的乐趣，并一直持续到结尾。还有一次，我在和因翻译"古典新译文库"中的这本《卡拉马佐夫兄弟》而颇有人气的龟山先生访谈时，聊到了"在陀思妥耶夫斯基所塑造出来的人物中，对谁最感兴趣"这个话题。但首先我们要知道的是，陀思妥耶夫斯基所塑造出来的人物形象能使我们提出来的这个话题成立，本身就已经是很了不起的了。陀思妥耶夫斯基的人物塑造是那样经典，以至于我们需要就此展开专门的讨论。

我最喜欢的人物是《罪与罚》里面的斯维里加洛夫①，喜欢这么一个荒淫无耻的人物，说起来终归是会让人觉得好像有点怪异的，但其实尝试翻译过《罪与罚》的龟山先生也认为"斯维里加洛夫是最富有魅力的角色"。我们二人的意见竟然出奇地一致。

---

① 斯维里加洛夫，作为贯穿《罪与罚》的主线人物之一，一直醉心于酒色，后来因为内心愧疚却得不到救赎和解脱，最后只能选择自杀。

斯维里加洛夫虽然是个卑鄙无耻的人物，但是随着他最终走向自杀的结局，读者能清晰地感受到人物内心的痛楚。那种能让读者与人物的痛苦产生共鸣的描写手法，可不是信手拈来的。作者通过明确的叙事和华丽的场面安排，让读者在一些很微妙的地方与人物产生情绪上的联结。能够开创出如此独特的写作风格，陀思妥耶夫斯基不愧为一代创作天才。而《溃决》中的泽野崇，比起伊万来，在某些地方也更接近斯维里加洛夫。

沼野：的确，陀思妥耶夫斯基创作的人物形象，用现在的话，叫作"角色鲜明"。《卡拉马佐夫兄弟》是一部既晦涩难懂又篇幅浩繁的巨著，但在作品中登场的三兄弟，加上斯麦尔加科夫一共四兄弟，还有父亲费多尔，这些故事中的主要人物，每一个都拥有在读者心中明确地唤起某种独特意象的艺术魅力。

说起来，在村上春树的《世界尽头与冷酷仙境》①的结尾附近，主人公"我"在公园里一个人闭上眼睛，想起《卡拉马佐夫兄弟》中三兄弟的名字后，自问道"德米特里、伊万、阿列克塞，还有异母的兄弟斯麦尔加科夫。这世上到底有多少人能完整说出《卡拉马佐夫兄弟》中兄弟们的名字呢"，而要让这段独白自身得以成立的基础，莫过于陀思妥耶夫斯基塑造出的那些风格强烈的人物形象。

---

① 《世界尽头与冷酷仙境》，日本作家村上春树创作的长篇小说，首次发表于1985年。该小说由两个似乎完全不相干的故事情节组成，两条情节交叉平行地展开。单数二十章为"冷酷仙境"，双数二十章为"世界尽头"。作者凭借该小说于1985年10月获得第21届谷崎润一郎奖。

平野：是啊。因此，如果有人要问文学作品面世之后最要紧的事情是什么，我觉得最重要的事情莫过于尽可能地成为人们交流中的话题。比如当一部电影公映之后，大家总是会大聊特聊影片中的场景、桥段以及人物塑造的话题，例如某个场面很震撼、某场面里的某个人物很出彩等等。但是，如今在文学的领域中却难得有人会谈到场面之类的话题。

其中一个原因是，现在的作家用文字营造场面的能力在下降。陀思妥耶夫斯基就特别善于营造经过艺术夸张的场面，比如斯维里加洛夫最后自杀的场面，拉斯柯尔尼科夫在索尼娅面前告白的场面，每一个场面都给人留下了深刻的印象。此外，还有一个重要的原因，就像我们刚才谈到的那样，陀思妥耶夫斯基在塑造人物形象的过程中给每一个个体都赋予了极端矛盾的特性，这种生动的性格冲突有助于加深读者对于人性问题的思考。我认为对于优秀的文学作品来说，塑造出一些能够成为固有名词的、充满话题性的突出人物，是一个不可或缺的重要条件。

而关于巴尔扎克的人物塑造，我感兴趣的是读者在阅读过程中，对实际存在的人物原型会有着更加明确的认识吗？或者说读者会去思考这个问题吗？事实上，《高老头》中拉斯蒂涅的原型就是阿道夫·梯也尔①。因此，在当时的社交界"拉斯蒂涅这样了，拉斯蒂涅那样了"之类的说法（暗指梯也尔）也经常成为

---

① 阿道夫·梯也尔（1797—1877），法国政治家、历史学家。法国七月革命后，先后担任过内政大臣、首相等职。1871 年至 1873 年，梯也尔担任法兰西第三共和国首任总统，镇压巴黎公社的革命。

人们讨论的话题。

沼野： 原来如此。确实，在如今的纯文学领域，已经很少有作品能唤起读者具体而鲜明的文学印象了，读者也很少能以某位作家的新作为话题，深入讨论到类似"某个人物形象很丰满啊""哎呀，那个场面营造得不咋样啊"之类的话题。这就不仅仅是"陀思妥耶夫斯基很了不起"这个维度的问题了，这也许说明文学本身就很难产生那些能引起社会讨论的意象吧。

作家应该如何把握与读者之间的距离

沼野： 平野先生，从您最近的座谈会和访谈中的发言来看，一方面可以感受到您想要探索信息化时代书籍理想状态的迫切心情，另一方面也可以看出您强烈地意识到了如何构建与读者之间的交流渠道这个问题在当今这个时代有着特殊的重要性。

如果有人主张作家在创作文学作品时，应该主动将读者的反应纳入考虑的范围，在创作手法上刻意制造话题的话，一定会引起评论界激烈的反对，人们会担心这将导致作家丧失创作上的自律和自由。但是，现代的职业作家在进行创作时是不可能完全不考虑读者感受的。既然这样的话，与其假惺惺地装作不在乎读者的反应，倒不如认真思考一下作家究竟应该如何正确面对读者的需求，才是更为稳妥的办法。不管怎么说，在当今这个时代，文学作品即便是成了畅销书，引发了某种热潮，而要让作品本身的内容成为社会话题并被广泛讨论的例子似乎也并不多见。而像《1Q84》那样在市场上畅销的同时，竟然还能引起人们对作品当中"某个场面里天吾的台词到底意味着什么呢""青豆在那种情境下该不该采取那样的行为呢"等具体问题的讨论，则实属例外。一般来说，新晋作家在推出新作的时候，几乎都不太会引发如此深入的讨论。

平野：嗯。我也经常会思考这个问题，比如在这种演讲或访谈的场合，当我们在大谈互联网对文学带来的各种影响时，有人一脸茫然，也有人感触颇深，还有一些人对这个问题已经有了充分的认知。

在文学方面，特别是当我在创作《曙光号》的时候，我能够从读者的反应中真实地感受到自己和他们之间存在着的明显的代沟。有人就说他搞不懂互联网技术之类的东西，也不感兴趣，可我仔细一想，这不就是当年吉拉尔丹的故事在当今社会的再现吗？在巴尔扎克的时代，读者的阅读素养在阶级上还是比较固定的。也就是说，当时的作家对于自己小说的读者究竟是怎样的一群人，又有着怎样的思想背景，还是比较容易预见的。

然而，一个信息碎片化的社会环境就如同一片难以言表的汪洋，如果作家想要向着如此多样化的世界发声，又该怎么办才好呢？我个人是比较喜欢社交的。当与人面对面一对一交流的时候，我基本上还是能够了解到对方的真实想法和兴趣的，我们双方也可以很顺畅地交流意见。然而，当需要同时面对成千上万读者的时候，我就开始犯难了，究竟该采用怎么样的写作手法呢？或者应该设定怎样的创作主题呢？虽然自己的内心中有很多想要表达的东西，却一直苦于找不到合适的表达方法。

我自己写书的时候也会留意读者在网上的反应，不过，从吸引五千名读者，到吸引两万名读者，再到十万名以上的读者规模，我能明显感觉到，随着读者群体的扩大，读者的反应也是完全不同的。在所谓纯文学的领域，一万人所能欣赏的内容，和两万人所能欣赏的内容，就有很大的不同了。而能引致几十万人追捧的热门大作，其内容中的娱乐性要素则会明显增加。我的小说刚发行的一个月内，在博客等网络媒介上，通过读者撰写评论和感想所累积的人气中，本来就喜欢我作品的人和对纯文学特别感兴趣的人占了一大半。当然，其中也有一些人是因为特别讨厌我的作品，所以等我的书一发行就赶紧买来读，然后写差评。而在这些读者的感想中，就几乎没人提到过我的作品存在"汉字很难懂"的问题。

沼野：像这样相对少数的热心读者和更大范围的普通读者之间，还是存在着某种明确的界线吧？

平野：应该是这样的吧。一直关注我作品的人，甚至留言说"新作比以前的作品读起来更简单了"呢。

但是，在新书发行后三个月左右，读者的留言中就开始出现"其实对平野启一郎也并没有什么特别的喜好，不过最近他的作品成了读者群体的热门话题，所以我也试着读一读吧"之类的感想，这与小说刚开始发售时的评论，还是很不同的。而关于文体，就尽是些讨论易读或者难读的内容了。

那么，这样一来的话，就要看作家本人究竟希望自己的读者规模维持在怎样的一个水平了。编辑也必须认真考虑这个问题，如果想让读者规模突破十万人的话，依然采取我之前的那种创作手法或编辑模式，是肯定不行的。我相信事实上所有的作家应该都会在某种程度上意识到了这一微妙的界线。

只是，文笔如果过于老练，就会丧失趣味性。比如在美国和英国，从文艺创作科系培养出来的作家，文笔都挺不错，也能一边娴熟地应对出版社的编辑需求，另一边又进行着深刻的文学探讨，其作品的可读性也颇高，但却总是让人感觉不够大气。我真不希望日本的小说也变成那副模样，但是这个事情很困难。

因此，就世界文学来说，因作家的不同，作品也各有差异，比如，我虽然不喜欢石黑一雄，但是却喜欢伊恩·麦克尤恩①这类作家。这里面其实就存在着所谓善于抒写自己的内心，和善于文字创作的差异，二者之间仅有一条模糊的界线，而伊恩·麦克尤恩就非常善于处理二者的关系，你能明显地感觉到他在创作上对读者的刻意迎合，但是他的这种创作手法确实就能够赢得大量读者的青睐。这里面当然也有英国读者方面的问题，但是我们还是得承认他在创作方面的过人之处。

沼野： 话虽如此，但是作家真的有本事"以某一类读者为对象

---

① 伊恩·麦克尤恩（1948— ），当代英国文坛极有影响力的作家。擅长以细腻、犀利而又疏冷的文笔勾绘现代人内在的种种不安和恐惧，探讨暴力、死亡、爱欲和善恶的问题。作品多为短篇小说，内容大都离奇古怪、荒诞不经，有"黑色喜剧"之称。代表作有《最初的爱情，最后的仪式》《床笫之间》《赎罪》《阿姆斯特丹》等。

来专门创作某一类的作品"吗？

平野：哎，谁知道呢……

沼野：比如在三岛由纪夫等一些老一代的作家当中，即便是纯文学作家，偶尔也会有意识地写一些通俗小说。但是从某种意义上来说，这只是作家创作历程中的一个小插曲而已，而读者也能明确地意识到，这只是作家展示创作能力的一种余兴表演，并非他们的本业。

平野：嗯，是的。三岛也确实写过这样的作品，但实际上却不怎么成功，好像也不太畅销。

沼野：也许他本来就没打算让这种东西卖得太畅销吧。

平野：要想作品畅销可不是一件简单的事情呢。三岛当然是一个天才的纯文学作家，不过就算他写出了娱乐性的通俗小说也未必就一定能畅销。我也在写小说，但我总觉得只有当自己对某些问题有了切身体验之后，才会激发出我的创作欲望，如果心中没有那种"无论如何都要写下来"的内在冲动，我就没办法进行创作，即使勉强写出来，也还是会觉得缺乏中心和内涵，显得很轻佻浮躁。

但是，如果只是在内心冲动的驱使之下去创作的话，真的就能让读者欣然接受吗？我们常说从事作家这个职业的人往往都是这个社会上的异类，他们中的很多人即使在教室里，也跟朋友不太聊得来，所以才会试着通过写文章来表达自己。像这样的人，如果只写自己喜欢的内容，就算出了书，读者也不会去看，更不会觉得有意思吧。

因此，这个问题通常是一体两面的，我们应该如何将作家迫切的创作冲动传达给更多的读者呢？我认为文学还是属于少数派的声音。其中应该要保有强烈的与众不同的感觉。而作为真正的少数派，作家更应该竭尽全力地把自己感受到的最迫切的问题展现给大众。如果不这样的话，少数派的声音就会被社会忽视。我个人对此有着十分强烈的危机感。

例如，古井由吉先生对《日蚀》给予了很高的评价，在谈到好评的理由时，他认为文学的起源就来自所谓"异端审判"。

这又是怎么一回事呢？古井先生解释道，其实近代以来的审判，不是以人，而是以行为为对象的。一个人被起诉是因为他犯了猥亵、杀人这些罪行。而与之相反，中世纪的女巫审判则是针对个体的存在本身进行的审判。即便没有什么具体的罪状，仅仅是因为别人感觉你"有点可疑"，就有可能被告发，然后被送去接受异端审判或女巫审判。

在那个时代，如果是针对行为的控诉，你只要坚持说"没干过"就行了，但如果是个体的存在本身被质疑的话，要进行所谓的抗辩，就必须使出浑身解数，拼命证明"自己不是那样的人"。而且，还必须要想办法说服大多数人，得到他们的理解。这就是文学的起源。我赞同古井先生的看法，认为他的这种想法对于文学来说是很重要的。正因为文学中蕴含着作者的切身感受，所以才会赢得那些对文学毫不感兴趣的人的理解。

总之，小说是一种能给人们的内心带来强烈震撼的东西，而且作者既不能强迫读者阅读，也不能强迫读者感动。我认为要求作家去考虑读者的这种客体性质，并不应该是出于商业主义的思维，而应该是由某种内在的紧张感促成的。

纯文学与娱乐的区别

沼野：我们现在所谈的文学主要是指所谓的"纯文学"，但是在社会上，实际占据书籍市场大多数份额，赢得了大量读者关注的，往往都是些娱乐性的读物。大家早就知道，"纯文学"这个称呼本身就存在问题，但之所以现在还在使用这个词，就是因为这个词在现实中仍然具有生命力。

你看，一些文艺杂志今年推出的新年特刊，仍旧把"纯文学"这个词用在了大标题上。从真正的文学中留存下来的文化财产，和仅仅只是为了消费而被创作出来的有趣读物之间，还是存在着本质区别的。我觉得我们必须采取区别对待的态度，即使被批判为保守的精英主义思想，我也心甘情愿。因为，如果连出版界的人都下意识地认为畅销才是正道，或者在读者中人气越高作品就越好的话，那事态就真的很严重了。

话虽如此，但是要想在纯文学和非纯文学之间划分界线，实际上是极其困难的，我们确实也很难将两者简单地纳入到两种相互对立的类型中去。我认为在思考如何区分优秀小说和娱乐读物之前，倒不如先从"故事性"和"文体"的角度，通过观察这两个要素在作品中所起到的作用来判断小说的质量。所谓"故事性"与如何吸引读者、如何构筑引人入胜的情节有关，而"文体"则与文学作品中作者运用语言进行文学表达的质量和艺术性有关。但是这么一说，问题就又被简单化了，甚至会有人认为"纯文学就是对文体的追求"。反过来说，在被称为"纯文学"的作品中，日本的私小说是我们最容易理解的例子，经常有人迂谈阔论，认为这些私小说缺少有趣的情节。平野先生，您对这个问题怎么看呢？作为小说家，您迄今为止的创作经历，从某种意义上来说，也是您追求自己独特文体的历程吧。

平野：是的。纯文学、通俗文学，或者是娱乐文学的这种分类本身并没有什么太大的意义，至于"只有日本才有'纯文学'这个词"之类的说法，则完全是误解。相信沼野先生对这一点也是很清楚的。比如法国人就绝对不会把被称作"Roman Policier"① 的侦探小说和所谓的纯文学放在一起考虑。而且，对这两种作品的区分其实还是很明确的，即便同样是 19 世纪的小说，巴尔扎克和亚历山大·仲马②在读者心目中的地位也是完全不一样的。我在写《葬送》的时候曾读过《德拉克洛瓦日记》③，日记里曾记载，德拉克洛瓦觉得大仲马写的故事实在是

---

① "Roman Policier"，法语，原义为警察小说，一般被归入侦探小说范畴。
② 亚历山大·仲马（1802—1870），通称为大仲马，法国 19 世纪浪漫主义作家。大仲马各种著作达三百多卷，以小说和剧作为主。代表作有《亨利第三和他的宫廷》《基督山伯爵》《三个火枪手》等。
③ 《德拉克洛瓦日记》，斐迪南·维克多·欧根·德拉克洛瓦撰写的日记，此日记不但展示出其作为画家的心路历程，还反映出 18 世纪上半期法国的人文景观。

太有趣了，伏在暖炉前一读就忘记了时间，直到把整本书全部读完。不过，书读完了之后德拉克洛瓦的脑海中却什么都没留下。其实像这样的阅读体验，过去的人早就有了。

在这片纯文学的田野上辛勤劳作的人们，其中当然也包括我，想要告诉大家的就是，在保证生存的基础上，文学应该要能给人类带来更重要且更深远的影响，而不能仅仅只是单纯的、瞬间的兴奋感。但是，想要把纯文学和娱乐文学按照种类来分开应对也是不现实的。比如有不少读者在看了东野圭吾先生的小说后，感觉自己的内心被打动了，又会回头把小说反反复复地读好几遍。相反，对于如今刊登在文艺杂志上的舞城王太郎①先生的纯文学作品，也有很多读者仅仅只是因为觉得内容有趣，所以只是简单地读了一读而已。

从这个意义上来说，纯文学和娱乐文学之间的差异是很难说清楚的。而且，最近我对这类问题的看法又变得更加悲观了，虽说常言道"大浪淘沙，沉者为金"，但实际上真能如此吗？以前，作为适度淘汰劣质作品的制度，业界还有所谓绝版②一说，而在文坛之中也盛行以某种风向标来指引读者应该读什么书，在这种情况下优秀的作品才能得以存续，所以这种"大浪淘沙"的说法在过去也许还有一丁点的现实意义。但是，最近，不管作

---

① 舞城王太郎（1970— ），日本作家，作品风格鲜明，2001年以口语文体创作的《烟、土或牺牲品》获得第19届梅菲斯特奖，另有作品《阿修罗少女》于2003年获三岛由纪夫奖。此外，他的短篇集《熊的生存空间》曾于2002年被提名为三岛由纪夫奖的候选作品。
② 绝版，即书籍印刷后毁版不再印行，也有下架、停产之意。

家推出了多么优秀的作品,如果发表之后没有被读者广泛接受的话,也很难留存下来了吧。

沼野:那么您在进行文学创作的时候,究竟是以文体为重,还是以故事情节为重呢?您本人有意识到这方面的问题吗?当然了,我们也都知道不能简单地把这两者截然分开。

平野:我觉得还是不要简单地去做"二选一"吧。小说的构成要素其实有很多,有故事情节、文体、人物形象、思想以及社会性分析等等,在这些要素之中,如果只谈故事或文体,那也显得太过随意了。这些要素确实都与作品的可读性有关,但最终促使读者翻开书页的根本动力,还是所谓"求知"的欲望。这应该是人类最强大的力量了,媒体人如果觉得政治家隐瞒了什么,就一定会想要去调查清楚,男人看到女人穿着衣服的样子就一定会想要知道衣服下面是怎样的,这些都可以被称为"求知欲"。这种"求知"的欲望是非常强烈的,而巧妙地延伸读者的"求知欲",也是作家常用的一种手段。

沼野:如果把"求知欲"看作是构建作品的原动力的话,它应该是在"情节"这个层面对作品产生了重要的影响吧。或者说在更加朴实的"故事"层面,"求知欲"也同样发挥着重要的作用。现在,我们一般都会认为"情节"和"故事"是一对同义词,之所以要在这里特意做区分,主要是因为我想起了一位名叫

E. M. 福斯特①的英国作家,他在他的《小说面面观》里提出了这样一种观点。

所谓"故事"(Story),以神话和传说为典型形态,不过是将各种各样的事件按照发生的时间顺序做出的客观整理,而"情节"(Plot)则是根据因果关系等要素对那些事件进行的改编和重构。因此,如果读者想要看懂由小说家改编的情节,就需要具备相应的记忆能力和理性思维。如果我们把这种观点与现代的"纯文学"和"娱乐文学"对应起来讨论的话,也许稍显流于简单,但大致可以看出"纯文学"处理的是"情节",而"娱乐文学"提供给读者的是"故事"。

平野: 那么原型应该算是故事的要素了吧。它根植于人们的记忆之中,又以概括的形式被口耳相传,而对此加以技术性的改编则构成了情节。其实从刚才开始,我们的所有讨论内容都是围绕着如何让作品获得读者青睐这个主题展开的,只是对于纯文学作家来说,如果要求他们完全娱乐化,肯定会遭到拒绝。事实上,我也很反对这种做法,这样做毫无道理。

从这个意义上来说,陀思妥耶夫斯基的创作的确很精彩,也很了不起。他的小说不仅情节引人入胜,而且构思巧妙完美。读者们既可以把他的作品当作是浅显的推理小说,读得津津有味,也可以通过阅读他的小说从更深入的角度去思考"生存的价值,

---

① 爱德华·摩根·福斯特(1879—1970),20世纪英国作家。主要作品有小说《看得见风景的房间》《霍华德庄园》等。

死亡的意义"，甚至还有狂热的文学爱好者想要更深入地了解"当时俄罗斯的西洋派和斯拉夫派"。可以说在这些读者之间有着清晰的层次区分。而陀思妥耶夫斯基通过灵活多变的创作手法，很好地满足了读者多样化的阅读兴趣和需求。而且，就算读者只想简单了解一下那些表面上有趣的情节，他也会在恰当的地方稍作切换，巧妙地植入对复杂问题的论述，而读者只要还继续对情节有着想要一窥究竟的"求知欲"，就会不知不觉地连那些复杂的论述也一并读完。陀思妥耶夫斯基将严肃的讨论恰到好处地穿插于情节之中，实在是一种非常高明的创作手法。

从这个意义上来说，作为纯文学作家，如果丧失了核心的创作理念，那这样的纯文学作品也就不值一读了。也许只有保证了"纯文学"中"纯"的一面，作家才能在抒发自己内心的同时，赢得广大读者的青睐。对于文学创作而言，这不仅仅是技术性的工程问题，更是艺术性的设计问题。

至于文体，比如，回到我们之前谈到的书籍电子化的问题，现在日本的出版社在拓展海外市场的时候，基本上都是依托海外的出版机构开展翻译和出版工作。但是，随着今后书籍电子化的进一步发展，日本的作家就能亲自翻译自己的作品，并通过"亚马逊"等网络渠道对作品进行海外宣发。这样一来，日本的出版社就可以把海外出版机构一脚踢开，以"真正的日本文学"为品牌，直接把日本的文学作品行销到世界各地。一般来说，现代的商品销售就是这样的一个模式。

如今，这样的时代已经到来了。如果出版社通过雇用翻译人员，或者与翻译代理机构签订合约，然后在海外直接出版相关译作的话，这些译作能够最大程度再现的，主要还是作品的故事情节或人物形象，而由于翻译的缘故，文体在很大程度上将会损失殆尽。像泉镜花等作家的作品，我们日本人读后所体验到的兴奋感是很难传达给外国人的。从这个意义上来说，就又会牵扯到另一个问题了，也就是"作品的读者到底是怎么样的一群人呢"。

沼野：在您刚才的谈话中，包含了许多重要的观点，我在这里只是做一点补充，我认为陀思妥耶夫斯基的小说具有某种多层次性。

比如名作《罪与罚》，讲述的是一个叫拉斯柯尔尼科夫的年轻人杀害了一个放高利贷的老太婆的故事，如果读者把重点放在犯罪和刑侦的情节中，就可以把它当作一部犯罪小说来阅读。同样，如果将重点放在作品的其他方面，那这个作品就既可以是一部"都市小说"，又可以是一部"社会风俗小说"，还可以看作是"心理小说"或是"宗教小说"，甚至是一部终极的"思想小说"。不过这一特点并不仅仅局限于陀思妥耶夫斯基的作品上，恐怕所有优秀的文学作品都是非常善于表现多层次的复杂内容的。

因此，我要向今天在座的各位听众朋友，特别是年轻朋友们强调的是，今后阅读世界文学古典作品时，不要以为只有某一种阅读方法才是正确的，而是要按照自己的方式去尝试各种各样的方法，自由地阅读。大家在现代文的写作题里，或者在学习写作读后感的过程中，常常会遇到所谓的例文范本，但是像古典文学中这样的优秀作品往往呈现出多个层次相互嵌套、相互纠缠的状态一样，写作不可能简单地被所谓的标准答案所囊括。

另外，优秀的古典文学作品还有一个显著特征，那就是随着时间的流逝，当你尝试重新阅读的时候，还会发现它不同的侧面和别样的精彩。所以，对于这些作品不要只读过一遍就觉得自己看懂了，然后就将它束之高阁。

日本文学能够融入世界文学吗

沼野： 下面我们稍微转换一下话题，请您谈一谈您对"世界和日本"有着怎样的理解呢？对于您这样的一位日本作家来说，究竟什么是世界呢？当您看到自己的作品跨越了日本的国境在世界范围内被广泛阅读时，又是怎样的一种体验呢？

据我所知，您的作品《日蚀》《一月物语》《最后的变身》这三册已经被翻译成法语，以纸质书籍的形式在法国出版了。从这个意义上来说，您已经是一位跨越国境的国际作家了。

但是，考虑到今后电子书籍的发展前景，就像刚才我们谈到的那样，把作品翻译成外语，然后作为文化商品在国际市场流通要比现在容易得多。另外，即使不采用"Kindle"之类的电子书籍的形式，像村上春树这样的小说家，也非常重视自己作品的翻译，特别是以英语为首的主要语种的翻译。如今，村上春树的作品已经通过英语版的译本在国际上广泛流传开来。村上春树本人当然是用日语在进行创作，但是在创作过程中，他恐怕也会考虑到自己的作品如果将来要被翻译成英语的话，会成为一个什么样子吧，而且在某些情况下，他也会专门为自己的作品寻觅优秀的翻译人才吧。

因此，把文学作品当作商品来看的话，就理所当然地必须要考虑制定国际性的发行策略，但是在纯文学性的作品里，总会存在一些"桀骜不驯"的成分和要素，会出来阻碍这种商品流通吧。而翻译的时候造成某种程度上的文体损失也是无论如何都无法避免的。但是，如果我们把文体看作是文学作品的生命的话，那些在国际广泛流传，却因为翻译而损失了文体特点的译本，到底又算是个什么东西呢？难道它单纯只是日本文学的某种"赝品"吗？这就又会让我们产生另外一个层面的疑问了。

平野：那么，内容又会怎样呢？文学作品的媒介无论是电子的还是纸张的，既然是以"书籍"的形式流通起来了，那就不能否定它的商品性。但是，从本质上来说，作者进行文学创作的目的是渴望更广泛地传播自己的思想。从这个意义上来说，由于日语在世界上属于小语种，所以日本文学作品就不得不依赖于翻译。但是，我们可以反过来思考，通过译本，在感觉上，我们不也还是能理解福楼拜或者陀思妥耶夫斯基的作品吗？因此我觉得翻译的前景还是比较乐观的。

比如，对于法国人或美国人而言，《曙光号》一类的小说和以日本为背景且有浓烈日本特色的小说，到底哪一种更具有吸引力呢？我想外国的读者大概首先选择的应该还是以日本为背景的作品吧。也就是说，这还是"异国情调"的问题，不过，如果能将这些根植于日本且能充分展现日本风土民情的作品推广到海外，又何尝不是一件幸事呢？

另一个例子，前些日子俄罗斯作家奥利加·斯拉夫尼科娃①来到日本，《新潮》杂志刊登了由沼野恭子翻译的她的短篇作品《超特急"俄罗斯的子弹头"》，作品采用隐喻的手法，描绘了一个由高度智慧构建的世界，内容很精彩。不过，我感兴趣的是这部作品俄罗斯的读者究竟是怎样的一群人呢？因为她的作品实在太过"纯"了。回到最初的话题，在近代化的浪潮中，日本文学曾经处理过相当宏大的主题，到了如今算是暂时告一段落，而发展中国家的文学却方兴未艾。

随着现代化进程的推进，无论是具有新兴市场的国家，还是非洲国家，到处都是一片蓬勃发展、欣欣向荣的景象。宏大叙事的文学将再一次回归，文学的意义将重新获得国际性的解读。

面对这样的世界性潮流，我这么说您别见怪，最近就连诺贝尔文学奖的评委都有点迷失方向了，不是还有人议论诺贝尔文学奖颁给了勒克莱齐奥②究竟意味着什么吗？那些正在经历现代化巨变的国家极有可能催生出更为宏大的文学，并获得世界各国的广泛认可，这才是文学应有的面貌。也许下次的诺贝尔文学奖就会颁给创作出这样作品的作家。

到那时，我们又应该如何将日本自身存在的问题作为文学创

---

① 奥利加·斯拉夫尼科娃（1957—　），俄罗斯女性作家、文学评论家。1987年在《乌拉尔》杂志社任文学编辑。1999年曾担任俄语布克奖评选委员会成员。2000年曾担任新世界短篇小说奖评委会成员。代表作有《不朽》《2017》等。
② 让-马里·居·勒克莱齐奥（1940—　），法国文学家，20世纪后半期法国新寓言派代表作家之一，也是当今法国文坛的领军人物，与莫迪亚诺、佩雷克并称为"法兰西三星"。代表作有《诉讼笔录》《战争》《流浪的星星》《饥饿间奏曲》等。2008年获得诺贝尔文学奖。

作的主题来加以阐释呢？有人认为日本文学的归宿是"走向毁灭的'我'"，而当日本人在这种颓废观点中自我沉沦的时候，即使引入了世界现代化浪潮下的恢宏主题，恐怕读者也难以理解吧。相对地，即使我们努力输出反映日本现状的小说，到头来世界各国也不会理解日本吧？斯拉夫尼科娃女士是一位真正的多样化文学的信奉者，她在俄罗斯是否也获得了广泛的理解和认可呢？

沼野： 从您的视角出发，纵观当今的世界文学，您是否觉得日本文学在某种意义上讲已经成熟，开始进入衰退阶段了呢？是不是已经逐渐丧失活力了呢？

平野： 当我在思考怎样的文学才是有趣的文学时，同时也在思考是什么给予了日本文学发展的动能。比如在19世纪巴尔扎克的作品世界中，穷小子从乡下来到巴黎打拼，处心积虑地想要出人头地，这是读者最容易理解的事情，而在陀思妥耶夫斯基笔下，《罪与罚》则是典型的例子，拿破仑的到来摧毁了旧世界，因此他被奉为英雄。这些作品都是在探讨一个宏大的主题，那就是世界的价值观正在崩塌，崩塌之势就像海啸般从西边汹涌袭来。

如果日本的文学也能抓住如此巨大的社会浪潮，那它又会变成什么样呢？事实上我们并不缺乏类似的社会浪潮，比如说计算机信息技术的革新之类。此外，从某种意义上来说，社会上普遍存在的代沟问题也是一个很宏大的主题，虽然相当多的日本人都被这个问题所困扰，但是我们是否真的可以创作出让人们感同身受、豁然开朗的文学作品来呢？这样一来，也就能够真正明白作家希望通过非现实的"梦境"① 来打开想象的世界的这种想法了。

我们应该为文学而文学吗？

沼野：刚才我们在讨论中提到的作家奥利加·斯拉夫尼科娃，可以称得上是目前俄国文学界最有才华的女性作家之一。她的作品《2017》是一部表现未来的反乌托邦小说，在 2006 年获得了俄罗斯布克奖。如今，奥利加·斯拉夫尼科娃在俄罗斯已经是一位家喻户晓的知名作家了，但在日本却几乎没有读者知晓。不过我个人觉得她稍早之前的长篇小说《不朽》② 更有意思。

对于这么优秀的作家，我们就应该多翻译一些她的作品，但由于日本不太译介俄罗斯现代文学作品，所以普通读者对俄罗斯文学的现状也就不太了解了。其实，在俄罗斯国内，文学也已经日益多样化，其现状没人说得清楚。因此，想要列举"俄罗斯现代文学的代表人物"的姓名是一件很困难的事情。但毋庸置疑，俄罗斯毕竟是曾经创造过宏大文学的国家，所以直到现在其文学潜力依旧巨大。

平野先生，在某个座谈会上，您也曾谈到过自己的感想，您曾向包括斯拉夫尼科娃女士在内的众多俄罗斯优秀作家询问过类

---

① "梦境"，精神分析用语，奥地利心理学家弗洛伊德认为"梦境"是满足愿望的一种形式。
② 《不朽》，俄语原名《Бессмертный》，是俄罗斯女性作家奥利加·斯拉夫尼科娃创作的一部长篇小说。于 2012 年获得高尔基奖。在日本书名被翻译为"不死の人"（不死之人），国内部分学者将书名翻译为《永生的人》《不朽的人》等，此处根据俄语原名暂译为《不朽》。

似"什么才是真正的文学"这样的问题,结果俄罗斯作家中有一部分人意见非常一致,他们认为"真正优秀的艺术性文学,是不应该将读者的反应纳入考量范畴的。艺术性文学的目的是为其本身,或者为艺术本身而创作的。一边考虑读者反应一边进行创作的,是大众文学范畴内的事"。看来在俄罗斯,人们对纯文学的信念还是比较坚定的。

平野:对这一点,我也感到很吃惊。自从作为作家出道以来,我一直以为只有我才是所谓大时代下最极端的"艺术至上主义者"。

沼野:在如今的日本能说出这种话的人,恐怕也没几个了吧。大概七八年前,我和岛田雅彦①、多和田叶子、山田咏美一起访问了莫斯科,也和俄罗斯的作家们举行了一场座谈会。我清楚地记得,当时参与座谈的包括弗拉基米尔·索罗金②、鲍里斯·阿库宁③等俄罗斯作家,他们在座谈会上也谈到了类似的问题,而山田咏美则对此观点表达了强烈的质疑。

但是,这种文学观方面的差异是不存在所谓对错,也不是什

---

① 岛田雅彦(1961—),日本作家。代表作品有《为了梦游王国的音乐》《彼岸先生》等。
② 弗拉基米尔·索罗金(1955—),俄罗斯著名的后现代派小说家、剧作家。1995年凭借长篇小说《玛丽娜的第三十次爱情》轰动文坛。1999年推出《蓝色脂肪》,引起读者激烈的争论。
③ 鲍里斯·阿库宁(1956—),俄罗斯作家、编剧。因其擅长创作历史类犯罪题材的侦探小说而备受读者和评论家们的关注。代表作品有《冬日皇后》《谍影围城》《五品文官》《土耳其式开局》等。

么人都能做出评判的事情。我们不能因为这种文学观上的差异，就认为俄罗斯的文学落后了。这也有可能是日本文学已经堕落了的反映。当我们在探讨"文学是什么"的时候，本来就会出现各种各样的观点，很难说哪种观点就一定是正确的。所谓文学，本来不就是一种含义丰富而难以界定的东西吗？这样的说法，听起来也许让人有一种敷衍的感觉，但在现实中我们却只能采取这样的态度。

英国著名的文学理论家特里·伊格尔顿①也曾说过，讨论所谓"文学是什么"或者"小说是什么"这样的问题，就像是在讨论"杂草是什么"一样。事实上，我们很难从生物学的角度去定义杂草的概念，在一定的时代和社会环境之下，只要是人们认为毫无用处、必须拔除的植物，就可以被称为杂草。因此，随着时代和社会的变迁，杂草的含义也在不断地发生着变化。文学也是如此，谁也没法一口咬定说"这就是文学"，文学当然也不可能存在某种绝对的定义。因为文学概念的构筑本来就具有历史性和社会性。它受情境的影响，也受到个人水平的制约，每一个人对文学的看法都会有所不同。有人会批评村上春树的作品说"这玩意儿根本不是文学"，也有人会把一些通常不被纳入文学领域的书籍，比如将《圣经》、《叹异抄》② 看作是最优秀的文学作品。

如果可以这样理解的话，我们不就应该以更加自由的态度去

---

① 特里·伊格尔顿（1943— ），英国文学理论家、文学评论家。当代著名的西方马克思主义文学理论家。
② 《叹异抄》，日本镰仓时代出现的佛教理论著作。

思考文学的意义吗？不要因为美国或者俄罗斯的文学已经呈现某种状态了，就想当然地认为日本的文学也必须亦步亦趋。

日本应该开拓出属于自己的文学道路。但是，这并不代表日本文学就应该封闭起来独善其身，对于那些异于自身的外国文学，我们应该抱着积极态度去广泛接触。在接触的过程中，如果我们真能从中发现一些有趣的差异，就更应该感到惊喜才对，因为这有助于我们重新审视自己的文学。

其实在世界文学中，到处都会让人有"啊，世上还有这样的文学呀"的感叹，以多种形式互相刺激、相互促进，对于世界文学的发展可谓至关重要。而平野先生，因为您的作品非常具有艺术张力，因此也能给予外国读者十分强烈的刺激吧。所以，我对于日本作家的能力，一点也不感觉到悲观。

平野：我刚想起来，其实我和您在差不多十年前也曾进行过一次类似的谈话，那是"朝日"（新闻出版集团）主办的一次活动，当时，我还举了森鸥外的例子，记得那次谈话，大家交流得出的结论是：所谓小说，怎么写都行。

诚然，随着时代的变迁，人们最感兴趣的话题也不尽相同。在巴尔扎克所在的时代，读者热衷于阅读以乡巴佬跻身上流社会追逐财富、权力并获得个人成功为主题的故事。而在陀思妥耶夫斯基所在的时代，大众对神的信仰崩塌，怎样才能避免陷入虚无主义，成为人们最关切的问题。那么，对于今天的日本人来说，最能激发我们"求知欲"的究竟是什么呢？我们孜孜以求的不应该仅仅是简单的"信息"，说得更高深一点，应该是"真知"

一类的东西。

因此，在互联网时代又产生了一个新的问题，那就是我们为什么要读书。我最近使用互联网的频率很高，既写博客，也发微信消息，但是我发现很多人明明掌握着大量信息，却几乎不做思考，也完全没有分析能力。面对汹涌而来的海量信息，如果想要只依靠自己来消化吸收的话，我们还是需要具备很强的理解能力和分析能力的。

可是，在网络世界之中，信息的流动性过高。在这巨大的信息漩涡之中，个人能力是非常渺小的。我的说法可能有点老套，但是我觉得，读者只有首先学会处理好那些被浓缩于书籍中的知识和思想，才有可能获得处理飞速流转的信息的能力。

我认为，处理信息与获取信息是同等重要的。从这个意义上来说，如果我们不能确保有充足的时间去思考和阅读的话，就会变成"知识渊博却思想空洞"的人。这就是我现在所要强调的"读书"的理由之一。

沼野：要说书籍，特别是小说，虽然看上去只是单纯的读物，但其内容实际上是非常复杂的，就像一个关于知识的竞技场。但另一方面，电脑和互联网都是非常便捷的工具，如果我们不懂得如何善加利用的话，在今后的社会中是无法生存的，特别是年轻人。

现在在大学里，即使是学文科的人，如果不会使用电脑的话，也无法成为合格的研究人员。电脑确实是能给研究工作提供便利的一种重要工具。研究人员通过电脑、互联网、电子数据库等进行信息查询,就如同让过去只能徒步远行的人坐上了飞机一样,瞬间就能抵达目的地。这是多么具有戏剧性的变化啊!

然而,正如您所说,电脑虽然便利,却很容易让人产生错觉。通过电脑,信息可以瞬间汇聚,如果大家用谷歌来检索的话,瞬间就可以查到全世界所有的图书。这很容易让我们产生误解,误以为是自己变聪明了。而且,虽说关于书籍和信息的检索结果都会如实地呈现在电脑上,但是这些检索结果的使用者究竟能不能真正看懂就又是另外一个问题了。因为并不是说我们用了电脑,阅读能力就一定能有多大的提高。

所谓阅读,就是靠自己的力量去读、去感受、去体验、去分析,并从中有所收获。对于文学而言,这种"阅读"的过程是最基本的。因此,虽说借助互联网,我们收集信息的速度变快了,但是电脑仍然无法代替我们去阅读、去感受。无论出现使用多么便利的工具,使用它的还是我们自己的头脑,读书终究还得靠自己。

非文学所不能办到的事情

沼野:那么,今天的访谈到现在已经进行了两个多小时了。还有一个事先准备好的话题我们没有细谈,那就是"目前我们还能为文学做些什么,以及哪些事情是只有文学才能办到的"。但是,关于这个主题,我们其实已经不需要再从头开始聊了。到目前为止,我们已经在讨论中得出了一个结论,那就是"还有很多的事情是只有通过文学才能办到的"。那么,我们今天的访谈就暂且告一段落。

今天，平野先生和我各自为大家推荐了三本书，很遗憾，没能对这几本书做详细的介绍，不过，大家也不必局限于我们推荐的书目，在今天探讨的各个主题中，我们提到过不少的作品，如果大家感兴趣的话，请一定找来试着读一读。

只是，在今天平野先生的推荐书目中，有一部博尔赫斯①的作品，这位作家在我们的讨论中完全没有被提及，最后，您能向我们简要介绍一下您推荐的这本博尔赫斯的《虚构集》② 吗？

平野： 是啊，因为考虑到可能会遇到许多年轻的听众，大家对小说的看法又不尽相同，为了让大家明白小说其实可以表现不同的创作理念，所以我才试着推荐了这部与普通小说有点不太一样的作品。

沼野： 最后，让我们再来了解一下平野先生您自己的作品。虽然很想问一下"您自认为最优秀的作品是哪一部"这个问题，但是对于所有的作家来说，最优秀的作品应该永远都是"最近刚写出来的那一部"吧。因此，如果要让我来向大家推荐的话，那我还是推荐您的最近的作品《曙光号》。

刚才我们也稍微谈到了这部作品，其实《曙光号》也可以

---

① 豪尔赫·路易斯·博尔赫斯（1899—1986），阿根廷诗人、小说家、散文家及翻译家，被誉为"作家中的考古学家"。掌握英、法、德等多国文字，作品涵盖多种文学类型。代表作品有《老虎的金黄》《小径分岔的花园》等。
② 《虚构集》，博尔赫斯发表于1944年的小说集，有《小径分岔的花园》和《杜撰集》两个部分。

细分为多个阅读层次，读者们可以把它看作是一部未来的科幻小说，从某种意义上来说，也可以看作是一部政治小说，甚至还可以把它看作是一部围绕人类自身身份认知的思想小说。

此外，小说中讲述了一对失去幼子的年轻夫妇之间的家庭情感故事。迄今为止，这种令人潸然泪下的情感要素在您的作品中还是非常罕见的。读到最后，故事的结局又带给读者一种美好、光明的前景。这是因为您的创作心境发生了变化吧？

平野：这里面确实也有心境变化的因素。我写了《溃决》之后，看到自己的作品令读者陷入了一种过分绝望的境地，所以后来对读者的感受还是有所考虑。我是个疑心深重的人，虽然不喜欢安稳的快乐结局，但是创作《曙光号》的其中一个动机，就是想要探讨究竟是怎样的思想才能令人拥有希望。从这个意义上来说，我将自己探索希望的过程最终平稳地着落于这样的结尾，也反映了我个人的心路历程吧。

沼野：因此，目前还没有读过平野先生的小说的人，首先从这部作品入手，不是正合适吗？在此，我要向各位年轻的读者朋友重点推荐这本《曙光号》。

那么最后，在座的各位听众如果有什么疑问的话，请不要客气。机会难得，大家可以直接向平野先生提出自己的问题。

听众交流环节

读者 A：在之前的讨论中，提到在小说当中存在着两种乐趣，一种来自文体，一种来自故事情节，但是作品在经过翻译之后，有很大一部分属于文体的乐趣往往就被过滤掉了，能保留下来的也只是原作的部分精髓。对于外国的文学作品而言，在翻译中出现的这种情况基本上是难以避免的，但是我们还是乐见有越来越多浅显易读的新译本不断涌现。不过，对于本国的古典文学作品而言，直到现在大家还是普遍认为，如果你阅读的是现代文的翻译版本，那就"不算是阅读古典"，这种看法总会给像我这样看不懂古典文学作品的人带来一种让人自卑的挫败感，那么这些对于本国古典文学作品所做的现代翻译，究竟算不算得上是文学呢？

还有一点就是，二位刚才也提到"求知欲"会成为我们阅读时的一种重要的动力。我个人对此也深有体会。

在和自己的同龄人谈到关于书籍的话题时，我发现现在喜欢读"哈利·波特"系列图书，喜欢儿童文学或者连环画的人是越来越多了。相反，喜欢读纯文学或者成年人读物的人却少了很多。

现在，在我们的身边经常发生这样的情况，如果一个四五岁的小孩看到一本连环画的话，他只会唰地翻一下，然后嘀咕道"什么呀，这不就是一本连环画嘛（有什么大不了的）"，而塞给孩子连环画的母亲或者其他大人反而会觉得"这连环画很有意思"，但是小孩就是不喜欢，他们现在只对游戏感兴趣。

我想无论是作家也好，文学家也好，恐怕或多或少都会对自己的读者寄予一定的期望吧。因为我从事与教育相关的工作，所以想请二位就这方面的问题，简单谈一谈自己的看法。

沼野： 关于翻译的问题，首先由我来做个简要的回应。文学作品以语言为生命，所以毫无疑问，阅读原文应该是最理想的选择。虽说同样是日语，但是古典文学作品中的日语和现代日语非常不同，你甚至就可以把它看作是一种外语。用这么古老的日语创作的古典文学作品，现在的年轻人阅读起来当然会很困难。

在刚才的讨论中，我们曾提到过泉镜花的作品，不过现在的中学生基本上已经看不懂泉镜花的日语原文了吧。毕竟，对于现代的日本人来说，无论是阅读夏目漱石还是芥川龙之介的作品，如果不辅之以相当详细的注释，已经根本没办法正确、全面地理解文章的含义了。不过语言的变化速度也是因国家的不同而不同的。在俄罗斯，陀思妥耶夫斯基是比泉镜花还早半个多世纪的人，但是他那个时代的俄语和现代俄语之间却并没有什么太大的差异。

我们平时讲的翻译，一般都是指把外语翻译为本国语言，但是正如您在问题中提到的那样，确实也存在着把本国古典文学作品翻译为现代语文学作品的情况。比如围绕着《源氏物语》，与谢野晶子、谷崎润一郎、圆地文子、濑户内寂听、田边圣子、桥本治等众多出类拔萃的优秀作家、学者都曾前仆后继地尝试过用现代日语将其翻译成各种各样的新版本。一部古典文学作品，能这样反复多次地被翻译成现代语言，即使在世界范围内也是非常罕见的吧。出现这种现象，不仅仅只是因为现代读者对古典文学仍然有着强烈阅读需求这种单方面的原因。事实上这些古典文学作品中有着吸引译者不断尝试翻译探索的内容。在《曙光号》的开篇，就穿插了关于《源氏物语》的故事。想必平野先生本身，也曾经大量研读过江户时代以前的古典文学原作吧。

平野： 事实上，我对江户时代的文学涉猎不深，倒是对江户时代之前的作品还多少读过一些。以前，所谓古典文学与近代文学的界线，是以明治时代的"言文一致"运动为标志来划分的，但现在这条界线已经推后到大正时代了，甚至还有可能已经推后到了以战前和战后作为分界。

对于日本古典文学作品的现代语翻译，一方面可以举出很多像《源氏物语》那样具备了作家鲜明个性特征的知名译作，另一方面也存在着大量一般意义上所谓的"普通译本"，这两类译本都有其存在的意义，可谓相得益彰。虽然我们希望读者能不拘泥于类型，更广泛地去阅读各种各样的译本，不过却不应该对此强求。对待那些文学大家的译作，我们应该持尊敬的态度，但是像我这样的中生代作家，也必须学会依靠自己的力量努力创作。因此，对于某些人认为应该以某种形式对这些作家采取援助措施的想法，我基本上是持反对态度的。

此前，我在参与审查政府预算项目资金规划的过程中，收到了由地方交响乐团的人士给我发来的几封邮件，希望寻求我的支持。其实，我本人也是古典音乐的爱好者，而且我的一些朋友本身还是交响乐团的成员。虽然我能理解乐团方面寻求支持的立场，但是却没办法赞同他们的意见。在我看来，如果地方的交响乐团没有能力吸引听众，没法妥善经营并自负盈亏的话，政府又何必花费如此巨大的成本来将其勉强维持下去呢？说到底，所有的小说家都希望读者觉得自己的作品是有意思的，是有阅读价值的，在创作过程中也只有以此为目标，才是正途。

只是，在几个月之前，日本的每日新闻社做了一个调查，结果表明，"喜欢读书"的孩子人数有了小幅的增长，如果这是因为在学校推行了晨间阅读之类的措施所取得的积极效果的话，那么这样的教育政策就应该被坚持下来。

沼野：如果没有翻译，我们是没办法去阅读用外语创作的文学作品的，所以翻译是阅读外国文学的一种必要手段。但是再好的翻译也无法完美再现作品的全部魅力，这也是一个无可奈何的事实。不过，我们在日本通过翻译阅读陀思妥耶夫斯基作品的时候，也实实在在地被打动了。所以，只要是优秀的作品，即便是被翻译之后，也并不意味着就一定会丧失作品的全部魅力，优秀的文学作品中一定会存在着更坚韧、更隽永的东西。翻译从来不是一蹴而就的事情。很多用外语创作的文学作品，不仅没办法立即被翻译出来，在内容上也还有很多东西需要我们去认真理解。专家们要花很长时间，有时甚至要经过几代人的研究和努力，才能完成一部高质量的译作。再者，就算是曾经出版过的译作，一旦过时也会变得晦涩难读。这时候，就会出现更加现代化的日语新译本，而且最近这种更新换代的速度有着明显加快的迹象。结果就是，在日本，我们积累下了数量相当庞大的外国文学翻译作品。有赖于此，无论是拉伯雷[①]的《巨人传》，还是普鲁斯特、

[①] 弗朗索瓦·拉伯雷（约1494—1553），文艺复兴时期法国人文主义作家之一。拉伯雷的主要著作是长篇小说《巨人传》。

乔伊斯①、品钦②的作品,日本的读者都可以尽情阅读。坦率地讲,我觉得这是很了不起的事情。

也有人说过,即使把《源氏物语》翻译成了现代日语,恐怕也没多少人会去读吧。其实在外国文学中也存在着同样的问题。但即便是通过翻译的作品,我们还是能够获得愉快的阅读体验,对于读者而言,这也是一件大有裨益的事情吧。当然,读者如果能阅读原文,那自然是再好不过的事情了,但是我们也不可能就为了看一部外国文学作品就特意去学习一门外语吧。难道喜欢陀思妥耶夫斯基的作品,就得去学俄语吗?这种想法对于普通读者来说实在是有点勉为其难了。不过,这个世界上多少还是会有一些奇怪的人,就像我,最终还是开始学习起了俄语。

这让我想起了在塞林格③的一部优秀的短篇小说集《逮香蕉鱼的最佳日子》④ 中的一个情节。小说的主人公是最终自杀而亡的西蒙·格拉斯,他曾对自己的妻子说"想要读德国诗歌的话,就去学德语吧"。结果让妻子大吃一惊。要知道,对于普通的美国人而言,为了阅读外国文学而学习外语的这种话,可不是什么

---

① 詹姆斯·乔伊斯(1882—1941),爱尔兰作家、诗人,后现代文学的奠基者之一。其作品及"意识流"思想对世界文坛影响巨大。代表作品有《尤利西斯》《芬尼根的守灵夜》等。
② 托马斯·鲁格斯·品钦(1937—),美国后现代主义文学代表作家。主要作品有《V》《拍卖第四十九批》《万有引力之虹》《梅森和迪克逊》等。
③ 杰罗姆·大卫·塞林格(1919—2010),美国作家,他于1951年发表的小说《麦田里的守望者》被认为是20世纪美国文学的经典作品之一,引起世界性轰动。
④ 《逮香蕉鱼的最佳日子》,塞林格于1948年发表的一篇短篇小说。这篇小说在1953年的时候被塞林格收入于其短故事集《九故事》中,并且作为整本故事集的开篇小说。

头脑正常的人所能想到的,这已经是很反常的一种表现了。

但是,说到自己国家的古典文学的话,可能情况就又会有所不同。如今,为什么会出现大量《源氏物语》的现代语译本呢?理由其实很简单,就是因为现在普通的日本人已经没办法准确地读懂《源氏物语》的原文了。今天,只有少数具备较高古典文学修养的学术精英或者日本文学的研究专家才有能力比较准确地通读这部古典作品了。因此,即便有人认为"对于古典而言,不读原文就没有意义",但现实的情况就是,对于大部分日本人来说,阅读古典原文已经是不可能办到的事情了。只是,古典日语并不是真正的外语,虽然它历经千年,已经与现代日语有了很大的差别,但是却总能给我们一种"同为日语"的感觉,这是古典日语和外语的本质区别。如果从《万叶集》出现的时代算起,日语被用于进行文学创作已经持续了一千三百余年,而我们却处在这漫长的历史的最前端。因此,当我们读到"话说从前某一朝天皇时代,后宫妃嫔甚多,其中有一更衣,出身并不十分高贵,却蒙皇上特别宠爱"[1]的时候,虽然不一定能正确地理解其中的意思,但读起来却给人一种耐人寻味的亲切感,仅凭这一点,就非常值得我们去一窥原文了。如果读者朋友们在阅读了古典作品的现代语译本后,还感觉有所欠缺的话,请一定要把原作找来,一边对照一边研读,如此一来,你在阅读中所收获的乐趣也一定会加倍。

---

[1] 此处译文摘自丰子恺译《源氏物语》,人民文学出版社1999年7月版。译文中"更衣"为日本平安时代后宫的女官官名,因服侍天皇更衣而得名。

平野：刚才我也谈到过，我大体上算是抱有一种"返祖"的心理倾向，总是在追溯我的偶像喜欢的东西，或者是让我的偶像深受影响的唱片之类。于是，我自己的兴趣范围也不断扩大开来。我觉得这是一个很有乐趣的过程。

读者 B：今天能有机会参加这场访谈，真的非常荣幸。从一点半开始，这一个下午让我受益匪浅。感谢二位的精彩发言。

平野先生，您刚才提到自己不仅阅读量非常大，而且还把书读得非常认真仔细，我到现在都觉得很不可思议。看来想要成为作家，不读这么多的书是不行的。

在这里，我有两个问题，请不要见笑。

一个是，您在年轻的时候是怎样规划阅读时间的呢？您独自一个人，埋头于书本的时间是怎样安排出来的呢？

另一个问题是，我看了您的简介，发现您是从京都大学毕业的，那么为了应对高考，想必您也经历过备考学习的过程吧？那么您又是怎样一边学习，一边抽出时间来阅读的呢？

平野：我之所以有充裕的阅读时间，最重要的原因可能是那个时候没有互联网吧。我当时生活在乡下，放学之后除了读书，也没别的事情可做了。其实，我感觉自己的备考学习可能也没想象中那么辛苦。我喜欢日语，也喜欢英语，另外，也喜欢数学。只是因为我不擅长理科，所以没办法考理科专业，但是我对历史很感兴趣，所以觉得学习社会学科也挺有意思的。

进入大学之后我还是一样觉得很闲，所以一直在看书，但是我对文学从来没有那种仰之弥高的感觉。曾经有人说什么"福楼拜已经写过的题材，现代作家何必又来'炒冷饭'呢"。对于这种流露出卑屈感的评论，我是最讨厌的。

沼野：所以我说您还很年轻呢。平野先生出道的时候，日本文学界还从未有过如此年轻的作家。出道后的这十年当中，您创作出了不少佳作，但至今仍然是引领潮流的文坛新锐。我相信，今后您还会继续以年轻的干劲，努力工作，为日本文学的未来开辟新的道路。

那么，今天我们已经聊了很长时间了，平野先生，您辛苦了。感谢各位听众朋友的到来，谢谢大家。

（本次访谈于 2010 年 1 月 17 日，在京都·京大会馆 101 号室举行）

●平野启一郎为中学生推荐的三本书：
①三岛由纪夫《金阁寺》（新潮文库）
②豪尔赫·路易斯·博尔赫斯《虚构集》（日文版《传奇集》，鼓直译，岩波文库）
③费奥多尔·米哈伊洛维奇·陀思妥耶夫斯基《罪与罚》（龟山郁夫译，光文社古典新译文库。江川卓译，岩波文库。工藤精一郎译，新潮文库）

●沼野充义为中学生推荐的三本书：

①平野启一郎《曙光号》（讲谈社）

②费奥多尔·米哈伊洛维奇·陀思妥耶夫斯基《罪与罚》（龟山郁夫译，光文社古典新译文库。江川卓译，岩波文库。工藤精一郎译，新潮文库）

③斯坦尼斯拉夫·莱姆《索拉里斯星》（沼野充义译，国书刊行会。另有《在索拉里斯的阳光之下》，饭田规和译，早川文库）

●延伸阅读：

○平野启一郎

《日蚀》（新潮文库）

《一月物语》（新潮文库）

《葬送》（新潮文库，第一部上下卷，第二部上下卷）

《最后的变身》（收入《滴漏时钟群的波纹》，文春文库）

《溃决》（新潮文库，上下卷）

○大江健三郎

《拔幼芽，打孩子》（新潮文库）

《十七岁》（收入《性的人》，新潮文库）

《性的人》（新潮文库）

《万延元年的足球队》（讲谈社文艺文库）

《洪水淹没我的灵魂》（新潮文库，上下卷）

《水死》（讲谈社）

○沃尔特·翁
《口语文化与书面文化》（樱井直文等译，藤原书店）

○鹿岛茂
《报业之王吉拉尔丹》（筑摩文库）

○杰罗姆·大卫·塞林格
《逮香蕉鱼的最佳日子》（收入《九故事》，野崎孝译，新潮文库）

○奥利加·斯拉夫尼科娃
《不朽》（未翻译）
《2017》（未翻译）

○谷崎润一郎
《阴翳礼赞》（中公文库）
《文章读本》（中公文库）
《源氏物语》（润一郎译，中公文库，全五卷）

○费奥多尔·米哈伊洛维奇·陀思妥耶夫斯基
《死屋手记》（工藤精一郎译，新潮文库）
《群魔》（龟山郁夫译，光文社古典新译文库。江川卓译，新潮文库，上下卷。米川正夫译，岩波文库，上下卷）

《卡拉马佐夫兄弟》（龟山郁夫译，光文社古典新译文库，全五卷。原卓也译，新潮文库，上中下卷。米川正夫译，岩波文库，全四卷）

○欧根·德拉克洛瓦
《德拉克洛瓦日记》（中井爱译，二见书房）

○奥诺雷·德·巴尔扎克
《高老头》（平冈笃赖译，新潮文库。高山铁男译，岩波文库）

○爱德华·摩根·福斯特
《小说面面观》（中野康司译，美铃书房）

○托马斯·曼
《托尼奥·克勒格尔》（高桥义孝译，新潮文库。实吉捷郎译，岩波文库）
《魔山》（高桥义孝译，新潮文库，上下卷。关泰祐、望月市惠译，岩波文库，上下卷）
《浮士德博士》（关泰祐、关楠生译，岩波文库）
《布登勃洛克一家》（望月市惠译，岩波文库）

○村上春树
《且听风吟》（讲谈社文库）

《挪威的森林》(讲谈社文库，上下卷)
《世界尽头与冷酷仙境》(新潮文库，上下卷)
《海边的卡夫卡》(新潮文库，上下卷)
《1Q84》(新潮社，BOOK1-3)

○森鸥外
《涩江抽斋》(《森鸥外全集6》，筑摩文库)
《伊泽兰轩》(《森鸥外全集7·8》，筑摩文库)
《北条霞亭》(《森鸥外全集9》，筑摩文库)

○弗朗索瓦·拉伯雷
《巨人传》(宫下志朗译，筑摩文库)

○池泽夏树
《池泽夏树 个人编辑 世界文学全集》(河出书房新社，全三十卷)

第三章
来自"J文学"的邀请

——罗伯特·坎贝尔与沼野充义的对谈

在世界文学中
阅读日本文学

罗伯特·坎贝尔

1957年出生于美国纽约。从加州大学伯克利分校毕业后,进入哈佛大学研究生院攻读东亚语言文化学专业博士课程,获得文学博士学位。现任东京大学研究生院综合文化研究科教授,是日本文学(近世文学、明治文学)方面的研究专家,在现代日本文化方面也造诣颇深。编著有《江户之声——从黑木文库看音乐和戏剧的世界》《阅读的力量——东大驹场系列讲座》等。校注作品有《汉文小说集》《海外见闻集》等。

何为"J文学"

沼野：应邀参加此次访谈的，是来自东京大学的日本文学专家罗伯特·坎贝尔教授。这次，我们将主要围绕日语、日本文学这两个话题开展讨论。不过，对于日语、日本文学和日本人之间的关系，我们总是有某种可笑的想法，比如理所当然地认为只要是日本人就一定懂日本文学，或者日本人肯定比外国人更理解《源氏物语》，更有甚者，觉得外国人根本无法领略日本文学的精妙之所在。当然，最近大张旗鼓地宣扬这种观点的人越来越少了，但是这种毫无道理的偏见至今仍然残存于部分日本人的思想之中。但事实上，这种偏见是否真的其来有自呢？今天，我们就带着这样一个疑问，来听听坎贝尔教授的意见。

我近来经常使用"世界文学"这个词，因为我认为广泛阅读各类作品，了解各国文学的独到之处是最重要的事情。我们不应该心存偏见，无缘无故地对不了解的事物产生抵触情绪。因此，我虽然主张世界文学，但绝对没有把日本文学排除在外的意思。我一直坚持把日本文学作为世界文学的一部分来看待，在我眼里，文学只有优劣之分，而没有内外之别（日本或外国的区别）。无论作家来自哪个国家，用什么语言进行创作，这都不重要，作家的国籍、背景或创作作品时所使用的语言不应该影响我们对文学作品质量的判断。我们应该把所有的文学作品都摆在同样一个天平上，冷静客观地阅读，实事求是地评价。

对于坎贝尔教授，就没有必要再做过多介绍了，他是日本放送协会（NHK）电视台"J文学"节目①的解说员，最近也经常作为评论员参与其他综艺节目的录制，想必大家对他已经很熟悉了。

那么，"J文学"到底是什么意思呢？据说当初NHK电视台策划这个节目的时候，讲座的题目并不是来自您的提议，或许是出自节目组导演的想法吧，但这个词本身在十年前就已经出现了。关于这个词的起源，其中一种说法是来自河出书房新社的一本名叫《文艺》的杂志。这本文艺杂志关注的主要对象都是一些比较年轻的新锐作家，而"J文学"最初大概就是用来代指这些青年作家的作品。

当然，在此之前，足球圈就有"J联赛"的说法，带有日本创作风格的流行音乐也被称作"J-POP"。"J"是"Japan"（日本）的英文首字母，而对其内涵的认知则往往因人而异。就我个人的理解而言，"J"虽然强调"日本创造"，但与以往的日本创造的传统又稍有不同，它以国际水准为目标，具备了更明显的现代属性。仿照这种说法，新生的日本文学——与川端康城、三岛由纪夫等人的文学不同，摆脱了西方人眼中的日本情结（异国情调）的那些年轻人的文学——就是"J文学"。

只是，这个词虽然听起来煞有介事，不过从文学概念的角度来说，其内涵实在不好把握。现在，大概也不会有哪个作者会在

---

① "J文学"节目，日本放送协会电视台推出的一档外语、文学教育类节目。自2009年3月31日开播，到2012年3月29日停播。该节目向观众介绍了大量翻译为英语的日本文学作品。

自我介绍的时候称自己为"J文学作家"吧。所以，作为文学艺术的专有名词，"J文学"还没有完全固定下来。然而，由于您参与的这档电视节目的出现，为"J文学"这个词增添了新的可能性，也引出了新的含义。通过将日本文学作品的原文和相关英文翻译进行对照讲解，借助来自外部的英语世界的视角，我们有可能会发现许多日本人至今尚未意识到的日本文学的精彩和乐趣。简单地说，在您的这档节目中，我们不仅能学习英语，还能体验到日本文学的乐趣，可谓一举两得。因此，您的这档节目深受观众朋友的喜爱。

那么，接下来让我们进入今天讨论的主题。首先，在世界文学的这个框架之中，从解读日本文学的角度出发，却并不囿于"日本文学"的窠臼，通过引入"J文学"这样的概念，是否就能够真正概括出新生的日本文学的某种特点呢？

现有的美国文学、法国文学、德国文学等概念都是按照国别对文学进行的一种分类。顺着这种分类模式的思路，也形成了我们所知道的世界文学这个概念。因为所有优秀的文学作品都是由那些来自不同国家的个性鲜明的天才文学家创作出来的，因此这种对文学的国别分类自然也就被大众当成是理所当然的事情了。英国有莎士比亚，德国有歌德，法国有雨果、巴尔扎克，这些国别文学代表人物的形象早已经深入人心。那么，采用"J文学"这样一个新的提法，单纯只是为了向全世界推广日本的文学作品，并为将来开展商业营销提供一种广告性质的宣传用语吗？还是说在"J文学"当中也具备了某种更为本质的内涵，足以令我们为之正名？如果有的话，那么这种更为本质的东西又究竟是什么呢？我觉得我们应该要好好地思考一下这些问题。

尤其需要注意的是，在我们积极致力于向世界展示日本的特点、日本人的优秀之处、日本的文学魅力的过程中，时常会面临一些很容易让我们日本人"栽跟头"的陷阱。就像刚才我也稍微提到过的，我们总是喜欢过分强调日本自然环境的优美，以及在这种优美的自然环境中塑造的日本人纤细感性的内心世界，这说明在很多日本人的心目中还是认定"外国人肯定无法理解我们日本人的内心世界"，因此我们也往往存在着以这种偏见为前提而展开文学探讨的倾向。总而言之，在欣赏文学作品的过程中，我们很有可能受到刻板印象的不利影响，这种影响甚至会危害到我们对重要作品的价值和魅力的具体理解。

我自己从事的工作，有部分也与文化交流相关，诸如开展日本文学的海外推广活动，或者与国外的日本研究专家共同开展工作，等等。在工作过程中，我总是尽量提醒自己不要落入这些文化陷阱。但是，抛开所谓的刻板印象和偏见，毋庸置疑，日本文学当然有其过人之处，但是我们又应该如何正确阐述日本文学的优点呢？今天，就此问题，我非常期待能从坎贝尔教授这里获得更多的真知灼见。

"世界文学"实际上是阅读模式的问题[①]

沼野：当年我曾模仿"J文学"创造过另一个新词"W文学"

[①] 在《什么是世界文学》中，达姆罗什认为"世界文学"是一种文学的翻译传播与阅读模式。

（语出《通向W文学的世界——跨境的日语文学》）。目前这个词在学界和读者群体当中都还没有被固定下来，说明没多少人愿意读我写的书。虽然我创造出的这个词并未广为流传，不过直到现在我仍然认为创造出这样一个词是有其意义的。这是很早之前的事情了，那时候坎贝尔教授的电视节目还没有开播。当然，我这么说并没有要跟您较量高下的意思。我所在意的是，之前"J文学"的说法在文艺出版界曾一度十分引人注目，我当时就很想说："'J文学'这种提法实在是太狭隘了。我们应该要有更广阔的胸襟，要向'W文学'迈进才对。"单纯讨论"J文学"、日本文学之类无足轻重的话题实属无益。既然还有更宏大的世界文学存在，那就应该让日本文学在世界文学的框架之中获得真正的解放。在世界文学的广阔舞台上，无论来自法国、美国还是日本，只要是优秀的文学作品就应该获得公正的评价和认可。专业的文学研究者通常必须将作为研究对象的文学作品限定在某个固定的研究范畴之内来加以解读，而一般读者则完全没有必要用这种阅读模式来束缚自己。因此，"J文学"的说法，乍一看好像是日本文学国际化的一个象征，但实际上却是在无形之中给日本文学设置了一道藩篱，反而存在着缩小我们的文学视野的危险，所以我才要针锋相对地提出"W文学"这一概念。

从稍微带有一点文艺学性质的观点来说，"世界文学"这个词与其说是单纯的日常词语，不如说本来就是文艺学的一个概念。如果追溯其历史，一般认为第一次提出这个概念的是德国文学巨匠歌德。晚年的歌德曾于1827年对埃克曼①说当时的国民文学已经没有什么意义了。因为世界文学的时代已经到来了。"世界文学"一词在德语中写作"Weltliteratur"。这个词并不难，只是把德语的"世界"（Welt）一词和"文学"（Literatur）一词拼接组合而成的一个合成词，像这样简单的词，让人感觉也没什么了不起，好像任何人都能创造出来一样，但歌德却是最早明确提出这一突破性概念的人，在歌德之前可能没有谁考虑过类似的问题吧。如果按照德语的原文，这个词的英译就成了"World Literature"。由于并没有留下太多详细的论述，关于歌德当时具体是怎么思考的，我们实际上还有很多不甚明了的地方，但毋庸置疑的是，为了跨越不同民族文学之间的沟壑，创造各民族交流的媒介，歌德提出了"世界文学"这个概念。承载着这样的价值，世界文学不属于任何特定的民族，而是全人类的精神财富。

这实在是一个富有远见卓识的主张，但当身处当代的我们想要努力实践这种主张的时候，却发现它因为过于理想化而显得有些不切实际。这个主张在原则上无疑是正确的，但老实讲，总与社会现实有些格格不入。由此，我突然想起另一件事，最近我所任教的（东京大学）研究生院被要求必须在自己的官方网站上公布所谓"教育研究的目的"②（我对这种做法很不以为然，这

---

① 埃克曼（1792—1854），德国19世纪诗人、散文家，歌德晚年最重要的助手和挚友。为《歌德谈话录》的作者。
② 2010年，日本深入开展高等教育改革。作为改革的一环，国家教育主管部门要求各高校在全面审视自身办学条件和潜力的基础上，重新确立自身的办学目标和定位，相关工作进度还必须在网上公示。

种东西有谁会去看呢），其中写着"培养具备较高科学文化素养、对人类文化的发展带来积极贡献的优秀人才"之类的话语。我也是一个教师，本来不应该对这种正式的公告开玩笑，但当时我才意识到"原来我也在为人类文化的发展做贡献啊"，我完全没有想到自己所从事的事业是这么伟大，我自己都吓了一跳。不过在这句话里没有把贡献局限于"日本"，而是普惠于广大的"人类"，就冲这一点，我觉得说得挺好。

不管怎么说，我想表达的意思就是，其实类似的想法早在歌德提出的"世界文学"一词中就已经有所体现了。然而，在当代这种主张即使不能说毫无意义，但也还是稍显空洞了。为什么这么说呢？因为，现在全世界都强烈地意识到，在全球化的浪潮下，那些带有鲜明民族特征的作品处在消亡的危机之中，反而凸显出各民族以本民族的语言进行文学创作的重要意义，这恰恰是目前人类文明需要应对的一个巨大挑战。

因此，如果现在我们要对世界文学的内涵有所设想的话，就应该是在保持各民族、各种语言独特个性的同时，又勇于打破彼此的隔阂而不孤立和封闭地把各个民族的文学都摆在同一个平台上，使其百花齐放，从而实现百家争鸣，这应该才是我们所期待的世界吧。我们应该坦率地承认彼此的不同，即使偶有争执也不用忌讳，要能够发现别人的优点，并学会取长补短。但是，最重要的是，大家要有同台竞技、共同进步的意识，在尊重彼此独立性的同时，充分发挥自己的优势。这样一来，我们才能在不迷失自我的同时，真正接受世界的多样性，甚至可以尽情享受这种多样性所带来的乐趣——理想的世界文学不就应该是这样一个广阔的天地吗？我在自己的文学研究工作中，也一直有这样的主张。

我现在所谈的世界文学的意义，并不是我个人的突发奇想，而是最近在海外也出现了持同样主张的学者。比如美国的比较文学家达姆罗什在《什么是世界文学》一书中，就提出了和我理念相近的世界文学观。他的主张之一就是世界文学并非一整套的经典文本（正典目录），而是一种阅读模式。也就是说我们不应该抱着"某些书是有价值的"这种想法，按照事先选定的书单来读书，而是应该根据我们各自的实际情况，思考如何在保持恰当距离的同时，涉猎全世界各种各样的文学作品。此前，我们在与平野启一郎先生的访谈过程中，对经典文本（正典目录）等议题已经有所涉及，当时我们探讨的主要内容是围绕世界文学的文本经典性应该发生怎样的变化这一问题展开的。

但是，对于日本的广大读者来说，平易近人的日本文学经典之作也许是一个更需要我们认真思考的重大的课题。提到日本文学的"经典"，坎贝尔教授可能比我更加了解，包括从《万叶集》到《源氏物语》《平家物语》，最后到松尾芭蕉①的许多传世佳作，这是日本文学经典作品的基本脉络。

然而，这个"经典"实际上并不是一成不变的。世界上本就不可能存在某种超越历史、不受时间流逝的影响、不可动摇的经典。简单地说，在当今的日本文学界，大家公认的最优秀的日

---

① 松尾芭蕉（1644—1694），日本江户时代前期俳句作家。19世纪，俳句这一文学形式从和歌中被解放出来，发展成为独立的诗体，松尾芭蕉则把俳句创作推向了巅峰。代表作品有《野曝纪行》《笈之小文》《更科纪行》《奥之细道》等。

本文学名著应该就是《源氏物语》吧，但即便是如此杰作，在历史上也曾有过不受人重视且不被读者青睐的时候，还有一些人对其作为文学作品的价值，也始终没有给予太高的评价。在达姆罗什新编的世界文学选集中，收入了从《源氏物语》到村上春树的短篇小说在内的许多日本文学作品，但事实上《源氏物语》作为文学名著在世界范围内获得读者的广泛认可，已经是比较晚的事情了。《源氏物语》的最新英语译本出自罗亚尔·泰勒先生之手，该译本面世后在西方文学界得到很高的评价。但是在这之前，泰勒先生曾遇到了著名文学评论家乔治·斯坦纳[①]，并向他询问对《源氏物语》的看法，结果得到的回答却只有一句——"那是一部历史久远的长篇大作啊"。也就是说在当年，就连斯坦纳这样博闻强识且对于欧洲文学了如指掌的评论家，也对《源氏物语》并没有太大兴趣。而今天，在欧美文学界，《源氏物语》的文学价值终于获得了普遍认可，可以说欧美人眼中的日本文学的"经典"也发生了明显的变化。另一方面，在经历了日本的学校教育之后，我们对日本文学史中所说的"经典"已经太过习以为常了，所以很有可能并不知道应该怎样以现代的视角来对其进行重新审视，甚至不知道是否应该对其进行重新审视。坎贝尔教授，在对日本文学的观察方面，有着比我们更加宏阔的视野。关于这一点，我想了解一下他的看法。

[①] 乔治·斯坦纳（1929—2020），文学评论家。代表作品有《语言与沉默》《托尔斯泰或陀思妥耶夫斯基》《巴别塔之后》《悲剧之死》《何谓比较文学》《马丁·海德格尔》等。

日本文学一千三百年的积淀

沼野：既然提到了日本文学史的话题，那我就再啰唆两句。日本文学历史悠久，并且在漫长的岁月中保持了其一贯的延续性，而缔造日本文学的日语，作为一种语言也在不断演变、持续发展。正如我们经常谈到的那样，日本是一个四面环海的岛国，历史上很少被周围的大国侵略。因此，日本文学的历史也从未因外国的侵略而中断过，绵延至今已有一千三百年。

虽说日本文学的历史并未中断过，但我们还是应该充分认识到明治维新给日本文学带来的冲击。由于明治维新以前的日本长期处在闭关锁国的状态之中，在从江户时代到明治时代的过渡时期，日本文学同样产生过革命性、戏剧性的变化，而伴随着这一变化，日本文学也必然存在着消亡与传承这两方面的矛盾。那么，对于日本文学而言，究竟哪方面的影响更强呢？虽然这是一个比较复杂的问题，但可以肯定的是，在明治维新时期，日本人并没有抛弃之前的传统文学，更没有将当时的近代文学全盘西化。正因为有了江户时代，才使《万叶集》以来一千三百年的日本传统文学得以保存。在此基础上，日本文学才经受住了近代化浪潮的冲击。例如坪内逍遥①，他于1885年创作了著名的《小说神髓》一书，使欧洲近代小说的概念首次在日本扎根，此

---

① 坪内逍遥（1859—1935），日本戏剧家、小说家、评论家、翻译家。1885年撰写了日本近代第一部文学评论《小说精髓》，批判近代小说结构松散，人物特性不明显的情况。后翻译莎士比亚的作品，同时创作多部长篇小说和大量支持议会民主的政治寓言作品。作为新戏剧运动的创始人，曾把易卜生和萧伯纳的作品介绍到日本，为日本作家创作新戏剧开辟了道路。代表作品有《小说神髓》《当世书生气质》等。

后他还完成了莎士比亚全部戏剧作品的翻译工作。之所以能创造出如此辉煌的文学业绩，与其说是因为他具有很高的文学素养，不如说是受到以戏剧创作为核心的江户文学的影响，并打下了坚实的文学基础。

我不是国粹主义者，我强调日本文学拥有一千三百年绵延不绝的历史，并不是为了吹嘘日本文学有多么举世无双、精彩绝伦。不过，与其他国家的文学相比，日本文学所拥有的这一漫长历史本身就是一个很突出的特征。俄罗斯的近代文学始于19世纪初期的普希金①的作品，再稍微向前可以追溯到19世纪，也出现过诸如罗蒙诺索夫②、卡拉姆津③、杰尔查文④等作家，但最多也就到此为止了，在此之前的所谓俄罗斯文学，基本都是用古老语言写成的宗教文学和年代纪，而且有很多断代和空白。再来看看英国文学，现在，我们平时会去阅读的最古老的英国文学

---

① 亚历山大·谢尔盖耶维奇·普希金（1799—1837），俄罗斯著名文学家、诗人、小说家，现代俄国文学的创始人，19世纪俄罗斯浪漫主义文学主要代表，现实主义文学的奠基人，现代标准俄语的创始人，被誉为"俄罗斯文学之父""俄罗斯诗歌的太阳"。代表作品有《自由颂》《致恰达耶夫》《致大海》等。
② 米哈伊尔·瓦西里耶维奇·罗蒙诺索夫（1711—1765），俄国科学家、语言学家、哲学家和诗人，被誉为"俄国科学史上的彼得大帝"。他在科学、文学、哲学等诸多领域都著述颇丰，代表作品有《关于冷和热原因的探讨》《论化学的效用》《论俄文诗律书》《修辞学》《论俄文宗教书籍的益处》《俄语语法》等。
③ 尼古拉·米哈伊洛维奇·卡拉姆津（1766—1826），俄国作家、历史学家。代表作品有《苦命的丽莎》《俄罗斯国家史》。
④ 加夫里拉·罗曼诺维奇·杰尔查文（1743—1816），俄国诗人。1782年以歌颂叶卡捷琳娜二世的《费丽察颂》受女皇提拔，1791年任女皇私人秘书，1802至1803年任司法大臣。代表作品有《费丽察颂》《纪念梅谢尔斯基公爵之死》《致叶甫盖尼·兹万卡的生活》等。

作品也就是 16 世纪后半期出现的莎士比亚作品了吧。但从文学史上看，还能追溯到用古英语创作的英雄史诗《贝奥武夫》①。据推测，这部史诗大概成书于 8 世纪左右，其古老程度是完全可以与《万叶集》相媲美的。但是，用来书写这部英雄史诗的语言是一种非常古老的英语，即使拿来与莎士比亚所处时代的英语相比，二者也有着天壤之别。而且这部史诗描绘的是远古时代英雄与巨人展开殊死搏斗的一个传奇世界，与近代文学的旨趣也相去甚远，虽然它后来确实给托尔金②的《魔戒》等奇幻小说带来了巨大的影响，但我们还是很难认定它与英国的近代文学有很深的内在联系。

而与之相较，即使《万叶集》有一千三百年的历史，直到现在也仍然与日本人保持着紧密的文化联系。在利比·英雄的著作中就有一本散文集名为《新宿的〈万叶集〉》，飞鸟、奈良时代的《万叶集》和现代的新宿就这样自然而然地联系在了一起，而且毫无不和谐之感。当然了，无论是《万叶集》，还是《源氏物语》，如果不学习古日语的话，现代的日本人也同样是没有办法阅读的。其实我本人也不太擅长古日语。比起原版的《源氏物语》，我反倒更愿意去读俄语版的陀思妥耶夫斯基的作品。

经历了漫长的历史过程，日语虽然也有了很大的发展和变

---

① 《贝奥武夫》，一译《贝奥武甫》，讲述了斯堪的纳维亚的英雄贝奥武夫的英勇事迹。是欧洲最早的方言史诗，它与法国的《罗兰之歌》、德国的《尼伯龙根之歌》并称为"欧洲文学的三大英雄史诗"。
② 约翰·罗纳德·瑞尔·托尔金（1892—1973），英国作家、诗人。以创作奇幻作品闻名于世，代表作品有《魔戒》《霍比特人》等。

化,但是这种变化并没有大到令人不可思议的地步。也就是说,即使是现在的日本人,只要试着阅读一下《万叶集》或《源氏物语》的原文,同样会被其优美的音拍、节奏、韵律所吸引,从而勾起一种莫名的亲切感。然而,现在的英国人对《贝奥武夫》中所使用的古英语,恐怕就不会有这样的感觉了。

那么,为什么古日语仍然具备引起现代日本人共鸣的能力呢?这还是要归功于日语独特的历史延续性。正是因为这个原因,无论多么古老难懂的日语,都会给日本人带来"啊,这同样还是日语啊"的亲近感。日本短歌的创作形式,从一千三百年前开始直到现在也基本上没有发生什么变化,按照"五七五七七"的节奏,短歌至今仍然保持着由音节数所营造出的语言韵律感。同时,日本人敏感纤细的内心世界很大程度上也是由日语所支撑起来的。因此,我们不仅能感受到日语本身的历史延续性,也同样能感受到这种敏感内心世界的历史延续性。在《源氏物语》或《枕草子》等作品中,留下了很多关于人类心理状态的细腻描述,尽管在词语的意义层面上,现代读者并不一定能够完全准确地把握,但我们依然可以从中感到某种亲近感,因为日语这种语言早就融入了我们的文化血脉。

所以,我们在阅读日本文学作品的时候,总会有一种安心感,会觉得"这是自己所了解的世界"。我认为这种"安心感"有一半是正确的,支撑这种"安心感"的日语和日本文学的历史还是非常重要的。但与此同时,我又不得不指出的是,这种观念可能也有一半是错误的,又或者说是一种错觉。

今天,我们读《万叶集》的时候是用现代日语的发音来读的,但是在使用"万叶假名"(使用汉字来表示日语发音的方法)的时代,日语中元音的数量实际上是比现在还要多,通过桥本进吉①的研究,这已经是语言学界的一个定论了。此外,当时日语辅音的发音也跟现代有所不同,比如"花"(hana)②在奈良时代以前恐怕是读作"bana"的,发展到平安时代可能又读作"fana",而"川"(kawa)过去也是读作"kafa"的。因此,如果我们不按照现代日语的发音来读《万叶集》或者《源氏物语》,而是复原这两部作品的内容文字在当时的发音的话,一定会产生某种类似"半外国文学"的别样情趣吧。

由此可见,《源氏物语》中的京都,对于现代的日本人来说,其实也和外国一样遥远,甚至还有人会认为不如把《源氏物语》干脆当作是一种外国文学作品来理解比较好。之前,我在和《源氏物语》的英语版译者——罗亚尔·泰勒先生做访谈的时候,他就认为《源氏物语》的世界,在现代日本人看来就是一个如同"外国"一样遥远的地方,并不会因为你是日本人就变得特别容易理解,如果把《源氏物语》作为外国文学作品来读的话,无论你是日本人还是外国人,在理解方面实际上是不会有太大差别的。

那么,日本的古典文学与现代文学到底在什么情况下可以看作"同样是日本文学",又在什么情况下会变得"像是外国文

---

① 桥本进吉(1882—1945),日本语言学家。东京大学教授。建立了重视形式和功能的日语语法体系,对日语音韵史的发展也有贡献。主要著作有《关于古代国语的音韵》《国语法要说》《国语学概论》《新文典别记》等。
② 为方便读者了解其具体读音,此处采用罗马字母标记符号表示日语发音。

学"呢？关于这个问题，其实我自己也没有明确的答案。但是，像这样的问题，我想各位读者朋友，特别是在读初高中的年轻读者们应该还是第一次听说吧。这其实是一个学习如何提出问题的很好的范例。无论能不能马上找到答案，首先尝试着提出问题是最重要的。

但是，我认为拥有丰富的古典文学遗产这件事本身，对现代的日本文学来说，既有可能成为某种形式的负担，也可能为创作提供新的潜能与动力。也就是说，日本在历史上一直深受外国文学的影响，但与此同时，也持续不断地创造出了属于自己的独特文学。说不定将来还会诞生出某种古典文学与现代文学的新的混合体，这也可能会为现代文学的发展开辟出新的道路。这就是我个人从"W文学"的视角出发，演绎出的一种混合型日本文学论，关于这方面的可能性，我也想请教一下坎贝尔教授的看法。

传统审美意识与现代审美意识的共存

沼野： 今天我和坎贝尔教授会各自向大家推荐三本书，在讲座的最后还会做专门的介绍。不过，在我推荐的三本书里就有清少纳言的《枕草子》。《枕草子》和《源氏物语》诞生在同一个时代，也是一千多年前的作品了。但因为它是日本人偏爱的散文类作品的鼻祖，所以至今仍然很受欢迎。虽说书中的日语已经非常古老了，但是字里行间透露出的年轻女性的那种纤细感、诙谐感，却是很容易令人感到亲近的元素。这大概就是桥本治①先生把《枕草子》翻译成现代女性用语——桃尻语②的原因吧。

无论是《源氏物语》还是《枕草子》，它们虽然都是一千多年前的作品，但至今仍然有着旺盛的生命力，实在是令人惊讶。而日本文学漫长的历史进程也滋养出了日本独特的审美概念，其中最有名的恐怕就是"物哀"这一概念了，它是江户时代的学者本居宣长③提出的，本居宣长在《〈源氏物语〉玉之小栉》等著作中反复强调，"物哀"这种重要的审美概念在《源氏物语》中有着典型的呈现。从那以后，人们只要一提到《源氏物语》就会想到"物哀"。一般来说，这是当我们在体会到人生的玄妙和虚幻时所感受到的一种情趣，但其内涵则包含着各种客观和主观的际遇。日语中的"物"是一个非常模糊而宽泛的概念，但总体而言，一般是指个人感情世界之外的作为对象存在的客观世界。与此相对，"哀"则代表着主观的感情世界。因此，"物哀"所表达的含义就应该是指作为对象的客观世界和主观感情世界达成一致状态时所产生的和谐的情趣。

这确实是日本独有的一种美学意识，也可以说是典型的

---

① 桥本治（1948—2019），日本小说家、文学评论家、散文家。代表作品有《桃尻娘》《桃尻译枕草子》等。
② 桃尻语，来自桥本治的小说处女作《桃尻娘》。小说中的女主人公是一位高中女生，桃尻语则是女主人公所在的20世纪80年代日本年轻女性特有的口语。
③ 本居宣长（1730—1801），日本江户时代的学者。又号芝兰、舜庵。长期钻研《源氏物语》《古事记》等日本古典作品。提出"物哀"这一日式审美概念，著有《紫文要领》《石上私淑言》《源氏物语玉小栉》《古事记传》等作品。

"难以翻译的日语"。很多日本人都认为"物哀"这个词用英语是绝对翻译不出来的。但不管怎么说，我们必须要注意的是，日本文学并没有完全流露"悲哀"的气质。事实上，与《源氏物语》处在同一时代的另一部作品《枕草子》，则完全是另外的一种风格，它展现的是一个阳光开朗的世界，以机敏智慧和幽默讽刺烘托出一种优雅且有趣的审美情趣。而上述两种审美情趣相互映衬，又让日本古典文学更加立体地呈现在了读者的面前。

历史上代表日本传统审美意识的概念其实还有很多。比如"幽玄""侘""寂""粹"等等。然而有趣的是，虽然这些概念都诞生于不同的历史时代，但是新出现的概念并不会把旧有的概念替换掉，而是会共存，和谐共处形成新的整体。可以说这就是日本文化的整体特征吧。就如同和歌之后的俳谐（俳句），以及明治以后的近代诗，它们都同样属于"诗歌"的范畴，但新生事物的出现，却并不意味着旧的文学类型就会被废弃，而是新旧两种事物继续共存下去。也正因如此，千年前的"物哀"和现代的"可爱"才能和谐共存吧。这是评论家四方田犬彦[①]在其《论"可爱"》一书中所主张的观点，我个人也深有同感。古典美学和现代美学的共存和冲突，绝不是日本文学发展的不利条件，反而应该是一种独特的优势。

对此，我也想听听坎贝尔教授的意见。我东拉西扯地提到了许多观点。作为话题讨论的引言，可能稍显凌乱了一些，但总体

[①] 四方田犬彦（1953— ），电影史学家，比较文学家。主要作品有《电影风云》《日本电影的创新激情》《日本电影100年》《亚洲的日本电影》等。

而言,希望大家能够从我所设想的世界文学的角度,重新发现探索日本文学的乐趣。

那么,我的引言就到此为止。接下来,让我们有请罗伯特·坎贝尔教授发言。

何谓纯文学之"纯"

坎贝尔:沼野先生,谢谢指教。其实,沼野先生和我来自同一所大学的研究生院,我们都是美国哈佛大学的校友。在日语作为母语的环境下成长起来的沼野先生是在美国学习的俄语和俄罗斯文学,而我本人则是在英语环境下成长起来的,之后却学习了日语和日本文学;如今我们二人又在日本的同一所大学任教,可以说我们的关系本来就非常具有"世界文学的特点"了。

正如您刚才介绍的那样,从2009年3月开始,NHK教育电视频道正式推出了一档语言类教育节目,介绍从古典到近代的日本文学。这个节目的标题是导演直到临近播出时才最终想出来的。而相关文学作品的选定,以及节目整体内容框架的设计则基本上是由我来做主的。

作为一个面向英语学习者的电视系列短片,我们的每一期节目大致分为两个部分,其中日语的部分是由两位常驻嘉宾以对谈的形式对作品进行简要介绍,而英语部分则是将小说或戏剧的精彩段落进行英译后,再由我来做对照讲解。节目所需的配套教材,是我带着东京大学研究生院的学生们一起制作的,我们将节目内容整理形成文字摘要,结集成册,便有了《J文学——用英语邂逅日本文学,品味日语名作50讲》。今年(2010年)的日语对谈部分,节目组邀请了井上阳水①的女儿依布更纱和我搭档。

在设计、制作该书的时候,我们也和出版社商量过书名的事情,出版社说日本人都挺喜欢数数的,什么东西都爱一边数一边往脑子里记。比如"三大男高音"、"(东海道)五十三次"②、"名水百选"、"东京大学教授推荐的一百册必读书"等等。总之,日本人喜欢在学习之前先设定一个目标数量,然后参照这个目标数量逐一学下去。所以我们在给这本书命名的时候,自然也会带有这方面的考量。

就这样,我们最终搜罗了五十篇名作。当然,我们心里也很清楚,仅靠这五十篇作品是很难完整呈现日本文学全貌的,即使没办法做到面面俱到、尽善尽美,但只要读者能从中体会到日本文学的精彩之处,哪怕只有一点,我们的工作就是有意义的。

关于"J文学"这个词,刚才沼野先生也做了一些阐述,其实在心底,我一样也抱有类似的疑问。的确,现在社会上充斥着各种各样以"J"为名目的东西,如"J-POP""J联赛"之类。不过,相较于"J文学","世界文学"或者沼野先生所主张的"W文学"("W文学"这个词对于日本人来说,发音上有些不便)反而获得了更广泛的关注。目前的日本文艺新闻界正以迅猛之势朝着"世界文学"的方向加速前行,而所谓的"日本文

---

① 井上阳水(1948—),日本知名歌手。代表作有《冰之世界》《少年时代》等。
② 此处指《东海道五十三次》,浮世绘画师歌川广重的作品。该作品描绘了日本江户时代由江户日本桥至京都三条大桥所经过的五十三个驿站的景色。

学"则开始逐渐退居幕后。按照目前的趋势,伴随着日本文化不断在世界上传播,如果对待传统的日本文学时继续坚持以往的理解模式和文艺主张,就无法深入世界文学的核心领域。树立发展"J文学"这样的目标并不是一件坏事,我们当然可以去仔细品味、鉴赏那些蕴含在个别具体作品中超越时代的文学价值,但如果把这种行为异化为对即将被遗忘或被淘汰的作品的孤芳自赏,或者对遗忘和消失本身的顾影自怜,那就完全是本末倒置了。对于这一点,我们必须要认真思考。总而言之,我们要探讨的是在"J文学"之中是否蕴含有与"世界文学"或"新世界文学"相适应的实质内核。

从不同的距离审视日本文学

坎贝尔:只要讨论对象涉及近代这一时间段,不管是什么话题都往往会产生微妙的扭曲。刚才沼野先生提到了日本文学的历史延续性,我认为日本文化在历史上从来没有出现过本质上的断绝,所以我们首先要学会如何将近代之前和近代作为一个整体来看待。我想只有在这样的视野下,我们才会有更多新的发现,才会消除我们现在对日本文学所具有的某种距离感,也才有可能不会丢失日本文学乃至文化的核心要点。在日本,研究人员以英语资料为基础所开展的文学评论和研究,其对象基本上都是近代文学。但是,所谓精神性,其实是一个很复杂的问题,不仅仅需要我们深入挖掘每个人的自我,还需要我们厘清这个自我究竟是存在于自己的内心,还是存在于他人之中,抑或是存在于自己与他人之间。其中甚至也有所谓的存在于某种"氛围"中的人,我时常在想，也许事实就是如此复杂的吧。

不仅仅是日本的文学，譬如在通俗小说中，如果主人公是一个年轻的少女，那基本上都是可爱的人物形象，你只要一读，马上会意识到她就是中心人物，通过最初的十几二十页大致就能了解她的性格特征。于是，面对"大多数年轻人的现状如何"这样的重要问题，我们总是倾向于诉诸现成的例子，做出轻率的回答，或者轻易地评价他们的社会地位。我们不仅知道他们的年龄，在某些情况下，我们也能很轻易地去猜出他们的职业，推知他们的生活水平，甚至设想他们与别人的交往方式。近代以来，在具有更崇高个人独立性的西方社会，类似的情况比日本更加明显，所以只要给他们贴上某种标签，就等于自动地决定了人物的主要特性。对于"一个人究竟是怎样的人"这种问题，不是由他自己决定的，而是在某种惯性思维中被认定的，如果文学不摆脱这种惯性思维的话，作品中的人物就会丧失自己独特的个性。

另一个问题是视觉方面的影响。事实上，传统小说中总是混杂着多重的关系。

在日本中世时期①，出现了一类带有插画的文学作品，被称为"草子"②，其中收入如"戴钵公主""小町草纸""猿源氏草纸""懒惰太郎""和泉式部""一寸法师""浦岛太郎"等一系

---

① 日本中世时期，一般指镰仓时代至室町时代的历史时期。
② "草子"，日本中世和近世文学中的一种大众读物，一种带插图的小说，多为短篇。其中最有名的就是《御伽草子》，在日语里，"草子"相当于"物语"，"御伽"是哄孩子睡觉的故事，"御伽草子"的意思就是休闲故事、消遣读物。

列民间故事。至于《源氏物语》等古典文学作品，镰仓时代以后所制作的版本则几乎都是以画卷、卷轴的形式呈现的，其中基本添加了绘画和插图。江户时代出现了"草双纸"①，后来又发展出"黑本""红本"以及"黄表纸"等形式，但无论是哪种形式的作品都一定会配上相应的插图，在日本文学界，这些作品从很早之前开始就备受关注。

我们可以从这个侧面来重新审视日本文学的大致趋势。比如《源氏物语》的创作是介于10世纪末到11世纪初这段时间，但当时作者紫式部并没有给作品命名。作品的书名恐怕是在后世的传播过程中，经读者口口相传而逐渐形成的。因读者着眼点的不同，这些书名大致可以分为与作品中主人公有关系的《源氏物语》《光源氏物语》《光源氏》《源氏之君》等，以及《紫之物语》《紫之因缘物语》②一类的别名，但是不管怎么说，作者一个人是不可能给自己的作品取这么多作品名的。对于这种情况比较合理的解释，我认为还是作品在绵延传承的过程中，在某些阶段由读者的集体无意识所造成的。

上个月我和某位出版社的人士一起吃饭的时候也聊到了类似的话题，对方也说"虽然我不是文学方面的行家，但我感觉

---

① "草双纸"，日本的一种古典通俗小说，盛行于江户时代中期到后期，包括被称为青本、赤本、黑本的儿童读物以及之后的"黄表纸"和合卷等插图书籍皆由其发展而来，是当时大众文学的主流。"草双纸"的发展多与市民的生活相联系，作品以讽刺滑稽为特色。主要作品有《金金先生荣华梦》《江户生艳气桦烧》《心学早染草》等。
② 作为《源氏物语》的别名，据传《紫之物语》《紫之因缘物语》中的"紫"字源自《源氏物语》作者紫式部。

《源氏物语》确实具有多面的性格"。所以，以后只要一聊到《源氏物语》，对方就会想起我们的这一番讨论。我认为日本文学中存在着难以用普通手段来概括的多样性和延续性，而由这种多样性和延续性所产生对文学的兴趣，而这个兴趣能与自己所从事的事业相融合的话，将是一件非常幸福的事情。

几乎所有版本的《源氏物语》卷轴中所使用的插图，都是出自各个时代的原画。到了18世纪以后，有人又从卷轴的正文中将那些富有戏剧性色彩的和歌逐一摘出，并以这些和歌为基础，按故事情节重新编排，才最终形成了一部完整的图书。可想而知，作为成书素材的《源氏物语》的内容是多么的严谨细致啊。

其实日本的文学也经历着各种各样的变化，其中也会派生出很多次级现象，比较极端的情况是，有的作品只留下了插画、封面、题目等外部要素，而作品的内容则被完全替换掉了；相反，如果对作品的内容有了新的认识，原有的外部要素也有可能会被淘汰换掉。类似的情况在日本文学史中并不少见，于是就形成了正本《源氏物语》和众多仿作并行于世的有趣的现象。

而这种现象放到现代社会，就不仅仅只局限于小说领域了，还会出现复制、模仿以及进行角色扮演（Cosplay）等各种形式的变体。它们并不完全因循于某一个作品，在继承其形式概念的同时，又能一点一点地促成内容的改变。虽然从表面上我们很难发现其痕迹，但事实上很多作品都带有这种倾向。因此，从这个角度来看，在"J文学"的包装下，将日本当代的文学再次推广到世界的话，又会被怎样重新审视呢？在与法语、英语和其他语言文学作品的比较中,我们也许能够发现某些微末的前景,但是却很难找到这个时代的文学希望。我们所强调的"J文学"不仅仅代表着日语和日本文学,同时也意味着将会相应地出现"B文学"和"R文学"等由世界上众多民族在各自地域所发展出来的文学。

此外,对于日本文学的发展来说,怎样妥善处理与古典文学的关系也是一个十分重要的问题。我也跟许多年轻人聊过相关的话题,但是每当我开始介绍一些古老的文学作品时,对方却总是意兴阑珊;而当我在对江户时代和近代的汉文学进行比较时,或者以"J文学"的视角谈论现在的日本文学作品与"世界文学"的关系时,对方就会表现出很感兴趣的神情。因为有了这方面的经验,所以我对学生们比较感兴趣的文学内容还是有所了解的。

不管怎样,沼野先生,我们首先从具体的日语和日本文学开始聊起吧。我愿意乐观地相信,在放眼世界文学和全面梳理日本文学的基础上,我们一定会有所发现,有所成长。这才是最生动的学习方法吧。

那么,我的引言也先说到这里。

村上春树的回归日本

沼野:接下来,我们采用对谈的形式来继续讨论相关话题。

日本有不少的作家,年轻的时候热衷于外国文学和现代文学理论,对日本古典文学之类并不感兴趣,一旦过了中年却开始喜欢上了古典文学,创作的作品中也开始使用古典主题。用一句话来说,就是回归日本传统和日本文学。

事实上我也是这样，年轻的时候不太喜欢日本传统的东西或者古老的东西。所以，我也没想过要多读古典文学，而且虽然我知道在近代文学领域大家都奉夏目漱石、森鸥外两位大作家为尊，但我也没觉得他们的作品有多好。或许是因为这个原因吧，我就选择了学习俄罗斯文学。可能有人会感到气愤，觉得我不爱国，但在我看来，大部分在日本从事外国文学研究的学者都和我差不多。但是到了现在的年纪，我也开始体会到古典文学的乐趣了，觉得要是年轻的时候多学点古典文学就好了。真是绕了一条漫长而曲折的弯路啊！

但是，如果作为外国文学研究者，因为研究的专业就是外国文学，所以需要大量阅读外语作品，有时他们阅读的外语文学作品甚至比日语文学作品还要多，当然了，这算是比较特殊的情况。那么，如果是作家的话，又会是怎样的一个情况呢？我们可以举一个当下年轻人都熟知的小说家村上春树为例。他作为作家刚出道的时候，曾一度被调侃为作品中充满了"黄油味"。今天，黄油在日本已经是司空见惯的普通食材了，而在这里"黄油味"则是比喻其具有西洋风味，暗讽村上春树的作品带有西洋文学的味道。而现在这个词几乎都已经是一个"死了的词"了，年轻人应该也不会使用这样的词语了。据说早期的村上深受库尔特·冯内古特①、理查德·布劳提根②等美国作家的影响，这就是为什么有人会评价他写的作品"明明是日本的小说却带着'黄油味'，简直就像美国文学一样"。实际上，在村上的早期作品中几乎没有提到过任何日本古典著作。但是，他最近的作品，比如在《海边的卡夫卡》中就开始出现了涉及《源氏物语》的内容，而新作《1Q84》则大段引用了《平家物语》的原文。

这意味着什么呢？这说明村上春树的写作最终也回归到日本的文学中去了。日本作家随着年龄的增长其作品回归日本传统，这不是什么是非对错的问题，而是类似人在生理上出现的自然现象。就如同年轻时喜欢鲜嫩的牛排或者加有浓厚黄油的西洋菜的人，上了年纪之后会觉得"还是茶泡饭最好吃"一样。我总觉得这种情况与其说是因为爱好，不如说是与嗜好相关的某种生理性的原因。

坎贝尔：欧美文化对日本的文学产生了很大的影响，日本的文学评论家们甚至将欧洲的价值观作为一个重要标准放在了文学评论的核心位置。

然而，日本的作家们大多还是会回归日本传统的。日本的小说家，一旦离开了所谓平凡俗套的日本式观念的世界，就相当于

---

① 库尔特·冯内古特（1922—2007），美国黑色幽默作家，美国黑色幽默文学的代表人物之一。以喜剧形式表现悲剧内容，在灾难、荒诞、绝望面前发出笑声。其代表作品有《五号屠宰场》《猫的摇篮》等。
② 理查德·布劳提根（1935—1984），美国诗人、小说家。主要作品有《避孕药和春山矿难》《请栽种这本书》《在美国钓鳟鱼》《在西瓜糖中》等。

丢失了自己的一部分创作灵魂，说得更直白一点，就是不再会写小说了。小说创作与作家本人开始渐行渐远，作家也越来越不愿意理会熙熙攘攘的小说世界了。

沼野：欧美一流作家的生活和创作方式与日本作家相比，有着相当大的差异，他们在成为知名的专业作家后，首先希望的是尽量把全部精力集中在小说创作上，尽量回避其他多余的事务。不会像日本作家那样，接受各种杂志社的约稿而大量发表散文、杂文之类的作品。我认为欧美作家之所以能够专注于小说创作，是因为他们具有以自己所创作的文学作品的种类为归宿的意识。

相反，日本作家对于把自己创作的现代小说作为自己的创作归宿，在心底里还是有些难以认同的。因此，在日本作家中才会出现对传统日本文学（非近代西洋小说）的回归现象。如今，村上春树在作品中对《平家物语》的引用，也是一个挺有意思的例证。

"国际化"的日本文学界

沼野：话说回来，《1Q84》这部作品在日本转瞬之间就销售了两百多万部，其畅销速度创造了新的历史纪录。现在世界各国出版人都在对这部作品进行翻译引进。小说的前两部是在2009年5月末出版的，而同年9月韩语译本就已经全部备妥，一经上市便被抢购一空。韩国的出版社打算把我写的一部分书评印在封底上，于是给我发来电子邮件征求我的许可，所以我对当时相关的情况还是比较了解的。紧接着，中国台湾的繁体中文译本也出来了。一般而言，从日语翻译为其他语言，最迅速的还是韩语，其次是中文，当然，决定翻译速度的主要还与语言学有关。虽然，英语和俄语的翻译工作相对会迟缓很多，但出版也已经在积极筹备之中了（俄语译本、英语译本于2011年正式出版发行）。

然而有趣的是，这样一部在世界上被广泛翻译的国际性作品，它书名标题本身的意义却没办法被翻译出来。"1Q84"日语读作"ichi·kyuu·hachi·yon"①，英语的"Q"与日语数字的"9"谐音，一语双关，既有充满疑问的意思（Q意为Question），也代表了作品中的平行世界——"1984年的世界"。当然，这个命名也明显受到了乔治·奥威尔那部著名的反乌托邦小说《1984》的启发，并添加了日语的谐音。不过，对于不懂日语的美国人或俄罗斯人而言，就算他们看到了"1Q84"这个书名标题，恐怕也很难想到这是一个关于"1984年的故事"。

作为作家，村上春树近来通过将作品翻译成英语，积极提升自己的国际影响力，他在小说的创作过程中对此也有着强烈的意识，从这个意义上来说，村上春树可算作是一类新型的世界文学作家。但现在，他却偏偏把一个无法翻译的游戏性文字用来作为自己新书的书名标题，这又到底是怎么一回事呢？实在太奇怪了。对于这个书名，您有什么看法呢？

坎贝尔： 我觉得那只是一个文字符号的谐音现象。翻译成英语的话，要么照搬原样但有可能意思不通，或者只能干脆换一个别的

---

① 为方便国内读者了解其具体读音，此处采用罗马字母标注。

标题。

现在在《周刊POST》上连载着一部关于二次探底①的小说。所谓二次探底，是一个金融术语，意为在一次触底之后不久紧接着又发生了第二次触底。而这个"Double dip"就是一个带有特殊日式语感的日式英语②。

那么，作者为什么要用日语来写关于日式英语的内容呢？因为只有用日语来写，才会让读者在阅读的过程中，逐渐理解"原来如此，二次探底是这个意思啊"，这种手法可以从很多方面反映出日本人的文化和作家的创作意识。

沼野：这是很有趣的看法。确实，这种日语的语感，很可能对作品的标题产生影响。

我很喜欢相扑。最近，日本相扑界的"国际化"程度也很令人吃惊。在我的学生时期，来自国外的相扑力士还是非常罕见的，第一个进入"幕内"③级别的外国人，是一位来自美国夏威夷的选手，名叫高见山。但是现在，以白鹏为首的外国选手中有很多人都进入了高等力士的级别。其中人数最多的要数蒙古人。不过，来自其他国家，如保加利亚、爱沙尼亚、格鲁吉亚以及俄罗斯的选手也在逐步增加。就我个人而言，我是非常乐见来自我

---

① 二次探底，日语为"二番底"，英语为"Double dip"。
② 日式英语，将英语单词在日语中以片假名音译，并创造新词的一种语言使用形式。
③ 相扑力士的最高等级是"横纲"；其次是"幕内"，包括"大关""关胁""小结""前颈"四个等级，属于力士中的高等级别；再次是"十两""幕下"；接着还有更低级的，名为"三段目""序三段"；最低一级叫"序口"。

本人文学研究主要方向的俄罗斯、东欧及其周边国家的选手能够更踊跃地投入到这项运动中来的。当我在日本的相扑赛场上看到来自爱沙尼亚和保加利亚的选手同场竞技时，就会不由自主地高兴起来。但是，相应地，在排行榜上名次靠前的日本选手的人数也自然会有所减少，这又多少会让人感到有点遗憾。

但是，这不仅仅是在相扑界出现的现象，很多之前一直被认为是专属于日本人的领域，也开始接连不断地涌入大量的海外人士，这种情况几乎已经不可阻挡了，我相信，相关行业本身应该对这一趋势持一种欢迎的态度吧。当然，日本文学界也同样无法摆脱这一趋势的影响。如今，以美国人利比·英雄为首，来自中国的杨逸、伊朗的席琳·内泽玛菲等众多外籍作家，正活跃于日本文坛，从事日本文学作品的创作。说不定不久之后，就连坎贝尔教授也会推出自己的日语小说呢。

因此，也许正如目前日本相扑界所呈现的状态，日本文学也将在国际性的舞台上大放异彩。也许某一天，当你翻开文艺杂志的时候，会发现"噢，这个月在《新潮》上刊登小说的十位作家中，竟然有四个人是外国人"。当然，这只是我目前的一个推测，不过，能做出这样的推测，在三十年前也是绝对无法想象的事情。世界发展变化之迅速，总是令人感到意外啊。

坎贝尔：总而言之，这种情况一旦稳定下来，我们一定会看到形形色色的创作者在天南海北的各种环境中创作新的小说吧。

日本人与初次见面的朋友最初交谈时经常用一些言辞来打开话题——我对这种谈话的"楔子"（日语为"ハナ"）很感兴

趣。比如，日本人对初次见面的人问"您哪年的啊"。既可以理解为是在询问对方的出生年月，也可以理解为高中、大学的入学或毕业年份，有时还表示在询问对方某个时期内的情况。日本人把这些所有的问题都用一句"您哪年的啊"就给囊括了。如果突然有日本人问我说"您哪年的啊"，那我肯定会理解为是在问我移居日本几年了。日语的这种表达和理解方式真的很神奇啊。如果被别人用英语问到"How many years has it been"，不仅没办法表达这么丰富的含义，关键是这句话完全不会让人马上产生正面的印象和想象。另外，最近可能这么理解这句话的人不多了，但这句话还有一个意思就是"您打算死了之后埋在这里吗"。那就真的是很没礼貌的说法了。

但是，这种日语表达是人际交往的一扇门，不跨越这扇大门的话，是很难与日本人成为亲近的朋友的。最近我感觉自己终于也能被日本朋友所接纳了，这令我深感欣慰。不过，我曾一度相当厌烦扮演"外国人"的角色。

沼野： 原来如此。对着坎贝尔教授说"您日语说得真好啊"这种话其实是很失礼的，想必您每次听日本人这么说都会很生气吧。但现在，您即使被当作外国人看待，也能不再纠结了，说明您已经真正看开了。

相反，因为在我身边有太多日语非常地道的外国同行了，所以反倒没有跟他们一一说"您日语很好啊"的机会。目前我在一个名为"现代文艺论"的新研究室负责很多外国留学生的指导工作，不仅是日常会话，连授课时的研究讨论也全部都是用日语进行的。

作为外国文学一部的夏目漱石

沼野：在这里,我们稍微调整一下话题。坎贝尔教授最近在电视节目活动中非常活跃,颇具媒体达人的形象。不过,您真正从事的研究专业似乎并不太为世人所知。其实,我也不太了解您真正的学术研究工作。

所以我想借此机会,稍微了解一下您的学术研究工作。在岩波书店出版的《新日本古典文学大系·明治篇》中,您参加了其中两卷的校订和解说工作,分别是第三卷《汉文小说集》和第五卷《海外见闻集》。我稍微读了一下这两卷中的个别篇章。第三卷中读的是明治时代作家石川鸿斋用汉文写的《夜窗鬼谈》①,在第四卷中读的则是久米邦武②编写的《特命全权大使美欧回览实记》。

久米曾于明治初期作为岩仓使团的一员前往欧洲和美国访

---

① 石川鸿斋(1833—1918),本名英,字君华,号鸿斋,别称雪泥居士。日本明治时代汉学家、诗人和画家。曾游历中国多年,长期苦读汉文典籍,拥有极高的汉学素养与汉文写作功底。一生著述涵盖面颇广,主要有《日本外史纂论》《文法详解》《画法详论》《诗法详论》《书法详论》《精注唐宋八大家文读本》《史记评林辑补》《夜窗鬼谈》等,共计五十余种。其中《夜窗鬼谈》是其仿效中国志怪小说所创作的带有浓郁日本本土"风味"的志怪作品。

② 久米邦武(1839—1931),日本近代实证学派学者。曾就学于昌平黉,在藩校弘道馆任教。1871年随岩仓使团赴欧美考察,1878年出版《特命全权大使美欧回览实记》。1879年任修史馆编修官,致力于日本史料编纂工作,参与编写《大日本编年史》。另著有《古文书学讲义》《古代日本史与神道的关系》《大日本时代史》等。

问,他的《特命全权大使美欧回览实记》对从事比较文化研究的学者来说,也是非常宝贵的历史资料,所以从事这方面研究的学者对这部作品是很熟悉的,但是现在的普通读者一般是不会去读的。另外,石川鸿斋的《夜窗鬼谈》是一部志怪小说集,现在也几乎不为人所知。两位作者虽然都是日本人,但作品却是用汉文创作的,如果没有相当的汉文功底的话,恐怕是办不到的,而当代的日本人更是基本已经看不懂了。要说您是在研究这样"稀有"的作品,恐怕也是一种比较失礼的说法,但我感兴趣的是向读者解读那些不太为人所知的作品,又会给您带来怎样的乐趣呢?

坎贝尔:其实最有意思的就是了解到日本人创作出了那么多优秀的汉文作品,但现在竟然被遗忘了这一事实。包括海外游记在内,当时各种日本人创作的汉文作品可谓不胜枚举。由此看来,在那些作者的心目中对日语和汉文并未进行刻意比较。虽然这些作品都是用汉文而非日语写的,且还使用了很多日语中没有的词语,但是其中蕴含的那些感情,即使用我们现在的眼光来看,还是可以从中体会到很多乐趣。

沼野:不过,我最近却没有如您说的这样的轻松感,即使面对的只是同一种语言(俄语),我还是需要逐一确认作品中言语的深意,这是一项非常细致而且伤神费力的工作,一时搞不懂的内容和疑问也相当多。在这种情况下,我是怎么也体会不到乐趣的。

我现在正在翻译的《天赋》,是出生在俄罗斯的美国作家弗拉基米尔·纳博科夫用俄语创作的最后一部且也是水平最高的长篇小说,这真的是一项十分艰巨的任务。纳博科夫常被喻为"语言的魔术师"。在这部作品中,他凭借炉火纯青的语言技巧,开展着实验性的文体创新,对每一行文字都有着精妙的安排。这是一部以 20 世纪 20 年代的柏林为背景的作品,从当代日本人的视角来看,这是一个既让人感到贴近却又有些微妙距离感的背景设定。要说这 20 世纪的前半叶,几乎应该已经算是现代了吧。但很多时候,我们不能因此就想当然地认为在当时的社会环境中使用的各种物件,也和现在的物件有着同样的形态、特性。比如当年的电话、收音机、吸尘器甚至避孕套,和现在我们所使用的相关产品,仍然具有同样的形态吗?虽然这些东西好像只是些无关紧要的细节,但纳博科夫不厌其烦地细致描绘了各种各样的事物,如果翻译者不了解他所描述的物件具体是什么形式的东西,或者根本不知道他笔下的事物究竟是实际存在的,还是虚构的,那就不可能做出正确的翻译了。

结果,几经调查,译文的注释就变得异常繁多,我用每页可写四百字的稿纸,翻译出了近千张稿纸的译文,附加的注释竟然多达一千五百余张稿纸。这个样子的译稿,是肯定没办法出版的,所以我又不得不删掉了三百多张注释内容的纸稿。这可真不是一件轻松的事情啊!

坎贝尔: 是啊。不过,这不也是一件挺有意思的事情吗?正是因为语言和事物之间存在微妙的近似性,才让我们有了这种似是而非的感觉呀。就像英语和法语中的一些词语,形态虽然一模一样，但是因为存在于各自不同的两种语言之中，所以也会让我们产生误解嘛。

沼野：比如，日语中的汉字"手纸"（书信）在汉语里却是"厕纸"的意思。这种差异就经常会发生在两种语言文化的接触和交流过程中。很多人认为在日常会话和人际交往中，彼此都应该能理解的事物，实际上却有着微妙的差异，这并不稀奇。

坎贝尔：而且，即使在同一种语言中，相同的单词也会给人们制造出完全不同的意象。就如同沼野先生借助注释的力量一样，人们之所以想深入了解每一种事物，做各种各样的笔记和清单，就是希望把自己感受过的情境、思考过的事情真实地记录下来。

因此，正如我们开头所谈到的那样，重要的是，因为日语是自江户时代，乃至更早之前就一直绵延传承的语言，所以我们在接触日本文学的时候，就必须要抱有一种十分审慎的态度。譬如创作于明治时代的夏目漱石的作品，就具有这种典型特征。如果读者单从现代视角出发，对作品构思的源头从一开始就有可能存在不一定看得通透的地方，所以在对相关文学的理解上，就必须依赖某些过渡性质的"桥梁"。那么，俄罗斯文学又是怎样的呢？

沼野：我想（在俄罗斯文学中）也确实会有类似的情况。陀思妥耶夫斯基和托尔斯泰的代表作大部分都是在19世纪后半期，也就是日本的明治时代创作的。因此，作品中使用的某些语言，不仅难以用现代的日语去理解，即使是跟现代的俄语相比，也有着微妙的差异。因此，在很多细微的地方，如果不花费一番心思去仔细分析的话，是很难正确理解其内容的。当然了，从19世纪中叶到现代，俄语的变化并没有日语那么大。

在日本，比如《源氏物语》，都已经是一千多年前的作品了，对于我们这些现代读者而言，就算有很多看不懂的地方，那也是理所当然的事情。我们就姑且把它当作是一种外国文学作品来看待吧。但是，面对像刚才提到的纳博科夫那以20世纪20年代的柏林为背景的小说，我们又该怎么办呢？或者说我们真的能够完整且顺畅地理解日本明治后半期夏目漱石、森鸥外的作品吗？譬如，当我们阅读夏目漱石的小说时，姑且不论那些艰涩的古文或者汉文，即便是对作品中描绘的当时的事物，如果以为我们现在基本上也都能完全看懂他所使用的词语，于是就掉以轻心的话，那可就大错特错了，因为里面还有很多东西是我们还不太了解的。比如，在夏目漱石的小说中经常出现"劝工场"之类的词语，现在已经没有这个说法了，所以很多读者都不一定知道这是什么意思吧。以前，我就总是误以为这可能是个什么工厂吧。但是实际上，所谓"劝工场"，其实是明治、大正时代，由众多的商店组成商会，在一幢建筑物中陈列展示并销售各种各样商品的地方。

因为现在已经不再广泛使用这个词了，所以读者自然也就无法明白其真实含义了，而这也只是类似情况下的一个例子而已。比这更麻烦的是，就算是同一个单词，在夏目漱石所处的时代和在现代的意思也可能存在微妙的差异。我们反倒更要注意那些近代以来意思发生了微妙变化且现在仍然在使用的单词，要留心它们究竟有几分相似之义，又有了哪些词义的变化。而当我们阅读外国文学作品的时候，也同样需要注意这一点。

跨越国境的日本文学

沼野：虽然还有很多话题想要跟您继续探讨，但是已经差不多到了不得不做总结的时间了。我希望每位对谈嘉宾都能够为读者朋友推荐三本值得一读的好书。所以，接下来我就简要地谈一谈今天的"推荐书目"吧。那么，首先有请坎贝尔教授对自己推荐的三本书，做一个简要的介绍。您觉得这三本书各自都有哪些精彩之处呢？

坎贝尔：我向大家推荐的第一本书是纪贯之[①]的《土佐日记》。这部作品创作于 10 世纪初，虽然那个时代的日本文学作品的创作者还没有真正充分具备作为世界文学一部分的自我意识，但是从这部作品中，我们仍然可以看出当时的日本文学作品的创作者渴求与外部世界交流的强烈愿望。

纪贯之曾任土佐国[②]的行政长官，任期结束后从土佐起程返回京都。在回京都途中的这不到两个月的时间里，他假托自己妻子的口吻，用平假名创作了这部日记体的游记，其中还包含了近

[①] 纪贯之（872—945），日本平安时代初期的随笔、和歌作家，代表作为《土佐日记》。
[②] 土佐国，日本古代的旧国名之一，属南海道，又称土州。其范围大致相当于现在的高知县。

六十首和歌。作品的开篇有一段很著名的话——"听说男人们都在用汉文写日记,我作为女人想用假名来写一写"①,可见与当时女性所使用的假名文字相对,男性往往使用汉文来写日记,所以作为男性的纪贯之,希望让作品中的主人公以女性的身份,用平假名来书写日记(不仅仅只是作者假借女性的口吻),这其实是一个双重设定。我的理解是,在这部作品中,作者或者故事的讲述者,在自己活动的实际空间里,通过作品与作品中的女主人公,有着十分紧密的联系。

沼野: 您说的没错,《土佐日记》是由男性作者采用平假名创作的一部作品,可以说这是一次跨越了性别的大胆尝试。但是,在平安时代,日本就已经出现了《真假鸳鸯谱》②等男女角色颠倒的传奇故事,没想到日本在这方面倒是很早就实现自由跨越了呢。

不过话说回来,男性书写汉文,作为一种传统和教养一直延续到了明治初期。因此,可以说日本文学实际上是在使用日语和汉语这两种语言的基础上,并行发展起来的。在创作过程中两种语言互相交融、相互辉映,日本文学完全可以看作是一种双语文学。总而言之,说起日本,人们往往会误以为我们生活在一个只使用单一语言的文化环境,但实际上却并非如此。我们不仅一直

---

① 因国内未有该书中译本,此处为本书译者自译。
② 原书名为《とりかへばや物語》,部分中国译者将其翻译为《真假鸳鸯谱》,创作于1180年以前,在后不断演变而最终成型。在13世纪初的文艺评论书《无名草子》和同世纪后半期成书的《风叶和歌集》中有记载。

使用着多种语言，而且形式多样的交流也始终伴随着日本文化、历史的发展，可以说纪贯之是这种语言实践的先锋。从这个意义上讲，认为他的作品具有越境性和世界性，是丝毫不为过的。

坎贝尔：如果我们硬要把汉文也算成是日语的一部分的话，反而不利于对作品的深入理解了。在某种意义上，对于日本人来说，汉文就是汉文，这样理解起来更自然吧。在国外，有的人能熟练地区分、使用四五种语言，其实并不是一件很奇特的事情。为了呈现、记录历史和自己人生的各种经历，许多人往往会使用多种相应的文体。

出现在外国人身上的这种现象其实也并不特殊。而在日本，我们也没有把汉字当作外语字符。现实中，日语不仅包含汉字，还包含了其他的很多要素，如果再加上作者本人所具有的广阔视野、创作才能和独到见解，必然会创作出意境深邃的优秀作品。以汉文作为书面语的日本男性，同样有着非汉文无以言表的心境。因此，才会有纪贯之的托词——"听说男人们都在用汉文写日记，我作为女人想用假名来写一写"，这样一来，读者们就自然会感到好奇，这种过去完全是汉文文体的日记究竟会是什么模样的呢？我认为这便是《土佐日记》之所以具备世界文学属性的魅力。

我推荐的第二部作品是井原西鹤①的《好色一代男》。作品主人公名叫世之介，是个整日寻欢作乐的浪荡公子，人到六十仍旧劣习不改，沉迷于声色犬马。故事颇具幻想性质，精彩地描绘出了中年大叔心目中的情色乌托邦世界。在内容上，《好色一代男》与《土佐日记》可谓大相径庭。不过从创作手法上看，二者却又有着相似之处。它们充分说明了日本小说不会简单地沿袭既存的传统，生动地展现了日本小说创作的理想状态。从这个意义上讲，两部作品都具有极为重要的价值。而具备了这种与世界文学相匹配的思想属性的作品，不正是我们孜孜以求的吗？

　　最后一本，我推荐的是小林多喜二②的《蟹工船》。说《蟹工船》有意思，原因也来自我们最初所谈到的视角问题。小说中描写的是一群生活在"蟹工船"上的捕捞工，虽然在船上的每个人都有自己的思想立场和工作位置，而作品到最后也没有明确指出具体是从什么人的视角来向我们展示他们所生存的世界。不过，如果你能够顺着日本近代小说的发展源流来看待这部作品的话，读起来一点也不会觉得艰涩。故事的讲述者，并不是某个构建出来的英雄角色，倒不如说，作者小林多喜二在作品里创造

---

① 井原西鹤（1642—1693），日本江户时代作家、俳谐诗人。俳谐是日本的一种以诙谐、滑稽为特点的短诗。西鹤的俳谐与初期以吟咏自然景物为主的俳谐相反，大量取材于城市的商人生活，反映新兴的商业资本发展时期的社会面貌。他善于吸取市民社会的俗言俚语，写入诗句。西鹤的俳谐著作有十余种，代表作有《西鹤大矢数》《五百韵》等。1682年四十岁时，他以散文形式写出第一部艳情小说《好色一代男》，博得好评，被认为是日本文学史上"浮世草子"（社会小说）的起点，是现实主义的市民文学的开端。

② 小林多喜二（1903—1933），日本作家，日本无产阶级文学的奠基人。代表作有《蟹工船》《在外地主》《为党生活的人》等。

了一个带有共产主义思想倾向的理想世界，或者说，作者恐怕是将自己对日本未来社会的一个虚拟构想寄托在了这部小说中。总之，他不太拘泥于对个别登场人物的刻画，而是通过对人物群像的塑造来描写社会，反映社会问题。可以说这部小说的内容和写法是互相契合的。而且，从某种意义上来说，小说部分篇章中的叙事者的口吻也很富有日本传统特色。

沼野：谢谢您。下面，我来介绍一下我推荐的三本书。

今天，我打算和坎贝尔教授一起从更大的视角来看待日本文学。首先，我建议大家如果能把《枕草子》和吉本芭娜娜①的《厨房》做一个对照阅读，一定会觉得很有趣。所以，我把这两部作品算作是一个组合推荐给大家。处在现代最前沿的女性作家和一千年前的女性作家之间，在细腻敏感的感性认知和丰富多样的语言技巧方面，竟然有着惊人的相似之处。通过对照阅读，大家一定会有更深的感触。从这里，我们也可以看出日本女性的精神具有千年的延续性。

比如，清少纳言在作品中经常接连使用日语"いとをかし"，也就是"非常有趣"这个词。与此相对，吉本芭娜娜也经常使用"不得了"（すごく）这种表现形式，其实这是"厉害"（すごく）一词的强调化的表现形式。有的时候想一想，总觉得这种表现手法是不是太朴素了点，甚至让人感到有点随意，但是

---

① 吉本芭娜娜（1964—　），日本当代作家。本名吉本真秀子。主要作品有《厨房》《哀愁的预感》《鸫》等。

这种表现手法恰恰反映出两位作家其实都不太在意辞藻是否重复的问题，而是完全用最真实的感觉来传达自己切身体会到的喜悦或乐趣。换句话说，就是相信自己的感性，并如实地将它托付给朴素的语言。在这一点上，两位作家的创作思想无疑是相通的。

接下来，为了感受日语的变化，请大家务必试着阅读一下森鸥外的《舞姬》。森鸥外精通日语、汉语和德语，他是所谓的"三语并用者"（Trilingual），他早期的这些作品往往都是用日语的文言体创作的，体现出扎实的汉语功底。这一类的作品，我们现代人往往很难读懂，但如果大家能静下心来仔细品味一下这种格调高雅的日语，相信一定会有别样的体会。尽管如此，我们都知道日语的文体是多种多样的，尤其是明治时代之后，更是发生了急遽的变化。如今我们对一千年前的《枕草子》中的日语和文体会觉得更容易亲近，但是对仅仅一百年前创作的汉文作品却感到晦涩难懂。这是何等矛盾的现象啊！可以说，当时森鸥外等人所具备的那种汉文素养，我们几乎已经完全没有了，但突然之间又仿佛出现了什么异变，或者该称之为返祖现象吧，在我们这个时代又诞生出了平野启一郎这样的天才文学青年，在他的作品《日蚀》中，我们可以充分领略他驾驭这种晦涩文体的才能。

至于第三部作品，我还是向大家推荐一部从欧洲近代文学作品中脱颖而出的名作——弗兰兹·卡夫卡①的《变形记》。我想大家对这部作品的内容应该已经有所了解了。某日清晨，一个名

---

① 弗兰兹·卡夫卡（1883—1924），奥地利小说家。主要作品有小说《审判》《城堡》《变形记》等。

叫格里高尔·萨姆沙的男子从不安的睡梦中醒来，变身成了一只巨大的"毒虫"①，小说由此开篇。顺带一提，一般的日文译本中都使用"毒虫"一词，但是作品的原文却是"Ungeziefer"，大家查查词典就马上能明白，这个词指的应是所有的"有害的小动物（也包括昆虫）"，也就是说，老鼠、蟑螂、跳蚤、虱子等小动物或小虫子都可以用这个词语表示，这个词既不是指某种特定的虫子，也没有"毒"的意思。所以，如果把它翻译成"毒虫"的话，一开始就会给读者一种先入为主的观念，我认为这可能并不是一个很好的翻译用词。而池内纪②先生在他的翻译版本中，就放弃了使用"毒虫"这个字眼，转而使用含义更为单纯的"虫"，这样的处理应该更加贴切吧。

暂且不论翻译的问题，我们很难去猜测在卡夫卡的心中"Ungeziefer"这个单词，究竟指的是什么样的虫子。纳博科夫是一位在专业知识上不输任何昆虫学专家的作家。据他分析，这里的虫子绝对不是什么蟑螂之类的东西，而应该是甲虫类的昆虫。不管怎样，读者一边猜测着这个虫子的类型，一边阅读小说，也可以算作是一种"反视觉"的乐趣吧。

而且，在这部作品的单行本第一版发行时，卡夫卡就曾要求在小说的封面上绝对不能使用任何虫子的图画。也许是因为太过直接的视觉描述反而会限制读者的想象力吧。换句话说，卡夫卡的创作理念和手法，与重视视觉描写的日本文学传统是有一定差

---

① "毒虫"，日译本中的措辞，中译本一般译为"甲虫"。
② 池内纪（1940—2019），日本的德国文学研究专家、散文家。

异的,可以说他是以打破常规的形式,为我们呈现了一种无法轻易视觉化的东西。

话虽如此,但如今还是有些人在尝试着对这部作品进行视觉化改造。比如日本的漫画鬼才西冈兄妹就推出了《变形记》的漫画版,在俄罗斯则制作出了电影版的《变形记》。这真的非常了不起!为什么这么说呢?因为这部影片完全依靠电影演员去真实演绎,没有使用任何"特摄"或"CG"电脑特效技术,演员从头到尾一直坚持表演,仿佛自己真的变成了虫子,无论动作还是声音,都模仿得惟妙惟肖。饰演萨姆沙的叶甫盖尼·米罗诺夫①,是俄罗斯具有代表性的知名演员。对他而言,出演这个角色与其说是一个艰难的挑战,不如说是身为演员的莫大光荣,甚至也可以说是对这部传世佳作的终极解读吧。不管怎样,《变形记》是一部可以引发读者进行各种解释和猜想,具备高度开放性的优秀作品。

那么,我们这次对谈就聊到这里,在座的各位读者,如果有什么疑问的话,请踊跃发言。

听众交流环节

读者 A: 都说日本人是一个非常感性的民族,我想请教一下两位教授,你们对这一点有什么看法呢?比如就有人说过,对虫鸣的喜爱是日本人的一大特征。这种说法虽让我感同身受,但同时也会生出些许疑惑,这是为什么呢?两位教授能从文学的角度为我

---

① 叶甫盖尼·米罗诺夫(1966—),俄罗斯演员、制片人。

们解释或者说明一下吗？

坎贝尔： 您说的很对。比如日本人在创作关于夏天的小说时，光靠设置某些一般性的自然风景和故事背景，很难看出作品整体的感情基调究竟是悲还是喜。因此，只有通过在小说中加入某些约定俗成的环境、氛围的描写，才能流露出作者最真实的心境。在这方面，现在的日本小说可谓一股清流，又或者说经常给人带来一种非常通透的清洁感，且不论应该如何从文学的角度来评价这种现象，有不少作家都会在创作小说的过程中预先立起一些带有各种意象的情感支柱。在现代小说中，传统写作中所采用的自然和人物之间的某些固定搭配的手法，可能已经过时了，但事实上，除了虫鸣之外，日本文学作品中还存在着许多情境描写的类似变体。

沼野： 我也补充一点。日本人对虫鸣的感性认知是非常独特而敏锐的。自古以来，日本民间就对鸣虫（会鸣叫的虫）有着特别的喜好，小朋友们也很喜欢逮蚂蚱、捉知了。在平安后期出现的短篇小说集《堤中纳言物语》中，甚至出现了《爱虫公主》这样的短篇作品，不过在这部作品中，女主人公喜好的倒不是鸣虫或是甲虫，而是毛毛虫，这倒是挺独特的。此外，法隆寺①收藏

---

① 法隆寺，又名斑鸠寺，位于日本奈良生驹郡斑鸠町，是日本飞鸟时代建造的木结构寺庙，相传始建于 607 年。寺内保存有自飞鸟时代以来的各种文物珍宝。

的"玉虫厨子"① 木雕佛龛，也是用昆虫鞘翅装饰的一件非常华丽的艺术品。为了解释这一现象，有位名叫角田忠信的医学专家于20世纪70年代曾提出过一种理论，认为日本人和欧美人之间在左右脑的使用上存在着一定的差异。欧美人习惯用右脑处理鸣虫的叫声，所以常把虫鸣当成噪声。而日本人则习惯使用负责理解语言的左脑来倾听虫鸣，所以日本人对虫鸣的认知更为敏感细腻。虽然目前我们还缺乏更进一步的科学证据来证明这种理论的可靠性，但无论这种理论是否成立，日本人对昆虫所具有的感情确实大不同于欧美人，而且这一差异也普遍反映在了文学作品中。

坎贝尔：还有，日语中"うるさい"（聒噪、嘈杂、烦人）一词的对应汉字有时就很形象地被写作"五月蝇"。用"五月的苍蝇"来标记"うるさい"，不仅勾勒出苍蝇在听觉上扰人的意象，也把五月梅雨时节的烦闷感烘托了出来。这种只有使用汉字才会呈现出的隐喻效果，在英语当中是无论如何也办不到的。

沼野：那么，我们听听下一个问题。有哪位观众想提问吗？

读者B：我想提一个跟宗教有关的问题。希望两位教授能简要讲解一下日本文学与佛教之间的关系。

---

① "玉虫厨子"，收藏于法隆寺的日本国宝级佛龛。此佛龛高约2.3米，为木制的阁楼造型，装饰着三万多只彩虹吉丁虫的鞘翅。

坎贝尔： 在日本，当人们面对死亡等一些自然现象时，佛教确实扮演了十分重要的角色，也为我们带来了非常深刻的启发。

与重视戒律的基督教或伊斯兰教不同，作为一门宗教，佛教为我们提供了一个相对宽容的精神空间。在教义理论方面，佛教总是会给出一种具有人道主义特点的启蒙性的理论，而且其中往往充满着生活的智慧、日常的教训与启迪，显得更加平易近人。因此，日本人对佛教的认知已经不仅仅局限于宗教层面了，佛教已经渗透讲了每一个人的日常生活之中。

沼野： 好的，那么我们再最后邀请一位读者提问。那位先生请讲。

读者C： 刚才两位教授谈到了有关汉文的内容。我们很容易把（日语中的）汉语也当成是日语的一部分来看待，但有时又会发现其中存在许多非日语的要素。那么从结论上讲，（日语中的）汉语究竟算是一个什么性质的东西呢？

坎贝尔： 我们在思考类似问题的时候，不一定非得要完全依靠自己的能力来做分析。因为，有很多问题是值得我们所有人去认真思考的，虽然头脑只有一个，但是我们可以尝试着在自己这个独一无二的头脑中，用不同的语言文字来具象表现那些各种各样的问题。而且，这里面也涉及我们每一个个人独特的思维习惯和经验。因此，面对任何问题，永远不要有既成的定见，更不要墨守成规，以至于贪图安逸而不思进取，避免这种思想上的故步自封是十分重要的。

我个人认为日本人在汉文作品的创作过程中同样体现出了根源于汉文本身的深刻思想内涵，随着时代的进步和发展，脱胎于汉文文体的构思也同样与创新的日语紧密相连。

当然，作为书面语的日语汉文和我们在日常会话中使用的汉语还是有所区别的，这一点我们还是必须要注意的。

沼野：的确，日语汉文自然是不能作为口语来使用的。

我想强调的是，对日本文学史也并非只存在唯一一种正确的视角或观点。正如坎贝尔教授在这之前所谈到的，其实我们可以考虑从世界文学的角度出发构建崭新的日本文学史。对于这种创新型的工作，日本文学方面的专家们恐怕反倒力有不逮。比如，早期的日本文学实际上本来就是日汉双语的，而且也就是在两种语言相互交融的过程中，日本文学获得了长足的发展。对此，我们不妨直接从双语文学的角度来认知和分析，并提出新的论述。明治维新以来，日本文学一方面逐渐排除了汉文的存在，另一方面以英语为首的欧洲语言却被大量引入。但这种情况显然并没有造成日语中英文创作的增加，因此从结果上说，日本文学反倒完成了向单一语言文学的蜕变。

还有一点，在坎贝尔教授的论述中也涉及了日本文学作品独特的结构模式，这也是很重要的一点。也就是说，坎贝尔教授认为在日本文学中，也许原本就不存在西洋长篇小说那样明确的结构框架。想要深入理解日本人的审美意识，或意图阐明日本文学作品的构成原理，并不能仅仅着眼于西洋文学的形式结构这一角度，而必须另辟蹊径，从稍微不同的视点来观察。

有些人对日本文学的理解过于简单粗暴，认为日本人只擅长以短歌和俳句为代表的文学"小品"，可能并不适合创作具有严谨结构的正统长篇小说。与西洋小说相比，甚至就连《源氏物语》的结构也是比较松散、模糊的。其实这也是一种刻板印象，我们应该切实地回到作品本身，通过更加深入细致的研读、理解和分析，探索在日本文学中是否存在着与西洋文学不同的构成原理，又或者寻找出日本文学和西洋文学之间的共同特点和普遍特性。

时间过得很快，不知不觉已经到了必须要结束的时候了。感谢各位读者朋友这么长时间的聆听。也要感谢专程从东京赶来神户参加访谈的罗伯特·坎贝尔教授。谢谢您，坎贝尔教授。

（本次访谈于2010年2月13日，在神户工商贸易中心大楼第一会议室举行）

● 罗伯特·坎贝尔为中学生推荐的三本书：
① 纪贯之《土佐日记》（附现代日语翻译，《小学馆·新编日本古典文学全集13》，角川沙发文库）
② 井原西鹤《好色一代男》（《小学馆·新编日本古典文学全集66》，吉行淳之介译，中公文库。《好色一代男——现代语版·西鹤》，晖俊康隆译，小学馆丛书）
③ 小林多喜二《蟹工船》（《蟹工船·为党生活的人》，新潮

文库，角川文库）

●沼野充义为中学生推荐的书：

①清少纳言《枕草子》，吉本芭娜娜《厨房》（建议两部作品可做对照阅读。《枕草子》有岩波文库、讲谈社学术文库等版本。角川沙发文库版附现代日语翻译。入门用推荐角川沙发文库出版的《初学者与古典》。桥本浩的"桃尻语译本"由河出文库出版，全三卷。借此机会，大家也可以前往图书馆，查找一下由岩波书店、新潮社、小学馆等出版社推出的"古典文学全集"一类的图书，开卷有益，说不定大家会在其中展开一场新的读书冒险旅程。《厨房》有角川文库、新潮文库等版本。文艺春秋出版的"初次的文学"系列丛书的"吉本芭娜娜卷"也有收录）

②森鸥外《舞姬》（岩波文库、新潮文库、集英社文库等各大出版社文库版的森鸥外选集中均有收录。另有井上靖所作现代文翻译版本，由筑摩文库出版）

③弗兰兹·卡夫卡《变形记》（丘泽静也译，光文社古典新译文库。池内纪译，白水 u Books。高桥义孝译，新潮文库。读者们可采取多种译本对照的阅读方式，或许会有新的收获）

番外篇罗伯特·坎贝尔编《阅读的力量——东大驹场系列讲座》（讲谈社）

●延伸阅读：

○罗伯特·坎贝尔

《J 文学——用英语邂逅日本文学，品味日语名作 50 讲》（东京大学出版会）

《汉文小说集》（《新日本古典文学大系·明治篇·第三卷》岩波书店）

《海外见闻集》（《新日本古典文学大系·明治篇·第五卷》岩波书店）

○弗兰兹·卡夫卡

《变形记》漫画版（西冈兄妹绘，池内纪译，Village books）

○大卫·达姆罗什

《什么是世界文学》（秋草俊一郎等译，国书刊行会）

○坪内逍遥

《小说神髓》（岩波文库）

○约翰·罗纳德·瑞尔·托尔金

《魔戒》（濑田真二、田中明子译，评论社文库，全九卷）

○弗拉基米尔·纳博科夫

《天赋》（沼野充义译，收入《池泽夏树　个人编辑　世界文学全集》，河出书房新社）

〇沼野充义
《通向 W 文学的世界——跨境的日语文学》（五柳书院）

〇平野启一郎
《日蚀》（收入《日蚀·一月物语》，新潮文库）

〇村上春树
《海边的卡夫卡》（新潮文库，上下卷）
《1Q84》（新潮社，BOOK1-3）

〇本居宣长
《〈源氏物语〉玉之小栉》（国书刊行会）

〇四方田犬彦
《论"可爱"》（筑摩新书）

〇利比·英雄
《新宿的〈万叶集〉》（朝日新闻社）
《万叶集》（岩波文库、讲谈社文库等）
《御伽草子》（岩波文库等）
《平家物语》（岩波文库、讲谈社学术文库等）
《贝奥武夫》（忍足欣四郎译，岩波文库）

《变形记》电影版

摄制：2002年

发行：2004年

摄制地区：俄罗斯

发行：Pandora

片长：90分钟

导演：瓦列里·福金

主演：叶甫盖尼·米罗诺夫、伊戈尔·科瓦沙、塔季亚娜·拉夫罗娃、阿宛盖·里昂惕夫

第四章
读诗、听诗

——饭野有幸与沼野充义的对谈

诗是语言的音乐

饭野有幸

1955年生。日本上智大学文学系教授。研究方向为美国文学。著有《美国的现代诗——后卫诗学的谱系》、《约翰·阿什贝利的诗——"通往可能性的赞歌"》、《蓝调的魅力——美国音乐寻根之旅》(共著),译著有《墙上的文字——保罗·奥斯特全诗集》、惠特曼《我能听到美国的歌声》、勒罗伊·琼斯《喜欢蓝调的人们》等。同时在蓝调音乐、爵士音乐及美国大众音乐等方面也造诣颇深。

何为诗歌

沼野：今天我们着重谈一下美国文学，特别是美国文学中的诗歌。首先，由我对谈话的主题做一个简短的介绍，之后就请今天的嘉宾——上智大学的饭野先生为大家做讲座。饭野先生的专业是美国文学，尤其是现代诗歌，我想他可能会就一些英文诗为我们做具体的讲解。我呢，就从更宽泛一些的视角出发，谈一谈诗是什么、诗与散文的区别在哪里等问题。

提到"文学"一词，一般大家想到的都会是小说吧。所以，提起"世界文学"，事实上也经常只是指"世界小说"而已。当问到日本文学的代表性人物是谁时，大多数人都会说是夏目漱石、大江健三郎，或者村上春树，能想起诗人名字的，应该只有很少数人。这对诗人来说可能不太公平啊，但事实确实如此，现在这个世界上被人们阅读的文学作品，绝大多数还是小说。我们今天对谈的主题呢，就是在这样一个情形下，对诗歌相关的问题进行探讨。

饭野先生不光做诗歌的研究，也从事诗歌的翻译，所以今天也会跟大家谈一谈诗歌的翻译是一个怎样的过程，其与小说的翻译有何不同。我这样说好像诗歌的翻译这件事跟我自己没关系似的，其实我也翻译了一些诗，这个话题对我来说也是很有意义的，我也会跟大家分享自己从事诗歌翻译的一些体验。

好的，我们进入正题。诗是什么呢？如果突然被人这样问到，恐怕是不好回答的吧。今天在座的有很多年轻人，比如一个高中生，在课堂上被老师问到"诗是什么""用两三句话来说一下诗是什么"这些问题，你会怎么回答呢？像这样，越是最基本的问题，平时反而不怎么去思考它，突然被人问到时，就会发现其实挺难回答的。

在日本文学中，有短歌、俳句这种固定的文学形式。对日本人来说，它们的存在是理所当然的，短歌和俳句都已经作为固定的文学类型为人们所认可。所以，如果有人问我"短歌和俳句也是诗吗"，还真是不太好回答呢。广义上来说，短歌和俳句也是诗，但狭义上来说，短歌就是短歌，俳句就是俳句，除此之外并无他物。日本人说"诗"的时候，一般来说想到的都会是"现代诗"，但也不排除有人会有这样的疑问，就是说，可以把短歌和俳句跟"诗"归为一类吗？如果可以，那么它们跟诗之间的共通点是什么呢？

这样一想就会觉得，虽说都是诗，但诗也是有各种各样不同形式的，把所有不同形式的诗都称作"诗"，然后在此基础上再去回答"什么是诗"，这真是太难了。这个世界上原本就有多种多样的语言，每一种语言中都有被称作"诗"的东西，但跨越了不同语言的障碍，在所有的诗中都能看到的共同点究竟是什么呢？这样的共同点，真的存在吗？与诗相对，还有小说，还有散文等的文学类别。那么，诗与散文，区别在哪里呢？真是越想越让人糊涂啊。

日本的短歌和俳句，都是规定了固定形式的，也就是说，它们在形式上需要遵守一定的规矩。俳句的话，就讲究"五七五"

的韵律、"季语"等等，这些都是大家知道的。但是现代诗就没有这些规定。今天给大家推荐的书里有谷川俊太郎的诗集。读谷川先生的诗，我们会发现每一首诗都被他用心地赋予了独特的节奏感，但并没有某种共同的规则贯穿在所有的诗里。也就是说，谷川先生写的这种现代诗，在形式上很少能看到某种强有力的规则存在。

但是，也并不是说完全没有。如果一定要说出一项的话，那就是大部分（并非所有）的现代诗，其实是需要"分行"写的。相对短小的文字，一行接一行写下去。只是，每一行到了一定字数就得换行，在一句话的某个地方选择换行，对于换行的具体做法，并没有什么明确的规定。而且，也有一些销路很好的大众娱乐小说，它每句话也很短，也是一句话就一行，每页字很少，你翻开书，有时候会觉得一整页都是空白的。所以如果说"分行"写的就是诗的话，那这些小说也就成了诗了。这样说来，比如你翻开今天早晨的报纸，管它是时政版块还是社会版块，随便翻到一页，随手选一篇文章，给它适当换行、重新排一下版式，它也会变得很像一首诗。这听起来像个笑话，但不妨这样做一下试试看，其实蛮有意思的。

我正在翻译弗拉基米尔·纳博科夫的作品《天赋》，眼看就要完成了。这是一本小说，但其实里面也有很多诗歌。这些诗，有的是夹杂在正文当中，也不换行，一眼看上去根本分不出哪里是诗，哪里是文章的正文；还有的时候是因为作者纳博科夫太调皮了，比如说他会把马克思的经济学论文的文本拿过来稍作加工，或者重新换行排列一下，仿佛在说："你们看怎么样，这不是一首很棒的诗吗,至少比那些假模假式的庸才诗人写的要好多了吧?"可能大家会想,马克思的经济学论文直接拿过来就是一首诗,世上还有比这更奇怪的事吗?但是,你会发现,纳博科夫既像开玩笑又很认真的这种尝试居然还挺成功的。到那时候,你就会觉得诗与散文、诗与小说的区别其实并不那么明显,很难在其中划出一条明确的分界线。

辞典中诗歌的定义是怎样的

沼野:因此,我们先把文艺学上对诗歌的定义放在一边,因为那个比较麻烦。而如果想知道普通人一般是怎样看待诗歌的,或者说想了解诗的最基本的定义,那最快的还是查一下辞典。今天给大家准备的资料当中有一页纸,上面复印的是辞典中对诗的定义,来自三省堂出版的《新明解国语辞典》。

顺便给大家一个建议,如果你在日常生活中遇到了自己不太明白的词语,可不要似懂非懂地就跳过了,请一定养成一个查辞典的习惯。虽然网络上的维基百科等信息渠道也极为方便,但网络上的信息,有时候是一些人兴之所至而想到的,不够严谨,还有的时候是一些带有偏见的观点在未经讨论和纠正的情况下就直接发到了网络上,有很多简直就是胡说八道。相较之下,出版纸质版的辞典,需要这一领域的专家们多年的努力,编辑和校对人员细致严谨的通力合作。也就是说,纸质的辞典,只有经过这样一个过程后才能问世,当然就更值得信赖了。

当然了,辞典上写的东西也没有必要囫囵吞枣般什么都信,特别是对于"诗"的定义这种极为微妙又复杂的问题,你还是不要期待一本国语辞典会给出一个百分之百准确的答案为好。但话又说回来，先去看看辞典是怎么说的，这一点还是挺重要的。

不过，辞典也是有很多种类的。其中，《新明解国语辞典》以其对词语的定义强烈地反映了辞典主编、国语学者山田忠雄的个性，且他拥有很多书迷，艺术家赤濑川原平在其文章《新解先生之谜》中说过，这本辞典中，对词语的定义充满了独断和偏见，但又有着浓浓的人情味，极为有趣，读之每每令人捧腹大笑。在进入诗的话题之前，先让我们来看看它是怎么解释"读书"这个词的，大家可以看一下手边的资料。

> 为了短暂地离开现实中的世界，让自己的精神在一个未知的世界里遨游，或者为了让自己有一个确定无疑的世界观，而（不受时间束缚地）读一本书。

只这几句信息量就已经够大的了，或者说，现实中哪有人是这样读书的啊。从这一点来说，这是一个非常不符合实际的定义。

而对于一个词语的定义居然可以这样写，是不是已经够让人惊讶的了？但我们的《新明解国语辞典》并没有在这里止步，它又补充说，"躺在床上翻看漫画，或者在电车上翻阅杂志，此类行为严格来说不能算在读书之列"。我是喜欢躺在床上看书的，看到这句话时，有一种被一位老先生指着鼻子批评的感觉啊。该辞典对"恋爱""动物园"等词语的定义也很有趣且为人们所熟知。主编山田先生去世后,又出版了第五版、第六版,与后来的这些版本相比,还是山田先生生前出版的最后一版,即第四版保留了其鲜明的特色。各位如果在旧书店看到了,绝对值得入手哦。

闲话少说,就让我们回到今天的正题,来看一下《新明解国语辞典》对"诗"的定义。它是这样表述的:"(作为一种文学形式,)为了表达大自然和人情之美、人生的悲喜,或者为了倾诉对社会的悲愤之情,抑或为了勾画出一个虚幻的世界,而以精心斟酌的凝练的语言写成的作品。"不得不说,这一定义说出了诗的本质,反映了编者理想中的诗原本该有的样子。对这个定义,应该很多人都有共鸣吧。

我无意对一本辞典指手画脚。只是,当我们从文学研究的立场上去思考"诗是什么"的时候,就会发现这个定义其实什么也没说明。为什么这么讲呢?这段话只定义了诗的某一种类型(大约是编者理想中的诗),对于诗与诗之外的文学形式(比如小说)有何区别,它是完全没有涉及的。

它里面提到的"大自然和人情之美""人生的悲喜"等等,说的是诗的内容或者主题。"精心斟酌的凝练的语言",指的是诗所使用的形式或语言。内容与形式,对于任何艺术表达来说都是必须具备的两个要素,所以这个定义也是从这两个方面对"诗是什么"来进行回答的。那么这一定义中对诗的内容与形式的规定,是否合适呢?首先从内容上来说,认为诗歌表达的是"大自然和人情之美",但小说也表达"大自然和人情之美"啊,所以只凭这一点是没法区分诗和小说的。再说，要是碰到那种个性古怪的诗人，他会说："哪是这样啊，诗可不光是讴歌人情之美，还可以表达人性之恶哦。"那时候，上述这个定义可就不好用了。

再者，"人生的悲喜"也是同样的道理，悲喜嘛，主要就是说悲哀与喜悦，但如果有人过的是一种无喜也无悲的灰色而单调的人生呢？这种人生就不能用诗来表达了吗？无喜也无悲的人生，也可以写成诗啊。这样一点一点确认下来，我们就会发现，用内容来对诗歌加以定义，这本身就是一件不可能的事。

也许刚才说的这些会让大家感到我在故意抬杠似的。但是，不光是诗，其他所有的艺术形式都是如此，如"艺术必须要表达这样那样的内容"或者"它表达的是这样一个意思，所以才称得上是艺术啊"这一类的说法，都试图在内容的层面对艺术加以约束，其实这是很不现实的。特别是在20世纪以后的文学和美术领域，"艺术是不可以在内容层面被规定的"这一看法已经是一个普遍的常识了。一个作品，如果它表达的不是美好的东西，那就不是诗。我想，这样的立场也是可以有的，但如果固守这一立场，就无法从原理上解释现实中诗的存在的价值。前卫派艺术家马塞尔·杜尚曾经"制作"了一个男性使用的普通小便器作为自己的"作品"，并将其命名为"泉"，这成为20世纪美术史上最大的丑闻，而如果说小便器也是艺术品，那艺术的世界在内容上就无所不包了。

另一方面，《新明解国语辞典》还从形式和语言的层面对诗做了规定，表述很简短，只说诗是"以精心斟酌的凝练的语言写成的作品"。要这样说的话，夏目漱石、芥川龙之介，他们在小说创作中使用的也是"精心斟酌的凝练的语言"。所以说，按照这个定义来的话，是完全没法区分诗和小说的。此外，可能这样说又显得我像是在抬杠一样，这世界上有一种诗，就是作者刻意不使用凝练的语言写成的。比如超现实主义者所说的所谓"自动写作"，就是把自己在半睡半醒、意识蒙眬的状态下浮现在脑海中的词句写下来。在这样的写作中，内容并不重要，什么都可以，所以也不需要多想，只要把冒出来的词语一个一个记下来就可以。此外，还有一种写作的方式，就是有的作家会从各种报纸杂志上收集一些零星的只言片语，然后也没有什么逻辑和条理，就把它们胡乱拼凑在一起，以此来进行语言合成的实验。总之，就是刻意使用一些并不凝练、未经斟酌的语言来写诗，这样的一种写作的技法在20世纪之后并不少见。

因此，关于"诗是什么"的问题，我们还是有必要离开国语辞典的定义，进行一下认真的探讨。首先，我想说的是，这其实是一件很不容易的事。到目前为止，可能在座的很多朋友会觉得我说了不少怪异的话，但其实我并不是想说诗歌的坏话。正相反，今天我想跟诸位好好谈一谈诗歌的美妙之处。关于这一点，稍后我和饭野先生都会举出几首诗歌的例子来跟大家一起欣赏。

从《古今和歌集》看诗歌的力量

沼野：为了向大家展示诗歌的美妙之处，在此让我们暂且回到诗的源头，去了解一下古人是如何看待诗这一文学形式的。一下子就回到古代日本，可能这个步子迈得有点大啊，但提到《古今和歌集》（以下简称《古今集》），我想但凡是个日本人就没有不知道的吧，这是一本成书于公元 10 世纪的和歌集。《古今集》的开头有一篇序文，名为《假名序》，相当于整本书的"前言"吧。《古今集》的有趣之处就在于，书的开篇是《假名序》，而书的结尾还有一篇后记，叫作《真名序》。

"真名"这个词，在现代日语中已经不用了，它指的就是汉字。古代日本最初是没有文字的。所以，日本的文字最初是从中国引进的，汉语中的汉字才是真正的文字，就是所谓的"真名"。后来，日本又以汉字为基础创造了自己的文字，称其为"假名"。"假名"的"假"，有"不是真正的""暂时借用"的意思，相对于真正的文字"真名"而言，"假名"这个词语中原本就有"假借的文字"的意思。因此，《古今集》中的《假名序》，其实是用假名写成的，而《真名序》则是用汉字写成的。这一点非常明确地告诉人们，日本文学是在两种语言共存的环境中形成的。《假名序》和《真名序》，很大一部分在内容上是相同的，但其作者并不是一个人，两篇文章各自单独成文。

其中最有名的是《假名序》，作者为纪贯之。《假名序》开篇论述的就是"和歌"的力量，令人叹为观止。

　　和歌は、人の心を種として、万の言の葉とぞなれりける。世の中にある人・事・業しげきものなれば、心に思ふ事を、見るもの聞くものにつけて、言ひいだせるなり。花に鳴く鶯、水に住むかはづの声を聞けば、生きとし生けるもの、いづれか歌をよまざりける。力をも入れずして天地を動かし、目に見えぬ鬼神をもあはれと思はせ、男女のなかをもやはらげ、猛き武士の心をもなぐさむるは、歌なり。

(引自岩波书店《古今和歌集》，佐伯梅友校注)

倭歌，以人心为种，由万语千言而成。人生在世，诸事繁杂，心有所思，眼有所见，耳有所闻，必有所言。聆听莺鸣花间，蛙鸣池畔，生生万物，付诸歌咏，不待人力，斗转星移，鬼神无形，亦有哀怨。男女柔情，可慰赳赳武夫，此乃歌也。①

在所有的论及诗歌之力量的文章中，我想这是最好的一篇了吧。听到黄莺、青蛙（当时作者指的应该是秋天会发出好听的鸣叫声的河鹿蛙）等动物的鸣叫声，就会明白"生生万物，付诸歌咏"，也就是，凡是活在这个世界上的所有生命，都会"吟歌作赋"。歌，就是现在广义上所说的"诗歌"，它不假外力即可撼动天地，感动鬼神，使男女之间的感情更亲密，就连武士的坚毅之心，也能使之感受到温柔的抚慰。这也就是在说，诗歌的力量是多么神奇而又无所不在啊！

《假名序》是 10 世纪初写成的文章，但它已经非常准确地指出了诗歌所具有的根本性的力量。再继续读下去会发现，作为

---

① 译文引自王向远、郭尔雅译《古今和歌集》，上海译文出版社 2018 年版。——编者注

一篇诗歌评论，它也是非常出色的。对我们刚才提到诗歌形式和内容的问题，该文章也探讨得非常深入，直指其本质。可能有人觉得，这是多年前的旧文章了，在现代的日本没有什么用。其实不然。《假名序》对于几位歌人的创作风格，以极其精妙的比喻进行了尖锐的批评。比如，对在原业平这位歌人，文章中评论说他"心有余而词不足，就如花之将谢，色消而唯留残香也"。这里"心有余而词不足"中的"心"，就是诗歌要表达的信息，也就是内容。虽然有很多的话想说，但奈何"词不足"，也就是找不到足以表达自己内心情感的语言。换个说法就是，内容是有了，但找不到贴切的形式以表达这些内容。

不只是诗歌这样，所有的艺术创作都存在形式和内容的问题。内容与形式不够匹配、如何处理两者的关系等这些问题古已有之，近代以来，诗人和艺术家们也为此头痛不已。例如，法国画家埃德加·德加某天试着写了一首诗并拿给他的朋友斯特凡·马拉美看。德加明明有很多思想，但却没法用诗歌很好地表达出来。面对德加的这种情况，马拉美说："诗不是用思想写成的。诗是用语言写成的。"这里的"思想"，在法语中的单词是"idée"，对应的英语单词就是"idea"，是"想法、思考、思想"的意思，不管怎么翻译吧，马拉美这句话说的还是内容（思想）和形式（语言）的问题。也就是说，纪贯之在《假名序》中提出的问题，在大约一千年后的法国仍然为人们所关注。

对诗歌来说，形式是什么

沼野：那么，对诗歌来说，形式到底是什么呢？在今天这场有关诗歌的对谈中，我还是想跟诸位探讨一下这个问题。诗歌，在世界各国，以各种不同的语言被创作出来。但随着语言的不同形式，诗歌的形式也是会有变化的。俳句是日本特有的一种诗歌形式，抑扬格四音步①句式是英语、德语、俄语等几种欧洲语言固有的诗歌形式，从语言的特点上来说，用日语是无法写出这种形式的诗的。也就是说，诗歌所使用的语言不同，那么在形式上对诗的一些具体要求也是不同的。这样一来，还可以说诗歌是一种超越了语言和民族而普遍存在的文学形式吗？我们就会有这样的疑问。

不过，在所谓"现代诗"的领域中，形式的问题已经很模糊且不那么受人关注了。之所以会有这样的变化，是因为——不光日本这样，这已经是包括欧美在内的全世界范围内可见的一个普遍倾向了——之前人们一直固守的那些有关诗歌创作形式的要求和规定，渐渐地不再被遵守了，自由诗在世界各地兴起。当然，那些民间歌谣或民间流传的诗歌不在此列。但如果仅就作为文学作品的诗歌而言，摒弃那些传统的在形式方面的规定，是现在一个很明显的趋势。所以，在不同的国家以不同的语言创作出来的现代诗，基本上都没有什么固定的明确的形式。这样一来，是不是我们就又有了新的疑问呢？人类从古至今，不同的国家有不同的语言，为何都要用一些烦琐的形式对诗歌加以规定，并长时间一直遵守这些规定呢？究竟是什么，使得过去的人们在表达

---

① 抑扬格四音步，英语诗歌中常见的韵律节奏。抑扬格指的是两个音节，一轻一重。每行诗句中每四个音节停顿一下，即为四音步。——编者注

自己的心情和想法时，还要用某些形式加以制约且只能以被规定的某种形式来进行诗歌创作呢？

可能有人会认为形式并不重要，什么"五七五"，不用管它。比如，俳句中也有"自由律"的写法，俳句诗人尾崎放哉就不拘一格，认为"庵中只闻咳嗽声""转到墓碑的背面"① 等这样的俳句也是很好的。但实际上，这样的做法又会带来新的问题。虽说诗歌形式上的自由化在全世界范围出现，但这也并不意味着诗歌完全不再需要一定的形式，仅就日本的俳句来说，现在大多数俳句诗人并没有采用自由律的做法。因此，诗歌中形式和内容的问题是比较复杂的，很难一概而论，但也正因为这样才有趣啊。

好的，我的发言到此结束，接下来请饭野先生为我们谈一谈英美诗歌，这是他的专业，一定很精彩。时长约为三十分钟。之后是我和他的对谈。

有请饭野先生。

对惠特曼诗歌的翻译

饭野： 大家好，我是饭野，请多多关照。刚才一边听沼野先生谈诗歌的种种问题，我就在想，待会儿自己谈点什么好呢。三十分钟的时间不长，我想可以向大家介绍三首美国的现代诗作品。

那就从我本人为何会做美国诗歌研究开始吧。美国文学也分

---

① 此两句是自由律俳句的代表性人物尾崎放哉的俳句，不符合俳句传统的"五七五"音律。"庵中只闻咳嗽声"（咳をしても一人），"转到墓碑的背面"（墓のうらに廻る），表达了作者一种难以言说的孤独感。

很多类别,如小说、话剧等等,我在上大学的时候发现,与其他文学形式相比,貌似我比较适合学习韵文,也就是诗歌。

美国小说很多都是长篇的作品,比如赫尔曼·麦尔维尔的《白鲸》就是一个很好的例子。小说讲了这样一个故事,主人公亚哈曾经被一只叫作莫比·迪克的巨大的白鲸咬掉了一条腿,他为了复仇,一路追捕这只白鲸。听起来是一个有趣的探险的故事,但小说内容并不止于此,还有很多关于鲸鱼的知识以及哲学性思考。该小说在日本的文学研究界非常受瞩目,有很多人都在研究它,但我对鲸鱼的知识也不感兴趣,更没有足够的体力和耐心去读完这样一部长篇。那时候我就觉得自己不适合做这种研究,而诗歌呢,它篇幅较短,用词非常精练,我想自己还是适合研究诗歌。

还有一个原因。我是从初中的时候开始喜欢上英语的,后来走上了英美文学研究的这条路。读初中的时候,我曾经组织了一个民谣乐队,主要唱英文歌。在这个过程中,我对诗——准确地说应该是歌词——的节奏感变得非常敏感,并对此有了兴趣。可能正是这一点,最后把我推到了英语诗歌研究的道路上来了。

接下来,我们进入正题。请各位看一下自己手边的复印资料。首先是沃尔特·惠特曼的诗,出自光文社出版的由我翻译的惠特曼诗集《我听见美国在歌唱——草叶集(节选)》的日语版。惠特曼生活在19世纪,被称为"现代诗之父"。从哪种意义上认为他的诗是现代诗呢?首先,刚才沼野先生说到了诗歌的形式,惠特曼的诗有一个特点,那就是他试图从形式的束缚中找寻自由。最初,他写的诗也曾经像传统英国诗歌一样,有着非常规整的形式，一直到19世纪中期，他都在写这样的诗。但后来，他开始背离这一风格，只写自由体，并于1855年出版了诗集《草叶集》。"Song of Myself"就是其中的一首代表作。

大家拿到的复印资料中，左边是诗的原文，右边是我的译文。惠特曼在最初写自由体诗歌的时候，是不是没有参考任何前人的东西呢？当然不是。完全没有制约的自由就是不自由。就像暑假作业的自由研究报告，如果老师让我们自选题目，说写什么都行，我们反而会不知道写什么好了。写诗也是一样的，有那么一点制约时，创作起来反而容易一些。无限制的自由，其实会带来极大的不自由。

据说，在创作自由体诗歌时，惠特曼曾经参考的一个范本是歌剧。他曾经做过新闻记者，所以会拿到很多免费的门票，在一次次观剧的过程中，他逐渐迷上了歌剧，这一点可能也影响到了他的诗歌创作。他的诗读起来朗朗上口，很有歌剧中台词的特色呢。

因此，他的这首"Song of Myself"虽然并不遵循某种固定的形式，但每一行都是以"Earth of"开头，一直这样持续下去。这可能会给人以单调感，但也正是这一再重复的单调，最后带来了一种势头强劲的节奏感。但是，日语跟英语的语法结构是完全不同的，所以在翻译成日语时，一般来说，人们会把of后面的内容放到句首，而与earth对应的那个词则在句尾，但这样一来，原诗中特有的、多个句子开头重复出现"Earth of"的形式，就完全不见踪影了。有一句话很有名，说"翻译家都是叛徒"，确实有这种感觉啊。我就想，既然在翻译的过程中注定要失去很多东西，那么至少要把原文的那种语感和氛围保留下来。所以在翻译时，我按照自己的意图，加入了"大地呀"这样一种呼唤的语气。这样的话，日语的译文就与英语原文一样，每一行都是以"大地"开头了。氛围，换一个词说的话，就是"基调"。一说"基调"，可能就显得有些难懂了，我们用颜色来打个比方，比如蓝色，它有各种各样不同的蓝，"水蓝"色是一种蓝，"深青"色也是一种蓝。在进行翻译工作时，我希望自己能够尽量把类似这样的一种感觉上的细微差别用语言表达出来。

俺自身の歌より

ウォルト・ホイットマン

飯野友幸　訳

大地よ、濡れて眠りをむさぼる木々に囲まれて！

大地よ、日はとっぷり暮れて——大地よ、山のいただきは霧にむせび！

大地よ、ほんのり青みがかった満月が透明にふりそそぎ！

大地よ、光と影が川の流れをまだらに染めて！

大地よ、きれいな灰色の雲がおれのためひととき輝いて明るく！

Walt Whitman（1819—1892）

from "Song of Myself"（1855）

Earth of the slumbering and liquid trees!

Earth of departed sunset-earth of the mountains misty-topt!

Earth of vitreous pour of the full moon just tinged with blue!

Earth of shine and dark mottling the tide of the river!

Earth of the limpid gray of clouds brighter and clearer for my sake!

摘自《我自己的歌》①

沃尔特·惠特曼　著

生长着沉睡而饱含液汁的树木的大地!

夕阳已西落的大地——山巅被雾气覆盖着的大地!

满月的晶体微带蓝色的大地!

河里的潮水掩映着光照和黑暗的大地!

为了我而更加明澈的灰色云彩笼罩着的大地!

ほんのひとことだけ

ウイリアム・カーロス・ウイリアムズ

ぼくが食べちゃった

あのプラムね、

入っていたやつ

あれは

---

① 中文版引自赵萝蕤译《我自己的歌：惠特曼诗选》，花城出版社 2016 年版。——编者注

きっと
君が朝ごはんに
取っといたんだろう
ごめんよ
あんまり美味しくて
甘くて
しかも冷たかったもんだから

William Carlos Williams（1883—1963）

"This Is Just to Say"（1934）

I have eaten

the plums

that were in

the icebox

and which

you were probably

saving

for breakfast

For give me

they were delicious

so sweet

and so cold

就只说一句话①

威廉·卡洛斯·威廉斯 著

是我吃了

那个梅子呀

就是你放在冰箱里的

那个

它们

一定是

你留着

早餐时再吃的

请原谅啊

因为它们实在太好吃了

甜甜的

又冰冰的

俳句37首より

ジョン・アッシュベリー

飯野友幸 訳

ある星だか別の星が消え、そして君、君の本と年をありがとう

---

① 此处根据饭野友幸的日文版译文转译。

君は壁に原画をいくつも掛けている おお 編集せよとぼくは言った

彼はみなのごとくに怪物だが君が怪物ならさてどうする

過去とは何だろう、いったい何の役に立つ？ 心のサンドウィッチ？

John Ashbery（1927—　）
From "37 Haiiku"（1984）

Some star or other went out, and you, thank you for your book and year

You have original artworks hanging on the walls oh I said edit

He is a monster like everyone else but what do you do if you are a monster

What is the past, what is it all for? A mental sandwich?

摘自《俳句37首》①

约翰·阿什贝利　著

一颗星星又或另一颗星星消失了　谢谢你、你的书和你的年纪

你在墙上挂了好几幅画作的真迹　哎，你来编辑一下——我说。

---

① 此处根据饭野友幸的日文版译文转译。

如同众人一样　他是个怪物　但如若你也是个怪物　那怎么办呢

　　何为过去　它究竟有何意义呢　心灵的三明治

　　惠特曼的诗歌带给我的另一种思考是关于人称的问题。英语中说"我"的时候，用"I"这个英文单词就可以了，日语中对应的单词是"わたし"（watasi）①，但日语中表示"我"的单词又不止一个，只说男性，就有"おれ""おいら"等称呼词②，除此之外还有其他一些说法。不光是诗歌翻译如此，从事翻译工作的人，经常会面临这样一些难题。

　　于是，在翻译光文社出版的《草叶集》时，我反其道而行之，利用了日语中有多个词语都表示男性的"我"这一特点，根据诗歌创作年代的不同，使用了不同的人称代词。表现作者年轻时的第一人称，我就用"おれ"；年纪稍微再大一点时，我就用"ぼく"③；等年轻的惠特曼渐渐老去时，我则用"わたし"。最后就是在这本诗集中，第一人称的这三种说法都用上了。只是，从整体上来看，人称用词不那么整齐划一罢了。

当所有的尝试都做遍之后

饭野：19世纪美国的代表性诗人惠特曼就这样开始了自由诗的

---

① 日语中的第一人称代词，较为正式，不分男女，所有年龄层的人都可使用。
② おれ，日语中的第一人称代词，较为粗鲁，多为男性使用。おいら，日语中的第一人称代词，意为"我们"，多为男性使用。
③ ぼく，日语中的第一人称代词，仅男性使用。

创作。美国是一个没有诗歌传统的国家,在惠特曼开始写诗后,由于没有诗歌传统,他就得自己创造出一个"传统",或者说,他也因此有了创造"新传统"的自由。那么,他创作的自由体诗歌后来怎么样了呢?大家手上的资料上的第二首诗,来自活跃在20世纪上半叶的诗人威廉·卡洛斯·威廉斯①,这个人的名字很有特点,左右几乎是对称的。威廉斯不仅写自由体诗歌,他还开拓了一种新的诗歌形式,就是把我们日常说的口语,原原本本地写成一首诗。

尤其是这首"This Is Just to Say",篇幅很短,用词也非常简单,语言上没有任何难懂的地方,甚至会让人怀疑说,这真的是一首诗吗?而且,从内容来看,这是说话者"我"向一个非常熟悉的人——可能是他妻子或者其他家人——道歉的一首诗。与其说是诗,倒不如说这是一张便笺留言,只为了向对方说句"对不起"。他并不是有什么特别的想法要表达。因此,我们会不确定这到底算不算是一首诗。但是,无论从语言上来说,还是从形式上来说,把本不是诗的东西变成诗,不正是现代诗的特点吗?

此外,由于这首诗篇幅短、用词少,所以在翻译的时候我尽量尊重原文的语序。因为,我觉得这样处理可以较好地保留诗原本的味道。所以,第一行诗句"I have eaten /the plums",我译为"ぼくが食べちゃった/あのプラムね"②,用了口语的形式。这

---

① 威廉·卡洛斯·威廉斯(1883—1963),美国诗人。代表诗作有《帕特森》《红色手推车》。
② 中文译文为"是我吃了/那个梅子呀"。

样一来，英文原本的句子结构就保留下来了。

然后是下一句，"and which / you were probably / saving / for breakfast"。该句中有一个关系代词"which"，是英语中特有的，这样的句子在翻译成日语时，每次都会比较费心思。我用了"あれは"（那是）一词，并把它放在了句首。诗原本的味道是否因此而得到了保留，其实我也不是很确定，但至少，它的语序跟原来是一样的。

第三首诗，来自威廉斯之后的下一代诗人约翰·阿什贝利①。他是一位极其前卫的现代派诗人，写的诗难懂无比。我研究的就是他的诗歌，实在是太晦涩难懂了。读他的诗，我经常不明白他到底要说什么。我心里常想，这个人啊，为什么要写这样的诗呢？可能有朋友会说，那你别搞他的研究不就行了。但人生就是这样，开弓没有回头箭啊，有些事情一旦开始了，就回不到从前了。

今天给大家选的这首诗，其实是一首"俳句"。在欧美各国知道俳句的人也很多，对于它是由"五七五"的十七音组成、需要使用"季语"等这些规则，人们也很熟悉。前面我们说过，无论是惠特曼还是威廉斯，他们都有一个强烈的意愿，就是要打破传统的诗歌形式，做一个现代诗人。但阿什贝利却特意采用了俳句这种传统的诗歌形式。那么，为何说他的诗是现代诗呢？可能大家会有这样一个疑问出来。答案就是，他并没有老老实实地

---

① 约翰·阿什贝利（1927—2017），美国诗人。美国现代诗歌代表人物之一。代表作为诗集《凸面镜中的自画像》。

写俳句，他诗歌中的俳句是非常别扭、另类的，里面不存在"季语"，从音节的数量来说，句子是很长的，远超俳句的字数。而且，句子虽长，但他说的意思却又让人看不明白。所以，他只是借用了俳句的形式，内容的表达却是相当激进、自由的。总之，在 20 世纪下半叶的美国，出现了阿什贝利这种类型的诗人。

这首诗在翻译时也是让我费了九牛二虎之力啊。我们来看一下。

　　如同众人一样　他是个怪物　但如若你也是个怪物　那怎么办呢

这句诗，就像是《爱丽丝梦游仙境》中的故事一样，让人有一种莫名其妙的感觉吧。再看一句。

　　何为过去　它究竟有何意义呢　心灵的三明治

"何为过去　它究竟有何意义呢"——到此为止，诗的意思是明白的，对吧？但是最后句子的结尾，他用了"心灵的"（mental）来修饰"三明治"，这两个词组合在一起，就让人一头雾水，摸不着头脑。不过，可能也正因为如此，这句诗才有了多种解释的可能性。他的诗就是这种风格。当然，严格来说，这样的诗是否能称之为俳句，我也拿不准。

那么，面对这样的诗，该怎么翻译呢？我是真的不明白作者想说什么啊。所以，也只能硬着头皮翻译了。正因为看不懂，所以就只能直译。而且,我发现,与前面我们看过的那两首诗不同,它没有用类似"大声疾呼""悄悄道一声对不起"等这样的明确基调。用音乐来打比方的话,就是它不是长调也不是短调,所以我只能尽量中立地把它译出来,然后就像刚才说的那样,尽量给它保留其能被解释的多样性。这些话让人越听越像是在为我自己辩解啊。

刚才,向各位介绍了惠特曼等三位诗人。简单粗暴地总结一下他们的共同点,那就是自由奔放,不受形式的束缚。其中,有的表面上看起来是使用了某一特定的形式,而诗的内容却是模糊不清的,这样反而达成了一种滑稽讽刺的效果。我想,正因为这些诗人成长于不存在诗歌传统的国家,才完成了这样一些创新吧。

可能,现代的诗人们都会有这样一种强烈的感觉——所有的尝试都已经做过,再也没有新的花招可以玩了。更夸张一点说,这就是一种强烈的丧失感。不光现代诗的领域如此,现代绘画、现代音乐也是如此。我有时感到,诗人们是在一种"不做新的尝试就没有意义可言"的重压下写作。

最后补充一点。应该说,美国的诗歌是非常多样化的。这一点,可能同为多民族国家的俄罗斯也是一样的。只不过,除了多样化以外,美国的诗歌还有一个特点,由于民主自由深入人心,因此觉得人人都可成为诗人进行诗歌创作。因此,有人说现在的美国有两万多位诗人,也就不足为奇了。当然,有一些是很有名气的,也有一些是寂寂无名的。不过,回过头来想一下就会发现,诗人其实是一种非常特别的存在,很多人都会以为他们的想法总是与这个世间的常识很不相同，但在美国，事实并非如此。关于这一点，后面有机会再跟大家详谈。我就先说这些。谢谢大家。

沼野： 谢谢饭野先生。

感受诗的韵律

沼野： 那么，接下来我们就开始下半场的对谈。

对刚才饭野先生讲的内容，我也有一些疑问，但在此之前，让我们先来听一段外语诗歌朗诵。诗这种文学形式，是用某种固定的形式来表达人的思想或者情感——当然，有时候出于作者的意图，诗的内容并没有特别的意义。但不可思议的是，在全世界这么多国家和地区中，虽然诗的形式会根据语言的不同而有所变化，但没有哪个民族是没有诗歌的。这一点充分显示了，多样性中存在着普遍性。也就是说，就像日语诗歌有日语的特点、英语诗歌则有英语的特点一样，任何一种语言写成的诗歌都有那种语言的特点，但不能否认的是，在这个世界上的不同语言之间，存在着一种可以被通称为"诗"的某种共同的基础。

诗之所以成为诗，诗与诗之间存在的共同的基础，究竟是什么呢？少了什么，诗就不成其为诗了呢？对于诗来说，不可或缺的东西是形式，是音律，还是内容呢？这些问题，真是越想越让人不明白。但无论怎样，在现实的世界中，存在着各种各样的诗歌，各有其美好有趣之处。这些诗歌，有时候哪怕听的人不通外语，只要听一听朗读时的发音也会被触动，有的则是在看了译文、明白了其中的意思后才能听懂。当然也有一部分，是翻译过

第四章 读诗、听诗 245

来后也仍然让人听不懂的。坐而论道，不如起而行之，今天难得大家来到东京大学，很希望能借这个机会带诸位感受一下这里的氛围，所以我请来了正在东京大学文学部研究生院攻读硕士课程的两位同学，接下来将由他们为大家做一次诗朗诵，带我们一起感受一下诗的美好。

斋藤同学，请开始吧。

斋藤： 请大家参考手中的资料，德语原文和日语译文都在上面了。我要朗读的，是20世纪德国文学的代表性人物保罗·策兰（Paul Celan）的诗，《我听到了》。他是一个德裔犹太人，也是一位语言天才，通晓多国语言。晚年他住在巴黎，但他终其一生都是用德语进行创作的。

わたしは聞いた

パウル・ツェラン

斎藤由美子　訳

わたしは聞いた、水の中には
石と環があると、
そして水の上にはひとつの言葉があって、
それが石のまわに環を描くと

　　わたしはわたしのポプラが水の方へおりて行くのを見た、
　　わたしはその手がずっと深いところをつかもうとする

のを見た、
　わたしはその根が天に向かって夜を請うのを見た。

　わたしはそのあとを急いで追わなかった、
　わたしはただ床から、おまえの目の形と気高さをそなえた
　あのパンのかけらを拾った、
　わたしはおまえの首から常套句の鎖を外して
　パンのかけらが今置かれているテーブルを縁取った。

　そしてわたしのポプラをもう見ることはなかった。

ICH HÖRTE SAGEN

Paul Celan

Ich hörte sagen, es sei
im Wasser ein Stein und ein Kreis
und über dem Wasser ein Wort,
das den Kreis um den Stein legt.

Ich sah meine Pappel hinabgehn zum Wasser,
ich sah, wie ihr Arm hinuntergriff in die Tiefe,
ich sah ihre Wurzeln gen Himmel um Nacht flehn.

Ich eilt ihr nicht nach,

ich las nur vom Boden auf jene Krume,

die deines Auges Gestalt hat und Adel,

ich nahm dir die Kette der Sprüche vom Hals

und säumte mit ihr den Tisch, wo die Krume nun lag.

Und sah meine Pappel nicht mehr.

(Paul Celan, Gesammelte Werke, Suhrkamp Verlag, Frankfurt am Main 1983, S. 85)

我听到了①

保罗·策兰 著

我听到了 水中有

石头和波纹

而且，水面之上有一个词语

石头周围的波纹 就是它画出来的

我看见我的白杨树 朝着水的方向去了

我看见它的手 想要抓住更深的东西

我看见它的根 向着天空请求夜的来临

我并没有急急地追过去

我只是从地板上捡起了 有着你眼睛的形状和高贵品

---

① 此处根据斋藤由美子的日文版译文转译。

格的

　　那片面包　的碎片
　　我从你的脖子上松开了那些老套的话语做成的锁链
　　把放了面包碎片那张桌面围了一圈

　　从此　我就再没有见过自己的那棵白杨树

斋藤：谢谢大家。

沼野：这是一首很复杂的诗，内容非常深奥，可以对它做出多种解释，不过今天我们暂时就只是听一听诗朗诵，感受一下它的韵律，日语的译文就请大家参考手边的资料。

接下来是奈仓有里同学。奈仓毕业于莫斯科的高尔基文学大学，后来进入东京大学研究生院学习，现在在斯拉夫语研究室做俄罗斯文学研究。现在请她来朗读一首俄语诗歌，以及她翻译的这首诗的日语译文。

奈仓：接下来我为大家朗读的，是俄罗斯诗人亚历山大·普希金于1828年创作的诗歌作品《预感》，这首诗充满了一种稳定中又有些许紧张的情绪。从中，我们可以看到诗人对自己的提醒：他在这不祥的预感中，自己会心慌焦虑，但不要忘记年轻时的骄傲。诗中提到的"阴云""港湾"等意象，是对自己人生中一些大事件的比喻，而"天使"，比喻的则是当时普希金所爱恋的一位女性。

予感

アレクサンドル・セルゲーヴィチ・プーシキン
奈倉有里　訳

再び頭上に黒雲が
静寂のなか 立ち込めた
哀しみに憑かれた運命が
私を再び脅かす
定めを軽蔑したままで
そちらへ向かっていけるだろうか。
誇り高き青春の
根気と忍耐を持ったまま

激動の人生に疲れた私は
凪いだ心で嵐を待つ
ともすればまだ救いがあり
波止場を見つけられるかも知れぬ
しかし避けられぬ別れの
恐ろしい時を予感して
これを最後の機会にと
今すぐ君の手を握ろう

穏やかな 和やかな天使よ
静かに別れを告げておくれ

その優しいまなざしの
起伏で悲しみを見せておくれ
君の思い出は
私のなかで
青春の日々の力と誇り
望みと勇気となるのだろう

TRZY SŁOWA NAJDZIWNIEJSZE

Wisława Szymborska

Kiedy wymawiam słowo Przyszłosc,

Pierwsza sylaba odchodzi już do przeszłosci.

Kiedy wymawiam słowo Cisza,

Niszczę ją.

Kiedy wymawiam słowo Nic,

Stwarzam cos, co nie miesci się w żadnym niebycie.

预感

亚历山大·普希金 著

静静地，险恶的阴云
又来到我的头上凝聚；
又一次，嫉妒的命运
要示以灾祸，使我畏惧……

我可还对它一样轻蔑?
是否当命运与我为敌,
我还能以青春的骄傲
对它摆出坚强和耐力?

我被狂暴的生活折磨够,
只淡漠地等待着风险:
也许,这一次我又得救,
又会找到避难的港湾……
然而,预感到我们的分离,
那难免的可怕的一刻,
我的安琪儿,我要快快地
最后一次把你的手紧握。

温柔的、娴静的天使啊,
请悄悄地说一声:"再见。"
忧伤吧:任凭你仰视
或者低垂下多情的眼,
它将留在我的心灵里;
我将以对你的怀念
取代心中的骄傲、希望、魄力,

以及青年时代的勇敢。①

奈仓：谢谢大家。

沼野：刚才请大家欣赏了两首外国诗歌，一首是德语诗，一首是俄语诗。

接下来，我也为大家朗诵一首诗。这首诗题为《三个最奇怪的词》，原文是波兰语，作者为维斯瓦娃·辛波斯卡，她是一位波兰女诗人，曾于1996年获得诺贝尔文学奖，现在她已经年纪很大了②，但仍然坚持诗歌创作。波兰语与俄语相近，同属斯拉夫语系，但从发音上来说，波兰语与俄语差别还是挺大的。大家在听的过程中可能会留意到"sisyu""sityu"这样的音会很频繁地出现，这是波兰语发音的一个明显特点。

とてもふしぎな三つの言葉

ヴィスワヴァ・シンボルスカ

沼野充義　訳

「未来」と言おうとすると
「み」はもう過去のものになっている

「静けさ」と言うと

---

① 此处译文为查良铮译，摘自《普希金全集2·抒情诗》，乌兰汗、丘琴等译，浙江文艺出版社2020年版。——编者注
② 波兰女诗人维斯瓦娃·辛波斯卡于2012年2月1日去世。

静けさをだいなしにしてしまう

「何もない」と言うと
何もない中に収まらない何かが生まれる

Предчувствие

А. С. Пушкин

Снова тучи надо мною

Собралися в тишине;

Рок завистлвый бедою

Угрожает снова мне...

Сохраню ль к судьбе презренье?

Понесу ль навстречу ей

Непреклонность и терпенье

Гордой юности моей?

Бурной жизнвю утомленный,

Равнодушно бури жду:

Может быть, еще спасенный,

Снова пристань я найду...

Но, предчувствуя разлуку,

Неизбежный, грозный час,

Сжать твою, мой ангел, руку

Я спешу в последний раз.

Ангел кроткий, безмятежный,

Тихо молви мне: прости,

Опечалься: взор свой нежный

Подыми иль опусти;

И твое воспоминанье

Заменит душе моей

Силу, гордость, упованье

И отвагу юных дней.

三个最奇怪的词①

维斯瓦娃·辛波斯卡　著

当我说"未来"这个词,

第一音方出即成过去。

当我说"寂静"这个词,

我打破了它。

当我说"无"这个词,

我在天中有生。

---

① 中文译文引自胡桑译《我曾这样寂寞生活:辛波斯卡诗选2》,湖南文艺出版社2014年版。——编者注

美国的两万名诗人

沼野：在今天对谈的预告当中，除了诗以外，还出现了村上春树、保罗·奥斯特（Paul Auster）等人的名字，所以接下来我们会把话题拓宽一下，来谈一谈包括美国现代小说在内的一些主题。首先还是继续聊一聊诗歌。

近来饭野先生在光文社出版了惠特曼诗歌的新译本，其实在这之前也有其他人翻译惠特曼的诗。但我读了饭野先生的译本后，有一种感觉是，与之前的译本相比，这个版本明显有很大的不同。特别是把年轻时候的惠特曼的自称用"おれ"这一日语词来翻译，真是很大胆呢。当然，"おれ"这个词，在日语中只要是男性谁都可以用，但诗歌里用"おれ"，就会面临这样一种很大的风险，就是说，诗的格调降下来了，诗也就不再可称其为诗了。这一点就不用说了，大家都知道，用第一人称写的日语文章，里面使用了什么样的词做主语，会极大地影响文章的整体风格。比如村上春树的小说，如果主人公的自称不是"ぼく"，而是"おれ"，感觉会完全不一样吧。那么请问饭野先生，您的这个想法是从哪里来的呢？

饭野：如您刚才所说，在我之前，已经有很多人翻译过惠特曼的诗了，这次的版本收入在"古典新译文库丛书"，我总觉得，既然叫"新译"，就总得做点新颖的事才行，于是就把自己的这个想法跟编辑部的人商量了一下。

当时还想到的一点是，惠特曼的诗节奏感很强，要把他的诗用日语这样一种如水流一样的语言转换过来，就需要好好费一番心思才行。

所以,一开始我就想,诗中这位精神振奋、劲头十足,甚至可以说劲头十足得过头了的叙述者,如果让他用"おれ"来称呼自己的话,是不是多少就能弥补在翻译成日语时很容易就消失不见的、惠特曼诗歌特有的那种基调呢?

再有就是,惠特曼的诗歌中多有重复。同一样事情重复好几次,乍看上去像是诗人的懒惰,说得极端一点就是太不用心了,但我想,也许这一点正是美国诗歌的特点所在。也就是说,惠特曼的诗歌没有使用多么高的技巧,他写得很粗糙,没有那种细致入微的韵味。但是,就像"拙巧"这个词一样,越是不讲究技巧,越是粗糙,反而可能越是有味道。从这个思路出发,我决定用"おれ"来翻译试试看。

沼野: 从惠特曼到阿什贝利这样难懂的现代诗人,饭野先生一直都在从事美国诗歌研究,那么据您了解,美国有两万名诗人吗?

饭野: 是的。

沼野: 是有这样的统计吗?

饭野: 我偶然读到的一篇文章是这样说的,是不是正式的统计数字,我就不知道了。之所以会有这么多人,其中一个原因是,几乎所有的美国大学都设有"文学创作讲座"课程来培养小说家和诗人。大学的课程是有这样一种设计的。所以他们会觉得,人人都可以成为诗人。当然，这实在是非常有美国特色，把事情想得太简单了，或者说，太实用主义了。刚才我也说了，可能这也是美国那种民主主义传统的一种表现吧。

沼野：两万人是否算多，每个国家的情况不同，很难一概而论。比如在日本曾有公开的说法是日本的俳句诗人有一千万人。这是一个夸大的人数，但即便去掉夸大的因素，大概也会有一百万人吧。创作短歌的人数——就是说一些人不仅是吟诵短歌，也会亲身创作短歌——可能会比俳句诗人的人数少一个位数，但那也是个不小的人数。

诗歌的类型不同，国家也不同，很难简单地加以比较。但在我的印象中——也可能是我的偏见吧——美国这个国家的主流文化，是在产业和商业的支持下发展起来的，以好莱坞电影和流行音乐为代表的大众文化，其影响力远超文学。也就是说，在美国社会中，尊敬赚大钱的人的人数，要远超那些尊敬写得一手好诗的人的人数。所以，在这样一个国度，竟然有两万人在写诗，在做这样一件不赚钱的事，应该说，其实这已经是一个非常庞大的人数了。我从中看到了美国的两个侧面，一个是发展出了好莱坞电影和大众文化产业的美国，一个是在这种环境中鼓励诗歌创作的美国，我觉得美国的这两个侧面本是不相容的。对此，您怎么看？

饭野：最近，我觉得大众文化与精英文化之间的界限渐渐模糊起来了。日本也是如此。美国人以前就不太重视这两者之间的区别。甚至有人说，除了大众文化，美国也没有发展出其他的什么文化。

还有，刚才我提到美国的大学中的"文学创作讲座"课程。由于美国的大学数量太多了，每个大学都设有这一课程，就意味着教授这门课程的人，即在大学里工作的诗人和小说家的数量也非常多。所以，当说到"诗人"这个词时，会让很多人产生诗人会闭门不出、颓废堕落的印象，但在美国，有很多诗人穿着笔挺的西装在大学的讲台上教授诗歌创作。不仅如此，美国在制度层面上也有很多措施，对诗人群体实施经济上的援助。

沼野：大学里设有"文学创作讲座"课程，由从事诗歌创作的人进行授课。从这一点来说，不光诗歌如此，小说也是一样的。也就是说，美国人觉得写诗或者从事纯文学创作是不赚钱的，需要在经济上对在这个领域的人进行援助，可以这样理解吗？

饭野：可以这么说吧。美国有很多的文学奖项，也有很多刊载诗作的杂志。美国有五十个州，每个州的州立大学都有自己的杂志，此外还有很多私立大学也有自己的杂志，加在一起的话，杂志的数量实在是太多了。

沼野：您说的杂志，是叫作《小杂志》① (*Little Magazine*) 的专

---

① 《小杂志》，19世纪80年代至20世纪在英国和美国出现的一种专门介绍文学作品的杂志的泛称。其中在美国专门介绍诗歌的一种杂志为《诗歌：诗刊》，于1912年创刊。——编者注

业杂志吧。不是那种只要有书店就能买到的杂志。

饭野：是的。除了上面说的，再有一点就是，美国的文化中心不止一处。拿日本来说，比如在东京有一个名为《现代诗手帖》（思潮社出版）的杂志，其实是全日本最有权威性的诗歌杂志，但美国则并非如此，它有好几个中心，纽约、芝加哥、洛杉矶等等，每个地区的文化、文学状况都不一样。美国一直以来就比较能孕育多样性的文化。

沼野：是的。不过，就我熟知的国家和地区来看，比如俄罗斯和东欧，现在诗歌的社会地位也要比美国高一些。在俄罗斯，要说起写过几首诗的人，那人数就远远不止两万了，大概有几百万吧。不过，他们会不会因为写过几首诗就称自己为诗人，那就另当别论了。俄罗斯的大学基本没有创办自己的文艺杂志，也没有创作类课程。可能唯一的例外就是莫斯科的高尔基文学大学，在苏联时期，那里出了很多作家和诗人。从那里毕业的日本人，现在在场的人中可能只有奈仓同学一个人吧。

在俄罗斯，虽然大学里没有创办自己的杂志，但全国各地到处都有很多可供发表诗歌的媒体，最近自费出版的情况也相当多。当然，虽说如此，最具有权威性的还是由中央媒体、莫斯科或圣彼得堡的出版社发行的文艺杂志。俄罗斯虽然是一个超大的国家，但它不像美国那样是联邦制的，在文化方面，还是中央级杂志的权威性最高。从这一点来说，比起美国，俄罗斯倒是跟日本更相似。

保罗·奥斯特在成为小说家之前曾是一位诗人

沼野：最后让我们来谈一谈小说的话题。我想先就保罗·奥斯特的事请教一下饭野先生。在日本，保罗·奥斯特是作为一位小说家而为大众所知的，在日本出版的他的小说，大部分都是由任职于东京大学文学部现代文艺论研究室的著名翻译家柴田元幸先生翻译的。

饭野先生之前曾译过保罗·奥斯特的诗集日文版《墙上的文字——保罗·奥斯特全诗集》，该书收录了他所有的诗歌，实际上是奥斯特的诗歌全集了。我觉得这是一本非常棒的译著，全书附有英文原文，日文和英文两相对照阅读，还可以用来学习英语。只是说在大众眼里，奥斯特的小说最有名，所以诗集出版后，也没有引起太多关注，挺令人遗憾的。

今天在座的各位听众当中，恐怕很多人也是读过奥斯特的小说，但并不知道他还写过诗。因此，想请饭野先生来谈一谈，诗人奥斯特的魅力何在，他的诗与小说又有怎样的关系呢？

饭野：我想这是一个非常有趣的视角。其实在20世纪70年代，奥斯特写过很多诗歌。现在，奥斯特是一位名声远扬的小说作家，在日本也有很多他的读者。但当时他的小说创作并不顺利，所以他就靠做翻译、写书评和随笔之类的文章维持生计，就在这个时期，他写了一些诗歌。对当时的奥斯特来说，写诗是为了写小说而做的写作练习，就像起跳之前的助跑一样。这样的生活持续了一段时间，也让他积累了经验。从某个时期开始，他成功地写出了好的小说，之后就再也没有写过诗了。

但是，他的诗歌里的那些重要主题，比如偶然性、创意、对于语言本身的思考等等，还有其他的一些主题，后来也都出现在了他的小说里。刚才您提到了我翻译的那本奥斯特的诗歌全集，当时负责该书的出版社编辑——他也是奥斯特的一位忠实读者，毕业论文的题目写的就是关于奥斯特的内容——曾说了一个很有趣的比喻，他说，奥斯特在20世纪70年代写的那些诗，就像是乳酸菌饮料可尔必思①的原浆。就是说，直接喝的话，是喝不下去的，因为味道太过浓郁了。奥斯特的诗是非常难懂的，像一个人在自言自语。所以翻译的时候，我也是绞尽脑汁，做得很吃力。

此外，不仅奥斯特如此，有很多作家都是诗人出身，后来才成为小说作家的。比如日本早些时期的作家岛崎藤村，此外还有安部公房，可能没有多少人知道其实他也是写过诗的。战后作家有富冈多惠子，还真不少呢。而且，从写诗转为写小说的作家虽然挺多的，但真没怎么听说过有哪位作家从写小说转为写诗歌的。所以说，奥斯特的创作经历，其实也是踏踏实实地走了一条文艺创作的正统道路。只是，奥斯特有时也会带着几分怀旧之情说还是很喜欢自己在20世纪70年代写的那些诗。

沼野："可尔必思的原浆"这个比喻，甚得我意啊。借用这个比喻来说，那奥斯特的小说，就是把可尔必思的原浆稀释之后的饮料，是吧？

---

① 可尔必思，日本的一种乳酸菌饮料的品牌。该品牌创立于1908年。

饭野：可以这么说吧。奥斯特的小说里经常会出现一些不可思议的情节，比如好几个偶然的事件连续出现，比如人物突然消失等等。但他的小说的文风很轻快，读起来很容易让人着迷，可能这一点跟可尔必思的味道有点相像呢。虽然不能用"酸酸甜甜"这一类的词来形容奥斯特的小说，但行文风格可能是会给人带来这种感觉的。就是说，哪怕故事情节本身是复杂的，他也会在其中点缀一些令人轻松的片段，带给读者阅读的乐趣。从这一点来说，他的小说可能比较接近于沼野先生刚才说的"大众文化"。奥斯特小说的日文版译者柴田元幸先生的译文风格也是轻快活泼的，很好地传达出了原作的神韵。

村上春树与美国文学

沼野：今天我们既然提到了奥斯特、柴田元幸这两个人，那村上春树是无论如何也绕不过去了。最近村上先生的人气实在是不得了，各种讲演或者研讨会，只要题目上有"村上春树"几个字，大家就会趋之若鹜。今天在座的各位，应该也有人是期待听到一些关于村上春树的讨论才来的，那么我们接下来就把话题稍微拓展一下。

村上春树对美国文学涉猎甚深，也出版了很多译著。一位名声远扬的大作家，居然还把如此大量的时间和精力用在翻译上，估计全世界范围内也找不出第二个人了。一般来说，有名气的作家会把时间用到自己的创作上，而不是去做翻译，但村上就不一样，直到最近，他还翻译了不少小说，如美国推理小说作家雷蒙德·钱德勒的作品《漫长的告别》《再见、吾爱》的日文版、美国作家杰罗姆·大卫·塞林格的作品《麦田里的守望者》的日文版等，这些作品都是美国文学中的现代经典之作。

所以，村上春树与美国文学的缘分还是很深的。此外，他还喜欢爵士乐。对于这一方面，饭野先生，您怎么看？

饭野： 提到村上春树，可能在座的很多朋友都喜欢读他的小说，但其实我本人并不是一个很喜欢村上春树的读者，我只读过他的一两部小说吧。但我读过他的随笔，里面有很多处都提到了美国小说。

其中有一个地方，我觉得很有意思，就是他曾提到雷蒙德·钱德勒的侦探推理小说对自己影响颇深。雷蒙德·钱德勒的这类小说，虽被称为是侦探推理小说，但它探讨的其实是人的生存方式，已经超出了大众娱乐的范畴，接近于纯文学作品了。

侦探推理小说也有很多种，其中钱德勒的作品被称为"硬汉小说"。以前的侦探小说中主人公大多像夏洛克·福尔摩斯那样，坐在安乐椅上，发号施令让别人去搜集线索，自己则高高在上地说着"犯人就是他"的台词。到了20世纪之后，这一套再也行不通了，因为太不符合现实了。后来，就出现了那种亲力亲为、为搜查犯人四处奔忙的侦探形象。钱德勒的作品突出的是主人公侦探菲利普·马洛的性格和生活方式，案件则为性格描写服务，这一点很有趣。菲利普·马洛有一句很有名的话：大致的意思是如果我不强硬，我就没法活，如果我不文雅，我也不配活。但在说这句话的时候，他是尽其所能地压抑着自己的情感，不露声色地说出来的。

就我自己对村上春树的些许阅读体验来说，我想到的是，村上春树的小说中经常有主人公说"やれやれ"① 这一语句的场景。我猜想，这是从钱德勒小说中借鉴来的。我不是这方面的专家，话不能说得太绝对，但我觉得里面确实是有一种"硬汉小说"的感觉，或者说，村上春树给他的小说人物塑造了这样一种面对世界的方式——人世间到处都是各种不公平的事，没道理可讲，面对这样的现象，本来可以生气发怒的，但小说人物却将这一切都接受下来，压抑在心里，嘴上说着这一句"やれやれ"。

沼野：刚才您说的这个"やれやれ"，其实是村上小说中非常典型的话语。但是，英语中有哪个词与日语的"やれやれ"相对应吗？这个词的语气有点像是人在发牢骚，相比较来说，它跟美国式的那种带有攻击性的表达还不太一样。顺便说一下，"やれやれ"在翻译成俄语时也不好翻译，我见过一种译本中是翻译成了"他妈的，去死吧"的意思，用俄语中的一个惯用句来表达的。从俄罗斯人的感觉来说，这句口语也只能那样翻译了，但其实跟原文的意思还是有挺大差距的。您是觉得村上小说中的"やれやれ"这一语句透露出的感觉，跟钱德勒的写作风格有点像吗？

---

① 日语中的语气词，意为"好吧好吧"。以下同。

饭野：我觉得是的。

沼野：话说到这里，我想到了一件事。塞林格的小说《麦田里的守望者》，多年以前野崎孝先生曾翻译过，那个译本在很长时间里为无数的读者喜爱。应该说，作为名家名译的地位是有的。但后来村上春树出了新译本，题目用的是片假名，就叫作《キャッチャー・イン・ザ・ライ》①。

对比这两个译本，我有个发现。野崎孝译本的行文给人的感觉是，主人公是很有反抗性的，遇到不合理的事情就批判、抗议，认为都是大人的错。与此相对，从村上春树译本中看到的主人公形象，则是那种内向的、遇到问题时习惯于自己承受的，并不会充满侵略性地向外攻击，而是向内反思。一定要说这两个译本有什么不同的话，就是这一点了。

饭野：译者不同，主人公霍尔德的性格也变了，这个发现很有趣啊。《麦田里的守望者》的主人公霍尔德，虽然一直都在不停地发牢骚，但最后会说一句"但还是算了吧"，又把自己的不满情绪压抑下来。村上春树的译文中的霍尔德，虽然不能说是另一个钱德勒，但可能相对来说，还是极大地强调了主人公性格中妥协的那一面吧。

---

① 《麦田里的守望者》的日语片假名，来自对《麦田里的守望者》的英文书名 *Catcher in the Rye* 的音译。

沼野： 这个问题可能有一些敏感啊，但最近我在读一些经典小说的新译本时，也发现了这一点——由于译者的不同，原作中的人物形象在不同的译本中也有了微妙的差异。新的翻译，会带来新的解释、新的人物形象，因此，通过这样一个过程，经典小说得以焕发出新的生命。因此，新译本的出版，使经典小说再次得到人们大量的关注和阅读，人们对经典小说的理解也有了新的可能，这实在是非常好的事情。

我这样说，大家可能会以为我在开玩笑。不过，有时候我真的会想，如果让村上春树来翻译《卡拉马佐夫兄弟》，那会是什么样子的呢。毕竟《卡拉马佐夫兄弟》在日本有十几个译本了，所以不懂俄语也没什么关系，单是细致地比较一下这十几个译本，也能知道故事的大概了。所以，如果村上春树能翻译一下这部作品的话，就太好了。哪怕是从英文版转译过来也没什么关系，而且还有之前的译本可以参考，应该不会太费劲的。村上春树来翻译的话，卡拉马佐夫家的兄弟们一定会说着一口村上小说中主人公常说的经典之言吧，那就太好玩了。

村上春树对《卡拉马佐夫兄弟》有很高的评价，那么冗长又难懂的小说，他说自己反复读了很多遍。所以，出版一本村上春树翻译的《卡拉马佐夫兄弟》有什么不好呢？一般来说，我是坚决反对转译的。直接翻译，哪怕水平差一点，也要胜过高水平的转译。我这个人是很固执的，多年来一直坚持这一看法。因为，如果连这一点基本的讲究也没有了，作为一个外国文学研究者，我的立场何在呢？但村上春树是个例外，如果他说想把陀思妥耶夫斯基的作品从英语转译为日语，我是同意的。需要的话，我可以给他当助手，帮他做一些与原文对照的工作。所以我说想看到村上春树翻译的《卡拉马佐夫兄弟》，可不只是个笑话，我是认真的。

饭野：读村上先生的诸多译著，我有一种感觉是，这些作品都以某种形式滋养了他自己的小说创作。如果有一天，"村上春树—陀思妥耶夫斯基"这一组合真的实现了，那一定马上就会有很多人写文章来探讨陀思妥耶夫斯基作品对村上春树小说创作的影响吧。

诗歌最重要的是音乐性

沼野：今天的对谈也接近尾声了，接下来我们进入最后一个环节——"最想推荐的三本书"。希望今天的推荐可以成为一个契机，大家由此可以接触到更多的世界文学。今天，我和饭野先生都提前准备了三本书要介绍给各位。

首先，请饭野先生介绍下他推荐的三本书。

饭野：我推荐的第一本书是《西胁顺三郎诗集》。首先要说的是，西胁顺三郎先生是一位现代诗人，也非常有个性，我从高中时候起就很喜欢他的诗，反复读了很多遍。从事诗歌创作之前，他非常喜欢学外语，大学的时候曾被称为"英语通"。西胁先生大学读的是庆应义塾大学经济学系的经济学专业，而他的毕业论文竟然是用拉丁语写的。因此，当开始了诗歌创作后，他的日语诗怎么也写不好。于是就有时用法语写，有时用英语写，尝试了各种办法。有一天,他读到了萩原朔太郎①的诗,突然就有了感觉,认为这种诗他也能写。萩原朔太郎是日本最初在诗歌创作中引入了口语的诗人。这种诗歌也就是所谓的口语自由体诗歌,这样的诗体现的是口语的直接、自然的风格。但西胁的诗却与此不同,用词很别扭,读起来会让人心生疑问,怀疑这诗是翻译过来的。通过这样的诗歌,我们看到了日本文化与西方文化两者之间的冲突。正是在这个意义上,我觉得这是一部很棒的现代文学作品。

第二本要推荐给大家的书,是《偶然的音乐》。这是刚才我们提到过的作家保罗·奥斯特的作品,原作明快流畅的基调,在柴田先生的翻译下得到了很好的体现。除了奥斯特之外,柴田先生也翻译过其他很多人的作品,也各有其精彩之处。柴田先生的译著让我感触很深的一点是,整部译著从头到尾都保持了很高的翻译水准。我觉得,做到这一点是非常不容易的。就是说,一本书如果只是某个部分翻译得很用心,那么这个部分跟其他部分之间就有了差距,不好平衡。我觉得,柴田先生给自己的要求,大约是整本书的翻译从头到尾都用自己百分之九十的心力,从而使得译文细致而精准,而这个水准一直要保持到作品的最后。

这一点,如果来打比方的话,就是一位顶级选手,虽然他的实力足以扔出最快速度达每小时 150 千米的快球,但他选择了把自己的速度克制在每小时 140 千米,这样在投入"好球区"时

---

① 萩原朔太郎(1886—1942),日本早期象征主义诗人。代表诗集有《青猫》《冰岛》。

也可以做到足够的用心,以便在不降低球速的情况下完成九次投球。我觉得,柴田先生的翻译是有类似的这种周到的考虑,或者说有他自己的"战略"贯穿在里面的。这一本书,我也真诚地推荐给大家。

最后一本是《美国名诗选》。我觉得,对于要了解美国诗歌的人来说,这本书最为方便好用。在形式上,该书采用了对译的方式,而且每页下方都有注释,实在是非常贴心。

我觉得,诗这种东西,总归是没有多少人读的。有多少人每天读诗呢,这是很值得怀疑的。拥挤的电车里,也从来没见过有人读诗。但是,哪怕是为数不多的那么几句诗,如果在偶然间被你读到时,它深深地触动到了你的灵魂,并留在你心底,那就足够了。

那么,面对一首诗,如何去判断它的好坏呢?英语文化圈有个词叫作"memorable"(难忘的),就是说,读了一首诗之后,它是否留在你的记忆里,留在你的心里,这是最重要的。这并不是要你一再去读它直到可以背诵,而是说在某个时刻,那句诗突然浮现在了你的心头——这样的体验才是最重要的。

总之,这本书非常适合读者,对于想读诗却不知道从何处开始的读者来说,是再合适不过的了。不要去想什么"应该系统地读完",拿起书来,翻到哪一页就从哪一页开始读,我觉得这样也挺好的。

沼野:对于今天在座的各位年轻读者来说,能见到饭野先生也是很难得的事,所以我想趁此机会为他们问一个问题。在座的年轻人应该有很多是对英语感兴趣的。当然，虽说都想学好英语，但可能大家各自的目的不尽相同，比如，要达到一个可以阅读文学作品并能从事文学作品翻译的水平，或者说要达到一个能阅读和鉴赏诗歌原文并从中领略到诗歌之美的程度的话，应该怎么做呢？对此，您有什么建议吗？

饭野：这个问题还真不好回答。虽然我平时是在教授美国诗歌的课，但说实在的，要说真的完全读懂了哪首诗，这样的体验我自己也不曾有过。归根结底，外语这一道障碍，无论何时都是会出现在那里的。所以在面对一首诗时，我经常也只是凭借自己的直觉，就像在说"啊，我明白了，这首诗想说的是这个意思啊"；有时会有一点确信，但也仅止于"可能，这一行字可以这样解释吧"这种程度吧。

但是，我们还是可以做一些事情的，比如，在我们面前的这道"障碍之壁"上挖出一个洞。要做到这一点，我觉得，大量地阅读是最重要的，不光是读诗，还要读杂志。持续地阅读，当你读到一千页、一万页书和杂志的时候，就会有一种变化出现，就是那些你曾经绞尽脑汁也不明白的地方，突然自然而然就明白了。这就叫作突破，不折不扣地在语言的"障碍之壁"上打出了一个洞。希望大家多阅读英语原版书，最后达成这样的目标。

再就是，学习诗歌的话，声音的方面也要多留意。用眼睛默读时不明白的地方，有时候用耳朵听或者用嘴发出声音朗读一下反而就懂了。因为我觉得，对于诗歌来说，音乐性是非常重要的。

从这个意义上来说，听英文歌的时候，朗读一下英文歌词，可能也会对英语学习有帮助。你会感受到很多字面意思之外的东西。我这样说，可能也是在为自己喜欢听音乐找理由吧，但通过在这个过程中"积累"的那些感觉，可能也帮我提高了英语水平，加深了我对诗的理解。

沼野： 听您谈到了音乐的话题，我非常高兴。饭野先生在音乐方面也有极深的造诣，对爵士乐也很精通，从这一点来看，诗歌与音乐的关系，也是非常密切的吧。刚才我们谈到了奥斯特，其实他的小说也是有某种音乐性的。此外，"村上春树与语言的音乐"，这样题目的研究也是可以做一做的。实际上，哈佛大学教授、翻译了大量村上春树作品的日本文学研究者杰伊·鲁宾——一般来说，在美国的学术界，大学教授一般是不做现代小说的翻译这种事情的——甚至写了一本书，就叫作 *Haruki Murakami and the Music of Words*（《倾听村上春树》）。只是，最后我要补充一点，诗歌的音乐性，与音乐的音乐性并不一定是一个东西。常常看到有人给诗歌配曲使之成为一首歌曲的情况，但是有音乐节奏感的诗歌，并不一定能成为一首好听的歌曲。构成诗的音乐性的，是那些关于音节与节奏的大量且极其复杂的语言规律，专门对此进行研究的学问，则被称为"诗学"。

读诗的喜悦

沼野： 下面简要地给大家介绍一下我所推荐的三本书。首先是惠特曼的诗集，请大家一定要读一读饭野先生的新译本。《草叶集》其实是一本厚重的书,岩波文库出版了三卷本的全集,但从头到尾全部读完的人应该不多吧。而饭野先生的译本是选集,有趣的是,其中所选的诗歌都非常鲜明地反映出了诗人的个性,而且又附有解说,是一本方便大家通读的惠特曼诗集。

第二本是谷川俊太郎的《二十亿光年的孤独》。与西胁顺三郎正好相反,谷川俊太郎的诗歌风格是语言浅显易懂,内容发人深思。作为现代诗人,他受到了几乎所有日本国民的喜爱,可以说是一位国民诗人。顺便说一下,手冢治虫为原作者的动画片《铁臂阿童木》的主题歌大家应该都知道,第一句是"越过天空,啦啦啦,飞到星球的另一边"。那首歌的词作者正是谷川俊太郎。我觉得这样的歌曲,才适合做东京大学的校歌啊。《二十亿光年的孤独》是他的处女作,在他二十岁出头的年纪出版,但今天读来也不乏新鲜感。集英社文库的版本采用了日英对照的形式,也可以作为英语学习的辅助书。日语的抒情诗翻译成英文是什么样子的,在翻译的过程中又失去了什么,这也是该书很有趣的看点之一。

在今天的对谈要结束之时,我还想给大家朗读一段引用的文字。这是我所敬爱的作家须贺敦子①的文字。令人遗憾的是,须贺女士已经于1998年去世了,她年轻的时候曾长居意大利,精通意大利语,水平之高甚至到了可以把日本文学作品翻译成意大

---

① 须贺敦子(1929—1998),日本随笔作家、意大利文学研究者。早年从事意大利文学作品的翻译与教学工作,五十岁以后开始作为随笔作家受到注目。因该作者的作品未有中译本,下文中该作者的作品名与作品内容的中译为本书译者翻译。

利语版的程度。不仅如此,她原本就学习英语和法语,所以对这两种语言,她也很擅长。读她写的随笔集《远方早晨的那些书》,里面有写到一个细节,说自己小时候读英语诗时,是如何被其中优美的词句所打动的。这里她提到的那首诗,只要学英国文学的人基本会知道它,是威廉姆·巴特勒·叶芝吟唱因尼斯弗里湖中的小岛的诗,极为有名。下面我们就一起来读一下须贺敦子女士的这段话。

《湖岛因尼斯弗里》这首诗,上学的时候曾在课上被老师要求背诵过。
现在我要起身离去,
前去因尼斯弗里,
用树枝和泥土,
在那里筑起小屋:
我要种九垄菜豆,
养一箱蜜蜂在那里,
在蜂吟嗡嗡的林间空地幽居独处。

听着这首诗,我就在想,这世界上真的有这么美好的事情吗?我还懵懵懂懂呢,妹妹已经有了自己喜欢的男孩子,眼睛和皮肤都散发出迷人的光芒。I will arise and go now. "来,现在就站起身,去茵梦湖吧",诗歌开头的这一句,在我听来,就像妹妹即将迈向那未知人生的新画卷的宣言。

妹妹继续读了下去。那发音和声调,在我听来都十分完美。

> 我将享有些宁静，那里宁静缓缓滴零
> 从清晨的薄雾到蟋蟀鸣唱的地方；
> 在那里半夜清辉粼粼，正午紫光耀映，
> 黄昏的天空中布满着红雀的翅膀。①

(摘自《金黄色的水仙在风中轻轻摇摆》，收录于《远方早晨的那些书》)

这段话写得极其生动，我们可以从中看出须贺女士对语言本身和语言的节奏有很敏锐的感觉，这一点非常棒。她并没有讲什么大道理，但却充分表达出了诗歌给自己带来的喜悦。我自己也是一名大学教师，很难置身事外啊，所以包括对自己的批评在内，今天我想说的是，日本的大学老师智商很高，读起艰涩的学术书来完全没问题，但很多人却"耳朵"不好使。我的意思是，有些人很难从声音的层面感受到诗歌的优美。

但正如饭野先生所说，诗这种东西，其实是一种音乐，语言的音乐。正是音韵之美，成就了诗歌。

小说也是有音乐感的，但诗歌的音乐更为凝练、简洁。诗歌的音乐，有时候可能像饮料的原浆一样味道浓厚，难以轻松下

---

① 此处所引叶芝《湖岛因尼斯弗里》的中译版，取自傅浩译《叶芝诗集》，河北教育出版社2003年版。——编者注

咽，所以需要一点点稀释后饮用。此外，顺便说一下，须贺敦子女士的著作现在市面上有河出文库出版的《须贺敦子全集》可入手，她的主要作品都在其中。如果在座的朋友对刚才我朗读的那段话感兴趣，推荐您去读一下须贺女士的作品全集。

那么，接下来进入我们的答疑时间。

答疑时间

提问者 A：谢谢两位老师精彩的对谈。我想请教一下，译著会过时吗？我想，很多经典作品都有其超越时代的价值。但是刚才听两位谈到说，经典作品永远流传，但其译文就存在一个过时的问题。所以，我想问的是为什么翻译作品会过时呢？

饭野：关于这个问题，我想说对于那些经典作品，译者不断推出新译本是非常值得做的一件事情。最近（2009 年），由光文社出版了译著《了不起的盖茨比》的小川高义先生在某次讲演时曾这样说过，对于那些被称作经典的作品，有多少翻译版本都不为过。刚才沼野先生也说过，塞林格的小说就有多个版本，那么对这多个版本进行比较也会有很多发现，而村上的译本虽然很有趣，但野崎的译本也仍然有很多人喜欢。

只要是好的译本，哪怕年代久远也会继续流传。再说了，只要是新的译本就是好的吗？那也不一定。假如 20 世纪 20 年代出版的英语小说的主人公，说的却是一口 21 世纪的日语，这也挺奇怪的。

只是说，我们在读一些比较早期的译本时，有时会遇到一些比较古老的单词、说法，然后这些可能并不符合原文的意思。特别是，有的物品在旧译本出现的那个年代还没有在日本流通，而后来大量出现的该物品所使用的名称并不是旧译本中的那个名称。这种情况下，就最好还是把名称修改过来。我觉得，在最近的二十年间，日语中很多物品的名称都直接用片假名来表示了，这是一个非常急速的变化。

我就说这些。谢谢您的提问。

沼野：还有哪位要提问吗？

那么，接下来我对这个问题做一点补充。物品的名称总是随着时代的变化而变化的，在某个时期很常见的物品名称，后来就完全不用了，这种情况也很常见，或者反过来的事也是常有的。比如说"クレープ"①，这个词现在在日本尽人皆知了，但我们上大学的时候，日本还没有这种食物，更谈不上这么时髦的名称了。但是，龟山郁夫先生新译的《卡拉马佐夫兄弟》中，就用了"クレープ"来翻译俄语词"блинчик"②。"блинчик"是一种扁扁的薄薄的煎饼，有点像日本的"ホットケーキ"③，但因为是俄罗斯特有的传统食物，日语中没有对应的词语。所以，以前的译者都在这里费了很大的劲，有的译为"パンケーキ"，有

---

① "クレープ"，英语为 crepes，意为"可丽饼"，一种由面粉制成的薄饼，源自法国。
② "блинчик"，英语为 blini，一种俄罗斯传统薄煎饼。
③ "ホットケーキ"，英语为 hotcake，后文的"パンケーキ"，英语为 pancake，两者均为烤薄饼的不同叫法。

的译为"ホットケーキ"。但是,"бпинчик"跟美国的"pancake"还是有略微不同的。对此,俄罗斯作家纳博科夫也曾得意地强调过。而后来竟然出现了"クレープ"这样的翻译,这在三十年前的日本完全是不可想象的。

还有一个有趣的例子。美国作家杜鲁门·卡波特的《蒂凡尼的早餐》。这部小说也有村上春树的新译本出版。"蒂凡尼"是一家卖什么商品的店,现在大家都知道了。是的,它是一家高级珠宝首饰店。但是最先翻译这本书的龙口直太郎先生,在该小说出版时正好身在美国,但他不知道"蒂凡尼"是卖什么的。于是,他自己去了第五大道的那一家"蒂凡尼",才知道它是一家卖珠宝首饰的店。但是,为了确认一下,他问店员:"在这家店可以吃早餐吗?"龙口直太郎翻译的这本书,由新潮社出版时是在1960年。也就是说,原作出版后才两年,就有了日文版本,所以这是一个很快就翻译出版的、具有先驱性的译本。但在当时的日本,大家对美国都不太了解,译者也是一样,有一些信息要自己亲身到现场看一下才能确定。虽然,现在说起这件事来像个笑话,但如果不了解真实的情况,就不会了解"在珠宝首饰店吃早餐"这一意象其实是一个文学隐喻。但是,虽然龙口译本带有如刚才所说的那些强烈的时代印记,但在新潮社仍然一次次再版,多达七十四次,为广大读者所喜爱。

因此,绝不可以自以为是地说"从前的人真是没见过世面啊"这样的话。比如,在日本还没有汉堡这种食物的时代,让你翻译"hamberger"这个词,也是一样无从翻译的。现在网络上可以图片检索,自己没见到过的东西,一检索就能马上知道它是什么样子，但在没有网络的时代，要看一眼实物，就得亲自去到有这个东西的国家看一看才行。

好的，还有其他问题吗？看来没有了。那么，我们今天的对谈就到此结束。

感谢饭野先生这么长时间的分享。

（本次访谈于 2009 年 11 月 28 日，在东京大学文学部第二大教室举行）

●饭野友幸为中学生推荐的三本书：
①《西胁顺三郎诗集》（岩波文库、新潮文库）
②保罗·奥斯特《偶然的音乐》（TObooks）
③《美国名诗选》（龟井俊介、川本皓嗣编，岩波文库）

●沼野充义为中学生推荐的三本书：
①沃尔特·惠特曼《我听见美国在歌唱——草叶集（节选）》（饭野友幸译，光文社古典新译文库）
②谷川俊太郎《二十亿光年的孤独》（日英双语对译版）[川村和夫、W. I. 艾略特（William. I. Elliott）译，集英社文库]
③维斯瓦娃·辛波斯卡《结束与开始》（沼野充义译，未知谷出版社）

●延伸阅读：

○饭野友幸

《美国的现代诗——后卫诗学的谱系》（彩流社）

《约翰·阿什贝利——"通往可能性的赞歌"》研究社

○赤濑川原平

《新解先生之谜》（文春文库）

○保罗·奥斯特

《墙上的文字——保罗·奥斯特全诗集》（饭野友幸译，新潮文库）

○杜鲁门·卡波特

《蒂凡尼的早餐》（村上春树译，新潮文库）

○杰罗姆·大卫·塞林格

《麦田里的守望者》（村上春树译，白水社。野崎孝译，白水 u books）

○须贺敦子

《远方早晨的那些书》（筑摩文库）

《须贺敦子全集》（河出文库，全八卷）

○保罗·策兰
《保罗·策兰诗歌全集》

○费奥多尔·米哈伊洛维奇·陀思妥耶夫斯基
《卡拉马佐夫兄弟》（龟山郁夫译，光文社古典新译文库，全五卷。原卓也译，新潮文库，上中下卷。米川正夫译，岩波文库，全四卷）

○弗拉基米尔·纳博科夫
《天赋》（收入《池泽夏树　个人编辑　世界文学全集》，河出书房新社）

○弗朗西斯·斯科特·基·菲茨杰拉德
《了不起的盖茨比》（小川高义译，光文社古典新译文库。村上春树译，中央公论新社）

○沃尔特·惠特曼
《草叶集》（酒本雅之译，岩波文库，上中下卷）

○赫尔曼·麦尔维尔
《白鲸》（八木敏雄译，岩波文库，上中下卷。千石英世译，讲谈社文艺文库，上下卷）

○杰伊·鲁宾

《村上春树与语言的音乐》（畔柳和代译，新潮社）

《新明解国语辞典》（山田忠雄等编著，三省堂）

《古今和歌集》（佐伯梅友校注，岩波文库）

第五章
在现代日本重新发现陀思妥耶夫斯基

——龟山郁夫与沼野充义的对谈

给上帝已死时代的
文学家们的
寄语

龟山郁夫

1949年生于栃木县。东京外国语大学校长。研究方向为俄罗斯文化、俄罗斯文学。先后毕业于东京外国语大学俄语专业、东京外国语大学研究生院外语学研究科硕士课程,东京大学研究生院人文科学研究科博士课程学分修满退学。已出版的专著有《重新发现赫列勃尼科夫》《十字架上的俄罗斯——斯大林与艺术家们》《狂热与幸福》《陀思妥耶夫斯基——弑父的文学》《〈恶灵〉:想成为上帝的男人》《陀思妥耶夫斯基——共苦的力量》《解谜〈群魔〉》等。译著有《卡拉马佐夫兄弟》《罪与罚》(以上两册原作者均为陀思妥耶夫斯基,光文社古典新译文库版)。

陀思妥耶夫斯基与托尔斯泰

沼野： 欢迎在场的各位听众朋友，感谢大家在这么难得的休假期还特意来参加今天的活动。接下来，我将与嘉宾龟山郁夫先生谈一谈陀思妥耶夫斯基。今天的安排是这样的，首先由我来说一下今天对谈的背景，之后由龟山先生做主旨演讲，再之后就是我们的对谈。

虽说对谈的题目中有"现代日本"几个字，但其实这有画蛇添足之嫌，不仅仅是陀思妥耶夫斯基，无论我们怎么谈论外国文学，归根结底都还是出于一个生活在现代日本的日本人的立场，这一点自无须说。今天的这场对谈也是如此，不管我们是否意识到了这一点，既然我们在此谈论有关陀思妥耶夫斯基的文学作品，那么就不得不在现代日本的环境中去理解这位作家。离开了这一具体环境去谈论抽象的"文学研究"的做法，我觉得都不太靠谱。

大致来说，陀思妥耶夫斯基是一位在一百五十多年前——从19世纪中期到后半期活跃在俄罗斯文坛的作家，但一直到现在，仍然有很多日本读者喜爱他的作品。19世纪的俄罗斯小说自明治时代传入日本以来，一直很受日本读者欢迎，虽然这可能并不仅限于陀思妥耶夫斯基，但陀思妥耶夫斯基的受欢迎程度之高，在一众俄罗斯作家中是格外突出的，可以说，他是一个极为特别的存在。

顺便说一下，其实我与另外一位在文学成就上可与陀思妥耶夫斯基比肩的俄罗斯作家，即托尔斯泰之间也有很特别的机缘。从年龄上来说，托尔斯泰比陀思妥耶夫斯基小七岁，他俩基本上可以说是同时代的人。今天的嘉宾龟山先生比我大五岁，托尔斯泰与陀思妥耶夫斯基的年龄差，大概就是我跟龟山先生之间年龄差的这种样子吧。我就只是顺便提一下年龄，没有什么特殊的含义啊。托尔斯泰与陀思妥耶夫斯基两个人呢，虽然他们彼此都注意到了对方的存在，但其实一直到最后，两人都没有见过一次面。

对比一下这两位作家去世的时间，陀思妥耶夫斯基在1881年去世，时年五十九岁，相对来说算是早逝。而托尔斯泰则于1910年去世，一直活到了八十二岁高龄，很长寿了。两人之间的这一不同之处，在明治时代的日本人的感觉中，应该说还是有相当大的区别的。最早正式把陀思妥耶夫斯基作品介绍到日本的是内田鲁庵，他第一次读到英文版《罪与罚》时，内心受到了极大的震撼，就如"荒野遇落雷"一般。那是明治二十二年（1889），此时，陀思妥耶夫斯基去世已将近十年。而托尔斯泰呢，对明治时代的日本人来说，他是一位仍然健在的同时代作家，德富芦花、小西增太郎等日本作家还去见过他。日本"白桦派"的作家读托尔斯泰的作品，也是从他还活着的时候就开始了。因此，对于明治时代的日本人来说，托尔斯泰是一位与自己生活在同一个时代的、会让人感觉到他真实存在的作家。

2010年正值托尔斯泰逝世一百周年，无论是俄罗斯还是日本，各处都举办了盛大的纪念活动。前几天，我也有机会参加了一场纪念活动并在现场致辞，在致辞中，我表达了对托尔斯泰的怀念，也提到了陀思妥耶夫斯基的名字，并表示这两位作家至今仍然是，今后也一直会是代表19世纪俄罗斯文学的两座高峰。而这两位大家的成就之高，已经远远超越了那种定高下之分的俗不可耐的比较和争论了。

"杀人""恐怖主义""虐童"

沼野：除托尔斯泰和陀思妥耶夫斯基之外，俄罗斯文坛还出现了其他的很多作家。但从现代意义上来说，其中最重要的那一位绝对非陀思妥耶夫斯基莫属。我觉得在现在的日本社会中，随处都可见到一些"陀思妥耶夫斯基式的现象"。对此，我做了一下整理，接下来将从三个方面与大家分享我的观点。

第一点，陀思妥耶夫斯基的作品至今一直畅销不衰，为众多的读者喜欢。龟山先生出版《卡拉马佐夫兄弟》的全新译本，是在2006年到2007年之间的事，正如大家所知，这一版的译本总销量超一百万部，成了畅销书，陀思妥耶夫斯基也成了社会上大众热议的话题人物。作为一部外国文学的翻译作品，出现这种情况是非常少见的。

在这一版新译本的影响下，不仅仅是陀思妥耶夫斯基，一段时间以来多少有些被人们敬而远之的整个俄罗斯文学也再次获得了大众的关注。此后，如雨后春笋一般，其他的俄罗斯文学作品也纷纷出了新译本。可以说，是龟山先生的翻译，创造了一个重新发现以陀思妥耶夫斯基为代表的俄罗斯文学魅力的契机，龟山先生的功劳之大，无以言表。此外，并不是光文社的人叫我帮忙做宣传啊，但我还是要说，积极推动这一系列新译本面世的光文社的"古典新译文库"计划，也无疑对日本读书界和出版界的发展起到了极其重要的作用。

只是，陀思妥耶夫斯基的魅力，并不是因为近期新译本的出现才突然被发现的。在此，我还是想强调一点，在龟山的译本面世之前，日本就已经有了很长的翻译陀思妥耶夫斯基作品的历史，正是此前大量俄罗斯研究者的努力和积累，才造就了今天的盛况。就陀思妥耶夫斯基来说，除了龟山的译本之外，还有其他的多种译本，如我的老师辈的那一代人中的原卓也、江川卓等人的翻译译本，到现在也是有各自忠实的读者群体，为人们所喜爱。因此在日本，陀思妥耶夫斯基的作品原本就有极其广泛的读者群体，他们丰富的阅读体验为今天的人了解陀思妥耶夫斯基打下了坚实的基础，而在这个基础之上，今天又有了新的译本出版。

第二点，现代社会中到处都在发生着一些可称之为"陀思妥耶夫斯基式的现象"。不只是日本如此，或许可以说这是一种全世界范围内都可见的现象。而陀思妥耶夫斯基之所以到今天仍被人们称为"现代作家"，最重要的原因就在于，他最先在自己的作品中提到了现代社会中那种种令人担忧的问题，不，仅是最先提到了这些问题，而且以一种深刻的最本质的方式对这些问题进行了探讨。因此，他的文学作品具有某种超越时代的敏锐性和厚重感，至今仍然让人觉得他是"领时代之先"的人。

说这些的时候，我想的是什么呢？具体来说就是那些具有现代社会常有的各种社会问题，如"杀人""恐怖主义""虐童"

等社会问题常常以一种非常惨烈、醒目的方式出现在陀思妥耶夫斯基的小说中。并非其他人的作品没有探讨过这一类的主题，但陀思妥耶夫斯基的高明之处在于他一方面生动地描绘了那些通俗的、反映当下社会时局特点的事件——就像是经常出现在报纸第三版报道中的犯罪事件一样，同时又不流于表面，他总是能够指出事件背后的深层次原因，或者说是能够指出表面现象背后所掩盖的那些本质性的东西。

无论如何，陀思妥耶夫斯基一百多年前在其小说中所描绘的那些严重的社会问题，与当今日本社会存在的各种问题从整体上来看都是相通的，这样说毫不为过。刚才提到的"杀人""恐怖主义""虐童"等等，每一种都是侵蚀现代社会肌体的严重问题。而且，针对这些社会现象的根源，陀思妥耶夫斯基提出了这样一个根本性的疑问——在上帝已死的时代，无论怎样的行为都是可以被允许的吗？对于我们这些将要面临一个"上帝已死"时代的现代人来说，他的这一疑问显得格外有力、震撼人心。

第三点，陀思妥耶夫斯基对现代日本作家的影响。我想，现在用日语创作的作家中，其实有非常多的人受到了陀思妥耶夫斯基及其作品的影响。影响和被影响的话题，听起来像是一个比较文学研究领域的研究课题，但我想的不是那种实证研究层面的事，直截了当地说，我是指日本有一大批作家继承了陀思妥耶夫斯基及其作品中很多本质性的创作思想。

在这些作家当中，可能有的人是真的为陀思妥耶夫斯基的作品着迷，也可能有的人实际上并没有怎么读过他的作品。但是，在当下的日本，一群作家仍然继承了陀思妥耶夫斯基所追求的东西，使陀思妥耶夫斯基探讨过的主题和问题意识在现代日本的土壤中得以继续发展。在这个意义上，可以说"日本现代作家身上的陀思妥耶夫斯基色彩"是非常浓厚的。可能，陀思妥耶夫斯基在现代日本作家群体中的存在感，远远超过了其他任何一位外国作家。

以上就是我所认为的，对于"现代日本与陀思妥耶夫斯基"这一话题来说极其重要的三个方面。当然，这三点是无法简单切割开来的，它们之间相互交叉、彼此影响，共同构成了当今日本社会中的"陀思妥耶夫斯基式的现象"的全貌，因此，有时候我甚至会觉得，无论在日本的什么地方，随处都可以感受到陀思妥耶夫斯基的存在——有时是以一种令人意外的方式，悄悄地突然出现。

实际上，在2009年末，我有机会在美国耶鲁大学进行一场特别讲座，题目是《HARUKI① VS. 卡拉马佐夫》。为何要把题目中所引申指代的两个作家放到一起呢？因为我觉得，这两位是现代日本最重要、最有人气的作家。陀思妥耶夫斯基的作品以新译本的方式至今仍然为大众所喜欢，所以即使把他看作是一位仍然活跃在日本文坛的作家也无不可吧？而村上春树是多么受大众欢迎，就不用我多说了。听说他的作品《1Q84》前两部的总销售量，再加上第三部的话，高达三百万册。而且，不仅是总销售量的问题，该小说的第一部和第二部，其销售速度之快也是破纪录的。可以说，"村上春树旋风"席卷了日本当下的读者市场，

---

① "春树"日文发音的罗马字母，代指日本作家村上春树。

所以在日本社会当然也就随处可见"HARUKI"的存在。

但是，其实在《1Q84》出版之前不久，龟山翻译的《卡拉马佐夫兄弟》无意间在日本成为风靡一时的畅销书，让我说的话，这一现象之重要，远超村上春树小说的畅销。从某种意义上来说，一个生活在现代的人气作家的作品能畅销没什么可稀奇的，但像《卡拉马佐夫兄弟》这样一部艰涩难懂的、不易阅读的19世纪经典俄罗斯小说竟然成了畅销书，这就让人愕然了。在俄罗斯，这也成了一大话题。某一天，俄罗斯电视台的特派员和摄影师来我的研究室采访，问我说："您觉得《卡拉马佐夫兄弟》为何会在此时在日本成为畅销书呢？"也就是说，这对他们俄罗斯人来说，也是一个不可思议的现象。确实，说到《卡拉马佐夫兄弟》，它是陀思妥耶夫斯基长篇作品中字数最多且篇幅最长的作品，内容也是最难理解的。在座的各位可能也会有这样一种印象吧，总觉得它深奥又晦涩，读起来不易理解，要全部通读完就更难了。但偏偏就是它，卖了一百万部，这就很不寻常了，我们需要好好来看一下，这中间到底发生了什么。

无论如何，现代日本的读者群体中同时存在两种极为不同的类型，一种是受大众文化的洗礼，喜欢轻松有趣且好读的村上春树的作品，另一种则是喜欢沉重、灰暗、艰涩的陀思妥耶夫斯基的作品。这两者在市场上都卖得很好，都拥有大量的读者。由此可见，现代日本人的阅读面是相当广阔的。但也有另外一种可能性，那就是与其说这两个人的作品分处两个不同的极端，不如说他们在本质上是相通的。

陀思妥耶夫斯基之于埴谷①、大江、村上

沼野：请允许我再补充几句。关于"陀思妥耶夫斯基对现代日本作家的影响"这个话题，具体来说都有哪些作家受到了他的影响呢？对此，我来大致谈谈自己的看法。

不过，这个话题说起来就长了，有太多的素材可以聊，相关的内容多到让人轻轻松松就够写一本书了。有关"日本人与陀思妥耶夫斯基"这一课题，已经有很多文学评论家和研究者对此进行了论述，其中最具有代表性的当属评论家松本健一所著的《陀思妥耶夫斯基与日本人》，该书的内容涵盖了从明治时代以来日本人对陀思妥耶夫斯基作品接受的过程。面对这样一个巨大的潮流，我无意再多说些什么。在此，我们来缩小一下范围，只谈一谈与今天的话题有直接关系的、在较为接近现代社会的某个阶段，都有哪些作家受到了来自陀思妥耶夫斯基的重大影响。

先说一下这几位作家的名字，他们分别是埴谷雄高、大江健三郎和村上春树。埴谷雄高先生已经去世多年（1997年逝世），他1909年出生，所以去年，即2009年，是埴谷先生一百周年诞辰。埴谷雄高的小说中，有一部是孤独地屹立于战后文学之林的具有传奇性的作品，即《死灵》。看到这一题目，我们很容易就会联想到陀思妥耶夫斯基的《群魔》。《死灵》是一部在日本很少见的思想小说，可以说是一枝独秀，再没有第二部。它非常另类，有时候会让人觉得，如果这也是小说的话，那其他的又算是

---

① 埴谷雄高（1909—1997），日本政治评论家、小说家。代表作品有《死灵》。——编者注

什么呢。

埴谷雄高在战前就活跃于日本文坛,战后在"现代文学"这一团体中的活动尤其引人注目,他在其中起到了领导者的作用。战后初期的日本,是一个受陀思妥耶夫斯基作品影响的国家。聚集在"现代文学"周围的那些具有代表性的文学家不仅熟悉陀思妥耶夫斯基的作品,对整个俄罗斯文学的研究水平也很高。例如本多秋五[①]所写的有关托尔斯泰作品《战争与和平》的评论就非常有名,椎名麟三[②]等人——令人遗憾的是,这些作家的作品现在已经不怎么有人读了——也读了大量的陀思妥耶夫斯基的作品。其中,对陀思妥耶夫斯基研究最深的、最特别的一位,就是埴谷雄高。《死灵》就像是把陀思妥耶夫斯基作品中那些抽象的部分在最大程度上做了扩展,从而形成了一部形而上的小说。

时光流转,几十年后,大江健三郎登场。大江生于昭和十年(1935),比埴谷雄高晚出生了二十六年,众所周知,他于1994年获诺贝尔文学奖。大江健三郎是一个非常努力的读者,对于世界各国的文学都有广泛的涉猎,但由于他的专业是法语,法语学者渡边一夫是他所敬爱的老师,因此人们很容易认为法国文学对他的影响最大。但是,在我们这些研究俄罗斯文学的人看来——当然,这可能也只是一种抛砖引玉式的看法啊——大江先生极有

[①] 本多秋五(1908—2001),日本文艺评论家、作家。代表作品有《小林秀雄论》《战后文学史论》等。——编者注

[②] 椎名麟三(1911—1973),本名大坪升,日本小说作家。代表作品有《深夜的酒宴》《美女》等。——编者注

可能受到来自俄罗斯文学的影响要远超法国文学。实际上，大江的许多作品都一以贯之地表达了他对"陀思妥耶夫斯基式的现象"的关心。尤其是《洪水淹没我的灵魂》一书的内容，几乎预言了后来的联合赤军制造的"浅间山庄事件"①（事件发生在大江创作该小说期间），小说故事写的是由暴力分子主导的一起绑架事件。毋庸置疑，这与陀思妥耶夫斯基《群魔》的主题有着直接的关联。

关于此后大江的文学作品与陀思妥耶夫斯基又有怎样的关系，我今天不能在此一一尽述了，接下来我们仅来看一下他近期的作品——2005年出版的长篇小说《别了，我的书》。这部作品从正面描写了"9·11"恐怖袭击事件之后在世界各地不断发生的恐怖事件，故事中的主人公（他是一个作家，实际上可以说他的形象是大江健三郎对自身的投射）被迫进入了一个世界级恐怖组织，后来他位于北轻井泽的别墅被该恐怖组织炸掉。这部小说几乎到处都散发着陀思妥耶夫斯基作品的气息。小说中给年轻的恐怖主义分子发出指令的秘密国际组织的名字是"日内瓦"，其实这影射的是俄国无政府主义者米哈伊尔·巴枯宁②流亡到日内瓦并在那里遥控指挥暴力分子行动的事。而巴枯宁认可的由另一个暴力分子涅恰耶夫主导的杀害自己的大学生同窗的案

---

① "浅间山庄事件"，1972年2月19日至2月28日，发生在日本长野县轻井泽疗养院"浅间山庄"的绑架事件。绑架者为日本极"左"组织"联合赤军"。——编者注
② 米哈伊尔·巴枯宁（1814—1876），俄国无政府主义者。主张建立个人"绝对自由"的无政府社会。——编者注

件，正是陀思妥耶夫斯基的小说《群魔》的故事题材。另外，在大江的小说中，对《群魔》《白痴》都有所提及。顺便说一下，《别了，我的书》中，有一个极为神秘的人，叫作冯·佐恩，而这是与"涅恰耶夫事件"几乎同时期的、俄罗斯一个被骗到妓院后惨遭杀害的官员的名字，而这一在当时的俄罗斯具有猎奇性质的事件是人们纷纷议论的话题。陀思妥耶夫斯基自己也对这一事件很感兴趣，甚至在自己的小说中几次提到冯·佐恩。

再者，在大江健三郎的最新作品《水死》中，父亲的问题占了很重要的位置。这样说来，好像最近村上春树也在作品中提到了父亲的话题，在《海边的卡夫卡》中，他就用俄狄浦斯的故事框架讲述了一个儿子弑父的故事，最新作品《1Q84》中也出现了杀害父亲的情节。这一类有关"父亲"的主题，其实与陀思妥耶夫斯基的作品《卡拉马佐夫兄弟》有很深的联系。之所以这么说，是因为虽然"弑父"主题是由奥地利心理学家弗洛伊德提出的，但它对陀思妥耶夫斯基来说也具有重大的意义，《卡拉马佐夫兄弟》的故事框架也是一个儿子弑父的故事。龟山先生甚至在其著作中用"弑父"这一视角来解读陀思妥耶夫斯基的整个生涯及其所有的文学作品《陀思妥耶夫斯基——弑父的文学》。这是一部力作，龟山先生从一个强有力而明确的假设前提出发，试图描绘出陀思妥耶夫斯基文学作品的全貌，同时他也将当时在俄罗斯发生的种种恐怖主义事件及犯罪事件仔细地罗列出来，非常清楚地凸显了陀思妥耶夫斯基作品背后反映的社会状况。作为一本评传，该书也是非常耐人寻味的。大江健三郎之后，登场的就是村上春树了。村上生于1949年，比大江健三郎小十四岁。村上春树初登文坛时，不断有评论指出美国现代作家库尔特·冯内古特①对他的影响，但实际上，包括陀思妥耶夫斯基的作品在内的俄罗斯文学对他的影响也极其深远。是否能用"影响"这个词来概括多少显得有些微妙，但村上春树多次在自己的小说中提到陀思妥耶夫斯基的名字，在接受采访时也明确表示自己反复读过好几次陀思妥耶夫斯基的《卡拉马佐夫兄弟》。顺便说一句，大江健三郎的《水死》和村上春树的《1Q84》的前三部都是在2009年出版的，从广义上来说，两部作品的主题都与弑父有关，比如杀害教主、弑王等等，而且两部作品在理论上的参考依据都是詹姆斯·弗雷泽的《金枝》②。这两位年龄不同、风格迥异的作家的作品，却在主题方面呼应了彼此，真是出人意料又耐人寻味呢。

厚重、深刻又轻快的陀思妥耶夫斯基

沼野：说到"现代的日本作家与陀思妥耶夫斯基"这个话题，除了大江和村上之外，还有几位作家是要提到的，比如高村薰③就是其中的一位。我曾经为高村先生的作品《照柿》写过解说文章，那时我就强调说，"高村薰才是现代日本的陀思妥耶夫斯

---

① 库尔特·冯内古特（1922—2007），美国作家，美国黑色幽默文学代表人物之一。代表作品有《五号屠宰场》《猫的摇篮》。——编者注
② 《金枝》，英国人类学家、社会学家詹姆斯·弗雷泽（1854—1941）的代表著作。该书研究人类原始信仰和巫术活动，是研究人类学的必读之书，被誉为"人类学的百科全书"。——编者注
③ 高村薰（1953— ），日本悬疑推理小说作家。代表作品有《抱着黄金飞翔》《照柿》等。——编者注

基"。读了《照柿》这部小说，有时会不由得让人想起《罪与罚》。此外，一些更年轻的作家的作品，如岛田雅彦的作品，我们从中也能看到陀思妥耶夫斯基的影响，岛田在大学时的专业是俄语。另外，平野启一郎的小说《溃决》，写的是发生在现代日本的多起猎奇性连续杀人事件，从中也能感受到浓厚的陀思妥耶夫斯基作品的气息。

这样一位一位具体介绍起来就没完没了了。所以，概括起来说，日本作家对陀思妥耶夫斯基作品的接受有三个原型，或者说，可以划分为三种有自己鲜明特点的类型，按时代来划分的话，其代表性的作家分别为埴谷雄高、大江健三郎、村上春树。埴谷雄高是丰富了陀思妥耶夫斯基思想中抽象的部分，呈现了一个更厚重、更灰暗且形而上的陀思妥耶夫斯基；大江健三郎是以自己的方法论进一步深化思考了陀思妥耶夫斯基指出的社会要素，呈现的是一个内在的陀思妥耶夫斯基；而村上春树，则是经由大众文化的途径，使前辈们作品中折射出的那个厚重深刻的陀思妥耶夫斯基得以作为一个流行符号被看待。就这样，按时间顺序来说的话，就是"厚重的陀思妥耶夫斯基""深刻的陀思妥耶夫斯基""轻快的陀思妥耶夫斯基"。可以说，以上对陀思妥耶夫斯基作品的这三种不同的解读，是在战后日本对陀思妥耶夫斯基作品的接受过程中依次展开的。

以上是我对这次对谈主题的背景介绍，就先说到这里。

关于陀思妥耶夫斯基，龟山先生应该有非常多有趣的内容可以跟大家分享，我提前跟他商量好了，今天他会重点谈一些在别处没有谈过的话题。之所以这样说，其实是有如下原因的：龟山先生的学术生涯最初开始于对兼顾文学和艺术的综合性前卫艺术——俄罗斯先锋派艺术的研究，并在这个领域留下了诸多里程碑式的研究成果。要让我说的话，相比陀思妥耶夫斯基研究，他在那个领域的业绩要更为突出。但是，最近龟山先生作为"研究陀思妥耶夫斯基的专家"而深得大众关注，他在俄罗斯先锋派艺术领域的研究反而不太为人所知了。因此，今天我想请龟山先生来谈一谈，作为一位研究俄罗斯文化的学者，他的研究是如何从俄罗斯先锋派艺术转到了陀思妥耶夫斯基的呢？这是一段跨时较长的研究历程呢。不知道其他人觉得如何，反正我是最想听这一段故事的人。那么接下来有请龟山先生上场。

《群魔》是我一生的研究课题

龟山：各位好。接下来，我就跟随沼野先生的话题，跟大家聊一聊陀思妥耶夫斯基和他的作品。刚才听沼野先生聊天的过程中，我就忍不住开始思考，自己在五十多岁的年龄再次与陀思妥耶夫斯基的作品相遇，这到底对我意味着什么？希望今天我自己的这段经历，对生活在现代社会的人们来说，可以成为一个参考，并由此进一步思考有关陀思妥耶夫斯基的问题，思考生活在现代社会的我们所遇到的各种人生问题。

我之所以会进入东京外国语大学学习俄语，有一个很大的原因是我原本就是陀思妥耶夫斯基的忠实读者。刚入学不久，我就招呼朋友们和高年级的同学，要成立一个"陀思妥耶夫斯基研究会"，但最后只有一个人参加，我还记得自己那时特别失望。那时我第一次意识到，东京外国语大学是一所语言专业的大学，而非一所文学专业的大学。

加入到"陀思妥耶夫斯基研究会"的那个同学,是一位毕业于日比谷高中的优等生,但他俄语学得不好,最后还留级了。当时我们想,"那就做一个'二人读书会'吧"。在读书会里,我们读的第一本书,是他提议的《地下室手记》。但是,该书前半部分的哲学性问题非常难懂,我很难觉得自己充分理解了书中的那些话,所以当时并没有对它感到入迷。但是,到了后半部分,我很喜欢主人公与妓女丽莎的故事。我还记得,自己隐隐约约有一种模糊的感觉,觉得自己的人生中也可能会发生这样的事情。故事的结尾,满腔悔恨的主人公站在大雪纷飞的圣彼得堡的街头的场面,实在是非常动人啊。男主人公与妓女从此天各一方再也无缘相见了吗?当时,想到这一点,我就感到很难过。

后来我们开始读《白痴》,这是我的提议。在初中二年级时,我接触到了陀思妥耶夫斯基的《罪与罚》,高三的时候又读了《卡拉马佐夫兄弟》,那时我就想着下一部该读《白痴》了。这是一个原因。还有就是,我被"白痴"这个词的发音强烈地吸引了。从开始到最后,我都处在一种轻微的兴奋状态之中,并完成了对《白痴》的阅读。那时我一心喜欢梅什金公爵,发自内心地真诚希望自己可以成为一个像他那样纯粹的人。有趣的是,相较女主人公纳斯塔霞,小说中更吸引我的女性是阿格利娅。现在回看,我的大学时代正是从《白痴》开始的,在这四年时间,我完全沉浸在了陀思妥耶夫斯基小说的世界里。

大三的时候,我一手捧着俄日辞典,花了五十天时间读完了《罪与罚》的俄文版。还记得最开始读第一页的时候,因为有一百五十多处文字不懂,我查了辞典,书页的空白处被我写得满满的。但有趣的是,这样读了三周以后,我就能一天读上十几页了。这个现象是让人有些不可思议,不过这并不是说我的俄语水平提高了,应该说是有点习惯了书中的文字风格,更重要的是,我初二那年第一次读到《罪与罚》时的印象还非常强烈而鲜明,所以我是一边回想着当时读日文版的那种感觉,一边阅读俄文版的。这样花了一个夏天的时间,在大三第二学期开学的那天,9月11日,我读完了《罪与罚》,我实在是非常想跟别人分享自己的这份喜悦,正巧在校园里看到了教我们俄语会话的那位俄罗斯老师,我就跑到了他身边,但却一个俄语单词都说不出来。就是说,我当时根本没有意识到,其实自己的俄语会话能力几乎等于没有。

一直到现在,我都会常常怀念大学三年级时的那个夏天,那是属于我自己的一个小小的黄金时期。那样的日子让我感到非常幸福。像陀思妥耶夫斯基一样,我也拼命地练习演奏大提琴,一个夏天过去,我的大提琴进步了很多。但是,9月初,当我带着自豪的心情重新迈入大学校园时,却发现学校里弥漫着一股让人担心的氛围。大学事务办公楼的前面立着一个巨大的牌子。从此之后,整个学校都被卷入了大学纷争运动①的风暴之中。结果,从那之后我基本上没有再上过什么课,后来毕业时间到了,就按部就班地毕业了。

---

① 大学纷争运动,日本新左翼运动中的学生运动。1968年,东京大学医学院学生与校方发生纠纷后发起名为"东大斗争"的学生运动。次年,该类运动事件波及全国,出现学生占领大学,连续罢课的现象。

不管怎么说，自从读了《罪与罚》的俄文原版之后，我就开始读陀思妥耶夫斯基的原版作品了。我先是轮换着读了《白痴》的俄文版和日文版，在大三学年结束的时候，又开始读《群魔》的俄文版和日文版，也是轮换进行的，而《群魔》后来成为我终生的研究课题。我毕业论文写的就是《群魔》的文学评论，题为《论恶的谱系》。当时，我很期待自己的论文能得到演习课指导老师原卓也先生的好评。结果，原卓也老师给出的是很多批评意见，诸如文章写得很生硬、错字漏字太多等等，并没有对论文内容方面给出比较深刻的意见。

那时我很自负，觉得不管怎么样这也是我以自己的方式充分地阅读并思考了陀思妥耶夫斯基作品后写出来的论文，所以完全没有料想到会得到这样的评价。当时的我，一方面狂妄自大得近乎偏执，另一方面又觉得，原卓也先生的语言风格一贯犀利又冷静，既然他这样说，那看来自己是真的没写好——那段时间，确实为这件事烦恼了好一阵子。狂妄自大，同时又心灰意冷，对自己完全失去了信心。现在想来，那时的我就在这两种状态之间来回摇摆，内心混乱。

但回想一下就会发现，关于文学到底是什么这个问题，在大学时代，我一次也没有好好思考过。我那时认为，对我来说，文学就是让自己进入到小说文本当中，即把自己代入主人公的角色，或者与小说中的人物同步进入作品的世界，从而去完整地体会其中的感受。

这确实是读书这一行为所特有的根本性意义之一，文学的"文"确实是可以这样理解的，但是如果一个人在面对文学作品时一直是这样一种主观态度,他就绝无可能解开作品中所蕴含的谜底。对文学的"学"来说,重要的是,在可靠证据的支撑下,将自己透过作品文本获得的那些体验书写出来。也就是说,重新阅读、重新叙述的行为是重要的。但当时的我完全不懂这一点,当时我关心的,只是自己能够在多大程度上深入到陀思妥耶夫斯基的文学世界,并且以为这就足够了。但其实这是错误的。文学不是体验,文学是文章。

原卓也先生的那些话对我起到了很重要的作用。我当时觉得再接着读陀思妥耶夫斯基的作品也没什么意义了,决心就此停住。可能这样说会让大家有所误解,但当时我确实被一种近似于焦虑的情绪困住了,觉得自己这四年就沉浸在陀思妥耶夫斯基的文学世界中,这让我大大落后于其他人。这也是促使我下定决心远离陀思妥耶夫斯基作品的一个原因。我觉得自己这样下去就要窒息而死了,于是决定跟陀思妥耶夫斯基的作品一刀两断,当时大致就是这样一种情形。当然,这很难说清楚,但总的来讲,那时我确实觉得"再这样下去,我就完蛋了",这是真的。

与维列米尔·赫列勃尼科夫①的相遇

龟山:当时我被困住了,不知道自己接下来可以学些什么,就整天待在图书馆,仔细地通读了马克·斯洛宁②所著的《俄罗斯文

---

① 维列米尔·赫列勃尼科夫(1885—1922),俄国诗人。代表作品有《铁匠》《笑的咒语》等。——编者注
② 马克·斯洛宁(1894—1976),俄裔美国学者。主要著作有《现代俄国文学史》《苏维埃俄罗斯文学:1917—1977》。——编者注

学史》。我开始物色有没有什么有趣的题目可以做研究。在那些如流星一般出现在俄罗斯文坛并最终无声无息消逝而去的作家，有尼古拉·谢苗诺维奇·列斯科夫、列昂尼德·尼古拉耶维奇·安德列耶夫、鲍利斯·皮里尼亚克等人，其中列昂尼德·尼古拉耶维奇·安德列耶夫有一点吸引我，我差点就去研究他了，但当时有个直觉告诉我说这有点危险，要是选了安德列耶夫，你这辈子的研究就离不开陀思妥耶夫斯基了。

所以，后来我选择了马雅可夫斯基。众所周知，马雅可夫斯基是俄国革命时期最有代表性的诗人。他生于1893年，1930年用手枪自杀身亡，享年三十七岁。当时我最先读的是被称为《星火》①杂志版本的《马雅可夫斯基作品集·第一卷》。那本书实在是太难读了。当时那本书页面的空白处都是我用黑色、红色的圆珠笔记的笔记。但此后不久，水野忠夫②先生的著作《马雅可夫斯基·笔记》出版，我读后受到了很大的刺激。我想，我怎么可能比得过水野忠夫先生呢，跟他竞争，赢的人怎么可能会是我呢？于是我又跑回图书馆，一天天待在那里，在大量阅读的过程中，我知道了俄罗斯作家维列米尔·赫列勃尼科夫是一位俄国未来派诗人。后来我写了《重新发现赫列勃尼科夫》一书。

关于我是如何进行维列米尔·赫列勃尼科夫研究的，今天没有时间详细跟大家分享了，但我还是想说说第一次与他的作品相遇时所受到的那种震撼。不管怎么说，毕竟在那之后的十八年，

---

① 《星火》，俄罗斯较为古老的画刊杂志之一，创刊于1899年。
② 水野忠夫（1937—2009），日本的俄罗斯文学研究者、翻译家。

他的作品与我朝夕相伴。那么，我为何会被他吸引呢？他的作品集第一卷的扉页上印着一首叙事诗，题为《玛丽·维瑟拉》，正是这首诗让我对他一见倾心。诗的故事背景发生在奥地利，描写了奥匈帝国皇太子鲁道夫大公和玛丽·维瑟拉之间的爱情悲剧。作品本身非常精巧而难懂，但我从中感觉到了某种灵光闪现。特别是诗中描绘的自杀的场景，给我留下了深刻的印象。于是，我又看了一下斯洛宁的《俄罗斯文学史》，发现赫列勃尼科夫并非只是一位追求浪漫感觉的未来派诗人，而是一位进行前卫性语言游戏、破坏性语言实验的高手，这一发现让我措手不及。一个人的内心，怎么会同时具备浪漫和进行语言实验这两种特质呢？我最初对他的兴趣，就是从这里开始的。

　　诗人维列米尔·赫列勃尼科夫的世界观非常独特。首先，他是一个爱国主义者。而这位爱国主义者从 1905 年俄罗斯在日俄战争中战败之后到他 1922 年病死之前的这段时间做了哪些事呢？是的，他把世界历史上的大事件全部按照年份排列起来，认为在这些事件之间存在某种数学法则，并花了所有的时间去证明这一点。这真的是太蠢了，只能说这个家伙疯了。但他就是在为这件事忙活了整整十七年，而写诗是次要的。在这样的过程中，诗人的内心形成了一种独特的可以永远自洽的法则，他开始有了某种终极性的认识——他认为世界就如同一本书。

　　我到了四十岁，才写了自己的第一本书，1989 年出版的《重新发现赫列勃尼科夫》，第一版印了一千部，但有比较多的印刷错误，在大概还没有卖到三百册的时候，出版社决定加印一百册。

这一千一百册的书全部卖完，花了十多年的时间。2006年，我自己买了剩下的最后一本。当时想，这本书已"死"，已经不会再有人看到它了。但后来，平凡社的编辑松井纯先生，把它收入"平凡社书库丛书"后重新出版。而当时为它写解说文章的正是沼野先生。对我来说，再也没有比这更让人开心的"解说"了。一直到今天，我仍然充满感激之情。

从马雅可夫斯基研究到"一口两舌"研究

龟山：与维列米尔·赫列勃尼科夫的作品朝夕相伴了十七年后，我感到实在是疲惫不堪。后来，正在考虑接下来该走哪条路的时候，承蒙岩波书店中川和夫先生的约稿，在短时间内写成了《俄罗斯文艺复兴的终结与革命》一书。后来该书被选入岩波文库的"现代文库丛书"时（2009年），我又在其中增补了三章内容。该书面世后不久，筑摩书房的谷川孝一先生又向我约稿，我当时想起了自己在研究生时期短暂接触过的马雅可夫斯基的作品，觉得阅读他的作品集第一卷时的那些体验，或许值得写一写。

水野先生的《马雅可夫斯基·笔记》实在是写得非常棒，对于年轻一辈做俄罗斯文学研究的人来说，这本书在我们心目中的地位如同《圣经》。但可惜的是，在那个时候，关于马雅可夫斯基去世前两三年发生的事，尚缺少一些充分的信息和资料。1994年至1995年我到国外去交流、学习，而这段时间收集的资料正好补充了水野先生没有写到的部分，可以让我从一个更广阔的历史性视野去看待马雅可夫斯基，于是，我花两年时间写成了

《走向毁灭的马雅可夫斯基》。该书中，我借用各类资料和回忆录重新还原了他自杀前三年精神层面的状况。那时，摆在我面前的一个重大问题是如何看待马雅可夫斯基死于他杀的这种说法。

关于马雅可夫斯基之死，学界之前已有定论，均认为他与莫斯科艺术剧院一名女性分手，并对社会感到绝望后，自杀身亡。而他的自杀，不仅代表了肉体生命的结束，也被视为其文学生命的终结。但是，1993年我去参加"马雅可夫斯基一百周年诞辰纪念活动"时，才知道已经有很多人认为马雅可夫斯基不是自杀，而是被暗杀、被谋杀的，当时我是很震惊的。首先提出这个说法的人，是研究者瓦伦丁·伊万诺维奇·斯科里亚廷，他的书后来又由翻译家小笠原丰树译为日文版《到你出场了，同志毛瑟枪——诗人马雅可夫斯基怪死之谜》。从结果上来说，我是反对他的看法的，并将自己的思考写进了《走向毁灭的马雅可夫斯基》一书。但收获最大的是，在这本书的写作过程中，我对当时的艺术家或者说被称为创造性知识分子的那群人之间的关系有了一个清晰的认识。我开始发现，在这些从艰难时期幸存下来的创造性知识分子的行为中具有"一口两舌"的特点。此后，我就开始了对这一问题的研究。

简单来说，权力对艺术家的态度就是既怀疑又要加以利用，是双重构造。而艺术家们一方面对权力感到恐惧，小心翼翼地迎合权力，同时又想要守住自己的本心，于是就出现了刚才所说的"一口两舌"的行为。他们使用各种手段，去利用对自己持怀疑态度的权力者让自己获益。"一口两舌"原本的意思是"撒谎"，而我这里说的"一口两舌"，是一种类似于真的长了两条舌头的状态。一条舌头用来讨好权力，另一条舌头则沾满批判的"毒液"。越是出色的艺术家，讨好对方的功夫也越高明，批判的力度也就越强烈。但重要的是，这是隐藏在明面之下的行为。而作为对历史的见证，这两条舌头，每一条都完美地给予了今天的我们关于当时那个社会的大量信息。

现在回想，对我来说很幸运的是当时我与 NHK 出版社之间签订了合同，约好要写一本关于陀思妥耶夫斯基的书。我读大学时期远离了自己喜欢过的陀思妥耶夫斯基的作品，经过了对维列米尔·赫列勃尼科夫、马雅可夫斯基等人的研究，直到来到了现在。对于经历过这样一个过程的我来说，NHK 出版社的约稿让我感到非常开心。大约花了一年半的时间，我写成了《陀思妥耶夫斯基——弑父的文学》，书中所讨论的一些问题，如果没有此前对当时社会的研究作为基础，我是绝对写不出来的。与该项研究同时进行的，就是《卡拉马佐夫兄弟》的翻译工作。好吧，到了这里，终于要开始谈陀思妥耶夫斯基了。

接下来，我将与沼野先生一起谈一谈陀思妥耶夫斯基，尤其是他与现代日本文学的关系。在大江健三郎、加贺乙彦①、村上春树、辻原登②、高村薰、平野启一郎、中村文则等作家与陀思妥耶夫斯基作品的关系方面，我还是有一些想法可以分享给大家的。

---

① 加贺乙彦（1929— ），日本精神科医生、小说作家。代表作品有《炎都》《宣告》等。——编者注
② 辻原登（1945— ），日本作家。代表作品有《游动亭圆木》《冬之旅》等。——编者注

陀思妥耶夫斯基与上帝

沼野：那么，接下来就进入我和龟山先生对谈的时间，基本上是由我来提问，然后龟山先生作答。

在今天活动的前半段，我们已经谈到了好几个重要的问题。这些问题，每一个都值得好好讨论。不过，我们还是先接上龟山先生刚才的话题，对其内容进行一些较为深入的探讨。龟山先生曾经在很长时间内一直从事对俄罗斯先锋派艺术的研究，关于这一点，今天在座的各位朋友可能很少有人知道。但通过刚才龟山先生的讲述，我们了解到原来这是他研究的起点，后来绕了一段远路，最终又回到了陀思妥耶夫斯基的研究。

也就是说，龟山先生先是对俄罗斯先锋派艺术感兴趣，后来在对这一课题进行研究的过程中，他意识到了权力与艺术家的关系问题，于是对当时俄罗斯社会展开了非常踏实而富有成效的研究。其后，他带着对这一领域的充分了解，对陀思妥耶夫斯基重新进行了解读。这样一来，他就形成了与此前的陀思妥耶夫斯基研究者不同的、只属于他自己的崭新的视角。龟山先生，关于这个部分，您还有什么要补充的吗？

龟山：好的。在翻译《卡拉马佐夫兄弟》的时候，我曾心存疑问，并为之烦恼。如果一个人并不信仰基督教，那么他到底能在多大程度上理解这部小说呢？不信仰基督教的人，可能根本就看不懂它。但是，没办法的事就是没办法的，再烦恼也无济于事，我还是继续翻译下去了。但后来发现，其实自己完全没必要为此烦恼，实际上周围有很多人都以一种无关基督教信仰的、自己的方式来阅读《卡拉马佐夫兄弟》，与书中的世界坦诚相对，并从中体会到了巨大的喜悦。我想我应该坦然承认这一现实。

我是不信上帝的。就像陀思妥耶夫斯基也曾这样说他自己一样，我作为一个不信基督教且对基督教持怀疑立场的读者，这么多年来一直以这样的一种态度来阅读陀思妥耶夫斯基的文学作品，并品味其中的内涵。对于那些带着基督教世界观来阅读陀思妥耶夫斯基作品的人来说，可能我这样的阅读方式是很难被他们认可的吧。

此时我之所以谈起这些，是因为想到了加贺乙彦先生。几年前我与加贺先生对谈时，他认为《罪与罚》中最重要的部分，是小说中拉斯柯尔尼科夫来到索尼娅的家中，跟她说起了"拉撒路的复活"。他觉得作者在这里花费了大量的笔墨，并把这一场景放在了小说正中心的部分，说明这段内容是解开整部作品一切谜团的钥匙。

已死之人再次苏醒过来这一情节，如果放在拉斯柯尔尼科夫身上去看的话，《罪与罚》呈现的主旨就是曾经死去的青年最后会再次复活。

这一解读，从笃信基督教的人的视角来看，不得不说是非常巧妙的。加贺先生在他的后半生，一直是以一个基督教信徒的身份来进行创作的，所以他这样来理解《罪与罚》也是非常必然的。但是，对于我这个不信基督教的人来说，我会觉得陀思妥耶夫斯基在这里加入这一情节，是他在意识到了俄国政府以权力威慑作家的情况之下而被迫采取的"一口两舌"的做法。这可能会让人觉得很难过，但我的确是这样认为的。

之所以这样说，是因为实际上在陀思妥耶夫斯基创作《罪与罚》的过程中，具体来说是1866年4月，发生了暗杀沙皇亚历山大二世未遂的事件。对于过去曾作为极"左"分子被宣告死刑或者说已经有了前科的陀思妥耶夫斯基来说，即使没有人说他是犯罪嫌疑人，他也在思想层面陷入了一个十分困难的境地，不得不尽最大可能把自己的小说的整体氛围转换到一种偏右派的立场上去。或者说，他其实是意识到了这一点的。于是，他在小说中巧妙地加入了"拉撒路的复活"这一故事对读者加以诱导，以此来转移沙皇一方对自己的怀疑。我觉得，在这一部分的创作中，其实是有这样一种意图、一种主观的力量在其中起了作用。或者说，在"拉斯柯尔尼科夫的复活"这一为照顾耶稣信徒的感受而设计的情节中，陀思妥耶夫斯基加入了自己作为一个非信徒对拉斯柯尔尼科夫所持有的一种更为严厉的审视。或许，在讲述"拉撒路的复活"这一故事时，陀思妥耶夫斯基想讲述一下拉斯柯尔尼科夫——这个未来即将成为沙皇暗杀者的人的遭遇的悲惨性和复杂性吧。我想这种解读也是讲得通的。

当时，我有了这样一些思考。那么，加贺乙彦先生在与我的对谈中所讲的他的那种解读，在现代日本文学这一巨大的时代语境中是否成立呢？接下来，我将通过对《宣言》《湿原》等表现出浓厚的陀思妥耶夫斯基色彩的加贺乙彦小说作品的分析，对上述问题进行探讨。

来自弗拉基米尔·纳博科夫的激烈批判

沼野：刚才龟山先生提到的小说家加贺乙彦，我之前的介绍中没有提他的名字，但加贺先生无疑是现代日本十分重要的作家之一。特别是他的长篇小说《宣告》，写的是一些一边等待着不知何时会来临的处刑之日，一边在监狱中艰难生活的被判死刑的杀人犯在精神层面所经历的痛苦。该作品被誉为"加贺版本的《死屋手记》"。不过，我想很多人可能都并没有读过《死屋手记》，所以在这里我做一个简短的介绍，在《死屋手记》这个作品中，陀思妥耶夫斯基生动地描绘了他在西伯利亚监狱中亲眼看到的罪犯们的生活。这是一本有着强烈冲击力的纪实性文学作品。在年轻时，陀思妥耶夫斯基因参加激进派知识分子小组活动被当局逮捕，并被宣判死刑，但在行刑前的一刻获得了沙皇的特赦，免于死刑。取而代之的是，他被流放到了西伯利亚的监狱。这个事流传甚广，且戏剧性很强，但这是真实发生过的事情。

这些就暂且不提，我们先回到龟山先生刚才的话题，就是《罪与罚》中主人公拉斯柯尔尼科夫和索尼娅一起读"拉撒路的复活"这个情节。

这在书中是一个非常重要的情节，只要读过《罪与罚》的人都一定会印象深刻。对这个部分，龟山先生认为这是陀思妥耶夫斯基在意识到了强权的威胁后做出的一种伪装。我想这是一种非常大胆的解读，这样一种解读也不是不能成立的，但或许会有很多陀思妥耶夫斯基的忠实读者感到这是对陀思妥耶夫斯基的亵渎。如果是这样的话，事情就变成了作家出于对强权的忌惮而在小说中做了一些"小动作"，以此来伪装自己真实的想法。从我个人的视角来说，我觉得这一推测是"可能"的，但与此同时，忠实的读者不愿做如此推测，认为推测的念头本身就是对作家的侮辱，此类心情我也能够理解。那么此刻，让我们先把这个问题放一放。

我关注的是另外一个问题，想就此来听听龟山先生的意见。众所周知，俄裔美国作家弗拉基米尔·纳博科夫对这个情节安排有过非常激烈的批判。他认为这是《罪与罚》最大的败笔，并在其著作《俄罗斯文学讲义》中毫不客气地认为"在所有世界闻名的文学作品中再也没有见过第二篇这么愚蠢、这么缺少艺术性的文章了"。也就是说，纳博科夫认为，让杀人犯和妓女一起读《圣经》这一"永恒且伟大的书"，这样的安排实在是无聊透顶，它所反映出的仅仅是一种肤浅的感伤情绪，他认为这说明陀思妥耶夫斯基不过是一个二流作家。

然而，陀思妥耶夫斯基在写这一部分的时候，应该是对俄罗斯当时的那些与《圣经》故事有关的社会事件有过深刻的思考，而他思考的程度之深，其实远超纳博科夫的想象。对这一点，江川卓先生在《解谜〈罪与罚〉》一书中非常明确地指了出来，正如他所说，在《约安之启示录》中，杀人犯和有淫乱行为的人被看作是"被诅咒的人"而无法进入"新以色列"，陀思妥耶夫斯基正是针对这一说法，知其不可为而为之，在小说中做了一个用纳博科夫的话来说是"无聊透顶"的安排，把杀人犯和妓女组合在一起，并呈现在读者面前。另一方面，如加贺先生所说，这个部分的"假死与复活"，在象征上正是贯穿《罪与罚》全书主题的关键。我想这也是难以否认的。

只是说，从创作美学的观点来看，在一部还不错的小说中放入这一场景究竟是否合适，确实要画个问号。因为，庸俗与圣洁，这两种东西本是互不相容的，但在这里却堂而皇之且毫无顾忌地同时出现了。我们该如何看待这一点呢？认为这才是陀思妥耶夫斯基小说美学的力量所在，还是说这其实是一种创作上的缺陷呢？龟山先生您对此怎么看呢？

《卡拉马佐夫兄弟》的续篇后来怎么样了

沼野：还有一个问题，刚才您说到，小说主人公拉斯柯尔尼科夫可能会去暗杀沙皇，这与《卡拉马佐夫兄弟》续篇的走向这一更为重大的问题也是相关的。龟山先生在《〈卡拉马佐夫兄弟〉续篇空想》一书中给出了这样一种推测，那就是，阿列克塞·卡拉马佐夫在小说最后可能会去暗杀沙皇。这绝不是没有根据的空想，苏联的知名学者列昂尼德·格罗斯曼①在其自传中也曾表达过类似观点。所以，龟山先生是把前人有关《卡拉马佐夫兄弟》续篇内容的猜测更往前推进了一步，提出了自己的关于"续篇"的构思。

关于《卡拉马佐夫兄弟》的续篇，这里我先介绍一下这个问题的背景。《卡拉马佐夫兄弟》本身也算一部完整的作品，但陀思妥耶夫斯基貌似一直打算要写"第二部"，也就是续篇。但刚开始写不久，他就猝然而逝了。当然，关于"续篇"的说法原本就不太靠谱，目前来说最有力的线索是《卡拉马佐夫兄弟》开头的一篇"来自作者"的奇怪的（不知道有多少内容是可信

---

① 列昂尼德·格罗斯曼（1888—1965），苏联文学研究者、文学批评家。著有文学批评文章《一个诗人的死亡》等。——编者注

的)《作者的话》①。在这里"作者"先是说该小说是关于小说主人公阿列克塞·卡拉马佐夫的传记的第一部,接下来又说,"我虽然只给一个人立传,可要写的小说却有两部",而主要的是"第二部"。第二部小说写的将是十三年后的主人公的生活。

对于这并未面世的第二部小说,此前也有学者试图去推测如果写出来的话,它具体会是什么样子的。但像龟山先生这样真的拿出了自己的一个完整的推测论证著作的,恐怕在全世界是第一位。一般而言,原则性很强的学者是不会涉足这种"空想"的领域的,他们觉得从常识的角度来说,替陀思妥耶夫斯基"构思",这事情本身就是对作家的亵渎。但龟山先生大胆地踏进了这一禁区。那么,在龟山先生的设想中,暗杀沙皇事件中阿列克塞的作用仅仅是辅助性的,而真正实施的那个人是克拉索特金,而在"第一部小说"中克拉索特金已经初步展现了他作为革命家的那一面。我觉得这一"空想"也是很有道理的。在《卡拉马佐夫兄弟》中,克拉索特金确实展现了他的才能,这让人觉得他将来可能会搞出一些了不得的大事情。

不过,以此推论后来的故事会发展到"暗杀沙皇"这一步——作为读者,我们真的可以有这样的推测和想象吗?对此,我自己是有些犹豫的。在当时的俄罗斯,以政界要人为目标的暗杀事件频发,所以有人要刺杀沙皇也并不是完全脱离现实的事。实际上,《卡拉马佐夫兄弟》刚刚面世后,沙皇亚历山大二世就在革命者投掷的炸弹中殒命。所以也不难想象,陀思妥耶夫斯基

---

① 参照荣如德译《卡拉马佐夫兄弟》,上海译文出版社2004年版。——编者注

的脑海中一定也多次浮现过"暗杀沙皇"这一禁忌的主题。但是，他是否真的会这样下笔呢？现实中的写作与在脑海中想象一下完全是两码事，不得不说，其间有着难以跨越的巨大鸿沟。就连《卡拉马佐夫兄弟》开篇的那篇奇怪的《作者的话》，究竟可以在多大程度上按字面意思去理解它，我都很是怀疑。有没有一种可能，那也是作品的一部分？我不经怀疑就直接把它看作是陀思妥耶夫斯基本人的"续篇执笔宣言"，这也未免太天真了一些吧。

好吧，关于"续篇"构思的问题就先到这里，龟山先生一直以来持有的陀思妥耶夫斯基"一口两舌"的说法，我觉得非常值得一听，刚才提到的对"拉撒路的复活"的理解也是这样的一个例子。总的来说，认为陀思妥耶夫斯基有"一口两舌"的特点，这个看法会让很多人无法接受。就是说，在那些内心极为尊敬陀思妥耶夫斯基的人看来，这近似于一种挑衅。但是，就我自己来说，我赞同他是一个天才，才华远超常人，但并不觉得他与金钱、美女等诱惑完全无缘，所以也并不觉得他是一个品格纯洁的圣人。"一口两舌"这种事，他肯定也是做过的。

只是，"一口两舌"这个说法有点不好听，或者是给人的感觉不太好。所以，如果我用一个较为慎重些的说法来表达的话，就是陀思妥耶夫斯基这个人一方面被以沙皇为中心的权力所吸引，愿意向沙皇表达自己的忠诚心；另一方面有着试图要行刺沙皇的革命想法——当然，他绝没有这样明确地说过。也就是说，他的内心是有这样一种两面性的。现代俄罗斯的历史作家爱德华·拉津斯基有一部作品叫作《亚历山大二世：最后的伟大沙皇》，其中对陀思妥耶夫斯基的死因做了一个很是耐人寻味的假设。陀思妥耶夫斯基的住宅所在的那栋建筑，其实是民意党①的一个据点，而这个党派曾计划过对沙皇的暗杀，所以那栋建筑里经常有民意党革命者进进出出。作者在该书中提出疑问——陀思妥耶夫斯基是否曾跟他们有过一些接触呢？陀思妥耶夫斯基是由于肺动脉破裂而突然死亡，之所以会这样，会不会是由于他担心警察也会来对自己进行调查而极度恐慌的结果呢？

拉津斯基的假说，是出于小说家天马行空的想象力，可能是有些夸张了。但不管怎么说，对沙皇政府来说，虽说陀思妥耶夫斯被流放到西伯利亚之后已经"洗心革面"，成了一名保守派人物，但他对于沙皇政府仍然是一个危险人物，身上有一些难以让人完全信任的危险因素。而且，就陀思妥耶夫斯基对于自己并没有得到当权者完全的信任这一点，他多多少少是感觉到了的。我是这样来看待这个问题的。所以对龟山先生的"一口两舌"的说法，我并不感到惊讶，基本上是支持的。

对陀思妥耶夫斯基来说，这世界上有上帝存在吗

龟山：再回到加贺先生的话题上。加贺先生的著作《湿原》长达一千页，读完它花了我整整三天时间。故事是这样开始的，一个人生大半都在监狱中度过的中年修理工，与一个内心有着阴影或者说有些心理疾病的女大学生相遇，彼时她出于某些原因被卷

---

① 民意党，1879年成立的俄国民粹派秘密政党。以推翻沙皇专制统治为目标，主要从事暗杀与宣传活动。——编者注

入了大学纷争运动中，二人随即开始了一场炽烈的爱情。此后修理工被当作某爆炸案的嫌疑人遭到逮捕，为了证实自己的清白，他被迫踏上了抗争之路。

我想，加贺先生在创作这部小说时，他应该是参考了《罪与罚》中拉斯柯尔尼科夫与索尼娅这一罪犯与娼妇的特别的组合。对于耶稣信徒来说，杀人犯与娼妇的组合看起来就如一种上帝安排的神圣组合，而加贺先生也在他五十八岁的年纪，即《湿原》出版两年后成了一名天主教信徒。

或许，他就是因自己内心逐渐萌发出信仰的种子，才写出了《湿原》这部小说。我想，在加贺先生的眼中，两个主人公过去的经历一定是非常崇高的。所以，那些相信上帝存在的读者，会把小说美化、理想化，他们会通过一种特殊的"滤镜"来解读小说内容。另一方面，对于那些不信上帝的读者来说，在他们眼中小说就只是小说，并没有什么特别的光环。这就产生了两种不同的视角。也就是说，对于陀思妥耶夫斯基作品的读者们来说，经常需面对这样一种选择——你是相信上帝的存在，还是不相信上帝的存在。

沼野：确实，在阅读陀思妥耶夫斯基小说和托尔斯泰的小说时，现代日本的读者可能不太会去想宗教的问题。但其实，无论是对陀思妥耶夫斯基还是托尔斯泰而言，死亡和宗教都是他们作品的重大主题。在某种程度上，把他们的小说称为"宗教文学"的作品也是完全可以的。日本也有耶稣信徒，日本作家当中如远藤周作、加贺乙彦等人都是天主教徒，他们在自己的创作中都以各种方式对宗教信仰的问题进行了探讨。但是，对于大部分日本人来说，基督教离自己的生活是十分遥远的，更不用说天主教了。很多日本人都不了解天主教。所以，在这种情况下，有一些文学批评家也提出质疑——日本人能看懂俄罗斯文学吗？

即便如此，在现代日本，仍然有那么多人喜欢陀思妥耶夫斯基的小说。这是为什么呢？说到宗教的问题，我觉得日本的文学批评家和文学作家几乎没有人从正面讨论过，都是避之不谈。所以就形成了这样的一种解读方式，即除去宗教问题不谈，陀思妥耶夫斯基也仍然很伟大。我自己也是如此。在与大江健三郎先生就陀思妥耶夫斯基进行对谈时，当场被大江先生问到怎么看待陀思妥耶夫斯基作品中的宗教问题，我也没能说出来个所以然。在宗教层面上，我们究竟有没有认真地阅读并理解了陀思妥耶夫斯基的作品呢？如果我们并没有完整地接受他的这一侧面，是否就很难说我们是真正理解了陀思妥耶夫斯基呢？龟山先生怎么看这一点？

龟山：我是觉得，不管是什么人都会有一点"想去相信点什么"的这种心情吧。其实这也是一种类似于宗教的情感。但是，陀思妥耶夫斯基想要去相信的，真的是基督教中所描绘的上帝吗？我很难这样认为。无论他的创作是如何以俄罗斯东正教为背景，或者说无论他是如何站在这样的立场上向人们呼吁基督教理想的，我们都很难从他的宗教意识中感受到那种毫无保留的全身心的皈依。我甚至会觉得，他其实是远离基督教信仰的。

比如，《白痴》中有一个死刑犯被处决的场景，但这一场景中完全没有出现什么上帝的拯救或者来自上帝的启示类似的东西。对于人力所能掌控之外的世界,他的目光是极其冷静透彻的。但另一方面,他又是极为迷信的。而信仰和迷信,完全不是一回事。我甚至觉得他有这样的表现,与其说是由于他对上帝的虔诚信仰,不如说他是深深地感受到了来自柏拉图作品中造物主(Demiurge)的恶意并因此受到了伤害。

假设他曾经真的经历过宣布其死刑的现场,当然现实中他也确实经历过,但即使是在命悬一线的危急时刻,陀思妥耶夫斯基大概也从未感觉到过上帝的存在。在他二十八岁被拉上刑场时,传闻当时他曾说过"我们与耶稣同在"这句话,但这真的可以称之为信仰吗?然而,虽然并不曾感受到上帝的存在,但他还是写了有关耶稣的小说情节。感受到耶稣基督的存在与对上帝的信仰,对他来说是同等的两件事吗?至少就我个人来说,我很难这样去想。

以前我曾有机会与佐藤优①先生对谈过,他作为外交人员曾长期生活在俄罗斯,同时又拿到了神学专业的硕士研究生学位,精通基督教神学。对谈中,佐藤先生曾这样说:"感受到耶稣的存在,即为信仰上帝。"我听了觉得很有道理,但同时也有一些地方是无论如何难以认同的。我想说的是,感受到耶稣基督的真实存在,这一体验难道不是更接近于无神论吗?在我看来,陀思妥耶夫斯基并没有把耶稣当作上帝来看待,而是把他看作为了人

---

① 佐藤优(1960—),日本作家。曾任日本驻俄罗斯大使馆三等书记官。著有《狱中记》《国家的〈罪与罚〉》等作品。——编者注

类的利益而一身承担了所有的牺牲与苦恼的一个真实的人、一个具有超越性的英雄。从这个角度来说的话，把耶稣看作是一个社会主义者也是可能的。事实上，在《卡拉马佐夫兄弟》的后半部分，阿列克塞就提到了这样一个耶稣的形象。

沼野先生刚才提的问题是，像我们这样没有宗教背景的人，究竟是否能读懂陀思妥耶夫斯基。关于这一点，如我之前所说，即使是没有什么宗教信仰，也不了解基督教，只要这个人能够在自己的生命中感受到某种节奏感的存在，也是完全可以看懂陀思妥耶夫斯基的作品的。归根结底，最重要的还是想象力的问题。这个世界上有很多人，有着比宗教信徒更深刻的、更具有超越性的体验。不，应该说，从未有过超越性体验的人应该是少数吧。难道不是吗？比如说，"乡愁"就是这样一种感觉啊。我最近甚至觉得"乡愁"正是一种根植于生命底部的最重要的感觉，它才是生命的结晶。在深层意义上，"乡愁"是一种有关复活与重生的体验。反过来说，我们只能在自己所信仰的宗教或自己个人的宗教中找寻它的答案，这与那种建立在某些特定教义的基础之上的宗派、教派组织之类的东西不在一个层面上。再重复一下，我认为在这一点上，最重要的是灵魂和想象力。

从这一点来说，不论是否会使用上帝这一说法，哪怕这个人身处世俗生活中，他也一定会在某些时刻感受到一些超越性的东西。从某种意义上来说，陀思妥耶夫斯基让我们重新体验到了这种感受。在这个方面，《罪与罚》是一部特别好的小说。书中的人物斯维里加洛夫，象征的就是所谓的创世主、上帝、命运，在我看来，这个人物本身的存在，正是我们在内心最深处所体验到的神性感觉的证明啊,难道不是这样吗?

对陀思妥耶夫斯基来说,上帝并不存在。这是我一贯以来的看法。他不信仰上帝。而且,他所探讨的不是"没有信仰会怎样"这一问题,而是"如果上帝不存在,世界会怎样"的问题。陀思妥耶夫斯基自己是做不到信仰上帝的;或者说,他想要信仰上帝,但内心并无这一确信;抑或说,在信与不信之间,他一直烦恼不已。对于这样一种内心的挣扎,陀思妥耶夫斯基比俄罗斯的其他任何一位作家都明确而强烈地在自己的作品中表现了出来,而这种内心挣扎之真实,才是超越了宗教与国家、打动了现代万千读者的最重要因素。

虚构中才蕴含着希望

沼野:刚才谈到了加贺乙彦先生,所以我们对谈的话题再次回到日本文学与陀思妥耶夫斯基的关系上。龟山先生原本一直是做俄罗斯文学研究的,而我则在自己学术生涯的一开始就涉足了日本文学的评论工作。所以,可能这样说有些失礼,那就是龟山先生对日本的现代文学并没有一个系统性的认识。

然而,最近我留意到自从《卡拉马佐夫兄弟》新译本在日本畅销并成为一种社会现象时,龟山先生已经在当今的日本文坛占有一个非常重要的位置。很自然地,他与那些现代作家的交往也多了起来,经常被邀请参加各种对谈和讲座。近期龟山先生与加贺先生、高村薰先生等作家进行了对谈,并针对村上春树的作品写了非常专业的评论文章,还为大江健三郎的小说写书评,这些活动都非常引人注目。有趣的是,无论话题中谈论的是哪一位日本作家，他的解读都是从一个翻译了《卡拉马佐夫兄弟》并对陀思妥耶夫斯基着迷的人的立场上出发的。从这一点来说，龟山先生的功绩在于他把《卡拉马佐夫兄弟》带进了日本文学的世界之中。您自己的感觉是怎样的呢？在与这些当代日本作家接触后，有没有发现他们与陀思妥耶夫斯基之间有一些共通之处？

龟山：谢谢您刚才的介绍。确实如此，《卡拉马佐夫兄弟》的翻译工作结束后，我接到了很多与当代日本作家进行对谈的邀请，让我感到非常荣幸。同时这也会让我觉得简直就像是高踞云端的人突然来到了自己面前一样，多少让人有些紧张，所以会非常认真地对待这些活动。因此近两年来，只要有机会，我就找来那些时下热门的作品，花时间好好阅读。

不过，我与当代作家的对话并非只有对谈这种形式，其实更多的时候是以书评的形式进行的。当然，与沼野先生的成绩相比，我所做的大概还不到您的一点点，但我也在以自己的方式——主要是从与陀思妥耶夫斯基的关联性这一点出发，写一些文章，或者表达一些自己的看法。在这个过程中，我经常谈到的一点是"善恶的相对性"这一概念。比如川上未映子①女士的作品《天堂》，从这个角度来解读的话，就会凸显出其非常深刻的那一面。比如"校园欺凌"这一问题，不光被欺凌的那一方是有理的，连施加欺凌行为的那一方也有他自己的理——就是这

---

① 川上未映子（1976—　），日本作家、诗人。代表作品有《乳与卵》《说什么爱的梦》等。——编者注

样，把善恶相对化，或者说采取这样一种视角来看待问题。重要的是，并不是要作家在创作时就预设一种这样的视角，而是说要他们在小说主要人物的内心世界中植入这种相对性的概念。毋庸置疑，这一点与虚无主义是有相通之处的，但是在对现代社会的各种现象进行观察时，假如除了虚无主义之外还有别的视角，那它会是什么呢？我们还可以凭借怎样的依据对未来抱有希望呢？这种事情或许原本就是不可能的。《卡拉马佐夫兄弟》的结尾并不代表着对希望的暗示。"卡拉马佐夫，万岁！"这一呼喊只是一种瞬间的兴奋和陶醉，只是一种在永恒和命运不可抗拒的力量面前短暂的狂欢。我觉得这没有什么问题。哪怕只是一种精神上的净化，也是可以的。如果说虚构的作品中还有一种可以从根本上撼动人心的力量，那就是希望。它是能够瞬间使生命焕发生机的某种力量。我们不需要那种表面的、虚假的希望，我觉得这不是文学的使命。

从这个意义上来说，生活在当代的作家要如何来看待陀思妥耶夫斯基的作品呢？我们经常说在现在我们所处的时代善恶之间已经没有明确的界线了，但其实并非如此。何为善，何为恶，还是非常明确的。只是说，在善与恶之间画出一个明确的界线已经没有什么意义了。在这种情况下，要如何以小说的方式去描述希望是什么，活着意味着什么呢？我想，现在的很多作家都为此感到非常苦恼。至少，我是希望作家在创作时为此苦恼且有所思考的。

最后的价值将置于何处

沼野：这是一个难分善恶的时代。换句话来说，代替我们去判断善恶的那个绝对性的上帝一般的存在，在人们心中已经逐渐模糊不清了。在为平野启一郎的小说《溃决》写书评时，我曾表示这部作品是一部"上帝已死时代的《罪与罚》"，在写《1Q84》第三部书评的结尾时，我也曾写道，这是一部关于"在上帝已死的时代，人们不得不将这种生命难以承受之轻作为自己的宿命并活下去"的小说。《1Q84》中有一个人物是新兴宗教的教主，但令人不可思议的是，作者在小说中并没有讨论上帝的问题。村上春树在这部小说中非常生动地描写了主人公天吾与父亲的关系。宗教团体中的教主，说起来就是形象被拔高了的"父亲"。杀死"教主"这一情节，通过弗雷泽的《金枝》可知，这意味着另一种形式的"弑王"。王，对国民来说就是父亲一般的存在。但是在村上的小说中，再往上一个级别的存在，或者说是最高级别的绝对性存在，即上帝，却完全没有出现。

只是这并不是村上春树的错。从根本上来说，这其实意味着，生活在一个上帝已死的时代，就是我们难以避免的宿命。但是，在陀思妥耶夫斯基的那个时代，人们还没有彻底失去对上帝的信仰。"卡拉马佐夫之问"，说到底就是"假如上帝真的不存在，那怎么办呢"。但这个问题，此时还处在一个假设的阶段。正因为如此，陀思妥耶夫斯基才会千方百计地去寻找那一位可能并不存在的上帝。他与当代的这些作家在创作出发点上就是完全不同的。

龟山：对于日本作家来说，把类似于《卡拉马佐夫兄弟》中的情节写到自己的小说之中，从基本上说是有些困难的。如果没有足够强大的信念和信仰，强大到可以把某种看起来像是普遍存在的东西，或者说某种只存在于个人的内在而肉眼并不可见的这一类东西——就像日本佛教一样——作为故事创作的基础，就很难把自己的小说架构做得强韧有力。所以在一般情况下，就会只是一个单线的故事。那么，故事的终极价值应该放置于何处呢？到了这里，我觉得关键还是信仰的问题。

今天谈了很多关于加贺先生的话题，请在场的各位朋友一定要去读一读他的作品。比如在他的小说《宣告》中，一个青年杀了人，被宣告了死刑。在临刑前，他感受到了自己与一名女性之间的某种灵魂层面的交流。此亦谓之为"复活"。但是，就在"复活"可能要发生的瞬间，他被处刑而死。这一情景真是让人十分绝望。《宣告》所表达的就是极端的厌世主义。

但是，这一杀人犯与那名女性之间的灵魂交流是以通信的方式进行的，与《罪与罚》里面拉斯柯尔尼科夫与索尼娅之间的直接交流是不同的。如果说这名女性身上有一种力量可以震撼到且融化一个被"冰冻"的灵魂，那么这种女性的力量正是文学的力量。而且，从某种意义上来说，死刑制度本身，有时就是文学的敌人。至少在陀思妥耶夫斯基所处的文学语境中是这样的。我觉得，通过《宣告》这部小说，加贺乙彦想要表达的是，陀思妥耶夫斯基文学所传递的主旨是有局限性的。如果我是作者，《罪与罚》里主人公拉斯柯尔尼科夫被处刑而死这种情节，我是绝对无法想象的。

沼野：把"陀思妥耶夫斯基式的主题"放到日本这样一个地方，并从正面进行讨论——从这点来看，加贺乙彦确实是当今日本最有重量级的一位作家。我对《宣告》的评价很高，它极具陀思妥耶夫斯基的风格，甚至比陀思妥耶夫斯基写得更好，我觉得这样的作品才应该被翻译成俄语，让俄罗斯的读者都来读一读。其实，俄罗斯已经有一流的日本文学研究者把它翻译成优秀的俄语版了，但鉴于目前俄罗斯出版界的情况，正式出版的日程还没有确定下来。现在，俄罗斯也有很多年轻读者对村上春树的小说非常着迷；但另一方面，像这种主题深刻、沉重，且篇幅长的作品，在商业上是很难预见其成功的，所以就很难获得出版。但是，这绝对是一本不可被埋没的小说。俄罗斯是诞生了陀思妥耶夫斯基这位大作家的国家，正因为如此，我希望俄罗斯的读者都有机会读一读日本的这部作品。

对了，到目前为止我们一直都在谈加贺乙彦的作品与陀思妥耶夫斯基的关系。在某位作家成长的过程中，有哪些前辈作家曾影响过他，这个问题当然并没有那么简单，也不可能只是受了某一个人的影响。实际上，从加贺乙彦先生的情况来说，他从年轻的时候就开始深入阅读托尔斯泰的作品，相较于陀思妥耶夫斯基，其实他的现实主义长篇小说的写法更多的是受益于托尔斯泰。加贺先生的自传体历史小说《永远的都城》就是一部托尔斯泰写作风格的叙事性年代小说。

因此，提起某位作家时，简单地一口断定说"这是陀思妥耶夫斯基的手法"，这样的做法也是不可取的。有一个很好的例子,那就是辻原登先生的长篇小说《不可饶恕的人》。故事发生在熊野地区一个叫作森宫的城市,森宫本身是一个虚构的小镇,但其原型明显是现实中的新宫①,时间是日俄战争前后。也就是说,这是一部历史小说,地点是日本的某个特定的地区,时间也是确定的。但是,作者在故事中融入了多种多样的元素,就如同托尔斯泰的历史小说一样,虚构的人物和历史上真实存在过的人物同时出现,历史事实与虚构的故事彼此交叉,小说的情节中既有市井流传的小道消息,又涉及大型战争的发展趋势,既有火药味十足的革命运动和政治经济领域发生的大事件,又有恋爱秘闻,所有这些内容都被融入到故事中,随着情节的发展跌宕起伏。所以我才在书评中说"这就是辻原登版的《战争与和平》"。

但后来我才想到,或许我的这一解读是很肤浅的。之所以这样说,是因为该小说中的主人公医生,其原型是因参与企图刺杀明治天皇的"幸德事件"②而被处以死刑的大石诚之助,小说中主人公的周围也聚集了一些自称"熊野革命五人团"的人物,渲染出了一种有密谋正在酝酿的危险氛围。也就是说,这个部分的创作其实反而像是陀思妥耶夫斯基的风格了。所以,小说《不可饶恕的人》的写法,是混合了陀思妥耶夫斯基与托尔斯泰

---

① 新宫,日本和歌山县东南部的城市。辖区位于熊野川以南。——编者注
② "幸德事件",又名"幸德秋水"事件,指日本社会主义者和无政府主义者计划暗杀明治天皇而被逮捕起诉的事件。事件主要策划者为幸德秋水、宫下太吉、管野须贺、新村忠雄、吉河力作五人,因五人在熊野川附近密谋刺杀之事,被称为"熊野革命五人团"。——编者注

两种风格在内的，很不可思议吧。

龟山：辻原先生很喜欢陀思妥耶夫斯基，我曾问过他："这小说模仿的是托尔斯泰吗，为什么不是陀思妥耶夫斯基呢？"他回答说："其实一开始我是想模仿《群魔》的。"所以，最初他开始着手创作时，是想写一本日本版的《群魔》。原因正如您所说的，该小说中故事的原型是1910年到1911年之间发生的"幸德事件"。从这个意义上来说，他会把《群魔》作为参考对象其实是很好理解的。也就是说，在小说创作的开始阶段，他关注的是《群魔》，但实际上创作完成的小说却是托尔斯泰风格的，或者说，最后有了一种类似于《战争与和平》的全景式描写的特色。小说中《群魔》风格的人际纠葛描写越来越少，主题也分解成了一个个的断片。但是，小说在主题上所呈现出来的那种沉重而深厚的感觉是非常独特的，无论作者是否情愿，它都拥有了一种托尔斯泰作品的辽阔、深远的特点。从辻原先生的角度来说，他可能是觉得，如果把"幸德事件"放到类似于《群魔》那样一个封闭的空间里进行重构的话，会显得太可惜了。辻原先生的创作非常感性，抒情较多，也正是这一点使他在创作的过程中发生了这样的改变。他是一个生命力极其旺盛的人，《群魔》的那种促狭、阴暗的风格不适合他。无论从哪一点来看，《群魔》所描写的都是人类内在的精神世界，而《不可饶恕的人》中的"空气"是流通的。在《罪与罚》最后的情节中，斯维里加洛夫和波尔菲里说的"空气、空气"中的"空气"，正是辻原先生拥有的一种极其稀有而珍贵的创作能力。

刺猬型和狐狸型

沼野：接下来，让我们的话题再次回到高村薰的作品上。高村的小说有着非常鲜明的现实主义风格，几乎达到了某种极限的程度，有的地方甚至可以说已经超越了陀思妥耶夫斯基的小说。所以这也很难用陀思妥耶夫斯基的影响来解释其创作。比如《照柿》中位于东京市八王子地区的戒指制作工厂的制作车间，再比如《女王牌》中位于大森（东京都大田区）小镇上的工厂里制作啤酒罐的工艺等等，她对这些部分的描写精微细致到了令人咋舌的程度，毫不吝啬地将大量的笔墨用于对现实的刻画和描写上，这样的作家在世界文学史上也是极为少见的。陀思妥耶夫斯基绝对不会做到这个程度，或者说，他的小说本就不需要采用这样的手法。我在这里就不追求严谨的说法了，大致来说就是，陀思妥耶夫斯基的小说世界是以俄罗斯那一特定的时间和空间为创作背景的，故事基本上都是真实发生过的事情。很多小说的背景是圣彼得堡这一真实存在的城市，《卡拉马佐夫兄弟》的故事设定是在一个虚构的外省城市"畜栏"，名字非常奇特。但即使是这样，这个虚构的城市也是有它的原型的。只是，陀思妥耶夫斯基那些对现实的描写中总有一种奇妙的幻想般的氛围，越往下读，情感和意识就会越强烈，你脑海中的世界就会被陀思妥耶夫斯创造出来的那种巨大的世界所笼罩，同时你也会感觉到那些对细节的现实描写也都渐渐失去了它的意义。

托尔斯泰的现实主义则与此不同。毫无疑问，托尔斯泰是一位是视野极其开阔、思想极为深刻的作家，但是在他的小说中，有关这个世界或者人们的生活的各种细节描写，总是能成为美和喜悦的源泉。所以，尽管托尔斯泰的小说规模宏大、波澜壮阔，但细节部分的描写仍然非常缜密细致，不乏精彩之处。

所以陀思妥耶夫斯基与托尔斯泰之间风格的不同是非常明显的，但也正因为如此，他们两个人一直都被人拿来做各种对比。此类研究的一项先驱性成果，就是俄罗斯的象征主义作家、评论家德米特里·谢尔盖耶维奇·梅列日科夫斯基①所著长篇评论文章《托尔斯泰与陀思妥耶夫斯基》。书中梅列日科夫斯基把他们称为"俄罗斯文艺复兴中的两个魔鬼"。按照他的说法，陀思妥耶夫斯基是"凝视过灵魂的深渊"，而托尔斯泰则是"深谙肉体的秘密"。

此外，20世纪英国的著名政治思想家以赛亚·伯林②，原本出生于俄国沙皇统治时期的拉脱维亚地区，精通俄语，所以他也写了很多有关俄罗斯的著作，其中最有名的一篇随笔为《刺猬与狐狸——论〈战争与和平〉的历史哲学》。在书中，伯林指出古希腊诗人阿尔基洛科斯的诗歌中有这样一句话，"狐狸知道很多事情，而刺猬只知道一件大事情"，如果用这个标准对作家进行分类的话，陀思妥耶夫斯基是刺猬型，也就是说，他是拿一个自己构思出来的大型蓝图来囊括所有的事情的。与此相对，托尔

---

① 德米特里·谢尔盖耶维奇·梅列日科夫斯基（1866—1941），19世纪末20世纪初俄国著名作家、诗人、文学批评家。代表作品有《托尔斯泰与陀思妥耶夫斯基》。
② 以赛亚·伯林（1909—1997），英国哲学家、政治理论家。代表作有《卡尔·马克思》《自由四论》。——编者注

斯泰就稍微有点复杂，他以为自己是刺猬型的，但其实他是狐狸型。狐狸型"知道很多事情"，意思就是说，不要勉为其难地把所有的事情都用一个世界观囊括起来，这个世界上如此丰富而多样，其中呈现的美和喜悦，也是多样性中的类型，文学作品也应该去善待这些美和喜悦的部分。伯林认为，现代的文学家当中最典型的狐狸型作家，有莎士比亚、歌德、普希金、詹姆斯·乔伊斯等人，而刺猬型的作家则有但丁、陀思妥耶夫斯基、尼采、普鲁斯特等。

当然，给作家划分类型不过是一种游戏行为而已，我们不需要对此太过认真。不过，我觉得他对陀思妥耶夫斯基和托尔斯泰的比较，在某种程度上还是蛮接近真实情况的。照这个分类来看，我看龟山先生像是刺猬型的，所以您对托尔斯泰这种狐狸型的作家不是很欣赏吧？

龟山：在翻译《卡拉马佐夫兄弟》的时候，我曾经有过这种感觉，即陀思妥耶夫斯基的小说中细节描写确实也有，但其实多数还是很粗线条的描写。从这点来看，说他是刺猬型的应该没错。但是，在心理描写方面，作为一个大作家，他不可能是刺猬型的，因为那就太粗糙了，我觉得在这方面应该说他是狐狸型的，尤其是看小说中注解的部分，这一特征就表现得非常明显。小说人物彼此之间进行一些晦涩难解的辩论时，陀思妥耶夫斯基做的注解有好几种方式，比如"他这样喊了起来""他这样说"等等。其中一些单词的用法非常精妙，有时候可能只有俄罗斯人才会明白其中微妙的差别吧。此外，他也常常使用不同的副词来描述人物的性格或者某些心理上的变化。但大致来说，某个部分怎么写，他还是经常因心情而定的。小说中的描写时有起伏，并不稳定。应该说，在创作这部小说时，他的精神状况还是不稳定的。我能很清楚地感觉到这一点。所以说，从世界观和小说创作的过程来看，用某一种类型来概括他其实挺难的。

对了，刚才沼野先生提到了大江健三郎先生，他的新作品《水死》，其实给我带来了一次非常珍贵的阅读体验。创作这部小说时，大江先生到底在多大程度上想到了自己与父亲的关系呢？我对这一点非常感兴趣。从很早的时期开始，大江先生基本上就以自己和孩子的关系为基点，构筑起了自己的小说世界。我想陀思妥耶夫斯基也是如此。《水死》中呈现了一个处于父子关系的中间地带的"我"。简单来说就是，主人公"我"，既是父亲，也是儿子。

众所周知，在现实中，大江先生的处境决定了他很难述说自己作为父亲的那一面是如何的。陀思妥耶夫斯基也是如此。也就是说，在与儿子的关系中的那个作为父亲的自己，从孩子那一方来看，作为父亲的自己是什么样子的，这是一个问题。同时，作为一个孩子的父亲，自己是怎样的，这又是一个问题。继而，父亲借孩子的眼睛来看自己这样一个父亲时，又是怎样的，这也是一个问题。好复杂啊！

促使大江健三郎创作《水死》的动力，我认为是陀思妥耶夫斯基。主人公"我"的位置是处在父亲与孩子之间被两者撕扯的。这种极为独特的被撕扯的方式，此前曾有哪位作家运用过呢？我想这种方式被运用的原型，应该就是《卡拉马佐夫兄弟》。小说整体上弥漫着一种令人感到温暖的幽默感，但我却从中听到了大江先生那显得悲凉的呼喊声。

再说一点，在座的各位朋友如果要读大江先生的《水死》，那么请一定先去找来夏目漱石的《心》读一下。我在《水死》读到一半的时候，因某个机缘偶尔读了《心》。那时候我还没有发现，《水死》其实也是参照了《心》的，虽然距离有些远。

其实，《心》这部小说从一个侧面说，是一部经济小说。围绕着遗产的继承而产生的亲戚、兄弟之间的纠葛是这部小说的背景之一。那次我重读了《心》之后，再次强烈地意识到那些被人们看作是古典的作品确实有其不一般的魅力。《心》确实是一部具有极强的冲击力的小说。我甚至感觉到"这故事有某种弑父的主题在里面"。在现在这个时代，人们能在多大程度上以一种现代的现实主义视角来阅读夏目漱石的作品，我并不知道，但是我自己通过阅读陀思妥耶夫斯基和大江健三郎，重新感受到了古典作品的魅力。对我来说，这是一种巨大的幸福。

有关"父亲"这一文学主题

沼野： 我们的话题从大江健三郎谈到了夏目漱石。不过，这里大多数的年轻人，相比起夏目漱石，可能更喜欢村上春树吧。龟山先生与村上春树——对于从前就了解龟山先生的人来说，会觉得把你与村上放到一起有点不太合适，不过龟山先生您最近也写了《1Q84》的评论文章。因此我想再次请教您，刚才您谈到夏目漱石和大江健三郎两人的作品中都有的"弑父"主题，其实，这一点在村上春树最近的作品中也有出现，并且贯穿了《海边的卡夫卡》和《1Q84》两部小说，可以这说也是村上春树作品的一个重大主题。"父亲"成为当下一个重要的文学议题，这也是一种时代的象征吧。

龟山：是啊，父亲的问题会成为这个时代的重要议题的原因，这很值得我们思考。村上春树先生是在1949年出生的，正好是团块世代①的最后一批人。团块世代的这一代人，在战后日本的教育系统中，是最具教养主义之风采的一批人。刚才我们谈到了加贺先生的《湿原》，在《湿原》中，1968年至1969年发生的"东大斗争"是其中非常重要的一部分内容，而在"东大斗争"中起了最大作用的正是团块世代。

之后，日本经历了大规模消费的时代，以及此后的泡沫经济破灭的时代。真是毫无道理又残酷的报应啊。泡沫经济的破灭是天意，是来自老天的报应。但是，造成这一情况的原因，是我们团块世代的集体欲望。在团块世代的身上可见日本人在精神层面的困境与解放，并以泡沫经济的形式呈现了出来。从前不曾经历过物质繁荣的这一代人，在那时都沉浸在自己的美梦中，而将美梦彻底打碎的，正是泡沫经济的发生和破灭。20世纪90年代的那几年间，大量的能源被消费，日本社会中弥漫着一种梦游般的氛围。梦生，梦又死。在这短暂的梦游状态中，团块世代的大多数人最终也没有实现的那些梦想和欲望，到了现在，人们又想要

---

① 团块世代，指日本在1947年到1949年之间出生的一代人，是日本二战后出现的第一次婴儿出生潮时出生的人。

在村上春树的小说中看到他们这代人。这是我的解读。

团块世代的这一代人，几乎都是没有真正在心智上成熟就变老了的。这真是让人无比惊讶。为什么没有心智的成熟呢？这是因为，他们在很长的时间里处在一种竞争性的环境之中。在运动会上拼命奔跑的少年，一直都不停下他的脚步。但是，一旦到了身体不听使唤的年纪，他们又会以迅猛的势头把自己的不满发泄到某个地方。只是，类似的现象在当前的日本还没有实际发生，我则像是预见般看到了一幅表现地狱的图画，而这种状况的真正到来，大概会是在十年以后吧。作为一个心智不成熟的父亲，作为一个无法抑制自己欲望的孩子，他们今后应该还是这个样子，不会有什么变化。从某种意义上来说，作为团块世代的一员，这也是我自己最真实的样子。

村上春树也是如此，作为团块世代的一员，他所能想到的父亲形象，也是以自身的"不成熟"为观照对象的。正因为如此，他才以自己的体验为出发点，用尽全力在作品中塑造父亲的形象，并探讨弑父的主题。我这样说可能有些过于抽象了。不好意思，不能用一种清晰的逻辑来表达这一点，但从给人的印象上来说，就是这样的。

沼野：在现代的日本，生活环境以及社会上的流行事物在不断地发生着变化，信息传播也越来越迅速，可能是因为这个缘故吧，不同年龄层的人之间的差别也越来越大。有时我会觉得，年纪只差几岁，却会让人感到彼此之间有很大的代沟。龟山先生跟村上春树是同年龄的，都属于团块世代那一代人，两位都比我稍微年长一点，虽说现在聊起天来倒像是同龄人似的，但其实我们彼此之间由于年龄不同而产生的那种感觉上的差异，其实是蛮大的吧。

龟山：是的，正是如此呢。当年我进入东京大学研究生院时，沼野先生正在读本科呢。那时，我看着比我小几岁的沼野先生，就很强烈地感觉到了年龄差距产生的代沟。与沼野先生同龄的另外几个人反而跟我有一些相似的地方。我常在心里暗想，这几个人不会是团块世代的吧？唯独沼野先生，跟我这代人是完全不同的。我想那时的情形可能是这样的，沼野先生身上有我们团块世代绝不具备的某种特质，他就是20世纪70年代人的典型，毫不掩饰地向我们展示着这种特质，而且对他自己而言，那些都是带着意识的言行，他非常清楚自己在做什么。与此相对，我们这些属于团块世代的人则一直都是内心怀揣着巨大的焦虑、无法形容的苦闷，以及无处容身的孤独感。因为这些人都无可救药地有着极其敏锐的感觉。但是沼野先生这代人就完全不一样了。对村上春树作品的解读，我和沼野先生之间是有差异的，这当然部分是因为个人原因，但我想年龄不同而产生的代沟也是一个很大的影响因素。我总有这样一种感觉，就是我们对村上春树的解读其实是有着某种根本性的不同的，但我一直没有弄清楚这个不同到底在哪里。

沼野：是的。关于"父亲"这一文学主题，我也是有很多没有弄清楚的地方。时间关系，今天我们对这个话题的讨论就到这里，以后有机会再做探讨。

如何可以自由自在地读书

沼野：刚才您提到在读大江健三郎先生的《水死》时，想到了夏目漱石。您在翻译了《卡拉马佐夫兄弟》之后，带着对陀思妥耶夫斯基的深刻理解，反过来又去阅读现代日本文学的作品，继而又对日本文学的历史加以回顾。这样一种读书的"移动"方式真是太棒了。请您一定跟今天在座的年轻人详细地说一说这个体验。

读书，原本就该是这样一种自由的"移动"。读了某一部作品之后，并不是死守着它就结束了，而是看到从其中延展开来的另一个更广阔的世界。也就是说，那些以前你从来不觉得有意思的书，突然也可以读得让人兴趣盎然了。夏目漱石的《心》，作为日本文学的经典作品之一，日本几乎所有地方的学校图书馆中都有这本书，有时书中的内容也会出现在课堂的讲义中。但一旦以这种方式把一本书推到一个人的面前，原本有趣的内容也会变得无趣起来。无论是怎样的好作品，一旦部分内容被编进了教科书，瞬间就会变得无趣，这也是一种宿命吧。强制性地要一个人读某一本书，恐怕也会这样的吧。有趣的东西，得靠自己发现才行。我们需要做的不是强制年轻人去读什么书，而是帮助他们自己去发现那些有趣的东西。简言之，就是做一些类似于向导的工作吧。

刚才龟山先生已经说得很详细了，他年轻的时候对陀思妥耶夫斯基非常着迷，但后来暂停了关于陀思妥耶夫斯基作品的阅读与研究，转向了对俄罗斯先锋派艺术的研究。在对苏联艺术家与权力之间的关系有所了解之后，他又回到了对陀思妥耶夫斯基的研究中，带着一种新的视角重新研读其作品，而这次"品尝"出的是一种与此前完全不同的味道。龟山先生在他读书的过程中经历过这样的波折——这在俄罗斯研究者当中是非常独特的。一般来说，一个研究者一旦把某个领域作为自己的专业研究方向确定下来并开始自己的研究者生涯，此后就会一直在这一个研究课题"周围转来转去"。

今天对谈的最后，我想我们可以暂时离开一下陀思妥耶夫斯基的话题，谈一谈赫列勃尼科夫，这也是龟山先生第一本著作所研究的对象。赫列勃尼科夫是俄罗斯先锋派艺术的代表性人物，是一位前卫派诗人，同时也是所谓"zaum"① 的无意义语的实践者，他深入挖掘语言的根源，并在语言实验方面建构了非常宏伟的蓝图。他是一个不折不扣的天才。无论是创作，还是生活，他身上都有着某些超出常人理解之处，他所开拓的是一个极具魅力的、充满神性的世界，这在此前从未出现过。

龟山先生的著作《重新发现赫列勃尼科夫》被收入"平凡社书库丛书"的时候，我为这本书写了序言。虽然这样做可能有点自我炫耀的感觉，但我想现在朗读一下这篇序言结尾的部分，来结束今天的对谈。我这样说可能也很失礼吧，但还请龟山先生看在与我相识多年的分上多多见谅。龟山先生在研究上的水

---

① "zaum"，指俄国诗人赫列勃尼科夫自创的一种实验性语言，被称为"无意义语"。主要通过拆解既有语言的逻辑关系，使既有语言失去其在日常生活中的意义，从而创造出大量新词语。——编者注

平和独创性，其实在这个方面才是真正发挥得淋漓尽致。而且，我们是否应该离开陀思妥耶夫斯基的话题，再次去看一看俄罗斯先锋艺术运动这一辉煌灿烂的世界呢？带着这样一种期待，我来朗读一下刚才说过的那一段内容。

> 赫列勃尼科夫作品中的诗意宇宙，与一时的禁止与流行并不沾边，它甚至超越了革命与先锋艺术这类的框架，呈现出了另外一个不同的世界。我觉得这个世界至今仍未被人所真正了解。是的，通往赫列勃尼科夫的研究之路途远且长。但是现在，有一点我们是清楚的，那就是在我们之中最靠近赫列勃尼科夫的那个人是龟山先生。书中对于赫列勃尼科夫的伟大不曾缺失分毫。今后或许会有新的研究，在某个论点或者某篇作品的分析方面超越本书，但本书所表现出与树立的这种要把诗人赫列勃尼科夫完整地介绍给世人的热情与宏大目标，要到何时才会有新的研究之作超越它呢？此刻萦绕在我的心中的，正是诗人的这句诗。

> 再一次，再一次
> 我是
> 你的星星。[1]

---

[1] 此诗译文引自赫列勃尼科夫《迟来的旅行者》，凌越、梁嘉莹译，人民文学出版社 2019 年版。——编者注

谢谢大家的聆听。请大家把掌声送给——不是我，不是龟山先生——赫列勃尼科夫。

（本次对谈于 2010 年 5 月 2 日，在东京国立博物馆平城馆大讲堂举行）

●龟山郁夫为中学生推荐的三本书：
①陀思妥耶夫斯基《罪与罚》（龟山郁夫译，光文社古典新译文库。翻译时有考虑到中学生的阅读需求，因此该译本也适合初中生、高中生阅读哦）
②卡夫卡《变形记》（丘泽静也译，光文社古典新译文库。池内纪译，白水 u books。高桥义孝译，新潮文库）
③艾米莉·简·勃朗特《呼啸山庄》（小野寺健译，光文社古典新译文库。河岛弘美译，岩波文库）

●沼野充义为中学生推荐的三本书：
①陀思妥耶夫斯基《白夜》（小沼文彦译，角川文库。收入陀思妥耶夫斯基《温柔的女人·白夜》，井桁贞义译，讲谈社文库。对于那些觉得陀思妥耶夫斯基的长篇小说太长、很难读下去的人来说，这是一本最合适的陀思妥耶夫斯基入门书，它是一部中篇小说，其中所描述的那种极度苦闷的青春气息让人心碎）
②加夫列尔·加西亚·马尔克斯《百年孤独》（鼓直译，新潮社。读过俄罗斯文学之后，再把目光投向拉丁美洲魔幻现实主义的世界去看看吧。你会惊讶的，通过读长篇小说，竟然可以接

触到这样一个不可思议的世界）

③池泽夏树《马西阿斯·居里的堕落》（新潮文库。日本版的魔幻现实主义的杰作。可从中品味到阅读长篇小说的乐趣）

●延伸阅读：
○龟山郁夫
《重新发现赫列勃尼科夫》（平凡社书库丛书）
《俄罗斯文艺复兴的终结与革命》（岩波现代文库丛书）
《走向毁灭的马雅可夫斯基》（筑摩书房）
《十字架上的俄罗斯——斯大林与艺术家们》（岩波现代文库丛书）
《陀思妥耶夫斯基——弑父的文学》（NHK丛书）
《〈卡拉马佐夫兄弟〉续篇空想》（光文社新书）

○江川卓
《解谜〈罪与罚〉》（新潮选书）

○大江健三郎
《洪水淹没我的灵魂》（新潮文库，上下卷）
《别了，我的书》（讲谈社文库）
《水死》（讲谈社）

○加贺乙彦
《宣告》（新潮文库，上中下卷）

《湿原》(岩波现代文库发,上下卷)
《永远的都城》(新潮文库,全七卷)

○川上未映子
《天堂》(讲谈社)

○瓦伦丁·伊万诺维奇·斯科里亚廷
《到你出场了,同志毛瑟枪——诗人马雅可夫斯基怪死之谜》(小笠原丰树译,草思社)

○马克·斯洛宁
《俄罗斯文学史》(池田建太郎译,新潮社)

○高村薰
《照柿》(讲谈社文库,上下卷)
《女王牌》(新潮文库,上下卷)

○辻原登
《不可饶恕的人》(每日新闻社,上下卷)

○费奥多尔·米哈伊洛维奇·陀思妥耶夫斯基
《死屋手记》(工藤精一郎译,新潮文库)
《地下室手记》(安冈治子译,光文社古典新译文库。江川卓译,新潮文库。米川正夫译,新潮文库)

《罪与罚》（龟山郁夫译，光文社古典新译文库，全三卷。江川卓译，岩波文库，上中下卷。工藤精一郎译，新潮文库，上下卷）

《白痴》（望月哲男译，河出文库，全三卷。木村浩译，新潮文库，上下卷）

《群魔》（龟山郁夫译，光文社古典新译文库，全三卷。江川卓译，新潮文库，上下卷。米川正夫译，岩波文库，上下卷）

《卡拉马佐夫兄弟》（龟山郁夫译，光文社古典新译文库，全五卷。原卓也译，新潮文库，上中下卷。米川正夫译，岩波文库，全四卷）

〇夏目漱石
《心》（新潮文库、集英社文库、角川文库）

〇弗拉基米尔·纳博科夫
《俄罗斯文学讲义》（小笠原丰树译，阪急 communications 出版）

〇埴谷雄高
《死灵》（讲谈社文艺文库，全三卷）

〇以赛亚·伯林
《刺猬与狐狸——论〈战争与和平〉的历史哲学》（河合秀和译，岩波文库）

○平野启一郎
《溃决》(新潮文库,上下卷)

○詹姆斯·弗雷泽
《金枝》(吉川信译,筑摩学艺文库。永桥卓介译,岩波文库)

○松本健一
《陀思妥耶夫斯基与日本人》(regulus 文库)

○水野忠夫
《马雅可夫斯基·笔记》(新版平凡社丛书)

○村上春树
《海边的卡夫卡》(新潮文库,上下卷)
《1Q84》(新潮社,BOOK1-3)

○德米特里·谢尔盖耶维奇·梅列日科夫斯基
《托尔斯泰与陀思妥耶夫斯基》(升曙梦译,创元文库)

后 记

为了阅读"3·11"地震之后的世界文学

1

该书中收录的所有对谈完成后十个月，即正当我开始思量无论如何也要抽时间把对谈的内容整理成书的时候，2011年3月11日，东日本大地震发生了。当时我在东京的家中，突然来临的剧烈晃动，一时间让人惊魂落魄。大量的藏书从书架上跌落，幸好我捡回了一条命，没有压死在书堆里。因儿子被困在学校而回不了家，我开车去接他，没想到刚出门，就陷入了难以置信的大堵车中，一直到凌晨（在离家后的大约十二个小时里，我基本上没吃没喝）才好不容易到家。那之后又经历了多次余震，同时，计划停电、节电等来自政府的措施也被反复实施，一家人对此也要打起精神来应付。之后，在此后较长的时间里，我和家人一直处在肉眼不可见的微量的核辐射中（听说对人体健康的影响不会马上出现）。这就是我和家人在"3·11"地震后的经历。这看起来有些慌乱，但同时这也说明了即使发生"如此重大的事件"，我们和大部分的东京人一样，仍然平稳地过着与往常的每一天没有什么不同的日子。

但是，在"如此重大的事件"发生后，若我们的文学还跟从前一样，这真的可以吗？我们对世界文学的解读是否也应该有所改变呢？或者说，还是不该有什么改变？自从地震发生之后，上面这些问题就一直萦绕在我的心头，挥之不去。我觉得，自2011年3月11日之后，无论我写什么文章，都跟这些问题脱不开干系。我会在接下来表达的内容中引用一些自己以前写的东西，我想这也会帮我整理一下自己的思路。

地震发生后不久，《纽约时报》的记者就向我约稿，并催我尽快交稿，能有多快就多快。不凑巧的是当时我有事正要去莫斯科，就在东京飞至莫斯科的飞机上写文章讲述了自己的感想。那时，我的内心仍是混乱的，并没有从地震带来的冲击中平静下来。但由于很早之前就已经跟人约好了要去演讲，所以莫斯科之行也不能取消，那天我还是照常出发了。我记得我费了很大的劲才到了成田机场，跟一群慌慌张张要离开日本的外国人挤在一起，最后总算登上了飞机。当时，我在飞机上写的那篇文章的内容并没有多么感伤，但执笔的过程中我几次泪眼婆娑，不得不偶尔停下来平复情绪。文章写好后，我马上就在莫斯科的宾馆用电子邮件发给了当时在东京的友人——日本文学研究者乔尔·科恩。事情就是这么不凑巧，科恩当时也正要回美国（他并不是因为担心核辐射要逃离东京），于是他在飞往加利福尼亚的飞机上把我的文章译成了英语。于是，经过科恩流畅练达的翻译后，拙文刊登在了2011年3月27日的《纽约时报》上。只是，由于我的文章太长，远远超出了约稿要求，所以最后刊载时被删掉了大量内容——这多少会让人感到遗憾，但我当时的心情是非常急切的——在那样的时刻，即便平凡如我，也要向全世界发出自己的声音，让人们了解当时的日本。以下引用的，是那篇文章的结尾部分。

我们不需要什么非凡的领袖人物。我们需要的是一种心灵的力量，在当前这种人们对今后的生活难以持有好的意愿和希望的情况下，有了它便有了希望。在电视画面上经常可以看到那些受灾者同胞的身影，他们中的每一位都让我印象深刻，但其中最刺痛我内心的是一个女孩的情况，她在得知母亲下落不明后，泪流满面，大声地呼喊着"妈妈"。我相信这个女孩心灵的纯洁性，胜过相信任何政治家做出的承诺。那位女孩发出的是绝望的呼喊，但与此同时，她也让我感受到了在血淋淋的真相面前不逃避而去勇敢面对的意志力。

此刻，写着这样的文字，我无比心痛，同时也感到羞耻。虽然，我也亲身体验了地震发生时身心的不安，为停电和瘫痪的交通而烦恼，并恐惧于微量核污染的风险，但总归是可以在东京那完全的家里，不必经历饥饿之苦，大致过着如常的日子，大致做着如常的工作。我是做文学研究的，我的工作是写与文学有关的文章，但现在这样一个时期，做文学研究又有什么用呢？这种感觉，一直在我心头萦绕。

然而，我们最终也只能跟从前一样，尽可能地做好自己分内的事。我愿意相信，就在我们每个人一天一天持续着的日常生活中，小小的希望之光开始闪耀。不知道为什么，我就是想这样相信——这样一种没来由的希望，就存在于人的内心深处，这不也是一种"难以预料的意外"吗？

2

是的，在当时那种状况下，要消除"现在做文学又有什么用呢"这一怀疑，是很难做到的。继而，又有另一种念头又向我袭来，那就是在当今这种局面下，作家们写下的所有文学作品都遇到了一种极大的试炼和考验。从莫斯科回来后，需要我马上去做的下一项工作，是作为日本文艺家协会主编，写每年协会出版的作品集《文学》（2011年版）的解说文章，但我却迟迟难以下笔。在该篇文章的开头，我对当时的心情做了如实的描述。

在这样的一个时期谈论文学，说实话，是非常痛苦的。在史无前例的大地震、海啸以及核泄漏事件等一连串的天灾人祸发生后不久的今天，日本社会仍然处在混乱之中，此时我被一种类似于"现在谈论文学又有何用"的绝望心情所驱使，或许也是一种人之常情吧。本书所收录的作品，均为2010年刊登在各大文艺杂志上的文章，也就是说这些作品全部是写在地震发生之前，其中并没有与本次地震相关的文章。但是，这些文章在这样一个时期且以这样的一种方式得以结集出版，也意味着它们要经受一场严峻的试炼——面对眼下前所未有的大灾大难，这些作品是否还有力量与之对抗，并彰显自己的存在价值呢？还是说，在从前那些"和平"的日常生活中写出的作品，在面对当前的大事件时会光彩尽失？

该文章当时所提及的是一些写于震灾发生之前的作品，但我还有一个身份，是报纸的文艺时评专栏的作者（三家报纸联合同时发表，同时《北海道新闻》《东京新闻》《中日新闻》《西日本新闻》是每月连载),所以在3月之后,我当然会读到那些在地震发生后写成的作品,并每个月都要为此写评论文章。我不知道是该感到不可思议,还是以正常人的应有反应去面对。总之,"在如此重大的事件"发生后,文艺杂志也在跟之前一样照常出版,也会跟之前一样有那么多的铅字被印刷在上面。

现代日本的作家们以自己不同的方式对"如此重大的事件"做出了反应。其中当然也有作家看起来似乎是没有任何反应,但没有任何反应,也是一种反应。"如此重大的事件"之后,这个世界已经不是从前的样子了,经历了这一切,我们也不再是从前的我们。因此,如果一个人此时就像"如此重大的事件"从没有发生过一样,还如常地说话做事,这其实是很费心力的。

最先出现在公众视野中的,是诗人们那毫不掩饰、痛切、带着强烈情绪的文字。家住福岛的诗人和合亮一,此前的作品多是晦涩难懂的现代诗歌,地震之后他突然开始在网络上写一些短诗。例如"所到之处皆是眼泪。我想要像阿修罗一样写作""天上下着核辐射。安静的夜""没有一个黑夜不会迎来天亮"等等——和合将其称为"诗之砾石"。这些浅显易懂的文字,直击人们的心灵。而现代日本俳句的代表性人物长谷川櫂则是在突然之间"为一种难以抑制的情感"所驱使,写下了那些以一种极为急切而猛烈的势头不停在脑海中涌现的短歌(长谷川櫂《震灾歌集》,中央公论新社出版)。俳句诗人怎么突然开始写短歌了呢?如果按照纪贯之的说法则是"凡所生息者,无不赋歌"。那么,长谷川櫂的这种行为是否可以理解为深藏于日本人心中的"赋歌"之情在震灾的冲击下得到了释放呢?

此外还有诗人边见庸，他写出了《眼之海——我去世的故人们》（登载《文学界》，2011年6月）等一系列诗篇，读来让人深感震撼。这是故乡在灾区的作家的哀悼之情，也是献给故人的安魂曲，更是试图以诗歌语言的力量与宇宙抗衡的诗人竭尽全力的一搏。"我的故人/就请你先一个人歌唱吧/滨菊的花朵啊，请等一等，现在还不要开放/畦唐菜啊，请等一等，现在还不要哀悼/在找到那些/与我的每一位故人的心窝/最贴近的/不同的言语/之前"。

许多小说家也以自己的方式做出了种种回应。"如此重大的事件"给作家的想象力究竟带来了多大的考验，可以从各类小说作品中窥见一斑。不过我无意在此对这些小说做详细的介绍，况且小说的内容，也是需要多一些的时间来品味的。我觉得，现在还不是一个给出总体评价的合适的时机。今天，仅给大家介绍其中的两部具有代表性的作品，古川日出男的《马儿呀，即便如此，光仍然是无瑕的》（《新潮》，2011年7月，后由新潮社出版单行本）、高桥源一郎《恋爱的核电站》（《群像》，2011年11月，后由讲谈社出版单行本）。

古川说，在地震发生后不久的4月上旬，他在一种"自杀冲动"的驱使下去了福岛，冒着危险进入了核电站周边的区域，并将当时的所见所闻记录了下来。在这个过程中，他恍惚觉得自己作品中的世界与眼前的现实两相交融了——他以这样一种相当错综复杂的方式，开始了《马儿呀，即便如此，光仍然是无瑕的》一书的写作。之所以会出现这种情形，大概是因为作家本人在震灾巨大的冲击下，如果不以虚构和非虚构相结合的方式来书写，就难以面对眼前这残酷的现实吧。与此相对，在高桥源一郎《恋爱的核电站》中，作者完全没有改变自己此前作为日本后现代文学领军人物披荆斩棘的先锋姿态，以一种超越常识的方式对"核泄漏事故"发生后的问题进行了探讨。具体来说，作品中毫不避讳地使用了大量露骨的性描写，讲述了一位在社长的命令下为拍摄"地震后慈善成人影片"而奋斗的色情电影导演的故事。这样的作品很容易招致"创作态度太过轻浮"的批评，但即使是在地震和核泄漏事故发生后，他也不改变自己的写作方式——在大灾面前，打破毫不动摇的坚定的态度，不也非常值得尊敬吗？由于地震的发生，这个国家中原本隐蔽的那些问题都浮现了出来，尽管如此，关于文学的表达方式，在日本文学界仍然存在很多隐蔽的禁忌。而高桥一直以来所做的，就是打破这些不可见却又无时不在的禁忌。"它一直就在摇晃啊。都几十年了"，小说中的这句话，也是高桥在"3·11"大地震之前就已经有的一种认识吧。

但是，这里最耐人寻味的是，虽然高桥源一郎的作品风格没有发生变化，但大地震发生后，他的作品有了与此前不同的新的意义。一直以来，高桥都擅长以色情作品对严肃文学进行讽刺和解构，在"3·11"大地震发生之前，保守派的文学批评家对他的这一做法极其反感，而在"3·11"大地震之后，同样风格的作品却给人们的内心带来了非常深的震撼。这是如何发生的呢？

3

政治局势及社会性事件会给文学带来何种的影响，又是如何反映在文学当中的,这个问题很难一概而论。一方面,有人认为文学来自现实,当然会受到现实的影响,而文学也应该跟随现实的变化而有所变化;另一方面,也有人认为文学的"自律性"是最重要的,文学不应该去回应任何的社会需要。"3·11"大地震及核泄漏事故发生后,作家该如何写作又该写什么内容呢?作家们不同的回应方式,也可以看作是以上两种彼此对立的立场在这一问题上的反映。究竟怎样才是对的,此刻很难做出最终的判断,但有一点逐渐变得明朗起来了,就是说,即使是同样的一篇作品,在"如此重大的事件"发生后,呈现出了不同的意义——不,不仅是呈现的问题,应该说是有东西在根本上发生了变化才对。

作品本身是大地震之前写成的,但在震后具有了与此前完全不同的意义。其实,这样的作品还挺多的。比如池泽夏树写的《樱花的诗(二首)》(登载于《新潮》,2011年6月),据说就是写于大地震发生之前,但现在读来却像是表现了地震后春天的景象。诗歌描写的是樱花之美与花谢后的失落感,充满了浓浓的悲伤之情。"请闭上眼睛/静静地/想象/这棵樱花树,如果全部变成了灰色/世界会怎样。"

读池泽夏树的评论集《我不恨这个春天——有关"3·11"大地震的思考》(中央公论新社出版),发现此书名化用了波兰诗人维斯瓦娃·辛波斯卡的诗句。翻看辛波斯卡的作品,我们会发现里面描述了同样的现象。

またやってきたからといって

春を恨んだりはしない
例年のように自分の義務を
果たしているからといって
春を責めたりはしない

《与风景的告别》，出自辛波斯卡诗集《结束与开始》
（未知谷出版社），沼野充义译

我并不责备春天，
它已再次出现。
我不会责怪，
因为，年复一年，
它履行着职责。①

    一般认为，这首诗表现的是诗人在丈夫去世后的第一个春天时的心情，但如果在"3·11"地震发生后的日本读到了这首诗，会觉得这里表现的就是我们日本人的风情。可能这并不是一种误读，这里所展现的正是文学的普遍性力量，它可以超越时代和具体事件，给人们带来新的希望。

    有的作品是与福岛核泄漏事件直接相关的，接下来说的这部作品就非常出人意料——川上弘美的小说《神2011》（讲谈社出版）。《神》原本是川上弘美的处女作，是其在1993年创作的一

---

① 此诗中译版引自胡桑译《我曾这样寂寞生活：辛波斯卡诗选2》，湖南文艺出版社2014年版。——编者注

部短篇小说。小说故事说的是，有一天，同住一栋公寓的"熊"约"我"去河边远足，"熊"在河里捕到了一条大鱼，并把它晒成鱼干送给了"我"。回到住处后，"熊"说了一句"愿熊之神赐福给你"，就跟"我"分别了。晚上入睡前，"我"就在想"熊之神长什么样子"。故事就这样结束了。多么充满童趣的一篇短篇小说啊！但今年3月份的大地震及核泄漏事故发生后，川上弘美把故事发生的时间改为核泄漏事故之后，重新创作了《神》的2011年版本，并取名《神2011》。整体上来看，故事情节及风格并没有大幅度的变化，但却给读者带来了一种全新的感觉。为何会这样呢？因为，在新创作的故事中，故事的背景已经是地震灾害发生后的世界了，河流和鱼儿，所有的一切都已经遭受了核污染的破坏。在"如此重大的事件"发生后的世界，同样的语言也有了与此前完全不同的意义，这着实令人惊讶。

同一部作品，如果在不同的时间阅读，就会让人感受到一种完全不同的印象。关于这一点，我还在另一位作家的作品中有过类似的体验，即德国女作家克里斯塔·沃尔夫的小说作品《核事故》（日文版由保坂一夫译，恒文社出版）。作品写于1987年，德语原版的题目为《事故——某一天的新闻》，是一部描写切尔诺贝利核事故的作品。内容说的是在东德某个乡村过着宁静的日子的"我"，在一个阳光和煦的春日，通过电视新闻听说了"核事故"的发生，正巧那天是弟弟接受脑瘤手术的日子，"我"便在想象与弟弟交谈，交谈过程中思考了很多事情。这部作品以第一人称的口吻细致地讲述了主人公脑海中一闪而过的那些念头和想法，可以说与日本的私小说有相似之处。毫无疑问，这是一部真挚诚恳的作品。1997年，该小说的日文译本出版后，我马上就读完了它，并做出了如上的评价。但与此同时，我对这部小说也有一些不满意的地方。当时，我觉得这部小说不过就是一篇琐事杂记，全篇记录的是核污染事故发生后主人公在恐惧中度过的每一天，读来也没什么特别的感觉，很难说它是一部杰作。然而，福岛的核泄漏事故发生后，我找出这本书重新读了一遍，当时就感到特别惊讶。我甚至觉得自己现在读的是并不是之前读过的那部小说。作品中所描述的内容实在是非常鲜活，与现在日本的状况极为相关。当时，我的感觉是再也找不到第二部小说可以如此清晰地呈现：当超出我们"预想"的非常事态发生时，文学家该如何驱动自己的想象力才能面对眼下的现实。沃尔夫在作品中曾问道，那些由于自己的行为而招致了危险事态发生的人们，他们身上是不是有一种可以关闭自己"想象力的开关"的能力？我想，她的这一疑问，也同样适用于眼下的日本社会。

4

通过上述例子，我们可以看出什么呢？应该说，我自己也没有搞清楚。再者，作为本书的后记，为何要一再提到这样的内容呢？编辑出版本书的目的，原本是提倡大家更广泛地涉猎一些世界文学作品，像这样一直揪着日本的事情不放，有什么意义呢？

说起来，这原本是我向自己提出的一个问题，即在"如此重大的事件"发生后，是否还可以像从前一样去阅读世界文学呢？它的答案，既可以是"是"，同时也可以是"否"。如前所述，有一类作品是可以随着这个世界的变化而获得一种全新的意义和力量的。同时也有一些作品,与此相反。但是,若我们思考一下就会发现,正是伴随着这样一个过程——在时代大潮的冲击下,有的作品获得了新生,而有的作品则失去了其曾经有过的动人力量——世界文学作品的经典作品目录才不断地更新,作品才不断地迎来新生。

《什么是世界文学》一书的作者大卫·达姆罗什认为世界文学是一种会经由翻译的过程而获得增值之物,同样,也会有文学作品会在前所未有的大灾难的洗礼下获得新的意义和价值。这样的作品,才可以真正被称为"9·11"恐怖袭击事件之后的、"3·11"东日本大地震之后的世界文学作品。例如,波兰荒诞派剧作家、作家斯瓦沃米尔·姆罗热克曾于20世纪50年代末写过一部短篇小说,名为《原子人的婚礼》。该作品极其辛辣地讽刺了置人类于危险之中的物质文明,而这正是科技进步带来原子弹与核电站的结果。这部作品虽然创作于半个世纪之前,但今天读来却给我带来了一种全新的冲击力。后来我重新翻译了这部小说,题为《原子人的婚礼(2011版)》(登载于《昴》,2011年10月)。

美国比较文学研究者艾米丽·阿普特在她的著作《翻译地带:一种新的比较文学》(普林斯顿大学出版社,2005年版)中对"9·11"恐怖袭击事件之后英语文学界的相关说法进行了分析,批判了美国的英语中心主义和单一语言霸权,而其中最耐人寻味的一部分,是她化用了克劳塞维茨在《战争论》中的理论,对战争做出了如下令人耳目一新的定义:"战争是极其错误的翻译和不一致通过另一种手段的继续","战争是翻译的不可能性及翻译失败的状态达到了最暴力的程度时的结果"①。书中，她分析了"9·11"恐怖袭击事件之后的社会政治状况，并将事件发生的原因归结于不同文化之间"翻译"的失败。不得不说，她基于现代文化研究而得出的这一观点，是极其敏锐的。可以看到，她对翻译的概念做了进一步的扩展。那么，如果我们再继续引申一下就会发现，这一点其实也适用于"如此重大的事件"发生之前与之后的文学。什么意思呢？举一个最简单的例子来说，比如川上弘美的《神2011》，就可以说这是在"如此重大的事件"发生后，她对自己1993年创作小说《神》进行了"翻译"后而写成的作品。而且，即使这次的"改写"并没有在现实中发生，我们也可以通过自己的解读，把"之前"的作品"翻译"为"之后"的作品。

经由翻译，文学超越了国境、语言和时代，获得了新的价值，并继续流传下去——如果说这一过程本身就是世界文学，那么大灾之后超越了种种苦难、拥有了新的价值和新的生命的文学，也是一种世界文学。追寻着这样的"3·11之后的世界文学"，今后我们仍然会继续自己的这一阅读之旅。"3·11之后的世界文学"，它或者是对希腊悲剧或陀思妥耶夫斯基之文学魅力的重新发现，或者是在本书中提及的优秀的当代作家的下一部长篇，又或者是此时还名不见经传的年轻人在不久的将来写出的惊世大作。而此时我们唯一确定的是，那是一片尚无人踏足的沃

---

① 克劳塞维茨在《战争论》中的原话是，"战争无非是政治通过另一种手段的继续"。

野，没有地图，也没有目录。今后，将果断地迈入其中，并成为男主角、女主角的，就是此刻正在阅读眼前这本书的你，你们。

本书由"'新·世界文学入门'与沼野教授一起阅读世界文学中的日本、日本文学中的世界"系列讲演整理而成。讲演活动的主办方为日本出版文化产业振兴财团和光文社，协办方为东京大学文学部现代文艺论研究室。

"新·世界文学入门"与沼野教授一起阅读世界文学中的日本、日本文学中的世界

第一次对谈　2009年11月3日　利比·英雄（东京，光文社）

第二次对谈　2009年11月28日　饭野友幸（东京大学）

第三次对谈　2010年1月17日　平野启一郎（京大会馆）

第四次对谈　2010年2月13日　罗伯特·坎贝尔（神户工商贸易中心大楼）

第五次对谈　2010年5月2日　龟山郁夫（东京国立博物馆平城馆大讲堂）

© Mitsuyoshi Numano[2012]
Editorial Cooperation: Tetsuo Konno
All rights reserved.
Original Japanese edition published by Kobunsha Co., Ltd.
Publishing rights for Simplified Chinese character arranged with Kobunsha Co.,
Ltd. through KODANSHA LTD., Tokyo and KODANSHA BEIJING CULTURE
LTD. Beijing, China.
本书简体中文版权为浙江文艺出版社独有。
版权合同登记号：图字：11-2018-439号

图书在版编目（CIP）数据

东大教授世界文学讲义.1/（日）沼野充义编著；
王凤，石俊译.—杭州：浙江文艺出版社，2021.7
ISBN 978-7-5339-6525-9

Ⅰ.①东… Ⅱ.①沼…②王…③石… Ⅲ.①世界文学—文学研究 Ⅳ.①I106

中国版本图书馆CIP数据核字（2021）第114712号

统筹策划	柳明晔
责任编辑	邵劼
责任印制	吴春娟
封面设计	人马艺术设计·储平
营销编辑	张恩惠
数字编辑	姜梦冉

东大教授世界文学讲义1

[日]沼野充义 编著 王 凤 石 俊 译

出版发行	浙江文艺出版社
地　址	杭州市体育场路347号
邮　编	310006
电　话	0571-85176953（总编办）
	0571-85152727（市场部）
制　版	浙江新华图文制作有限公司
印　刷	杭州富春印务有限公司
开　本	850毫米×1168毫米　1/32
字　数	259千字
印　张	11.625
插　页	6
版　次	2021年7月第1版
印　次	2021年7月第1次印刷
书　号	ISBN 978-7-5339-6525-9
定　价	88.00元

版权所有　侵权必究
（如有印装质量问题，影响阅读，请与市场部联系调换）

澄心清意

澄心文化

阅读致远

东大教授世界文学讲义

⟨2⟩

[日] 沼野充义
——编著——

王 凤
——译——

浙江文艺出版社
Zhejiang Literature and Art Publishing House

越秀译丛

总策划：李贵苍
　　浙江越秀外国语学院外国语言文化研究院院长

主　编：许金龙
　　中国社会科学院外国文学研究所研究员
　　浙江越秀外国语学院大江健三郎研究中心主任

译　者：王宗杰
　　浙江越秀外国语学院东语学院院长

　　王　凤
　　浙江越秀外国语学院东语学院副教授

　　严红君
　　浙江越秀外国语学院东语学院副教授

　　李先瑞
　　浙江大学宁波理工学院外国语学院教授

　　石　俊
　　四川省成都市翻译协会会员

序言：世界由语言构成

此前，我作为主持人先后邀请了六位嘉宾，分别从不同的角度就文学相关问题进行了对谈，本书就是在此基础上编辑而成的。根据对谈内容的不同，有时我会在开篇时做一个简短的讲解作为导入，有时则直接进入对谈环节。与本书意趣相同的前作《东大教授世界文学讲义1》的日文版已于2012年1月由光文社出版，本书是其续篇。不过，由于本书独立成册，没有读过前作的读者朋友亦不妨直接阅读本书。

与前作相同，本书收录的对谈内容均来自由日本出版文化产业振兴财团（JPIC）和光文社共同主办的连续公开讲座。该系列的讲座有一个总题目为《新·世界文学入门》，幸运的是，本书的对谈活动仍然迎来了不逊于前作的极有魅力的多位嘉宾，也终于在探讨现代世界文学的多种多样侧面的路上又迈出了新的一步。

经常听到人们笼统地用"现代世界文学"这个词,但其数量极其巨大且种类多样,我们没有必要被一种堂吉诃德式的愿望紧紧攫住,试图去把握其全部。现代世界文学理论的旗手之一、斯坦福大学教授弗朗哥·莫莱蒂①曾说过,现在的世界文学从数量上来说实在是非常庞大,一个人无论多么努力读了多少的书,也不过是杯水车薪而已。我完全赞同他的看法,想要把整个的世界文学一网打尽是不可能的。但即便如此,我也仍然想要跟大家一起探索尽可能多的领域,因此,本书请来了俄罗斯文学研究者龟山郁夫先生、法国文学研究者野崎欢先生、美国文学研究者都甲幸治先生等所谓的"外国文学的专家"们,请各位分别担任了相关国家的文学向导。只是,刚才之所以用了"所谓"一词,是出于以下理由——在现代社会中,大家在各自的"专业领域"内闭门造车已经是不可能的了,所以我们的对谈也必然不仅超越了国家的界限,还超出了文学这一领域,扩展到音乐及绘画。借用瓦尔特·本雅明②评论巴黎时所用的关键词,就是,我们每个人在某种程度上都是世界文学的"漫游者(flâneur)"。那些更健壮的人们则可以更野蛮一些,做一做"游牧者(nomade)"也不错。

---

① 弗朗哥·莫莱蒂(Fran Moretti, 1972—),斯坦福大学英语和比较文学教授,美国当代知名文学教授,创立斯坦福文学实验室,凭借论文集《远读》获得美国"全国图书评论界批评奖"。
② 瓦尔特·本迪克斯·舍恩弗利斯·本雅明(Walter Bendix Schoenflies Benjamin, 1892—1940),犹太人学者,出版有《发达资本主义时代的抒情诗人》和《单向街》等作品。本雅明借由十九世纪巴黎诗人波德莱尔所创造的都市"漫游者"形象,是指在现代性的催化下产生,居于人群中,不断巡游和张望,并以此对资本主义的完整性进行意向性抵抗之人。

此外，本次对谈活动还邀请了三位作家，一位是多和田叶子女士，她兼顾日语和德语，在两者之间开展了诸多越境创作的探索，再一位是用日语进行小说创作的中国人杨逸女士，此二位代表了现代文学的越境性倾向。还有一位是在日本国内，尤其是在年轻读者中有着极高人气的绵矢莉莎女士。三位作家分别就各自不同的文学创作过程做了分享。

以上对谈的嘉宾当中既有研究者，又有翻译家、作家，在超越了不同职业的界限、与各具魅力的诸位嘉宾对谈的过程中，我再次感受到了语言表达所带来的喜悦。波洛涅斯问哈姆雷特在读什么时，他回答说"语言、语言、语言"，我们也是如此。即便看上去我们所持有的文学观点和风格有时是多么错误荒谬，以及无论我们所使用的日语、英语、法语、德语、俄语、汉语等语言有着多大的不同，归根结底，我们还是经由语言（必要时就以翻译为媒介）而连接在一起。

与前作一样，本书也是通过与嘉宾的对话，就诸如世界文学的现况如何、这个世界上有哪些值得关注的有趣书籍、应该如何去阅读等话题尽可能地进行通俗易懂的解说。就我自己来说，到了这么大的年纪了还常常会迷途不知返。但是，如果这本书能够像地图册一样，给那些今后要去到世界文学的原野中冒险的读者们提供一点点帮助，就再也高兴不过了。不不，或许不如说"让我们一起踏上迷途吧"更合适。如果再用一下"漫游者"的比喻，还可以这么说——在世界文学的原野上，可能并不存在这样一个地方，说到了那里就意味着到达了终点。而是，轻松地漫游于世界文学的原野之上，在四处游荡的旅途中，可能会在某个意外之处看到美丽的花儿，又或捡拾到别人丢失的不可思议之物，这样的过程本身才是更重要的。也可能会有那种命中注定的相遇，一生命运就此决定，但你并不会知道那一刻将于何时来临。归根结底，这正如我们自己生命的样子。

最后，谨向在本书编辑出版的过程中给予了大力支持的各位朋友致以衷心的感谢。若本书有什么有趣及可取之处，不消说，绝大部分都是对谈嘉宾们的功劳。此外，还要感谢策划了本次连续对谈的主办方出版文化产业振兴财团的各位，以及积极推动本次对谈顺利进行的驹井稔先生、前嶋知明先生等光文社的诸位，没有大家的全力支持，将不会有本书的面世。同时，今野哲男先生对冗长的对谈内容进行了非常棒的整理，谨表示衷心的感谢。

沼野充义

2013 年 8 月 30 日

目录

翻译家·外国文学研究家篇

第一章 重新思考陀思妥耶夫斯基
——龟山郁夫与沼野充义的对谈

东日本大地震与"世界文学" / 001

在"3·11"与"9·11"的夹缝之间 / 003

乡愁(nostalgia)是一种无法分割的连续性的存在 / 011

"Тоска"这一俄语词的细微含义 / 016

陀思妥耶夫斯基的乡愁(nostalgia)是一种怎样的情感 / 023

什么可以将物哀(もののあわれ)和"aura"二者连接起来？/ 028

像跟踪狂一样把物哀(もののあわれ)偷回来 / 031

震灾发生后如何写作才是可能的？/ 036

俄罗斯文学的底气 / 040

第二章 "美丽的法语"将去向何方
——野崎欢与沼野充义的对谈

法国文学从何处来,又将往何处去 / 043

"法国文学"曾是日本精英阶层专属的外国文学 / 049

文学原本的乐趣 / 053

法国文学的自信心动摇了吗?/ 057

法国式矛盾:人权宣言由"美丽的法语"写成 / 062

法国文学在日本曾具有一种特权性地位 / 068

异乡人(etrange)的谱系 / 071

"美丽的法语"的将来 / 074

例外者的谱系 / 079

有关纯正的法语和如何翻译的问题 / 084

普鲁斯特硬朗的文体,翻译成德语就变得很普通 / 088

由翻译文学筑就的"世界文学" / 095

电影与文学之间的理想关系 / 097

第三章 作为"世界文学"开端的美国文学
——都甲幸治与沼野充义的对谈

活在多声部的语言情景中 / 103

小讲座第一部分:明治时期的"世界文学" / 108

小讲座第二部分:以英语写成的"世界文学" / 111

明治时期以来的日本与日语 / 117

多声部的语言情景其实在日本也是有的 / 123

所谓"世界文学"的问题,并不仅仅是语言的问题 / 129

洛杉矶是墨西哥的第二大城市? / 135

从中体验文学之美、了解"世界文学"为何物
　　——都甲幸治和沼野充义各自推荐的 10 本书 / 142

哪怕有错译之处,有翻译作品可读仍然是一件幸福的事 / 154

不知道不为错,明明不知道却以为自己知道才是最危险的 / 158

作者篇

第四章　在太宰治与陀思妥耶夫斯基的作品中都能感受到的某种相同的气息
　　——绵矢莉莎与沼野充义的对谈

这里也有"世界文学" / 165

什么是"以日语写成的世界文学" / 168

在太宰治与陀思妥耶夫斯基身上都能感受到某种相同的气息 / 175

人物有了自己的意志,小说写到一半书名就确定了 / 184

"芥末的气味猛地钻进了鼻子里来"这一日语表述的困难之处 / 193

绵矢莉莎的读者群体 / 196

绵矢风格的小说创作方法 / 205

如何描写那些激烈的情感 / 213

第五章　以日本语,写中国心
——杨逸与沼野充义的对谈

亚洲文学的世界性 / 225

作为一种微妙的异物的日语的魅力 / 228

通往世界文学的两条道路 / 231

同样是汉字,却又如此不同 / 236

用日语写作的乐趣 / 242

对我来说,既无圣地也无圣人 / 246

"砸锅卖铁让孩子上大学"这个说法 / 251

自己与食物、酒、文学这三者的关系之比较 / 257

读了翻译作品才会明白翻译的局限与世界文学的力量 / 260

杨逸推荐给年轻读者的三本书 / 267

文学需要幽默和讽刺 / 271

第六章　走到母语之外的旅行
——多和田叶子与沼野充义的对谈

在一次次的移动中写作 / 277

"去·边界"的现代意义 / 279

流亡者生存在看不见的"起点"与看不见的"终点"之间 / 283

日本作家对日本文学的回归等问题 / 287

关于语言的向心力和离心力 / 290

《不着边际的故事》:身处被动状态反而带来了自由写作的

可能 / 293

在我自己之外还有一个我的意识,有时它会看着这个我发笑 / 299

多和田的两种创作方式 / 304

有过翻译经历后才明白的事 / 307

翻译需要时间和精力 / 313

哈姆雷特之海(Hamlet No Sea) / 317

给学术界带来新鲜的空气 / 321

当内心处在一种无思无虑的状态时,最能专心写作 / 326

写在最后
——还是要拥护文学 / 332

附记 / 346

翻译家·外国文学研究家篇

第一章
重新思考陀思妥耶夫斯基

——龟山郁夫与沼野充义的对谈

东日本大地震与"世界文学"

龟山郁夫（kameyama ikuo）

1949年出生于枥木县，东京外国语大学前校长。现任名古屋大学校长，东京外国语大学名誉教授。研究领域为俄罗斯文化、俄罗斯文学。毕业于东京外国语大学外语系俄语专业，后取得东京外国语大学外语研究科硕士学位，东京大学人文科学研究科博士课程学分修满退学。其研究成果除了陀思妥耶夫斯基相关的研究成果之外，还有围绕苏联斯大林体制下的政治和艺术的关系发表的众多论文和著作。已出版的书籍有《复苏的赫列勃尼科夫（Velimir Khlebnikov）》《十字架上的俄罗斯》《狂热与幸福感》《陀思妥耶夫斯基弑父的文学》《〈恶灵〉想成为神的男人》《大审问官斯大林》《陀思妥耶夫斯基共苦的力量》《〈群魔〉解谜》等。译著有《卡拉马佐夫兄弟》《罪与罚》（以上两册原著作者均为陀思妥耶夫斯基，光文社古典新译文库），《白痴》（同上，近期刊行），《新译地下室的记录》（同上，集英社）。

在"3·11"与"9·11"的夹缝之间

沼野：（首先请允许我介绍一下这次对谈的缘起。）2012年,《东大教授世界文学讲义1》的日文版由光文社出版，其中收录了我主持的几场对谈的内容，其中有一场龟山先生也参加了。之所以又企划了今天的这一场对谈，就是想对这本书的内容做进一步的讨论。首先请龟山先生来讲一讲，读了这本书之后他觉得有哪些有趣的地方，或者不满意的地方，我也希望能从龟山先生的感想当中找到本次对谈的一个方向性。

龟山：听起来我肩上的责任重大呀。

《东大教授世界文学讲义1》的日文版非常有趣，我一口气就读完了。印象特别深刻的一点是，该书的第一篇对谈，是从沼野先生的这样一个是问题又不是问题的提问开始的："夏目漱石到底是哪国的作家呢？"听众朋友或者读者们肯定会想，夏目漱石当然是日本作家了，因此当这样一个问题被正儿八经提出来时，就引发了大家的思考——问题的答案是什么呢？而这样问的意图又在哪里呢？

这一提问背后，其实隐含着一个现代社会特有的、终极性的疑问，即，一个人、一个作家，他仅仅只是活在一门语言、一种文化中吗？接下来，话题从有英国留学经历、曾经使用英语创作的夏目漱石开始，又扩展到以《撒旦诗篇》（五十岚一译、新泉社，1990年）为人们所知的萨尔曼·鲁西迪①，由此讨论了生活在现代社会的作家们的内心世界，除了他们在写作时所用的语言，怎么说呢，话题还涉及了他们内心深处的独白絮语，是一场有关多语言、多元文化的讨论。

开篇的对谈中首先登场的是作家利比·英雄②。可能有的朋友比较了解他，利比先生是一位美国外交官的儿子，少年时有在日本生活的经历。他还是一位有名的《万叶集》的研究者，现长居日本，经常来往于日本和中国、美国之间，并作为一位非以日语为母语却又以日语进行创作的作家，活跃在日本文坛。在这次对谈中，利比先生提到了出生于印度而后移民英国的作家萨尔曼·鲁西迪的这样一桩逸闻。有一天，鲁西迪身边的一位朋友对他说："你现在也是个英国人了，应该像一个英国人那样思考。"鲁西迪不客气地反驳了他，说，现在的世界是一个多民族共存的世界，我身上有英国和印度两种文化的印记，现在你让我丢弃其中一个只留下另一个，我做不到的。我哪一方都不选，会同时背负着这两种文化的影响，继续我的写作。也就是说，重要的不是在两者当中做一个二选一的选择，而是应该好好正视这样一个事

---

① 萨尔曼·鲁西迪（Salman Rushdie），爵士，1947年6月19日出生于印度孟买。其作品风格往往被归类于魔幻写实主义，1981年发表的《午夜之子》获当年的布克奖，2008年入选《泰晤士报》评选的"1945年以来50位最伟大的英国作家"第13位，著有《羞耻》《撒旦诗篇》等。
② 利比·英雄（Ian Levy），日语小说作家、日本文学家，1950年11月29日出生于美国加利福尼亚州，是目前日语作家中极少见的非以日语为母语却又以日语进行创作的作家，父亲是犹太人。其父亲为外交官，因此他从小在美国、日本等地不断移居并接受教育，最后毕业于美国普林斯顿大学并在该校获得博士学位。——译者注

实，即，我这个人的精神世界里面，同时存在着两种不同种类的语言和多个不同的文明。——在我看来，鲁西迪的思考超越了只是"生存在一种与自己出身的文化不同的异文化中"这样一个阶段，而达到了"认识到原本自己的里面就内化了多种文化这一事实才是重要的"这样一个高度。

从这一点来说，我觉得自己是一个特别落后的人。我是学俄语的，当年从东京外国语大学毕业后进入东京大学研究生院读书，沼野先生比我年纪小，那时就感觉他外语能力很好，对多种不同的文化都有很深的研究。而我自己怎么样呢，语言表达能力差，腼腆内向，整个人都很紧绷。也因为性格内向的缘故，特别不擅长在人前讲话，俄语和英语就不用说了，就连用日语也不能好好表达。对我这样一个人来说，听了沼野先生、利比先生以及鲁西迪先生所说的"自己的精神世界里存在着两种不同的文明"这句话，感到非常佩服，心里想，如果可能的话真希望自己也可以变成这样的人。说老实话，即便是现在鄙人也还远远没达到这样一个境界。这一点就暂且不提，今天，我想从另外一个角度对这个话题做一点展开。

"3·11"大地震发生近5个月后，也就是去年（2011年）8月，我去了纽约，参观了十年前，即2001年9月11日恐怖袭击事件的发生地，位于曼哈顿的世贸大厦遗址。以这件事为契机，我有了一个非常意外的体验，即，我发现自己的内在世界也同时存在着两种不同的文明。

当时我正在翻译陀思妥耶夫斯基的《群魔》，有一个很强烈的愿望，希望这本书的最后一卷能够在美国恐怖袭击事件所发生的那个日期——9月11日出版。为什么会有这样的想法呢？因为这个事件，对于我最终决定将自己的研究课题从斯大林时代的文化研究转向陀思妥耶夫斯基起到了重要的推动作用。我的大学毕业论文写的也是《群魔》，所以就希望在与"9·11"事件相关的9月11日这一天，完成该书的新译本的出版，那么写后记的时候还可以加入一些曼哈顿旅行记的内容。当时的我，对这一点还是有挺深的执念的。所以就想，如果能到纽约去一趟，站在世贸大厦遗址上，在那里感受到一些强烈的激发灵感的讯息就好了。

但是，实际去到那里以后呢，与想象的完全不同，我并没有什么特别的感触涌上心头。眼前就是世贸大厦遗址，我看着，也只是呆呆地立在那里，没有什么特别的感觉。那时候就想，对我来说，"9·11"事件或许不过只是别人家的事。而且，那时我竟不知不觉地开始回想起日本的东北大地震，我想，此刻自己在世贸大厦遗址所体验到的这种虚无、悲伤，倒不如说正是来自自己作为日本人的那一种身份认同——察觉到这一点时，我的内心受到了极大的冲击，但这种冲击与我之前所期待的那种是完全相反的。

当年得知美国发生了恐怖袭击事件并有近3000人死亡时，我非常震惊，几乎觉得这个世界要完了。而一旦真的站在那里，脚下就是世贸大厦遗址，却什么特别的感觉也没有涌上来。我所感受到的，只有对彼时日本所处的孤立无援的困境的担心，看着眼前的世贸大厦遗址，我甚至还感到了一丝羡慕。同时也觉得后背发凉，害怕自己回到日本后，这种不安还会再次向我袭来。

此后,我返回了日本。当时,其实有个去中国的行程已经确定下来,就在纽约之行的下个月。那是北京外国语大学建校七十周年的聚会,彼时我跟研究日本文学的中国学者们围坐在一起吃饭聊天,亲身体察到,他们对这次日本的地震、洪灾以及核泄漏事故表达了很深切的同情。这可能因为他们是学日语的,对日本的感情之深厚远超一般人。但是,看到他们的情感超越了国界,对日本所经历的不幸表达自己的悲伤之情,也对日本人所体验到的悲伤表达自己的同情心,我感到又惊讶,又温暖。

看着他们的样子,当时我心里就想,如果有什么不幸发生在日本以外的国家,我会像他们一样,体会着那个国家的悲伤、感受着那个国家的痛苦吗?有这样一个国家,我可以将它的不幸作为自己的一部分体验与它共同经历吗?这样问自己时,我猛然发觉,"啊,对我来说就是俄罗斯了"。

以前我曾经有过这样的一种体验,在听到那首据说是二战中有 2000 万人死去时被创作出来的俄罗斯国歌①时,我的心被揪得紧紧的,有一种难以名状的悲伤。那种悲伤是如此之深切,忍不住会让我怀疑自己会不会是一个俄罗斯人,甚至是一个苏联人。那时我感到自己就像是有一种与俄罗斯人一样的身份认同,以至于在听到俄罗斯国歌时,就会想起那些唱着这首国歌死去的成千上万的人们。

在此之前,我一心以为自己只有一个身份认同,它如此之贫

---

① 目前俄罗斯联邦的国歌为《俄罗斯,我们神圣的祖国》,借用的是苏联国歌《牢不可破的联盟》的旋律,歌词已经过修改。

痒，我自己都难于启齿，但实际上并非如此。东日本大地震之后的那次美国纽约世贸大厦遗址之行，在某一个相反的意义上使我确认了自己作为日本人的民族认同，而之后的中国之行，又让我发现在漫长的从事俄罗斯研究的过程中，在自己的内心已经产生了某种类似于俄罗斯人的身份认同。就这样，我意识到在自己的内心，有这样两种文化、两种文明是同时存在着的。因此，在读到沼野先生您的书时，最先画线标注出来的地方，就是刚才谈到的、利比英雄转述的鲁西迪的那段话。

《东大教授世界文学讲义1》日文版，通篇都在讨论人的身份认同，作家的身份认同。沼野先生这些年在自己的工作中所体会到的那些精华，都凝结在这本书里了。比如说，读了这本书以后，我明确地感受到了"超越J文学，通向W文学"[①] 这一与现代日本的课题紧密相关的鲜明的问题意识，对沼野先生非常佩服。

换个话题哦，这本书里还提到了村上春树，可以看出，沼野先生对村上春树的文学持一种矛盾的态度，其中有爱，也有讥讽。我觉得这反映了沼野先生独特的个性。更有趣的是，竟然置我先前的译本于不顾，说要请村上春树翻译陀思妥耶夫斯基。从沼野先生您的立场来说，转译应该是绝对不予认可的，但在书里您说，若是由村上来翻译《卡拉马佐夫兄弟》，由英文版进行转译也是可以的，而且说，沼野先生您自己可以根据俄语原著对译文进行最后的审校工作。这些话里，可能也暗含了对我所译的

---

① 此处J文学意指日本文学，W文学意指世界文学。

《卡拉马佐夫兄弟》的批判吧。

沼野：你想太多了。

龟山：哈哈，好吧，这个就暂且不提了。实际上以前我也想过，读一读由村上春树翻译的《卡拉马佐夫兄弟》也不错。如果借沼野先生之力能实现这件事，那就好玩了。这个话题很有趣，也是与多语言、两种文化、两种文明这些议题有关系的。

那么，我就先说以上这些。有关"3·11"东日本大地震的内容，稍后会再做补充。

沼野：非常感谢。刚才龟山先生的发言，提到了很多重要问题。当我们思考有关"3·11"的问题时，无论如何都不可避免会想起之前的"9·11"啊。两件事发生的日子也很奇特，难免会去比较，或者说提及它。

"3·11"之后日本的作家都有哪些创作呢，关于这一点，我曾在《东大教授世界文学讲义1》日文版的后记中有所提及。例如古川日出男[①]很早就写成了《马儿们呀，即便如此，光芒仍然是无瑕的》（新潮社，2011年7月）这部长篇作品——当然作为长篇来说是比较短的。

古川的老家是福岛县郡山市，福岛的核泄漏事故发生后，他

[①] 古川日出男（ふるかわひでお，1966— ），日本小说家、剧作家，2002年凭借《阿拉伯夜之种族》获日本推理作家协会奖、日本SF大奖，2016年凭借《三百女人的叛变之书》获读卖文学奖。

坐立不安，就像被一股自杀冲动驱赶着一般，他开车到了福岛核电站的旁边。他的这部长篇，开始是以非虚构的形式记录了那时的所见所闻，但接下来很突然地，他以前的小说《圣家族》中的一个人物出现了，他跟其他的人们一起，坐车来福岛参观。这部小说的写法很不可思议，虚构与非虚构的情节混杂在一起，描述了核泄漏事故发生后古川想了什么做了什么，而其中的时间顺序也是被打乱了的。为何要在这里提到古川的这部小说呢？其中有一个原因是，去年（2011年）5月份的黄金周连休期间，跟龟山先生一样，我也去了一趟纽约。

这是我大学的同事、翻译家柴田元幸组织的一场活动，主要就是日本作家去到纽约，在纽约展开一场对谈。除了古川以外，作家川上弘美也去了，他们两位及柴田都写下了自己参观世贸大厦遗址时的诸多感慨，那时就提到了这个视角，即，可以对"3·11"事件和"9·11"事件进行一下比较。其中古川的笔触是相当谨慎的，即便当时置身于这一举世瞩目的惨剧所发生的地点，他也没有要指责谁、追究谁的责任等想法。但是，对他的这一表现，我自己是有感到些许不舒服的。毕竟人祸与天灾有很大程度的不同，我们应该对事件的责任予以讨论。虽说引发"9·11"事件的直接的罪魁祸首是恐怖主义分子，但能把恐怖主义分子逼到这个份儿上，美国文明的责任同样也不小。文化研究理论家艾米莉·阿普特曾说过，这一事件是两种不同文化之间"翻译"失败的结果，对此我是基本同意的。

另一方面，就"3·11"事件来说，地震和海啸都是天灾，不可能是对日本持敌对态度的某个人的阴谋（科幻小说的世界里，倒是会出现那种可以人工制造地震的秘密武器等情节）。但是，明知道这片狭小的国土会发生地震和海啸，却并未对此类灾害进行充分的准备，这是日本人——不说全部是日本政府的责任——自己引发的人祸。至于此后继发的核泄漏事故，则只能说全部都是人为的灾难，其责任在那些在日本的国土上推行核电站建设的政治家、官僚、技术人员以及产业界人士，这一点已经太清楚明白了，不应该对此持和稀泥的态度。

我确实并不觉得，此前在日本推动核电站建设的人全都是罪大恶极的坏人。可能有人会觉得我的这个感受太过于文学了，其中可能也有一些有良心的政治家和官僚，他们是真心觉得核电站建设对日本来说是一条好的道路，才为此努力奋斗的。但是，如果这一猜测是真的，当这些人看到自己认为是好的事情却给日本带来了如此巨大的灾难性后果时，内心会万分悲痛吧——正如人们常说的，通往地狱的道路都是由善意铺就的——那么，作为一个人当然就该彻底反省，将自己的全部财产用于对受灾者的救援，并将自己的余生所有的时间用来纠正核电站建设政策的错误。但在目前我所知的范围内，这样的人一个也不曾有。所以我想说的是，在每一个具体的情形下冷静地追究其中的责任所在，是绝对必要的。而现在日本的政治家们呢，他们一味装聋作哑，并没有认真去做这件事。所以说，在这种情形下文学家可做的事情就很多了。

乡愁（nostalgia）是一种无法分割的连续性的存在

沼野：换个话题。圈内人都知道，龟山先生是一位超级音乐通，他自己也拉大提琴，对肖斯塔科维奇等俄罗斯音乐家也很熟悉。最近他还出版了《我为何喜欢柴可夫斯基》（PHP 新书，2012年）一书，因此我们在这里绕个道儿来聊一聊音乐的话题，看看会有什么新发现。

刚才龟山先生提到了纽约、多文化、俄罗斯等话题，现在再把音乐放入其中时，我想到了一件事。日本作曲家山田耕筰①，曾经在俄国十月革命之后的 1919 年，在纽约见到了苏联作曲家普罗科菲耶夫②。当时的普罗科菲耶夫名声如日中天，已经是一位创作了大量二十世纪新音乐的世界级作曲家。山田见到他后，两人之间也有过一场对谈，而地点就在纽约。也很是耐人寻味啊。这场谈话，正是两种文化的相遇，也是一种对决。

山田著有《我所认识的现代大作曲家》（大阪每日新闻出版社，1924 年），是一本珍贵的见闻交友实录，其中就提到了这件事。书在内容上多少有些炫耀的成分吧，而且普罗科菲耶夫跟山田是用英语交谈的，但山田是否有这样好的英语能力可使他与对方讨论这么艰深的话题，也是一个问号。但不管怎么说，如果书中的内容是可信的，普罗科菲耶夫的态度就实在是太傲慢了。他毫不客气地断言说，日本人根本不懂音乐。这让山田很是来气，也展开了强势的攻击，说了下面的话——虽然外界都在赞赏你创作了那么多具有创新性的音乐，但你的创新，其实是建立在欧洲

---

① 山田耕筰（やまだ こうさく，1886—1965），日本知名作曲家、指挥家，日本交响乐协会（现 NHK 交响乐协会）创始人。
② 谢尔盖·普罗科菲耶夫（Сергей Сергеевич Прокофьев，1891—1953），苏联著名作曲家、钢琴家，1947 年获俄罗斯联邦人民艺术家称号，1957 年被追授列宁奖。

音乐悠久的历史传统之上的,有传统,才有所谓创新。以欧洲音乐的传统为前提,并在此基础上做出一些改变,就是创新了,这并不难。相较而言,我们日本人就……在这里山田说了什么呢,接下来我们引用一下他书中的内容。

> 打破形式之束缚、进行个人的自由表达,这说法听起来真是很现代呢,但我并不觉得这事有什么特别的。比较一下我自己和普罗科菲耶夫两人在这一点上的处境,我甚至会对他感到同情,因为他正处在一种注定要为这一状况感到焦虑的位置上。也就是说,对于身为日本人的我来说,西方音乐不是因循守旧的东西,这与普罗科菲耶夫的处境大不相同。因此我们日本人其实是处在一种崭新的立场上,不会为什么tradition烦恼。也因此,无论是巴赫还是斯克里亚宾①,我可以对以前所有时代的作品都同时进行观照,而并不带任何先入为主的成见。

这一段话说的意思是,普罗科菲耶夫站在欧洲音乐的传统之上,满嘴说着"创新""创新",这并没有什么了不起的。日本人是在没有受到西方音乐传统熏陶的情况下,一下子同时接触到了所有类型的音乐,无论是巴赫,还是斯克里亚宾,也不管谁在先谁在后,在某个时期所有的西方音乐同时涌入了日本。而这一

---

① 亚历山大·尼古拉耶维奇·斯克里亚宾(Alexander Nikolayevitch Scriabin,1872—1915),俄罗斯作曲家、钢琴家,代表作有三部交响曲、管弦乐曲《极乐之诗》等。

体验之剧烈，只有日本人感受到了，西方人并不了解。

文化的碰撞，或者说不同视角的碰撞催生了一些新事物，山田耕筰和普罗科菲耶夫的相遇和对话正体现了这一点，而这个过程没有发生在二十世纪初期的俄罗斯，也没有发生在日本，却是发生在纽约。这一音乐逸闻虽然与刚才龟山先生提出的话题不尽相同，但也非常有意思。

龟山：山田耕筰于1913年在莫斯科听到了斯克里亚宾的音乐，在他回国后不久，就传来了斯克里亚宾去世的消息，此后，深为斯克里亚宾音乐倾倒的山田写下了一些钢琴曲，就像是模仿斯克里亚宾的音乐创作一样。山田有一首名为《神风》的民族主义色彩的作品，是为交响乐团而作的，其中也使用了斯克里亚宾的手法。为何山田耕筰这么喜欢斯克里亚宾呢，我想到的一点是，可能因为山田很不喜欢普罗科菲耶夫的缘故。斯克里亚宾和普罗科菲耶夫，这二人有着很大的不同，我觉得，一定是山田在斯克里亚宾的作品中感受到了一些特别的什么。

在《我为何喜欢柴可夫斯基》一书中，我采用了某些情况下在文学等其他领域才会用的一种手法，即，把俄罗斯的音乐分为"狂热的音乐"和"充满乡愁（nostalgia）的音乐"① 两种，然后以这种分类的方式，对一些乐曲进行了重新定位。

有动有静，方成音乐。作品中某些部分是静止的，某些部分是动态的，而一首作品要成立，这两种要素都必不可少。我有一

---

① 日语原文为ノスタルジア，英语 nostalgia，翻译时处理为 nostalgia（乡愁）。

个假说，即无论是斯克里亚宾还是十九世纪俄罗斯的其他音乐家，在安静的、静态的音乐中，都糅进了某种类似"乡愁（nostalgia）"的情感。如果，在这种类似"乡愁（nostalgia）"的音乐的另一极，又出现了某种"狂热"的音乐，那么这种风格的出现，会有怎样的文化史上的根据呢？在书中我对此进行了探讨，文风多少艰涩了些，我也是思来想去费了很大的劲儿才写出来的，风格上倒与"PHP新书"① 不像了。

那时我想，普罗科菲耶夫到底是属于前卫派，作曲时多用断裂，或者说切断曲子的节奏这一手法。与此相对，山田耕筰所作的曲子则一以贯之地有一种连续性，有始有终，如《红蜻蜓》中氤氲的乡愁（nostalgia）之感就是这样的。斯克里亚宾也是如此，就如将人的灵魂分为了两半，但却并非一刀两断，而是藕断丝连，其中所有的表达都是在音乐作为其自身的完整的连续性中完成。可以说，他是在避免自己的音乐中有断裂的发生。

这种对连续性的追求，在俄罗斯东正教的精神中也可以看到，或许山田耕筰就是被这一点吸引了。如刚才沼野先生所说，即使面前的是有着长久历史传统的西方音乐，山田也可以不带任何偏见地去欣赏。从某种意义上来说，山田处在了一种特权性的位置上。很多没有被同时代的人们所接受的音乐，却可以翩然而入山田的内心——也许曾经有过这样一些奇迹般的瞬间吧。

话说，山田和普罗科菲耶夫是在哪一年认识的，你还记

---

① "PHP新书"，日本PHP研究所出版的以普通上班族为主要阅读人群的科普类图书。内容多具有实用性且通俗易懂。

得吗？

沼野：山田结束了他在柏林的留学生活后，就回到了日本。在那之后吧。当时普罗科菲耶夫不在俄罗斯，在其他国家。

但在那之前，山田耕筰遇到了斯克里亚宾的音乐，受到了强烈的震撼——我觉得，这件事还是有其特殊意义所在的。读过山田的自传就会知道，他有很高的音乐才华，在当时的日本人中格外突出，为了可以更全面地学习西方音乐，他愤然到欧洲留学，所选的第一个城市就是德国的莱普士。在那里他学习巴赫、贝多芬的作曲方法，但同时也遇到了一个难题。现在说起来倒也好理解，就是，他意识到，西方这些音乐很难完全融入到日本人的血肉当中，作为日本人去学习西方音乐是有局限的。东西方两种音乐之间有着难以超越的、根本性的不同。此后，在留学回国的途中经停莫斯科时，他偶然听到了斯克里亚宾的钢琴音乐并为其深深折服。我认为，之所以会这样，正是由于斯克里亚宾的音乐并非是那种正统的西方音乐，山田从中感受到了一些连接东方和西方的要素。也就是说，对山田耕筰来说，俄罗斯音乐成为了一种连接东方音乐和西方音乐的非常珍贵的存在。实际上在那之后，不只是斯克里亚宾，还包括肖斯塔科维奇等人的音乐在内，山田积极地将俄罗斯音乐的最前沿的东西介绍到了日本，在日俄两国的音乐交流中发挥了重要作用。

"Тоска"这一俄语词的细微含义

龟山：有关纽约的话题，在这里我想补充一点。"9·11"事件以后，我出于好奇心想看一些现场的视频，于是在视频网站上找了一些，诸如飞机撞向世贸中心大楼的，有人从大楼窗户跳下来的，还有用CG①合成的撞击大楼那一瞬间两架飞机内部情景的，等等，看了很多这样的视频。

其中有一个视频，是由一个年纪较大的女人和她女儿及看起来像是女婿的男人拍的双子塔崩塌的瞬间，画面极为震撼而有戏剧性，视频中该女人一次又一次地喊着："我的天！上帝啊！"

她的喊叫声，随着大楼的崩塌变成了带着哭腔的声音，那种哭泣听起来很不寻常，就像世界末日来临了一般凄惶。听着那个声音，再看到大楼崩塌倒地的画面，我忍不住也哭了。这样以视频的方式体验了双子塔的悲剧，十年后又经历了"3·11"东日本大地震，我想我的这双眼睛已经看过了超出某种极限的惨痛画面。在以自己的双眼见识了这么多的事情之后，我就觉得，今后无论遇到什么事，可能也不会有比这更恐怖、更诡异的场景了。那么，耳朵又怎么样呢？"3·11"东日本大地震后，我们的耳朵又体验到了什么呢？实际上《我为何喜欢柴可夫斯基》一书的写作，背后是有这样一种个人兴趣和问题意识在里面的。原本我就在思考的"乡愁（nostalgia）"这一与连续性有关的问题，在"3·11"之后，对我来说变得尤为迫切。

实际上，刚才说我想补充一点时，与"乡愁（nostalgia）"一起，"Тоска"这个俄语词也浮现在我脑海中。关于这个词的意

---

① Computer Graphics，计算机动画的英文缩写，是通过计算机软件所绘制的一切图形的总称。

思，我想请沼野先生来说明一下。

沼野： 好的。在众多的西方语言中都可以见到的"乡愁（nostalgia）"是一个来源于希腊语的新词，俄语中原本是没有这个词的。如果要在俄语中找一个意思相近的，就是"Тоска"。日本人根据罗马字母的发音读出来，就成了"To Su Ka（トスカ）"，自明治时期就为人所熟知，北原白秋也用过这个词。说到 To Su Ka（トスカ），可能很多人会想起意大利普契尼①作曲的歌剧《托斯卡》，实际上这两个词也确实经常被弄混，但歌剧中 To Su Ka（トスカ）是一个意大利人的名字，完全不是一回事。

"Тоска"一词，被认为可以很好地表达俄罗斯人特有的内心世界。葡萄牙语中有一个常用词"saudade"，有乡愁、憧憬、思慕等含义，"Тоска"的意思与此相近，指的是俄罗斯民族特有的那种感觉、情感、精神状态。翻开俄日词典，其释义有"忧虑""忧愁""无聊"等，但实际上这些词无论哪一个都无法很好地把俄语的那个感觉翻译出来。

契诃夫有一部短篇小说的名字就直接用了"Тоска"这个词。这里跟大家多说一句，虽然龟山先生现在是以陀思妥耶夫斯基的译者而扬名，但他年轻的时候对契诃夫也很有兴趣，还写过关于契诃夫的论文。

契诃夫的这部名为 *Тоска*② 的短篇，书名的日文翻译是什么

---

① 贾科莫·普契尼（Giacomo Puccini, 1858—1924），意大利歌剧作曲家，代表作有《波希米亚人》《托斯卡》与《蝴蝶夫人》等。
② 契诃夫的这篇小说，中文译为《苦恼》。

呢?《闷闷不乐的虫子》。现在的年轻人是很少用这样的说法了,但其实高尔基也有一部题为 Тоска 的作品,明治时期二叶亭四迷将其译为了《闷闷不乐的虫子》。据我所查阅的一些资料发现,这就是"Тоска"最初的日文翻译的用例,此后契诃夫的译者们也沿用了这一说法(《契诃夫全集》第三卷,中村白叶译,金星堂 1934 年;《新潮世界文学》第 23 册,池田健太郎译,新潮社 1969 年),而近年来的翻译也全都套用了这一译法(《契诃夫全集》第 3 册,松下裕译,筑摩文库,1994 年)。

我曾翻译过一本《新译契诃夫短篇集》(集英社 2010 年出版),那时我大胆地改掉了这个在某种意义上来说已经约定俗成的固定译法,将其译为"せつない(哀愁)①"。我觉得这样比"闷闷不乐的虫子"的译法要易懂一些。就是说,在我的感觉中,"Тоска"的意思更接近日语的"せつない(哀愁)"。

俄罗斯人在说"Тоска"时,是处在怎样的一种情感状态呢?说起来,有点类似于一种非常强烈的忧愁——胸口揪得紧紧的,内心满是哀愁,再加重一点的状况就是一整天什么事都不想做,有时会觉得生无可恋,再严重的话甚至会想要自杀。因此俄语中会有这样的说法,"如此'Тоска',一颗心都要揉碎了","如此'Тоска',犹似灵魂碎裂"。不可思议的是,还有一种说法,"Тоска"的含义与上面的略有不同,比如"想念祖国时的'Тоска'""思念的'Тоска'"。

---

① せつない,日语词,有心碎、难过、哀愁之意。因原文讨论的是俄语"Тоска"一词,采用了不同的日语翻译呈现的细微差异,为了防止混乱,此处在翻译时不做处理,保存了原来日语表达。——译者注

"想念祖国时的'Тоска'",是一种乡愁之念,有"nostalgia"之意,"思念的'Тоска'",指的是恋人不在身边无比想念的心情,多少有一种甜蜜、陶醉的意思在里面。

因此,"Тоска"有两个方面的意思,一个是指那种会把人逼到心都要碎了,或是什么也不想做甚至想要自杀、或是借酒消愁等状况的、具有极大破坏性的充满恐惧的精神状态;还有一个意思是,甜蜜地陶醉在对恋人的深切思念当中。

俄语的"Тоска"一词,就表达了这样一种复杂而矛盾的情感状态。所以说,这个词语不简单,足以让人感受到俄语,或者说俄罗斯文化的深奥与博大之处。

龟山:谢谢。正如沼野先生所说,"Тоска"一词的翻译是不容易的,它的含义很广,很难用日语的某个单词准确地表达出来,说,哎,就是它了。但反过来说,这也正反映了俄语中存在某种特殊的精神性、某种无法翻译的东西。我觉得,俄语中的这种精神性,与日语的"物哀(もののあわれ)"① 一词在某些地方是有关联的。

这点暂且不提,我觉得"Тоска"是一种民族性的遗传,是某种荷尔蒙分泌的结果,已经深深扎根于俄罗斯人的脑细胞中,是一种俄罗斯人特有的情感。如果把"思念祖国的'Тоска'"

---

① 日语中"物哀(もののあわれ)"是日本江户时代国学大家本居宣长提出的文学理念,也可以说是他的世界观,这个概念简单地说,是"真情流露"。本居宣长认为"物哀"在日本古典文学,特别是《源氏物语》中得到了很好的体现。

理解为"思念祖国的'せつない（哀愁）'"，那么它里面其实既包含一种痛苦，同时也有一种甜蜜之感。那么"Тоска"与"nostalgia"有何不同呢？"nostalgia"原本是一个合成词，是由"nosta（故乡）"和"algos（痛）"合成的，意思是思念故乡的痛苦之情，而之所以痛苦，是因为此生再无法踏上故土——它是有这样一个前提在的，因此或许可以说，它里面的甜蜜之感就没有"Тоска"那么浓烈。

最近一段时间以来，"nostalgia（乡愁）"一词成为了我个人的一个兴趣，天天琢磨它。说到其理由，还是与"3·11"东日本大地震有关。震灾发生后不久的2011年4月，世界三大男高音之一、西班牙歌唱家普拉西多·多明戈来日演出，在音乐会上演唱了日本的一首童谣《故乡》①。我当时也作为观众在台下听了，"从前曾追赶野兔的那座山"……《故乡》这首歌从来没有像那一次那样如此地打动我，我也再次体验到，它竟有如此震撼人心的力量，而同时我也感觉到，有一种类似民族主义的情感在那些跟我一起听他演唱的观众中蔓延。听到《故乡》这首歌时，音乐厅里几乎所有人都掏出手绢擦眼泪。从"nostalgia"这个词的含义来看，这背后，是所有人都有失去自己的家园和故土这一共同体验。现实中（由于震灾的发生）日本失去的虽然是东北地区，但这个东北地区，对当时在场的所有人而言都具有一种共通的象征性的意义。也就是说，失去了东北，对所有的日本

---

① 日文歌名为《ふるさと》，此处译为《故乡》。歌词第一段为"从前曾追赶野兔的那座山／从前曾钓过小鱼的那条河／至今依旧魂牵梦萦／难忘的故乡"。

人而言,就如失去了自己的故乡,再也回不去了。这一点用"从'nostalgia'这个词的含义来看"的词源来说,就是"algos(痛)"——人们所感受到的那种思念故土的痛。

音乐真的是一种很不可思议的东西,悲伤、美好等情感并不原本就包含在它里面,而是由听众自己所置身的情景所决定的。音乐自身不过是一些音符而已,而从中能产生怎样的情感,与听者内心的状态是密切相关的。

《故乡》这首歌所带来的美好感受,一部分是歌曲使听众在内心想到了"3·11"以后的日本人所置身的状况,以及经历的那些悲伤,同时也包含了人们在面对这种状况时无法言说的某种共有的情感。

从那以后,"nostalgia"这个词在我心里的分量就越来越重。而这之前,我觉得它所表达的是一种负向的情感、一种应该对之进行否定的、不应该有的情感。自从在音乐会上听多明戈唱了那首歌之后,我深深感受到,反而"nostalgia"才是一个人活着的证明,或者说,就像因无法再回家而伤心痛哭一样,带着某种痛苦忆起故土,这样一种情感其实才是生命活动的根本。

"3·11"东日本大地震后,应该说,我们日本人的内心发生了一些改变。我觉得,是对生命的思考发生了根本性的变化。如果说"nostalgia"这个词的里面就蕴含了这些内容,那么可以说,我逐渐开始感到,再也没有比体验到"nostalgia"这种情感更幸福的事了。

接下来沼野先生将如何继续这个话题,我很期待。

陀思妥耶夫斯基的乡愁（nostalgia）是一种怎样的情感

沼野：关于乡愁（nostalgia）有很多话题可以聊，不过今天对谈的题目里出现了陀思妥耶夫斯基的名字，所以接下来我想就陀思妥耶夫斯基谈一谈乡愁（nostalgia）。我想先请教一下龟山先生，刚才你所提到的有关乡愁（nostalgia）的含义，如果放到陀思妥耶夫斯基身上，会有怎样的发现呢？

龟山：这就跟《群魔》的翻译有关了。前段时间，我有机会与俄罗斯的一位研究陀思妥耶夫斯基的年纪跟我差不多的女学者进行了对谈。这一对谈收录在一本书里（《陀思妥耶夫斯基〈群魔〉带来的冲击》，收录在光文社新书，2012年出版），我为之写了后记，题目就是《寻找aura》。"aura"的意思，跟我们刚才的谈话中提到的日语词"物哀①"相近，本雅明是这样说的，比如有一个"东西"存在，当这个东西受到了某种灵性的作用时，"aura"就会出现，就像一个"光轮"一样，就是我们平时所说的"气场"。本雅明说，当看到一个"物品"时，如果你只能看到它的实体，当看到一个人时，如果你只能看到他的肉身，这就是没有"aura"的状态，是最糟糕的。也就是说，当你看到一个人时，能感觉到他身上的某种精神性的类似于"气场"的东西，并感受到某种来自这个"气场"的作用，这才是一个人应该有的样子。而《群魔》这部小说，探讨的正是失去了"气场"的

---

① 日语原文为"もののあわれ"，汉字写"物哀"意为"我"（主体，内在）与"物"（客体，外在）在情感上的共振。

作用的那样一群人的故事。用日语说，就是丧失了"物哀"的人。这样的一群人发起了革命。在这样一种思考的基础上，陀思妥耶夫斯基写了《群魔》。

因此，如何追回已经失去的"物哀""aura"，也是《群魔》这本书隐含的一个题目。有关"aura"的丧失，用我的话来说就是"乡愁（nostalgia）"的丧失，《群魔》里在斯塔夫罗金回忆的部分对这点明确地做了表达。那些再也无法从他人那里获得灵性力量的人，——在书中，这样的人被描写为恶魔。

小说中有这样一个情节：斯塔夫罗金遍游欧洲，最后在一个名为德累斯顿①的城市看到了画家克劳德·洛兰②以希腊时代的爱琴海为背景画的一对恋人在一起时的幸福场景，画的名字叫《阿喀斯和伽拉忒亚》。

以前我也在德累斯顿看过这幅画，那时并没有留下什么印象。《群魔》的主人公斯塔夫罗金呢，跟陀思妥耶夫斯基一样，他先是观赏了这幅画，之后虽乘错了电车但还是回到了宾馆，吃完饭午睡时他做了一个梦，德累斯顿美术馆所看到的那幅画竟然带着一种"乡愁（nostalgia）"的感觉出现在梦里，彼时他忍不住热泪盈眶。

斯塔夫罗金失去的，是一种看到某个"もの（物）"后能

---

① 德累斯顿（德语：Dresden），德国萨克森州首府，德国东部仅次于首都柏林的第二大城市。
② 克劳德·洛兰（Claude Lorrain，1600—1682），法国著名风景画家，他的作品充分显示了画家对光线的敏感。代表作有《席维亚森林中射鹿的阿恩卡纽斯》等。

从中感到"あわれ（情感的共振）"的能力。这是一种病啊。这种病，在现代精神医学中也是有命名的。抓住人的鼻子把对方拖倒，靠近对方的耳朵装作是跟他耳语却突然一口咬上去，等等，如果能够感受到对方同样作为一个人散发出的信息、气场，是绝对不会做出这样的行为的。而斯塔夫罗金呢，用陀思妥耶夫斯基的话说，他简直是"张牙舞爪"，毫无顾忌地胡作非为。在失去了自己的灵性的状态下，斯塔夫罗金遍游欧洲，希望自己可以终获拯救。最后，在漫长的旅行结束时，他遇见了那幅他称之为"黄金时代"的画，并在梦中梦到了它，那时他第一次流下了眼泪。就这样，斯塔夫罗金在梦中看到了已然逝去的黄金时代的乐园、自己永远都无法再回归的故乡，我觉得，这才是陀思妥耶夫斯基所说的"乡愁（nostalgia）"的原型。

刚才也提到了，我自己在大学三年级到四年级的时候读到了《群魔》，那时就想去看一下描绘了希腊黄金时代风景的《阿喀斯和伽拉忒亚》，后来真的去看了，但实际上我什么特别的感觉也没有。对照自己的这个亲身经历以及陀思妥耶夫斯基的作品来对"乡愁（nostalgia）"进行思考时，我就会有这样一种感觉，即，包括我自己在内，几乎所有的现代人都失去了那种生而为人很重要的能力，而这种能力可以带我们感受到某种灵性，透过具体的"もの（物）"去看到永恒。我觉得这是一个非常重要的、不可忽略的问题。

沼野：这真是一个非常有意思的话题。

有关"黄金时代"的描写，不仅在《群魔》中出现过，陀思妥耶夫斯基还在《少年》中借韦尔西洛夫之口提过，在他的短篇小说《荒唐人的梦》中也曾出现过。

这幅画所描绘的是三千年前的爱琴海，简而言之，其主题是回归。在《荒唐人的梦》中，陀思妥耶夫斯基对这个时代做了如下说明——那时候人们的心灵都纯洁无瑕，还不知现代科学为何物，也没有遭受"近代的自我"这种病的荼毒，有着非常纯粹纯真的灵魂。陀思妥耶夫斯基一直有一种想要回归那个时代的愿望。对此，可以说它表达的是对某个纯真时代的"乡愁（nostalgia）"，再扩展一下的话，也可以说它是一种对乌托邦的追求。

"黄金时代"所表达的，是一种希望回到过去的对乌托邦的追求，但俄罗斯还有与此不同的另外一种意识形态，它引发了俄国十月革命，而这种意识形态是指向未来的。从斯大林时代开始，众多的政治活动家们为了自己心目中理想社会的实现做了很多的努力，但这种指向未来的乌托邦理想最终还是失败了。而且是以一种非常悲惨的形式。

但是，俄罗斯人有关乌托邦的想象力，在二十世纪初期，指向过去的和指向未来的这两种乌托邦同时存在并互相竞争对抗，并且，从陀思妥耶夫斯基生活的时代开始就已经如此。陀思妥耶夫斯基所批判的革命家，我觉得他指的是那些忘却了过去一心只想追求未来的乌托邦的人们。

龟山：是的。乌托邦的俄语是"Утопия"①，意思是"现在的这个世界上所不存在的地方"。无论是指向过去还是指向未来，从某种意义上来说，人们对于"现在这个世界上所不存在的地方"都怀有一种强烈的憧憬，这是俄罗斯人内心所共有的一种情怀。这样想你就会意识到，对俄罗斯人来说，"乡愁（nostalgia）"这种情感的产生，或许与他们信奉世界末日预言、信奉《圣经》启示录的预言这一内在心性有很大的关系。

陀思妥耶夫斯基最初是向往社会主义的，在他25岁到30岁之间的那段时光，他整个的身心都为空想社会主义者傅立叶所深深吸引。但他所拥护的社会主义是一种充满浪漫主义色彩的东西，完全不是所谓的唯物论。他心中的社会主义，是能够为来自世界的影响，或者说共产主义、原始的共产主义提供保障的。有人说在《群魔》中他预言了二十世纪"斯大林时期"的到来，其实对陀思妥耶夫斯基来说，灵性共同体与自己的社会主义理想是同一种东西。他一直都不曾有那种冷峻的目光，并不曾像后来的社会主义者一样，可以将世界单纯地作为"一种客观存在的物质本身"来看待。因此，1861年农奴解放令颁布，之后不久发生了亚历山大二世暗杀未遂事件时，陀思妥耶夫斯基内心极为震惊，不明白为什么会发生这样的事。

在这个意义上，陀思妥耶夫斯基的内心不仅有对未来的追求和期待，同时也有对逝去的黄金时代的憧憬。在对未来的追求这一点上，他预感自己心中所想的社会主义可能会实现，另一方

---

① 原文用的是日语假名标注的发音，即"ウートポス"。

面，在对过去的怀旧这一点上，他希望可以与那种从基督教的各种画像和圣像中体验到的永恒融合。陀思妥耶夫斯基就是这样一个奇怪的男人。

什么可以将物哀（もののあわれ）和"aura"二者连接起来？

沼野：刚才龟山先生谈到，有的人无法从身边的事物那里感受到情感的共振，而这是很可怕的。同时龟山先生还多次提到，物哀（もののあわれ）是一个可以表现日本人特有的情感的代表性词语，但是呢，物哀（もののあわれ）也真的是一个很复杂的概念。围绕物哀（もののあわれ），经常会有人站在爱国主义的立场上，说这个词语表现了日本这个民族的优秀之处、它所表达的是一种世界上最高级的情感、日本民族的这种情感是没法翻译成其他国家的语言的，等等。在这些人的想法中，物哀（もののあわれ）是日本人特有的情感，难以翻译。话虽是这么说，但它的含义我们还是可以用理性去思考的。

在日本，物哀（もののあわれ）是理解《源氏物语》的一个重要概念，经本居宣长①的强调而普及开来，那么这里的"もの（物）"指的是什么呢？它其实指的是，在心之外的世界里存在的一切"事物"。

---

① 本居宣长（もとおりのりなが，1730—1801），日本江户时期的国学四大名人之一，是日本复古国学的集大成者，长期钻研《源氏物语》《古事记》等日本古典作品。

古人所谓的"物",如"もののけ""ものに憑かれる"①等词语中的"もの(物)"一样,其含义是存在于人力所不能及的灵异世界的某种力量。他们认为,在外部世界事物的背后,隐含着一种人力所不能及的、非常怪异,或者说很不可思议的"东西"。

那么,"あはれ(哀)"是什么意思呢?它指的是与上面这种人力所不能及的怪异的力量接触时一个人内在的变化。因此,当外部的"东西"与一个人的内在产生了某种连接时达成的和谐平衡的状态,并且能深切地感受到这个过程的发生,这叫作物哀(もののあわれ)。这样想来,陀思妥耶夫斯基所思考的内容,与物哀(もののあわれ)的意思或许是相当接近的。

龟山:有时,人是感受不到"aura"的。听众朋友中可能也会有人觉得"我怎么没感觉到呢",有一种看法是,年纪越大,越难以感受到。日语中有一个说法是"焼きが回る"②,经常用来揶揄一个人随着年龄渐大遇到一点点小事都会流眼泪,那么"焼きが回る"与感受物哀(もののあわれ)的能力是一回事吗,那绝对不是的。在日文版《东大教授世界文学讲义1》一书中沼野先生提到的物哀(もののあわれ),是一种更为动态的、主观与客观相遇的过程。

---

① "もののけ",汉字写作"物の怪",日语读音mononoke,意为妖怪、作祟的鬼魂、活人的怨灵等。"ものに憑かれる",意为被什么附体。
② 日语原文为"焼きが回る"。直译为打制刀具时淬火过头反而会影响到刀刃的锋利程度。意指随着年纪渐长,体力不支,头脑昏聩。

"烧きが回る"这个词所表达的,其实是一种并没有与客观外在之物产生真正的内在连接的状态。年龄渐老后泪点变得很低,这是一种感伤,所流的眼泪是一种感伤之泪。泪水中包含的是对自身处境的怜悯。我觉得必须要对这两种状态加以区分。

沼野: 通过《东大教授世界文学讲义1》一书,我始终想要达成这样一件事情,就是说,我自己是研究俄罗斯文学的,但我觉得,不要只是一味地进行实证比较的研究,也不要只是追寻不同文学间互相影响的关系,世界上还有许多东西是超越了时代和国境的,它们在最本质的地方密切相关,彼此呼应,我应该做的是去发现这样一些东西。阅读世界文学作品的有趣之处,就在于这样一些让人吃惊的意外的发现。而我们刚才的谈话,正是这样一种发现的绝好的例子。物哀(もののあわれ)与陀思妥耶夫斯基的思考有相通之处——这真是一个有趣的发现呀。日本十世纪、十一世纪所创作的文学作品与十九世纪的俄罗斯小说家的思路居然有相通之处,这怎么可能不有趣呢。

《东大教授世界文学讲义1》中,在谈到诗歌的时候我说过这样一件事。即,编纂了《古今和歌集》的纪贯之在其《假名序》中谈到了在原业平,[①] 说他"心有余而词不足",意思是业平是一个很好的和歌诗人,但与他内心源源不断的才情相比,他的语言使

---

① 纪贯之(きのつらゆき,872—945),日本平安时代初期的随笔作家、和歌歌人,代表作《土佐日记》等,主持编纂了著名的《古今和歌集》,并亲自为其作《真名序》和《假名序》。在原业平(ありわらのなりひら,825—880),平安时期著名的和歌歌人,《古今和歌集》收录其和歌30首。

用能力则略显不足。诗的内容是有了，但没有掌握如何使用词汇，也就是他没有掌握写诗时所需要的形式上的方法，两者不相匹配。纪贯之所指出的，就是诗歌的内容和形式不匹配的问题。

与此相对，在西方也有这样一件逸闻，十九世纪末的画家德加想要写诗，于是他就去请教诗人马拉美。① 马拉美说："亲爱的德加，诗这种东西不是靠思想写出来的，而是靠词语写出来的哦。"马拉美的意思是，听起来你想写的内容有很多，但用来表达的语言不够啊。这与纪贯之评论在原业平的话本质上是一样的。

在《东大教授世界文学讲义1》一书中我想表达的是，如果只是专门从事俄罗斯文学的研究工作，这些事情可能都没什么所谓的，但是呢，若一个人扩大他阅读的范围，就会发现，哇，还有这么多有趣的地方啊。对那些重视专业性学术研究的人来说，该书里的内容看起来有些挑衅的意思，或者说，都是一些难以在学术领域展开讨论的、被无视的一些内容。

像跟踪狂一样把物哀（もののあわれ）偷回来

龟山：刚才谈到了纪贯之的《古今和歌集》，我在翻译陀思妥耶夫斯基作品的过程中也有过一些思考，那些思考与沼野先生提到的物哀（もののあわれ）、纪贯之的"诗的力量"等问题都有密切的关系。"心有余"中的"心"，指的是信息、内容，从"词

---

① 埃德加·德加（Edgar Degas, 1834—1917），法国印象派重要画家，代表作有《会计师和女儿们》等。斯特芳·马拉美（Stéphane Mallarmé, 1842—1898），法国象征主义诗人和散文家，代表作有《牧神的午后》等。

不足"这里再折回到"3·11"的话题啊，我工作的大学有一本宣传杂志 pieria，今福龙太先生曾经在上面发表了一篇文章，写的是自己在"3·11"以后所经历的失语体验。文中他说，在大地震发生后一个月，我几乎完全写不了任何东西。

那个杂志栏目的名字是《让我们谈一谈世界各地的诗歌》，是今福先生与我的一个对谈，具体来说是我们俩各选十首自己喜欢的诗歌，聊这些诗歌的同时，也聊一聊自己目前的状况。其中有一个规则是，在对谈进行的一周前把自己选好的诗歌发给对方，那时，今福先生当然是按时选好了诗歌并发给我了，我就遇到了一点问题，因为我在自己乱糟糟的书架上没有找到那本平凡社出版的《世界名诗集大成》，我就在网上找了找。其时看到了一个叫作《世界名诗》的栏目，收录了大约三十首诗，其中有叶芝、欧文、泰戈尔，还有三好达治①。

我高中的时候有一段时间写过诗。高三那年高考结束后也写过，还曾经用雕刻刀把诗刻在了木桌上。那会儿还没意识到这么做是不可以的。

沼野：刻在学校的桌子上吗？

龟山：是。把自己写的诗刻在了自己学校的桌子上。

---

① 三好达治（みよし たつじ，1900—1964），日本诗人、翻译家，中学时代起习作俳句。出版了《测量船》《南窗集》《闲花集》等多本诗集，运用白描手法和四行诗形式描绘乡间自然景物。

沼野：这么做可不太好。不过那个桌子，如果现在还在的话可以作为纪念保存起来了，有展览的价值啊。

龟山：那时候没觉得那样做不好。后来休息的时候老师来到教室，说请大家都闭上眼睛，刚才有个家伙在教室的桌子上刻了像是一首诗的东西，是谁干的？请默默把手举起来。我是真没敢举手。我觉得老师知道是谁干的。对这事没有一点罪恶感当然是不好的，但那时候确实是沉迷于写诗的。

那时我喜欢的诗人就是三好达治，其中特别喜欢他那首《婴儿车》。于是当后来在网上冉次读到这首诗时，真的是觉得自己又一次体验到了这首诗传递出来的"aura"。诗本身只是文字的罗列，要从中感受到"aura"，其实需要自己这一方的内心是做好准备了的，处在合适的境况中。那时我每天被工作追得焦头烂额，连找诗的事情都要在网上完成，其实是很匆忙很疲惫的一种状态，但即便如此，当我读到《婴儿车》开头的第一句"母亲啊——淡淡忧愁之物飘落"时，自己第一次读到这首诗时的景象突然一下子就展现在眼前。当时就想，啊，这就是乡愁（nostalgia）啊。今天在这里我想大胆地使用一下这个表达，即，自己与日本是连接在一起的。——而那时我发觉，自己与日本这片土地、与日本的民族性的东西相连接的那个标志，就是《婴儿车》这首诗。《婴儿车》，也正是生命诞生之地、故乡的一个原风景。而且，哪怕只有短短的一个瞬间，正是那份感动，带给一个人活着的感觉。

在与今福先生的对谈中，还有一个约定是两个人各作一首诗拿到对谈现场。而我一直到了对谈的当天才想起这件事,很是狼狈,在去会场的车上才开始写,结果就是一句话也写不出来。当时今福先生已经把他写好的诗发给我了。那首诗里他使用了一个技巧,就是,他把福岛和广岛这两个"岛"的发音作为了韵脚,每一句都押这个韵。

今福先生说,这个韵脚并非是为自己押的。可能不是很好理解,这么说吧,让读者踩着韵脚读这首诗,可以使他们把广岛的经验和福岛的经验合二为一,设了韵脚后,那首诗就像是具备了某种强制性的力量。

当时就想,那我就从别的视角写首诗,也来押一下这个韵吧。在今福先生这首诗的激发下,我开始写诗,想的就是要押上今福先生所写诗的韵脚。诗的内容大致如下——我想写一首诗,写下有关"3·11"以后失语的体验,于是我拜访了某个地方,为什么会去这个地方呢,我去是为了把丢失的"もの(物)"或者"物哀(もののあわれ)"偷回来。

塔尔科夫斯基有一部名为《跟踪狂》的电影。我自己有种感觉,可能对我来说,拜访世贸大厦遗址,就意味着自己成为一个跟踪狂,像一个盗猎者一样悄悄靠近那片土地。东日本大地震发生的5个月之后,我曾经沿着东北地区的太平洋沿岸,进行了一趟1500公里的旅行,之所以去到东北地区,最终也是为了拿回什么,偷一点什么回来。仍然是一个盗猎者、跟踪狂。

也就是说,在这首诗里,我告发了那个失语的跟踪狂,也就是我自己。从某种意义上来说,这首诗既虚张声势又俗不可耐。为了让读到它的人看不出它是以日本东北和美国纽约为舞台写成的，在诗中我故意模糊了具体信息。我不想让诗中出现广岛、福岛这样明确的词语，因为人们一听到它们就会在脑海中唤起某种特定的印象。最后写成的诗用了一些只有去过这两个地方的人才会懂的词，具体信息则被我一再模糊掉了。

写这首诗的时候，我想起了一个人——可能这听起来有些不谦虚啊——二十世纪俄罗斯诗人曼德尔施塔姆①。把自己的诗与他的名字相提并论，真的是挺厚颜无耻的，还请大家原谅——其实我想说的是，他的诗作，尤其是晚年的作品，有点像咒语或者说像猜谜语，如果不是熟读他的传记，就读不懂他每句诗的细节。读诗的人能从中直接体验到的只是词语的罗列和节奏。从这些词语的罗列和节奏中能够读出什么，全看读者对曼德尔施塔姆的一生有多少了解和想象——曼德尔施塔姆写的诗，就是暗号化到了这个程度。

刚才沼野先生提到了震灾发生后古川日出男先生写的小说，我觉得，当前所未闻的那样一个大事件发生时，可能对于作家们来说就产生了一个重大的问题——此时，到底我该用怎样的手法来写一个怎样的故事呢。

我也想就这一点听听沼野先生的意见，也就是说，失语也有好几种不同的表现，像今福先生一样，虽然失语了一个月，但一旦开始表达就如滔滔江水有很多话要说；与此相对，我自己的情

---

① 奥西普·艾米里耶维奇·曼德尔施塔姆（1891—1938），俄罗斯白银时代（19世纪末至20世纪初）著名诗人、散文家、诗歌理论家。著有诗集《石头集》《悲伤》和散文集《时代的喧嚣》《亚美尼亚旅行记》《第四散文》等。另有大量写于流放地沃罗涅什的诗歌在他死后多年出版。

况则是，只能写出像曼德尔施塔姆的作品那样的暗号化了的诗，而最终也只能以告发自己的深重罪恶的方式，来面对这个现实。也就是说，那时，我想以自己的方式尽可能地表达自己的一种伦理性态度。沼野先生是如何看待这样不同的失语的方式的呢？

我的问题有两个，一个是经历了震灾后的人们，如何写作、写作什么才是可能的？第二个是有关失语的不同表现方式。

震灾发生后如何写作才是可能的？

沼野： 这个问题不好回答，不知道我接下来的发言是否对您有用。有关诗歌，我在《东大教授世界文学讲义1》日文版的《后记》中也提到过，福岛的核泄漏事故发生后，住在福岛的诗人和合亮一①，在自己的社交网络平台上发了大量的内容，如"如阿修罗一般去写自己的作品""没有哪个夜晚不会迎来天亮""天上下着核辐射之雨。安静的夜"等。和合先生短时间内在网上发了大量的此类词句，这些单纯的表达很难称作诗，但在当时却有着直击人心的力量。

和合先生是日本现代诗的代表人物之一。现代诗这个类型其实是很难理解的，诗的含义并非轻易就能让人明白。所以读到这些自言自语一样的表达时，我觉得这真是一种让人惊讶的风格上的改变。由于是发在社交网络平台上的，所以语言的表达方式也跟平时不太一样。但这个不是一种失语。

---

① 和合亮一（わごうりょういち，1968— ），日本当代诗人，生于福岛县福岛市，被《日本经济新闻》誉为"日本新生代诗人的领袖"。

再举个例子。有一位俳句作者叫长谷川櫂①，他是写俳句的，但震灾发生后却写了大量的短歌，很快地，这些作品作为《震灾歌集》出版（中央公论出版社，2011年4月。后来还出版了《震灾句集》，中央公论出版社，2012年1月）。

俳句和短歌的句子都很短，所以这两个很容易被看作是差不多的东西，但实际上是完全不同的文学形式。俳句作者写短歌是很不可思议的事，让人吃惊不已。俳句追求的是一种凝缩的抽象世界，而短歌的写法则非常流畅，将人的情感和盘托出。纪贯之在《假名序》中的一句话很有名，说"（只要看到花中鸟鸣、听到水中蛙声）所有有生命的存在，有谁会不想写和歌呢"？又说，和歌有一种神奇的力量，可不费力而使山动，可以抚慰凶暴之人的心灵。俳句诗人长谷川櫂在自己歌集的后记中引用了纪贯之的这些话。原本俳句与和歌之间有着难以逾越的鸿沟，但面对震灾这种大灾难，一句又一句的和歌却从这位俳句诗人的内心喷涌而出。"3·11"后，在短诗这种形式的文学世界里，这样一种不寻常的事发生了。

和合先生、长谷川先生所写的这些作品，长远来看，是否能够作为文学作品流传后世，说实在的我也拿不准。但有一点可以说的是，它们确实表达了那个时刻从作者的内心流淌出来的非常真切的情感。

---

① 长谷川櫂（はせがわかい，1954— ），日本俳句诗人，生于熊本县。俳句是一种日本古典短诗，由"五—七—五"共十七字音组成，与"五—七—五—七—七"三十一字音的短歌相对。

龟山：我觉得，一首诗里面一定要有一个你想传递的信息，或者说是一种一定要把某个信息传递给他人的强烈的意愿。作者把自己在现实中的经历用语言表达出来，与读者可以在多大程度上直接接收到这些喷涌的语言，完全是两码事。

我们通过视觉和听觉在经历着自己的现实，然后带着这种印象，在社交平台上读到这些匆忙写下的文字。我没有读过和合先生和长谷川先生的文字，也不是很确定，但如果读了的话，可能会感到这些文字极度接近作者的自白，如果是这样的话，也就是说他们一开始就放弃了"传递某种信息"这样一个意愿。在我的理解当中，会觉得这也是某种意义上的失语。

我曾有过这样的体验，就是说，某个时刻我曾经感觉到过，如果听的人不是心有余裕，那么，从作者自己内心直接生发出来的这些话是很难传达出去的。以前我为此深深地苦恼过。

无论说的内容是什么，对于说话者而言，那个时刻的那些话就是世界的全部，但是，就只是说出来的话，这些表达有可能只是一个人的自言自语；而且也有太多时候，是听者、接收的那一方正在经历比说话者更严重的事情。诗这种东西，并不是作者和读者双方经验大小的较量。一言以蔽之，作者与读者之间存在的这种距离，其实是很大的。（所以，为了更好地传达，表达的方式是很重要的。）

沼野：嗯，是的。比如和合先生是福岛人，古川先生是福岛郡山人，出版了诗集《眼睛之海》（每日新闻出版社，2011年）的边见庸先生老家是宫城县石卷市。① 这几位虽说平时住在东京，但有亲戚、家人在东北，也是直接的或者间接的受灾者，但即便如此，看了这些诗人、作家写的东西，也会有受灾者觉得，不对，现实不是他写的那样的。

所以，看了和合先生在社交平台上写的那些句子，我自己是很容易被打动的，但也听到一些质疑的声音说，他的这些话是为了谁而表达的呢？或者说，震区的实际状况并不是这样的。

龟山：那天我也一整夜都在看"3·11"事件的视频。然后，坐立不安，7月9日、10日首先去了岩手县的釜石，又从那里去了大槌和陆前高田，最后去了福岛的相马附近。

去了釜石我才明白——这跟前面提到的《群魔》的主题也有关系——无论视频的内容是多么震撼，在网上看到的视频都只是一个二次元的画面而已。在釜石的时候，我有种感觉说，这个世界背后的世界才最深奥。就如同此刻我站在这里，望过去可以看到远处的各位听众的身影一样，踏上釜石的土地，我才深刻地感受到这个真实的三次元世界的震撼之处。那时候我就想，看来只看视频网站是不行的。通过这次旅行，我也体会到了亲身去到现场看的意义是什么。

在釜石的某个瞬间，我体验到了一种很神圣的感觉，好像有什么降临到了我身上，我不禁想，可能这就是神的存在吧，就像

---

① 宫城县石卷市，距离东日本大地震震中很近的重灾区。边见庸（へんみ よう，1944— ），日本当代作家，作品多具有反战主义思想。——译者注

是大自然或者是宇宙，所有的一切都进入了自己的大脑一样。亲自去一趟灾区这件事，其意义可能对每个人都是不一样的，若只是就一个单独个体的个人化体验来说的话就是，到了灾区的现场你才会明白，这个世界不是二次元的，而是三次元的。你不是透过文字，而是通过自己身体的直觉真切地体验到，神真的存在于三次元的世界里。

继而，某个空间诞生了，我站在那里，语言不再成其为语言，就如我的语言全部被吸走了——我感觉自己失语了。我去的那个时候，从外地来到灾区的人还只能待在车里不允许出来，我的内心也处在一种恐惧当中；但是，以失语的形式，我体验到了一种非常重要的感觉，而这种重要的感觉，从某种意义上来说与震灾后的日本文学也是有相通之处的。

俄罗斯文学的底气

沼野：刚才聊的内容，或许可以说是本次对谈的一个总结。我觉得其中包含了一些很重要的视角，对于我们思考震灾后的世界文学也非常有帮助。

那么，让我们回到一些更具现实性的话题吧。我俩都是专门从事俄罗斯文学研究的，所以最后还是想谈一谈俄罗斯再结束这次对谈。首先是刚才提到过的龟山先生的诗作——可能与龟山先生自己的介绍有所重复了，但还是再说一下，——刊登在东京外国语大学出版会发行的读书杂志 *pieia* 2012 年副标题为"与新世界的邂逅"的春天号、"与世界的诗歌相遇"特辑中。

说到大学发行的杂志，其实我所在的东京大学的东大出版社

也有一本名为 *UP* 的杂志，这本杂志每年到了 4 月份就会做一期题为《东大教师给一年级新生的书单》的问卷调查的特辑，由各个领域的东大教师 30 余人每人推荐三本好书。这个企划已经持续 25 年了，现在所有的这些推荐书单被总结成了一本书，将由东大出版社于今年春天出版（《书籍推荐：东大教师给一年级新生的书单》，东大出版社，2012 年）。这将会是一份过去 25 年来东大教师眼中的好书排行榜。

然后呢，其中位列第一位的是《卡拉马佐夫兄弟》。不过名列第一位的有三本书，其他两本分别是马克思的《资本论》，还有一本是高木贞治的《解析概论》。再往下看，名列前 20 位的书当中，包括《卡拉马佐夫兄弟》在内，共有四册俄罗斯文学作品入选，其他三本分别是《战争与和平》《罪与罚》《安娜·卡列尼娜》。在日本，学俄语的人很少，像我们这些研究俄罗斯文学的人，难免在一些人眼里看起来就像是在做什么奇奇怪怪的研究，而且跟研究英国文学、法国文学的人相比，总是不那么起眼。但是，看这份书单的问卷调查结果就会知道，俄罗斯文学在日本有着极高的人气。单看小说这一栏，除了《源氏物语》之外，其他的都是俄罗斯小说。类似的问卷调查在别处也有人做过，结果也大同小异，因此可以说，在日本，还是有很多人认可俄罗斯文学的影响力的。

龟山先生写的《我为何喜欢柴可夫斯基》一书中，也提到了俄罗斯作曲家是如何为世界上的众多人所喜欢的。

龟山：那些数据我是在网上查到的。世界上的作曲家前 100 位的排行榜中，只看二十世纪的话，最有人气的作曲家前三位都是俄罗斯人。总体来看的话，第一位是贝多芬，第二位是莫扎特，有三个人同时名列第三位，分别是巴赫、海顿、舒伯特。只看浪漫派的话，前几位分别是瓦格纳、勃拉姆斯、柴可夫斯基、舒曼、肖邦。二十世纪浪漫派的作曲家，前几位分别是斯特拉文斯基、普罗科菲耶夫、肖斯塔科维奇、德彪西、巴托克，五人中有三人是俄罗斯作曲家。

即便我们的眼睛和耳朵如此多地为俄罗斯的文学和音乐所占据，但是在日本，俄语特别是大学里的俄语学科，完全没有人气啊。只不过，这么多年坚持下来，最近终于觉得大家对俄罗斯这个国家有兴趣了。我希望自己珍惜这种变化，并踏踏实实将其传递给下一代。

沼野：马上就到结束的时间了。今天我们的话题从"3·11"事件谈到了俄罗斯音乐，看似散漫，但我觉得基本的主题都是连在一起的。聊得很开心。我想在场的听众朋友应该也从中感受到了不少乐趣。谢谢大家。

翻译家·外国文学研究家篇

第二章
"美丽的法语"将去向何方

——野崎欢与沼野充义的对谈

法国文学从何处来，
又将往何处去

野崎欢（のぢきかん）

　　1959年生人，东京大学研究生院人文社会研究科教授（法语法国文学研究室）。除法国文学研究之外，他还活跃在电影评论、文艺评论、随笔创作等多个领域。著作有《法国小说之门》、《让·雷诺阿越境的电影》（三得利学艺奖获奖作品）、《幼儿教育》（讲谈社随笔奖获奖作品）、《异国的香气——论热拉尔·德·钱拉·德·奈瓦尔的〈东方纪行〉》（读卖文学奖获奖作品）、《法国文学与爱》等。编著有《文学与电影之间》等。译著有《浴室》（让·菲利普·图森著）、《素粒子》（米歇尔·维尔贝克著）、《幻灭》（巴尔扎克著/共译）、《小王子》（安托万·德·圣·埃克苏佩里著）、《红与黑》（司汤达著）、《岁月的泡沫》（鲍里斯·维昂著）、《法国组曲》（伊莱娜·内米洛夫斯基著/共译）等。

资料

●野崎欢热情推荐的卢梭后的法国文学 10 册
①卢梭《忏悔录》
②夏多布里昂《墓中回忆录》
③司汤达《红与黑》
④钱拉·德·奈瓦尔《火的女儿》
⑤兰波《兰波全诗集》
⑥普鲁斯特《寻找失去的时间》
⑦加缪《局外人》
⑧杜拉斯《洛尔·瓦·斯泰因的迷狂》
⑨夏莫瓦《最后行为的圣经》①
⑩维勒贝克《地图与领土》

●野崎欢偏爱的由文学作品改编的电影 10 部
①让·雷诺阿《黄金马车》（改编自梅里梅的话剧）
②罗伯特·布列松《温柔女子》（改编自陀思妥耶夫斯基小说《温顺的女人》）
③阿尔弗雷德·希区柯克《眩晕》（改编自皮埃尔·波瓦洛与托马斯·纳尔瑟加克的小说《坟墓》）
④马克斯·奥菲尔斯《快乐》（改编自莫泊桑的短篇小说

---
① 原著法语书名为 *Biblique des derniers gestes*，作家 Patrick Chamoiseau 的作品。国内尚无中文译本。

《泰列埃夫人之家》《面具》《模特儿》）

⑤阿伦·雷乃《去年在马里昂巴德》（改编自阿兰·罗布·格里耶的同名小说）

⑥弗朗索瓦·特吕弗《两个英国女人与一个法国男人》（改编自昂利-皮埃尔·罗歇《两个英国女人与欧陆》）

⑦雅克·德米《驴皮公主》（改编自夏尔·佩罗的同名小说）

⑧成濑巳喜男《流浪记》（改编自幸田文的同名长篇小说）

⑨沟口健二《近松物语》（改编自川口松太郎的戏剧《画师茂兵卫》，其前身为劲松左卫门著《大经师昔历》）

⑩吉田喜重《秋津温泉》（改编自藤原审二的同名长篇小说）

●沼野充义满怀感恩之情推荐的法国文学作品10册

①弗朗索瓦·拉伯雷《巨人传》　过度

②伏尔泰《老实人》　理智

③司汤达《红与黑》　热情

④野崎欢（钱拉·德·奈瓦尔）《东方的香气——评奈瓦尔〈东方之旅〉》　彷徨

⑤堀口大学编译《月下的一群》　情色

⑥雷蒙·格诺《扎齐在地铁》　实验性

⑦安托万·德·圣·埃克苏佩里《小王子》　纯粹

⑧加缪《局外人》　存在

⑨雅歌塔·克里斯多夫《恶童日记》三部曲　跨境

⑩拉斐尔·孔菲昂（Raphaël Confiant）《咖啡之水》①混淆

●沼野充义偏爱的改编自文学作品的电影10部（多数为俄罗斯、东欧的电影）

（在日本均可找到DVD版本）

①安德烈·塔尔科夫斯基导演的《索拉里斯星》、改编自斯坦尼斯拉夫·莱姆的同名小说（塔尔科夫斯基导演的《潜行者》、改编自斯特鲁加茨基兄弟的《路边野餐》也难以割舍）

②谢尔盖·帕拉杰诺夫导演、改编自勒鲁蒙托夫编写的《游吟诗人》

③谢尔盖·邦达尔丘克导演的《战争与和平》、改编自托尔斯泰的同名小说

④伊万·佩里耶夫导演的《卡拉马佐夫兄弟》、改编自陀思妥耶夫斯基的同名小说

⑤亚历山大·索科洛夫导演的《日食的日子》、改编自斯特鲁加茨基兄弟的小说《人类终结前的十亿年》

⑥弗拉基米尔·博尔特科导演的《大师与玛格丽特》、改编自米哈伊尔·布尔加科夫的同名小说

⑦瓦列里·福金导演的《变形记》、改编自卡夫卡的同名小说

⑧亚历山大·罗高斯基导演、改编自罗高斯基同名小说

---

① 原著法语名称为 *Eau de café*，国内尚无中文译本。

《布谷鸟》

⑨弗朗西斯·福特·科波拉导演的《没有青春的青春》、改编自米尔恰·伊利亚德的同名小说

⑩米拉·奈尔导演的《同名人》、改编自裘帕·拉希莉的同名小说

"法国文学"曾是日本精英阶层专属的外国文学

沼野：本次对谈是日文版《东大教授世界文学讲义1》（光文社，2011年）一书的续篇，前作中我与利比英雄、平野启一郎、罗伯特·坎贝尔、饭野友幸、龟山郁夫这五位就相关的文学问题进行了探讨。本次企划，则是希望对前作中提到的话题做进一步的延伸。今天是本次企划的第二场对谈，我们请来了研究法国文学的野崎欢先生。前作《东人教授世界文学讲义1》一书中，如果按国别来划分世界文学的话，你会发现它有一个不足之处，就是聊法国文学和英美文学的内容很少。其实这种情况的出现并非是刻意为之，但不知为何，话题自始至终都围绕着处于边缘地位的国家展开，一般所说的"外国文学"领域所包括的主要国家的文学几乎都没有谈到。就对谈的内容构成来看，确实也难免会被人误会说，这就是沼野眼中的现代文学的全貌吗？事实上我也的确是收到了这样的批评。

出现这样的结果在我意料之外——并非刻意为之最后却变成了这个样子，可能会有人说，这一定是因为在沼野的潜意识深处隐隐有这样的想法才会这样的。对此我竟无力反驳，或许是真的也不可知呢。因此今天，就让我们在"日本近代文学中的外国文学"这一视角下，谈一谈在外国文学领域最受日本人尊敬和尊重的、从某种意义上来说也是最受日本精英人士喜欢的法国文学。我并非不喜欢法国文学，所以其实今天我是深怀着一种对法国文学的感恩之情来与野崎先生展开对谈的。当然，这个过程不是由我来为大家讲解，而将以一种向野崎先生请教的方式进行。

虽则如此，这场谈话还是需要有一个前提，或者说一个最低限度的共识——我们将围绕什么话题展开本场对谈。那这个部分将由我来向各位做一下简单说明。

今天对谈的主题主要有四个方面。

第一个主题是，"外国文学的乐趣"。人们喜欢用一个头衔、身份来称呼别人，如称野崎先生为法国文学家，称沼野为俄罗斯、东欧文学家——而其实我并非仅仅从事这一个领域的研究。——所以说，用一个头衔来概括某个人，此类做法还是存在某些较微妙的问题的。比如说野崎先生这个人，仅用法国文学家这个词就能概括他的全部存在吗？沼野这个男人，最近并没做俄罗斯文学研究，而是在做文艺评论，那么称他为俄罗斯文学家还合适吗？包括这个问题在内，在这场对谈中，我们将围绕如下话题展开讨论：在现在这个时代从事有关外国文学的工作意味着什么，把日本文学与外国文学区别开来的意义在哪里，或者说，日本的文学与外国的文学原本是可以人为地区别开来的吗？

野崎先生著作繁多，其中有一本叫《我们皆是外国人——作为翻译文学的日本文学》（五柳书院，2007年）。这个书名实在是非常棒。从其副标题可知，该书提出了一个相当重大的问题，即，日本文学的形成是通过阅读以外语写成的文学作品，并将其大量译介到日本而完成的，而这样的日本文学究竟是一种怎样的存在呢？

当然，下面这些话不太好大声说——其实无论野崎先生还是我自己，当年想要做外国文学研究的一个重要原因是，专门从事日本文学研究这事本身就听起来有些"俗气"。也就是说，在我们年轻的时候日本社会有一种风潮，外国文学比日本文学看起来时髦得多。或者还有种偏见是，只有那些外语不好的才会去搞什么日本文学。如果听众中有从事日本文学研究者，请允许我真诚地向您致歉，刚才说了那么多失礼的话。实在是当时年轻气盛，并不是说我现在还持这样的看法。不管怎么说，从前在人们的印象中，外国文学专业，特别是法国文学专业，是优秀的精英学生才能去的地方。但是现在想来，当一个人奔着文学而去时，将外国文学与日本文学区分开到底有多大意义呢？这个问题值得我们好好考虑。这是我们这次对谈的第一个主题。

第二个主题，则是有关在前作《东大教授世界文学讲义1》一书中没有提到的"法国文学"本身，特别是我想对法国文学表达自己的感谢之情。各位听众的手边有两份资料，一份是我心怀感激之情列出的10册法国文学作品，以及拜托野崎先生列出的电影作品（具体请参考本章开头的资料），接下来，将以这两份资料为参考，谈一谈法国文学的有趣之处，以及法国文学在日本的接纳情况与其他的外国文学有何不同。

第三个主题则是有关"翻译和语言学"。野崎先生做了大量的翻译工作，是翻译专家中的专家。虽说在这里提到自己略显不够矜持，不过我自己也是多少做一些翻译工作的，并非完全没有翻译经验，因此今天也会谈一谈何为翻译的问题，以及读原版的外国文学书籍与读日文的翻译版本有何不同。有的专家认为，读外国文学就得读原版书，这样一来，读者就会感到很不安，会想，那通过日文译本来阅读的那些外国文学算什么呢？如果读的是陀思妥耶夫斯基的翻译本，读到的就只是译者龟山郁夫，而非陀思妥耶夫斯基？读者就会有一些这样的疑问。接下来的对谈中，我将与野崎先生就这一点进行讨论。

第四个主题，则会将话题略扩展到文学以外的领域。众所周知，野崎先生是一位远近闻名的电影通，他还出版了多部包括电影评论在内的电影相关的著作。法国电影就不消说了，他还有一项不太为人知的绝招，熟知香港电影。用我的一位同事、中国文学研究者藤井省三的话说，"那已经远超个人兴趣的范畴了，他是香港电影的行家"。因此，今天的对谈虽不能过多地把时间放在电影上，但也会给大家介绍几部好看的由文学作品改编而成的电影。

野崎先生很擅长对谈，他与东京大学驹场校区英语学科的同事，也是日本屈指可数的翻译大家斋藤兆史的连续对谈此前结集出版，名为《英法文学战记名作导读——带你更愉快地阅读》（东京大学出版社，2010年）。英语和法语之间大约是可以平等沟通的，那么法语和俄语之间的关系又是怎样的呢，对接下来的对谈我充满期待。好的，那么接下来就请野崎先生上台，欢迎野崎先生！

（野崎氏登上讲台。听众鼓掌。）

那接下来就进入正题，首先请野崎先生来谈一谈学习外国文学的乐趣。

文学原本的乐趣

野崎：好的。刚才沼野先生提到了各位听众手边都有一份资料，其实这里还有一个小插曲。原定今天下午一点钟大家是要在池袋见面，做一下正式对谈前的准备工作的，于是我就出门了，但心里莫名有些不安，打开电脑一看，果然有一封十二点零七分收到的来自沼野先生的带有附件的电子邮件，大意是可否按照这样的格式准备一份"世界文学排行榜前十"以及"文艺电影排行榜前五"的资料。时间太紧了，我匆匆忙忙写了一下。然后事情又有了新的展开——大家说这个机会很难得呢，不如打印一下请听众们带回去吧，于是会场上各位的手边就有了现在的资料。对我来说，这个事情本身就很有趣，或者说，它给我带来了一种非常新鲜的体验。此番绝非讽刺，是真心话。

可能在场的各位听了也会觉得很意外吧，但其实搞外国文学研究的人，平时交流的对象大多只限于那些跟自己搞同一门语言的人。呃，就拿我本人来说，平时单位里能见到的也只是那些搞法国文学的，像今天这样，在这里跟俄罗斯文学研究和世界文学研究的大学者沼野先生一起对话，这样的机会平时基本是没有的。

我非常喜欢跟研究其他语种、其他国家文学的专家聊天，因为，仅仅是彼此坐在一起聊天，我就好像是经历了一趟微型留学，或者说体验到了某种异国的文化。说起来，在对谈的当日，而且在距对谈正式开始不足一个小时的时候，会发一封带着附件的邮件说，请准备一份这样的资料过来——这么大胆的做法，在我周围搞法国文学的同行中是很难看到的。所以说，从这一点我就感受到了俄罗斯人在时间方面的不拘小节，或者说俄罗斯人性格中不怎么在意时间的特点，而这一点正与俄罗斯小说中的某些情节重合——想到这里，简直是浑身起鸡皮疙瘩啊。

以前我曾与龟山郁夫先生一起在某处组织了一场学术研讨会。准备阶段，龟山先生曾给我发过一个邮件，问"你哪天有空"，在我回信之后，一直到那一天之前，都没再收到龟山先生的回复。我一边心里想今天是不是不用去了，但还是想去看看吧，就去了。龟山先生竟然真的已经在那里等着我了，他笑着说："今天你来晚了哦。"我也算是经常出门去各处演讲的，这种事情还是第一次遇到。但这也是一种很有趣的体验，让我感受到不同的文化带来的差异。

接下来让我们来谈一谈文学的乐趣。这个话题，说得太深了就打不住了，先说最简单的一点，当我们读书的时候——可能各位也会有同样的感受吧，阅读的过程里，其实我们是进入了另一个世界，可以逃避现实一会儿。也就是说，可以从眼前的问题那里逃离片刻。所以，越是眼下有急需解决的问题，这一乐趣就越甚。比如说明天要考试了，那么今晚读推理小说的乐趣就越多、就越发停不下来。

"逃避"这个词，经常被当作贬义词来用，但其实逃避未必就是一件坏事。人生在世，若没有一点可逃避的退路是活不下去的。当然逃避的意义不止如此，它还有一层积极的意思，比如通过逃避，我们可能会遇见在此前的生活中不会遇到的人，接触到新的事物。我们每个人都只有一次人生，但当通过其他人的翻译读到那些俄罗斯经典时，在书里你甚至会看到那种一个晚上不惜散尽千金去赌博的贵族。而我们平时在自己的生活里是不可能那么做的。或者，当我们读到安娜·卡列尼娜那样的女性的故事时，会感到我们自己仅有一次的人生被大大地丰富和扩展了，就如同活了不止一次。这是文学作品会带给我们的福祉之一吧。

此外，刚才我也简单提到过了，搞外国文学的，比如搞法国文学的人和搞俄罗斯文学的人，他们所分别理解的常识，或者说他们各自依凭的文化有极大的不同，而这个不同也是极为有趣的。

沼野：搞外国文学研究的日本人，很容易都变成了那个国家文化的代言人。就像有人说，搞法国文学的人多多少少都有些装模作样，总是莫名其妙地围着一条围巾，搞英国文学的则绅士又幽默，搞俄罗斯文学的就特别能喝酒，总是若无其事地迟到，不守时也不遵守约定。当然这都是些表面的例子，从本质上来说，这种现象其实可以这样理解，即在日本文化的框架中，搞外国文学的研究者们多少都受到了他所学外语的那个国家文化的影响，而这些在日常的言行中又都有所表现。

野崎：嗯，想想也是很奇妙的事呢。比如一个人是研究巴尔扎克的，就会被称"他是（做）巴尔扎克（研究的）"。想来这也是很奇妙的说法了。但这种现象到现在还是根深蒂固啊。

沼野：确实如此。时间再往前推一点的话，做外国文学研究的人与他所研究的作家的名字一定是非常紧密地联系在一起的。在法语圈里，大家会说渡边一夫是拉伯雷、阿部良雄是波德莱尔。不过，近期的文学研究领域出现了一个新动向，我也不知道这是好事情还是坏事情，就是说，只靠研究某一单个的作家就能写出博士论文的做法，恐怕行不通了。过去曾有一个时期，我称之为"俄罗斯文学的英雄时期"，研究对象和研究者之间都是很明确的一对一的关系，比如马雅可夫斯基是水野忠夫，巴赫金是桑野隆，赫列勃尼科夫则是龟山郁夫。而现在呢，谁在做哪个作家的研究，已经完全分不清了。我也是一样的，到底是在研究哪位作家，连自己也说不上来。野崎先生那边怎么样，也有类似的现象吗？

野崎：呃，法国文学研究这边几乎完全没有什么变化……仍然是以作家为中心的研究为主。虽然作为研究对象的作家群不断有变化，但这种作家中心的倾向仍然很明显。五年前我离开原来的工作单位来到东大时，也有种感觉是，这里的法文研究的氛围跟自己当学生的时候差不多。过去的四分之一个世纪里，日本社会发生了巨大的变化，但竟然还有一个地方是没变的，也真是少见。

沼野：我的研究室也有在接收一些研究日本文学的外国留学生，听他们说，在美国的日本文学研究界，靠作家研究获得博士学位的时代已经一去不复返了，比如说查阅了三岛由纪夫或者太宰治或者某个作家的资料写出一篇评传什么的，已经不会被看作是研究成果并得到认可了。从横断面把握某个时代的潮流及文化现象，并利用现代的文艺批评理论进行分析，这才是现在的文学研究。应聘美国一流大学的文学教授职位时,你不仅要熟知自己所研究的那个国家的文学,还要掌握各种其他的现代文学理论,如女性研究、媒体论、文化研究,等等。与此相比,貌似日本的学术界还停留在从前那种宁静的氛围里啊。

法国文学的自信心动摇了吗?

野崎:就法国文学的情况而言,法国人对本国文学的看法还没有像美国一样发生那么大的变化。美国是这样的,在文化研究的大潮下,关于一个人应在大学习得怎样的教养,也即哪些文学经典是必读书目的价值观受到了剧烈冲击,女权主义及种族歧视问题、殖民主义等问题出现后,美国的文学研究经历了一个重新洗牌的时期,需要去重新思考文学研究到底是什么。法国的学术界就基本没有这种动向。

沼野:但是,比如我在书单中列出来的第九本书和第十本书,其作者都不是一般意义上说的正统的"法国人"哦。雅歌塔·克里斯多夫①是匈牙利人,她流亡到瑞士后才开始用法语写作。拉斐尔·孔菲昂②是出生在马提尼克岛的克里奥尔作家。这样一些背景的作家进入到法国文学领域后,就现代法国文学的框架及边界而言,似乎也会有所改变吧。还是说,这些仅仅是表面上的一

---

① 雅歌塔·克里斯多夫(Agota Kristof, 1935—2011),匈牙利女作家,代表作有《恶童日记》《第三谎言》等。
② 拉斐尔·孔菲昂(Raphaël Confiant, 1951—),克里奥尔语及法语作家,著有《咖啡之水》《克里奥尔文化赞歌》等。

些流行，法国文学的自信心在本质上并没有什么变化？

野崎：法国文学的自信心还是有所动摇的，或者说，一直都在动摇之中。这并非是新近才有的现象。因为法国这个国家从十六、十七世纪时就慢慢走下坡路了，所以缺乏自信是它的常态。反之也可以这么说，法国一直都处在衰退之中，社会极臻成熟，而这也在某种程度上推动了法国文学的发展。在当年还在读初中、高中的我看来，这样的文学简直可以说是光彩照人，实在太有魅力了。

经常听到有人半开玩笑地说起这样一件事。在让娜·达克（圣女贞德）与英国军队作战的那个时代，英法之间还没有明确的边界线。英军跨过海峡统治着勃艮第地区。然而他们在这里讲的语言却是法语。诺曼征服之后，法国就掌握了这一地区的文化霸权，英国贵族的语言是法语，英语中也有很多词语来源于法语。比如，"猪"这个单词，活着的是"pig"，上了餐桌就是"pork"，对吧？那么"pork"这个词，其实来自法语的"porc"。因此，就有个笑话说，如果不是让娜·达克（圣女贞德）把英军击退了，说不定一直到现在英国人还在说法语呢。

再者，加拿大这个国名来自一个法国探险家杰克斯·卡蒂埃尔，十六、十七世纪时他在这里开展殖民活动，从哈德逊湾一直南下来到密西西比河口附近，也就是现在的路易斯安那州，他以加拿大为这片地区命名，意为这一片土地都是献给法王路易十四的。也就是说，从加拿大到美国，这一大块区域整个都是法国的土地。此后每次战争失败，法国就不得不出让一些，如果不是法国后来步步后退的话，可能加拿大和美国到现在还属于法语圈呢。从这个角度来看的话，反而这几十年来法国的衰落都不是什么不得了的事情了。世界上还有哪一个国家曾像法国一样经历过如此壮丽的没落呢。

回看法国的历史，还是会觉得路易十四的时代是很了不起的。在那样一个动荡的年代，路易十四一方面在政治上统一了法国，同时在语言政策上也获得了巨大的成功。当然这个所谓的成功是否真的就是好的、对的，还有很大探讨的余地，但不管怎么说，路易十四在位时期法国统一了各地的语言，在全国彻底普及了标准的法语，并设立了法兰西学士院，从当时的知识分子中选了四十人，请他们编纂了法语词典以示何为纯洁的法语。这一套学术词典现在仍在使用中，并一再修订出版。

在专制王权下，法国完成了语言的统一这一伟大事业，令法国人骄傲的拥有纯粹而强大的表现能力、优雅又严谨的法语诞生了。从十七世纪的笛卡尔、帕斯卡①等一直到现在，法国文化不曾有过断层。不管是谁，只要努力学上半年法语，看懂帕斯卡书籍的一个章节是没有问题的。

而且，路易十四生性张扬，最喜男女之情，遍寻美女放在宫廷里，并搭建了舞台，自己穿上高跟鞋在上面跳芭蕾。在这种情形下，法国诞生了一种以宫廷为舞台的、以女性为中心的文化——当然其本质上还是男性主导，但至少形式上它是以取悦女

---

① 布莱瑟·帕斯卡（Blaise Pascal, 1623—1662），法国数学家、物理学家、哲学家、散文家，西方科学与思想界重要人物，发明和改进了许多科学仪器。

性为目的的。这是一种以男女之间的情爱为中心的奢华文化。一方面是纯洁的法语,一方面是男女之爱,一直到现在,法国人对这两种文化的信仰都不曾动摇过。

沼野: 这正是法国文化的核心所在啊。今天我也想就这些内容再向您请教一下。

首先是有关语言的,就如安托尔·里瓦罗尔①那句有名的话,说"非明晰者不能称之为法语",由此可见法国人有一个很厉害的武器,就是他们可以通过写文章进行明确清晰的表达。对此我有一个疑问是,会不会有这样一个问题呢——如果一门语言中词语的意思过于明确,那它是否并不适合用来写作?

拿日本文学来说,比如《源氏物语》也罢,明治时期之后泉镜花②的作品也罢,句子的意思都是暧昧而模糊的,不知道哪里是主语,哪里是谓语,整部作品本身散发着一种如梦似幻的气息。但法语就不同了,它可能适用于那些需要进行明确表达的领域,但并不适合用来表达错综复杂的情感,比如像陀思妥耶夫斯基那样的多种情绪混在一起、难以清晰分辨的内心状态,是否就不适合用法语来书写呢?这是一个外行人才会有的疑问吧,还请您解惑。

---

① 里瓦罗尔伯爵(Rivarol, 1753—1801),法国政论家、新闻记者及讽刺诗人,著有《论法语的普遍性》等。
② 泉镜花(いずみきょうか,1873—1939),日本小说家,作品具有唯美主义倾向,著有《高野圣僧》《外科室》等。

野崎： 关于这一点，您所言极是。或者说，法国文学也正是基于这样的认识而发展起来的。

从某种意义上说，法国文学中有一部分正是由那些对法语的明晰这一特点有抵触，对推崇合理主义和中央集权的法国精神持反抗态度，并试图从中逃离的人们发展起来的。

只是事情并不止如此，它还有另一面——我也是年岁渐长才隐约体会到的，就是说，法国人无论是谁骨子里都是一个古典主义者，路易十四时期形成的那些东西深深地烙印在他们的骨髓里，缺少了这些，就不能算是一个堂堂正正的法国人。这一点，即便是就那些对法国精神持反抗态度并由此推动了法国文学发展的人来说也是一样的。这就可以说明，在法国，为何对外国文学的接受容纳一直到十九世纪都非常落后。这是因为，外国文学翻译成法语时会遇到很多的困难。

例如，法语中的"élégance（优雅）"是什么意思呢。早在十七、十八世纪法国的宫廷文化中，就非常重视优雅的礼仪及日常礼节，直到现在，仍然有很多所谓的、在人前这个不能做那个不能做的说法。比如"手帕"在法语中有一个对应的词语是"mouchoir"，但这个词是由"擤鼻子"这一动词转换而来的，过于粗鄙，被认为不可用于文学作品。因此，比如说对于莎士比亚的《奥赛罗》中出现的"手帕"一词，法语译本就没法按原文进行直译。莫里哀①的一些喜剧就反讽了法国人这种对优雅的不

---

① 莫里哀（Molière，1622—1673），法国喜剧作家、演员、戏剧活动家，代表作有《无病呻吟》《伪君子》《悭吝人》等。

懈追求，逗人发笑。

但丁的《地狱篇》，也是一直到十八世纪末才得以译介到法国。因为，书中所描写的地狱中各种阿鼻叫唤，没法翻译成漂亮的法语。此外，德国浪漫派作品在法国的接受容纳也非常晚，因为像《浮士德》这样的恶魔、撒旦所跋扈的世界，在讲究逻辑的法语中是很难被表达和接受的。尽管如此，在经历了来自外国文学的冲击后，在明晰的法语这一框架之内谋求对阿鼻叫唤及恶魔等禁忌领域进行表达的斗争一直在持续着，并从中诞生了一系列延伸到现代的激进的文学。

法国式矛盾：人权宣言由"美丽的法语"写成

沼野：在俄罗斯，近代文学及近代音乐的起步就很晚，具有世界性影响的作品更是一直到十九世纪中期才出现。到了十九世纪末期，俄罗斯文学在法国也掀起了一股热潮，法国人对俄罗斯的兴趣也越来越浓厚。特别是曾作为外交官长期在俄罗斯生活的沃格①于1886年出版了《俄罗斯小说》这一介绍类书籍后，俄罗斯文学在西欧大热。看当时西欧社会对俄罗斯文学的评价，有的说，真是神秘的俄罗斯啊；有的说，有一股野蛮的力量从神秘的俄罗斯这样一个非欧洲国家涌入了法国——类似于这种感觉。当时的西方社会已经由繁盛期进入了衰退期，各类艺术达到了极致洗练的水平，但同时也有创造力即将枯竭的兆头，恰在此时，俄

---

① 尤金·梅尔奇奥·沃格（Eugene Melchior de Voguè，1848—1910），法国外交家、文艺评论家。

罗斯野蛮而非欧洲式的文学的涌入，给欧洲带来了新的活力。可能这与二十世纪后半期拉丁美洲对欧美发达国家的文学带来的影响是相像的。也就是说，从边缘而起的新兴力量，对旧有的中心产生了影响。相比俄罗斯而言，练达而优雅的风格早已在法国形成，法国也因此一直作为文化的中心君临欧洲。

野崎： 十九世纪末俄罗斯文学之于欧洲，与二十世纪拉丁美洲文学之于欧美，两者所起的作用是相似的。——沼野先生的这个说法对我很有启发。

法国文化成熟于伏尔泰等人活跃的启蒙运动时期，也即十八世纪。那时的法国知识分子，无论是伏尔泰还是卢梭，都不在大学任教，他们以自由职业者的身份出版书籍，受到各国宫廷的吹捧。比如，俄罗斯想要学习开明的进步思想，就邀请了狄德罗①来俄罗斯讲学。在那个时代，法语成为了整个欧洲的通用语言。或许可以说，那是法国人对自己的语言最有自信心的一个时代。沼野先生刚才所提到的称"非清晰者不能称之为法语"的里瓦罗尔的这篇论文，也是在十八世纪发表的。

但是，曾是上述法国文化有力支撑的宫廷文化，在1789年的法国大革命中被推翻了。法国大革命是一场暴力革命，它彻底颠覆了这个国家的文化传统。我认为，以路易十六及其妻子玛丽·安托瓦内特的处死为结果的这场血雨腥风的惨剧给法国人带

---

① 德尼·狄德罗（Denis Diderot，1713—1784），法国启蒙思想家、哲学家、戏剧家、作家，百科全书派代表人物。

来了巨大的心理阴影，他们一直到现在都难以释怀。但与此同时，为法国有《人权宣言》这样正确、美丽的语言而感到骄傲和自豪的心理也一脉相传了下来。我们这些教法语的老师也是如此，在教室里朗读《人权宣言》时会格外有精气神儿，甚至会觉得"自由""平等""博爱"等一个个词语都在放射出耀眼的光芒。颇具讽刺意味的是，应该说，《人权宣言》文章本身，就是在法国大革命中被否定的法兰西古典主义的精华。当时法国的识字率不足四成，因此普通的劳动者是看不懂《人权宣言》的，应该都是听别人朗诵的，而这篇文章的语言，读起来真的是非常优美。革命精神的精髓，却是由古典主义之美写成——这一矛盾或许正是法语的宿命吧。

在这一时期，俄罗斯开始大量译介法国文学作品到国内。不仅领日本之先，其认真程度也远超日本。这里想请教一下沼野先生，那时的俄罗斯人读了《人权宣言》，是否也曾被其语言的光辉所深深打动呢？

沼野：大概从十八世纪开始，俄罗斯上层贵族社会的日常生活就以法语为通用语了，可以说那时俄罗斯的上层阶级是双语人群，可同时使用法语和俄罗斯语。这一现象一直持续到了十九世纪中期。日本人可能不太了解，其实，像普希金，虽然他被称为俄罗斯的国民诗人，但除了俄语之外他也会使用法语创作，平时写信也全部是用法语。读托尔斯泰的《战争与和平》就会发现，开头部分的人物对话，全部是以法语写成的——明明是一本地地道道的俄语小说，里面却穿插了好几行原汁原味的法语。所以，对当时的俄罗斯来说，法国文化虽然是一种外来文化，但同时也已经是他们日常生活的一部分了。

因此，就当时两国在文学方面的交流而言，法国文学即使还没有被翻译成俄语也不会有太大的问题，因为俄罗斯的知识分子们可以读法文原版啊。陀思妥耶夫斯基就曾经在年轻时期如饥似渴地大量阅读法国文学。但是，（虽然俄罗斯人的法语阅读和口语表达能力不错）书写方面还是不能像法国文人那样流利的，文学创作还是要靠俄语，俄罗斯文学就这样成长起来了。也就是说，即使是对于那些有教养的俄罗斯上流阶层人士来说，法语也不曾成为他们表达自我的语言，对法语的使用仅仅停留在日常会话和书信来往的层面。与此相对，俄语成为了他们进行文学创作时使用的语言。当我们回顾法国文学对俄罗斯的影响时，会发现其中有这样一个充满矛盾的过程。

野崎：说起法语的特点，就像刚才提到的"自由""平等""博爱"等几个词语一样，口号性的语言用法语读起来会非常好听，朗朗上口。说到其原因，主要是由于在法语中，名词是这个句子的"门面"，或者说，在一个句子中名词发挥了中心作用。法语有一股力量，可以让抽象的概念一下子立体起来。虽然一般都会认为法语的词汇量是较少的，但它的名词中浓缩了多种要素，十七世纪法兰西学院的语法体系确立后，按照这套体系的规则，名词可以像拼图一样拼起来（组合成不同的句子）。作为一门语言来说，法语是有这样一个极为稳固的根基的。以这种极富力量感的语言创作出的文学作品，此后传入其他国家，比如俄国和日本，这些国家也分别受到了它的影响，并形成了自己独有的文学体系。我觉得这个过程非常耐人寻味。在对谈的一开始沼野先生提到过如何看待"翻译和语言的关系"这一问题，就我自己而言，一开始只是到处找那些有趣的、有启发性的书来读，在这个过程中，渐渐对其背后的语言及翻译的问题产生了兴趣。这方面沼野先生又有怎样的经历呢？

沼野： 当年我之所以去学习俄罗斯文学，很重要的一个原因是，我读了很多日文版俄罗斯小说的文库本。初中、高中时期我以为所谓的文学指的就是外国小说呢。那会儿觉得，读夏目漱石呀芥川龙之介呀什么的，都太土气了。虽也听说夏目漱石的《心》是经典之作，但读了也只感觉到一股阴郁之气，并不心仪。

野崎： 我高中的时候也对文学很着迷，读了很多书后，感觉还是翻译作品更有趣一些，觉得更有感染力吧。近来读野谷文昭翻译的古巴小说《低度开发的记忆》（埃德蒙多·德斯诺斯著，白水社，2011年），写的是二战结束后的古巴，主人公是一位文学青年。它里面有一个情节是，这个青年沉迷于阅读法国的文学作品，并由衷地赞叹法国人思考问题远比自己深刻。（读到这里时）我很有同感，高中时候的我也曾经这样被忽悠过。法语就是这样一种会给其他国家的文学青年带来此类感受的文学语言啊。

但反过来说，法语也在追求某种形式主义上的纯粹，例如文学的类别，就分得非常明确。一直到现在还是这样，是长篇小说

（浪漫主义），就一定要特意在封面上标注"浪漫主义"。此外，由于法国没有日本这样的文艺杂志，因此出版的书籍几乎都是新写就的作品，法国没有那种把杂志的连载文章收集起来合成一本书的做法。每一册书，都是作者与读者的坦诚相见，胜负输赢就在此一举。从这一点也可以看出法国人死板教条的一面，或者说，他们不太擅长做那种打破某些框架限制的出格的事。

我在法国留学时，为了一解对日语的相思之苦，也读了很多日语小说，其中最有趣的是谷崎润一郎①的《吉野葛》。这本小说以随笔的形式开头，说自己去吉野玩时都做了些什么，但跟随着作者的叙述，读者会渐渐进入一个不可思议的世界。这种写法在法国文学中则是很少见的。谷崎大量涉猎了法国文学及欧洲文学，所以我也在想，他的这一风格会不会是受普罗斯佩·梅里美②的影响呢？

沼野：野崎先生著有《谷崎润一郎与异国语言》（人文书院出版，2003年）一书，写下了很多非常好的有关谷崎润一郎的评论。刚才您说自己在法国留学时，非常渴望接触到日本的文学，是否这一体验也正是您写这本书的动力呢？

野崎：这方面的原因一定是有的。我常常觉得，不管怎么说，一

---

① 谷崎润一郎（たにざきじゅんいちろう，1886—1965），日本近代小说家，唯美派文学主要代表人物之一，代表作有《春琴抄》《细雪》等。
② 普罗斯佩·梅里美（Prosper Mérimée，1803—1870），法国现实主义作家、剧作家、历史学家，著有《雅克团》《查理第九时代轶事》等。

切都只是相对的，因此我会不断地对其他的东西感到好奇，会去寻找、探索——可能因为年轻时候我读了大量的翻译作品，不知不觉就养成了这样一种类似于生理性反应的习惯。

法国文学在日本曾具有一种特权性地位

沼野：难得我们今天准备了有关法国文学的一些资料，接下来就谈一谈我们自己以前是如何阅读法国文学作品的，现在又如何看待它。

明治时期以来，西方文学大量涌入日本，回顾当时的翻译情况会发现，在那个时代译介到日本的外国文学作品中，法国文学占了极大的比例。这一点，看一下当时出版的文学全集里法国文学的数量就会一目了然。

明治时期还没有世界文学全集之类的出版物，在日本，真正意义上的世界文学全集第一次出版，是从大正末年到昭和年间由新潮社制作的"一日元书"。"一日元书"的意思是，仅仅花一日元就可以买到这本书。当时的一日元，大约比现在的一千日元稍少一点，这个"一日元书"，有点现在的"起步价500日元的出租车"的意思。只需要花费一日元，就可以买到这么好的书，所以在当时这套书大受欢迎。第一期的世界文学全集是按照国别来分类的。现在的世界文学全集就不太一样了，就拿池泽夏树①编辑、河出书房新社出版的那套全集来说，其中有很多作品是难

---

① 池泽夏树（いけざわなつき，1945— ），日本诗人、翻译家、小说家，第98届芥川奖获奖作家。

以按照国家来分类的。

那么当时的"一日元书"具体来说是如何分类的呢？具体来说是，英美文学七本，德国三本，俄罗斯四本，意大利和西班牙加起来三本，北欧三本。其他的名作集三本。其中法国几本呢？竟然多达十四本。与其他国家相比，法国在数量上占有压倒性的优势。

世界文学全集直接反映的是那个时代文学领域的价值标准，或者说对"经典"的评价标准，因此此类书籍的架构如何是非常耐人寻味的。从"一日元书"的架构来看，首先可以说，在当时的外国文学中法国文学是具有特权性地位的。也因此，大学中的法语系在年轻人中很有人气，聚集了大量的优秀学生，毕业生也有很多成为了作家、评论家、学者。在日本的现代文学领域，曾经有很多作家是法语专业出身的，现在也仍是如此。法语系出身的人，无论他的职业是评论家还是学者，就像野崎先生著有自己的文化类作品一样，很多人都在做好本职工作的同时，也活跃在其他领域。在外国文学领域当中，法语曾是一个精英聚集的学科，而这种状况持续了很长时间。

只是到了后来，情况发生了变化。当然不是说它就没落了，只是说，从某种意义上来说，法国文学如日中天的全盛期结束了。到了二十世纪后半期，法国文学进入了某种瓶颈期，有的作家试图向存在主义哲学的方向发展，还有的作家由于老路走不通了，做了一些实验性的、反传统小说的尝试。渐渐地，法国文学放弃了此前常见的文学风格，开始追求前瞻性；与这一动向同时出现的，还有势头强劲的各种现代思潮。因此，二十世纪后半期的法国文学曾经出现过这样一个潮流,即把那些与我们平时所说的小说有着显著不同的、现代思想领域的成果——如罗兰·巴特①及米歇尔·福柯②等人的作品——当作某种文学作品来读,同时认为,这些才是领先于世界的先进思想。

刚才也说到了这一点,在这个时期,有一股诸如拉美文学那样的外来的、从周边而起的野蛮的力量进入了法国文学,并给这种多少有些缺少创新的先进文化带来了活力。这种情形,就像十九世纪俄罗斯文学曾经给西方文学带来过活力一样。有时候我喜欢用"世界文学"来囊括所有的文学,当我们在这里俯瞰世界文学的全貌时,你会发现,在面对西方文学时,俄罗斯、东欧与拉丁美洲处在一种极其相似的位置上。

就最近的动向而言,比如在我提供的资料中第九项、第十项作品,都是从外部给法国文学带来活力的例子。法国传统的旧有的界限已经动摇,在时下的后殖民主义时代,非洲以及克里奥尔等旧殖民地出生的作家开始用法语或混合语,如克里奥尔语式的法语进行写作。拉斐尔·孔菲昂就是克里奥尔作家中的一位典型代表。这种动向,与拉丁美洲的魔幻现实主义有相通之处。另一方面,如雅歌塔·克里斯多夫(匈牙利出生)、米兰·昆德拉③(捷克出生)、安德烈·马金(俄罗斯出生)等人,他们是从东

---

① 罗兰·巴特(Roland Barthes,1915—1980),法国作家、思想家、社会学家,著有《写作的零度》等。
② 米歇尔·福柯(Michel Foucault,1926—1984),法国哲学家、社会思想家,著有《疯癫与文明》《性史》等。
③ 米兰·昆德拉(Milan Kundera,1929—),小说家,自1975年起在法国定居,著有《小说的艺术》《雅克和他的主人》等。

欧和俄罗斯来到法国的，法语并非自己的母语。像这样的移民作家也越来越多了。现在，当人们提到法国的现代文学时，少了捷克人米兰·昆德拉怎么行呢？在这种状况下，法语的边界已经被大大地松动了。

法国文学研究者、同时也身为作家的堀江敏幸①，很早就对巴黎的郊区，或者说对移民人群比较关注。以前的日本人只对法国的中心感兴趣，搞法国文学研究的那些最优秀的人，个个以比法国人还法国为目标。但现在与以前不同了，法国的中心已经有所变化了。刚才野崎先生说日本的法国文学界并没有发生大的改变，不过我在为今天的听众朋友准备的资料中，就特意选择了打破明治以来法国文学界传统的两部作品。

异乡人（etrange）的谱系

野崎：沼野先生刚才谈到了有关拉美文学给世界文学带来了新的活力这一现象，仔细想来，类似现象在拥有不可动摇的制度性地位的法国文学内部也不断发生过。法国文化有一种把外国人也同化为法国人的力量，对于艺术家来说，在法国居住、生活的感觉应该不错。对于那些翻越国境线远道而来的人，法国一向是宅心仁厚，来者不拒。当然，最终大家都会在某种大一统的氛围里被同化。

沼野先生的"法国经典文学作品10册"的资料中，有一位

---

① 堀江敏幸（ほりえ としゆき，1964— ），日本作家，法语学者，凭借《到郊外去》获芥川文学奖、读卖文学奖。

大放异彩的作家叫弗朗索瓦·拉伯雷①。在教会和巴黎大学神学部的言论控制的背景下，他通过叙述了巨人高康大与其儿子庞大固埃惊世骇俗的故事，充分地再现了文艺复兴时期的精神，但由于作者使用的是古典主义之前的那种自由奔放的法语，现在法国的年轻人不大读得懂。日本的读者就比较幸运，宫下志朗先生的新译本语言平实易懂，借此大家可以好好地去欣赏拉伯雷的这部作品。

沼野先生资料中的第二本是伏尔泰的作品，包括伏尔泰在内的后面所列举出的所有作品，其所用的法语是现代人都可以读懂的。沼野先生刚才提到了克里奥尔作家，他们也会在作品中使用一些克里奥尔语，但如果全部用纯粹的克里奥尔语来书写的话，作品就很难有销路，读者数量也有限，因此，他们还是会尽量按照标准法语的规范来写。因此在某种意义上可以说，该资料里所列出的作品，从第二部开始，都蒙受了法国古典主义的恩惠。反过来说，只要创作时使用的是古典主义确立之后的法语，那么就属于同一个法语共同体，或者说，共属同一个法国式的文学共同体。

今天在准备"法国文学作品10册"的资料时，作为现代意义上的文学精神的代表，或者说现代文学的精神源泉，我想到了卢梭。今年（2012年）是卢梭诞辰三百周年，再回头看仍然会感慨，他确实是一个伟人。他的作品读得越多，越觉得这个人了不起，虽然偶尔也会觉得他思路清奇有异于常人。说起来，卢梭

---

① 弗朗索瓦·拉伯雷（Francois Rabelais，约1484—1553），文艺复兴时期法国人文主义作家之一，著有《巨人传》等。

虽是一个法语作家，但他在法国其实是一个异乡人。卢梭来自瑞士的日内瓦，他自己可能从未觉得自己是法国人。应该说，他是一个流亡作家。因此，从卢梭到沼野先生资料中提到的阿尔贝·加缪①的《局外人》，从某种意义上来说，是可以用一条直线连接起来的。加缪出生在北非的阿尔及利亚，他来到巴黎后由伽利玛公司出版了自己的书，与萨特②一会儿是好友一会儿又反目，搞得我们都以为他是法国的文化人，但其实不是的。

加缪时刻关心着阿尔及利亚，他那不识字的妈妈一直住在阿尔及利亚，这也成为他最重要的身份认同。他去世前写的作品叫《第一个人》，在开头的献辞中他写道，谨以此书献给永远不会读到它的你。也就是说，这本书是他献给妈妈的。无论成为了怎样的文学大家，他都没有忘记自己的根在阿尔及利亚。

如果我出生在阿尔及利亚，是不会把巴黎看作是中心的。如果以巴黎为中心，就会说这家伙是从南边的乡下来到大城市巴黎的，但对于加缪而言，这个过程会是自己从地中海温暖的南方去了寒冷的巴黎。加缪所写的最美的篇章并非是赞美巴黎的，而是那些赞美阿尔及利亚的大海和太阳的文字。

因此，当我们把这些内容与沼野先生所说的联系起来就会发现，在法国文学的发展史上，来自所谓的边缘，或者说没有处在法国文化中心的人们，一次又一次地给法国文化带来了新的活

---

① 阿尔贝·加缪（Albert Camus，1913—1960），法国作家、哲学家，存在主义文学、"荒诞哲学"的代表人物，著有《局外人》《鼠疫》等。
② 让-保罗·萨特（Jean-Paul Sartre，1905—1980），法国20世纪最重要哲学家之一，无神论存在主义主要代表人物，西方社会主义最积极的倡导者之一。

力，这样一个过程一直在连绵不绝地进行着。可以说，正是这样一个过程造就了法国文学。同时，也存在另一个谱系，就像兰波①一样，不断地从中逃离。沼野先生刚才提过的奈瓦尔②，深为德国或者说被东方文化的魅力折服，他试图尽自己所能逃离那些来自法国文化的束缚。拿二十世纪的作家来说，跟让·热内③有点像。热内支持巴勒斯坦游击队，并一度在巴勒斯坦住帐篷，他深知西欧文化中的恶的一面，极力要从中逃开。他最后的作品中充满了对巴勒斯坦游击队的欣赏与爱（《恋爱的俘虏——通往巴勒斯坦的旅行》，鹈饲哲·海老坂武译，人文书院出版，1994年，新版 2011 年），但无奈的是，这些情感，他仍然需要使用美丽的法语才能表达出来。从这里也可以看到法国文学的宿命吧。

"美丽的法语"的将来

沼野：在现在这个时代，法国人自己还会用"美丽的法语"这个说法吗？如果日本作家说自己在用美丽的日语写作，难免会贻笑大方。

野崎：平时也很少听到法国人用"美丽的法语"这个词，但我觉得，在法国人心中，这个意识是一直都存在的。比如，法国人

---

① 让·尼古拉·阿尔蒂尔·兰波（Jean Nicolas Arthur Rimbaud，1854—1891），法国著名诗人，早期象征主义诗歌代表人物，超现实主义诗歌的鼻祖。
② 钱拉·德·奈瓦尔（Gérard de Nerval，1808—1855），法国象征主义与超现实主义文学先驱，著有《幻象集》等。
③ 让·热内（Jean Genet，1910—1986），法国诗人、小说家，荒诞派戏剧代表作家之一，著有《高度监视》等。

在翻译日本的文学作品时，作品校译完成交到编辑手里后，哪怕这个编辑一点儿也不懂日语，他也会再次对法语译文进行修改。古井由吉及中上健次等作家的作品在译成法语时就遇到了类似的问题，若法语译文原封不动地忠实于原作，他们那种文风难免会引起法语读者的强烈抵触。于是日语与法语、编辑与译者之间，就开始了你来我往的拉锯战。我曾经听译者说过，如宫本辉等作家，他们的作品读者群广泛，文风平实，即便这样，译成法语后也会遭遇到出版社编辑的大幅度修改。所以说，法国人在潜意识的层面，就对美丽的语言，或者说符合文学规范的语言有一种追求。

沼野：这一点，很早之前我也隐约感觉到了。也就是说，母语非法语的其他国家出生的作家在用法语写作并出版自己的作品时，虽说作品无疑是他自己写成的，但如果这样的话，一般来说，文章会在某些地方用词不那么地道，（但出版后的法语作品却不见这样的痕迹）所以说，出版社的编辑一定在很大程度上对文字做了润色。如小说家昆德拉、文学理论家克里斯特娃，很多足以代表法国文坛的著名作家，其母语并非法语，所以他们真实的写作过程是怎样的呢？如果问他本人，一定会说，作品是我写的，并没有经过编辑润色。在日本，小说家出版自己的作品时，可能不同的出版社情况略有不同，但作者与编辑共同完成的部分一定是有的。虽然作品的署名是作者本人，但可能基本上不存在那种百分之百都是作者独立完成的情况。

野崎：法语的"外语化"到底在何种程度上可以被允许呢——您说的是这样一个问题吧。有一个不是法语的例子，就如沼野先生也认识的多和田叶子女士，一直用德语写作，她的情况有点特别，从一开始就不要求自己使用规范的德语，所谓充分发挥出多和田式语言的风格，才正是她作品的价值所在。她用日语写作的时候，应该也是如此。

沼野：有的作家，作品被改掉一个标点符号也会很生气，会跟编辑多方争取，希望可以保持原样。而这争取的过程让人疲惫不堪，慢慢也就不再坚持了。另一方面，也有作家是跟编辑、译者一起完成创作过程的。

野崎：就沼野先生所说的用法语写作的现代作家而言，近十年、十五年来的法国四大文学奖①的获奖者当中，原先非法国籍，或者来自其他国家及旧殖民地地区的作家占了相当大的比例。由于他们的作品都非常有冲击力，印象中我甚至觉得这样的母语非法语的作家占了获奖者的一半左右。只是，他们的法语曾在多大程度上被"野蛮修改"过，就难以知晓了。

比如，雅歌塔·克里斯多夫。在匈牙利的内战中，她抱着还在吃奶的小婴儿徒步越过国境线，而去到的国家正好是法语圈的瑞士，而她并不会说法语。她说过，由于匈牙利语和法语完全不同，自己突然变成了一个文盲。

---

① 指法兰西学院文学奖、龚古尔文学奖、费米娜文学奖、美弟奇文学奖。

沼野：她的自传，书名就叫作《文盲雅歌塔·克里斯多夫自传》（白水社，2006年）。

野崎：是的。在自传中，她说自己流亡后的生活就是一场与讨厌到极点的法语的战斗。当然，讨厌到极点这样的话她并没有说，但至少书中是传递出了这样一种情绪的。

沼野：是的。流亡到法国的文化人当中，有很多人是喜欢法国、尊敬法国文化的。昆德拉就是如此。从这点来说，克里斯多夫是很特别的一位。

野崎：有很多流亡作家都表达过自己对法国的热爱。而克里斯多夫明确地说自己不喜欢法语，这样的情况确实比较少见。

沼野：接下来这个问题可能不太好回答，不过我还是想听听您的看法——在有诸多的外部闯入者存在的情况下，法语的规范现在是不是没有那么严格了呢？法语本身是否也有一部分受到了来自外部的影响而改变呢？现在大概是一种怎样的情形呢？

野崎：现在这个时代，在视频网站上可以很方便地看到世界各国的作家们讲话的样子。你会发现，流亡作家以及那些从他国来到法国的作家们，他们的法语都不是很流利。法语说得这么不好，还能写出畅销书，有时确实会让人难以置信。法国也有来自中国的作家，有的人的法语就透着浓浓的中国口音。

　　但是法语对书面语的要求是很高的，有严格的规范，因此，从其他国家来到法国的作家们，以他们笨拙的法语拼尽全力写出的东西，是不可能原封不动就得以出版的。但尽管如此，就在这样一种与古典主义对抗的过程中，作为反向命题的那一类文学也得以磨炼、发展。包括流亡作家在内的人们在孤独的斗争过程中产生了一些体验，这些体验连接、聚合在一起，就确立了一种属于边缘人群的传统。这形成了法国文学的重要组成部分。

　　刚才的聊天中也提到了，有位法国作家叫让·热内，他是个被父母抛弃的孤儿，也没有人照顾他，年幼时没有钱上学，有段时间还曾以盗窃为生。后来这个人在狱中努力阅读、写作，从拉辛①到波德莱尔②、普鲁斯特③，他如饥似渴地阅读了古典主义时期以来的大量法国文学作品，并将其与作为同性恋者的自己对欲望的幻想结合起来，形成了自己的写作风格。前年（2010年），光文社的古典新译文库出版了由中条省平翻译的让·热内的作品《花之圣母》。读了这本书，我再一次感受到他所进行的是怎样的一种创作。作品本身所使用的是非常完美的文学性语言，但里面所讲述的内容简直是乱七八糟。内容实在是太惊人了，读了不到十页，我就觉得自己脑袋要出问题了。我小时候读

---

① 让·拉辛（Jean Racine，1639—1699），法国剧作家，代表作有《昂朵马格》等。
② 夏尔·皮埃尔·波德莱尔（Charles Pierre Baudelaire，1821—1867），法国19世纪最著名现代派诗人，象征派诗歌先驱，代表作有《恶之花》等。
③ 马塞尔·普鲁斯特（Marcel Proust，1871—1922），20世纪法国最伟大小说家之一，意识流文学先驱，著有《追忆逝水年华》等。

过堀口大学翻译的版本，以为自己是读懂了的，但是去读法语原版时，却完全不明所以。中条先生用了非常流畅的日语翻译了这本书，但它本身所讲述的无疑是一个异样的奇怪的世界。只是，用来描述这个异样的、奇怪的世界的语言，自始至终都是高纯度的文学性语言。从这本书里，人们可以充分感受到那种自十七世纪以来传承至今的正统的法语血统。

只是，现在的法国年轻人所使用的法语，已经不再像从前那样纯粹了。这与法国逐渐变为了一个多民族、多文化社会是直接相关的。当然不是说这不好，恰恰相反，我想这一变化或许会给法语带来新的活力。

沼野：这一现象，今后可能会成为法语需要面对的一个问题呢。

野崎：是的。今后可能会出现一种与我们这代人所接触的从前的那种法国文学，以古典主义风格的语言为基础的法国文学所全然不同的新风格。最近日译本也出版了，像《郊外少年马里克》(马布鲁克·拉希迪著，中岛纱织译，集英社出版）就是这样的一部作品，从中可以感觉到街舞少年、互联网时代的年轻人的气息。

例外者的谱系

沼野：刚才听您说到日奈，我也有同感。还有一个作家叫塞利纳①，他的法语带有些许叛逆的味道，但他还是会被认为属于美丽的法语这个系统吗？

野崎：呃，怎么说呢。就塞利纳来说，他身上有一些部分是无论如何也难以被归到这个系统里面来的，包括他的政治立场。

沼野：那么就是说，塞利纳与日奈还是有些不同的，他处在一个比较特别的位置。作品中出现了大量骂人的词汇，以及粗鲁的歧视性语言。

野崎：即便在法国文学的例外者的谱系当中，塞利纳也是格外与众不同的。他本人倒是说过，（自己的作品之所以呈现这样的风格，）主要是出于对左拉②的共鸣，又说那是因为自己太追求节奏感了，结果就形成了一种口语式的文风。或许可以说，他的作品，包括他那种战斗的姿态在内，与街舞少年这代人倒是有共通之处呢。

以口语作为创作的基础性语言，这种想法在法国很少见。从这点来说，沼野先生推荐书单中所提到的雷蒙·格诺③的小说《扎齐在地铁》，是一本平实易懂的杰作。应该承认，传统的法

---

① 路易-费迪南·塞利纳（Louis-Ferdinand Céline，1894—1961），法国小说家和医生，他的小说总是在描述罪恶、混乱和绝望。
② 爱弥尔·左拉（Émile Zola，1840—1902），法国自然主义小说家和理论家、自然主义文学流派创始人与领袖，主要创作有《卢贡-马卡尔家族》。
③ 雷蒙·格诺（Raymond Queneau，1903—1976），法国小说家、诗人、剧作家，文学社团"乌力波"创始人之一。

国文学对于口语性的表达、口头传承的东西，还是持一种压制性态度的。

沼野：虽然有作为规范的美丽的法语这一前提存在，但还是出现了对这种正统性的反抗，并且，这种反抗性的东西持续存在着，就形成了某种传统。——我也完全赞同这一看法。只是说，反抗也是有各种各样不同形式的，如超现实主义者们和雷蒙·格诺等，他们的做法突出了语言性实验的部分，对语言本身的用法进行了各种尝试，当然这也是一种改变原有的语言规范的方法。以雷蒙·格诺和乔治·佩雷克①为首的前卫性文学团体的作家们，他们的作品带给人一种强烈的数学式的语言游戏的印象，说实话，我觉得有点过头了。《扎齐在地铁》我读的是生田耕作的日文译本，那时只是单纯觉得很有趣，后来看到法语原版才发现，它的实验性色彩还是挺浓厚的，比如会按照单词的发音改变其拼写，等等。

野崎：是的。正如您所说，这直接就关系到如何翻译的问题。法语单词在字母拼写上的改变，要如何才能反映到日语的译文上呢。高中的时候读生田翻译的《扎齐在地铁》，第一句的"吃我一屁股"到现在还记得清清楚楚，但其实，这句话与原文之间还是有相当大的距离的。

---

① 乔治·佩雷克（Georges Perec，1936—1982），法国著名先锋小说家，其作品《生活的使用指南》被誉为"超越性小说"的代表作。

沼野：这样的法语如何去翻译，确实是一个问题呢。雷蒙·格诺有一本书叫作《文体练习》（朝日出版社，1996年），是朝比奈弘治先生翻译的，译得相当漂亮，让人佩服。

野崎：《文体练习》一书中，那种长达十行到二十行的素描性的描述加起来总共有九十九种。作者会用好多个不同的版本，自由自在地对那些平平常常的场景加以描述。读朝比奈先生的译文，就像看一场机智的语言游戏，比如说这里是几个女高中生在一起聊天的语气，这里是一种中年男子常用的简洁的语气，等等，而每一处都翻译得很有趣。

从《文体练习》可以看到，这里确实有一种与语言表达上的美感所不同的、经由某种独特的路径进行创作的可能。十九世纪后半期出现了一种把语言本身当作创作的素材，或者说，探索语言自身所蕴含力量的文学形式，我觉得《文体练习》的写法大约借鉴了这一做法。

雷蒙·格诺作品的日文译本读起来很是轻松愉悦，但实际上他也是一位以明晰而又美丽的法语为武器，又反过来对这样的法语进行反抗的作家之一。他的创作最初是超现实主义风格的。

超现实主义的作家们，比如安德烈·布勒东①等人，曾经进行过一种叫作自动笔记的写作实验，试图让自己在写作时摆脱意识的控制。他们想，如果在半睡半醒的状态下把浮现在脑海中的

---

① 安德烈·布勒东（André Breton，1896—1966），法国诗人和评论家，超现实主义创始人之一。

话——记下来，会成为怎样的作品呢？他们认为，一切顺利的话，那些隐藏在潜意识中的想法就会在此时自动浮现出来。按照安德烈·布勒东的想法，潜意识层面的东西比意识层面的要更加美丽而富有能量，可以释放更多的爱，因此这样的尝试是非常有意义的。

雷蒙·格诺则是另外一种情况，他对于自身内部的"潜意识"已经没有太多期待，他的做法更像是在玩一种干净利落的语言游戏，他探索的是，——如果改变一下语言自身的前后顺序，是否会有什么新鲜的感觉产生呢。在这场探索的游戏中，他加了各种各样的语言规则进去。

沼野：是的，比如说写作时不使用某些文字。他们觉得，加入这种日常写作时不需要遵守的规则，有助于激发更多的潜意识层面的东西。

野崎：比如把奈瓦尔的十四行诗的单词全部在词典上查出来，用词典上排在这个单词旁边的单词与原来的词进行置换，这样一来，有时也会形成一首别有意义的诗作。

沼野：有一部作品叫作《百万亿的诗篇》，里面有十首十四行诗，而其中的每一首诗中的每一行，都被切割开来，每一行诗自由组合，就可以重新编织成百万亿首诗。这是格诺的书。当然并没有人自由组合过，自由组合后再读完，那得需要几亿小时的时间啊。

野崎：说到游戏规则，最出格的应该是格诺的朋友乔治·佩雷克的作品《消失》（盐塚秀一郎译，水声社出版，2010年）。法语中最常用的字母是"e"，冠词中也有它，各种女性用语的名词也都是以"e"结尾的——不知道佩雷克怎么想的，他尝试了一种新写法，就是把所有的"e"都从单词中去掉。"e"在法语的字母表中读作"u"，只听发音的话，是"他们"的意思。有人说，佩雷克的做法与一个历史事实有关，即，由于他的父母在奥斯威辛集中营去世了，他失去了包括自己父母在内的所有的"他们"。就是这样的一部作品，也有很棒的日文译本面世了，日本的法国文学家们真的是很厉害呢。

有关纯正的法语和如何翻译的问题

沼野：接下来让我们聊聊翻译本身的话题吧。有关纯正的法语与翻译，我首先想到的一点就是方言如何处理的问题。日本作家谷崎润一郎的作品中就有很多日本关西地区的方言，野崎先生对此也很熟悉，因此在这里想要请教一下。

在日本的纯文学作品中，经常把方言当作一种很有用的创作方法来使用。井上靖的《吉里吉里人》等作品中，简直可以说东北的方言才是小说的主人公。冲绳出生的作家们在写作时也使用冲绳方言，只是若全部用冲绳方言的话，大多数读者就看不懂了，因此就只是夹杂一些。所以，日本的文学作品中，方言以各种各样的形式存在着。这种事情在法语中几乎是不可能出现的。

因此，我就有一个很朴素的疑问，比如谷崎润一郎在小说

《细雪》中所描绘的关西地区的那些风土人情，在翻译成法语时，真的还能像原作一样传递给读者吗？当然这不仅仅是法语的问题，日本文学作品中的方言在翻译成欧洲各国的语言时，都会遇到同样的问题，只是，在众多的语言当中法语是格外重视用语的规范性的，因此我想，在法语环境下用方言进行文学创作应该是非常困难的。您是怎么看待这一点呢？

野崎：这方面俄语又是怎样的呢？比如谷崎润一郎的作品《卍》，基本就是一个满口操着关西地区方言的女性的独白。翻译成俄语时，会使用不同于标准俄语的语言去处理吗？

沼野：俄语是没法这样操作的。若只是想表达某种优雅的女性用语的话，还有法子可使，比如说变换一下句尾的说法等，但要说把日语的人物对话用俄语的某种特定的方言来翻译，几乎是行不通的。俄罗斯虽然疆域辽阔，但各地方言的差别并不大。遥远的西伯利亚地区人们所使用的俄语，与莫斯科地区的并无大的不同。当然这背后有其缘由——历史上，俄罗斯一直是通过占领殖民地等方式扩大自己版图的。

比如说，虽然白俄罗斯语以及乌克兰语与俄语都不尽相同，略有差别，但仍然是很相近的，因此在写作时，虽说也不是不能像日本的文学作品那样将其作为方言来使用，但作为文学创作的手法来说是不合适的。如果俄语小说中突然出现了白俄罗斯语，读者难免会把使用这种语言的人与白俄罗斯这个特定的国家联系起来。俄罗斯的边境地区也有当地土生土长的方言，但如果使用了这样的方言来创作,这个地区的特色就会在作品中显得格外刺眼,那种感觉就像在翻译美国小说时,把作品中的南部黑人的语言用日本东北地区的方言来表现,是很不自然的。因此,在将日语翻译成俄语时,要在译文中把原作中的方言体现出来基本上是不可能的。这一点与法语的情形是一样的。

不过,谷崎润一郎有很多作品都被翻译成了法语吧。

野崎:是的。谷崎润一郎的小说在法国非常受欢迎,以前多是以英译本为基础的转译,现在当然都是直接从日文翻译过来的,而且有的版本还标了非常详细的注解。日本的谷崎润一郎全集都没有标注解呢。

但是,这些法语译本所用的也都是非常标准的法语。谷崎的原作是用关西方言的女性用语写成的,这一点在法语译本中完全体现不出来。因此原作中方言的魅力,只能通过对作品的解说来体会一二。读者是难以直接感受到原作本来的那种味道的。

此外,谷崎还有一部以汉文开头的小说叫《武州公秘话》,其中汉文的部分,译者特意用了拉丁语来翻译,可以说是非常用心的。但是关西方言就很难表达出来。当然了,一般来说方言的翻译都是有一定难度的。

沼野:听您说起关西方言的翻译,我想起了一个相反的例子。以前，四方田犬彦先生在翻译曾居住在摩洛哥的美国作家保罗·鲍尔斯①的短篇小说时，对于其中混杂了马格里布语的对话，翻译时使用了关西方言（鲍尔斯《优雅的猎物》所收，新潮社出版）。接下来我们再回到日文作品中的方言如何翻译成法语的问题，我记得平野启一郎的作品《日蚀》②中古典日语的部分，是使用拉丁语翻译的。

野崎：《日蚀》在日本出版两年后，法语译本就问世了。从中也可以看出，现在的法国人对日本文学的期待程度之高。同时，从日本文学的角度来看的话，我会觉得，在某种意义上可以说，通过翻译这个过程，日本文学变成了"法国文学"。

法国文学的基础有很大一部分是来自十九世纪的现实主义，现实主义派的作家们标榜说，对于那些此前不曾成为小说创作素材的市民及农民、或者说无产阶级劳动者的生活，自己会在作品中如实加以描述，但是，他们所说的"如实描述"并不曾包括劳动者们的语言。福楼拜的小说《包法利夫人》中，故事发生的背景是农村，然而小说人物所使用的也都是完全没有口音的法语。从某种意义上来说，这简直可以说是配音后的版本了。

沼野：这样的话，从语言的方面来说，这些作品就不能算是现实主义了。

---

① 保罗·鲍尔斯（Paul Bowles，1910—1999），美国小说家、作曲家、编剧，作品有《遮蔽的天空》等。
② 中译本已由浙江文艺出版社于2017年出版发行。

野崎：确实如此。福楼拜当然是了解那个地方的方言的,但尽管如此,小说中人物对话的部分还是全部置换为标准法语了。作为一部现实主义作品,这样处理人物语言是否合适,我觉得作者对此可能并没有感到任何一丝的犹豫。莫泊桑的短篇小说中有时会出现一点诺曼底地区的方言,但这种情况,从某种意义上说只是为了刻意展现一点地方特色。

普鲁斯特硬朗的文体,翻译成德语就变得很普通

沼野：方言的翻译确实是一个难题。但即便不是方言,翻译过程中也常会遇到其他问题,比如没法单纯地将日语的文体和语言简单置换成法语;一个句子,如果不改变结构按原样翻译的话,就会变得很奇怪;或者明明是一个很普通的日语表达,直译成法语就失去了其原有的美感;翻译家们就在这样的地方绞尽脑汁冥思苦想啊。除了文体上的区别,日语与法语之间的不同之处实在是很多的。

下面的这个例子当然情况有点不一样,但因为非常有趣,我常常说来给大家听。海明威曾经把普鲁斯特的文章翻译成德语,当然译文本身已经遗失了,但海明威曾经在给霍夫曼斯塔尔的信上说过这件事。海明威说,普鲁斯特用法语写的文章有一种很特别的硬朗的感觉,因为他使用的不是那种符合规范的、普通的清晰明快的法语,而多用冗长而复杂的句子。但当把这些长长的法语句子翻译成德语时,文章却变得特别普通。这样一来,句子的表面意思确实是翻译出来了,但文章原有的那种本质性的东西却

消失不见了。海明威在信里说过这些话。当然反过来说，德语翻译成法语时，也同样会遇到类似的问题。

米兰·昆德拉在评论集《被背叛的遗嘱》（西永良成译，集英社出版，1994年）中，就卡夫卡作品的法语译本也表达过类似的看法。卡夫卡的德语具有很典型的德语句子的特点，长句多，句式复杂，但在翻译成法语时，这样的句子就会被断成好几个很短的短句。译文中多了很多原文没有的冒号、分号，一个长句被断成三四个小短句。我们日本人往往会觉得法语和德语同为欧洲语系，两种语言之间互译应该不会有太大的困难，但实际上仍然还是存在这样的翻译问题。

所以说，（相比德语和法语的互译）日语和法语互译时，类似于那种表面意思可以翻译出来但是整体感觉却变味了等等的不适感，其实会更让翻译家们痛苦。野崎先生有过很多翻译方面的经验，对这一点您是如何看待的？

野崎：听了您刚才所说的，我很庆幸自己的专业不是德国文学。海明威要是说经自己翻译后普鲁斯特的文章就变成了非常普通的文字，那我们就只有举手投降、没什么可做的了。能把那么艰涩的文字翻译出来，本来还想骄傲一下呢，但若说译文（失去了原有的风采）变得相当普通，那真的是让人难为情啊。

沼野：在翻译俄语的作品时，有时候我也会想自己能否翻译出原文的味道呢。俄语中也有很多由关系代名词构成的长而复杂的句型。

野崎：在这方面,法语还是比较节制的,清清爽爽,或者说,句子较短。说起德语的风格,像托马斯·曼①,他的文章句子都很长,因而也较有震撼力,很有趣。而法国的文章美学,沼野先生刚才提到的伏尔泰的《老实人》就非常典型。句子短小,干净利索。这本书写的是环游世界的故事,故事情节的发展也很快,各种出人意料的事情一件件发生,诸如差点被人杀死,或者被拷打到脸都变形,等等,整个故事安排不拖泥带水,非常流畅。文风也很简洁。这是法国人写的文章的最理想状态了。

在法国作家中,普鲁斯特是相当特别的,几乎没有人企图要与他比肩,更遑论超越他。而唯一想这么干的,是克洛德·西蒙②。

沼野：《农事诗》(芳川泰久译,白水社出版,2012年)这部小说很精彩啊。

野崎：这本书真是非常突出地体现了他的个人风格啊(笑)。大家随便翻看一下就会知道,有时仅一个句子就会长达十几页。有时还会插入一些引用,让人觉得是刻意地把句子拉长。可能对作者来说,这样会带给他一种成就感吧——自己把句子写到了它最

---

① 托马斯·曼(Thomas Mann, 1875—1955),德国小说家和散文家,1929年获诺贝尔文学奖,代表作有《魔山》《马里奥与魔术师》等。
② 克洛德·西蒙(Claude Simon, 1913—2005),法国新小说派代表人物,1985年获诺贝尔文学奖,代表作有《弗兰德公路》《农事诗》等。

大限度能够达到的长度。但不管怎么说，总是先有了普鲁斯特，才有了克洛德·西蒙。

沼野：野崎先生自己的体验是怎样的呢？在实践中，您把大量的法语作品翻译成了日语，是否可以说，现在从事翻译工作已经是胸有成竹了呢？是否已经达到一种什么样的法语都可以很顺利地翻译成日语的境界了呢？或者说，如果一个译者在翻译过程中总是为两种语言之间的违和感所困扰的话，他就寸步难行了？

野崎：远远不是啊。不管译了多少书，每次拿到新的翻译工作，感觉都是从零重新开始。我最注意的一点是，尽量按照原文的语序、原文中句子的前后顺序去翻译，所以经常会冥思苦想，去思考在尊重原文语序的情况下，怎样翻译才不会太啰唆。有一点我是很坚信的，翻译这个活儿，只有乐观的人才做得了。如果是责任心太强的译者，他翻译的过程就会非常痛苦，对自己的译文怎样都不满意，迟迟不能交稿。我都是心里想着"就这样了吧"，就把稿子交了。沼野先生是非常有责任心的译者，像纳博科夫的那部作品①，前后花了二十五年的时间才完成日文译本。

沼野：那个纯粹是因为我做得比较慢……我是这样的，有时候，以前明明觉得自己看懂了的句子，到了现在反而翻译不出来了。

---

① 指日本作品社2001年出版的《弗拉基米尔·纳博科夫全短篇集》，沼野充义等译，收录俄裔美籍作家纳博科夫（1899—1977）全68篇短篇小说。

读了这么多年的俄文小说，时间久了，渐渐可以读懂其中的复杂微妙之处，所以很多时候就会觉得，这个地方这样译是不对的，这样译的话，很多隐含在字里行间的意思就会丢失了。

野崎：之所以干翻译这一行，当然是因为自己喜欢，这是一定的；但对个人的发展来说到底是好事还是坏事呢，就很难说。有时我会想，如果把花在翻译上的时间都用来搞研究，或许还可小有成就。当然实际上，如果我没做翻译的话，可能到最后什么也没干成。另外就是，哪怕是自己翻译的书，只要开始下一本的翻译工作，就把上一本的事全忘光了。所以，完全没有因为翻译这些书而变得更聪明一些。有人拿我的译著来跟我讨论，比如会说，这个地方是这样啊等等，我也只会"嗯嗯"点头应付而已。

沼野：这种情况我也有。有时我甚至记不住自己翻译了什么。曾听过这样一个笑话，说有个人某天读到一篇很好的翻译文章，他就想，译者是谁啊，翻得这么棒，结果一看译者的名字，原来是自己。——当然我还不至于到这样的程度啊。还听过一个托尔斯泰的笑话，说他晚年时重读《安娜·卡列尼娜》，说这小说真棒，是谁写的啊，然后一看封面，才发现作者就是自己。

野崎：搞翻译的人，如果没有这样一种不过度执着的态度，这个活儿还真是做不长久。不要长时间停留在烦恼和迷茫中，只管去做，不然的话，它是不会自动完成的。所以说，那种乐天派的、不会顾虑太多的人比较适合做翻译，或者说，不是这样的人还真做不了。

翻译的过程中,有时会在某些时刻眼睛突然看不清,难免会出一些简单的错误,比如把代名词搞错了,或者很简单的一个名词却翻译错了,等等。因此,如果一个人不能原谅自己犯类似的小错误,翻译这个工作就做不下去,可能这样的人也不会选择翻译。之所以我还在继续做这一行,是因为有一个心愿,想把自己年轻时候感受过的对翻译文学的兴奋感,或者说读到巴尔扎克、司汤达、萨特、安德烈·布勒东或者陀思妥耶夫斯基时的那一份感动,也传递给下一代人。

经常有人对我说,现在英语圈国家的年轻人读原版的莎士比亚作品会感到很辛苦,而日本人就可以读到现代日语版本的莎士比亚,让人羡慕。是的,翻译有一种让原作历久弥新的力量,对我来说,这也是翻译的魅力之一。而且,当然了,经由自己的工作把那些未经翻译的法语作品介绍给国内的人们,不知道为何,想到这一点,我到现在还会感到很兴奋,那种感觉就像自己变成了一个赌徒一样。

刚才话题谈到了方言的不可翻译,但是呢,像谷崎润一郎的作品,虽说读法语译本并不能体会到关西腔的那种大大咧咧不拘小节的魅力,但即便如此,法国人还是很爱谷崎润一郎,法语译本的编辑和装帧,比日文原版还要好。谷崎作品想要传递的重要信息,通过法语译本还是传递给了读者们的。这是世界一流的、独特的作品——这一点,经由对法语译本的阅读,法国的读者们是感受到了的。所以说,翻译还是要做的。沼野先生刚才提到了世界文学,那么,持续地进行翻译工作,一定是可以使世界文学更加丰富的唯一方法。当然了，希望译者们最好不是那种马马虎虎粗心大意的人。总之我觉得，不管怎么说，翻译本身是一件对世界有益的善事。

沼野：是的，外国作品的日文译本也应该被看作是日本文学的一部分，这样的话，日语文学的在库目录也会丰富很多。这一点很重要。当然了，就像方言没法翻译一样，翻译过程中原作的韵味会失去很多。

比如井上靖的话剧《如果和父亲一起生活》（1994年，新潮文库），由于后来它被改编成了电影，可能很多人都知道这部作品，它里面的台词，用的全部都是广岛方言。所以在日本，不管观众是广岛人还是东京人，大家都会对此印象极其深刻，知道这是一部由广岛方言写成的作品。

这部话剧后来被翻译成其他国家的语言，在世界各地上演，当然了，广岛方言是翻译不出来的。英译本的译者是罗杰·巴尔伯斯，有一次我就问他："方言的翻译你是怎么处理的呢？"他说："就是把它翻译成常用的标准英语了呀。"我说："翻译成常用的标准英语的话，那里面广岛方言独有的韵味不就丢失了吗？"对此，他的回答是："方言的韵味什么的，没有了就没有了吧。"他想说的是，好的作品就是好的作品，你正常翻译就可以了，读者会感受到的。那些情绪饱满、情感充沛的台词，用标准语也是可以表达出来的，比如使用一些非常有女人味，或者男人味的语言，并好好地加以打磨，一样可以传递出来。只是不用方言这个系统罢了。罗杰·巴尔伯斯是这样说的。我觉得这是一

由翻译文学筑就的"世界文学"

野崎：换个话题啊。我几乎没有怎么做过诗歌的翻译，对此大有憧憬之情。我开始读外国文学是在初中、高中的时候，那时也读了一些翻译诗作，受到很大的震撼。

就是在那时候，我迷上了法国文学作品。波德莱尔的《恶之花》，兰波的《地狱的季节》以及《幻视》，还有堀口大学译的《月下的一群》①，读了这些诗歌后，我感到自己突然踏入了一个从前一无所知的新世界。现在想来，且不说《月下的一群》怎样，那时我读的那些翻译作品，从语言方面来说，很多译文并没有打磨好。但是，那也是可以的。生硬的翻译，也自有它生硬的韵味，或者说，即便是译文很生硬，原作的内涵也还是可以传递出来的。翻译并非一种透明的存在，可能你读起来会有抵触，但这种抵触感里面，也蕴含了某种生命力。

在这里我特别想跟听众们说的是，沼野先生做诗歌的翻译是很有一手的，我读到时每每有惊艳之感。以前我就想，沼野先生一定要多翻译一些诗歌，量攒到跟《月下的一群》差不多了就出版，我就可一饱眼福了。

沼野：关于诗歌我谈一点个人的体验。年轻的时候我做过一本诗

---

① 日本译者堀口大学（1892—1981）的译诗集，收录66名法国近现代诗人的近340篇诗歌。

歌的同人杂志，那时松浦寿辉①也是杂志的撰稿人。他还在法国留学的时候，我就拜托过他撰稿的事，那时候没有电子邮件也没有传真，他的诗就手写在航空信用的那种薄薄的半透明的纸上寄过来。这些稿子，现在到我家的阁楼上找一找可能也还在。此后，他成为了大诗人、小说家，我就没有这份才华，最终也没成为一个诗人。自己是不写诗了，但诗歌的翻译是一直到现在我还想做的。

野崎：有一些诗歌，很希望有机会读到沼野先生重新翻译的版本，就像从前的《月下的一群》一样，沼野先生的译本，将不仅会进一步丰富日本文学的表达方式，也会激发人们对那些此前所不了解的外国诗人们产生兴趣。

《月下的一群》中有一首诗非常有名，让·谷克多②的作品，"我的耳朵如贝壳/怀念着大海的声音"。只把这一句拿出来给学生看，问他们觉得这是翻译还是日语诗，结果是一半一半。但是在法国，让·谷克多的这首诗并不怎么为人所知。所以说，世界文学的一部分是在翻译的过程中形成的，真实不虚。再有就是，森鸥外翻译的短篇小说《冬之王》非常精彩，相反，原作者汉斯·兰多几乎并不为人所知。所以说，翻译是有这样一种创造的可能性的。

---

① 松浦寿辉（まつうらひさき，1954— ），日本法文学者、诗人，诗集《冬之本》获高见顺奖，小说《花腐》获芥川奖。
② 让·谷克多（Jean Cocteau，1889—1963），法国作家，代表作有《可怕的孩子们》等。

沼野：电影的话题到现在还没有谈到，我们就把它作为这次对谈的压轴好戏留到最后吧。现在，我来总结一下此前所讨论的内容，同时也就各位听众手边的资料做几句补充。

这份资料虽说名为"名作书单"，但这里所提到的并非仅限于主流作品，一点也不保守哦。并非只有那些被守旧派誉为经典的作品才算是名作，如果说整个社会存在一种规范的话，实际上，那些至今还在为人们阅读的有价值的作品，常常是产生于对这种规范的某种反抗。

其实不仅法国文学如此，文学的历史、艺术的历史都是这样一个过程的连续。一个时代最有代表性的思想，从某种意义上来说是最为平庸的。所以说，历史并非来自这些平庸的思想，一个社会的规范，总是伴随着那些打破规范的作品的出现而更新的，而这个更新的过程，就成为了历史。所以我们在做推荐书单时就比较重视这一点。正如大家此刻所拿到的这份书单，从中多少是能看出那些反抗过程的历史脉络的。法国是一个热情又充满反抗精神的国家，读司汤达等人的作品你就会觉得，这就是法国啊，一个热衷于恋爱又喜欢反抗的国家。俄罗斯文学中，描写肉体的感官快乐的作品很少，而反观法国文学则会发现，有关爱情的主题与反抗精神一起，密不可分地同时大量地出现在作品中。

电影与文学之间的理想关系

沼野：接下来我们谈一谈文学和电影吧。今天也给大家准备了一份电影名作清单，其他的可以不看，但这些电影不要错过哦。非常推荐。

野崎：我觉得，从某种意义上来说，电影导演就像是一个翻译家。拍电影时，你首先得有剧本。呃，当然像香港电影那样，也有的是没有剧本就拍出来了的。

我想说的是，原本电影这个东西，"一开始得先有文字才行"。电影导演，就像一个翻译家，把文字视觉化，用影像来表达故事。尽管如此，还是经常听到有人轻轻巧巧地说什么"电影是无法超越原作的"——对说这种话的人，我真是气不打一处来。我特别想跟他们说，去看一下让·雷诺阿导演的电影《乡村一日》，它是由莫泊桑作品中的一部相对小众的短篇小说《一日郊游》改编而来，日本的话，可以看一下吉田喜重导演的《秋津温泉》。《秋津温泉》原作者是藤原审尔，虽说小说本身在当时也是一部畅销书，但改编后由冈田茉莉子主演的电影，可以说是日本爱情电影的"NO.1"。还有路易斯·布努埃尔导演的电影《白日美人》，约瑟夫·科塞尔的原作小说现在已经没有多少人读了，但改编后的电影非常有感染力，到现在我也时不时会想要再看一遍。当然了，虽说拍电影跟翻译类似，但导演在电影中擅自加入原作没有的内容是家常便饭，也正因如此，电影才有其拍摄的价值。《乡村一日》的原著小说《一日郊游》原本是天气晴朗的某天发生的故事，雷诺阿导演却在电影中安排了瓢泼大雨的场景，也是很任性了。拍电影跟我们译者小心翼翼地做翻译还是很不同啊，一出手改动就很大。

无论如何，比原作精彩的电影实在是太多了，我觉得，这对文学界来说也是一件好事啊。有小说，有电影，人活着只要有了这两种趣味，就不会太无聊。所以个人觉得，一定要给这两类原本就不同的领域分出个高低上下的做法，真是无聊至极。沼野先生怎么看？

沼野：俄罗斯和东欧的电影我看了很多，但其他地区的电影就看得比较少。说到法国电影，我想起了金井美惠子①的小说，它里面有很多地方是这样的，如果你没看过法国电影就看不明白，所以她的书对我来说就有点难懂。

关于由文学作品改编的电影，我简单列举其三条功用。

第一点是，"可以发牢骚说这电影拍得与原作不同"。不是指责它与原作不同，而是讨论这电影与原作有何不同。这就有趣了。比如说，塔尔科夫斯基拍的电影《索拉里斯》②，就与原作非常不同，但正是由于不同才有趣，有意义。

第二点是，"可以从电影中看到小说原作中看不到的东西"。比如卡夫卡的《变形记》，小说中主人公变成了"毒虫"，那这个"毒虫"到底是什么虫，长何种模样呢。卡夫卡自己觉得，这个部分是不可以将其视觉化的。但要拍电影的话，就必须把它画出来。俄罗斯有一位很有才华的话剧导演叫瓦列里·福金，他把《变形记》拍成了电影，其中毒虫会是什么样子的呢，当我们看到电影中毒虫的形象时，会有一种看了不该看的东西的

---

① 金井美惠子（かないみえこ），日本作家。主要作品有《奇怪的新娘》《恋爱太平记》等。
② 中译本已由广西师范大学出版社于2010年出版。

乐趣。

第三点是，看"书总是读不完，但看电影的话，只需两个小时的时间就让人觉得自己把整本书都读了"。当然了，仅仅停留在"觉得"自己读完了当然是不行的，如果看完电影后兴趣大发，去真的把书读完就最好了。比如《战争与和平》是无人不知无人不晓的名作，但其实没有几个人从头到尾把它读完过。《战争与和平》的电影总共分为4部，全部看完需要近7个小时，虽说比两个小时要长不少，但看完电影，就了解了那段波澜壮阔的历史过程。而且，若觉得电影有趣的话，可能就会想，下次我要拿原作的小说来读一读。

好的，有关电影的话题就蜻蜓点水、到此为止了，今天对谈的最后，请野崎先生来介绍一下他最新的译著、鲍里斯·维昂的《岁月的泡沫》①（光文社古典新译文库，2010年出版）。

野崎：方才的对谈中，沼野先生曾经提到过一位作家雷蒙·格诺，非常擅长玩文字游戏，而鲍里斯·维昂，就是以他为师的。具体来说，鲍里斯·维昂是活跃在十九世纪四十年代后半期到五十年代初期法国文坛的一位诗人、小说家，同时也是小号演奏家、美国小说译者、爵士乐评论家，也是萨特、波伏娃的好朋友，最后他还是一个自己老婆与萨特私通被戴了绿帽子的男人，不管怎么说，他才华横溢，经历丰富，一生辉煌。有关他的小说

---

① 原著是波兰作家斯坦尼斯拉夫·莱姆创作的一部长篇科幻小说《索拉里斯星》。

《岁月的泡沫》，格诺说这是一部"二十世纪最为悲伤的恋爱小说"，个人深以为然。维昂四十年的生涯中经历的，包括悲伤在内的所有情感和体验，都完美地凝结在这部小说中了。

其中有法国小说常见的反抗的因素，同时也有让人愉快的冒险精神、时尚感，这些，都以一种非常纯粹的形式呈现在其中。虽然维昂自己不太积极，但这部小说还是被改编成了电影，在首映式上，当电影的名字出现在屏幕上的那个瞬间，维昂心梗发作当场去世。翻译的过程中我也再次确信，（虽然小说已经出版了很多年，但）作品的生命并没有任何减损，在岁月的洗礼中仍然非常完整地留存下来了。如果有哪位朋友在听了今天的对谈后对法国文学产生了些许兴趣，请一定读一读这本书。

沼野：谢谢。今天的对谈就到此结束。

翻译家·外国文学研究家篇

第三章
作为"世界文学"开端的美国文学

——都甲幸治与沼野充义的对谈

活在多声部的
语言情景中

都甲幸治

1969年生于福冈县。毕业于东京大学研究生院。美国文学家、翻译家、早稻田大学文学学术院教授。著作有《伪美国文学的诞生》《21世纪的世界文学导读30册》等。译著有《本杰明·巴顿奇事》(菲茨杰拉德著)、《肆意生活》(查尔斯·布考斯基著)、《问尘情缘》(约翰·范特著)、《弗农小上帝》(DBC·皮埃尔著)、《奥斯卡·瓦奥短暂而奇妙的一生》(朱诺·迪亚斯著/共译)。

资料

● **都甲幸治向年轻读者推荐的英美文学、英语小说10册**

①埃德加·爱伦·坡《莫尔格街凶杀案》，1843年。（小川高义译，光文社古典新译文库，2006年。此外，亦有其他译本多种）

②亨利·戴维·梭罗《瓦尔登湖》，1854年。（饭田实译，岩波文库，1995年。此外，也有其他译本多种）

③杰克·伦敦《野性的呼唤》，1903年。（深町真理子译，光文社古典新译文库，2007年。此外，亦有其他译本多种）

④弗·司各特·菲茨杰拉德《了不起的盖茨比》，1925年。（村上春树译，中央公论社，2006年。小川高义译，光文社古典新译文库，2009年。此外，亦有其他译本多种）

⑤杰罗姆·大卫·塞林格《麦田里的守望者》，1951年。（村上春树译，白水社，2006年/野崎孝译《麦田里的守望者》，白水社，1964年/桥本福夫译《危险的年龄》1925年）

⑥理查德·布劳提根《在西瓜糖里》，1968年。（藤本和子译，河出书房新社，1975年。河出文库）

⑦托妮·莫里森《最蓝的眼睛》，1970年。（大社淑子译，hayakawa epi文库，2001年）

⑧J. M. 库切《迈克尔·K的生活和时代》，1983年。（kubota nozomi译，tikuma文库，2006年）①

---

① 此处译者的姓名原文用的是假名，非汉字，为尊重原文此处用罗马字母。

⑨玛格丽特·阿特伍德《使女的故事》，1985年。（斋藤英治译，新潮社，1990年。后由hayakawa epi文库出版）

⑩石黑一雄《长日留痕》，1989年。（土屋正雄译，hayakawa epi文库，2001年）

●沼野充义向年轻读者推荐的英美文学、英语小说（等）10册

①莎士比亚《哈姆雷特》，约1600~1602年。

②劳伦斯·斯泰恩《特利斯川·商第的生平和意见》，1760年。(朱牟田夏译，岩波文库，1969年。此外，亦有其他译本多种)

③罗伯特·路易斯·史蒂文森《金银岛》，1883年。（村上博基译，光文社古典新译文库，2008年。此外，亦有其他译本多种）

④赫伯特·乔治·威尔斯《墙中门》，1906年，及该作者的其他科幻短片。

⑤赫尔曼·梅尔维尔《书记员巴特尔比》，1853年。（柴田元幸译，载于 *Monkey Business* 2008 *Spring vol.1*，Village books，2008年）

⑥埃德加·爱伦·坡《威廉·威尔森》，1839年。

⑦杰罗姆·大卫·塞林格《九故事》，1953年。（中川敏译，集英社文库，新版2007/*Nine Stories*，野崎孝译，新潮文库，1974年。此外，亦有其他译本多种）

⑧罗伯特·安森·海因莱因《夏之门》，1956年。（小尾芙

佐译，早川书房，2009 年。此外，亦有其他译本多种）

⑨理查德·布劳提根《爱的方向》，1966 年。（青木日出夫译，新潮文库，1975 年。hayakawa epi 文库）

⑩约瑟夫·布罗茨基《小于一》，1987 年。（Less Than One, New York：Farrar, Straus, Giroux, 1986/Penguin Books）

（番外篇：内村鉴三《我如何成为基督信徒》，1895 年。原书英文名称为 *How I Became a Christian*：*Out of My Diary*）

小讲座第一部分：明治时期的"世界文学"

沼野：今天我们迎来了都甲幸治先生，他的翻译和研究工作是以美国文学为中心展开的，接下来我们的对谈将围绕以下话题进行，透过英文小说可以看到怎样的世界，或者说，读了英文小说是否就了解了世界文学。接下来先由我就今天的主题来做一个简短的小讲座，之后再进入对谈的环节。

现在，日本各大学的文学部沿用的仍是英美文学、德国文学这一旧有的分类方法，但这一旧的框架是否还适用于现在的世界文学呢，或者说，是否还能以此框架来解释、说明现在的文学界现状呢？我觉得，只要是搞现代文学研究的人，谁都会有这样的疑问。只是在现实中，原有的组织和权威因循守旧是常有的事，面对大学里的英文系这样一个组织，只是批评它"太守旧"恐怕也很难改变什么。但是，在真实的文学世界里，已经出现了很多无法以旧有框架来涵盖的英语文学作品，这也是一个不争的事实。

因此在今天的对谈中，对于从前的英美文学我们会加一个引号去看待，也就是说，各位听众在听接下来的内容时，请把那些已包含在旧有框架中的、作为历史性事实的英美文学的印象先放在一边，却看到，在现代这个时代，还有一部分英美文学是游离于旧有的文学框架之外的。

好了，接下来的内容我想从对英美文学的赞美开始，以示对都甲先生的敬意。日本对欧洲文学的接纳这一问题，是比较文学研究，或者说是日本近代文学史上的一个大问题，很难用几句话来简单地总结。但有一点可以说的是，对于在明治时期结束了闭关锁国的日本来说，人们对于此前的欧洲文学是一无所知的。在封闭的锁国时期，至多有一些荷兰的文献可以进入日本，或者翻译一些有关人体解剖的书，而那时的日本人几乎完全不了解，除了此类书之外欧洲还有大量优秀的文学作品。然而，在进入明治时期之后，在极短的时间内，大量的西方文化一下子如潮水般涌入了日本。在欧洲，英国文学、法国文学是先发展起来的，德国和俄国的文学是后发的，出于这样一个缘由，自然也就有了文学史上的时间差之先后、发展的顺序之别以及价值大小之异，但（由于这些文学作品是在很短的时间内同时进入日本的，因此）日本对欧洲各国文学的接受，就与以上的价值排序无关，只能是同时全部接收过来。俄罗斯文学、与欧洲相比还是新兴国家的美国的文学、十六世纪英国的莎士比亚、西班牙的塞万提斯①等各类文学同时进入日本，并在此后很长的一段时间里百花齐放，令人眼花缭乱。身处这样一种波澜壮阔的外国文学的大潮中，日本的人们唯有发出连连赞叹，说着"俄国文学太棒了""美国文学也很有趣""莎士比亚的作品也不要错过哦"等。

日本人是同时接触到莎士比亚和陀思妥耶夫斯基的，但他俩之间其实有三百年的时间差。由此可见，明治时期日本的人们所

---

① 米格尔·德·塞万提斯·萨维德拉（Miguel de Cervantes Saavedra, 1547—1616），西班牙小说家、剧作家、诗人，他创作的《堂吉诃德》被誉为文学史上第一部现代小说。

经历的是怎样一场巨大的欧洲文化的洗礼。

就这样,作品诞生的时代、文学史上的价值大小排序等都被置之不理,所有的欧洲文学同时涌入了日本这个狭小的竞赛场,凭实力展开了一场比拼。这种状况下,日本人最喜欢哪个国家的文学呢?可以这么说,俄罗斯文学很有趣,法国文学和德国文学也各有其风采,不相上下,但客观上来看,还是以莎士比亚为代表的英国文学最有实力。在明治时期的日本社会,不限于英语文学研究领域,无论是文科还是理科,从一般教养的角度来看,会说英语都已是一种身份的象征。在当今的时代,全球化的风潮正是在英语这面旗帜下被推动起来的,英语已成为事实上的世界语。而在明治时期的日本,在英法德俄这几种主要的西方语言中,从某种意义上来说,英语也被看作是最重要的一门外语。这是必须承认的。

因此,明治时期日本的知识分子们都很积极地学习英语,尤其是搞文学研究的,有很多人可直接阅读那些没有日文译本的英语原版作品。现在的日本作家中不懂外语的人越来越多了,想读英语小说,也只有等都甲先生这样的译者把书翻译出来。但明治时期的文学家们不是这样的,他们是可以自己读英语的原版作品的。比如芥川龙之介,托尔斯泰的《战争与和平》他读的就是英文原版。明治时期人们的英语阅读并不仅限于文学,哲学、思想、科学等领域的知识也是通过英文原版来学习的。

因此,反过来说他们想要向世界表达自己的想法也很强烈,很多人用英语写作、用英语表达自己的思想。做比较文学研究的人一定知道如下几本书，内村鉴三①《我如何成为基督信徒》（铃木俊郎译，岩波文库）、冈仓天心②《茶之书》（村岗博译，岩波文库）、新渡户稻造③《武士道》（矢内原忠雄译，岩波文库），这三本书都是以岩波文库本的形式出版的通识类书籍，但请大家不要误会的是，这几本书最初都是以英语写成，而后翻译成日语。明治时期的日本人擅长英语就是到了这样的程度，熟练地阅读英语读物，也用英语来表达自己的思想。

出于以上缘由，以英语写成的文学作品，从明治时期以来就在日本的文学界占据了中心位置。夏目漱石在大学时代学的就是英国文学，其后到英国留学，在那里他学到了英国文学的精髓，虽则后来他略微出现了一些神经衰弱的症状，但他的英语水平是专业级别的，而非仅仅是一个作家。

小讲座第二部分：以英语写成的"世界文学"

沼野：在明治时期的日本，英语文学是通识性知识的基础，就像坪内逍遥等大量阅读莎士比亚作品并将其翻译成日文出版一样，那时人们关注的主要是英国，与欧洲各国相比，美国还是处于劣势的。美国是一个新兴国家，从当时欧洲的视角来看，它处在边缘位置。这样说大家可能颇感意外，但以西欧为中心来看的话，

---

① 内村鉴三（うちむらかんぞう，1861—1930），日本基督教宗教教育家，著有《基督教信徒的慰藉》《我如何成为基督信徒》等。
② 冈仓天心（おかくらてんしん，1863—1913），日本著名美术家，近代文明启蒙期最重要人物之一，著有《东洋的理想》《茶之书》等。
③ 新渡户稻造（にとべいなぞ，1862—1933），日本著名国际政治活动家、教育家，著有《武士道》等。

俄罗斯和美国，都不过是些边缘国家。从这个意义上来说，美国和俄罗斯是一样的，在面对那些古老的西欧国家时，会同时产生两种相反的复杂情感，一方面有一种新兴国家的自负，同时又有一种自卑，此二者的张力给美国文学带来了一种独特的生命力。从十九世纪一直到二十世纪，正是这种旺盛的生命力催生了美国文学的发展。我是专门研究俄罗斯文学的，都甲先生是专门研究美国文学的，从这个意义上说，我们两个人的想法应该是比较合得来的，不知道事实是否真的如此呢。

在今天活动的开始我也提到过这一点，就是说，现在的英语圈文学，已经呈现出了一种难以用英国文学、美国文学这种旧有的框架来概括的生态，具有非常丰富的多样性。德国及法国也有类似的现象，即便单看美国这一个国家，情形也是如此，有非常多的移民从世界上其他各个国家来到了美国。因此，很多母语非英语的人们在年轻时移民到了美国，重新学习英语，用不是母语的英语开始小说创作，这样的例子有很多。其中有来自亚洲的移民，最近也有很多是来自苏联、东欧等以前的共产主义国家的移民。同时，还有一些人属于移民二世、三世，他们的母语虽然是英语，但由于父母只说波兰语或者俄罗斯语，他们并没有完全被英语文化圈同化，其身份认同有着微妙的不确定性。甚至还有这种情况，虽然其身份是美国作家，但他永远只写南斯拉夫的事情。当然这种情况并非只发生在美国，其他国家也是有的，但其中特别是以英语进行创作的文学领域，多样性、某种越境性、混合性等特点越来越明显。

第三章 作为"世界文学"开端的美国文学

自 2008 年 6 月翻译出版朱诺·迪亚斯①的《奥斯卡·瓦奥短暂而奇妙的一生》(都甲幸治·久保尚美译,新潮 crest·books 出版,2011 年)以来,对于那些用生动鲜活的美式英语写成的最新文学作品,都甲先生会阅读其中还未翻译成日语的作品并将其介绍性文章每月刊载在文艺杂志《新潮》上,这项工作已经不间断地持续了 4 年以上。其中一部分收录在《21 世纪的世界文学导读 30 册》(新潮社,2012 年)一书中,并已于近期出版。

都甲先生撰写的这些导读文章,我一直都很喜欢,一期一期地在杂志上追着看,那时就很感慨,心里想,真的是每个月都不间断呢,太让人佩服了。一位专门做外国文学研究的专家,把那些还没有翻译过来的原版书通读一遍并撰写有关该作品的介绍性文章——可能大家会觉得,你是搞外国文学的,做这种工作是轻车熟路、理所当然的事,但其实是非常辛苦的。

比如说,如果本职工作是一位翻译家,就要留出专门的时间用来做翻译,也就没有太多的时间读别的书了。如果本职工作是大学教师,拿了大学的工资就要好好教学,要花费大量的时间备课、批改学生的研究报告,就更没有时间了。所以说,像都甲先生在做的《新潮》杂志的连载工作,一般人的话,坚持个一年半载还行,但是三年、四年下来都持续地每月更新,其实需要耗费非常大的心力。以前我也曾经以类似的方式给文艺杂志的连载栏目撰稿介绍现代的俄罗斯文学,但近期实在是心有余力不足了。

---

① 朱诺·迪亚斯(Junot Diaz),多米尼加裔美国作家,普利策奖得主。

都甲先生在连载中介绍过的作品，有很多后来都得以翻译出版了。除了朱诺·迪亚斯之外，还有米兰达·朱莱①《没人比你更属此地》（岸本佐知子译，新潮 crest·books 出版，2010 年），我个人很喜欢的作家李翊云②《金童玉女》（筱森百合子译，河出书房新社，2012 年）、唐·德里罗③《坠楼者》（上冈伸雄译，新潮社、2009 年）等很多有趣的作家和作品。就是说，通过这本书的介绍，我们了解到一片丰富多彩的世界文学的天地。在现在日本的外国文学家中，像这样积极将现代世界文学介绍到国内的人，除了都甲先生之外几乎再难有其他。这是一项非常重要的工作。同时呢，在这里我也想探讨一下这个问题，即，推荐书单中您所选取的都是以英文写成的小说，但在《新潮》杂志的连载中，也介绍了一些原版非英文、但有英文版本的作品。而且，把该书命名为《21 世纪的世界文学导读 30 册》在某种意义上来说也是有些挑战性的，因为可能有人会说，这本书的名字难道不该是《美国文学导读》吗？所以我想了解的是，出于怎样的缘由，您才把这些在美国出版、以英语写成的文学作品称为"世界文学"的呢？这是我们今天对谈的一个主要话题。

此外，我也经常就世界文学的动向写一些文章，最近美国的一位比较文学研究者戴维·戴姆拉什的《什么是世界文学》（奥

---

① 米兰达·朱莱（Miranda July），美国作家，凭借短篇集《没人比你更属此地》获弗兰克·奥康纳国际短篇小说奖。
② 李翊云，1972 年生于北京，坚持用英文进行创作，著有《千年敬祈》《金童玉女》等。
③ 唐·德里罗（Don Delilo，1936— ），意大利裔美籍作家，代表作《白噪音》获美国国家图书奖，被誉为后现代主义文学巅峰之作。

彩子等译，国书刊行会出版，2011年）在日本面世，我为该书写了解说稿。其中，戴姆拉什谈到了世界文学的有趣之处，对此我自己也思考了一下，并总结出了以下三点，第一点是"旅行使人快乐"；第二点是"多样性是好的"；第三点是"翻译使（之）更丰富"①。

这个话题说起来就长了，这里说的"旅行使人快乐"中的"旅行"指的是，在某个国家以那个国家的语言写成并在那个国家出版的文学作品，后来被译成他国语言的过程，也就是说，这部作品以这样的方式旅行，在世界上的其他国家被阅读，并为越来越多的人所知。所以，那些在美国写成的英语原版作品，经由都甲先生阅读后再介绍到日本国内，这个过程也可以看作是一场旅行。这本身就是一件让人心情愉悦的好事。如果并不能体会到这种愉悦，读外国文学也就没有什么意思了。

第二点的"多样性是好的"，是说，在现代这个世界，无论是人种、语言，还是文化，都有多种多样的要素错综复杂、交叉并存。有一些作家，很难用"他是某国的作家"这样的说法来定义他。如果把这种现象看作是对语言和文化纯粹性的威胁而排斥它，世界就会变得枯燥无趣。拥有丰富的感受性，认同"多样性本身就是好事情"，这一点对我们阅读世界文学来说是必要的。当然了，这一点不用我来啰唆，现在这已经成为人们的共识了。

---

① 此处作者的日语原文中没有使用宾语，在此为了读者的中文阅读习惯，补译了宾语"之"。作者省略宾语的意图请参考下页内容。

然后是第三点,"翻译使(之)更丰富"。使什么更丰富呢?这个句子中缺少宾语,作为日语来说是不完整的。这是我模仿欧洲语言的句子结构编造而成的说法,透着浓浓的翻译腔。具体来说,文学作品的翻译,经常被诟病失去了原文的韵味、是二次模仿的水货,只有原文,也就是作者原本用自己的语种写成的作品才是唯一神圣的,而翻译的过程损害了这种神圣性。相传美国诗人罗伯特·弗罗斯特①说过这样一句话,"所谓诗,就是翻译之后失去的东西"。他是一位诗人,所以谈论的是诗,但其实在很大程度上小说也是如此。

但如果过于强调这一点,以为外国文学经翻译后其价值就大大下降了,不值得阅读,这就本末倒置了。但是,(换一个角度来看我们就会发现)翻译虽然确实有这样那样的局限性,但它有一种力量,使得作品可以超越某个国家的边境去到更广阔的世界,在那里与新的读者们相遇。翻译的过程可能确实使它失去了什么,但只要是有趣的好的作品,阅读了就一定会从中有所得。比如都甲先生所译的朱诺·迪亚斯的《奥斯卡·瓦奥短暂而奇妙的一生》,我想这本书的翻译过程一定是颇为辛苦的。如果是多少懂一点西班牙语的美国人,读这本书时可以无视里面只有特别感兴趣的人才会注意到的那些细节,顺着主要情节一口气读下去就可以了,但总的来说,阅读时还是会遇到一些语言上的障碍的。因此,反过来说,都甲先生翻译之后呈现的译文给日本读者

---

① 罗伯特·弗罗斯特(Robert Frost,1874—1963),20世纪美国最受欢迎诗人之一,4次获普利策奖,代表作有《山间》《新罕布什尔》等。

带来了一种新的冲击力，它一定与英语圈的读者们在阅读原著时感受到的那种冲击力是不同的。从这个意义上来说，收获最大的可能是译者自己。因为，译者是那个最能感受到自己的译文所带来的冲击的人。

因此，今天我们请来了都甲先生，一起来聊一聊以英语写成的文学，或者说世界文学在今天有了怎样的发展。现在有请都甲先生。

明治时期以来的日本与日语

都甲：看到今天有这么多的朋友来参加活动，我感到非常荣幸。像今天这么高的人口密度，大学时期我去看小剧场演出时曾经体验过，今天是我人生中第二次。非常感谢。跟沼野先生对谈，我是很紧张的。其实我在学生时代曾经听过先生的课。所以说，人生就是这样的，你并不知道接下来会发生什么。

刚才沼野先生说了很多对英美文学的赞美之辞，其实昨天夜里、也就是今天的凌晨两点钟，我收到了沼野先生的邮件，宣布说今天的对谈首先会谈到内村鉴三。我家附近的八王子车站有一家熊泽书屋，早上九点开始营业，所以我今天匆匆忙忙赶去那里，买了一本《我如何成为基督信徒》，来这里的路上读了大半。

沼野：这本书的日语很棒吧。

都甲：是的，是旧式的日语。但很有范儿。

沼野：是内村自己的学生翻译的。

都甲：在翻译的时候,可能他参考了内村鉴三自己写文章的风格吧。

沼野：是呢。听说书的名字是内村本人指定的。

都甲：这本书很好,推荐大家都能读一读。非常有趣。

沼野：内村自己说是由日记改写而成的,所以内容并不难懂。只是译文的日语实在是有点老旧过时了,最好是有人重新翻译一下。都甲先生,就由您来翻译成现代日语出版怎么样呢?

都甲：这本书里很多细节都非常有趣,比如说作者提到在札幌的农学校被学长们包围,在学长的强制和胁迫下自己无奈改信了基督教;因为听说美国是基督教国家,本来他在内心是很敬重美国人的,但刚到美国突然钱就被偷走了;白人门童过来帮忙搬了行李,他心里刚想着"哇,基督教徒真是太善良了",转头这门童就要小费,于是他不禁又想,"你们这些美国人,眼里就只有钱吗?"等等。现在留学或者移民到美国差不多都会遇到的一些让人惊讶的小插曲,已经都写在里面了。我留学美国的遭遇等等这一类的文章,有了这本书,就什么都不必写了。

在这一时期用英语写作的日本人，还有铃木大拙①、冈仓天心等许多人，几乎每一个人都是如此，他们不仅会说英语，还非常有行动力，在社会上大有作为。南方熊楠②更是有趣，他曾为钱所困，所以进了马戏团跟着去了古巴。像他们那样有行动力的人，在现在这个时代不多了。

对于在日本谈论世界文学及日本文学，我其实有一种焦虑感。这是怎样的一种焦虑呢？以日本文学为例来说吧，我有一种印象是，大家讨论来讨论去，也仅仅止步于"但凡是日本人就都能明白吧""日本人是不会那样做的"这一类的话题；而谈到世界文学呢，则常见这样一种让人生厌的态度，说什么那个作家的书我是想读的，"但从个人的角度来说我可不想跟外国人交朋友"。然后还要像称赞哪个国家的奥运会选手一样，说什么俄罗斯的陀思妥耶夫斯基很棒，英国的莎士比亚很棒。

但在明治时期，人们还不是这个样子，很多人外语都很好。为什么呢，因为他们学习英语，并非是只把英语当作一门外语来学的。二叶亭四迷③就是一个典型的例子，他学俄语，是因为老师是俄国人，只好用俄语来学习。刚才提到的内村鉴三上过的农学校，当时日语中连农学这个概念都没有，所以就请那些在美国西部开拓过的人来到日本，教人们从这个概念学起，也只有从这

---

① 铃木大拙（すずき だいせつ，1870—1966），世界禅学权威，日本著名禅宗研究学者与思想家。
② 南方熊楠（みなかた くまぐす，1867—1941），日本近代杰出的生物学家。
③ 二叶亭四迷（ふたばてい しめい，1864—1909），日本作家，俄罗斯文学翻译家，代表作《浮云》首创言文一致体，成为日本近代小说先驱。

里开始学起。也就是说,他们不是为了学英语而学英语,而是必须学好英语(才能听得懂老师上课)。

所以,虽然是在日本国内,但他们所处的环境跟实际去留学差不多,札幌农学校那种地方,进了校园简直就像是到了美国,在那里学会说英语是再自然不过的事。可以这么说,学生们虽是在日本国内上的学,但其实就和从国外回来的归国儿童差不多。

就这样,日本的近现代文学,或者说日本的学术,其实是有扎实的外语基础的,像俄语、英语、法语,均是如此。在其后的一百五十年中,还有一些像我们这样做翻译工作的人共同努力,形成了今天这样的掺杂了大量外来词汇的日语。这些由翻译而来的外来词汇,一并也被称为"日语",也以此来施行教育,于是一种类似于"不学外语也没关系,只会日语也能学习好"的看法就出现了,但这实际上仅仅是一种妄想而已,并非真相。

因此,一个人只要他生活在明治以后的日本,他所使用的日语,就不得不是一种杂交性的语言。所以其实在现实中是发生过这样一个过程的,即,原有的日语中有英语和法语掺杂进来,于是形成了一种很奇妙的日语,然后中国人和朝鲜半岛的人们又从这样的日语中吸收了一些和制汉语词,于是就形成了奇妙的现代汉语和现代朝鲜语。然而人们总是倾向于把时间一分为二,一个是自己出生前,一个是自己出生后,以为自己出生后才习得的这些奇怪的日语,是自己出生很久之前就已经存在着的原本的、纯粹的日语。实际上并非如此,现在使用的日语其实是由多种语言杂交形成的。正因为如此,在现代的日本社会,当我们在使用日语时才经常会忘记,这其实是一种人工合成的语言。

让我想起这一点的就是内村鉴三，他只花了五年的时间，英语就说得非常流利了。就是一群像他一样的人们，造就了这种奇妙的杂交语言，这是现代日语的一个不为人所知的起源。如果我也跟大多数日本人一样，一直愉快地在日本国内生活着，偶尔读一读自己感兴趣的英美文学，可能也不会注意到这一点。

但是呢，后来我去了美国留学，虽然并没有经历过像内村鉴三那样让人伤心的事，但也是天天都会遇到不如意。上课听不懂老师讲的，连去超市买东西都做不好，这样的体验多了，就会想，这是怎么了呢，为什么自己的英语就是学不好呢？这个过程中，也渐渐开始思考明治时期那批人的经历，以及美国以外的国家，如俄罗斯相关的一些事情。比如，即使同是俄罗斯人，但如果一个人他的第一语言不是俄罗斯语，当他从自己的家乡去到莫斯科时，每天也会因为语言不同遭遇一些困难吧。他们的经历，与我自己来到美国后的经历，并没有什么本质上的不同。但如果我一直生活在日本，可能就不会注意到这一点。所以在我来说，其实是经历了这样一个思考的过程。

俄罗斯也是一样的。很多人都会把俄罗斯看作一个大的整体性的存在，但就像文学批评家鲍里斯·格罗伊斯①那样，也有一些人是从东欧国家来到这里的，那里其实也在发生着一场规模巨大的人口移动。旧东欧圈是一个国际化程度很高的地区，一方面存在着作为大国通用语的俄语，同时也存在很多其他的语种。就

---

① 鲍里斯·格罗伊斯（Boris Groys, 1947— ），德国艺术评论家、哲学家，他发展了本雅明的艺术理论，并重新评价社会主义现实主义艺术。

像生活在奥匈帝国统治下却使用德语的卡夫卡一样，很多人都经常性地身处多种语言共存的环境中。在十九世纪的欧洲，这是一种常态。也就是说，一方面存在着来自德语、英语、俄语等大国通用语的无形的压制，同时也存在某种强烈的欲求，试图突破这种压制。

拙著《21世纪的世界文学导读30册》最初在杂志上连载的时候起的名字是"美国文学导读——为了活下去而写就的英语小说"。

沼野：哦，那时用的是"美国文学"这个说法啊。

都甲：是的。题目中包含了这样一个意思，即，作家们来到说英语的国度，为了活下去而用英语表达、用英语写作。

在日本生活的韩国人、中国人当中，也有很多人有类似的遭遇，一开口就会被人指指点点说"你这人，日语说得真不怎么样"，但如果就此闭嘴不说日语，要如何在日本活下去呢。这个世界上有很多这样遭遇的人，比如纳博科夫就曾如此，在他流亡后，若不用英语写作，作品就没人读。

沼野先生翻译的《天赋》（弗拉基米尔·纳博科夫著，沼野充义译，收入《池泽夏树　个人编辑　世界文学全集》第二辑，河出书房新社，2010年），是纳博科夫在柏林时用俄语写成的，当时的流亡者当中，只有很少的人读它，况且又都是些人品不怎么样的人。所以为了活下去，纳博科夫只有用英语写作。虽然英语不是他的母语，但也只好如此。

多声部的语言情景其实在日本也是有的

都甲：但是想一想的话,日本国内其实也是一样的情形,因为并非所有人都是在东京出生的啊。在这里,很多人都在使用着与自己的家乡话不同的语言。但这也只是因为在东京不说标准日语就没法活下去。从这个意义上来说,日本国内也是有多种语言存在的。

操着他人的语言,时时感受到由此而来的某些不适,同时又多少以自己喜好的方式错用着这些语言的意思——这个世界上有一些人,就是在这样生活着。我想好好地去靠近、了解这个人群的故事,因此想了"美国文学导读——为了活下去而写就的英语小说"这样一个名字。在这里我特别重视的一点是,活着这件事,是怎样与文学连接在一起的。还有一点是,人们在使用英语的时候,多少会按照自己的方式改变它的某些用法,而这一点在文本中是如何呈现的呢。这些导读文章,就是一边考虑以上两个问题一边写成的。

刚开始写专栏的时候,我也无意要专门做移民文学,这个企划最初只是打算读一些还没有翻译成日文的英文小说,遇到了好的作品就写出来介绍给日本的读者。但在阅读的过程中,我发觉了文学的种种有趣的地方。这些作品各有特色,有的作品是母语非英语的作者用很勉强的英语写的;有的作品是用捷克语或西班牙语写完后又翻译成英语的,像朱诺·迪亚斯,他那部小说则是西班牙语和英语混在一起的。这些形态各异的文本读起来越来越有趣,渐渐地这一类作品就增加了。

但这个持续进行的过程里,其实我自己也不是很清楚自己究竟在做什么。到了要结集成书的时候，编辑说就以"世界文学"这个思路来起书名吧。我说："等等，不是那么回事吧。"那时，担任该书编辑的是新潮社的佐佐木先生，现在想来他这样做是很了不起的，他举出了如下理由，给我解释为什么要取名"世界文学"。

他说，在该书介绍的作家中，有一部分是不属于我们以前所理解的那个美国文学的框架的。日本的美国文学，有它独特的接受容纳历史和传统，也就是说，我们从教科书中学到的，首先是清教徒文学，后来是霍桑①，再是梅尔维尔②，他们的作品所描写的，是那些有着美国文化背景、母语为英语、在美国土生土长的美国人的生活，这才是传统的美国文学。

而该书所介绍的作品中，有一些并非如此。它们的作者们从自己的国家出走，流亡到其他国家，往返于各种不同的地区，用英语之外的其他语言创作。这样一来，给该书取名为"美国文学"，就名不副实了。——听了他的话后，我觉得也蛮有道理，最后定名为《21世纪的世界文学导读30册》。也是考虑到，世界文学这个词的用法中原本就有越境文学、多语种文学的意思。

市面上常见的"世界文学全集"类的书籍，多是像奥运会的运动员代表一样，一般出现的都是各国有名的作家。但这本书呢，题目虽然用了"世界文学"的字眼，但立意与此完全不同，

---

① 纳撒尼尔·霍桑（Nathaniel Hawthorne，1804—1864），美国心理分析小说开创者，被誉为19世纪美国最伟大的浪漫主义小说家，著有《红字》等。
② 赫尔曼·梅尔维尔（Herman Melville，1819—1891），19世纪美国最伟大的小说家、散文家和诗人之一，代表作有《白鲸》等。

所以我想，可能有读者已经发现了，这本书跟自己印象中的"世界文学"不太一样。

实际上，对那些只会说一种语言的人，我时常感到自己是有愤怒的，觉得他们对这世界上的一些事太欠缺了解和理解。这是什么意思呢。说起来，上周我有一个机会在京都的立命馆大学谈朱诺·迪亚斯，迪亚斯出生在多米尼加共和国，说西班牙语，后来移民到美国，在英语和西班牙语的环境中长大。这样一来，就像这个世界上有很多人只会说英语一样，拉迪诺人只会说西班牙语，迪亚斯的父母也是如此，他们不懂英语。所以有时候，这些会讲英语的孩子们即便做些什么事情，父母也是不太了解的。当然了，毕竟是为人父母，他们也会去想象孩子们的心情，但说起来，从小在美国长大、而父母又不懂英文，这是一件让人伤感的事情。但他本人也只能说。"这有什么好伤感的。别太瞧不起人。"他们就在这样一种"不被理解"的困境中生活着。

那天的会上发言的还有一位讲演者，是一位手语译者。他的双亲都是聋人，所以他从小就是在家里用手语与父母沟通，在外边则像普通人一样说话。一边是聋人父母，一边是外部的日语环境，他处于两者之间，为这两个世界做翻译是没有问题的。但他也说，并不是每次都能百分之百地心意相通，自己是在多语言、多文化的环境中成长起来的，无论与哪一边对话，都常常觉得自己的表达没有被对方很好地理解。怎么说呢，这与我在文学中体验到的是一回事。从根本上来说。

为什么这么说呢。很多人觉得，这个世界上存在着一个日本文学，除此之外，还存在另一个世界文学。但其实并非如此，刚才说过的那种感觉才是重要的,就是说,(即便是在日本国内)当一个出生于其他地区的人说东京话时,他也常常会感到不能很好地表达自己。这世上有的人就是这样生活着的,他没法用语言把自己想说的话清楚地表达给对方,这种不太舒服的感觉会一直跟随着他;再比如,聋人也有类似的这种感觉。就拿日本来说,在浜松地区就住着很多日裔巴西人,他们在生活中就很强烈地感到,无论是说日语还是说葡萄牙语,效果都差强人意,都不能很好地传达出自己的意思。为什么会这样呢?我认为,这是为了使单一语言这一虚构出来的幻想得以成立,语言的多样性在很大程度上被深深压抑了。因此,出版《21世纪的世界文学导读30册》这本书的目的,是希望它可以成为一个契机,以资消除人们与日本文学、与世界文学之间的对立。

沼野先生刚才所说的世界文学的三个有趣之处,我也非常赞同。如果你问一个人,戴姆拉什的书哪个地方最有趣,如果他回答说"他在书里提到了翻译的好处"的,这一定是个讨厌外语的人。喜欢外语的人会想,"鬼才去读翻译呢"。

但是戴姆拉什既非前者,也非后者。他主张:"不用去管其他,用自己能看得懂的语言,尽情地遍读世界各国的书籍并享受它吧。每天都从中得到乐趣,即便脑袋里塞得满满的一团糟,也没什么问题呀。"这一点我真是非常欣赏,但其实,他的书我有很多地方都不懂。为何呢?因为他的书里甚至会有苏美尔语怎样怎样的内容。书中所用语言非常多样,意义也很深奥。

沼野:甚至还出现了南美地区的方言。

都甲：这种事，也就是戴姆拉什能做到，我是不行的。但我觉得他说得很有道理。只是，作为教师在面对学生时，我还是会力劝他们去学外语。

沼野：特别是英语，确实会这样做的吧。会叫学生尽量多接触英文原著，不要读什么译本。

都甲：以前听沼野先生这样说过。我也是自从学了英语以后，这十年很少有机会读口语的东西了。甚至现在也是如此，读点儿口语的书就总有一种罪恶感，觉得自己是在偷懒。所以，听了戴姆拉什关于世界文学三个有趣之处的说法，感到自己读日文书的这个行为也被肯定了，很是安慰。

沼野：人的一生时间是有限的，这就很麻烦。

我经常对自己的学生说，（当你犹豫的时候）想破了脑袋也没有什么用处，就去同时做那两件相反的事情吧。

比如，去更努力地学外语。"更努力"当然有花费更多时间的意思，但我想说的是多学几门外语。不是一门，是两门。能学三门的话就更好了。总之是要他们学更多的外语。

同时，也会叫他们多读翻译作品。多学外语和多读翻译作品，这两件事虽然是矛盾的，但不这么做，是绝对没办法体会到世界文学的乐趣的。

都甲：说到有关世界文学的论著，沼野先生就有一本名著，题为《通向W文学的世纪——跨境的日语文学》（沼野充义著，五柳书院出版，2001年）。书中提到的作品都是日本文学，但身为作者沼野先生却一再强调，这就是世界文学。这带给了我很大的冲击。但继续读下去时——虽然这样说有些厚脸皮——就觉得书中的观点跟我的想法其实是颇为相似的。

沼野：都甲先生在《21世纪的世界文学导读30册》一书中所做的工作，从连载的时候起，我就认为，毫无疑问，这是一个外国文学研究者能做的最棒的事。

以前有个阶段我也是开口必谈理论，但根本上来说，如果不大量阅读那些生动鲜活的作品，搞外国文学研究也就没什么意思了。但是，其实只有很少的人在做这样的事。看到都甲先生在杂志上的连载文章时我就想，有能力做这个工作的人，如若能再多那么两三个就好了。

只是，当杂志连载的内容编辑成书时，我还是感到把这些作品作为世界文学呈现给大众，是一件很冒险的事。虽然书名用了世界文学这么大的词，（但由于书中介绍的作品均以英语写成）似乎是在说，即便是戴姆拉什，在遇到那些用自己不懂的语言写成的文学作品时，他读的也是英语译本呀，所以，只要读英文译本就能了解世界文学的全貌了。对此一定会有人批评说，这不正是英语霸权主义的体现吗？对这样的批评应该持怎样的态度呢？可以说，这些作品使用的语言虽然是英语，但一开始就没有局限在美国这个地域性空间之内，是跨境文学；也可以回应说，我们应该关注在同一部作品中使用了多种语言的这一混交性特点。虽然世界文学还包括其他更多种语言的作品，但"这也是世界文学的一种形态啊，所以也可以说这是世界文学呀"。

以前，我也写过类似的一本书，叫作《发往乌托邦的信——来自世界文学的20个声音》（沼野充义著，河出书房新社，1997年）。书的内容来自我刊载于《文艺》杂志上的文章。当时，这是一个非常奢侈的企划，先给全世界20位现代作家写信，邀请他们写一篇原创的随笔，翻译成日文后，由我来为他们的文章写解说。当时邀请的作家有史坦尼斯劳·莱姆、亚历山大·索科洛夫等，大部分来自俄罗斯和东欧。当然也有人提出，给这样的内容冠之以"世界文学"的名号是不合适的，最后大家觉得，俄罗斯和东欧也是世界的一部分，用上"世界"二字也是可以的吧，就在题目里用了"世界文学"的说法。呃，这本书卖得不好，没什么人读，所以也没人来挑毛病，但万一这本书畅销了，我想，肯定就会有人来批评说，这里面只有俄罗斯和东欧的作家，怎么可以自称"世界文学"呢？

所谓"世界文学"的问题，并不仅仅是语言的问题

都甲：对此，当时我想了两个应对措施。一个是，因为预想到可能会有读者质疑说为什么把这些作品称为世界文学，所以，给书加了一个英文标题 *"Towards a Planetary Reading of 30 Books in the 21ˢᵗ Century"*，意思是"以行星般的视角对21世纪出版的30本书进行阅读"。通过这个英文标题我想表达的是，让我们通过此书来讨论一种超越了单个的语言之上的、对世界文学的视角。比如，不再认为自己眼前的世界就是唯一正确的、对自己所处的空间之外的那些遥远的世界也保有关心；比如，认识到彼处与此处的不同，并出于这种不同才更尊重对方。由此我想表达的是，在看待"世界文学"时，首先需要的是这样一种精神上的灵活性，用文学性的语言来表达就是，"行星般的视角"。

此外，对于刚才您谈到的英语霸权主义的问题，我觉得您说得很对。有一点不希望大家误会的是，我觉得，做美国文学研究的人当中，没有一个人是想要进一步扩大英语霸权主义的影响的。反而是大家都在思考，如何以各种方式抑制英语霸权主义的扩张。

为什么这么说呢。如果有人说，只要懂了英语，就懂了世界——你听了是会感到很不舒服的。这种不舒服的感觉很重要。听到这句话，这世界上没有一个人会感到舒服。这些年我看到，一个人能够在多大程度上接触到商业、政治、经济等支配这个世界的各种社会资源，与他在多大程度上掌握了英语是成正比的，这是非常不公平的。日本还好一些，只要你能用日语写作，就可维持生计。但是，那些生活在没有出版和流通渠道的更小的国家的人，其处境如何呢。比如，我在书中提到的亚历山大·荷蒙[①]，他是波斯尼亚人，所以如果他是用波斯尼亚语写作，就没多少人能看懂他的东西。对他来说，能利用的途径只有英语，就只能在这个前提下去考虑自己该怎么办。

---

① 亚历山大·荷蒙（Aleksandar Hemon），波斯尼亚裔美国作家，代表作有《拉扎卢斯计划》等。

霍米·巴巴①曾在自己的理论中说过这样一个例子：当年为了加强对印度的统治，英国人曾挑选了一些聪明的印度小孩并施以教育，以期他们长大后成为英国绅士。结果呢，这些孩子身上日益展现出浓厚的英国绅士范儿，最后竟然超过了英国人自己，即使天气炎热也身着西服外套，操着一口纯正的英式英语。这样一来，每当英国人看到他们，就会产生一种自卑感与优越感交织在一起的复杂感觉，非常不舒服。最后，就变成了在英国人眼中这些家伙才是最惹人厌的。也就是说，由于印度的精英们学习了英式文化，靠近了英国人的做派，反而变成了英国人的威胁，而结果也是如此，正是这些人的力量最终使得印度走向独立。

我想说的意思与此类似。用英语写作，同时也与英语战斗。表面上做出美国人的样子，同时也要成为美国人最讨厌的那一类人。我觉得，那些非英语母语的作家们原本就已经在这样做了。模仿与抵抗，是同时进行的。不仅是他们，甚至是世界上所有的人，其实都面临这样一种局面，都在思考自己可以持怎样的态度来面对英语的霸权。所以，非英语母语的作家们是如何与英语对峙的呢，或者说，他们又是怎样曲解使用英语的呢？比如朱诺·迪亚斯，他是把英语和西班牙语混合在一起来进行破坏的。而在这破坏之中他又是如何战斗的呢？对这一点进行观察，对我们日本人来说，并非是隔岸观火、与己无关的事。对于那些正在世界各地发生着的、人们与英语霸权战斗的情形一一进行仔细的观

---

① 霍米·巴巴（Homi Bhabha, 1949— ），出生于印度孟买，当代著名后殖民理论家，代表作有《文化的定位》等。

察——这一工作的意义，正如前述所说。

沼野：都甲先生谈到了很多语言方面的问题，这里面的状况是相当复杂的，仅就英语和西班牙语而言，它们也都已经不是单一标准的英语、单一标准的西班牙语了，所以，单一标准的英语中混杂了单一标准的西班牙语，这种情况在现实中是基本不可能发生的。

我不太了解朱诺·迪亚斯的西班牙语说得怎么样，至少多米尼加的西班牙语不是标准的西班牙语。语法也不一样，单词和发音也有差别。《奥斯卡·瓦奥短暂而奇妙的一生》正文中出现的西班牙语，就是带有迪亚斯自己的方言风格的西班牙语。

都甲：是的。而且多米尼加共和国曾被美国占领过，所以也有的地区在使用多米尼加式的英语。比如，当时在此地驻军的美国军人们也会去参加舞会，但是他们不会跳本地的拉丁舞，也不跟来跳舞的女人搭讪，参加舞会时也只是像花瓶一样站在那里。于是有人就说："你们这些家伙，来参加舞会，却不跳舞，也不搭理女人。简直是傻子一样。"于是，从"party goer（参加舞会的人）"这个英语词，演变出了一个多米尼加风格的西班牙语，"parigüayo"，意为在女孩子面前犹豫不决迟迟不表明自己态度的人。身体肥胖、性格又内向的主人公奥斯卡·瓦奥就被称为"parigüayo"，被女孩子甩了好几次。

就这样，语言的发展过程也掺杂了政治和历史的因素，不断变化着。英语翻译成西班牙语，西班牙语又翻译成英语，这个过程循环往复，某些误译也一再发生，于是，一个不为通常的英语读者所了解的世界就越发地成长、壮大起来。我是这样感觉的。

沼野：说到西班牙语，不得不提到拉美文学的代表性人物——马里奥·巴尔加斯·略萨①，他在作品中所用的西班牙语也是拉丁美洲风格的西班牙语，从西班牙人的角度来说，是带有一些地方性色彩的。有在西班牙本国使用的西班牙语，有略萨的西班牙语，还有迪亚斯的西班牙语，就这样，各种不同水平的差异，在一门语言中是连续存在的。

比如，刚才我们说到的卡夫卡，在他身上也可以观察到类似的情形。虽然他曾经住在布拉格，但没有人说他的文学是捷克文学。卡夫卡是用德语写作的，他居住的布拉格当时属于奥匈帝国的德语文化圈。但由于地处偏僻，当地通用的德语也是有很微妙的地方性色彩，以至于有一次卡夫卡到奥地利疗养时，有一位德国军人听了他的口音就问他说："你不是德国人吧。你是从哪里来的？"也就是说，卡夫卡所说的德语与正宗的德语是有很大差异的。卡夫卡就操着这样的一口德语生活着，周围有许多母语是捷克语的同胞，因为他是犹太人，虽然卡夫卡并不懂意第绪语②，但他仍然感受到了自身的文化背景中有来源于意第绪语的

---

① 马里奥·巴尔加斯·略萨（Mario Vargas Llosa, 1936—　），秘鲁与西班牙现代作家、诗人，曾获西班牙塞万提斯奖、诺贝尔文学奖，代表作有《绿房子》《酒吧长谈》等。
② 一种日耳曼语，通常由希伯来字母书写，主要由德国的阿肯纳西犹太人使用。

部分。

所以,就语言来说,情况是非常复杂的。由于卡夫卡是用德语写作,所以之前很多时候他的作品都被归为德国文学,我一直觉得这样做是不妥当的。一直为广大读者所喜爱的他的作品《变形记》,其文库本的解说直接就说卡夫卡是"捷克斯洛伐克作家"。这可真是让人大跌眼镜。我觉得还是不要这样写为好。因为卡夫卡写《变形记》的时候,都还没有捷克斯洛伐克这个国家呢。

都甲:现在也没有。

沼野:社会主义制度解体后,捷克与斯洛伐克两个国家分开了。所以说,在这种情况下说某个作家是哪国人,这种说法真的是很死板,不符合文学界的实际情况。

都甲:"世界文学全集"这类出版物的功罪,很值得讨论啊。明治以后,日本在建立大学的学科制度时,一边冷眼旁观文学界的这种情形,一边又按国家把文学分类为"英国文学""德国文学"或者"法国文学"等等,对于一些自己不太了解的,则使用了诸如"东欧文学"等暧昧的称呼。手法很是粗暴,而这样建立起来的文学体制也缺乏统一性。如果为这个体制所拘束,就难免会错过文学自身的有趣之处。

就如美国作家乔治·桑德斯①所说，二十世纪八十年代他曾经模仿雷蒙德·卡佛②，想要用尽量少而简洁的笔触来描写那种类似极简主义者令人称赞的日常生活，但后来他感觉自己写不了这些。有一天也不知道为何，他就突然想写一些与此风格不同的东西，于是就读了俄国作家果戈理③、伊萨克·巴别尔④的作品，觉得这一类内容的话自己也能写，然后就写了。

作家们就是这样，为了能够创作出自己的作品，不管是俄罗斯文学还是日本文学，只要是对自己有用的，就会去学习，而这种学习常常是跨越了国境的。但学者们一直到现在还只是按国别对文学进行分类，也不读什么俄岁斯经典作品。太可惜了。（学者们在借鉴其他国家作品时）哪怕有一些理解上的错误也没关系，即使有一些小错误，也还是能写出好作品的。

洛杉矶是墨西哥的第二大城市？

沼野： 接下来稍微聊一点有关时局的话题啊。日本文化厅之前有一个日本文学翻译普及奖励项目，最近因为大家熟知的"财政

---

① 乔治·桑德斯（George Saunders，1958—　），美国小说家，凭借《林肯在中阴界》获2017年布克奖。
② 雷蒙德·卡佛（Raymond Carver，1938—1988），美国20世纪下半叶最重要的小说家和小说界"简约主义"大师，代表作有《请你安静一点好不好》等。
③ 古莱·瓦西里耶维奇·果戈理·亚诺夫斯基（Николáй Васильевич Гоголь-Яновский，1809—1852），俄国批判主义作家，代表作有《死魂灵》等。
④ 伊萨克·巴别尔（Isaac Babel，1894—1940），苏联犹太族裔作家，代表作有短篇小说集《骑兵军》等。

支出审查（事業仕分け）"① 而被废除了。听说这件事后我就想，文学作品的翻译这件事，且不管是否属于应该由政府出资奖励的范畴，在一个国家，文学作品的翻译就应该非常兴盛才对。拿美国来说，它以如此强大的实力输出自己的文化到世界各国，从英语书籍的绝对数量及其影响力来看，与其他国家相比美国也是占压倒性优势的，但就是这样的一个国家，其出版物中翻译过来的外国作品所占的比例也是非常低的，大概只有百分之二多一点。而在一些翻译工作做得非常好的国家，如韩国或者土耳其，有时候翻译书能占到所有出版物的百分之三十。日本的话，这一数字大约是百分之七。

因此，即便有如此多的英语出版物遍布世界各国，对于将其他国家的书籍翻译成英语，美国的态度也并不积极。根据专家的调查，美国的很多普通读者想法也很简单，就认为翻译书的品质不好，而用英语写成的作品水平才是高的。听说甚至还有人觉得村上春树的书原本是用英语写的。对待翻译书的态度，美国人跟日本人是正相反啊。美国出版的翻译书上，译者的名字是不会写在显眼的地方的。

都甲：是的。

---

① "事業仕分け"是日本民主党上台后的经济政策之一，由行政刷新部牵头，请专家学者及社会各界人士来做"仕分け人（审查人）"，以公开辩论的方式，决定一些政府事业工程项目的去留。为的是削减一些事业工程的无用开支，把省下来的钱用于实现各种社会保障政策。

沼野：不光英语圈的国家如此，世界上很多国家都是这样，特别是在现代文学领域，译者的名字几乎从不会以较大的字号出现在书籍的封面上。很多时候根本找不到译者的名字在哪儿。

都甲：现在我们说的这些事，对于一直在日本国内生活的人来说，应该是很费解的吧。其原因在于，日本是一个边缘国家。"边缘"的意思是，对中国，或者说对美国、英国、法国来说，日本处在边缘地区。确实，身处边缘之国是让人难过的，但也正因如此，才可以博采众长，尽情吸收他国的文化，崇拜他国的文化，迅速成长起来。这样说起来，也不是什么坏事啊。一直到了最近，我才意识到这一点。

沼野：你刚才说的这些，内田树①先生也在文章里表达过类似的话，说，短处反过来看，其实就是长处。

都甲：我很喜欢莲宝重彦写的《反＝日语论》（筑摩文库，2009年），就如他所说，除了日本以外，在这个世界上很少有哪个国家可以一起读到野坂昭如②与罗兰·巴特。这也是事实啊。

就美国的翻译书而言，它们是真的质量很差吗，其实也不是，也有很多译者是认认真真很多年一直从事翻译工作的，但就

---

① 内田树（うちだみき，1950— ），日本学者、评论家，著有《日本边境论》《当心村上春树》等。
② 野坂昭如（のさかあきゆき，1930—2015），日本作家、剧作家，代表作有《黄色大师》《萤火虫之墓》等。

有一点，大家都不想在翻译这件事上花钱。此外，出版社也是，常常就把原作的内容给改了。你要问村上春树的日文版与英文版有什么不同，首先作品的长度就不同。

沼野：这个他本人应该也是同意的吧。

都甲：即使作者本人同意，也不该这么操作吧。只能说，这是作为世界中心帝国的美国特有的傲慢。

此外，有关怎样的翻译是好的翻译这个问题——当然这与翻译理论也是相关的——那种在译文中留下了多种语言的痕迹的翻译，反而会被很多人吹捧。在日本就有这样一种倾向，比如对安东南·阿尔托①、莫里斯·布朗肖②等人的书，哪怕是丝毫也看不懂其中的意思，人们还是趋之若鹜，以为自己读了什么很了不起的东西。

沼野：这可真不好说。

都甲：在英语文化圈的国家，尤其是美国，如果译文翻译得晦涩难解，出版商常常会很生气地说这根本就不是英语，翻译得太差了，必须推倒重新翻译。在美国的出版界，译文所使用的英语表

---

① 安东南·阿尔托（Antonin Artaud，1896—1948），法国剧作家、诗人，代表作有《戏剧及其重影》等。
② 莫里斯·布朗肖（Maurice Blanchot，1907—2003），法国作家，代表作有《文学空间》《死刑判决》等。

达必须得符合英语的习惯，这一倾向还是挺明显的。也正因如此，朱诺·迪亚斯获普利策奖的作品的意义才重大——这一作品虽是以英语写成的，但里面混杂了百分之几的西班牙语，而对这些西班牙语并没有附上任何的英语翻译。对他的这一作品，有评价说读者读了会感到焦躁不安，但这种评价反而才是重要的。

沼野：是的，我觉得这部作品得到了它应有的评价。在今日的美国，现实生活中西班牙语的存在感确实已经到了这个程度了。

听了都甲先生说的这些，我想起了水村美苗①女士的作品《私小说：从左到右》（新潮社，1995年，筑摩文库出版社）。这也是一部令人惊讶的双语小说，其中日语占八成，此外是大概一成到两成的英语，而英语部分也并没有附上日语的译文，英语不太内行的人根本读不懂。看到这部作品，就仿佛听到作者在说，你们连这点英语都不懂怎么行呢。虽说一直以来日本都大力开展英语教育，但看不懂这本书的人应该不少。

对朱诺·迪亚斯作品中的西班牙语，美国人的感觉是怎样的呢？把这个小说拿给美国的一般读者看的话，他们会觉得里面的西班牙语跟自己平时接触到的西班牙语是一样的吗？——这个问题是这样的，美国人当然也有不懂的地方，但说起来，这点西班牙语平时也还是经常会听到的。

---

① 水村美苗（みずむらみなえ，1951— ），日本作家、文学评论家。

都甲：比如吉增刚造①的诗，读着读着，就会突然出现一些韩语、朝鲜语的内容。朱诺·迪亚斯的小说跟这种情况是相似的。虽说也不是很明白什么意思，但这些词的发音，应该是在哪儿听到过的。

在这里请允许我折回来继续谈刚才的话题，即，在日本，"世界文学"作为一个一般性的概念是如何被理解的。很多日本人可能会认为，西班牙语、俄语、法语等等各种外语都是平等的，和谐相处的，但实际上并非如此。就如沼野先生刚才所说，在日本，若一个人会说英语，就会被认为他的价值要远远高于一个只会说日语的人；而在美国，如果你会说法语，别人就会说"哇，太厉害了"，但如果你只会说西班牙语而不懂英语，就只好去英语学校把英语学好了再出来。所以说，现实世界中，语言总是与它的社会价值联系在一起的。

我以前住在洛杉矶，那里大约有百分之六十的人说西班牙语。如果到了洛杉矶东部地区，那么你听到的几乎全是西班牙语，有时会看到房子的墙壁上大大地写着"我们不是少数族群"。甚至有这样的说法，说墨西哥最大的城市是墨西哥城，第二大城市则是洛杉矶。这个说法虽有点夸张，但回想一下就会发现，洛杉矶这个城市，一直到十九世纪都是墨西哥领土。那现在情况如何呢？公交车司机说西班牙语，修路工人说西班牙语，在市政厅清扫的人也说西班牙语——从事体力劳动的人都是说西班

---

① 吉增刚造（よしますごうぞう，1939— ），日本当代诗人，主要作品有《出发》《黄金诗篇》等。

牙语的。

这有点像在大日本帝国时期（1889—1945），从朝鲜半岛或中国来日本的那些劳工被迫去矿山工作一样。所以说在洛杉矶每天都可以听到西班牙语。比如你乘坐电车或者公交车时会看到，英语的站名下面一定会标有西班牙语。在西班牙境内，站牌则变成了上边是西班牙语，下边是英语。

现在，占美国人口百分之十六的西班牙母语人群，正在把美国变成一个不讲英语只讲西班牙语也不妨碍生活的国家。人口的增加率也高，每年都有大量移民涌入，照这个样子下去的话，再过几十年，说西班牙语的人口会超过半数以上。这样一来，美国就会变成一个以西班牙语为公用语言的国家哦。

沼野：夹杂着西班牙语的英语，甚至都有了一个专门的词呢，"spangish"。依兰·斯塔文斯还出了一本这个名字的书。

我写的第一本书，名字叫《屋顶上的双语者》（白水社，1988年），在那本书里我就说过，曾经有一段时间，日本很多英语补习学校的广告也热衷于用双语这个词，当然他们在用这个词的时候，脑子里想的是"英语和日语的双语"，也就是说，如果会两国语言就好了。对日本人来说，能讲"双语"，是一个让人憧憬的目标，人们对这一点毫不掩饰。到现在也是这样啊。但是在美国，如果你说我会说英语和西班牙语两种语言，或者在俄罗斯，如果你说我会讲哈萨克语和俄语两种语言，反而会被人认为是英语不好，或者俄语不好的移民或者少数民族。在美国或者俄罗斯这样的地方，双语本身是一种"污名化"（被社会强加的一种烙印),不仅不会得到尊重,反而会被蔑视。

都甲:我记得这本书里面有个细节,沼野先生说自己有一次被人以为是少数民族出身。

沼野:是吗。因为其实我俄语说得还算可以,很多人都不知道我是日本人,还以为我来自苏联的中亚地区……这其中的情形还是有点复杂的。如果他们知道这个人是日本人,又会说俄语,他们就会对他很好,多少有些俄语说得不好的地方,也会很大方地带着奉承的成分说:"你俄语说得不错啊。"但如果知道这个人是从其他地区来这里的双语者,他们的态度就变得毫不留情,对方说俄语的时候出一点错,就会被嘲笑。在日本,对那些在日朝鲜人韩国人①以及从中国来的人来说,类似的事情也在发生着。所以说,会说双语就可以被人们高看一眼,这是一个幻想,现实远远不是这样的。在多种语言并存的这一现实状况下,语言也分为三六九等,掌握那些高级别的语言,你会得越多就会获得越多的尊敬,但如果掌握那些低级别的语言,你会得再多也不会被人高看。

从中体验文学之美、了解"世界文学"为何物
——都甲幸治和沼野充义各自推荐的 10 本书

沼野:刚才的话题偏到了语言方面,所以在这里再回到文学上。

---

① 1910 年日韩合并后或自愿或被迫来到日本,并在二战结束后继续留在日本的朝鲜半岛人。

今天的对谈还有一项工作是向听众朋友荐书，请大家一边参考手边的书单"值得推荐的10本书"，一边来听听都甲先生为那些今后想认真开始英美文学阅读之旅的读者提出怎样的建议。

都甲： 说起这份书单的由来，其实是我在早稻田大学教书时，其中有一门主要是面向大学三年级和四年级学生的课，叫作《现代英美文学的英语阅读课》，今天大家手中的书单，就是从这门课提到的书里又挑选了一些特别有趣的。

沼野： 还是美国人的作品多啊。

都甲： 其实我也想过把英国的乔治·威尔斯①等人放进去的，但是，按照自己的喜好一一把书列出来时，就变成了现在这样了，全是美国人的作品。

沼野： 在英美文学方面我是个外行，在都甲先生面前拿出自己的书单实在是班门弄斧，不过我一眼就看到，咱俩的书单里都提到了理查德·布劳提根②的作品。布劳提根这个人，在文学史上一点都不算什么重要人物吧。

---

① 赫伯特·乔治·威尔斯（Herbert George Wells，1866—1946），英国著名小说家、社会学家，代表作有《时间机器》《星际战争》等。
② 理查德·布劳提根（Richard Brautigan，1935—1984），美国诗人、小说家，被誉为"第一位后现代主义小说家"，代表作有《在美国钓鳟鱼》等。

都甲： 怎么说呢。日本文学界对他的评价似乎还蛮高的，但在美国就不太一样，有段时间市面上都看不到他的书。他的作品在嬉皮士的时代流行过一段时间，后来就几乎完全被遗忘了。不过最近又再版了。

沼野： 原来如此。那这个话题就暂告一段落，现在请介绍一下您推荐的10本书。

都甲： 我对文学有一个基本的看法，就是说，不要把文学看作是什么特别了不起的东西，说文学可以提高我们的人格修养，成为我们思考这个世界的契机，等等，我希望大家不要这样来看待文学。我常常觉得文学很可怜，对于跟我年龄差不多的人来说，到了读书的年龄时，这个世界已有了电子游戏、动漫，也有了电脑，已经是一个没必要看文学书的时代了。现在的学生也是如此。可能会有人说，既然这样，那么文学类书籍也可以加油呀，跟电视啊网络啊等其他的媒体形式一起并肩前进就是了。但问题在于，文学和英语都是学校教授的科目呀。令人遗憾的是，什么事情一旦成为学校的科目，要在学校学习，往往就会被孩子们讨厌。原因不一而足，比如遇到令人生厌的老师，又比如拿不到高分就会被骂，等等。

文学原本就不招人待见，英语就更讨人厌，两者加在一起而成的英语文学，就陷入了更加不利的境地。因此可以这么说，既然你接触的是这么冷门的东西，那就好好享受吧，不用把它放在一个什么让人尊敬的位置上，尽情享受其中的乐趣其实是最好的。

因此，我首先推荐的是埃德加·爱伦·坡《莫尔格街凶杀案》。作者爱伦·坡是 19 世纪的人，但用词那么夸张的作家此后绝无仅有。比如巨大的房子突然一下子坍塌掉，已经被杀死的黑猫又从墙里钻出来。

沼野：文风很恐怖。

都甲：像爱伦·坡这样，操着古旧的文风又用语极为夸张的作品，以前是从来没有过的。这一点是真的很不错呢。

梭罗的《瓦尔登湖》，这本书是否算文学很难说，但它的确曾给我的内心带来很大的震撼。比如，如果有人说宗教方面、思想方面你应该这样或那样，或者过清贫的生活才是好的，等等。一般大家都会随意回应说："是呢，你说得有道理。"但极少有人真的去践行这些。但梭罗真的去行动了。（他在乡村）建了小房子，真正在那里过日子，实践了这些道理。这一点真是了不起。

杰克·伦敦的《野性的呼唤》，实在是一本有趣的书。一般来说，狗的感受人类怎么会明白呢。但在该书中，作者对狗与狗之间的短兵相接是这样描写的："带着一种一旦有机可乘就下手夺走对方食物的决心，展开了这场战斗。"作为读者来说，一方面会觉得"哎，假的吧"，同时也会觉得这写法真是有趣极了。

弗·司各特·菲茨杰拉德《了不起的盖茨比》也很不错。有很多人喜欢它，也有很多人讨厌它，村上春树翻译的《了不起的盖茨比》真的很棒。简单地说就是，书中透出的那种乡愁的气息很有味道。村上春树的小说可能也是一样的。在我看来，《挪威的森林》所描述的那个时代，并不是一个多么快乐的时代。但是，主人公长大后再回想从前，就会觉得那时候的日子真好。菲茨杰拉德的作品也有这个特点，乡愁这种东西虽然是一位不速之客，很难缠，但读了菲茨杰拉德的作品后你就会觉得，它对人类来说是一种很重要的情感。这就是菲茨杰拉德作品的高明之处。

塞林格的《麦田里的守望者》，我高中的时候读了野崎孝翻译的译本，一下子就迷上了它，记得自己还模仿霍尔顿的样子，想起来真是难为情。但回头想时，就还是觉得这部作品实在是棒啊。当时翻译版本和原版我都读了，那种感受跟今天对谈的主旨多少是有些背离的——就是说，日文的翻译虽也很好，但还是比不上英文原文啊。

沼野：是说"翻译是水货"这种感觉吗？野崎孝译本与村上春树译本两者相较，你更喜欢哪个呢？

都甲：我喜欢野崎孝的版本。他的用词有些奇怪，对吧，人物说话的方式有点像电影《蓝色山脉》的风格，就像这种，"你呀，真是有点坏呢"。对这一点我真是喜欢得无以复加。

沼野：这两个版本白水社都保留了，说明新旧两个译本都有其价值所在。我觉得这一点很有见识。

都甲：是的。我觉得翻译是可以有各种不同版本的。随着时代的发展，语言也在发生变化，每种译本都做到那个时代的最好就可以了。《麦田里的守望者》还有其他译本，最早的大约叫《危险的年龄》——这个题目听上去就很吸引人啊。

沼野：而且作者的名字翻译成了"塞林伽"。

都甲：像个德国人的名字。

接下来是布劳提根。他写的《在西瓜糖里》，对我来说是一部很特别的作品。看上去内容很简单，拿起来却读不懂。一直觉得自己读不懂、读不懂，一晃就二十年过去了。就这种感觉。虽然读不懂，但还是会隐约觉得它非常精彩，但又不止于精彩，还有一种恐怖的成分在里面。布劳提根确实很特别。

沼野：听说，翻译家岸本佐知子的大学毕业论文写的就是布劳提根。因为我也是喜欢布劳提根，听说这件事后对岸本女士就多了几分亲近感。

都甲：藤本和子女士的译本让我知道了翻译还可以这样做啊。很受益。这个译本真的很精彩，当然译者本人也很出色。

托妮·莫里森《最蓝的眼睛》也很棒。我觉得这本书追求的并不仅仅是政治正确，它讲述了一个女孩子为"美"所苦的故事。主人公是一个黑人女孩，但她憧憬的是像秀兰·邓波儿①那样的碧眼金发的美丽白人女孩，于是就苦恼于为什么我的皮肤是黑色的，最终为此所困，变成了一个疯子。这种事情对现代的日本人来说，特别是对于女性来说，也并非毫无关系。因为现在很多人都在努力追求"美"，或者去矫正牙齿，或者是觉得自己的脸越像鼻梁高挺的白种人越好看，每天从早到晚，人们都能深切感受到自己紧紧地为"美"所控制。该书写的就是处在这种境况中的人的故事，它让我们看到，当日常生活中有太多的痛苦和歧视时，一个人会变得怎样。这是一本非常精彩的书。

约翰·马克斯韦尔·库切《迈克尔·K的生活和时代》，在现代所有的出版物中，我坚信它是一本可以进入前三的书。这本书写的是什么呢？它讲述了一个不被周围的人当人看的人如何生存的故事。主人公用手推车载着他生病的母亲，为了从混乱中的开普敦逃向内陆的农场，他们一路上躲避着被猎杀的危险在南非这个国家一路游荡。书里详尽描述了主人公如何像动物一样被对待、身心遭受极大摧残的过程。南非在历史上曾经是一个实行种族隔离制度的国家，这样的故事当然也可以从政治的角度去写。但作者没有走政治这条线，而是关注了个人体验的层面——当一个人不被当人对待时，他会变得怎样呢——在这部作品中，作者对此进行了毫不留情的披露。生活在这个时代的日本，很多人都会觉得这种事跟自己没关系，日子过得很安心，但是，即便是生

---

① 秀兰·邓波儿（Shirley Temple, 1928—2014），电影演员，美国著名童星，曾获奥斯卡金像奖。

活在这个时代，我们也会有不被当人看的时候呀。比如战争爆发，特别是核武器被使用时，我们也难以避免这样的遭遇。所以，这种事情是随处都可能发生的。只要我们活在现代这个时代，就无法完全避免。该小说就极其详尽地描写了这一点，即，一个人不被当作人，其实是一种随处可见的普普通通的事情。

接下来是玛格丽特·阿特伍德《使女的故事》。其实这本书已经绝版了，市面上不好买到，所以把一本已经绝版的书介绍给各位，我多少是有些过意不去的，但这的确是本好书。它讲了一个怎样的故事呢？事情发生在离我们所处的时代并不久远的未来，有一位牧师和他的妻子，两人之间没有孩子，有一天，有一位年轻的侍女作为生育机器被派到了他们家里，那么，在这样一个由三个人组成的反乌托邦的时空中，被当作生育机器的年轻女孩又是如何存在的呢？这本书忠实地描写了这样一个主题，即，对女人来说，作为一个女性活着是一件多么困难的事。

石黑一雄《长日留痕》说的是一个想法很是偏颇的老管家，他对待自己的工作就像是信奉武士道精神的武士一样严谨，一丝不苟。他侍奉的主人貌似是一个从事法西斯活动的不靠谱的家伙，但对这位管家来说，要为主人尽忠的想法丝毫没有任何改变。虽是这样说，但也可能他内心已经动摇、而只是自己在对自己撒谎而已，书中对这个部分的描写较为暧昧。这部作品虽说是英国文学，但有的地方也透出了几分日本文学的风格。

沼野：小说中的管家，听起来像是一个不太聪明的日本武士，作者这样写，是受了日本的影响吗？这个形象并非是英国本土就有的，是吗？

都甲：也有人说，管家的人设是英国本土文化中原本就有的形象，但我认为可能是作者受了日本影响的缘故。在读这本书的过程中我就经常感觉到，把故事的发生地设定为日本，把小说的舞台放在英国反而更能淋漓尽致地展现日本文化的特点。石黑先生的作品，实在是非常有味道啊。

沼野：非常感谢。都甲先生对每一本书都做了非常精彩的介绍，让人忍不住一睹为快啊。

不好意思啊，在这里话题再折回去一下，刚才我们谈到，在美国，在将其他国家的文学作品翻译成英语时，甚至会改掉其一部分的内容。其中，日本的文学作品是如何被改写的呢，文学史上的名著、青山南写的《那些被翻译成英语的日本小说》（集英社，1996 年）就对此做了详细的描述，书中还列举了山田咏美、椎名诚等人作品的英译本的例子。

椎名诚的作品，对个人生活中的琐碎小事也絮絮叨叨地写个不停，而这种有趣的不断重复正是他的特点。但在美国出版英译本时，出版社说这种闲聊一样的文章是不会有人看的，把呈现他这种独特味道的文字全部删减掉了，从某种意义上来说，原本"闲聊一样"的作品，被改编成了非常简洁、非常棒的文字。山田咏美的遭遇更甚，出版商把她的两三部作品合在一起改编成了一部作品。当然了，一般来说，即便每天都在发生着这种事情，但也不会有谁无聊到把原文和英译本一一对照来看看是如何删减的，巧就巧在青山南先生每个月都会在文艺杂志《昴》上读他们作品的连载，才察觉到这一点。青山先生那本书实在是太有趣了，除此之外，再也没有哪本书对其中实情做如此详细的披露了。

刚才我说，美国的普通读者一般都认为翻译作品的质量不高，但这并非指的是译者的水平有问题，而是说，美国的读者一般有这样一个倾向，他们觉得，如果一部作品，比如说一部印度的作品，如果它不是一开始就用英语写成的，那就说明这不是什么好作品。并非是翻译好坏的问题，而是说，他们认为用其他国家的语言写成的作品，相比用英语写成的作品质量要差一些。竟然有这种想法，这真是让人震惊啊。

都甲：是的。不过呢，接下来我说的这些可能大家不爱听，但其实日本也有类似的情形——比如，日本的漫画爱好者们是不会读外国的漫画作品的。因为他们一心觉得，日本的漫画才是世界上最好的漫画，所以没必要去读什么美国和欧洲的漫画。我以前开过一门美国漫画的阅读课，每次总有那么两三个学生觉得"看美国漫画有什么意义"，就不来上课了。虽然这一点让人遗憾，但人性如此，人们确实是很容易这样来看问题的。

沼野：在日本的理科类书籍的出版上，英语文化圈的书占大多数，这一点是很强的。对那些用日语写成的科学论文，出版社会要求将其翻译成英文。美国的学者们则认为，用日语写成的论文本身就质量较差。这很令人遗憾，但理科的世界就是这样的。

接下来，就由我为大家来推荐 10 本书。我列的书单里北美的书比较多，同时也有几本其他国家的作品。首先是来自英国的一部经典作品，它不是特别有名气，叫作《特利斯川·商第的生平和意见》。这是一部元小说①类型的作品，从写法上来看，它有一个漫长的开头，让读者觉得等来等去故事怎么还不开始呢。我觉得英国在这方面是很了不起的，十八世纪就出现了这种元小说色彩很浓的作品。

此外，我比较喜欢读科幻小说，书单中也列出了威尔斯、海因莱因等人的作品作为点缀。布劳提根的《爱的方向》，英文原版的书名是 *The Abortion：An History Romance 1966*。"abortion" 是堕胎的意思，而日译本的书名则彻底离开了这个意象，很有意思，不知道这是译者的主意，还是编辑想出来的名字，看起来颇为大胆呢。但仔细想一下，把"堕胎"看作是"爱的方向"，真是很具讽刺意味啊，当然从逻辑上来看倒也没错。这是一部我个人很喜欢的作品。

再就是约瑟夫·布罗茨基《小于一》②。这本书的日译本还没有出版，很抱歉，这其中有我的责任。这是一本散文集，作者是一位流亡到美国的苏联诗人，大部分内容是英语写成的，另有一部分是俄语。

---

① 元小说（metafiction），是有关小说的小说，是关注小说的虚构身份及其创作过程的小说。传统小说往往关心的是人物、事件，是作品所叙述的内容；而元小说则更关心作者本人是怎样写这部小说的，小说中往往喜欢声明作者是在虚构作品，喜欢告诉读者作者是在用什么手法虚构作品，更喜欢交代作者创作小说的一切相关过程。

② 中译本已于 2014 年由浙江文艺出版社出版。

作为补充，书单里我还加上了今天的会谈一开始都甲先生就提到的、内村鉴三用英语写的自传性文章。是否可以称其为文学作品也很难说，但想让大家知道还有这样一种类型的作品存在，就列在其中了。日译本的书名叫作《余は如何にして基督信徒となりし乎（余如何成为基督信徒乎）》，有点拗口啊，可能很多日本人连书名都看不懂，但英文原版叫作 *How Became A Christian*，看了这个书名可能大家就会觉得，什么呀，这么简单的英文啊，连初中生也能看得懂。内村鉴三的英语水平是很高的，但毕竟是日本人写的英语文章，内容并不深奥，所以相对于日译本，英文原版更好读，浅显易懂。译者铃木俊朗是内村先生忠实的弟子，他在翻译时，尽量贴近内村用日语写文章时的风格，而书名则是按照老师的意思定的。刚才也说过了，现在再啰唆一下就是，如果有人以生动鲜活的现代日语，就像一位正在苦恼的年轻人在诉说自己的经历一样来重新翻译，这本书一定会再次大放异彩。以"古典新译文库"的方式来做就很不错。

都甲：是啊。"就靠咱哥们儿几个，给它把教会建起来！""就咱们自己，怎么可能嘛！""不试试咋知道呢?!"① 就用这种语气来译，类似现在日本的小剧场电影那样。

沼野：在人们的印象中，内村鉴三是基督教的传教士，身上宗教

---

① 日语原文如下："俺たちだけで教会作ろうぜ""そんなの、できるわけねえ""やってみなきゃわかんないだろう"。年轻人的口语多用此种说法。

味儿十足。但是，虽然他生活在明治时代，却有很高的英语水平，并通读世界各国的文学，同时对世界局势也有自己的看法，视野很开阔。读他写的文学论就会发现，在他看来，日本文学太狭隘了。而他就一直在思考，为了能与世界文学比肩日本该何去何从等这样的问题。他是一个意识很超前的人啊。

哪怕有错译之处，有翻译作品可读仍然是一件幸福的事

沼野：刚才我们一直在谈，必须用外语来学习各种知识，要多读原版作品，但实际上，面对世界各国的文学名著，要读懂它们所有的原版是不可能的事情。比如荷马、但丁、歌德、巴尔扎克、狄更斯，等等，要读懂他们全部的原版作品，即便是欧美那些很有成就的知识分子也做不到。不依靠翻译的话，我们就连这个世界上有这么多的文学名著也不知道。

今年（2011年）9月初，在俄罗斯召开了一场国际翻译家大会。世界各国所有的俄罗斯文学翻译家都被邀请来参会，来自其他国家的译者有70人左右，俄罗斯国内参会的译者有200人左右，是个大型会议。当时，大会安排了一场翻译家们与俄罗斯著名作家共聚一堂互相交流的晚餐会。

晚餐会上，有一位叫作塔季扬娜·托尔斯塔娅的著名女作家做了演讲。平时她就以毒舌著称，这次也没说什么好听的话。一般人的话，面对来自世界各地的翻译家们，都会说一句"翻译是一项没有太多回报的工作，各位翻译家辛苦了！"或者其他什么类似的话，但这位塔季扬娜女士是这样说的："最近，我有机会到其他国家的大学里任教，在那里我读到了契诃夫作品的英译本，跟原作太不一样了。那些重要的细微语感都被漏掉了，我就想，这样的译文怎么能传递出契诃夫的伟大之处呢？还是不能过度依赖翻译啊。了解俄罗斯文学，还是要读俄语原著才行。"真是大跌眼镜啊，在世界各国有名的翻译家面前，她上来就说了这些话。于是，翻译家们也坐不住了，其中一位稍微上了点年纪的男翻译家怒不可遏，就逼问她道："喂，听你说得倒是头头是道啊，那么，荷马、但丁、歌德、巴尔扎克、布鲁顿、乔伊斯这些作家，你读的也都是他们的原著吗？"听到这样问，塔季扬娜女士果然也没法正面回答，只好搪塞说"我想说的并不是这个问题"。

从这些事情上也可以看出来，有一些东西必须通过翻译才能传递，也有一些东西在翻译的过程中失去了。由于翻译的介入而失去了原著最重要的某些韵味，这种事情确实会时有发生。虽然翻译家们都在为了避免这类事情的发生而不懈努力，但是，用另一种语言把原著的价值原封不动地再现出来，这也确实是一件不可能的事。但这也并不意味着，翻译是没有价值的。对此都甲先生怎么看？

都甲：我自己呢，在策划《21世纪的世界文学导读30册》这本书时，我只是单纯地去思考，在阅读外语作品的过程中自己的内心到底发生了什么。但我并不认为，翻译只能有一种形式。翻译故事的概要也是翻译，从头到尾全部翻译出来也是翻译，介绍作品背景也是翻译……渐渐地，我开始觉得翻译的概念是可以很宽泛的。翻译的方法也有多种，不同的翻译方法传递出来的信息也不同；若只是翻译书籍的内容的话，会有很多其他的东西无法传递出来，这种情况下可以附上自己的随笔。所以，塔季扬娜女士的话虽也没有错，但是，比如说读了一本俄语书后跟朋友分享说"这书真不错"，这也算是翻译啊。从这个意义上来说，人类是离不开翻译的。所以，还是不要说那种伤人心的话为好……

沼野：比如朱诺·迪亚斯的《奥斯卡·瓦奥短暂而奇妙的一生》的翻译，您给自己打多少分？

都甲：120分吧。为什么这么说呢。这本书，当然你读原著也会觉得它很有意思，但如果你对其中的一些细节不了解，那么即使看得懂西班牙语也体会不出其中的韵味。因此在最初读到这本书时，虽然我也觉得很有趣，但也只看懂了百分之六十的内容，所以一开始只是想多读懂它一些。但转念一想，如果把它翻译成日语的话，就有时间好好查阅其中的难点，又会有一点收入进账，看起来还不错哦，于是就开始翻译了。之所以我给自己打120分，并不是说我的翻译水平有多高，而是说，在翻译的过程中，我搞明白了那些原本自己不懂的地方。若按照一般的翻译标准来打分的话，40分左右吧。

沼野：不不不，您不要故意给自己打这么低的分数呀。

都甲：不不不，给40分已经算高的了。

沼野：刚才您的话中也提了一句"有一点收入进账",今天来参会的听众当中,可能也有人是想将来成为翻译家的吧。但翻译这个工作,一般来说是赚不了什么钱的,所以如果想发财的话,还是不要做的好。一个人,如果他有充分的时间用来做翻译,并且觉得这样的时间对他自己来说是充实的有意义的,那么他就是幸福的。

都甲：只靠翻译小说就可以过活的人,还真是一个都没听说过。

沼野：也就柴田元幸①先生一个人吧。他是都甲先生的老师,也是我的同事。

都甲：啊,那就是全世界就他这一个人。

沼野：不过也不一定,比如翻译了"哈利波特"系列的译者,只靠版税就可以一辈子不用干活了吧。所以说,如果你的翻译作品成了畅销书的话,按照现在的版税制度,一般来说就是卖得越多收入就越多。只是,这比中彩票的概率还要小哦。拿我自己来说,倒是每翻译一本书自己的钱包就瘪一点呢。要买资料吧,要去当地做调查吧,书出版了还得自掏腰包买一些送给朋友们吧,反正他们自己是不会买的。每出版一本书,最后的收入总是赤

---

① 柴田元幸(しばた・もとゆき,1954—),美国文学研究者、翻译家,因出色翻译保罗·奥斯特、史蒂文·米尔豪瑟等美国当代小说家的作品而知名。

字，所以我总是说"负版税"。

嗯，在世界文学全集丛书在日本还很受欢迎的那个时期，丛书的第一本经常安排托尔斯泰、陀思妥耶夫斯基的作品，所以从前那些做俄罗斯文学研究的专家们经常说，翻译这样一本书的话，就足够盖一栋房子了。现在呢，我经常威胁我的学生们说，要是只做俄罗斯文学翻译之类的活儿，你家的房子会塌掉的。如果有人说即使这样我也要做，那就确实很让人佩服了。

都甲：我也有几本译著是这种情况，或者收支相抵最后为零，或者是赤字。

不知道不为错，明明不知道却以为自己知道才是最危险的

沼野：时间快到了，来看一下听众朋友有什么问题吧。

提问者 A：做翻译的时候，有什么需要特别注意的地方吗？

都甲：不要总想着一定要翻译得特别好——如果有什么需要注意的，就是这一点吧。当你总想着一定要翻译得特别好的时候，就会搬出那些所谓的文学性的语言、看起来很有范儿的说法，不停地换来换去。所以我一直都提醒自己注意这一点。我有一个基本的想法就是，不使用那些一般人打眼看上去就觉得不错的词语。认真阅读原文，好好体会那些在自己和原文之间产生的小小火花，将其精密地再现出来。精密地再现原文的意思，同时用符合日语习惯的说法将其表达出来——能在多大程度上做到这两点，就决定了翻译的好坏。所以，我不会有那种"要干得漂亮些"的想法。

沼野： 比起读者的阅读感受，您更希望自己的译文忠实于原作，是这样吗？

都甲： 忠实地去理解原文的意思，并用准确的日语将其再现——这样翻译出来的东西，可能不会是那种常见的漂亮的语言。但我觉得，它一定可以成为一种有力量的日语表达。因此我认为，好的译文就是既尊重了原文意思，又使用了准确有力的日语，从理论上说这样的译文是可能的。但可以说这是一种永远难以实现的梦想，但我一直在追求这种境界。虽然也常常失败，但这失败也并不可怕。

沼野： 进行翻译时秉持的是怎样的原则，这一点当然是重要的，但是，往往在翻译过程开始之前就有一个问题存在了——第一次到手的外语文本非常晦涩，怎么也理解不了——这样的事也是常有的。已经有多种译本的作品，比如像莎士比亚那样的已经有很多解说类的相关书籍出版的作品就另说了。比如像一些刚刚出版的现代文学作品，作者也不是很有名，不知道是来自哪里的什么人，况且又使用了一些闻所未闻的奇怪的表现手法，像这样的一些处在文学潮流最前端的作品，非母语的人读起来真的是难度极大的。这种情况下，文本的理解一方面是很费脑筋的让人疲惫的事，但同时也可以从中体验到解决问题的乐趣，所以说搞现代文学翻译,其危险的魅力之一就在于这种惊险又刺激的体验。由此我想起了一个很有趣的逸闻,在这里跟大家分享一下。

《蒂凡尼的早餐》(龙口太郎译,新潮文库)是杜鲁门·卡波特的一部很有名的作品(村上春树的同名译著于 2008 年同样由新潮文库出版)。1958 年原著出版后,日文译本也随之就出版了,在当时可以说是一本很具先驱性的译著,不过村上春树的译本出来以后,龙口先生的旧译本在市面上就见不到了。

书的名字叫《蒂凡尼的早餐》,但蒂凡尼并非是一个吃早餐的地方,而是一家宝石店。但在翻译这部小说时,译者龙口先生并不了解蒂凡尼是做什么的。他当时在美国留学——就那个时期而言,能到美国留学的人是很少见的——在纽约的某一天他拿起这本书要读时,就想,蒂凡尼到底是一家做什么的店呢,真的是有早餐什么的在卖吗?于是他就去了第五大道的蒂凡尼。到了店里环顾四周,他大致也看得出来这不像是吃早餐的地方,但也不知道里面的房间是做什么的,会不会提供早餐呢。于是年轻的龙口先生下定决心,开口问店员道:"不好意思,请问这里可以吃早餐吗?"这件事后来写在了翻译后记里。可以想象,那个美国人店员一定在想:"这个亚洲人竟然问这里能不能吃早餐,他到底在想什么呀,真是个傻瓜。"从这个意义上来说这是一段让人感到有些屈辱的故事,但那个时代就是这样的,就是连这样的一些常识也不懂的。经过了那样一个时代,到了今天,人们可能会觉得自己什么都懂,但还是有很多事情其实你并不了解。

村上的翻译很准确,是一个很好的译本。但之前的版本,是在当时那个时代就把刚出版的作品翻译出来了,也自有其勇敢和令人震撼之处的。我们应该做的不是去笑话它里面有翻译错误，而是去理解，翻译错误本身也是有其历史和背景的。这就是一个很好的例子，很值得我们思考。

都甲：您说的这些，我很是感同身受。虽说英日词典、英英词典什么的都写明了单词的意思，但有时候也并非完全准确，很多单词本身的语感并不是词典说的那样。因此词典中的很多单词，其中内含的那些微妙的语感并没有被翻译出来。有的人就只是稍微查了下词典，就以为自己懂了，我则认为，要是真以为自己懂了，你就离失败不远了。所以我自己在翻译的过程中，总是要不断地查阅资料，因为总觉得自己还没搞明白。当然翻译的进度也就常常是一拖再拖。

沼野：对您说的这些我完全认同，我也经常跟人这样说，不懂不是问题，觉得自己懂了才是危险的。如果你知道自己不懂，就会去查阅资料，也因此才能找到正确的答案；但如果你以为自己懂了，就不会再去查资料把它搞明白了。以为自己是对的，结果却并非如此——人是经常犯这种错误的，在翻译上犯这种错误就更危险了。

都甲：别的不说，就连词典都经常出错。

沼野：词典有这么不靠谱吗？英语类词典的质量还是很高的吧？

都甲：确实，日本的英语类词典还是不错的，但有一些从明治时期就流传下来的错误，一直都没有修正。

提问者 B：刚才两位谈到了日语中方言的话题，我很感兴趣。虽然我现在说话是用标准日语，但也是有自己老家的方言的，有时候会觉得，这个说标准日语的自己怪怪的，所以两位谈这个话题时，我听得很有趣。

我想请教两位，翻译那些只在某个地区使用、连词典上也没有录入的方言时，翻译家们是如何处理的呢？

都甲：在有的福克纳①作品的日译本中，黑人的英语是被翻译成了东北地区的方言。如果东北地区的人知道了，我想他们是不会喜欢这种做法的吧。

沼野：福克纳的话，他小说的主人公说的应该都是美国南部的方言吧，为什么要用日本东北地区的方言来翻译呢。

都甲：如果是年长的人，则常见以"わし（wasi）""～じゃ（jya）"②来翻译，那是日本中部地区的方言吧，为什么原著里

---

① 威廉·福克纳（William Faulkner，1897—1962），美国文学史上最具影响力作家之一，意识流文学代表人物，诺贝尔文学奖得主，代表作有《喧哗与骚动》等。
② "わし"，意为"我"，多用于老年男子自称。"じゃ"，表示判断词，相当于"是"，此处指方言中的说法。

上了点年纪的人到了日译本都会变成中部地区出身呢？或者，为什么他们总是要操着一口日本西部地区各个县方言的集合体一样的语言呢？

就现在而言，用日语方言来翻译原著中的方言的做法，的确是越来越行不通了。但究竟怎么做才好呢，也还没有出现新的解决方案。如果是我翻译，大约会用标准日语中那种略为随意的语言风格来翻译。翻译也是一种创作，如果你使用的是一些自己都不认可的语言，译文就会显得很奇怪。所以，尽量去使用那些自己有感觉的语言来翻译，我觉得这点很重要。等这方面的能力有了长进，能巧妙地区分使用各个地区的方言来进行翻译当然更好，但以我现在的能力来说，我是做不到的。

沼野：日本原本就有用方言进行文学创作的丰富传统，方言以多种手法被使用，但纵览世界其他国家，法语的文学作品创作中几乎从不使用方言，以标准俄语写成的小说也不会掺杂大量的方言。所以日本和其他国家的文学在方言的使用方面是有差异的，先请大家了解这一点。

时间也快到了，虽然意犹未尽，我们今天的对谈也就到这里结束了。感谢大家长时间的倾听。

作者篇

第四章
在太宰治与陀思妥耶夫斯基的作品中都
能感受到的某种相同的气息

——绵矢莉莎与沼野充义的对谈

这里也有"世界文学"

绵矢莉莎（わたやりさ）

  1984年生于京都府。早稻田大学教育学部国语国文学科毕业。京都市立紫野高等学校就读时以《install 未成年加载》获文艺奖，大学在读期间以《欠踹的背影》获芥川文学奖，上述两次获奖均刷新了该奖项的最年轻获奖者纪录。此后作为小说家持续活跃在文坛，其著作还有《梦女孩》、《不想恋爱》、《亲爱的闺蜜》（获大江健三郎奖）、《打开》、《姜的味道是热的》、《愤死》、《大地游戏》。

第四章　在太宰治与陀思妥耶夫斯基的作品中都能感受到的某种相同的气息　167

●**绵矢莉莎荐书三册+α**

①路易莎·梅·奥尔科特《小妇人》。新潮文库等。

②罗伯特·路易斯·史蒂文森《杰凯尔博士和海德妹妹》（村上博基译，光文社古典新译文库，2009年）

③吉本芭娜娜《鸫》（中央公论社，1989年，中公文库，山本周五郎奖获奖作品）

　+α

菲茨杰拉德《所有悲伤的年轻人》（小川高义译，光文社古典新译文库，2008年）

●**沼野充义荐书三册+α**

①绵矢莉莎《欠踹的背影》（河出书房新社，2003年，第130届芥川奖获奖作品）

②安托万·德·圣-埃克苏佩里《小王子》（内藤濯译，岩波书店。光文社古典新译文库译本的译者为野崎欢）

③图尔盖涅夫《初恋》（沼野恭子译，光文社古典新译文库，2006年，及其他译本）

　+α

加西亚·马尔克斯《百年孤独》（鼓直译，新潮社，2006年）

阿摩斯·图图欧拉《棕榈酒鬼》（土屋哲译，岩波文库，2012年，及其他译本）

雷特海乌《鲸群离去》（浅见升吾译，青山出版社，1998年）

什么是"以日语写成的世界文学"

沼野：这个系列的对谈，其目的之一是为年轻人推荐一些好书，所以每次会谈开始之前，都由我先来为各位听众做一个有关世界文学的小讲座。

我是专门研究俄罗斯和波兰文学的，但同时也做了一些日本文学的评论工作，从1993年开始，我在现已停刊的文艺杂志《海燕》上做了一年的"文艺时评"连载。以此为契机，此后也在《朝日新闻》《读卖新闻》《东京新闻》等各大报纸上断断续续地发表自己的文艺时评，到今天已近二十年了。"时评"这个词现在已经不怎么提了，可能在座的各位也有人不是很了解是什么意思，简单来说就是阅读每月出版的文艺杂志，并为这些杂志上最新发表的作品书写评论。

1993年写的东西，我觉得到了现在不会再有人看了，所以后来也并没有出版单行本，那些文章就放在那里。但这个世界上还真有眼光独到的编辑，承蒙他看得上，说如果把这二十年来我在这个专栏上所写的这些文章放到一起的话，读起来一定很有趣。在他的帮助下，这些文章最近结集成单行本出版了（《走向世界文学／从世界文学出发——文艺时评的灵魂1993—2001》，作品社出版，2012年）。可能大家会感到有些奇怪，明明是写日本文学的时评集子，书名却是《走向世界文学／从世界文学出发——文艺时评的灵魂1993—2001》，但其实这本书一以贯之的立意，就是把日本文学作为世界文学的一部分来介绍给读者，因此我也觉得起这样一个书名是极为切题的。

今天我们迎来了日本年轻一辈小说家的代表、未来可期的绵矢女士，一起来了解一下背负着日本文学未来的年轻作家们当下在思考些什么，谈一谈今天的听众朋友们在阅读日本文学或者世界文学时应该持怎样的态度。绵矢女士的作品现在已经被翻译成多国语言，从这个意义上来说，其实已经不能一概而论地称她是一位只有日语作品的作家。今天也会从这个角度出发，对作为世界文学的日本文学进行一番探讨。

那么，虽然多少有些唐突，现在我想问各位听众一个问题。

古池や蛙飛び込む水の音（古池冷落一片寂，忽闻青蛙跳水声）

这是松尾芭蕉的一首很有名的俳句，那么问题来了，在这首俳句中，青蛙到底有几只呢？认为是一只的听众，能否举一下手？好，认为是两只以上的，也请大家举一下手……嗯，看起来没有人觉得是两只以上……

以前在东京大学的一场校园开放日活动上，面对现场的200多位高中生我也问了这个问题，有好几个男生回答说是"两只以上"，真是勇气可嘉呢。或许有人说这问题很傻，其实通过这个提问我想表达的是，日语在说"青蛙"的时候是不分单数复数的，所以到底是几只呢，就有必要一一来确认。那就再举一个浅显易懂的例子吧，比如说，一个人听到了房间的天花板咯吱作响,如果是日本人,他马上就会反射性地说:"啊,天花板上面有老鼠!"请大家想象一下,这时如果有一个人问他说:"你说有老鼠,那是几只老鼠呢?一只呢,还是好几只呢?"这个人会怎么回答呢?一般来说,只要他是日本人,应该都会先惊讶于居然有人问自己这样的问题,"我说这话时也没想过是几只啊,是几只有什么关系吗,有几只算几只呗。再说这老鼠是在天花板上面,我又看不见,怎么知道它有几只"。从这里可以看出,从某种意义上来说,日语这种语言使用起来真是方便呢。像刚才这种情况,在表达的时候就不需要去想是用单数还是复数。也就是说,是不用说得那么清楚的。但如果是英语,这样就行不通了。因为在使用名词的时候,你不能不区分那个是单数还是复数。你说是"a frog",还是"frogs",必须得从中选一个。所以,当把上面"古池"这首俳句译为英语时,到底是译为"a frog",还是"frogs",怎么翻译才合适,就需要译者自行去思考判断。

这是一个很简单的例子,但是当日本文学走出国门、落在那些与日语不同的文化土壤中,在那里被阅读时,就需要跨越很多像刚才所举例子那样的沟壑,才能为读者理解。

再问大家一个问题——村上春树是哪国的作家?可能很多听众会想,这还用问,当然是日本作家了。但有没有哪位听众是这样想的呢——沼野这家伙这么问,其中一定有什么特别的意图,大概说"村上春树是日本作家"的回答是有问题的。

村上春树曾在美国生活了很长时间,也在希腊住过一段日子。所以,如果以他去过的地方、在那里停留的时间为标准来看的话,就不能说他是百分之百的日本人——这种看法也是可以有

第四章 在太宰治与陀思妥耶夫斯基的作品中都能感受到的某种相同的气息

的吧。再者，如果以他的作品传播到了哪个国家为标准来看的话，村上作品有数量巨大的英译本在世界各地被人们阅读，此外还有很多韩语译本、俄语译本。如果把这些书在国外被阅读的数量加起来，很可能外国读者的人数会远远超过日本读者。这样一来，由于作家的存在价值在某种程度上是由其作品的受容情况所决定的，所以如果英语圈的读者占绝大多数，那么作为一个社会现象来看时，也不是不可以说村上是一位英语圈的作家。

还有一点，在其他国家，译者的存在并不太受关注，名字一般不出现在书的封面上显眼的地方。这一点美国就比较典型。译者是谁，若是不仔细找一找还真发现不了。有很多书都是这样的。所以，虽然村上作品在美国被很多人阅读，非常有人气，但可能真的有读者以为，那些作品是由一个叫"MURAKAMI"①的日裔美国人用英语写成的。即便在某个角落发现了印刷得小小的译者的名字，最终读者在阅读时也不会去在意这本书到底是谁翻译的，也不太去想谁的翻译好谁的翻译不好这一类的事。因此，对英语圈的读者来说，眼前自己读的这本书是由日文原著翻译过来的，还是原本就以英语写成的，这些都不重要。对他们来说，大约知道这是一个可以为读者提供英语文本的日裔作家，这就足够了。

当说起一个作家是哪国人时，可能会有人觉得，这又不是国土的归属问题，讨论这个有什么意义呢。但是，在现在这个时代，文学也是在全世界范围内流动着的，当留意到这个事实并从

---

① 村上春树的名字中"村上"二字的日语发音。

日本与世界的关系来看日本文学时,就会发现很多此前不曾有过的新的现象正在发生着。比如有的作家你已经很难定义他是哪国人了,比如有的作家已成为一个全球性的存在,再比如有的作家正在不断地进行越境的写作。这方面其他的话题可以留待以后慢慢讨论,此时希望大家能先注意到这样一种状况的存在。

最后想再谈一谈有关"日本文学与世界文学"这一文学框架的问题。在日本,把日本文学和世界文学分开来看待的倾向仍然很明显。文学全集也是如此,世界文学全集和日本文学全集是分开的。世界文学全集类的读物现在已不怎么有人气了,作家池泽夏树主持编辑的一套全集较有新意,可以说是一次有划时代意义的新尝试,全集共三十卷,由河出书房出版。这套书有几个突出的特点,而收录了石牟礼道子的作品《苦海净土》则算其中之一。

明明是世界文学全集,却收录了日本作家的作品,这是一件特别值得称道的事。一般来说,既然是做世界文学全集,那么排除日本作家便是常理,但这套三十卷的丛书中,却把其中一卷单独留给了日本作家。但即便如此,日本这么多作家,到底选择哪一位呢——我想对于编者来说,这个问题一定曾让他们烦恼不已。是选大江健三郎,还是丸谷才一、古井由吉,又或者是池泽自己呢,围绕这个问题,编者一定曾是思虑万千,而最后,他们选择了石牟礼道子这样一位多少有些游离于一般的文学评价框架之外的作家。各位不要误会,我并非是说石牟礼道子女士的作品文学价值不高。只是,按一般常识来说,她的这部作品《苦海净土》属于一部围绕水俣病①主题的非虚构性纪实文学，而小说一般指的则是"虚构"类作品，那么文学全集也应该是虚构类作品的全集，从这个立场来看，视这部作品为日本文学的代表，把它与福克纳、纳博科夫、卡尔维诺等小说家的作品放在一起，这一做法还是极其让人惊讶的。但是，当这一结果呈现在人们面前时，大家又都觉得有道理，这样选是对的。像这样必须选一位日本作家放入世界文学全集的情况下，只能这样做，其他找谁来都不合适。如果选了哪位小说家，一定会有反驳或者批评的声音，说"要是这样的话，还是那个谁谁更合适吧"。但是石牟礼女士的作品，一方面是其他人都无法模仿的非虚构类创作，同时作品的质量又达到了一定的文学高度。在我看来，这部作品是可以与苏联作家索尔尼仁琴的巨著《古拉格群岛》比肩的。

但池泽夏树编辑的这套世界文学全集只是一个例外，当看到这样一个例外横空出世时，我反而再一次深刻地感受到，在日本的文学界，内外的区别仍然根深蒂固地存在着。在大型书店的文学类书籍区，很多情况下你会看到，首先外国文学与日本文学是分开的，继而，男性作家和女性作家是分开的。日本采用现在的这种分类方法基本上是为了使用方便，短时间内是不会有什么变化的。也因此，才有很多人坚信村上春树就是一位日本作家，并觉得这是一个不争的事实。只是，对于现在的年轻作家而言，在不远的将来他们很可能会进入世界文坛，在世界范围内被人们广

---

① 日本水俣病事件，在1956年日本水俣湾出现的、由于工业废水排放污染造成的公害病。

泛阅读，比如，当一个日本作家在法国的知名度甚至高过在日本的时候，很可能他就会被看作是法国文学的一部分，这种可能性也不是没有。有一些被人们认为是理所当然的做法，未必永远都是正确的。世界是不断变化的，日本文学与世界文学之间并非有一条永恒不变的边界线，我们需要这样一种新的认识——世界文学中包含着日本文学，日本文学是世界文学的一部分。

在我这个年纪的人们的观念中，还是有这样一个大前提的，他们总觉得日本不管在哪个方面都是落后于欧美的——当然他们可能不会这么直白地说出来，但就是觉得欧美相比日本还是有哪里不一样，是很特别的。拿职业橄榄球项目来说，人们毫无疑问地认为，这项运动的大本营在美国，日本的哪个运动员都比不过美国职业棒球大联盟。拿足球来说，以前也没有谁会觉得日本人会成为世界最好的足球运动员。但现在时代不同了，带有"J"①标志的日本球员已经有很多活跃在世界棒球界。文学也是同样的，在未来，世界文学与日本文学将迎来一个彼此融合的时代，你中有我，我中有你。

我平时喜欢看相扑比赛，观察近年来相扑界前几位的排名就会发现，日本人相扑手的人数并不多，来自其他各国的外国相扑手的人数反而更多，首先是蒙古人，其他还有保加利亚人、爱沙尼亚人、格鲁吉亚人、俄罗斯人，等等。可能会有人心怀忧虑，说相扑是日本的国技啊，这样还得了吗。我倒是很乐意看到现在这种情形呢。那么日本的文坛呢，是否也会向这个方向发展呢？

---

① 指日本棒球联盟（简称 J. League）。

芥川奖获奖作家、畅销书作家的排行榜上，前几名都是外国人——是否会出现这种情形呢？当然了，说到文学，毕竟语言的障碍还是很大的，即便有外国作家出现，人数也很难达到相扑那样的程度，但无论如何，在我们所生活的现在这个时代，这已是一个很现实的问题了。

我的解说就到此为止，大家久等了，接下来我们有请绵矢女士。

在太宰治与陀思妥耶夫斯基身上都能感受到某种相同的气息

绵矢：今天是我第一次有机会与沼野先生对谈，对此我非常期待。也感谢各位听众，在很难得的休息日抽出时间来参加今天的活动。相较世界文学，我亲近日本文学的时间更长一些，所以今天也想借这个机会向沼野先生请教有关世界文学、俄罗斯文学的一些问题，请多多指教。

沼野：刚才你说到自己的阅读多以日本文学为中心，是说没有怎么读过外国文学作品吗？

绵矢：小时候读过世界儿童文学全集，到了初中高中阶段，基本上就是以日本文学为主了，最近又开始阅读世界文学。

沼野：小时候读过的作品现在还记得一些吗？

绵矢：讲谈社出版的《青鸟文库》的书比较多。奥尔科特①的《小妇人》系列，讲主人公的成长过程的蒙哥马利②的《绿山墙的安妮》系列。那时候很喜欢读一些女孩子是主人公的小说。

沼野：日本文学中你有自己最喜欢的作家吗？

绵矢：我最喜欢的是太宰治。从高中时候起就读他的书。我后来之所以走上文学创作的道路，契机也是在太宰治。

沼野：太宰治的作品我也读了不少。不过，有那么一点觉得，太宰治跟绵矢女士你的风格不是很搭呢。

绵矢：是吗。读太宰治作品时我就想，这虽然已经是很久以前的书了，但却觉得比现代的哪个作家都要新颖。文体也是如此，时而用第一人称描写自己的感受，又有一些诙谐的笑话，很是好读。

沼野：太宰治有一部小说是以女性第一人称的口吻写的吧，对男作家的这种类型的作品，身为一位女性，绵矢女士觉得怎么样？

---

① 路易莎·梅·奥尔科特（Louisa May Alcott, 1832—1888），美国作家，代表作是《小妇人》。
② 露西·莫德·蒙哥马利（Lucy Maud Montgomery, 1874—1942），加拿大女作家，代表作是《绿山墙的安妮》。

绵矢：长大后再读时觉得，以女主人公自己的口吻写成的这类作品中，主人公的性格都很好啊。

沼野："性格很好"，具体来说指的是什么呢？是说，作者站在男性的立场上，把女性塑造得都很美吗？

绵矢：是的。《维庸之妻》《女生徒》等等，都有这种感觉。在这类作品中，在太宰治其他作品里常常看到的那种对人性之恶的披露退到了后面，那种有点喜欢浪漫、对自己喜欢的男人很专情的女性类型出现得比较多。

沼野：像我读太宰治的《人间失格》的时候，常常情绪低落，无心做事。那么反之，你在读这类作品时，会产生某种力量感吗？

绵矢：是的。我第一次读的时候，更多注意到的是其中那些可怕的部分，读完后就觉得很是消沉，但再读时就不一样了，无论重读几次，每次都为作品本身的精彩感到震撼不已。那么短的一部小说，开头和结尾，却可以让人觉得这部作品写尽了一个人整个的一生。实在是一部很棒的作品。

沼野：我儿子正在读高中，有段时间他读了很多太宰治的小说，我曾跟他说："不要总是读调子这么灰暗的小说。"但回过头来想一想，能找到什么积极的、正能量的作品让你可以非常自信地推荐给自己年轻的孩子去阅读吗？其实很难。陀思妥耶夫斯基的东西我是绝对不希望他看的。虽然我自己是很喜欢的啊。所以，归根结底来说，文学这个东西，是没法由父母推荐给孩子的，孩子避开父母的耳目偷偷去读才好。你说这个人是日本的大文豪，评价一直很高，或者夏目漱石的东西是很好的，那就可以安心让孩子读吗？《心》的底色多么灰暗呀，里面的主人公——"老师"最后是自杀而死的。

绵矢：是的呢。童话或者绘本暂且不提，文学类作品，可能还真不适合在学校的道德课①上阅读或者由父母读给孩子听。陀思妥耶夫斯基的作品，如果在感情丰富的年轻的时候读到，可能会受到很大的冲击吧，会怀疑人生……我读太宰治的时候其实也是这样的，读了他的书以后，我觉得自己的性格没有以前开朗了。

沼野：但是呢，一部好作品，哪怕它底色是灰暗的，作品自身的那种力量还是会给读者带来很大的支持的。

绵矢：是的。有时候看入迷了，仿佛自己也变成了小说里的主人公，会觉得自己也有过类似的想法，或者说虽然这故事有些沉重，但与自己很有共鸣。这也正是小说强大的魅力所在吧。

沼野：之所以会问这样的问题，我是想了解一下，身为一位作

---

① 日本中小学开设的一门德育课程，内容以名著阅读、手工、劳作为主。

家,你一直以来的阅读生活是怎样影响你的。但书籍给人带来的影响,有时候是难以预测的。我喜欢的俄罗斯评论家安德烈·辛亚夫斯基①曾说过,假设读者在读了陀思妥耶夫斯基的小说后内心受到很大的冲击,那么,可能有的人真的成了一名杀人犯,或一心要颠覆政权的恐怖主义分子,但是另外的人,可能就成了一位虔诚的牧师。所以说,书籍对一个人的影响因人而异,是万不可一概而论的。

绵矢: 是的。哪怕是同一部作品,说到具体是哪个地方影响了自己,不同的人也会有完全不同的体验。《罪与罚》② 这样的小说自然就不用说了,就连那种有关杀人事件的纪实性文章,不同的人读起来体验也是不同的,有的人是真的觉得里面杀人犯的所作所为很酷很帅气。自己的书会给读者带来怎样的影响,写书的人完全无从知晓。

沼野: 就太宰治来说,他给你的文学创作具体带来了怎样的影响呢?比如文章的写法、小说的构思等等。

绵矢: 啊,世界上还有这样的小说啊——是太宰治让我知道了这一点。他的作品告诉我,身边发生的那些小事、自己的心情,这

---

① 安德烈·辛亚夫斯基(Andrei Sinyavsky,1925—1997),俄罗斯作家,代表作有《审判开始》等。
② 陀思妥耶夫斯基代表作之一,描写了一名穷大学生受无政府主义思想毒害,犯下凶杀案的过程。

些都是可以写的。有的小说创作过程是这样的，作家设计了小说的框架和登场人物，然后由这些人物来推动情节的发展，起承转合都很分明。但太宰治的小说并非这种风格，他就只是记录自己的内心。在太宰治之后我又读了陀思妥耶夫斯基作品，在他身上我也感觉到了相似的气息。太宰治作品带给我的这些启发，与其说它是一种来自外部的影响，不如说它们构成了类似于我的写作基础一样的东西。

沼野：你刚才说自己从太宰治开始读了大量的日本文学，那么国外的作家中有没有人让你觉得也一样有趣的？

绵矢：就最近来说，还是陀思妥耶夫斯基吧。不久前我读了《群魔》的新译本，还有《卡拉马佐夫兄弟》，而且《罪与罚》竟然有一种出乎意料的明亮、乐观之感，非常有趣。

沼野：是吗？《罪与罚》的结局是开放式的，小说在一种"接下来事情会如何呢"的未知中结束了，事情此后的发展是灰暗还是明亮，是悲观还是乐观，难以预知啊。

绵矢：是的。但是看他的其他作品，比如《白痴》整个色调都很灰暗，我一边读一边就会想，可能这里边所有人最后都得死吧。但《罪与罚》就不太一样，作者给其中的主人公、负面人物拉斯柯尔尼科夫留了一条救赎之路，他最后活了下来，还在监狱与索尼娅会面了——这个结局真是让人意外。在《群魔》里边，有些人分明要比拉斯柯尔尼科夫好，作者却安排他们死了。我之所以会觉得《罪与罚》有一丝明亮之感，可能跟我阅读这几本小说的顺序有关吧，但总的来说《罪与罚》还是挺让我意外的。

沼野：是这样啊，原来如此。《罪与罚》的主要人物有两个，一个是杀死了高利贷老太婆的青年拉斯柯尔尼科夫，一个是在精神上给他很多支撑的索尼娅，这是一个"圣洁的娼妇"形象。这两个人在过去都曾经有过几乎是毁灭了自己一生的可怕经历，所以可以说他们都是死过一次的人了。后来他们彼此支持，在西伯利亚开始了探寻自己精神上的新生的旅程——《罪与罚》就这样结尾的。最后，故事讲述了拉斯柯尔尼科夫的一个梦，梦中一种叫作施毛虫的虫子在全世界蔓延、泛滥，人类毫无抵抗之力，大批大批死去——这种情节又会让人感到一些世界末日论的味道。

绵矢：那是我非常喜欢的一个情节，《罪与罚》里面描写了很多梦啊幻想的场景，比如有一个梦是在一个类似于自己杀了人的公寓一样的地方，很多陌生人盯着他看。一般情况下，一个人做了坏事的话，内心的罪恶感会使他做噩梦的，但这部小说的主人公几乎是一个没有能力感受到任何罪恶感的人，所以他就会产生一些身体感觉，比如烦躁不安、发高烧、恶寒，等等，以此来呈现他内心的不安。我是这样觉得的。这一点，与《群魔》中的斯塔夫罗金有共通之处。主人公是一个有着现代意识的冷酷无情的坏蛋，但这也正是这个人物形象的魅力所在。

沼野：你很喜欢斯塔夫罗金？

绵矢：是的。他很擅长煽动人心，但自己的内心却是一片荒凉，空空如也——这类人物形象很吸引我。小说里还有一个极具象征性的说法，当鬼进入到猪的身体，猪瞬间就从悬崖上跌落……

沼野：《群魔》中描绘了各种自杀、他杀，其中有相当多的有关死亡的情节。这部小说取材于当时真实发生过的左派人士的暴力杀人案①，所以它还有一个侧面是表达了对这样一个社会事件的讽刺。因此，在不同的心境下，有时候读起来也觉得很是滑稽有趣。虽然故事的内容本身是很沉重的，但同时作者也会使用一些不按常理出牌的好玩的手法。比如说风凉话揶揄某个现实中存在的人，或者让一些奇特的人出现在故事里，等等。对了，绵矢女士你感觉如何呢，有没有在陀思妥耶夫斯基身上感受到某种幽默、好玩的部分？

绵矢：作品中点缀的各种幽默、讽刺的部分，可能我还没有理解。相较来说，给我留下深刻印象的是那些对令人心惊肉跳的可怖氛围的描写，比如一个将要被暗杀的人，身体紧贴着墙壁躲在

---

① 指1869年发生于莫斯科的涅恰耶夫案。信奉无政府主义的涅恰耶夫在1869年的彼得堡学潮中，组织"人民惩治会"，并率成员杀害组织中不服从于他的伊万诺夫。这案件遭到马克思与恩格斯的愤怒谴责。

漆黑的屋子里……读完后，小说中的每个画面都很清晰地印在我的脑海中，只是，对其中幽默的部分就没什么印象呢。可能我不小心略过去了吧。

沼野：说它幽默，其实也是那种比较会让人感到阴森可怖的幽默。俄罗斯文艺评论家米哈伊尔·巴赫金①提出过一个"狂欢理论"。简单来说，"狂欢"的意思指的是在节日庆典中颠覆常规生活的秩序，比如在节日活动中王子扮成乞丐去乞讨，等等。巴赫金认为，欧洲从前就有这样的文学传统，来描述现实的日常生活秩序被颠覆的、类似于狂欢节的那种状态。陀思妥耶夫斯基的作品就遗留了这种狂欢节式的文学传统，其中一些情节的设置，就像是为常识所束缚的安稳的日常生活被翻了个个儿。陀氏作品中的这一侧面还是很鲜明的。

既然是狂欢，那么一定伴随着大笑。而人们之所以会发笑，也是因为此前常规的价值观被颠覆了。只是，巴赫金在提到陀思妥耶夫斯基的时候也说："他的作品中有一种来自远处的狂欢的回声。"所以在这个意义上来说，可能确实没有多少人读了陀思妥耶夫斯基的作品会觉得好笑吧。

之所以会谈这个话题，是因为最近我感觉绵矢女士的作品发生了很大的变化。以前的作品多是围绕年轻人那些较为单调的日常生活展开细腻的描写，好笑、幽默的那一面比较少。但是读你

---

① 米哈伊尔·巴赫金（Mikhail Bakhtin，1895—1975），俄国现代文学理论与文学批评重要理论家。

最近的作品就发现，你慢慢积蓄了一种力量，以辛辣锋利的语言对人性进行深入挖掘，而且并不仅仅是单纯的深刻，而是以一种很有趣、很好笑的方式将这些部分表达出来了。比如《亲爱的闺蜜》等作品，我从中看到了很多讽刺、好笑的部分。绵矢女士自己在创作的时候究竟是怎样的状态呢，是写的时候就想把读者逗笑吗，还是说其实只是很认真地表达、最后到了读者眼中才有了这种效果呢？我不是作者本人，无从推测这一点。那么你是怎么认为的呢，深刻的内容与搞笑的表达方式，你如何看待两者的关系呢？

绵矢： 我觉得是这样的——当内容沉重得过了头，一不小心就变成搞笑的了。我的恋爱小说都有这种感觉，越是一根筋地执着单恋一个人，就越像是一场独角戏。所以，虽然我并无意要使读者发笑，但一不小心就发现，主人公又在搞事情了，那个样子不由得人不发笑。所以说，其实我是很认真在写的，只是等我回过神来时，故事已变得很好笑了。

沼野： 可能正是这种无心插柳，反而帮助你把人性描写得有趣而精彩。

人物有了自己的意志，小说写到一半书名就确定了

沼野： 此前，绵矢女士曾经与在光文社古典新译文库系列中重新翻译了托尔斯泰《安娜·卡列尼娜》的望月哲男先生有过一场对谈。你读了《安娜·卡列尼娜》后感想如何？

第四章 在太宰治与陀思妥耶夫斯基的作品中都能感受到的某种相同的气息

绵矢：很精彩的一部小说。我觉得自己从中受到了很大的影响。好像被植入了某种很强烈的恐惧，比如说，不顾周围人的感受就跟情人私奔的话，最后会像安娜一样落得卧轨自杀的结局。

沼野：受到很大的影响，是说道德层面上的影响吗？

绵矢：是的。道德层面的。

沼野：你觉得托尔斯泰是在以安排安娜自杀的方式来惩罚她吗？

绵矢：同为女人我会觉得，作者是在以这样的方式强烈地表达自己的意见，就是说，作者之所以要给安娜安排这样一个死法，都是因为她依仗自己的美貌恃宠而骄，不珍惜自己的丈夫和孩子。

沼野：嗯，记得你之前说过，不是很喜欢那个与安娜私奔的沃伦斯基。

绵矢：是的。我觉得这种人好可怕。哪怕周围的情形已经大变，他也不会像安娜那样有什么情绪上的波动，只是说一句，"呀，真是要命啊"，也不做什么事来应对。在我看来，这种人确实很强大，但很不好相处。

沼野：小说中安娜受到了惩罚，生命以那样一个悲惨的结局告终，在某种意义上来说她的命运是一场悲剧，但是在这同时，作者也把她塑造成了一个非常有人格魅力的人物——你有没有这样觉得呢？

绵矢：是的。

沼野：小说中所设定的安娜的年龄，你觉得她多大呢？

绵矢：在我的印象里，是二十五六岁吧。

沼野：大概是三十多岁。

在我这个年龄段的人来看，小说中的安娜当时才三十多岁的年纪，这么年轻，是很让人意外的。我周围有很多三十多岁的人，比如我带的那些博士研究生，有的人一直没找到大学的教职，变成了失业博士，还有的人在社会上工作了很多年以后再回来读研究生——这些人都是三十好几了。一直到前一阵子，我还负责了一位七十多岁女性的博士论文指导工作。所以说，到了现在这个年纪，在我眼中三十多岁的人就像是还未成年的孩子。我第一次读《安娜·卡列尼娜》是在高中的时候，那时还没有机会谈过恋爱，也没碰过女孩的手，就是个孩子，所以，对结婚、出轨这些事情很难有什么具体的想象。所以在那时的我看来，《安娜·卡列尼娜》是一个发生在遥远国度的成年人的故事，成熟女性的故事。但是，后来自己年纪也大了，到了比主人公年长很多的年龄，再回过头来读这本书时，就有了完全不同的感受。

啊，原来这是一个三十多岁的女人的故事啊——最近常常有这种切身感慨。绵矢女士呢，你会把这本小说当作一个与自己同龄的女性的故事来读，是吗？

绵矢：是的。

沼野：这样的话，就还是会把它跟自己的经历联系起来吗？

绵矢：安娜为人母亦为人妻，所以虽然我们年龄相近，但她所处的立场与我还是很不同的。但是，就女性的生存状态而言，那个时代与现在并无太大的区别。跟沃伦斯基私奔这种事，到了现在这个时代也仍然会受到周围许多人的强烈谴责。当然这是一个俄罗斯贵族阶层的故事，这个我是了解的，但是具体到身为一个女性如何去生活这一点上，读小说的时候就还是会难免联系到自己。

沼野：只看小说梗概的话，这看起来的确像一个惩戒性的故事，说出轨的女性没有好下场。不过这故事还附有一句箴言，在卷首印有"申冤在我，我必报应"这样一句《圣经·新约全书》里的话。①《圣经》里这句话的本意我们且不说，绵矢女士你觉得作者是出于怎样的意图引用了这句话呢？

当然，"申冤在我，我必报应"里的"我"，在《圣经》中

---

① "申冤在我，我必报应"一句，出自《圣经·新约全书》。

指的是上帝。意思是，对那些做了坏事的人，上帝将会惩罚他们。但这句话也可以理解为，普通的平凡人没有审判另外一个人的权利。现在日本也会有一些诸如是否应该判某个罪犯死刑的讨论，若按这句话的意思，就是说，即便在这种情形下，由一个人来判另一个人死罪也是不对的，因为这个审判应该留给上帝来做。所以，如果把这句话理解为"应该把审判的权利交给上帝，人是不可以审判人的"，那么，托尔斯泰之所以在卷首附上这句话，是不是也可以理解为他在以此表达这样一个意思，即，作为一个作家，我没有权利去评判安娜的所作所为是好还是坏。

安娜这个人物，回看托尔斯泰的创作过程你就会发现，一开始作者是把她作为一个坏女人来写的。对了，安娜的丈夫——高级官僚卡列宁这个男人，在你眼中是怎样的？没觉得他是个坏男人吗？

绵矢：没觉得呢，我很喜欢这个人。他平时沉默寡言，不苟言笑，但是当预料之外的事情来临，也就是安娜出轨的事情被发觉后，他内心虽然也动摇困惑，但仍然强作镇静，在心里暗暗希望着可以尽自己的努力来找回与安娜从前的生活。虽然他不擅长直接表达自己的情感，但让我意外的是，这个人还是挺不错的。

沼野：哦，你是这种感觉啊！太有趣了。你看待这个人物的视角，可能与一般人不太一样啊。

绵矢：可能吧。除了与安娜的感情问题，他还要照顾好孩子的生活，感觉蛮惹人怜爱的。

沼野：啊，你很同情卡列宁。

绵矢：是的呢。小说中这个人像是生病了的样子，脸色不太好，婚姻生活中又一再被背叛。

沼野：但是你有没有觉得，在托尔斯泰的笔下，他是一个循规蹈矩、浑身都是官僚气息、缺少人情味的讨厌家伙？

绵矢：是的。对这样一个男人，若安娜心里有不满和怨言，她说出来就是了，但她的方式是什么都不说，只是在心里恨着这个人，然后冷不丁地就跟一个年轻男人私奔了。这样一来，卡列宁的内心当然会起波澜啊，会去想，这是为什么，究竟是怎么回事。就是在读到这个部分的时候，我喜欢上了卡列宁。如果安娜曾经每天不停地抱怨过而最后离他而去，这样还可以理解，但她却是一句话也没说就走了。想一想那个时刻卡列宁的感受、孩子们的感受，我就会觉得安娜这样做真是太残酷了。

沼野：在他们夫妻二人之间，并没有过真正的沟通——这个问题确实是有的。读《安娜·卡列尼娜》时，很多读者会在情感上更偏向于安娜，会觉得"肯定是卡列宁不好"。但实际上，在托尔斯泰构思自己的创作计划时，安娜这个人物被设计成了一个坏女人，她出轨并跟情人私奔。而这样一个坏女人，最后落得一个悲惨的下场也是她罪有应得。也就是说，托尔斯泰最初曾有过这样一个创作意图，即，他要写一部意在惩戒的小说，让大家知道，一个做了坏事的坏女人命运将如何。与此相对，对卡列宁，原本托尔斯泰是打算按一个普通人的样子去刻画的。但是，在他执笔创作的过程中，事情发生了变化，安娜虽然还是个坏女人，但渐渐变得越来越有魅力，有点像作家迷上了自己创作出来的那个女性的故事。所以读者的意见也就改变了风向，觉得小说里面的坏人当然就是安娜冷淡的丈夫卡列宁。

像托尔斯泰、陀思妥耶夫斯基这样的大家，他们的创作笔记、草稿等很多资料都被很好地保存下来了。阅读这些笔记和草稿时你会发现，从一开始的创作计划到最终稿的完成，中间发生了很多的变化。

《群魔》中的斯塔夫罗金也是如此，最开始的时候陀思妥耶夫斯基也没打算把他写成那样一个谜一样强大的存在。但是在创作过程中，人物自己变得越来越丰满，最终超越了作家的意图而自己动了起来。绵矢女士你是怎样的，有没有这样的体验呢？小说中的人物超越了你最初的创作意图而有了自己的意志。

绵矢：有的。我小说中的人物会分成两类，我喜欢的人和不喜欢的人——当然了，与托尔斯泰创作了斯塔夫罗金这一形象相比，我小说中的这类操作在规模上要小很多，但确实也有类似的体验，比如，当某个人物生动起来以后，就会想让他一次又一次出场，哪怕这个人并非主角，也会让他承担推动故事情节整体发展的作用。也就是说，身为创作者，我自己对这些人物的情感也会有深浅。

沼野：原先并无此打算，但写着写着，他就变成了这个样子。——类似于这种体验，你能举一个自己作品的具体例子吗？

绵矢：在创作《打开》①（新潮社，2011年出版）的时候，一开始我并没打算把主人公写成这样一个狂暴的女子。但写着写着，她的行动逐渐升级，越来越失去理智，变成了一个比我之前设想的还要鲁莽得多的、想到了什么就立刻行动做事而缺乏思考的人。

沼野：哦。《打开》探索了人性中某些危险的东西，是一部非常刺激的作品。

换个话题啊。作为一个评论家向你提这样的问题可能有些失礼，但我还是想了解一下，你是如何给自己的作品起名字的呢？因为我觉得，你给自己的小说起名字的方式其实是很特别的。《打开》《不想恋爱》（文艺春秋出版社，2010年出版），拿这两部作品来说，这两个名字可能确实抓住了小说最核心的部分，但并非很合该作品整体想表达的主题。《打开》给人的感觉尤其如此，甚至让我感到很意外，为什么这样的故事要起这样的一个名字呢。所以想听一听你是如何给自己的书起名字的，是一开始就

---

① 女高中生木村爱对同班同学西村田绪心生爱意，在得知田绪正在交往的女朋友美雨时，刻意接近美雨。渐渐地，木村爱开始放下心中成见与嫉妒心。

先把书名定下来了呢，还是在写完了之后又起的书名呢？

绵矢：我是在写的过程中就会把名字确定下来。

沼野：在创作的过程中，有那样一个瞬间让你觉得除了"打开"这个词别无其他选择——是这种感觉吗？

绵矢：对。

沼野：芥川奖获奖作品《欠踹的背影》（河出书房新社，2003年出版，河出文库），书名也很好，这也是在写作的过程中确定下来的吗？

绵矢：是的，写作的过程中定下来的。

沼野：后来有一部小说叫作《欠踹的田中》（田中启文著，早川文库JA，2004年），这个你知道吗？

绵矢：知道的。

沼野：这个书名是对你那部《欠踹的背影》的戏仿。话说绵矢女士这些作品的名字，虽然它们并不拘泥于小说的内容，但却有一种深入人心的力量呢。

第四章　在太宰治与陀思妥耶夫斯基的作品中都能感受到的某种相同的气息　193

"芥末的气味猛地钻进了鼻子里来"这一日语表述的困难之处

沼野：有关绵矢女士的小说，过会儿我们再继续深入讨论，现在先回到世界文学的话题上。刚才聊了你是怎样阅读世界文学的，你提到了陀思妥耶夫斯基、托尔斯泰等俄罗斯小说。那么，在阅读世界文学和日本文学时，有什么态度上的不同吗？

绵矢：读这两类作品时，我能感受到某种视野上的不同。读世界文学，会感到自己的眼界更开阔了，或者说，因为很多作品都是出场人物也多，故事涉及的范围也扩展到了日本之外的世界其他国家，所以会觉得自己身处的环境更广阔了。日本文学则带给我一种空间被浓缩之感。

沼野：在小说创作这一个具体的点上，作为一名写作者，你有没有觉得自己受到了外国文学的影响呢？按常识来说，由于国家不同、语言不同、风俗习惯也不同，一般认为日本作家可能不太容易受到外国文学的影响，那么你是怎样的呢，比如说读了陀思妥耶夫斯基、托尔斯泰等人的作品后，作为一名写作者，你发现自己身上有什么变化吗？

绵矢：就陀思妥耶夫斯基来说，他以一种不由分说的方式，让我充分见识到了，一个人的文字表达究竟有多大的可能性。我自己的内心是有很多东西堵塞在那里的，表达不出来，所以读了他的作品我其实受到挺大冲击的，一个人仅靠文字的力量，竟然可以建构起如此庞大的一个世界。

再有就是纳博科夫，读他的短篇小说集时，书中那些鲜明的比喻给我留下了强烈的印象。外国人想出来的这些比喻，竟然让我一个日本人也能切身体会到其中的妙处，所以那时一点儿都没觉得自己此刻正在读的是一部世界文学作品。那种感觉就像，我眼中所见的并非森林，而是他呈现出来的一枚一枚的树叶。

比如说，书里用到了"惹人怜爱的抽动"这个词，意思是"抽动障碍症让人怜爱"。我读了后就觉得，这样说的话也确实是啊，认真的人紧张起来不就经常那个样子嘛，那种感觉确实惹人怜爱呢——就非常佩服他的这种表达。此外，在描写那种家里有怀孕了的年轻准妈妈时的家庭氛围时，他用了"神秘的内心骚动"这个说法，我就觉得，能用"神秘的内心骚动"这种词来描述一个孩子就要出生的家庭，真是太厉害了。

沼野：纳博科夫可以写规模宏大的作品，同时也是一位周到细致、工于文章的作家。与陀思妥耶夫斯基相比，他的文字要缜密得多了。虽同为俄罗斯作家，但两人的风格迥异，在比喻等修辞方面，纳博科夫的写法确实非常独特而凝练。

我读绵矢女士的作品有一个感觉，当然在写有关芥川奖获奖作品《欠踹的背影》的时评时我也说过了，就是，从小说的一开始，你就使用了非常凝练、让人印象深刻的文字表达。比如，文章的开头就说"孤独在鸣叫着"，其他还有"朋友这个词，就像芥末的气味猛地钻进了鼻子里来""那种感觉就像喝放了没洗干净的蛤蜊的味噌汤时吃到了有沙子的蛤蜊肉，咯嘣一下子，一股强烈的不对劲的感觉瞬间涌了上来"等此类的说法，在小说中随处可见,给我留下了深刻的印象。这些都是很自然地就从笔下流淌出来的吗?

绵矢:我很喜欢去写像类似于不对劲的感觉啊、不快感啊等等的感受。"蛤蜊……"那个句子就是其中之一。

沼野:从日语的角度来看,人们对这一类的比喻有怎样的评价,我们暂且先放一放,如果换一个视角,比如在一个做外国文学研究的人看来,这种写法其实是暗含一个困难的,就是说,把它们翻译成外语后,可能外国人还是会看不懂。比如"蛤蜊味噌汤……"是这样,"像芥末的气味猛地钻进了鼻子里来"也是这样。当然,现在寿司已经成为一种世界性的食物了,所以对"像芥末的气味猛地钻进了鼻子里来"这种说法,可能人们多少有些知道是怎么回事了。

从某种意义上来说,这其实是一个带有普遍性的问题,也就是说,由于日本文学中存在着某些只有日语中才会有的独特表达,那么,它在超越语言的边界时就不得不直面这样的问题。现在《欠踹的背影》被翻译成了几国语言呢?作为小说作者,你有没有对自己作品的译文进行过检查,又或者,有没有译者联系你问过你问题呢?

绵矢:一次也没有过。

沼野:是吗。其实有的译者会一次又一次联系作者,提很多问题。这不仅仅是因为原文难以理解，而是有时候，按原样把句子直译过来也无法传递作者想表达的意思。

比如说有这样一个例子，我在写川上弘美女士《老师的书包》的书评时，可能我的视角多少有些奇怪啊，看到这个题目时我的第一反应就是，"呀，这可怎么办"。什么怎么办呢。"センセイの鞄（老师的书包）"这个题目中的"老师"的日语没有使用一般常用的汉字"先生"，而是特意使用了表音的片假名"センセイ"，其中就蕴含了某些很微妙的意义，而这个是很难翻译出来的。① 既不是汉字，也不是平假名，而是片假名"センセイ"。这种操作，来自某种基于日语固有表达方式的日本式思维，所以根本就没法翻译。类似的情况在翻译的过程中经常会遇到，译者们每天都会面对着这种难题绞尽脑汁、苦思冥想。现在日本的文学作品被翻译成各种文字，广泛流传到了其他各个国家，被那里的人们阅读着，而其实在这一状况的背后，也有这样一些内情呢。

绵矢莉莎的读者群体

沼野：我们继续今天的对谈。接下来的时间我想请绵矢女士多谈一谈。大家知道绵矢女士是一位以日语进行创作的作家，但她也有很多作品被介绍到海外，有很多翻译版本。所以也想听一听你到国外参加活动时的印象、与译者的交流、看到自己的作品在国

---

① 《センセイの鞄》，中文意为《老师的书包》。"老师"的日语表达一般情况下是汉字"先生"，该书的题目中并没有使用汉字，使用了表音的片假名"センセイ"。

外被广泛阅读时的感触,等等。

绵矢:就亚洲国家来说,有的读者会写信告诉我他们的感想。当然数量也不是很多啊,曾经有中国的读者用日语写信给我,说"我也是一个躲在家不去上学的人,我读过你的小说《install 未成年人加载》(河出书房新社,2001 年出版,河出文库,文艺奖获奖作品)……"

上次我去法国的时候,几乎没有机会去了解读者们对我的小说有怎样的感想,但是有一天我在书店看到自己的书像苹果一样一本本卖出去,我非常惊讶,心想,法国这个国家果然是文化之都啊。那天我坐在书店里,样子看起来像在跟人们说,正在排队的各位读者朋友,你们买书的话我会赠送亲笔签名哦——那些来书店的人,比如上点年纪的老爷爷老奶奶,还有年轻人,就会过来买书。那种感觉就像是,虽然还不了解你书里写的是什么内容,但还是先买下来读一读再说吧。

沼野:在法国,书还是挺贵的。

绵矢:是的。当然,比苹果是贵多了。换位想一下的话,如果一个自己不太了解的法国作家来了日本,我去听了他的演讲,或者参加了有关他作品的研讨会,但即便在演讲或研讨会现场看到他的书卖得很好,我会随手就掏钱买书吗?而这些法国人呢,对一个自己并不了解的外国人写的书,也不加多想就买回来看,想到这里,我真是非常佩服他们这样一种开放的态度。

沼野：在日本现代文学的翻译和介绍这一点上，在全世界范围内，法国也是做得最好最全面的。今年（2012 年）3 月，在巴黎举行的国际文学大会"图书展览会（Salon du Livre Jeunes）"上，日本是被邀请的国家之一，当时有很多的日本作家赴会，绵矢女士作为重要客人之一还参加了其中的研讨会环节。对那时的一些交流，你有没有印象特别深刻的？

绵矢：那次会上，与一位叫作阿尼艾斯·吉阿尔鲁的女士围绕日本的恋物癖的话题做了交谈。日本有那么多作家，她特意找了我，非常感谢她。对谈大概持续了一个小时，阿尼艾斯·吉阿尔鲁女士从日本的文学作品中找了各种各样的有关恋物癖的例子来讨论，非常有意思。有一些很难聊的话题她也敢开来讨论，我就对她的话题做一下回应，整场会谈基本就是以这样一个形式进行的，也挺有趣的。

沼野：她是一位研究日本文学的专家吗？

绵矢：她写过一本书，叫《爱的日本史》（丹村纯子译，河出书房新社出版，2010 年）。

沼野：她有这样的背景啊。那么，在日本的恋物癖这一领域，可能她比你还要了解呢。

绵矢：是的。为了了解日本人与性的问题，她读了很多相关的神话故事，还研究了日本的公共澡堂。我从她那里了解了很多只有外国人才会有的不可思议的独特视角。

沼野：跟这样的人聊天，对你来说是否也是一次很新鲜有趣的体验？

绵矢：是的。她会非常认真向我提问。对谈是通过同声传译进行的，那时候突然意识到，由于国家不同带来的语言方面的障碍，竟以这样一种意想不到的方式解决了。

沼野：除此之外，还有一场研讨会是其他日本女性作家也都参加了的，对吧？

绵矢：是的。有角田光代①、江国香织②，还有我，我们三个人。先是法国主持人的采访，他提问，我们回答。后来则是回答听众提出的问题。

沼野：大家的问题都是什么内容呢？有没有那种以前在日本没有被人问过的问题？还是说他们都并不太了解日本，问题都很

---

① 角田光代（かくだみつよ，1967—　），日本小说家、翻译家，2005年荣获直木奖，与吉本芭娜娜、江国香织同被誉为当今日本文坛三大重要女作家。
② 江国香织（えくにかおり，1964—　），日本小说家，代表作有《草之丞的故事》等。

简单?

绵矢：问题大多是"你喜欢法国文学的哪部作品呀"这一类的。还有就是，因为那时正值"3·11"大地震结束后不久，法国的人们很关注核能发电站的核泄漏问题，所以很多提问都离开了研讨会的主题，集中在了地震和海啸灾害上。

沼野：我读过一篇有关这次研讨会的报道，里面提到说，在法国很少会把女性作家单独聚集起来开座谈会，或者说，把女性作为一个类别单独分组这种事情本身就很少见，所以对这次会议的做法，法国人表示不是很认同。你怎么看这一点?

绵矢：可能是吧。不过，在会上设置一个女性作家的讨论组，应该是法国方面的安排。

沼野：如果是那种特别的、有女权主题的女性集会，倒是可以理解的，但若仅仅以男女性别为标准来进行分类，那么这做法就很值得商榷啊。日本每到新年电视上就会上演红白歌会，按男女分类是常见的做法，但在法国的话，一般来说是不会这么做的。他们信奉这样一个原则——无关年龄，无关性别，好的作品就是好的作品。

对了，在日本文坛还有这样一件事，比如说以《ab 珊瑚》(《ab 珊瑚》收录文章，文艺春秋出版社，2013 年) 获得了今年 (2012 年) 早稻田文学新人奖的黑田夏子女士，她的年龄是 75

岁（2013年，黑田夏子以同一部作品获得了第148届芥川文学奖。以75岁9个月的年龄获奖，是迄今为止芥川奖历史上的最高龄作家）。早稻田文学奖的组织方在宣传时，就把年龄当作了一个卖点。而之所以采取这种做法，是因为以如此高龄斩获文学新人奖是很少见的，所以反而可以凭借这一点来吸引读者眼球。我们也常常按老习惯把绵矢女士称为"年轻作家"，对此你会感到不舒服吗？

绵矢：按照社会上的一般标准来说，我其实已经不能算年轻了，但对于被人们称为"年轻作家"这一点，我是完全不会介意的。只是，在恋爱小说的写作上，确实可以观察到一种与年龄有关的现象，即，四十岁的作家写的多是三十岁、四十岁左右的人在结婚之后的男女情感，年纪再大一点的作家，写的也多是与他那个年纪相近的人的情感。

我自己写的多是十几岁、二十几岁的人的恋爱，所以也很难用年龄这个标准一概而论，但有时写作或者阅读的时候，确实还是会选择那些与自己的实际年龄相近的主题或作品。当一个读者想与小说中所描写的恋爱故事有所共鸣的时候，最好的做法是去读那些与自己年龄相近的作家的作品。

沼野：毋庸置疑，作家创作的人物形象肯定多是与他自身的年龄相近的，随着作家年龄的增加，他作品中的人物和主人公的年龄也会增加。绵矢女士最初的作品是有关高中生的，现在的作品写的则多是与自己当下的年龄相近的人们的故事——可以这样说吗?

绵矢：最近的一部小说（《打开》）的主人公在年龄上又倒退回去了，是高中生。

沼野：原来如此。再过一段时间，会写年纪更大一点的人的故事吗？

绵矢：我觉得自己的注意力现在已经转到那个方向去了。写中学生恋爱的小说可能确实是令人愉快的，但有的时候总会有一些别的感觉冒出来，比如说，不自觉地就会更关注那些快三十岁的人们的恋情，会想，可能自己更擅长写那个年纪的人的故事。虽然可能只是一些脑海中的噪音，但这样一些感觉确实会浮现出来。

沼野：有关这方面的人物创作，我想请教一下绵矢女士，就是说，你会在多大程度上投注自己的影子到作品的人物上呢？创作过程中，你对作品中的人物会有感情投入吗？还是说，作品与你自己的生活是相隔甚远的。

绵矢：刚开始写的时候，故事里的人物与我自己的距离还是挺远的，但写着写着就与其合二为一了。那种感觉就像自己也曾有过那样的经历一样。

沼野：这样一来的话，还是会把自己的一部分投射到作品中去的吧？

绵矢：是的。虽然不是很想承认，但确实，在我的作品中能看到我自己的影子。比如说一个恋爱的故事，最后以失恋结尾时，我就会有一种跟主人公一样的心情，"哎，又被人甩了"。有的作家是这样的，他写的整个故事都与自己无关，都是创作出来的，我写作时，那种感觉就像自己变成了角色扮演游戏（RPG）① 的主人公，也活在故事里。

沼野：经过这样的过程写就的那些作品，如今正在为大众所阅读，也被翻译成各种语言介绍到其他国家。书里所讲述的，是绵矢女士你和你周围的那片小世界的故事，里面出现的人物也不能算多，与陀思妥耶夫斯基呀托尔斯泰等的小说相比，这些作品的主题规模上要小一些。但这些作品还是走出了日本，被送到了世界各国的读者手中，他们阅读着它，感受着它——当我想到这种情景是在跨越了语言和文化的障碍之后才得以实现的，就会觉得这是一件很了不起的事。

绵矢：怎么说呢。译本是有很多，但是否真的有很多人在读它们呢……不过，在韩国和中国，确实有很多跟我年龄相仿的人会读我的作品。

---

① 角色扮演游戏（Role-Playing Game），指在游戏中，玩家负责扮演这个角色在一个写实虚拟的世界中活动。

我的小说并没有很大的框架，是由一篇一篇的小文章构成的，这一点是否能够很好地传递给读者，需要我跟译者去沟通商量来共同完成，并非我自己能决定的。所以，大家对我的文章和小说感觉如何，我是有兴趣想了解一下的，但不知道从哪儿做起。

沼野：从村上春树的小说开始，日本文学开始进入世界各国读者的视野，但在这其中，极受欢迎、阅读量极大的作品其实只是很少的一部分。在这一点上，我觉得东亚和欧美两个地区在阅读需求上还是有很大不同的。东亚各国与日本在生活方式上相近，所以人们较容易理解日本作家在小说中所描写的生活，对于小说中的人物也容易产生代入感。因此，你的韩国、中国读者们，或许跟你在年龄上也是相近的。

绵矢：是的。有一次我去韩国，也参加了一次类似于今天的对谈这样的活动，聊了很多。当天来的听众，与我年龄相近的人占多数。在日本呢，年龄比我大一点点的人会多一些，但那次在韩国，来的基本上都是大学生。

沼野：绵矢女士的作品在日本都有怎样的读者群体，我还是不太了解——从年龄上来看的话，是各个年龄层都有吗？

绵矢：我的日本读者里面，"我懂那种感觉，是这样的"，有这种感想的女性相对来说比较多。经常有一些年纪稍微比我大一点的读者会跟我这样说。

沼野：你的书有好几册已经被翻译成法语了，英文译本有吗？

绵矢：还没有英译本。反倒是法语译本先出了，确实让人惊讶。我也希望能出英译本，但跟法语相比，貌似障碍比较多啊。

绵矢风格的小说创作方法

沼野：绵矢女士很年轻就在文坛上崭露头角，读高中时就获得了文艺奖，去年（2011年）秋天，文艺奖组织方以"出道10周年纪念"为题出版了绵矢女士的特辑。这么年轻就在文艺杂志上出了自己的特辑，这本身就是一件非常了不起的事。只是，你年纪轻轻的时候就斩获文学大奖，后来又在专业作家的道路上攀登至今，从某种意义上来说，这个过程看起来也像一个幸运女孩的成功故事。回顾这十年来的历程，你自己是如何看待这一点的呢？我想，过程里也会经历一些因为年轻才会有的痛苦吧。

绵矢：可能，在开始的时候我并没有意识到写作是这样一件需要持续不断、全神贯注地投入精力来做的事情。

沼野：你在高中时期并没有在创作方面体验到什么痛苦，很顺利地就把小说写出来了，或者说是有一股自然而然的力量推动着你写出来了——是这样的吗？

绵矢：是的。通过写作，一些在内心积攒已久的东西得以抒发，对那时的我来说这就足够了。但两三年后就不是这样了，之前对自己内在世界的挖掘这一过程带来的一些痛苦，慢慢显现出来。到了现在，我感到这些东西似乎沉淀下来了，就堆积在我内心深处的某个地方。

沼野：你在高中时期出道，那时候有没有想过今后要以写作为生呢？

绵矢：完全没有。当时只想着说，眼下这本终于写完了。

沼野：在获得芥川奖后你经历过一个没有作品发表的潜伏期。就是在那段时间里，慢慢地找不到那种流畅的感觉了吗？

绵矢：也不是这样，其实就是什么也做不了了，只能在原地踏步。用爬楼梯来打比方的话，我那时的状态就像是停在了一个台阶上。写啊写，写了很多，都不能尽如人意。在那段日子里，不要说设计一个故事的架构了，就连一篇文章的架构都想不出来。

沼野：写是有在写的，但转身就又被自己否定掉了——是这种感觉吗？

绵矢：有很多种情形吧。有的是开始写了，字数也越来越多了，以为就这样能写到最后了，但后来故事又结束不了。只凭感觉去写一个故事,就很难自圆其说;反过来,努力去把框架设计好了再写,这样写出来的故事又枯燥而无聊,读来味同嚼蜡。

沼野: 那时你还在早稻田大学读书,除了写小说之外,你的大学生活是怎样度过的呢?有很努力地去学习吗?

绵矢: 那时是熬夜写小说,天亮了就去学校上课,经常睡眠不足。相对来说,不在学校的那些时间对我更重要一些。

沼野: 我个人觉得,大学这个地方,或者说上大学的这个时期,正是一段可以充电学习、积累经验的好时期,从各种意义上来说,都是对创作有利的。

绵矢: 我觉得,不光是大学生活如此,大学毕业之后、学生时代结束以后的经历,对写作都很有帮助。

沼野: 有很多人也是年纪轻轻就凭借自己的才能得到了社会认可,走上专业道路,但一般来说他们也会因此受到一些不利的影响,就是他没有机会过普通人的生活了。比如从大江健三郎身上就能看到这一方面,年轻人的话,像平野启一郎,也是没有在一般社会上的公司里工作的经历。

　　绵矢女士你是什么情况呢?之所以问这个问题,是因为它有关一个作家的创作题材从何处而来。

绵矢：在这个事情上，以前我也曾烦恼过一段时间。那时，感觉自己的生活与工作之间完全没有了界限，这边做得开心了，就顾及不到那边。生活里有了烦恼就写不出东西来，而写不出东西来，又会让自己的生活更加灰暗。工作和生活两方面连接得太过紧密了，所以才会觉得烦恼。但如果太纠结这些，工作也就没法做了。所以最后就变成了按自己喜欢的样子来，想怎么过日子就怎么过。

沼野：最后反而就接受了这个现实，不挣扎了。

绵矢：是的。经常有人对我说，就把这件事当作是创作的资料，你不妨去尝试一下呢。但是，为了有利于今后的创作而做的事情，一般都不会太好玩。

沼野：是的。我自己也是如此，有时候读书是为了写书评，那时候就感觉不到这本书原本的有趣之处、读书这件事原本的有趣之处了。

绵矢：在那种情况下，无论做什么事，都会把写作当作一个借口。比如心里想，我会把它写在小说里的，就去玩吧。但是，一旦这样把写作和生活中的所有事情连在一起，真的常常是哪一边都会被腐蚀掉。现在觉得，人生是自己的，就好好去生活吧。

沼野：听了你刚才说的，我想起了你的作品《梦女孩》（河出书房新社，2007年，河出文库）。里面写的是一个美少女，作为明星过着"虚构的生活"。"写作时，你会在多大程度把自己的生活投影到作品中呢？"可能这是一个不礼貌的问题，但确实有时候会想，小说里那个少女的身上可能有绵矢女士自己的影子吧。这种理解是错误的吗？

绵矢：经常有人会这样说。但从我自己的角度来说，我自认为那部小说与我的个人生活是切割得最清楚的。主人公和我之间职业不同，年龄也不同。但是，听大家说得多了，我慢慢开始有这样的感觉，就是说，虽然写的时候我以为是把这个故事与自己的生活分开了的，但不知不觉中自己体验过的那些鲜活的伤痕也反映在小说中了，所以那些感觉敏锐的读者才会这样说的吧。

沼野：最近你陆陆续续发表了几部中篇小说，如《前任勿扰》《亲爱的闺蜜》（均收录于《亲爱的闺蜜》中）等，如果让你从中选一部自己最中意的作品，你会选哪个呢？当然有一种回答是，最好的作品永远是接下来的那一部。

绵矢：写的过程中最开心的，是《亲爱的闺蜜》。

沼野：那部作品虽然看起来像一部幽默小说，但亚美的男朋友是个很奇怪的人啊，总是一副很霸道的样子命令亚美做这做那，为什么亚美会喜欢上这样一个男人，真是很不可思议。看到他那种头脑简单的蠢笨样子，总是忍不住想笑。这个人物，是为了讽刺这种类型的人而事先设定好的吗,还是说在写的过程中,小说自己变成了那个样子?

绵矢:我身边并没有那种类型的人,我是在杂志上读到了,又对相关的用语做了一点点调查而写出来的。穿着玩街舞的那种衣服,个子小小的,骨瘦如柴,却故意做出一副大人物的样子。我原本是想把这个人物当配角来写的,但在创作的过程中,他在我脑海中的形象一点点丰满起来了。但在我这里他真的只是一个配角,所以听到有人跟我说这个人物写得很好时,会有种不可思议的感觉。

沼野:心情很复杂,是吗?

绵矢:是的。高兴还是很高兴的,但实在是有不少人跟我说这个人物写得好,我不禁会想:"真的有那么好吗?!"

沼野:这样说来,作品的内容中心其实还是亚美和坂木等女性之间的关系是吗?坂木是个美人,但亚美比她更漂亮,这两个人是好朋友,但又有互相竞争的地方。从某个方面来看,坂木似乎还被另一种欲望推动着,就是说,她想要拥有亚美。

绵矢:就是这种感觉,她原本以为自己是一个冷静的观察者,但回过神来才发现,不知何时自己已经被对方的魅力所俘虏了。

第四章　在太宰治与陀思妥耶夫斯基的作品中都能感受到的某种相同的气息　211

沼野：还有一些没有作为单行本出版的你的短篇作品，我觉得也非常新颖而有趣，之前也在自己写的时评中提及了。比如《人生游戏》（刊载于2012年8月《群像》）就很有意思，有没有打算把它们合起来出一本短篇集呢？

绵矢：打算明年（2013年）春天把这些小说做成一本题为《愤死》的合集（该书已于2013年3月由河出书房新社出版）。

沼野：《厕所告解室》也是一部很特别的作品，我觉得它并不单单是一个有关几对年轻男女的恋爱故事，里面还有其他的一些异质性元素。那些东西，还是体现出了绵矢女士你自己原本就有的一些喜好的吧。

绵矢：我喜欢读那种会让人感到毛骨悚然的故事，像恐怖小说之类的。确实我想在一部短篇小说里把这个部分写一下。

沼野：恐怖故事的元素，在你以前的作品中没怎么出现过吧。

绵矢：是的。篇幅长的故事我也想不出什么，那种短的，比如少女时期的一些奇怪的记忆等等这一类的，我想写一写。现在呢，呃，我对神的存在很感兴趣，想写一部短篇，在其中加入神的元素。

沼野：我们再回到作品名字的话题上。你作品的名字都起得有一

点微妙,有时候我甚至会觉得,你是故意给作品取一个有一点点偏离故事主题的名字。比如《勝手にふるえてろ》①《かわいそうだね?》② 等。《かわいそうだね?》里面的问号也是如此。不过刚才你也说了,作品的名字是在创作过程中慢慢确定下来的。

绵矢:或者说,我是凭语感来选一个自己喜欢的词作为书名的。我看重的与其说是这个名字是否适合作品主题,不如说是看它作为一个题目是否足够抓人。

沼野:我读了你最近的作品《ひらいて》③,非常有意思啊。这个题目是怎么定下来的呢?如果是为了提示之后情节的发展,那么"打开"这个词的确是很合适的,但就作品的内容来说,我觉得未必很切题呢。

绵矢:确实,这并不是一个能反映出小说整体内容的题目。之所以定这个名字,是按我自己的喜好来的。对平假名的"ひらいて"这几个字体,我有一种特别的情感。小说内容挺复杂的,写了很多人的感受和经历,就希望题目能用"ひらいて",简单一点。

沼野:这样说的话,之前你在《文艺》杂志上有一册特辑,上

---

① 中文书名《不想恋爱》,2014 年,广西师范大学出版社,袁斌译。
② 中文书名《亲爱的闺蜜》,2014 年,中信出版集团,胡菡译。
③ 书名意思的中文直译为"打开",该书还未有中文版本。

面刊载的《愤死》,也有一种此前你的中篇小说中没有过的味道,是一篇很棒的作品。怎么说呢,故事里会有一些激烈的东西时不时地、间歇性地出现。

绵矢:(写的时候)我的脑海中会有一些影像浮现出来。不光是恋爱,那种类似于瞬间的激情一样的东西我都喜欢,我想写那种因为执着于瞬间的激情而不惜赌上自己生命的故事。

沼野:你写过的这一类作品,收集整理起来足可编辑成书了。你应该快一点把它出版了。如果能作为一本短篇集出版,那一定很有影响力。如果只是作为短篇小说刊登在文艺杂志上,那么,这些作品还没怎么被人读到就离开人们的视线了。

如何描写那些激烈的情感

沼野:还剩下一点时间,绵矢女士,你还有什么话要跟在场的朋友们说吗?

绵矢:我有一个问题。读俄罗斯文学的时候,比如纳博科夫或者多斯特等的作品,我会感到里面有一股热情在升腾,有一些非常兴奋的情感充满其中。您觉得这些是从何而来的呢?

沼野:陀思妥耶夫斯基确实会给人一种这样的印象,以前就有人这么说他。不光是日本,世界上其他国家也有人这么说。比如有人说陀思妥耶夫斯基写东西的时候就像是染了热病一样,或者说他写作时对文章结构、缜密的逻辑等等统统都不管,只是一味地被热情驱赶着下笔。陀思妥耶夫斯基的小说有强大的能量,其中涌动着一些强烈的人类情感,读者在阅读时,会感到自己也被卷入其中了。我想,对这一点感到不适应的日本人一定是有的,欧洲人也会有。比如米兰·昆德拉这样有教养的欧洲人,他就说陀思妥耶夫斯基的小说里涌动着的那些可怕的人类情感,就像卷着旋涡的黑暗,毫无道理可言,让人心生厌恶。你问其中的热情从何而来,怎么说呢,如果把它归为俄罗斯人的国民性格,是太简单了一点,但是……

我想,绵矢女士内心也会有一些激烈的情感吧。怎样把这些激烈的情感在作品中呈现出来,每个国家,或者说每位作家都有自己独特的表达方式。就俄罗斯而言,这种文学呈现在 19 世纪的小说中达到了某个顶点。总之就是不断地甩出各种句子,如大河奔流江水滔滔,使用这样的句子来进行创作就可以了。因此在陀思妥耶夫斯基作品里登场的人物会不停地说话,一个人的台词甚至于长达两三页。在现在的日本,如果这样写小说的话,编辑们马上就会用红笔标出来要求修改。但是我想,在某些时代、某些国家,小说这样写曾是被允许的。

绵矢:那是一种在现代的日本社会中很少见到的、毫不吝惜的热情,我感到很震撼。在普通平常的对话里,一个人可以如此热情洋溢、滔滔不绝。虽然我对这种场景并不熟悉,但感觉到了一种只有小说才能呈现的动人的力量。

沼野：日本有一种倾向是，会对作品的语言进行打磨，有时候巧妙的删减反而会成就一种高明的表达。简明扼要的文章才是好文章——持这种看法的作家很多，出版社的编辑们也是这种类型的人居多。

但也会出现这种情况，就是，对简洁的追求抑制了表达。这样一来，作为文学来说，整部作品就变得无趣而枯燥。但若因此大家就一窝蜂去模仿陀思妥耶夫斯基，就能写出好作品吗？好像也不能一概而论。作为一个研究俄罗斯文学的人，如果有什么是我可以说的，那就是，我希望作家们对自己心存一种了解，这种自我了解使你在面对类似"这个世界上已经有陀思妥耶夫斯基、托尔斯泰这样的伟大作家了，我还要写小说吗"这样的问题时，仍可知道自己写作的意义。哪怕最终你选择的是一种（与陀思妥耶夫斯基）完全不同的创作风格，那也没关系。我期待绵矢女士有一天能够写出这样的好作品——这部作品是如此之好，以至于如果陀思妥耶夫斯基仍然在世，你可以把这部作品拿给他看，问他"这是我写的，你觉得如何"，并博得他的赞许。

绵矢：这真是一个极高的衡量标准啊，但又很让我向往，想一想就会很开心呢。谢谢您，我会努力的。

沼野：好的，接下来是会场的听众朋友们提问的时间了。首先，研究美国文学的专家都甲幸治先生今天也来了，请谈一谈您的意见和感想。

(都甲幸治在会场的掌声中从最前排的座位上站起来)

都甲：绵矢女士的作品我大概读了有三部。但问题太多了恐怕会让在场的朋友们对我心生厌恶，因此就长话短说，只问大概一个半问题吧。

您的小说中有很多暗恋的故事，绵矢女士您是喜欢暗恋吗？

绵矢：不喜欢。这还用说嘛，放到现实中的话，当然两情相悦最好了。在我自己的感觉里，暗恋是一件不得已的事情。可以的话，我也想拥有那种两个人彼此相爱的恋情。

都甲：您对关西方言是如何看待的呢，可否请谈一谈。

《前任勿扰》是一本很有冲击力的小说。在小说的高潮部分有这样一个场景，眼看主人公就要被逼到极点，从而将那些一直忍耐并积攒下来的情绪一口气倾倒出来，突然他听到了一个微弱的声音（用关西方言）在说："你要怎样，要怎样……"主人公一开始以为这是哪里的一个老男人发出的声音呢，但马上他就意识到，这是来自自己内心的声音。当他意识到这一点时，那个声音也一点点越发清晰："你要怎样，要怎样，你到底要我怎样呢！"最后他自己也真的怒吼出了这一句"你到底要我怎样呢！"从而情绪爆发。

这个情节非常精彩，因此我想听一听绵矢女士是如何看待关西方言的，它是一个需要压抑的对象吗，还是说实际上自己也很想说关西方言？

绵矢： 当我从压抑的情绪中放松下来，或者当自己内心的声音出来的时候，家乡话、也就是关西话就会脱口而出。一般来说，平时即使我人在关西，说的也是标准日语，但是发怒生气、骂人的时候，关西话就会冒出来了。内在真实的自己出来的时候，从小就说惯了的关西话就会出来——这无论在现实中还是在小说里，都是一样的。

都甲： 今后，您是否有可能走织田作之助的路线呢？①

绵矢： 其实我个人很喜欢标准日语，对标准日语有偏爱之心，可能的话，我会在自己的创作中把标准日语放在一个重要的位置。

沼野： 提到关西方言，现代作家川上未映子②女士、町田康③先生等作家的创作基础中就有大阪方言的成分。川上女士初期的实验性作品基本上都是关西方言，从《天堂》（讲谈社，2009年，获紫式部文学奖）开始，她的创作进入了全篇都是标准语的长篇小说时期。绵矢女士是否有这方面的选择，或者说计划上的考

---

① 织田作之助（おださくのすけ，1913—1947），小说家，日本战后文学无赖派代表人物之一，作品多描写日本大阪的平民生活。这里指用关西地区的方言创作。
② 川上未映子（かわかみみえこ，1976— ），日本大阪府歌手、作家，凭借《乳与卵》获芥川奖。
③ 町田康（まちだこう，1962— ），出生于日本大阪的歌手、作家，凭借《断断续续》获芥川奖。

虑呢？

绵矢：没有什么计划。有一些东西要出来的话，最终它自然就会出来的，或者说一下子就出来了。

沼野：接下来把提问的时间交给会场的听众们。

提问者 A：我喜欢把自己读过的书都收藏起来，绵矢女士您喜欢收藏自己读过的书吗？

绵矢：我有在收藏。一个是因为扔了会有罪恶感，另一个原因是觉得，虽然现在不读了，但将来有一天也许工作上会用到呢。只是我家里，还有老家已经到处都堆满了书，哪天该整理一下了。

提问者 A：刚才听您说很喜欢太宰治，太宰治没拿到的芥川文学奖您拿到了，对此有过什么感受吗？

绵矢：我的感受是这样的——明明自己跟太宰治实力有别，却拿到了芥川奖，真是抱歉啊。虽然这样说有点奇怪，但心情的确很复杂。太宰治曾经在某篇文章里说过他真的很想拿到芥川奖，而且无论从哪方面考虑他都比我优秀，我拿到了，他却没有拿到，对此我会感到有一点不可思议。

提问者 B：有很多女作家说自己的创作受到了《安妮的日记》

的影响，您读过这本书吗？

绵矢：是的，我读过。不过不是完整版，是儿童文库本。（读了这本书后）我开始对犹太人的历史感兴趣。要说这本书是否影响了我的小说创作，我自己不太有这种感觉，但此后我对战争类的书有了兴趣。

提问者B：请谈一谈这本书中让您感兴趣的地方。

绵矢：比如说其中淡淡的恋情，此外，书里有一个场景是安妮偷偷地把食物藏起来。——虽然知道她当时的处境极为艰难，但读到这样的情节我还是会感到特别兴奋。可能是因为偷偷做的缘故吧。书里这几处地方给当时还是小孩子的我留下了特别深刻的印象。

提问者C：手边的资料上有绵矢女士推荐的三本书，我希望您能就此谈一谈。此外，不是欧洲，不是俄罗斯，也不是日本，而是在亚洲文学方面，有什么让您比较在意的地方吗？同样的问题也想请沼野先生回答一下。

绵矢：首先是《小妇人》。从中可以了解美国人的生活。从故事的规模上来说，它属于家庭故事，而且出场的人物都是女孩。但是你能从中特别清晰地感受到一种生活的气息。身在日本，足不出户就可以品味美国中流家庭的氛围，我喜欢它这一点。

然后是《杰凯尔博士和海德妹妹》，这部作品写的是主人公吃了药物变成双重人格的故事。我觉得，即便是没有药物的帮助，世界上也会有这种人存在。我想有很多人在读这本书之前就曾经听说过"像杰凯尔和海德一样"这个说法，这本书描写的就是同一个人内在的两面性。我忍不住会想，那些犯下杀人罪行的人，在他们身上所发生的是否就是这样一些过程呢？这部小说的写法充满神秘气息，又是围绕人的心理展开的，我很喜欢它这一点。

《鸫》，主人公是一个喜欢搞恶作剧、把周围的人都闹翻天的美少女，但故事本身的基调是很善良的。若是一个人从小就读吉本芭娜娜的书，她就会成长得非常乐观，就是说，跟陀思妥耶夫斯基不同，读她的书会让人觉得这个世界是充满善意的。中学生读了，会觉得周围的世界都明亮起来。挺好的，适合他们看。

此外还有一本，不过不是亚洲文学，而是属于美国文学了，叫作《所有悲伤的年轻人》，是菲茨杰拉德的一本短篇小说集，书中透出的情感非常丰富、天真，一看就是男人写的小说。非常有意思，也推荐给大家。

沼野：好的，接下来说一下我推荐的那三册书。首先是绵矢女士的《欠踹的背影》，为了向对谈嘉宾表达我的敬意，三册里边我放了一本绵矢女士的作品。这个推荐书单是针对十几岁的年轻人选出来的，可能不适合今天在座的各位。具体来说，《欠踹的背影》是绵矢女士在很年轻的时候写的一本杰作，从中可原汁原味地感受到作者那种未经世俗浸染的纯粹又清新的感性有多好。

但是，对于年龄稍长一点的读者，我推荐《前任勿扰》和《亲爱的闺蜜》。这两部小说在绵矢女士近期的作品中也属杰作。

《小王子》（圣·埃克苏佩里）有岩波书店的内藤濯译本、集英社文库的池泽夏树译本等多个译本，野崎欢译本忠实地再现了原文题目的意思，译为《小小的王子》。这是一本古典名作，其实并非是儿童读物。从文学的方面来说，因为有多个译本，比如书中有一名句，"真正重要的东西，眼睛是看不见的，要用心去看"，对比一下每个译本分别是怎样翻译这一句的，就会切实感受到，翻译这件事情非常丰富而有趣，是不能用一个标准去要求的。

第三本是俄罗斯小说《初恋》，写的是年轻人的恋爱故事。这本书有一种赤裸裸的真实，对青少年读者我不是很推荐。小说很好地呈现了恋爱中的那种支配与被支配、充满了施受虐色彩的男女之间的关系。

再加上亚洲、非洲的话，就有更多可推荐的了，其实我对魔幻现实主义文学是很感兴趣的，比如马尔克斯的《百年孤独》，非洲小说有阿摩斯·图图欧拉的《棕榈酒鬼》，这两本都很推荐。后者写的是非洲的神话世界。

此外，接下来我说的这本书可能不太有人知道，生活在西伯利亚的少数民族、楚科奇作家雷特海乌的《鲸群离去》。这真的是一本非常棒的具有神话色彩的故事，说的是曾经有一个时代，人类的祖先是鲸鱼，但是人类对鲸鱼做了很糟糕的事情，鲸鱼离开了，此后人类就陷入了不幸。它描述了一个神话般的世界，是非常棒的故事。

好的，接下来继续请在场的听众朋友提问。

提问者 D：您有过这样的时候吗，就是，心里有个声音说"我必须得把这些写下来"，然后就跟随这种感觉开始创作。

绵矢：有时候在日常生活的某个瞬间，脑海中会浮现出一些自己很喜欢的词句，因为很想把这些词句倾吐出来，所以我就会想自己得写一部小说（以便有机会把这些词句说出来）。

提问者 D：今后您也会继续这样进行创作吗？收集一个个上面所说的那样瞬间的所思所想，并把它们写下来。

绵矢：是的。一件事一件事，比如说，这个地方想这样写，想描述一个这样的场景……我觉得自己就是这样把一些细小琐碎的环节一点点积累起来而写小说的。

提问者 E：与沼野先生看法不同，我觉得《ひらいて（打开）》这个题目很好呢。小说写了很复杂的人际关系，但题目又是"ひらいて（打开）"，它给我的一个印象是，故事的未来是充满希望的。日本的年轻人现在处在一种无路可走的闭塞状态。因此也想请绵矢女士谈谈自己所认为的日本的希望在哪里，特别是对现在的年轻人，您有什么想说的吗？

绵矢：我在写最新的那部小说时，思考过"希望"的问题。写

《人生游戏》时，也想过一些。我觉得，多建立一些可以让你坦率说出自己内心所想、也可以让对方坦率向你说出他内心所想的那样一种关系，就会带来希望。虽然近在咫尺，彼此之间却横亘着一道高墙，虽然通过网络或邮件彼此保持着联系但却无法说出内心的真实所想，这样的话，关系就会越来越闭塞，从而无路可走。无论那是怎样的一种内心的声音，都可以跟他说出来——哪怕是一个也好，多去发现这样的朋友，可能就会走向希望吧。

提问者 E：您刚才说的这一点，与叫作"ひらいて（打开）"的这个题目，是相关的对吗？

绵矢：是的。刚才我说的那些，假如用一个简洁的词来表达的话，我觉得可能就是"ひらいて（打开）"吧。

提问者 F：我想听一听，您二位分别是如何看待彼此的。绵矢女士的创作风格是那种自然地去描写和展开故事的，而沼野先生喜爱的是超现实主义、魔幻现实主义，还有奇谈类的故事。在绵矢女士眼中，沼野先生是怎样的一个人呢？

绵矢：我读了沼野先生翻译的纳博科夫等的很多作品，这些译著的行文严谨缜密，这一点非常吸引我，我希望有一天自己也能写出像沼野先生一样凝练的文章。

《人生游戏》中我写了一个略怪异的、多少有一点科幻色彩的故事，对这样一部作品，沼野先生说他觉得这部作品不错——

因为喜欢它的人很少，所以我感到，沼野先生确实是一个喜欢看那种不可思议的奇妙故事的人啊。再有就是，沼野先生对我小说中那些让人心生恐惧的部分也给了积极的肯定，我非常开心。恋爱类的小说我就不知道是否适合沼野先生的口味了。以上就是我个人的一些所感所想。

沼野：我倒也不是不喜欢恋爱小说，只是我也到了这把年纪了（恋爱小说读得再多又能怎样呢）。因为我写时评专栏，所以不用特意去找也得读很多恋爱小说，所以有时候会心下嘟囔两句，说，可不可以也写一写恋爱以外的故事呢。

确实，我有时会做一些科幻小说的翻译，也喜欢读科幻故事、奇闻怪谈类的故事，但绝不是不喜欢读现实主义的东西哦。绵矢女士写的是发生在现代日本的故事，描述的是年轻人的生活，在技巧上来说她虽然是现实主义的，但是——包括《前任勿扰》《打开》在内，她在小说中所描述的那些事情真的会在现实中发生吗，或者说，那种情景设定真的会出现吗？不可能的。在她的小说中，有很多地方都给我这种感觉。从这个意义上来说，我觉得绵矢女士并非是一个单纯的现实主义作家。

此外，在短篇小说中，她对那些不可思议的事物的兴趣得到了充分的展现，最近这方面已经有很好的作品面世了。因此，如果绵矢女士继续在这个方向发挥自己的才能，应该也能写出很棒的作品的。对此我充满期待。

谢谢。

作者篇

第五章
以日本语，写中国心

——杨逸与沼野充义的对谈

亚洲文学的世界性

杨逸

1964年生于中国黑龙江省哈尔滨市。1987年赴日本留学，毕业于御茶水女子大学教育学部地理学专业。先后做过在日华人报社的记者、汉语教师，2007年以《小王》获日本文学界新人奖。2008年作为第一位非日语母语的外籍作家，以《浸着时光的早晨》获芥川文学奖，此后以写作为业，展开了积极的创作活动。作品有《金鱼生活》《牛锅》《好吃的中国——酸甜苦辣的大陆》《阳光幻想曲》《狮子头》《给孔子的建议——中国历史人物月旦》《杨逸读〈聊斋志异〉》《流转的魔女》等。

●**沼野充义推荐给年轻读者的中国文学 5 册+1 册**

①《唐诗选》(前野直彬注解,岩波文库等出版)

②蒲松龄《聊斋志异》(立间祥介译,岩波文库/柴田天马译,筑摩学艺文库等)

③鲁迅《故乡/阿Q正传》(藤井省三译,光文社古典新译文库等)

④莫言《酒国》(藤井省三译,岩波书店,1996 年)

⑤北岛《北岛诗集》(是永骏译,书肆山田,2009 年)

(番外)杨逸《浸着时光的早晨》(文春文库,2011 年)

●**杨逸推荐给年轻读者的日本文学 3 册**

①林芙美子《放浪记》(新潮文库,其他)

②深泽七郎《楢山节考》(新潮文库)

③谷崎润一郎《细雪》(中公文库,其他)

作为一种微妙的异物的日语的魅力

沼野：杨逸女士是第一位获得了芥川文学奖的用日语写作的在日华人作家。除了杨逸女士之外，像这样不以日语为母语、但以日语为创作语言的作家，最近在日本文坛得到认可的例子也多了起来，（伴随这种现象）甚至还出现了一个词，"非母语文学"。去年（2012年）在京都的国际日本文化研究中心，还由郭南燕女士牵头召开了有关非母语文学的国际会议①，其中杨逸女士是日语方面的非母语文学的代表。我认为她是一位非常棒的作家，此前也在自己的文学时评中多次提到她的作品。今天先由我以讲座的形式来谈一谈我们该如何看待这种现象，之后请杨逸女士具体来说一说。

杨逸女士是一位用日语写作的中国籍作家。最近，作为写作者活跃在日本文坛的中国人挺多的，比如用汉语和日语进行诗歌创作，并以诗集《石头的记忆》获H氏奖的田原。研究者、学者当中，大家比较熟悉的中国人有从事比较文学研究的张竞、刘岸伟等，他们都是在日本拿到了学位，用日语进行写作。中国人学习并掌握了日语，然后在日本从事写作，这样的先例还是蛮

---

① 此后会议论文集也出版了，郭南燕编著《作为双语的日语文学——处在多语言多文化之间》，三元社，2013年。——作者注

多的。

除了中国籍作家之外,近期也有来自其他国家的、用日语创作的作者崭露头角。比如,席琳·内泽玛以《白纸》(收录于《白纸》,文艺春秋出版社,2009年)获文学界新人奖,她是一位1979年出生的伊朗人。对她来说,日语不是母语,是后来习得的语言,杨逸女士也是来到日本后才真正开始学习日语的,两个人的起点都很晚。

有关席琳·内泽玛我再多说几句。她的小说《白纸》,故事发生的地方是两伊战争时期的伊朗。主人公是一位从德黑兰来避难,并进入当地学校学习的少女,小说描述了在那些随时可能来临的空袭威胁下提心吊胆活着的日子里发生的男孩女孩们的青涩恋情,可以说是一本青春小说吧,呈现了在某种极限状态下拼命地学习、认真地恋爱的年轻人的生活。

但是就席琳·内泽玛的情形而言,在她的这部名为《白纸》的作品中,日本或者日本人完全没有出现。也因此有人觉得不可思议,写两伊战争下的伊朗和伊拉克人的故事,会有必要特意使用日语吗?也就是说,人们有一个朴素的疑问,即对于席琳·内泽玛女士来说,用日语写小说意义原本在哪里。在这一点上,杨逸女士的情况又是怎样的呢?

杨逸女士的芥川奖获奖作品《浸着时光的早晨》(文艺春秋,2008年,文春文库),故事从一位中国的年轻人考入了某地方大学开始。对于主人公来说,能考上这所大学本身就是很不容易的事,所以他非常开心,入学后学习也非常努力。但不久中国发生了一起政治事件，这个年轻人被卷入了民主化运动当中，先后经历了被逮捕和退学，此后他来到了日本，开始了自己在异国他乡的生活。小说中，杨逸女士以她极有魅力的文笔描述了这样一位中国的年轻人的故事。

小说对这位中国的年轻人和他所经历的生活，以非常直接的笔触进行了描写，读来不由得让人感慨，是的，这就是青春啊！而在现在的日本已经很难看到这样的青春故事了。如果不避嫌地用一种带有刻板印象的说法就是，青春、爱与革命，这些元素毫不避讳地交织在一起，而这样的故事里，有着现在的日本文学正在慢慢遗忘的某种令人怀念的东西，这一点，正是这部小说的魅力所在。

上面提到的另一位用日语写作的外国作家席琳·内泽玛女士是伊朗人，从某个意义上来说她还没有完全适用日语写作，与此不同的是，杨逸女士本身就是汉字文化圈出身，日语非常娴熟，有时甚至会让我觉得，她的日语水平在日本人之上。可能是因为汉字的发源地在中国吧，我在读一些中国人写的日语文章时经常有上面说的这种感觉。比如田园先生的诗作，我就有这样一种印象，就是说，他对于汉字的使用比日本人更加有力量。

《浸着时光的早晨》这本小说呢，我在自己的文艺时评中也写过关于它的文章，它最初刊登在《文学界》杂志的文本，与后来成书单独发行时的文本，日语表达是略有差别的。关于这一点，接下来我还会请教杨逸女士本人，就是说，刊登在《文学界》时的文本，有那么几处汉字的使用方式是不太符合日语习惯的，那些地方引起了我的注意。说"引起了我的注意"，并非是不好、不对的意思,反而是说,那几处(与日语的习惯说法)有着微妙不同的汉字的使用方式,让我感到非常新鲜。但是在作为单行本出版时,这几处地方都变成了普通的司空见惯的日语,这甚至让我觉得有些遗憾。

总之,就杨逸女士而言,她是一位以汉语为母语的中国人,然后用日语进行文学创作,在她娴熟的日语中,会有那么一些地方与我们日本人平时用习惯了的说法有微妙的不同之处,而如何看待这些微妙的差别,可能就见仁见智了。在我看来,这些微妙的违和感才是最难得的,但有的人就不喜欢这一点。

通往世界文学的两条道路

沼野:有人非常看重日语的纯正性,那么在这样的人看来,外国人用日语写作时,只要与日本人写的那种规范的日语略有不同,就会从民粹主义的立场上说:"这是胡来。简直玷污了日语。"哪怕是现在,这样的人也还是有的。但我觉得这种想法是不对的。

语言是有生命的。一门语言,如果只是在一个缺乏多样性的、狭窄封闭的世界里不断地自我循环的话,不需要太长时间就会衰弱甚至衰退,继而走向灭亡。看一下日语发展的历史很容易就会明白,在漫长的过程中,日本人从其他国家输入了各种各样的文化,日语本身也不断地发展变化,而生活在这个时代的我们,就身处这一变化的潮流中并使用着这门语言。

日语在其发展过程中,首先是受到了来自汉语的巨大影响。

现代的日本人，若不使用汉字词就无法用语言表达。也就是说，没有汉语的影响，就不可能有现在的日语。近年来，由于以英语为中心的欧洲语言的涌入，许多人都在感慨片假名词语①的泛滥，当然我也在这方面做了自己的努力，尽量不过多使用片假名词语。我是这样理解这个现象的，就是说，在语言不断变化的巨大的潮流中，片假名词语的增加也成为了当下一个无法消除的重要因素，将继续改变日语现有的样子。

吸收一些异质的东西，从中获取新的力量，这个过程与其他有生命的有机体是一样的，即使是语言，（它也是有生命的）也没有什么不同。我认为，没有必要去害怕那些会给我们带来多样性的所谓异质的东西。

放眼世界来看，二十世纪以后，那种超越语言和文化的边界线，将自己的创作语言从母语变为其他语言的作家并不少见。比如弗拉基米尔·纳博科夫，他从俄罗斯逃亡到美国，以俄语和英语双语打造了一种犹如魔法一般精致的语言艺术。此外，还有塞缪尔·贝克特②、米兰·昆德拉、约瑟夫·布罗茨基③等人，都是以两国语言开展创作活动的双语作家。

然而，日语的情形又是怎样的呢？长时间以来，日语被看作是日本人专属的语言，一个外国人，无论他能说一口多么流利的

---

① 片假名，日语表音符号的一种，日语中的外来语多用片假名来书写和表达。此处指日语中外来语的大量增加。
② 塞缪尔·贝克特（Samuel Beckett，1906—1989），爱尔兰作家，精通法语与德语，荒诞派戏剧重要代表人物，1969年获诺贝尔文学奖。
③ 约瑟夫·布罗茨基（Joseph Brodsky，1940—1996），俄裔美国诗人、散文家，1987年获诺贝尔文学奖。

日语，也是无法用日语进行文学创作的——这样的观念根深蒂固地存在着。对这一固定观念首先进行挑战的是英雄。利比·英雄在九十年代以《听不到星条旗的房间》（讲谈社，1992年，讲谈文库）登上日本文坛，他是一位持续以日语写作的美国作家。他与我的对谈收录在日文版《东大教授世界文学讲义1》（沼野充义编著，光文社，2011年）一书中。因为名字里有"英雄"二字，不了解的人会以为他是日裔美国人，其实并非如此，这是一位以英语为母语的犹太裔美国人。

利比先生曾写过一本评论集《日语的胜利》（讲谈社，1992年），其中他说："（这世界上）出现了一个像我这样并非生于日本长于日本、却用日语来表达自己的人，这正意味着日语的胜利。"

听到"日语的胜利"这个词，我们很容易就想到日语走向国际化、在全世界普及的意思，但利比说的并不是这个。在他看来，日语包容了自己这样一个异端的存在，而这样一种可变通的灵活性，才是他所说的"日语的胜利"。当然，虽然话是这样说，但跨越一种语言的障碍其实并非易事。

我喜欢看相扑比赛。人们称相扑是日本的国技，但现在日本的相扑界，占据其核心的多是蒙古人力士，此外还有爱沙尼亚人、格鲁吉亚人、保加利亚人等其他国家的人。可能有人会对此感慨不已，但现实已经是一种再感慨也无济于事的状态了。不提白鹏①而谈论现在的日本相扑是不可能的。

在现代的日本，非日语母语而以日语进行文学创作的人，除了刚才提到的几位还有很多，以至于产生这样的疑问也没什么好奇怪的——是否会有那么一天，日本文坛也会像大相扑界一样，由非日本人作家占据主流呢？比如话剧《如果与父亲一起生活》（井上靖，1994年）的英文译者、因为与井上靖的交流而为人所知的罗杰·裴费斯，以《一见先生》入围芥川文学奖的瑞士人大卫·佐佩蒂，作为诗人、随笔作家近年来活跃在文坛的阿瑟·比纳德（诗集《左右的安全》，集英社，2007年。获山本健吉文学奖）等人（在日本文坛都有其一定的影响力）。

我所供职的东京大学于2007年开设了一个新的研究方向"现代文艺理论"，我是核心的工作人员之一，此外还有乌克兰人、波兰人、中国人、美国人等等来自各个国家的年轻留学生，他们与日本学生一起，用日语阅读吉本芭娜娜、多和田叶子、石川淳、小岛信夫等五花八门各种各样的日本作家的作品，用日语进行讨论，不停地写相关的日语论文。就是这样一种状态。

日本作家多和田叶子女士则与此相反，她从日本去了德国，用德语写作。这位多和田女士关注到了这一点，就是说，在现在的世界各国，有不少作家在用母语之外的语言写作，她将这种现象称为"exophony"。这是一个不常听到的词语，多和田女士用它来表示"走到母语之外的世界、用母语之外的语言写作"

---

① 白鹏，蒙古人，原名达瓦扎勒格尔，日本相扑选手，1985年3月11日出生，2007年获得日本相扑的最高称号横纲。2017年7月，白鹏赢得了他职业生涯中第1048场胜利，刷新了通算最多胜利纪录。2019年取得日本国籍。

（《Exophony：走向母语之外的旅程》，岩波书店，2003年，岩波现代文库）。多和田女士本身就是一位走出了母语日语的世界，在日语之外还用德语创作的作家，她在国际上享有很高的声誉，甚至超过了日本国内的评价。常听闻她在世界各地参加朗读会，在欧洲知名度也很高。

用母语之外的语言进行创作，其意义何在呢？仅就现在活跃于日本文坛的外国人作家而言，首先要说的是，他们通过自己的作品，给渐渐埋没于日常而愈加狭窄的日语表达框架带来了新的光芒，为日语的多样化做出了贡献，并使日语变为一种开放、强大而又丰富的语言。从这个意义上来说，我非常喜欢杨逸女士写的日语，有很多有趣的地方值得品味。比如有些日语表达，按照日本人的思路一般是不会那么说的，像一些有关食物的比喻啊等等，小说中这样的地方有很多。

第二点，现代的日本人囿于每天眼前的日常而逐渐忘之于脑后的一些、可以称之为宏大叙事的东西，由这些作家从日语之外的世界带回了日语中，这极有可能会给日本文学带来一种强烈的刺激。《浸着时光的早晨》写的就是一个被我们日本人逐渐遗忘的，一个年轻人生活着、恋爱着、工作着并走出故乡的故事，让我们再次感受到，啊，是的，强有力的宏大叙事，就是眼前这小说写的这样的啊。这是一本可以给读者带来很多启发的小说。

日语的世界里出现了非母语作家——通过这件事我们要讨论的不是这位作家日语的好坏等技术性问题，而应该是上面所说的这种深刻的、宏大的、本质性的问题。一提到日本文学的国际化，人们很容易就会片面地以为它指的是日本作家的作品在世界各地拥有大量读者。因此从方向上来说，就会止于一个片面的印象，诸如大江健三郎获诺贝尔文学奖而享誉世界、村上春树作品受到世界各国的读者的欢迎，等等，总之就是日本作家走出日本、走向世界的意思。但其实，反方向的国际化也是可以有的。正如我今天向大家所介绍的，有一些并非以日语为母语的人，正在通过自己以日语为创作语言的写作，进一步丰富着日本文学。也就是说，有一些人从日语之外进入了日语的世界，这一方向的国际化也同时在进行着。我认为，只有当我们关注到从内到外、从外到内这两个方向的国际化正在同时进行时，才可谈论真正的国际化是什么。

好的，以上简短介绍就是今天的导入语。接下来将进入我和杨逸女士对谈的时间。

同样是汉字，却又如此不同

沼野：杨女士您好。在日本文坛，非以日语为母语却用日语写作的作家最近越来越引人注目，您也经常被邀请与利比·英雄、席琳·内泽玛等人坐在一起对谈，或者出席一些类似的场合。对于人们给您的这样一种定位，您自己是什么感觉呢？

杨：我喜欢跟人聊天，所以像这一类的对谈，无论对方是谁，我都很乐意出席，没有想太多。

沼野：有没有那种总是被归于一类的感觉呢？比如说，总是在某种猎奇的视线里，（跟其他人一起）被统一地看作是以日语创作的外国人作家？

杨：也有的。但我觉得，这也是没办法的事。

沼野：今天有很多问题想请教您。首先，杨逸这个名字是您的真名吗，还是？

杨：是笔名。

沼野：来自汉字文化圈国家的人，在日本工作时——就像刚才提到的田原先生也是这样的——有一个惯常的做法是，不按中文原本的发音来称呼自己的名字，而是使用日语中的汉字的读法。我在电脑上写文章、打出杨逸女士的名字时，就是以日语的读音"you itu（すういつ）"来直接输入的，但您还是希望人们按照中文的读音"yang yi"来称呼自己，是吗？

杨：对这件事我是这样想的——我觉得日语是一种非常灵活的语言，即使某个人的名字或者读音并没有出现在字典上，但如果你想用片假名来读它，也行得通。以前我听过这样一个故事，虽不是什么笑话，（但也确实挺有意思的）——有一本书叫作《日本人的姓名》，里面提到了一个笔画最少的名字，叫作"一一"，这个名字用日语怎么读呢，姓读作"ni no ma e"，名读作"ha ji me"。① 怎么看都觉得这很搞笑吧，但日语就是这样，你希望人们用哪个发音来称呼自己，人们就会那样做的。

若按照汉字的日语读法，"杨逸"一般会读作"yo itu"②，但我不想做"一般人"啊，就把这个名字读作"yang yi"。我喜欢这个发音。我的日本朋友都很明白我的心思，没有人叫我"yo san"③，反倒是在日本的那些中国朋友，会叫我"yo san，yo san"。所以说，中国人经常只看汉字来判断一个词的日语发音，不太看汉字上标注的假名是什么。在日中国人有些可能不是很懂日语的缘故吧，在对待日语的态度上也就没那么细致用心。

沼野：日语的形成呢，从历史上来说与中国有着深远的关系，汉字就是从中国输入到日本的。但在这之后，日本人是如何使用汉字的呢？我们来看一下。其实在最初，日本人并没有考虑到如何用汉字表示自己的口语这个问题。也就是说，日本人一开始是把汉字当作表意文字来用的，并没有把它看作是一种表音符号，至于汉字怎么发音，最初也没有什么特别的想法，在日语的语境下，人们喜欢怎么读就怎么读，都没问题。但这样一来就会出现

---

① 该处的"一一"，是数字"一"的重叠。笑话中第一个"一"的读音"ni no ma e（にのまえ）"，直译是"二的前面"，并非惯常读法，有戏谑之意。第二个"一"，读"ha ji me（はじめ）"，则是日本人名中常见的读音。
② 按照日语中的汉字对应的发音，"杨逸"的读音为"yo yitu（すういつ）"。文中杨逸女士希望自己的名字不用日语读法，而是使用中文拼音的读法，"yang yi（ヤン·イー）"。
③ "yo san"此处是按照日语的发音称呼姓"杨"的人。

一个问题,就是,如果汉字的读音太过随意的话,其他人也不知道你说的是什么,就容易混乱,因此日本人才规定了汉字的一般读法。结果就是,一个汉字有多个训读的读音。

杨:但是呢,沼野先生,日语中也有一个万叶假名的时代,是用汉字来表示日语单语的发音哦。然后还有,日语有时候会把"野猪"写作"十六",① 不懂算术的话就不会读这个字呢——这个现象也很有意思。

沼野:确实如此。像万叶假名那样使用汉字的做法,现在也还有,一些年轻人会用"夜露死苦"来表示日语中"请多关照"的读音。② 这汉字用得也真是任性呢。但是一般来说,由于汉字的笔画比较多,用来表音很不方便,于是日本人才发明了平假名和片假名。在这方面日本人还是颇为心灵手巧的。汉语中原来没有"假名"这样(表音)的部分,所以在中华人民共和国成立之后,中国人努力推动了汉字简化的工作。笔画太多的话,汉字用起来还是挺麻烦的吧。

杨:简体字的出现是有这样一个背景的,1949 年新中国成立,

---

① 日语中野猪为"いのしし(i no si si)",万叶假名写作"四四(しし)",即四四相乘得十六。万叶假名是汉字传入日本初期借用汉字来表示日语发音的一种表记方法。
② 此处"夜露死苦",是日语中的四个不相干的汉字拼凑在一起,无具体含义,仅用来表音,读作"yo ro si ku(よろしく)",音同"请多关照"的日语发音。

由于国家文盲比例较高,很多成年人都不识字,中国为了推动成年人的教育才把汉字简化了。如果从小就开始学习的话,汉字也并不是多难记,但是成年后再识字,就不那么容易了。

沼野:中国曾经还有过一个动向,想要废除汉字,像罗马字母一样全部使用拼音文字。

杨:有一段时间,中国确实有过这样一个动向。对此很多人都持反对意见。因为,若是汉字字母化了,就没什么意思了。近现代以来中国曾经有过三次汉字改革。

沼野:哦,您是说,把汉字改得过于简单了也不是什么好事,对吗?社会主义中国成立以后,不只是大胆地引入了简体字的使用,还把书写的格式由竖写全部变成了横写。对这一点,当时人们没有反对吗?

杨:现在的情况是,中国台湾出版的书都是竖写,中国大陆的书则都是横写。从竖写变为横写,原本也是成人教育的一个环节。对我个人来说,横写的格式阅读起来更方便。现在想来,世界上所有使用字母的国家,采用的都是横写格式。

沼野:国际上来说,横写是一个标准做法。就日语而言,一直到现在,竖写的传统还是很浓厚的。日语中竖写和横写的问题挺复杂的。与中国一样,现在日本人的日常生活中,横写是占绝对优势的，比如今天在座的各位热心听众有几位是在做笔记的，我想这基本上应该都是横写。然而报纸和小说当中，竖写就是主流了。偶尔也有人会特意采取横写的格式，比如水村美苗的作品（《私小说：从左到右》），里面夹杂了西方的文字，它就是横写的。以横写格式出版的小说是非常少见的。在日本人看来，文学这种东西，一般来说就该是竖写的。

中国人在读小说时，也会觉得横写是理所当然的吗？

杨：在中国大陆是这样的，人们觉得横写是理所当然的。从竖写的历史来看，以前是用墨和毛笔书写，横写的话会很难看，没法写，所以是竖写。

沼野：日本虽然从中国学来了汉字，但用来表音的"假名"，却是日语中独有的。"假名"，就是"假"借的"名"字，意为并非原本的东西，是借来的。与此相对，汉字则被称作"真名"，日语读音是"mana（まな）"，意为"真"实的"名"字。因此，《古今和歌集》的序文有"假名序"和"真名序"两种，也即一种是用假名、大和民族的语言写成的，一种是汉字写成的。在那时的日本人心里，中国人是汉字的创造者，汉字才是真正的文字，他们对此非常尊敬；对于自己创造的假名，他们认为是暂时的，只是为了一时的方便才使用的。在这样复杂的历史过程中，日语中的假名和汉字分别承担了不同的功能，假名用于表音，汉字用于表意。所以就出现了这种奇怪的现象，即，同一个汉字会有几种不同的读法。

最典型的例子就是日本这个国家的名字。"日本"，这两个汉字有时读"ni hon（にほん）"，有时读"nii pon（にぽん）"，什么时候该读什么，傻傻分不清。对于国民来说，国家的名字是非常重要的（一般来说只有一种发音），但在日本却有两种读法，并且都是被公众认可的。这样的国家，我想在整个世界上也只有日本一个。在中文里，"日本"怎么说？

杨："ri ben。"就这一种读法。

沼野：但是（反过来说），在日语中，就像"日本"这个词，虽然它有两种读法，但只要汉字写对了就行，用哪种读法都没关系。所以说，日语和汉语虽然同样都在使用汉字，但在汉字的读音方面，两种语言的思路是完全不同的。

用日语写作的乐趣

沼野：接下来我们请杨逸女士谈一谈，对她来说用日语写作是一个怎样的过程。原本您刚来日本的时候，有过要用日语进行小说创作这样的野心吗？

杨：没有。我现在也没有什么野心。刚来日本的时候，我完全不懂日语。

沼野：没有提前学习一下吗？

杨：完全没有。所以也没有那种想法说将来要用日语去工作、谋生。或者说，我原本并没有想过自己会在日本生活到现在。

沼野：最初推动您用日语创作的契机是什么？

杨：在开始用日语写作之前，我一直在做汉语教师。到了2005年，中日关系不好，来学中文的日本学生人数一下子少了很多，我闲下来了，当然也就赚不到钱。所以就想，正好利用这段时间写小说吧。我没有什么特长也没有其他擅长的事情，所以一开始是很烦恼的，不知道自己该干些什么，后来想，就写写小说吧。那就出现了一个问题，用什么语言写呢，是日语还是中文呢？当时我已经在日本生活了多年，而且用汉语写的话，印象中汉语文章的稿酬实在是太低了，所以就想，既然要写，不如就挑战一下自己，用日语写吧，稿酬可能会多一点。说起来就是这么一回事。

沼野：您写的第一篇作品，就投到了"新人奖"① 那里？

杨：是的。《小王》（文艺春秋，2008年）。

---

① "文学界新人奖"的略称，文学界新人奖是文艺春秋出版社发行的文艺杂志《文学界》公开征集的新人奖。每年征集两次作品，前一次获奖作品在6月号揭晓，后一次获奖作品在12月号发表。获奖者将被授予50万日元及纪念品。规定用纸数量为400字的原稿用纸100张，与其他纯文学系文艺杂志主办的新人文学奖项相比，篇幅短是其特征。每年6月30日、12月31日为截止日期。

沼野：您以那部小说获得了文学界新人奖。在那之前，有没有写一两部习作呢？

杨：没有，完全没写过。那真的是我的第一部小说。是 2005 年写的，写完后我也不知道怎么在日本投稿，于是就放了一段时间。快要忘了的时候，偶尔读到《文学界》杂志，看到了"新人奖"正在募集作品的消息。在中国几乎没有什么新人奖，一部小说投稿后是被录用还是不被录用，多是由编辑来决定。在日本的话，如果拿不到新人奖，一个新人作家的小说要在杂志上刊载是不可能的。我当时并不明白这一点。但确实是投稿了。

沼野：然后就一举斩获了新人奖吗？实在是太厉害了！

杨：是的。那种感觉就像命运突然开始向我展开了她的笑颜。

沼野：对杨女士来说，用日语写作是一项怎样的工作呢？不是母语，所以会有抵触吗？还是说相反，有一种特别的喜悦在里面？又或者，由于是在日本生活，所以已经是一件很轻松平常的事了？

杨：我从小就喜欢写东西。用汉语的话，什么都不用想，下笔就能写很多。但用日语写的时候，词语、单词的量就嫌不够了。平时见面说话，还可以通过行动、表情，或者手势等等的帮助，让对方明白自己的意思,但写作的时候,这些辅助性的手段就都用不上了,所有的内容都只能依靠文字来表达。这样一来,就得一点一点去考虑怎么写,比如说你得去思考,小说中人物的某个动作用日语该怎么表达等等。——用日语创作时,我就是处在这样一种状况之中的。反过来说,当作品完成、刊登在杂志上的时候,在那个瞬间,也是能感受到一种特别大的成就感,特别强烈的欢欣。用汉语创作的话,这一点就感受不到了。

沼野:也就是说,用非母语来创作当然是辛苦的,但也因此,有一分辛苦,就有一分喜悦。杨女士,您以前用中文写过小说吗?

杨:以前我在华文报社做过记者,当时负责报纸的六个版面,我喜欢写东西,所以不舍得把版面让给别人,全部是自己写的。

沼野:那时写的是小说吗?

杨:当时我负责六个版面。其中两个版面的内容是文学,我就写一些随笔、短篇小说,等等。

沼野:这些文章在日本没有出版吗?

杨:没有。现在应该是放在家里什么地方了。

沼野:这些没有出版过的作品,可以作为杨女士的汉语作品集出版呀，应该会很有意思的。有想过您自己把这些作品翻译成日语吗？

杨：没有。因为我不太喜欢在一件事上花两遍工夫。

沼野：有想过请别人翻译吗？

杨：我不相信其他人。

沼野：这样的话，日本的读者就没有机会读到了。我想知道那时候您写了什么内容？

杨：都是短篇，挺有趣的。年轻的时候思维很活跃。

对我来说，既无圣地也无圣人

沼野：杨女士，您一点都没有想过也来做一些翻译方面的工作吗？比如把自己的日语作品翻译成中文，或者把自己的汉语作品翻译成日语。把其他人的作品，比如鲁迅或者莫言的作品，把一些中国作家的文字翻译成日语。我觉得，在翻译方面也有很多您可以发挥才华的地方。

杨：以前我曾教过人做翻译。那时我就觉得，翻译真是世界上最费力不讨好的一件事。翻译得好了，可以得到原著作者的赞许，但若是销量不好，就会说都是翻译的问题——这种做法实在是不太合理。再就是,自己的作品呢,从前写过的东西,我是从来不会再去重读的。我这个人,性格上是很怕麻烦的,如果可以,我不想做翻译。教的话没关系,但不想自己做。

沼野:近期您写的随笔当中有几篇是关于中国古典作品的,比如有关孔子呀、《聊斋志异》等的文章(《向孔子进言》,文艺春秋,2011年;《杨逸读〈聊斋志异〉》,黑田真美子现代日语译本,明治书院,2011年)。关于《聊斋志异》的文章,从某种意义上来说也是类似于对原著进行再解读,可能跟翻译是相近的。今后你有考虑把一些有趣的中国故事以这种方式介绍给日本读者吗?

杨:真是一个好主意呢。说到中国的古典作品,相对来说,由于儒家思想的影响,中国人的价值观在很多方面是很传统的。对这些部分进行创新,同时在这个过程中传递我的价值观,是我非常乐意做的一件事情。我不喜欢那种单纯的批判,从我的性格上来说,可能更适合以这样一种讽刺的手法来略微地表达自己的攻击性。

沼野:中国的古典作品有很多,中国文学的历史也是源远流长。比如说日本人很熟悉的《唐诗选》是唐代的作品,从比《唐诗选》更早的时期开始算起,一直到以今年(2012年)诺贝尔文学奖获奖者莫言先生为代表的现代作家,中国文学足足有两千年,甚至三千年的历史。

对于一个单个的个人来说，这实在是非常悠久而漫长的历史，那么，现在的中国人在回顾历史时，会觉得这全部都是自己的文化，从而心有戚戚焉吗？还是说，在今天中国人的感受当中，这些过去的东西已经非常遥远了？比如日本也有像《源氏物语》这样写在一千年之前的文学，它所使用的日语与现代日语不同，所以读起来也不那么容易，但当你去读《源氏物语》时就会发觉，它里面所表达的一些感受，与现在的日本人仍然是相关联的。

杨：我觉得中国也是一样的。有一种看法觉得，这是我们的文化，非常值得骄傲和自豪。但我呢，相对来说，在一些事情上对这类看法是难以认同的。哪怕它是文化，但无论什么事情都是有两面性的，即便从表面上看那个文化是好的，但另一方面它也可能成为束缚。

在中国古代，从现在开始再往上数三四千年，也即春秋战国的先秦时期，产生了后世所谓的中国哲学，称"诸子百家"，那个时代有非常多的哲学家，孔子便是其中之一。就像基督教徒对待《圣经》一样，那时的中国的人毫不犹豫地将这些哲学理论视为经典教义而接受了下来。在中国，儒家或者道家的东西，一方面被看作是哲学的范畴，但在某种意义上，它们又像是《圣经》一样，被认为是不可逾越的经典。在德国等国家，《圣经》是有宗教意义的，从中衍生出了很多学术成果，哲学、心理学、心理咨询等等，这些学问都是从《圣经》中发展出来的。

沼野：古时那些最基础的文献，成为了无法被随意改变和发展的经典，在一定程度上制约了近代的思想和科学的发展——是吗？

杨：是的。我觉得，儒家思想也好，道家思想也好，都是值得尊敬的学问，但如果它们成为了进步的障碍，也就失去其意义了。

沼野：您是说，中国有着漫长的历史和文学传统，但是不要为之所束缚，如果被传统束缚了手脚，（这些好的传统）反而会起到负面的作用。

杨：是的，我是这么认为的。

沼野：具体到您自己来说，您是有这样一场越境的经历的，即离开中国、在日本生活。因此，可以不为任何文化所束缚、得以在一个自由的立场上去观察和思考。

杨：希望如此吧。对我来说，世上是没有圣人这种存在的。

沼野：用日语进行文学创作的外国人，此前多是那种类型——利比·英雄先生也是如此，就是说，他们原先就喜欢日语和日本文学，在从事与日本相关的工作的过程中，发现自己也想用日语来写作。而您则与此不同，并非是出于对日本文学的喜爱而来日本留学的，因此，虽说不想为中国的传统所束缚，但同时，也并不想为日本的传统所限制。

杨：不好意思。

沼野：但是，您身在日本，当时想要用日语写小说时，有没有参考过其他的文学作品呢？比如说，读了某个日本作家的小说后觉得这样的小说自己也能这样写。

杨：芥川龙之介的短篇小说之类的，还有宫泽贤治的作品等等，我是参考过的。但怎么说呢，宫泽贤治不是很适合我，感觉上似乎他是很紧绷的，我不喜欢。他说"不畏风雨"① 什么的——就是"畏"了又如何呢？

沼野：那首诗可能的确会让人感到里面有一股张力的。您觉得他的童话作品怎么样？

杨：他的童话作品有这种感觉，好像拼命地要给读者带来勇气什么的。对这种类型的文学，我不是很喜欢。

沼野：您厌烦那种满篇鸡汤、教人如何生活的作品，是这样吗？

杨：是的，我厌烦这类作品。所以，对我也没有什么参考价值。

---

① 宫泽贤治的诗歌《不畏风雨》中的句子。宫泽贤治（みやざわ けんじ，1896—1933），日本诗人、童话作家。

沼野： 不过，我觉得也不能一概而论，说贤治就是那样一种只知灌输人生鸡汤的作家。

杨： 是吗？我喜欢筒井康隆①。

沼野： 原来如此。确实，可能他这个人是不写那种人生教训似的文章的。太宰治，您觉得如何呢？他的作品多是描写人性中那些无可救药的部分。

杨： 我不喜欢太宰治，但也不喜欢风格过于阴郁的作家。对人性中那些肮脏和丑陋的部分，我其实是不排斥的，愿意去欣赏这些部分。一般来说，肮脏丑陋的东西是面目可憎的，但我却从中感受到无限魅力，想一边欣赏一边将其刻画出来。这样一来，整体的调调就不能太过阴郁，我是想一边享受一边写的。所以，我对太宰治写的那些肮脏和丑陋的部分是不喜欢的。

"砸锅卖铁让孩子上大学"这个说法

沼野： 接下来我们开始进入日语的话题。杨女士，写日语小说时，您的第一位读者是谁呢？

杨： 编辑。我啊，是不会把自己的作品给其他人看的。

---

① 筒井康隆（つついやすたか，1934— ），日本著名科幻小说家，著有《空洞人们》等。

沼野：那时，编辑会在日语方面提出一些要求吗？

杨：编辑老师读了后，有时会说"这个地方我看不懂哎"。我就去读那个他"看不懂"的地方，一边读一边心里想，"明明我写得很好懂啊！"——就有类似于这样的一些过程。虽说如此，他这样提了，当然我还是会修改的，尽量让他能看懂。

沼野：编辑指出的这些地方，是有关日语母语的人和非日语母语的人之间的那种差异吗？还是说仅仅是写法的问题？

杨：两种都有。有的地方我引用了中国古典作品，若只是一笔带过的话，不了解背景的读者就看不懂。

沼野：在今天对谈的开始我也说过，最初在《文学界》杂志上读到《浸着时光的早晨》时，我感到小说中汉字词语的使用方式给我带来一种很微妙的特别的感觉，非常独特，也有一些平时日本人不怎么用的说法，对我来说，这些地方是非常有意思的。但是，小说在作为单行本出版时，这样的地方有很多都被修改没了。您最后还是听取了出版社编辑及很多人的意见修改了自己的文章，是这样吗？

杨：我是一个中国人，所以呢，就会特别在意，自己写的东西日本人读了后到底能看懂多少。所以会一次次地问读了自己小说的人："里面有没有你觉得奇怪的地方？"如果对方提了什么意见，我立刻就会修改。

沼野：哦，这种情形下您并不会为了坚持自己而战斗，而是很痛快地就去修改了。

杨：我不是那种战斗型的人。

沼野：接下来的这个提问，我想可能会有些失礼，还请包涵。就非母语写作的作家而言，几种不同的情形我都有所了解，一般来说，刚开始写的时候词汇量较少，哪怕写得不好，也是正常的。

去年（2011年）去世的作家雅歌塔·克里斯多夫是一个用法语创作的葡萄牙人，从她的"恶童三部曲"（《恶童日记》《二人证据》《第三谎言》均由堀茂树翻译，早川书房出版）来看，第一部作品的法语就较为单薄，像作文一样拘谨而不自然。据我推测，与其说这是一种文学手法，是写作者刻意使用了不自然的法语来创作，不如说，这也体现了作家自身的法语能力有限。但是，随着每一卷作品的增加，她的小说语言也越来越丰富，这个过程与作家自身法语能力的提高，应该是同时进行的。

多田和叶子最初用德语写作时这样说过："写出美丽的日语、美丽的德语并非是我的目标。我想要做的，是将语言和语言之间的沟壑表达出来。"此后二十年过去了，她的德语跟当时相比已经好太多了，我想，她对两种语言之间的沟壑的敏感度也减弱很多了吧。

也就是说，对那些用外语创作的作家们来说，在写作的过程中他的外语会越来越好,写出来的文章也会随之发生变化。这种情况很常见。从您发表处女作到现在也过去五六年时间了,在我的印象当中您也是这样的,在很短的时间内日语水平有了极大的提高,与刚踏入文坛时相比,感觉您的文风更自由、更流畅自然了。您自己感觉如何呢,是否觉得已经习惯了用日语进行创作呢?或者说,已经有了这样一种自信,即,在日语方面已经不太需要听取日本人的意见,所有的内容都可自行判断了呢?

杨:不,我这个人是很乐意听取别人的意见的。所以呢,对自己拿不准的事情,就会一次次去问别人:"这样可以吗?"然后,就经常被人笑话。

写作是我的工作,所以,干这一行,就需要有一种专业意识。原本应该是这样的。但我不太有这种专业意识,所以在我这里的情况就是,一边工作,同时也一直在学习。大致是这种感觉。写作的过程中,有时候会有另一种乐趣,比如觉得这次比上次写得好,至少好那么一点了。对我来说,这有点像在爬山,而现在正在攀登的过程中,那接下来会去到哪里呢?这又是令人期待的一件事。

沼野:但是,怎么说呢。比如,一个非日语母语作家,他的日语变好了,非常完美,可以写出像日本人一样完美的日语文章,这样反而就无趣了。我是希望您一直都保有那种能力,无论到什么时候,都可以写出那种让日本人想象不到的有趣的日语表达。例如《浸着时光的早晨》,或者其他的作品也是如此,杨女士使用的比喻和意象中,有很多以日本人的思路无法想象出来的用法,因为,中日两国彼此之间文化的背景太不同了。特别是有关动植物、食物等的方面,有很多比喻让人印象深刻。我摘录了一些,在这里给大家介绍一下。这些都出自《浸着时光的早晨》一书。比如说,"像野猪一样嚎叫""像鸡爪一样在大地上蔓延着的柳树根""东方的天空已露出鱼肚白"等,这些比喻都来自人们对于动物或植物的一些感觉,而这些感觉在现在日本的日常生活中是没有的,日本的作家是不会使用这一类比喻的。还有这个句子,"看到袁利的照片,浩远像一下子被什么击中了,转瞬间变成了一根脱了水的萝卜",这里的"脱了水的萝卜",也是个很有意思的比喻。

还有这个比喻——大约是拿了芥川文学奖之后不久,您自己也在哪一篇随笔中提及过——就是您在描写小说中的女主人公白英露的眼睛时,用了这样的句子,"她清澈的大眼睛,就像从大山深处的岩石坑里涌出的泉水,又黑又亮;那一对黑色的眸子,犹如掉落在泉水中的大大的黑葡萄"。没有说"宝石",而是以葡萄这种水果来比喻。还有,志强考上大学后,他的母亲非常欢喜,对儿子说:"放心吧。妈妈就是砸锅卖铁不吃饭也要供你上大学。"[①] 这个说法是杨女士独有的表达,或者说是中国人独有的表达,非常独特,对此我非常佩服。在日本还很贫穷的时代,母亲们会这样说:"妈妈哪怕是把自己的和服卖了,也要供你上大学。"

---

① 原文的日语直译应为"放心吧,妈妈哪怕将锅卖掉也要供你上大学"。

杨：这个地方啊，有一次一个日本女记者跟我说过："为什么是卖锅呢？日本人的话，是卖和服。"我想的是，锅卖掉了，就吃不上饭了，全家人都会有性命之忧。卖和服呢，妈妈把自己的和服卖掉，并不意味着全家人都会因此受苦。所以，那种被逼到走投无路的紧迫感和危机感，相对于卖和服，用卖锅来表达会更强烈一些吧。

沼野：总之，这位母亲想表达的是"无论家里经济多么困难都会让你去上学"的意思，为此用了一个最重要的物品作为象征来说明这一点，而这个象征，对日本的女性来说是"和服"，而对中国的女性或者杨女士您来说，就是"锅"。

杨：但是，一个家的女主人能有自己的和服，就说明这个家庭的经济条件还是可以的。然后呢，在日本，锅这个东西也没处卖，也不值什么钱，所以日本人习惯说"卖和服"，是不是也有这方面的原因呢。不管怎么说吧，在比较贫穷的时期，中国的家庭都是一家只有一口锅的。

沼野：这些语言的背后所反映出的各种不同的生活和意象，在中国与日本是大相径庭的，在杨女士的作品中，这些部分得以用鲜活生动的日语表达出来了，这一点非常有趣。

自己与食物、酒、文学这三者的关系之比较

沼野：《牛锅》（新潮社，2009年，新潮文库）这部作品也非常典型，小说里出现了餐厅、厨师等等，看得出来，杨女士您对食物的兴趣依旧不减啊。

杨：对吃的东西我是很执着的。

沼野：现下的日本，无论走到哪儿，到处都会听到人们在谈论食物的话题，电视上有很多美食类节目，作家当中也有很多人在写食物相关的随笔散文，这简直变成了一种以自己是美食家为荣的文化了。

杨女士也一直对食物有很大的兴趣，但我觉得，您的这种执着与日本人对食物的重视有着本质上的区别。这是出于怎样的原因呢？

杨：我是从吃不饱的年代走过来的，对食物，一直都觉得不能浪费，要好好珍惜才行，所以我绝不会把食物当作垃圾扔掉。也因此，虽然我很喜欢吃，但我家的冰箱里总是空空如也。因为我不会一次买过多的东西，也不会囤很多吃的在家里。于是每天绞尽脑汁就琢磨两件事：一是去超市怎么可以买得便宜点，二是买回来的这些食物该怎么吃。

沼野：比如用冰箱里剩的东西做点菜啊什么的，类似于这样吗？

杨：是的，看冰箱里有什么就做点什么。所以我这个人啊，说起来是很爱美食，但从来没有买过什么高级食材。什么食材我都是可以做出好吃的菜的。

沼野：从这样一种立场出发，您如何看待现在日本人对美食的追求、对食物表现出极大的兴趣这一现象呢？

杨：日本是一个物质极为丰富的国家，多少有一点浪费也是可以的。我觉得这反而才是正常的。我是不管好吃不好吃都不想浪费，全都吃下去，所以才会胖。像日本这样，做菜使用高级食材，只吃一口，说一句"哦，太好吃了"，就可以了，美食节目基本上也只会放到吃第一口结束为止。而我是那种说完了"哦，太好吃了"，还要继续吃、不全部吃完不罢休的人。这就是不同之处啊。我就成长于中国那样一个时代嘛，也是没有办法的事。

沼野：那么，一般的中国作家是如何看待食物的呢？有人写有关食物的小说或随笔吗？为什么我会这样问呢，其实不同的国家和文化，人们对于食物的态度也会有很大的不同。比如俄罗斯文学当中，特别是从十九世纪开始到苏联的末期，有这样一种潜在的、根深蒂固的看法，认为"关于食物的话题既无聊又层次低，对真正的纯文学作家来说，写关于食物的文章就是走歪门邪道"。所以，到哪里可以买到什么好吃的，哪家餐厅的什么菜好吃等等，如果写一些这样的内容，可能会有一种危险，会被批判说这是非常琐碎无聊的文字。但日本就不一样，文人雅士一直都有一种身兼美食家的传统,无论是吉田健一还是丸谷才一,很多伟大的文学家都把写美食、写酒作为一种乐趣。在这方面中国是怎样的呢?

杨:中国的作家们也会写美食。中国有一句话叫作"民以食为天",写美食的文章当然有啊。毕竟"吃饭"占据了人们日常生活的一大部分嘛。

沼野:是啊,饮酒的话题在《唐诗选》中就出现了呢。

杨:对,李白不喝酒是写不了诗的。

沼野:这就是饮酒的诗学,饮酒作诗成为了一种文化价值。日本人也多少继承了这样一个传统。但到了俄罗斯你就会发现,一个人喝太多酒就会产成酒精依赖症,下场是很悲惨的。适度饮酒并享受其中的乐趣,这在俄罗斯是不可能的。

杨:俄罗斯人啊,我觉得与其说他们在喝酒,不如说酒在喝他们。但对中国人来说,酒和诗,这两者是密不可分的。

沼野:这一点,日本人也从中国学来了。日本是有这样的传统的,比如一边观花赏月,一边饮酒;或者一边沉浸在每一个当下的感慨中,一边饮酒。这可能就是从中国传来的吧。

杨：中国的文人作诗，一般来说，少不了酒和美人相伴，所以，美酒和美人是必须有的。在中国，一直到辛亥革命为止，搞文学基本上是男人的事情。当然在那之后发生很大的变化。

读了翻译作品才会明白翻译的局限与世界文学的力量

沼野：接下来我们换一个话题，我想谈一谈如何来阅读世界文学。杨女士您来到日本时，大概刚二十岁出头的年纪吧。

杨：是的。快二十三岁的时候来的。

沼野：这样说来，您二十岁之前的青少年时期是在中国度过的了，我想了解一下那个时候您所读过的世界文学作品。哪些作家的哪些作品让您觉得有趣呢？给您留下深刻印象的外国作家都有哪些？

杨：上学的时候我读了很多外国文学作品。我父亲是教文学的，跟这个也有关系吧，家里有很多藏书，有的甚至是书店里也没有的。相较而言，我喜欢俄罗斯文学和法国文学。各自有代表性的作家呢，俄罗斯是契诃夫，法国的话是莫泊桑。就创作技巧而言，他们两位是正好相反的，契诃夫的小说写的都是普普通通的日常生活，而莫泊桑则是故事情节的设计非常简单，而结尾却出人意料，极其有趣。两者都非常有魅力。他们的作品我怎么都读不够，或者说，这些写作方法对我有很大的参考价值。

沼野：这些从中国的文学作品中是学不到的是吗？

杨：是的。

沼野：你读的契诃夫和莫泊桑的作品，都是翻译成中文的译本吗？

杨：是的。

沼野：外国文学的中文译本怎么样，读起来好懂吗？

杨：是的。尤其是对俄罗斯作品的翻译，非常棒。在那个时代，中国有很多人做俄罗斯研究，从中国派出去的留学生都是去苏联的。后来才是去研究英美文学的。我上高中的时候新出的英语小说的中译本，会出现非常多的被动句，而汉语是不太用被动句的，所以读起来感觉很不自然……会想，为什么美国人、英国人会这样说话呢？那时很不习惯。

沼野：有很重的翻译腔，是吗？

杨：是的。用日语说的话就是，"哎，这读起来也太麻烦了"，就这种感觉。

沼野：不过，现在翻译的水平应该有很大提高了吧？

杨：好很多了。现在读英文小说的中译本，应该没有那么多被动态的句子了。

沼野：原来如此啊。原来汉语里边是不经常使用被动句的啊。不过日语倒是会经常用到被动句的。

杨：日语里是有很多被动句哦。从这一点上来说，英语翻译成日语时，读起来也会感觉很自然吧。但如果把英语原封不动地译成中文，就会觉得别扭。

沼野：不管怎么说，中文是凭汉字来表意的语言，文章一翻译成中文就会变短。当然并不是说漏掉了什么内容，哪怕所有的内容都认认真真地翻译出来了，相比原文来说字数也会减少很多。原本很厚的英语书或者日语书，译成中文就是薄薄的一本了，是吧？

杨：是的。（相比中文）日语太长了，翻译成中文的话，字数大概只有原来的一半。

沼野：日语文章用的是平假名，在句子的结尾会加很多东西，极其繁复，如"难道不是并非如此吗"①。我觉得一个句子它大概

---

① 原文为"そうではないのでろうか"，日语多用双重否定委婉地表示肯定。

最后的十个假名是可以去掉的。这就是日本人喜欢的那种余音未了的感觉吧,可能体现了日本人不喜欢用断定的语气来表达的这一特点。与此相反,汉语是比较干脆利落的。

杨:是的。作为一门语言,汉语有一个特点就是简洁。所以从直译的角度来说,就有这样一个问题,忠实地把原文翻译出来到底是好还是不好呢?人们经常说翻译是一种再创作,比如,无论哪个国家都在这样说莎士比亚是个大文豪,但对此我是持怀疑态度的,就想,他的东西到底好在哪里呢?句子拖拖拉拉,冗长而饶舌,不仅如此,所用的语言也是枯燥无趣。

无论是读中文译本还是读日文译本,对莎士比亚作品中罗列的那些句子的意思,说实在的,我完全理解不了。但有一次一位英语老师对我说,有一些英式幽默,不看英语原文是体会不到的。所以说,可能那才是莎士比亚文学的精彩之处,但可惜的是,这么关键的重要的东西却在翻译过程中失去了,他的魅力也就无法传递给读者。我觉得,翻译这件事,就是会这样的吧。

沼野:您说莎士比亚的中文译本读来无趣,看来的确是在翻译过程中原作的很多精髓都丢失了。至于饶舌这一点,陀思妥耶夫斯基也很严重。陀思妥耶夫斯基的作品,也有很多中文译本吧?

杨:莎士比亚也罢,陀思妥耶夫斯基也罢,他们都有很多中文读者,但我读的时候会觉得,为什么外国人会这么啰里啰唆的呢?一说他们是世界大文豪,很多人也不过过脑子就那么相信了,然后觉得"啊，这作品实在是太棒了"。但是，怎么说呢，我是比较单纯的那种人，读了以后自己感觉怎么样，我会直接说出来。

这一点，也就是说，原作与译作会给人带来两种不同的感觉——当我读到一些中文小说的日译本时，也有类似的感觉。语言都是有各自的局限的，我觉得日语是一种非常有礼貌的语言，不太适合用来表达那种粗犷的感觉。前段时间获得诺贝尔文学奖的中国作家莫言的小说，我读的大都是中文版，他最近新出版的作品，我读的是日译本，还是觉得啊，翻译成日语后，他的那种，尤其是山东大地上所隐含的某种猛烈的、粗犷的东西就传递不出来了。读中文版本时也会觉得，啊，这个地方用山东方言说是这种感觉啊，要是换成普通话来说，就会很别扭。所以，翻译成日语后，要理解原文表达的意思，中间需要超越一层、两层、三层等等更多的障碍，（从山东方言到汉语的普通话，再到日语）这个过程里，莫言作品的语言渐渐变得有礼貌起来。有时候我就会想，莫言先生怎么可能会写得这么优雅却不接地气呢。

沼野：您刚才说的这一点是非常重要。莫言先生作品我读的是日译本，非常喜欢，他是一个很棒的作家。但刚才听您说译文与原文的差别那么大，多少有些不安了，忍不住会想——我读的那些，到底算是什么呢？

杨：作品原本的味道是出不来的，或者说，翻译不出来，只能翻译到这个程度，再多就做不到了。翻译是有局限的。

沼野： 现在您作为一名作家忙于创作自己的作品，可能没有时间读其他人写的东西，之前怎么样呢，来日本后也读过其他一些国家的文学作品吗？

杨： 我是阅读的时间远远多于创作的时间。我写东西不需要太长时间，但会花很多的时间去阅读。日本好的一点是，国外有了什么热点话题，马上就想到要翻译过来。这一点很棒。我是《朝日新闻》的书评委员（2012年度），所以也想尽量多读一些外国作品。

沼野： 您做书评委员后，都点评过什么书？

杨： 我经常给自己的大脑做大扫除，过去的事情转眼就会忘。印象中有二十几岁的意大利年轻女作家①写的小说《马可尼大街上的穆斯林离婚狂想曲》（栗原俊秀译，未知谷，2011年），这本书语言很有趣，夹杂着阿拉伯语、埃及语方言，很有意思。

沼野： 您写点评文章的时候，一般读的是作品的日译本吧？当然也还在继续阅读一些中文书籍吧？比如说某天有了点时间，想顺手拿一本书来读的时候，什么书会多一些呢？

---

① 指阿富汗裔意大利作家阿玛拉·拉库斯（Amara Lakhous，1970— ），是一名男性作家。

杨：我是身边有什么就会读什么。一直到两年前，二十多年来我家一直都在订阅一种中国杂志，这两年杂志不寄过来了，就只是读那些放在身边的书。

沼野：还是中文读物读起来轻松一点，是吗？

杨：是的，特别好懂。日语的书我也会读，但是吃力啊。

沼野：下面的这些话算是半开玩笑了，以前我就经常说，相较日本人，中国人认识汉字的能力更强，所以哪怕日文书，中国人跳过假名只看其中的汉字也可以读得懂，所以，中国人读起日语书来可能比日本人还要快的……但是，近年来的日语中假名的比例越来越高，汉字少了，所以只拣汉字来读的话，是看不懂文章意思的。像森鸥外——或者不用那么久远，比如加藤周一等评论家写的文章，汉字就很多，把其中的汉字连起来读，大约也是可以看懂的。

杨：这个嘛，若是认真想读懂那本书讲的是什么，只看汉字还是很勉强的。

沼野：当然是的，我说这些话其实也是半开玩笑。实际上日语常常靠结尾处的那些平假名使整个句子的意思反转过来，不把句尾的平假名读完，其实是很容易误解的。但是，像报纸的话，只看题目的汉字，大致就能猜出来文章的内容了吧。

杨：是的。但是日本报纸上的文章题目，有时候跟内容不太一致。报社想通过这种做法来吸引读者的兴趣吧。

杨逸推荐给年轻读者的三本书

沼野：本次的连续对谈有一项固定的工作，请每一位来这里的嘉宾给年轻人推荐几本书，就像开一个小讲座一样。杨女士您推荐什么书呢？

杨：我今天给年轻人推荐的是林芙美子的《放浪记》。我是很早之前读的。这本书请大家一定读一读。

然后是《楢山节考》，这本书让我了解到了日本文化中那些出人意料的部分，是真不错。怎样把民间文化写到小说里，是个值得思考的问题，而这本书中提到的民间的价值观，从今天来看完全是无法想象的。来到日本以后，包括来日本之前，我一直都觉得日本原本是一个信奉儒家思想的国家。这本小说大概是我大学的时候读到的，里面提到，老奶奶到了七十岁就会被扔到山里，这在我的国家是无法想象的，在中国，孝顺父母被看作是一个人最重要的品质，可是这本书里却说，人老了就会被扔到山里，对我来说这个冲击太大了。现在日本的年轻人可能不了解这些，这本书是很值得一读的。

再就是谷崎润一郎的《细雪》。

沼野：没想到您一上来推荐的就是日本文学啊。这一类作品在中国有翻译出版吗?①

杨：这个我还真不清楚。我读的是日文原版的。

沼野：在中国，村上春树很受欢迎啊。希望中国的读者对上面您提到的这一类文学作品也能感兴趣。

杨：对我们外国人来说，我们眼前所看到的只是现在的日本。在教科书上学到的都是遣唐使啊、米骚动②之类的事情，对"弃老"这种文化完全不了解。所以第一次读到的时候，特别震惊。从我自身的经验来说，这一类的书才应该翻译介绍出去。

沼野：杨女士的作品，已经翻译成中文出版了吗？

杨：暂时是签了翻译合同了，但翻译工作还完全没开始。

沼野：希望杨女士的小说有一天也翻译成中文，介绍给中国的年轻读者。

杨：我也希望。希望不只是中国，还有其他国家。

---

① 林芙美子的《放浪记》由复旦大学出版社于2011年出版，谷崎润一郎的《细雪》由九州出版社于2017年出版，《楢山节考》未见中译本。
② 米骚动，1918年由于米价高涨，从富山县开始的全国性大暴动，最初以抢米形式爆发，所以在日本历史上习惯地称为"米骚动"。

沼野：还没有译成中文以外的其他国家的语言吗？

杨：《浸着时光的早晨》① 会出意大利语版本和韩语版本。

沼野：翻译成中文的话，您会自己做校对吗？

杨：不想做。

沼野：这样的话，最后到读者手中的中文译本，可能会让您感到不满意哦。

杨：那是译者的责任。

沼野：话是这么说，但是中国的读者是通过中译本读到您的作品的，翻译后的版本就是一切啊，如果翻译的质量不高，对作家来说也不是什么好事情呢。只是从现实的角度来说，您太忙了，没有时间去检查翻译的对错吧。

杨：时间是有的，但我不想做校对。也不一定要做翻译啊，如果有约稿的话，我想写中文小说。翻译当然也很重要，但（如果因为翻译的质量不好而导致）自己的形象被歪曲了，（那也没关

---

① 中文繁体字版译本名为《时光浸染》，于2009年由中国台湾大地出版社出版。

系）再通过自己的努力重新修复过来就行了。

沼野：您希望有一天能用中文写小说啊。

杨：希望是希望的，就是说，有人约稿的话，写一写也是可以的。

沼野：那时您会写什么故事呢，有关在日本的生活体验吗？

杨：我还没接到约稿，所以什么都还没想。

沼野：用中文写成的作品，也有可能再翻译成日语的吧。

杨：这样的话，我会一开始就用日语写。

沼野：您写小说时，脑海中会浮现特定的读者群吗？

杨：最开始写《小王》的时候，有一种感觉是，希望编辑能读到最后。在那之后，写下一部作品的时候，就不在意这个了。

沼野：用日语创作的时候，脑海中所想的是日本的读者吧？

杨：是的。

文学需要幽默和讽刺

沼野：很快就要到结束的时间了，我也有几本书要推荐给今天在座的各位。

历史上，日本人得以亲近各种来自中国的文学作品，在这其中，我认为中国古诗的影响最为深远。因此，我特别希望年轻人也来读一读《唐诗选》。提到《唐诗选》，在日本，吉川幸次郎《新唐诗选》（岩波新书）的解说最为大众熟悉，但这原是一本诗歌选集，收录了许多唐代诗人写成的古诗，除了岩波文库出版的解说类的书籍之外，《唐诗选》本身也有很多版本可供阅读。

提到中国的古诗，李白啊杜甫啊，日本的学校也会多少教一点的。对现代中国的人们来说，古诗会让人感觉很亲近吗？

杨：是的。《唐诗选》中的诗仅限于唐代。所以，里面收录的那些诗，形式都是固定的。在中国，教科书里也会教一些古诗，但相对来说，更多的情况是小孩子在上学之前在家里要背诵这些古诗。《唐诗选》上中下三册——不过是文库本的啊——在我家都有。

沼野：唐的时代——盛唐时期是在八世纪，所以算起来距今大约也有1300年了吧。那时的汉语与现在的汉语之间有很大差别吧？

杨：有的古诗，不看译注的话确实是很难懂的，但中国的古诗有两个规律，一个是平仄，一个是押韵，所以读起来朗朗上口，很舒服。四五岁的时候读可能还不明白是什么意思，但随着年纪渐长，诗中所描绘的情景就会自然而然地浮现在脑海中，再过不久，就可以在自己写文章时引用这些诗了。而到了初中这样一个多愁善感的年纪，就有很多时候可以用古诗来表达自己的心情。

沼野：哪怕是到了现在这个时代，古诗对中国人来说，仍然被看作是自己生活的原点，或者说宝贵的财富，是这样吗？

杨：是一笔宝贵的财富，这毫无疑问。诗，是人类生活中不可或缺的东西啊。

沼野：您这句话说得真好。像我，随着年岁渐高，也越发深切地感受到这一点，人生在世，有诗读最重要了。

除了唐诗之外，中国还有很多像《三国演义》《水浒传》《金瓶梅》等等的长篇大作，希望年轻的读者们有机会也读一读这些书。不过今天呢，我只想推荐一本不同风格的作品，就是《聊斋志异》，这本书收录了中国的各种奇谈逸闻。杨女士也写过一本关于《聊斋志异》的书（《杨逸读〈聊斋志异〉》），《聊斋志异》在现代中国仍然有很多读者，是这样吗？

杨：是的。《聊斋志异》用的是文言文，但因为写的是各种奇谈逸闻，很好读。中国的怪谈类文学与日本的很是不同，鬼与人的关系只有一种，就是鬼来威胁人类。所以在这类故事中，鬼怪混迹于人群中，一起生活，他们身上也会呈现某些人性的东西。关于《聊斋志异》，我也写了一些随笔，并成书出版，在大学讲课的时候我会用到这些。为什么给大学生上课要选用它呢，因为讲比较文学的时候，这本书非常好用。中国各个民族的价值观、历史、风土人情等等的不同，在这本书中都可以读到。各种文化的不同，都在这本书里呈现了。这一类的信息可以通过这本书了解得很详细。

沼野：顺便说一下，《杨逸读〈聊斋志异〉》的内容，之前曾在《读卖新闻》上连载过。

接下来要推荐的，是二十世纪以后的近现代文学，就是鲁迅了。这个人的作品，哪怕是只一次也好，着实应该读一下。在思考现代中国的问题时，他的《阿Q正传》，无论从哪个意义上来说，都是一部可以称为出发点的作品。

此外就是刚才谈到的莫言，他的书也很值得一读。有很多作品已经翻译成了日文，但哪一本都是长篇，要读完是很辛苦的，我个人推荐《酒国》（藤井省三译，岩波书店）。这部作品以现代中国社会为故事发生的舞台，也加入了一些奇闻怪谈的色彩，充分体现了魔幻现实主义作家莫言的特点，非常有趣。在日本，这本书很久之前就绝版了的，好在莫言获了诺贝尔文学奖，最近又得以再版。

接下来，在现代诗的领域，我很喜欢一位叫北岛的诗人，他的诗翻译成日语读起来也非常有趣，我读的是一本比较薄的选集（《北岛诗集》，是永骏译，土耀美术社—世界现代诗文库出版，1988年），很遗憾，这本选集在日本已经绝版了。不过前几天我查了一下，发现同样的内容，在2009年由另外一家出版社出版了。中国的现代诗也是一个非常深邃的世界，而北岛是其中一位非常有实力的诗人，曾一度获得过诺贝尔文学奖的提名。

除了以上五本之外，还有杨逸女士的作品，仍然要推荐《浸着时光的早晨》。对那些还没有读过杨逸小说的朋友，我觉得从这部芥川文学奖获奖作品开始读是最好的。

从作家自身的立场来看，杨女士您会推荐读者先读自己的哪一部作品呢？

杨：《文学界》杂志上正在连载的《流转的魔女》（2013年1月连载结束），将于明年（2013年）6月出版，敬请大家关注（《流转的魔女》，文艺春秋，2013年）。

沼野：原来如此。作家自己推荐的话，都会选自己正在写的那一本啊。

杨：是的。

沼野：接下来，请会场的朋友们提问。

提问者A：杨女士您好，您写的很多小说，诸如《牛锅》《小王》都很幽默。刚才的对谈中也提到了幽默、讽刺的话题，所以我想问的是，您为什么要写这样的作品呢？出于怎样的意图，要在故事中添加一些幽默和讽刺的元素呢？

杨：我觉得读书这件事——从事出版工作的人除外——一般的人，多是在工作结束下班的路上或者睡觉前读书。在这样的时间段，还要去读那些太过沉重的东西的话，是会让人心生厌烦的。所以呢，如果一部作品不能让人读后有放松之感，我觉得这样的文学是失格的。从这一点上来说，如果我是读者，并觉得阅读给自己带来了负担的话，我是很不喜欢那种状态的。所以呢，我觉得自己必须得在幽默感这方面多下一些功夫，同时也在尽量这样做。

沼野：《牛锅》中我最中意的一点是，故事里的两个人日语都不太好，他们一个是中国人，一个是韩国人，这两个人的对话虽然是磕磕绊绊的，但又能让读者感觉到，他们是真的想要把什么表达给对方。这一点刻画得特别好。我稍微介绍一下这部作品的设定啊，主人公是一个年轻女孩，她姐姐跟日本人结婚了，她来日本投奔自己的姐姐，之后在东京的一家高级牛肉火锅店打工。在这家店里，从和服的穿法到日式的礼仪规矩，她一一受到了严格的培训，就这样开始自己的打工生涯。她刚来日本不久，所见所闻都是第一次，完全陌生。从这个意义上来说，该小说从中国人的视角出发，巧妙地对中国和日本之间的跨文化交流的场景进行了非常有趣的描写，带给人很多阅读的乐趣。但这部小说的有趣之处，并不止这一点。故事中，有一位韩国留学生对这位中国女性展开了热烈的追求，他的日语也不太靠谱。就这样，在这位中国女性和那位韩国男性之间，发生了那些滑稽好笑时而又让人感动的对话，这些对话虽是磕磕绊绊不熟练，但自始至终都是用日语说的。

这一点是非常有趣的，但这本书并不是有趣一下就结束了，读完后，有一些什么是留在了心底的。能写出这种小说的人，我觉得在以前的日本作家中几乎没有过。确实是非常棒。

杨：谢谢。

沼野：结束的时间就要到了。谢谢大家。

作者篇

第六章
走到母语之外的旅行

——多和田叶子与沼野充义的对谈

在一次次的
移动中写作

多和田叶子（たわだようこ）

1960年生于东京。毕业于早稻田大学第一文学部文学科。德国汉堡大学研究生院硕士课程毕业。苏黎世大学研究生院博士课程毕业。1982年起长居德国汉堡，1987年在德国出版双语诗集，初登文坛。2005年起移居柏林，以日语和德语两种语言进行文学创作。

1991年以《失去脚踝》获群像新人文学奖，1993年以《入赘的狗女婿》获第108届芥川文学奖。1996年因其在德语界的创作活动，被巴伐利亚艺术学院授予沙米索文学奖。2005年获歌德勋章。2011年凭《雪的练习生》获野间文艺奖，以《修女与丘比特之弓》获紫式部文学奖。2013年凭《不着边际的故事》获读卖文学奖、艺术类文部科学大臣奖。出版了多部德语作品，也有多部作品被翻译成英语、法语。日语作品还有《喝雏菊茶的时候》《球形时间》《犯罪嫌疑人的夜行列车》《掉入海洋的名字》《波尔多的义兄》。

"去·边界"的现代意义

沼野：今天的主题是"去到母语之外的旅程"。这个题目，来自一会儿即将登场的嘉宾多和田叶子女士的著作，《Exophony：走向母语之外的旅程》（岩波书店，2003年，岩波现代文库）。今天对谈的前半部分是一个导入环节，由我来做一个小讲座，大致介绍一下当今世界文学的动向。后半部分多和田叶子女士将登台，我们将一起谈一谈她最近文学创作的情况，同时以一种更具有现场感的方式来谈一谈去到母语之外的旅程或者世界文学。

"exophony"这个词听起来很是陌生，很多人可能都不知道它是什么意思。这并不是一个被广泛使用的词语，多和田女士的著作出版后，才渐渐为人所知。这个概念——就像多和田女士本人的经历正是如此一样，指的是一种"走到母语之外去写作"的状态。今天我们就来谈一谈"exophony"，或者说"越境写作"对于现在的世界文学来说意味着什么。

越境这个词，近年来人们用得多了，可能也不太在意词语本身的字面意思，但仔细考虑一下就会知道，是"越过"某个"边界"的意思。那么，这里的"边界"指的是什么呢？比如说，今天对谈的会场是东京大学，那么东京大学里面也是有各种边界的，走在路上经常会看到"非相关人员不得入内"这类的指示牌。(从国家层面来看)日本也是如此,最近围绕钓鱼岛及竹岛①问题,坊间就有诸多讨论。从某种意义上说,国家是一种正因为有了边界才得以成立的制度。

比如说,"定义"这个词,意思是界定某个事物是什么。日语中说"定义"的时候,确定的是"义",也就是那个事物的"意思"。而"定义"在英语中的说法是"definition",其中的"finis"是拉丁文,指的是"边界""结束",所以在英语中,展示一个事物是什么,就是展示它的"边界"在哪里。俄语中"定义"的说法是"определение",其中的词根"предел"也是"边界""界限"的意思,跟英语的"definition"是完全一样的,也就是说,把事物的边界确定下来,就是"定义"。

是否有一个确定的边界,对于人类来说,是一件基本的事情。虽则如此,也并不是说把边界确定下来、一直固定在那里就可以了。边界一直是流动的,也是今后供人们跨越的。

比如说,到目前为止,日本有两位作家获得了诺贝尔文学奖。如大家所知,一位是1968年获奖的川端康成,一位是1994年获奖的大江健三郎,他们二人的获奖,前后相隔了四分之一个世纪以上。

这两位的诺贝尔文学奖获奖演说的题目是什么呢,川端康成演讲的题目是《美丽的日本的我》②(《美丽的日本的我序章》,

---

① 韩国称"独岛",是位于日本海上的日韩争议岛屿。
② 川端康成诺贝尔文学奖获奖演说的日文题目为《美しい日本の私》,一般取唐月梅先生的经典译法《我在美丽的日本》(见作家出版社2006年出版《雪国·古都》附录)。此处为对应原文考虑,取直译《美丽的日本的我》。

讲谈社现代新书，爱德华·乔治·赛登施蒂克的英译本，1969年）。这个题目，只听它的日语说法，也会让人忍不住惊呼一声"哎"，是非常有趣的。翻译成英语的话，其实它很不好翻译，在这里赛登施蒂克把它译为"Japan the Beautiful and Myself"。首先说"Japan the Beautiful"，然后把"我"加以强调，译为"Myself"，这两者之间又用"and"连接了起来。翻译之辛苦从中可窥一斑，但准确地说，这个翻译与原题目的意思之间是有一些微妙差别的。在川端的思路当中，首先有一个"美丽的日本"，"我"是它的一部分，所以，英语译文里把"Japan the Beautiful"和"Myself"并列放在一起后，"我"和"日本"之间的关系就跟原文有了微妙的不同。在川端的思考中，他想表达的是这个意思，就是说，首先有"日本"这样一片疆域，而"我"从属于其中。

此后四分之一个世纪过去了，大江健三郎的诺贝尔文学奖获奖演说题目是《暧昧的日本和我》①（《暧昧的日本和我》，岩波新书，1995年）。这也是一个非常别出心裁的题目，很显然，是以川端演讲为前提的一种戏谑和模仿。堂堂诺贝尔文学奖的获奖演讲，却用了一个有着戏仿色彩的题目，怎么说呢，可能会有人觉得大江的做法是一种恶趣味吧，不管怎样，这样做确实是非常有挑战性的。

---

① 大江健三郎诺贝尔文学奖获奖演说的日文题目为《暧昧な日本と私》，一般取许金龙先生的经典译法《我在暧昧的日本》（见光明日报出版社1995年出版《我在暧昧的日本》）。此处为对应原文考虑，取直译《暧昧的日本和我》。

"暧昧的日本和我",这个题目给人的感觉也很奇妙。究其原因在于,这句话说的是日本是一个边界暧昧的国家,从何处到何处是日本,极其不明确。大江似乎有一种自觉的意识,即,川端身上可见的那种个人与国家之间的明确的关系,似乎在自己这里是没有的,或者说已经开始坍塌了。

如前所述,从川端和大江的演讲中可以看到很多与国家相关的、从多个层面出发的不同思考,很有意思。不过,其中最大的问题还是"边界"。

比如,在"外国文学"的世界里,就存在着严密的边界。特别是在日本以《世界文学全集》为标志的文学制度中,曾有着明确的边界线。这一点,看以前出版的世界文学全集就会明白了,它们各卷的内容是如何安排的呢?第一卷是希腊或者古代中国,一般都是从古代开始的,此后,则是一边按时间顺序划分出不同的时代,一边按照国别来安排每卷的内容。对于那些不太重要的国家,多以"东欧等其他国家"的形式放到一起,对主要国家和地区则有一种按国别来划定地盘的意思。但是,现在的文学已经很难像从前那样按国家的不同来划定边界线,并把作家们一一对应地放进去了。比如卡夫卡,可以把他放在德国文学的地盘里吗?很明显是不可以的。他是一个犹太人,曾住在捷克的布拉格,他用德语写作,但您不能因此就断定他是一个德国作家。这种类型的作家,在进入二十一世纪后人数迅速增加,比以前多了很多。

此前,日本缺少一套忠实地反映现在这种状况的文学全集,一直到最近,池泽夏树先生个人编辑的全集出版(《池泽夏树

个人编辑 世界文学全集》全三十卷,河出书房新社,2011年完结)。作为文学全集来说,这一套书属于是小规模的,但是,对于思考文学和边界的关系来说,它的架构设置是非常耐人寻味的。

池泽先生在开始编辑这套文学全集时,曾提出了一套非常明确的方针,那就是,放弃从古至今按顺序排列的做法,作品的选择暂且以二十世纪出版的比较新的作品为中心,放弃那种无意义的按国别划地盘的做法。因此,不仅没有按照哪个国家放几册等的旧有做法来选书,还放入了许多很难断定"这个人属于哪个国家"的那种越境写作的作家。

如上所述,在现代的世界文学当中,似乎可以说已经出现了很多难以像从前那样轻易地就可判断"这个人的作品属于哪国文学"的作家,而他们正在成为世界文学的主流。在这种情况下我认为,像多和田女士这样的不断地进行着"走向母语之外的旅程"的作家,不单是对日本是如此,对现在的世界文学来说,也是一种具有象征意义的存在。

流亡者生存在看不见的"起点"与看不见的"终点"之间

沼野: 今天我准备了几段文字,接下来将一边朗读这几段文字,一边进行今天的对话。首先是诺贝尔文学奖获得者、最近刚去世的波兰女诗人维斯瓦娃·辛波斯卡[①]的作品。原文是波兰语,今天引用的是由我翻译的日语。

[①] 维斯瓦娃·辛波斯卡(Wislawa Szymborska,1923—2012),波兰女作家、翻译家,于1996年获诺贝尔文学奖,著有《一见钟情》《呼唤雪人》等。

> 任何事情都不会发生两次
>
> 绝不会
>
> 因此
>
> 人在出生这件事上从不会有什么进步
>
> 死亡的经验也没法积累

这首诗讲述的是人的生命只有一次，（平时可能不怎么去想，但）看到这首诗，大家有没有内心猛然一惊呢？可能会有人觉得，"人在出生这件事上从不会有什么进步"这一句说的是什么很不可思议的事情，但仔细考虑下就会发现，确实如此啊。

为什么今天要在这里提到这首诗呢。因为，在人类真正面临的那些根本问题中，生与死的问题就是其中之一。换一个说法就是，起点和终点的问题。然而，无论这事情如何重要，一个人都不会有关于自己的起点，也就是出生时的记忆，而当他离开这个世界时，也无法向他人说明自己死亡的经验是如何的。也就是说，人生，或者也可以说文学，就是存在于自己所无法了解的起点和终点之间的。

因此对于文学来说，终极问题有两个，一个是"我们从何处来"，关于人生的起点；一个是"向何处去"，关于人生的目的和终点。而我们人类，就活在这两个不可知的问题的夹缝中间。我觉得，文学就是这样的一种存在。出生之前，还未可知。死亡之后，已不可知。我们就在"未"和"已"之间活着，游荡着。

之所以今天会说到这些，是因为我觉得"越境者"和"流亡者",正是上述所说的人类这种暧昧的存在方式的原型。他们离开了生养自己的地方,也就是自己的起点,为了奔向一个乌托邦而移动、迁徙。但现实中乌托邦是哪里都没有的,因此他们也无法找到自己的理想。这样一来,他们就一直在起点和终点之间的夹缝里求生存,而这正是人类生存方式的某种象征。我是这样认为的。

今福龙太是我非常尊敬的一位与我同龄的文化人类学家,他说:"从哪里来,到哪里去,这并不是问题。最大的问题是,我们活在哪里与哪里之间。"两个地方"之间"的位置,一般来说多是不舒服、不稳定的,而有时,正因为处在这样的一个位置,才能发现根本的问题之所在。二十世纪的欧美各国有很多的越境文学家,作为其中很有名的一个典型,在此我想给大家介绍一下弗拉基米尔·纳博科夫。

纳博科夫是一位俄罗斯作家,1899年出生于俄罗斯的一个贵族家庭。俄国十月革命后,他先后流亡到英、德、法等国家,1940年去了美国。在美国,他成为了一位可以用英语创作的世界级著名作家。他的英语创作几乎与俄语同等水平,而他的文章无论是英语的还是俄语的,都有着娴熟而高超的技巧,所以他不仅被称为语言的魔术师、语言的天才,还经常被作为二十世纪作家的流亡式生存情景的代表——在流亡生活中他不仅超越了国家的边境,也超越了语言的边境。对于纳博科夫,英语文学圈知名的评论家乔治·斯坦纳说,"由于社会的变动和战争而被从一种语言驱赶到另一种语言的著名作家,正是流亡者时代最适合的象征",并指出纳博科夫就是其中的典型,说他"由于其自身脱领域式的性格，从深层意义上来说纳博科夫的人生是很具有现代性的，是现代性的代言人之一"。

这里的"脱领域"一词，斯坦纳原文中用的是"extraterritorial"。"extra"是一个接头词，意思是"外面的""范围之外的"，"territorial"当然是来自"territory（领域）"，所以总的来说"extraterritorial"指的是"领域或领土之外"，它原本是一个法律用语，意为"治外法权"。

把法律用语用在文艺评论上，是斯坦纳的独创，他用这样一个词来描述一位作家，是很有趣的。只是，在把这句话翻译成日语时，如译成"治外法权作家"，听起来就会像是一篇法律文章，不能很好地传达原文的意思，日语的译者遂以"脱领域"一词代之。最初提出这种译法的是英语文学研究者由良君美。现在"脱领域"这个说法已经是文学圈内人人皆知的常识了，我觉得这是一个具有独创性的、非常好的翻译。

对于这种脱领域的知识的存在方式，斯坦纳很早就洞察到并试图向外界传递这一思考，只是他的看法太华而不实，或者说太理想化了。即使人们可以从一个国家移动到另一个国家，也不可能那么简单地就从一种语言切换到另一种语言。

纳博科夫之所以可以完成这种切换，并非是因为他去了美国之后重新学习了英语，而是因为在俄罗斯生活时，从幼年起他就处在一种可以像使用俄语一样使用英语的环境中，他本身就是作为一个双语者长大的。很多情况下，即使一个人离开了他以前生活的国家，他的语言也并不是那么轻易就能改变的。斯坦纳的说法忽略了人们在语言上所面临的严峻现实。

那么，实际情况是怎样的呢？应该说，是向心力和离心力这两种相反的力量在共同发挥着作用。这里所说的离心力是指，由于受到迫害等等的原因，一个人开始厌恶他原先所生活的地方，有一股力量推着他离开那里走向外面的广阔世界。反之，向心力指的是，一个人离开故乡得以活命后，他又开始思念故乡，对失去的母语的眷恋与日俱增，或者说对故乡的思念之情愈来愈浓烈——这样一种力量。流亡者就处在这样的向心力和离心力的夹缝之间，他们活着，身体却犹如被撕裂。我想，这是他们的宿命。

日本作家对日本文学的回归等问题

沼野：塞浦路斯·诺尔维特是十九世纪的一位波兰诗人，他也经历过流亡者生涯，在提到"自己的土地"时，他是这样说的，请听：

> 只要 还在持续地行走着
> 就 只有我脚下所踏的那块土地
> 才是我的土地

这几句诗真是意味深长，说得特别好。人类往往是贪婪的，即使是自己并不需要的土地，也会大量地加以囤积，硬说这是我的领土。但诺尔维特这个人却持一种非常谦卑的态度，他说的是，自己是一个流亡者，一个处在移动中的人，不需要多么广阔的领土，只要自己还在走路、还在移动中，那么就只有自己的双脚所踏的那一小块土地才是属于自己的土地。而且那块土地并不固定，人移动，土地也会变。

反过来看，这几句话其实也是在说，无论一个人多么谦卑，如果他不觉得有一块土地是属于自己的，就活不下去。持续地移动、持续地行走，是一个重要的现代社会的现象，但无论怎样，仅靠这一点是无法活命的。要扎根何处，何处才是自己心之所依的原本的家，这也一直都是一个重大问题。

于是，不止流亡作家如此，对那些没有流亡经历的作家来说，这同样是一个重大问题。就众多日本的文学家而言，很多人都是年轻时向往外国文学，在离心力的作用下大大地扩展自己的注意力到日本以外的外部世界，而随着年岁的增加，渐渐觉得"还是日本的古典文学好啊"，开始去读《源氏物语》《万叶集》。我这样说不是在讽刺谁，从某种意义上来说，这是很自然的事情。

比如说村上春树，很多人都说他年轻时受美国文学的影响很深，但我读他近期的长篇小说发现，《海边的卡夫卡》（新潮社，2002年，新潮文库）中有《源氏物语》，《1Q84》（1—3，新潮社，2009—2010年，新潮文库）中有《平家物语》。回想二十世纪七十年代初期村上春树的样子，再看看现在他身上会发生的这些变化，真是令人难以想象。如果把这种现象解释为村上春树随着年岁渐增也开始回归日本文化，他可能会不高兴，但我觉得，事实就是如此。

因为村上春树在国外待的时间较长，可以说他具有某种身在何处并不为人所知的类似于流亡作家的气质。其实，这种倾向不仅在流亡作家身上可以看到，住在日本国内的作家也是一样的。一方面是对于回归之处的向往，一方面是想要扩展到外部世界、拓宽视野的想法，而在这两种力量之间，也是有一个边界的——正因如此，那些要超越的东西，还有要守护的东西，这两个方面都会是问题。

我自己也是如此。年轻时候，作为一个专门做外国文学研究的人，很任性地觉得才不要做什么日本文学研究，要做就做俄罗斯的，不不，还是做美国的吧。就这样过来了。后来上了点年纪，在大学教授现代文学论，接收了很多来自其他国家的留学生，这样一来，还真是不能说"日本文学很无聊"这种话了。听利比·英雄先生说《万叶集》很棒，也就拿来读读看，这一看不要紧，我再次切身体会到了，日本在一千年以前就有了真的很棒的文学。走到这一步我花了三十多年的时间，经历了陀思妥耶夫斯基和福克纳，我才终于体会到，（不光是外国文学）日本文学也要更好地去研究才行。

很多日本作家到了晚年都会表现出这样的倾向，但也有例外，虽然很少。比如我很尊敬的作家安部公房①，他就一直到最后也没想要回归日本文学。晚年时他所关心的，倒是反传统的克里奥尔文化。他的这种姿态一直持续到了晚年，非常彻底，所以我一直都很佩服。利比·英雄先生也曾受到安部公房的影响，所以说，像安部公房这样的非日本式的日本作家，给现代日本文学

---

① 安部公房（あべこうぼう，1924—1993），日本小说家、剧作家，1951 年凭借《墙》获芥川文学奖。

潮流的重要部分带来了非常重大的影响——这一点是不可忘记的。

关于语言的向心力和离心力

沼野： 接下来我继续引用。

首先是约瑟夫·维特林，这是一位流亡到美国的波兰作家，今天引用的部分来自他的随笔集《流亡的荣光与悲惨》（1957年）。他的作品并没有被翻译成日语，所以在日本没有什么人知道他，不过请听，他说过这样一些非常有趣的话：

> 在流亡生活中，也可以观察到一种耐人寻味的现象，我想称之为"语言的回归"。那些已经忘却、在现在的生活中也不再使用的语言，就那么自动地回归到现在的意识里。

稍微跳过一部分，接下来他是这样说的：

> 那些语言，如影子，亦如亡灵，纠缠着作家们不放。不久后，这些影子开始拥有自己的生命，成为神话。凡流亡作家，无论他是谁，都大量地储存有这样一些语言的神话。到那时，语言的独特魔术开始在作家，尤其是诗人身上发挥作用。那是一种在日常生活中完全没有或者说几乎没有任何意义的语言所拥有的不可思议的魅力。而使用这个魔术，就是我们的工作。

约瑟夫·维特林的这篇随笔使用了大量的文学修辞,可能有一点难懂,他想说的是,在流亡者的生活中,有一天母语苏醒过来,并拥有了一种独特的力量。我觉得这里说的就是语言所具备的那种向心力。过去的语言如神话一般苏醒过来,它们吸引着流亡作家,并成为他们创作的源泉。

在日本文学界也有这样的例子。以现代作家来说,水村美苗女士就是如此。她在十几岁时去了美国,在美国生活了二十几年,还在那里读了研究生课程,英语说得非常漂亮。水村女士著有一本小说,名字叫作《私小说:从左到右》,该书打破常规,使用了横写的格式。这本书的设定是,一个可看作是在美国生活的水村女士自己的分身的人,跟她的姐姐在电话中互诉衷肠。两个人都是英语和日语的双语者,所以有时候会出现以下这种情况,也就是,聊天的过程中,如果出现了那种不说英语就较难表达的话题,她们就马上切换到英语,而接下来的一段时间,她们就那么用英语沟通。该小说的文本混杂了英语和日语,是一本双语小说。

听了这部小说的设定,您一定会认为水村女士是一位走出了日本的越境作家,听起来不太像典型的日本人。而实际上,这部小说表达的是愈来愈多的对日本的思念。一个人越过边境,来到异国的土地上,在他心中愈加浓烈的却是对日本的思念,对日本近代文学的思念。

水村女士并非一位多产的作家,但此后她也写了一本非常重要的小说,即《本格小说》(新潮社,2002年,新潮文库)。小说中满是日本对迈入现代社会的强烈憧憬,书里描述的那种感觉如此强烈，我甚至觉得居住在日本国内的人并不曾有过那样的情感。原本水村女士在她小说家职业生涯的处女作是小说《明暗续》（筑摩书房，1990年，后来的新潮文库、现在的tikuma文库），在这部小说的创作中，她做了一个破天荒的尝试，续写了夏目漱石的《明暗》。相较来说，我认为《本格小说》是一个向心力的典型，即，正由于作者在异国生活了很长时间，才对日本文学抱有极为强烈的向心力。

接下来，我再朗读一段文章。约瑟夫·布罗茨基的随笔《我们称之为流亡的生存状态》，原文是作为一篇演讲稿写成的。布罗茨基1940年出生于俄罗斯，后来流亡到美国，1987年获诺贝尔文学奖，是二十世纪后半期世界文学的代表性诗人之一。到美国后，他开始用英语写随笔，诗歌方面他也不只是用俄语创作，有一部分诗歌是用英语写成的。他极其重视语言的离心力。

> （前文省略）为何会如此呢？因为我们称之为流亡的那种状态的另一种、第五种真相是，它会很可怕地加快一个人通往孤独、通往那种绝对性视野中去的飞翔——或者说漂流——的速度。也就是说，留给这个人的仅仅是他自己本身以及自己的语言，在这两者之间，没有谁、没有任何东西介入，他就在这样的一个状态中漂流。平时要花一生的时间才能到达的地方，流亡可以在一夜之间带他到达。（中间省略）所谓的流亡者，就像是被装进胶囊后发射到外星球的狗或者人一样，就是这样一种感觉（当然了，与人相比，还是更接近于狗。因为此后，流亡者是绝对不会被回收

的)。这个胶囊,就是流亡者的语言。而为了使上述隐喻更加完整,我必须再追加下面这句话——乘坐胶囊的人不久后就会发现,这个胶囊并不会被吸引到地球的方向,而是被吸引到了地球的另一边。

这段描述极具文学性,可能不好理解,总之他想说的是,语言具有一种离心力,会不断地飞向外部的领域,这是语言原本就有的力量。而我的看法与维特林所说的向心力是明显不同的,我认为,语言原本就具备两种力量。在存在的层面,流亡者、越境者们就暴露在这两种力量之间的空白地带,在这样一个虽则不够安定,但也充满刺激的状态下,来直面语言本身。我认为,置身于这样的情景下持续进行创作,终将会开拓出一个新的文学世界。

《不着边际的故事》[①]:身处被动状态反而带来了自由写作的可能
沼野:接下来,由于多和田女士还没有到场,我想对她提出的"exophony"这个词略做说明。

多和田女士出生于东京,毕业于早稻田大学俄语系,之后去了德国,一边工作一边在当地的大学学习,同时也进行写作。她同时用德语和日语创作,在日德两个国家都获得了很高的声誉。在日本,从群像新人奖到芥川奖、谷崎润一郎奖、野间文艺奖,

---

① 该书的日文名称为《雲をつかむ話》,多和田叶子著,2012年,讲谈社出版。中国尚未有译本。

以及这次的读卖文学奖（2013年第64届）等等，可以说主要的文学大奖她几乎拿了个遍。

多和田女士的作品在语言上具有相当的实验性，从这一点来说，她的小说并非是那种被人们当作娱乐性读物来阅读的大众性作品。与村上春树等人相比，她作品的出版量大约仅为他们的几十分之一或者几百分之一。但是，一部分读者对她的作品给予了极高的评价。我想在场的各位也了解，一个作家伟大与否并非是由他作品的出版量决定的。多和田女士的厉害之处在于，与在日本一样，作为一位德语作家、诗人，她在德国也占有重要的一席之地。她去德国已经很长时间了，但至今初心未改，还是以德国为自己生活和创作的大本营。

有时她也会回来在日本演讲，但平时她的生活与日本社会是保持着一定的距离的，而持续活跃在世界文坛，多是受邀到以德国为主的欧洲各地以及美国等国家演讲，或者进行诗朗诵的表演等。可能身在日本的我们不太了解这些，但其实她各方面的成就都是非常突出的，是欧洲最有名、评价最高的为数不多的日本人之一。自从以作品《失去脚踝》（收录于《三人关系》，讲谈社，1992年）获群像新人文学奖以来，多和田女士作为作家的经历也不过才二十年左右，现在就已获得了如此之高的荣誉，实在让人惊叹。

她有一本小说叫《雪的练习生》，是本次野间文艺奖获奖作品、她的最新长篇小说《不着边际的故事》（讲谈社，2012年）的前一部作品，被称为"北极熊一家三代的传记"，写得非常有意思。我对这部作品的评价很高，小说出版时曾与多和田女士就此对谈过……

啊，多和田女士到了。

（多和田叶子从讲台一侧的入口进场。沼野招呼她登上讲台。会场内响起掌声）

多和田：（面向会场）非常抱歉，我迟到了。昨天睡的时候大约是夜里十二点半，但一觉醒来已经是下午的一点半了。应该还是时差的影响，从我的身体感觉来说，现在这个时间大约才早上的八点半。

沼野： 其实昨天晚上是读卖文学奖的颁奖典礼，多和田女士为了参加这次典礼刚刚回国，作为评委之一的我昨晚也跟多和田女士一起工作了。多和田女士，首先要恭喜您获得了读卖文学奖。

本次的获奖作品是《不着边际的故事》，那就先来说说这本书讲了一个怎样的故事吧。这部作品，怎么说呢，有一种顺藤摸瓜的感觉。作品采用了联想引发联想的形式，我感到其中流淌着一种移动和联想的强烈感觉。

多和田： 以前我写过一本书，叫作《犯罪嫌疑人的夜行列车》（青土社，2002年）。那时我曾想，就根据自己以前乘坐夜行列车的经历来写吧，但夜车嘛，是晚上跑的，外面黑漆漆的，什么也看不见，什么也不会发生。所以也想着说，大概什么也想不起来吧——但就这样开始写。但一旦开始之后，情况跟预想的正相反，记忆中那些空白的部分刺激了我的想象力，很多想写的东西奔涌而出。怎么说呢，有点像是顺藤摸瓜。有了这一次的体验后，在写《不着边际的故事》时，也像顺藤摸瓜一样，先是有了个想法是想写一写自己到目前为止所接触过的罪犯，继而，在写的过程中又开始思考"罪犯"是什么，后来又意识到，从根本上来说"犯罪"这个概念才是问题……就这样，暂时就先从记忆中那些自己直接接触过的人开始，原封不动地按他们的样子开始写，哦，说"原封不动"可能不完全准确，总之就开始写了。——当时的创作情况就是这样的……所以，在《群像》杂志上连载时，并不是所有的章节、一直到最后一章的内容都计划好了后才开始写的，那时我想的是，就一个接一个按脑海中出现的顺序写下去吧。所以在写的过程中我的感觉是，写完了的就没法再改了，只有继续写接下来的内容。书中穿插的那些逸闻，几乎都是现实中发生过的事情，当然这样说也不全面啊，但可以说的是，虚构的部分是保持在百分之十以下的。小说中登场的罪犯，几乎都是现实中我实际有过接触的。

沼野：虽然与众多的私小说不同，但这部小说也在相当大的程度上加入了自己真实生活的体验啊。多和田女士经常收到来自世界各地的各种机构的众多邀请，每天的日程一定非常繁忙。在这种情况下写连载小说，又不能天天伏案专心创作，我想可能很大一部分需要在移动的旅途中写作。阅读时似乎也能感受到某种创作过程中移动的感觉，小说也给人一种从一个联想到下一个联想流动的印象，而这种感觉与故事的内容又非常匹配。现实中您创作时是一种怎样的状态呢？

多和田：一般来说，当时正在写的故事内容或者故事中出现的国家，常常与自己现实中所在的国家是不同的。如果一致了，可能我反而会感觉不舒服。（写作和现实中的旅行）就像总是在同时进行着两种不同的旅程。不过在我来说，怎么说呢，只有在有人邀请的情况下我才会出去旅行，而邀请我去的那个国家里，无论它有多小，一定是至少有一个人读过我的作品，而这也是我去到那里的缘由。所以，我自己的作品以及我作为一个作家的创作活动，就是我旅行的向导。《不着边际的故事》也是如此，因为写这本书的缘故，我置身于了一个可以接触到罪犯的场景中。若一开始不写东西，就不会与那些人相遇，由于写了一些文字，从而得以与他们相遇。或者说，写作这件事情，成为了我与他们相遇的缘由。因此，自己为何会去到那个地方，自己作为一个身在国外进行创作活动的作家的履历，等等，这一类的东西都写进小说里了。

沼野：《犯罪嫌疑人的夜行列车》我也很喜欢，作品是在流动中、移动中写成的，故事展开的方式也很自由，而这次的《不着边际的故事》呢，则在这些特点的基础上又加入了一些个人的经历来推动故事情节的展开。对《不着边际的故事》我也写了自己的评论，在这里读一下其中的几行。

> 多和田叶子所著长篇《不着边际的故事》讲了一个这

样的故事。主人公与作者本人有几分相像,也住在德国,由于一位"罪犯"的突然造访,一些事情发生在了她的身上,而以此为契机,她顺藤摸瓜,不不,是顺着"云彩"摸瓜似的,她回忆起了从前各种各样的记忆,并开始讲述这些记忆,一直到现在。多和田特有的语言上的实验性,移动和摇晃的感觉,还有如云朵一般自由而流畅的叙述语言本身所透出的那种可笑与不合理,所有这些因素相得益彰,使得该小说成为多和田创作生涯中的一篇非常成功的作品。

在作者面前说自己的评论,我这是班门弄斧了,多有得罪啊,不过这就暂且不提。总之呢,放松而不紧绷,在移动的过程中不停地写下去——这就是多和田女士的风格。您几乎不会在她身上看到那种逞强自负的样子,就像在说这是我"最好的杰作"似的。反而,由于是自由自在地书写,相应地,她才得以创作出最好的作品。那么,您自己会感受到成就感吗?还是您是属于哪种类型,比如说这一部写完了,马上就开始考虑下一部作品写什么?

多和田:写《不着边际的故事》时,我也丝毫都没有那种要写一部巨著的企图,真的是处于一种被动的状态。就跟旅行一样,有人邀请,就什么也不想就出门了,我没有那种想法说自己要去什么地方搞点什么大事情。我感到,被动的状态是可以带来自由的。刚才您夸我的这部小说有很多的设计,我是很开心的,但是说设计的话,可能会让有的听众觉得,是作者有意识地设计了这些情节然后把它们写出来。但其实我创作的过程并不是这样的,这本书里面,凡是可以成为意识考虑的对象的那种小设计全都去掉了,真的是把肩膀上的力气全都放下来,放松,让自己成为无一物的意识本身,带着一种就像坐在那里冥想一样的心情——这样说好像也有点奇怪,但那种精神状态确实就像只是呆呆地坐着,看着天上的云朵飘来飘去,然后看看会有什么东西出现,出现了就捕捉住它——怎么说呢,云彩当然是捉不住的,那就写它的那种不可把握之处——就是这样的一种感觉,一直写到最后。结束的时候是很开心的,觉得这下子终于写完了,可算抓住它的尾巴了。写到中间的时候,福岛发生了核泄漏事故,这个故事也就走到了它的终点,这才好像是完成了一部作品,但如果那时什么也没有发生,可能一直到今天还在写。

沼野: 小说跟人生是一样的。从某种意义上来说,如果这世界上存在一本既没有开始也没有结局的小说,想想也不错呢。

在我自己之外还有一个我的意识,有时它会看着这个我发笑

沼野: 与《不着边际的故事》相比,《雪的练习生》被称为是"北极熊一家三代的传记",故事性很强。在刚才我说的上一次对谈中,多和田女士曾经讲过这样一句让我印象深刻的话,她说:"我花了二十年的时间,从狗的事情一直讲到熊的事情。"这是什么意思呢,其实多和田女士的初期代表作有一部是《入赘的狗女婿》(讲谈社,1993年,讲谈社文库),有动物的形象出现在其中的某些重要情节当中,非常有趣,后来她又写了被称

作是"北极熊一家三代的传记"的《雪的练习生》,同样也有动物出现,而这两部作品前后隔了二十年。

《雪的练习生》这部作品,不仅具有极强的故事性,书中还描写了历史洪流的变迁,作为故事的前提,还详细描述了加拿大、东德、苏联等国家的国情。在这一点上,该小说具有某种现实主义的,或者说历史小说的特点。特别是关于东德的部分,这一特征非常明显。从这个意义上来说,此前人们提及多和田女士的作品时,多是强调其语言上的实验性这一侧面,但说起来这是一部历史性画卷与语言意识层面的东西互相交错在一起的作品,它使得多和田女士在自己的小说创作方法上打开了崭新的一页。我是有一种这样的印象。与《不着边际的故事》相比,在写《雪的练习生》时,您的创作态度是不是非常不一样?

多和田:您提到了熊和云①,而抓到一只熊和捉住一片云,手的触感是非常不一样的。抓到一只熊时,手上会有一种实实在在的感觉,其实在写这部小说之前,我就很喜欢白熊克努特②,收集了各类关于它的很多信息。这个过程中,发现母熊多斯卡与东德的关系非常有趣,想着那就写一部两代白熊的传记吧,后来偶然

---

① 《不着边际的故事》,该书原文的日语名字为《雲をつかむ話》,直译是"捉住云彩的故事","雲をつかむ"是日语中的一个惯用词组,直译是"捉住云彩",意为"不着边际"。这里多和田说"熊和云",分别指的是《雪的练习生》和《不着边际的故事》两部作品。

② 2006年出生在柏林动物园的一只北极熊。由于母熊多斯卡拒绝抚养刚出生的这只小熊,因此它是靠人工喂养长大的。它的样子不仅在德国国内,而且在全世界范围内都引起了人们的喜爱和关注。2011年去世,约两年后的2013年2月,其遗骸作为标本展示于柏林自然历史博物馆。

在某个研讨会上听到有人发言说，三代传记是当今移民文学的一种模式，我就想，这个有点意思。首先是第一代的移民体验，接下来是第二代的体验，然后是作为作者的第三代是如何看待这一历史变迁的，这样分三个过程来描述移民体验。于是我又开始写多斯卡的母亲，也就是克努特的祖母的经历。但是人们对这只熊祖母一无所知，也找不到资料，所以我决定创作一个虚构的故事。关于多斯卡我查了很多资料，关于克努特，则是根据刊登在杂志和报纸上的信息写成的。刚刚就在昨天（德国时间2013年2月18日），历时两年的克努特的标本制作工作完成了，它的标本展示在了柏林自然历史博物馆。有相当多的人跑去参观，甚至有人担心会引发集团性的歇斯底里事件。

沼野：在场的各位听说过克努特的故事吗？这是一只熊，出生后熊妈妈放弃了对它的抚育，这引起了德国公众的关注，日本对此也有过很多报道。后来这只熊取名为克努特，深受人们喜爱，但最后还是死了。

多和田：在日本，克努特只是作为一只可爱的白熊而被报道的，对吧？这点在美国基本上也是一样的，但是德国的相关报道就涉及了各类政治问题。克努特的妈妈多斯卡为何会不喜欢自己的孩子呢，那是因为它在马戏团工作的过程中失去了母爱等等，类似的说法就登在报纸上，说得像那么回事似的。我呢，原本就对社会主义和马戏团这一话题感兴趣。多斯卡的一生，确实是历经了二十世纪八十年代末苏联解体以及德国的统一。此外，白熊与环境问题也有关联。若全球持续变暖，北极地区冰雪消融，那么北极熊将无法生存。因此，在德国媒体报道中克努特还曾经被当作是环境保护的象征，我隐约记得自己看过一张它跟德国的环境部长啊还是谁一起握手的照片。所以这就深刻地反映了，在这个世界上，就连一只白熊也是无法脱离历史而生存的。此外还有，动物园本身也是处在资本主义社会的竞争当中，也会跟其他公司一样需要大量的经营费用，会把动物打造成明星，售卖与克努特有关的周边产品，有时候还会出于经营方面的理由买卖动物。白熊克努特的生命，与以上各种各样的问题是紧密相关的，所以我才不得不去书写历史的话题。或者说，写白熊，就是写历史。

沼野：原来如此。《雪的练习生》确实是这样的，一方面，它直面了现实与历史的关系这一重大问题，同时从文学手法上来说它也极为有趣。多和田女士的每一部作品在语言的使用方面都具有敏锐的意识，就这部小说来说，如何用语言来表达熊的意识，又如何描写与熊接触的人们的语言和意识，这些部分都非常有趣。一般来说，对于使用了实验性创作手法的作品，读者会感到很难懂，跟不上作者的思路。但这本小说呢，一开始可能确实会有些困惑，但如果您跟上了故事的节奏，后面的内容就会让人感到惊险而刺激，读来很是过瘾。小说的字里行间都透着一股幽默劲儿。不管怎么说，站在熊的立场上来看、来表达对这个世界的观感，那它跟人类的视角总是会有所偏离的，画风会变得很奇怪，这样一来，幽默感自然而然地就生发出来。这种幽默感是您有意设计的吗？

多和田：没有，《雪的练习生》里的幽默感，不是我刻意设计的。它写的是熊的故事，同时也是一个关于移民的故事。当人们接触到另一种新的文化时，总会有各种误会产生，虽然有很多事情是笑不出来的，但也确实经常会有一些让人忍俊不禁的事发生。不光熊是如此，我自己也是一样的，比如说第一次看到烟熏三文鱼的外包装时，就感到很别扭。

沼野：有一个词叫"异化"，当我们持有另一种立场，对那些大家都认为是理所当然的事情没法持同样看法时，就会觉得有些奇妙、魔幻，同时又感到很好玩。

多和田：是的。虽说这个世界已经全球化了，但人在旅途中，还是处处都会遇到自己不懂的事情。店里，厕所里，房间里……处处都会遇到。想开窗的时候打不开，想用水的时候水管不出水，没有电开不了门锁，等等，您会遇到各种各样的事情。为了解决问题，要辛辛苦苦想各种办法，有时也会束手无策倍感无奈，时而又为此生气不已，但就我自己而言，每当这种时候，在与自己隔开一点距离的地方还有另外的一个自己在笑，也就是说，我并非只是在生气。而一般来说，我总是会被吸引到好笑的那一面。我觉得这是一种健康的移民似的感觉。

沼野：是啊，如果没有一个出口可以笑一笑，人是活不下去的。但是，如果彻底习惯了这一类事情，往往就见怪不怪，知道是怎么回事了,也就放下不管了。当一个人还能保持初心,仍然觉得这些事情有趣,他的这些经历可能就会变成文学。

我也是如此。刚去美国的时候我遇到过这样一件事。有一次我想去寄信。美国的邮筒是蓝色的,所以先就吃了一惊,脑海中我劝自己说这就是邮筒,等我要把信投进去时,邮筒盖又打不开,信投不进去。我很无奈,但又不好意思问别人"我怎么才能把信寄出去"这样一个傻问题。那时候年轻嘛,脸皮薄。后来是怎么解决的呢,我就站在邮筒旁边,样子像在等人一样,一副若无其事的表情,等着别人来这个邮筒寄信。终于来了一个人,我就悄悄地观察他投信的样子,才终于明白了,原来啊,打开这个邮筒盖不是靠推,而是要往自己这边拉的(笑)。"推不动的话就拉一拉",这话说得有道理啊。就是这样,当我们接触到跨文化的环境时,会遇到很多这样的小波折,要是每一件事都生气的话,真就活不下去了。还是笑一笑比较好。

多和田的两种创作方式

沼野:我认为,多和田女士的小说大概来说可以分为两个系列。一种是像《犯罪嫌疑人的夜行列车》《不着边际的故事》,在一种移动的感觉中,把移动本身作为写作的主题,《旅行的裸眼》[①](讲谈社,2004年,讲谈社文库)也是这样的。还有一种是把某种故事性的建构作为主题。您是有意识地把两种系列当作了自己创作的方向吗?

---

① 日文书名为《旅をする裸の目》。目前国内没有中文版。

多和田： 在我自己这里，这两个系列是连在一起的。

白熊的故事里也并不是没有移动，历经祖孙三代，白熊家族其实经历了一个非常大的移动。当然并不是那种每天都在进行的移动，而是停留在某个地方，比如说在马戏团工作，这样的。所以，它们过的不是移动生活，而是一种定居生活，就是马戏团舞台上的生活。而所谓舞台上的生活，意味着什么呢？这又是另外一个主题。《犯罪嫌疑人的夜行列车》里，虽然移动中的主人公是一个舞者，但关于他的舞台生活我在书中丝毫没有涉及，写的只是他在移动过程中经历的事。

似乎处在移动中，但又一直停留在某处的那类作品，有《修女与丘比特之弓》（讲谈社，2010年）。小说里那个在修道院生活的解说者，并不是在本地出生的，更不是几代人都定居于此的本地人的后代，他只是出于偶然的机会来到了这个修道院暂居在这里，并观察着那些定居的人们。所以，即使停留在这里，他也是处在一个旅人的立场，或者说是舞台艺人的立场。那么，这里多写一点内容，小说的故事性就强了，而这在一定程度上也反映了我自己的生活方式。我也是时常处在移动中，有时也会在某个国家的某个大学的职位上停留一段时间。像现在生活在柏林一样，我也会在某个地方住一段时间。但并不是永远都住在那个地方，还必须再次移动。就像上面说的那样，写一个故事时，有时候我会把重点放在暂时停留在某处的这个部分，有时则会把重点放在移动的部分，可能会有这样的区别。

沼野：《修女与丘比特之弓》也是一部耐人寻味的作品。故事发生的舞台是女修道院，这是一个有着清晰边界的空间，而小说的后记中则写到其中有一个人去了美国，所以最后还是留了一个打破闭锁空间的设计，可以说，是这一设计成就了这部作品。

在这里我想问的是，最近您的小说《飞魂》作为讲谈社文艺文库出版了。这也是本很棒的书，我建议大家都来读一读。不过呢，仔细想来，我觉得这一作品的设定跟《修女与丘比特之弓》非常相像。《飞魂》里故事发生的时代和地点都是不明确的，但因为书中好多人物的名字是汉字，所以很多读者认为可能是在中国，但这其实是一个虚构的世界。故事发生在一个有老师有很多学生的类似于书院一样的地方，这一点也与《修女与丘比特之弓》中把修道院作为故事的舞台一样，两者的基本结构是相同的。还有一点也是相通的，这也是多和田女士经常采用的手法了，就是人物的名字会用一些独创性的汉字。就连《修女与丘比特之弓》也是一样，故事明明发生在德国，里面的德国人却都有一个汉字的名字——小说是这样设定的，说主人公每遇到一个德国人，都会想这个人可能是这样的名字吧，她想象的这个名字就成了小说中德国人的名字。

就像这样，这两篇小说是有一些相通之处的，但是在《修女与丘比特之弓》中，出现了一个与现实中的多和田女士很相像的人物，这一点与《飞魂》不同。所以我想问的是，在写《飞魂》时，您是否有这样一种强烈的想法，就是，撇开现实而只依靠语言来创造一个故事的世界呢？

多和田：《飞魂》写在《修女与丘比特之弓》问世的十几年前，那时我从来没想过有一天自己会有机会在某个修道院暂住一段时间，所以确实是只凭头脑中的想象写出来的。以前在重读《论语》时，我就想，孔子和他的弟子们每天总是在一起的情形是什么样子的呢。对此念念不已。暂且不论老师和弟子们是否真的住在一个地方，他们不是一家人，却总是在一起一边吃饭一边互相谈论哲学问题——我对这种生活方式很感兴趣。

于是，我就在自己的想象中虚构了一个架空的世界——当然我笔下的是一个女性的世界。写的时候我完全没有想过在这世界的某处还有一个修道院与之相似，而写完的时候，我的脑海中已经有了这样的一个地方了，所以当后来接到一个邀请问我要不要去某个修道院住一段时间的时候，我马上就答应说我去。而实际上到了修道院以后我也感到，自己从前写的小说已经提前为我准备了一个认识它的容器了。并非是有了某种体验后再将其写成小说，而是先写了小说，才可能在后来的人生中体验到那些——这个过程与通常我们所认为的很不同，但或许，可能也是有的。

有过翻译经历后才明白的事

沼野：刚刚我们以近期的小说为中心请多和田女士谈了一些有关她创作的事情。多和田女士作为一位作家从事文学创作，已经有二十多年的时间了。在她的初期随笔中写道："我不相信什么美丽的日语、美丽的德语这一类的东西。倒不如说，我会继续在这两者之间的沟壑所在之处进行一些语言上的探索。"但是在这个过程中，我觉得您自身也发生了一些变化。德语（虽然是外语，但您）说了二十多年，可能它那种外语的异质感也完全消失了。这样一来，在德语和日语之间的沟壑之处耕作的那种感觉也当然就没有了吧。

多和田：嗯。我觉得这是随时都在变化的。比如说，当您习惯了某种语言，就会有这样一个不好的习惯，就是，会用很多没有什么实际意义，但不知道为什么就会加进来的一些没用的词。比如刚才说的"我觉得"，就正是这样一个例子。

所以就会出现一个问题，怎么样才能把这个坏习惯改掉呢？表达的时候，我尝试只是用那些有实际意义的词语，而不是任由"那个啊""呃……""对啊"等等这种没有意义的词变得越来越多。说到德语呢，由于我是外国人，所以刚开始的时候不太会有那种危险，就是说，很少在话语中插入无意义的词语。但是，随着我的德语越来越熟练，说话时无意义的词也用得越来越多。为了改掉这个毛病，我也在做各种尝试。

还有呢，最近我发现，用德语写文章的时候，类似"谁谁这样说了"这样的句子中，"说了"这个词出现得太多了，这让我觉得很是厌烦。用日语写的时候是不需要这样的，只有用德语时才会出现很多"说了""说了"，所以现在我多了一种新的烦恼，就是，德语中要避开"说"这个动词的话应该怎么办。

为什么日语就不存在这个问题呢，我仔细查了一下自己写的东西，发现日语是这样的，您不用写出来是谁说的，读者也会知道是谁说的。看句尾就明白了。但是这也带来一个问题，比如说在描写女性和男性的对话时，如果把女性说的那句话的句尾设定为女性用语，读者就会知道哪句话是女性说的，这样一来，我就会在创作时以超过现实中实际情况的频率过多地使用女性用语。我自己在实际生活中不会使用女性用语，但小说里的女性们说起来"是的呀"① 这类的话都很自然平常。

读了《女性用语与日语》（中村桃子，岩波新书，2012 年）后，我就有了如下的疑问，就是，明明现实中的女性并不会那样说话，但为什么到了小说中女性就会格外多地使用那种尽显女性特点的说话方式呢？一般来说，小说中的对话看起来似乎是非常真切地描写了现实中的状况，但实际上小说家是从小说中学习语言并写作的。我觉得，把此刻在自己的周围正在发生着的对话放到小说中去，其实是一个非常难的工作。以前有一位编辑对我说："多和田女士笔下的女性，说起话来用很多女性用语啊。"当时我心下一惊。可能我就是一心想避开"说"这个词才会这样的。我是这样认为的，也在反省……

沼野：同样的事在翻译的过程里也是有的。如果做翻译的这个人是男性的话，在无意识的欲望中，可能他会想让作品中的女性使用那些女性化的词语，有时候会让她们用那种旧式的、很淑女的说话方式。比如说"哎呀，人家好讨厌的啦"② 等等，会出现这样的说法。而现实中呢，在现在这个社会，就我身边的女性而言已经没有谁是这样说话的了。也就是说，小说语言与现实中人们

---

① 原文日语是"そうよね"，女性化用语，意为"是呢""对的"。
② 日语原文为"あら、私、そんなこといやだわ"。其中的语气词"あら"、句尾的"わ"，在日语中结尾明显的女性用语，句子整体结构也非常女性化。

实际使用的语言是偏离的,小说确实是如此,如果男性和女性说话方式的差异(在句子中)能明确呈现的话,"他说了""她说了"这样的部分没有也可以。

多和田女士的作品中,有的日语小说是有意识地模糊了主语是谁,像《雪的练习生》的开头部分的写法,读者是分不出说话的主语是熊还是人的,连续几页都是如此。用德语写的话,就没法这么处理了,是吧。

多和田:是的。现在我正在做《雪的练习生》的德语版,一开始就遇到了这样的困难,就是说,我也想跟日文版那样,小说开头的部分使用那种让读者看不出主语是人还是熊的写法,但在德语中,主语是人还是动物,所用的单词是不一样的,所以必须得确定下来主语是什么。比如说"手"的时候,人类是有"手"的,对动物就不用"手"这个词。

沼野:如果用描述动物的"手"的词语来表达人类的手的话……

多和田:那样的话,听起来就像在说人的坏话了。当然也能用,但除了开玩笑,或者当笑话说一句"快洗一洗您的前爪"之类的情况外,是不用那个词的。

那怎么办呢,我想了一个主意,把表示人类的"手"的"hand"和表示动物的"手"的"pfote"这两个词合起来,造了一个新词"pfotenhand",这个词用了一段时间。但是后来,在推敲的过程中我也厌倦了，想着干脆就用表示人类的手的单词"hand"算了，正在这时候，我把这事跟一个德国人说了，他说"pfotenhand"这个词非常可爱，所以我又不那么烦躁了，放松下来。所以该用哪个词，到现在我还在犹豫。

我写小说都是要来回反复读几十遍不断加以推敲的，这个过程中会经历各种不同的阶段。有的地方，在最初的阶段会觉得这个句子一定要这样写，这个句子必须得是这样的，但整体通读几遍之后就会到达第二阶段。在第二阶段，有时会在某一个时刻觉得，这个部分是不需要的，删掉也可以的。还有的地方是这样的，就是，在最初的时候觉得自己并没有什么好的想法，也写不出什么，但可能到后来就会觉得，那些太过清晰明确的想法，就算舍弃掉它们也没什么的。所以，有时最后的成文是非常简洁的。这种简洁是不断舍弃的结果，而那些舍弃掉的部分，则以一种不为人知的方式默默地造就了作品的样子。

沼野：刚才听您说《雪的练习生》正在翻译成德语版本，那么预计是在什么时候完成呢？

多和田：马上就要完成了。与其说是翻译，不如说我当初想的是用德语把同样的内容再写一遍，但这项工作开始后，还是遇到了很多矛盾。这些部分，我就重新参考日文版写一写或者改写一下，在这个过程中，德语的这部分内容跟原书渐渐一致起来，现在就说是翻译也没什么好惭愧的了。而在我最初的设想中，就算最后成型的德语版是一个完全不同的故事也没关系的。

沼野： 这真是很有趣啊。一般来说是相反的，就是说，想把它翻译一下但不是很成功。因为，虽说是自己的作品，但翻译也并不是简简单单就能完成的。

多和田： 我呢，是想进一步扩展德语本身的可能性才这样做的，所以哪怕最后的结果变成了原文的翻译——当然，这个过程是否可以算作狭义上所说的那种翻译，我并不太知道——但我觉得，一般来说，由作者自己来翻译自己的作品并不是一个太好的做法。

沼野： 是的。很少听到成功的例子。

对了，刚才您说的有关句子主语的问题，是一个根本性的语言问题，理论性太强了，平时很少会去想，但如果做翻译的话，其实始终都会为这一类的事情所烦恼。主语是一个很典型的例子，除此之外还有很多细节方面的问题，说起来就没完没了了。名词也是这样的，像日语中"手"或"脚"这类词只是一个名词，但在德语或英语当中，会有单数和复数的不同，前面要不要用定冠词等问题，平时我们用日语写东西时，因为是母语，所以在这方面不会考虑得那么仔细，但如果要把它翻译成德语，这类问题就得重新加以考虑，大概这个工作是必不可少的。

多和田： 日语句子没有主语也没关系，所以在以第一人称为主人公的日语小说中，哪怕"我"这个主语一直不出现，也能写成一部第一人称小说①。很自然地就写出来了。但是德语句子没有主语是不成立的,所以这种日语小说在翻译成德语时,为了方便就需要频繁地使用一个相当于日语中"我"的意思的单词"ich"。然后文章里就有了大量的"我",写出来的文章感觉上也像是过于在意"我"这个词了。但实际上,在德语中"ich"这个词并不是单独存在的。在原本就用德语写成的那些文章里,"ich"会在与其他的词语的关系中有一个自己的位置,并不会太出风头,但如果是由日语翻译过来的话,就会出现太多的"ich"。这让我烦恼不已,心里就有一个疑问说,这个不过只是意为"我"的德语词"ich",到底是何方神圣?这妨碍了我继续写下去。这种情况怎么处理呢?有时候我会把它变成一个被动句,或者在语法上做各种调整,但能做的其实很有限。

翻译需要时间和精力

沼野: 做翻译时我经常会遇到这样的问题。如果太拘泥于原文,翻译出来的文章就会很不自然。所以,能在多大程度上脱离原文,也是一个很大的问题。您作品的翻译,初期是由德国人做的,现在多是由您自己来做吗?

多和田: 没有,我自己做得不多。以前我曾把自己用德语写的东西翻译成日语,但把自己写的日语小说翻译成德语,这还是第一次。这几乎是一件不可能完成的事啊。但也正因如此,我觉得似

---

① 在日语的表达中,第一人称的句子通常会省略主语"我"。

乎自己可以做到一点，就是——进一步扩展对我自己而言的德语的可能性。

沼野：《波尔多的义兄》① （讲谈社，2009 年）是德语版和日语版同时写的对吗？

多和田：不，是先写了德语版的。

沼野：《旅行的裸眼》呢？

多和田：那本是两个语种同时写的。《为了变身的鸦片》（讲谈社，2001 年）是德语版在前，与《波尔多的义兄》不同，是用德语写成的，而且写的时候我完全没考虑日语的问题，所以在翻译成日语时费了不少劲，可能翻得也不好懂。《波尔多的义兄》则虽然是用德语写的，但写的过程中并非一点都没有考虑日语的问题，所以在翻译成日语时就很轻松。

沼野：该作品中汉字的使用方式让我印象深刻。日语版中用了镜文字②，也就是把汉字左右反转了一下印刷出来，德语版则没有这样做，是为了照顾德国读者的阅读感受吗？

---

① 日文书名为《ボルドーの義兄》。目前国内没有中文版。
② "镜文字"，这里指的是将汉字左右反转印刷。将文字映现在镜中，即可看到原本的汉字。

多和田：这个是的。德语版中也用了汉字，汉字在小说的每个部分都会出现一下，看起来像题目一样，但德国的读者们几乎没人能看懂。那些汉字，谁看了都会知道是文字，但看起来又像图画，所以人们就会有一种想法说，这个是我"看不懂"的。在这本书里有一些东西是我看不懂的——我认为这个感觉很重要。我觉得，作品中有一部分内容是读者看不懂的，这样的书才有魅力。

沼野：但是，德语版本中的汉字并不是左右反转后的样子，也就是说没有采用镜文字的方式。

多和田：是的。不管是镜文字还是原本的汉字，对于完全看不懂汉字的人来说都是一样的。

沼野：读日语版的时候，我曾拿出了镜子，用它照着镜子读。是一种很有趣的读书体验。也很惊讶，明明原本都是自己非常熟悉的简单的汉字，但只是左右反转了一下，就变得这么难懂了。

现在谈的是翻译的话题，所以我想再问一个问题，比如说，您没有想过要翻译其他的德国作家的作品吗？比如说多和田版的卡夫卡，或者多和田叶子译《浮士德》等等。

多和田：以前是没有这样想过，但在大家的说服之下，接下来我会翻译卡夫卡的《变形记》。我是很喜欢做翻译的，因为翻译过程中会有各种各样的新发现，可以学习到很多东西。但是呢，一想到最后要让人家来读自己翻译的东西，就觉得过意不去。

沼野：估计人们读到的就不会是那种司空见惯的翻译了，如果由多和田女士来翻译的话。

多和田：读的人可能会消化不良、肚子痛吧。要是因为太好笑了而笑到肚子痛就好了。说心里话，我自己是想把卡夫卡搞成那种图像式的、令人难以读懂的翻译的，但这个呢，只把它当作我自己一个人的收藏品悄悄放在抽屉里就好了，而用于出版的日语译文呢，我想要达到这样的效果——当发出声音把它朗读出来的时候，旁边的人忍不住会支起耳朵一直听下去。这个我已经译完了一部分，并在去年（2012 年）11 月份于东京的剧场 TheaterX 举行的朗读会上读了它。

沼野：按一般常识来说，在一个作家的心目中他自己的作品才是最重要的，不会想把精力花费到其他事情上。而且，多和田女士一直在用日语和德语持续创作。一般人是做不到这一点的，这本来就已经很了不起了。所以，用双语写作，再把自己写的东西翻译成另一种语言，可以想象，这是特别耗费时间和精力的。除此之外，还要去翻译他人的作品——您是怎么分配自己的精力和时间的呢？

多和田：哎，翻译真的是很费时间，也耗精力，所以我可能很难持续做下去。卡夫卡的书我就翻译这一次，写自己的小说就已经够忙的了，在这之外再做翻译，我觉得自己没有那个精力。

但去年在澳大利亚，我遇到一位来自俄罗斯的流亡诗人，他说自己每天早上四点起床，先做几个小时的翻译，然后再写诗。原本用来打坐的时间，现在用来做翻译了。我听了很是羡慕，可我是那种下午一点半才会睡醒的人，要我早上四点起床是根本不可能的。

哈姆雷特之海（Hamlet No Sea）

沼野：那么，可以让我们听一听您的朗诵吗？

多和田：我给大家读一首短诗吧。在我心里，这是一首很特别的作品，前年（2011年）的10月29日我在加拿大的维多利亚，捡拾一些语言的碎片描绘了自己当时的心境。我英语并不好，但被英语圈的各个国家邀请去参加活动的时候，大家会用英语问一些有关我作品的问题，我也必须用英语去回答，这样的事情每天都在发生。这样一来，我就觉得——我只有通过英语这门语言才能与外界相连接。此外我还有这样一种感觉，就是，同样是在北美地区，越靠近太平洋沿岸，就离日语越近，德语则渐渐远去。这首诗就是在这样一种语言环境中写下来的，里面没有德语，取而代之的是我引用的莎士比亚的一点内容，其余则是日语。本来说英语的时候我是会感到有一点别扭的，但是，当把"to be or not to be"用"トベ"① 这样的日语发音读出来的时候,不知道为什么一下子就舒服了。为什么我要特意这样去做呢,因为,"一个地方特有的乡音"是连接游子与他的母语的纽带。就如一个游子,他侧耳倾听着异乡的语言,用自己的舌头发出它们的音节,而在不经意发出的乡音里,则有母语留下的身影。想念着远方的乡音,想起自己乡音所在的地方正处于危险当中,想起为孩子们吃饭发愁的母亲,不吃饭人是活不下去的,而若让孩子们吃了,又很担心——就这样为此烦恼不已的母亲。在想到这些时内心所感受到的触动,该如何将之作为一种声波上的震动、作为一种语言,传递给此刻自己周围的人呢?

(以下为多和田的诗朗诵)

Hamlet No Sea

飞吧、飞吧、鹰②、飞吧、鹰、飞吧③

应该飞吗,还是不应该飞

not be,还是,or

not to be

---

① 这两个假名的日语发音的罗马字母拼读为"to be",与英语的"to be"写法相同。——译者注
② 原文用词为"トンビ",其日语读音的罗马字母拼读为"tonbi",与英语"to be"近似。——译者注
③ 日语原文为"飛べ",是动词"飛ぶ"的命令形,意为"飞吧"。这里需要注意的是,其日语读音为"to be",与英语"to be"读音类似。——译者注

这是问题吗

您说吃吧①，我也没法吃

这才是问题、que·stion

那里写着 福岛的蘑菇

能·吃的话，我也想吃了您

快把我吃掉吧

别吃、没有、没有啊

吃吧、吃吧、question

能吃吗

这是福岛的西红柿、福岛的圆白菜、福岛的白萝卜

上面用菜店的马克笔写着

吃吧、不能吃、question

That is the question Whether 安全还是危险

虽然危险但是健康的 不 虽然安全但会致病

已经调查过了所以是安全的，用数字写成的安全，眼睛里的血管的红灯，崭新的，在意识中 in the mind 包含的苦恼，suffer 断断续续传来莎士比亚，从海的另一边，被污染的海的另一边。为什么要与大海为敌，随便就把死带到大海里，死的、不死的、死、agaist a sea of troubles. 福岛的 to die: to sleep; No more; and by a sleep to say we end 我们听不懂大海的语言，它在说就要无法呼吸了，还是在说自己仍然

---

① 日语原文为"喰え"，是动词"喰う"的命令形，意为"吃吧"，这里需要留意的是其日语读音为"ku e"，与英语中"question"的"que"读音类似。以下中文译为"吃吧"处同样。

还能为人类奉献，如果能跟大海对话，and the thousand 今后要痛苦千年直至千秋万代，natural shocks 无法再为自然奉献 shock 侧耳倾听，哪怕听到的只是语言，从波浪之间收集起来、写下来，To die, to sleep 不要睡去，吃吧、吃吧，question of、死①、死，莎士比亚。

（会场听众席传来掌声，满是惊叹。稍停一会儿后）

多和田：……这首诗呢，即使是不懂日语的人，听了这个朗诵也能隐隐约约懂一点吧，我写的时候是这样设计的。不过，与其说是听懂了，可能不如说是声音的震动传递过去了。这是为了耳朵而写就的表演性文本，所以并没有在杂志上发表过，不过最近我在好多国家都朗读了它。这种情况下，我把一个文本抛给听众，而一位又一位的听众则把自己断断续续听到的那些能理解的单词连起来，并在自己的头脑中构成一个意思。这样一来，有多少听众，就会有多少首诗，同时由于大家都坐在同一个房间里，所以也会产生一个印象，就是——大家在一起，同时感受到了某种同样的感觉。刚才这首诗，我是一边想象着这种多语种朗读的场域可能会出现的情景，一边写下来的。或者说，写作和旅行本来应该是交替进行的，但这个交替的速度太快了，这两件事就变成一个了。

---

① 日语"死"的日语读音为"si"，"莎士比亚"的日语读音为"sye ku su pi a"，这一句的日语原文读音为"si si sye ku su pi a"。

沼野：谢谢。刚才的这个文本，如果只是用眼睛追着看文字的话，是会有很多地方看不明白的。确实如此啊，不在现场听的话，就感受不到它那股动人心魄的力量和真正的魅力。许多读者都把多和田女士看作是一位小说家、诗人，仅仅是通过印刷出来的文字了解她的，但实际上，就像今天的这场朗诵一样，多和田女士的创作是非常多样的，我想，了解这一点很重要。

给学术界带来新鲜的空气

沼野：接下来是问答的时间。

首先要发言的是满谷·玛格丽特女士，她是一位日本文学的研究者、翻译家，翻译了很多现代日本文学作品，也是多和田女士的英文版译者。请多关照。

满谷：我翻译了多和田女士的《字母的伤口》（河出书房新社，1993年）一书。我是德裔美国人的第三代，所以高中的时候曾经想学习德语，但被我父亲制止了，他说德语是理科生的语言，女孩子不需要学。但是我祖母和祖父都是德国人，从他们那里听过的德语在我的心里也有只言片语留了下来，因此在翻译《字母的伤口》时，我买来了它的德语版，与日文版对照着看。这个过程中我有了这样一个体验，就是，虽然我一点都不会说德语，却仍可以将德语文本作为自己翻译的参考。留在记忆深处的仅有的那一点点德语，在那时派上了用场。

多和田：《字母的伤口》的故事情节是这样的，主人公是一个翻译家，住在加那利群岛，他要把一本德语短篇小说翻译成日语——说是短篇小说，其实也有很大一部分像是散文诗——总之是他要原封不动地按照原文的语序将其翻译成日文。所以，"翻译"出来的日语就像是把纸撕下来做成的粘贴画一样，但这个部分的英文翻译满谷女士处理得非常好。以前曾在美国请满谷女士朗诵过一次，我在下面听得非常激动。

满谷：那次是在美国的一个学会上朗诵的。翻译的时候，我想达到的效果就是要让译文读起来朗朗上口。《字母的伤口》有一种诗一样的力量，发出声音朗读一下，就能察觉到这一点。

多和田：一个句子的语序与平常的语序不同时会发生什么呢，那就需要听的人自己把意思连起来。但不管怎么连，总有什么地方意思是不通的，所以呢，就需要读者不仅去关注句子的意思，还要关注词语本身。虽然倒置是一种极为常见的修辞方法，但有时仅仅只是变换一下语序，词语也会产生新的能量。这部作品中，我不光使用了倒置的手法，有的地方几乎是像拼贴画那样零零散散的样子了。不过，如果不实际朗读一下可能还是不会明白我此刻想表达的是什么意思。《字母的伤口》也有文库本出版，书名为《文字移植》（河出文库选集，1999年）。

沼野：接下来提问的是岩川亚里沙女士，她在东京大学研究生院读书，做的是多和田叶子女士的小说研究。

岩川：在场的各位很多都是多和田女士的读者，所以我想问一个很直接的问题。多和田女士在创作时，比如说，您想要回忆起自己以前乘坐过的夜间列车，但总是会有一些地方是回忆不起来的，那些地方就成为了记忆的漏洞。然后，您想起了那些记忆中的漏洞，并告诉自己之外的其他人——我想，多和田女士以小说创作的方式在进行着的正是这样的一种过程。在这样的情形下，您写成的文章传递出去，它们带来了新的刺激，又有人接收到这种刺激，于是，就如被这个人所召唤一样，现实中又发生了新的故事。我想，您刚才说的就是这个意思，就是说，您对现实世界所发生的事情的这样一种处理方式，凭借小说的写作而确定下来。那么，无论是《犯罪嫌疑人的夜行列车》还是《不着边际的故事》，书中所描述的是现实呢，还是随笔呢？最近我觉得这其中的区别越来越模糊，有些分不清了。我想，这情形本身又构成了一种令人舒服的状态。那么，您是如何看待语言和现实的关系的呢？或者说，当您想向读者传达写什么时，您脑海中的读者是什么样子的呢？我想听您谈一谈这方面的内容。

多和田：用日语写作的时候，不用想象特定的读者，在日语这个语言当中已经包含了大量读者的存在。我是写作的人，读者在别的什么地方——我写作时的感觉并非是这样的，而是像这样感觉，就是，我进入到日语的世界里，由此带来某些变化的发生，从而撼动日语这个语言共同体的整体。

用德语写作时，相较来说，虽然并不是哪个特定的人物，但很多时候写作的心情就像是眼前有一个说话对象，我对着这个说话对象拼命地表达着自己。虽然最近这种情形也有了很大的变化,但简单来说的话可能就是如此。

沼野:接下来要发言的是宋会雄(音)先生,他是一位来自韩国的留学生。请讲。

宋:我是沼野先生"现代文艺论演习"课的学生,以前我在韩国读到多和田女士的小说,那时就想着什么时候自己要把它译成韩语。在读您的小说的过程中我发现,这些作品不仅可以阅读文本,还可以朗诵,或者与音乐、舞蹈等形式相结合将其表演出来,这样就在整体上形成循环,并在这个过程中使小说的价值不断增加。我现在做的研究就是追溯这个循环的整体过程,非常有趣。今天的对谈里提到了翻译,我想翻译的您的第一部作品是《飞魂》,《飞魂》中有一些是有关汉字的新发现。这部小说中的某些东西给我带来了在自己的内在获得某种新发现的契机,让我感到自己可以达成一些新的创造,这让我感到很快乐,所以今后也还是想把《飞魂》翻译出来。

沼野:《飞魂》有被翻译成外语吗?

多和田：只有波兰语的译本①。确实挺不可思议的，世界上这么多国家，这本小说只被翻译成了波兰语。

很感谢宋先生的发言。经常有人说，做研究或者做学问时，需要跟研究对象保持一定的距离，否则事情是做不成的。这被看作是一种客观的态度。但是，客观的态度真的存在吗？比如科学家在研究放射性物质时，为了防止科学家身体的细胞不受侵害，本就要求科学家与研究对象之间保持一段距离。那么所谓客观，究竟是什么呢？更何况人文科学的研究中，作者和读者的关系是不可分割的，所以我想，是不是应该重新考虑所谓"距离"的意义呢？在这里我就跟大家坦白一下，刚才提问的这位小宋同学，其实去年（2012年）年末参加了 Lasenkan 剧团在柏林演出的朗诵式话剧《旅行的裸眼》，他自己是一位研究者，但也参加表演，真的是一位处于跨境状态的人呢。研究是什么呢，如果研究者参加表演，他的研究会发生怎样的变化呢——如果反过来、我作为作者来对此进行一下研究，可能也蛮有趣的。

沼野：在学术的领域内，原本是不能把现存的作家作为研究对象的。但是现在呢，我们正在打破这一边界。就多和田女士而言，有很大一部分东西仅凭文字是很难进行研究的，今后，研究者若不以各种形式参与到相关的活动中可能就行不通了。我想这也会

---

① 后来记起来，《飞魂》的波兰语译者巴鲁巴·扎连巴（Barbara Zaremba）是一位从事日本学研究的波兰学者，也是我的老朋友。哪天见了面我很想直接问他一下，为何会在多和田女士的众多作品中挑选了《飞魂》这本最难翻译的书。不过我的这一心愿到现在仍未达成。

给当下的学术界带来一股新鲜的空气。接下来把提问时间留给会场的听众朋友。

当内心处在一种无思无虑的状态时，最能专心写作

提问者A：您的小说《不着边际的故事》当中，开篇就有这么一个比喻，"有一条长长的云彩，像白丝带一样掠过天空"。一眼看上去这是一个明喻，但读下去就慢慢会发现，丝带在小说中其实是一个有着重要作用的道具。所以我想请教您的是，丝带在这里是一个单纯的比喻呢，还是先有了丝带这样一个重要的意象，故事的展开则是由意象模拟而来呢？

多和田：写作的那个瞬间发生了什么，我不太记得了，但在这里我想说一点，就是，有人觉得比喻只是一个为了让所描写的内容变得更容易理解而用的道具，但可能有那么一些瞬间，那个比喻不再是谁的道具，它自身成为一个独立的个体，并决定了故事的走向。

在我们送给别人礼物时，其实也会有这样的一些时候，包装纸比礼物本身更重要，而用来捆绑的丝带又比包装纸更重要。本来，礼物的意义就在于赠送的这个动作，而不在于赠送了什么。小说的创作也是如此，哪是比喻的一方、哪是被比喻的一方，看起来很清楚，但实际上两者的关系当中，是有一些不可思议的部分、危险的部分的。

提问者A：谢谢。我还有一个问题。在您的处女作《失去脚踝》

中，最初有个情节是一辆卡车碾轧了一个小婴儿后开走了，我读到那里的时候想起了卡夫卡的小说《美国》，继续读下去时又发现，小说中既没有出现表示地点的固有名词，也没有给登场人物起名字，职业等可以用来表明这个人的社会身份的词语也没有出现，所以我觉得这部作品就像是从家人的视角写成的一部"变形记"。您写这部作品的时候，在多大程度上有意识地模仿了卡夫卡呢？

多和田：写这部小说的时候我完全没想过要模仿卡夫卡，但可能他对我的影响是有的。高中的时候我开始读卡夫卡，一直到今天我对他的作品还是很感兴趣。《美国》这本小说呢，我上大学的时候就听说这是卡夫卡的败笔之作，在德国，我感觉二十世纪八十年代时人们对它的评价仍然不高。但其实我个人是很喜欢的，心里想，这样一部（评价不高的）作品我可以喜欢它吗，就这样一边内疚，一边悄悄地读。

沼野：刚才提问的这一位，其实是来自中国的留学生，名字叫作郑重。郑重同学的专业是日本近代文学，有关小岛信夫①的事，他比我还要熟悉，是一位很棒的年轻人。在今天这样一个场合，来自各个国家的人共聚一堂，一起来讨论诸多的文学问题，这正是移动和跨境这一议题在现实中的实践啊。

---

① 小岛信夫（こじまのぶお，1915—2006），日本小说家与评论家，代表作有《小铳》等。

提问者 B：我是理科出身，我想问的是，在我的印象中，多和田女士文章里的语言和意象以联想的方式彼此连接，流水一样汩汩而出。流动的过程与把流动记录下来以推动故事发展的过程，您是如何平衡这两个部分的呢？

多和田：这个问题非常有趣，以前还没有人这样问过我。您不愧是理科出身呢。

写作的过程中，会有很多想法流淌出来。对于这些一个接一个流淌而出的想法，一方面我会任其流淌，在写作时又要尽量地把注意力放在记录上，但又并不能控制流淌的过程，也不能使其停止流淌，更不是要从这流淌的内容当中抓取其中的某一部分。类似于钓鱼者的那种感觉，我这里是完全没有的。你没法只钓一条青鳉鱼。重要的可能是，水本身。大约是这么回事吧，就像是这里有两个时间，一个是水的时间，在水的时间里，流淌的东西就任其流淌，并将自己委身于流淌；还有一个是纸的时间，在纸的时间里，语言自身变成了具体的文字和音节并彼此连接——而我就在这两种时间之间，来回穿梭。

什么也不写的时候，我常常发呆，任由自己的杂念纷飞。留出这样一段时间是很重要的，但是呢，虽然那些杂念看起来颇为自由，但基本上都是以司空见惯的旧模式来来去去，其实是很无聊的。当然我也觉得，这种无聊也并非是毫无意义的，但是杂念这种东西，它只会在我周围转来转去，若只是不断重复同一个模式的话，就不会有杂念产生了。那就不是流淌，更像是用手指在摸索一条既有的沟渠。而所谓的水、纸，则提供了从这样一个自己当中解放出来的空间。

提问者C：日本的文学当中，有一种相信"言灵"的传统，即认为语言是有一种神力的。而多和田女士的小说中，无论是日语小说还是德语小说，我都能从中感受到某种对语言的破坏。您是如何看待"言灵"，或者说语言的力量这一类的说法的呢？

多和田：对语言进行破坏，或者说，打破那些自己总是在说的、在写的语言（的惯性），我觉得是一件非常重要的事。比如说，你到了一个语言不通的地方，母语没有用了，你会短暂地陷入不安，但那时，不光你拼命新学来的语言是有意义的，你还会第一次觉察到其他一些语言的生动的样子，而这个察觉是通过对下面这些语言的发现来完成的，比如那些你说出口以后又拼命要收回来的语言，那些你收回来时已变为他者的母语，以及那些在与其他语言的关系中重新浮出水面的母语。超现实主义者们所做的，是将语言先破坏掉再重新组装——我对这样的过程非常有兴趣，但又觉得，对我来说，语言不是一个物体。并不是在实验室里用于实验的研究对象。我感到语言里有一种一直活着，但又像亡灵一样的东西。具体说到"言灵"这个词，我觉得它自身是有一种让人无法忽视的力量，但怎么说呢，因为我接受的是"右翼"的教育，所以在我来说，这个词散发着一种"可疑"的气息，以前我不曾使用过这个词，可能的话，可以的话，今后也是能不用就不用。

以前，从某个意义上来说，我对于自己出生在日本这件事感到很自卑的。因为（日本这么闭塞），在我小的时候甚至都没有听到过日语以外的语言。第一次遇到那种必须跟不懂日语的人说话的窘境，大概是上了高中以后的事。在早稻田上大学的时候，有一些课程老师是德国人、俄罗斯人还有英国人。但那只是课堂，而且他们其实都能讲很流利的日语，只因为是上课的缘故才特意不说日语的。所以，当我走出日语圈的时候所经历的那种冲击，也是蛮剧烈的，但那时就想，我要把这种冲击化为一种力量，在这种力量的支持下，把语言当成一种新鲜的事物，一再去重新发现它。如果是在欧洲那种开放的大都市长大的话，人们在小的时候就能听到各种各样的语言——这真令人羡慕——就不会（像我这样）长大后才要承受多语言情景的冲击。但冲击也是力量的源泉，要心怀感恩地接受它才行。

然后呢，这跟刚才所谓文化冲击的话题也是相关的，就是说，使一种语言得以成为语言的，还是那些无法言说的部分。比如说德国，完全没有经历过第二次世界大战的那一代人，和经历过的那一代人之间，记忆并不是通过信息，而是通过空白传递的。曾经为纳粹做过事或者说自己曾作为士兵杀害过邻国公民的那些为人父母的人们，不会把这些事告诉自己的孩子。没有听父母讲过什么，但孩子们还是以某种方式继承了父母的记忆，有时甚至会出现心理问题。为什么会这样呢，一些研究表明——没有讲述，就是一种讲述。日本不也是同样吗，比如说，在家里父母有时会聊起二战的话题，诸如某位亲戚被征兵后到了亚洲某个国家，战争结束后回国了啊，带着旗子去车站送别了啊，笨笨的又可爱的战友的故事啊，疟疾的故事啊，军装破了的故事啊，等等。但还有一部分是没有说的。此外,像今天这个时代,我们在电视上看到、在报纸上读到很多有关核泄漏事故的报道,会觉得自己接收到了很多的信息。但是,在我们的心上投下阴影的,是没有言说的那些部分。而且,到底什么没有被言说呢,什么被漏掉了呢,自己也没那么简单就发现。怎么说呢,我呢,就是想看一看那个漏洞是什么形状的。

沼野: 刚才谈到了很多耐人寻味的内容。一个是没有被言说、漏洞的话题,一个是壁垒的话题。我们活在这个世界上,但有些时候并没有把他国的存在当作自己生活的前提,所以在去到外面的世界时会受到很大的冲击。文学在某些方面其实也有这样的问题,从这个意义上来说,多和田女士多年来一直在做的事情,就像是在墙上钻了一个孔洞,又继续对这个孔洞展开了自己的探索。无论从其中的哪一个意义来说,我都觉得多和田女士是一位占有重要地位的文学家。今后也期待您有更多的大作出版,谢谢。

写在最后
——还是要拥护文学

1

前作日文版《东大教授世界文学讲义1》出版后,转眼间一年半的时间过去了。这期间,"3·11"大地震以后的日本文学的状况并没有发生太大的变化,虽然这在某种程度上亦是预料之中的事,但是,整个社会不仅如雪崩一般迅速地要将这里曾发生过"那样惨烈的大事件"这一事实遗忘,看上去甚至要转向某个危险的方向。日本的和平宪法①在整个人类史上也是前无古人的,但现在修改宪法的动向已经越发明显,日本不仅仍然无法与周边国家的人们友好相处,看上去,现在的外交关系甚至要愈加

---

① 现行《日本国宪法》于1947年5月3日颁布实施,因第九条规定"日本永远放弃以国权发动战争、武力威胁或行使武力作为解决国际争端的手段"而被称为和平宪法。

恶化。且不说哪一方的历史认识才是正确的，如果真的想有一个好的关系，应该也是可以做得到的，但为何就出现了目前这种情形呢？

2011年3月的东日本大地震、海啸以及核泄漏事故——它们带来的灾难是如何之悲惨，到今天已经不必再说，现在想来，比已经发生过的灾难更为可怕的是，在一种不了了之的氛围中，我们正在渐渐失去对地球环境和未来的幸福严肃认真地进行思考的好时机。我当初曾暗暗期待，"那样惨烈的大事件"发生之后人们就不会跟以前一样了，但现在这一期待已完美落空。置身于这样一个时代，今后应该怎么办呢？——设若有人这样来问（虽然我并非什么了不起的大人物，但现实中也确实偶尔会有报社、出版社的朋友来问我这样的问题），说实话，我自己也有一种"还能怎么办呢"的无力感萦绕心头，挥之不去。就我个人而言，从事俄罗斯文学作品的翻译和文艺评论等工作比较早，大概二十五岁前后就开始了。此后很长的时间内，凡刊载了鄙人文章的杂志，观其作者介绍一栏，几乎我都是最年轻的那个；后赴美留学时被召回，于三十一岁的年纪在日本的大学担任专职讲师，当时在三百多人的教授会成员中，我也是最年轻的。

然而，光阴荏苒，时光飞逝（俄语的说法是，"很多的水流淌而去"），转眼间几十年过去了，我也只是徒增了体重和无用的知识，智慧和德行却并未随着年龄的增加而略长（发量倒是急剧减少了。我常说，即便老朽如我，年轻时也曾是长发飘飘的网球社团成员，但我研究团队中的女性们并不以为然），回过神来才发现，自己现在的这个年纪，在一般的场合基本上已置身于年长者那一类了,参加个什么聚会,干杯时都要我来祝酒。然而,即便到了现在这个年纪,我所能照顾的也只是自己和自己周围的小世界,就连跟学生的关系、跟同事们的关系等等日常的人际关系也协调不好;家里的事更是如此,犬子每日只知道敲鼓玩打击乐,不好好去学校上课,一边担心着他,转眼又会为今天晚饭的咖喱做得非常美味而自得其乐——就这样一天天过着日子,我哪有资格去侃侃而谈什么日本社会整体的问题、地球环境的问题呢。用康迪德的话来说就是,一个人首先应该考虑的是好好耕种他自己的田园。① 自己的一亩三分地都管不好的人,哪有资格说别人呢。

这就是我这样一个快到花甲之年的人此时的真实心境。但同时,脑海中的某个地方还有另外一个声音在说——稍等下,这样真的可以吗?这个声音,与其说它是善意的鼓励,毋宁说更像是一种不怀好意的批评,如同在说:"你这个家伙,这么多年还在一成不变地搞什么文学研究,在这个时代已经没人需要文学了,这种没用的学问,你做它又有何意义呢?"如果是在以前还年轻的时候,我会毫不在意地坦承这一点,"我做的学问是没有什么用,可是做没用的学问又有什么不好的呢?"但到了现在这个年纪,情况有所不同了,我感觉到似乎在自己的心底深处还存有一种力量,忍不住想猛地还击它一下——你要这样说的话,那我接受这个挑战便是,一起来看看文学到底有没有用啊。嗯,人活

---

① 《康迪德》是法国作家伏尔泰的作品,通常被译为《老实人》(1759 年)。小说主人公历尽艰难苦恨,最后明白的道理是:"必须耕种我们的园子。"(Il faut cultiver notre jardin.)

着，就该什么年纪做什么事，到了现在这个年纪，我不说谁来说呢？已经不是那种需要客气的时候了，时间不多了。

2

前作出版后，我周围也有大大小小的各种事情发生，这期间我自己亲手组织的一场最大的活动（说"最大"，当然也只是就我自己的标准而言的"最大"），是2013年3月举行的国际会议《全球化时代的世界文学和日本文学——寻找新的卡农》（于东京大学召开，东京大学现代文艺论研究室主办，日本学术振兴会赞助）。这场会议是我和研究室的同行们齐心协力，花费了很大的精力共同筹备的，幸而最后有来自十几个国家的一百多位研究者参会，并就以下多个主题进行了公开座谈讨论，如"世界文学与日本文学——超越二元对立""在东京讨论世界文学一事的意义何在""地域与愿景""跨境与混成""翻译与创作""来自欧洲的另一种声音——通向俄罗斯中东欧文学'心灵地图'的解构之路"，来自各个国家、持不同立场的学者和文学家们共聚一堂进行了讨论。虽然最后也并没有得出什么清晰明确的有益的结论，但是这么多的人来到这里，虽然他们有着各自不同的问题意识及研究课题，却通过文学连接在了一起，这一点本身就有极其重要的意义。至少对我自己而言，能够感觉到大家通过文学紧密相连这一点就足够了，我就是被这样一种小小的非常个人化的愿望推动着来做这件事的。在此，特把我当时的开幕式致辞翻译成日语收录在这里，这篇文章很好地体现了我的上述心情（原文为英语）。

亲爱的朋友们，同事们，各位早上好。

本次会议，与其说它创造了一个东西方的人们相遇的空间，不如说它所要尝试的是搭建起一个广场，在这里，多种多样的不同的东方和不同的西方互相交汇，多种多样的不同的北方和不同的南方彼此共振。我们讨论何为世界文学，但并非想就此问题达成什么一致的结论。我们所期待的，是通过这场会议让各种不同的声音在人们心中激荡，而它将会暗示给我们某种在未来隐约可见的不那么清晰的文学形式。或许我们可以称之为"另一种世界文学"。

这世界上有那么几个词，我一直不太懂它们的意思，想着哪一天要好好查一下但又总是错过，但还是会惦记着，又不时地想起，而每次想起来都还是会觉得很不可思议。其中一个是卡夫卡的这句，"在和你世界的战斗时，去支持世界那一方"——日语的译文是有一点点奇怪哦（话说这个日语译文真的不是错译吗？）。

自己和世界的战斗这一构图，总是让人想起布拉格城市中那些被隔离的孤零零的犹太人，那种景象甚至到了滑稽的地步。① 但想想看，当一个人迎战整个世界时，无论何时他都是孤独的。文学也是如此。我们真的曾认真考虑过世界文学到底有多么庞大，在它面前我们又是多么渺小吗？哪怕仅

---

① 在中世纪犹太人在欧洲属于少数种族，由于受种族歧视而比较贫困。很多欧洲城市设立了犹太区，犹太人只允许在此区域内居住。布拉格也有单独的犹太区。

仅是一个国家的文学，一个人花费他的一生也是难以穷尽的，当面对所有的世界文学时，一个单个的人又能做什么呢？归根结底，读书是一个人的事，即便有的情况下是很多人分别承担了不同的部分来共同完成很多书籍的阅读，这样的过程也很难称之为真正的读书。无论是多么亲密的恋人、朋友，在读书这件事上都无法代替你。

确实，世界文学的数量之巨大、涉及面之广阔，足以让人头晕目眩。更何况，它就像不断膨胀的宇宙一样，数量还会不停地继续增加。就在此刻这个瞬间，世界上就有以成百上千种语言写成的难以计数的书籍面世，即使其中的大部分是垃圾，根本不值得一读，但可能，总会有百分之一是有阅读价值的。而即使只占百分之一，这个数量也巨大得难以想象。有位很有名的法国诗人写道，"身体很悲伤，因为我读完了所有的书"，但怎么可能读完所有的书呢？很久以前我就觉得这个说法很是不可思议。

日本以前有一个文学传统，会出版几十卷本的名为《世界文学全集》的丛书。当然了，这个书名可以说是一个荒谬的彻头彻尾的谎言啊。因为，收集整理某一个作家的作品集，比如把夏目漱石、陀思妥耶夫斯基写过的所有作品结集出版是可能的，但要把所有的世界文学也收入"全集"是根本不可能的，总量实在太过巨大了。然而即便如此，"全集"这个词还是会带来一种莫名的安心感。因为，这个词语当中含有一种毫不动摇的价值观的体系，似乎在说那些值得阅读的"所有"的作品都在这里了，这会让人们觉得，即使现在没有办法通读全集，需要的时候再回到这里就可以了。它就像一个温暖的家，无论何时都欢迎游子的归来。

然而到了现在，在受到现代文化理论的洗礼之后我们都认识到，这个世界上根本不存在什么超越了时代而一成不变的价值体系。这已是一个常识。我们已经来到了一个与从前大为不同的时代，在这个时代，能够像从前那样给人们带来安心感，让人们感到"读完了这些就尽知天下事了""所有应该读的已尽在此处"的那种所谓的世界文学全集并不存在。"世界文学全集"要收录哪位作家的什么作品于其中，用现在流行的话说，是"卡农"（公认的价值及规范）的问题，而卡农反映的则是不同时代的价值观和意识形态，是会随着时代而变化的。如果说，小孩子们在外面游荡，玩累了以后随时都可以回去的那个家就是卡农，那么或许可以说，生活在这个时代的我们已经是没有家的孤儿了。

如果是这样的话，那应该如何去建设一个新的家呢？就我自己而言，已经到了一个更重视孩子们的未来胜过自己的余生的年纪，也很想大声呼喊："孩子们，那个外面的世界没有地图也没有道路，不要再流浪了，快点回家！"但如果说那个家已经没有了（可能在奥斯威辛之后，尤其如此），而且，如果说摧毁那个家的人原本就是我们这些身为父母的，那应该怎么办呢？在那一片从未有人踏足过的沃野，重建一个家吧。因为，对于那些喜欢世界文学的人们而言，只有未来才是故乡之所在。

(2013 年 3 月 3 日　于东京大学山上会馆)

3

是的,作为父母来说,我们这一代人真是很贴心,所以如果房子要坍塌了,我们会为孩子们着想,帮他们找到一个未来的新家。这也是我们现在这个年纪的人所应该承担的义务。

但是,在认真思考了现在这个社会的种种现象后,我终于在这个年纪明白了这一点——可能我的想法有点老旧也不可知啊——文学有着不同于宗教和哲学的属于它自己的独特作用,很多情形下它仍然是被需要的。目前的形势对于文学来说很不利,这一点我很清楚。置身于大学的文学部这一(不知道能存活到哪一天就消失的)组织,所以对此也比较了解。纵观这二十几年来的趋势可见,选择文学(特别是外国文学专业)的学生确实在连年减少,这种倾向恐怕不是可以靠加大"招揽客人"的力度等小打小闹的方式解决的。与此相对,比文学有更多社会需要(因此或者也可以说更有存在意义)的各种媒体(电影、漫画、动漫以及近期发展迅猛的各种网络媒体上的作品),却一直到现在都没有在大学等教育机构中获得一席之地。因为,制度总是落后于现实。

但是,这种情况是现在才有的吗?其实,从二十世纪后半期开始,各种不同立场的人就曾发出这样的声音,说"文学已死""文学在现代社会根本就是百无一用",等等。这些看法自有其理由和背景,但也存在一个内在原因,即文学自身的发展也陷入了停滞。二十世纪以后,欧美文学经历了未来主义、超现实主义以及以詹姆斯·乔伊斯①在其小说中所表现的那种过激的语言实验为代表的前卫主义的尝试，最后进入了一条死胡同，再也难以前行。这样一来，阅读晦涩难懂的纯文学作品就意味着要放弃那种单纯的读书之乐，文学变成了供一部分精英知识分子逃离现实用的秘密仪式一样的东西。这样一来，文学还剩下的就只有供大众消费的娱乐读物。

此外，在二十世纪后半期，随着科技的发展，诞生了电视这种新的媒体，并呈现出一种要取代活字印刷文化的势头。继而又出现了电脑相关的各种技术，尤其是因特网的迅猛发展，是当时的人们谁也不曾想象到的。新媒体的出现，推动了二十世纪末高度发展起来的资本主义体制下的大众文化的繁荣，到了今天更是如此，传统的活字印刷文化之外的娱乐形式以其压倒性的数量，要将文学从文化市场中驱逐出来。电视、电影、录像、漫画、电视游戏、因特网……在这些五花八门的新兴娱乐方式日益兴隆的状况下，照目前这个样子发展下去，到二十一世纪结束时，文学或者说书面读物究竟还能不能幸存呢？

但仔细想来，所谓"文学的危机"这种言论，并非是现在才有的。例如，大约三十年前，比较文学界的世界级大师雷纳·韦勒克②就曾在当时"对文学的攻击"日益激烈的情形下坚决地

---

① 詹姆斯·乔伊斯（James Joyce, 1882—1941），爱尔兰作家、诗人，20世纪最伟大作家之一，后现代文学奠基者之一，其作品及"意识流"思想对世界文坛影响巨大，代表作有《都柏林人》《尤利西斯》等。
② 雷纳·韦勒克（René Wellek, 1903—1995），捷克文学批评家、比较文学家，代表作有《现代文学批评史》。

表达了对文学的拥护态度。他说，从历史上来看，优秀的文学从来都是站在进步阵营，而非"反动"阵营一侧的，文学为了争取人类的自由持续做出了自己的贡献，文学将被电视等新媒体驱逐这一担心并没有什么现实根据。这样说是因为，虽然很多有识之士感慨一般大众"远离文学"的呼声越来越高，但实际上人们阅读的虚构类文学作品的数量丝毫没有减少。雷纳·韦勒克这样说："文学的形式确实发生了很大的变化，但只要人类还会以现在大致能想象到的方式存活在这个世界上，人们就不会停下对自己的观察、感觉、欲望、思考、自身的存在以及自己所身处的这个世界的性质的探索和创造—— 也就是说，人们会继续通过书写、印刷等方式来表达自己、传达信息。"

到了今天，生活在二十一世纪初期的我们，或许已很难像雷纳·韦勒克那样满怀信心地拥护我们的文学了。至少，"文学应该是一种以印刷在纸制品上的书籍的形式流通的东西"这一从前的常识，估计在不远的将来就要被推翻了。但是，人类是靠语言来表达自己的动物，这是一个根本，而这个根本是不会变的。此外有人说，与过去的优秀文学相比现在的文学退化了，我觉得这实际上并不是什么问题。过去有过去的文学，现在也有现在的文学，仅此而已。去争论《源氏物语》和吉本芭娜娜的《厨房》哪一个是更好的文学，也并没有什么意义。对于不同时代的读者而言，都有那个时代的好文学。就像人活着无时无刻不需要空气和水一样，只要人还是人，人类就是离不开语言的动物；只要人类还有用语言表达自己的欲望，那么无论到了什么时候，广义上的文学对共同生活在那个时代的人们来说都是必然会需要的。根本不必害怕什么"危机"。

4

而真正让人感到危险的，难道不是语言的低劣化吗？在语言方面最近我留意到一点，就是政治家们的所谓"不当言论"也实在是过于频繁了。仅仅从2013年4月到7月间，就有如下诸多的"不当言论"，如"（有关奥运会申办成功的可能性）伊斯兰诸国家总是打架个不停"（东京都知事）、"希望（美国军人）能更多地利用淫秽行业"（大阪市长）、"（有关宪法修正的讨论）学习一下那种（纳粹的）做法如何呢"（副总理），等等，简直是"失言"事件的大游行啊。

此外，我还听说了这样一件事，虽然在日本没有怎么报道——2013年5月22日在日内瓦举办的联合国禁止刑讯逼供委员会的对日审查会议上，在目睹了自己拙劣的答辩发言惹得其他委员忍不住发笑时，日本的人权大使毫无风度地大喝一声"shut up！"真是让人难为情。"shut up"在英语中是一个非常粗鲁的表达，相当于日语中的"闭嘴"，极其无礼，当然不是一个可以在国际会议这样的场合使用的词语。人权大使作为日本人的代表，本来应该是一位绅士，但却从他的嘴巴里一不留神出现了这样的用词，参会的代表们一定目瞪口呆了。当然了，原本大使的英语就不能说是很流畅，之所以会有这样的表现，可能部分也有英语能力的原因，但我觉得，这是一个英语能力如何之前的根本问题（不擅长英语的话，找一个优秀的英语翻译就可以了，完全没必要觉得需要翻译的协助是丢人的事）。在讨论的过程中，当对方用清晰的语言表达了对我们的批评，那么我们应该也同样用清晰的语言进行回答，如果连这一点都做不到，难道不正说明这个人的语言表达能力有问题吗？当然这不仅只是大使一个人的问题。

对于这些"不当言论"的内容及其背景，我无意在此重新进行考量。同时我也知道，那些对失言者持拥护态度的人又会说什么不了解那个人发言的全部而仅仅拿出一部分来横加指责是不对的。但在很多情况下，当这一类的失言招致社会各界的批评时，为了逃避这些批评，当事人就会摆出"我真正想说的意思不是这个，我被误解了"这样一个赤裸裸的谎言，只想一时蒙混过关。一直让我感到不可思议的是，教育程度也不低，甚至可以说是日本社会领导者的这样一些精英人士，为何毫不吸取教训，反而一次次去重复那些在人们眼中明显并不合适的发言呢？是语言能力退化了吗？还是说，他们太过于轻视语言的力量了？而且，一个人不管为自己的"不当言论"纠正多少次，导致他会做出这种表达的"心理结构"也不会有什么改变吧。根据弗洛伊德的研究，口误本身就是潜意识的表达。并不是不小心说错了话，而是，一不留神吐露了内心真实的声音。而且，纠正也罢，收回也罢，归根结底留在人们记忆中的，还是他口中曾经说过的那一句，用哈姆雷特的话来说，就是"语言、语言、语言"。

面对这种事态，尚有能力抵抗的除了文学之外再没有别的了。因为文学是一门极致的语言运用的艺术。也正因此，就更有必要创造出一个空间，使得年轻人在更根本的层面上感受文学语言本身的力量。作为一个置身于大学的文学部这样一个不知道哪天就会消失的组织的人,我认为,与其通过小打小闹的制度改革来努力"招揽客人",不如扔掉狭隘的拉队伍占地盘的意识,把创造一个新的世界文学的空间当作自己的奋斗目标。虽然我自己也觉得接下来这个提议多少有些空想主义,但今天还是想说,我们必须用心地在社会中建立起一个可以提供充分的文学体验的空间,使人们感觉到阅读莎士比亚、陀思妥耶夫斯基、巴尔扎克、卡夫卡、福克纳和大江健三郎,与探求宇宙的起源一样有趣,研究布鲁诺·舒尔茨、约瑟夫·布罗茨基和多和田叶子,比原子炉的设计要远为重要。那将会是一种超越了日本文学、英国文学等框架的,通向未来的世界文学空间。可能有人觉得这是在开玩笑,但我自己真的是这样认为的——政治家当中如果多增加一位曾在年轻时有过这类体验的人,这个世界就会变得好一点。我说的并非是指文学有那种单纯的劝善惩恶的功能,是另外一个层面的事。关于这一点,我衷心赞同苏联出生的逃亡诗人布罗茨基的这一略微缺乏现实性的思考。

> 一般的艺术,其中包括文学,成了社会上少数人的财产(特权),无论如何,我觉得这一状况是不健康的,危险的。我并不号召用图书馆去取代国家——虽然我不止一次地有过这种想法——但我仍不怀疑,如果我们依据其读者经验去选举我们的统治者,而不是依据其政治纲领,大地上也许会少一些痛苦。我觉得,对我们命运未来的统治者,应该先不去问他的外交政策方针是什么,而去问他对司汤达、狄更斯、

陀思妥耶夫斯基持什么态度。①

(约瑟夫·布罗茨基《文学的功绩在于确立人的个性——诺贝尔文学奖受奖演说》，日文版由群像社出版)

我并没有什么资格说些高高在上的话，谨希望这本小书与布罗茨基的那些不走寻常路的主张是一脉相通的。现在我所能做的，就是作为一个通往未来的世界文学之路的向导，在年轻人的耳边一再轻轻诉说——文学不仅有趣，而且非常有意义。

---

① 该译文引自刘文飞译《布罗茨基：诺贝尔文学受奖演说》，收录于中央编译出版社 1999 年版《文明的孩子》。

附记

本文中除了"开幕式致辞"以外,还有几处地方融合了笔者此前所写的其他文章的内容,但一方面由于做了较大力度的推敲,增加了内容,同时也根据笔者思考的改变做了修改,因此没有采用标注出处的做法。希望大家把这篇附记看作是我对自己此前的思考进行了重新构思之后写成的一篇新的文章。以下就是上述提到的、此前已刊载过的几篇文章的出处,它们构成了本篇附记的基础,仅供参考。

《〈新的世界文学〉的创造》,《周刊朝日百科 世界的文学120 文学要往何处去》,利比·英雄、沼野充义编,朝日新闻社,2001年,第292页—第295页。

《邮票收藏家的悲哀,或者〈快回家吧,孩子们!〉》,

Renyxa / Реникса 第三期,东京大学文学部现代文艺论研究室,2012年,卷首语。

《创造一个属于未来的世界文学的空间》,岩波书店编辑部编,《今后将如何创造未来的方式》,岩波书店,2013年,第398页—第401页。

◎本书所刊载的各场对谈,分别由以下讲演为基础编辑而成。

龟山郁夫
《东大教授世界文学讲义1》日文版出版纪念演讲"作为新的世界文学的陀思妥耶夫斯基"(纪伊国屋书店),2012年3月22日[东京,纪伊国屋大厅]

野崎欢
谈话活动"让我们来一场新的'阅读'冒险之旅吧!"(主办:riburo池袋店),2012年4月7日[池袋社区,学院28号教室]

◎以下几场对谈,均出自日本出版文化产业振兴财团(JPIC)主办/"续·文学构筑世界——十几岁就可以读的翻译文学作品导读《新·世界文学入门》与沼野教授一起读世界文学中的日本、日本文学中的世界"

第1场:绵矢莉莎2012年9月29日[东京,光文社演习

室］

第 2 场：都甲幸治 2012 年 10 月 14 日［东京大学（本乡校区）法文 2 号馆现代文艺论研究室］

第 3 场：杨逸 2012 年 11 月 11 日［明治大学紫绀馆］

第 4 场：多和田叶子 2013 年 2 月 19 日［东京大学（本乡校区）法文 2 号馆 2 号大教室］

© Mitsuyoshi Numano[2013]
Editorial Cooperation: Tetsuo Konno
All rights reserved.
Original Japanese edition published by Kobunsha Co., Ltd.
Publishing rights for Simplified Chinese character arranged with Kobunsha Co., Ltd. through KODANSHA LTD., Tokyo and KODANSHA BEIJING CULTURE LTD. Beijing, China.
本书简体中文版权为浙江文艺出版社独有。
版权合同登记号：图字：11-2018-439号

图书在版编目（CIP）数据

东大教授世界文学讲义.2/（日）沼野充义编著；王凤译.—杭州：浙江文艺出版社，2021.7
ISBN 978-7-5339-6526-6

Ⅰ.①东… Ⅱ.①沼… ②王… Ⅲ.①世界文学—文学研究 Ⅳ.①I106

中国版本图书馆CIP数据核字(2021)第113277号

统筹策划	柳明晔
责任编辑	邵 劼
责任印制	吴春娟
封面设计	人马艺术设计·储平
营销编辑	张恩惠
数字编辑	姜梦冉

东大教授世界文学讲义2
[日] 沼野充义 编著 王 凤 译

出版发行	浙江文艺出版社
地　址	杭州市体育场路347号
邮　编	310006
电　话	0571-85176953（总编办）
	0571-85152727（市场部）
制　版	浙江新华图文制作有限公司
印　刷	杭州富春印务有限公司
开　本	850毫米×1168毫米　1/32
字　数	251千字
印　张	11.25
插　页	6
版　次	2021年7月第1版
印　次	2021年7月第1次印刷
书　号	ISBN 978-7-5339-6526-6
定　价	86.00元

版权所有　侵权必究
（如有印装质量问题，影响阅读，请与市场部联系调换）

澄心清意

阅读致远

东大教授世界文学讲义 〈3〉

[日] 沼野充义 编著

王宗杰 译

浙江文艺出版社
Zhejiang Literature & Art Publishing House

越秀译丛

总策划：李贵苍
　　浙江越秀外国语学院外国语言文化研究院院长

主　编：许金龙
　　中国社会科学院外国文学研究所研究员
　　浙江越秀外国语学院大江健三郎研究中心主任

译　者：王宗杰
　　浙江越秀外国语学院东语学院院长

　　　　王　凤
　　浙江越秀外国语学院东语学院副教授

　　　　严红君
　　浙江越秀外国语学院东语学院副教授

　　　　李先瑞
　　浙江大学宁波理工学院外国语学院教授

　　　　石　俊
　　四川省成都市翻译协会会员

序言：为了对人类来说比金钱更重要的文学（千真万确！）

本书是先后五次邀请作家、诗人、翻译家等作为嘉宾，汇集了大家不同角度的关于文学的对话编辑而成的对谈集。与其说我是一名演讲者，不如说我是一名倾听者。本书内容并不是简单的对谈，而是本着通过对谈学习"世界文学"这一宗旨，多多少少地增加了一些解说。实际上，具有相同宗旨的日文版《东大教授世界文学讲义1》和它的续篇《东大教授世界文学讲义2》已经分别于2012年1月和2013年11月由光文社出版。本访谈集是该系列的第三集，但是，各分集内容方面是相对独立的，所以即使只读第三集也能给大家带来充分的享受。我认为之所以能出版第三集，多少也是前两集受到广大读者支持的缘故，这是非常难得的。虽然不能保证读了本书具体对大家有多大的帮助（各位高中生请不要以为读了本书就会对高考有什么帮助），但是期待大家读了本书后，能够试着读多一些、再多一些的文学作品。由此，希望大家能领悟到对于人类来说文学显然比金钱、权力以及任何东西都重要、都美好！

本书所收录的访谈，和之前出版的两集一样，由日本出版文化产业振兴财团（JPIC）主办。光文社作为共同主办者筹划了这个系列公开讲座。作为主持者，我的作用是不值一提的。但我可以骄傲地说——本集和前两集一样，请来了非常出色的嘉宾。可以说本集的内容比前两集毫不逊色，非常具有吸引力。

首先，请来了日本小说家中最重要的代表人物之一、把日语写实主义长篇小说创作的可能性发挥到极致的加贺乙彦先生。还请来了对小说创作魔法无所不知的、对世界文学和日语小说的写作技法运用自如的、当代作家的代表辻原登先生。

诗歌界方面，我们非常高兴地请来了日本在世界上最值得骄傲的、居于诗歌界顶端的当代诗人谷川俊太郎先生。而且，本次也邀请了谷川先生诗歌的中文译者，同时也用日语作诗的华人诗人田原先生参加。三人可以愉快讨论，也可以通过翻译来研究诗的本质。

而且，为了使文学不局限在日本，为了把国外的观点传入日本，把日本文学推向世界，我们也邀请了美国出生的罗杰·裴费斯先生和阿瑟·比纳德两位先生。罗杰·裴费斯先生作为小说家、舞台导演、翻译家，长年从事日本文化、日本文学的相关事业，所翻译的宫泽贤治作品的英译本也得到了很高的评价。阿瑟·比纳德先生作为用日语写作的诗人、随笔家也非常活跃。两位先生除了日语以及作为母语的英语之外，还通晓多种语言，具备在全球视域下畅谈日语和日本文学精妙之处的视点。两位先生都是日语高手——我们不由自主地想用这样的褒扬之词,但,相信读了他们的文章就会知道,"高手"这种普通的褒扬之词并不适合他们。包括田原先生在内,本书中出场的三位非日语母语者的日语表现力远胜于我。我想这才是日本文学进入世界文学之林的重要抓手。

这次因为我的懈怠,虽然这是经常发生的事情——出版时间比预定大幅度延迟了,给各位嘉宾和各位编辑添了很大麻烦。虽则如此,本次也与之前的两集一样,得益于各位优秀嘉宾的帮助,成就了这本内容极具魅力的书。

尽管对谈或者座谈会之类的杂志等等早已屡见不鲜,然而我还没有见到以这种形式来思考文学基本问题的系列讲座。最快乐的是作为主持者的我,对我来说这是一次最好的学习。如果能把这种快乐与各位读者分享,对我来说也是幸福的事。

在这里要感谢发起本系列讲义策划的主办者——出版文化产业振兴财团的各位同人,以及从本系列讲座开始以来,一直充满热情推进本策划的以驹井稔先生、前嶋知明先生为首的光文社各位同人。而且,Last, but not Least——虽是最后提到,但对今野哲男先生感谢的心情一分不减(还不如说,推迟到最后表达的这份愧疚心情更甚)。和之前出版的两集一样,今野先生担任了本集的编辑工作。从还没有成形的、混乱的状态(基本上口头对谈这种形式形成的文稿都有这个情况),开始像变魔术一样,将其编辑成了一本内容清晰的书。

另外在策划本书期间,我也终于迎来了花甲之年,由大学里的学生们牵头，为我举办了庆生会。我想谨以此书作为送给他们的回礼。我还能努力几年，你们今后也要在文学领域里更加努力，再上层楼。

沼野充义

2014.12.27

目录

小说家·诗人篇

第一章 现在重新思考——"文学是什么"
——加贺乙彦与沼野充义的对谈

大河小说中呈现的"我"与"日本"的战后社会 / 001

读书经历始于巴尔扎克和托尔斯泰 / 003

电车中偶遇陀思妥耶夫斯基 / 008

从世界文学的大河小说出发,途经19世纪俄罗斯小说,再到《源氏物语》/ 011

何为写实主义 / 014

虚幻与现实世界的交融 / 019

《源氏物语》是欧洲风格的大河小说吗 / 022

最饥饿的时期,曾经是阅读小说的好时代 / 027

第二章 诗的翻译有可能吗
——谷川俊太郎、田原、沼野充义的对谈

以中国的视角解读谷川俊太郎的诗 / 031

简直像遇到了外星人 / 033

诗及其翻译 / 037

谷川诗歌之所以在中国受欢迎 / 046

诗人与"生活" / 048

"永远保持一颗童心。所以能写出好诗" / 052

没有翻译便没有了历史 / 058

诗与小说的区别——"现在·这里" / 064

在意义与意义之外共赏——朗读诗四首 / 068

当诗具备了普遍性时,其意义何在 / 080

第三章 带我走进"世界文学"
——辻原登与沼野充义的对谈

模仿性小说私论 / 087

青春作家陀思妥耶夫斯基 / 089

永远沉浸在青春中是无法写小说的 / 092

"带我去远方" / 097

史蒂文森和中岛敦 / 100

二叶亭四迷《我的翻译标准》和本雅明《译者的天职》/ 104

日语的变化改变翻译的个例 / 109

再读《天赋》/ 116

何为"要点",何为"效仿" / 121

古典,越读越有趣 / 125

文学中的异语言乐趣

第四章　惊人的日语、出色的俄语
—视线越过地平线—
——罗杰·裴费斯与沼野充义的对谈

我之所以放弃做美国人 / 133

越境人生的多重足迹 / 135

来日本之前,被卷入了间谍事件 / 138

我学习的那些语言 / 141

在无意识之中追根溯源 / 146

开启日语诸事 / 151

语言随时代而改变 / 156

挑战"翻译的不可能性"——声音和诗的翻译 / 161

语言习得障碍 / 167

第五章　"怀疑语言,用语言抗争"
——阿瑟·比纳德与沼野充义的对谈

诗人的我和我的日语 / 175

在日语中领悟·再现 / 177

保持距离即是靠近 / 180

感人肺腑的俄罗斯作家布罗茨基的英语 / 186

被误读的《不畏风雨》——"过去"是一种"外国" / 188

泛滥的"伪文学"语言 / 192

文学是不老的"新闻" / 196

对文艺传媒推出"新人"的忧虑 / 201

诗与散文 / 203

文学的语言 / 208

推荐的书 / 210

与"不言而言"之博弈 / 213

2014年世界文学之旅——后记 / 217

小说家·诗人篇

第一章
现在重新思考——"文学是什么"

——加贺乙彦与沼野充义的对谈

大河小说中呈现的"我"与"日本"的战后社会

加贺乙彦

1929年生于东京都。小说家、精神科医生。曾经担任过东京医科牙科大学犯罪心理学研究室副教授，上智大学文学部教授。从1979年开始专心写作。主要的作品有《佛兰德之冬》（获1968年艺术选奖文部科学大臣新人奖）、《永别的夏天》（获1973年谷崎润一郎奖）、《宣判》（获1979年日本文学大奖）、《湿原苦恋》（获1986年大佛次郎奖）、《永远的都市》（获1998年艺术选奖文部大臣奖）、《云之都》（获2012年每日出版文化奖特别奖）、《加贺乙彦自传》《啊，父亲啊，啊，母亲啊》（均为2013年作品）等。1987年受洗信奉天主教。2011年获授文化功劳者表彰。

读书经历始于巴尔扎克和托尔斯泰

沼野：今天有幸得到了与加贺乙彦先生座谈的机会。

小说家加贺乙彦先生是当今日本可以自豪于世界文坛的具有最高水平的文学家之一。最近完成的作品《永远的都市》和续集《云之都》，加在一起的字数大概有托尔斯泰《战争与和平》的两倍，是罕见的真正的长篇小说。加贺先生是那种能创作出现代越来越难以创作的真正的小说、大长篇作品的作家。而且，由于他常年研究精神医学，平时积累的专业知识也在描写小说人物的洞察力方面运用自如，这也是加贺先生小说的显著特征。这是他所有作品共有的、不可动摇的特征。这不仅仅是因为加贺先生作为精神科医生一直对人类的生与死抱以深切的关注，还因为作为天主教的信徒，他一直在追根苦思宗教问题。总而言之，他在遵循科学的同时，也把宗教作为自己的思考课题。像他这样以如此视角常年坚持长篇小说创作的作家，在世界上也几乎找不到类似的第二个人。本次策划是以翻译文学为中心，将广泛阅读世界文学作为振兴读书计划的一个环节。因此，我想请加贺先生讲一下是如何阅读文学作品的；在先生所阅读的文学作品中，又是怎样熟读外国文学的；同时也请加贺先生谈谈翻译的作用。

加贺先生的作品多种多样，当然也有小说之外的著作。最近出版了《加贺乙彦自传》（2013年，集英社）。这本书是以一位名叫增子信一先生的见闻为基础素材而创作的，是一本通俗易懂、内容丰富的书，是了解加贺先生全貌的非常好的入门书。此外，其作品还有《小说家阅读陀思妥耶夫斯基》（2006年，集英社）、《不幸之国的幸福论》（2009年，集英社新书）等。书中就如何更好地活在当下的日本这种精神层面的问题，表达了自己的观点。今天也许会重复先生书中所写的内容，但我很想借机跟先生本人探讨相关的话题。

首先，我想请教作为小说家的加贺先生。请问加贺先生的文学观是怎样的呢？您仍然坚持以长篇小说创作为根本吗？您仍然认为自己能够发挥专长的是长篇这种体裁吗？

加贺：我想把您刚才的提问改成"为什么写长篇"来回答。战争结束的时候，我才十六岁，那个时候，战后的两三年间什么书都没有。没有办法，每天只能贪婪地阅读父亲收集的昭和初期出版的一日元一本的全集书，例如新潮社的《世界文学全集》、改造社的《现代日本文学全集》、第一书房的《现代戏剧全集》等书籍。这也是我在战时就读于陆军少年学校，对当时只能阅读有军国主义内容书籍的逆反心理吧。

说起那时候的感想，就是觉得"日本的小说很无聊"。和日本的小说相比，外国的小说则很有趣。特别是法国、俄国等国家的小说非常有趣。日本的小说多以贫穷为主题，俄、法小说的内容则往往是住在绚烂豪华的庭院、吃各种美味的食物且经常会描写无所事事的夫妻。他们一定有婚外恋。这种感觉岂不是和日本小说的"贫穷物语"完全不同嘛。我因为家里有《夏目漱石全集》，所以他的作品基本全都读了，漱石先生也没有写婚外恋的小说。最后创作的《明暗》总觉得描写了一些男女之间不清不白的内容，但作品最后因为没有完成而告终，所以也不是很清楚。

后来，我读的是日本旧制高中的理科，总觉得学习的内容很无聊。所以，经常逃学。去的不是教室，而是图书馆。学习方面也只是考试前临阵磨枪。因此，在往返学校的电车中，在学校都是在读书。自己喜欢读的主要都是长篇小说。最初觉得值得尊敬的作家是巴尔扎克。巴尔扎克写了九十多部小说，其中大部分的小说构建了同一个世界，*La Comèdie Humaine*（《人间喜剧》）这个巨大的文学世界。有的人物在一本小说中出现一次，在其他的小说中也会出现，比如皮安训医生，就出现在不同的作品中。一部又一部的作品，组成一个相对完整的巨大小说群。因为我那时还不太会法语，所以就去神田的旧书店寻找作品的译本。战争前与战争时大约有六十种有译本吧。其他没有译本的，就只能自己学习法语来阅读。

特别有趣的是《高老头》。这部作品中有各种各样的人物出场，在《人间喜剧》这部巨著中活跃的人物在《高老头》中也基本都有出场。我认为这是阅读巴尔扎克作品最合适的入门书。《高老头》之后是《幻灭》，然后是《交际花盛衰记》。这三部书互相联系，实质上是一部小说。其中最有代表性的人物是一个叫伏脱冷的投机者。这是个是在巴尔扎克的小说里很多场景都有出场的坏家伙。无数次被投入监狱却又逃脱！他化装成西班牙人，又化装成神父，活跃在不同的场景，是一个非常有趣的人物。

像这样阅读巴尔扎克作品的过程中，我渐渐感悟到小说是不是应该这样写呢？怎么说呢，简单地说，就是首先一个人物出场,对他进行描述。之后与之敌对的人物也出场,然后分为敌方我方进行交火。总之,像日本的武打小说一样。我清楚地意识到小说如果这样写会非常有趣。

因为读完了巴尔扎克的六十多种翻译作品,巴尔扎克的作品已经找不到译本了。之后就读了司汤达的《红与黑》《巴尔玛修道院》。司汤达和巴尔扎克基本上是同时代活跃的作家。司汤达和比他稍晚出生的巴尔扎克交往很密切。当时阅读了以司汤达和巴尔扎克为代表的很多法国文学作品。

那之后,我喜欢上了俄国小说。最先阅读了大河小说①《战争与和平》。书中既有大量的恋爱场景,也有战争场景。有不计其数的山珍海味,还有贵族的生活。小说的舞台虽是拿破仑战争时代,但托尔斯泰生于1828年,拿破仑战争已经彻底结束了。就是说,他写的是历史小说。

因此,我也明白了小说可以把过往发生的事情写得如此精彩。在《战争与和平》中,拿破仑发动战争,就在他攻陷了莫斯科、等待来投降的使者之际,严冬到来,粮食耗尽,拿破仑大军一败涂地!于是,之前战败逃到南方的俄国军队突然反击,大获全胜。这种写法实在是妙不可言!库图佐夫是实际存在的俄国将军,他在与拿破仑作战的过程中,开始时屡战屡败,以至于逃到莫斯科。因此拿破仑能够从奥地利一路攻城拔寨,打进俄国纵深地区,而库图佐夫只是一路退却。在大家都认为他会固守莫斯

---

① 大河小说,原是法国文学中的一种形式,也称"江河小说",指多卷本连续性并带有历史意味的长篇巨著。如罗曼·罗兰的《约翰·克利斯朵夫》。——编者注

科的时候，库图佐夫却径直绕过莫斯科一路向南，退到了粮食丰盈的地区。在食物丰富的地方，他对士兵说"你们只管好好休养，把身体调养好就可以了"，他自己也呼呼大睡。看上去他就是这样一个将军。然而，不久之后的事态发展正如库图佐夫所说的那样。

拿破仑认为自己战胜了俄国，部队着夏装不断征战，到了冬天却没有冬装。而且他们占领莫斯科后，因为在莫斯科居住的很多贵族都逃走了，法国士兵把战利品装上马车，以为胜利归国后会成为大富翁。但马车装载过重，而且这时库图佐夫的部队士气正旺，不断进攻。法军则精疲力竭，逃跑的速度又很慢，只能丢掉仅剩的财物拼命逃跑！在那种状况下，最先逃跑的是拿破仑，最先逃到巴黎的也是拿破仑！

这些故事是实际发生的事。托尔斯泰大概是以自己家族为原型，且将某个贵族家族糅合到一起想象而写出来的。巴尔扎克多少也有这种倾向。不管怎样，托尔斯泰非常巧妙地描写了在历史上非常有名的拿破仑和库图佐夫。那部巨作如果用原稿纸来计算字数的话，有四千五百页！但是读起来却引人入胜，能一气读完。

如果你去巴黎，就会惊讶地发现，书店里居然会贩卖《战争与和平》的法译本，或许是因为那场战争的精彩程度堪称空前吧。自己国家战败的故事，居然作为纪念品进行销售。我买来书试着读了一下，下面有注解。小说开头的部分对白是用法文写就，而法国人则用注释批评其法文有误，诸如"语气蠢头蠢脑，不似法国人口吻""纯属俄式法语"，等等，将托尔斯泰好一番批驳。试着读一下，从另一个角度讲也很有趣。也因为有这样的插曲，我成了托尔斯泰的粉丝。

那之后读的是《安娜·卡列尼娜》，再之后是《复活》。其他的还有《哥萨克》，写的是打败车臣军队的故事，这故事好像唤起了托尔斯泰对车臣人民的同情。他认为在战场上虽然是敌人，却也令人钦佩，作者没有任何偏见地进行描写，完全没有因为是敌人就把他们写得很可憎。因此我非常钦佩他！我由此对托尔斯泰着了迷，在神田的旧书店找到了日本大正时代出版的旧版的《托尔斯泰全集》，之后就读了这部全集。

托尔斯泰在各个不同的方面写了很多对法国人的不满。如他认为法国有一位叫波德莱尔的诗人，写的诗完全让人看不明白！他认为完全不能称之为诗。还对法国，特别是对 19 世纪中叶的诗有很多不满。此外，他还写了宗教题材的随笔，还有《傻瓜伊万》等民间故事风格的作品。

电车中偶遇陀思妥耶夫斯基

然后在那时我遇到了陀思妥耶夫斯基的作品。因为是在旧制高中读二年级，所以应该是十八岁或者十九岁的样子吧。陀思妥耶夫斯基的小说，最开始读的时候非常让人惊讶的是《死屋手记》。作品描写西伯利亚监狱里发生的事，我完全沉浸其中。我当时学的是理科，周围的同学选择大学读工科的比较多，也有一些人想读医科。我想读文学部，但是这时再想改读文学部又通不过！那么就选了看起来非常有趣的医学部，下定决心进了医学部。

那时我家住在现在的新宿歌舞伎町的二丁目。从家到东京大学乘坐东京都都营电车通勤。于是，单程需要一个小时，再加上回程需要两个小时。我当时想有没有什么办法把这两个小时有效利用起来。当时，1950年的时候，出版了很多翻译书籍。之前也许是因为战争和战争刚结束的原因，无法翻译、出版。这时就像洪水决堤一样，大量的翻译书籍被出版了。而且，非常畅销！同时，日本的战后文学也逐渐获得了新生。例如椎名麟三、野间宏、三岛由纪夫、大冈升平等作家不断创作出很多非常出色的小说。我把这些新出版的书和同时发行的文库本①，自己命名为"我的书房"，在乘坐电车时阅读。每天各读两个小时，读得非常快。文库版的话，一个小时可以读一百页左右，如果算上回程的话一天能读二百页左右。那个时候的岩波文库出版的书，每一百页印有一个星号印。所以当时以读到一个星号印或读到两个星号印来决定每天的阅读量。所以，岩波文库的文库本转瞬间就读完了。角川文库的、新潮文库的也都依次读完了。那时有很多翻译家不停地翻译，所以不会有因为没有人翻译，而读不到外国的文学作品的苦恼。

创作《死屋手记》时，当局认为陀思妥耶夫斯基与立志革命的彼得洛夫是同志，将他与一众友人一并逮捕，一起流放，放逐到西伯利亚，关进了监狱。《死屋手记》正是记录了那段生活的小说。那之后我阅读的是《罪与罚》，然后是《白痴》《恶灵》《少年》。最后读的是即使现在也很受欢迎的《卡拉马佐夫兄

---

① 文库本，以普及为目的出版的廉价的便于携带的小开本图书。

弟》。总而言之，那时翻译过来的陀思妥耶夫斯基小说的数量也是非常多的，然后我一册一册都是坐电车时读的。如果没有电车，我想也许不会读那么多的小说。那时日本国营铁路的电车被称为省线。我也可以乘坐省线到"御茶水站"。但是，当时我选择了乘坐比较慢、不太摇晃且适合看书的都营电车来通勤。尽管坐都营电车所需时间较长，每天必须很早从家里出发。

因此，陀思妥耶夫斯基和托尔斯泰的作品，我在学生时代就基本都读完了。其中特别有趣的是陀思妥耶夫斯基的《作家日记》，这是他在写《卡拉马佐夫兄弟》前，自己去法院旁听对各种杀人犯的审判，从而写就的一部翔实描写如何实施杀人进程的书。我认为这可以说是依据真实的杀人事例而创作的一部作品。他是以那些杀人实例为基础，整理归纳后来完成写作的。因此，阅读《作家日记》时，我们会一点一点地明白，这是曾经在哪部小说的哪个人物上使用过的写作手法。于是，读者就会明白陀思妥耶夫斯基的创作是运用了想象的手法，而不是单纯的空想。他不是随意写些根本不可能存在的事情，而是仔细观察自己熟知的活生生的人，将之作为小说的一个人物来进行塑造的。

其他的，现在回忆起来，当时读小说时也有不明白的地方。例如：肖洛霍夫的《静静的顿河》，认真阅读就会了解哥萨克人是怎样生活的，开始时觉得很有趣。而他的另一部《被开垦的处女地》也被翻译为日语了，可是读到一半时，觉得政治的气息太浓，就没有继续往下读了。

从世界文学的大河小说出发，途经19世纪俄罗斯小说，再到《源氏物语》

加贺：日本的作者，在二战中很长的一段时期不能发表真正的小说，战后发表的小说中，有很多写自己亲身经历的故事。例如：椎名麟三的《深夜的酒宴》《永远的序章》。其他还有野间宏、大冈升平等作家的作品，我也读了很多。特别是对大冈升平的《野火》，我到了痴迷的程度。这些作家的小说写的都是自己亲身经历的、亲眼看到的，这些实际发生的事成为他们小说的原点。

我认为这和俄罗斯小说家的创作方法类似，和二战前日本的小说不同。这些战后作家的小说，不是所谓私小说，不是以自己的本色来写小说，而是做一些改变后来创作的。换句话说，我认为这和夏目漱石的做法很像。他们都是用这种方法创作的。

在这种阅读状态下，日本迎来了1950年至1955年翻译书出版的一个顶峰，战后派小说家也不断推出很多作品。于是，读小说成了让人更加快乐的事情，医科的学习就被我抛到脑后去了。

于是，那时候我就开始想：我拼命地读了那么多小说，为什么自己不试着写一写呢？就这样，有一天我就下决心试着写了一下，还是不行！这里是托尔斯泰风格，那里是契诃夫风格，这是什么呀！这不都是模仿吗？！我意识到自己在创作方面所下的功夫还远远不够。这期间，虽然因为升了高年级医学部的学习生活也渐渐忙碌起来，可是我还是不想改变在通勤电车中读小说的习惯。有时虽想到第二天的功课不预习不行，可还是依旧继续读小说！我刚才计算了一下，这样的生活大概持续了十五年。

从医学部毕业后，我在东京拘留所工作了两年半，那之后去法国留学了两年半，回国后作为医生在东京大学的医院工作了十年左右。为了读书，我还是乘坐都营电车通勤，依旧沉浸在小说的世界里。

第一次世界大战结束后，在欧洲很快开始流行长篇历史小说。罗曼·罗兰、高尔斯·华绥等作家，他们创作了篇幅比一般长篇小说长很多的小说，从那时起，我对长篇小说有了特别的兴趣。欧洲新出现了所谓长篇历史小说这一分类。那么请问日本有这类小说吗？只是讲长篇小说的话，也并不能说没有。有中里介山的《大菩萨岭》，或者岛崎藤村的《黎明前》，还有芹沢光治良的《人类的命运》等。美国则有多斯·帕索斯的《美国》三部曲这样的超级长篇小说。还有一个叫威廉·福克纳的作家，我认为他是模仿巴尔扎克的创作，他的小说也都是互为关联的。现在我也在读福克纳的小说，如《押沙龙，押沙龙!》等杰作。法国有萨特的长篇小说《自由之路》，最近出版了新译本（海老坂武、泽田直译。2011年岩波文库全六卷完整本），翻译得非常好。我又重新读了一遍，我再次感悟到萨特小说中尤以《自由之路》最为了不起！

因此，最终我常读的小说多为欧洲作家创作风格的长篇历史小说。如：罗曼·罗兰的《约翰·克利斯朵夫》。作品讲的是一个叫约翰·克利斯朵夫的少年，随着他的不断成长，逐渐变为一个伟大音乐家的故事。我认为这是以贝多芬为原型创作的大型长篇小说。然而在我读书之路的终点，还是19世纪俄罗斯的陀思妥耶夫斯基、托尔斯泰、契诃夫这三位作家为主的小说。在其他的国家很难找到能够超越他们的小说。这一点即使到现在我也这样认为。沼野先生是研究俄罗斯文学、东欧文学的教授，在您的面前说这样的话，虽说是班门弄斧，但是我认为俄国的小说家特别是19世纪后期的小说家，可以说是世界上最出色的。

后来我想日本很幸运，有岛崎藤村这样的作家。而且，最近《源氏物语》在世界各地被翻译成各种语言，当然也被翻译成了俄语，英语的则有多个版本。从2008年11月2日开始为时三天，日本举行了"《源氏物语》国际研讨会"。开幕式上，濑户内寂听和唐纳德·基恩进行了演讲。第二天开始进入主题报告，有三十位左右的出席者发表了研究成果，最后一天进行了"总结和讨论"。《源氏物语》被举荐为当今世界最优秀的小说之一。我也只是在最近才阅读了该书原文。之前出于对与谢野晶子以及濑户内寂听的敬佩，读了他们的译本。《源氏物语》这部作品，其情色意味确实比较浓，甚至达到让读者咋舌的程度，但是这并不妨碍我们说它是世界上最早的长篇小说，不是吗？毕竟千年前，世界上没有哪个国家写出过这样的作品。

日本人创作出《源氏物语》这部世界上最早的大河小说。之后德川时代出现了井原西鹤，我非常喜欢他。那个时代的作品，现在可以直接阅读原文了。而《源氏物语》的话，如果不看很多注解，则读不懂。我则是因为知道世界各国的人都在读，自己如果不读的话会感到羞耻，所以才全力以赴地借助注解，通读全篇的。《源氏物语》是世界上最早的长篇小说，而且是大型长篇小说。这是非常令人震撼的事实！我也是因为读了《源氏物语》，才感到自己小说的创作方法没怎么错，多少增加了一点自信心。

何为写实主义

沼野：我想请教的问题，先生已经将整个大的脉络讲给我们听了，接下来我请教一下具体的问题，包括一些细节性的问题。

刚才谈话的最后，出现了《源氏物语》的话题，正如加贺先生所讲的那样，在俄罗斯，《源氏物语》有一个单人翻译的全译本。翻译者是一位俄罗斯的日本文学研究者，是一位名叫塔琪安娜·德柳丝娜的女士。因为翻译长篇巨著不是短时间内能够完成的工作，她花费了很长时间。她最初开始翻译时还是苏联时代，好在《源氏物语》写的是太久以前的故事了，没有资本主义，顺利出版了。

在那之后不久，出版了很精致的修订版。实际上塔琪安娜·德柳丝娜女士和加贺先生有很深的缘分。我以前就认为加贺先生的很多小说应该翻译成俄语，并被俄罗斯读者所喜爱。听了方才的对谈大家应该了解了，加贺先生不只是深刻理解陀思妥耶夫斯基、托尔斯泰的作品，而且他自己写的小说也都灵活运用了他们的创作手法。当代的俄罗斯读者如果能读到加贺先生作品的话，一定会非常惊讶，一定会吃惊在现代日本居然还有这样能创作出长篇小说的小说家！所以我认为一定要把加贺先生的小说翻译成俄文，在俄罗斯出版，让大家知道他的存在。对此，我略尽了点微薄之力。塔琪安娜·德柳丝娜女士把加贺先生代表作之一的《宣告》翻译成俄语，而且计划最近在俄罗斯出版。本月（2013年11月）末我计划和加贺先生一起去莫斯科，出席一些出版纪念活动，参加演讲活动等。《宣告》这部小说是我最初建议塔琪安娜·德柳丝娜女士翻译的。因为陀思妥耶夫斯基有《死屋手记》这部巨著。那是陀思妥耶夫斯基在监狱里观察到了原本自己一无所知的罪犯的生活，才得以写成的纪实小说。这段经历是陀思妥耶夫斯基作家生活的基础。加贺先生大学刚毕业时作为精神科医生在东京拘留所从事对死囚犯人的心理咨询工作，以那段时期的经历和观察为基础创作了《宣告》。大家都认为这毫无疑问是日本的《死屋手记》。这是一部话题非常沉重的小说。当下的俄罗斯进入后现代社会，社会整体氛围有倾向于轻松、快乐的趋势。所以我多少有些担心这类小说是否会被接受。为了让大家知道有一位名为加贺乙彦的日本作家，《宣告》也许是最合适的作品。

与上述内容相关的我想请教加贺先生，刚才说的是写小说不能只是凭想象，只是想着去写有趣的、可笑的内容，而是要认真观察现实生活，有写实主义的精神，以此为基础进行创作才是正道。正如您所言，《宣告》不正是基于这个宗旨而写作的吗？当然也有虚构的成分，不能把它说成是陈述现实的记录。那么，在这里想请教加贺先生，小说的写实主义，应该是怎样的？请以您的作品为例说明一下。

加贺：对这个世界一无所知，连自己的家门也不出一步而全力以赴地进行小说创作，那是不行的。归根结底，不只是要了解自己周围的事情，还要走进大千世界去观察。这是很重要的。为此，我从医学部学生时代开始，就过着一种被周围人议论说"那家伙走错一步就完蛋了"的生活。要问我都做了什么？东大诊疗所①设在东京的龟有和川崎地区。那里有贫民的聚居地，是与东京和神奈川完全不同的且不可想象的存在。在那里，痢疾、结核、腹泻等传染病肆虐。大家也许没有听说过，还有一种叫沙眼的流行疾病。沙眼可以使眼睛失明。而且，当地又没有自来水、煤气。这种不卫生的地方在战后有很多。我第一次去这种地方时非常吃惊，在东京居然还存在着这样的地方！我召集了几个朋友一起商量，为什么不建个诊疗所呢？于是我和学长们一起谋划建立了东大诊疗所，还建立了诊疗所附属的托儿所。为什么建立托儿所呢？因为穷人们必须去工作，但是没有人帮助照顾小孩的话，就不能去工作。所说的工作也是最底层的体力劳动，只能挣很少的钱，但是可以果腹。既然如此，就援助他们吧。也就是说，用我们的双手给他们创造一个能安心工作的地方和环境。于是，女子医科大学的同学们自愿地做起了保姆。我们就挨家挨户地查看情况。患结核病的人一眼就可以看出来。我经常去龟有一带，现在那里到处都建成了气派的公寓，那时的龟有到处都是农田。在农田之间是龟有的街道，那里聚集着没钱的战败归国者和很多患病的人，是一个贫民窟！那种状况我是一路看过来的。我做了医生之后也经常去那里。

我在山手地区长大，出生在算是比较富裕的中等家庭。因为意识到东京会有很多以前没有看到过的风景，所以住在了龟有，并在那里参加诊疗所工作。除非是必须参加的大学实习才会出

---

① 东大诊疗所，东京大学学生设立的救济贫民的医疗诊所。

门,其他的时间连学校也不去,一直待在家里。有一次向某人说了这件事,结果被那人说了:"本该是学习的身份却只是在不得不去的时候才去学校,这算是什么事儿啊?这种事儿还好意思说吗?"

我就是在这种情况下,用心去观察世界的。为了文学,读书自不必说是必须做的努力。读书之外也要扩大自己的生活范围,接触各种的人,观察他们的生活状态也是非常重要的。我认为如果可能的话,去国外切实感受一下和日本的差异也是必要的。什么都不知道,只是读书,也是没有用的。

我之所以认为自己是一个具有科学思想的人,是因为科学把实际存在的东西作为研究对象,来正确认知它。这个对象也可以设定为人类,正确认知真实存在的人,现实生活着的人,了解各种不同职业的人的生活是非常有必要的。

我认为令自己受益匪浅的还有自己没有进入私立学校,而是上的公立小学。普通的公立小学校,聚集了各种各样的小孩子,他们有着从事各种职业的家长。于是,去朋友家的时候我就会问:你家是做榻榻米的?榻榻米是怎样做的?如果其父母是在镜片工厂工作的话,也就知道镜片是怎样制造的。有很多各种各样的朋友,他们的生活各不相同,而不是都像我父亲一样是公司职员,有工匠,有商人,还有工厂管理员。我现在也常想,那是一段宝贵的经历。

总之,认知现实、把握人们生活的实际情况是创作小说不可或缺的要素。我没有想成为小说家。在救济诊疗所经历了那样的生活,而且阅读了陀思妥耶夫斯基《死屋手记》之后,我想如果成为医生,就应该最先成为在拘留所工作的医生,去看看真正的罪犯们都是什么样的人。可是当我当了医生,过了一年左右的时间,作为法务技术员的精神科医生真的去了东京拘留所工作后,大吃一惊。因为我明白了陀思妥耶夫斯基小说《死屋手记》里所写的一切都是真实的!陀思妥耶夫斯基在监狱里被监禁的四年中,认真观察接触到的各种各样的犯人。我把他的小说人物作为依据,和我在监狱或拘留所接触到的曾经犯罪的人们进行比较,发现与他小说中所写的人物一模一样。

我由此有点明白了陀思妥耶夫斯基作为小说家的观察方法以及写作手法。他经历了大难不死的事件。先是被宣判为死刑,可是在执行前被减刑为流放西伯利亚四年。因为这件事他认知世界的眼界变宽了。那之前他是莫斯科一个医生的儿子,是那种只生活在一定圈子里的人。因为去了西伯利亚,得以观察到他之前完全未知的很多人的生活状态,亲眼目睹了这样的事实。我认为西伯利亚之行对他个人来讲,虽说是个不幸的事情,但其结果造就了陀思妥耶夫斯基这个大作家。

我还是医学部学生的时候,多少有一些想成为小说家的想法,但还是下不了毅然决然舍弃医学之路而成为小说家的决心。可是,因为看到了很多贫穷人的生活,看到了各种各样的罪犯,认为自己度过了一段非常有意义的时光。然后,我又去了法国留学。那时正值阿尔及利亚独立战争的最高潮,在监狱里看到了阿尔及利亚人如何被抛弃,被关入监狱,并因为拘禁反应而患上精神病,因而成为废人等状况,和在日本看到的东西完全一样。所以,至今我仍认为了解广阔的大千世界对小说家来说是不可或缺的，是非常重要的功课。即使现在也是如此，一旦有什么集会或发生了什么事件，我也不是把自己一直关在房间里，而是尽量走出家门。

虚幻与现实世界的交融

沼野：听了加贺先生的话，我认为您实际体验的经历与您丰富多彩的小说世界是密切相关的。

所谓真实的东西，或者是想象的东西，在评论俄罗斯小说时，经常成为讨论的话题。众所周知，陀思妥耶夫斯基的小说有很多特别的奇思妙想，有的部分看上去像是异想天开。他认为自己真实地描写了发生在俄罗斯的事情。初读时以为是空想，实际是写实。世界上的很多作家都说自己的作品才是写实的，只能说那种作品大都不过是表层的写实主义。要想知道真正的写实是什么，让我们思考一下刚才加贺先生的话。

《战争与和平》这部作品场面宏大，里面有很多法国人登场。但是最让人印象深刻的是丰富多彩的各个阶层的俄国人的登场。有一位研究者说"数了一下，有名字的出场人物就有五百五十多人"，再加上没有名字的士兵还有几万人，但至少对这五百五十多人有详细的描写。而且，对俄罗斯的贵族、将军以至于农民等人物的言行描写得丰富多彩、细致真实。这样想的话，我认为最近加贺先生完成的自传体长篇小说也非常了不起。最开始创作的是《永远的都市》，然后是《云之都》，两部作品加在一块在字数上远远超过《战争与和平》。《云之都》是描写从二战结束直至2001年间发生的事。主人公名为悠太，是加贺先生的化身，是一部以巨大的历史长河为背景的自传体小说。

也许有很多人还没有读过，简单给大家介绍一下。这部长篇小说的故事从1952年开始，至2001年结束。是一部跨度达半个世纪的长篇小说。名为悠太的主人公，考入东京大学医学部，参加救济医疗所的活动，毕业后在东京拘留所做狱医，为死刑犯、无期徒刑犯做心理辅导，然后去了法国。之后创作了《佛兰德之冬》，并以这部小说参加了"新人奖"的征集，作为作家被认可。最后在小说中成为J大学的教授，专门教授犯罪心理学课程。实际上，加贺先生在上智大学教授过精神医学和犯罪心理学课程。总之，自传的事实和小说的内容相比较，吻合度很高！悠太的出生日是昭和四年（1929）四月二十二日，这和加贺先生的出生日也一致。可是，另一方面因为这不是写实小说，全部内容不会都如实描写。我个人注意到的与事实不同的地方就有很多。

在这里作为一名读者，我说出自己的关注点，写小说必须以事实为依据。必须是取材于事实中蕴含的丰富多彩的现实，并将其如实描写。大家也理解这种写实主义手法。然而，在这里如何加入虚拟的内容，又怎样能做到相互融合，这就是写小说的技巧。关于这方面，加贺先生是怎样思考的呢？可不可以讲一讲您的高见呢。

加贺：如果想通过写小说来表现什么，那么就要把事实略做改动。有必要把和事实略有不同的世界，也就是常说的梦幻的世界进行恰到好处的调和。教给我这种微妙方法的是陀思妥耶夫斯基、托尔斯泰，还有契诃夫。这三人实际上非常重视自己的经历。如托尔斯泰在年轻的时候，曾参加过车臣战争。这段战争经历成了他创作小说《哥萨克》的基础。虽然小说的内容确凿无误是虚构的，但是当时读者读到描写高加索山脉等的段落时会感到非常生动。

小说使读者感受到俄罗斯的大地无限广阔，在这浩渺的广阔之中给人一种远离人类的感觉。这是俄罗斯评论家别尔嘉耶夫对托尔斯泰的评价。而把这种写法表现得淋漓尽致的是契诃夫的戏剧。契诃夫的戏剧大多描写俄罗斯的乡村，以有钱人的别墅为舞台，但是环绕别墅的大自然却总是有所欠缺。日本人一读就会发现缺少什么，没有描写山！山在日本随处可见。即使在关东平原也可以看到远处的富士山。但是，在俄国很少有山。广袤的森林和雄浑有力的大地的反面是单调而缺少变化的另一面。而在日本却是稍微进入山中，就会有流淌的小溪、飞流直下的瀑布等，就是这样的富于变化和有深度。日本的小说从《源氏物语》到井原西鹤创作的作品为止，山有时是作为人们不可以进入的遥远的另一个世界来描写的。可是俄罗斯很少有山，极目所望尽是平原、浩浩荡荡的大河。这与溪流交汇的日本的自然大不相同。注意到这些差异，就会发现契诃夫表现力的过人之处。托尔斯泰也是如此，库图佐夫将军不断地逃往广袤的平原深处。所谓的逃往大平原的深处这种事情在日本是不可能的。日俄间有这种差异，调动自己的想象力把这种差异恰当自然地写出来，我想说这应该是小说家关注的地方，也是我想特别强调之处。

《源氏物语》是欧洲风格的大河小说吗

沼野：再回到开始时的话题。前面您说过，沉湎于读书的年轻时候，曾经觉得日本的文学作品对贫穷的描写非常多，觉得很无聊。与之相比，外国的文学则是内容丰富的有趣的世界。我自己作为外国文学的研究者，也有过相同的感触。有很多和我同时代的研究外国文学的同道中人也这样说。加贺先生认为日本文学侧重于描写贫穷的原因之一也许是外国文学所描写的生活比当时的日本富裕很多，认为以饮食为代表的生活比当时的日本更加丰富多彩。另外也许还有显然是文学本质方面的差异。

刚才加贺先生讲到《源氏物语》是世界大河小说的先驱，单从这层意义来讲也是非常了不起的作品，我也这样认为。可是，如果和西欧的近代文学的小说相比较的话，日本的古典小说又不能与之相提并论，它有其独特的华美之处。不是简单的一句哪个更好就能说清楚的问题。我认为东西方文学具有本质的差异，这个侧面因素非常大。

在这里，我想向加贺先生请教一下对日本古典的看法。第一点，《源氏物语》从量的方面来讲无疑是一部非常宏大的小说，但是和西欧近代小说相比在作品构筑的层次上有所不同。西欧文坛把这类小说叫作大河小说（大长篇），我认为之所以用这种比喻的说法自有其道理。这种大长篇不只是篇幅长，内容量多，而且是像大河一样，首先有小说的开端，像河流的源头，然后经过流淌的过程，最后汇入大海。可以说，这样确定的目标、构思的意图支撑了小说的构造。因此才能用"大河"这样的比喻。但是，日本的《源氏物语》虽然被称作"物语"，但是从构筑全篇小说的构思能力方面来讲确实感觉略有单薄之处。全篇只是一帖一帖单纯的叠加。最后到《宇治十帖》的篇章，终于有了可以称之为统一的世界观之类的内容。我认为开篇大部分都是相似境遇的不断重复，没有办法确定整篇小说作为一部大长篇的脉络走向。不只是我一个人这样说，加藤周一先生等也这样认为。日本的长篇的作品在构造方面比较薄弱，和西欧近代小说有所不同。

我不是因此想说日本的小说不行。打个比方说：西欧近代的大长篇，也包括加贺先生的作品，如同大河一样流淌。相比而言，我认为《源氏物语》等代表日本中世纪的小说，则如同不断重复的拍来涌去的涟漪一样，无法掌握其整体的流向。

再说一个相关的问题。相对于这种存在构思问题的巨作，日本古典文学独具特性的是短歌、俳句。我认为这是在世界上独一无二的、简短完整的文学作品。因此日本的文学作品相较于西欧那样的鸿篇巨制虽然构筑方面存在不足，但有评论说其完美地概括精短的文学形式，才是日本文学的主流。日本文学总体来讲，长于短小的形式，短于鸿篇巨制。文学史家小西甚一也曾有此评论。那么，以写长篇为志向的加贺先生这样的作家会怎样评论日本文学钟情于短篇这一美学特征？我对此非常好奇。换句话，再进一步提个问题，文学可以分为诗歌和小说两大类，您对诗歌是怎样评价的？想听一下您的见解。

加贺：就《源氏物语》的情况而言，从作品的构造看，首先是一个女性在生活中和光源氏相识，且把这个故事用类似短篇的形式描写出来。然后，在下一篇又有不同的女性出现和光源氏相识。以这种形式不断重复，不同的女性不断出现，并和光源氏相识。可是，再读下去则是详细描写头中将等源氏敌对方的人物的出现，以及他们之间发生的政治斗争。因此有很多的女性出现以如同梦幻式的佳话不断重复扩展，其背后的宫中的生活和政治，却由此非常真实地表现出来。这种写法，实际上在故事的背后是紧密关联的。这种联系的方法，则和欧洲的长篇小说相当相似。因此，我认为它是详细描写事实和时代的小说。总而言之，从"桐壶"开始读到"宇治十帖"，就会明白其中也有欧洲式的创作方法。

沼野：确实表现出很强的思想性。

加贺：思想性很强啊。到了"宇治十帖"，里面故事整体出现了很强的戏剧性要素，又有浮舟自杀的一场戏。故事的构思和"宇治十帖"之前有很大不同。那不同的部分则是欧洲式的写法。从"桐壶"开始读到"梦浮桥"前后部分，则是以各种形式来美化女性的。但是，在某一处把身份低下的女性聚在府邸之中，于是又出现了女性之间的关系问题。以这种写法来进行描写。最开始的时候，随着章节的变化就会出现不同的女性，给读者一种不断重复相同故事的感觉。随着对宫中的男人们的关注，再追寻他们的行为发展线，就变成了一部完整的小说。在京都六条建了府邸之后，关于女性之间的交往的描写就更清晰了，之后则迅速切入"宇治十帖"。所以，故事没有给人以突兀的跳跃感，而是逐渐变化的呈现。这种创作方法一般的作家做不到吧！

紫式部如此周密地构思创作，这种创作方式对熟悉欧洲小说的人来说，乍一看也许会觉得不可思议。不过，试着倒过头来再读一遍，就会清楚地明白它作为一部严谨的小说完全成立。"宇治十帖"则完全是用欧洲式的写法。考虑到这些因素，在世界上最先想到以这种欧洲式写法进行创作的，说不定就是紫式部。

而后《源氏物语》里面出现了和歌，女官们也相互唱和吟诵。这是从《万叶集》开始出现的短诗，《源氏物语》将这种吟和短诗的传统恰当地嵌入作品中。若问诗的水平如何？其实我也在悄悄地写诗。可是说到自己创作的资质，其实我更感兴趣的是人与人之间的关系。所谓的诗，自己看到的对方，这个对方无论是自然，还是邻人都无关紧要。总而言之，描写自己亲眼看到的、自己相信的一切。但是，小说的情况又有不同，当你在观察一个人时，他也同时被其他的人所关注，而且，这位其他的人还会被别的地方的另外的某人观察着。小说就是以这种形式由这种多元的视角相互影响而成的。诗，极端地说，如果描写自然，就把自然这个对象用单一的视角、凝聚的语言表达出来。所以说松尾芭蕉的诗句是非常出色的。现在我在拜读松尾芭蕉的诗句。松尾芭蕉或许是日本人中最先恰当地区别运用汉字、平假名、片假名三种表现方法，创造出巧妙地吟诵自然的诗作的人。

一边想着这样的问题，一边想着《源氏物语》为什么和欧洲的小说不一样呢？我想依然可以说是因为自然不同。和俄罗斯等国相比，日本的自然完全不同。我在信浓的追分有一栋小小的别墅，在那附近走一走，会注意到随着季节的变化景色也在发生变化。面前会突然出现小溪，猛然间会感觉到浅间山像要飞上天一样靠近自己。这样的景致在欧洲很少,特别是俄罗斯就更少。我认为也许是这种自然的差异,在很长一段时间里改变着小说的构思。

沼野: 那么我想也许有听众要提问,我就先说到这里吧。在结束前请允许我再说一句话。关于《源氏物语》的构造,我认为加贺先生的观点和认识,是非常难得的见解。加贺先生认为《源氏物语》不只是男女间嘘寒问暖的恋爱故事的各种手法的重复翻版,而是可以解读在这种背景下的政治因素,以及宫中的人际关系等,这一切的背后有着作者深思熟虑的构思。我听了后认为《源氏物语》是这样的,而以此来评价加贺先生自己的小说则更加贴切。

我为什么这样说,因为拜读《云之都》时,也发现了精心描写的小说背后的历史、社会事件。从以争取学术自由和自治为目的的东大人人社团事件①开始,到二战后的虚无颓废派引起的有名的麦加杀人事件②,以及20世纪60年代至70年代大学纷争

---

① 东大人人社团事件,1952年2月20日日本东京大学学生社团"人人剧团"成员在发表要求学术自由与自治的演说时遭便衣警察殴打的暴力事件。——编者注
② 麦加杀人事件,1953年7月,日本东京发生的一起凶杀案。凶手原为证券公司职员,却因生活奢靡、精神虚无而走上犯罪道路。因被害者尸体的血水渗到案发地楼下名为"麦加"的酒吧,故称麦加杀人事件。——编者注

事件，以及三岛由纪夫的切腹事件①、浅间山庄事件②。1995年的阪神—淡路大地震，进入到21世纪后的"9·11"恐怖事件。这些内容竟能全部出现在同一部小说中，而且是一部自传体的小说，这非同一般。我在听加贺先生讲解《源氏物语》的同时，重新回顾了加贺先生的小说。

这次有幸听到了加贺先生非常宝贵的演讲。那么各位最后有什么问题的话，请提问。

最饥饿的时期，曾经是阅读小说的好时代

提问者A：我对现今的日本，处于一种什么样的精神状态这个问题很感兴趣。我感觉现在正处于精神的危机，所以提出这个问题。

沼野：这也是我想提的问题。2011年3月11日的地震、海啸，那之前1995年的阪神—淡路大地震时，加贺先生参与组织了各种救助活动。对同年发生的地铁沙林事件也有深刻的认识，并很认真地写入小说中。经历过这些最近发生的大事件，现在的日本变成了怎样的一种状况？您对这个时代如果有什么思考和寄语，请一定不吝赐教。

---

① 三岛由纪夫的切腹事件，1970年11月25日，日本作家三岛由纪夫与由其建立的民兵组织"楯之会"成员，劫持日本陆上自卫队官员，并发表政变演说，失败后三岛由纪夫切腹自杀。——编者注
② 浅间山庄事件，1972年2月19日至2月28日，日本极左恐怖组织在长野县轻井泽浅间山庄实施的绑架事件。——编者注

加贺：我是在战争中上的小学，之后在陆军少年学校这样的地方也上过学。出生时发生了"九一八"事变，小学二年级时爆发了中日战争，小学六年级时爆发了太平洋战争。然后我上陆军少年学校三年级，也就是十六岁时，战争结束了。总之，从出生到十六岁好像被战争追赶着，自己认为那是非同寻常的时代，同时是让人无法忘记战后的贫困和饥饿的时代。我现在还清楚地记得1945年冬天的饥饿，没有任何食物。那时候虽说是配给制，实际上是骗人的，政府只供给非常少的食物。既不卖给我们，也不分给我们。就是那样的时代，那种情况下，食物本身就非常少，比如父母带回家半个地瓜什么的，一家六口人，全家人要分着吃。父亲、母亲，还有弟兄四人。

有四个十六岁以下的男孩，如果说没有食物会怎样，直截了当地说就是如同地狱一般。正处在没有食物吃马上就会饿肚子的年龄，却完全没有食物！没有办法，母亲只能卖掉自己的和服去买粮食，于是警察就会出现，会问：是在黑市买的粮食吧？会被说教：吃政府配给的粮食就不会饿死！于是好不容易买的粮食也会被没收。母亲则哭着回家。那时候的饥饿状态真的让人很悲惨。

回想起那段经历，在我的记忆中，相较于战时，战后给我的感觉更痛苦。为了减轻饥饿感而喝一肚子水，然后把皮带勒得很紧，然后去读书。可是肚子很快就会瘪下去……那时我好几次都患了痢疾，不断地瘦下去，所以当时更要多读有趣的书，目的是借此来忘掉饥饿。

所以，在感受到时代变化的同时，遨游在幻想的世界里，这不正是文学非常重要的作用吗？可以说这是我十六岁时的觉悟！

沼野：刚才您讲在坐电车上学时一直是读小说的，那可以说是您的读书体验。现在观察一下乘电车的年轻人，大多热衷于智能手机、平板电脑或者是游戏，基本看不到打开书阅读的人了。我和加贺先生比，年龄应该是小很多。中学和高中也是乘电车上学，虽然只有大概十五分钟的时间，但为了珍惜那片刻的闲暇时间，我在电车上一直都在读书。那时候有一件事情让我一直忘不了。有一次，在电车中读岩波文库版的森鸥外翻译的《即兴诗人》，有个我并不认识的中年大叔对我说："了不起呀，在电车中读书！"以前电车里都设有图书室，现在的日本，电车中读书的人正在逐渐消失，这真让人感到很遗憾。今天的座谈是致力于振兴读书活动的出版文化产业振兴财团组织策划的。当今的时代，读书有多重要？最后，我们非常荣幸地有请加贺先生对此发表寄语。

加贺：说到读书这件事，就会说到大脑的细胞，前额叶附近的细胞是脑细胞的中心。如果读书的话，就会刺激这一带（大脑的前方和两侧）的细胞。经常认真读书的人患痴呆症比例非常低。所以如果上了年纪的话，经常认真读书会很有益处。总之，经常用脑会有益。当然，身体也是动起来更好。而如果说要不间断地用脑的话，读书是非常有效的方法。

患痴呆症的人中，不喜欢读书的人居多。现在我仍然作为精神科的医生每两周出诊一次。现在我八十四岁了，五十年来一直在同一家医院工作。这些年有几个患者是我一直关注问诊的。患者中得痴呆症的比较多。我对听他们说话，观察他们的变化等非常感兴趣。从医学角度讲也非常重要。所以把这些事情认真地记述下来，自己也注意不要患上痴呆症。

作为一名医生，从科学的角度讲，所谓的读书，是避免患痴呆症的一项有效的运动。我现在和以前医学部的同学，研究老年疾病的名医一起在写一本题为《日本人的老年和死》的书。他认为日本人的平均寿命，女性不久会达到九十岁，男性会达到八十五岁。可是，在下一个阶段会发生什么呢？在到达一百岁还有十到十五年的期间，女性有一半以上，男性有近百分之八十患痴呆症。这源于统计数据，是事实。那么为了避免患痴呆症，应该做些什么好呢？我也在思考这个问题。有人在研究治疗阿尔茨海默病的药物，也有人在做临床试验，我想现在最重要的是读书。读书，可以说是大脑的体操。人们也许因为做体操而脚痛，但仍可以正常地行走，同样的情况对大脑也是一样的。不读小说也没关系，如果是长篇小说，必须通俗易读。而作家们则必须下功夫创作引人入胜的小说。所以，还是请大家阅读长篇小说。

沼野：所谓读书，是心灵的体操，不仅对高龄者的痴呆症有益，对年轻人的身心成长也是必要的。总之，读书对所有年龄段的人们都是重要且必要的体操。这是我的见解！今天的座谈到这里先告一段落。

感谢大家的参与！

小说家·诗人篇

第二章
诗的翻译有可能吗

——谷川俊太郎、田原、沼野充义的对谈

以中国的视角解读
谷川俊太郎的诗

谷川俊太郎

1931年出生于东京都。是活跃在诗歌、翻译、绘本、电影、戏剧等多领域的日本当代著名诗人。主要诗集有《二十亿光年的孤独》（1952年）、《62首十四行诗》（1953年）、《落首九十九》（1964年）、《夜半我曾想在厨房和你搭话》《定义》（均为1975年）、《可乐、课程》（1980年）、《童谣》正本和续本（1981年、1982年）、《忧郁顺流而下》（1988年）、《不谙世故》（1993年）、《旅行》（1995年）、《我》（2007年）、《谷川俊太郎自选诗集》（2013年），等等。

田原

1965年出生于中国河南省。诗人、翻译家。现任城西国际大学客座教授。作为谷川俊太郎的研究者被广为关注，将大量谷川诗歌译介至中国。除了母语汉语之外也用日语创作诗歌，2004年发行第一本日文诗集《岸的诞生》（思潮社），2009年出版第二本诗集《石头的记忆》（思潮社）、获得日本第六十届"H氏诗人大奖"。除了谷川作品之外，还翻译了田村隆一、辻井乔、北园克卫、白石嘉寿子、高桥睦郎等诗人的作品。翻译的中文诗集获得2011年北京大学主办的第三届"中坤国际诗歌奖"。

简直像遇到了外星人

沼野：今天我们邀请了谷川俊太郎先生和田原先生，想请二位就诗和诗的翻译为主要话题谈谈高见。

正如大家所知道的，谷川先生具有六十多年诗歌创作的经历了，著作多不胜数，一时竟不知从哪儿谈起才好了。田原先生从中国来到日本留学，得遇谷川先生。2003年在立命馆大学写了研究谷川先生的博士论文（后经过改版发行《谷川俊太郎论》，岩波书店，2010年），至今仍在致力于向中国介绍谷川先生诗作这项重大的工作。所以，先请田原先生谈谈谷川先生诗歌的魅力和翻译过程中所遇到的困难，作为今天话题的切入点。

田：我是田原。各位好。我是个农村人，来到这种地方就紧张。嗯……我研究谷川先生的作品已经有十七八年了，可能与其说邂逅了诗人，不如说遭遇了外星人更合适。最初，在奈良的天理大学日本语学科学习日语的时候，一个偶然的机会，我的中文诗被翻译成英文，在英国剑桥华人世界出版有限公司出版。我把其中一本送给了天理大学的一位日语教师。那位教师在大学的教授会议上向教师们介绍了我的那本书。不久，大学校长说"留学生写的书不是在自己国家而是在别的国家被翻译出版，这实在了不起"。于是大学为我主办了出版庆祝会。在这个庆祝会上，我认识了莎士比亚的研究者——天理大学的小林孝信先生。他朗读了我那被译成英文的诗,说"这个很有趣,能不能请你在我的课堂上聊一聊啊"。当时我的日语水平连自我介绍都说不好,所以回答说"不行,我不行啊"。小林孝信先生说"在你能说的日语范围内就可以"。于是,我被邀请去了小林先生的课堂。小林先生为我准备了双面印刷的资料。其中一面是我的作品的英译文,另一面是谷川先生的20世纪五六十年代的作品。但是,我在那次课堂上还没有余力去读谷川先生的诗。之所以这么说,是因为那时候的我,只是拼命在考虑下面用哪个单词,日语助词"て""に""を""は"怎么用才能使语言通顺一些,等等。这样,课程结束后,我拿着资料回到当时居住的天理大学的北宿舍,借着日中词典试着把谷川先生的诗作翻译成了中国语。于是就这样很偶然地我与至今为止没有接触过的作品相遇了,当时我兴奋地在自己的房间里一个人叫着:"这诗太好了!"

来日本之前,我完全不知道日本有像他这样的诗人。因此,第二天我便拜访了小林先生的研究室,指着手里的资料说:"这是个很好的诗人啊。"小林先生说:"你说什么呢!这是日本最好的诗人啊。"他从书架上取下厚厚的《文艺年鉴》,告诉我谷川先生的住址,建议我说"把你的英文版的诗集给谷川先生邮去吧"。于是,我将英文版的诗集和用蹩脚的日语写的短信一起邮了出去。我真是没想到会收到回信。大概过了一周时间,先是收到了谷川先生手写的明信片,然后收到了装有五册诗集的包裹。那之后我进入了大阪外国语大学攻读硕士课程。从那个时候起,我真正开始研读谷川先生的诗,并同时开始了翻译。

我感觉像是遇到了来自神灵的无言的指示一样,我和谷川先生的诗相遇了。没来日本之前,我和很多中国诗人学者一样,对日本的现代诗几乎没有什么正确的认识。当时的中国,不仅经济上落伍了,对世界的现状认识信息也不足,包括我在内大家都认为日本没什么太好的现代诗人。

诗歌与小说或是随笔不同,我一直认为从某种意义上说,诗歌代表了一个民族精神的风骨。不论经济多发达,如果缺少了有风骨的诗人,那么这个民族精神的水准不是令人怀疑吗?

回溯把日本现代诗翻译成中文、介绍到中国的历史,最早开始着手翻译的是鲁迅的弟弟,即作家、文学批评家周作人。他最初翻译的是石川啄木的两篇现代诗作,大概应该是1920年7月2日用"仲密"这个笔名发表在《晨报》的"文化版"上。我曾经读过研究论文,提到这个报纸当时在北京非常受欢迎,特别是"文化版"在知识分子中很有影响力。周作人在20世纪50年代翻译了《石川啄木诗歌集》(包含短歌)以后,很长一段时间就几乎没有日本现代诗的翻译作品在中国出现了。所以,至少到20世纪70年代末,在中国,石川啄木是作为和歌作家,同时作为日本有代表性的现代诗人而存在的。之后进入20世纪80年代,有两册大冈信诗集的译本,一时成为话题。那时候正是反对朦胧诗的所谓的"第三代"诗人们非常活跃的时期,基本上是中国现代诗的黄金期。在那样重要的时期,大冈信的诗被出版了,也逐渐加深了人们对日本现代诗的认识。遗憾的是很多中国诗人对日本现代诗没有多大的兴趣。那时我想把自己翻译的谷川先生的诗发给中国的杂志登载,就寄给了位于北京的中国社会科学院外国文学研究所的《世界文学》这本杂志。

当时中国的诗人和作家了解外国文学的窗口主要有两个：一个是杂志《世界文学》，另一个是归属于上海译文出版社的杂志《外国文艺》。其他还有南京的译林出版社办的《译林》这本大杂志。但它是以通俗的、流行的东西为主要对象。刚才说的那两本杂志如果能介绍的话，会具有很大的影响力。中国很多的诗人、作家基本上都是通过这两本杂志了解外国文学的。读了我的译作后，《世界文学》编辑部的编辑，非常高兴地决定出版《谷川俊太郎诗集》。诗集收录谷川先生的诗三十六篇，还有随笔。这是谷川先生的作品初次进入中国大陆。

杂志出版以后，坦率地说，我根本没有料到，很快就有百十多种杂志做了转载。杂志的名字因为涉及著作权的问题，这里就不一一说了。当时的中国，只要认为是好东西就随意转载，不通知作家本人也是很平常的事。那时我收到过一位诗人的电子邮件，上面写道：在飞机上读的杂志里转载了谷川先生的诗。这个杂志就是发行量超过七百五十万册的《读者》杂志。很多知识分子家庭会购买这个杂志，也是年轻人广泛阅读的杂志。是登载一些诗、短的随笔等各种美文的杂志，类似于美国的 *Reader's Digest*。知道了被转载后我很开心，我记得那之后这个杂志又转载了七八次。

与此不同的是，北京有一本国家级的纯文学杂志《人民文学》也转载了。那之前《人民文学》是只登载中国人作品的，是以中国的作家、诗人为对象的杂志。由于当时的主编是谷川诗歌的爱好者，所以打破了常规，第一次登载了外国人的作品。就这样，谷川先生的作品由于杂志的登载、转载而广被人所知，出版社表达了出版先生诗集的意愿。我今天也带来了一册，这是中国语版谷川俊太郎诗选集的第六册，书名是《小鸟在天空消失的日子——谷川俊太郎诗选集》（湖南文艺出版社，2013年）。正好，很巧，上个月一个大型的网络公司在北京主办了2013年度全国出版的十五六万册图书中由读者投票评选出百册优秀图书的活动。这本诗集被选为百册之一。日本作家中还有一位是夏目漱石，他的随笔集也入选了。这百册优秀图书不仅仅是文学，也包含有文化人类学、经济学方面的图书。

沼野：谢谢。作为开场白，翔实地讲述了和谷川先生的相识。在这里，有请谷川先生自我介绍并谈谈最近出版的《我》（思潮社，2007年）这本诗集。诗集的开头语谈到了写实主义，我们不明白写实到什么程度。请您朗读一下题名也叫《自我介绍》的那首诗。这首诗也被田原先生翻译成了中文，在谷川先生朗读大作之后，也请田原先生朗读一下中文版。

诗及其翻译

谷川：我是在中国也有了名气的谷川，下面做一个不太合适的自我介绍。

（开始朗读）

自我介绍

私は背の低い禿頭の老人です
もう半世紀以上のあいだ

名詞や動詞や助詞や形容詞や疑問符など
言葉どもに揉まれながら暮らしてきましたから
どちらかと言うと無言を好みます

私は工具類が嫌いではありません
また樹木が灌木も含めて大好きですが
それらの名称を覚えるのは苦手です
私は過去の日付にあまり関心がなく
権威というものに反感をもっています

斜視で乱視で老眼です
家には仏壇も神棚もありません
室内に直結の巨大な郵便受けがあります
私にとって睡眠は快楽の一種です
夢は見ても目覚めたときには忘れています

ここに述べていることはすべて事実ですが
こうして言葉にしてしまうとどこか嘘くさい
別居の子ども二人孫四人犬猫は飼っていません
夏はほとんどTシャツで過ごします
私の書く言葉には値段がつくことがあります

（会场响起掌声）

沼野：那么这首诗翻译成中文是什么感觉呢？我们请田原先生为我们朗读吧。这首翻译成中文的诗收录在最近出版的、评价非常高的这本诗集里。

（用中文朗读《自我介绍》）

自我介绍

我是一位矮个子的秃老头
在半个多世纪之间
与名词、动词、助词、形容词和问号等
一起磨炼语言生活到了今天
说起来我还是喜欢沉默

我不讨厌各种工具
也很喜欢树木和灌木丛
可我不善于记住它们的名称
我对过去的日子不感兴趣
对权威抱有反感

我有着既斜视又乱视的老花眼
家里虽没摆有佛龛和神坛
却有直通室内的巨大信箱
对我来说，睡眠是一种快乐
即使做梦了醒来时也全会忘光

写在这里的虽然都是事实
但这样写出来总觉得像在撒谎
我有两个分开居住的孩子和四个孙子但没养猫狗
夏天几乎都穿着T恤度过
我创作的语言有时也会标上价格①

(田原/译)

(读罢,会场响起掌声)

沼野:怎么样?我问的是听到自己的诗用汉语朗读出来的感觉。

谷川:我在想助词"て""に""を""は"都去了哪里呢?只剩下了汉字,有一点担心,我问过田原,他说这些都完整地包含在汉字里了。

沼野:诗被翻译成不同的语言,就不由自主地会不安,究竟能理解到什么程度?翻译得怎么样呢?田原先生认为把日文诗翻译成中文的难度在哪里呢?

田:拿日语的现代诗为例来说吧,很多诗是省略主语的,翻译时就比较难,不太好弄清楚哪个是修饰哪个的,仍然是暧昧性的表

---

① 译文引自谷川俊太郎著、田原译《三万年前的星空》,江苏凤凰文艺出版社2018年11月版。——编者注

现习惯吧。容我多说一句,就是说有时候随意破坏语法习惯的一句,或者随意创造的一个连诗人自己都很模糊的单词。我一直在说的谷川先生的作品最难的是《语言、游乐的歌》这个作品系列。日语中通常有百分之六十几是汉字,但先生完全没有使用汉字,换个说法,这就是违反语言规则,较好地发挥了日语里语汇的多义性。我读的时候,有时真的会头脑混乱。

谷川:不过"かっぱかっぱらった"(河童乘隙速行窃)(《语言、游乐的歌》收录,福音馆书店,1973年)不也翻译了吗?

田:翻译是翻译了,但是花了一年半多的时间啊。我想推荐到中国去,必须能展现谷川俊太郎这位诗人的全貌吧,从《语言、游乐的歌》中选出了几首诗进行了翻译,结果很惨啊。费了好大的劲。

谷川:啊,对不起了。

沼野:今天我带来了田原先生写的《谷川俊太郎论》。这里面详细叙述了翻译论,可以看出在翻译这类语言游戏时,真的是花费了很多时间。

　　里面写道"日本诗歌的中文译介,可以总结出以下几个特点",田原先生的观点归纳一下,全部共列举了七点。因为太多在这里就不能全部介绍了,谈到以往中国翻译的日本诗歌的不足或者说容易产生的缺点,比如第六点"栩栩如生的充满生命感的文字也被翻译成了僵硬的木乃伊，失去了血、肉、灵魂"；还有第七点"不能表现出诗人的优秀品质和诗歌精神"。写出了如此评论的田原先生翻译的谷川先生的诗应该不会这样吧。应该是能很好地展现丰满的诗人风貌的翻译吧。

田：没有，在谈我的翻译如何之前，我想的是为什么这之前日本的现代诗人不被中国的青年诗人所关注。这里当然有译者和作品的原因，同时，被翻译的诗人也应该有点原因吧。我们在考虑翻译这个媒介时，特别是关于日本现代文学的翻译，应该想到中日两国之间很长一段时间存在着难以解决的历史问题。所以有很长一段时间，中国没有这方面的介绍，这也是实情。

例如，20世纪五六十年代，关于日本作家的介绍、翻译少得基本可以说是空白。只有一个有趣的例外。那就是当时被视作军国主义作家作品而作为反面教材翻译过去的三岛由纪夫作品。虽然是被作为反面教材而翻译的，但很短的时间内就被中国作家所喜爱。那之后，一直到20世纪80年代实行改革开放，才开始大量翻译日本战前战后文学和现代文学。现在在日本出版的小说已经有相当多被翻译成中文了。谷川先生作品问世正是在这一热潮之中，我记得第一次出版诗集是在2002年。

沼野：不仅仅是语言游戏，从各种意义上说，诗歌的翻译真的是很难的事。不过，刚才谈到了《语言、游乐的歌》里面收录的《河童》这首诗，谷川先生创作了很多语言游戏的诗，田原先生的书里也收录了《河童》日文版原作和中国语译文。这个很有趣，可以请谷川先生朗读吗？

谷川
（朗读）
かっぱ
かっぱかっぱらった
かっぱらっぱかっぱらった
とってちってた

かっぱなっぱかった
かっぱなっぱいっぱかった
かってきってくった

（会场响起笑声和掌声）

田：翻译这首诗时，我很想把原作的韵律感融入到自己的母语中。可是，怎么都没有办法。不仅仅是这首诗，我想所有的现代诗都包括在内，想用自己的母语翻译出原诗的韵律感都是非常困难的。所以，我总是在想，不只局限于这首诗，我们翻译的时候，发挥自己最大的能力，如果能把原诗作者所创造的感性的氛围，植入到自己的母语中，那是最好的了。《河童》从某种意义上说，在翻译时遭遇了语义和韵律的双重难题。所以，花费了一年半以上的时间。有一次突然冒出来一句很合适的词语，由此引导成就了令我满意的译作。

(用汉语朗读)

《河童》

田原／译

    河童乘隙速行窃   ka ppa ka ppa ra tta
    偷走河童的喇叭   ka ppa ra ppa ka ppa ra tta
    吹着喇叭嘀嗒嗒   to tte ti tte ta

    河童买回青菜叶   ka ppa na ppa ka ta
    河童只买了一把   ka ppa na ppa i ppa ka tta
    买回切切全吃下   ka tta ki tte ku tta

(读毕，会场响起掌声)

谷川：ka ppa（ハアートン）就是河童吧？

田：是的。

谷川：中国有河童吗？

田：传说中有。

谷川：不，不是传说中，我是问："河童真实存在吗？"

田：不，当然只存在于传说中。和日本一样的。不过，给人的印象和日本不同。在古代有"水虎"或者叫"河伯"，身长六十厘米，很瘦，看上去像是三岁到十岁的孩童。像人也像猿，有很多种。

谷川：头上有蓄水盘吗？

田：没有。那个没有。头上有蓄水盘的是我来日本之后知道的。最初，在日本看到河童的图时我很吃惊。给人很可怕的感觉。

谷川：是啊，是很可怕啊。

田：中国的河童很可爱也有点可怕，给人这两种印象。记忆中孩提时代，我曾想和河童成为朋友。

谷川：也是住在池子里吗？

田：是的，住在水池或者河里面。太阳落山后孩子们就会邀它到水面上……小时候我奶奶常跟我说。

谷川：不对孩子们做坏事吗？

田：好像只是一起玩。但是，中国很大，可能会因为地域不同而有所不同。在某些地区也听说它会把孩子们叫到河或者水池里面溺死。

沼野：关于诗歌比较难翻译的地方，这就突然出现了与趣味性相合的实例。谷川先生自己也在做翻译，不仅翻译诗，开始时是"漫画史努比"，后来翻译了很多作品。我想诗的翻译和其他的翻译完全不同吧。

谷川：因为没自信，所以不敢翻译诗。也就像《花生》①的台词那样的，英语接近于日常会话，问了一下懂行的美国人，说经我翻译后日语也是通的。由此我感觉到了诗的语言和散文的语言层次完全不同。有一位翻译我诗歌的先生，名叫艾略特，是美国人。有一次，我把他的诗歌翻译成日文，当时是情况所迫。但是那时我内心有一种羞怯之感。果然如此，如果没有至少数年的当地生活经验的话，语言的内涵、言外寓意是不可能明白的。

谷川诗歌之所以在中国受欢迎

沼野：因此诗的翻译很难做啊，田原先生在翻译谷川诗歌过程中一直抽丝剥茧般地坚持下来了。刚才也许也谈到了在中国谷川的诗逐渐被接受，那么，在中国谷川诗歌的推介方法和反响有什么特点呢？

---

① 《花生》，美国报纸连载的漫画，以小狗"史努比"和数名小学生为主要角色，即上文提到的"漫画史努比"。——编者注

田：其一，作为现代诗，正如瓦雷里强调的那样，诗歌的纯粹性和表现的新鲜感很重要。至今为止，中国的现代诗人中还没有像谷川先生那样的诗人。作品译成中文的外国诗人也没有。谷川俊太郎先生的诗也不太包含中国读者所寻求的社会性，即使如此仍然被很多中国读者接受了。

谷川：最初被中国读者接受的只有《小鸟在天空消失的日子》（《小鸟在天空消失的日子》收录，三丽鸥出版，1990年）和《死去的男人遗留下的东西》（谷川俊太郎作词、武满彻作曲的反战歌。1965年为"祈愿越南和平的市民集会"创作）两首，这两首很受欢迎。

田：是啊。但是之后由于社会体制变化，具有很强隐喻性的作品也被人们接受了。诗集很多时候是诗人们在阅读吧。谷川先生的读者群不仅仅是专业诗人，一般社会人、家庭主妇、高中学生和大学生、学者、编辑等，不同领域的人同时会喜欢，谷川先生就是这样的诗人。

在中国约一百多年的现代诗的历史中，有几位被广为热爱的诗人。艾青就是其中之一。但是，我想那是因为有着特殊的时代背景，所以我说只是一段时间内流传也不过分。另外应该说，还有浅薄的浪漫主义者郭沫若。他写的诗歌作品质感上没有达到世界文学的水平，而且至今作为诗人的他几乎被忘记了。改革开放后出现的朦胧诗人北岛是那个时代确确实实被广泛热爱、传诵的诗人，他给同时代和后人带来了很大的影响。1989年卧轨自杀的二十五岁的海子的几首诗也被广为流传。我觉得北岛先生的作品和谷川先生的作品是不是有精神上的联系呢？

谷川：说得再清楚点不是更好吗？

田：啊，没有空想的或者空洞化的语言，让人感受到诗人的生活感或者是生存体验。是不是可以认为先生诗歌就是在丰富的想象力之下，由与生活密切相关的巧妙的日语构筑的语言集成。

谷川：不，也不是那样吧。我也有为了赚生活费争取更多读者的时候啊。

田：不，那个不能说是在中国受欢迎的理由……

沼野：日本经常有人说诗人仅仅靠写诗是很难生存下去的。在日本仅仅靠写诗就能生存的恐怕只有，不，也许是世界上也仅仅只有谷川先生能做到吧。

谷川：我也没有只靠诗歌创作生活。翻译什么的，别的很多形式的工作也在做的。

诗人与"生活"

沼野：话题转到了意想不到的方向，就此回归正轨吧。

谷川先生的诗无论在日本还是在中国都被广为阅读，我认为可以称之为日本的国民诗人。但是，谷川先生确确实实长期从事诗歌创作，创作风格也随着年龄的变化而变化，不仅涉及很多方面，而且，有时会根据发表媒体的种类和读者的层次不同而有区别地创作。所以，我真不知道从哪里引导大家好了。幸好有四元康佑先生这样出类拔萃的优秀诗人写了《谷川俊太郎学·语言与沉默》（思潮社，2012年）这本书。这是一本非常有趣的书，书中配了很多图，首先看到的是"谷川俊太郎诗集引图"。这里画着六个互不重叠的圆，分别标注着"现代诗系""儿童诗""荒诞系""生活诗系""电影相关"，还有和其他领域的人共同合作的部分——"共同打造/合作作品"。认真思考的话，也许这是很牵强的分类。比如：谷川先生是否有适合归纳为"生活诗系"这类的诗歌呢？

谷川：我是通过媒体开展工作的，类似的倒也不能说没有。开始写诗时完全没想过发表。因为最初发表的诗是在商业性的杂志《文学界》上，所以那之后逐渐可以通过媒体拿到些收入了。从获取收益那时起，作为诗人的我产生了那种相较于专业的读者，更多的一般读者更重要的想法。大概那时候《现代诗笔记》这样专业的诗歌杂志给我发出了邀请，同时，妇女杂志也发来了约稿。像《妇女自身》等杂志差不多从创刊初期开始我就一直在投稿，也经常收到大型报刊编辑的约稿。我想我应该是最早意识到合作的媒体不同而区别创作的诗人吧。所以，意识到读者对象是孩子们时就写了儿童诗。写什么样的诗自己完全没有思考其结果，全部是"看人下菜"啊。

沼野：作为诗人，这在日本是非常稀有的创作方法和生存之道。

谷川：是啊。

沼野：从某种意义上讲也是很幸福的啊。

谷川：嗯，我想我是运气很好吧。

沼野：不用向某些人低头拜托别人发表自己的作品真是件幸福的事啊。因为向人兜售自己那类的事实在是和诗人不搭呀。

谷川：是啊。诗人一般是比较腼腆，不愿意把自己的诗作和金钱联系到一起。所以，几乎没有诗人能把"稿酬多少"问出口，我也问不出口，田先生呢？

田：我也不行啊。说起诗人，像李白、杜甫那个时候，辞掉官职作为类似自由职业者浪迹天涯自由地追求诗歌。那种形态是和时代相符合的。去哪里都能得到尊敬，能得到饭食、零用钱或者马匹，不会挨饿。

谷川：日本也是如此吧。

田：松尾芭蕉也是这样啊。

谷川：他是以前的人啊。现在的诗人……

田：从某种意义上说，现代诗人也可能做到如此吧。实际上，我的朋友中有一位这样的诗人。没有职业，当然也没有收入，不过也能生活下去。我只是偶尔能见一面，感觉好像比有收入的诗人活得开心。

谷川：日本也许也有这样的诗人。即使现代没有，稍早一点时候有，像山之口貘先生等。

沼野：就那样浪迹天涯，像人们说的不食人间烟火的人，以前真有啊。可是，现在连"不食人间烟火"这个词都要成为死语了。诗歌类杂志也越来越少了。连《现代诗笔记》这本杂志也只能每年年末以《现代诗年鉴》为名出版一本厚厚的增页特刊号了。翻开看看，刊登的诗人的名字居然也多得数不清。他们中很多人都有着自己的工作，或者是工薪人员，或者做着其他工作同时从事着诗歌创作。

谷川先生的诗，这么多年实实在在被广为传读，所以刚才我说您是国民诗人。工作的领域也很广泛，比如《铁臂阿童木》的歌词也是谷川先生创作的。《铁臂阿童木》的片中歌曲，大家都知道吧，是科学的理想和善良的心灵逝去的美好时代的优秀歌曲。我有一段时间真想过它也许比《君之代》更适合做日本的国歌。原子弹爆炸之后，再不能说原子弹是好东西了，所以及时修正观念也是很有必要的。不管怎么说，普通人几乎没注意到这首歌的歌词是谷川先生创作的，到了这种程度，是不是可以说这首歌的歌词真正地被大家喜爱了呢？

谷川：是啊，就像都不知道创作《万叶集》的歌人一样吧。我想真的是无名氏吧。我向往的是无论作者如何，只要作品好就什么都好。不过，也希望这个等死了之后再评判。因为活着的时候会因此拿不到作品版权费。这样很矛盾啊。

沼野：中国有这样的诗人吗？诗歌这样受欢迎，这样被大家支持的人？

田：没有啊。如果说有，也就是李白了。不过那是一千三百年前的了。

"永远保持一颗童心，所以能写出好诗"

沼野：刚才开始一边听大家谈话，一边想着必须再说明一下。刚才谈到了中国现代诗中的朦胧诗，这是运用象征主义、难懂的隐喻手法的，是以前的现代诗中所没有的。

田：是的。北岛最初被诗坛认可，是通过上世纪80年代的《诗刊》杂志。这是国家级别的、归属于中国作家协会的诗歌专门类杂志。诗歌发表后，北岛很快就成了名人，作品也在上世纪80年代初期被广为传读。不过，被很多人阅读也只是那一时期。

所以，朦胧诗的诞生和兴盛是不能离开时代背景的。从另外一个意义上说，是时代造就了他们。在朦胧诗诞生时的中国，还没有真正意义上的现代诗。可以说是空白期。朦胧诗出现的时候，和当时的时代相脱离，终于创造出了真正的现代诗。

谷川：最初的北岛作品是难懂的现代诗风，还是普通人也能读懂的风格？

田：我觉得最初不是那么难懂的。

沼野：比较而言，口语特征鲜明。

田：是的。是隐喻特征很鲜明的作品群。对于北岛先生初期的作品，当时的评论家们经常用英雄主义、怀疑精神等评语。我想这是时代赋予的宿命吧。代表作有一首《回答》，写道"我不相信天是蓝的""我不相信雷的回声"等类似呼喊的有力的语言，给当时的中国带来了很大的冲击力。

沼野：之所以说起北岛，是因为我喜欢他的诗。最近有个机会在波兰与他见面并交谈了一下。他也许不是谷川先生那样作品被国民广泛阅读的诗人，而是被文学爱好者和精英所热爱的诗人。

田：我非常赞同您的观点。正是诗人伙伴们、爱诗的人们读他的诗。还没有像谷川先生那样小孩子都喜欢读。北岛先生任教于香港中文大学,是讲座教授。他策划的"国际诗人在香港"的第一次活动邀请了谷川先生。于是,有一次在去会场的出租车上,坐在前排座位上的北岛突然回头对我说:"田先生,我们中国的诗人为什么写不出像谷川先生那样的、为了孩子们而写的诗呢?"我回答说:"中国的现代诗人已经失去了童心。谷川先生比我们年长但依然保持一颗童心,所以他能写出来。"第二天,北岛先生请我读他写给七岁儿子的一首儿童诗。我觉得那首诗对于孩子来讲有点难。

沼野:诗不是那么急就写得出来的东西啊。北岛先生是一位国际知名的诗人,常被提名诺贝尔文学奖的候选人,刚才谷川先生谈到诗人有生之年的作品评价问题,重拾了这个话题,如果不是活着的话,是不能得到诺贝尔文学奖的,也许大家都知道,那个奖是不给逝去的人的。所以,我期待谷川先生的诗被更多的国际上的人接受。中文翻译有田原先生在做了,其他也有包括英文在内的各种语言的翻译版本。谷川先生是否看过?我想有时翻译者会提出一些问题吧。

谷川:这个有时候有的。

沼野:您会和他们交往吗?

谷川:嗯,我明白翻译的过程中会出现各种问题,能回答的就全部回答。但是,完全不知道翻译后的诗会是什么样的。经常被别

人问起"您认为怎么样",而事实是我读不了,所以不知道是不是好诗。和田原先生实际见面是在······

田:1996年在前桥举行的"世界诗人大会"的日本会场上。

谷川:一个年轻健壮的家伙在滔滔不绝地说着翻译成中文之类的话,感觉完全不可信啊。好还是不好,完全没感觉。所以,在中国畅销成了唯一的标准。卖得好就是翻译得好吧。

田:不仅卖得好,我翻译的作品还让谷川先生在中国得了两次奖。第一次是第二册诗集出版后不久,获得了"二十一世纪鼎钧双年文学奖",这个奖的第一个得奖人是去年诺贝尔文学奖得主莫言先生,今年是备受国际关注的小说家阎连科。第二次获奖是去年(2011年)获得了北京大学主办的"中坤国际诗歌奖"。

谷川:在国外获奖完全没有实感,蒙了。

沼野:其理由之一是因为日本不太报道吧,只有获诺贝尔文学奖才会异常热闹。文学价值的评价,世界不可能完全一致。比如,高度重视东亚文化圈的评价等,不过有各种各样的观点是好现象。所以,欧美的评价我们先不说,在中国,谷川诗和他的翻译作品获得了各种奖,得到了很高的评价。

说起来,谷川先生也经常参加外语诗的各种诗会活动,东欧、西欧、美国等世界各地都去了吧?在那些诗会上和诗人们交流感觉怎么样？很愉快吧？

谷川：语言仍然是最大的障碍。大家一般都说英语，但总是因为话题深入不下去而困扰。主办方也比较喜欢热闹盛大的节日般的场面，但是我希望给我们配个专人翻译。那样的话，我们在酒会上和外国的诗人们也能交流，被问到问题时也能回答。不过一般而言，没有得到过这种帮助。

沼野：主办方没太考虑吧。

谷川：不考虑的。为什么诗人给人的感觉就是喝着酒，拍着人的肩膀便寒暄的样子呢？不过，这种事也有它的意义。毕竟，诗人，全世界无论走到哪给人的印象都差不多吧，没有什么好也没有什么不好。

沼野：中国也有类似的诗会吧？有很多为中日文学交流提供的平台吧？

田：其实，几年前我和思潮社的工作人员一起创办了中日现代诗交流会，有很多日本人和中国人都参加了。所以也促成了今天的一些交流。我认为这些交流做得很深入。很多诗人和读者深有感触，一时成为话题。我觉得给日本也带来很大影响。之外，还有中国地方政府主办的"青海湖诗歌节"，这是一个每两年举办一次的、有一百多个国家的诗人参加的现代诗盛典。好像是在第二届"青海湖诗歌节"的时候,谷川先生的中文版诗集《谷川俊太郎诗选集》成为"青海湖诗歌奖"的最终候选作品,听说受到了评委会的极高评价。但是,谷川先生好像不太愿意接受这个奖。

谷川:我可没说过那么直接的话啊。我记得我说如果能弄得再夸大些……

沼野:刚才的《自我介绍》里面也有"对权威抱有反感"这样一句,这个姿态是一致的。我是初次见面,突然提出这样的问题也许不礼貌,谷川先生是很坚定地不接受任何奖项吗?

谷川:不,我接受民间活动给予我的奖项。

沼野:您是说讨厌官方给予的奖?

谷川:不想给国家增加负担添麻烦,反正税我是好好交的,其他就不想有什么瓜葛了,大概就是这类想法吧……还有,抱歉,诺贝尔文学奖也不想拿。田原先生靠不住啊,因为他好像挺想让我拿诺贝尔文学奖的。

沼野:诺贝尔文学奖不是官方的奖,可以吧?我和田原先生必须说服您啊……

谷川：如果是三十多岁时因为想要那一亿日元，也许就愿意拿了。现在还是算了。吃的话一天也就一顿饭，花不了几个钱。

沼野：我是从文学的国际交流这个角度考虑的。不过媒体常问我这类问题，比如"村上春树先生今年怎么样"等，被问及这样的问题，我又是必须回答的，自然有很多思考。很久以前我就一直认为，除去小说作家不谈，如果是谈诗歌候补人选的话，应该是没有比谷川先生更合适的人选了。当然，说真话，文学家和诗人的真正价值不是奖项可以衡量的。

谷川：我对村上春树先生所说的"于我而言读者就是奖励"这句话很有同感。

沼野：是啊。就这点而言，小说作家和诗人最应该引以为傲的难道不是能拥有自己的作品和拥有读者吗？写出优秀的作品是对诗人最高的奖赏。

谷川：不过，这个自己不太好判断啊。

沼野：是啊，刚才说外国虽然有盛大的诗会，却有语言的障碍，想要跨越语言的障碍而让全世界读者都读得懂，的确是太难了。

没有翻译便没有了历史

谷川：其实，也有策划得比较好的活动的。以前曾有过一次请了一些小众的诗人，让大家聚在一起用自己的母语做翻译的有趣活动，好像是在以色列还是哪里的。大家都特别开心。同一首诗变成各种语言，最后大家和声朗读。那种活动就很有意思。几乎给人一种"明天去郊游"或者去观光旅行的感觉。

沼野：诗人都喜欢这种活动啊，我曾去参加东欧的文学集会。那种情况下，"啊！那个人原来长这个样子啊"。我就算只是在活动上认个人也觉得很有趣。

谷川：山崎佳代子策划的活动，带大家去类似于儿童难民营的地方，大家在那里朗读自己创作的有趣的诗，那个活动也挺好。

沼野：山崎佳代子住在贝尔格莱德，也做塞尔维亚文学的翻译工作。她是一位出色的诗人。她是把谷川先生的诗翻译成塞尔维亚语的译者。我常常听山崎女士谈起谷川先生。

前天，在波兰的克拉科夫召开了纪念诗人切斯拉夫·米沃什的一个国际性的诗会盛典。用日本人的眼光看，像波兰那样小的一个国家，为了诗歌这样花费大笔的资金，实在是让人惊叹。从各个国家请来了一二百人的嘉宾。我见到了从柏林过来的四元康佑先生，我们在那里谈到了谷川先生的诗。而在日本，我认识了谷川诗歌的翻译者田原先生，发现田原先生对谷川诗歌的理解很深刻。

就这样，我从住在欧洲的日本人那里、住在日本的中国人那里了解到谷川先生诗歌的美好。这个人际交流的"环"逐渐地缩小，终于实现了今天的初次见面。我很开心。

首先，在跨越语言障碍的诗歌的交流中，翻译应该是难以克服的瓶颈吧？田原先生做中文翻译时感觉怎样？比如：日语发音和语法都同欧洲语言相去甚远，日文和中文虽然都使用汉字，但是和中文毕竟是完全不同的语言文字啊。要把用这种语言文字创作的诗歌的魅力翻译并传达过去，一定是相当困难的事情吧。也就是说，从真正意义上说，实现诗歌的翻译是可能的吗？经常听说诗歌在翻译过程中会缺失很多……

田：正如先生所言，关于翻译，大家都听说过"叛徒"、本雅明说"原创复制"理论，民国时期的学者严复说的"信、达、雅"，鲁迅说的"以信为主、以顺为辅"，双语作家林语堂说的"翻译是一种艺术"等种种说法。林语堂还提出了三个原则：一是忠于原文；二是文理通顺；三是美。英国学者西奥多·萨沃里在他的著作《翻译艺术》中表示翻译需要三个条件：一、对原文的理解力；二、对母语的运用能力；三、同情心、直觉、勤劳以及责任感。很多人都谈论过这个问题。翻译本身是一个历史久远的话题。如果要说有多久远，我们可以追溯到佛教经典从印度的文字翻译成中文的汉明帝时期，那是在中国的"东汉"，也就是日本称之为"后汉"的时期。现在算起的话应该是近两千年的历史。

沼野：最早是从梵文翻译的吧。

田：翻译的梵文佛教经典。据说是印度的三个僧人和中国的三个僧人，用了两年多的时间共同翻译的。再向前追溯到西汉时期，张骞被汉武帝派遣出使西域，在匈奴人的聚居地生活了数十年，促进了丝绸之路文化。恐怕当时他们和西域各国的人们交流时也需要翻译吧。西域有很多小国家，他们使用的语言也不都是汉语吧，当时应该存在着很多不同民族的语言吧。想到这一点就可以断定当时是有口译、笔译存在的。日本有读解汉文的独特方法，这是哪个国家都不能模仿的，是日本人的创造。这也算是翻译吧。当然，汉字是通用的，也许正因如此才能成立吧。

明治维新前后的日本作家夏目漱石、森鸥外等人都是精通双语的。大家不一定都能说中国语，但是能写风雅的汉诗。中国文学研究者吉川幸次郎写的汉诗也特别棒，那个时代的日本人很多都精通双语，虽不能说汉语，但能写汉诗。这是任何国家都不可想象的现象吧。

有人问直译好不好，我在《谷川俊太郎论》一书中专门写了一篇文章，写了我关于翻译的想法。简单地说，我的观点就是必须避免僵硬思维方式下的翻译，即僵硬直接的、教条式的翻译。采用某种程度上比较柔和的对应方法也许更容易译出好作品。为什么呢？有时会用一些母语中不能置换的单词。比如，谷川先生的《水的轮回》这个作品中出现了一个单词"死水"，这个单词中文是不太使用的，日语中的"死水"是日本人的一个民间习俗，现在这个习俗基本没有被继承，我想这是一个接近于"死掉"的单词。中文的"死水"只有一个意思，就是"不流动的水"。在中国，"死水"这个习俗是不存在的。怎么翻译成中文比较好呢？这个有点难，我将其视作对译者提出的一个课题。例如，谷川先生常说"我是雨男"，我很喜欢"雨男"这个单词，这个词中文里面也没有。

还有，我有时给学生上课会谈起，比如"空港"，中文中，"空港"翻译成"机场"，但是，这个单词很平实，没有美感。完全同字面的意思，则是起停飞机的地方之意。"空港"的词义则表示是天空的港湾，这个单词很有品味且具有美感。中文中的"港"多指"海港"，指空中航路停靠点时仍然用"空港"，就会更契合吧。

像这样的例子有很多很多。所以，翻译的时候，遇到中文里没有的日文单词、有时虽然是同一个词但意思不同的单词这种情况怎么办？如果不掌握一定程度的灵活处理方式恐怕翻译时会受挫，我所主张的弹性处理不是无政府主义那样的无限制的弹性，而是在遵循一定翻译理论的框架内，保持一定的灵活度就显得很重要。

谷川先生的诗，语言通俗易懂，但实际翻译时特别难。为什么这样说呢？因为在简洁的语言中蕴含着复杂意义和深度内涵，还有敏锐的语感、快节奏诗句的意外转换，等等，在翻译变换成中文时特别让人头痛。不论是战前的日本还是战后的日本，还是在世界范围内，再没有像他这样具有敏锐感性和丰富语感的诗人了。少之又少！所以，我说谷川先生不是人，是外星人。

谷川：以前听说过这样的话，说日本诗人中原中也的诗翻译成中文后完全读不懂，听了这话后觉得特别有趣。

田：在"H氏诗人大奖"的颁奖仪式上发言时，我说过这样的话。是的，我到现在也不太明白。为什么中原中也诗歌的翻译工作没有坚持下去呢？我想了想，他的诗日本风格太浓了，也许可以说封闭性太强了。很久以前，我也翻译了二十多首中原中也的诗，现在还在我的电脑里"睡大觉"呢。经常有中国的杂志约译稿，可是，很难放心地交出去。不过，最近某出版社也在委托我翻译他的诗，刚开始时我拒绝了，可还是因为主编的执着精神而接受了委托。今后必须努力翻译了。

沼野：翻译成中文，是不是就成了普通的多愁善感的歌谣了呢？

田：不仅如此，也说不好是诗歌表达的情感，还是词语的组合，总是让人产生有点封闭的感觉。我在一篇文章中，对两位诗人做了比较，一位是加西亚·洛尔伽，另一位是中原中也。两位基本去世于同一时期，洛尔伽被暗杀，中原中也是病死的。洛尔伽死时是三十八岁，中原中也则是三十岁。两位诗人的诗的共同点是都具有很强的韵律节奏感。但是，相对于诗作被全世界读者热爱的洛尔伽，中原中也就让人感到有点遗憾，只有日本人喜爱。两位诗人已经去世七十多年了，如果中原中也的诗作具有普遍性特征的话，毫无疑问，现在应该被翻译成很多种语言，被其他国家的读者所喜爱。但是，他的外语译本只有两三种，几乎没有被人关注。我问了法语的译者，对方回答说读者觉得完全不行。后来又问了英语的译者，得到了同样的回答。

谷川：等一下，诗歌的翻译一般来说总有难处理的地方，严格地说，每一首都会因诗人或者诗的不同而存在着可翻译或不能翻译的地方吧。

诗与小说的区别——"现在·这里"

沼野：确实是这样。从译者的立场来说，有时会觉得某首诗能翻译，也有时虽深入研究原文，也明白其中的美，但是觉得无法用日语表达出来。我想两种情况都会有。

借着这个机会，我有问题想请教谷川先生。诗的翻译明显比较难，与之相比，都说小说的翻译对原义丢失的相对比较少。谷川先生交往的人士中，就小说和诗歌翻译的区别这个问题是怎么看的呢？刚才朗读的《自我介绍》这首诗收录在《我》这本诗集中。其中还有一首诗，题目是《维护诗歌兼及小说何以无聊》，写道："果然还是诗好，与之相比，小说很苦恼，真的不行啊。"请就这几句话谈谈怎么样？

谷川：也不是就觉得小说不行，写诗时就写得有点夸张。主要是写不出来。因为写诗稍微出了点名，一定会有人劝说："不写小说吗？"于是，很多诗人开始写小说。清冈卓行①先生啦、富冈

---

① 清冈卓行，日本诗人、小说作家。1922年出生于中国大连，毕业于东京大学。代表作有诗集《冰凝的火焰》。——编者注

多惠子①等等，很多人呢。我呢，基本上是不愿意写字的人，所以手很笨，字写得不好，经常被母亲修改，当初写诗也是因为诗比较短，写起来轻松。不过，我渐渐明白不仅仅是字写得不好。这首诗里也写到"现在·这里"的主题。小学时有历史课，大家都背诵历史事件的年代，从那时候开始我就不擅长，到现在也不行。平安时代和镰仓时代哪个在先哪个在后，我不知道。我真的是活在现在、活在当下的人。加藤周一先生认为日本人感觉的特性就是"现在·这里"性，我看到这句话非常有同感。所以我非常清楚，一定要读懂历史。小说不是无论如何都要有故事吗？故事就是历史、就是经历。从这一点看，自己的生存和认知世界都有先天性的不足之处。所以，问题不是字能写多少，而是自己的构想故事的想象力不够。因为开始认识到这个问题，所以开始尝试着写"物语"的一种形式——散文诗那样的东西。虽然自己不擅长。

沼野：今天说的，我很理解。

这个问题想问田原先生，谷川先生说自己不擅长社会性、历史性的东西，所以，朝诗歌的方向努力。刚才我觉得不愧是田原先生啊。因为田原先生刚一针见血地直接说了谷川先生的诗缺少社会性。如果是我们这些人的话会更加和缓地说"也许没有啊"。这种说法的不同，我想用中国文学的价值观来看的话，可

---

① 富冈多惠子，日本诗人、小说作家。1935年出生于日本大阪。20世纪50年代开始发表作品，代表作有《物语的明天》《女友们》。——编者注

能很清晰地就凸显出来。田原先生在《谷川俊太郎论》一书中确实写着"持续性的现在",这个"持续性的现在"是谷川先生诗歌的特征。那么是否可以断言谷川先生的诗是他舍弃历史性、社会性的情况下才得以确立?

田:首先,我想就说话直接这件事聊几句。大家都认为中国人说话直接吧。这不是中国人说话直接,是我们的母语使然。汉语这种语言是讲究逻辑、推理的,相对而言,日本的语言是重情绪性的,这也是我一直坚持的观点,我认为日语是一种浪漫的语言。

下面我谈谈作品的问题,关于谷川先生作品的社会性,也不是完全没有,也有的。最初创作时,实际历史性的叙述作品,几乎没有,特别是《二十亿光年的孤独》。我认为他从上世纪70年代中期开始写叙述性的作品,具有某种程度的"物语"性质的作品。谷川先生的诗超越一般诗人的地方,其中之一是没有固定的写作方法,在创作过程中尝试着各种写作方法。这是很难模仿的。很多诗人从开始写诗到生命结束,只会一种写作方法。谷川先生运用了各种各样的创作方法,从某种意义上讲,他难道不是超越天才的天才吗?

比如:上世纪70年代出版的散文集《定义》。这也是我很喜欢的一本书。谷川先生创作《定义》这部作品集的动机是打破克服日语的暧昧性,大概是想尝试着矫正日语不能清晰表达意义的缺点吧,所以将词语的定义确定为创作目标,用了清楚无误地表达意义的创作方法。从另一个意义上讲,这是对日语这种语言的一个极有意义的尝试。继《定义》之后,他写的几篇长诗,体现了很强的"物语性"特征。虽然不是小说的形式，但可不可以说是诗歌形式的小说呢？

谷川： 但是在诗歌创作上，诗歌作者的观点和小说作者完全不同，我有一位可被称作师父的先辈叫三好达治。我的观点得到了他的肯定。正月里我去拜访三好先生，听他谈话。那时，三好先生说，为写小说感到很羞愧。"女人的和服下摆撕裂开来，露出了黄色的贴身内衣"之类的我写不了。这句话给我留下了很深的印象。与小说这种品位低俗的东西相比，诗歌是很讲究品位的，这种想法深深印在了我脑子里。诗歌是把视线放在"上半身"就可以写出来的，小说如果不把视线放在"下半身"的话，写出来的东西就没有趣味。可以说有这种情况吧。所以即使写了有故事情节的诗歌，我也写不了男女之间微妙的心理状态，总觉得实际经历过的事情用语言表述出来能有什么趣味呢。

沼野： 有没有社会性，与历史性的关联、私人的问题——谈到了很多有趣的课题啊。我虽然不敢说全部读过，却也是常年爱读谷川先生诗的人。我认为诗人在《我》这首诗中，实际生活的部分和想象中宇宙的部分时常交叉出现，有时历史性和社会性的内容也会呼之欲出。田原先生在本文开头敬仰地说"简直像遇到了外星人"。像这种寻求作品的私人性、日常性和宇宙性相互交织、交替出现的深层次感觉，也许就是谷川先生被称为外星人的缘由吧。先生年轻时写的《二十亿光年的孤独》这部作品真是让人印象鲜明的诗集，现在读起来，我也认为它是日本战后现代诗中最高杰作之一。谷川先生自出道以来,始终坚持"现在·这里"的理念,坚持诗歌创作至今。

在意义与意义之外共赏——朗读诗四首

沼野:以上所说,话题没有穷尽,在这里暂且结束,请大家再听听诗朗诵吧。我本人也在翻译诗歌。首先,请允许我给大家朗读我翻译的波兰和俄罗斯的诗各一首。其次,请田原先生朗读一首用日语创作的诗,最后,请谷川先生朗读自己的诗作为收尾。

那么,首先我来朗读两首。

第一首诗是波兰诗人维斯拉瓦·辛波斯卡(Wislawa Szymborska)的作品,这是位非常出色的女诗人。她的诗语言比较平实,寓意较深刻。我感觉也说不上哪里与谷川先生有相似的地方。

谷川:我也有同感。

沼野:我问过田原先生,辛波斯卡的诗集在中国也得到了很高的评价。那么,请让我朗读辛波斯卡的《可能性》。

(朗读)

可能性

私は映画のほうがいい
猫のほうがいい
ワルタ川の岸辺に生えるカシの木のほうがいい

ドストエフスキーよりディケンズのほうがいい
自分を愛する人類よりは
自分を愛する人たちのほうがいい
手元に針と糸を用意しておいたほうがいい
緑色のほうがいい
すべては理性のせいだなどと
言い張らないほうがいい
例外のほうがいい
早めに出かけるほうがいい
お医者さんとは何か別のことを話したほうがいい
細い線で描かれた古い挿絵のほうがいい
詩を書かないことの滑稽さよりも
詩を書くことの滑稽さのほうがいい
半端な年数の愛の記念日の日のほうが
毎日のお祝いよりもいい
わたしに何も約束してくれない
モラリストのほうがいい
あまりにお人好しの親切よりは
抜け目のない親切のほうがいい
軍服を着ていない大地のほうがいい
征服する国よりは征服された国のほうがいい
留保をつけたほうがいい
秩序の地獄よりは混沌の地獄のほうがいい
新聞の一面よりはグリム童話のほうがいい

葉のない花よりは花のない葉のほうがいい
犬は尾をちょん切っていないほうがいい
明るい目のほうがいい、わたしの目は暗いから
机の引き出しのほうがいい
ここで名前を挙げなかった多くのもののほうが
やっぱりここで名前を挙げなかった多くのものより
いい
数字の行列に並ばされたゼロよりも
ばらばらなゼロのほうがいい
星の時間よりも虫の時間のほうがいい
迷信を守ったほうがいい
あとどのぐらいとか、いつとか聞かないほうがいい
存在には存在なりの理由があるという可能性さえ
考えておいたほうがいい

上面朗读的是诗歌《可能性》。

(会场响起掌声)

种种可能

我偏爱电影。

我偏爱小猫。

我偏爱华尔塔河沿岸的橡树。

我偏爱狄更斯胜过陀思妥耶夫斯基。

我偏爱我对人群的喜欢

胜过我对人类的爱。

我偏爱在手边摆放针线,以备不时之需。

我偏爱绿色。

我偏爱不抱持把一切

都归咎于理性的想法。

我偏爱例外。

我偏爱及早离去。

我偏爱和医生聊些别的话题。

我偏爱线条细致的老式插画。

我偏爱写诗的荒谬

胜过不写诗的荒谬。

我偏爱,就爱情而言,可以天天庆祝的

不特定纪念日。

我偏爱不向我做任何

承诺的道德家。

我偏爱狡猾的仁慈胜过过度可信的那种。

我偏爱穿便服的地球。

我偏爱被征服的国家胜过征服者。

我偏爱有些保留。

我偏爱混乱的地狱胜过秩序井然的地狱。

我偏爱格林童话胜过报纸头版。

我偏爱不开花的叶子胜过不长叶子的花。

我偏爱尾巴没被截短的狗。

我偏爱淡色的眼睛,因为我是黑眼珠。

> 我偏爱书桌的抽屉。
> 我偏爱许多此处未提及的事物
> 胜过许多我也没有说到的事物。
> 我偏爱自由无拘的零
> 胜过排列在阿拉伯数字后来的零。
> 我偏爱昆虫的时间胜过星星的时间。
> 我偏爱敲击木头。
> 我偏爱不去问还要多久或什么时候。
> 我偏爱此一可能——
> 存在的理由不假外求。[1]

谷川：非常好的诗。我喜欢。

沼野：也有个别不太赞成的意见,但我仍然觉得是首好诗。

谷川：翻译得比较容易上口。

沼野：谢谢,辛波斯卡的翻译我有点懈怠了,下一部诗集还没有译好,我会加快的。

还有一首,是去了美国的俄罗斯诗人约瑟夫·布罗茨基(Joseph Brodsky)的诗。他原是用俄语写诗的,到美国后用英语

---

[1] 译文引自陈黎、张芳龄译《万物静默如谜:辛波斯卡诗选》,湖南文艺出版社2012年8月版。——编者注

写随笔，也用英语写了一部分诗。我朗读的这首是比较轻快的、用英语写的、俗称打油诗的那种。布罗茨基的俄语诗很出色，但是实在是很难翻译，即使翻译了，意思也很难传达。所以，我们先欣赏这首比较好翻译的、用英文写的打油诗。《爱之歌》最后两行意思不太清晰，大家也请一起思考一下吧。

（朗读）

　　　　　　ラブソング
　　もしも君が溺れていたら、ぼくは助にかけつけ
　　ぼくの毛布にくるみ、熱いお茶を呑ませてあげよう
　　もしもぼくが保安官だったら君を逮捕して
　　牢屋に閉じ込め、鍵をかけてしまおう

　　もしも君が鳥だったら、ぼくは君の唄をレコードにして
　　鈴の音のようなさえずりを一晩中聞いているだろう
　　もしもぼくが軍曹だったら、君はぼくの新兵だ
　　だいじょうぶ、君はきっと教練が好になる

　　もしも君が中国人だったら、ぼくは中国語を勉強して
　　香をたくさん焚き、可笑しな服を着るだろう
　　もしも君が鏡だったら、ぼくはご婦人用のトイレに突進して
　　唇にルージュをひき、鼻に白粉をはたいてあげよう

火山が好きだというのなら、ぼくは溶岩になって
　　　秘められた源から激しく噴き出そう
　　　そして、もしも君がぼくの妻だったら、ぼくは君の恋
　　　人になろう
　　　なにしろ教会が断固として離婚を禁じているから

（会场响起掌声）

接下来拜托田原先生朗读新潮社出版的《石的记忆》的第二首诗。

田：那么、我来朗读《墓》。
（朗读）

　　　　　　　　　墓
　　　数羽のさえずる鳥が
　　　周囲の静寂を破り
　　　墓の上にとまる

　　　涼風がひとしきり
　　　目に見えない木櫛のように
　　　墓の上の枯草を梳く

　　　死者は運ばれ埋められ

悲しみと記憶は
その時からここに定着する

生者はやってきて
墓碑の前で手を合わせ
足跡を残して 去る

砂漠は駱駝の墓
海は水夫の墓
地球は文明の墓

墓は死のもうひとつの形
美しい乳房のように
大地の胸に隆起する

墓も成長する そこに立ったまま
洪水が流れ込もうとも
暴風に曝され砂塵に覆われようとも

墓は
地平線に育てられた耳だ
誰の足音かを聞き分けている

(会场响起掌声)

坟墓

几只啾鸣的鸟
惊破周围的寂静
栖落在坟顶

一阵阵凉风
一把把无形的木梳
梳弯坟上的枯草

死去的人被运来葬下
悲伤和回忆
从此在这里落户扎根

活着的人走来
在墓碑前轻轻合掌
留下脚印离去

沙漠是骆驼的坟墓
大海是水手的坟墓
地球是文明的坟墓

坟墓是死亡的另一种形状
像美丽的乳房

隆起在大地的胸膛

静止的坟墓也在成长
但它从不挪动自己的位置
即使被洪水漫过被风沙湮埋

坟墓
是长在地平线上的耳朵
聆听和分辨着它熟悉的跫音①

沼野：这首诗有没有您自己翻译的中文版本。

田：我翻译了。

谷川：首先想起的是日语的吗？

田：是的，先是用日语写，然后翻译成中文。翻译得不是很满意。

谷川：我要朗读的《再见》这首诗和刚才的《自我介绍》一起收录在《我》这本诗集里。是写死亡的诗。

---

① 译文引自田原《梦蛇：田原诗集》，东方出版社 2015 年 12 月版。——编者注

(朗读)

さようなら

私の肝臓さんよさようならだ
腎臓さん膵臓さんともお別れだ
私はこれから死ぬところだが
かたわらに誰もいないから
君らに挨拶する
長きにわたって私のために働いてくれたが
これでもう君らは自由だ
どこへなりと立ち去るがいい
君らと別れて私もすっかり身軽になる
魂だけのすっぴんだ
心臓さんよどきどきはらはら迷惑かけたな
脳髄さんよよしないことを考えさせた
目耳口にもちんちんさんにも苦労をかけた
みんなみんな悪く思うな
君らあっての私だったのだから
とは言うものの君ら抜きの未来は明るい
もう私は私に未練がないから
迷わずに私を忘れて
泥に溶けよう空に消えよう
言葉なきものたちの仲間になろう

(会场响起掌声)

再见

我的肝脏啊,再见了

与肾脏和胰脏也要告别

我现在就要死去

没人在身边

只好跟你们告别

你们为我劳累了一生

以后你们就自由了

要去哪儿都可以

与你们分别我也变得轻松

只有灵魂的素颜

心脏啊,有时让你怦怦惊跳真的很抱歉

脑髓啊,让你思考了那么多无聊的东西

眼睛、耳朵、嘴和"小鸡鸡"你们也辛苦了

我对于你们觉得抱歉

因为有了你们才有了我

尽管如此没有你们的未来还是明亮的

我对我已不再留恋

毫不犹豫地忘掉自己

像融入泥土一样消失在天空吧

与无语言者们成为伙伴吧①

当诗具备了普遍性时,其意义何在

沼野:那么,接下来有请会场的听众提问题。

提问者 A:我女儿读初中二年级,出生的时候就想给她买画报,不知道买什么好,就去邮购订阅,商家会每个月挑选出优秀绘本,邮寄上门。有一次,我收到的是谷川先生的《噗噗噗》(文研出版社,1997年),这个绘本太好了,语言也很新颖,我被惊到了,没有比这更好的了。孩子也很自然地欣赏,现在长大了也反反复复地看呢。那部作品是先生家里有小孩子时创作的吗?

谷川:不是。

提问者 A:那么,写这个是因为有人约稿吗?

谷川:有一位已经逝去的画师叫元永定正,1966年我们一起在纽约。我们两个人都带着各自的妻子在美国生活,拿着奖学金,住在林肯中心旁边的公寓,都是一个房间的那种。他就在那么狭窄的房间里作画。我去他那里玩,他说"给这幅画题个名吧",就这样我们开始熟悉了起来。回到日本以后,过了一段时间,出

---

① 译文引自谷川俊太郎著、田原译《三万年前的星空》,江苏凤凰文艺出版社2018年11月版。——编者注

版社说先生和元永先生一起做绘本吧。那时，我对元永先生的这一类画已经相当熟悉了，因此我想把元永先生的画以某种故事来排序，相应的语言也有了。就是这样很轻松地创作出来的书。开始时完全卖不出去，被幼儿园老师和孩子妈妈们问："这是什么？怎么教啊？"

我的印象里好像是因为孩子们喜欢，所以市场销售才好起来，慢慢地越来越好卖了。听说几年前卖到了一百万册，我也很吃惊。因为是从小熟悉的语言，孩子们比较容易由此进入语言的世界吧。

提问者 A：孩子们能毫不费力地读，很愉快。

谷川：是啊。大人就总是考虑深层意义。

提问者 B：能再谈谈诗歌翻译的难点吗？您说过如果没有在语言的母语国生活过的经历，有些语言是很难掌握的……

谷川：也不是一直住在外国。就我自己做翻译的感受来说吧，比如"蓝"这个词，与之对应的英语是"blue"，现在说的不是蓝和"blue"是不是能一对一对应上，而是它们各自的颜色所代表的意义。比如用画圆来表示的话，"blue"的圆和蓝的圆不是完全重叠的同心圆，而是有错位的部分，两个圆只是重叠的部分是概念通用的部分。

以诗的翻译来说，我认为如何找寻它们重叠的部分，有什么样的语言相对应,这是最重要的。外国的语言和日语表示的内涵和外延是如此的不同,通过词典可以明白吗?是不明白的。因为词典已经格式化了,实际上在这种语言应用的地方生活几年就会明白了。所以,最重要的是在那个国家、在那个地方生活一段时间。这样,做翻译的时候,才能完全掌握外国的语言,无意识之中运用自如,这难道不是最重要的吗?

提问者 B:田原先生怎么认为呢?

田:翻译确实是很难。但是我认为好的现代诗可以翻译成任何语言。被翻译的作品也不会有太大的误差吧。因为这里面有普遍性。不伦不类的作品就不行了。恐怕很难被外语所包容。所以,能不能翻译,首先由原作是否具备那样的特质所决定。同时,因为涉及的对象是从语言到语言,所以,是否具有普遍性也是一个问题,不涉及具体的作品很难判断。关于翻译,我也写了论文,一句话很难概括。理论上以往有很多文字化的东西。

谷川:田原先生主张的诗必须具有世界性和普遍性,这个观念是怎样形成的呢?

田:我想一旦有了普遍性,不仅仅是我的母语,很多语言都能接受了。

谷川:存在于某一个特殊的文化圈不是也很好嘛。中国存在多样的思维方式，一首日文诗歌在中国没有流行，也不能说它不好。只要日本人能有共鸣不就可以了吗？

田：不是说日文诗歌本身"不好"。比如中原中也诗歌的优点，在我的母语中就很难呈现出来。

谷川：那是因为翻译得不够流畅。

田：是可以流畅的。但是译成中文以后，他的诗歌的美感却失去了，用日语读的话，中原中也也是一位还不错的诗人。

谷川：你的这个评价——"还不错的诗人"，那是因为日语不是你的母语，所以你会这么认为。

田：可其诗歌被翻译成中文后，中原中也怎么也不能给人一流诗人的感觉。

谷川：我好像明白这个感觉。但，这是什么原因呢？沼野先生怎么想？诗要具有普遍性其意义何在呢？

沼野：既有超越语言的障碍且在国外得到很高评价的作品，也有难以克服语言障碍的作品。小说家也是完全一样，村上春树的作品比较容易被翻译，如古井由吉等人的作品就不太容易被翻译。埴谷雄高等人的作品几乎没有人翻译。但是，不能笼统地说不好翻译的作品就不好。只是，田原先生说的也有其道理，真正好的作品一定以某种形式在流传。

谷川：像音乐什么的，很简单地能说明这一点。

沼野：和音乐相比，语言清清楚楚地存在着能够跨越和不能跨越的障碍。刚才，就"含意"这个词，我们谈到了具有复杂语感的一些词语。请允许我再补充一点，如果是诗歌，在形式方面，还要考虑声音的余韵、格式、节拍等因素，它应该是和诗歌的内容融为一体的。

翻译时，姑且可以选择主题内容进行翻译。然而，像刚才的《河童》那首诗，翻译时应该必须具有相同的韵律，那么能否再现相同的韵律呢？比如，"か"音的重复出现，译成汉语和英语是否能够做到？应该不是那么简单的。如果想忠实地再现这种诗歌形式方面的诸多因素，那么翻译就会是一个非常不容易的工作。

我也是大学教师，说到大多数大学教师的外语能力，查查词典认真读几遍学习一下，基本可以掌握大致的意思。所以，大学教师的翻译，多数是只能读取诗歌的主题内容而直译。这样的话，原作品的妙处无以传达。比如，有一个我之前就想请教的问题：在日本说到诗一般都包括短歌在内，一般像"五七五"这样格式规定很严格。像这种能翻译还是不能翻译？恐怕翻译过程中出现的问题比现代诗更复杂吧。

谷川：是啊。有人说外国人用英文也能写俳句，严格按照"五七五"的格式，但这个问题牵扯到英文的音节，我们也搞不太清楚。

沼野：说是五音节或者七音节等，但毕竟说起来英语和日语的节拍读取方式不同……中国语怎么样？短歌也被翻译过去了吗？

田：翻译了。还是松尾芭蕉的好。即使多少有点意译的成分，也仍然很好。我认为是因为芭蕉的作品具有普遍性因素。我曾经写过有关埃兹拉·庞德的评论。他把李白的诗翻译成英文，又将他的英文译文重新翻译成了中文，并没有太大的偏差。可见，从某种意义上讲，李白在唐代写的诗就具有诗歌的普遍性，所以才能实现这一点。

沼野：关于翻译的论坛马上要开始第二轮，由于会场时间的限制，本次座谈到这里就结束了。希望我们再找别的机会继续今天的话题。

小说家·诗人篇

第三章
带我走进"世界文学"

——辻原登与沼野充义的对谈

模仿性小说私论

辻原登

　　1945年，出生于和歌山县。小说家。曾任东海大学教授等，现任神奈川近代文学馆馆长、理事长。1990年以《村庄的名字》获芥川奖。之后主要作品有：《飞翔的麒麟》（又译《飞翔吧，麒麟》）（1999年，获读卖文学奖）、《游动亭圆木》（2000年，获谷崎润一郎奖）、《枯叶中的青炎》（2005年，获川端康成文学奖）、《花开樱花树》（2006年，获大佛次郎奖）、《不可饶恕的人》（2010年，获每日艺术奖）、《阴暗之处》（2011年，获艺术选奖文部科学大臣奖）、《鞑靼之马》（2012年，获司马辽太郎奖）、《冬之旅》（2013年，获伊藤整文学奖）。2012年被授予紫绶褒奖章。

青春作家陀思妥耶夫斯基

沼野：今天可以和辻原先生进行一场深入的交谈。我想在谈话进程中循序渐进地将先生作为作家的一面自然地展现出来，整个会谈的进程就按照这种感觉进行。

此次系列座谈的目的在于让人读书。辻原先生不仅在作家领域十分活跃，在日本文学、世界文学方面也无所不知，读书涉猎极广。无论从哪个方面谈起，我想都会有说不完的话题，那么我们就先从"如何读书"这一方面来谈一谈吧。

社会上广泛流传着辻原先生的一句名言："十九岁之前不能不读陀思妥耶夫斯基。"辻原先生不仅对陀思妥耶夫斯基的作品了如指掌，对法国的福楼拜、司汤达等作家的文学作品也十分精通。俄罗斯文学对辻原先生来说是特别重要的一个领域。所以，"十九岁之前不能不读陀思妥耶夫斯基"，就这一话题我们扩展来说，读书要选择适合其年龄的书籍，而且古典作品需要反复研读。年龄不同，对作品的解读就会不同。辻原先生，基于您长期的读书经验，请您谈一谈"读书需要适合的年龄"这一问题。

辻原：读某些作家的作品不需要适合的年龄，可以说一点也不需要，但是，读陀思妥耶夫斯基的作品是需要的。这有点像谬论，只是我感性的想法。在托尔斯泰、狄更斯、巴尔扎克等近代文学巨匠中，陀思妥耶夫斯基是个非常特别的作家。他的作品非常具有戏剧性，从《死屋手记》，到《罪与罚》《群魔》《少年》《卡拉马佐夫兄弟》《白痴》，以及《永远的丈夫》《温顺的女性》等，陀思妥耶夫斯基的作品，都有"毒"。但是，与谷崎润一郎作品中的"剧毒"相比，还是略有逊色的。也就是说，读过了各类作品，积累了丰富的经验，过了二十岁到二十五岁或三十岁的年纪，即便读了陀思妥耶夫斯基的作品，感觉也不会中陀思妥耶夫斯基的"毒"，不过谷崎润一郎的作品，到了五十岁或七十岁读，该"中毒"还是会"中毒"。我是这样认为的。不过，读陀思妥耶夫斯基的作品，如果"毒性"不发的话，就太没意思了。有趣是非常有趣，可若是这样读陀思妥耶夫斯基的作品，还不如读巴尔扎克、狄更斯等的作品更有意思。为什么这么说呢？因为巴尔扎克、狄更斯等是成人小说家，而陀思妥耶夫斯基并不是成人小说家，我认为他更像是一个常处在青春期的作家。

这样看来，为什么说要在十九岁之前读呢？人一般是在十四岁或十五岁的时候变化比较大，经历自呱呱坠地到渐渐懵懂，度过完全由父母守护的时期，正是要从父母的守护中脱离，去独自面对外面的世界，对即将要面对的风风雨雨充满了不安的时期。我们对幼年的事情几乎都不记得，四五岁时的烦恼也全然忘记，之后的十三岁至十八岁，这是我们人生中的第二个暴风时期，我们已有自己的思维、自己的语言习惯，也有自己的处世方式，可以说这一时期的变化是非常大的。

这是青春期，是身心都非常不安的时期，如果这个时期读陀思妥耶夫斯基的作品，"毒性"就会发作。体验了这个时期的陀思妥耶夫斯基，再到成年，就会有很多有意思的事情。从十四岁到十九岁期间中了陀思妥耶夫斯基的"毒",那么在自己的无意识中就会吸收到文学本质的东西,或者可以说是文学的"恐怖性"。但是如果成年后读的话,就不能吸收了。其他的作家,如托尔斯泰、司汤达、森鸥外等都不是这样的,无论多大年纪去读都会有一个与之相匹配的世界。所以,最初我说"十九岁之前不能不读陀思妥耶夫斯基"这句话,是针对那些想成为作家的人,或者是有成为作家意愿的人,就是那些写高中三年级或大学一年级水准小说的人。也就是说,在十九岁之前如果没有读陀思妥耶夫斯基,并深受其"毒"的话,是不能成为一名真正的作家的。我想表达的就是这一点,不知何时起,这句话变成了一个口号或者像是一句说教的话了。

沼野:真是非常有趣的话题。辻原先生自己在年轻的时候也沉迷于阅读陀思妥耶夫斯基吧。以前,曾一起参加过托尔斯泰文学座谈会,有幸见到你的手写笔记,深感震惊。满满的摘录内容,才知您对托尔斯泰也是有很深的研究的。请问您是在读过陀思妥耶夫斯基之后读的托尔斯泰吗?

辻原:做读书笔记是之后的事情。高中时读《安娜·卡列尼娜》《战争与和平》,完全看不懂。

沼野:《安娜·卡列尼娜》是有关婚外恋的故事,主人公也是三十岁左右的女性,高中生读起来确实完全不能理解。我也是完全不懂,待自己过了那个年纪后再读就会恍然大悟。

刚才您提到陀思妥耶夫斯基作品是对青春期有用的"毒"。这样说来，日本有许多陀思妥耶夫斯基的疯狂崇拜者，不同的人以不同的方式研读陀思妥耶夫斯基的作品。作为日本的传统或者叫特点，有在思想上或者形而上学倾向性上深读陀思妥耶夫斯基作品的倾向。印象中如埴谷雄高等作家，他们也对陀思妥耶夫斯基的作品有深入的解读。

辻原：像埴谷雄高、小林秀雄等作家，他们至死都坚信自己仍处在青春时期。所谓的日本的哲学正是对青春的追崇，我认为即便是八十岁高龄的哲学家，其精神构建及志向也是在青春期。这正是日本独特的青春样态。对于明治以后的日本知识分子来说，欧洲既是近代的，同时也是青春洋溢的。所以，我觉得无论是哲学还是文学，这种吸收方式都是独具日本特色的。

小说家是不可能永远都处于青春期的。成熟的人物、恶人、政治家等，这些人物也都必须要描写。而且一部长篇小说中至少要出现三十人或五十人，其人物特点各不相同，人生经历也完全不同，这些都需要区分描写。那么，如果一直强调着"青春、青春"就不太合适了。想要持有不同的视角，那就必须要将自己从青春中抽离出来。

永远沉浸在青春中是无法写小说的

沼野：感觉我们从最初本质上的小说论，发展到了某种意义上对现代日本年轻作家们的严厉批评了。我也是在做文艺评论时注意到，年轻人中去角逐新人奖的人非常多啊。每当进行新人奖征集的时候，一次就有超过一千份作品应征。其中大多数是写自己或自己周围的人，比如为情所困啊，或是连恋爱都谈不了而一个人自闭的烦恼啊……充其量也就是自己和恋人，或者周边人的故事，这类作品实在太多了。认为这就是青春文学，或者认为以自己为原型写自身的恋爱故事一定是文学的第一步。如果仅限于此的话，那么这与辻原先生说的将三十人或五十人区分描写的作品是处在完全不同的两个阶段。视野狭隘的新手的一些作品就是除了写自己和自己的恋人之外，什么内容也写不出了。如果父母没有出现，那么父母从事何种工作也全然无从知道。当然也可以说正因为这样的作品过多，所以其中也能出现可以成为感性丰富、出色优秀的作家的人。刚才辻原先生表达的是对现代日本小说的批评。

托尔斯泰的《战争与和平》中确定出现了五百多个人的名字，能熟知每个人物的经历吗？作家从某种意义上来说，就像一个无所不知的神一样，不同的人物要如何行动等等都要分别描写。辻原先生的长篇小说也是规模宏大，大约会出现多少人物呢？

辻原：没有数过，不过除去点缀性的人物，长篇的话，相关的出场人物，一般都要二三十人。

沼野：以《不可饶恕的人》（每日新闻社，2009年，集英社文库）为例，一些重要角色，包含历史上的人物，有相当多的人物交织在一起。写这样的小说的时候，作为小说家要如何做呢？

这个人物这样，那个人物那样，要具备洞悉所有人物的能力才能写吧？

辻原：是的，不那样的话，是写不出来的。不同的人方法不同。长篇的话，可以不考虑人物结局就开始写，也有的人一边写一边考虑主题。我的话呢，首先去找主题，即便还无法用文字定型也没关系。比如说潜入海底，发现非常漂亮的石头，就想着"啊，就是这个"，带着这块石头浮出海面，在太阳光下一看，发现不过是一块普通的石头，这种事情常常会有。潜入海底找石头就像是找主题一样，将潜入海底比喻成梦境或者是幻想，在梦境中或幻想中闪现的某个东西，发现它并将其带入现实中来，那么在梦中闪耀的东西首先仅仅是石头。然后在梦境中见到的，或者是在海底见到的那一抹光芒是否能再一次在现实中再现，这就成了写作的动机。我想不仅仅我是这样。如果这个作品完成了，也就是再现了梦境中的光芒，也就意味着找到了好的主题。

所以是不是一个好的主题，不试着开始写是不知道的。这种意义的存在就是小说的生命，不过，最初在梦境中见到的、在海底见到的光辉，是否真的存在，不写是不能妄下论断的。所以只好先考虑好如何构筑这个世界、最后如何结尾之后再开始。

我认为小说就像是建筑，或者是音乐。建筑家在施工的过程中绝对不会有"大概""差不多"之类的想法。一定先严格地画好设计图，使用什么材料、如何进程等事宜都会详细考虑妥当。音乐当然也是如此，也有其严格遵守的规则。

如果是文学的话，那么素材就是语言了。所有的语言都已经自带含义了，所以一般情况下我们很容易地认为只要将其排序，那么故事就成了。而且，小说的话也不用过多思考，开始写不就可以了吗？但是，建筑师使用石头、土、木方建造房屋的时候，木方就只是木方、石头就仅仅以石头的原样存在的话，是不能成为建筑素材的。为此需要付出很多思考和方法，以及其他的如为了架梁吊栋、构建屋架所需要的力学知识。音乐亦是如此，单单只有音的话还不是音乐。为了使其成为音乐就需要合适的音乐技法。小说家、诗人在用语言创造世界的时候，像音乐、像建筑那样去思考的人也许不多，可是我认为还是有思考的必要的。

这就是说总是停留在青春期是不行的。也就是说，不是站在自己的立场，而必须要站在神一样的立场上，以接近神的姿态从上俯瞰全局，担起责任，每一个人物、每一处自然、每一个场景都必须用语言表现出来。而且一旦承担起责任，至少对自己的作品，要有决心在有生之年都承担起此重任的觉悟。虽然有些夸张，但是我认为确是如此。

沼野：明白了。听了您刚才所说，我想到一件事。有一位我非常喜欢的作家，叫米兰·昆德拉。原是捷克作家，后来去了法国。起初他写了很多抒情诗，昆德拉后来自我反省，作为诗歌，那是无任何价值的。他说抒情诗沉迷于描写对象本身也是不可取的。小说的精神又是另一个层面了。这里所说的小说精神指的是叙事性的精神，小说是不可以沉迷于自己内心的感动而就此结束的。用具有远近感的透视法聚焦事物，创造含有历史性、社会性的故事，我觉得这是他的小说精神。他认为沉迷于抒情是危险的。太多强调这点，被误解为是在侮辱写诗的人就不好了。可是沉迷于抒情，从某种意义上就是沉溺在青春的状态之中。而小说的精神、散文的精神都是这之后所要展现出来的。他要表达的应该如此吧。

辻原：确实如此。昆德拉也是我喜欢的作家。他的《不能承受的生命之轻》，我曾经将其一点一点剖析又将其重新组合，受益匪浅。昆德拉虽说是从抒情中脱离出来，但读了《不朽》之后就会发现，他的创作还没有脱离抒情。确实如刚才沼野先生所说的，小说是以散文的形式构建起来的。也正如我刚才说的那样，就像是一段音乐，也像是一个建筑。

沼野：仿效音乐的构造写小说。

辻原：昆德拉的父亲是有名的钢琴家。不过将一本好小说，剖析后研究它是如何构建的也很有趣，可以领悟到随意改变视点的乐趣。听大学的文学讲座时，会听到一些评论，如：这个视角很暧昧呀之类的，所谓的视角主义不少啊。教学生写小说时，有的设定一个视角后就要求学生必须按照这个视角写，或者视角有改变的话就必须有所标识，等等。虽然说得有点啰唆，但是我认为视角是应该更自由，不做这些约束也没有关系。神有许多，视角也应是无限的。所以偶尔要降到地面上来，比如进到沼野先生的脑中，以沼野先生的眼睛去看这个世界也好，或者到外面以另外一个人的视角去看也没有关系，或者走出来从上向下俯瞰也会很有趣。这样想的话,说是神的视角,也就等同于更自由的视角。

"带我去远方"

沼野: 刚才您从作者的立场出发谈了许多,非常有趣,让人获益良多。那个,我们的谈话顺序搞反了,关于今天的话题,事先没有告知您今天的谈话的具体主题。想就世界文学、日本文学我们随意聊一聊。虽然有点临阵磨枪的感觉,实际上前天我就想如果要给这次的谈话加一个题目的话,《带我走进"世界文学"》这个题目如何呢?所以,今天的谈话就以此为题吧。

这个奇妙的题目,是由1987年公映的电影《带我去滑雪》而联想到的,电影我没有看过,不是很清楚。辻原先生曾在2009年东京大学我的研究室(现代文艺论研究室)的课堂上,就世界文学做过讲义。那本讲义已经出版成书了(《在东京大学学习世界文学》,集英社,2010年,现·集英社文库),其中有一章是《带我去远方》,我对此非常感兴趣。以辻原先生独特的视角和切入点,论述了"文学点燃热情""文学把读者带向远方"等观点,列举了大量有趣的作品实例,给人一种恍然大悟的感觉。"文学可以把读者带到另一个不同的世界",我们思考文学时,就要有这样的意识,这点很重要。

前一段时间,我读了辻原先生作品的文库版后面的"解说"部分,想以此了解诸位解说者是如何想的。比如辻原先生的《花开樱花树》(朝日文库,2009年)以旧时的日本为背景,此作品获得了大佛次郎奖。作家池泽夏树做了解说。开头部分写得很有意思。池泽先生是这样开始其评论的——"小说读者是不是一个色情受虐狂群体呢？或者说，读者正期盼着让作者随心所欲地将自己带到某个地方。每个读者的内心都有把自己交给作者的想法"。

就像这样，辻原先生的小说把读者带向何方？据说那是个充满套路的世界，正因为如此，那么不是"把我带到远方"，而是"把我带到'世界文学'中"不是很好吗？所谓"世界文学"，这里说的并不是一个晦涩难懂的文艺学用词，仅仅是因为谈论的是世界的文学，当然，日本文学也必然包含其中。

那么，我们已经聊了许多托尔斯泰、陀思妥耶夫斯基、昆德拉等外国作家。接下来，我们结合辻原先生丰富的读书经历谈一谈吧。在日本谈日本文学、世界文学时，世界文学指的是外国的文学，现在仍然有这样将外国和日本区分开来的情况。大学教师、研究人员等，也按专业区分将其完全割裂开来，外国文学研究者和日本文学研究者之间现在几乎没有交流。其实这是一件不可思议的事情。在日本，我感觉仍然有很强烈的像区分日本和世界这样将内和外区分开来的倾向。关于这点，辻原先生您是如何认为的呢？以您的读书经历，您认为该以什么样的姿态阅读当下的文学作品呢？这是日本的？这是世界的？或者说日本文学和外国之文学之间存在着根本的差异？您也这么认为吗？

辻原：我不这么认为。我这里只有一种区别，用日语写的日语小说，用俄语写的且被翻译成日语的小说，只有这个不同而已。距离上的差异也能成为语言的差异。比如说日本的古典文学《源氏物语》，跨越千年时空再来读，并没有本质上的不同。我认为以同样的想法读俄罗斯的翻译小说，和读千年前的《源氏物语》，不是应该的嘛！

沼野：我也曾有幸和外国的研究日本文学的学者交流过，就这个话题也聊过。谈到《源氏物语》的英语翻译，有亚瑟·威利（Waley）、爱德华·赛登施蒂克（Seidensticker）和罗耶尔·泰勒（Tyler）这三个人的三种英译本。其中，泰勒的英译本学术上的注释是最详细的，汲取了最近的许多研究成果。泰勒先生来日本时曾应邀做过讲演，那时我问过他一个别人想不到的问题。因为《源氏物语》是日本人用日语写的，今天的人读起来即便有些难以理解，但因为都是日语，而且同样具有日本人的感性，所以即便是千年前用日语写的东西，也不会把它看作是外国文学。不过从研究者泰勒的视角看的话，是不是把千年前的日本文学与现在的日本文学区别来看更好呢？听了我的这个问题，泰勒先生的回答是肯定的。他甚至说现代日本人比外国人能更好地理解《源氏物语》的这种想法其实是不成立的。作为日本人听到这里会有点郁闷，但是是不是也确实存在这种情况呢？"因为同样是日语，日本人就应该理解"这种想法，对千年前的事物的话，还是摒弃掉比较好吧。

辻原：跨越时间空间，是阅读古典文学的基础，也正是其有趣之处。通过日语的翻译读法语、俄语、汉语等语言写的文学作品，就像是接受一个多月的训练后用原本的日语读千年前的《源氏物语》原文，这两件事有异曲同工之妙。也就是说，经过训练后，即便不是现代语译本也都能读懂。换句话说，读陀思妥耶夫斯基的作品而有所发现，和读《古事记》《源氏物语》而有所发现，在我们的头脑中出现的基本是同样的情况。虽然存在着读翻译文本和读古典文本的差异，但我觉得没有必要再去细分。

沼野：把古典文学称作外国文学，这听上去好像有语病，确实是不同世界的东西。您的意思是，要进入这个世界，必须要付出一定程度的努力，但却是可以进入的世界？

辻原：是的。古典文学确实存在着距离感和遥远感。有距离感是古典文学非常重要的条件之一。如何缩小距离感，及缩短距离后的喜悦，这是阅读现代流行小说感受不到的完全不同的质感，这应该是更全方位的喜悦。

史蒂文森和中岛敦

沼野：从辻原先生自身年轻时的读书经历来看，有没有热衷于日本文学的时期，或者说只读外国文学的时期呢？

辻原：那倒没有。

沼野：喜欢谷崎润一郎、陀思妥耶夫斯基的作品吧。

辻原：是的，完全没区别。对于我来说，读了史蒂文森的《金银岛》小说后我就想，如果能写出这样的小说多好啊。小的时候简装版是适合儿童的读物，到了小学五年级的时候读精装版的《金银岛》，我觉得那时候的那种兴奋感是我读书经历的开端。

沼野：感觉在诱导我们进入一个令人心动的世界。

辻原：是的，有点兴奋。

沼野：史蒂文森的作品在日本最著名的是《金银岛》和《化身博士》，除此之外的作品可以说我完全没读过，但是辻原先生也喜欢史蒂文森之外的作家吧，您正在出版文集吧。

辻原：是的，就快出版了。史蒂文森的作品我确实是没怎么读过。

沼野：话题稍微岔开一下。谈谈辻原先生喜欢的纳博科夫这位俄罗斯出生的作家。他在《欧洲文学讲义》这篇讲义录中，特别提到了几个欧洲和英美的作品，其中就有《金银岛》和《化身博士》。除此之外还有福楼拜的《包法利夫人》、狄更斯的《荒凉山庄》，以及简·奥斯汀的作品。总之，无论哪部作品都是英美大学里教授欧洲文学时要特别提及的古典中的古典作品。这其中，我觉得是否史蒂文森略有不同呢？并不是说史蒂文森的价值低，特别是《化身博士》有时会被认为是仅仅适合年轻人的读物。我觉得这些充分展现了纳博科夫的个人喜好，也是很有趣的地方。我感觉辻原先生和纳博科夫似乎也有兴趣相似的地方。

话说回来，日本作家中岛敦非常喜欢阅读史蒂文森的作品。关于中岛敦，在辻原先生您的作品中，有短篇小说集《枯叶中的青炎》（新潮社，2005年），其中书名同题作的《枯叶中的青炎》，以中岛敦、史蒂文森为开端，有萨摩亚群岛、丘克群岛的当地日裔族长，有流亡日本的俄罗斯棒球运动员斯塔尔辛的传奇经历，将小说人物与斯塔尔辛这个实际存在的奇迹般的人物关联起来，我想这就是能让人感受到小说魔力的作品。现在想来，根源是受史蒂文森的影响吧。

辻原：确如您所说。那部作品是为了表达对中岛敦和史蒂文森的敬意而写的。中岛敦的作品《光与风与梦》，是依据史蒂文森的后半生的传记和他的大量书信写成的。虽说如此，中岛敦也对其进行了取舍、创作。史蒂文森在四十多岁的时候逝世。他出生于英国爱丁堡一个寒冷的地方，其祖父和父亲都是爱丁堡大学工学部的灯塔设计师和工程师。当时，英国在全世界建造灯塔，以便管控七大洋。但是，史蒂文森自小就因肺结核而体弱多病，为了到温暖的地方治疗而辗转于各处疗养地旅游。在巴黎与美国的有夫之妇恋爱，为了安慰她带来的孩子，创作了《金银岛》。那时候的他，在萨摩亚群岛一边经营农场，一边写小说，最后在那里离世。《光与风与梦》是一部深入史蒂文森内心世界的精彩作品。

沼野：中岛敦的作品在教科书中被提及的大多是《山月记》，是取材于中国古典故事的小说。对于当今的日本人来说，只知道其作品有点难以理解，对其他，如《光与风与梦》等作品几乎都遗忘了，我们就很难全面了解中岛敦这个小说家。阅读辻原先生的小说的乐趣之一就是我们知道了那些即将被遗忘的作家的存在，并被引导进入其文学世界。我想这就是"带我走进'世界文学'"吧。

聆听了辻原先生的谈话，我想，所谓作家，在写之前首先是阅读者。这个话题我们一会儿再详细交谈。刚才您说您在阅读时，不会区分世界文学和日本文学，对于《源氏物语》中的古日语，经过一个月的努力阅读也完全能够读明白。我本身不太擅长古典文学，所以无论怎么努力也不是十分明白。因为不喜欢古文，所以，就像读外文书的感觉。说实在的，一个月又能怎样呢？但是，如果以那种心情不厌其烦地学习古日语的话，比起外语还是要简单许多的。因为无论是古日语还是现代日语首先音韵多有共同之处，语序也一样，虽说如此，千年前的日语与现代日语的音韵还是有不同之处，即使是同一个假名发音也不同，按以前的读音的话，我们听起来就跟外语一样。

这个话题我们暂且不说，回到正题。读外国文学时我们不得不仰仗翻译读本，当然也有一些有志于外语的人，他们读的不是翻译文本，而是自力更生努力阅读原文的，这些人也许可以成为专家。但一般来说，外语水平很难能达到充分鉴赏文学作品的程度。即便可以做到，最多也就一门外语。一门外语不可能一个月就能精通。岂只是很难，恐怕实际上甚至花费一生的时间也不能十分精通。我学了几门外语，专业是俄语，可是即便是我的俄语，读纳博科夫的俄文原著时也还是不十分明白文义。通常是一边怀疑自己是否懂纳博科夫的俄语,一边阅读的状态。不管怎样,外语,特别是文学,要掌握其真正的意思并不是一件简单的事情。基于这点,普通人自不必说,就算是天才,阅读外国文学时,还是要看翻译读本,脱离这个前提条件是不可以的。

辻原先生您可以说自幼时起就一直"浸润"在外国文学的翻译文本中,我想对阅读颇丰的辻原先生提个问题。翻译的日语有时有点奇特,有时不用直译,也会出现精彩的日语译本,毕竟译本中日语文体的变化也是丰富多彩的。您长期阅读这些译本,借助翻译阅读了许多世界文学名著,能否谈谈您的经验呢?另外,最近出现了古典新译的动向,陀思妥耶夫斯基以及被称作现代古典作家的塞林格、菲茨杰拉德的作品都出现了新译本,且吸引了一批新的读者。结合古典新译,可以谈一谈您对翻译的看法吗?

二叶亭四迷《我的翻译标准》和本雅明《译者的天职》

辻原:沼野先生是著名的评论家、文学家,也是翻译家。在翻译方面,我也承蒙您关照,所以不敢班门弄斧。

我对英语、法语、汉语略知一二,可都不是很精通。用汉语做过一段时间的贸易工作,基本能达到商务汉语的程度。别说中国古典文学了,就是现代文学也读不懂。法语和英语都是读的译本,总是想着要是能用英语阅读就好了,也想着要是能用法语阅读就好了。正如沼野先生您所说,即便用那个国家的语言去读,也不知道可以品读到何种程度。现今,得益于日本优秀的翻译家,自明治时代以来一百多年间出色的翻译作品层出不穷,并从翻译中发展出日语散文。借助此历史，可以说多数日本人只能读翻译的作品，这也是不争的事实。

但是，深究起来，日语原本也是翻译语。从前日本并没有文字，到了公元2、3世纪，汉语传入日本，最初我们不知道那是什么，因为我们原本没有文字，对于"写"是什么也一无所知。不过之后，我们注意到那些看起来像咒文、图形的东西，实际上是我们自己发出声音使用的"语言"符号化的东西。《万叶集》就是这样的，将仅靠声音传播的歌曲想尽办法符号化，使其留存于后世。我想日语中使用文字就是从那时候开始的。简单来说，当有文字的文明进入没有文字的国家，当地人想留下歌谣，只能采用传入这个国家的文字。世界上任何地方都是如此。创造了文字的文明只有四个：中华文明、古印度文明、古美索不达米亚文明和古埃及文明。日本没有文字，《万叶集》这样的歌谣只是靠声音传承下来。那么如何将我们自己口耳相传的故事转换成从中国传入的文字呢？我们下了很大的功夫，花了大约三百年的时间，编纂了《古事记》。全书由汉语、汉字、汉音写成，序文也完全是汉语，之后就逐渐由变体汉文变成了日语。通常，我们读的都是按照日语的语序训读的汉文，也就是翻译本。换句话说，我们读的《古事记》也是翻译版本。

比如杜甫的《春望》中，有这样一句：

国破山河在，城春草木深。

这是汉语，把这个汉语按原样用日语来读，和把英语原文翻

译成日语来读是完全不同的。我们就这样按照日语来读的话，是"国破れて山河あり，城春にして草木深し"，这就是还原原文的日语翻译。把汉语用日语读、写，这就是翻译。

就像这样，日语是由汉语的翻译构成的文字系统。明治时代欧洲文明、欧洲读物传入日本，我们将其翻译成日语却从没有对其产生过抵触。对于研究汉文的人来说，把西班牙语、法语等语言翻译成日语也没有障碍，而对此产生文化抵抗的是中国。中国人说"那样的事情能行吗"，而拒绝翻译，影响了其近代化。那之后就没有那么简单了。森鸥外、黑岩泪香所干的事不是翻译而是改编。与此相较，就是声称要严格实行直译的二叶亭四迷。坚持要直译，把俄语、德语的原文原原本本地翻译成相对应的日语的是二叶亭四迷。

沼野： 日本的近代小说某种程度上可以说是二叶亭翻译工作的象征性体现，通过翻译创造出一种文体。

辻原： 是的，二叶亭写出了作为译者的注意事项。

沼野：《我的翻译标准》这本书吧。

辻原： 现在说来，译文理应要尊重作者的原意，按照原文去翻译。但当时，并不是这样的。如森鸥外译《即兴诗人》，被誉为"超过原作"的翻译，而二叶亭四迷是完全按照原文翻译，甚至连标点符号都与原文一致，而且尽量保证译文的字数和原文的字数相同。要说他想做的是什么的话，并不是单单的直译。译屠格涅夫就是要把握住屠格涅夫的思想和诗意。就是说，他把屠格涅夫表述的中心宗旨称为"诗情"，为了抓住这一中心必须要直译。这个想法和本雅明的阐述是一致的。

沼野：《译者的天职》。

辻原：是的。本雅明说德语、法语，是不同的语言。不过，更简单来说，两种不同的语言通过翻译，其目标是一个，就是达到"纯语言"，译者不抓住"纯语言"是不行的。如果俄语作家只用俄语写的话，是体现不出"纯语言"的，只有另一种语言和俄语相碰撞，通过翻译，在两种语言之间才会产生"纯语言"。这点与二叶亭四迷的观点相一致吧。比如《罪与罚》，俄语原著译成日语时，陀思妥耶夫斯基写的《罪与罚》随着时间的推移也已经变得"成熟"了，有了很多的读者，经过了百年，已和当初写《罪与罚》的时间点不同了，现在是"成熟"了的《罪与罚》。阅读这样的作品，将其变成日语、德语的话，那么所说的"纯语言"就显现出来了。他把这称为"晚熟"。如此这般想想的话，通过翻译阅读的方法，是一种超越了仅仅阅读原著的，可更深层次熟读作品的方法。换一种说法，如果俄国人仅仅读陀思妥耶夫斯基写的俄语版《罪与罚》，那么只能说他们对这部作品的解读还处于很浅的层面。

沼野：或者说他们只是做了不完全解读。

辻原：比如要读沼野先生的译本，陀思妥耶夫斯基的研究成果和沼野先生的思考，俄语和日语碰撞时会产生出很多想法和问题，这些就构筑了一个新的世界。这就是《译者的天职》中所表述的意思。

沼野：本雅明的《译者的天职》虽是短篇随笔，但却非常著名，被看作是翻译研究的必读的入门读物。此书非常深奥难懂，即便读了很多遍也有许多不明之处。刚才辻原先生以作家的直观感受，结合"晚熟""纯语言"等概念简单明了地为我们做了诠释。"纯语言"是本雅明独特的概念，是否真有这个概念，可能有人会有所疑惑。从中，本雅明提出以破碎的坛子做比喻的观点，也就是说原著和译本就像是一个破坛子的碎片，原著和译本完美地无缝粘连在一起后才是一个完整的东西。他描述的就是这种意象。

在现代翻译潮流中，他的观点也有过激之处。一个就是将原文浅显易懂地加以解释，翻译成通顺易懂的文本，这一点是他明确强调的。如果把这个观点带到现代古典新译的潮流中的话，可能觉得有点过激，是原教旨主义的，有很多人不能接受。但确实有后世的许多译者受其影响，翻译了反映一些国家的不同的语言状态的译著，这些译著和原文融合促成了作品自身的成长。或者说，通过译本，将原文再加工并解读，使作品本身更具有可读性。这是世界文学很重要的一环。

日语的变化改变翻译的个例

沼野：具体地对翻译的作品评短论长地说好与不好，这个有点不太适合。最近出现了古典新译并再解读的动向，想必让原先生也读过很多相关资料吧。有没有什么保留意见呢，比如翻译得新颖易懂很好啦之类的。我想也不太好说。有些人会认为原译本比较好，虽然有点陈旧但是有古典气氛。就拿陀思妥耶夫斯基的作品来说，以前有米川正夫这位俄国文学翻译巨匠的译本。米川正夫是明治时代的人，早已去世。我曾用恶语评论过他的译本有点过时令人不太喜欢，现在反而有人怀念他的译本。塞林格的译本以村上春树最为出新。他将《麦田里的守望者》的题目按英文原文用片假名表示，推出了片假名英语题目的风格，形成了让村上文学狂热者无以评说的现代村上风格的文体。另外，此前同样由白水社出版的野崎孝先生的译本也不错，甚至有人说因为村上译本的出现才显出野崎译本的好。所以对新译本的接受也是有各种各样的意见。对此，您怎么看呢？

辻原：原著的语言用其他语言翻译出来，后又再翻译。日本反复出版各个译本，这是一件非常奢侈的事情。虽然作为读者可以阅读不同的版本，但确实是有点夸张。欧洲的话，应该不会这样的吧。例如谷崎润一郎的《钥匙》被翻译成法语，那么，二十年、三十年后，将这一作品再重新翻译，我觉得他们好像并不会这么做。

沼野：其中的差别之一，我觉得是日语变化快的问题。不能说是好还是不好，日语在这二三十年发生了很大的变化，确实有必要用符合当时的时代语言去翻译。现代年轻人很难读懂明治时代的日语，即便是夏目漱石、森鸥外的作品也有很多人读不懂。从这点上来说，日语的变化是可能有点夸张的。

如果以俄国文学为例来说的话，19世纪末到20世纪初，类似于日本的米川正夫那样的英国著名古典文学翻译家康斯坦斯·加内特，翻译了很多俄国作品，使用的是维多利亚时代留存下来的"高雅"的英语。所以纳博科夫等人在阅读加内特的译本时，对她的译本提出了异议，说：托尔斯泰、陀思妥耶夫斯基的作品同样用的是这种高雅的英语，无法体现出区别。但是，即使是现在读来，加内特的译本也仍然是浅显易懂的。所以说百年前的俄国文学的英译本现在也十分受欢迎，这点与日本的情况不同。无论怎么样，像日本这样需要新译的情况在英语圈也许是不存在的。

不过，最近在欧洲日本文学的研究水平和理解标准都有所提高，体现在《源氏物语》上，有多个译本。夏目漱石的《哥儿》也有三种英译本。与其说是原作品晦涩难懂，不如说是思想顽固的学者很难翻译出其独特的幽默感，所以为了准确表达作品的风格，需要重新翻译。但现代小说，或者是近现代小说，本身就相对来说容易读懂，所以一般是不会考虑再译的。

辻原：日本有许多种翻译版本。我有三四种福楼拜的《包法利夫人》译本，陀思妥耶夫斯基的更多。虽然日语发生了变化，可是我认为语言的根基没有变，而且近千年以来都没有变。千年以前的《徒然草》《方丈记》《源氏物语》等作品，即使不用一个月，现代人也都可以读懂。千年前还没有英语，也没有法语、俄语啊。

沼野：有古斯拉夫语。

辻原：从这个意义上说，日语看起来像是变了，但是本质上也可以说没有太大的变化，由此翻译成多种版本也是很难得的。

至此，我们列举了迄今为止的译本和新译本的例子，陀思妥耶夫斯基作品的译本有米川正夫的，之前还有……

沼野：最初是内田鲁庵吧。他曾转译英文版的《罪与罚》。俄国文学的翻译者每一代都层出不穷，仅陀思妥耶夫斯基作品的译者就不下十人吧。以米川正夫为首，还有中村白叶、原久一郎、神西清、工藤精一郎、池田健太郎……现代的有原卓也、江川卓、木村浩、小笠原丰树等。原先生、江川先生是我老师的一代，至此可知同一作品的新译本层出不穷。

辻原：我读的是池田健太郎的译本。

沼野：那个好像是收录在中公出版的全集里。

辻原：最近，读了龟山郁夫的新译本。我去年有幸大约在半年的时间里一直读《卡拉马佐夫兄弟》，时隔数十年再读池田先生的译本，之后读了龟山先生的译本（光文社古典新译文库，《卡拉马佐夫兄弟》1—5，2006—2007年）。我的一个朋友最近终于通读了龟山郁夫译本的全卷，当时他评论说"非常有趣，而且通俗易读"，我说"那是因为你还没有读完吧"，他说"哦，读了一半"。但是，实际比较着读了后，感觉并没有想象中的差别。池田健太郎译本和龟山译本并没有多大的不同。最大的不同之处就是书中文字字号大小，因此周围有很多五六十岁的人读完后觉得很有趣。

今天我想举例说的不是陀思妥耶夫斯基，而是想具体谈谈司汤达作品的情况。

我这里有三个《红与黑》译本。分别是新潮文库的小林正的译本（1957年）、讲谈社文库的大冈升平和古屋健三郎的译本（1972年）、光文社古典新译文库的野崎欢的译本（2007年）。野崎译本出版的时候，我把这些译本又重新读了一遍。《红与黑》已经读过几十遍了，但野崎译本出版的时候，我将几个版本彻底地做了比较，我觉得野崎的译本比较好，且非常有趣。《红与黑》有我非常喜欢的一个场面，就是雷纳尔夫人这样一位已婚女性角色的登场。在各种名著的已婚女性之中，我比较喜欢福楼拜《情感教育》中的阿尔努夫人、司汤达《红与黑》中的雷纳尔夫人、安娜·卡列尼娜。这位雷纳尔夫人为孩子们请来一个十九岁的名叫朱利安·于连（小林译本和野崎译本中是朱利杨·于连）的家庭教师。于连虽是个有野心的人，但最初也只是作为一个初出茅庐的乡村少年来到雷纳尔夫人家的。看到因为某件事而脸色苍白、哭丧着脸的于连站在门口不按门铃的样子，雷纳尔夫人心生怜悯地问："少年，有什么事吗？"虽然夫人眼神中充满了温柔，但于连骄傲之心仍占据上风。数月后，他嘴唇贴近夫人的耳边，悄声说："夫人，今晚两点，我要到您房间去。有事情想跟您说。"刚来不过数月，就说要去夫人的房间，确实是有点厚颜无耻。作为市长夫人，雷纳尔夫人有孩子，温柔、善良，所以对于她如何回应于连的，是非常值得推敲的。

读野崎译本之前，我们先来读一下小林正的译本。

（朗读）

　　ジュリヤンのずうずうしい失礼千万な言葉に対して、レーナル夫人は、すこしも誇張ではなく、本気で腹を立てて答えた。その短い返事に軽蔑がもっているように思われた。ごく低い声ではあったが、ま・あ・、な・ん・て・こ・と・！という文句が聞き取れたのは確かだ。

　　对于连这厚颜无耻至极的语言，一点也不夸张，德莱纳夫人真的很生气地回答，用极低的声音说："啊，什么！"简短的一句话也满是轻蔑。真真切切听得到这句话中的不满。

（本书译者根据日本版翻译，下同）

因为是"低声"，所以是嘟囔地说"啊，什么"。下面是讲谈社文库的大冈升平和古屋健三郎的译本。

　　ジュリヤンが口にしたこの不躾きわまる言葉に対し

て、レーナル夫人は心から腹を立てて答えをかえした。そこになんの誇張もなかった。ジュリヤンはその短い返事のなかに軽蔑がふくまれていると思った。低い声だったが、「まあ、なんてことを」という文句があったのは確かだった。

对于连脱口而出的不恭敬的话语，德莱纳夫人内心是非常生气的，不夸张地说，简短的回复中充满了鄙夷，虽很小声，却也真真切切听到了"啊，什么呀"。

把小林正译本的"まあ、なんてこと！"（啊，什么！）变成"まあ、なんてことを"（啊，什么呀），只是微妙的变化，说没有大的变化也不为过。三十五年后野崎译本是这么翻译的：

レナール夫人はジュリヤンのずうずうしい、向こう見ずな提案に、誇張ではなく本気で腹を立てて答えた。ジュリヤンには手短な返事に、軽蔑の念がこもっている気がした。小声で発せられた返事の中に、「何よ、まったく」という言葉に聞き取れた。

雷纳尔夫人对于连这厚颜无耻的、不计后果的话语，一点不夸张，她非常生气地回答了。于连感觉到那回答虽简短，却充满了轻蔑。他听到很小的声音："什么呀，真是的！"

和前两个译本似乎很相似，但我觉得这是很完美的翻译。与

小林先生的译文"まあ、なんてこと！"（啊，什么！）和大冈先生的译文"まあ、なんてことを"（啊，什么呀）不同，野崎先生的译文"何よ、まったく"（什么呀，真的！），是现代日语的口语体，很鲜活。这正是译者的技巧。

沼野：辻原先生您刚才说到日语即便过了千年也没有什么本质上的变化，确实如此。就像人会根据潮流换衣服一样，语言也会有些许的变化。雷纳尔夫人的话语，也就是小林先生译成"まあ、なんてこと！"（啊，什么呀！）的那个时代，是当时的女性的说话方式。随着年代的变迁，野崎先生译成"何よ、まったく"（什么呀，真是的！），是不是也是因为现代人的语言习惯发生了变化呢？

另一个话题，日语研究者中村明编著了《日语语感词典》（岩波书店，2010年），简明易懂地解析词语的微妙语感。中村先生虽然比较年长，但却非常推崇小津安二郎。经常引用说小津安二郎的电影中登场的女性人物的语感非常恰当。可是这些词语现代日本人几乎都不太使用了。从这个意义上来说，语言是随着时代改变而变化的，翻译时也必须要时刻牢记这一点。

辻原：特别是对话语言。读了莎士比亚作品的小田岛雄志译本后，再读坪内逍遥的译本，意思完全相反，这点很有意思。

沼野：有时翻译得太过顺畅，读者反倒会说失去了原文的那种韵味，绝妙的译文会被评价为"意译太过"，现在读者的口味也真是刁钻啊。译者真的是很不好做啊。

再读《天赋》

辻原：七八年前，有幸受沼野先生邀请，参加了关于纳博科夫的研究会。

沼野：是的，"日本纳博科夫协会"邀请日本作家及喜欢纳博科夫作品的读者，举办一年一度的大会，可是在大会上发言的人少之又少。那个时候真是非常感谢。

辻原：主题是"讨厌纳博科夫的纳博科夫主义宣言"。虽不喜欢纳博科夫，但却又迷上了纳博科夫。沼野先生最近翻译了纳博科夫的《天赋》(《池泽夏树 个人编集 世界文学全集2》，河出书房新社，2010年)。我最初读《天赋》是在二十一岁，读的是白水社的《新世界文学》(大津荣一郎译，1967年)。

沼野：大津译本是非常早的，是英译本的转译版。原著是20世纪30年代用俄语写的。英译本出版是在1963年。纳博科夫因《洛丽塔》在国际上盛名远扬而出版了英译本。可是当时如果《洛丽塔》没有出版的话，估计任何出版社都不会推出如此难懂的小说的英译版。日译本推出是在英译本出版四年之后。如此难懂的小说仅仅用四年就被翻译出版，是很厉害的。当时介绍最新的世界文学的热情比现在要高涨得多吧。

辻原：《天赋》是我比较喜欢的纳博科夫的小说之一，沼野先生的译本有一部分我用铅笔标注出来了。主人公的父亲是鳞翅昆虫学家、探险家，"我"在白昼梦中去追寻父亲的中亚之旅，有一段表现笔者"我"的场景，其中有这样一节，我们读一读。

（朗读）

　　その先にぼくは山々を見る。天山山脈だ。山越えの峠道を探して（聞き取り調査から得られたデータは地図に書き込んであったが、実際に踏査するのは父が初めてだ）、キャラバンは激しい絶望や狭い岩棚を登り、北に下がって夥しい数の若いサイガ（中央アジアの草原に住むレイヨウ）たちがひしめく草原に出て、それからまた南のほうに登っていき、急流の浅瀬を歩いて超えたかと思えば、なみなみと水をたたえた川を苦労して渡り、一路上へ、上へとかろうじて通れるような小道を進んでいった。それにしても、なんという日の光の戯れだったことだろう！空気が乾いているせいで、光と影の違いが驚くほど鮮やかなのだ。日なたではすべてがぱっと燃え上がり、きらめきがあまりに夥しいので、時に断崖にも小川にも目を向けることができないくらいだ。ところが、日陰では暗闇が細部を呑み込んでしまうので、あらゆる色彩が魔法のように生命力を増し、馬もポプラの涼しい木陰に入ると毛の色が変わってしまった。

> 我看到远处有很多山峰，那是天山山脉！于是开始探寻山道（实地调查得来的数据标注在地图上了，实际上勘察的第一人是父亲）。骆驼队登上陡峭的绝壁和狭窄的岩石架子，往北下坡有数不清的羚羊（中亚草原上生活的羚羊）群熙熙攘攘地奔向草原。然后又向南攀登而上，跳跃过湍急的浅川，千辛万苦地渡过河水满溢的急流，一路向上，向上，艰难困苦地穿过极难踏足的小路。即便如此，这是阳光的恶作剧吧。许是空气干燥的缘故，光影之差异常鲜明，阳光照耀之处无不在燃烧，光芒万丈，以致炫目无法目视断崖、小河。可是背阴处阴暗吞噬了一切，所有的色彩犹如魔法一般增添了生命力，就连马儿一到了凉爽的白杨树荫下毛色都变了。
>
> （本书译者根据日文版翻译）

这是一部充满丰富多彩的场面和描写的小说。沼野先生翻译《天赋》是在哪一年呢？

沼野： 出版是在 2010 年。刚才的翻译很好啊。现在都不知道能不能翻译成那样了。

辻原： 接下来的一段，我们读长一点的吧。

（朗读）

> 峡谷の水の轟きには茫然とさせられるほどで、胸も頭

も何やら電撃による興奮のようなものに満たされた。水は恐ろしい勢いで流れていたが、最初は溶けた灼熱の鉛のように滑らかだった。しかし、早瀬に辿り着くと、突然、怪物のように膨れ上がり、色とりどりの波を積み上げて狂ったようにうなりながら石のきらめく額を乗り越え、三サージェン（約六・四メートル）の高さから虹をくぐりぬけて闇の中に落ちて行った。その先では、流れ方も変わってしまった。ごぼごぼと沸き立つような音を立て、水しぶきのせいですっかり灰青色の雪のようになり、そのまま礫岩の峡谷のこちら側、あるいはあちら側にぶつかっていくので、さしもの山の要塞もうなりをあげ、持ちこたえられないのではないかと思えたほどだ。その一方で、至福の静寂に包まれた山の斜面では アイリスの花が咲いていた。そして突然、モミの森の暗がりから目もしらむほどまばゆい高山の草地にアカシカの群れが飛び出してきて、立ちとまり、身ぶるいをし……いや、これは空気が震えていただけだ。アカシカたちはすでに姿を消していた。

翻译得太好了!

峡谷中流水的轰鸣声让我茫然，犹如被电击般的兴奋充盈了胸膛、大脑。水流汹涌，最初如滚烫的熔铅一般光滑。但是，好不容易到达早濑。突然，像个怪物似的膨胀鼓起，堆起五彩缤纷的波浪一边疯了一样吼叫一边跨越闪闪发光的石头,从约六点四米高处穿过彩虹落入暗处。之后流水也变了方式,发出咕嘟咕嘟的冒泡声,许是水花四溅的缘故,完全变成了灰色的雪一样,就那样撞向悬崖峡谷一侧,或另一侧,那山的要塞发出呻吟,我甚至担心自己是不是坚持不住了呢。另一方面,被无上的幸福的寂静包围的斜坡上鸢尾花正盛开。突然,从冷杉林的暗处跳出令人目眩的鹿群奔向耀眼的高山草地,停住,发抖……不,这只是空气在颤抖,鹿群已不见踪影。

(本书译者根据日文版翻译)

沼野:谢谢。即便是自己翻译的,因为翻译时比较痛苦,所以觉得翻译得不会很好。不过听刚才辻原先生朗读后,没想到还有一些好的地方,反而吃了一惊。翻译嘛,即便是自己译的也会忘记。原著虽然很复杂难懂,不过刚才听您读后,感觉还是一篇姑且能够理解的文章,略微安心。也有一些复杂难懂的文章,即便朗读出来也不太能理解。刚才我想到一个问题,这是辻原先生喜欢的小说,辻原先生您自己的《阴暗之处》(文艺春秋,2010年,现春秋文库)这部小说,是否从《天赋》中得到什么灵感了呢?

辻原:我记得当时为了写那部作品,史蒂文森的呀、纳博科夫的《天赋》等作品读了很多遍。

何为"要点",何为"效仿"

沼野：那么，马上就要进入结语部分了。我们谈一谈与刚才的话题相关的最后一个话题，我想辻原先生在写小说的时候，世界文学、日本古典文学都是您创作灵感的源泉吧，另一方面，读者不明白要与实际生活契合到什么程度，应该有自传性质的因素融合其中吧，您将这两者如魔法般融合到了一起。

拜读了辻原先生所著的小说讲义、评论，经常出现作品的"要点"一词，"效仿"一词也经常出现。"效仿"这一说法，与"仿作"不同，可以理解为模仿好的作品吗？这个问题也请您回答。另外您欣赏的作品，如亨利·詹姆斯的《螺丝在拧紧》，这是个有点类似于鬼故事的有意思的小说，效仿这个，或是效仿普鲁斯特作品的章节，都是作为技巧被广泛应用。对前人作品的致敬，或者效仿，对辻原先生的文学而言是不是一个重要的因素呢？还是，您认为小说原本就该如此呢？

辻原：不仅是小说，我们对事物的思考方式也是在效仿前人。语言一定是外部输入的，基本不会是由自己产生的。所以如何将外部输入的东西再展现出来，这是需要我们反复斟酌的。而且这不仅仅限于小说、文学。我们在思考事情的时候，不仅效仿语言，还效仿自己的父母亲、祖父、友人，或者是通过书读到的传记人物，我们就是在一边效仿一边生活的。极端地说，就是如此。小说是其中与我们的人生息息相关的艺术形式。我们每个人的经验有限，伟大的人去大冒险，拥有丰富的人生经验。而通常我们大部分人都是过着平凡的人生，所思考的也不过是平常的事情。不过如果放进书中，我们的世界就扩大了千倍、万倍，不用它就觉得损失了什么似的。前人所描述的世界按照我们自己的思维去解读，如何再将其表现出来的时候，"效仿"是最有效的方法。效仿是模仿，重复相同的事情就会发生点什么吧。比如：抄写森鸥外的《涩江抽斋》的一部分，并不仅仅是抄写，抄写时一定会产生批判精神。一边抄写森鸥外的文章，一边"正在写的我"就会思考这篇文章的构思。或者是通过这篇文章"创作的我"会发生点什么。矛盾、融合中效仿本身就成了评论、翻译。将这个如何变成自己独特的作品，这又是另一个话题了。

基本上任何人都在效仿，不仅是小说，我们的人生也是在效仿，并不是说自己中有"这是我"这样的自己，而是每当有各种不同的人进入自己的世界时，都会重新自我塑造。这是我的人生观。

沼野：为了更好地效仿，就必须阅读大量好的作品，所以这就与"大家一起读文学"联系起来了。

辻原：刚才有关"概要"的话题，和"效仿"一样，小说是不能"归纳"的，只要换个视角来看就好了。比如纳博科夫的小说《天赋》，要归纳这部作品，是很难的。也许会觉得还是不要做那种欠斟酌的事情了。不过归纳这项工作是在构思这部作品的精髓。反过来说，如果不做归纳总结，就不能抓住这部作品的精髓。反复阅读并沉浸在某个世界里固然是快乐的，可是不归纳总结，就会有无法掌握的东西。这样说来，归纳总结是一种阅读方法，是评论性的阅读方法。

评论性的视角，对写小说、要展现的人物是非常重要的。所以是否是好的归纳总结我们另当别论，归纳总结对按照自己的思维方式捕捉作品的精髓是有用的。

另外一点，在准备效仿纳博科夫的《天赋》时，即便还没有到语言化的阶段，如果纳博科夫《天赋》的小说场景已经在心中浮现的话，也就是最初说的，如果在海底获得了一个漂亮的东西，那就已经是归纳总结了。作者最初有概要，只是还没有成形。本能地、感性地、想象地抓住那满是精髓的东西，思考如何做才能将其变成一部作品的时候，就会推敲斟酌出很多个方案，结果如果能够完成一部作品，我们读这部作品然后归纳，和作家从总结到形成作品，正好是相反的思维方式。这里有个世界，读者去总结；而作者要先有"要点"，基于这些"要点"扩展成一个具体的作品世界。需要这样的往来运动。这个往来运动与好作品的产生是相联系的，我也未必能做得很好。

沼野：辻原先生的书评会给我们呈现出作品最本质的东西、最有趣的东西，那么为了使讨论进行得更有趣一些，当然不是反驳，想请教您最后一个问题。

一般来讲，说"要点"容易让人想到的是归纳内容梗概，社会上有非常简单的指南，比如《十分钟读懂〈罪与罚〉》。日本的大学不太要求提交报告，可是如果要求写一篇关于小说的报告，有很多人会读读概要应付了事。美国更甚，期末报告虽然提出非常严格的要求，但却有一些人连《战争与和平》都不读，写个摘要就草草了事。说到"摘要",给人一种可以不读小说就能蒙混过关的不良印象。这与刚才辻原先生所说的"要点"是有本质的不同的,比如我非常喜欢经常引为例证的一个故事。

托尔斯泰在写完《安娜·卡列尼娜》后,收到了一封来自俄国的某位评论家的信,信中说:"你想在这本小说里表达什么?请告诉我!"托尔斯泰这样给他回复:"我在这本小书里想要表达的,如果重新解释的话,我就必须从头到尾再重新写《安娜·卡列尼娜》。"这个答复中,托尔斯泰想说的是,所谓小说要表达什么,不是一个要旨就能还原的。因为它是一部完整的作品。所以那个问题本身就是很愚蠢的。托尔斯泰这话乍听起来像是说不能归纳。辻原先生您是怎么看的呢?

辻原:"你想写什么"这个问题与我说的"概要"完全是两个概念。我所说的"概要",是指仔细研读,研读后捕捉其精髓。所以我也是与托尔斯泰站在同一立场上的,如果我被问到这个问题,我想我的回答和托尔斯泰是一样的。

沼野:大学考试的日语试题中,经常出现这样的题目:读文章,用三行的篇幅概述作者想要表达什么内容。我早就认为这个问题是与文学的本质相悖的。"概要"这一词语应用在很多层面,容易让人混淆。辻原先生说的"效仿""概要",原本是与国语考试题目的着眼点不同的东西。所以,大家不要觉得读了"概要"就是读了作品哦!

我读了辻原先生写的"概要",反而更想去读作品。即使是读过一次的作品，看辻原先生的"概要"也觉得新鲜有趣。"辻原魔法"看起来有趣，这是真的吗？就想再去读一遍。从这个意义上来说，辻原先生具有像魔法师一样的才能。当然，辻原先生的小说，正是基于这些写作技巧之上，构建了一个本质上拒绝"概要"的世界。

古典，越读越有趣

沼野：我们两人的谈话就到这里，接下来是在场来宾的提问。

提问者A：想请教辻原先生，关于"深度解读"这个词语，是指作者只说到这个程度，而评论人却要更深入地思考、探究，这样带有些许负面意义的解释呢，还是指正面意义的深入理解呢？辻原先生您是如何理解的呢？

还有一点，是很久以前的故事了。韩国诗人金素云，岩波书店出版其《朝鲜诗集》和《朝鲜童谣选》时，北原白秋大赞其有诗心。虽是韩国诗人，却出版日文诗集，北原白秋又对其大加赞赏。按今日所说，可能有比原著更优秀的翻译，甚至超越原著的翻译吗？

辻原：深度解读有褒义也有贬义，也可以说"过度解读"。文学上的读书，作者对一个场面考虑到何种程度，在想象的世界中如何虚构那个场面并表现出来，读者基本是不会了解的。所以因一句话而被刺激到的读者，深度解读的结果是被作品激发而产生联想，如果与整部作品相一致，那么当然就算是批评也好，这在作品论上是成立的。

虽说是神的视角,但不是只有作者才能称为神的。即便是自己的作品也不是只能被自己控制。读者会从意想不到的章节创造出意想不到的世界。所以正面意义上的深度解读,我认为在读者的世界,或者读书参与方的世界被恰如其分地表现出来时是成立的。不过,也有被过分歪曲的深度解读,我觉得有必要与此划出一条界限。

第二个问题原本是想问能否通过翻译,翻译出比原著更优秀的作品。但您刚才说了金素云用日文写诗这个情况吧。

沼野: 他是韩国人,但是十分精通日语。一般来讲,翻译是将外语翻译成自己的母语,他则相反,翻译成了日语。那是语言能力的问题,一般对自己来说能完全掌握非母语的外语,或者能完美地运用两国语言,这种情况在世界范围内也不多见。比如俄国文学翻译家龟山先生呀,我呀,虽说会俄语,但是还不能达到将辻原先生的小说译成俄语的程度。可以说这也算是例外吧,特别是日语和韩语非常相近,所以如果是这两种语言的话,能完美运用的人比较多。

刚才的问题:翻译是否能超越原著。一般来讲的话,这里要谈谈辻原先生讲的本雅明的"晚熟"理念。也就是说,自原著被写成之后,随着时间的流逝,在不同语言圈的不同国家被翻译,在那里又捕获了新的内涵,这种情况是有的吧。所以,虽说很罕见,但是非常优秀的翻译家会创造出译本本身作为作品的价值。比如日夏耿之介的诗歌翻译,即便和原作相差巨大,但其译作本身确实是一部优秀的独立作品。

美国文学研究者、翻译家柴田元幸，他翻译作品的作者是在日本很受欢迎的美国作家，比如，斯图尔特·戴贝克、丽贝卡·布朗等，在美国只是二流作家，后因为柴田元幸的译本而在日本被熟知。这种情况虽少见，但确实存在。

辻原：的确，读了戴贝克的柴田译本后，感觉比英语的原著更有意思。

沼野：是的，至少戴贝克在美国并不是被大家广为熟知的作家，虽然他也是非常出色的作家。

辻原：丽贝卡·布朗也是在美国只有少数人知晓的作家，译本也超越了原著，也很不错，很有意思啊。

提问者 B：如果翻译辻原先生的《游动亭圆木》（文艺春秋，1999 年，现文春文库），您认为有可能吗？如果译成英语，您觉得会如何呢？

辻原：是一本有意思的小说，英语文学圈的人没有翻译那本书的意愿，真的很遗憾。或者当作一个挑战，又不是歌舞伎的剧本，也不是很难懂的日语。我觉得是可以的，当然会与原著有差别，希望翻译者承担其使命将它翻译出来。

沼野：辻原先生的小说，特别是故事性较强的长篇小说，翻译本身没有什么困难，只是故事背景，比如说中国和日本固有的历史啊，外国人如果不太了解的话，翻译起来就有一定的难度。比如司马辽太郎，他可以称作是日本具有代表性的国民作家，其作品很少被译成外文，我想原因之一是作品中年代久远的东西太多了。但是，外国日本文学研究者的水平却是惊人的高。不过无论何时，英语文学圈的读者都只能轻松地"享受"那些浅显易懂的译本，这该如何评价呢？出版社多被商业利益束缚，无论怎样都还是想出版畅销书。可是翻译者中一定有具有挑战精神的，做知难而上的翻译者。今后，期待着辻原先生的文学作品能够跨越语言障碍，也被翻译成多国语言。

提问者 C：喜欢读书的人，初高中生程度的基本没看见过。家人受我的影响喜欢读书，可是要么说太简单，要么就仅仅阅读那些刚获得文学奖的易懂的流行作品。一位立志要成为作家的朋友，也只是阅读那样的作品。我本人对为什么只读那样的作品理解不了。

沼野：这是非常严峻的问题，我们每天都在与之作战。今天的讲演也是旨在希望大家能多读书。我是一名大学教师，辻原先生也曾在文艺科任教很长时间，每天和学生们接触，学生们确实都不怎么读书了。图书渐渐被电子化，也许像从前那样的纸质图书的时代正慢慢消逝。辻原先生的《在东京大学学习世界文学》文库版的后记上也有解释。比如辻原先生提出的"燃尽的小说"，给人以鲜明的印象。但是"燃尽"是因为纸质版印刷，如果变成没有纸质版的媒介会怎么样呢？虽说纸质版的形式不在了，但并不是书也没有了。读古典文学的人越来越少了。就像刚才说的，我觉得鲜明的征兆就是，连立志成为小说家的人都不读古典文学了。看那些挑战新人奖的年轻人的作品，有的甚至连现代文学都不读的。认为把自己想的写出来就可以的人不在少数。所以怎么办呢？未食而厌般一无所知地终结？还是我们再努力努力，引导大家进入有趣的阅读世界？怎么办呢？辻原先生，您认为呢？

辻原：说到这儿还没有想到好的计划。感觉没什么办法呢。想读书的人请一定要读哦。我也不是很绝望，至少我现在仍然是手写。

沼野：一点都不用电脑吗？

辻原：不用啊，我担任公寓自治会的会长职务，也只在那个时候才用。

沼野：古典文学绝对是越读越能发现它的乐趣。如果有再多一些的人发声把大家引向古典文学就好了。

提问者 D：就纳博科夫的《天赋》想请教您，这本书读过之后没有太明白写了什么。沼野先生为什么会想翻译这本小说呢？另外，请教辻原先生，这本小说的概要或者说精髓在哪里呢？

沼野：真没有想要翻译这么难的作品，实际一做，整整花费了我两年的时间。做了非常详细的注释，也花费了很多时间。翻译时觉得太难，就想应该不会有人读吧，恐怕也没有人评论吧。可是，这样精致的语言艺术作品，不管怎么样，自己先读吧。先做到理解外语，然后作为研究者对其加以详细的注释。也许普通的读者也不需要那些注释，所以仅仅是个人的看法，过分点说，这是作为外国文学研究者的自我满足。姑且做了，对于自己来说有没有读者评论都是次要问题，平时多是做一些无意义的事情，也想偶尔留下一些这样的工作痕迹。

某个外国文学学者以什么为契机在哪家出版社出版哪位作家的哪部作品，关于这些，一般都是鲜为人知的，这本书也是如此，作为池泽夏树的个人编集的世界文学全集第一卷，为什么会编入也是有不能为外人知道的情况，以后有机会找个不公开的场合再跟大家说说。

辻原：归纳这部作品是非常大的工程，也没有归纳过。要说为什么二十一岁时的我读了这本书就入迷的话，是因为纳博科夫是离开俄国而流亡的人。他试图在作品中再现他的青春，哺育他的俄罗斯文学世界，或者再也回不去的俄国的土地。虽说是虚构，作品中出现了母亲、俄国的友人、中亚等描写对象，其中对去追蝴蝶的父亲的形象进行了细致的描写。这个主人公自己回不去俄国，但是有打开俄国大门的钥匙。也许一百年后或者两百年后，不管到什么时候，主人公认为自己会因自己的书而再回俄国。

这种文学——寄托了全部人生的文学，是他在接近不惑之年时写的。这份热情不仅仅是对文学的热情，更是对祖国，自然，自己读过的俄国诗歌、小说，父亲、母亲、恋人等所有事物和人的一个表现。将这些都写进自己的书里，写的那本书里有自己回到俄国的场景。我自二十一岁时就一直想写小说，因为充满挫折的青春。在这部作品的世界中，作者寄托的想回却回不去的思念之情，教会了我以后的生存方法。书中"去自己想去的地方"这个部分给了我极大的勇气。

虽然不是总结，但某种程度上还是抓住了这本书的精髓。

沼野：非常感谢您，今天的谈话就到这里吧。

第四章
惊人的日语、出色的俄语
―视线越过地平线―

——罗杰·裴费斯与沼野充义的对谈

我之所以放弃
做美国人

罗杰·裴费斯（Roger Pulvers）

　　作家、编剧、导演，1944年出生于美国。目前他获得了澳大利亚国籍，居住在悉尼。他精通英语、日语、俄语和波兰语，并从事着与这些语种相关的各种文化活动。他一直从事着英文和日文双语的创作活动。2013年，凭借宫泽贤治《诗选：不畏风雨》的英文译本而获得了野间文艺翻译奖。主要著作有小说《旅行的帽子——小说拉夫卡迪·赫恩》《大米》《一半》《星砂物语》，自传《放弃做美国人的我——视线越过地平线》，随笔《惊人的日语》《如果没有日本这个国家》等。

越境人生的多重足迹

沼野：这次采访对话，也是新学期研讨课程的第一课。罗杰先生居住在澳大利亚，虽然也经常往返于日本和澳大利亚之间，但他在日本的时间却很有限，而且也忙于各种事务。因此，我们利用本课程计划，配合罗杰先生的时间安排，而且对于我们这些听众来说也是比较方便的时间，实现了今天的采访。

罗杰先生出生于美国，是犹太人。毕业于加州大学洛杉矶分校，后来在哈佛大学研究生院学习了俄国学。他精通俄语和波兰语，当然，他也精通俄罗斯文学和波兰文学。自从20世纪60年代末来到日本以后，他先后担任了京都产业大学和东京工业大学教授，同时活跃于音乐、戏剧和电影等各个领域，日语著书也有很多。我今天带来的这个书包里装得满满的，都是他写的书，但这也只不过是他出版的著作中的一半而已。

前面，我已给大家稍稍详细地介绍了一下罗杰先生的经历。至于罗杰先生迄今为止所经历的各种各样的有趣故事，一会儿会由他本人给大家做生动、详细的说明，因此我就不在这里多说了。他对日语、日本文学也有颇深的见解，特别是在宫泽贤治作品的研究和翻译方面，做了很多重要的工作。他曾于2013年凭借英译诗集 *Strong in the Rain: Selected Poems* 获得了野间文艺翻译奖。他最初来日本是在二十三岁的时候，他自己曾说过日语是他的 second nature，也就是第二天性。

最近，日语说得好的外籍日本文学研究者也不怎么稀奇了，这样的说法也许不太好。在日本，曾经有"一听到外国人开口说日语就吓一跳"的时代，但最近没有了。尽管如此，罗杰先生还是有其过人之处。我觉得很了不起的是，他的视野之广，不仅仅是日语，包括俄语和波兰语的文化背景都有很深的理解。就我个人来说，会日语、英语、俄语和波兰语这四种语言，这一点上我与罗杰先生完全相同。抛开我自己先不讲，从以前开始我就觉得，能够精通不同组合的语言是不可思议的。与我在这几门外语方面的整体水平相比，罗杰先生对每一门语言的掌握都比我强得多，但不管怎样，我们所掌握的语言种类一致，日英俄波，十分独特。

罗杰先生写小说，写随笔，也写了辅助日本人学习英语的书，他写剧本，演戏剧，而且还涉足电影。他还在大岛渚导演的《战场上的圣诞快乐》（1983年）——坂本龙一、北野武、大卫·鲍伊等人出演的日本、英国、澳大利亚以及新西兰一起合作的这部国际电影中担任副导演。他在很多领域表现活跃。他在日本住了很长时间，年轻的时候去过俄罗斯，去华沙大学和巴黎大学留过学，即使现在获得了国籍并居住在澳大利亚，仍以前一样，从事着跨越国境的国际化的文化活动。

对于四种语言，他不仅是熟知，还用日语和英语写作，把日语翻译成英语。所以我有很多想跟您聊的话题、想问您的问题。今天，在您出版的超过四十种的著作中，我放弃了语言类相关的书，选择了偏文学的书。

作为铺垫，我要再补充一点。最近您也写了很多书，其中有一本叫《惊人的日语》（早川敦子译，2014年）的书，是集英社国际出版的"知识的徒步旅行"丛书中的一本。集英社国际稍早前出版过一本《如果没有日本这个国家》（坂野由纪子译，2011年）的书，还有一本叫作《从贤治开始，全世界都与你连接在一起》（森本奈理译，2013年）的书。最近日本人越来越没自信，而这些关于宫泽贤治的书则对日语和日本文化给予了非常强烈的肯定，认为日语是非常优秀的。真想让那些过分地宣扬"国际化""全球化"等空洞信息的教育部和东京大学的大人物们都来读一读这本书。还有很多人单纯地认为只要会英语就是"国际化"，所以从英语母语的人口中直接说出"日语是非常棒的"，我认为这是很有分量的。

不仅如此，裴费斯先生还用日文写小说和戏剧，也有尚未出版发行的单行本的优秀作品，例如《文学界》（2012年4月号）上刊载的《星砂物语》等。多数都是以战争年代的冲绳为背景的故事，我认为《星砂物语》这是一部非常重要的作品。这个作品是您自己用日文写作的吗？

裴费斯：是的……

沼野：真希望能够尽早出版。（预定由讲谈社于2015年出版发行）。我在您的书中最喜欢的一本书是自传随笔《放弃做美国人的我——视线越过地平线》（堤淑子译，Saimaru出版社，1988年）。现在很难弄到手了，真希望能再版发行。听说您已经下了不少功夫了。

裴费斯：我出生于美国，从哈佛大学研究生院去了东欧的华沙，也去过苏联时代的俄罗斯。从那次经历中，我体会到，与其住在大国，不如住在所谓的边缘国家，更符合自己的性格特征。因此，我回顾了离开美国后在异国他乡度过的这段时间，对于为什么会那样，我想找到自己的答案，所以写了这本书。人们生活在各种各样的轨迹上。那么，我为什么要放弃做美国人呢？书名中的"视线越过地平线"就是一种回答。

来日本之前，被卷入了间谍事件

沼野：您在哈佛学过俄语吗？

裴费斯：学过俄语和苏联近代史。但是，因为反对越南战争离开了美国，在华沙大学和巴黎大学留学之后来到了日本。我是1967年第一次来到日本的，这个教室里的大多数人那时候还没有出生。已经过去四十多年了，当时的日本首相是佐藤荣作。

那时我完全不会说日语。当时还没有成田机场，羽田机场当时还是国际机场，所以第一天晚上，我在离机场较近的目黑区住了一宿。目黑站的周边有很多小摊，第一天晚上偶然进去的是关东煮的摊位。所以，对我来说，最初记住的日语单词和日本的食物是"竹轮"。

之后，幸运的是，在当时开设有俄语和波兰语两种课程的京都产业大学任了教。那时候，同时开设俄语和波兰语课程的，好像只有京都产业大学和东京外国语大学吧？

沼野：有波兰语课程的学校很少见啊。

裴费斯：是那样的。所以，不学会日语就没有办法工作，好歹总算学会了。

有一天，在京都的一家文具店里，我用日语对一个年轻女子说："不好意思，我想买一支笔。"她却用英语回答说："我不会英语！""不，不好意思，能给我看一下那支红笔吗？"我反复用日语说，她却不听我说，只是继续用英语说："对不起！"

尽管如此，我还是固执地指着笔用日语说："那个。"大约有十分钟，我一直在说"我想要那支红笔"。这时对方才晃过神儿来用日语说："啊！你会说日语啊。"哎，这样的事情很多。

有了这样的经历，我的日语学得更快了，但是外语并不是说只要把单词罗列在一起就能说的。为什么这么说呢？比如在日本被问到"你是从哪所大学毕业的"，要是立刻回答"哈佛大学"的话，稍隔一会儿就会有"啊……啊……"惊讶的反应。正常应该是什么情况呢？"您哪所大学毕业？""啊，大学啊，那个……姑且算是哈佛毕业吧。""哦，哈佛啊。"这种对话比较自然。

说到这里，稍微再往前追溯一下，我是在纽约出生的。我生于纽约，在洛杉矶长大。1957年10月，苏联发射的人造卫星飞越了洛杉矶的天空。那时我十三岁，梦想成为天文学家，看到苏联发射的卫星之后，我就跑去图书馆，拿出词典开始学习俄语了。所以，我学习俄语多亏了斯普特尼克卫星。当时在美国，很少有这个年龄的美国人学习俄语。

沼野：我可以问一个无聊的问题吗？"beatnik"（垮掉的一代①）是模仿"斯普特尼克"这个单词创造出来的吗？

裴费斯：或许是受此影响吧，我认为"beatnik"的"nik"原本来自意第绪语，从那里流传到英语。另一方面，斯普特尼克的词源在俄语中是"同行者"或"旅伴"，转而表示"卫星"。也有表示"和平主义者"的意思。

沼野：是吗？对不起，跑题了。

裴费斯：今天乘坐的是"宫泽贤治的银河铁道列车"，跑题也没关系。我去苏联是在1964年，正如您介绍的那样，与波兰和法国不同，我没有在苏联留学。包括克里米亚在内，只旅行了一个月左右。1965年的时候，我又独自去旅行了一个月。

于是，1966年我去了波兰留学，在华沙大学。但是，在1967年2月我被卷入了一起间谍案件，突然离开了波兰。2003年，我参演了筱田正浩导演的电影《间谍佐尔格》，让我更"接近"了真正的间谍。

顺便提一下，如果你读过《如果没有日本这个国家》这本

---

① 垮掉的一代，第二次世界大战后，以美国为中心出现的反抗当下常识和道德的所谓"对抗文化"影响的年轻一代。代表作家有杰克·凯鲁亚克、艾伦·基思伯格、威廉·巴罗斯等。——原注

书的话，就知道书里写的不是佐尔格，而是很多关于我的"间谍故事"。如果您有兴趣的话，就去书店买一套回家看。美国的报纸上说我可能是间谍。当然，这是捏造的。但是这一事件使我逃离了波兰，去了巴黎。然后和一位法国女性亲近起来，甚至还订了婚（"婚约"的日语发音为 konyaku），不是蒟蒻（日语发音为 konnyaku）哟，那是关东煮里的，我是订了婚哟。其实几年前，我和她时隔三十九年才又见面。那是我的初恋，我非常想念她。

在法国和女朋友分手之后，我又回到了美国。那是 1967 年的 5 月。那时候越南战争很激烈，有被征兵的危险。当时我还年轻，而且还很反对战争，再加上还有间谍事件，如果回到波兰，还不知道会发生什么；如果去法国，就又要陷入"初恋·地狱篇"。所以我来到了日本。

所以我并不是被日本的魅力所吸引来的日本。当时我对日本一无所知。在洛杉矶，寿司、天妇罗等日式风味餐厅也只是在被戏称为"小东京"的一条日本街上才有，当时连卡拉 OK 也还没有，日本的事情谁都不了解。所以，完全是在一无所知的状态下开始学习的日语。

我学习的那些语言

裴费斯：您是在哪里学的英语、波兰语和俄语呢？

沼野：在日本。英语从初中阶段就开始学了。

裴费斯：像是英语一样的内容。

沼野：像是英语一样的。于是，我二十七岁去了哈佛大学。

裴费斯：您二十七岁的时候是哪一年？

沼野：1981年。但是，在那之前我从没用英语交谈过。因此，突然去美国时，不知道用自己学的英语是否能沟通，记得当时心里非常不安。去了美国之后，由著名的学者严格地教我学习古代教会斯拉夫语。我虽然能够听懂此类专业术语，但在平时说话时，比如你跟人家说："请把那里的百威啤酒给我。"结果拿来的却是贝克咖啡。弄不懂类似这样的生活用语，沟通不便，因此吃了不少苦头。

裴费斯：我在学日语的时候也吃过同样的苦头。进了京都的一家荞麦面馆，我曾闹出笑话，当时大声地说"给我来一份妊娠面吧"。沼野先生也吃过那样的苦头啊！但是当时您很年轻，很快就说得很流利了吧。

沼野：没有。我的英语到现在还说得不太流利。因为我是在哈佛大学的斯拉夫语系留的学，同学里一半是斯拉夫系的移民或者流亡者，剩下的一半全部都是俄语或者波兰语的专家。而且老师也是外国人居多，教授我波兰文学的恩师是一名波兰人，俄罗斯文学的指导教授是德裔的且会说俄语和德语的天才型老师。

裴费斯：是哪一位啊？老师叫什么名字？

沼野：尤里·施特里特。他是德裔俄罗斯人，说的俄语听起来像是德语，说德语听起来像在说俄语。说英语的时候，总觉得好像在说德语一样，总会出现德语的元音变音①现象。"神话"这个单词"myth"不是读成"misu"，而是读成"myuto"。美国学生觉得很有趣，但我是在这种情况下学的英语，所以学到的英语一点儿也不像普通的英语。不过，有斯拉夫语口音的英语，我倒是学得很明白。

裴费斯：还有哪些老师呢？我也许有认识的。

沼野：教近现代俄罗斯史的理查德·佩普思和教中世纪俄罗斯史的爱德华·基楠。佩普思这个人是真正的语言学天才。

裴费斯：我也跟佩普思学习过。

沼野：还有波兰诗人斯坦尼斯瓦夫·巴兰恰克。他真是个了不起的老师。在波兰参加团结工会罢工运动，是被当局关注的人。他是个有礼貌的绅士。授课结束后，一定会说"谢谢大家的聆

---

① 元音变音（德：Umlaut），日耳曼语系的几个语种中常见的母音交替现象。——原注

听"。另外，俄罗斯文学课的老师是比较文学家唐纳德·范加。弗谢沃洛德·谢赫卡列夫也是位了不起的学者。这个人是老一代的流亡者，似乎和弗拉基米尔·纳博科夫也有亲密的交往。

裴费斯：是俄语老师吧。

沼野：嗯。是俄罗斯文学老师吧。范加老师流亡到德国，取得了学位，也说得一口像德语一样的英语。在大教室讲课的时候，他非常雄辩，一种欧洲大教授的做派，听他讲的课令人神往。但是谢赫卡列夫老师，在研讨课上用英语讲解诗词，俄语诗都是用原文精读。不过，大概几十年都使用着同样的授课笔记，因此给人的感觉是他几乎不备课。

但是，让人钦佩的是，当学生们说"普希金好像有这样一首诗吧"。他就会说"是这一首吧"。然后就能流利地背诵出学生所指的那首诗来。普希金的诗几乎都印在他的脑子里了。如果某个人满不在意地评论了几句茨韦塔耶娃的诗的话，他就会说你说得不对，然后正确地纠正过来。果然，真正的专家就是这样的，我真的很佩服。只是上课时他似乎很随意的，要是用现在学生的授课评价打分考核的话，说不定他的分数会相当低的。反正，现在美国的大学已经不能请这样的老师了吧。

这些斯拉夫人讲的英语，无论说得多么好，也还是会有俄语的口音。不过本人和周围的人都认为这样就可以了。日本的英语学习者中精英们总是以完美的英语为目标，我越来越觉得这是愚蠢的。说起来，对于俄国人来说，要想完全掌握英语不是件容易的事，同时也会因为俄语和英语之间微妙的差异而产生混乱。

比如，人名或地名中出现的"h"音，在俄语中经常会出现"ge"（"g"音）的发音。因此，"yokohama"在俄语中被读成"yokogama"，德国哲学家黑格尔则被读作"ge-geri"，挪威剧作家易卜生的戏剧《海达·高布乐》就变成了"gedda gabureru"。据说语言学家罗曼·雅各布·桑曾说过，如果想要从俄语的发音中恢复原名，就连有教养的俄罗斯人也会搞不清楚。

超越语言环境生存下去就会产生这样的混乱，回到话题上来，罗杰先生已经给我们稍稍讲述了到目前为止的一些经历，还想请您再讲下您与波兰语的邂逅。波兰语相当难学的，对美国人来说。

裴费斯：波兰语是特别难的语言。我以前在加州大学洛杉矶分校的时候，一周上三次课，学了一年。老师是名叫罗谢尔·斯通的犹太裔波兰人。虽然是犹太人，但却非常喜欢波兰。说起学习俄语，我觉得很意外，波兰语也是这样。因为我的亲戚、朋友和我一样都是犹太人吧。波兰是一个反犹太主义的国家，所以大家都讨厌波兰。因此总会被人问"你为什么学波兰语？"

沼野：以前在日本学俄语的也被说成是间谍。

裴费斯：我第一次来日本是在1967年，那时俄语倒是很盛行呢。

沼野：因为那时的苏联在宇宙开发方面是领先于美国的，很受关注。

裴费斯：俄罗斯文学对明治文学不是有很大影响吗？我到日本时，还见到了俄罗斯文学研究者米川正夫的儿子和夫先生。他的妻子是波兰人。波兰戏剧的黄金时代，我去看过塔德乌什·康托尔①的戏剧，也去看过安德烈·瓦依达②的电影。所以我才想在波兰这个国家住几年。

曾经有过这样一件事。1967年的1月我从华沙迁移到了克拉科夫。那时候我有个这样的想法，听说我外公出生在波兰的克拉科夫。但是，当我出生的时候，他已经去世了，而且我的母亲什么也没跟我讲过，所以我想去探寻"自己"的根。我妈妈的旧姓叫克伦格尔，是一个非常罕见的姓氏。要说犹太人，科恩、施瓦茨等名字，就像在日本有很多姓田中、铃木的人一样多，很难在这些平常的姓氏中查到具体的某人。但因为克伦格尔很少见，所以我试着调查了一下。那之后我对波兰和犹太人进行了各种调查和记录。学生时代学习波兰语，也许也是因为有这种潜意识吧。也许是一种无意识的怀念。

在无意识之中追根溯源

沼野：在那之前您一直生活在美国，您没有意识到自己的祖先来

---

① 塔德乌什·康托尔（Tadeusz Kantor，1915—1990），波兰的世界级艺术实践家。代表作《维洛波勒，维洛波勒》《艺术家们、去死吧！》《我绝不会回来》《死亡教室》等。——原注
② 安德烈·瓦依达（Andrzej Wajda，1926—2016），波兰电影导演。代表作《地下水道》（1957年）、《灰与钻石》《大理石人》《铁男》等。——原注

自东欧吗？

裴费斯：嗯。真没有意识到。我的爷爷、奶奶如果是俄国人或者波兰人的话，也许会意识到，但是他们都是犹太人。

欧洲有强制犹太人集中居住的地区①。在欧洲的约百分之九十的犹太人都住在那里。这其中又有百分之九十左右的人，母语是意第绪语，这是第一语言。几乎所有的人都会说，但是我爷爷不会写字，也不会读，所以从哪里来到那里，我的父亲也不知道。国家应该是俄罗斯，不过因为是犹太人，所以没有那样说。

外祖父是克拉科夫人。1492年，宗教审判正式开始，许多犹太人被迫离开西班牙，改信宗教，抑或是被杀。外祖父因为不想被杀而迁移。当时受到了波兰的欢迎。而外祖母则是在现在的立陶宛出生。

沼野：那您外祖母说的也是意第绪语吗？

裴费斯：不，她不会。外婆一家很有钱，但是由于经济大萧条而破产了。另一方面，父母亲的生活过得非常贫穷、非常悲惨。如果没有经济危机，我父母肯定不会在一起吧。我托经济危机的福，才能出现在大家面前。所以对于经济危机，我真的非常感谢。

---

① 强制犹太人集中居住的地区，在欧洲诸城市内犹太人被指定的强制居住区。被称为"聚集区"（ghetto）。——编者注

但是，祖先的事，从父母那儿几乎什么都没听说过。到了十几岁时，我对俄罗斯产生了兴趣，有时也会有疑问。但是，当时的俄罗斯，大家都认为说不定哪天会和美国开战，所以对我的疑问没有人理睬。现在想来，也许那些看不见的民族传说，以潜在的形式流传在自己的内心深处。但实际上是怎么样的呢？

沼野：美国有很多犹太人，大多数来自俄罗斯及东欧。但是对于那些人来说，民族的记忆和祖先的记忆，就跟您的情况一样，没有被保存下来的吧？

裴费斯：我想没有。因为大家都成为了美国人。第二代中也很少有人会父母的母语吧。反过来说，培养双语孩子是一件很困难的事，真是一项极难的技能。我是四个男孩的爸爸。孩子们都在日本出生长大。我老婆是居住在日本很久的英国人，孩子们在日本的学校上学，完全和日本人一样。我们每年去澳大利亚，所以孩子都会说双语了。但是一般情况下，孩子不太会说父母的母语，要会双语是件很困难的事情，一般要是不生活在两个国家很难实现。比如，虽然对自己意大利裔的名字感到自豪，但对意大利却一无所知，这样的美国人有很多。也许有人多多少少会去自己的祖先曾经居住过的村子看看。

犹太人就更复杂了。因为有过对犹太人的大屠杀①。大家都逃走了。从1880年到1914年之间，流入美国的犹太人达到了200万人以上。大部分是去了纽约、芝加哥，后来还有洛杉矶。不过这些人完全没有心情去怀念自己原来居住过的国家，什么都不想知道，那种事也不想告诉孩子。

只是，我因为那次间谍事件从波兰回到了美国，遇到了我祖父的妹妹，一个叫希尔维亚的姑祖母。我跟她说了我因为这样的事去了波兰的大学，她含着泪说："你的声音和哥哥的一模一样。"听了这话，我也起了鸡皮疙瘩。

能给我讲讲沼野先生学习波兰语的契机是什么吗？

沼野：我去美国的时候，对意第绪语感兴趣，就开始学习了。哈佛大学有犹太研究科，那里也有意第绪语课，但是大学的正规课程一周要上三次，预习复习也得花好几个小时，特别严格。也是因为没有那么多时间，再加上波士顿有个成人教育中心，那里有意第绪语讲座，所以在那儿学了半年左右的意第绪语。并且，学会了用希伯来文字写名字。

第一次去成人教育中心时，我用英语说我想学意第绪语所以需要登记，却被人家说："你的英语有问题，你说你想学的不是

---

① 大屠杀（俄：Погром），对犹太人实施的集团迫害活动（杀戮、掠夺、破坏、歧视）。19世纪末，以沙皇亚历山大二世遇刺为开端，发生了大屠杀事件，沙俄政府在那之后为了转移社会不满情绪利用了犹太人排斥主义。1903年开始到1906年发生多起犹太人被袭击事件，成为犹太人逃往国外的开端，引起了犹太复国运动。第二次世界大战中，纳粹德国对犹太人进行了大屠杀。——原注

意第绪语,而是英语吧?"日本人去学意第绪语,一定会让人觉得很奇怪吧。

裴费斯:那里的老师是哪位呢?

沼野:年轻的犹太裔美国人老师。当然,意第绪语不是他的母语,而是通过学习记住的。对了,他曾经带我去过许多八十岁左右的犹太移民一起生活的地方,像养老院一样的地方。在那里稍微说了几句意第绪语,受到了热烈欢迎。

裴费斯:大家很惊讶吧。

沼野:我都已经忘了。

裴费斯:有没有记住的单词?

沼野:对我来说,意第绪语更多的是通过读列奥·罗斯滕①记住的。意思为"傻瓜""愚蠢的家伙"的"施里玛塞尔""史雷米尔",还有意思为"无聊的家伙"的"裸体二克"。这些单词融入英语,使英语更丰富多彩了。还有,真觉得意第绪语是一种有

---

① 列奥·罗斯滕(Leo Rosten,1908—1997),出生于波兰乌奇的美国犹太作家,政治学者。幼年时与双亲一起赴美。著作《海曼·卡普兰的教育》,幽默地描写了纽约移民的夜校生活。另有一部著名作品《日复一日的喜悦》,介绍意第绪文化。——原注

趣的语言。而且，如果你会读写希伯来文字的话，意第绪语还是比较简单的。

裴费斯：是的，不是很难的语言。

开启日语诸事

沼野：我们听了斯拉夫语系的语言和东欧的根源的故事，罗杰先生来到日本，终于要开始学日语了。

裴费斯：是的。算是吧。

沼野：日语的"算是"是个便于使用的词语，譬如刚谈到的大学的话题。在日本当被问及"哪个大学毕业"，如果回答说"我是哈佛的"，给人一种有点高高在上、不太容易接近的感觉。"啊，算是哈佛"的说法就显得柔和了很多。日语中的"算是"之类的词语，英语中应该没有吧。

裴费斯：不，英语中也有"算是"哦。

沼野：唉！不愧是《读懂真正的英语》的作者。但是，俄语和波兰语对美国人来说是很难的语言。虽然这么说，但他们也是印欧语的一种。在这一点上，日语就完全不同了。刚接触到日语时，是不是因为和之前知道的外语完全不同，有时会感到不知所措呢？

裴费斯：日语读写非常难。但是，日语会话并没有那么难。

比如，被问到"你是哪国人"时，只要像美国人、中国人、俄罗斯人那样，全都给国名加上"人"来回答就可以了。在英语中，像美国人（American）、中国人（Chinese）、俄罗斯人（Russian）那样，要把国名变形成为形容词形态，所以是完全不同的。如果和城镇的名字一起就更糟糕了。比如说，纽约人怎么说？我给大家做个测试看看吧。

纽约人是可以说成"New Yorker"吧？那么，洛杉矶人呢？"Angeleno"。格拉斯哥人是"Glaswegian"。曼彻斯特人是"Mancunian"。纽卡斯尔人被称为"Novacastrian"。所以，很难。第一、第二、第三也会写成"first""second""third"。两倍、三倍、四倍写作"double""triple""quadruple"。总之很难，词语很多，大概是日本的三倍。大家可以看一下《惊人的日语》这本书。因为讲的是日语，比英语简单，所以有很多这样的例子出现。

沼野：虽然把日语和英语放在一起比的话，日语简单，英语难。但是如果要反向论证的话，也有很多相反的情况。日语最难的地方，比如用词语的级别来说就是所谓的classifier，也就是"量词"的问题。笔记本是一本两本，复印用纸是一张两张，铅笔是一支两支，这个太难了。尤其是铅笔，"いっぽん""にほん""さんぼん"，日语量词的发音都不一样……

裴费斯：这种情况只能死记硬背下来。但是，一辆或一栋的区别，就没什么大不了的了。

沼野：最近的年轻人，好多都给说成一个或两个的。连比较年龄时都说"大两个"了。

裴费斯：对我们来说，日语背后的逻辑，有时候就会搞不明白。比如，很久以前，住在祖师谷大藏的时候，有两个在车站等电车的女中学生，一个人在看墙上贴着的时刻表，一个人在稍微远一点的地方默默地站着。于是，在稍远地方站着的女孩问道："电车几点来？"另一人回答说："好像是12点3分。"……稍等一下，"好像"是什么意思？为什么会用"好像"呢？时刻表上明明写着12点3分的。虽然上面写着12点3分，但是电车不一定会在12点3分准时来。因为是在日本，所以大概会准时来吧。所以从这点上来说确实是"好像"。但是，为什么确实写在那的东西，却要说"好像"呢？这一点我是不太明白的。如果是我们的话，就会说成"Three minutes past twelve"，如果说成"It seems like three minutes past twelve"的话，就会被别人说："你真的在看时刻表吗？"

或者，有个人进房间来，神情严肃。我们会说"He is angry"。也就是说，那个人在生气。但是，在日语中却说"好像在生气"或者"看起来在生气"。好像说不知道是不是真的生气了。换作我们的话，肯定会说"生气了"。但是日本人却说"好像在生气"。刚开始的时候，我还不明白。因为看上去明明是在生气。不过，就像"算是哈佛"一样，必须在前面或者后面加上一些缓冲调节语气。

因此，日语是个温柔的语言。把对方考虑在内，这是宫泽贤治的《不畏风雨》中的一句话——"不要把自己考虑在内"，顾忌到对方的顾虑和忌讳后再开口说话。所以有人问"电影怎么样"，回答说"不是很好吗"。这样一来，究竟是有趣还是没趣，不得而知。但是，如果回答说"不喜欢"，说不定问你的人喜欢这个电影呢；如果回答了不喜欢的话，也许会影响到对方的心情。

这是国民性呢，还是语言的特性呢？应该说是国民性吧。在《惊人的日语》中，我说"所有的语言都是中立的"。但是我认为这是因为国民性包含同情心，因此对语言是有影响的。

但是，"一根两根"真的有那么难吗？

沼野：很难啊。最近连日本人都弄不清楚了。

裴费斯：难的是，"穿"这个动词也是如此。英语里是"wear"。"wear shoes""wear pants""wear shirts"都用"wear"，而在日本都不一样。穿、戴、披、盖、罩等使用的动词各不相同。英语里"He wears a smile"，意为他的脸上浮现出微笑。连"笑"这个动作都都用"wear"这个词。

沼野：这个翻译的时候也容易出现问题，极端点说的话，有的人翻译日语的时候翻译成了"他穿了衬衫和帽子"。这样一来，日语就很奇怪了。所以要用完全不同的动词，译成"他穿着衬衫，戴着帽子"。那可够费心思的。

对了，刚才的"好像12点3分""不是很好吗"的说法，被当作所谓的日语的暧昧性的问题来对待，很多人下结论说日语是暧昧、无逻辑的。不过，对于这个问题，您在《惊人的日语》里应该也写到了吧？您是怎么认为的呢？

裴费斯：绝对不是暧昧的语言。

沼野：嗯。是使用方法的问题。政治家推卸责任的时候说的话，确实是暧昧的。

裴费斯：也就是说，如果想知道什么是暧昧，对方的意图和想要表达的意思完全不清楚，这个可以说就是暧昧。比如，被问到"您夫人呢"时，回答说"我的妻子，啊，那个"，说些莫名其妙的话，对方会回答"是吗，那谢谢了"。不过，虽然都说暧昧的日语，但是如果能把自己的意图百分之百地传达给对方的话，应该说一点也不暧昧。也就是说，日语本身一点也不暧昧。说日语是暧昧、无逻辑的人，到底是哪位学者呢？

沼野：不，与其说这是学者的观点，倒不如说这是一般流传下来的固定说法。不过，我也认为可以这样说。在日语中，如果说"今晚怎么样"或者"那个"的话，从语境上来判断是能明白的，只要了解了语境就能明白了。日语从这个意义上来说，可以说是语境依赖性很高的语言吧。英语的话，即使抛开这种语境，也有必要说得明了一些。

裴费斯：嗯，会怎么样呢？我认为英语也同样依存着语境。比如，不是也有"Yes and no"这样的英语吗？"Do you like tempura? Yes and no"回答表示"不管怎样""也没什么讨厌的"，可以翻译出很多种意思。

但是，我认为那并不是暧昧。我觉得"不是很好吗"这种说法也不含糊。那个人明显地说着"他是那么想的"。也就是说，他只是不想肯定地说，心情上却不是暧昧的。

语言随时代而改变

裴费斯：最近有个名为"uptalk"的演讲平台，不管是在英语圈还是在俄语圈，全世界的人都在使用。英语圈中从年轻人到老年人都在使用。发言到最后的时候提高语调。语言学上叫作"rising terminals"。当问到"What do you do"时，会提高句尾的声调回答"I am a nurse"，好像在提问别人一样。最开始出现这种说法的是大约二十年前的澳大利亚人。然后流传到美国，然后现在许多人也被"传染"了。很遗憾，日语也是那样的。虽说是"半疑问句"，但也有提高词尾声调的倾向。就像在再三嘱咐说"不是吗""啊，我是这么想的"。有时候也会在表达客气之意或者没有自信的时候使用，但是也会用在觉得对方愚笨时的情景，还有虽然采取的是疑问的形式，但是并没有实际询问的意思时也会使用。

沼野：您觉得出现那个练习演讲的平台是件好事吗？

裴费斯：我认为英语、日语、俄语，所有的语言都是会变化的，这也是没办法的事。与其说是好或不好，不如说我认为不承认已经实际存在的东西也是无济于事的。大约这二十年吧，以前会被老师训斥的一些语言用法，现在已经变成了普通的说法。我是不用，也不会用。毕竟已经是中年人了。但是，大家都在用。"省略ら"的用法也是这样，已经没办法了。比如说能睡（寝れる）、能吃（食べれる）之类的。事已至此，只好顺应了。

沼野：我认为罗杰的书，有几个基本的观点。其中有一点就是，语言是变化的东西。我认为这是贯穿整本书的基本想法。他认为语言发生改变是自然的事情。

裴费斯：每个时代，应该都有类似暗号的词语。我想如果没有这个，那么这个时代就不会成立。日语怎么样呢？说起这个问题马上就会引出"现在的年轻人不懂敬语""现在的年轻人不行"之类的话题。

沼野：老年人就是这么说的。

裴费斯：我不会说。

沼野：因为您还年轻。

裴费斯：下个月就七十多了。

沼野：那么，来庆祝一下吧。

日语发生了很大的变化，关于年龄也能毫不介意地说出比我大一岁或大两岁等以前不会说出口的话了。只是凡变化都有一定的理由。就"省略ら"的用法而言，我认为在语法上具有它的合理性。日语助动词的"れる""られる"，表示尊敬和可能性的两种意思都有。但实际上有无法判断使用的是哪个意思的时候。比如说，"来られる"是"来る"的尊敬说法，还是"能来"的意思？诸如此类。所以，用"省略ら"的形式把"来れる"变成可能的意思，就能清晰地区别出尊敬意思的"来られる"了。所以我认为这是合理的。再过五十年，恐怕"省略ら"的形式会被认定为正确的日语语法规则了吧。

裴费斯：现在还不是正确的吗？

沼野：嗯。看来很多人都已经承认其正确性了。只是根据具体的词语，语感会有所不同，我认为"来れる"还可以，但是"食べれる"是我不想认可的。

裴费斯：您怎么看敬语呢？

沼野：敬语发生变化也是没办法的事。社会结构变化了，语言当然也会发生变化。譬如小津安二郎的电影您看过吗？听到在他电影里使用的日语，您会怎么想呢？

裴费斯：我很喜欢小津的电影。敬语当然也是会变的啊。他的日语既简单又精彩。

沼野：特别是女性的说话方式很文雅。现在的日本人绝对不会那样说了。

读了罗杰先生的书，发现您的一个基本的语言观就是语言是会变化的。还有一点给我很大震撼，就是把所有的语言都视为"中立"的。中立的说法，有点不太清晰，您能稍微说明一下吗？

裴费斯：单词本身的定义，我不太懂。除了非常简单的单词以外，只有在语境中才能明白单词的意思。比如"hello"。大概大家听了之后会说"こんにちは"或者"もしもし"吧。但是有完全不同的使用方法。也有"你在说什么""原谅我这么做"等意思。那时语调也会不同。把单词中间的"lo"提高声调来说，把最后的"o"的音发得很长。要是有什么人做了失礼的事情的话，比如说"罗杰先生九十岁了吗"，用"哈喽"来打招呼的话，就会有"啊，稍微有点不一样哦"的感觉。这个用"こんにちは"是行不通的。那样的例子很多。类似的单词，日语里也有很多，英语里也有很多。

比如，都说日语是暧昧的语言，但即使是暧昧的语言，语言本身也不是暧昧的。只是根据使用方法的不同有时暧昧有时不暧昧。更何况单词本身就不可能出现暧昧的单词。从这个意义上来说，就是中立的。

这样一来，作为外国人的我们在使用日语的时候，比如我去了冲绳，被一家人叫到家里，女主人端上菜时说"请吃吧"，我要是回答人家说"啊，实在抱歉"，人家就会想"哎呀，他不吃我做的菜啊"。

不过，我一直都待在京都，感觉京都有些不同。"请，请。""不，不用了。""请慢用。""真的可以吗？""那么，我就不客气了。""那么，我失礼了。"总之，会出现各种各样的日语。

我的四个孩子日语说得很流利，会说一口非常棒的日语，但是他们的语言措辞可能和日本人不一样。我说的日语里，总有过度使用敬语的倾向，大家都说我"过时"了。

总之，很多人会说日语。也许日语还没有到国际语言的程度，但日本人今后如何理解其多样性却是个问题。如果总说"不，不对！你说的不是日本人的正确的日语"之类的话，日本这个国家就无法实现国际化了。因此，《惊人的日语》的重要主题之一就是，不是英语，日本人更应该认真学习日语。如果不能正确理解日语这种语言是怎样的语言的话，日本这个国家无论到什么时候都不会实现国际化。沼野先生，您怎么看？

沼野：现在，在日本怎样看待英语是个大问题。在东京大学等一些学校，只要提起"国际化"这个口号，就要增加英语课。上文学课的时候明明不是语言学的课程却还要使用英语授课，这样授课的压力非常大。

日产和乐天等日本公司也是这样，用英语开会，英语化就等于国际化这个倾向越来越明显。在现实世界看来，英语不好的话确实是不行的。但是，这暂且不提，大学要是接收了外国留学生，如果不把日语是一种非常优秀的语言这一点教给留学生的话，就没有意义了。从外国来的留学生来到日本，听日本老师用非常差劲的英语上课，不是很荒唐吗？这不就是一个难题吗？

裴费斯：我到去年3月为止一直在东京工业大学教书。作为方针，将来百分之三十左右的课程都要用英语授课。但是，这不太可能实现吧？到底谁来教呢？哪有那么多能够用英语授课的老师啊？所以，我非常反对在日本的小学就开始教英语。我觉得这是浪费时间。如果真的想这么做的话，必须请十万个左右的来自英语圈的外国人，比如从菲律宾、印度、新西兰等地请人来到日本授课。如果要教的是"ディスイズアペン""ミスイワテケン"这种日式发音的片假名外来词的话，还不如把时间多用在学习日语上。

沼野：当然，英语能多学点更好，这个肯定是对的。

挑战"翻译的不可能性"——声音和诗的翻译

沼野：实际上还有两个想借此机会探讨的话题。语言在变化的同时也是中立的。中立的意思是，所有的语言从某种意义上讲，都是同等的，并没有说哪种语言地位更高。

那么，我想在这里问一下翻译的可能性，语言都有其固有的表现，有时也有很难翻译的情况。最近发展起来的"翻译研究"，就把"翻译的不可能性"作为问题提了出来。在所有的语言中，都有很多"文化依赖性"（文化从属）的单词，比如以"朋友"为例，日语的"朋友"和英语的"friend"是有很大区别的。如果换成俄语的"朋友"（друг），就完全不同了。即使是同样的语言，实际上也非常不同，我觉得翻译的难度确实很高。裴费斯先生能自由地应用四国语言，您是怎么看待这个问题的呢？我记得以前我问过您，您当时回答说不太在意"翻译的不可能性"，当时我对您这个回答感到很意外。

裴费斯：应该说翻译没有定式，不局限于某一个单词，例如这种场合这么翻译，这样就可以了，这在翻译中是不可能存在的。比如"朋友"这个词，有时翻译成"friend"是非常合适的，有时翻译成"children"却是更好的。孩子从学校回来后，奶奶问："今天见到了很多朋友吗？"这种情况不一定是"friend"。因为不见得每个人都是最好的朋友。所以我觉得翻译成英语"children"比较好。"朋友"在这里是一种委婉的表达。像这样，翻译还是需要有文化背景的。日语是简单的语言，这只是针对会话来说的。要是翻译的话，就不容易了。哪个国家的语言翻译起来都很难，但是因为不是欧洲的语言，所以有逻辑模式不同的问题。

还有语序的问题。"昨天，我觉得他坐电车……"——如果不改变单词顺序译成英语的话是"Yesterday he went on the train...",

我觉得作为英语读起来也很顺畅，也不觉得哪里错了，但总觉得有些微妙地乱了节奏，不是自然的英语。"昨天老师在学校说了什么？""Yesterday at school what did the teacher say"是通常的翻译，作为口译是可以的，但是作为笔译是不行的。"What did the teacher say at school yesterday"像这样，把"yesterday"放在最后比较好。

也许在英语和俄语中没有"よろしくお願いします"（请多关照）、"いただきます"（我开动了）等词语。虽然在英语和俄语中没有，但是我不知道在其他的语言中有没有。地球上有六千五百种左右的语言，所以可能其他语言里也会有这种用法。但是，英语和俄语里是没有的。所以也可以说翻译是不可行的。但是，不说"我开动了"，能不能想点什么其他办法呢？这种情况不动脑筋是不行的啊。

沼野：归根结底要看怎么来定义翻译了。因为我们能够想出很多方法，比如说各种形式的说法的转换。

现在已经提到了语序的话题，我想继续说下去。一个是英语关于语序的规则很明确，"I love you"的单词位置是不能改变的。与此相对，有些语言的语序就比较灵活，日语是，俄语也是。我想如果把这些翻译成英语的话，语序是相当大的问题吧。

裴费斯：是啊！语序的问题很大。

再说另一件事，没有比日语中的"の"更方便的单词了。例如，"漱石の小説は寝室のタンスの上にあります""漱石の"

"寝室の""タンスの"都可以用"の"。但是在英语中，"の"被译为"of"，但是我经常对学生说不要使用"of"来翻译。"Soseki's book is on the bureau in the bedroom"。要说哪个更难的话，英语要难得多。除了"in"和"on"以外，还有"at"等。比如"银河铁道之夜"，理解成是人们乘坐银河铁道列车度过的夜晚，还是列车本身出现在夜晚，都可以。坂口安吾的《盛开的樱花林下》，在森林中的樱花盛开之下，森林般盛开的樱花树之下，盛开的樱花森林下，全部都可以。"の"这个词是真的方便。

沼野：宫泽贤治的《银河铁道之夜》有罗杰先生的翻译版本。英语标题是"*Night on the Milky Way Train*"。

裴费斯：是的，不是"Night of"，而是"Night on the Milky Way Train"。

沼野：日语中的"の"真的是万能的吗？从某种意义上说，这会带来暧昧性，总之非常方便而且灵活。比如说，以前有过一个争论，关于川端康成的诺贝尔文学奖获奖演讲稿《我在美丽的日本》（讲谈社现代新书，1969年）。如果是不太会英语的人直接翻译这个的话，就会变成"I of the beautiful japan"。这个作为英语句子是完全不通的。虽然爱德华·乔治·赛登施蒂克翻译成了"Japan the Beautiful and Myself"，但我觉得这样翻译的话，日本和"我"就变成了同格语，实际上没有很好地翻译出日语原有的想法。要说为什么，是因为有美丽的日本，其中也有"我"。也就是说"我"被包含在美丽的日本之中。

裴费斯：因此，"The Beauty of Japan in Me"或者只是"My Beautiful Japan"也不错。

沼野：赛登施蒂克的翻译首先是"Japan the Beautiful"，然后和"and Myself"并列。这样的话，"我"在日本所包含的重要的含义就消失了。这个虽然翻译得很漂亮，但可能是误译。

裴费斯：我翻译成"The Beauty of Japan in Me"。这样的话，就不是"我的日本"，而是"我在其中的日本"了。

宫泽贤治《不畏风雨》的标题在我之前也有好几个翻译版本。全部都使用了否定形式，有"Not giving in to the rain"等各种各样的翻译。但是呢，如果想不明白"雨ニモマケズ"是什么意思的话，就不能翻译成有创意的诗。我译成了"Strong in the Rain"。我觉得如果以这种想法来翻译的话，就不会有"untranslatable"（不可译因素）的翻译了。

沼野：关于翻译，我还想问一个问题，说现在没有翻译不了的东西，主要指的是单词和句子吧。问题是，考虑到诗的情况就很明白了，其中有韵律，或者声音本身，有各种各样的声音组合。这个很难！用英语再现日语的韵律，不可能做到吧。

裴费斯：但是，日本人听起来是什么感觉呢？很久以前，我用过"罗杰武藏"这个名字，做过一段浪花曲①。

"親の意見と茄子の花には　千に一つも無駄がない"，"父母的意见茄子的花　纵有千个也不白搭"（咚，加上节奏吟唱），这就是日语的韵律。还有"月に叢雲花に風　ままにならんと人は言うだろう"，"人们常说　闲云遮月　清风袭花　一切如常吧"（咚，这个也是加上节奏吟唱）。这也是和英语的韵律不同的日语韵律。或是"柿くへば鐘がなるなり法隆寺""啖柿听钟声　晚照法隆寺"（这个是用与英语不同的日语韵律朗读的）。这也是日语独特的韵律。

英语有两种韵律：日耳曼语系的和罗曼语系的。如果能意识到两个韵律的组合问题的话，就可以翻译出来。当然要是不能正确解读原文的话是不行的。也就是说，宫泽贤治如果用英语写诗的话，会用怎样的英语呢？会用怎样的韵律来写呢？我会不断地在心里默想。这样一来，宫泽贤治和罗杰·裴费斯之间的鸿沟就稍微填埋了一些，我是这么想的。以一体化为目标，虽然不知道是否成功了，但这是我的目标。是不是不现实啊？

沼野：我得再讲一次，供大家参考，罗杰先生可是因为宫泽贤治诗歌的英文翻译获得了野间文艺翻译奖啊。

---

① 浪花曲，日本江户时代出现的一种民间说唱歌曲，常以日式三弦伴奏说唱。——编者注

裴费斯：嗯，算是吧。

语言习得障碍

沼野：现在开始进入提问环节。

提问者A（来自俄罗斯的留学生）：在学习俄语时是否遇到过什么障碍？

裴费斯：因为是很久以前的事了，我有点儿记不太清楚了，但对于我来说，学波兰语的时候遇到过，特别是数字的变格很难。

沼野：我平时居住在日本，虽说会俄语，但我的俄语只有在和文学家或大学老师说话时才会使用。城市里一般人说的俄语，速度又快又有很多辅音，我几乎听不明白。去俄罗斯的时候，我在电视上听到播音员的语速也非常快。您感觉怎么样？来日本看NHK的新闻，有没有想过为什么说得这么慢呢？

提问者A：在外国人之间常说的一个话题是：在日本对于我们这些外国人，大家会有意识地放慢语速和我们交谈。当然，NHK的新闻也尽量播报得让人容易明白。

沼野：在日本的年轻女性中，有一些语速比较快的人。还有，英语的发音对日本人来说非常难。

裴费斯：俄语也很难啊。当我还是个孩子的时候，我就发誓无论如何都要精通俄语。因为是孩子，所以才会想无论发生什么事情都会努力实现自己的想法。从这个意义上讲，好奇心是最好的动力。也就是说，像孩子一样有好奇心很重要。英语中有一个词叫作"白纸状态"，意思就是像擦掉了文字内容的白板一样。像什么都没写的平板，空白状态的黑板。我们小时候一听到从来没听过的单词，就会问："妈妈，那是什么意思？"假如妈妈回答说"是猪啊"，学外语的时候会问："'猪'用俄语怎么说？"如果您觉得自己什么也不会，就像小孩子一样去听的话，并且不认为它是"俄语"，就会很容易记住。

我二十岁的时候，还不会说任何外语。但到了二十四岁，已经会说俄语、波兰语和日语了。这不是有才能，而是有学习的热情和好奇心的结果。把自己当作孩子那样，在什么都不会的状态下去思考、去做。那样做的话，虽说英语很难，学了多少年也没有提高，但是英语再难，也只不过是一门外语，大概两三个月就能记住。这虽然不能成为必然的答案，但也没那么难。

沼野：那个时候，哪怕是在俄罗斯，美国人说俄语也是受欢迎的。

裴费斯：是的，很受欢迎。虽然第二次世界大战已结束，但也还只是十九年前的事。从现在开始说十九年前的话，就是1995年，就仿佛昨天似的。大家都充满好奇心，对我很感兴趣：为什么美国人会来这个国家。还有各种奇怪的问题，例如："帝国大厦用多少块砖砌成的?"每个人对我都很友善，我很喜欢。另外，俄语基本没有方言，但是英语则相反，没有标准语，因此没有这样的概念。每个人都有口音。那也是一件好事。所以，都是平等的。二十年前BBC（英国广播公司）播报新闻大多使用的是意第绪语，但现在不是了。现在用利物浦音或者苏格兰音的英语播报。这么做显得平等，所以很好。当然，哪怕是在美国也一样的。

提问者A：即使是会说多种语言的人，在进行计算或心算时也都会使用自己的母语。我就使用俄语计算。

裴费斯：我是用日语。哪怕在家我也经常使用日语。在澳大利亚时，哪怕外出我也会用日语。在日本的时候，有时也在不经意间使用日语。我爱人前段时间，在京都车站用日语大声喊着说："我把钱包放到储物柜里了。"好多人都很吃惊。所以，要是不在澳大利亚使用日语，不在日本使用英语的话，看样子是不行的。因此，来我家参加寄宿家庭活动的人，英语一点都学不好。

提问者B：您非常善于交谈，有什么用日语说笑的技巧，或者用英语、俄语逗大家笑的构思要点吗？

裴费斯：那个是有的。话语间的间隔时间。但是，由于英语笑话和俄语笑话的感觉明显不同，所以这虽然是一个很好的问题，但无法简单地回答你。比起这个，我更想逗别人笑出来，因为我也演过戏，也演过喜剧，所以首先想让大家能笑出来。

沼野：主动交流的意愿很重要吧？

裴费斯：对，首先就是要有想主动交流的意愿。

沼野：好多过去被称为"大师"的大学老师，在他们讲话的时候，很少让人感觉到他们有努力想让听者明白的意愿。

裴费斯：人们常说日本人不懂笑话，但我认为不是这样的。把英语的笑话直译过来，当然是很没有意思的，说到底是因为语言背景不同。幽默的产生都是源于情感文化，或历史和宗教等背景的。所以，必须很好地了解对方的文化。当然不只局限于幽默这一件事儿上。基督教和犹太教的神与日本的神也是完全不同的。如果您不了解对方的文化，也就完全不能明白对方想要什么。

有很多受尊敬的幽默作家。井上厦先生的小说和戏剧中一定会有笑点，但在幽默的背后也在传递着严肃的信息。在犹太人的历史上，快乐和痛苦也是分不开的。从这个意义上讲，我们没有禁忌。甚至都会讲关于奥斯威辛集中营的笑话。

但日本有很多禁忌。在一个禁忌的社会里，幽默是有限的。其实，除了特殊时期以外，你都可以私下谈论任何事情。那就是一种社会的预防措施。所以我希望日本人也能更多地开玩笑。

犹太人没有禁忌。不管是葬礼还是什么，都没有禁忌。即使父亲去世，也是可以开玩笑的。我真希望日本人能笑得多一些。

沼野：谈到日本，例如核电问题就不能开玩笑。不仅不能轻易地写出来，即使是日常对话，核辐射的影响如何如何之类的话也不会成为笑话，也不能开玩笑。总觉得有欠缺。

裴费斯：那就是所谓的风土，当然还有习俗。犹太人因为没有土地，因为没有土只有风，所以他们开开玩笑，一笑了之。所以，所有的犹太人都是"风又三郎"。

沼野：想聊的还有好多好多，最后让我们以朗读裴费斯先生所翻译的《不畏风雨》的形式来结束吧。请戴上帽子。

裴费斯：啊，这样啊。不是赫恩的帽子①，而是贤治的帽子。那么……

　　（咚，起立，戴帽，开始朗读）

Strong in the Rain

　　Strong in the rain

　　Strong in the wind

　　Strong against the summer heat and snow

　　He is healthy and robust

---

① 赫恩的帽子，指罗杰·裴费斯花费十年写的书《旅行的帽子——小说拉夫卡迪·赫恩》（上杉隼人译，讲谈社，2000年）。

Free from desire

He never loses his temper

Nor the quiet smile on his lips

He eats four go of unpolished rice

Miso and a few vegetables a day

He does not consider himself

In whatever occurs... his understanding

Comes from observation and experience

And he never loses sight of things

He lives in a little thatched—roof hut

In a field in the shadows of a pine tree grove

If there is a sick child in the east

He goes there to nurse the child

If there's a tired mother in the west

He goes to her and carries her sheaves

If someone is near death in the south

He goes and says, "Don't be afraid"

If there are strife and lawsuits in the north

He demands that the people put an end to their pettiness

He weeps at the time of drought

He plods about at a loss during the cold summer

Everyone calls him "Blockhead"

No one sings his praises

Or takes him to heart...

That is the kind of person

I want to be

(沼野及听众齐声鼓掌)

不畏风雨

不畏雨

不畏风

不畏冰雪酷暑

保持健壮的身体

没有私欲

决不动怒

常带恬静笑容

每天食糙米四合①

配以黄酱和少许菜蔬

对世间万事

不计较自己的得失

入微观察明辨是非

并时刻记得

身在原野松林的树荫下

窄小的茅草屋里

东边若有生病的孩子

---

① 合，日本的计量单位。用于计量容积，约为一升的十分之一。——编者注

就去给他关怀照顾
西边若有疲倦的母亲
就去为她背负稻束
南边若有人即将逝去
就去告诉他不必恐惧
北边若有人争吵纠纷
就去劝解他无须争斗
干旱时候流下泪水
冷夏季节惙惙奔走
被众人唤作傻瓜
得不到赞誉
也不以为苦

我愿
成为这样的人①

---

① 译文引自宫泽贤治著、吴菲译《春天与阿修罗》,新星出版社 2015 年 12 月版。——编者注

第五章
"怀疑语言，用语言抗争"

——阿瑟·比纳德与沼野充义的对谈

诗人的我和我的日语

阿瑟·比纳德（Arthur Binard）

1967年出生于美国密歇根州。诗人、随笔作家。大学毕业后赴日，开始日文诗歌创作以及日语作品的翻译工作。2001年第一部诗集《钓上来后》获中原中也奖。之后的作品《日语的自豪》（2007年，获讲谈社随笔奖）、《左右的安全》（2008年，获山本健吉文学奖）、《寻找着》（2013年，获讲谈社出版文化奖绘本奖）等获得诸多奖项。诗集有《垃圾日——阿瑟·比纳德诗集〈诗的风景〉》，英译绘本有《不畏风雨》，随笔集有《日常的紧急出口》《从天上来的雨》《出人头地的蚯蚓》等多部作品。在青森广播电台和文化广播电台担任评论员。

在日语中领悟・再现

沼野：一直以来我很喜欢读比纳德先生的诗和随笔，所以非常期待这次与您的会面。想问的问题有很多，刚才跟您简单了解了一下，觉得可以直接切入最重要的谈话。大部分日本人遇到像比纳德先生这样的日语能手，都会不禁感叹"您的日语说得真不错啊"或者提出"日语和英语的区别在哪里呢"这样的问题。现在仍然以这种方式展开话题。今天，或者也许之后的访谈会涉及语言学习方面的话题，但我们还是首先从文学方面的问题入手吧。比如谈谈非母语创作，或者用非母语表达是一种怎样的体验？

比纳德先生的作品十分耐人寻味，但是把日常生活中遇到的趣事创作成诗歌或随笔，并不是在日本生活的外国人都能够做到的。从另一个意义上也可以说这是很自然的事情。比纳德先生有一部获得中原中也奖的优秀作品《钓上来后》（思潮社，2000年）。我拜读了其中的标题作品，并不是发生在日本的故事，而是把有关您在美国的父亲的故事用日语的诗表达出来。对于您来说，用一门外语——日语去表述在美国的父亲到底有着怎样的意义呢？这引起了我的好奇心，我们就从这里谈起吧。

比纳德：一开始，考虑以"钓上来后"为题材写诗时，设想是把听到的父亲的话，什么都不用考虑，直接用英语写出来。我心中已经选好了题目，就用喜欢钓鱼的人经常说的一句话，虽然这样使用这句话有点讨巧，但总算可以开始写作了。

这句话就是——"Catch and Release"。喜欢钓鱼的人都知道这句话，意思是钓上来的鱼不吃而放生。不管是海钓还是溪边垂钓，或是和父亲一起在奥塞布尔河垂钓，我们都会这么做。鳟鱼如果没长到十英寸就不能捕，当捕到只有九英寸的"可爱的小家伙"时，我们就会温柔地拿掉鱼钩放走它。这就是"Catch and Release"。

在我十二岁的时候，父亲因为飞机失事离开了我。我一直把与父亲钓鱼的那段记忆当作父亲的遗物一样珍视，就像对待父亲留下的钓竿一样。但是，即使想把那段岁月永久地保存在记忆中，也终有一天它会消失。我感到关于那段岁月的记忆就像是有生命的、鲜活的存在，我却无法做到永久地保存好它。对于父亲的记忆，就像是畅游在奥塞布尔河的虹鳟鱼一样，不知什么时候就会想起，某个瞬间突然冒出来，对此我会感到很茫然。

沼野：所以最初是考虑用英语写的。

比纳德：是的，记忆，我认为并不是像钓到鱼一样，放进鱼篓里再拿回家好好地保存起来就可以了。就像把鱼的内脏去除，制作成标本挂在墙上做装饰，也不过是让它积满灰尘变得满是污垢而已。所以就像钓到了又放生的"Catch and Release"那样，作为生物的我，应该把记忆同样作为生物来面对，而不是当作标本来对待，所产生的两者的关系可能是不同的。然后，我就想试着写出来，但实际写的时候却发现没那么简单。诗的题材、诗的题目、诗的形式等都是随处可见的，但我却写不出来。而且居然连为什么写不出来都完全不知道。最后，就像制作咸鲑鱼一样，把题材"用盐腌过"，只做了笔记就忘了。距今十七八年前，当时我正在交往的女性，也就是现在我的妻子……

沼野：诗人木坂凉女士，对吧？

比纳德：是的，是她告诉我的。在琦玉县东北部利根川旁边的羽生市，当时正在举办一场"故乡的诗"文学比赛。那一年的比赛题目是《故乡的河》。不知道是谁告诉她的，或者是她在传单上看到的。我听到这个消息之后就想，也许我可以写。一开始打算用英语写，但是那样在羽生市的比赛上就行不通了。我并不是为了参加"故乡的诗"大赛而写，只不过是觉得这个刚好是我要的题目，借此机会从零开始考虑"Catch and Release"到底是什么。因为对于一般的读者来说，单提出这种说法是很难理解的。我试着摸索如何将记忆本身用日语去表达出来，努力用日语去描述去世的父亲，却未曾想到，遇到了某种像距离般的东西。

父亲说的是英语，我将他的话翻译成了日语。一开始打算用英语写的时候，父亲和母亲的声音仿佛就在耳边回响。但是声音只是声音，无法产生任何变化。如果用日语写或者思考，就要暂时不去想记忆中父亲和母亲的声音，而去思考父亲说的话是什么意思，这时我似乎感觉到了从不同的角度捕捉到的信息，这不只是语言本身，还有其隐含的信息。语言背后的现象和事物、人际关系和自然环境，这些思考不断地推进，终于领悟了"钓上来后"这句话，并由此做到了认真审视我与父亲的关系，再不受父亲话语的影响和支配了。

在日语中，父亲立体化地再现了，好像复活了一般。那之后我也用英语写了些诗，不知不觉地突然发现已经完成了"Catch and Release"。

保持距离即是接近

沼野：所以这篇作品《钓上来后》并非是简单地把英语翻译成日语的成果，对吗？

比纳德：日语也好，英语也好，我认为从某种意义上讲，一切都是在翻译。就连原创都是这样。不管想要做什么，创作就是把非语言的东西带到语言中，把无形变为有形，是将无形的东西引入世界的一种活动。比如，用英语可以说"Catch and Release"，但是将它引入日语，就变成了"钓上来后"这样的说法。从语言的另一面试着去考虑的话，翻译和创作都是一样的。创作也是穿梭于语言和语言深层次所包含的事物之间的一种活动，是没有原文的一种翻译活动而已。

沼野：嗯。对此，我觉得很有趣。其实有一位优秀的俄罗斯现代作家叫作米哈伊尔，他小说中有一段类似您说的"所有的语言都是翻译"这样的说法，之前看到时总是在想他说的是什么意思呢。现在听到了您的话，才恍然大悟。

比纳德：将某种东西用语言表达出来这件事本身，一开始就存在于翻译这条"线"的延长线上。关于翻译，博尔赫斯有一句名言。某个文学评论家对他翻译的英国文学古典作品提出质疑时说"你的翻译并没有忠于原著"，博尔赫斯对此回道："不，是原文没有忠于我的翻译而已。"其中强调的，也就是翻译和创作之间有共同的地方。不过也许博尔赫斯的说法有点夸张。

沼野：再回到"钓上来后"这一话题，也就是说最初留在比纳德先生记忆中的，是您父亲、母亲以及家乡的人们用英语讲话的声音，而如果把那些声音原原本本地用英语写出来的话，就可能被英语所束缚而无法完成作品，对吧？也就是说，要与描述对象保持一定的距离，这样才能产生感觉。文学作品的翻译，也是异曲同工的道理吧？

比如说，我也做一些翻译工作，无论是契诃夫的作品，还是陀思妥耶夫斯基的作品，俄罗斯人肯定都是说俄语的。读到原文时，我的脑海中回响的当然只有俄语。所以，虽说把它翻译成日语，但既然出场人物说的是俄语，也没有办法变成真正的日语。尽管用尽办法去想象，这个人用日语到底会怎么表达呢……却发现越是想忠实于原文，越是无法变成真正的日语。可能是无法在某处产生距离的原因吧。

比纳德：嗯，没错。保持距离，实际上就是在努力接近原著，而远离也是一种忠实的表现。

出场人物总是要说话的。比如马克·吐温作品中出现的，一百五十年前在美国南部生活的人们讲的话，不可能是日语，但是只看到原文中的文字，听到文字所传递出的声音，仅通过语言去理解是不够的。小说主人公哈克贝利·费恩用英语所讲的那些话，如果向纵深处挖掘，会发现其中包含了他的人生体验，他的思考方式，与他相关的那些生命，以及一条叫作密西西比的河流。这条河流淌于他的生命中，存在于他的话语里。

翻译时，语言作为一个入口，分别进入形形色色不同的世界里。一旦进去后，当然也就可以用日语表现出来了。因为大家所感所想都是相似的。所以，这些话，用日语去表达的时候，都会考虑使用怎样的词语比较好。比如是单口相声的韵律吗？还是都都逸①风格的？或是歌舞伎的调子？或者与谢野晶子式的文言文更接近呢？或者以上都不是，是直率爽快的说话方式更接近？日语中有许多不同的表达方式，可以参考的不单单是哈克用英语说的话，也就是说马克·吐温创作的台词是理解少年哈克贝利·费恩的切入口。为了像了解自己一样地了解他，就有必要先彻底成为他。同时，为了更好地捕捉哈克的心理，就需要与他保持一定的距离。以上这些都需要站在作品的角度去观察理解，这就是通往翻译的道路。

沼野： 对，而且这是非常困难的过程。我一直觉得，保持距离的同时，还要真正地进入对方的世界里，这两者都是必需的。也有

---

① 都都逸，日本江户时代的一种俗曲形式。——编者注

人说这两者是同一回事。

我与大部分日本人一样,原来是不懂外语的,觉得很困扰,因为(在做翻译的时候)首要的就是,能够正确地理解原文这一入口,所以对于大多数日本人来说,这一阶段非常困难。但是,在这过程中有一个阶段,是翻译者必须获得自由的阶段。否则,即使理解了原文的世界,回到日语的世界里在表达时也无法获得更多的可能性。所以,既要寻根究底地接近原文并深入理解,又要与之保持自由的距离,否则翻译就会很无趣。

比纳德:由于表现力和想象力有限,所以从尝试着做起来到找到应有的距离设置这个过程是很难的。回顾《钓上来后》的创作和翻译过程,自己站在父亲旁边,他用英语说的话尚在耳边萦绕,这时很难做到保持距离。但是,如果用另一种语言——日语去表达的话,说起来可能比较粗暴,就是要先保持一定距离的放置题材、俯瞰题材。只有这时才能达到灵感和表达的统一。

捕捉感觉时所处的位置、组织语言创作时作为表达者应处的位置,这两者所处的位置非常重要,要时时区分交替着进行创作。但是,归根结底恐怕最重要的是自己能否进入题材中去吧。

沼野:《钓上来后》现在已经成为热点话题了,我可以在这里为大家朗读一下吗?

比纳德:那就拜托了。

(沼野先生正襟危坐,缓缓地朗读了起来)

　　　　　　釣り上げては

父はよく　小さいぼくを連れてきたものだ
ミシガン州　オーサブル川のほとりの
この釣り小屋へ。
そしてあるとき　コーヒーカップも
ゴムの胴長も　折り畳み式簡易ベッドもみな
父の形見となった。

カップというのは　いつか欠ける。
古くなったゴムは　いくらエポキシで修理しても
どこからか水が沁み入るようになり、
簡易ベッドのミシミシきしむ音も年々大きく
寝返りを打てば起こされてしまうほどに。

ものは少しずつ姿を消し　記憶も
いっしょに持ち去られて行くのか。

だが　オーサブル川には
すばしこいのが残る。
新しいナイロン製の胴長をはいて
ぼくが釣りに出ると　川上でも
川下でも　ちらりと水面に現れて身をひるがえし

再び潜って　波紋をえがく——

食器棚や押し入れに
しまっておくものじゃない
記憶は　ひんやりした流れの中に立って
糸を静かに投げ入れ　釣り上げては
流れの中へまた　放すがいい。

　　　　（会场响起掌声）

　　　　　　钓上来后

我还小时，父亲常常带我去
密歇根州奥塞布尔河畔的
垂钓小屋。
后来有一天咖啡杯
涉水裤还有简易折叠床
都成了父亲的遗物。

那咖啡杯一直有缺口未补。
那旧皮裤总像是哪里漏水
树脂胶也无法修复。
折叠床的吱嘎声一年响过一年
稍稍翻身便再难睡熟。

物件凋零殆尽
回忆是否也会随之而去。

而在那奥塞布尔河里
还留有难以捕捉之物。
穿上崭新的尼龙涉水裤
我前去垂钓却只见它
溯流往复倏地纵身跃出水面
又再度潜下画出波纹如縠——

回忆深藏之处非是碗柜壁橱
要伫立在那凛冽川流中
静静抛下丝线待钓起之后
再放归流水任它来去。

（本书编者根据日文版翻译）

感人肺腑的俄罗斯作家布罗茨基的英语

沼野：在欣赏这首诗的时候，我突然想到了一个例子。我研究的内容主要以俄罗斯和东欧为中心。有一位特别喜欢的诗人约瑟夫·布罗茨基，俄语发音就是约瑟夫·布罗茨基，苏联时期出生于列宁格勒，后来去了美国生活，1987年被授予诺贝尔文学奖，五十多岁就过早地离世了。他到了美国之后，也用英语写一些打油诗之类的作品，但主要还是用俄语作诗。

去美国后,他本人积极地用英语完成了一些随笔,作品的文体上有一些令人觉得不可思议的地方,因为极具个人风格而显得很有趣,但不能说是简单易读的作品。随笔中写了许多作者的亲身经历,其中也不乏其父亲、母亲的故事,也是用英语而非俄语书写的。

布罗茨基在苏联出生长大,也就意味着他生活的语言环境都是俄语,那么他的那些回忆也都是以俄语的形式存在于脑海中的。而到了晚年,布罗茨基得知父母重病的消息,申请临时回国,却被拒绝了。所以最终,他没能被允许去送别父母。因此,他以这个感情经历为基础,将对双亲的回忆用英语创作了随笔。他的经历和比纳德先生创作《钓上来后》这一作品的经历好像有相似的地方。那就是,将在某种语境下经历的关于重要亲人的记忆用非母语重新表述出来。我觉得这种行为意义非凡。

比纳德: 布罗茨基无法回国这一点对他和他的作品产生了很大的影响。如果从这个角度去谈的话,深入下去就涉及了普遍性。当人们思念一个逝去的人时,这里即使没有苏联政府和美国政府的拒绝,在人们的感知世界里也有一种无法超越的、物理性的,如同无法跨越的国境那样的存在吧!而且,大概,大家都是面对这样一个境界去写作的吧。用母语写也好,用其他什么文体写也好,这时文学创作的原动力大概就是与死者对话的愿望吧。布罗茨基面对的情境,就是无法见面的父母、回不去的祖国。俄语、英语成就了一部优秀的随笔。虽然英语表达上称不上完美,但是感人肺腑。

沼野：我在将布罗茨基用英语完成的随笔作品翻译成日语的时候，去找了值得信任的具有良好学养的美国朋友寻求帮助，他说作品里的英语有些奇怪。

比纳德：这样的情况下，翻译出来的日语也必然是奇怪的吧，否则就不能忠实于原文了。

沼野：我也觉得这样是正确的做法，但日本的编辑不允许这样的情形出现，（因为这样）只会让人觉得我的日语看起来很奇怪。

比纳德：读者可能会觉得很奇怪，沼野先生的日语不可能是这样的。

沼野：即使一开始就在书上写好"这里日语有些奇怪是布罗茨基的问题"，这样的书应该也卖不出去吧？布罗茨基作为一名流亡人士，一方面在空间上离乡背井，另一方面，就像刚才您说的非常重要的一点，就是除了空间上，时间上也是一个问题。已经无法挽回的时间、过去，也是另外一种异国他乡。无法跨越的时间、空间，却无论如何都想要冲破这一界限，这就是文学的表现。正因如此，文学必然伴随着越境性的行为。

被误读的《不畏风雨》——"过去"是一种"外国"

沼野：下面我们话题稍微转换一下，听说比纳德先生喜欢宫泽贤治的作品。贤治笔下的时代与现在的日本完全不同。这样一来，他的诗是否能够完全适用于现在的日本，很值得探讨。对于日本人来说，有一个倾向：认为日本的作家只能是日本人，五十年前也好，一百年前也好，甚至是一千年前的《源氏物语》，这些终究是"日本出品"，所以至今仍有部分国粹主义者认为这些都是外国人无法理解的。这些人认为日本文学是属于日本的，即使是古典的世界也是与现今的日本相关联的。就拿宫泽贤治笔下的世界为例，关于这一点，您觉得是不是这样呢？

比纳德：《不畏风雨》是宫泽贤治的遗作，是他在世时并未发表的作品，现在我以日英对照的绘本形式出版了（《雨ニモマケズ Rain Won't》，今人舍，2013 年）。当然，这部作品很有名，已经多次被译成英语。无论过去还是现在，只要想在网上阅读，马上就能查到，这让人不能不想到，有没有必要特意以绘本的形式出版，再附上出版书号呢？

那么，特意以绘本形式出版的理由是什么呢？21 世纪的读者中，有些人是在中学时期被强制性阅读这篇作品的。近年的在校生中，有喜欢宫泽贤治的学生，也有讨厌他的学生。而且，我有听说过某位演员在读这部作品，也听说过有些人就这部作品做了群读。包括这些人在内的大多数日本人都在生命中遇到过这首诗，却大都不理解它的含义，这让我有很强烈的危机感。

《不畏风雨》是用日语写的，大家都理所当然地认为这是现代日语。但宫泽贤治在备忘录上清楚地记录着是在 1931 年 11 月 3 日写的这部作品。也就是说，书中叙述的是 19 世纪二三十年代岩手县深山里的生活。

那么当时的生态系统、地域社会与 2014 年东京的情况应该是完全不同的。比如，当时的粮食补给率为百分之百。贤治"每日一日食糙米四合、配以黄酱和少许菜蔬"。糙米所含的铯 137 与铯 134 的总量为 0 贝克勒尔①。豆酱也是 0 贝克勒尔，而且是非转基因的日本国产大豆（做的）。虽然都是大豆，但与现在质量大大下降的改良品种相比，当时的大豆，正确来讲叫作畦豆，是在田地里的田埂上种出来的。村里的人应该都知道是在谁家的田埂上谁种的豆，甚至连用的是谁家的曲霉都知道得一清二楚。

虽说是"每日一日食糙米四合、配以黄酱和少许菜蔬"，但实际上大家一天能吃到几合米呢？能吃到四合米吗……根本吃不了！现在的四口之家一般能吃四合米，所以一个人吃四合是相当大的量了。说是"黄酱和少许菜蔬"，当然指的不是现在的 F1② 种子。吃着持续不断的自家地里种植的蔬菜，与现在的超市卖的蔬菜用的种子完全不同。但是，大家都视为是现代的日语，而且把它误认为是东京的自己正在使用的本地话。说到"黄酱和少许菜蔬"，大家很容易误解为是简朴的、物质不足的生活。事实上并非如此。

我有一些农户朋友，经常接到他们的电话说："现在茄子、秋葵和小松菜成熟了，要不要？""给你送点去吧？""叮

---

① 贝克勒尔，放射性活度的国际单位，简称贝可。
② F1，为了品种改良通过杂交培育的新品种第一代。其中很多只能存活一代。——原注

咚"——门铃响了,送到了,"咣"的一声放下却一点都不少。所以,宫泽贤治所写的"黄酱和少许菜蔬",跟我们在便利店或者超市里买到的"一点青菜"是不同的。作品中还有"小サナ萱ブキノ小屋ニヰテ"(小茅草屋房)的说法,用茅草葺屋顶的房子是非常华丽、气派的。不知道其中有这么多的理解错位,在学校教书的老师们对学生竟说一些"你们也要为了别人尽自己的一份力"的话。

并不是这样的,在这首诗中写道"西ニッカレタ母アレバ",出门去,并不是要去按摩肩膀,"稻ノ束ヲ負ヒ",是指放在稻架①上由太阳自然风干,制成好些糙米,一天吃四合;每年都用茅草翻修村里各家的房顶,按照顺序轮流翻修,贤治家也不例外。但是现在东京的中学生从未有过这样的经历,对实际情况一无所知。没有参与过护岸工程,没见过河流,也没有在梯田中玩耍过。这样的孩子不可能理解这首诗的含义!老师们也不懂!我发现了这一点后产生了巨大的危机感。所以,就像我现在跟大家讲话的感觉一样,好像笨蛋一样唠唠叨叨,完全没有任何的效果,相反只是遭人嫌弃而已。

然后,我想一定要改变这种做法。对了,我唠唠叨叨的没有效果,但是让山村浩二先生帮我画画,应该能画出稻子放在稻架上风干的场面吧。这样一来,将贤治所描绘的、当时随处可见的、理所当然的景色,也是作品发生的大背景与语言一起呈现给读者。同时,可能有些人已经在别处听说过或读过日语版了,也

---

① 稻架,依靠天日,将刚收割的湿稻谷挂晾其上令稻谷干燥。——原注

为了设置距离感，我考虑后加入了英文。这样就用了日英双语的形式，再加上刚才提到的配图，我想三管齐下，这样如我刚才所抱怨的传达不出去的想法，说不定多多少少可以传达给读者。

这不只是《不畏风雨》一篇作品存在的问题，室生犀星①、萩原朔太郎②作品的旅情等，可以说许多诗和文学作品都存在相同的问题。当然，为了更好地让读者理解，制造距离感是很有必要的。英国小说家莱斯利·珀斯·哈特利曾经说过"往事也如一种'外国'，那里的生活样态和做的事情都不同"。

泛滥的"伪文学"语言

沼野：俄罗斯过去的事情，即使翻译成日语，当然也与日本的情况不同。必须要认清这个前提，但是如果不清楚到底是哪里不同，而当作同一种情况去考虑的话，就会产生误读。

如果作品里写的是迥然不同的事情，比如发生于中世纪的事，或者古希腊的事，读者阅读时也会自然地带着不同的预设。在这一前提之下如果读到陌生的食物之类的，也许会自学一下，查一下相关的知识，或者至少也会去参考一下附注的吧。也就是说，接触陌生的世界时，自己已知拥有的知识不足，就会自觉地学习、调查。因此，不知道、不了解本身并不是问题所在。最危险的是自以为知道，一旦这样就不会特意去调查资料、查阅词

---

① 室生犀星，日本明治、大正时代的诗人、作家。代表作有诗集《抒情小曲集》等。——编者注
② 萩原朔太郎，日本明治、大正时代的象征主义诗人，代表作有诗集《吠月》等。——编者注

典。看到米就会认为与现在的米一样，看到蔬菜也以为和现在超市里卖的一样，不会再深入考虑了。我经常会对学生说，翻译的时候最危险的就是自以为是。不知道是很正常的，不知道就努力去查，正因为不知道才会有所发现。所以说，自以为知道是最危险的。日本人坚信自己了解宫泽贤治的世界，而比纳德先生指出了当今的日本人没有读懂的宫泽贤治，所以有些人才会对质疑他们的比纳德先生抱有反感吧。

比纳德：如果以为翻译只是将某种语言转换成另一种语言，自以为是地去做的话，造成误译也是没办法。比这更加危险，并且像习以为常般陷在这个旋涡当中，生活在自己的母语中，自以为懂得，实际上完全不懂。

比如某个东京市民的生活是这样的，某个纽约人的生活也是这样的。因为在电视上看过就误认为自己知道，实际上对实质内容一无所知。在文学中，有时会想要与死者对话，或想要努力唤起过往的记忆去表达出来，这就必须要超越某种界限。事实上这不仅仅是文学的要求，也是这个世界最重要的事情之一。在现代，由于疏忽或者由于距离而将此遗忘。最终，不知什么时候就中了"是我是我诈骗"① 的陷阱或者被什么人欺骗。

沼野：换句话说，关于这个问题，这个世界上所流传的大部分语

---

① "是我是我诈骗"，日本的一种针对中老年人的电话诈骗。犯罪者在电话中不报姓名，只称"是我，是我"，令中老年人想当然地认为是亲人而被骗。——编者注

言，事实上并非出自真心，而是在媒体或者有时是政治权力的引导下形成的。这种语言流传的可能性很高。我希望，在创作诗歌或其他体裁的文学作品时，能够拥有与之相对抗的力量。但写诗的人，有时很容易将世间流传的语言写进诗歌里。因为这样更容易，所以存在着这种危险。

比纳德：可能因为这样的诗比较受欢迎吧，听起来很柔和，毫无违和感，朗朗上口。但这就像广告代理商的作品一样，虽然能够很好地配合经济的发展，在当代甚至可以获得很高的评价，但必定是像食品一样有保质期的。十年过后，可能无人知道女子偶像团体"AKB48"，也没有人知道那个团体是什么。与现实无关的语言，有意歪曲的语言，或者预测了社会潮流从而沽名钓誉的语言，十年、二十年，乃至百年之后会失去意义，消失得无影无踪。这样的语言络绎不绝地出现。在广告界有一种说法叫作"一周期"，一句广告语在疾速变化的影视和时尚圈的世界里，说句极端的话，能够保持三到四个月已经是很好的广告语了。像这样特定时期所创作的语句不断地被制造出来，一次次被消费。以这些为前提的必然不是文学。本来有些东西就是不需要广告也要购买的存在。

文学创作也是需要技术的，必须与广告撰稿员使用相同的工具。此外，像刚才所说，需要保持一定的距离，这一点也与创作广告语时相同。广告语的创作，一方面要综观世界，考虑如何做才会引起世人的注目，但并不是高高在上的俯视。

文学必须要保持一定的距离，某个词是否与现实相关联？如何关联？如果无关，如何建立联系？这是文学需要考虑的问题，技术上虽然与广告相同，创作的内容却不同。因为我一直在创作诗歌，也经常被问到关于诗的问题，比如，为什么大家都不读诗呢？在座的各位，这个月里，大家有谁买过诗集吗？

（听众中有一人举手）

只有一个人啊，不要觉得丢人哦，光明正大地说出来很好哦……经常有人问我，为什么诗不能像小说一样去读呢？我的答案是："因为其实已经读得够多的了。"

我们大家每天早上起床开始，就生活在诗的旋涡中。因为今天是骑自行车来的，没有遇到那么多的诗。如果乘坐山手线电车的话，除了车内张贴的广告，还有电视广告。没有任何的说明，图片就直接出来，关于脱毛、减肥、化妆、美容、啤酒、清凉饮料，等等。

广告人就是运用图像，将"享受"这个词语用成百上千种说法表达出来，以及穷尽办法让人接受。想吃，想化妆，想脱毛，想瘦，总之让人产生想做什么的欲望。在技术上都是文学的表达方式。象征、比喻、鲜明的语言的反转，等等，运用一切道具，极尽一切技巧创作出来。所以，打开电视看到的广告都是伪文学，新闻大多是仿造型欺诈。报纸上的消息也已经广告化了，在街上看到的都是广告牌。还有智能手机，我是不用的，用智能手机的人也在不停地看广告。这就是为什么无法遇到真正的诗，无法遇到真正的文学，但不经意间觉得已经有满足感的原因。就像是吃加工食品充饥一样，不必去吃用营养丰富的国产大豆制作的纳豆，吃便利店里的盒饭就够了。

文学是不老的"新闻"

沼野：听到您说诗，我想起了一首自己翻译过的短诗，让我们换换心情，读一下如何？波兰女作家维斯拉瓦·辛波斯卡有一首诗，名为《也有人喜欢诗》。英译名为"some people like poem"，我将它译成了"詩の好きな人もいる"（也有人喜欢诗）。据作者所述，喜欢诗的人一千人中大概有两人。

（朗读）

詩の好きな人もいる

そういう人もいる
つまり、みんなではない
みんなの中の大多数ではなく、むしろ少数派
むりやりそれを押しつける学校や
それを書くご当人は勘定に入れなければ
そういう人はたぶん、千人に二人くらい

好きといっても——
人はヌードル・スープも好きだし
お世辞や空色も好きだし
古いスカーフも好きだし
我を張ることも好きだし
犬をなでることも好きだし

詩が好きといっても——
詩とはいったい何だろう
その問いに対して出されてきた
答えはもう一つや二つではない
でもわたしは分からないし、分からないということに
つかまっている
分からないということが命綱であるかのように

（会场响起掌声）

有些人喜欢诗

有些人——
那表示不是全部。
甚至不是全部的大多数，
而是少数。
倘若不把每个人必上的学校
和诗人自己算在内，
一千个人当中大概
会有两个吧。

喜欢——
不过也有人喜欢
鸡丝面汤。

有人喜欢恭维
和蓝色，
有人喜欢老旧围巾，
有人喜欢证明自己的论点，
有人喜欢以狗为宠物。

诗——
然而诗究竟是怎样的东西？
针对这个问题
人们提出的不确定答案不止一个。
但是我不懂，不懂
又紧抓着它不放，
仿佛抓住了救命的栏杆。①

比纳德：希望这两人没有被广告代理商骗了。"不懂又紧抓着不放"这最后部分，正是文学最本质的问题。自认为明白，又深信不疑的确是非常危险的事。刚才的话题中谈到，翻译中就出现了自认为懂，却不知前有巨大的陷阱的内容。

文学就是抓住未知的部分，面对未知的部分。惠特曼有一首诗《向世界致敬》，提到"beginning is studies"。说的是作者一直站在入口处，面对着未知的世界。如果能做到这一点的话，即

---

① 译文引自陈黎、张芬龄译《万物静默如谜：辛波斯卡诗选》，湖南文艺出版社 2016 年 8 月版。——编者注

使整个社会陷入死路，也不会发生因固执己见而要近一亿人殉国的局面吧。

所以，文学可以成为构筑社会的一股强大的力量。如此，文学本应将重要的东西体现在地面之上的生活之中，现在却出现像这样完全偏离现实的现象，这让我产生了某种危机感。事实上，我们每天都在与广告代理商的战争中败得体无完肤。但是，这并不意味着我们输了。即使上了"是我是我诈骗"的当，也终有一天会清楚地知道自己被骗了。

沼野：我一直在研究俄罗斯和波兰等国的非主流文学，可能并没有考虑得如此深刻。

比纳德：俄国可不是非主流哦，俄罗斯文学是非常伟大的文学。刚才沼野先生的话千万不要传到俄国才好，即使是波兰人也会被激怒哦。

沼野：在日本，从事俄语研究的人会被认为是怪人，从前还会被认为是在搞革命。有时，使用"文学"这一词语会让人觉得很惭愧，好像很厉害的样子。有些事虽然只有少数人在做也没关系，喜欢就去做，不要觉得"因为是少数派所以就输了"。做喜欢的事，这才是最重要的。所以，请都来东大文学部的教室吧。今天来的观众，大多不是学生，事实上现在大学里面，文学部的情况是非常艰难的，尤其是外国文学。

比纳德：学生很少吗？

沼野：嗯，是的。可能大家都认为现如今文学不是一门重要的学问。嗯，不知道是否可以叫作学问，因而境况艰难。但是，我想对于真正喜欢文学的人而言，越是艰难时候越是坚持做才越是有意义啊。摆出一副傲慢的表情，说着类似"我是搞文学的"之类的话，听起来反而更令人不舒服。

比纳德：没错，文学是看穿谎言的凸透镜，或者可以说是谎言的对立面。所以，无关乎权力，无关乎支配者，面对赤裸裸的国王，说出对方是"裸体"的，坚持到最后就好。同时，文学是长期性的语言性创造。像沼野先生之前说的，文学或者说"literature"，说起来确实有一种装模作样的感觉。于是，我开始思考到底什么是文学，想起了追求文学极致的埃兹拉·庞德的话。

真正在从事"世界文学"工作的埃兹拉·庞德说过，"文学是新闻，是不会过气的新闻"。对于文学，一万个文学家可能心中有一万种定义，但我认为都离不开这一点。报纸上刊登的是新闻，我们在生活中所听到的、想传达的是新闻，而无论是十年前的文学还是百年前的文学也都是新闻。因为它不论何时都有传承的价值，并且能够将新闻不断传承下来的也只有文学。

说起报纸，今天出的晨报和刚刚出版的晚报都已经成为旧报纸。虽说叫报纸，但上面也会刊登文学作品，像这种不会过时的东西必须跟会过时的新闻区分开来。我曾经翻译过与谢野晶子的作品《你不要死》。收到了读者的反馈，"虽然原文读不懂，但看了您的翻译,第一次读懂了"。我认为在日语作品中,对与谢野晶子作品的翻译越来越有必要了。但无论是俄罗斯文学,还是莎士比亚的文学作品,通过不断翻新的翻译,得以传递给新的读者。这就是翻译一直在做的事情。

对文艺传媒推出"新人"的忧虑

沼野:有一个笑话,说的是莎士比亚的作品有少部分是现代英语版本的,但英语文学圈有一定修养的人基本都要读原版作品。所以只能用16世纪的英语来阅读。与此相比,日本从明治时代坪内逍遥的译本到生动的现代语译本,先后有几十种译本,也有与时俱进的新的翻译版本可供读者选择。所以也有一种反论,认为日本人更能读懂莎士比亚。

比纳德:龟川老师翻译、光文社出版的陀思妥耶夫斯基的作品也是这样。

沼野:所谓古典新译,本来就是这样一种概念。

比纳德:语言是时代的产物,一定会在某个时刻被重译、被修改完善。

沼野:语言是在不断发展变化的,这也是没办法的事情。刚才您就现代语言发表了批判性的看法,我也大体上同意您的观点,但我可能有些浅薄的想法,所以并不讨厌现代的流行语。女子偶像团体"AKB48"说不定也会成为文化历史上的重要遗产，记录在日本的"可爱文化"历史中。一百年后可能有来自美国的日本文学研究者认真从事该方面的相关研究。

比纳德：我认为"可爱文化"本身就是广告代理商搞出来的。我本人并没有说讨厌这些，相反觉得这个团体的成员都是很优秀的女孩子。但遗憾的是，她们就这样白白浪费了青春年华，觉得很可惜。在花样的年龄偏要在那样的状态下度过，不是很可惜吗？今后活到七十岁该做些什么呢？

沼野：我并不了解"AKB48"，个人也不是很喜欢，所以换个话题，说一下更接近专业领域的事。我现在为《东京新闻》撰写文艺时评，经常会了解到许多获得新人奖出道的作家。他们都很有才华，但实话实说，十人中有两人的作品是比较不错的，而另外的八成的作品，是因为工作原因而不得不读下去。作为二十岁到三十岁出道的新人写出的作品，尚可说是不错，但像这样很难想象如何能一直写到七十岁。时下的文艺报刊，只要新人作者有才华就会去发掘、去宣传，只要有闪光点就给予新人奖。也许这之后他也能写出一两部好作品，但如果想作为职业作家生存下去的话，并不是一件容易的事。考虑到作家会在出道后的十年、二十年甚至五十年内持续创作小说，以获奖的形式人工打造明星作家，轻而易举地在市面上销售其作品，这到底是不是件好事呢？

比纳德：是的，我在2001年偶然间获得了中原中也奖，以此为契机也开始受到了出乎意料的关注。但也因为获得了中原中也奖,借此跟读者建立了一些联系,这种联系成为我现在创作的巨大动力。如果一直坚持下去,可能还会以其他的形式接触到读者。但对我来说,中原中也奖实在是太贵重了。您读我的作品,也是以此奖为契机的吧。

沼野:比纳德先生您真的获得了非常出色的大奖。当然在日本,奖的数量数不胜数,越来越多的奖项一直在"盲目"地出现。各种地方都有各自不同的评奖活动,每本杂志也都有评奖活动。比纳德先生获奖之前,外国诗人获得此奖尚没有先例。

比纳德:在日文版《东大教授世界文学讲义1》一书的第一册中最开始出现的作家利比·英雄是凭借小说获奖的,对吧?(《听不见星条旗的房间》/现·讲谈社文艺文库,1992年,获得野间文艺新人奖)。谷川(俊太郎)先生跟我透露说,利比·英雄本人原打算是成为一名诗人的。

沼野:我是第一次听说。

比纳德:据说是只与诗人说的。可能与小说相比,诗更难接近。

诗与散文

沼野:相反,比纳德先生有没有想过要写小说啊?我认为您写的某篇有趣的随笔,如果篇幅再长一些就能成为相当优秀的小说了。

比纳德： 您跟出版社编辑说的话一样呢。对方说我可以不用第一人称"我"，改成"波比"之类的。

我本想小说、诗、戏曲、固定格式的短歌，或者俳句，做的事都是一样的。只要使用语言的技巧创作出来就不会错。于是试着写随笔，然后尝试翻译民间故事、童话等，却发现对于小说、绘本，或者故事来说，结构是非常重要的。作诗的结构当然也很重要，但最基本的一点却是要删掉多余的部分。就像去削石切木。有时删减过头了的话，又把删掉的部分再重新粘回来。

就这样削削切切，循环往复，如果削得狠一些，把原本约稿的五十行诗削成了十行。有时推翻重来，但绝不允许有多余的部分。但若把多余的部分全部去掉，对读者来说就晦涩难懂了，所以有些看似多余的部分还是有留下来的必要。我创作时，写小说也好，创作故事也罢，总有无论如何都想删减的习惯，如果是随笔的话，就不需要做太多删减，相对自由。

所以，现在我还没有写小说的想法。虽有想写的题材，但不能用绘本的形式去写。如果是诗的话，只能像"组曲"或"组照片"那样做一个"组诗"。比如手上有几个以长崎为题材的故事，如果因此变身为小说作家会怎么样呢？这样现在的小说作家可能会生气吧。所以，我还是先想想自己能否从这种成为小说作家之类的想法中解脱出来。

刚才所说的删除式创作只是随便说说，事实上没有任何根据。小说和诗都是非常出色的文学形式。若真如我刚才说的，一入小说创作深似海，一写小说就必须放弃诗人的身份了……这样说有些恐怖色彩了。

沼野：世上有许多人，最初想要写诗，最后却成了小说作家。

比纳德：利比先生可能就是如此吧。

沼野：也有很多作为诗人占有一席之地后又写小说的人，比如富冈多惠子女士，清冈卓行先生。最近，有些诗人的小说作品也登上了文艺杂志的版面。诗歌作品很出色，即使小说也写得很好，但看上去只是业余爱好，这样的诗人并不能算是真正的小说作家。比纳德先生也许现在可以转行做个小说作家。还是说，已经晚了吗？

比纳德：嗯，可能已经过了有效期吧。
　　如果去看许多日本诗人青年时期创作的作品，会发现大多是从短歌起步的。从固定格式开始创作，经历了不断反复删减的工作后，逐渐转向形式自由的自由诗。

沼野：个人认为，与短歌相比，俳句更短、更精练，追求抽象性，与小说很难结合起来。而短歌和俳句相比，就只长了一点点，却多出了表达生活中的情感或说明性语言的空间。所以短歌更容易翻译成外语。俵万智①的作品已经翻译成俄语并广为传播。我想如果将短歌的感性方面扩展的话，可能某种意义上就变成小说了。

比纳德： 短歌中也许是有主人公的，歌者也可能会出现吧。不用说，俳句中也有可能会出现，但不会作为主题去表述。短歌中本人所处的位置很重要，感知到这一点且翻译起来也较容易。俳句则看起来简短，却是另一种结构，其中包含着作为"共有因素"的季语。是大家花时间一点点整理出来的东西。花、蝉声等季语所包含的历史信息，像半导体装置一样被放入俳句中。翻译时应该如何处理才好，以岁时记录为基础的知识又并未得到扩展，因此仍然是个问题。

刚才提到短歌篇幅略长，但我认为俳句更长。这里的"长"指的并非是一句话的长度，而是指句子的数量。俳句的英译本大多是三句左右，但短歌如果有三句的话，就显得冗长无味了。诗的断句很重要，不能像散文那样任意断句，但俳句作品基本要有两次断句，短歌与此不同。

有一位短歌的歌者叫白莲②，是翻译家村冈花子③的前辈，

---

① 俵万智，日本当代和歌诗人。代表作有《沙拉纪念日》《巧克力的革命》等。——编者注
② 白莲，指柳原白莲，日本大正、昭和时代的女性诗人、短歌歌者。——编者注
③ 村冈花子（1893—1968），日本女性文学、儿童文学翻译家。曾翻译《爱丽丝梦游仙境》《红发安妮》等作品。——编者注

曾在NHK早晨连续剧里面有过演出①。《红发安妮》是一部神奇的小说，我们叫作"鼻毛安妮"，在世界上被广为阅读的国家只有加拿大和日本。在日本，村冈花子女士成就了该作品。

不仅如此，柳原白莲是村冈花子女士所尊敬的歌者，1967年2月离世。我是同年7月出生的。来日本以后，二十一岁时就像失去理智般，想要创作短歌，附近的老奶奶给我介绍的歌者刚好就是白莲的弟子。白莲的短歌精妙绝伦，尝试做了一些翻译，都是两行诗。

她在历史上是一位爱情歌者，实际上她以母亲的身份创作的诗也都是杰出的作品。比如，写晚归：

夜晚迟归　焦急久等的吾儿已入梦　枕边轻放小小的包

为1945年8月11日，即战争结束四天前战死的儿子所作的：

听闻英灵还乡　摇动吾儿骨骸声声响
照片供佛　呜咽吾儿　气息吞泪嗅照片
唯四日之差　死生相隔　痛无情之四日

诸如此类的短歌，按照现如今的英译规则翻译的话，就成了

---

① 指在2014年播放的日本NHK早晨连续剧《花子与安妮》中的出演。——编者注

五行诗。但五行就冗长无味了。比如这三句短歌主人公都比较明确了，心情也表现得非常明白，两句便足矣。

将日本文学介绍到国外时，俳句的"五七五"形式，构成三个句子。俳句中有季语，信息量很大，如果没有两次断句的话，就无法呈现出全貌。

但短歌原本就是下一句接上一句的作品，无论如何删减，两句也就够了。区别就在于删减的方法。如若不能从零开始一个字一个字斟酌，语句的创作和翻译都无法实现。

文学的语言

沼野：有趣的话题一个接着一个，没想到一聊起来就没完没了了。我们的谈话也不知不觉进入尾声了，以诗为中心我们进入了一段奇妙的旅程，刚才您提到埃兹拉·庞德的作品颇有含蓄的语言，我也深有感触。而约瑟夫·布罗茨基在获得诺贝尔文学奖时说了如下的演讲内容："政治一直都是过去式，政治的词语也已经过时，而文学的词语却一直在未来。"

也就是说，关于政治的意识形态、权力展开的词语，基本已经成为死语，没有开拓新世纪的能力。而文学的语言，往往与未来有关，并不是说它追随最新的流行趋势，而是语言本身与未来相连。用埃兹拉·庞德的话说就是它拥有作为"新闻"的能力。约瑟夫·布罗茨基就是这样阐释自己的信念的。基于以上的原因，今天我们讨论文学的语言所拥有的能量，是非常好的事情。

比纳德：想必约瑟夫·布罗茨基在演讲时脑海里萦绕的是苏联的

语言、苏联体制的语言。联想到自己遭遇的一堵墙一样的现实，一边抗争一边逃亡，流落在异国他乡，权力的语言、政治的语言都已成为过去，接下来将开启以诗为语言的时代。

现在，政治的语言、权力的语言已经不复存在。如今的政治家，比如美国总统奥巴马使用的语言，在私人场合说的话虽然不会成为过去，但在公众面前，使用的词语是广告代理商或者演讲作家写的词语。日本的安倍首相也是开口即是广告代理商风格的语言。现在所谓的政治词语，就是广告词吧。深入研究广告词会发现，都是过了保质期的词语，但经专家的一番制作就会让旧貌换新颜。因为要不断翻新，所以广告费十分可观。比如在小林多喜二在东京筑地警察署遭受拷问后被杀害的那个时代，只要稍稍懂得一些语言，也许就能清楚地识别政治权力词语与真正的文学词语了。

但现在没那么容易区分了。因此，有些人在考虑不使用广告代理商风格的语言向大家推销大家不需要的东西，而在谋划着创造共有语言。对他们来说，从现实出发，如何让大众能拥有慧眼识珠的能力，如何将广告与诗区分开，是最大的课题。

在文学里最重要的事就是构词。要创作物语、读白等丰富的文学世界，无论如何要先进行构词。但现如今仅仅做这些是不够的。每天浸润在广告中的我们，必须要做好准备，做好区分文学和广告的训练。近代以来一直存在着各种各样的文学课题。现在广告社会的力量越发强大，我们必须在这种环境下搞文学，那么也许这就是如今最大的课题吧。

约瑟夫·布罗茨基之所以说政治语言是过去式，是因为广告语是过去式，它们本质相同。许多读者都被蒙蔽了双眼。新的东西层出不穷，每每出现，都吸引大批读者。很快，新的东西又再次出现，而之前的就到了保质期。我对于佐村河内守①没有任何成见，但区分他的音乐与真正的音乐，对现代人来说是一个很重要的课题。

有必要区分"可爱文化"与真正的文化。我也并非否定"可爱文化"。但我认为这是文学必须要完成的任务之一。所以，从该意义上讲文学家还没到休息的时候，否则现在可能会变成一个可笑的时代。

沼野：是的，这世界在向着不尽如人意的方向改变，从许多意义上而言越发变成一个不能自由表达的时代。对于真正想从事文学创作的人，说是一个很好的时代可能不太恰当，但可能有存在的价值，因为有太多的事情要做。

比纳德：有的，有的。虽然得不到任何好处。单想着如何活着做下去，也是乐趣之一。

沼野：的确是这样呢。

推荐的书

沼野：鉴于此次谈话，是以推广世界文学为宗旨而开展的讲座，

---

① 佐村河内守，虽然有听觉障碍，但是从事游戏音乐和交响乐的作曲工作，是媒体关注的人物。2014年2月，被发现由人代笔而成为话题。——原注

我们会邀请每一位讲师推荐一本书,如果您有推荐的书,能否分享给各位听众?

比纳德: 我在思考如何写诗,感到迷茫的时候,常常会反复读一个人的东西。这个人就是诗人小熊秀雄①。

刚到日本的时候,还在池袋的日本语学校,经常照顾我的日语老师很喜欢小熊先生的作品,因此我人生中第一次阅读的日语作品就是小熊秀雄的童话。这是一部启蒙我进入文学世界的作品,所以说也并非是喜欢,但我想就这个人创作时的语言,谈谈处于世界中的日本文学。

近代和现代的日本文学中,若说是缺少可能有些言过其实,但如果加入讽刺和幽默的元素就会更完美了。小熊秀雄的讽刺、幽默是雄浑有力的,这本《小熊秀雄诗集》是岩波文库出版的,想看全集的话,可以在《都新闻》,现在的《东京新闻》上连载的"大波小波"这一时评专栏上看到。读过小熊写的文字会发现他果断抨击横山大观②,有趣至极。读后让人不由得拍手称快而感到"确实如此"。他能写叙事诗,令我惊叹日语的表达竟能达到如此程度。

成为诗人从某个层面上可以说是走上了一条"邪路",那么

---

① 小熊秀雄(1901—1940),日本诗人、小说作家、漫画家。笔名为小熊愁吉、黑珊瑚。代表作有诗集《小熊秀雄诗集》、童话《烤鱼》等。——编者注
② 横山大观(1868—1958),日本著名画家。代表画作《无我》《屈原》等。——编者注

引领我走上这条路的，除了小熊的诗集外还有一位叫作金子光晴①的人创作的诗集。他著有《海狗》《鲨鱼》等优秀的诗作，如果大家也读金子光晴的诗集的话，可能也会踏上这条"邪路"。

沼野：下面，我想进入会场提问环节，在那之前，我想先简单介绍一下比纳德先生的诗集。刚才提到过的《钓上来后》是一部非常优秀的作品，此外获得山本健吉文学奖的《左右的安全》（集英社，2007年）、《垃圾日——阿瑟·比纳德诗集〈诗的风景〉》（理论社，2008年）等，都是杰作。

比纳德：遗憾的是《左右的安全》现在已经脱销了，如果大家去订阅的话，出版社可能会再版。

沼野：想必您同许多从事评论、参与电视节目以及广播节目制作的人有过交流，而与读诗集的人交流也许略少一些，趁此机会让更多的人阅读诗集，助力其再版。您提到的约瑟夫·布罗茨基获得诺贝尔文学奖的获奖演讲词《私人》（群像社），也在我出版的翻译作品中。因为是关于诗的随笔，各位如果对诗有兴趣的话，可以读一读。

那么，各位有没有什么问题呢？

---

① 金子光晴（1895—1975），日本诗人。代表作有诗集《黄金虫》。——编者注

与"不言而言"之博弈

提问者 A：希望能介绍一下比纳德先生的绘本作品，《这里是家本·沙恩①的第五福龙丸》（画/本·沙恩，策划·文/阿瑟·比纳德，集英社，2006年）。我非常喜欢这本书，图画和文章搭配得非常好，读起来会觉得写的好像是自己的事，我已经推荐给了身边的人。

比纳德：我是在密歇根长大的，父亲是在底特律的汽车公司工作，但事实上他梦想成为一名画家，一直在作画。不知为何，他最崇拜的人是本·沙恩。

在我出生之前，父亲买了一本本·沙恩的画册，后来我也曾见过，其中有关于第五福龙丸②的画，也写着这个词语。那时，对于这是怎样的一幅画，有着怎样的故事，我一点都不清楚，就这样我渐渐长大了。当时并不知道，第五福龙丸是烧津③市远洋渔业基地的船只，是用延绳钓具钓捕金枪鱼的船只。之后我来到了日本。

有一次，在东京旅游指南的英语说明中发现了"lucky dragon museum"，令我非常惊讶。那就是我的梦想之地——"第

---

① 本·沙恩（1898—1969），美国画家。代表画作《红色楼梯》《手球》。——编者注
② 福龙丸，此处指日本捕鲔鱼的渔船的通称，在日本多指第五福龙丸这艘渔船。1954年，美国在西太平洋马绍尔群岛进行水下氢弹试爆，距离爆炸中心约160公里的渔船第五福龙丸的二十三名船员受到爆炸的核辐射。此事件被称作"第五福龙丸事件"。——原注
③ 烧津，日本静冈县的城市，有远洋渔业基地。——编者注

五福龙丸博物馆"。这才明白何为"第五福龙丸事件"。我开始关注它是如何被阐释的，以及与现实之间的差距。之后，我明白了。其实，《不畏风雨》这部作品也与此类似，读者并未读懂，而且最重要的部分并没有被解读。我也一样，事实上本·沙恩画了五十多张第五福龙丸的画，我当时一无所知。以为充其量只有几张画而已，直到某天集英社的编辑山本纯司收集齐全后送到我家。

这之后，我创作了《这里是家 本·沙恩的第五福龙丸》。原本只是杂乱无章的剪贴画和绘画作品，开始时也没有考虑过做绘本的事。也不是就那么直接就决定做成绘本的，我与本·沙恩争论——实际上是在我的心里看不见的地方和他有过很多争论。在这个过程中，自己的构想逐渐清晰，也就坚定了做下去的决心。

最初很担心，并不知道能做到什么程度。尤其不清楚船员这一职业，但很多人都知道"第五福龙丸"这一名字。于是我去了烧津，见到了他们，在港口面对面听了他们的回答，我觉得自己快要成为这艘船上的"第二十四名船员"了。

还有一点，就是制作绘本的一个技术性的问题。那就是本·沙恩的画数量不够。最缺少的还是关于金枪鱼的画。因为作品本身就是关于金枪鱼的故事，远洋渔船之所以出海就是要捕获金枪鱼，没有金枪鱼，作品就无法完成。遍寻了所有关于第五福龙丸的本·沙恩的画作，也看了他所有的其他画作，虽然有其他鱼，却没有金枪鱼。

当时，就这样瞪眼看着画，想着怎么办才好。之后，一年多过去了。虽然之前画过鲤鱼旗之类的，但不管怎么修剪也无法变成金枪鱼。烧津的街道、海、船、渔民作业等在画中都有详细的描绘，唯独该有的金枪鱼，没有。

有一次，我把画并排地放在一起，彻夜无眠，凝视的过程中，意外发现了金枪鱼。它正被看不见的鱼钩吊挂着。大家看这幅图，就在这里，渔夫正用尽全力拉紧延绳，金枪鱼就在这里！（他打开了一幅画，上面有拉紧延绳的渔夫，他指着那之外的空间）。这里不是什么都没有，虽然这里看起来没有金枪鱼的形状，但是用力拉紧的力量和一切动作，都是施加在金枪鱼上的。本·沙恩是有意为之的。

也就是说，如果具体画出金枪鱼的轮廓，就会让读者产生"这是金枪鱼，脂肪很厚哦"之类的想法，会很无趣。所以本·沙恩是貌似没画，实则画了。文学上是"貌似没说，实则说了"。美术上，本·沙恩则是未画而显，因此为后代留下影响深远的传世系列作品。我用语言与这些画作反复进行了多次的"博弈"，不局限在看似不同之物，咬紧牙关完成了这部作品。如果本·沙恩还活着的话，可能不会允许我这么做吧。

就这样构建了架构，对读者来说，是先看画作还是先看文章，都无关紧要。就是说，在本·沙恩留下的作品中，我发现了他有着诗人身上才具备的重要特质——不言而言之，正因为意识到这一点才有了这本绘本。不知道我是否说明白了，如果这种情感能够传递给大家，我会非常开心。这是否可以让读者理解，如果读者能够理解，我会非常开心。

沼野：比预计时间超时了很多，非常遗憾，今天的访谈就到这里了。非常感谢比纳德先生，也感谢大家的到来。

2014年世界文学之旅——后记

1. 差异与普遍

2014年于我来说是旅行之年，虽是仅仅几天或至多十天的短期旅行，去了纽约（美国）、首尔（韩国）、莫斯科（俄罗斯）、比什凯克（吉尔吉斯）、华沙（波兰）、利沃夫（乌克兰）、武汉（中国），与当地学者谈论文学、研究文学（在图书馆、书库做研究，吃美味食物，登高等事情都是令人难以忘记的）。平时经常去海外出差，可是在我花甲之年，能够受各地邀请，有机会在世界各地与人讨论文学，实属幸运至极。

虽说如此，不过我以一个上了年纪的老人的步态，忍受着一年多未治愈的肩周炎的困扰，提着沉重的行李箱走在异国他乡的街头，也感觉到了艰辛。有时因忘记本该记住的宾馆、作家的名字而犯难，也常常发生在旅行地忘记东西再返回取的情况（但是即便落下护照、钱包，也会有好心人帮我邮寄过来，或放在某处。与其说丢东西让人头疼，不如说遇到了许多好心人，非常幸运）。虽说与那些轻松地到处去往各国的人的帅气身影相差甚远，但是能够精神十足地去往各地谈论喜欢的话题，我已觉得很幸福了。

去世界各国探讨文学，让我印象深刻的有两点：其一是惊讶于我们之间是如此的不同。很简单的事情也不能相互理解（去了很多次国外，也没有能从这种惊讶中"解放"出来）。其二是惊喜于我们之间又是如此的相同。能够这样相互理解！换句话说就是对差异的惊讶和对普遍性的信赖。先明确一点，我从没认为人与人能够轻易地超越民族和语言达到相互理解。也不认为能简单地消除差异的那种普遍性真实可信。多年来我也学习了多门外语，但到了当地，还是经常会发生即便是非常简单的事情也无法沟通的情况。不止一次地使我深刻认识到真正地精通一门外语是非常不容易的。但是，为了研究世界文学，我们在面对差异表示惊讶的同时，还要具备为理解他人所必需的共同的基本信赖。没有信赖，任何翻译都不可能存在吧。从这点上来说，就像青山南先生在某本书上写的，他对此是极致的乐观派。

不管怎样，也许是因为总是奔波于各国，所以无法在一地久住。现在安静地向桌而坐写这篇后记，离上一次对谈活动已经过去了整整一年，给许多人添了麻烦。不经意间已经到年末，借此机会，我将在世界各地交流时思考的问题，选择一些与本书的内容相关联的话题进行回顾和总结。

2. 纽约

2月在纽约的哥伦比亚大学举办了主题为"东亚中的俄罗斯——想象力、交换、旅行、翻译"的国际研讨会，我就"近代日本文学发展中俄罗斯文学的影响"这一话题发表了一些看法。对这一话题，比较文学研究者们已经做了大量的调查和实证研究，例如，在日本哪位俄罗斯作家的哪部作品何时被翻译的问题，对哪位日本作家产生何种影响的问题。但是斯拉夫民族、犹太民族、汉族、韩民族等来自不同民族的研究者汇集一堂，我真正想拿出勇气跟大家探讨的是迄今为止没有充分探讨的具有代表性的几个问题。

简单来说，第一，明治时代日本的外国文学翻译介绍，完全不考虑西洋文学的历史、地理因素，塞万提斯、莎士比亚、歌德、陀思妥耶夫斯基等人的作品几乎同时引进，带来了狂欢式的文学界的混乱局面。其中，完全忽视了教条式的上下关系、优劣及序列，历史时间上的先后顺序也不在考虑之中，世界文学在一种"乱战"状态中最终保留下了真正精华、有趣的部分。不局限于既有的规则，无视时间序列和国别，推介、接受世界文学并从中选出优秀的作品，这种阅读世界文学的方式是极其认真的、现代的。在日本，这在明治时代就已经被采用。

第二，仅仅阅读由俄语译成日语的译本，还不足以了解日本俄罗斯文学受容情况的全貌。因为自明治时代至昭和初期，大多数日本作家不依赖于日语译本，都是自己用英语（有时是德语、法语）疯狂地阅读世界文学作品。森鸥外用德语，夏目漱石、龙之介用英语阅读俄罗斯文学。学者加藤周一也指出：20世纪后期开始，大部分日本作家失去了外语能力，只能依靠日语译本来亲近外国文学了。结果，外国文学反而失去了其影响力。

第三，作为在东亚介绍俄罗斯文学的"先进国"，日本的各种翻译译本，可以说对韩国、中国都产生了影响。实际上，韩国、中国的知识分子通过日译本了解俄罗斯文学的不在少数。比如鲁迅，他开始接触到以俄罗斯文学为主体的世界文学，就是在日本的留学时代（读了多少日译本另当别论）。韩国人、中国人对日语也有憎恶的一面，这是不争的事实。因为它曾是一门被强迫使用的侵略者的语言。但是日语作为翻译的语言推介、传播外国文学的作用，我们是否应该认识到呢？

或许我们已经涉及了有点专业性的讨论，可是通过这些讨论，我重新认识了世界文学的阅读方式。在接受方面，翻译所起到的作用比我们通常认为的重要得多，有时甚至是决定性的作用。这也正与本书中大家的言论相呼应。

3. 莫斯科

9月初受世界翻译者会议的主办方邀请，我去了莫斯科。所见所闻让我感到，由于当时比较严峻的乌克兰局势的连锁反应，俄罗斯也处于紧张局势中。较为亲近的现代作家们也深陷其中，我对此表示愕然的同时，也因日本对此毫无报道而感到深深的不安。所以，我觉得我一定要说点什么。我原本是不关心政治的，也从没想过高声发表点什么主张。只想尽可能地安静地阅读喜欢的文学作品，并将其魅力分享给亲近的人和学生们。

但是，唯有这次与以往不同。如果自己不在这里说点什么，那么四十余年来一直与俄罗斯文学息息相关的自己的人生岂不是毫无意义？

4. 比什凯克

9月末10月初，我在中亚的吉尔吉斯共和国（也称"吉尔吉斯斯坦"，"吉尔吉斯"与当地名称的发音更接近"クルグズ"，近来日本学者提出使用"クルグズ"来标记地名）的首都比什凯克停留了一段时间。作为日本国际作家协会的代表，我出席了国际作家大会。此次大会有世界七十四个国家的作家协会、约一百八十名作者和学者参加。不仅有吉尔吉斯、哈萨克斯坦、塔吉克斯坦等中亚国家的作家，还有中国、俄罗斯、乌克兰、波兰等来自世界各地的代表团，偶有谈论紧张的世界局势，但整体是度过了一段轻松愉快、充实的时光。

国际作家协会（有很多误解的人）不仅仅是单纯的作家亲和团体，还捍卫写作自由，这是最大的任务之一。偶有参加这种会议的时候，就会再次感到日本（比较而言）真是一个和平的国家。

政治话题我们暂且不提，国际作家大会于我来说，是非常具有吸引力的，因为能够与平时难得一见的各国文学者交流学习。吉尔吉斯诗人、作家中，担任中亚作协会长一职的达利米拉·特热浦贝尔歌璐布娃是史上第一位中亚地区国际作家大会的女性代表，能写出雄壮的作品，优美的诗句。例如她曾写过这样的诗句：

在无数的繁星和银河下
感谢能够生于这地球上
在此之上最好的馈赠
则是生活在阿拉脱奥这片大地上

从塔吉克斯坦来的刚刚二十多岁的年轻女孩，略带神秘美感的女性诗人、作家阿妮萨·萨碧莉在《给友人的信》的前言中写道：

> 所谓友情是上天赠送的珍贵的礼物。馈赠的礼物都是神圣的，友人犹如陪伴我们一起飞向新世界的鸟儿，犹如能让人向往天空的鸟儿。信……人们很久之前就不再写信了。信是非常有意义的，是了解自己的第一步。

无论哪一个在日本人看来都是满溢纯真的创作吧。哪一个都会引起新鲜的反响。而且无论用哪一个国家的语言（这两个人都是用俄语书写的），无论根植于怎样不同的生活，都能相互理解。

这次的国际作家大会上举行了名为"新声"（New Voices）的国际新人文学奖的颁奖仪式。该奖项是于2013年设立的，推选十八岁到三十岁的年轻作家的未发表的作品。今年是该颁奖仪式举办的第二年，选出了来自俄罗斯、罗马尼亚、吉尔吉斯三名作家的作品作为候选，最终俄罗斯女作家玛丽娜·芭芭恩斯卡娅的作品《蛙之组曲》获得了此奖项。举行颁奖仪式那天的早晨，从宾馆到会场的车上她正好坐在我旁边，我用英语问她是哪个国家的代表，她用俄语回答我说："我不是作家协会的代表，我是'新声'奖的获奖候选人。今晚会发布评审结果。"我回应说："希望您获奖。"我读了她的获奖作品，是一篇主人公看望在乡村的奶奶时记录所见所闻的短篇随笔。

半夜奶奶叫醒我,"我们去听池边青蛙唱歌吧,一场演奏盛宴,会听入迷的"。

睡衣外面披了一件羊毛外套,光脚跟着奶奶来到庭院中,两人一起默默地坐到长椅上。仰头一看,满天的星星如串珠一般显得南国的天空低垂,夜晚凉风习习中,倾听池蛙低声合唱,歌曲旋律优美,跌宕起伏,或悠扬或轻快,再慢慢融合。

"听,大家都急着想结婚呢,婚礼之歌哦!"奶奶突然轻声笑了,"这是多么美妙的歌声啊!"

我和奶奶就这样一直坐着,直到池蛙停止了唱歌,低空处的星星落下。

随笔中的这段让人读后很欣喜,我本激动地想告诉她日本自古时候的《古今和歌集》至20世纪的诗人草野心平的作品,歌颂青蛙的诗歌一直被传诵着,我也很喜欢她的作品。可是,她接受了乌克兰作家协会的副会长、作家安德烈·库尔科夫的颁奖后,我就没再见过她。我靠近库尔科夫,把想对她说的话讲给了库尔科夫:"如您所知,在日本也有许多有关青蛙的诗歌。"库尔科夫居住在乌克兰的基辅,因小说《企鹅的忧伤》(新潮社)而名扬日本,我曾准备邀请他参加2015年在日本召开的大型国际学会。跟他说了邀请的事情后,我得知了两件事。他一直很喜欢日本,学生时代也曾学过日语,知道松尾芭蕉的《古池》,但是芭芭恩斯卡娅笔下的青蛙的合唱,与《古池》中描绘的青蛙所在的闲寂世界完全不同，应该是更加热闹吧。我曾想亲自请教她的。蛙是相同的，也是不同的。文学也是相同的，也是不同的。而这不正是世界文学吗？

5. 利沃夫

10月末去华沙参加学会，顺便去了乌克兰西部的城市利沃夫（俄语音译的标记为利沃夫，波兰语音译应该是巴尔布辅）。说起利沃夫，多数日本人恐怕会认为那只是一座鲜为人知的边陲小城。可是这座城市颇具历史渊源，充满了中欧风情的文化韵味，有许多宗教的教会和历史建筑，从大路到小巷别具一格的咖啡店处处可见。虽然近期乌克兰与俄罗斯的纷争不断升级，可是在这里完全感受不到，这是一座让人感到安心的美丽城市。这座城市与文学颇有渊源（如波兰的科幻作家斯坦尼斯拉夫·莱姆出生于此地），我一直没有机会来此，这次来到这座城市，甚至任性地认为这座城市是不是为了我而存在的。从语言方面来讲，这座城市现在使用的主要语言是乌克兰语，可是在历史上这里是波兰语与俄语交汇融合之所（这种无礼的说法一定会招惹当地人的厌烦吧），不过对我这样虽然通晓那两种语言，但只了解一点乌克兰语的人来说，这却是一个宜居的好地方。

游览城市的著名景点，郊外的"高城"遗址后回到城市中，突然被两名二十岁左右的美貌女子叫住，两个人也许是学习了日语，因为某个项目能去日本，看起来很是兴奋呢。她们的日语水平只到能够简单寒暄的程度，当她们知道我懂俄语后，就不断向我问了一些很难回答的问题：日本人早餐都吃什么呢？信奉什么神灵？把什么当作精神价值呢？就这样我们站着聊了近一个小时，我本想邀请两位年轻女孩去咖啡店聊天，可是我在这里只能停留三天，还有许多教堂、美术馆没有参观，只能遗憾地结束了聊天。分别之际，我称赞她们的俄语讲得好（当然，她们的母语是乌克兰语，而不是俄语），似乎她们对被日本人称赞俄语好感到很吃惊。

另外，我与乌克兰国立美术馆馆长引荐的乌克兰女作家哈莉娅·芎、娜塔鲁克·斯尼娅丹蔻一起在咖啡店愉快地聊天。哈莉娅是当下颇有人气的新锐作家，她的长篇新作《面瘫医生》是其因面瘫入院时，根据脑海中浮现出的幻想而写的后现代主义风格的写实小说。娜塔鲁克是利沃夫的代表作家之一，她也从事德国文学、波兰文学的翻译工作，是卡夫卡《城堡》的乌克兰语版译者。她的代表作《热情的收集者，或是乌克兰女性的冒险》被译成俄语、波兰语，从而被大众熟知。两人的作品都是用乌克兰语写的，即便我收到赠书也是读不懂的，所以我也在心里暗下决心要学习乌克兰语。

我喜欢的波兰现代诗人阿达姆就出生在利沃夫，他出生于1945年，当时正值第二次世界大战结束，利沃夫当时划归乌克兰，所以像住在利沃夫的其他波兰裔居民一样，他也移民到了波兰，但对这个城市仍然不能忘怀。他的代表诗作《去往利沃夫》中有这样几句，这次我来到这座城市，深刻地感觉到他诗中的韵味。

威尼斯风情咖啡店内

阳伞下蜗牛聊着永远

屏住呼吸,去往利沃夫。结局

那是一种存在,安稳且纯粹

如桃子般,利沃夫无处不在

6. 东京,再谈差异与普遍

结束了今年的数次旅行(11月份中旬去了中国武汉,在两所大学做了关于文学的讲座,那时的印象就不多说了。并不是因为没什么印象而无从写起,而是因为要写的实在太多,在此后记处写不下)。刚回到东京,我就发现日本举行了并不受期待的众议院选举。目前日本各方面形势严峻,各方反对意见和批判声不绝于耳,可是最终在野党,即便不是压倒性胜利,也巩固了现有势力。这在一定程度上也是可预知的结果,日本应该是美好事物和平共存的"多"的国家,可是每每有什么事情发生,就被整合成"一"的国家。但是,不是以多样性和复合性为前提的"一",而是舍弃那些形式上的"一"。像罗纳德那样熟知日本,最亲近日本的学者也必然会感到"幻灭"(《幻灭 外国社会学者所见的战后日本七十年》,藤原书店,2014年)。

这里我们又回到最初的话题,所谓世界文学之旅,我想就是一边与各种文学相遇,一边摇摆于"一"和"多"之间。我尊敬的语言学家罗曼·雅各布森,精通世界上数十种语言,了解世界语言的多样性,同时也相信贯穿全体的一个普遍性,用他的话来说,自己一生研究的课题是"变化中的不变性"。

这与世界文学是一样的,我们会分"诗歌""小说"等不同的体裁,可是展现在世界面前的是绝对的多样性,尽管我会把相互理解变为可能的不变性或称为普遍性,但对如此错综复杂的相互交融,依旧会感到震惊。正因为我们之间的不同,才更加有意思。但是如果仅仅是不同,就不能够相互理解,而翻译恰恰超越这些不同,将理解变为可能。所以说世界文学的主角实际上是翻译。

再次强调,世界文学绝对是庞杂和多样的,但是我们如果不能欣赏其多样性,就没有存在的意义;如果不相信其普遍性,就会陷入到相对主义的虚无深渊中。世界文学就是在多样性和普遍性、"多"和"一"之间永远地徘徊着。这正是用"世界"来修饰"文学"的本质。正因为如此,文学在永无止境地向"一"的行进中被按下了暂停键。应该庆幸的是在当今的日本,文学还有登场的机会。

本书所记录的各个对谈,是在以下讲义、讲稿的基础上修改的。

罗杰·裴费斯　东京大学文学部研究生院"现代文艺理论研究室"的正规课程

同研究室和光文社共同举办的公开讲座"令人震惊的日语美妙的俄语"

2014年4月18日　东京大学(本乡校区)文学部3号馆斯拉夫语斯拉夫文学研究室

以下都是由日本出版文化产业振兴财团(JPIC)主办的"世界由文学构成——十岁相遇的翻译文学之旅'新·世界文学入门'和沼野教授一起读世界的日本、日本的世界"。

第一次　加贺乙彦　2013年11月9日(东京,涩谷,长井纪念堂)

第二次　古川俊太郎·田原　2013年12月7日(东京,新宿,安与堂)

第三次　辻原登　2014年2月2日(东京,新宿,安与堂)

第四次　阿瑟·比纳德　2014年5月20日[东京大学(本乡校区)法文2号馆2号大教室]

© Mitsuyoshi Numano[2015]
Editorial Cooperation: Tetsuo Konno
All rights reserved.
Original Japanese edition published by Kobunsha Co., Ltd.
Publishing rights for Simplified Chinese character arranged with Kobunsha Co., Ltd. through KODANSHA LTD., Tokyo and KODANSHA BEIJING CULTURE LTD. Beijing, China.
本书简体中文版权为浙江文艺出版社独有。
版权合同登记号：图字：11-2018-439号

图书在版编目（CIP）数据

东大教授世界文学讲义.3/（日）沼野充义编著；王宗杰译.—杭州：浙江文艺出版社，2021.7
ISBN 978-7-5339-6527-3

Ⅰ.①东… Ⅱ.①沼… ②王… Ⅲ.①世界文学—文学研究 Ⅳ.①I106

中国版本图书馆CIP数据核字（2021）第114714号

统筹策划	柳明晔
责任编辑	邵　劼
责任印制	吴春娟
封面设计	人马艺术设计·储平
营销编辑	张恩惠
数字编辑	姜梦冉

东大教授世界文学讲义3

[日] 沼野充义 编著　王宗杰 译

出版发行	浙江文艺出版社
地　　址	杭州市体育场路347号
邮　　编	310006
电　　话	0571-85176953（总编办）
	0571-85152727（市场部）
制　　版	浙江新华图文制作有限公司
印　　刷	杭州富春印务有限公司
开　　本	850毫米×1168毫米　1/32
字　　数	165千字
印　　张	7.5
插　　页	6
版　　次	2021年7月第1版
印　　次	2021年7月第1次印刷
书　　号	ISBN 978-7-5339-6527-3
定　　价	82.00元

版权所有　侵权必究

（如有印装质量问题，影响阅读，请与市场部联系调换）

澄 心 清 意

澄心文化

阅 读 致 远

东大教授世界文学讲义

⟨4⟩

[日] 沼野充义
——编著——

严红君
——译——

浙江文艺出版社
Zhejiang Literature & Art Publishing House

越秀译丛

总策划：李贵苍
　　浙江越秀外国语学院外国语言文化研究院院长

主　编：许金龙
　　中国社会科学院外国文学研究所研究员
　　浙江越秀外国语学院大江健三郎研究中心主任

译　者：王宗杰
　　浙江越秀外国语学院东语学院院长

　　王　凤
　　浙江越秀外国语学院东语学院副教授

　　严红君
　　浙江越秀外国语学院东语学院副教授

　　李先瑞
　　浙江大学宁波理工学院外国语学院教授

　　石　俊
　　四川省成都市翻译协会会员

序言：文学给我们带来希望

2012年，我的第一部文学评论集《东大教授世界文学讲义1》的日文版由光文社出版了，很荣幸得到了广大读者的热烈欢迎。此后，又连续出版了日文版《东大教授世界文学讲义2》（2013年）、日文版《东大教授世界文学讲义3》（2015年）系列文学评论集，本书是这一系列的第四集。系列文学评论集每卷内容为主持人邀请五至六位嘉宾（作家、诗人、翻译家、文学研究者等），通过对话形式畅谈世界文学，为即将泛舟世界文学之海的读者引路导航。暂且不说是否能够成为优秀的引路者，多亏了才华横溢的各位嘉宾，公开进行的对话现场每每座无虚席，挤满了热情的读者。甚至于由此整理而成的评论集也洋溢着读者的热情。

毫不夸张地说，本书中五位嘉宾的魅力毫不逊色于以往的各位嘉宾。作家池泽夏树先生正在从事《日本文学全集》的个人编选工作,他纵观日本文学史,为我们梳理了各个时期的文学作品,同时教给了我们阅读的快乐与意义。小川洋子女士娓娓道来,给我们讲述了"故事的力量",极具说服力。翻译家青山南先生给我们分享了他在翻译绘本和凯鲁亚克的《在路上》的乐趣和辛苦。翻译家岸本佐知子女士从幼时的读书体验谈起,讲述自己通过翻译尼科尔森·贝克走上译者道路的经历,谈吐生动风趣,一如岸本女士笔下的译文。本书还邀请了现代日本文学翻译家、《源氏物语》的外国研究者迈克尔·埃默里奇先生作为嘉宾,埃默里奇先生从《源氏物语》谈到川上弘美,再谈到同属于英语圈和日语圈的"幽灵"的故事,使我们大饱耳福(关于埃默里奇先生为什么被称为"幽灵",请参阅本书。"幽灵"是一个非常帅气、躯体完整的人)。

本系列文学评论的第一次对话始于2009年,当时的嘉宾是利比·英雄先生。此后的六七年时间,日本乃至整个世界都发生了很大变化,坦率地说正朝着越来越糟糕的方向发展。无论是地震发生,还是天上下刀子,或是外星人入侵,作为一个除了文学之外什么都不会的无用之人遇到如此糟糕之事却无能为力,内心几乎是绝望的。但是,我知道无论发生什么,无论世界有多么糟糕,即使将被绝望吞噬,我也知道总会有一缕不可磨灭的希望之光依旧闪耀。我想听了几位嘉宾的谈话,大家想必也能领会晓悟吧。

我只想说:"文学给我们带来希望(真心话)。"为什么这么说?答案就在书里,请大家阅读本书,也请阅读本书中提到的文学作品。本系列文学评论日文版标题一直以来冠以"文学构筑世界"之名，这次我把日文版改成了《8岁到80岁的世界文学入门》。"8岁到80岁"的说法最初是由德国作家凯斯特纳在他的作品中提出的，用来指代他广泛的读者群，我认为这句话用来表达我对本书的期望是再合适不过的，所以借用了它。读书和年龄无关，初高中的学生也好、老年人也罢，读书的人生才都刚刚开始，许多优秀的世界文学作品等待着我们去品读。请走近世界文学，并与之相遇。世界充满相遇，请珍惜如此美好的相遇。

本书中收录的五篇对谈内容和前面提到的三部文艺评论集一样，均由日本出版文化产业振兴财团（JPIC）与光文社共同主办，东京大学文学部现代文艺理论研究室协办的系列公开讲座整理而成。但是，评论集由于鄙人下笔缓慢，导致出版延迟，给各位相关人员，特别是各位嘉宾带来诸多麻烦，在此深表歉意！

最后，我要特别感谢多年来主办公开讲座的日本出版文化产业振兴财团的各位，以及全身心投入、满腔热情地推进此项工作的光文社的驹井稔先生、前嶋知明先生，还有责任编辑、后记笔录整理的今野哲男先生。除此之外，还有许多工作中相遇的，并给我帮助和鼓励的朋友，在此不能一一列举表示感谢，对此我深表歉意。但和大家相遇的每一天，都是无与伦比美好的每一天。最后，我想再说一次，世界充满了相遇。

沼野充义

2016年3月22日

目录

特别篇

第一章 当下只有文学才能做到的事
——池泽夏树与沼野充义的对谈

重新审视日本文学

《日本文学全集》的新尝试 / 001

《日本文学全集》的编辑方针——丸谷才一、吉田健一的近代主义
和日本近代文学 / 003

阅读各个时代的文学作品，追寻日本文学的历史长河 / 007

古典新译关乎现代日本文学的创新 / 012

《古事记》——不可思议的作品 / 014

近现代文学部分作品的遴选 / 016

何谓日语的一贯性 / 019

文学类型划分的独特智慧 / 024

何谓"世界文学" / 028

翻译的日语、创作的日语 / 034

给读者推荐的小说 / 038

问答环节 / 043

系列访谈——"文学作品中的孩子"

第二章　人,总是需要故事的
　　　　——小川洋子与沼野充义的对谈

献给你心中的"孩子"

成人的孩子世界 / 049

阅读——从平面世界到立体世界 / 051

文学是多样的 / 057

找到自己应该写的东西 / 065

希望有更多的少年活跃在我的小说中 / 073

翻译与译者 / 078

人,总是需要故事的 / 085

给读者推荐的小说 / 089

问答环节 / 094

第三章　孩子和绘本翻译告诉我的事情
　　——青山南与沼野充义的对谈

献给你心中的"孩子"

绘本和翻译的乐趣／103

青春和外国文学同在／105

出版大国、翻译小国的美国——易读的陷阱／112

孩子和绘本翻译告诉我的事情／119

《在路上》——这就是美国／126

网络、文化传播、二次创作与版权／132

推荐给读者的三部小说／141

问答环节——在遣词用字中释放内心的坚硬／145

第四章　我的兴奋点在召唤
美国现代小说
　　——岸本佐知子与沼野充义的对谈

献给你心中的"孩子"

儿童文学中"我在意的那些"／153

《胡萝卜须》与《学徒之神》／155

喜欢布罗迪根／164

纷至沓来的世界怪异短篇小说／173

决定翻译家岸本方向性的作品——尼科尔森·贝克的《夹层》／180

我眼中的美国现代小说／193

推荐给读者的三部小说 / 198

敬请期待《孩子的世界》/ 205

番外篇——"现代日本文学讲义"

第五章　外国人眼中的日本现代文学
——迈克尔·埃默里奇与沼野充义的对谈

文学与翻译的世界性 / 215

始于《源氏物语》/ 217

《源氏物语》——超越时间的世界文学 / 224

文部科学省不了解世界语言现状 / 232

不相信"文学进步"的男人 / 239

译者幽灵说 / 243

关于《真鹤》序言的译文 / 251

关于英语研究论文"日本文学"的日语翻译 / 258

2015年的思考——以此文作为后记

"读书是一件有趣的事情" / 265

搞文学的人才有出场的机会 / 270

斯维特拉娜·阿列克谢耶维奇——2015年诺贝尔文学奖获得者 / 272

"文明的误译"的问题 / 277

翻译有很多种类 / 279

特别篇

第一章
当下只有文学才能做到的事

——池泽夏树与沼野充义的对谈

重新审视日本文学
《日本文学全集》的新尝试

池泽夏树

　　生于1945年。小说家、诗人、翻译家。著书有《静物画》（芥川奖）、《自然母亲的乳房》（读卖文学奖）、《马西埃·吉尔倒台记》（谷崎润一郎奖）、《快乐的结局》（伊藤整文学奖）、《夏威夷游记》（JTB出版文化奖）、《运花小妹》（每日出版文化奖）、《美丽新世界》（艺术选奖文部科学大臣奖）、《语言流星群》（宫泽贤治奖）、《静静的大地》（司马辽太郎奖）、《世界文学解读》（亲鸾奖）、《古代妄想狂》（桑原武夫学艺奖）、《诗的抚慰》、《停靠在沙滩上的船》、《美丽岛屿：地理名胜古迹游》等。另有《古事记》、《小王子》等多部译著。2010年编辑的《池泽夏树　个人编辑　世界文学全集》（河出书房新社）获每日出版文化奖以及朝日奖。2014年11月开始陆续推出《池泽夏树　个人编辑　日本文学全集》。

《日本文学全集》的编辑方针
——丸谷才一、吉田健一的近代主义和日本近代文学

沼野：池泽先生不仅对日本文学、世界文学均有广泛涉猎，并且作为作家一直活跃在文坛第一线，我想这次对话的主题无论从哪个角度切入都毫无问题。今天首先想请您谈谈现在成为热门话题的河出书房新社出版发行的《日本文学全集》（《池泽夏树 个人编辑 日本文学全集》，2014 年 11 月开始发行第一卷《古事记》池泽夏树译）。众所周知，由池泽先生担纲主编的《世界文学全集》（《池泽夏树 个人编辑 世界文学全集》，2011 年）已由河出书房新社出版发行。全集第一辑和第二辑各十二卷，后又追加第三辑六卷，共三十卷。而本次的《日本文学全集》一开始就被定为三十卷。但是，在《世界文学全集》编辑伊始，大家认为在此之前已有世界文学全集出版，对该套作品并不看好。但尽管如此，《世界文学全集》却凭借其新颖独特的策划最终获得了成功。那么，今天在谈《世界文学全集》之前，想请您先谈谈《日本文学全集》的编辑方针。

池泽：河出书房在过去曾多次出版文学全集，因此在这方面积累了丰富的经验。时隔三十年之后，他们向我提议"再编辑一部世界文学全集怎么样？"当时我想"啊，这不行吧"，并未答应。但后来发生了一些事情，最终还是决定由我个人来编辑。于是，

我粗略整理了20世纪后半叶的文学作品，结果却出乎意料，效果非常好。第一辑和第二辑销量还不错，在即将完成第三十卷之际，河出书房又制订了一个新的计划。当时担任河出书房社长的若森繁男先生是一位很能干的人，他是销售员出身，在文学全集的营销方面有着丰富的经验。当他看到《世界文学全集》的销售成绩比想象中的要好，就在出版第二十卷时萌生了编纂《日本文学全集》的念头，并劝说我担任《日本文学全集》的编辑。但是，由于本人对日本文学并不熟悉，当时就婉言拒绝了，专心致志地把《世界文学全集》编辑完成。当时也请沼野先生翻译过其中的几卷（《池泽夏树　个人编辑　世界文学全集》第二辑第十册，沼野充义译，纳博科夫《赐物》）。

沼野： 给您添麻烦了，把您的出版计划都打乱了。

池泽： 大概也有这个原因吧。最后一卷出版已经是2011年的3月10日了。

沼野： 碰巧了。那是个很特别的日子啊！

池泽： 嗯，是大地震的前一天。那之后，我一直为震灾的事而忙碌，在那段时间我也考虑了许多。为什么自然灾害如此之多？为什么会发生如此多的地震和海啸？文明论也好日本人论也好，我们日本人到底是什么样的人呢？此后，右翼势力抬头，政治右倾化趋势亦日益严重。于是，我认为"这样下去日本很危险啊"，况且我回到日本也已经五年，也许编辑《日本文学全集》是了解日本人的最好方法吧？于是就答应了河出书房"试试看吧"。第二次世界大战结束至今，世界发生了怎样的变化？文学又是如何来表现这种变化的？这是《世界文学全集》的编辑基调。因此，《世界文学全集》聚焦于二战以后的作品，对于二战之前的作品很少涉及。另一方面，我尽量扩大作品的遴选范围，除德国、俄罗斯、英国、法国、美国、意大利等国家的文学作品以外，还增加了许多亚洲和拉丁美洲国家的文学作品。

而《日本文学全集》是围绕"我们日本人到底是怎样的人？"这个基调来编辑的。那么，要回答这个问题，当然需要追溯历史，从头开始。这就是我为什么选择日本文学史上较早的文学作品《古事记》《万叶集》作为开始的原因。另外，借鉴《世界文学全集》，也把《日本文学全集》定为三十卷。

沼野：刚才池泽先生说到"回到日本也已经五年"，对此我有点惊讶。我想对于普通的日本人来说是不会这么说的。我看了池泽先生的履历，您年轻时常住国外，去过希腊也去过法国。冲绳虽说也是日本，于东京来说已是边沿地区。现在您住在北海道，又远离首都东京。而且，池泽先生年轻时，恐怕对日本古典文学和传统并没有太多的共鸣，反而对外国文学应该有着更浓厚的兴趣。那么，这种与日本传统文学的距离感在编辑《日本文学全集》时起着怎样的作用呢？况且，从来，像日本文学全集如此规模宏大的学术著作都由国学权威专家和学者来编辑的。

池泽：说到古典，我只是粗略地阅读。至于近代文学方面，本人一直对明治以后的自然主义小说还有所谓的战后派抱有偏见，至于私小说之类的干脆忽略不读。如此一来，近现代文学的选择范围就变得狭窄了。因此，在近现代文学部分，我只选用了宫泽贤治、中岛敦以及吉田健一等人的作品。对于这样的选择虽然开始也不免担心，但随着工作的进展，发现这样的方针也未尝不可。

丸谷才一先生的去世是促使我编辑《日本文学全集》的理由之一。因为本次编选的分类在某种意义上就是丸谷理论的应用实践，如果他本人还在的话，那我应该不会去做这件事吧。

对于"文学究竟是什么"这个问题，丸谷先生在吉田健一的思想上做了思考。这样，遵循两位的正统派思想，修正明治以后有所偏离的日本文学，使其回归本来的面貌，成为了近现代文学部分的基本编辑方针。

沼野：我也赞同丸谷先生的近代主义文学观。我个人也一直认为日本的私小说，或者说自然主义的作品都没有多大意思。感觉这次池泽先生企划中遴选的作品强调了游戏性、虚构性的近代主义小说特点，这一点您和吉田健一先生可谓志趣相投啊！说到吉田健一，他在英语文学、欧洲文学方面修养非常深厚，非普通日本人之所及。他阅读了大量的外国文学作品，不仅翻译水平精湛，也具备文学评论家的素质——在这一点上，与池泽先生您也有共通之处。

池泽：丸谷先生的近代主义定义在重视传统的同时也很前卫，既都市化又很有趣、不沾庸俗之气。他最喜欢的小说家是乔伊斯，曾多次翻译乔伊斯的作品，也写了许多相关评论。

那么，丸谷先生的近代主义和日本近代文学的主流有何不同？哪里不同？吉田健一先生曾经指出：日本近代文学视19世纪的欧洲文学为正统文学，并专注于此，使之有过之而无不及，或者更加无聊。譬如有一位青年，他陷于青春的烦恼之中。那么，一旦他来到日本，就必须越诚实越好，完全不需要游戏的元素，古典教养不值一谈，只是一味地自虐地书写自己的愚蠢行为和内心世界。

大致意思就是："文学再那样下去是不行的，我们应该回到18世纪以前，回到塞万提斯和拉伯雷时期的文学。"

沼野：因此，在阅读世界文学时，如何面对19世纪以前的古典文学，如何以古典为素材进行创作，这些都非常重要。

阅读各个时代的文学作品，追寻日本文学的历史长河

沼野：您刚才说《日本文学全集》与《世界文学全集》有着明显不同，那么，接下来想请您给大家谈谈《日本文学全集》的体系结构。首先，在遴选作品时，选择什么时代的作品这一点完全不同！《世界文学全集》以20世纪后半叶的作品为中心，非常贴近现代，都是现代人的必读作品。而《日本文学全集》可以说非常正统，从《古事记》开始，按照从古到今的时间顺序遴选作品。

这在以往出版的《世界文学全集》中也是一样的，第一卷是荷马的《伊利亚特》和《奥德赛》，或者更古老的苏美尔史诗《吉尔伽美什》。这些古代文学作品本来都很有趣——但对普通的读者来说却是枯燥难懂。因此，如果想要认真从第一卷开始循序渐进阅读，一开始就会很遭受挫折！这次您编辑的《日本文学全集》大致也是遵循时间的顺序来遴选作品的，乍一看似乎与以往的《世界文学全集》没有两样。那么，为什么这么安排呢？能说说您的想法吗？

池泽：遴选作品的重要一点是我没有从文学的发展和进步这个角度去考虑。就是说，并不是一开始是一些幼稚的、不成熟的作品，后来随着时间的流逝慢慢变成文辞洗练的优秀作品，而是按照时代发展变迁，去追寻各个时代日本人所创作的文学。最后，蓦然回首，你会发现拥有如此悠久文学史的国家也只有日本和中国了！

沼野：是啊！日本文学源远流长，这可以说是日本文学的特征之一。

池泽：希腊和拉丁的古典文学中途消失了，印度文学也是如此，而欧洲文学却起步较晚。如此看来，中国文学和日本文学的历史的确非常悠久。在日本，长期以来一直使用日语创作文学作品，这使得按年代选编文学作品成为了可能。因此，本次编辑的《日本文学全集》具有年代学的风格特征。

沼野：我们来看一下《日本文学全集》的构成，全集共三十卷，第一卷到十二卷是明治以前的古典文学。从第一卷池泽夏树新译的《古事记》开始，到最后第十二卷的松尾芭蕉（松浦寿辉选译）、与谢芜村（辻原登选）以及小林一茶（长谷川棹选）的作品，大部分作品都译成了现代日语，也有在原文上加上注释的。总之，两者都把重点放在古典的现代文新译上，这样的创意让人耳目一新！您是怎么想到的？

池泽：总之，我想降低门槛，希望有更多的读者阅读《日本文学全集》。阅读古典不是学习古文，我想牵着读者的手带他们进入古典文学的世界。这就是我要把古典翻译成现代文的初衷。

　　读者接触世界文学，感觉很有趣，可是要去阅读原文却绝非易事。对陀思妥耶夫斯基的小说再怎么满怀热情，也很难从零开始去学习俄语。但日本文学就不一样了。非常幸运，日本文学拥有大量的文白对照译本、古文参考书、辞典等资料，读者阅读时倘若对原文产生兴趣，距离感没有那么远。因此我认为，日本文学重要的是如何入门。

　　三岛由纪夫不主张把古典译成现代文，他把古典文学当作女神进行崇拜。而我恰恰相反，我不像三岛那样叩拜女神，而是想带着女神一起过日子，所以把女神华丽的和服换成了牛仔装，古文今译的提出也正是基于这样一种想法。

　　大约五十年前，我们的上一辈人，也就是我父母他们那个年代，河出书房出版的《古典文学全集》已经把古典文学翻译成了现代文。一开始我想借用这些现代文翻译就可以了，但河出书房那些年轻的编辑个个精力充沛、充满激情，他们提议让活跃在当代文坛的作家来翻译。我说："那可不容易啊，这是一个需要很多精力和时间的工作，现在有想要翻译日本古典文学的作家吗？"但是，年轻的编辑们很有胆量和魄力，他们鼓励我说："不试试怎么知道呢？"那么，请哪位作家来翻译呢？于是大家认真商量，仔细考虑哪个作家适合翻译哪部作品，然后诚惶诚恐拜托各位作家，竟然大家也都举手赞成。结果，就有了如此强大的翻译团队。

沼野：详细的安排请大家看这本小册子，第一卷开篇的《古事记》由池泽先生亲自执笔翻译。

池泽：我也是无奈而为之啊！我说："我的任务是监督文学全集的编纂，说到底只是一个指挥官而已。"但他们批评我说："作为指挥官如果不打头阵，你的士兵就不会跟着你。"

沼野：《古事记》的翻译似乎是最难的吧！是不是大家都不愿意翻译，没办法才自己翻译的？

池泽：那倒不是。我不偏好《源氏物语》那样平安时期的女性文学，也不擅长那样微妙的心理描写。我喜欢《古事记》《今昔物语》男性风格强烈的作品。

沼野：《古事记》文体简洁硬朗，确实是您的风格！

池泽：是啊!《古事记》是我最喜欢的古典文学。

沼野：就是说用了"池泽体"吧?

池泽：是的,上周做了最后一次校正。

沼野：初次出版定在(2014年)11月吧!
另外,《源氏物语》共三卷,由角田光代女士新译。《源氏物语》新译本定价高,是因为比其他几卷厚吗?《源氏物语》新译对于作家来说虽说是一生中难得的一次机会,但也是一项非常艰巨的任务,角田女士的确很有勇气啊!

池泽：是啊!角田女士答应下来,我在惊讶的同时也很感到欣喜。说起《源氏物语》的现代文译本,继与谢野晶子、谷崎润一郎以后,最近,濑户内寂听和田边圣子也翻译了《源氏物语》。

沼野：此外,还有林望先生的《谨译·源氏物语》等等,很多啊!

池泽：但是,这次机会难得,我想推出一部新的译本。于是,诚惶诚恐地拜托了角田女士,想不到她满口答应了下来。她说:"也许是到了应该集中力量做这件事的时候了。"

沼野：角田女士是一位非常有人气的作家，一年大概能创作两部小说。如果翻译《源氏物语》，大概有两三年是不能写小说了，这对于角田女士的书迷来说或许是一种遗憾吧。但反过来，如果能读到角田女士翻译的现代文《源氏物语》，那也足以弥补遗憾了吧。

池泽：角田女士好像正在寻找合适的文体。

沼野：是吗？另外，翻译《伊势物语》的是川上弘美女士，《堤中纳言物语》是中岛京子女士，《土佐日记》是堀江敏幸先生，《更级日记》是江国香织女士，他们都是当今日本文坛炙手可热的知名作家，作为翻译人选和该作品相当契合。

池泽：是吧！

古典新译关乎现代日本文学的创新

沼野：其实，古典文学的现代文新译以前就有。例如，福永武彦、中村真一郎、石川淳、丸谷才一等作家，他们文学素养深厚，外语功底扎实，古典修养也不亚于古典文学专家。毋庸置疑，由他们来翻译古典文学，是最适合不过的。但是，话说回来，现在，在日本这种古典的修养正在慢慢消失。那么，我们年轻的作家们会怎样呢？他们对古典文学又有多少的亲近感呢？——我知道这么说很不礼貌。虽说古语同样是日本人使用的语言，但要正确理解又谈何容易！那么，我们这些年轻的作家能行吗？这是我的担心。

池泽：有参考书可以参考，一旦遇到难题，苦思冥想殚精竭虑之时，也可以借助参考书。这毕竟不是入学考试，不必只用原文和辞典翻译。反正有许多对译、注释以及研究书籍可供参考，只要在翻译的范畴之内，任何方法都可以尝试，话虽如此，也不主张脱离原作、超越翻译，变成自己创作的作品。

沼野：翻译毕竟不是电影、戏剧剧本的改编。

池泽：嗯，只要是翻译的范畴之内，怎么做都可以。古典新译工作是一项很辛苦的工作，我希望我们年轻的作家把它当作一种磨炼。与大江健三郎先生谈到过古典新译的目的是让年轻一代多多接触古典文学，他也很赞成。他说："也许我们年轻的作家可以通过这样的磨砺，突破自我，最终凤凰涅槃，成就崭新的自己。"诚然如他所说，磨炼是人生最宝贵的财富。

沼野：古典新译不仅仅可以使原文通俗易懂，也关乎现代日本文学的创新。从某种意义上来说，它是文学史上的一项宏伟计划！

池泽：真能起到如此作用那就好了！

沼野：另外，还有许多其他译者的名字。《枕草子》由酒井顺子女士翻译，《方丈记》由高桥源一郎先生翻译——这个有点意外。《徒然草》的译者内田树先生与其说是小说作家,还不如说是评论家随笔作家。如此安排乍一看有些意外,但仔细想来甚是有理。您这样安排,他们没有意见吗?

池泽:也有不愿意而拒绝的。但总的来说,比预想的要顺利。

沼野:此外,还有许多足够吸人眼球的配对。翻译《宇治拾遗物语》的是町田康先生,《发心集·日本灵异记》是伊藤比吕美女士,《能·狂言》是剧作家兼小说家冈田利规先生。还有,翻译井原西鹤《好色一代男》的是岛田雅彦,翻译上田秋成《雨月物语》的是圆城塔先生等等。光是如此配对,就足以引起大家的关注了。

那么,下面我们再回到《古事记》的翻译吧。池泽先生您是以怎样的姿态投入到这项翻译工作中的?

《古事记》——不可思议的作品

池泽:仔细阅读《古事记》,你会发现这是一部不可思议的作品。里面有海神、山神,还有日本武尊的冒险,更有众多天皇轮番出场。作品给人一种尽是神话和传说的印象,但其间又穿插着完全不同的歌谣和族谱。而且族谱数量庞大,光是神灵就有321位,普通人数目更多。族谱异常烦琐,着手这一部分时,我是以一种暗示读者可以跳过不看的心态来译的。《古事记》的开篇有这么一段话:"方天地初发之时,于高天原成一神。其名,天之御中主神。次,高御产巢日神。次,神产巢日神。"以往这段话

是以日本汉字上标假名的形式呈现的，如"天之御中主神^{アメノ ミナカヌシノカミ}"
"高御产巢日神^{タカミ ムスヒノカミ}""神产巢日神^{カミ ムスヒノカミ}"。很多读者看到这种形式就会丧失兴趣，但这次是用片假名书写，再用括号括起来的形式，我想这样方便读者阅读。例如，天之御中主神（アメノミナカヌシノカミ）。

那么，《古事记》为何如此重视族谱呢？其原因是当时以天皇为中心的日本社会体系是中央有朝廷，地方有豪族的形式，豪族和天皇以姻亲关系联系，形成等级体系，使集权统治成为可能。因此有实力的豪族在天皇政权初创阶段，企图与天皇接上关系，把自己的名字写入天皇世系图谱。所以，读者可以跳过这些，考虑到万一有人希望阅读，我的处理是尽量使其浅显易懂，便于读者理解。

另外，采用了脚注的方式，把一些必要的小知识用脚注在正文对应部分下面进行标注。比如，伊邪那岐和伊邪那美相互引诱，他们名字中的"伊邪"是"引诱"的词根。又如，须佐之男命的"须佐"在现代日语中是"厉害得让人恐怖"之意。同样，物品的名称也是如此，"鸣镝"指的是中间镂空的箭镞，射出去发出"嗖"的声音等等，这些都以脚注形式出现。

之所以这么处理，是因为正文只用名词和动词表达，文本节奏较快。谁和谁相遇，或相爱或相憎，或同床共寝或夺取或杀死等等，没有踌躇犹豫的余地，不用过多的形容词、副词、比喻来修饰，尽量保留原文的速度感。

沼野：脚注是正文在上面，加注在同一页面的下面吗？

池泽：是的，如果对注释没有兴趣，直接阅读正文即可。

沼野：听说您花了很多时间在名字的翻译上。名字的表记，如您刚才所说，原则上使用汉字吗？

池泽：第一次出现的名字用汉字书写，再在括号里用片假名标注读音，不使用上标假名。第二次出现时用汉字加上（上标）注音假名。一般不重要的人物只出现一次，重要的人物如果第三次出现时就使用缩略名。比如，把"日本武尊"缩略成"日本武"。如此尽量短小精练，以便读者辨识。《古事记》中的人物的名字如同俄罗斯人的名字，很长，因此在翻译时需下很大功夫。

沼野：这个很有参考价值。俄罗斯人的名字除名和姓之外，还有父称，的确很长。这大概是俄罗斯文学很难入门的原因之一吧！这么说来，在名字的翻译上下些功夫的确很有必要。

近现代文学部分作品的遴选

沼野：前面我们谈了《日本文学全集》的古典篇的十二卷。第十三卷开始您选用了夏目漱石、森鸥外、樋口一叶的作品，能给大家介绍一下这样安排的理由吗？

池泽：森鸥外的作品选用了《青年》，这部小说阅读原文就完全能懂。夏目漱石的作品选用了《三四郎》，同样没有问题。樋口的《青梅竹马》是用江户时代的仿古文，这个有点难，我就拜托川上未映子女士翻译了。

沼野：这样的安排真不错啊！森鸥外的作品有像《青年》那样通俗易懂的小说，也有像《舞姬》那样难以理解的小说，而《涩江抽斋》那样的史传，对于现代的年轻人而言是块"难啃的骨头"啊！

后面几卷选用的作品很显然具有池泽先生的风格。第十四卷是南方熊楠、柳田国男的民俗学作品。第十五卷是谷崎润一郎的，第十六卷是宫泽贤治和中岛敦，十七卷是堀辰雄、福永武彦和中村真一郎。

从选用的作品来看，就像是刚才您所说的，完全抛开了被视为明治以后日本近现代文学主流的自然主义文学的私小说，就是那种拘泥于"私"的文学。我认为这是"池泽版"《日本文学全集》的最大特征，的确也算得上是大胆之举！

池泽：这就是丸谷主义吧！但我没有完全无视其他要素的作品，我准备收集近现代作家的各类短篇小说，单独编成三卷。

沼野：后面的第十八卷是大冈升平的，第十九卷是石川淳、辻邦生、丸谷才一三位作家的作品。吉田健一是第二十卷，日野启三、开高健是第二十一卷。大江健三郎、中上健次、石牟礼道子、须贺敦子分别是一人一卷。说起来，可以理解大江健三郎和中上健次是一人一卷，但石牟礼女士和须贺女士也是一人一卷，对此我颇为意外。您对她们的评价颇高啊！

池泽：要说为什么这样安排，我只能说结果是最好的证明。

沼野：我很期待全集的出版。据说第三十卷是"为了日语"而编，那么，能够读到各种文体的日语吗？

池泽：是，从这一卷可以知道日语是怎样的语言，又经历了怎样的变迁。可以说是日本语论的典范和日本语论的集中体现。

沼野：难怪把《圣经》译文和《日本国宪法》序文也放到了第三十卷。

池泽：嗯，《马太福音》的一部分分别有文言文译本、口语体译本、"新共同"译本[①]，还有山浦玄嗣的气仙语译本，希望读者能够体验不同译本文体的差异。

沼野：气仙语是岩手地区的方言啊！

---

① "新共同"译本，圣经之一，1987年刊行。该译本是天主教三教派与新教教派共同推行的第二个译本，故称"新共同"译本。——编者注

池泽：岩手县的大船渡市、陆前高田市、住田町被称为气仙地区，该地区的语言叫气仙方言（宫城县的气仙沼不属于气仙地区）。山浦玄嗣是位天主教教徒，也是一位医生，还是一位博学的语言学家，他创造了气仙语的标准正字法。作为信徒，他读《圣经》。作为医生，他医治患者。患者哪里疼痛不舒服是生活的一部分，于是他们用自己的语言，也就是方言看病，同样山浦玄嗣也用方言问诊。《圣经》说的是心病、是烦恼，也是生活的一部分，那也应该使用生活语言吧。于是，他花了几十年时间，编纂了不逊色于《广辞苑》的《气仙语大辞典》（无明舍出版，2000年）。此后他把四福音书全部译成了气仙语，并朗读刻成了光盘，听起来非常有趣。比如，马太"matai"在气仙语里读成"mateiyaa"，其音韵不同于标准音，这些也可以在第三十卷中看到。

沼野：对于使用所谓的方言来翻译这些东西，一部分人会有抵触情绪，一般来说很难做到。但在日本，文学作品中也有使用方言的尝试，井上厦的《吉里吉里人》就是一个很好的例子。这部小说讲的是东北地区的某个小镇，那里的人闹独立，并用自己的方言改写法律的故事。由此可见，日语中也有许多方言。

何谓日语的一贯性

沼野：在此，我想请池泽先生谈谈通过文学全集的编辑看到的日语是什么，以及对日本人来说日本文学到底是什么这两个问题。

首先，从日语这个问题谈起吧。对于现代人来说，用原文阅读古典文学有一定的难度。但是如果读了现代文的译本，对古典文学产生了兴趣，那么稍微学习一下，我想阅读是不成问题的，毕竟都是日语。但是，外国文学作品就不同了，读了陀思妥耶夫斯基的日文译本，对他的小说产生了兴趣，那么就用俄语来阅读吧！——可这并非易事。我想这是大多数人的想法吧。

但是，虽说同样是日语，但日本的语言和文学的历史却是异常的漫长。《古事记》时代至今已有1300年左右的历史，而《古事记》与《源氏物语》之间也相隔300年之久。经过如此漫长的时间，日语的确发生了很大的变化。可以推断《古事记》时代和《源氏物语》时代的日语辅音和元音与现代日语应该大相径庭。我想如果用那时的发音诵读原文，听起来应该就像外语吧。但无论经过多少时间，我们的语言——日语只有一个。也就是说，我们使用的日语，虽然经过了漫长的时间，但就其自身而言是不变的，是作为同一事物的存在。

池泽：对此我也有同感！日语的确在发生变化。但是，追本溯源探究其本质，日语还是日语。就拿"は（HA）行"的发音来说，以前是读"ふぁ（FA）行"，在那之前读"ぱ（PA）行"。"那个人鼻子很低（ANOHITO NO HANAHA HIKUI）"以前读成："ANOPITO NO PANAHA PIKUI"，虽然听起来发音有些不同，但毕竟都是日语，意思大致也能明白。至于二者之间有何微妙差别，我想学者们去研究就可以了。

那么，我想只剩下文学的表现问题了。刚才我们说《源氏物语》很难，那是因为没有人称代词，或者在场的人物关系都用敬语表示，所以很难理解。当然也有其他原因，比如，对于当时的生活背景我们并不了解等等。

那么，《今昔物语》怎么样呢？这个应该相当简单吧！《今昔物语》描写的是平民的生活，他们欲望简单、行动单纯。但场面却波澜壮阔十分有趣，而且篇幅简短，通俗易懂。读《今昔物语》，感觉与现在的日语没有不同。但如果非要找出不同之处，也不是没有。比如现代日语增加了许多外来语，还有些词汇变成了死语等，但总的说来没有变化。

沼野：无论经历怎样的历史变迁，这是我们自己的语言，这种想法从未改变。

池泽：日本是个岛国，它在一个距离大陆位置最佳的地方。在古代，人员、先进的技术、文化可以通过海上交通传到日本，但大规模的军队移动却难以实现。因此，凭借地理位置的优势，我们没有受到异族的统治和威胁，靠自己的力量经营着这个国家。我想这也是日本人性格形成的决定性因素。

日语是一种变化很小的语言。古代，虽然汉字大量传入日本，但对日语固有的语法并未产生多大影响。即使1945年美军来到日本，我们也没有被强制使用英语。在这个岛上，日本人只用日语。

沼野：这与文学的悠久历史也有关吧。可是，也有某些人对自己的语言没有自信，主张要把日本的官方语言改成其他语言。比如，在第二次世界大战战败以后，志贺直哉曾近似自虐地说："日语有其自身的缺陷，这些缺陷在一定程度上阻碍着文化的发展，还是把法语作为日本的官方语言吧。"而早在明治时代，森有礼就主张把日本的官方语言改成英语，但现实是日本一直保持着单一语言的现状。当然，今天日本人的英文水平在世界范围内绝称不上优秀，尤其是与印度、菲律宾、新加坡等将英语定为官方语言的亚洲国家相比。

日本相对稳定的语言环境是日语传承下来的原因，在此情况之下，池泽先生在编辑《日本文学全集》时，其方针与《世界文学全集》有很大不同吧？20世纪以后的世界文学，已经很难说某个作品一定属于某一个国家或者某一个语言。也就是说，出现了很多不知该归类到哪个国家的作家。因此，"这个作家是德国文学""这个作家是英国文学"这样以国别来区分文学的方法已经无法适应当今的世界文学了。于是，池泽版的《世界文学全集》闪亮登场了，它打破了以往固有的思维模式，强调了文学作品的越境性。

与此相对，这次《日本文学全集》所面临的问题与《世界文学全集》非常不同吧？或者说，日本文学有着超越单一性的复数性原理，其本身就隐藏着越境性和复数性的特征，您是这么认为的吗？

池泽：我不这么认为。我想日语还是日语，日本人还是日本人。

纵观日本文学史，我发现日本文学是"平和"的，这样是好也罢，坏也罢，总之，描写战争的文学很少。就说《平家物语》吧，虽有战争场面，但归根结底它是一部平家没落的悲剧史，并不是一部战争小说。

沼野：在《平家物语》这部作品中，始终贯穿着佛教的无常观！

池泽：的确如此。说到古代，其他国家在开国之初往往都有战记，讲述的是和异族发生冲突时产生的功勋卓著的英雄的故事。

在日本，没有一部作品描写与来自朝鲜半岛异民族作战并获胜的内容。那么，日本人之间，以及了解这个国家文化的人之间的战争就相对容易控制和平息。《平家物语》中有这样描写战争的场面，说是战争开始，某人自报姓名："呔！来将且听着……"如此这般，战争成为了一种礼仪。

古代与元军打仗亦是如此，碰到元兵，首先礼仪形式上是自报姓名，元兵一看马上就杀了他。对于元兵来说他们根本不清楚他在说什么，要干什么，这就是文化差异。而日本国内的战争因为语言相同，文化背景也相同，因此相对比较温和，没有大量的杀戮。我所知道的只有"岛原之乱"是例外的，"岛原之乱"中幕府把参加暴动的三万七千人全部杀死，连妇女儿童都不放过。这是因为在幕府看来，基督教徒属于异民族，如果日本被这些人变成基督教国家的话，他们无法预料自己会变成什么样。因此，这样的恐惧心促使幕府统治者把参加暴动的人一个不剩全部杀死，这在国内也属罕见。

文学类型划分的独特智慧

沼野：现在说的这个问题是根本性的问题！在日本，像欧洲、亚洲国家那样的英雄人物故事，或者说歌颂古代英雄的叙事诗的确没有吧。《古事记》中素盏鸣尊的故事也许多多少少有英雄叙事诗的特征，但最终也只是一个神话故事，没有成为以英雄为主人公的叙事诗。因此，没有英雄叙事诗的确是日本文学的一大特征！

那么，日本有什么值得一提的东西呢？那就是关注自然美和四季的变迁，崇尚把价值放在被称为风雅、风流的优雅恋爱上的生活方式。因此，日本文学中没有庞大雄浑的英雄叙事诗，而那些短小简单、文笔细腻的抒情作品却得到了很大发展。比如，短歌就是日本文学的精髓！《源氏物语》虽然是一部规模宏大的文学巨作，但是支撑它的还是日本人独特的"物哀"审美意识，离英雄史诗还很遥远。

我觉得这点和现如今被多数人认为的"日本人不擅长打仗"这一特征有关系。在此，我略微谈一点有些令人感到微妙的政治性问题。日本与韩国、中国在对待历史问题上存在不同的态度，因此在全部的日本人中仍有一部分人对中国或韩国经历的"不幸的过去"这一历史问题持有强烈偏见。也就是说，在他们心中留有"日本是武士之国，而武士是野蛮且好战之人"的印象。大约在不久之前，韩国的某位知名俄罗斯文学研究者在一次采访时被问及对其邻国日本的文学的看法，他说："因为日本是武士之国，所以不可能有美丽的文学。"如此言论，让我惊愕不已。与其说这是恶意或偏见之言，不如说这也许是无知造成的。日本之所以有上述形象，可以说与其历史有莫大的关系，这让我感到很遗憾。我猜想这位韩国的俄罗斯文学研究者可能对日本文学的实际情况不太了解吧。实际上日本文学讨厌野蛮暴力，追求细节和局部、柔雅细腻。

池泽：的确，日本人看到自然风物，就会用心去感受。

沼野：但是，由于太过专注，有时也会成为弱点。

池泽：日本文学中，恋爱是永恒的主题。李白和杜甫不写恋爱诗歌，儒教的世界，君子不当谈论恋爱。但在日本，恋爱是件大事。日本文学中的恋爱，可以追溯到《古事记》。再加之日本人喜好观赏自然风物，情感与自然融为一体，诗歌便接连诞生，不断发展。从《万叶集》的朴实率真，到《新古今和歌集》的精雕细琢，无论在情感上还是技巧上都达到了和歌创作的极致。此外，更是发展出连歌和俳句，而所有的这些是历史长河赐给我们的礼物啊！

沼野：刚才谈到了诗歌的话题，在这里我稍微补充一下，在日本文学悠久的历史中，短歌的历史尤其漫长和稳定。"五七五七七"句式的短歌，在《万叶集》时代形成并固定下来，至今已有1300年的历史。这期间日语发生了很大变化，因此，对于《万叶集》中收集的短歌，现代人若不加学习的话，恐怕只会感觉是不知所云吧。但话说回来，现代人在读《万叶集》时，即使不清楚它的意思，也能感受到那是日语，因为语言的节奏和音韵是相同的。

还有一点，也是日本文学史上值得我们关注的另一个特征，就是一种新的诗歌体裁兴起、发展并没有使传统的诗歌消失，而是新旧体裁的诗歌共存共发展。比如，日本诗歌从短歌发展到俳谐，再发展到俳句，而最后短歌也没有因为俳句的出现而消亡。即使到了明治时代，受欧美文化的影响产生了近代诗，古老的定型诗也没有因此走向衰落，而是两者和谐并存，直至今日。

戏剧也是如此。从古时候的能剧、狂言、歌舞伎，到明治以后的新剧、现代先锋派话剧等，随着历史的变迁，时代的发展，戏剧种类呈现多样化发展趋势。但令人惊讶的是这些新戏剧并没有与旧戏剧产生冲突，而是新旧戏剧兼容并蓄、共存相生。纵观西方文学史，新旧样式、体裁的交替，往往呈现出矛盾和冲突，而历史也在这样不断交替中得到了发展。但在日本，新事物不会排斥旧事物，新旧事物和谐并存、互相促进。我想这就是日本特有的温和吧。

池泽：这也是日本人的一种从容吧，如此庞大的人群勤于文学，我想是一件很了不起的事情。当然，国外也有相同情况，但我一直认为日本民族是特别擅长文学的。那么，在日本，喜欢短歌的人大概有多少？

沼野：一般来说，如果喜欢短歌的人有一百万的话，那么喜欢俳句的人会比短歌多一位数，可以达到一千万。我不知道这个数字是怎么统计的，感觉有点夸张。但粗略估算一下，喜欢短歌和俳句的人加起来应该有数百万之多吧。这还是一个令人惊讶的数字，我想世界上找不出像日本这样的国家了吧！

池泽：说到和歌，我想到了一首《万叶集》中的短歌，这很好地回答了日语传承性这个问题。

> 君が行く海辺の宿に霧立たば吾が立ち嘆く息と知りませ
>
> 君行到海边，宿处雾弥漫，定是吾长叹，君知应早还。①

这是一首留守家中的妻子因挂念去新罗的丈夫而作的短歌。诗歌大意是：在旅途夜宿海边的时候，如果起了雾，请你相信——那是我寂寞时的叹息。诗歌表达了妻子思念丈夫的寂寞愁绪，凄凉的心境与大自然相融为一。

沼野：的确能够体会到诗中的意境！一些年轻的读者容易产生古典难懂且枯燥无味的想法，请这些读者也不要对古典文学敬而远之，试着去靠近它，如果凭感觉就能明白，那不是也很有趣吗？

---

① 中译译文引自杨烈译《万叶集》，湖南人民出版社 1984 年版。——编者注

何谓"世界文学"

沼野：关于日本文学我们已经谈了很多,接下来我想把话题转移到《世界文学全集》。那么,我想问一下,相对于世界文学,日本现代文学处于怎样的地位?另外,用日语写小说的池泽先生又是如何面对世界文学的?

池泽：在这次对话节目之前,沼野先生事先给了我对话的主题,是"关于如何让《日本文学全集》《世界文学全集》两个不同体系并行的日本式研究"。

例如,法语圈的国家有法国、瑞士、加拿大和北非一些国家等,并非只有法国才使用法语。日本是个岛国,对这方面的了解并不多吧。因此,在昭和初期编纂文学全集时,理所当然地认为使用法语的就只有法国,使用德语的就只有德国,把语言等同于国家。主要是因为当时的日本人很少与其他国家来往,没有碰到过一个国家的人使用其他国家语言的情况。

日本文学是在一个近乎封闭的、单一的语言环境中形成和发展的。日本人曾经努力学习别人的东西,但谁也没有想到不知什么时候其他国家的人开始吃日本寿司了。但是,寿司只是日本人吃的食物,美国人是不吃生食的,对于这一点日本人曾经深信不疑。

那么再来看一下欧洲大陆的情况你就会明白,那里各国领土相连,地域辽阔。各个国家之间不仅文化互相渗透,连语言也是彼此渗透和融合的,可在日本这种情况并不多见。因此,昭和初期自动形成的文学分类方式一直影响至今。

沼野：这种日本文学和世界文学的分类方式不仅影响了文学全集的编辑，甚至影响了文学事典的编辑。日本人曾多次编辑大型世界文学事典，最近一部是由集英社出版的《世界文学事典》，共六卷（1998年完成），这是一部日本外国文学专家们举众人之力创作的高水准巨著。比如你想在该事典中找夏目漱石这一名字，那你是找不到的。如果说夏目漱石不属于世界文学，那么也很难说日本是世界的一部分。要说我们为什么总是把日本和世界分开来思考问题，也许这就是岛国日本的宿命吧。

池泽：那么何谓"世界文学"？并不只是读外国文学就是"世界文学"了。最早使用"世界文学"一词的是歌德，在歌德时代的欧洲已经可以读到其他国家的文学作品。比如，莎士比亚的作品被翻译成德文，并编成了舞台剧。因此，他也希望自己的小说《浮士德》被翻译成法文。像这样可以相互共享价值，具有兼容性的东西才能使用"世界文学"这个词。

但是，使用其他语言阅读是否会失去文学作品所拥有的价值呢？使用其他语言阅读是否也会觉得有趣呢？根据国别、作家以及作品不同，情况也会不同。举个例子，司马辽太郎是位非常伟大的作家，但是要说他写的东西哪里都受欢迎，倒也未必，也许对欧美人来说他的作品并不有趣。因为他只是一味谈论日本人，谈论日本人的心情和历史。因此，他的作品也很少被翻译成外语。

沼野：司马辽太郎的作品最近终于出了英译本。但他的作品在欧美仍然鲜为人知。

池泽：相反，那些拥有超越国境能力的作家，比如谷崎润一郎，他的作品总能让外国读者觉得有趣。他的作品被翻译成其他国家的语言，被其他国家的读者接受和认可，这就是作品的文学价值，我认为这样的作品才是"世界文学"。这次的《世界文学全集》也以此为标准，选择了那些有趣的、触及心灵的、有意义的作品，希望能成为立足于战后世界的一个答案。

沼野：的确如此，有些作品可以拿到国外去，也有些作品很难拿到国外去。如您所说，司马辽太郎作为历史小说家，可谓是国民大作家。但他的小说都是以日本历史为题材的作品，因此，在那些对坂本龙马、秋山兄弟等日本历史人物没有任何了解的外国读者看来，他的小说并不那么容易亲近。此外，尽管他的小说并不难懂，但由于篇幅太长，翻译出版也成问题。因此，在国内如此有名的大作家却一直未被介绍到国外。事实上，以前，他的《坂上之云》在国际交流基金的特别资助下，曾经委托一位美国的日本文学研究者翻译成英语，但在最后定稿之前译者却不幸去世，结果一直没有出版。直到最近，在一位把日语重要文献外译作为使命，并创办了出版社的千叶县松户市一位神奇人士的无私资助下，完成了另一个新译本。从2012年至2013年，花了两年时间，这部小说的英文译本全四卷终于出版。

与之相对，谷崎润一郎的作品独树一帜，体现了独特的美学意识，所以在国外也有可能被认为是异质的东西。尽管如此，很早以前他的作品就在国外有很高的评价。虽然小说《细雪》精妙的人物对话、点缀生活的各种物件、风土人情等为翻译增加了难度，但很久以前赛登施蒂克已经把谷崎润一郎的作品翻译成了英语，他的所有作品也被翻译成了俄语。谷崎润一郎是20世纪日本近代文学的主要代表，他的小说不仅具有传统的日本之美，同时充满异国情调，对于外国读者来说并不难懂。在法国，他的作品甚至被选入法国权威丛书《七星文库》，且其个人作品独成一册。一个作家的作品是否受到海外读者的欢迎，在国内的人是无法想象的。

我们把目光投向现代日本文学会发现，最近在日本也出现跨越日本、世界之界限的作家。比如，能用日语和德语双语写作的多和田叶子女士，还有穿梭于两种语言之间，用日语写作的美国小说家利比·英雄先生。当然，不仅仅是语言，就世界观而言，从看待事物的角度来看，也出现了超越国界的作家，池泽先生您就是其中的代表之一啊。我想在不久的将来，所谓的日本文学或者世界文学的区别将会变得毫无意义吧。

池泽：正如我们了解他们一样，他们也了解我们。我们与世界相互沟通了解，那么日本也不再只是一个岛国，过去的千年文化积累也好像只相当于现在十年的量。

而且，翻译也变得容易起来。在日本，用日文写的小说可以在海外出版，没有任何制约。只要你写的小说有足够的吸引力，也想把它介绍到国外，你大可不必冠以日本文学之名。

沼野：不久前，日本作家在用日文写小说的时候，可能还没有意识到自己现在写的小说会被翻译成外语，或者会被懂日语的外国读者阅读吧？

如果是川端康成、三岛由纪夫那样世界闻名的作家，也许会意识到自己的作品有可能被翻译成外文，但这只是例外，大部分的作家恐怕做梦也不会想到吧。但现在，情况已经发生变化，现代日本文学不断地被翻译成外语，日本文学研究者也开始阅读和研究原文，并在大学教授。总之，在国外现代日本文学的读者正在飞速增长。

池泽先生您一直用日语写小说，您在写作的时候是否意识到也许有一天，母语不是日语的外国人也会读您写的作品？

池泽：没有想过。只是，我原本年轻的时候就做过很多翻译，通过翻译形成了自己的文体。翻译工作需要较强的逻辑思维，所以在写一些感性的东西之前会注意逻辑性。因此，我的文章大都是爱讲理的，说好听点是理智，说难听点就是过于实际和直接。至于说我的作品外国读者会不会读，或者谁会翻译之类的的确没想过。

沼野：理智，说得难听是过于直接，这也许有点偏向理工科了！对了，听说您将受邀去瑞士，是哪本书的德文译本要出版了吗？以前曾经翻译过《马西埃·吉尔倒台记》（谷崎润一郎奖获奖作品，新潮社，1993年，后新潮文库），这次是什么作品？

池泽：是《运花小妹》（每日出版文化奖获奖作品，2002年，文艺春秋，后文春文库）。

　　德语圈的人喜爱朗读，光是朗读马塞尔·普鲁斯特《追忆似水年华》这本书的一套光盘就有三十张之多，而且收音机也有专门的朗诵频道。我的翻译作品出版时也将举行朗诵会，作为原作者会受到邀请。好像是想听原著日语的声音，到时德国的名演员将用德语诵读作品，我用日语诵读。

沼野：刚才说的是德语圈的事吧。我想即使同样是在欧洲，国家不同情况也不一样，法国人似乎不太朗读。

池泽：是啊！法国人是不太朗读。他们会在书展或者书店举办的活动上讲话，有时也会举办签名会，但很少用法语朗读其中的一部分。

沼野：您的许多作品已经翻译成其他国家的语言了，您收到过来自译者的提问吗？

池泽：有的，但是因人而异。译者水平不同，问题也不同。

沼野：您是不是只回答高水平的问题？

池泽：不是。我尽可能如实回答所有问题，不回答会影响翻译的质量。

翻译的日语、创作的日语

沼野：我想再次回到翻译的问题上，迄今为止详细介绍过的两部巨作，《世界文学全集》和《日本文学全集》，当然都离不开翻译。《世界文学全集》除石牟礼女士的作品之外，所有作品都翻译成了日文。同样，《日本文学全集》中明治以前的古典文学也基本上翻译成了现代文，那么翻译的重要性再次显现出来。可以这么说，对现代世界文学的思考归根结底是对文学翻译应有状态的思考。

顺便提一下，池泽先生作为翻译家被委以相当多的工作。您担当过希腊导演西奥·安哲罗普洛斯导演的《流浪艺人》的字幕翻译（《西奥·安哲罗普洛斯剧本全集》，爱育社，2004年），最近还翻译了法国作家圣埃克苏佩里的《小王子》（集英社文库，2005年），这次又承担了《日本文学全集》中《古事记》的日语现代文翻译。现在您仍是精力充沛地继续着翻译工作。

这样说来，对您而言作为翻译家锤炼出的日语，与作为小说家写下的日语有多少是重合的？是否还有本质上不同的东西？当然，既然小说创作和翻译工作都由您一人承担，那么两者之间也存在着平衡的问题。就拿时间来说，要合理分配也很困难。

池泽：如果说翻译和创作有关系的话，那就是文体风格了，事实上翻译时的文体风格确实也会在小说创作中体现出来。关于字幕的翻译，西奥的电影台词很少，长时间沉默之后，中间偶尔有谁说几句，然后又归于沉默。话虽不多，却很难翻译。

字幕翻译有许多制约，字幕的字数多少根据对话时间来决定，不能任意加长句子，当然也不能添加注释。字幕在画面上稍纵即逝，为使观众瞬间明白其意，必须再三斟酌凝练。如果画面上同时出现三个人，那么翻译难度也随之增大。或许正是翻译过程中的这种劳心费力，迫使我磨炼提升自己的写作能力。有时字幕翻译还需要俳句、短歌等短诗创作的技巧。

至于说翻译对自己创作的小说故事情节是否产生影响，就我而言并不存在此种情况，因为我并不执着于某一个作家。而丸谷先生深受乔伊斯的影响，他的作品与翻译乔伊斯的作品很有关系，而丸谷先生本人也正是抱着这个想法进行翻译的。

沼野：也就是说，这因人而异，村上春树或许在翻译杜鲁门·卡波特的小说的时候学习了他的创作风格。有些作家通过翻译自己喜欢的外国作家的作品，窃取或者学习他们创作小说的技巧，带着与创作直接相关的目的进行翻译。但池泽先生未必如此，这次《古事记》的新译也不能算是"创作"的范畴吧！

池泽：嗯，翻译总归还是翻译。以前翻译有些时候是在没有办法的情况下才做的。如果你读不懂原文，那么只能姑且将就，先读一读翻译作品吧！如此说来，与其说是译者，倒更像大学的研究者了。

但事实并非如此。翻译会给作品增加一些与原文不同的东西。换言之，不同国家的人通过译作来阅读，会给作品带来不同的光彩，衍生不同的意义。我认为翻译有这样积极主动的一面。尽管如此，在其他国家，有些翻译作品连译者的姓名都不可能出现在书上。但在日本，可以说译者的地位是很高的。

沼野：没错。通常情况下，读者并不关心译者的姓名，而且很多时候译者的权利也常常得不到保障。译者比作家更有名，甚至于等同明星待遇的也只有日本了。美国比较文学家大卫·达姆罗什①在论述翻译的重要性时曾说："世界文学是通过翻译增加价值的文学。"（大卫·达姆罗什《什么是世界文学》，奥彩子等译，国书刊行会，2011年）

他的翻译思想和主张的确领异标新啊！一般来说，翻译从属于原著，是对原著的再次表达，文学作品最重要的还是语言的原创。而翻译必定会失去某些重要的东西，特别是诗歌，所以诗的翻译被认为是不可能的。但是，达姆罗什却颠覆了这种常识，他所说的"世界文学"并不会由于翻译而使其价值受损，反而可以通过翻译在新的语言土壤上遇到新的读者。即使在翻译过程中丢失了某些东西，但必然也会增加一些新的内容，产生新的价值。池泽先生您也这么认为吗？

池泽：过去美国人谁也不读福克纳的作品。美国人读福克纳是因为法国人首先迷上福克纳，他们才读福克纳。看来法国人的阅读能力还是比美国人强，实际上这样的事情并不少。

---

① 大卫·达姆罗什（1953— ），哥伦比亚大学（英语文学·比较文学系）、哈佛大学（比较文学系）教授。1980年获耶鲁大学比较文学博士学位，曾任美国比较文学学会会长。对文学有着广泛的兴趣，出版多部著作，并在网上以及世界各地举行学术讲座。代表作有《什么是世界文学》等。

沼野：翻译带来的幸福瞬间，虽然只是小小的，但经常在发生。我的同代人中有一位叫柴田元幸的翻译家，堪称翻译之神，他的翻译速度之快、水平之高，我等懒惰之辈十人也抵不上他一个。他的译作中有保罗·奥斯特、斯蒂夫·埃里克森那样，本来就很有名的作家，也有以短篇小说集《在芝加哥长大》（白水社，2003年）闻名的斯图尔特·戴贝克，还有利贝卡·布朗，她的短篇小说集《身体的赠物》（新潮文库，2004年）、《家庭医学》（朝日文库，2006年）、《我们做过的事》（新潮文库，2008年）陆续得到译介。这两位作家在日本的知名度和评价显然要比在美国高得多。如果问一下美国的知识分子，也许他们会说："是吗？有这样的作家吗？"总之，这两位作家在日本有如此之高的知名度，应该归功于柴田元幸先生的翻译。

这样的事情应该每天都在发生。但是翻译家的工作在很多情况下，很难被认可，更不用说被感谢了。他们往往藏在别人的背影里，报酬也少得可怜……

池泽：是的，感觉很糟糕！

沼野：而且，翻译家也有难以解决的难题，他们常常处于左右为难的窘境之中，这使他们很苦恼。翻译要忠实于原文，这是人们对于翻译的常识。但是，认真的学者追求对原文的忠实性，结果译文僵硬，这样的译文会被读者怀疑"这位译者日语水平真不怎么样啊"。专业的翻译者对于这样的批评有着职业性的恐惧，因此，即使原文是故意用怪异的文风撰写，想着也不能把它翻译成同样怪异的日语，一不小心就美化了原文。米兰·昆德拉很讨厌这种美化文化，他强烈谴责那些把自己质朴的文体翻译得过于华丽的翻译家。但是从翻译家的立场来看，明知道这样不好，也会不知不觉而为之。

给读者推荐的小说

沼野：其实，这个对话计划今后也将继续进行。今天，作为第一讲对话节目的特别篇，我们很荣幸地邀请到池泽先生担任嘉宾。作为本系列的共同主题，我想讨论一下孩子和书，也就是"为了孩子的书"和"文学作品中的孩子"等话题。

因此，最后也想请池泽先生也谈谈这方面的话题。首先，是读者的问题。《世界文学全集》和《日本文学全集》有其广泛的读者群，因此具有重要的社会意义。那么，在编辑初始，您有没有设想更具体的读者群？比如，希望年轻人来读您的作品等等。您认为文学作品有"适龄期"吗？比如说，这个作品适合几岁的孩子阅读，那个作品不到某个年龄读不懂等等。

池泽：作品和读者的相遇是偶然的，至于怎么相遇我不得而知。像过早遇到某一部作品的情况也有吧。刚开始阅读时不知其意，二十年之后再次阅读，其意自明。也许也有相反的例子，比如越读越不明白了。这么看来好像又没有"适龄期"吧。

但是，确实因为年轻，会产生某种情感的共鸣。但是，我认为用"年轻""青年""青春"等词语来概括的文学已经陈旧，如果作品本身有意义的话，就已经足够。这也与刚才的选择问题有关，我觉得不成熟的青年变成熟之类的作品就不用再选了，还不如一些虚构架空的东西，至于作者与主人公是否一致这样的问题也已经没有必要探讨了。

沼野：日本现代文学的许多作品已经陷入了"私小说"的泥潭而无法自拔，我认为这是一个问题。

池泽：更何况儿童文学的重点是冒险，不是现实生活，所以从那里着手不是很好吗？

沼野：在池泽的小说中，有一部叫《南之岛的提奥》（小学馆文学获奖作品，讲谈社青鸟文库，2012年）的儿童文学，那是一部以南之岛为舞台的冒险作品吧。另外，您的其他作品也给人强烈的冒险印象，很多作品从一开始就令人兴奋激动！最近的一部作品叫《冰山之南》（文艺春秋，2012年，后文春文库），主人公是一位刚刚毕业的高中生，年龄介于成人与孩子之间。这位年轻人悄悄溜上轮船，在大家的允许下开始了船员的工作和恋爱的大冒险。下一部长篇小说《原子盒》（每日新闻社，2014年）的主人公是一位比那位高中生年长一点的女性，年轻、聪明、有朝气，活力四射。

池泽：大概是二十七岁的样子吧！

沼野：她勇敢地应对各种艰巨的挑战。小说谜团丛生的悬疑风让人提心吊胆，紧张不安。看这样的小说，感到池泽先生小说中的主人公变得越来越年轻、越来越有活力了。

池泽：我不善于写老年人题材的作品。我小说中的主人公很少有内省型的，他们个个都很开朗，充满活力，这样的年轻人作为主人公是不错的选择。但是，我也想写一些拄着拐杖的智慧老人！

沼野：也许再过二十年我们可以读到这样的作品了吧。
那么，接下来，作为读书指南请池泽先生从自己的作品中选出三本推荐给大家。

池泽：我最希望大家阅读的，当然也希望能把它读到最后的小说是《嘉手纳》（新潮社，2009年，后新潮文库），这是一部以冲绳为舞台的小说，小说并不长，讲述了一个菲律宾人和美国人所生的孩子的故事。

沼野：下面能否请您给大家推荐一部河出书房新社出版的《世界文学全集》中的小说？

池泽：在众多的主人公中，我最偏爱的是玛丽·麦卡锡的《美利坚之鸟》（《池泽夏树 个人编辑 世界文学全集》第二辑第四册，中野惠津子译，河出书房新社，2009年）。主人公彼特·利维尔年约二十，有各种各样的烦恼，他把康德的"不能把人仅仅当作手段，而是永远当作目的"这句话作为自己的人生信条，单身前往异国他乡越南。小说背景是从北部湾事件开始，越南战争大规模爆发之际。这并不是一个探索和追寻"自我"的故事，而是一个面对困难，如何在这个艰难的世界中生活下去的故事。我喜欢彼特是因为他也是1945年出生，与我同年。我知道我十八岁的时候他在干什么，而我六十岁的时候他也会变成老头。从他那里我可以找到我的影子，因此亲近感油然而生。

沼野：这部小说是您自己翻译的吗？

池泽：不是。是中野惠津子女士翻译的。

沼野：那么，下面请您再在《日本文学全集》中挑选一部小说推荐给大家。

池泽：《日本文学全集》还没有出版呢！非要推荐的话，那我就推荐宫泽贤治和中岛敦吧。

沼野：他们的作品已经定下来了吗？

池泽：还没有。我不会选用像《银河铁道之夜》那样到处都能读到的作品。我想在编辑上下点功夫，做一些创新，当《日本文学全集》出版时，让大家看到一种全新的安排。我希望年轻人读一些宫泽贤治和中岛敦的小说。

沼野：那么，我也来推荐几部池泽先生的小说。在您诸多的著作中，我个人特别喜欢的是您的长篇小说《马西埃·吉尔倒台记》，这部小说可以称得上是日本版的魔幻现实主义作品。我认为小说独特的氛围、丰富的想象力在日本现代文学中是独一无二的，非常精彩。

还有一本是适合年轻人读的小说，就是刚才提到的《南之岛的提奥》。故事发生在南部某个岛屿上，讲的是年轻的灵魂通过冒险闯入世界的故事，是一部充满抒情与异国情调和魅力的作品。《南之岛的提奥》作为儿童文学在成年人中知道的人并不多，但它是一部成年人应该阅读的杰作。

另外，如果从《世界文学全集》中推荐的话，我推荐一部俄罗斯小说。就是布尔加科夫的长篇小说《大师与玛格丽特》（《池泽夏树　个人编辑　世界文学全集》第一辑第五册，水野忠夫译，河出书房新社，2009年）。小说融幻想、讽刺于一体，是一部描写苏联革命后苏联社会的现实主义作品。小说继承了果戈理、陀思妥耶夫斯基的俄罗斯文学优秀传统，是20世纪苏联文学中不可多得的一部杰作。因为小说看上去很厚，让人敬而远之。但其实十分有趣，一旦开始阅读，就再也舍不得放下。

另外，如果从《日本文学全集》中再补充一册的话，还是池泽先生您刚才特别介绍的《古事记》吧！池泽先生的新译本出来的话，希望大家都去读一读。说来惭愧，其实我也没好好通读过《古事记》。说实话，就算被逼着也很难从头读到尾……但是，如果是池泽先生的新译本的话，我想一定能读完。

池泽：我想可以读完。

沼野：如果能读完，我来写一篇书评吧。

问答环节

沼野：下面，我们进入问答环节。大家有什么想问的问题，请不用客气。

提问者1：我想问一下，在您编辑的《世界文学全集》和《日本文学全集》中，都选用了石牟礼道子女士的作品，这是出于何种考量？

池泽：对于这个问题，我在编撰《世界文学全集》的开始就在考虑了，到底日本哪位作家可以入选《世界文学全集》？是村上春树，或者是中上健次，还是……？

那么，我想说《苦海净土》是一部非常了不起的作品，它是战后日本文学最杰出的十部作品之一。而且，至今也没有一部文学全集同时收录她的三部曲——《苦海净土》《神的村庄》和《天之鱼》。我想，如果把它编成一册，将是向世界宣传日本文学的好机会。同时，把《山茶花海记》和《水之宫殿》选入《日本文学全集》中，那么石牟礼道子的作品差不多也就可以了。毕竟她是日本文坛上的一位重要作家。

沼野：在《世界文学全集》中只能选一位日本作家，那么选用哪位作家呢？这是一个艰难的选择。我认为选用石牟礼女士的小说，的确使人眼睛一亮，这是《世界文学全集》企划的创新之举。

提问者 2：我是一名初中国语教师。特别是在古典课上，学生怎么也不感兴趣，为此我很烦恼。对于古典学生总是热情不高，有很多负面的情绪，教的时候很辛苦。池泽先生有什么好的建议吗？如果有的话，我想在以后的教学中尝试。

池泽：您所说的古典指的是古文吗？

提问者 2：是的，像《枕草子》那样最常见的古文……

池泽：我还是推荐《今昔物语》，这也是我很早以前就喜欢的一部作品。这部小说情节跌宕起伏、扣人心弦，而且文章短小。只要稍加处理，删除那些猥亵的内容，我想应该比较容易教吧。

沼野：现在中学是怎么上古典课的？

提问者 2：和我们那个时代不同，现在不是读原文，而是以现代文翻译为中心教学。学校图书馆有图像化的视觉文学，还有超译本，我们一般会借助这些资料开展教学。

池泽：《枕草子》的超译本应该是桥本治先生翻译的吧（《桃尻

语译枕草子》全三卷，河出书房新社，1987年，后河出文库）。接下来池泽先生的《日本文学全集》中会有酒井顺子女士的新译，一定也很有趣吧！

提问者3：比起古典，我更喜欢现代青年作家的作品。池泽先生您读哪些青年作家的小说？

池泽：基本上都读了。作为芥川奖的评选委员，我仔细阅读过许多年轻人的作品。所以，这次担当《日本文学全集》翻译的作家的小说，我也都读过了。至于说哪位作家的小说好或者不好，就不在这里一一谈论，我怕失之偏颇。

提问者4：池泽先生去过法国，又在冲绳住过。但也有一些作家一直执着于某个地方，比如中上健次就一直以和歌山为舞台写作。您一生中到过许多地方，这对您的作家生涯有什么意义吗？

池泽：的确，有些作家一生只待在一个地方，只写那个地方的事情，中上健次的和歌山就是如此。实际上，石牟礼道子女士的熊本也是如此。

我是无根之草，到处漂泊，在法国这样的人被称为流浪汉。熟悉某个地方，把它作为小说的舞台，这个很重要。可是，我居无定所无法做到，我想每个人的情况都不一样。

提问者5：现在的日本有许多自然灾害，未来让人担忧。对于这一点您是怎么看的？

池泽：的确让人担心啊！最近日本出现了很多难以应付的事情。比如，核电站泄漏事故，至今也没有好的对策。作为作家也只能对眼前发生的事情发表一些意见，除此之外我们别无他法，我想以后也只能一直这样下去。

沼野：从本质上来说作家应该通过作品对社会问题发声吧。我想今后池泽先生您也会通过自己的作品来反映现实或揭露现实。顺便提一下，《冰山之南》是一部描写十几岁的年轻人的故事，小说以开创未来世界的豪言壮举而结束。为撰写文库版的说明我重新认真阅读了这本小说，深深感到它给闭塞的日本文坛吹进了一股清新的空气。

纵观"3·11"大地震以后的日本文坛，已经有许多作家为打破这种闭塞的现状做出了努力。古川日出男先生、田中慎弥先生等以当今日本社会的热点问题为题材的尝试很有意思。文学不是一服能立刻解决社会问题的药方，但可以对现实问题进行思考，并不断积累以至于成熟。一位叫木村朗子的学者有一本以地震和文学为内容的著作——《震灾后的文学论 为了新的日本文学》（青土社，2013年）。从这部著作中可以看出，大家都在做着各种各样有趣的尝试。

池泽先生作为《世界文学全集》和《日本文学全集》的编辑者，在编撰两部巨作时倾注了很多精力，并且取得了前人未有的成绩。今天能邀请到您和我们一起探讨世界古典文学、日本古典文学以及翻译的意义等问题,我们感到非常荣幸。各位读者,从现在开始,只要是有趣的作品,无论是哪个国家的,不管是现代的,还是古典的,都应该阅读。把读书的范围扩大一些不是更好吗?

2014年10月12日,东京千代田区,一桥讲堂

系列访谈——「文学作品中的孩子」

第二章
人，总是需要故事的

——小川洋子与沼野充义的对谈

献给你心中的"孩子"
成人的孩子世界

小川洋子

小说家。1988年凭借处女作《扬羽蝶受伤时》（海燕新人奖）正式进入日本文坛。此后，她一直保持旺盛的创作势头，积极创新，不断开拓故事世界的新天地，每部作品都让人耳目一新。她的作品文风清澄，现实与幻想交融，很多作品被译成多种语言，受到各国读者的好评。主要作品有《红茶未凉》、《完美的病房》、《游泳池》、《妊娠日历》（芥川奖）、《爱丽丝旅馆》、《博士的爱情算式》（读卖文学奖、本屋大奖）、《婆罗门的埋葬》（泉镜花文学奖）、《大海》、《米娜的行进》（谷崎润一郎奖）、《小鸡卡车》、《小鸟》（艺术选奖文部科学大臣奖）、《他们总在某个地方》、《琥珀闪烁》、《原稿零枚日记》、《动物们的赠品》（合著）等。2013年，因她在文学上多年的功绩，获得早稻田大学坪内逍遥大奖。

阅读——从平面世界到立体世界

沼野：我想今天在座的听众大部分都是小川女士的粉丝，相信大家都已经迫不及待了，那么我就尽量长话短说。

今天想与小川女士探讨关于孩子和文学作品这个大主题。比如，文学作品是怎么表现孩子的？在小时候您读过什么书？在您的阅读经历中翻译和外国文学又占据怎样的位置？

首先，是一些很老套的问题，这样的问题可能小川女士已经被问过很多次了，但小川女士在别的书中曾经提到："即使被问了很多次同样的问题，也不会特别讨厌。"于是，我就大胆地再问一次。就是，小时候您读什么书？是怎么读的？换句话说，您是坐在书桌前认真阅读，还是在社团活动的休息时间零零散散地读？读书的方式各式各样，因人而异，您属于哪一种？

小川：我父母不是所谓的读书人，所以我们家的书架上几乎没有书。如果有的话，也只是些《金鱼饲养方法》《家庭医生》之类的书籍。但父母却给我订了世界文学全集，每月收到新书的日子是我最开心的时候。

沼野：还记得是哪家出版社吗？

小川：那时还小，对于出版社之类的毫无概念。只记得是橘黄色的封面，翻开书有一股独特的化学药品的味道。

沼野：是装在盒子里的吗？

小川：大概是这样的。记得第一次邮寄来的是《无家可归的小孩》，我被书中的故事所吸引，从那时开始我变得喜欢读书了。我读了伯内特的《秘密花园》《小公主》《长袜子皮皮》《欢乐满人间》《夏洛克·福尔摩斯》，还有菲莉帕·皮尔斯的《汤姆的午夜花园》。就这样，昭和时代的乡下女孩在书的陪伴下健康地成长。

沼野：战后，面向成年人的世界文学全集面世。与此同时，许多面向孩子的、真正意义上的少男少女世界文学全集系列也出版了，有的多达几十卷。有创元社的、讲谈社的、小学馆的，都很有名。小川女士读的大概就是小学馆的《少男少女世界文学全集》吧？不好意思问一下，那时您住在冈山吗？

小川：嗯，是的。

沼野：那时，书店会把每月发行的新书送到家里吧？

小川：是这样的。

沼野：为孩子准备世界文学全集是日本独有的想法，它和成年人读的世界文学全集一样，每一卷都很厚。

小川：在我的印象中书很重。我经常钻进被炉里读，读着读着拿着书的手就开始发酸。后来，我很在意主人公住的房子的结构，便一边阅读，一边在报纸的广告纸背面画着主人公家里的平面图和村庄的地图。

沼野：已经有小说家的样子了啊！

小川：我想让语言这个被印刷在纸上的平面世界稍微立体化一些，让语言产生立体的视觉效果。虽说那时年纪还小，也许已经感受到书本具有的这种力量了。

沼野：这让我想起俄罗斯作家纳博科夫。他很会读书，是一位对读书有着高明见解和浓厚兴趣的人。他曾在美国的大学讲学，在他的讲义里面反复重申："阅读小说时，必须绘制房间的布局以及作为背景的街道地图。"比如，读《安娜·卡列尼娜》时，必须绘制安娜当时乘坐的列车座位分布和包厢的结构，还有基蒂和列文在滑冰场时穿的服装等。他强调阅读小说就应该这样，而且，实际上他自己也是这么做的。纳博科夫是位昆虫学家，画画是他的拿手好戏，他经常把采集到的昆虫画下来。这对于像我这样，素描之类完全不会，中学美术课只拿三分的人来说实在是太难了。我想纳博科夫的图解和小川的房间布局平面图本质上是同一个概念的东西吧。

小川：写小说时,是不是在笔记本上打底稿另当别论,街道的详细地图和房子的房间布局自不必说,从家具的素材到衣服的图案,所有的部分都具体地记在自己的脑海里。虽然不能把细节部分全部画出来,但在写作过程中,脑海中总是有清晰的图像,当我凝视这些细节时,故事的轮廓也就自然浮现。相反,作品的整体面貌、故事的落脚点往往是模糊的。

小时候,我很喜欢《安妮日记》这部小说,书中藏身之处的复杂构造是吸引我的理由之一。

沼野：小川女士爱读《安妮日记》,从小就对安妮感兴趣,还去过实地考察,并写了相关评论(《安妮·弗兰克的印象》,角川书店,1995年,后角川文库/《安妮日记》:100分的名著系列,NHK出版,2014年)。

小川：为什么《安妮日记》对我来说有那么重要的意义呢?我也是最近才找到了答案,我被那些因为某种原因而不得不被囚禁,无法接触到外面广阔世界的人物深深吸引。回顾自己写的小说,很多都是以世界某个角落的封闭空间为背景的故事。

沼野：《安妮日记》讲述的是一位被纳粹迫害而藏在荷兰密室的犹太人小女孩安妮·弗兰克的故事。《安妮日记》已经被翻译成日语,并成为畅销书,至今热度不减。但总的来说,很多人阅读《安妮日记》是因为将其作为二战期间纳粹迫害犹太人这一历史大惨案的见证。而小川女士您喜欢《安妮日记》是因为它是一部文学作品，是一部描写一个被禁锢在狭小空间的人的作品。当然您对犹太人遭受迫害的历史背景也是感兴趣的。不好意思，可能我的解说有点不解人情。

小川：那种被禁锢在狭小地方，不能外出的生活里也存在着世界，安妮非常丰富而细腻地表现了那个小小的世界。从广义上讲，这是文学的作用。文学也许不擅长描写整个世界，但一个小小的家、小小的房子，住在里面的人的心理活动刻画得越逼真细腻，就越能展现深邃的世界，这就是小说的特点。而安妮·弗兰克对于她的小小世界的表达是本能的，并非刻意而为！

沼野：安妮不是一位职业作家。在成为作家之前，还是小女孩的时候，已经成为了纳粹的牺牲品。但是，她写的东西具有很高的文学性，非普通人能及。

小川：安妮开始写日记时只有十三岁。在现在的我看来她虽然还只是个孩子，但在她还尚未成熟的心中却隐藏着如此深邃的世界。令人惊讶的是，虽然没有多少词汇量，也不知道抽象语言的运用，但她用平淡朴素的语言表达了所有。有初恋，也有对身体成长的惊喜，有对未来的梦想，也有与母亲的对立和和解。也就是说，即使在躲避纳粹的密室里，她同样体会到了现代青春期孩子所经历的所有事情。

沼野：《安妮日记》有许多普通人无法想象的事情。光从语言来说，就足以令人惊讶。让人觉得不可思议的是，安妮用的不是母语而是荷兰语。安妮的母语是德语，逃到荷兰时，马上就学会了荷兰语，然后用荷兰语写了日记。换句话说，荷兰语是后来学习的第二语言。用第二语言荷兰语竟然写得如此得心应手，年轻人的语言学习能力真让人佩服啊！

在日本，《安妮日记》是由英语转译而来，最近也有人在研究荷兰语的原文了。语言对年轻人到底能够产生多大的影响我不得而知，这是一个很难解释的有趣问题。

小川：例如，吃完饭，大人们围着桌子闲聊的时候用的好像是德语。安妮从德国逃亡到荷兰时，还没有上过小学，也许这就是安妮能够毫无障碍地使用荷兰语的原因吧。

沼野：虽说德语和荷兰语彼此相近，但毕竟不是相同的语言！也正因为很接近，有些词混在一起会产生语言学上所谓的"母语干扰"，我想安妮在使用荷兰语时也难免会受到德语的干扰和影响吧。

小川：我问了曾是犹太人的荷兰人中学同学，她在战后读了《安妮日记》，发现安妮在十三岁到十五岁之间，荷兰语进步很大，对此她感到很惊讶。我想这也许是她天生的语言能力，以及每天撰写大量日记的原因吧！

文学是多样的

沼野：那么，我们再回到刚才的话题吧！刚才您提到小时候坐在被炉里读小说，但如果让现在的年轻人读书，那么他们会非常认真，找个桌子坐下来，端正姿势再读，他们认为这才是读书的正确态度。

有一本三省堂出版的国语辞典（《新明解国语辞典》），编者叫山田忠雄，是一个很有个性的人。他在自己编纂的辞典上给"读书"下的定义是："躺着阅读，看漫画都不能称之为读书。"很有意思！

但凡孩子，一旦看到有趣的书，就会迫不及待地读起来，不会考虑去哪里读或者什么时候读。小川女士，您是怎样的？躺在那里，捧着又硬又重的儿童文学全集很不容易吧？

小川：确实如此。躺着，一会儿朝这边，一会儿朝那边。如果眼前就有一本有趣的书，那么，用怎样的姿势去读，这对孩子来说是个无关紧要的问题。我小时候，书还很贵，所以在学校的图书室借阅是主流。当我借到《夏洛克·福尔摩斯》系列小说时，恨不得马上阅读，就小跑着回家。于是，双肩包里的书就像催人似的发出咔嗒咔嗒的声音，那种声音是我童年幸福的象征之一。

沼野：说得真好啊！现在是电子书的时代，电子书是不会发出这样咔嗒咔嗒的声音的！说不定马上就会有人发明会响的电子书了。那是多好的事啊。

话说回来，小时候读过的书会一直陪伴着你，好的书很少有人读过一遍就不读了。我想小川女士也会反复阅读《安妮日记》之类的好书吧！人们常说，好的文学作品可以经常读，每一次阅读都会产生新的感受，而且每个年龄段都会有不一样的体验。关于这一点您是怎么看的？读一本书有正确的年龄吗？

小川：我现在在做一个叫"旋律图书馆"的读书介绍广播节目（广播电台"FM 东京"策划的 JFN 系列，每周日上午 10 点在全国 38 个电台同时播出），已经有八年时间了。因为这个节目，让我有机会重读年轻时候曾经读过的文学作品，以及教科书中只出现一部分的古典文学，对我来说这是一个非常美好的体验。正如沼野先生您所说的那样，被称之为文学遗产的东西，无论您阅读多少次，都会根据当时的年龄和心境，给我们展现新的一面。怎么说呢？就像发现一个又一个的宝藏一样！

从父母的立场来看，他们希望孩子这个时期读这本书，那时候读那本书。但是从我自己的经验来看，与书的相遇往往是偶然的。很多时候，自己都无法知道为什么选择这本书而不是那本书。明明只是路过的时候，突然对某本书一见钟情，但有时也会成为决定性的相遇。因此，大人的想法往往不能左右孩子的选择。

沼野：学校教学也是如此！当文学作品被放在教科书中或由老师指定时，就会变得没有意思。从某种意义上说，这是学校教育的宿命吧。小川女士应该是个乖乖女吧。

小川：就说古典文学吧，有时我在想，现在读起来明明这么有意思，但在教科书上的时候为什么会如此无聊？《枕草子》那样的古典，也能像女性杂志人气专栏作家写的那样得到普遍的共鸣。

或者，有时记忆会被捏造，与事实相差甚远。以前读《奔跑吧，梅勒斯》（太宰治著），一直以为梅勒斯最后倒在地上死了。后来再次重读时，发现这只是作者想调节气氛表达的幽默感而已，实际上是一个美好的结局。

但是，您也没有必要正确记住小说的内容。根据记忆创作自己的新故事，这也没有什么不妥之处，小说的包容性是非常强的！

沼野：小川女士作为作家的才华，在这一点上已经表现出来了。您可以把小说改写成自己喜欢的样子并留在自己的记忆里。

小川：有这么一件事情。去年做节目时，我重新阅读了《弗兰肯斯坦》，令我惊讶的是它不是怪物的名字，实际上那个怪物连名字都没有。这是去年我做广播节目时最让我惊讶的事情。

沼野：弗兰肯斯坦是制造怪物的博士的名字吧。但是，不只是小川女士，不知为什么，读过小说的人一般都认为那是怪物的名字。

小川：与某一部小说相遇，让它在自己心中发酵，产生新的东西。几年之后再次阅读，再次在心中发酵，又产生与第一次不同的东西。但是，为了做到这一点，还是有必要从小开始读书，为日后发酵准备好糠床。就我来说，长大以后读到优秀的儿童文学时，我常常会后悔："啊！我想让十岁时的自己读这本书！"

沼野：以前读的书和后来重读时印象不一样的书还有吗？

小川：还有一本是石井桃子的《阿信坐在云彩上》。小时候读《阿信坐在云彩上》，一直以为这是一个小孩坐在云彩上的故事。但是，长大以后重读时我才明白，事实上它是阿信从云中掉下来，掉进池塘，初次体验到死亡的故事。

小时候喜欢这个故事是因为希望自己也能像阿信一样坐在云彩上，像小船一样漂荡，但实际上这是一个寓意深刻的故事。

沼野：孩子通常很难发现潜伏在身边的危险吧！

小川：阿信遇到一位像仙人一样的白胡子老爷爷，诉说自己的遭遇，我意识到这是一种心理咨询。

故事以妈妈只带哥哥去买东西，阿信感到委屈而痛哭开始。那时的阿信正处于自我意识的萌芽期，她对初次相遇的白胡子老爷爷倾诉着自己的委屈。也正是通过向白胡子老爷爷倾诉，阿信对自我的认识从模糊逐渐变为清晰。长大以后再次阅读这篇小说，还是有许多新的感受。

沼野：接下来，我也来补充几部小说。我想大家都读过圣埃克苏佩里的《小王子》吧。小时候，我被父母逼着读了这篇著名的儿童文学短篇小说，故事里有一个像帽子那样的东西，后来才知道其实那是被蟒蛇吞噬的大象。故事告诉大家看东西只有用心才能看得清楚，重要的东西用眼睛是看不见的。这句话本身说得很好，但结果变得像修身教科书那样了。于是，我这样性情乖僻的孩子读到这里就觉得这样的小说并不有趣。但是，长大以后再次阅读，发现它算得上是一篇成年人世界的讽刺寓言。带刺的玫瑰隐喻任性、傲娇的女孩，还有纳粹德国的威胁，以及对美国物质文明的讽刺等等。这么看来，实际上这也是一本成年人的读物吧！

小川：这样的作品确实很难让孩子们喜欢啊！

沼野：孩子有孩子喜欢的作品和阅读方式吧。

小川：对于孩子而言，很难准确地表达出这本书是什么样的书，哪里好。也许孩子们有大人们不知道的阅读方式吧。

沼野：有时，出场人物的年龄与自己年龄不同，理解也会出现偏差。高中时，我阅读《安娜·卡列尼娜》，虽然最后勉强读了下来，但也因此误入了俄罗斯文学的道路。那时，安娜·卡列尼娜给我的感觉是一位丰满妖艳的大婶，总之，是一个和自己没什么缘分，年纪也比自己大得多的人的故事。后来读的时候才发现她当时也只有三十岁左右！现在，我在大学教书，主要教的是研究生，我周围的很多女研究生其实都远远超过了那个年龄。看到她们，我有时会问："怎么？你的年龄比安娜·卡列尼娜还要大吗？"因此，当您上了年纪再读，对年龄的感觉会完全不同。

小川：特别是对于青春期的孩子来说，会把比自己年长的人看成比实际年龄更为成熟的大人。或者对大人强加过度的期待和憧憬，感到被背叛的愤怒。但是，到了被称为大人的年龄，就会发现自己的不成熟，担心自己一辈子也不可能成为真正的大人。于是，变得胆怯软弱，对许多事情的看法会变得更加宽容，读书的方法也会变得更加灵活吧。

沼野：希望年轻人阅读的名著确实不少，但我恰恰相反，有时不希望他们读这些作品。因为，真正的文学并不是你想象的那么美好，有令人战栗的场面，也有残酷无情的场面。陀思妥耶夫斯基的《罪与罚》是名著，但恐怖的杀人故事，精雕细刻的杀人场面，让人唏嘘不已。那么，年轻人读了这样的小说会怎样呢？对此我很担心。

小川女士您也写了许多有关恐怖题材的作品，里面有些作品也并不适合年轻人读。对此您是怎么想的呢？

小川：确实，我也有过几次那个年龄段消化不了的读书经验。但是，我认为小说的精彩之处就在于，即使写着像刚才所说的那样不愿看到的东西，比如，污秽的残酷的东西，但也没有人因为读了这样的小说而后悔。明明充满阴暗丑陋，却不知为何被吸引，去从未去过的世界,化丑为美,让自己的内心得到满足。文学能够捕捉现实世界中的丑陋,并让它存在,这是它的价值所在。

沼野:小说对人的影响是不可估量的。俄罗斯评论家西尼亚夫斯基说:"读了陀思妥耶夫斯基的《罪与罚》的人会怎么样呢?这是无法预测的。也许会成为恐怖分子去暗杀政界要人,但也可能成为虔诚的信徒,我想两者皆有可能。"

小川:如果某个人因为读了陀思妥耶夫斯基的《罪与罚》而成为恐怖分子,那不是陀思妥耶夫斯基的错,而是他自己的问题。

沼野:当今世界,人文学科处于劣势,大学也是如此。有人说:"文学系没有什么用处,文学研究和评论之类的也没有必要。"但于我来看,恰恰相反,现在的日本政治之所以不行,其原因就在于那些政治家在年轻时没有好好读小说,文学修养不够。

小川:我很赞同您的观点。和一个完全初次相见的人一起被关在一个房间里,想要知道那个人是什么样的人,有着怎样的背景,怎样的认知特征,最好去问问他读过什么书,我想书能够如实反映人的内心世界。

沼野:也许那个人回答:"只读一些《股票赚钱方法》之类的书。"诺贝尔奖获得者俄国诗人布罗茨基说:"选举政治家的时候,问他实施什么政策,还不如问他对狄更斯的看法,或者问他是否读过陀思妥耶夫斯基的小说来得更靠谱。"这种说法虽然有点极端，但也不无道理。

小川：读了某本书，受到某种感动，这是真实自我的表现。不知道书的价值的人会说："文学哪里好呢？真是莫名其妙啊！"他们往往对不知道的事物持有一种否定态度。书的优点就是即使自己觉得没意思，相反，也能享受到有人觉得有趣的惊讶。无论多么无聊的作品，喜欢它的人的观点也有可能很有趣。

文学奖的评选会就是一个很典型的例子。

沼野：我也参加过几次文学奖的评选工作。在评选时经常会有这种情况，以为会和某位评委意见一致，结果却完全相反。小川女士您也在担任评委吧？

小川：担任读卖文学奖的评委。

沼野：读卖文学奖还可以，没有很严重的对立意见，但并不是所有的评选会都这样。这位评委喜欢我的作品，估计与我想法相同吧？结果却出乎意料。相反，那位评委的作品我不喜欢，大概会有意见分歧吧？结果却不谋而合。真是太不可思议啊！

小川：这个作品和评委 A 先生的风格很像，想必 A 先生一定会推荐的吧！但这位评委却完全反对，这就是所谓的近亲相憎吧！

沼野：对文学的喜好是因人而异的，也许这也是文学的有趣之处吧！

找到自己应该写的东西

沼野：顺便问一下，您是从一开始就进入文艺评论系的吗？

小川：是的，高考时偷懒，争取到了推荐入学的机会，进早稻田大学是在暑假快要结束的时候才定下来的。

沼野：是推荐入学的吗？

小川：是的，因为有文艺评论系所以选择了早稻田。因为不用参加高考，有空余时间，于是违反校规去打工，存了一点钱，先买了岩波书店出版的《日本古典文学大全》中的《万叶集》，再用剩下的钱买了《源氏物语》。这两部书嘛，现在放在我的书架上，打算作为晚年的乐趣，年纪大了慢慢阅读。

沼野：因为《源氏物语》并不是那么简单就能读完的，所以时不时地拿出挑些喜欢的先读起来也不错啊。

小川：《源氏物语》有许多现代文译本。这次池泽夏树先生编修的《日本文学全集》中，由角田光代女士担当《源氏物语》的翻译。

沼野：很期待啊！听说是《源氏物语》的全译，真是了不起啊！

小川：在书籍销售量急剧下降的现在，千年前的《源氏物语》将被再次翻译成现代日语！我想无论身处怎样的时代，你总能感受到时代文学舞台中心的不可思议，或者说日本文学的力量！

沼野：《源氏物语》绘尽了平安时代华丽宫廷的生活百态，在当时看来，也是一部走在时代前列的文学作品，就像小川女士的作品一样。对于您的新作，大家无不翘首以待。

说到《万叶集》，我想起了小川女士的书评集——《博士的书架》（新潮社，2007年，后新潮文库），书评的最后有一句话："当死亡来临之时，枕边安放的七本书。"排在第一位的就是《万叶集》，还写着"高三寒假打工所买"。当时我很意外，怎么突然出来了《万叶集》呢？现在知道是这么回事了。

小川：当我告诉儿子我高中第一次打工赚的钱买了《万叶集》时，儿子说："多么灰暗的青春啊！"记得那时把冈山纪伊国屋书店买的《万叶集》绑在自行车后面，冒着严寒骑车回家，这样的情景还历历在目。对于我来说，这就是《万叶集》的风景啊。

沼野：《万叶集》晦涩难懂，这是没有阅读过《万叶集》的年轻人的偏见，其实并非如此。

小川：是啊！内容丰富多彩，诗歌数量庞大……

沼野：有赞颂爱情的恋歌，也有赞叹壮丽美景的诗歌。

小川：无名氏与天皇的诗歌平等排列，不分先后。其中有一首山上忆良描写亲子之爱的作品，是一首描写垂死孩子的诗歌，连遗体样子的变化也用诗文表达，这让我非常震惊。所有生命，所有的情感全部化成了诗歌。离世之前回忆自己的人生，我想无论你的生活多么平凡，都能深切体会到活在人世间的真谛。

沼野：在当时的人看来，《万叶集》也是一部最新的现代文学吧！有一位叫利比·英雄的作家，出生于美国，现在在写日文小说，但是他原本是一位日本文学的研究者，是他把《万叶集》翻译成了英文。我是读了他翻译的英文译本后，才发现《万叶集》是一部这么好的诗歌集。提到古典文学，总给人以晦涩难懂之感，其实不然。我们知道，只有那些真正能引起同时代人共鸣的作品，随着时间的推移，才能成为古典。

小川：千年之前的作品历久弥新，与现代人的情感和心灵发生深深的共鸣与碰撞，让人感慨良深。

沼野：小川女士博古览今，阅读了许多翻译类作品以及日本文学作品。像小川女士那样痴迷读书的人，怎么说呢，世上并不罕见，但并不是所有喜欢读书的人都能成为作家的。也就是说，阅读与写作之间存在着不可逾越的悬崖,或者说绝壁,想要成功跨越它,需要巨大的飞跃。

毋庸置疑,写作需要才能。那么,只要有才能就可以吗?恐怕不是那么简单。我想还需要对于写作的强烈欲望和超乎寻常的意志。小川女士是什么时候开始立志要成为一名作家的呢?

小川:那还是很小的时候。您刚才提到了悬崖绝壁,但就我而言,是一座座连绵不断的青山。读着难得买来的书,或者一周之内必须要还的书,越接近尾声心中越发感到寂寞,读到最后一页时若有所失。"已经结束了吗?我想再读下去啊!"于是,恬不知耻地想"要是自己来写,也许会更加精彩呢",真是初生牛犊不怕虎啊!

沼野:那是小学的时候吗?

小川:或许吧!已经记不清了。听母亲说,当我买到一本没有文字的图画书时,会随意注上文字来读。也许是看到书的一瞬间,几乎本能地产生一种自己也想写的心情吧!

沼野:然后在大学接受了写小说的训练,这也是想成为作家的心情的延伸吗?

小川:没有想过能成为作家,只是不想离小说太远。

沼野：当时早稻田大学文艺评论系已出了作家吗？是不是见延典子女士？

小川：是啊！在她前面还有一位是荒川洋治先生。

沼野：他是一位诗人呢！是第一届毕业生吧。据说，他代替毕业论文提交的是第一本诗集《娼妇论》。

小川：后来田中小实昌先生的女儿田中理惠小姐也进入了日本文坛，当时的教师中还有驹田信二先生、平冈笃赖先生和铃木志郎康先生，也都是作家。那时在学校碰到熟人时会聊"你读了最近那期文艺杂志中连载的中上健次的新作吗"之类的话题，在这样的环境中学习的确是一件很幸福的事情。角田光代女士也是那时的学生，是我后面几届的学生。

沼野：驹田信二先生于我个人来说是个怀旧的名字呢。他是中国文学专家，也是文艺评论家，在《文学界》同人杂志长期负责文学评论。说起来，我在高中时还写过一些小说，刊登在高中文艺部杂志上。我的小说还受到了驹田先生的表扬，当时先生的评论刊登在同人杂志评论栏里，这是我第一次在公众面前公开自己的秘密。可能大家会觉得好奇，想找出来读一读，但我提醒大家，我用的是笔名，你是找不到的。再说，那时写的东西现在也着实拿不出手。

小川：这么说来，沼野先生您最初也是从写小说开始的。

沼野：因为没有写作天赋，后来就放弃了。今天之所以提起这个话题，是我突然想到既然小川女士在进入文坛之前对写作已经有着如此强烈的意识，那么在中小学时期是不是也写了一些东西？那么这些文稿现在又在哪里？

小川：是啊，放在哪里了呢？应该在老家的杂物间吧？但是，刚才沼野先生您也提到了，如果现在来读年轻时写的东西，估计我会晕倒！

沼野：因为是文艺评论系，老师会对您提交的作品提出修改意见，而且同学也会对你的作品评论吧？

小川：比如，写一篇二十页左右的短篇小说请老师修改，老师会给你定个级，如A、B、C。而A的作品会刊登在《早稻田文学》杂志上，这也是我的梦想。

沼野：也就是说，那个时候您提交的东西没有得到很高的评价吗？

小川：完全不行。

沼野：您想过是什么原因吗？

小川：现在想来应该是我太把自己当回事了。

沼野：初中高中的时候写读书感想吗？有没有在比赛中获奖？

小川：完全没有如此值得炫耀的记忆，只有把《万叶集》绑在自行车上，一个人骑着回家的记忆。我的青春很灰暗。我喜欢写读书感想，但是从来没有得过奖。怎么说呢？文部大臣奖获奖作品都有一种固定的模式吧！

沼野：没错！初中高中的老师中，也有非常热衷于读书指导的老师。

小川：我想跳出固定的模式来写东西。想用谁也没有写过的文体，妄想独自一人脱颖而出，以为自己天赋过人，其实是自我意识过剩。怎么说呢？也许每个人都必须经过那样的时期吧。

沼野：也就是说，从过于膨胀、自我意识过剩的泥潭中走出来之后，开始写出好的小说了。

小川：在执着于自己的时候，认为自己是最了不起的。但当我走出狭隘的自我世界时，视野一下子开阔起来，发现了许多值得写的东西。《博士的爱情算式》（新潮社，2003年，后新潮文库）就是一个典型的例子吧。担心在数学这个和自己完全没有关系的世界里找不到故事素材，尝试着进入这个世界，却惊奇地发现似乎没有故事素材的地方也有很多值得写的东西,原来故事就在那里。

沼野: 我也正想问这个问题,是从那时开始的吗?比如,《博士的爱情算式》的数学,《抱着猫,与大象一起游泳》(文艺春秋,2009 年,后文春文库)的主人公李特尔·阿廖欣①的国际象棋,为了写这部小说,您应该学习了许多国际象棋知识吧。还有《小鸟》(朝日新闻出版,2012 年,后朝日文库)是语言学和动物的故事,所有这些作品都需要一定的专业知识。您在学习这些专业知识的同时,不断开拓新题材,一个接一个地挑战封闭在自己意识里的世界。您是有意识地在打开自己的世界吗?这靠的是顽强的意志力吧?

小川: 与其说是有目的和意图,倒不如说是自然而至。撞到自我意识的南墙,努力撬开它,寻找真正想写的小说,犹豫彷徨中终于找到了数学、国际象棋那样的题材。数学也好、国际象棋也好,还有小鸟,都是远离语言的世界!国际象棋是默默地下的,那个世界可以让我轻松平和,我终于找到了新题材。

沼野: 一写小说,就会在语言的海洋中与波涛海浪搏击,从某种意义上来说是语言的横流漫溢。您本来就擅长数学吗?

---

① 李特尔·阿廖欣,《抱着猫,与大象一起游泳》的主人公,被称为"棋盘上的诗人"。人物原型是 1917 年加入法国国籍的俄罗斯国际象棋选手亚历山大·阿廖欣(1892—1946)。

小川：不，数学完全不行。好像数学成绩好不好，与是否把它写在小说里毫无关系。我学了国际象棋的规则，但现在已经遗忘，而且我也不下国际象棋。有些事情我不想做，但是想把它写在小说里。

沼野：听说写《抱着猫，与大象一起游泳》时，得到了若岛正①先生的许多指导和帮助。

小川：是的，若岛先生教我国际象棋知识，还带我去了大阪日本桥的国际象棋咖啡馆。国际象棋咖啡馆里没有人说话，大家只是默默下着棋，仅仅是这种安静，就已经成为了一个世界。

我还去了麻布中学的国际象棋部采访。在那里，一群十四岁和十五岁的少年正在下棋，孩子们思考着的侧脸特别漂亮，原来为了一件事情而认真思考的脸竟然如此高贵。从这里我们进入了小说的世界。

希望有更多的少年活跃在我的小说中

沼野：下面我们继续来探讨小川女士的作品。小川女士故事中的中心人物，或者说让人印象深刻的人物往往是年轻人啊！

《博士的爱情算式》里有个十岁左右的孩子，叫平方根。另外，出场的还有博士、博士家中的年轻女佣，平方根是她的孩子

---

① 若岛正（1952— ），英美文学学者、京都大学教授、翻译家、日本纳博科夫协会会长。在科幻小说、悬疑小说方面有很深的造诣。也是位有名的将棋（日本象棋）作家、国际象棋作家。

吧。这三人是小说中的主要人物，而其中的平方根是小说中重要人物，他的存在有很大的意义。

小川： 我喜欢写一些孩子和老人的故事，但不擅长写中间年龄层的人物。

沼野： 有一个人，他几十年如一日坚持做着一件事，但不被理解，就这样慢慢老去。另外，还有一个年轻人。这是小川式小说的模式吧！

小川： 对于我来说，我已经习惯于这种稳定的叙事方式。在社会的某个角落，某个人长年累月从事着某个重要的工作，却没有得到人们的理解，当他站在死亡边缘时，一个年轻的，还未成熟的孩子出现了，孩子目睹着他去往另一个世界，他的存在价值也通过孩子得以向世界证明，孩子的出现就是为了完成这项重要任务。我喜欢这样的叙事方式，但一不小心，所有的小说都会成为这样，所以在创作的时候我也会特别注意。

沼野： 有没有从正面的角度描写与自己年龄差不多的同一代人呢？

小川： 这样年龄的人往往以讲述者的身份出现，她站在客观立场，看着老人和孩子。《博士的爱情算式》中的女佣就是这样的角色。

沼野：人到老年，也有回归童心的时候，会变得像孩子一样。不知道作家是怎样描写与自己年龄层次不一样的孩子的？还是因为自己的心里住着一个孩子吧！

小川：前几天读了尾崎真理子女士写的石井桃子评传（《秘密王国：石井桃子评传》，新潮社，2014年），读了这篇文章，让我感到吃惊的是石井女士清楚地说她从来没有为孩子写过，是为了自己心中的孩子写的。

我不太喜欢小时候的自己，那时的我一点儿也不可爱，现在回想起来心里都很难受。也许是因为这个原因，我喜欢少年，对少年寄托着太多的希望。

我不写少女，如果写少女，我的自我意识就会作怪，我非常清楚少女丑陋的心灵，我希望有更多的少年活跃在我的小说中。

因此，阅读别人的小说也同样，少年题材的小说总是吸引着我。

沼野：日本的小说，尤其是私小说，随着作家年龄的增长，小说中的人物也会变老。因此，当作家老了，他写的东西也便成为老年文学。这并非我在开玩笑，而是自然所使。

但是，无论自己年龄多大都能写以孩子为题材的小说，这大概也是作家的特权吧！塞林格的《麦田里的守望者》中的主人公是十几岁的孩子，村上春树的《海边的卡夫卡》的主人公同样是十几岁的少年。陀思妥耶夫斯基年近六十还写了《少年》，而且以手记的形式写一个不到二十岁的年轻人。年近六十的俄罗斯大文豪以第一人称来写不到二十岁的青年可谓十分大胆。这样写下去能够成为作家年轻不老的秘方吗？

小川：那是可能的吧。就像数学、国际象棋在远离语言的地方一样，孩子也因为没有完全掌握语言，无法充分表达自己的思想。从这个意义上说，孩子是一个没有语言能力的人，所以我觉得这样反而能写。能说会道的人，可以让他自己表达思想。一个孩子孤零零地站在那里，他心中的内心世界尽管迷人，却不知道怎样表达，所以我想用小说语言来表达。因此，那些孩子，或者所有意义上都还不成熟的人，对我而言都是极具魅力的题材。

沼野：没错，在小川女士的作品中，有许多不善言语表达的人，或者一直沉默的人。

现在想起来，在《大海》（新潮社，2006年，后新潮文库）这部短篇小说集里，有一部叫《小鸡卡车》的小说，里面有一个六岁左右一直不说话的孩子。小说的最后那孩子说话了，这让我很震惊。这个，可能是个极端的例子吧？关于这个作品我之后还会再提。

文艺春秋策划了一部《第一次走进文学》（2006—2007年出版）的短篇小说集，他们挑选了十二位现代具有代表性的作家来做这个系列。他们让作家从自己的作品中挑选一些希望年轻人阅读的小说，分别做成一册，当然小川女士也是十二个人当中的一个。小川女士的小说集里收录的都是您希望年轻人读的小说吧？

小川：编辑的意图是这样的，但我也不敢很有底气地向年轻人保证："这些都是适合你们年轻人读的书，你们好好读吧！"我也是一边抱怨着，一边思考着"这些，也许可以吧"，然后诚惶诚恐地拿出来交了差。

沼野：也就是说，您在写小说的时候没有给年轻人写小说这样的意识？

小川：没有，写的时候几乎没有这样的意识……应该说百分之百没有，写小说的时候我完全不考虑这些。

沼野：也不是为住在心里的那个孩子写的？

小川：要说小说是为谁写的这个问题……还真不可思议啊！我到底为谁在写呢……

沼野：书评出来了，被夸奖了，也不关心吗？

小川：被夸奖时，单纯只是喜悦。被误解时，也会惊讶他们为什么这么想。新书出版时，到了接受采访，在回答记者提出的各种各样的问题中，才终于明白自己写了一部怎样的小说。原来是那样啊！我写了这样的小说啊！总之，是通过第三者，也就是读者才明白的。

所以，写的时候感觉是为了小说中的人物而写。如果中途放弃不写的话，那么出场人物想说的话就无处去说，所以我努力让他们生存下去。

沼野：就是让小说中的人物活在自己人生中的感觉吗？

小川：让我意识到这一点的是最近（2014年）获得诺贝尔文学奖的帕特里克·莫迪亚诺①。他的代表作《多拉·布吕代》（白井成雄译，作品社，1998年）的前言中有这么一句话："到死者的世界中去寻找连名字都没有的人，也许只有文学才能做到。"我完全赞同他的观点，也开始体会到了撰写小说的意义。

翻译与译者

沼野：莫迪亚诺是法国小说家。说起法国，小川女士的作品在法国评价特别高，您的许多小说也被翻译成了法语。

那么，下面我们简单来谈一下翻译吧！刚才谈到过一个问题，就是写小说的时候会意识到"谁"这个问题，小川您在创作的时候几乎不会想到这个问题。但是，现在您的许多作品被翻译成了外语，那么您有没有关注国外的读者？有没有考虑过被翻译成外语的小说是否很好表达了原著的信息？或者说您担心自己小说中的日本式表达过多，打算以后使用普通的表达来减轻翻译难度。

---

① 帕特里克·莫迪亚诺（1945— ），法国作家。2014年获诺贝尔文学奖。在法国很有人气，民间有"莫迪亚诺中毒"的说法。

小川：如果我能设身处地为译者考虑的话，那么《博士的爱情算式》就会出现足球，不会出现棒球了。据说为了翻译棒球相关术语，译者颇费了一番脑筋。

沼野：因为在欧洲知道棒球的人并不多吧！

小川：江夏丰①这样的名字，法国人是不会知道的。

沼野：小川女士您是有名的阪神迷吧。

小川：是的，回顾以前写的小说，都是些很难判断是哪个国家的小说。《博士的爱情算式》中棒球选手江夏丰的登场，也许让译者为难了。

沼野：小川女士与译者有联系和交往吗？他们经常向您提问题吗？您回答他们的问题吗？

小川：有的。有一个比我大十岁左右的女翻译家，我曾经去过她法国的家里。第一次与她在巴黎见面，我们一见如故。虽然在那之前没有见过面，但两人之间有一本相同的小说，书成了我们共

---

① 江夏丰（1948— ），20世纪60年代后期到80年代活跃于日本棒球界的阪神老虎棒球队主投手。曾在赛季中401次夺得三振，五次被评为最优秀教授投手。曾实现"名手赛九次连续夺三振"的壮举，"江夏丰21球"的称号在民间广为流传。

同的话题。我们像老朋友一样，有一种旧时相识的错觉，这是一种非常令人愉快的错觉。

沼野：您知道您的小说在法国的接受情况吗？有没有来自读者的声音？

小川：在法国接受文艺杂志采访，还有签名会的时候，记者的提问、读者的反响以及整体的氛围与日本毫无二致。"原来法国人是这样读书的啊！"这样的感觉从未有过，我想这是翻译成功的证明吧！

沼野：如果被翻译的语言是自己知道的还好，如果是自己不会的语言，那么就很难判断翻译是好是坏，是正确还是错误。译者像一位魔法师一样给您的小说施展魔法，也许除了信任您别无选择。记得小川女士说过："译者是给小说撒上魔法粉末的妖精。"我觉得这是一个非常有趣的比喻，您为什么会这么想呢？

小川：小说写完了，就放在那里。可是，突然有一天信箱里收到了一本书，一看，那是一本翻译成了法文的我的书，非常不可思议。明明没有把书稿给过谁……就这样，某一天，你一觉醒来突然发现你的小说被翻译成了法文，我想这样的事情只能理解为是妖精所为。

沼野：记得柴田先生好像也说过类似的话。总之，译者就像作家睡觉的时候拼命施展魔法的妖精一样，等你一觉醒来，你的小说已经被翻译好了。

小川：对作家而言，这是意外收获啊。塞尔维亚语学者山崎佳代子女士在她的《贝尔格莱德日记》（书肆山田，2014年）中，是这样描述翻译的："感觉像是在给陌生人准备礼物。"我想从译者的角度来看，翻译大概如此吧？

沼野：山崎女士是我的旧友，也是一位很有才华的诗人。她在贝尔格莱德的大学任教，也写些日语诗歌，然后把诗歌翻译成塞尔维亚文。最近她还参与了《古事记》的塞尔维亚文翻译工作，成为了连接日本和塞尔维亚的桥梁。

小川：今年（2014年）有一部《与陀思妥耶夫斯基一起活在爱中》（瓦德姆·杰德内科导演、编剧）的纪录片上映了，非常不错。

沼野：是关于出生在乌克兰的女翻译家斯维特拉娜·盖尔的故事吧。

小川：这部影片虽然只是对这位老奶奶日常生活的记录，但它确实传达了文学是什么这个根本性的问题。

沼野：是一部有深度有思想的电影！从题目来看像是一部浪漫主

义电影,其实是一部具有深刻文学性和历史背景的电影。

小川:老翻译家斯维特拉娜被卷入政治旋涡,被迫离开祖国前往德国。在这种情况下,她还执着于她的翻译工作。她说:"原文像一匹布,每次解读陀思妥耶夫斯基,都会发现里面藏着的宝石,而重新编织这些宝石就是译者的工作。"也就是说翻译工作不仅仅要严谨细致,而且需要强大的忍耐力。

沼野:下面我想进一步就翻译来展开一些讨论。我想问一下,在迄今为止读过的书中,外国文学的翻译作品对您来说有什么意义?这和用日语阅读的日本文学作品有什么不同?

小川:我大概在20世纪70年代后半期开始接触翻译作品,当时读的是一位大学的老师,而且是一位很了不起的老师的翻译作品。虽然有些译文作为日语有些别扭,但毕竟有物理上的距离,所以也没有觉得特别不妥,我想翻译作品大概就是如此。可是阅读日本文学就不一样了,无论如何会对语言很敏感。最近,光文社古典新译系列很畅销,还有村上春树先生和柴田元幸先生也翻译了许多美国文学,阅读这些翻译小说,感到日语和外国语言坐标之间的差异消失了,文学地平线的视野一下子开阔起来。由此可见,翻译家的作用不可小觑,阅读翻译作品选择译者的时代已经来临!

沼野:这是最近的事情吧?

小川：嗯，是的。

沼野：可是，可以用名字来选择的被大家熟知的翻译家并不多。

小川：拿到喜欢的外国文学译本，会很自然地找到符合自己感觉的译者。阅读优秀的外国文学，和译者一起欣赏这位作家和他的作品，产生一种共鸣并为此感动。

沼野：英文翻译的话，除村上春树先生和柴田元幸先生以外，还有就是岸本佐知子女士了。岸木女士不仅是一位优秀的译者，而且她的随笔也很有趣。更年轻一点要数翻译美国新移民文学的藤井光了，人如其名，在翻译舞台上绽放着独特的光芒。

小川：年轻时候苦心阅读的古典被翻译成现代文，又产生了新的闪光点，重读这些作品使我感到快乐！

沼野：刚才小川女士提到孩提时代阅读了儿童文学全集，我的印象中儿童文学全集往往以外国经典儿童文学为主流。20世纪60年代初期，白杨社出版了一部大型儿童文学全集——《新日本少年少女文学全集》（全四十卷）。我上小学的时候，读了其中的大约十本，但从孩子的角度来看，总觉得作品有些陈旧落伍。小川女士您是怎么看的？您还是以阅读外国儿童文学为主吗？

小川：小时候我一直住在农村典型的日本式老房子里，阅读外国文学作品是为了逃避这些传统的东西。世界那么大，我想去看看，为什么一定要读那些日本的东西呢？因此，系列丛书中偶尔碰到八岐大蛇之类的故事，我会很失望。

沼野：我都读，不分日本和外国。岩谷小波的《黄金丸》，还有新美南吉、椋鸠十的作品我都读了，日本儿童文学作家中也有很不错的作家。但不管怎样，还是对外国的翻译作品有一种不可名状的期待，我想孩子都这样吧！但是，仔细想想，如果从小开始就喜欢儿童文学的翻译作品，最终会和翻译结下不解之缘吧！

小川：我对翻译充满向往，如果能重新活一次，我想成为一名翻译家！如果把一部小说比作大海，作家就是浮游在海面的泳者。他们漂浮在海面，不怎么思考，如果思考太多，反而不好，也许随波逐流，才能游得更远。

但是，译者不一样，他们必须对作家完成的作品——织物进行解读和再现。我认为潜到大海深处的不是编辑也不是读者，而是校阅者和译者。我很想用译者的眼睛去阅读小说，那肯定会体会到不同的世界吧！

沼野：小川女士的外语一定很棒，您有没有想过要尝试翻译一些作品？有没有接到过翻译英文或法文作品的约稿？

小川：这个可能做不到，我一直认为翻译这个工作并不是旁人看来那么简单！

刚才提到我去拜访法文译者,她工作的计算机旁边放着一块画板,画板上面放着几粒小石子。她说,在开始翻译小川洋子的作品之前,会去森林里散步,然后捡来看上去像人物的小石子,把它们放在画板上。一个章节结束,人物发生变化,小石子的位置也相应变化。听了这番话才知道:"哇,译者潜入的水有多深啊!"我真希望与她一起潜入深水之中,去看看海底世界!

人,总是需要故事的

沼野:最后,我们来继续讨论一个更大的话题吧。就是人为什么要写小说?为什么要写故事?小川女士在和心理学家河合隼雄先生的一次对话(《活着,就是创造自己的故事》,新潮社,2008年,后新潮文库)中提到:"心理咨询也好,小说也好,感觉能够深入到人的心灵深处。"实际上,村上春树也反复说过同样的话。

小川:他说:"地下一层是不够的,还有一个地下二层。"

沼野:小说真能做到这样吗?

小川:文学之船能驶多远,水能潜多深,语言起到了很大作用。语言不仅是载体,也是文学赖以栖身的家园。但是,例如,"箱庭疗法"是为了那些不能很好地用语言表达自己情感的人而存在的。通过摆放沙箱内的沙具,塑造一个与他的内在状态相对应的心理世界,发现一些以前就存在的,但语言无法表达的内心深处的重要东西。故事的目的也在于此！我们生活在现实中，难免会碰到许多的不合理和难以承受的困难。因此，感到苦闷时，就需要一个与现实有着不同存在感，能够呼吸有着与氧气不同种类的空气的地方。我们的安身之处不仅仅只有水面，还有水底世界，那里有足够的空间来容纳一切的不合理、不道德或者矛盾。让我们能够感受到这一真理的不就是故事吗？

沼野：但是，无论小说家潜得有多深，他们必须回来把看到的、想到的东西用语言来表达。

小川：这是一个很难解决的矛盾。能去一个没有语言的世界是多么的快乐和美妙。但是，一旦浮出水面把它变成语言，发现海底世界感受到的东西已经失去很多。但是反过来，也许可以说，正因为有语言留下的空白，读者才能发挥他们的想象力。

沼野：刚才您说译者潜入大海的深处，而令人意外的是作家却浮在海面。其实不然，实际上作家潜入大海深处以后又回到了海面上！我没有做过多少翻译，如此谈论翻译有点不知深浅，但从翻译的角度来说，翻译这个工作往往会过分斟酌字句、死抠字眼，因此我担心译者对原文整体的理解程度。其结果，翻译也只是停留在语言表层意义的转换上。

就这样，译者受浮向表层的语言浮力的影响，无法真正进入到故事深处。那些无法用语言来表达的深刻东西的确存在，但由于语言的羁绊无法冲破，这对于身为外语专家的译者来说，是极其痛苦的。作家也是如此，也许像陀思妥耶夫斯基那样的作家，就能迅速冲破精细的表层直入故事深处，用语言把小说蕴含的深刻东西传递给读者。但是，纳博科夫那样以语言技巧取胜的作家却只能囿于复杂的表层之下。

小川：我同意您的观点！但这也取决于作者和作品吧。只是，当我走到故事的深处时，与其说被自己的思想，不如说是被故事自身所拥有的潮力所吸引。然后，一直下沉，无法控制，连自己携带的温度计都无法测量。坦白说，我自己也不知道到底潜到多深才回来的。但是，译者在翻译的时候是有意识的、可控的。他们仔细解开表层的技术问题，然后紧握救生索一米一米往下潜，一边下降一边从容观察周围环境。那时，译者应该看到了连作家都没有注意到的别样风景。

沼野：接下来再提一个很老套的问题。小川女士您为什么要写小说？换句话说，人为什么需要故事呢？我想有很多种答案，您是怎么想的？

小川：关于这个问题刚才也有提到，我想是因为故事等着我们去写吧。

沼野：有人说，雕刻家只是把隐藏在树根、石头里固有的形状呈现出来，并不是自己塑造形状，夏目漱石的《梦十夜》中的运庆也是如此。您写小说的时候也有这种感觉吗？

小川：不这样就写不出来了。

沼野：但是作为人类，既然生活在这个世界上，就不能无视现实吧。编织故事，是因为故事可以表现现实世界，解决现实中无法应对的问题吧。

小川：您说得很对。现实不容忽视，现实很复杂，现实中人们要承受种种压力。为了理性包容和接纳复杂的现实世界，人们几乎本能地试图在现实中寻找某种解压方式，那就是立足现实而超越现实的虚构故事，它可以把不合理变成合理。也就是说，即使不符合现实实际，也没有关系，接受它，并从压力中解放出来，在更自在的世界展翅高飞。我认为这就是故事的原点。

沼野：前面曾经谈到，译者是在作家睡觉时拼命工作的魔法师、妖精。而我想说小川女士才是在读者们睡觉的时候，努力编织故事的魔法师。为什么您总是能不断创作出如此生动有趣、寓意深刻的作品呢？真让人惊讶！

另外，关于写作进度、执笔时间的安排有什么需要注意的地方吗？

小川：每天的工作都排得满满的，根本没有时间考虑进度。早上起来一个字一个字地敲打，一天写大约五页纸已经筋疲力尽。

沼野：迄今为止，小川女士发表的长篇、短篇小说大概有四十部左右吧！虽然是如此庞大的产出，但绝对没有粗制滥造之作。特别是长篇小说，每一部都题材新颖，充满创意，开拓了日本文学新的境地，真是很不容易啊！小川女士看起来像个可怜的妖精，其实是个令人可怕的怪物般的作家。

小川：不，不是。其实故事已经在那里了。

沼野：那也要有找到故事的能力吧。

小川：不不，这算不上是才能，只是碰巧而已。其实故事这东西不用特意去寻找，你的身边就有很多。

给读者推荐的小说

沼野：最后，能请您给大家推荐几本小说吗？并不是特别系统的读书指南之类的，怎么说呢？比如现在突然想到的也可以。今天的对话节目来了许多人，男女老少都有。如果可以的话，我特别希望您能给我们年轻的读者推荐三本好书，另外，也请顺便谈一下推荐理由。

小川：第一本要推荐的是菲莉帕·皮尔斯的《汤姆的午夜花园》（高杉一郎译，岩波少年文库），是我喜欢的少年成长的故事。一个少年在另一个时空遇到一个女孩，少年在"他看得见别人，别人却看不见他"的乌托邦空间和现实空间的错位中长大成人。

沼野：这部小说是由岩波少年文库出版的吧。

小川：是的。第二本想推荐的是《胡萝卜须》。虽然是一个黑暗到无可救药的故事，字里行间也充满灰色和消极，但还是值得一读。这是一个被称为胡萝卜须的少年被虐待的故事。故事中，被别人捉弄、欺负的胡萝卜须反过来把鼹鼠用石头碾死，简直不可救药。但这也让我们看到了小说令人震惊的一面，就是人类生存的世界如此冷漠和无情。不可思议的是，小说中那些负面的恶意讥讽和嘲笑凝结起来可以在某个瞬间让人觉得幽默滑稽。小说中，这两种截然不同的情感同时共存。

沼野：是一个关于欺凌虐待的灰色故事！

小川：第三本是屠格涅夫的《初恋》（沼野恭子译，光文社古典新译文库）。初中时被《初恋》浪漫的书名所吸引，读了这部小说，结果发现初恋并不美好。

沼野：故事很残酷，有一些令人震惊的场面！

小川：这是一个父亲和孩子之间的故事！小说中父亲用鞭子抽打主人公初恋女友齐娜伊达的场面令人震惊。另外，齐娜伊达用花束拍打崇拜者额头的场面至今还记忆犹新。初中时，第一次阅读这部小说，完全不明白这是什么意思，只是觉得有点情色意味，让人不舒服。现在回想起来颇为有趣。

沼野：我想在座的很多人都在读小川女士的小说，但也许也有人没有读过。那么您能给大家推荐一本您自己认为不错的小说吗？有特别想给年轻人推荐的小说吗？

小川：第一本推荐的是《米娜的行进》（中央公论新社，2006年，后中公文库），小说的主人公是两个女孩子分别是十岁和十一岁。小说中，米娜喜欢收集火柴盒，她把火柴盒的图案编成一个一个的故事。这也是我的希望，我希望孩子们知道其实自己身边也有故事，可以把它写下来，也可以讲给别人听。

沼野：那么，我也来给大家推荐几本小说。给小学高年级的孩子推荐的是休·洛夫廷的系列童话丛书《怪医杜利特》，全集共二十卷，由井伏鳟二翻译，岩波少年文库出版。这也是我小学时候很爱读，让我怀念的一部小说。第一卷是《杜利特医生非洲历险记》，里面有各种动物，都很有趣。还有就是杜利特医生，是一个非常独特的怪人，他热爱动物，会鸟言兽语，动物都慕名请他去看病。表面上看来杜利特医生似乎很幸福，但实际上他的内心特别孤独，我想这种情感只有长大了才能体会。因此，即使上了年纪再重读，也是一部有趣的作品。

第二部是陀思妥耶夫斯基的《白夜》（安冈治子译，《白夜·怪异人的梦》光文社古典新译文库收录），我把这部小说推荐给高中生以上的读者。陀思妥耶夫斯基不但以创作卷帙浩繁的长篇小说闻名于世，而且在中篇和短篇小说方面也卓有成就。《白夜》是一部短篇小说，小说洋溢着浪漫青春气息，同时也充满陀思妥耶夫斯基式人际关系的恐怖和绝望。顺便提一下，白夜指的是小说舞台俄罗斯圣彼得堡的奇观，那里即使半夜天也不会黑，周围的一切朦胧可辨。著名意大利导演鲁奇诺·维斯康蒂把它拍成了电影（1957年），南欧的意大利没有白夜，他把时间设定在冬天的圣诞节，因为圣诞节的夜晚白雪皑皑，犹如白昼般光亮。但俄罗斯的白夜是盛夏的一道风景线，只有六月到七月才看得到。说起来，维斯康蒂的《白夜》中，男主角的扮演者马斯楚安尼英俊潇洒、风流倜傥，但这与陀思妥耶夫斯基小说中内向的梦幻者相去甚远，俄罗斯的东西拿到意大利就会变成这样。这是一个典型的例子。

还有一部作品叫"秘密金鱼"，其实这是一部读不到的作品。听到"秘密金鱼"这个题目，或许有人马上心领神会了。这是塞林格的《麦田里的守望者》（村上春树译，白水社）或《麦田捕手》（野崎孝译，白水社）中提到的作品。主人公霍尔顿的哥哥是一位很优秀的作家，他卖身于好莱坞写剧本。在这位哥哥写的作品中，有一个叫"秘密金鱼"的故事，讲的是一个孩子不让别人看自己攒钱买的金鱼的故事。这么一解释，大家应该已经知道了吧？实际上它是一部读不到的小说。但是，正因为是一部读不到的小说，反而能留给读者无尽的遐思。大家也可以试着写这个故事，我想一定很有趣吧。

不好意思，实际上我推荐的不是"秘密金鱼"，而是《麦田里的守望者》。这是我推荐的第三本小说。

小川女士写了很多小说，一下子要找出一本确实困难。这里我介绍一下刚才提到的收录在《大海》这部短篇集里的《小鸡卡车》吧。这篇短篇小说给我留下深刻的印象的是一位六岁左右的小女孩,她一直不说话,直到小说的最后才张开嘴呼唤小鸡。对于人类来说,语言到底是什么?这是一个很沉重的主题,这也是作品所要表达的思想吧。从这个角度来说,我认为它是一部好作品。

很遗憾,已经到结束的时间了。我曾经在早稻田大学坪内逍遥大奖的颁奖仪式上,作为评选委员发表了致小川女士的颁奖词。那么,最后我来介绍其中的一部分。

(小川女士)的作品文风清澄,从细节到心理深层的描写精致细腻。她的小说抒情地呈现了清净无垢的世界,时而又精致得残酷,在现实和幻想的氛围中探索故事存在的另一个维度。故事题材从爱恨交织的复杂情感,到数学、伦理学和语言学领域,在深化叙事世界的同时,扩大了主题的延展范围。

小川女士是一位多产作家,她的长篇、短篇以及随笔集加起来已有四十余部,她对每部作品都精雕细刻,绝对没有粗制滥造之作。她大胆开拓日本文学新的境地,小说构思新颖,题材独具匠心。她一直在写故事,从未间断,仿佛编织自己的故事一样。接下来会写什么样的作品呢?恐怕没有其他作家能像她这样受到读者的期待吧。我们期待着小川女士在文学未知的沃土上大胆耕耘,创作出更多更优秀的作品,引领我们走进小说的新天地。在此由我颁发早稻田大学坪内逍遥大奖。

所以,我们期待着小川女士创作出更多更优秀的作品,引领我们走进小说的新天地。

问答环节

沼野：还有一些时间，我想接下来进入互动环节。

提问者1：听了小川女士和沼野先生的对话，我产生了一种想去一个没有语言的世界，写一些无法用语言表达的世界的冲动。那么，下面我想问一个有关语言保质期的问题。比如，高等游民①这个词，虽然意思与现在流行的啃老族相似，但两者之间还是有着微妙的区别。在使用这样的语言时，您是怎么处理的？小川女士的作品通俗易懂，很接地气，就语言来讲没有陈旧或不合时宜之感。那么，您对"语言保质期"这个问题是怎么考虑的？

小川：毋庸置疑，越是走在文学前沿的作品就越容易过时。我的小说从素材来看，都不是站在时代前沿的东西。比如，就像我之前提到的莫迪亚诺的小说那样，去死者的世界，把他们带到这个世界，最后又把他们送回那个世界。也就是说，我经常写一些过去的东西，写的时候故事已经陈旧，我想这样才能从时间的流逝中获得自由。

但是，"语言保质期"与翻译的确有着很大的关系。

沼野：记得柴田先生曾经说过同样的话，翻译确实也会过时，可以说翻译也是有保质期的。莎士比亚的作品是用五个世纪前的英

---

① 在日本明治时期至昭和初期被广泛使用的一个名称，指在大学接受过高等教育，也没有经济压力，只靠读书过日子的人。

文写成的，这是无法改变的事实。但是莎士比亚作品的日语翻译至少有几十种，有明治时代的坪内逍遥的译本，也有最近的小田岛雄志以及松冈和子的译本。坪内逍遥的翻译文风古朴，现在已经很难读懂。从语言来看，明治以后的日文变化很大。所以，为顺应这种变化，需要一种各个时代的读者和观众容易接受的最新日文翻译。从这一点上来看，日本人比英国人更幸运，日本人总是可以用最新的日文读莎士比亚，而英国人只能用500年前的英文读莎士比亚。

提问者2：我记得小川女士在刚才还是其他场合曾经提到过，要想了解一个人，就去看他失去了什么。就像《博士的爱情算式》中博士失去记忆，《无名指的标本》（新潮社，1994年，后新潮文库）中主人公失去无名指和听力一样，我理解您的意思，原来了解一个人是那样的。那么，请问，您这样的观点是什么时候产生的？

小川：大概是在思考怎样才能正确描写小说中的人物，怎样才能满足小说人物的需求把小说写下去的时候体会到的。我想与其说让读者看到这个人现在拥有什么，还不如让读者看到他过去失去的、现在看不到的东西，也许这样更加真实。

提问者3：我曾经读过您推荐的《汤姆的午夜花园》，因为无法想象花园的样子，结果没有读下去。刚才您提到可以把小说的场景立体化，可是我做不到，您是怎么做到的？在写作过程中人物可以动起来，可以影像化，但是那些建筑物、街景也可以动起来吗？

小川：我从小就喜欢看那些刊登在报纸上的房地产广告传单，然后天马行空地想象着房子里面会住着什么样的人。比如，写《米娜的行进》的时候，我刚刚搬家到芦屋①，有一天在山手高级住宅区那边散步时，看到了一座非常漂亮的豪宅，我想这样的豪宅里面住着什么样的人？他们又在干什么？于是，小说的轮廓也就清晰起来了。因此，也许无机物比人物更容易成为小说的原点，而人物往往是后面才出场。还有，当你静静看着某个建筑物或者庭院的简图，脑海里也会清晰地浮现曾经在那里住过的人。从这一点上来说，我想我的小说轮廓是鲜明而清晰的。

沼野：有时我也会收到来自日本文学外国研究者的有关日本建筑物和庭院结构布局的提问。因为，他们在翻译日本小说时，碰到某个房子或者建筑物，只读原文怎么也搞不清楚它们到底长什么样？日本的房子和欧洲的房子结构布局的确不同，再加上有些作家对它们的描写本身也不够清晰，因此，碰到这种情况，译者们往往会感到困惑。

日本人在翻译或者阅读外国作品的时候，也会遇到同样的问题吧。契诃夫有一篇很有名的短篇小说《带阁楼的房子》，我想

---

① 芦屋，日本兵库县芦屋市。后文的"山手"，则为芦屋市的山手町。——编者注

大多数日本读者并不清楚这里的"阁楼"是什么东西。的确，搞清楚这些对于文学作品的理解很重要，但如果太过拘守绳墨，有时反而会看不到作品所要表达的思想。再说，有些作家根本不会为这些事情大费笔墨。例如，陀思妥耶夫斯基似乎对此并不在意，他小说中的景物甚至会给人一种空间扭曲的印象，以至于《罪与罚》中出现了"椭圆形的圆桌子"。

提问者 4：刚才您提到过故事的种子到处都有。那么写小说之前这些种子已经有了吗，还是有一天突然从天而降？您能给我们谈谈这方面的问题吗？

小川：就我自己而言，并不是自己事先准备好想写的东西，而是某一天这个种子突然落了下来，是偶然的相遇。而且，用来接住种子的容器也只有一个。我不能同时写两部小说，通常情况下是写完一部再写下一部，所以不能瞻前顾后存储许多种子。总之，就是接一个种子写一次，而且每次都是写到容器空了为止。

沼野：比如，有没有一本记事本，经常可以把想到的东西记下来，总是有十个以上的种子储存着。

小川：没有，没有那样的本子。

沼野：我想应该也有这样的作家。

小川：如果在写作过程中偶然得到某个种子，我会随时把它编到作品中。

沼野：也就是说，小川女士创作时只是专注于正在写的东西吧。

提问者5：小川女士，您的小说开头部分堪称神来之笔，独特而又充满幻想……国际象棋的故事从屋顶上的大象开始，《米娜的行进》的故事从母乳车展开。那么，请问，每部小说的开头部分您都进行这样特别的设计吗？

小川：您提了一个非常好的问题。写国际象棋的故事也好，芦屋的豪宅也好，一旦决定想要写的东西，我通常会去寻找一个合适的切入口。只要能找到正确的切入口，剩下的只要下笔就行。比如，写关于国际象棋的内容部分时，我想起了不知在哪里听到过的一个故事，就是以前高岛屋百货公司屋顶上养了一头大象，后来因为太大而下不来这件事情。于是，猛然间就灵光一闪，"啊，这就是小说的切入口啊！"

总有许多这样不可思议的相遇，本以为无关的事情，突然之间通过彩虹被连接到了小说的世界。写《米娜的行进》的时候也是从外国进口的漂亮的母乳车开始下笔的，感觉也是正因为这样特别的设计，我才写完了这部小说。听起来像是信口胡言，但确实如此！

沼野：这是一个真实的故事，那头大象后来怎样了？

小川：想尽办法硬是把它弄了下来,大象的骨骼标本现在存放在国立科学博物馆的仓库里,还起了个名字叫"高子小妹"。

提问者6：我是图书馆馆员。小川女士写了许多面向初高中学生的书,很期待今后您也为小学生们写一些书。

小川：现在的小学生在读什么书?他们也在读我们那个年代读过的书吗?有时候我也会很担心,但是孩子永远都是孩子,任何时代都一样。

今后,我会尝试写各种作品,不拘泥于年龄,从小学生到老人都能平等阅读的文学作品。这是我的理想。

提问者7：在创作过程中,您往往专注于一部作品,不会同时写两部小说。但是《米娜的行进》是报纸连载,写《米娜的行进》的时候也没有同时写另外的作品吗?

小川：小说没有必要着急写,我会尽量调整时间,避免出现两部小说同时写的情况。欲速则不达,心急反而招致失败,任何工作都是如此。我希望有充裕的时间来写小说,连载小说也不例外,我会尽量提前交稿。写《米娜的行进》的时候,差不多是一个月交稿一次。

沼野：对于编辑来说您是一位很理想的作家啊!

小川：写《米娜的行进》的时候，寺田顺三先生负责小说的插图，如果时间有富余，他会不断修改和完善，在截稿的最后一刻才把精心制作的插图发给我。

沼野：是吗？真不错啊！

小川：小说写起来费事，读起来也很费事，所以都不容易。但是，最麻烦的是时间这个东西无可替代啊！

沼野：小川女士这样的人气作家会有很多约稿吧。在日本只要谁出名了，约稿就会蜂拥而至，这可以说是日本媒体、出版业的优点，同时也是缺点。如果毫无选择接受，会陷入非常糟糕的状态。小川女士似乎没有这种情况，您好像完全可以掌控自己的工作啊！

小川：因为我知道我自己的能力。我希望事情一个一个做，小说一部一部写……

沼野：有一位会替代您拒绝工作的妖精就好了。

小川：那太好了！有这样的妖精就好了。话说回来，拒绝是件痛苦的事情。

沼野：如果约稿一个一个排队的话，有些人可能要等五十年了吧。

小川：我想可能我活不到那个时候。

提问者8：您刚才提到，每写五页稿子就会精疲力竭，那么写好的东西会经常改写吗？听说有人会在自己写的原稿中用红色做上记号，到晚年再来改写。回顾这么多年写的这么多的小说，有没有想再次改写的作品？

小川：小说一旦写好了，重新修改是件非常麻烦的事情。小说就像编织物，不是哪里破了只要修补哪里就行。有些作家会在小说出文库本时进行一次修改，我一般是一边写，一边修改，写完了就尽量不去修改。

提问者8：就是说没有需要大幅度修改的小说吗？

小川：是的，在写作过程中，我会很仔细地一行一行写，这样就不必在后面进行大幅度的修改。斯维特拉娜（陀思妥耶夫斯基作品的德语译者）曾经说过：文学是编织物。对此我深有同感。小说一旦解开，矛盾就会越来越多，只修改想修改的地方是毫无意义的。因此，写的时候必须谨慎。

提问者8：作品完成时您有没有"啊！终于完成了！"这样瞬间的成就感？

小川：完全没有"终于完成了！"这样的成就感，只有一种再也写不下去的无力感。

沼野：就是说一旦印刷成铅字，也就意味着是完成体了。

小川：是啊！一点一点写的东西，到后来就成了一个一个的作品。

沼野：那么，今天的谈话就到此结束，非常感谢小川女士！

2014 年 12 月 20 日，东京新宿，安与厅系列访谈——「文学作品中的孩子」

第三章
孩子和绘本翻译告诉我的事情

——青山南与沼野充义的对谈

献给你心中的"孩子"
绘本和翻译的乐趣

青山南

1949年出生。翻译家、随笔作家，早稻田大学文化构想学部教授。早稻田大学研究生期间，翻译并出版多斯·帕索斯的《再见，西班牙》，并从此走上翻译家之路。他不仅是一位多产的儿童绘本翻译家，也是著名现代美国文学学者。出版著作有《人生就是疯狂色拉》《在彼特与波特之间》《那群叫翻译家的乐天派》《翻译成英语的日本小说》《美国最南部》《美国短篇小说五十二讲》等。译著有《泽尔塔·菲茨杰拉德全集》、《在路上》、《听作家谈如何写小说？》（巴黎评论·作家访谈Ⅰ—Ⅱ）等。儿童绘本译著本《逃吧！逃吗？印度的古老传说》（产经儿童出版文化奖翻译作品奖）、《老虎先生来撒野》等。共出版儿童绘本和译著八十余册。

青春和外国文学同在

沼野： 以这种方式与青山先生交谈，心中充满感慨。青山先生是一位著名的翻译家和随笔作家，而我是一名俄罗斯文学研究者。因此，从旁人看来我们似乎无缘，我想没有多少人会把青山和沼野这两个名字联系在一起。

青山： 但是，在非公开场合我们私交已久，关系亲密。

系列讲座的前一位嘉宾、作家小川洋子女士初次发表作品的《海燕》（福武书店，1996年停刊）文艺杂志中，曾经有一个介绍海外文学现状的《世界文学展望》的栏目，大概有四页纸，各个国家的外国文学工作者在这里介绍相关国家的文学创作及发展现状。那时，我研究美国文学，沼野先生研究苏联也就是俄罗斯文学，大概就是那个时候我们开始交往了。好像在那之前也有私交，后来有了孩子，大家热热闹闹一起过圣诞节，记得那时沼野先生还给我们弹爵士钢琴。当时我就想"沼野先生真是多才多艺啊！会弹钢琴真好啊！"。这么说来，我们已经是老朋友了。

沼野： 说爵士钢琴的话，有点……还没到那个水平。记得与青山先生交往应该是从1980年前后开始的。

今天，我想和有着丰富阅读经历的青山先生一起，以年轻时的读书体验以及儿童读物的话题为切入点，就有关翻译工作，以及如何阅读世界文学等问题展开讨论。首先,能请您从个人的经历谈谈和书的交往吗?青山先生是英美文学专家,同时也是翻译家,您最初意识到"翻译"是在什么时候?

青山: 阅读翻译作品大概是初中的最后阶段,也就是中考结束的那段时间吧。我读的第一本小说是当时风靡一时的赫尔曼·黑塞的《乡愁》(原题是主人公的名字 Peter Camenzind),译书的题目与原题不同。就是从那以后我喜欢上了翻译小说,记得当时有很多黑塞的小说,我也几乎读遍了他所有的小说。进入高中以后读了安德烈·纪德的《伪币制造者》,虽然觉得"真是一部奇怪的小说啊",但还是被它深深吸引,于是陆陆续续读了他的许多小说。高中时有第二外语必修课,可以学法语、德语或俄语,而我选了法语,想翻译纪德的小说。后来,上了大学,在早稻田的旧书店街上看到了新潮社版的《纪德全集》,但价格不菲。当时我想"真想买一套《纪德全集》啊",可是买不起。但当时纪德的小说的文库本也很多,所以我读的都是文库本。

沼野: 那么,为什么不学习法国文学呢?

青山: 我在二手书店里看到的纪德的作品全集,已经全部被译成日文。有新潮社的,也有其他出版社的。在我出生之前,也许我还是孩子的时候,日本曾掀起过一股纪德的热潮,《纪德全集》就是那个时候的产物吧。看到已经被翻译成日文的《纪德全集》,当时心情极度沮丧。现在想来,就在那个时候我意识到了

"翻译"!

沼野：也就是说读纪德的小说与想搞翻译有着直接的关系？

青山：是的，可是纪德小说的翻译已经不可能了。

但是，进入大学以后想做一名翻译家的梦想一直挥之不去，那么，哪里可以开辟翻译的新空间呢？当时的我，也和许多年轻人一样非常在意个人的利害得失，就这样我把方向转到了美国文学，虽然理由听起来非常尴尬。

读法国文学的时候，根本没有想过还有美国文学，我一直以为美国人只会算钱。然而，在20世纪60年代后期，也许在座当中也有那个年代的人吧。那是一个年轻人非常活跃的年代，嬉皮士等的出现，使美国备受瞩目。我读高中和大学的时候，非洲裔美国人非常活跃，报纸上登载着许多引人注目的新闻，底特律发生暴动啦，纽约有人在裸奔啦，等等，这些都让我对美国产生了兴趣。也许美国文学也很有趣吧？就这样转到了美国文学。另外，我对于非洲裔美国人写小说这件事情本身也颇为惊讶，我很想了解他们写的是什么东西。

沼野：喜欢纪德，但他的翻译全集已经出版。的确如此，在我们还年轻的时候，西欧古典大作家的全集基本都已经出版。例如，《托马斯·曼全集》，还有《陀思妥耶夫斯基全集》等等。所以，对于一个刚刚进入翻译界的新人来说，在古典文学的翻译领域里已经没有立锥之地。俄罗斯文学也是如此，虽然我学的是俄语，但当时根本没有想到自己会去翻译陀思妥耶夫斯基、契诃夫的小说。因为，那里已经没有我们的立足之地了。

最近，在光文社的古典新译文库中，陀思妥耶夫斯基的新译受到好评，古典新译已经成为一种新的趋势，这在当时是无法想象的。因此，作为一位有志于从事外国文学的人来说，只能努力寻找自己可进去的，还未开发的领域。所以，青山先生选择了美国文学。

青山先生年轻时阅读翻译文学时，对翻译的日语文体的感受是怎样的？是有趣呢，还是也会感到违和？

青山：不，完全没有。那时只是普通的阅读，至于文体之类的根本不会关注。读到不同文化或看到不同风景时，也只是单纯感觉有趣。对我来说那些生硬的，或者不符合日语习惯的表达反而更有意思，根本没有意识到这是翻译的问题，以为平常就是这么表达的呢！

沼野：就是说，即使没有意识到这是翻译，那些和平常不同的日语表达也会让您很兴奋，反而觉得有趣吧。

青山：在高中和大学时代我读了很多翻译作品，但对于译文的日语表达并不是很在意。关于日本近代文学，除了世人关注的作品，我很少阅读。即使阅读一些作品，也是因为自己搞翻译了，必须学习了。

沼野： 从最近的出版形势来看，外国文学似乎不是很乐观，但在我们年轻的时候，翻译书籍有着独特的魅力。

青山： 我周围的许多朋友都在和外国文学打交道，比如法国文学等等，所以我觉得我身边到处都有外国文学。

沼野： 我想在座的年轻人中，也有很多想尝试翻译的吧。我想大家都想知道您是如何投入翻译工作的？您能给大家谈一谈吗？

青山： 事实上，我搞翻译是因为我哥哥（诗人长田弘氏）。我哥哥他从事出版方面的工作，那时他需要一些国外的资料，因为我懂英语，就让我帮忙翻译，这也是我搞翻译的开始。开始时翻译一些散乱的小资料，渐渐地让我翻译一些比较系统的资料。最初翻译的是多斯·帕索斯的西班牙内乱见闻录（《再见，西班牙》，晶文社，1973 年），因为我哥当时正热衷于这方面的研究，需要这方面的资料。但是，我的翻译却受到了人们的关注，只是因为碰巧是一个年轻人做的翻译。

沼野： 那时您几岁？

青山： 大概是二十四五岁的时候。但现在看来，那些翻译中肯定有许多误译，所以至今我都不敢重读。也就是从那时开始，我走进了翻译这个世界。

　　刚刚我谈到和沼野先生交往的时候也说过，那时有许多杂志设有介绍外国文学和文化的专栏,这在现在是无法想象的。现在,因为互联网的出现,这些页面已经消失。但是在过去,读这样的页面非常快乐,而且令人兴奋。记得有一本创刊不久的文艺杂志,就是筑摩书房发行的《文艺展望》(1973年4月创刊),现在已经停刊了,那时这本杂志每期设有五到七个页面的外国文化介绍,一页有约四百字。他们让我在这里介绍外国文化信息,我也欣然答应了。虽然只是很少的几页,但我非常认真阅读国外的报纸,在那个页面介绍。也就是从那时起,我做着近似于翻译的工作,实际上这个工作也让我很开心。此后,我相继在《文艺展望》《读书新闻》《海燕》等杂志发表此类文章。

刚才沼野先生介绍我的时候,用了学者这个词。我不是学者,在大学教书也不过十年,大学任教之前是个自由撰稿者,翻译一些东西,介绍一些美国文化。我会把翻译的最新信息写进报道中,我非常喜欢写这样的介绍报道。就这样,我慢慢习惯了翻译这个工作。

沼野: 正如青山先生介绍的那样,《海燕》文学杂志为充实海外文学的介绍,安排了四个页面的海外文学专栏。当时青山先生是这个栏目的负责人,我也受到了邀请。那时青山先生是一位三十岁左右的新锐美国文学研究家,我年纪更小,只有二十多岁,根本谈不上是新锐作家,只是一个初出茅庐的年轻人,至今我也不清楚当时为什么邀请我参加这个工作。但是,怎么说呢,那些日子的确很开心啊!

提起外国文学的介绍,我承担的是俄罗斯文学和东欧文学部分，记得那时拼命阅读这些国家的最新文学作品，并在专栏里介绍。说起来，现在还有一些文学杂志有这样的栏目。谈到俄罗斯文学的介绍，我父亲那个年代有江川卓、原卓也等著名俄罗斯文学学者，他们精力旺盛，工作热情很高，从20世纪50年代后半期到1960年，每月在文艺杂志常设的海外文学相关栏目中，介绍最新苏联文学杂志上发表的文学作品信息。那之后，在一本叫《尤利卡》的杂志上，每个月的卷尾左右两页，由专家介绍世界各国的文化动向，这个专栏一直坚持到了上世纪90年代中期，应该说是相当了不起了。但是现在这些栏目已经全部消失了，最新外国文学动态的介绍也会随着时间的推移日益衰退吧。

青山：外国文学的介绍每况愈下，其原因是互联网的影响吧。那时除我们在写的《尤利卡》《记录》《文艺展望》《文艺》杂志以外，还有《文学界》《群像》等杂志都有外国文学的介绍页面。但现在时代不同了，即使没有那些外国文学家或外国文学研究者的介绍，谁都可以在互联网上阅读《纽约时报》和世界各地的报纸、杂志，还有各种博客，所以这样的栏目已经没有必要，文艺杂志上外国文学的介绍也全部消失了。

那么，结果呢，虽然有庞大的信息，谁都能访问，但是阅读的人却反而变少了。比如，《纽约时报》谁都可以访问，但因为是英语，所以阅读的人是有限的。也就是说，虽然谁都可以找到信息，但信息并不一定向所有人开放。每个人都能阅读，每个人都能轻而易举地接触外国文化，但实际上它反而离我们越来越远，这就是互联网带来的影响。

沼野：青山先生刚才谈的是有关信息方面的问题吧。人类已进入信息时代，谁需要信息，谁都能得到。比如，很多大型报纸的书评也会立即在网上发表。以前，像英语这样的主要语言另当别论，如果要找一些俄罗斯语的最新报纸杂志，日本国内能找到的图书馆也没有几个。况且，也很少有与俄罗斯人交流的机会。而现在，互联网上能找到大量的视频，就像昨天晚上睡觉前，我喝着啤酒打开平板电脑，看着俄罗斯最新流行歌曲的视频，时代真的变了！

但是，就像我经常说的那样，尽管信息变得容易获取，但是阅读本身并没有改变，计算机不会代替人类阅读文学作品并享受作品带来的感动！即使一些优秀作家的最新作品的信息都能轻易得到，但阅读某个作品，有"这部小说真不错啊""我不太喜欢这部小说"的感受也只有人类吧。所以，人类的阅读能力不会因为计算机技术的进步而得到提高的吧。

青山：是啊！外国文学作品的介绍非常重要。在撰写外国文学作品介绍时，介绍者往往倾注全部的思想感情和创作热情，因而能引起读者的共鸣。因此，作品本身固然重要，但它的介绍也很重要，这是我长期撰写外国文学介绍文章得出的结论。

出版大国、翻译小国的美国——易读的陷阱

沼野：前些日子，在和青山先生闲聊的时候提到了一个话题，就是翻译书在某个国家的整体出版物中所占的位置。以美国为中心的英语文学圈是世界最大的出版业市场，英语媒体在全球范围内

具有巨大的影响力。但据统计，在美国，实际上翻译书的出版量是很低的，而相对而言日本翻译书的比率要比美国高得多。但即便如此，翻译书籍也仍存在着明显偏向性，这是一个值得关注的问题。

青山：美国出版物的总数很大，但翻译书的比率偏低，据说只占总数的3%左右。

沼野：文艺类书籍的比率就更低了。

青山：是的，对于3%这个比率我一开始也觉得不可思议。但是，3%的翻译书中包括了文艺类、社会科学以及技术类的书籍，但文艺类书籍最多也只占0.7%，我想这是有可能的。

如果你去美国书店的话，是找不到翻译书的，因为美国的书店不设置翻译书的专柜。

沼野：因为美国人认为世界上所有的信息都可以在英语书中找到吧。就现代文学来说，原本就用英文写的东西和翻译成英文的东西，两者并没有太大的区别。也就是说，用英文读的话都是一样的。

青山：但是，如果某个日本作家的书被翻译成英文，那在日本应该会成为大家关注的话题，而美国也会因此被误认为是积极吸收外国文化的国家。但实际上，在美国文艺类翻译书的出版量只有0.7%。

沼野：几年前，我曾经研究过出版物的统计数据，不同国家之间的差距是很大的。在日本，翻译书在出版物总量中所占比率相当高，1971年为13.8%，但此后一直呈下降趋势，2013年下降到7%左右。据2007年发布的统计数据，韩国和捷克为29%，是世界上翻译书出版比率最高的国家。其次是西班牙，为25%，土耳其为17%（2007年之后韩国也和日本一样，呈下降趋势，2013年下降到21.6%）。如果一个相对较小的国家想要快速获取世界信息，那么依赖翻译也是理所必然。因此，翻译书的出版比率高，并不代表这个国家的文化水平高，但至少可以说明在文化和文学领域对世界是开放的。

也许在青山先生面前不应该对美国说长道短。如果你以为美国是世界上最先进的国家，但令人意外的是它很老土，而且很封闭，不了解世界。不了解世界是因为他们觉得自己就是世界。所以，也可以说美国人是最不擅长外语的。

青山：我现在还记得，当年沼野先生在哈佛大学留学期间，记不清楚是回国的时候，还是在给我的信中曾经说过："哈佛人都是乡巴佬。"

沼野：哎呀，我说过这样的话吗？那时，虽然在美国留学，实际上我主修的是以俄罗斯和波兰文学为主的斯拉夫文学。所以，我周围的老师也好，同学也好，很少有美国人。我的英语很糟糕，不会用英语表达时，甚至想用俄语来表达，所以我的美国留学经历和普通人大不相同。

在美国任何东西都可以用英语阅读，这是天经地义的。因此，即使是外国文学的翻译，作为译文的英文如果不好，那是说不过去的。因为是从外语翻译过来的，所以有很高的价值，这样的想法在美国是没有的。如果外国文学翻译作品的英文没有英美文学作品那么自然流畅，当然卖不出去，因为美国人不会因为这是翻译文学而去欣赏这种差异。

青山：日本现代小说被大量翻译成英文始于上世纪80年代，那么这些作品的翻译水平如何？对此我做了研究并出版了相关专著。

沼野：是《翻译成英文的日本小说》（集英社，1996年）这本书吧？那是一本非常有名的翻译评论书。

青山：写了那本书之后我才知道，原来翻译是多么的随心所欲啊！例如，毫无顾忌地把原著第二章中的小故事插到上下文无关的第一章中；不顾整篇文章的脉络，满不在乎地删掉大段文字等等；举个比较极端的例子，山田咏美女士的《垃圾》（文艺春秋，1991年，后文春文库）一书，原著很厚，译书却薄得可怜。

沼野：还有一种情况就是把几部小说胡乱拼凑一下。

青山：嗯，这样的情况很多。写这本书的时候，村上春树先生的三本小说已经被翻译成了英文。《象的失踪》英文版的作品集被大胆地更换了章节段落，和原作大不相同，以至于几年之后村上春树根据英文译本又重新写了日文版的《象的失踪》。

沼野：这是美国出版社、编辑的做事风格啊！他们对窜改原作的行为不仅毫无罪恶感，反而认为自己的做法是正确的，甚至于沾沾自喜："我帮你改得这么好，你应该感谢我吧！"椎名诚先生有一部以自己儿子为原型撰写的小说《岳物语》（集英社，后集英社文库，1985年），文体是他一贯的饶舌体，内容依旧不着边际，不切主题。对于他这种漫无边际的杂谈，日本书迷们倒也乐在其中。但他的饶舌杂谈一旦原封不动地被翻译成英语的话，美国人是看不懂的……

青山：是的，在美国会翻译成洗练流畅的文体。

沼野：那不是翻译，是改写，这也太厉害了吧！日本人在翻译时必定仔细考虑每个词的意思，选择最接近于原文的日文表达，我想如此认真严谨的态度在世界其他国家并不多见。

青山：也许美国人认为只要把主要内容传达给大家就可以了吧？文体之类的东西，比如，用饶舌闲谈之类的文体完全可以忽视，只要知道故事情节就足够了。但我认为翻译最难的是文体，如果翻译时无须考虑文体，那么没有比这更轻松的了。

沼野：这本（《翻译成英文的日本小说》）书中的文章本来在一本叫《昴》的杂志上连载，作为单行本是 1996 年出版的，翻译中存在如此之多的问题我也是读了这本书以后才知道的。现在，许多日本文学作品被翻译成英文或者其他国家的文字。那么，他们是怎么翻译的呢？现在日本人也开始意识到这些问题了。自己的作品被翻译成其他国家的文字时，有些作家虽然不会亲自把关——检查，也会和译者保持联系，认真回答译者提出的问题。我想从这一点可以看出，大家对翻译的重视程度以及翻译本身的水平都有了很大提高。

不过，话虽如此，翻译通过这种方式完成，仍然令人惊讶！我们再来看一下东欧文学，他们也借鉴了英语翻译的做法，碰到难以理解或者难以翻译的地方干脆删除不译。他们认为与其翻译成奇怪的表达，倒不如不译，这好像已经成为翻译界的一种共识。

有一位捷克籍的流亡作家叫米兰·昆德拉，据说他的长篇小说《玩笑》第一次被翻译成了英文，当他打开寄来的英文译本，却发现章节的数量和原著不一样。他很吃惊，于是仔细读了里面的内容，发现与故事情节没有直接关系的哲学思考部分全部已被删除。自那以后，昆德拉对翻译不再信任，每当自己的作品被翻译成英文、法文、德文时，必定亲自检查。对那些自己不懂的语言的翻译，比如翻译成日文时，也会给予关注，并通过经纪人询问。作为作家做到那种程度，是不是有点过分了呢？说到底，自己的小说被翻译成世界各国的文字，作为作家是很难控制的。

青山：日本的译者中也有许多人认为翻译时，章节段落是可以修改的，因为那样有助于读者理解。但是，也有作家对小说章节的处理非常谨慎，比如，马尔克斯的《族长的秋天》，全书总共只有四个部分，我想作家这么处理肯定有其理由。所以，虽说是有助于读者理解，也不能贸贸然换行改章。因此，像昆德拉这样的作家，自己的作品被翻译成自己看不懂的语言文字时，也要数一数章节和段落数量，发现有问题就会生气地说："怎么多了几个章节呢？"这是可以理解的，而且也必须给予理解。

沼野：但对于古典作品的新译来说这是个难题。比如，陀思妥耶夫斯基等人创作的 19 世纪的小说，按现代的标准来看，段落明显偏长。陀思妥耶夫斯基原著中的三页纸，如果翻译成日文，一个段落按一页四百字计算大概会有十页之多吧。卡夫卡的小说也是如此，卡夫卡的大部分作品只是草稿，因为生前没有发表，所以实际上最后他到底有没有分段的想法，现在的我们不得而知。但不管怎样，两位作家作品的新译中，段落数都有大幅度的增加。

　　读者对于这样的翻译方法也是毁誉参半。一部分人认为修改章节便于读者阅读和理解。但另一方面，也有一部分人则提出严厉批评，认为这样做是对原作的亵渎，或者说是译者的恣意妄为。

青山：推理小说的老字号出版商——早川书房很久以前开始出版袖珍推理小说翻译丛书。以前曾经听那里的编辑和译者说过，通常那些推理小说迷会站在书店看书，所以让他们觉得"感觉很有趣"，产生兴趣是最重要的。如果小说的开头部分写得密密麻麻，读者就没有兴趣再读下去。所以，为了吸引读者，编辑会要求译者对小说的最初几页频繁换行，也许现在也是这样。这是商业竞争的需要，但受其影响，现在翻译界还存在着这种根深蒂固的思想。

沼野：也就是说，翻译并不只是单纯追求语言正确、忠实原文就行了啊！

孩子和绘本翻译告诉我的事情

沼野：那么，接下来谈谈具体的作品，今天我们对话的主题之一是儿童书和儿童读物。青山先生除翻译成人书籍外，还翻译了许多儿童读物，尤其是绘本。那么您是如何进入这个领域的？另外也请您谈谈翻译绘本时的乐趣以及碰到的困难。

青山：开始翻译绘本的动机很是不纯。把英文翻译成日文是件相当花时间的事情，所以，我想"有字数少的翻译作品就好了"。因此，当我开始从事翻译工作的时候，被问到想做什么样的翻译时，我回答说："绘本之类的不错啊！"当被问到为什么时，我记得当时一本正经地回答："总之字少就好。"但是，抱着这种不纯的动机等待工作，工作是不会来的。因此，在很长一段时间内一直没有找到合适的翻译。后来孩子出生了，现在很流行超级奶爸，我是超级奶爸。于是，那段时间沉迷逗娃不能自拔，其间还写了两本有关育儿的随笔。啊！沼野先生您把书拿来了啊！

沼野：是这两本吧？

青山：是的。

沼野：一本是《作为婴儿的我们的人生》（YUKKU舍，1990年），另一本是《重要的事，都是我女儿告诉我的》（每日新闻社，1994年）。这两本书无论哪一本，现在读来也很有意思，可惜已绝版了，能收入文库就好了！

青山：我不是一个特别喜欢孩子的人，但观察孩子时，会学到很多东西。所以我喜欢观察孩子，像法布尔那样，那很有趣。那时一个出版社让我写一些随笔，我问："写什么样的主题？"回答说："没有什么要求。"我就答应了。临近截止日期时，我环顾四周，想着有什么可以写，刚巧看到在地上打滚的孩子。于是，突发奇想"啊！就写这个了！"，就这样写起了育儿随笔。

　　结果，我写了一大堆的育儿随笔，可能让他们失望了。这些随笔后来被编辑成册，就是这两本随笔集。一位儿童绘本的编辑读了我的书以后建议说："青山先生，要不您来翻译绘本吧？"绘本的字不多，是我以前一直想做的，但我没说："这是我一直想搞的，正好字那么少。"我说："这个应该很有趣吧！"就这样二话没说答应了。

　　第一本翻译的是莱恩·史密斯的《我才不戴眼镜呢》

（HOLP 出版，1993 年）的荒诞绘本。不知为什么让我翻译荒诞绘本，也许是当时翻译荒诞绘本的人不多，也可能是当时莱恩·史密斯的作品很受好评吧？从那以后只要是荒诞绘本都拿来让我翻译。"这种荒诞绘本就让青山先生翻译吧！"这似乎成了一种约定俗成的做法。荒诞绘本虽然字不多，但不见得容易翻译。但也幸亏字不多，让我有时间可以仔细思考。从这个意义上来说，绞尽脑汁思考也能起到学习的作用。现在如果碰到这样的荒诞绘本，我也会把它当作一种学习的机会。就这样，我走进了绘本世界。

沼野：荒诞绘本的翻译很难，荒诞文学作品不仅只限于儿童绘本、儿童读物，还有很多面向成人的实验小说吧。也许荒诞儿童读物的翻译有特别的难度吧？

青山：面向成人的书是以成年人阅读为前提，而绘本则是孩子读的。虽然有时候是爸爸妈妈读给孩子听，最终还是要让孩子听得懂，觉得有趣。大人会做出"在玩语言游戏""语言游戏真有趣呢"的反应，但孩子听到有趣之处只是欢呼雀跃一番。虽然不知道是父亲还是母亲讲给孩子听，总之要让孩子理解，要优先考虑孩子的感受。

沼野：青山先生是翻译《我才不戴眼镜呢》时才知道莱恩·史密斯的吗，还是在那之前就知道了？

青山：是编辑让我翻译他的绘本时才知道的。绘本的编辑中不乏许多优秀者，他也是其中一个。同年，我翻译出版的约翰·伯宁罕的《洋梨宝贝》（HOLP出版，1993年）也是这位编辑推荐的。

沼野：《洋梨宝贝》也很有趣啊！另外，我也读了莱恩·史密斯的另一本绘本，叫《臭起司小子爆笑故事大集合》（HOLP出版，1995年），没想到绘本的世界竟然如此奇妙！

青山：《臭起司小子爆笑故事大集合》已经属于成人读物了，金井美惠子的《翻书页的手指》（河出书房新社，2000年）也是如此。

沼野：您还翻译了莱恩·史密斯的《这是一本书》（BL出版，2011年）的绘本，虽然很荒谬，却发人深省。这本书适合今天的主题，我来给大家详细介绍一下吧。

主人公是"电脑达人"驴宝宝和"书虫"猴子君。我们来看一下猴子君告诉驴子君书为何物的对话。驴子君问："点击哪里好呢？"猴子君回答："这是书，没有点击的地方。"驴子君又问："怎么发送邮件？"猴子君回答："这是书，不能发送邮件。"书中都是诸如此类的对话，虽然无聊，没有意义，但却告诉了我们书的重要性。所以说这是一本成人读物也毫不为过。

青山：还有一本差不多的叫《这是一本小书》（BL出版，2013

年)。

沼野：书的内容怎么样?

青山：故事情节基本相似。驴宝宝问猴子君："这是什么?""是吃的东西呢，还是戴的东西呢?"猴子君一个劲儿摇头说："不是！不是！"驴宝宝觉得没意思，说："算了！我睡了！"这时猴子君突然说："这是用来读的……"驴宝宝说："这是书，我们一起来读吧！"对话非常简单，而且书的设计非常小巧可爱，故称之为《这是一本小书》。

沼野：青山先生，您翻译了多少本绘本?

青山：没有数过，差不多一百本吧。毕竟字数不多嘛。

沼野：我虽然没做过绘本的翻译，但有过一次电影字幕翻译的体验，那是一部索科洛夫导演的现代俄罗斯电影《石头》，在座的可能很少有人知道这部电影吧。索科洛夫是一位具有独特艺术视角的导演，他的电影与先锋派电影有所不同，但也谈不上有趣，所以也许有人会觉得深奥难懂。《石头》也是那样的电影，这是一部长约九十分钟的电影，但几乎没有对话。因此，字幕翻译工作从数量上看，不到一个小时就能完成，所以我接受了这项工作。但事实并非如此，实际上，我要反复翻看九十分钟的电影，认真思考每个简单的词语在某个场景中用什么样的语境来表达，所以整整花了好几天时间。因此,字幕翻译不是因为语言少就简单了。

青山:我也做过纪录片《原子咖啡厅》的字幕翻译,那部电影文字量很大。说起来,字幕翻译的费用和文字量是没有关系的吧?

沼野:每部电影字幕翻译的费用是一样的,而且费用也不多。在英文字幕的翻译界,有许多像户田奈津子女士那样有名的翻译家,但是完全靠字幕翻译工作生活的人并不多吧。

这么说来,在这里的年轻人中可能也有人想自己尝试儿童读物的翻译吧。但是,个人认为要想成为绘本翻译家也并非易事。怎么样?青山先生有什么好的建议吗?

青山:喜欢绘本,想翻译绘本,有着这样梦想的年轻人并不少。一般来说,这些年轻人都对孩子抱有幻想!孩子很可爱,因为孩子可爱所以给孩子看的文字也必须是可爱的,所以应该用大人对孩子的语言来翻译绘本。例如,"站起来哦""真乖哦""你好棒啊"等等,但我不这么认为。

高中的时候,喜欢一个叫吉行淳之介的作家。这位作家很喜欢儿童读物,他在某一本儿童读物的推荐文中写过这样一段令人难忘的话:"当你给孩子写书时,你要比给大人写书更拼命,你必须认真面对语言。"这真是至理名言啊!因此,我希望绘本的语言,应该是简单的、通俗易懂的,而不是"啊呜啊呜"那样的幼儿语言。

沼野：说得真好啊！说到这里，突然想起青山先生育儿随笔中的一个印象深刻的故事，这也和孩子的语言相关吧？还是孩子的女儿看到父亲小腿上长的毛，问父亲："毛毛扎进去啦！为什么要扎进去呀？"孩子如此的语言感觉，或者说对世界的感受让我很惊讶。在随笔中，青山先生也对"生长"和"扎入"两个词进行了解释。孩子对世界的认识和理解有很多地方是大人无法想象的。那么，我们是不是应该向孩子学习呢？

青山：那是我刚洗完澡光着身子躺着的时候，孩子看着我小腿上的毛突然这么说的，一开始我也不知道她在说什么。但是，被她这么一说，我发现我们通常认为长在人身上的毛，也许在孩子眼中是针或者是某种东西扎在身上，会感到痛苦。正如沼野先生您说的一样，孩子对世界的感受和我们大人是不同的，和孩子在一起我们大人反而能学到许多东西啊！

孩子在大概两岁的时候能够扶着东西摇摇晃晃站起来，并迈出步子，但是他们的视点还很低，所以，看到的东西会和大人不同。对我们大人来说没什么大不了的地板上的小垃圾，对于离地板很近的孩子来说，看到的可能是比较大的东西。我是一个身高一百七十厘米的成人，当然离地板很远，但孩子却在离地板非常近的地方看世界，而且也只能在这么近的地方看世界，所以会说一些让大人意想不到的话吧。这些想法我也写在随笔里了。

绘本的情况也是如此，我来举个例子，但不知道是否合适。

比如，有一套名叫《大家来找威利吧》的绘本，英国出版的儿童读物，由一系列复杂的全页绘图册组成，读者的目标就是从图画中的海量角色中找出主人公威利，但威利总是躲在很隐蔽的地方。里面的信息量非常庞杂。大人们一个劲儿地在寻找威利，爸爸妈妈说："啊！威利在这里呢！"但是，孩子看的是什么呢？他看到了一只鸽子，于是孩子说："有一只鸽子呢！"因此，拼命在寻找威利的大人们听了孩子的话，就会想："咦，鸽子在哪里呢？"

绘本是一看就明白的儿童读物，它不仅仅有故事情节，还描绘着与故事情节无关的多余的东西，而孩子们往往对这些大人眼里"明明不需要"的东西更感兴趣。因此，绘本翻译使我明白了一个道理，就是绘本的情节对于孩子们来说并不重要，也许这么说比较极端吧。在日常生活中，孩子在比大人低的位置上看世界，他们会发现一些大人看不到的东西，突然说一些奇怪的话。但这些东西在绘本中也的确是存在的，孩子看到鸽子就会说："有一只鸽子呢！"那么，孩子们喜欢绘本中的什么呢？说毫不相干的东西太过直截了当，我想就是那些和故事的主题没有关系的东西，比如，图画边上飞舞着的蝴蝶。

《在路上》——这就是美国

沼野： 绘本、儿童读物是一个永远说不完的话题，青山先生一直致力于美国文学以及美国文化的介绍和作品翻译，下面想请您谈谈这方面的情况。

当我再次在维基百科上搜索青山先生的作品时，意外地发现翻译列表中有很多绘本和儿童读物，而作为主业的美国文学翻译并不多。年轻时我受青山先生的影响很大，从您那里学到了许多东西，所以一直以来把您作为兄长尊重。业界传说青山先生翻译的速度很慢，但虽然翻译速度不是很快，翻译质量却很高。既然要做就要做好，这是我从您那里学到的最重要的事情。

青山先生年轻时翻译了许多美国文学，除了前面提到的多斯·帕索斯的作品以外，还有尤多拉·韦尔蒂的《假如和大盗结婚》（晶文社，1979年）、菲利普·罗斯《我们这伙人》（集英社，1977年），这些都是20世纪70年代后期的作品。此后，又和小川国夫先生共译了彼得·马修森的《遥远的海龟岛》（讲谈社，1980年）。如此斐然的成绩让我自愧不如啊！对青山先生您自己来说，这也是一份难忘的工作吧。

另外，青山先生最近的翻译工作中，最重要的想必是"垮掉的一代"①杰克·凯鲁亚克的《在路上》的新译吧？这部小说的新译作品作为河出书房新社（《池泽夏树　个人编辑　世界文学全集》）的首卷而倍受关注。而让翻译速度慢而出名的青山先生来翻译首卷，对于出版社来说也是一种冒险吧。

青山：在座的当中有河出书房的相关人员吧？

---

① 垮掉的一代（beatnik），指1955年到1964年期间美国年轻作家与诗人集合体，也被称为"疲惫的一代"（beat generation）。这些作家与诗人多出生于1914年到1929年之间，其代表人物是杰克·凯鲁亚克、艾伦·金斯堡、威廉·博罗斯。

沼野：好像有的。

青山："这不仅仅是青山先生一个人的策划,更是大型文学全集的顶层策划,所以不能推迟出版时间。"的确我收到过许多诸如此类的威胁,或者语气严厉的电话和邮件。详细情况请允许我不在这里介绍。

沼野：的确翻译得很棒!凯鲁亚克作为美国"垮掉的一代"的代表人物在日本也很有名。*On the Road* 这部小说讲的是一群年轻人开着车去美国各地流浪的故事,有很强的速度感。作品早年已被译成日文,也由河出书房新社出版。当时题目被翻译成《路上》,而这次新译的题目改为《在路上》。《在路上》这个题目很好地传达了年轻人寻求本能释放和精神自由而到处流浪的真实感,译文生动形象,小说也因此重放光芒。说到速度感,小说本身对于速度感的表现是十分令人惊叹的。凯鲁亚克非常厉害,传说整部小说的撰写是一气呵成的。就翻译作品来说,许多题目的翻译也很成问题,刚才我们谈到的赫尔曼·黑塞的《乡愁》也是如此,而《路上》和《在路上》的感觉就大不相同。下面请青山先生谈谈小说的题目翻译以及翻译时遇到的困难吧。

青山：凯鲁亚克是"垮掉的一代"的作家,在日本早有名气。而日本对标榜"垮掉的一代"的美国年轻人也早有耳闻。因此,他的小说 *On the Road* 于1957年一经问世,次年就被翻译成了日语,这样的速度在日本也是第一次。小说当时在日本很受欢迎,

"成了大家谈论最多的小说"。小说英语题目是 *On the Road*，当时用日语译成《路上》。所以《路上》的粉丝以六十多岁、五十多岁的人居多，"路上"这个词也随着凯鲁亚克的译书渐渐被大家熟知。"想摆脱忙碌的生活去流浪""为了流浪我要努力"等等，这些都成为了象征性的词语。另外，与"路上"相关的"路上演奏""路上流浪"等一批新词也作为日语渐渐被大家接受和认可。

记得《世界文学全集》出版前召开了一个新闻发布会，我虽然不用出席，但是因为《在路上》是全集的首卷，编辑部大概担心会被问到"为什么要更换题目"之类的问题，当时还让我准备了更换题目的原因说明。

至于说为什么更换题目，原因很简单，因为"路上"这个词没有动感。最近有许多街头演奏家，他们一般在车站前演奏。也就是说，他们不是在某个大厅演奏，而是固定在街头的某一角演奏。而"在路上"是"移动中"的意思，不是固定在某个街头的意思。我把原题的英语用片假名标记，这样读起来也朗朗上口。

现在有一种以路途反映人生的电影，叫作公路电影。1959年第一次翻译 *On the Road* 的时候还没有这个词，现在这个词在日本也被广泛接受和使用。把题目改成《在路上》，最初也是诚惶诚恐，怕读者不愿接受。不过，现在看来这个担心是多余的，因为已经得到广大年轻人的认可。

沼野： 青山先生的译文中有很多值得引用的地方。接下来我来朗读其中的一段，重点是移动时的动感和自由的感觉，而且这种感觉贯穿了整篇小说。我读的是全集版，不是文库版，文库版有大的改动吗？

青山：基本没有改动。

沼野：那么我来读一下全集版的译文，第一百八十六页。

> 旅の初め霧雨でミステリアスだった。この先には霧の大きな物語がかぎりなく広がっているのかも、とすら思えた。「ひゃっほお!」とディーンは叫んだ。「行くぞ!」ハンドルの上に体を丸めてぶっ飛ばした。やつらしい姿に戻ったのがみんなに見てとれた。全員、浮き浮きしていた。みんな、承知していたのだ。いろんなごちゃごちゃやナンセンスとおさらばして、ぼくらにとって唯一の雄大なことがいよいよ始まった、つまり、動くこと。ぼくらは動きだしたのだ!

> 我们开始旅行时，天上下着蒙蒙细雨，有一种神秘的气氛。我能感觉到一切像是一部鸿篇巨制的迷雾般的传奇。"啊哈！"迪安嚷道。"上路啦！"他伏在方向盘上，发动了汽车；他回到了最适宜他的环境，如鱼得水，大家都能察觉到。我们兴高采烈，知道我们已经把迷茫和无聊抛到了身后，

正在实现我们惟一的崇高职能，动起来。我们动起来了！①

感叹词"ひゃっほお（啊哈）"的自由感和"ぼくらは動きだしたのだ（我们动起来了）"的真实感，翻译得非常棒！

青山：谢谢夸奖！

沼野：再读一下接近尾声的一段。

そういうことで、アメリカで陽が沈むとき、古い壊れた川の桟橋に腰をおろしてニュージャージーの上の広い、広い空をながめていると、できたての陸地がぐんぐん信じられないほど大きく膨らんで西海岸まで広がり、その大きくなったところにあらゆる道が走り、あらゆるひとが夢を見ているのをぼくは感じるようになった。

于是，在美国太阳下了山，我坐在河边破旧的码头上，望着新泽西上空的长天，心里琢磨那片一直绵延到西海岸的广袤的原始土地，那条没完没了的路，一切怀有梦想的人们……②

就这样，让人眼前浮现出"那条没完没了的路"。这里的翻

---

① 中译译文引自王永年译《在路上》，上海译文出版社 2006 年版。——编者注
② 中译译文引自王永年译《在路上》，上海译文出版社 2006 年版。——编者注

译也非常棒，真是如臻化境啊！

网络、文化传播、二次创作与版权

沼野：青山先生翻译的《在路上》的新译本很受大家欢迎，但也有人以这样有趣的方式来表示对《在路上》的喜爱和接受。请大家看手上的资料，非常有意思！

青山：是的，就在几个月前，我上网浏览时，遇到了一件意想不到的事情，有人在推特上写着一个叫"NEWS"的偶像组合的一首歌直接使用了我的译文。我知道有个杰尼斯事务所，下面有许多偶像组合，但我所知道的也就是"SMAP""岚"之类的。据说还有一个叫"NEWS"的组合，虽名字略有所闻，但并不熟悉。惊讶之余我想搞清楚事情原委，杰尼斯歌迷通称"杰尼宅"，而在"杰尼宅"群体中，也有不少好学之人，其中一位发现在社交网络平台"推特"上的一首叫作《心爱的人》的歌词与我的《在路上》的译文相似，我觉得好奇，于是在其博客中把我的译文和歌词进行了比较。大家手上拿着的就是我拷贝下来的歌词。

网名为"moarh"的二十六岁的"杰尼宅"在其博客中指出，歌词中的重要场面——爱情场景、和恋人相遇的地方、长途汽车中和美丽女主角相会的场面都巧妙地、原封不动用了我的译文。具体地说，以下这些在《在路上》的译文中出现的令人印象深刻的句子全部都出现在这首歌的歌词中，各位读一下就知道了。

第三章　孩子和绘本翻译告诉我的事情　133

「痛いほど彼女が欲しかったので、美しい髪に頭をすりよせた。その小さな肩に発狂しそうだった。」

「うやうやしく、やさしく、ぽつんと黙ったまま、服を脱ぐと……」「『恋って大好き』彼女が言って目を閉じた。美しい恋にするよ、とぼくは約束した。」

「人生でいちばん親密でおいしいものをいっしょにつかまえると……」「そのうちぼくは、もう一晩だけ彼女といっしょに世界から身を隠そう、朝のことなんか知るか、と心を決めた。」

「褐色の肌が葡萄のようだった。」

"我爱她爱得心疼。我把头靠在她那乌黑的秀发上，她那柔嫩的肩磨蹭着我，简直把我折磨得发疯。"

"她虔诚而又可怜地在沉默中脱掉衣服……""'我喜欢、喜欢，'她闭着双眼，嚅嚅地说。我发誓一定要好好地爱她。"

"在彼此身上找到生活中最亲切、最美妙的东西……" "那天我们睡得很沉、很沉，直到下午才醒来。"

"她的皮肤是黝黑的。"①

当时网上也有杰尼斯粉丝的跟帖："这不是侵权吗？""这么做行吗？"是啊，想来也是侵权了吧？话虽如此，坦率地说，当

---

① 中译译文引自王永年译《在路上》，上海译文出版社 2006 年版。——编者注

时我还是挺开心的。毕竟是我的译文成就了一首歌！我试着在视频播放平台"YouTube"上听了这首歌，确切地说歌曲最重要的部分、印象最深刻的部分原封不动地使用了我的译文。一个写文章的人能够如此得到大家的厚爱，这大概是译者的福气吧！

沼野：那您就不生气吗？

青山：没有生气。也许是心理作用吧，我觉得自那以后我的书在"动"。如果杰尼斯的歌迷们都很爱学习的话，那我的书就会更加畅销。我感觉我的书在"动"，虽然不知道为什么会"动"，但感觉就是这样，我想是受了那首歌的影响。

通过这种方式我的译文能够流传开去也不错啊！例如，寺山修司有一句名言："放下书本，我们上街去吧！"事实上这句话最初是安德烈·纪德说的，但现在几乎成了寺山先生的经典名句。我想那些不知出处、被广泛传播的经典名言能与自己联系起来，基本上是一件令人愉快的事。

沼野：文学作品被广泛阅读并融入人们的心中，不久作者和译者的名字会被遗忘，但好的东西将继续流传下去，从某种意义上来说，我认为这是非常重要的。但是另一方面，从译者的角度来说，看似简单的普通译文其实也是绞尽脑汁辛苦而得，一字不改使用别人的原文，虽然不至于给人家稿费，我想至少应该说一句"我用了青山先生的译文"。

青山：是啊！也许在杰尼斯的歌迷看来这并不是件什么大不了的事情吧。也许在他们眼中"青山南"只是个奇怪的地名吧。

沼野：是这么回事，"青山南"是个笔名吧！

青山：嗯，是的。

沼野：这不会是因为您喜欢"南青山"吧？实际上您就住在那里吧？

青山：是的，刚开始做翻译的时候就住在那里。

沼野：那是个好地方啊！

青山：我在南青山有一间六张榻榻米面积大小的房子呢。

沼野：以前有个叫安田南的女性爵士歌王，所以光看名字也许有人会认为青山南也是个女人呢……不好意思，有点离题了。坦率地说，比起让大家知道译者的名字，我倒更希望大家知道这首歌的歌词来自于凯鲁亚克的作品。

说起来有个类似的故事，趁今天这个机会我来给大家介绍一下。有个叫五木宽的歌唱家，我想大家应该都知道。他有一首很有名的歌曲叫《横滨的黄昏》。歌曲的开头部分就使用了匈牙利一位著名诗人奥第·安德烈的诗歌的开头部分。

> 海辺、たそがれ、ホテルの小部屋。
> あのひとは行ってしまった、もう会うことはない。
> あのひとは行ってしまった、もう会うことはない。
> (奥第・安德烈《一个人的海边》。德永康元译，《世界名诗集大成15，北欧・东欧篇》，平凡社，1960年)

> 海边，黄昏，旅馆的小房间。
> 他，已经走了。一去不返！
> 他，已经走了。一去不返！①

在座的应该有许多人熟悉五木宽的歌曲，我没有必要在此再做说明。类似的问题，偶然的巧合，同样的难以处理。并不是我在这里搬弄是非，当众揭短，其实我们的专家应该早已知晓。我也不打算指责词作家剽窃匈牙利名诗的译文是不对的。世界文学的翻译精华也是日本人的宝库，阅读后受其启发，得到灵感进行二次创作，我认为那是件好事。但是，至少，为了表达对写这首诗的诗人和翻译家的尊重，难道不应该说一句："我读了某一首匈牙利诗歌的精彩译文，从那里获得灵感写了歌词。"这样以表谢意，也并不是什么丢人的事情。相反，这样做引用的人和被引用的相关者都会觉得愉快吧。作词家自不必说，即使是饱览群书且修养深厚的学者也会佩服这位词作家。但是，在日本，这样的

---

① 中译译文为本书译者据日文转译。

情况并不仅限于此，在使用别人的著作或参考的时候常常敷衍、隐瞒，最后不了了之。参考了别人的著作，为什么不愿承认呢？电视的情况也一样！

青山：电视是最糟糕的了！

沼野：在制作节目的时候，有时就连作为出发点的重要研究书也没有出现作者的名字，这很不应该！
　　不好意思，又跑题了。我不想在这里讨论引用以及著作权的问题，我想说的很简单，就是外国文学中的一些优秀翻译应该融入到本国的文学中，使之成为本国文学的财产。

青山：寺山修司说的"放下书本，我们上街去吧"其实是纪德的名句。这句话不是纪德用日语说的，而是由不知哪位日本译者从法语翻译过来的。也许开始是一句生硬的日语，寺山修司从中受到启发而写下此句，之后被大家喜爱而广泛使用。这样不知不觉中把外语的译文融入日语中，并成为日语的一部分，这对日语来说是一件好事。

沼野：提起寺山，他的这句经典名句已经成为一本书的书名了吧（《放下书本，我们上街去吧!》（芳贺书店，1973年，后角川文库）。我认为书的书名，特别是翻译得好的书名，其著作权应该归属于译者。

青山：这是我最近翻译的绘本，题目翻译得不错，允许我自我吹嘘一下。

（举起绘本）

书名是《老虎先生来撒野》（彼得·布朗，光村教育图书，2014年）。绘本出版之前，我在大学教授翻译课程，我先让学生翻译，然后再让他们给绘本想个书名，但是，大约三十个学生中没有一个人想到这样的书名。

沼野：顺便问一下，英语书名是？

青山：英语书名是 *Mr. Tiger Goes Wild*。所以，许多学生翻译成《老虎先生很疯狂》。因为是一个关于老虎回归野外的故事，大多数学生翻译成《老虎先生重返野外》。我把它翻译成《老虎先生来撒野》，我认为这个书名是最好的。

沼野：作为日本人，我想问的是这个书名中是否包含了山田洋次的浪子闲人寅次郎①的形象？

青山：当时用这个题目时，确实想到过山田洋次的寅次郎。我想如果读者联想到寅次郎会怎样？因为这件事情，我电话征询了编辑的意见，也和一些朋友交流了想法。结果他们说："读这本书的读者并不知道寅次郎。""想来是那样的吧？"可能是我多心

---

① 日语中虎和寅的发音相同。

了，于是就毫不犹豫地把书名定为《老虎先生来撒野》了。

沼野：这是一本很有趣的绘本。一直在城市规规矩矩生活的老虎先生有一天突然想撒野，大家怕给自己添麻烦，于是对老虎先生说："你要撒野就去大森林吧！"老虎先生在大森林待了一段时间，觉得太无聊，于是又回到了城里。回到城里之后，发现他的朋友们因为受自己的影响都发生了一些变化，他们也渐渐地喜欢撒野了，这样的生活比以前惬意多了。这本绘本与其说是儿童读物，还不如说是成人读物，成年人阅读以后也许更能深刻体会绘本的寓意吧。

青山：现在，在视频网站"YouTube"上可以看到很多东西，写这本书的彼得·布朗解读自己作品的视频也被上传到网上。看了那个视频才明白，为什么图画中的东西都是垂直和水平的。在绘本中，建筑物都是以同样的形状竖立起来，住在那里的动物们也都是直立不动且井然有序。也就是说，这是一个全部垂直站立的严肃的世界，在那里老虎第一次趴在地上，四肢行走。布朗说，绘本中最需要注意的是如何有效地对比描绘出垂直和水平。真是太厉害了！考虑如此仔细周到！所以嘛，书名也是这个好吧。

沼野：很遗憾，今天的时间过得太快了！最后我来总结一下今天讨论的内容。青山先生有一本书叫《那群叫翻译家的乐天派》（书之杂志社，1993年，后筑摩文库），看了这个题目，我是否可以讽刺地解释为，翻译是一种只要懂外语、有字典，就能做的简单工作。也许有人认为与研究宇宙边际和生命起源的科学研究相比，翻译是件简单的事情，只要能读外语，能用日文写作就可以了。其实不然，即使是长年学习外语、精通外语的人，有时也会觉得翻译是一项极其困难的工作。那么，《那群叫翻译家的乐天派》这个书名包含的意思是什么？

青山： 外国文学的翻译，只是把横着写的东西变成竖着写的东西而已。总之，需要一种乐观的心态去对待，如果没有乐观的精神，翻译这个工作是很难坚持下去的。

沼野： 反过来说，实际上翻译这个工作是需要付出艰辛劳动的。

青山： 是的，但是知难而退、悲观消极是什么事情都做不好的。总之先试试，慢慢摸索，突然某一天就看到了黎明的曙光，那时也就乐在其中了。搞翻译工作的人基本上都是乐天派吧。他们知道自己文字功底薄弱、经验不足，所以反而会更努力，这一点上也可以看出他们的乐观天性。虽然也有这样那样的烦恼，但总体来说，他们都是一群乐观的人。

沼野： 这个我知道，但我想也有情绪波动的时候吧。就像我，最近在人前总是笑呵呵的，但也经常会忧郁。有时早上起来，什么都不想干。

青山： 这是上了年纪的缘故吧。我也一样。

沼野：就翻译来说吧，有时也会觉得翻译是不可能的。比如让你翻译英语"I love you"，但怎么也翻译不好，没有恰当的日语表达。因此，有一部分人坚持认为翻译是不可能的。另一方面，也有人认为只要翻译出来就好，没有翻译不好的作品。詹姆斯·乔伊斯的《芬尼根的守灵夜》不是也有人翻译吗？是的，这也不是没有道理。就这样，我感觉自己总是在这两极之间摇摆不定。

青山：我也有类似的情况。可能我的观点有点奇怪，我认为翻译不需要思考什么。也就是说不需要思考写什么，只需思考怎么写。因此，在翻译的时候你可以享受遣词造句的乐趣，但是如果说要思考写什么，那会变得很痛苦。

沼野：思考写什么是作家的事情吧。

青山：从这个意义上来说，翻译是快乐的。但是这样真的好吗？其实这也和早上起床不想干活一样，我们已经老了。

沼野：不不，青山先生您还很年轻，将来还有许多事情等着您去做。

推荐给读者的三部小说

沼野：今天的访谈中已经提到许多小说，已经不止三本了。下面请青山先生再推荐几本希望年轻人读的小说，不一定是翻译作品，然后也请您谈谈推荐理由。

青山：说到我喜欢的书，第一本就是《在路上》。我喜欢《在路上》这种充满动感的氛围，或者说不想一直待在某个地方的感觉，我想大家也和我一样吧。文学作品中也有很多这样的作品，其中我最喜欢的是伊塔洛·卡尔维诺的《树上的男爵》（米川良夫译，白水 U 书房，1995 年）。一个"已经厌倦了每天只吃蜗牛"的男人开始了远离地面的树上生活，从一棵树到另外一棵树，他的一生都在欧洲的树林里移动，我非常喜欢这样的作品。卡尔维诺是后现代主义作家，写过很多小说，《树上的男爵》是一部非理性的作品，非常有趣。也许这是现实中不可能出现的事情，我想年轻人会喜欢这样的作品。

另外一本值得推荐的是雷·布莱伯利的《火星纪事》（小笠原丰树译，早川文库，1976 年）。这是一部人类逃离地球去火星的故事，地球即将毁灭，地球人移居到火星，和火星人一起生活。小说中，一篇又一篇的短篇纪事，叙述着地球人和火星人的故事。美国文学名著《俄亥俄州的温斯堡》是舍伍德·安德森的代表作，也是美国现代文学史上的不朽经典。这部作品由许多篇短篇小说组成，小说描写了俄亥俄州的温斯堡小镇里一系列平凡而真实的人物。布莱伯利对舍伍德·安德森的这部作品印象深刻，因此，把小说的舞台火星安排在了温斯堡。最近我又重新读了这部《火星纪事》，还是觉得"非常精彩"！可是，令人惋惜的是译者小笠原丰树先生在不久前离世了（2014 年 12 月 20 日去世）。

小笠原丰树先生也是一位俄罗斯文学的翻译家，关于他的作品，我想会在说到俄罗斯文学的时候讨论吧，今天就不再讨论。

这次重读《火星纪事》，发现小说的翻译工作最后由小笠原丰树先生和木岛始①先生共同合作完成。小笠原先生虽然做了很多翻译，但是凭借一人之力的确很难完成这部巨作。小笠原丰树先生和木岛始先生两位都是日本杰出的诗人，读了他们的译文让我再次惊讶于日语文章的质量之高！我想也正是因为两位诗人的翻译才成就了这么优秀的作品吧。这是一部科幻名作，但对于作为科幻作品的门外汉的我来说也非常容易理解。

还有一部小说可能沼野先生您比我更加熟悉，是很久以前由角川书店出版的杰西·科辛斯基的《异端之鸟》，英语书名是 *The Painted Bird*，意为"被涂油漆的鸟"。西成彦先生重新翻译时，把书目改为《被涂污的鸟》（松籁社，2011 年），作家的名字译为耶日·科辛斯基。耶日·科辛斯基是波兰裔美国小说家，关于他有各种传闻，也有人说这部小说不是本人之作。小说讲的是第二次世界大战时期希特勒大屠杀背景下的悲惨故事。为了生存，一个男孩不停地从一个地方逃往另一个地方。一天，男孩在森林里徘徊时，遇见了一位看起来像魔女的大婶。怎么看都是幻想的情节，但有着非常真实的地方，甚至于有人说，这实际上是作者的亲身经历。年轻时阅读这部小说，让我非常感动。《树上的男爵》有上树的内容，《火星纪事》有去了火星的内容，《异端之鸟》是一个男孩到处逃亡的故事，主人公们的生活都不安定，但都是无奈的人生选择。

---

① 木岛始（1928—2004），诗人、英美文学研究者、翻译家、童话作家、作词家。翻译了美国诗人兰斯顿·休斯、纳特·亨托夫的作品以及一些黑人文学、爵士评论文章等。

沼野：全部是《在路上》啊！

青山：我偏好这样的作品，我想要推荐的就是以上三部小说。

沼野：非常感谢青山先生的推荐！科辛斯基的《异端之鸟》极其残酷，虐待的场面令人毛骨悚然！和逃离匈牙利的雅歌塔·克里斯多夫的《恶童日记》有相似之处。

那么，我也来推荐三部与今天的话题有关的作品。在青山先生翻译的绘本中，我认为莱恩·史密斯是最有意思的。所以，我推荐他的《臭起司小子爆笑故事大集合》，只是可惜已经绝版了。我不知道孩子读起来是否觉得有趣，但它绝对是一本成年人读了都会觉得有趣的绘本，如果能借这个机会再版的话，我会很高兴。

第二本推荐的是匈牙利著名电影理论家贝拉·巴拉兹的儿童文学杰作《真实的天蓝色》（德永康元译，岩波少年文库，2001年）。详细的介绍在此不再赘述，这部杰作收录在岩波少年文库中，是已经离世的匈牙利文学先驱德永康元先生的著名译作。顺便提一下，刚才提到的与歌曲《横滨的黄昏》相关的匈牙利著名诗人奥第·安德烈的诗歌也是德永康元先生所译。

如果要从俄罗斯文学中选一本的话，那就是俄罗斯儿童文学家果戈里·奥斯特洛的《千奇百怪故事大王》（毛利公美译，东宣出版，2013年）。虽然日本译文的体裁似乎偏向青年人，但确实是成年人读了也会觉得有趣的儿童文学。故事中，孩子们对那些旁枝末节非常感兴趣，刨根问底提出一个又一个的问题，于是故事也就像接龙游戏一样一个接着一个展开。这和刚才青山先生提到的《大家来找威利吧》一样，孩子们并没有寻找威利，而是对鸽子产生了兴趣的情况有异曲同工之妙。对不是主要情节的旁枝末节抱有兴趣，故事就会向着意想不到的方向不断展开。这是一部根据孩子的兴趣创作的长篇小说，也可以称之为后现代风格的儿童文学。

以上是我为孩子们推荐的三本书。另外，我想再加上青山先生的《在路上》。这部小说非常有趣，只是内容上太过自由，所以很难要求青年学生把小说中的人物作为榜样来学习，文学课上也会碰到类似情况。话虽如此，但毕竟是极好的青春文学，年轻时遇到这样的事，也许你的人生就会改变。

问答环节——在遣词用字中释放内心的坚硬

沼野： 今天我们的对话就到这里吧！下面进入问答环节。

提问者1： 想请教有关荒诞绘本的翻译方法。比如，《哈伦与故事海》中的"堵嘴鳗鱼"，《佛里普村烦人的加伯》中女孩的名字"DEKIRU"等，这些名字的翻译非常有趣。名字的翻译很难，您是怎么想到这样的名字的？

青山：《哈伦与故事海》（国书刊行会，2002年）的作者是萨尔曼·鲁西迪。大家都知道他是一位印度裔英国作家，因其作品亵渎伊斯兰教先知穆罕默德，被当时的伊朗最高领袖霍梅尼判处死刑，身处险境他只能到处逃亡。在日本，翻译他的作品《撒旦诗篇》（五十岚一译，新泉社，1990年）的翻译家、筑波大学老师也因此遇刺身亡。鲁西迪在逃亡途中想表达被剥夺言论的痛苦，写了一篇给自己孩子的儿童文学《哈伦与故事海》。"为什么让我翻译呢？""因为青山先生您在翻译绘本啊。"就这样《哈伦与故事海》到了我的手中。这可不是一件开玩笑的事情，我是一边注意着周围的情况一边翻译的。以寓言的形式表达言论不能自由的世界是这部作品的主题，因此强行把动词和形容词作为人的名字，这倒也非常有趣。因为手头上没有原文，有些已经记不起来了，当然这些名字也可以直接写成片假名，但是如此一来，就不能把这么有趣的名字分享给大家了。所以，最后还是下定决心把它翻译成了日语。

《佛里普村烦人的加伯》（乔治·桑德斯，伊索社，2003年）是一部美国文学作品，作者在文学界的评价很高。主人公"DEKIRU"原文的名字是"capable"，意为"能干之人"，是个遇事就积极解决的女孩子。当不明生物入侵，全村受到威胁时，她在逆境中奋起战斗。如果只是把她的英语名字"克帕普耳"用片假名书写，读者未必理解原著中名字所包含的意思，于是就决定用"DEKIRU"作为她的名字。

沼野：翻译人名时，如果没有把名字中蕴含的意思翻译出来，那就没有意思了！

青山：如果只是人名的翻译倒也还好，鲁西迪的作品中有许多这样的名字，让我很烦恼。比如，有一个老是说着"但是，但是"

口头禅的生物,原文的名字叫"butt","but"后面又多了一个"t"。朗读时,听声音也能感受"but"的意思,而且这个名字在作品中非常重要。"but"是"提出异议"的意思,所以想在名字中体现这个意思。如果用"but"的音译名字,怕孩子们看不懂。于是,就想到"DEMO"(日语"但是"的发音)这个词,但因为原文有两个"t",因此,在"DEMO"后面再加上"MO",就这样,变成了"DEMOMO"。"DEMOMO"这个名字既有"提出异议"的意思,又有一丝犹豫的感觉。总之,只是鄙人一家之见!这样的例子不胜枚举。比如,有一个书本被抹杀的世界,里面有一个穷凶极恶的大恶人的名字,当时我给他取名为"万事休矣",记得原文中也是差不多意思的名字。除此之外,还有很多类似情况,所以翻译时往往苦思冥想、绞尽脑汁,但对我来说这也是一种乐趣!

沼野: 即使是面向成年人的纯文学作品,有些人物的名字也带有某种象征意义!

陀思妥耶夫斯基小说中的人物也是如此。《罪与罚》的主人公的名字叫拉斯柯尔尼科夫,俄语中是"分离"之意,暗示俄罗斯东正教的"分离派"。如果非要按照意思来译,可以翻译成"割田"之类的。但是,成人文学中的名字如果取其意义翻译,就会变成改编,这样难免会被指责不够严谨,应该避而远之。但是如果是儿童文学,这样的翻译方法也未尝不可。真是苦中有乐,乐中有苦啊!

还有其他的问题吗?

提问者 2：您在推荐第三本小说《火星纪事》的时候提到了小笠原丰树先生，我也喜欢他的《火星纪事》。小笠原丰树去世后还留下了其他的作品吗？能否请两位推荐一下小笠原丰树先生的其他作品？

青山：先生的译书还是很多的啊！

沼野：小笠原丰树先生是一位超凡的语言天才。他不仅翻译了许多英语、俄语作品，还翻译亨利·特罗亚的法语小说。

青山：他究竟会几门语言呢？

沼野：他会英、俄、法三国外语，翻译最多的是英文作品吧。但是要说最专业的，我想还是俄语。

青山：前些日子，有一部名为《汉娜·阿伦特》的电影吧。主人公阿伦特有位叫玛丽·麦卡锡的朋友，她爱开玩笑，还会不时说个八卦，板着脸的汉娜经常被她逗笑，重新打起精神。玛丽·麦卡锡是一位美国作家，她最畅销的小说是《群体》，现在已经绝版，这部小说也是小笠原丰树先生翻译的。其他还有很多吧！好像也翻译了诗人雅克·普雷维尔①的诗歌，因为小笠原先生就

---

① 雅克·普雷维尔（1900—1977），法国民族诗人、著名编剧、童话作家。其法语诗歌《枯叶》和剧本《天堂的孩子》都是经典之作。

是诗人岩田宏先生。

沼野：他年轻时候就开始翻译普雷维尔的诗歌，以岩田宏的名字写的诗歌与普雷维尔的诗歌有着异曲同工之妙。普雷维尔的诗歌译本多年后曾被再版，但现在好像已经很难找到（《普雷维尔诗集》，Magazine House 出版社，1997 年）。

青山：雷·布莱伯利的也不错，我喜欢约翰·福尔斯的《魔法师》。我想今后对小笠原丰树先生的翻译作品的评价会越来越多，毕竟他对翻译界的贡献是巨大的。俄文翻译的话，请沼野先生您介绍吧。

沼野：小笠原丰树是他的真名，是作为翻译家的名字。作为诗人的名字是岩田宏，那是他的笔名。小笠原丰树先生是日本战后诗史上的优秀诗人，也是我的青春偶像。先生晚年时，诗写得不多，但写了许多小说。他的诗集《岩田宏诗集》《岩田宏诗集续》收录在思潮社的现代诗文库中，建议您先读一读这两部诗集。

说起俄罗斯文学方面，他翻译了契诃夫、索尔仁尼琴的小说，他对马雅可夫斯基的诗歌情有独钟，可谓始于马雅可夫斯基，又终于马雅可夫斯基。小笠原先生在晚年，直到去世之前还在重译其二十多岁时曾经翻译过的马雅可夫斯基的诗歌，并在一个叫"土曜社"的小出版社出版。遗憾的是，此后不久便与世长辞了。所以，他生前的最后工作还是在翻译马雅可夫斯基的诗歌，现在正在连续出版的《马雅可夫斯基诗集》应该是他的遗稿。诗集中有一首新译的诗叫《穿着裤子的云》,这是马雅可夫斯基年轻时作为先锋派时期的诗歌。翻译这首诗歌时,小笠原先生已年逾八十,但他的译诗依然清新自然,充满年轻人的活力。顺便说一下,小笠原先生的最后一本著作是《马雅可夫斯基事件》(河出书房新社,2013年),书中围绕马雅可夫斯基死亡真相展开了解谜。为揭开马雅可夫斯基自杀之谜,他生前一直在调查马雅可夫斯基的自杀原因。小笠原先生也因此获得了读卖文学奖。

青山:颁奖典礼上小笠原先生身体还好吗?

沼野:他出席了颁奖典礼,但因身体问题没有出席第二次会议。颁奖典礼之前,我碰巧在酒店大厅见到了小笠原先生,并和他亲切交谈。其实我很喜欢他的作品,几十年以来一直在读小笠原丰树的作品。实际上,小笠原先生家离我家很近,相隔最多不过两百米,但遗憾的是一直没有机会与先生见面交谈,那次的交谈是第一次也是最后一次。

下面我们再请一位先生提问。

提问者3:"毛毛扎进去啦!"您孩子的话真的很有意思。但是我觉得您在表扬孩子时,仿佛无形中也在您和孩子之间筑起了一堵高墙。怎么说好呢?我感觉您是通过封存自己内心的孩子视角才勉强生活在这个世间。我在想,青山先生您是不是也是在翻译或者写绘本的时候,才慢慢打开自己内心的孩子视角和封闭的内心世界呢？您能做到这点很不容易，那么您又是怎么做到的？不知道我有没有讲明白？有点混乱……

青山：能明白您的意思。我们今天谈话的主题就是"文学作品中的孩子"。

的确如此，孩子拥有的新鲜视角正在消失。但是，心中那种正面意义上的童真，在翻译绘本、遣词用字时会被重新发现，对此我会感到由衷的喜悦。比如说《老虎先生来撒野》这本书，如果书名翻译成《老虎先生很疯狂》，那就无法把绘本的主题传达给孩子们，翻译成《老虎先生重返野外》也不是很好。在反复思考的过程中，也就是说在想出《老虎先生来撒野》的过程中，我想封存在内心的某种坚硬之物大概也就慢慢被融化了。因此，绘本翻译中的遣词用字并不是一下子就能定下的，而是在与语言的搏斗中——说搏斗有点太酷了，也就是在摆弄辞藻的过程中——才慢慢明白孩子观察世界的视角。这样的回答不知道您是否满意？

沼野：已经超过预定的时间了。那么今天我们就谈到这里吧！非常感谢青山先生。

2015 年 1 月 31 日，东京，御茶水天空城

系列访谈——"文学作品中的孩子"

第四章
我的兴奋点在召唤
美国现代小说

——岸本佐知子与沼野充义的对谈

献给你心中的"孩子"
儿童文学中"我在意的那些"

岸本佐知子

1960年出生。翻译家、随笔家。曾在洋酒公司工作，1988年开始从事翻译工作。最初翻译海外尖锐激进小说，因翻译尼科尔森·贝克的小说被大家所熟悉。作为随笔作家也受到很高的评价，并且拥有众多的读者，尤其是海外文学爱好者。译书有尼科尔森·贝克的《喂、你好!》、《夹层》、《延音》、《室温》、《诺莉讲不完的故事》、《变爱小说集》（编译）、《不舒服的房间》（编译），陈志勇（Shaun Tan）的《来自远方城镇的故事》、《鸟王》、《失物招领》、《埃里克》、《夏天的规则》、《开心的夜晚》（编译）、《孩子的世界》（编译），米兰达·朱雷的《选择你的价值》，等等。著作有《不读〈罪与罚〉》（合著），随笔集有《我在意的那些》、《记仇的人》（讲谈社随笔奖）、《某些因素》。

《胡萝卜须》与《学徒之神》

沼野：我与岸本女士见面机会并不多，上次见面是什么时候我已经想不起来了，但在刚才的事前沟通中我们相谈甚欢，感觉今天的谈话已经结束一半了。

岸本女士大家应该非常熟悉了，她一直活跃在翻译第一线，可以说是日本著名的英文小说翻译家之一。所以，比起老套的介绍，我想还不如边谈边来熟悉岸本女士吧。这次的系列谈话以"孩子"为共同主题。那么，在文学中孩子的视点是怎么表现的，我想就这一话题来展开讨论。

先从小时候的读书体验谈起吧。关于爱读的书或者读书有什么印象深刻的吗？

岸本：小时候，我家里有很多岩波出版社出版的绘本，如《小房子》（伯顿著，石井桃子译，1954 年）、《好奇猴乔治》（雷伊著，光吉夏弥译，1954 年）、《海怪奥里》（玛丽·荷·艾斯著，石井桃子译，1968 年）等。但已经记不清最初读的是哪一本了，大概就是其中的一本吧。

沼野：这么说来，您上面还有哥哥姐姐吗？

岸本：我是长女，还有个妹妹，书是给我买的。我父亲是岩波书店出版的图书的书迷，那时家里到处是"岩波"的书。要说印象最深刻的一本书叫《小熊维尼》（米尔恩著，石井桃子译，1940 年）。大概是刚上幼儿园的时候，父亲经常给我讲《小熊维尼》的故事，这件事我记得很清楚。

沼野：这么说来您有一个思想先进，开明的好父亲啊！那个时代给孩子讲故事的父亲可不多啊！一般给孩子讲故事的都是母亲吧。

岸本：记忆中好像母亲没有给我讲过故事。

沼野：您母亲很忙吧？

岸本：怎么说呢？不知道怎么回事，我们家讲故事是父亲的事情。

沼野：那时您读的都是大家公认的优秀的"岩波"儿童文学名著啊！一般来说小孩子不会去注意书是翻译的，还是日本人写的，当时您有没有意识到您读的都是外国故事？

岸本：绘本也好，父亲给我读的书也好，里面的景物不一样，极端地说，人名不一样，还有许多从未听到过的地名、食物等等，而且这些都用片假名书写，所有这些都和日本的不同。但就故事本身来讲，和日本的故事没有两样，都很有趣。

只是书的封面上，有《小熊维尼》的书名，作者的名字，名字旁边还写着"译"字。比如，"石井桃子译"，记得当时问过大人："这是什么？"大人怎么回答的，我已经忘记，但当时已经知道是有人把其他国家的语言翻译成了日语。

沼野：这么说来，您很早就意识到翻译这件事了吧。

岸本：也许吧！也许那时我已经多多少少受到了这样的影响吧。

沼野：怎么说呢，对孩子来说不管是不是翻译，有趣的东西就是有趣。高年级的时候，还是会被要求读一些日本文学名著或者世界文学名著吧。比如说读一些夏目漱石的书等等，固有的文学史价值体系会逐渐影响孩子们的阅读。因此，年幼时先读岩波书店的绘本和少年文库本，随着年龄的增大，再升级为岩波文库本，就这样一直读下去。您家里应该也有很多岩波文库本吧？

岸本：是的，有很多岩波文库本。但这并不是为了给我读才买的，只是家父是个喜欢收藏书的人，所以家里到处都是岩波文库本。书名大多都是汉字，我基本看不懂。有一次，看到一本书的封底上用平假名写着书名，是四个平假名。我想这个大概能读懂，所以试着读了。这本书就是《胡萝卜须》。哎呀！我说漏嘴啦！

沼野：如果您不说，我可以让大家猜一猜。

岸本：是啊！不好意思！就这样我读了《胡萝卜须》。

沼野：是岸田国士先生翻译的吧！只是，《胡萝卜须》经常被当作儿童文学作品，您读了以后有什么感想？

岸本：其实，那是一个很悲惨的故事。

沼野：是一个受人欺凌的孩子的故事！

岸本：当时还没有"欺凌"这个词。《胡萝卜须》讲的是一个问题家庭中的孩子的故事。总之，是一个饱受虐待的孩子的故事！可是那时的我不谙世事，完全体会不到那种感觉，只是觉得故事有趣而已！这本书的特点除了书名是平假名以外，还画有插图。一个叫瓦洛顿的人，前些日子就有个他的作品展览会，他在《胡萝卜须》的每个章节中都画上小小的画，应该是版画吧？就像蒙克的《呐喊》那样令人毛骨悚然。那时我还不知道蒙克的《呐喊》，只是对那些画很感兴趣，所以就读了这本书。书是用旧假名书写的，我把书带来了，我给大家看看吧！

沼野：您还特意把小时候读过的书带来了啊！

岸本：这本书现在还在，我自己都觉得是一个奇迹。

沼野：可以打开看看吗？好像写着什么……

岸本：封面上好像写着什么。后来擦掉了，还留着铅笔淡淡的痕迹……

沼野：写着什么呢？

岸本：嗯，写着"萝卜"。那时还以为自己很幽默呢！应该是小学三年级的时候。

沼野：把《胡萝卜须》切换成"萝卜"，相当幽默呢！

岸本：记不清是什么时候写的，什么时候擦掉的。大概是觉得不好意思才擦掉吧。

沼野：版权页写着昭和四十三年（1968）第二十六次印刷，是三星印刷。

岸本：那时大概八九岁的样子吧。所以还不认识旧假名。第一章是"鸡"，在标题旁边注着假名，字很难看。

沼野：真是一个爱学习的人啊！

岸本：我想应该都是插画的功劳。可能想搞清楚那令人感到恐怖的插画吧？那个"鸡"字旁边的假名大概是问了大人之后注上去的。第一行"勒皮克夫人云"这里的"夫人"和"云"都注上了假名。一开始就"前途多难"了。

沼野：但是，还是坚持读完了吧？

岸本：假名旁注到第五行就结束了，大概是嫌麻烦吧。但是，我坚持读到了最后，故事非常有趣。故事中母亲为了惩罚胡萝卜须，竟然将他夜间不小心拉在床上的秽物拌进早餐里喂给他吃，真是太过分了！

沼野：认真想想，真是一个灰暗的、令人讨厌的故事啊！

岸本：故事中出现的都是两百年前的法国的风物，和自己知道的世界完全不同，而且单词的标记也和现在不同。例如，黄油"bataa"是"bata"，果酱"zyamu"是"zyami"。但是，这些和日本不同的东西或者让人不明白的事物，于我而言，反而更觉有趣。

沼野：读外国文学发现不同于国内的东西似乎很有趣呢！从那时开始，岸本女士就对一些灰色的、怪诞奇妙的东西产生了兴趣吗？

岸本：大概是吧。但也仅仅是兴趣而已。

沼野：列纳尔的《胡萝卜须》就现在来说，仍然是外国儿童文学中的经典之作。但最近读的人少了，大概大多数人都认为那是一部轻松休闲类的儿童读物吧。本来，被称作古典的东西，有的虽然很知名，但实际上也没有多少人读。对了，《胡萝卜须》是外国文学的翻译作品，您也是那个时候开始读日本文学的吗？

岸本：是的，总之，都是岩波文库小说，那时反复读的是志贺直哉的《学徒之神》。

沼野：今天岸本女士把这本小说也带来了。

岸本：有什么东西洒在书上，留下污渍，底页写着昭和四十四年（1969）。志贺直哉是一位名作家，但令人意外的是他的文章很怪异，词汇也十分贫瘠。

比如，他的名著《在城崎》，大量使用了"凄寂"这个词，虽然我没有认真数过。比如，看到蜜蜂的死骸感到"凄寂"，"凄寂"之后归于"宁静"，但还是感到"凄寂"。"凄寂"之后"宁静"，"宁静"之后复又"凄寂"。

沼野：作者没有在用词上多花心思。

岸本：的确没有。在重读他的小说之后我才发现，大概这个人喜欢用最简单直接的词语吧。给我的感觉是他在创作中不断精练语言，努力寻找最简洁的表达方式。结果，全部变成了"凄寂"。

沼野：坦率地说，满不在乎地重复使用诸如"凄寂"之类简单词语的志贺直哉，和刚出道时的吉本芭娜娜竟然意外地相似！这也许是因为所谓的日本独特的美学吧。但是，这么一来，翻译家们就碰到难题了。也就是说，假如英语原文中反复出现"sad"这个形容词，如果全部译成"凄寂"的话，编辑会认为你很幼稚，读者也会怀疑你的语言修养。因此，大多数译者往往会把它换成华美的语言，我并不清楚岸本女士您是怎么处理的，但我认为这是现代翻译界的一种倾向。

岸本：据说英语词汇丰富，一旦出现某种新的现象，马上就会有新单词出现。比如"光"这个词汇，光形容词和动词加起来就有十几个吧。但日语只有"发光""闪耀"两个词。其次，就是"闪闪发光""熠熠生辉"那样的词组了。

沼野：日语中拟态词很多啊！

岸本：俄语怎么样？

沼野：欧洲语言中拟态词基本没有日语那么发达，因此相关词汇多以动词表达。俄语中与"光"有关的词汇恐怕也没有英语那么多，但俄语中动词词汇相当丰富。只是英语词汇丰富亦有其历史原因，本来英语属于日耳曼语族，它首先吸收了希腊语与拉丁语的词汇，后受法语影响，又吸收了大量的法语词汇。此后，英语在世界范围内流通，大量移民进入英语圈，阿拉伯语、中东以及亚非语言中的外来语,又大大丰富和发展了英语词汇。从这个意义上讲,英语是世界上词汇最丰富的语言。日语中的"和服""便当"等词现在也都被吸收进英语了!

岸本:很久以前我翻译了《埃德温·穆尔豪斯:一个美国作家的生和死》(斯蒂文·米尔豪瑟著,岸本佐知子译,福武书店,1990年,白水社再刊)这本书,这位作家对词汇的区别特别仔细,所以真的很辛苦。

沼野:是米尔豪瑟吗?给我的感觉那个人的文章辞藻总是很华丽!

岸本:那时我还是一个刚刚进入翻译界的新手,连词典都不怎么会查。比如,"luminous"和"radiant"都是"发光"的意思,但发光的方式不同,如果只查英日词典是很难辨析的。因为翻译这个工作,我也学会了怎么查词典。

沼野:词典对于翻译家来说是必需品,您在翻译的时候经常查词典吗?

岸本:是的,查得非常多。有时超简单的词都会去查,说出来自己都觉得不好意思。

沼野:我也一样。明明是很基本的单词,一查词典会发现还有自己不知道的意思。就像岸本女士在随笔里写的一样,如果仔细阅读词典,就会发现像老朋友一样熟悉的词语还有常人不知道的、意想不到的含义。

喜欢布罗迪根

岸本:使用纸质词典时,常常碰到这种情况。现在不用了,还真有点怀念。

沼野:最近用电子词典吗?下载到电脑里的那种。

岸本:前几天,与同行的英语文学翻译家古屋美登里女士聊天时,谈到我在翻译的时候同时使用电子词典和纸质词典,当时她惊讶地说:"现在已经没有这样的人了吧!"据说现在大家都把词典下载到个人电脑,翻译时碰到不懂的单词就直接在电脑上查。可是我现在还在使用电子打字机呢……不是没有个人电脑,可我总是喜欢使用我熟悉的富士通 OASYS 软件系统的。

沼野:那样的话,现在电子打字机的保养维修可是越来越难了!

岸本:是啊!"OASYS"损坏了该怎么办?这是我现在最大的担心。

沼野:现在已经不生产新产品了吧。但好像有专门的维修公司,他们手头有许多旧配件,只是价格似乎很贵。

岸本：听说冈山有这样的专门维修店。我用惯了拇指移位键盘，现在要改实在是太难了。

沼野：是吗？那是很难改了！那是富士通公司独家开发的吧。

岸本：使用拇指移位键盘打字速度很快，但错误也特别多。沼野先生您看过用拇指移位键盘打字吗？

沼野：我也曾经想用来着，因为我原来用的是"OASYS"的电子打字机。但是，我想不能太依赖电子打字机，所以我在电脑普及的早期就换成电脑了。但是，岸本女士您就不用再换了，当然如果您再年轻一点的话，就另当别论了。啊！不好意思！岸本女士现在也很年轻啊！

其实我也一样，大家都说苹果公司的电脑好，但我还是一直在用微软的"Windows"系统。到了这样的年龄也不想折腾了。

岸本：如同机器一样慢慢腐朽老化了！

沼野：现在"OASYS"软件可以在"Windows"环境下运行，但不知道是否支持拇指移位键盘。

岸本：前几天和三浦紫苑女士说起这件事，她听后笑了好一阵子，说她父亲也用拇指移位键盘。这么说来，我好像是她父亲辈的人啦！

沼野：但是，据说日本仍然有很多忠实的使用者。敢于做少数派，这在文学创作上是很重要的。

记得岸本女士的随笔中有这样一段话，说学生时代写作文时，只有您一个人写大实话，结果与其他同学完全不同，为此您感到很苦闷。

岸本：大家是如何学会察言观色，什么时候学会的，是我永恒的课题。我人生中最绝望的时刻其实是在幼儿园的时候经历的。在家里谁都是"小王子"和"小公主"，但是上了幼儿园就像进入了社会，"小王子"和"小公主"也就没有了，这对每个孩子来说都一样。但是其他同学都马上适应了这个"社会"，并作为社会属性的人来行动。他们察言观色、讨好对方，说大人爱听的话，看场合说话，仅仅四岁左右年纪的孩子竟然都会。

可是，我完全不行。我不擅长察言观色，想什么说什么，结果吓到别人，甚至惹怒大家。那时的我不会考虑什么场合应该说什么话，我想大概是因为我 DNA 有问题，天生这方面不行吧。

沼野：这么说，是您父母的遗传吗？

岸本：那倒不是。我有个妹妹协调能力很强，善于与人沟通，家里只有我一个人不行。

沼野：可是，您大学毕业后，从一流大学——上智大学毕业后在三得利这样的大公司就职，走的都是精英路线啊！

岸本：都是想尽办法很辛苦才进去的，虽然学校、公司都是最好的，但感觉我个人总是处在最底层。

沼野：在上智大学学的是英语吧？

岸本：是的，外国语言学部设有英语文学专业和英语语言专业，很多人都希望进英语语言专业。一般两个专业都会去考，但大多数只能考取其中的一个。

沼野：而您选择了英语文学专业。

岸本：两个专业我都考了，结果考上了英语文学专业。

沼野：我有个一直想问的问题，听说您的毕业论文是有关理查德·布劳提根的研究，为什么会研究理查德·布劳提根呢？您能详细给我们谈谈吗？

不知道今天在座的有多少人知道作家理查德·布劳提根的名字。岸本女士比我小很多，一直到岸本女士后面的那一代人都很崇拜理查德·布劳提根，他的小说在一部分人中很受欢迎。那么，理查德·布劳提根的什么东西吸引了您？您写了一篇怎样的毕业论文？

岸本：刚进大学时根本不知道理查德·布劳提根是何许人也。大概是大一也许是大二的时候，一位朋友借给我一本有趣的小说，就是《在西瓜糖里》(藤本和子译,河出书房新社,1975年,后河出文库),这部小说给我带来了极大的心灵震撼。沼野先生您第一次读的是理查德·布劳提根的什么小说?

沼野:是 *Trout Fishing in America*。小说出版于1957年,是布劳提根的第二部小说,也是这部小说让布劳提根一举成名。大概是从那个时候开始,他的名字渐渐被世人所熟知。

岸本:您是怎么找到这部小说的?

沼野:记不清了。大概是小说的日文译本(《在美国钓鳟鱼》,藤本和子译,晶文社,1975年,后新潮文库)刚刚出来的时候,觉得他是一个很有意思的作家。

岸本:最初读的是原版书吗?

沼野:是的,日文的译本也买了,但是那个时候我想尽量读英文原版书。那时银座有一家叫"Iena"的书店,现在已经没有了。这家书店除了文学类书籍,还有许多艺术类书籍也很棒,作家植草甚一的随笔中经常出现这家书店的名字,我就在这家书店淘过一些外文原版书。

岸本:真厉害啊!

沼野：过奖了！结果也就堆在那里没好好读，不过那时倒也买了许多外文书！

岸本：理查德·布劳提根小说中呈现出的美以及那种自由的境界让我为之震撼。我是个只看事物表面的人，读小说也是如此，但布劳提根小说的趣味性使我震惊。他的《在西瓜糖里》《在美国钓鳟鱼》《从大瑟尔来的南方联盟将军》（藤本和子译，河出书房新社，1979年，后河出文库）三部作品我都读了。但当时给我的感觉，他只是一位善于抒情、长于幽默的作家，现在想来那时的自己是何等的幼稚和浅薄！

沼野：所以您写了理查德·布劳提根。

岸本：是的，我是个不爱读书的学生，当时也没有其他喜欢的作家，所以没有丝毫犹豫就决定了。但是，决定是决定了，又不知道怎么写，为此我很苦恼。刚巧那时有个布劳提根读书研讨会，我就参加了，在那里学会了分析研究法，这才勉强把毕业论文写完了。

沼野：好像布劳提根是个酒鬼吧？还多次移情别恋。他还是一个抑郁症患者，最后在家中自杀。布劳提根的家境并不好，童年在贫困和孤独中度过，身世令人同情。他多愁善感又软弱胆小，但天生温情、幽默，我想正是他的这种性格孕育出在反主流文化中最细腻独特的东西。但他的作品充其量只是"短篇小说"的拼接，因此他并不是一位能构筑真正长篇小说的作家。

我年轻的时候也喜欢读他的小说，后来因为兴趣的转移，把他的小说和其他不需要的书籍一起装箱搁置了三十年。最近，想着自己年龄也不小了，到了应该整理以前的书籍的时候了，于是把以前的箱子打开来整理。结果，找到了十多部布劳提根的小说。于是，怀念之情瞬间涌上心头，情不自禁重读了这些小说。果然不错啊！可是，这样不行啊！为什么我会如此沉迷于他的作品呢？布劳提根不仅写小说，而且写诗歌，他的诗歌中有很多好诗。我在学生时期曾经翻译过他的诗歌，登载在同人杂志上，比池泽夏树、高桥源一郎等著名作家的翻译诗集要早得多。

岸本：在哪里可以读到您的译诗呢？

沼野：发表在很久以前的同人杂志上，现在拿出来给大家看还是有点不好意思。但是最近我自己也发现确实有几首诗的翻译还算过得去，所以把一些片段放在我的网络社交平台"Facebook"上。读他的诗能让我回想起那些令人怀念的往事，但据说十首中也只有一首算是好诗吧。

岸本：也有类似俳句那样的诗吧。

沼野：是的，有的！

岸本：我想起了一首，是藤本和子女士翻译的。

有一块青椒　从拌沙拉的木盘　掉落了下来

其实原文后面还有一句"有什么关系？"，感觉像趣味俳句。

沼野：这里的"青椒"是季语吧？辣椒表示是秋天了，青椒的话，表示还是夏天吧？这样的俳句给人感觉有点诙谐风趣，但本人可能是相当认真创作的。

岸本：有一本藤本女士写的关于理查德·布劳提根的评传（《理查德·布劳提根》，新潮社，2002年）。书中有这样一段话："他本人非常讨厌被看作是一位幽默主义者，他慨叹美国的评论家们不知道自己受了巴别尔的影响，因此当他知道法国有一位评论家指出他的小说非常接近巴别尔时，他感到非常开心。"

沼野：巴别尔指的是伊萨克·巴别尔，是一位活跃于20世纪20年代苏联的犹太裔作家。作为短篇小说大师，他在英语圈的盛名仅次于契诃夫，但在日本没有多少人读他的作品。

岸本：我曾想找几本他的小说来读，结果发现他的日文译本并不多。

沼野：《骑兵军》《敖德萨故事》这两部小说的翻译已经出来了。真希望他的代表作《骑兵军》能够列入光文社的古典新译文库的书目中，让我们能够读到文风清新的《骑兵军》。说实话巴别尔的小说笔墨浓重，充满强烈的隐喻，对于译者来说是一个巨大的挑战。

岸本：我知道的英美作家中，也有很多人喜欢他的作品。

沼野：在英语文学圈只要是读书人都知道他是一位知名的短篇小说大师吧？他的全部作品已经被翻译成英语，也许在英语圈的短篇作家中，不知道巴别尔的人应该不多吧。

岸本：他是一位怎样的作家？

沼野：是一位出生于敖德萨的犹太人作家。以他的故乡敖德萨为舞台的作品中，既有童年回忆的抒情故事，也有敖德萨犹太黑帮的有趣故事，这些小说汇编而成的短篇小说集叫《敖德萨故事》。使巴别尔更加出名的是《骑兵军》，这部小说是根据他在苏俄内战期间作为红军记者的经历撰写的。只是薄薄的一部作品，与其说是长篇小说，还不如说是系列短篇集吧。小说中的内战指的是反革命白军和布尔什维克红军两派之间的战争，那是个极其可怕、残酷的时期。那时，巴别尔是一个戴着眼镜的文质彬彬的犹太青年知识分子，所以经常被那些强壮哥萨克士兵们欺负，他们嘲笑他"什么都不会！""连一只鹅都杀不了"，这部小说集收录的都是短篇小说，每篇小说文笔洗练，语言高度凝缩，没有浮泛之笔。

纷至沓来的世界怪异短篇小说

沼野：说起短篇小说，岸本女士不仅翻译了很多短篇小说，还编辑了许多短篇名家集，您很喜欢短篇小说啊！

岸本：因为收到许多小说翻译的杂志约稿，所以我的阅读以短篇小说为主。但我并不是讨厌长篇小说，说实在的，长篇小说虽然因篇幅长而读起来很费劲，但真正翻译起来，也许长篇比短篇更轻松。

沼野：您所谓的轻松是什么意思？简单地说，我认为长篇篇幅长，所花的精力和时间是短篇远远不及的。

岸本：短篇小说的每个出场人物以及场景的设定都不同，每翻译一部小说就要进入一个作品世界。如果是短篇小说集的翻译，那么就是一个又一个作品世界的循环往复。怎么说呢，正是因为篇幅短小，相关人物信息量少，因此必须充分发挥想象力。而长篇小说篇幅长，得到的信息也多，所以容易聚焦。

沼野：您说的很有道理！的确，长篇小说的翻译一旦进入状态，只要顺着思路翻译下去就可以。对此我很有同感，大概许多写小说的作家也是这么认为的。长篇小说很花时间，又需要体力，但一旦写起来，就会有规律地一步一步写下去。如果是短篇小说的话，今天写一篇三十页的，明天再写一篇三十页的，必须经常更换题材吧。我们来看一下小说家们的成果，比如村上春树的短篇小说已经有七八十部了。如果想知道短篇小说在他所有小说中所占的比例，那么只要看一下被标称是村上春树"全部作品"的两部著作集（均为讲谈社出版）就可以了吧。这两部著作集涵盖了其两大创作时期的作品，第一辑全部八卷，涵盖了1979年到1989年的所有作品，其中短篇小说三卷。第二辑全七卷，涵盖了1990到2000年的所有作品，其中短篇小说二卷。他的著作集中虽然短篇小说只占30%，但是，写作时所花的精力，我想不亚于长篇小说吧。

纳博科夫也是如此。他一生只写了六十篇短篇小说，但所花的精力和时间远远超过了长篇小说。短篇小说的翻译也是如此吧？

岸本：是啊！完全没有因为短而感到轻松。

沼野：岸本女士开创了在文学杂志上刊登国外短篇小说翻译的先例，角川书店的《野性时代》等杂志上也有连载您翻译的短篇小说。另外，《群像》《文学界》等文学杂志上也有。

岸本：最初应该是在《群像》杂志上。

沼野：那是《变爱小说集》（Ⅰ·Ⅱ，讲谈社，2008年至2014年）吗？

岸本：是的。

沼野：我是搞文艺评论的，经常会在文艺杂志上读到岸本女士的作品，所以知道您是这些杂志的常客。对于作家来说，写原创短篇小说并以这种频率发表是非常不容易的。岸本女士不仅小说翻译得十分精彩，找来的翻译作品也很有趣，您的作品在文艺杂志中占有重要的位置。

岸本：但是，都是些没有人读的作品。刊登在文艺杂志上的作品也没有多大反响。看到沼野先生给我写的书评时我会感叹："啊……还有那么一个人在读我的作品啊！"于是就会很开心，让我感觉到活着的价值。

沼野：总之，我在阅读每月的文艺杂志时，发现日本作家写的小说中有趣的并不多。相比之下，有时觉得布德尼茨①的小说还真是有趣。以前，我在文学评论中曾经提到过布德尼茨的《纳迪娅》和拉莫娜·奥苏贝尔②的《安全航海》。《安全航海》讲的是一群女人乘船航海的故事，十分有趣，令人印象深刻。话说回来，文艺时评本来应该以评论日本作家的原创作品为宗旨，但现在时代不同了。因为是日本的作家所以是这样，外国的作家所以那样，这样区别对待已经不合时宜了。因此，文艺杂志编辑部也已经开始积极推荐外国作家的作品，把他们的优秀作品和日本作

---

① 茱迪·布德尼茨（1973—　），美国作家。代表作有《最温柔的一刀》《漂亮的美国大宝贝》等。——编者注
② 拉莫娜·奥苏贝尔，美国作家。代表作有《离岛》《出生指南：故事集》等。——编者注

家的作品一视同仁。

岸本：是啊！好时代已经来临。

沼野：有岸本女士这样的开拓者才有现在这样的局面啊！

岸本：那不敢当！我很羡慕前辈们的努力，十五年来我一直在向杂志提议，但也总是被拒绝。我讨厌写东西，我更喜欢翻译，可是被约稿的都是随笔。提了十五年，现在终于可以与随笔说"再见"了。

沼野：在杂志上刊登翻译的短篇小说好像并不常见吧？

岸本：在我还是公司女职工的时候，柴田元幸先生、青南山先生翻译了很多当时活跃在美国文坛上的作家的短篇小说，这些短篇小说都被刊登在《嘉人》杂志上，记得还有许多漂亮的插图，那时就十分羡慕。我想"什么时候我翻译的短篇小说也能登载在这样的杂志上就好了……"但是，遗憾的是我开始翻译短篇小说正值泡沫经济结束，社会与人心一旦变化，狭隘意识蔓延，那么翻译小说就会首当其冲被砍掉。也许这只是我的臆断。总之，那时杂志上已经不再刊登翻译小说了。

沼野：曾经有一段时期，也是在日本的泡沫经济时期吧。《嘉人》杂志的内容远远超出了文艺杂志的范围。那时，《嘉人》杂志有一个关于波罗的海三国的"文学·文化专题",我翻译的爱沙尼亚作家的小说也被刊登在这里。现在回想起来,自己也觉得很了不起。波罗的海三国指的是拉脱维亚、立陶宛、爱沙尼亚三个国家,这些国家在日本很少有人知道。就这样,突然间那些稍带北欧式浪漫感的重建后的文化状况、文学作品的译文都刊登在这本杂志上,的确是大胆之举,非一般文艺杂志之所能及。

岸本女士作为随笔作家也有很高的人气。第一本随笔集是《我在意的那些》(白水社,2000年,后白水U书房)吧!那里面收录的随笔作品,原本是《翻译世界》《法国》杂志上的连载吗?

岸本:是的,曾经在《翻译世界》杂志上连载,每期一页左右。但是,这本杂志现在已经停刊了。

沼野:在那本杂志上总共连载了三本。还有两本是《死心眼的个性》(筑摩书房,2007年,后筑摩文库)和《某些因素》(筑摩书房,2012年,后筑摩文库)。将来您会继续写随笔吗?

岸本:我一直在说"不想写了"!

沼野:这可不行!读了岸本女士的《变爱小说集》,我一直在想,这么有趣的作品您究竟是从哪里找到的呢?还有您的随笔,奇思妙想如同涌泉源源不断,也许岸本女士的脑袋有着另一个神秘的微型宇宙吧。感觉您的短篇小说和随笔就像同时并行的两条轨道，相伴而行。

岸本：常常有人问："你是怎么找到这么多奇奇怪怪的东西的呢？"就我个人而言，我并不是想标新立异，只是选择我喜欢的东西罢了。也许我的作品在世人眼里有些脱离常规，可能我的兴奋点与大家不同吧……假如，只是假设，有人邀请我翻译《哈利·波特》那样的作品，当然这样的小说也不会到我这里，即使来了，也许也会因为没有感觉而拒绝。因为本来自己的兴奋点就与世人不同，一旦有了第一次就会找到方向，或者说雷达的探点就会照准那个地方。

沼野：您好像有一种不可思议的能力，能够召唤自己喜欢的作品！

岸本：有一部在《野性时代》杂志连载的叫《不舒服的房间》的短篇小说集，里面有一篇叫《查米特拉》的小说，是美国作家路易·艾伯托·伍瑞阿的作品。我并不认识这个作家，只是在文艺杂志上碰巧读到了这篇小说。一个士兵的头部被击中，那些回忆变成实物从伤口中不断涌出，而且吃起来还很美味。故事离奇古怪又奇趣横生，我就拿来翻译了。后来，因为非常喜欢他的作品，读了他的其他几本小说，结果发现他的其他小说都是现实主义作品。想来这样的小说本来就不多，我也是碰巧才找到的吧！

沼野：还是有召唤自己喜欢的作品的能力吧？大家已经很熟悉《变爱小说集》了，但《不舒服的房间》中有许多更加奇幻怪诞的故事。里面有柴田元幸先生正在翻译的布莱恩·埃文森那样的一流作家的作品，有安娜·卡文等资深作家的作品，也有一些令人感到陌生的作家的作品，这些都是非常有趣的选择。

我本人对伍克维奇那样的，老是写一些很奇怪的、不知道能不能称得上是文学作品的人有点……

岸本：要说离奇古怪，的确无人能出其右啊！

沼野：《不舒服的房间》中的那篇《悄声低语》，到最后也不太清楚在讲些什么。好像是大半夜进来了一个人，这个人的声音被录了下来。

岸本：有一个人因为呼噜声太大，被老婆赶出了房间。为了确认呼噜声是不是真的很大，他在睡觉前打开录音机想把鼾声录下来，结果发现里面有陌生人的声音。

沼野：这个声音的主人到底是谁呢？如果是科幻小说，也都会说明的，可是……

岸本：没有说明，也没办法说明。

沼野：这样的结尾，让人莫名其妙啊！

岸本：让大家在读完以后感到心痒难挠、紧张不安，是这部小说集的宗旨。最初我把书名定为《不安之馆》，但被出版社的人拒绝了。

决定翻译家岸本方向性的作品——尼科尔森·贝克的《夹层》

沼野：今天的谈话非常愉快，真是意犹未尽！但是因为时间有限，我们换个话题再继续吧！岸本女士有许多翻译作品，大概有多少部？

岸本：也不是很多。

沼野：可能没有柴田元幸先生那么多吧！

岸本：只有柴田先生的十分之一。

沼野：那我的话，是这个十分之一的十分之一，只有柴田先生的百分之一……

我们先不谈这个，其实让我认识作为翻译家的岸本佐知子的是尼科尔森·贝克的《夹层》（白水社，1994 年，后白水 U 书房），这是岸本女士早期的翻译作品吧？

岸本：是啊！是第一部翻译作品。

沼野：这是一部完全符合岸本女士个性特点的作品。这部小说是原本就有所了解，您自己选择的作品呢，还是召唤而来的呢？

岸本：也是得之偶然。那时，因为要商量出版斯蒂文·米尔豪瑟的《埃德温·穆尔豪斯》，与福武书店的编辑相约在新宿的一家咖啡店见面。那位编辑在来咖啡店的路上顺便去了趟神保町的"东京堂"书店，在那里偶然看到了这本书，问我有没有兴趣翻译。

通常，海外作家作品的翻译要通过代理人，而且代理人也很少提供已经出版的完整的书籍，一般会以手稿、印刷品或者简装版的形式给译者。译者觉得满意，有兴趣就做，不满意就还给代理人。但是，这部小说是那位编辑偶然在书店发现的。当时我拿了这本小说回家一看，发现小说题材新颖且十分有趣，是我以前从未读过的类型，心里甚是喜欢。可喜欢归喜欢，却发现是一块难啃的骨头。

沼野：翻译很辛苦吧？

岸本：小说看起来有点杂乱无章。有的一个句子整整写了一页，而且每页下面密密麻麻，都是小小的注释。有的正文只有三行字左右，余下都是脚注。一看就是一本很特别的书，小说新颖奇崛，直击我的兴奋点，但对我来说却难度很大。虽然那位编辑也极力劝说我，说是难得的好书，让我无论如何也要翻译成日语。但我还是觉得会力不从心，把书还了回去。可是，过了两天却怎么也忘不掉，想着"还是翻译吧"，又把书取了回来。

沼野：这么说来，翻译了很长时间吧？

岸本：是的，故事情节基本能懂，但小说中许多令人不明所以的商品名称，把我给难住了。要是现在就很方便，用"谷歌"，搜索一下什么都能找到，可那时还没有网络，问了大使馆的人，对方也不知道。没有办法，最后给作者写了信。

沼野：那个年代也没有电子邮箱吧？

岸本：是啊！如此大动干戈一番以后，终于知道了那些商品的名称，都是些牙刷品牌之类的，而且特别奇怪的是商品前面都加上类似日语接头词的"ur"，也怪不得大使馆的人看不懂。

沼野：原来如此！"ur"是作家随意加上去的吧？

岸本：嗯，小说中有许多诸如此类的文字游戏，反反复复花了大约三年时间。

沼野：这是一部确定翻译家岸本佐知子翻译方向的作品啊！

岸本：是啊！也许是命运的安排吧，在机缘巧合中得到了这本书，更让我震惊的是世界上还有和自己有一样感觉的人！还有就是美国给人的印象也不是都像《草原小屋》中那样的。

沼野：大草原无边无际，阳光灿烂，人们在大自然中享受悠闲时光。

岸本：不用在意生活琐事，每天吃着牛排，然后说："吸管还是弯曲的好啊！"

沼野：哈哈！还有订书机呢！

岸本：对，对，专注描写订书机咔嚓咔嚓订纸的过程。极其认真地、热心地讨论裁切线的发明是如何如何伟大等等。

沼野：那部小说讲的是一个公司小职员的故事，全部情节发生在主人公乘自动扶梯的时候。在乘坐自动扶梯从一楼到二楼的过程中，他想到和看到了很多东西，于是就把这些想到看到的东西一个接着一个仔仔细细地写了出来。都是一般人难以想象的怪异想法，可是读到最后也不知道那个男人到底是谁。

岸本：小职员的名字只出现过一次。这是一部震撼人心的作品。毕竟，在我内心深处一直以为所有的文学就像俄国文学一样，都是关于爱情、生命、死亡、战争与和平的。竟然还有只写裁切线、制冰碟的文学作品，而且是如此奇妙有趣。

　　裁切线很方便啊！制冰碟也不错嘛！这些普通人也会想到，但他们只会在脑海的某个角落想一想，不久就会遗忘。然后贝克先生却把这些琐碎的事情记在心里，甚至写成小说并拿到出版社出版。于是，我一边在唏嘘惊叹一边提笔翻译，终究也沉浸其中而不能自拔。

《翻译世界》杂志的负责人让我写一些"翻译小经验"之类的随笔，比如，如何绞尽脑汁翻译某个英语单词。但是，那时我正巧在翻译尼科尔森·贝克的《夹层》，于是，在不知不觉中，尽写了些细小琐碎的东西，根本谈不上是翻译经验，我想这是受了尼科尔森·贝克的影响。

沼野：尼科尔森·贝克这个人还有点稚气未泯呢！

岸本：在我的脑海中，他是属于有"未泯灭孩童之心"的这一类作家，奇怪的是在我喜欢的作家中有许多这样的人。

沼野：因为翻译《夹层》，您也和尼科尔森·贝克结下了不解之缘。此后，您又陆续翻译了贝克的《室温》《延音》等三四部小说。《室温》延续了前一部作品的风格，故事发生在室内，可以说是类似《夹层》的"室内版"。《延音》是一部颇有情色意味的小说，还有一部是叫《声》的电话主题的性爱小说吧。

岸本：这部小说从头至尾通过电话中的性爱对话来完成，没有叙述与描写。后来，因为莫妮卡·莱温斯基送给美国前总统克林顿的礼物中就有这本书，因此作者贝克也一跃成为美国的名人了。

沼野：是女方送的礼物吗？哎呀，那很有趣呢！话说回来，贝克的作品题材非常广泛，其中有一部是以九岁少女为主人公的《诺莉讲不完的故事》（白水社，2004年，后白水U书房），译者也是岸本女士。据说，小说不是以第一人称，而是以一个九岁孩子的口吻来叙述展开情节，虽然不确定是否真实反映了九岁孩子的思想，但至少是立足于孩子的视角来写的，所以看上去是一部儿童文学作品。

岸本：我想这是一部基于孩子真实视角撰写的一部作品。大致上大人写的儿童读物，常常从俯视的角度，不是描绘想象中的理想化的儿童形象，就是充满教条式的训诫，而这部小说完全没有那种刻板的训诫式特征。贝克有个大约九岁的女儿叫爱丽丝，小说实际上以爱丽丝的采访为素材，完全以九岁女孩的思维方式来撰写。故事也以一个九岁女孩"诺莉"这一第三人称来展开叙述，因此有许多错误和语焉不详的表达。

沼野：那些错误的表达，翻译起来很难吧？

岸本：九岁左右的孩子正处在什么都要逞强的年纪，他们想学大人的口吻说话，想用谚语、惯用句来表达，但结果却自相矛盾、错漏百出。但是，把这些错误的语句用同样错误的日语来表达则显得有点困难。

沼野：对日语而言，有些是很难理解的。

岸本：因此，我决定放弃一一对应的翻译，只是努力使错误率与原文相同。然后我收集了许多日语语法错误，有孩子的，也有大人的。这是我当时记录的笔记本。

沼野：这些都是您自己收集的吗？

岸本：是的，电视上、网上看到的，还有现实生活中朋友之间说话时听到的，我都一一记了下来。比如，"跳杠铃"之类的，我收集了很多。虽然没有全部用上，但起了很大的作用。主人公诺莉还喜欢写作文，作文中也有许多语法错误和拼写错误，我希望通过翻译再现这种真实感。今天带来了我朋友的九岁儿子写的一篇作文，是一份检讨书。我瞒着小朋友本人从他妈妈那里拿到了复印件，作文的开头一句是"今天，我偷了东西"。

沼野：在这里读小朋友的检讨书，这样不太好吧！

岸本：他的妈妈很爽快地给了我。孩子因为一时的邪念而偷了附近便利店中的《宝可梦》游戏的游戏卡，警察把他带到警察局进行了严厉的批评。他妈妈也很生气，命令他写了检讨书。听说他是边哭边写的。因为检讨书写得太有趣了，所以他妈妈一直珍藏着，虽然这对孩子不太好。有趣的是，全文的三分之二左右的内容是去便利店前的路线描述，例如在某个地方转弯，再在某个地方转一次弯等等，而关键的偷东西的场面却轻描淡写，一笔带过。

沼野：哈哈，这才是真正的现实主义啊！

岸本：他还写到向"整孩子的警察叔叔"保证"如果以后再偷东西就被判死刑"。哎呀，太逗了！多亏了翻译《诺莉讲不完的故事》，让我有研究相关语法错误的机会，这样的研究非常有趣。

沼野：说到描写去便利店的路线，我想这与偷东西没有直接关系吧！往这里走或者往那里走，与偷东西是没有因果关系的。但是，现实主义作品确实有如此真实的细节描写。怎么说呢。抓住不必要的细节加以生动细致的描绘，这是西方现实主义的特点，而这个孩子的作文就是一个典型的例子。俄罗斯语言学家罗曼·奥西波维奇·雅各布森在他的论文中曾举过这样一个例子，如果问孩子："笼子里有一只非常漂亮的鸟，但是很遗憾它逃走了。如果这只鸟飞行一秒 X 米，那么 Y 分钟后这只鸟会在哪里呢？"孩子听了以后马上反问："小鸟是什么颜色？"要解决这个问题当然和颜色毫无关系。但是，执着于与主题毫无关系的细节描写的这种现实主义表现手法的确存在。尼科尔森·贝克的作品也有类似之处，而岸本女士创作的随笔的着眼点也放在此种类型的现实主义的表现手法上，如果将现实主义贯彻到底的话，就会变成离奇和幻想。

岸本：脑袋空空无物，只有小学生水平吧！

沼野：哈哈。能否给我们朗读一下《诺莉讲不完的故事》中那些有趣的段落？

岸本：可以。诺莉和基拉两个小孩在车中很无聊，两个人决定做编故事的游戏。我就从这里开始朗读吧！诺莉喜欢讲故事也喜欢编故事，但基拉不是那种类型，而是更务实的孩子。也许可以从他们的对话中了解到孩子们的"现实主义"。

（岸本女士稍作停顿，读了起来）

《诺莉讲不完的故事》

在回去的车上，基拉模仿农场那头极其稀有的奶牛，舔了舔诺莉的脸。可是诺莉好像很讨厌，大声说："基拉！太恶心了！"

"车里不能玩这种唾沫游戏！"坐在前排的父亲说。

基拉立刻停了下来。于是两人玩起了橙色小球，橙色小球滚到谁的手上，谁就要编故事。首先从基拉开始。

"很久很久以前，"基拉开始编起了故事，"有一个好女孩和一个坏女孩，她们是一对双胞胎。有一天，坏女孩突然想欺负好女孩。那么，想个什么办法呢？"讲到这里，基拉就把橙色小球递给了诺莉。

"啊！等一下，安全带松开了。"诺莉系好安全带接着讲了下去，"嗯，那个……，想个什么坏主意呢？让妈妈开个大型派对吧。跳舞的时候踩住好女孩的裙子，让她在大家面前出丑，她肯定受不了啦！妈妈太溺爱坏女孩了，当然不会反对。然后……"讲到这里，诺莉把球递给了基拉。

"妈妈说好的呢！"基拉说完就把球还给了诺莉。

"开个大大的花园派对吧！"诺莉也马上把球还给了基拉。

"开个很大很大的花园派对吧！"基拉说，"但是，遇到了一个大麻烦，是什么麻烦呢？"

"那天下起了大雨。"诺莉说。

"所以，决定在房子里开派对。"基拉说，"但是还有另一个问题，那个坏女孩叫什么名字呢？"

"珂莎露黛。"诺莉说。

"对，珂莎露黛。"基拉说，"珂莎露黛突然觉得不舒服，那么，派对怎么样了呢？"

"开始还很顺利。"诺莉说，"好女孩的周围围着很多人，简直像个小明星，大家都在称赞她。这时，坏女孩晃晃悠悠出来了，她想欺负好女孩，坏女孩说'大家一起跳舞吧！我呢，想和我最喜欢的妹妹跳舞'。于是，好女孩……"

"'好的啊。'好女孩说。"基拉说，"于是，两个人就跳起了舞。跳啊跳啊，珂莎露黛偷偷去踩好女孩的裙子，这时又发生了另一件事情。"

"发生了什么事情呢？"诺莉说，"坏女孩突然觉得身体不舒服了，很难受，脑袋也变得晕乎乎的，连踩妹妹裙子的力气都没有了，但是，还是想踩好女孩的裙子。妈妈不知道她是故意的，以为是她不小心，大声说：'小心点！珂莎露黛！你要踩到妹妹的裙子了！'"

"就这样，那天珂莎露黛最终也没能踩到妹妹的裙子。"基拉说，"那么，最后她的计划实施了吗？"

"当然！"诺莉说，"一旦决定的事情就要做下去，不能放弃。好不容易准备的事情，结果搞砸了，坏女孩非常懊恼，一整晚都没睡着，疲惫不堪……"

"坏女孩病倒了，在床上躺了一个星期。"基拉说，"躺在床上的她好像也没有忘记自己的计划，终于她又想出了一个办法，是什么办法呢？"

"这次不踩裙子了。"诺莉说，"这次要把好女孩的漂亮的头发弄得乱糟糟。在好女孩出门前，趁她不注意时，悄悄地把头发搞得乱糟糟的，让她羞死！比踩到裙子还要羞！"

基拉附在诺莉的耳朵上说："有什么好办法吗？要不再开一次派对吧？"

"可是，我也想不出办法啊！"诺莉说，"想啊想啊！终于想到了一个好办法，是什么办法呢？"

"决定再开一次派对。"基拉说，"这次开个假面派对吧！大家穿上与平时不同的衣服，如果被谁猜中了就要接受惩罚。接受什么惩罚好呢？"

"咬苹果的游戏！"诺莉说，"这么高雅的派对上做咬苹果游戏，真是羞死人了。"

"因为这个游戏要把脸浸入水中！"基拉说。

"况且……"诺莉说，"水是染上颜色的水，脸浸到水里会变成淡绿色，一整天都洗不掉。女孩有钱又有品位，发生这样的事情可了不得。于是，坏女孩去问妈妈再开一次派对行不行，妈妈很爽快地……"

"妈妈说：'可以啊！'"基拉说。

"派对开始了，坏女孩想引起大家的注意，唱了一首圣诞颂歌。"诺莉说，"但是，坏女孩'嘎嘎'的声音比鹅叫还要难听，好像发怒的母鸡鸣叫一样。"

"然后，舞会开始了。"基拉说，"两个孪生姐妹今天穿的衣服都和平时不一样，但是她们谁都没有告诉对方今天穿什么衣服，要干什么。但是不知道对方情况的两个人竟然一起跳起舞来。"讲到这时，基拉附在诺莉的耳朵上问："坏女孩摔倒了吗？"

"开始时，她们的舞跳得飞快。"诺莉点点头说，"好女孩的名字叫艾米琳吧？她跳得飞快且很美。可是坏女孩——珂莎露黛的舞姿又丑又怪，慢慢腾腾的，太难看了。她们一起跳了很长时间。过了一会儿，珂莎露黛又开始动坏脑筋了，她去踩艾米琳的裙子，可是被地毯翻起的边角绊了一下，一下子跌倒了，脸撞到地板，鼻子也撞歪了，肿得完全变了形，谁都不想再看她了。没办法，她又想去唱歌……"

"想唱，但最后还是没唱。"基拉坚决地说，"戴着的面具、假发都掉了，脸已经被大家看到了。所以，珂莎露黛必须受到惩罚……"

"做了咬苹果的游戏！"诺莉说，"珂莎露黛的脸一次又一次被浸到水中，本来很难看的脸红得像猴子脸一样。然后……"

"谁都不想再多看自己一眼，她觉得羞死了。"基拉说，

"从那以后,珂莎露黛像换了一个人似的,变成了好孩子。故事到这里……"

"孪生姐妹的故事到这里结束了,还有一个很重要的故事,小狗的故事还没讲呢!"诺莉说,基拉肯定想让她说"故事讲到这里就结束了",但诺莉还不想结束故事。

"不行,故事讲完了!"基拉说。

"故事讲——完——了!"诺莉唱歌似的拖长了声音,"讲完了,完了,讲完了!完了!完了!那……那……那……"

"那么,故事讲完了!"基拉说。

爸爸妈妈坐在前排的座位上说:"讲得很好啊!"

"我也要讲个故事!"坐在儿童安全座椅上的小家伙边拍手边说,"有两个小女孩,和你们的故事一样一样。有一个地方住着两个女孩,一个是好女孩,一个是坏女孩,她们决定做点什么事情。好啦!故事讲完啦!"

"哦!真有趣!真有趣!"诺莉说。

"还没有完呢。"小家伙说,"她们想做什么东西,妈妈说做个棉花糖①吧!两人就做了棉花糖,然后又造了火车宝宝,野鸭头蒸汽机车。哇!还有苏格兰飞人。派对中有什么呢?有双层杰瑞蛋糕呀!双层巴士呀!双层巴士嗖的一下,开到太阳公公那里去啦!在草坪上,嗖的一下!"

"哎呀!双层的杰瑞蛋糕啊!"诺莉说,"太好玩了,小

---

① 棉花糖,日本动漫《游戏王》中的怪兽形象。

家伙!"

"还没完呢!"小家伙说,"还有这……么大的挖挖机、地挖机,嘎达嘎达开过来了呀!挖呀挖!挖呀挖!还有更大的,翻斗汽车、钻钻机、装卸机、突突突…都来了呢!"

"讲得太好了!"诺莉说。

"还有呢!"小家伙说,"再讲一个,很久很久以前,再讲一个!再讲一个!"

"好!再讲一个就不讲了。"妈妈说。

"很久很久以前,有两个大洞洞,来了两辆大大的挖挖机,开到洞里去了,都是泥!小脚洗洗,小眼睛洗洗,小手洗洗,都洗干净啦!故事讲完啦!"

诺莉一家把基拉送到家,就回家了。①

我眼中的美国现代小说

沼野:这是一个关于怎么编写儿童读物的故事,非常有趣,谢谢您的分享!那么,《诺莉讲不完的故事》真的是一部儿童文学吗?

岸本:应该不是吧!"啊,原来是这样啊!"大人读了以后也会这么想吧。可是,也许孩子读了以后没有什么感觉吧。

沼野:对于孩子来说可能并不有趣。

---

① 中译译文为本书译者根据日语转译。

岸本：孩子读了以后会有怎样的感想，还真没有问过。

沼野：这部译本的阅读对象是成年人呢，还是孩子呢？

岸本：我认为和一般儿童读物不一样。书是普通的精装封面，封面上用插图画的诺莉有点像漫画，不过哪里都没说明是儿童读物。

沼野：感觉贝克注重细节的现实主义风格发展成写少女心理的作品了。

岸本：是的，以九岁孩子的视角去写小说，您不感到意外吗？

沼野：是啊！确实新奇！

尼科尔森·贝克就谈到这里吧。除了贝克以外，岸本女士还翻译了许多美国作家的作品，下面我们来谈谈其他作家的作品吧！最近，翻译了茱迪·布德尼茨的短篇小说集吧？是一部叫《漂亮的美国大宝宝》（文艺春秋，2015 年）的短篇集，充满讽刺的味道。其中有一篇已经刊登在《文艺春秋》杂志上了，我想您一定很欣赏她的作品吧？能给我们谈谈茱迪·布德尼茨的作品的魅力所在吗？

岸本：这是茱迪的第二部短篇小说集，第一部《凌空飞跃》也是我执笔翻译的。可以说朱迪也是个妄想狂，凭借着她无拘无束的想象力虚构出荒诞不经的作品。比如，一个小女孩把穿着小狗装的男人当作宠物的故事，还有母亲得了心脏病需要做心脏移植手术强行摘取儿子心脏的故事等等。年轻的她想象力天马行空，充满奇妙的构思。《凌空飞跃》是她的第一部小说集，《漂亮的美国大宝宝》出版虽在此八年后，但风格依旧不变，而且更具信息性。

沼野：是啊！也体现一定的社会性。

岸本：虽然她是个美国人，但给人感觉她能跳出美国，站在外部来审视这个国家。在作品《纳迪娅》中，主人公纳迪娅是某一位身处东欧战乱中的贫穷国家的女孩，通过相亲嫁给了一个美国男人。小说以"我们"作为叙述者来展开叙述，即用"we"来叙述。

沼野："我们"指的是女人吧？

岸本：是的，全部都是女性。

沼野：娶了新娘的那位是男性。

岸本：嗯，他是一位很受欢迎的高中老师。他的旧相识，也可能是他的前女友频频骚扰纳迪娅，以行善的名义把善意强加于人，不加掩饰地欺负她，把纳迪娅作为比自己低一级的存在，最后将她推向不幸的深渊。以第一人称复数叙述蕴含着深刻的含义，"我们"指的是……

沼野： 美国社区吧！

岸本： 也可以这么说。但事实上，不仅仅是东欧，还有那些处于贫困中的人、与自己肤色不同的人等等，对这样的异质人群、弱小人群的歧视行为不仅仅只限于美国社区。这样的人性之恶，恐怕连日本也毫不例外，小说猛烈地抨击了这些人性的阴暗面。

沼野： 看到纳迪娅这个名字，让人联想到体操选手纳迪娅·科马内奇。她出生于罗马尼亚，有匈牙利血统，最后来到了美国。

还有一部叫《奇迹》的小说，讲述的是一对白人夫妇生下一个黑人孩子的故事，虽然黑人孩子的命运最后迎来了大逆转，但通过对主人公现实生活境遇的描写，小说揭示了过着和平且富裕生活的美国普通人是如何看待东欧那些贫困国家的移民以及那些被歧视的黑人的真实心理。当然，布德尼茨并没有肯定歧视，只是以偏见为前提，反其道而行之。因此，对于美国读者而言，这是一部非常沉重的小说啊！

岸本： 小说中的很多地方，美国人看了会不好受。

沼野： 布德尼茨在日本有很高的知名度，这得益于岸本女士的介绍吧！布德尼茨出生于 1973 年，是一位刚刚四十岁出头的年轻作家。从年龄来看，在日本已有翻译作品，而且人气颇高的美国女性作家还有艾梅·本德、凯利·林克，两人都出生于1969年。她们不但年龄相近，而且在擅长的非现实主义的幻想式写作风格上也有共通之处。

只是，在她们之前以雷蒙德·卡佛为代表的简约现实主义写作风格非常盛行。在美国不仅有约翰·艾文那样创作的大型长篇小说，还有简约主义短篇小说，甚至有像贝克创作的极小现实主义小说，就是微写实主义小说。这些在介绍贝克的时候，岸本女士您也曾经提到过。但是给人感觉现在描写现实生活的简约主义风格已经渐渐衰退，描写日常生活琐事的小说在美国已经不再受到欢迎，取而代之的是那些擅长奇幻想象风格的女性作家的作品。

岸本：没错，在美国文学的洪流中，凯利·林克为首的一批作家确实形成了一个新的流派，但我认为这也不是一成不变的。

沼野：林克也好，布德尼茨也好，都十分有趣。但如果一味追求那些与众不同、奇幻独特的东西，也许有一天会因为才思枯竭而陷入困境。那么，也许那时就有人出来反抗，提出现实主义才是文学正道的说法。对于这些您是怎么想的？毕竟岸本女士您翻译的小说很少有现实主义风格的作品吧？

岸本：其实，我的译作中也有像詹姆斯·琼斯①那样彻头彻尾的现实主义作家的作品。比如关于越南老兵的小说、拳击手的小说等。

沼野：是吗！您也在翻译现实主义作品吗？

岸本：我并不讨厌现实主义，也经常阅读现实主义作品，而且我也不认为奇幻小说比现实主义作品更好。之所以更多关注奇幻文学，也许是因为自己与现实世界格格不入，不想在书中再次经历与现实相同的事情……我想如果文字能够带我去一个不一样的世界，我希望走进这个新奇的世界。

沼野：的确，翻译工作也是如此！它可以带你走进不一样的精彩世界，这是译者的特权。

岸本：我并不拘泥于作品的题材，我认为遇到作品时的感动，对文章的感觉往往能成为选择的决定性因素。

推荐给读者的三部小说

沼野：时间过得真快啊！剩下的时间我想把它留给在座的各位，那么，先来总结一下今天的内容吧！

---

① 詹姆斯·琼斯（1921—1977），美国作家。以自然的写实主义和现实主义创作风格著称，代表作《越南日记》。——编者注

这个讲座的内容也可以说是一个系列阅读的指南。首先，我们请岸本女士给我们介绍几部自己的译作，然后再给我们介绍三部您认为值得阅读的翻译作品。

岸本：这是一个以"孩子"为主题的系列讲座，所以首先推荐三部适合十岁左右的小学生阅读的儿童作品。第一部就是《胡萝卜须》，关于这部儿童文学作品我们刚才已经谈了许多，我就不再详细介绍。《胡萝卜须》告诉我们怎样在逆境中生存。从这个意义上讲，我希望每天过得不开心的孩子，或者每天过得很幸福的孩子都来读一读这本书。胡萝卜须是个很难对付的孩子，他任性、软硬不吃，还爱耍小聪明。虽然遭遇悲惨，但能坚强地活下去。孩童时期的列纳尔自己也是个不讨人喜爱的孩子，也许在《胡萝卜须》中可以找到他自己的影子，那里有他非常真实的、没有被理想化的童年。

《胡萝卜须》讲的是一个受人欺负的孩子的故事，更为重要的是它是一幅纯粹的儿童时代的"写生画"。用石头把鼹鼠碾死；专心致志观察暴风雨即将来临的天空；晚上因为害怕不敢一个人上厕所；品尝路边的杂草；去爷爷家的树上摘李子吃；发现李子里的小虫子……童年的每个瞬间就像被拍下的一张张照片在脑海里闪现，非常精彩！

第二本书是米切尔·恩德的《永远讲不完的故事》（上田真而子、佐藤真理子译，岩波书店，1982年）。内容说的是一个被人瞧不起的胆小的男孩因为暴风雨被困在学校，在那里他打开绘本阅读，读着读着进入了绘本世界，幻想中的世界和现实世界并没有两样，喜欢幻想的男孩在那个幻想王国变成了英雄。读这本书时，其实我已经不是小孩了，我很后悔小时候没有读这本书，我希望所有喜欢幻想的孩子读这本书。这部小说后来被拍成了电影，电影名字叫《说不完的故事：魔域仙踪》。电影的最后，胆小的男孩回到现实世界，骑着龙对欺负他的人进行了复仇。我不喜欢电影的结尾，小说的结尾更为深刻，让人感动。所以我希望看过电影的孩子也读一读这本书。

还有一本是丹尼尔·哈尔姆斯的《哈尔姆斯的世界》（增本浩子、瓦列里耶·格雷奇译，乡村书店，2010年）。哈尔姆斯是一位苏联作家，他的超现实主义作品荒诞离奇。早期他是一位前卫艺术家，因为作品过于颓废而遭受批判，之后不得已转向儿童文学创作。他创作的儿童故事荒诞离奇，但也不乏对于成人社会的影射。他的作品荒谬、意义不明，有着说不清道不明的怪诞诡异。比如，某人戴上眼镜，望着松树，他看到松树上坐着一个男人，正朝他挥舞拳头。摘掉眼镜，望着松树，松树上一个人也没有。戴上眼镜，望着松树，松树上还坐着一个男人。如此反复三次，最后以"不愿意相信这一现象，觉得这是视力上的错觉"结束。他的作品往往陷入一种难以解释的复杂和意义不明的故事中，但即使没有什么意义也很有趣。趁孩子还没长大，让他们知道这个世界是不合理的，不过不合理也没有关系，因为文学什么都可以做到。所以，我把这三部儿童文学作品推荐给十岁左右的孩子，希望打开他们内心世界的另一扇窗。

沼野：哈尔姆斯的书在日本已经出版过几本，现在说的是增本浩子女士和瓦列里耶·格雷奇先生共同翻译的小说吧。其实，早在上世纪80年代，日本的俄罗斯文学研究者还不知道哈尔姆斯的时候，我写过一篇介绍他的论文（《遍体鳞伤的诱惑》，沼野充义，《永远的前一站——现代俄罗斯文学指南》，作品社，1989年再刊），但由于学界认为对其的研究为时尚早而被完全忽视了。20世纪80年代末，随着苏联社会的改革变化，哈尔姆斯的作品才得以重新被发掘，一时家喻户晓，他的作品也得到重新评价。

岸本：后来我在别的地方得知，他的妻子曾把他的手稿托付给朋友，那位朋友把它拿到美国出版。

沼野：确切地说，他的手稿最初并没有拿到美国，对于这件事情的来龙去脉我非常清楚。手稿首先被转到了欧洲的某位学者手里，最初在这位德国学者的努力下在德国得以出版，后来一位叫乔治·吉皮安的康奈尔大学俄罗斯文学教授在布拉格从捷克人那里得到了手稿。吉皮安教授得到手稿以后把它译成英语，并于1974年在美国出版。实际上吉皮安教授访问日本的时候，曾经到过我家，从他那里得知了事情的详细经过。

岸本：哈尔姆斯的作品在日本出版大约是在五年前，翻译得很不错。译者是一对夫妻，丈夫是俄国人，妻子是日本人，他们以一种非常特别的方式翻译了这本书。

沼野：他们俩都是我的老朋友，丈夫是俄罗斯人，母语当然是俄语，但不会用日语写作。碰巧这对夫妻都精通德语，夫妻间的对话也都用德语完成。丈夫将俄语翻译成德语，而他的妻子把德语翻译成日语，然后妻子把完成的日语译文读给丈夫听，再由丈夫确认是否正确——两人配合得天衣无缝！

刚才，岸本女士介绍的"眼镜的故事"实际上并不是面向孩子的儿童读物。说起来，在哈尔姆斯生前，他那荒诞的意义不明的作品几乎没有出版。那些儿童文学也是出版社为解决他的生活问题而给他出版的，而且仅限于儿童文学作品。另外，还有一两首诗发表在地下出版物。如今，他的儿童文学以及前卫的、反常理的散文集和诗歌集都被陆续出版。而他的儿童文学作品也好，散文、诗歌也好，差别并不大，都是一样的荒诞离奇，孩子们读起来也会觉得很有趣。

那么，我也来给大家推荐几本书，但因时间关系我只做简单的介绍。小时候我非常喜欢《怪医杜利特》系列丛书，是英国作家休·洛夫廷的作品，由井伏鳟二翻译，岩波书店出版。这个系列丛书的故事虽然陈旧，但翻译相当不错，读起来很有味道。最近该系列丛书的新译本也出版了，虽然我还没有读过，但我想阅读和比较各种版本的译文也是不错的一件事。

还有就是伯内特的《秘密花园》，这是一部儿童文学的经典之作。有漂亮的花园，感觉很适合女孩子阅读，但是我小学时候非常喜欢这部作品。岸本女士的随笔中写过这样一句话："不读名作是世上常有的事情，但那是件丢人的、难以启口的事情。"那么《秘密花园》就是这样一部名著，对于有些人来说，会因为没有读过这本书而感到羞愧。说到这里，岸本女士您在随笔中写着您从未阅读过《罪与罚》这部小说，是这样吗？

岸本：嗯，不久前，但也是四五年前的事了。与作家三浦紫苑女士，还有手工艺商会的吉田笃弘、吉田浩美夫妇一起聊天的时候，有人说起"其实我没有读过《罪与罚》"，于是这个人也说没有读过，那个人也说没有读过，结果发现在场的每个人都没有读过。难得没有读过的一群人聚集在一起，于是在头脑中展开幻想，想象小说中的各种情节。我们让一个人当"裁判员"，他随意翻到哪一页便朗读哪一页，这样反复二次。然后，他会突然问："嗯，要杀了谁？"而大家都或多或少地知道要杀了那个老太太。

沼野：是吗？这些就算不读也应该知道吧！

岸本：开了一次讨论会以后，再去读小说，会由衷地感慨："原来是这样啊！"于是再开一次讨论会，有人说这样岂不是可以写一本书了吗？于是，我就写了一本（《不读〈罪与罚〉》，文艺春秋，2015年）。

沼野：很期待啊！

岸本：但是要在大家面前献丑啦！

沼野： 请研究陀思妥耶夫斯基的知名专家龟山郁夫先生写一篇评论怎么样？话说回来，《秘密花园》也是一部曾经有一段时间每个人都在读的儿童文学作品，日本的译本是由龙口直太郎（1903—1979）翻译的。有一个有关龙口直太郎先生译书的逸闻趣事。龙口直太郎先生曾是早稻田大学教授、美国文学研究者。他翻译了许多20世纪的美国文学作品，也是日本第一位翻译卡波特名著《蒂凡尼的早餐》的人。《蒂凡尼的早餐》原著出版于1958年，日语译作则是两年后由新潮社出版，可谓极其迅速。那时，日本国内对美国文学的动向还相当敏感。顺便提一下，塞林格的《麦田里的守望者》最初于1951年出版，其译作也很快于第二年问世，译者是桥本福夫，不是野崎孝。野崎孝的翻译后来在日本成为长期畅销书，并拥有巨大的影响力。那时，桥本福夫把书名译成了《危险的年龄》，作者的名字也译成了萨林格。总之，当时就是那样的一个时期。

那么，我们再回到龙口先生的话题。20世纪50年代末，在美国从事研究和留学的日本人还极稀少，但龙口直太郎则是其中的一位。当时，汇率固定在1美元兑360日元的水平，而且严格限制携带外币出入境美国——的确是一个无法想象的年代啊！卡波特的小说出版之时，他正好在纽约。于是，他决定翻译这本备受关注的作品。但有一件事情一直困扰着他，就是小说书名的含义。他知道在纽约第五大道上有一家名叫"蒂凡尼"的奢侈品珠宝店，但是，他不知道那里是否真的能够吃到早餐。刚才我们也谈到"谷歌"等网络平台，现在大部分的东西可以在网上查到。如果您不知道东西长什么样，总是可以通过搜索找到照片。

但是，当时没有这么方便的东西，为搞清真相，龙口先生特意跑到第五大道的蒂凡尼珠宝店，很认真地问那里的店员："这里能够吃到早餐吗？"关于这些内容，他写在了译作的"后记"中。也许在现在的年轻人看来似乎荒唐可笑，但的确这是那个年代译者所面临的巨大问题。所以，龙口先生很认真地跑去确认了！

岸本："谷歌"真是神通广大啊！

沼野："谷歌"不仅支持英语，还支持包括俄语在内的世界主要语言，确实很方便。那么最后，岸本女士，请您再从自己的译作中给大家推荐几部小说。

敬请期待《孩子的世界》

岸本：想推荐的第一部是斯蒂文·米尔豪瑟的《埃德温·穆尔豪斯》，其实刚才我已经提到这部小说。主人公埃德温·穆尔豪斯是一位天才儿童，童年时期便成了作家，写了一部非常优秀的小说。邻家一位和他同龄的孩子，名叫杰弗里·卡特莱特，此人曾与他形影相随，并在之后以传记的形式写下埃德温的短暂人生。杰弗里虽然只是一个十岁的孩子，但文风酷似三岛由纪夫。这部小说对于小学生来说可能有点难懂，初中二年级左右的学生应该能懂。我觉得小时候阅读的东西，并不一定要懂，也许对于孩子来说反而是件好事，所以我把《埃德温·穆尔豪斯》推荐给孩子们。假设我的翻译作品只能留下三本，那么其中之一肯定是《埃德温·穆尔豪斯》。这是一部既有趣而又发人深省的作品。

我想推荐的另一部是《菲尔短暂而恐怖的王朝》(乔治·桑德斯著,角川书店,2012 年)。这是一个寓言呢,还是童话故事?我想可能都是吧。内容说的是某一个地方有一个非常小且只有六个人的国家。它的国土只能容纳一个人居住,一个人住在里面的时候,另外五个人只能站在外面等候。小国家的周边有一个很大的国家,故事从大国家侵略、迫害小国家开始。小说写于"9·11"事件之后,很自然让人联想到美国政府发动的伊拉克战争。书名中的菲尔是大国突然崛起以后,像希特勒那样的大独裁者,小说中残酷的虐杀场面让人联想起纳粹德国对犹太人的大屠杀!有趣的是出场主角不是人类。我应该怎么说才好呢。例如有皮带扣上的圆珠子,长着鹿角的字母"J"等等。

沼野:这让我联想到卡夫卡的《家长的忧虑》中出现的线轴那样的奇怪生物"奥德拉德克(Odradek)"!

岸本:最后要推荐的另一部作品尚未出版。因为在名为《文艺》的杂志上连载《孩子的世界》这个系列的翻译作品,我想把它编成一本以孩子为主题的翻译集,大概会在年内出版吧(《孩子的世界》,河出书房新社,2015 年)。

小时候我是一个超级爱哭又没用的胆小鬼,每天都过得很辛苦,像我这样的孩子一般都会逃到文字的世界里。但是,大人们写的儿童文学,通常爱哭又没用的胆小鬼到最后或者找到无可替代的好朋友,或者经过历练成为勇敢的孩子,或者牺牲自己帮助朋友，总之每个人都很优秀！所以，越看越绝望，我想我是如此不可救药，难道在幻想的世界里也没有自己的容身之处吗？那种绝望的感觉至今难以忘怀。所以，我尝试着收集那些没有被美化的、自卑的、懦弱的、变态的、特别不幸的孩子的故事。也许难过的时候，伤感的旋律比欢快的音乐更能让人得到心灵的安慰吧！小时候我是读着这些作品长大的，也正是这样的作品给了我勇气，里面的故事都是以此为基准来选择的。不过，对于幼儿园的孩子来说有点太难了。

《孩子的世界》的书名不是用汉字，而是用日语片假名标记的。一般幼儿园发的书都是《儿童读本》《儿童世界》之类的，当时我上的幼儿园是用平假名标记书名《孩子的世界》的呢！那时每月一发的《孩子的世界》，让我获得心灵上的救赎。书本是正方形的，画着画，还有简单的文字，内容包罗万象、丰富多彩。我清楚地记得有这么一幅画，画中一个人提着灯笼，灯笼一直被提到人的眼睛这么高的位置吧。因为是晚上，灯笼上聚集了很多飞蛾以及各种虫子。可是，仔细一看，可不得了！灯笼周围聚集着鲜花、妖精之类的东西。说起来，其实就是幻觉。但我很开心，因为我看到了奇怪的东西，我至今还清楚地记得当时被救赎的感觉。为对那本书的编写者表达敬意，我给我翻译的这本书也命名为《孩子的世界》，并用片假名书写书名。

沼野：我非常期待岸本女士的《孩子的世界》。接下来我也从岸本女士的作品中给大家推荐几本。岸本女士的作品每一部都很精彩，每一部都值得推荐。但要挑选几本合适的儿童读物，老实说还真没有呢。如果不考虑这点来推荐的话，那么我首先从随笔集中推荐一本。岸本女士的每一本随笔集都很有意思，首先给大家推荐的是《我在意的那些》，因为它让我觉得特别新奇，这本随笔集收录在白水U文库作品中。第二本是确定了岸本佐知子作为翻译家的方向性的作品——尼科尔森·贝克的《夹层》。第三本的书名没有在今天的谈话中出现，是我曾经写过书评的《变爱小说集·日本作家篇》（川上弘美、多和田叶子、本谷有希子、村田沙耶香、木下古栗、小池昌代、星野智幸、津岛佑子、吉田知子、深堀骨、安藤桃子、吉田笃弘著，岸本佐知子编，讲谈社，2014年）。这是岸本女士拜托日本的作家们写的怪异恋爱小说集，是日语原创作品。小说集中的序文有这样一句话——"我无法控制想要翻译这本书的冲动。"连看到日语作品都会有翻译的冲动，我觉得非常有趣，真不愧为翻译家啊！

岸本：当您读一本小说发现它有趣时，只是觉得有趣是远远不够的。你会想"沉浸其中"，沼野先生您是不是也这样？

沼野：在《我在意的那些》中，您也提到："一旦遇到有趣的日语小说，就会有一种想把它翻译出来的冲动。"

岸本：因为喜欢，才想"沉浸其中"，这是欲望的最高层次，而这种欲望会成为翻译的行动。所以，碰到非常喜欢的日语作品，就会萌生"想翻译"的念头。

沼野：从某种意义上说，这是与小说互动的最佳方式啊！

那么，下面我们进入问答环节吧！

提问者1：您好！我曾经在《周刊读书人》中发表过关于布德尼茨《漂亮的美国大宝宝》的文章。我的问题是如果翻译古典的话，您会翻译什么作品？

岸本：实际上，总是有人问我是否可以翻译一些古典文学，我自己也是这么想的。但很惭愧，对于古典我很少涉猎，就像我刚才说的那样，我几乎没有读过古典文学作品，俄罗斯文学作品就不用说了，什么文学作品也没读。当然，我想我也可以翻译第一次读到的古典文学作品，我也找了一些，但是翻译古典文学作品，如果没有对作品有相当的理解和热爱是行不通的。而那些读起来有趣的作品早已有了很好的翻译，已经没有必要再花精力去重新翻译了。在我反复迷茫犹豫之际，看到了光文社出版的古典新译系列，那些优秀的古典作品几乎都已经被重新翻译了。所以，我暂时还没有翻译古典文学作品的计划。

沼野：这的确很让人有点遗憾。不好意思，我插一句，我认为外国文学翻译家应该把翻译外国的新锐作品作为自己重要的使命。因此，重新翻译那些已经多次翻译且读者熟悉的作品，在某种意义上也许是翻译家"堕落"的表现。不，"堕落"这个词是我夸大其词，失言了。总之，我有这种感觉。但随着年龄的增长，这种感觉会有所改变，我过了五十岁之后也有了重新翻译契诃夫作品的想法了，也就是说我"堕落"了。岸本女士请您坚守您的信念，不要这么轻易地"堕落"。说到这里，光文社的古典新译文库的负责人可能要生气了，请不要误会，我想说古典新译文库的译者们都是非常优秀的翻译家，绝不是在"堕落"。

提问者2：今天是第一次看到岸本女士讲话的样子。您在讲话时很认真，比在座的所有人都认真，但是您的作品又是如此新奇和有趣，能给我们谈谈这是为什么吗？

沼野：这个问题请岸本女士自己解释也许很困难吧！

岸本：并非我故意挑选一些离奇、不合常理的东西来写，或者来翻译，是我的兴奋点与普通人不一样，这个在刚才也有所提及。

为什么我写的东西会这样呢？刚才我把责任归咎于尼科尔森·贝克了，但是我认为每个人都会有一些古怪的念头。我的第一本随笔出版时，听到很多读者说："我也有同样的想法呢！"啊？原来大家也都是这么想的啊！我感觉自己不再孤单了。人活在世上多多少少都会产生一些奇怪的想法，只是大多数人为了有精彩和高效的人生，作为大脑的一种机能，会把对现实生活没有意义的无效思考慢慢忘记。

也许是我天生的缺陷吧。我只记得那些无关紧要的事情，却常常忘记重要的事情。经常有人说："这么久远的事情都记得这么清楚，您的记忆力真不错啊！"但实际上，那些重要事情、重大的事情，我都已经遗忘。比如，运动会、毕业典礼那样具有里程碑意义的大型活动,我都没有记住,但谁没有给我一块口香糖之类的事,我却记得很清楚。

沼野:波兰有一位叫姆罗热克的荒诞派剧作家,他在他的短篇小说中有这样一句格言:"人们总是思考这个或那个事情,但是大多数时候都是在思考那个。"这里的"那个"指的是什么呢?我想大概是那种不合适的或不应该考虑的事情吧。这与岸本女士说的应该记住的事情没有记住的意思是一样的吧!

提问者 3:刚才您谈到上幼儿园时候的事情,能给我们详细介绍一下吗?

岸本:是啊!幼儿园的事情,现在一下子记不起来了……等等,记起来了!幼儿园的时候,老师问大家:"长大了想干什么?"大家都说要成为老师、芭蕾舞演员、棒球选手等等,我的回答是想成为一名护士。老师听了开心地问:"护士吗?真了不起啊!为什么要成为一名护士呢?"我回答:"想看怎么做手术。"在场的老师和同学们都露出了惊讶的神色,我这才意识到我的回答很糟糕。但是,我不知道什么场合应该说什么,什么场合不应该说什么,因为自己不会把它规则化,所以别无选择,只能逐条记住。比如,想当护士的时候不能回答"想看怎么做手术"。我就这样一条条死记硬背,现在也是如此。

提问者 4:《永远讲不完的故事》也是如此,小男孩拿起书,摸着书本、看着插画，就能够进入完全不同的幻想王国。我想今后以数字媒体为载体的电子书将逐步取代传统的纸质书，那么两位对电子媒体是怎么看的呢？

岸本：到目前为止，我的所有作品都还没有做成电子书。说来也巧，昨天刚刚有出版社问我是否把汤姆·琼斯的小说做成电子书籍，我还在考虑之中。我是个守旧的"老古董"，现在还在用富士通电子打字机写小说。虽然平时我也在电子书阅读器"Kindle"读小说，但总觉得电子书难以成为自己的东西呢！我认为阅读还是纸质书籍比较好。说出来，也许会被那些读书爱好者责难，我习惯在看到重要的地方折起书页，或者贴上便笺，或者密密麻麻写满一页。不过，我听说"Kindle"也有这个功能可供使用。

沼野："Kindle"有这个功能，但是很麻烦！因为那不是自己的手去触碰过的感觉。

岸本：就我个人而言，阅读也好，翻译也好，还是习惯使用纸质书。翻译时我会在行与行的空隙处密密麻麻写上译文，如果不这样就没有翻译的感觉。曾经有一次在"Kindle"上翻译一部短篇小说，但怎么也用不习惯，最终只能用复印机复印"Kindle"屏幕页面了。我到底在干什么啊！自己都觉得很好笑。

电子书便于收藏，哪怕一百本书都能装下，这一点很好。纸质书的话，即使不看内容，也能看到书脊，这个很重要。书架上整整齐齐排列的书脊像是索引,像打开通往另一个世界的窗户。每次看到它们,就会自然而然地想"什么时候读一下这本书吧""啊!这本书原来在这里"。当然,在"Kindle"中的"图书馆"栏目中也能找到图书的目录,但总觉得有些不同。所以,现在我还是属于支持纸质派,至于以后会怎么样,我也不知道。

沼野:我想特别是对孩子而言,儿童读物如果不是纸质书就无法让他们享受到读书的乐趣。但是,我是大学教师,同时也是一名研究人员。搞研究时,研究所需的资料数字化之后,可以立即下载,而且能随时检索所需资料。现在的研究人员如果无法做到这一点就无法生存。所以,纸质资料和数字资料都很重要,只是它们所起的作用不同罢了。

我比岸本女士年长许多,纸质媒介于我来说当然更加方便。同样,在日本作家中,至今还不会使用个人电脑且原稿都用手写的人还大有人在,特别是在年长的一代中。相反,也有像安部公房那样的作家,晚年的写作全部转移到了电子打字机上,这是我们学习的榜样。我想使用新媒介写东西的作家人数将会继续增加吧。

岸本:我希望今后的世界不仅仅只有数字媒介,纸质媒介也不会消亡,就像唱片一样,同时存在。

沼野:还有人在听唱片吗?

岸本:没有吗?可是商店里还在卖唱片机的唱针呢。

沼野：村上春树的《没有色彩的多崎作和他的巡礼之年》（文艺春秋，2013年，后文春文库）中有一个特意播放唱片来听弗朗茨·李斯特的音乐的场景。那位可是一个相当的唱片狂热爱好者，对普通人来说有点……村上所属的那一代人还用唱片，可现在市场上甚至连音乐光碟都卖不出去了，因为大家都在网上下载了。

时间过得真快啊！已经超过预定时间了。那么，今天的谈话就到这里！谢谢各位聆听！

2015年2月28日，东京新宿，安与厅

番外篇——「现代日本文学讲义」

第五章
外国人眼中的日本现代文学

——迈克尔·埃默里奇与沼野充义的对谈

文学与翻译的世界性

迈克尔·埃默里奇

1975年出生于美国纽约州。普林斯顿大学毕业后留学日本，获得立命馆大学日本文学硕士学位，后获得普林斯顿大学博士学位，任加利福尼亚大学洛杉矶分校东方语言文学系高级副教授。翻译了川端康成、吉本芭娜娜、高桥源一郎等许多日本现代文学名家的作品。译作《真鹤》（川上弘美著）获2010年日美友好基金日本文学翻译奖。2014年担任第25届早稻田文学新人奖评委。主要译作有《富士山的初雪》（川端康成）、《白河夜船》《鸫》（吉本芭娜娜）、《再见吧，暴徒们》（高桥源一郎）、《大脚趾P的学徒生涯》（松浦理英子）等。著书有《用日语阅读"虚构小说"》。

始于《源氏物语》

沼野：今天很荣幸邀请到了迈克尔·埃默里奇作为本期对话节目的嘉宾。

埃默里奇作为一名研究《源氏物语》的年轻日本文学专家，同时也作为日本文学翻译家活跃在翻译舞台上。他的研究涉及最前沿的日本文学，已经超越了前一辈传统学院派的日本文学研究者。他翻译了吉本芭娜娜的《鸫》《白河夜船》，松浦理英子的《大脚趾 P 的学徒生涯》，高桥源一郎的《再见吧，暴徒们》。近年来翻译了川上弘美的《真鹤》和古川日出男的《贝尔卡，咆哮吧!》。他对《源氏物语》的研究不同于以往只局限古代文献史料文本的实证研究，把《源氏物语》的现代日语翻译也纳入他的研究视野，并用英语撰写了《源氏物语》在现代日语中被接受和继承的历史的相关论文（Michael Emmerich, *The Tale of Genji: Translation, Canonization, and World Literature*. Columbia University Press, 2013）。

迈克尔·埃默里奇先生还参加了柴田元幸先生在东京大学举办的"多领域交流专题研讨会"，并以当时的系列讲座为基础撰写了《文字之都——世界文学·文化的现在 10 讲》（东京大学出版会，2007 年）。题目"文字之都"摘自埃默里奇先生关于日本现代文学的随笔。就在一周前，由柴田元幸先生策划，在东大集英社举办了"2015 年的源氏物语"的研讨会，埃默里奇先生和角田光代女士、东大文学部的藤原克已先生也参加了专题讨论。

开始的介绍有点长，下面请埃默里奇先生本人多说几句吧。埃默里奇先生的日本文学研究的核心一开始就是《源氏物语》吗？

埃默里奇： 没错。很早以前就渴望阅读《源氏物语》了。

沼野： 那是什么时候？

埃默里奇： 最初是什么时候开始的已经记不起来了。我上大学的时候就渴望学习日本文学，但由于不会日语，就进了英美文学部。虽然在大学上的是英美文学课，却一直渴望学习日本文学。我当时就读的大学是普林斯顿大学，日本文学课不多，而且只有一位老师。老师的名字叫理查德·希迪基·奥格达，他既教日本古代文学也教现代文学。

那时，我参加了这位老师的"日本女性文学"课程，记得刚好是感恩节，老师布置了一个作业，在感恩节前后两星期读完《源氏物语》的英文译本。规定阅读的是赛登施蒂克的《源氏物语》英文译本，但我对亚瑟·威利的《源氏物语》英文译本更感兴趣，于是问老师："我也不是对赛登施蒂克没有兴趣，如果可以的话，我想读威利的《源氏物语》英文译本。"老师当着大家面回答："是吗？也不是不可以吧！"于是，另一位中国学生也举手问："我可以读中文版的《源氏物语》吗？"老师没有说不能读中文版的《源氏物语》，只是说："嗯，可以吧！"但他似乎有点担心。

从这个意义上来说，奥格达先生做事随意，不算严苛。虽然规定阅读赛登施蒂克的《源氏物语》英文译本，但也没有过分严格要求。况且，同样是赛登施蒂克的英文译本，有塔特尔版和克诺夫版。另外，也有分成上下册的，页数也不尽相同的版本。例如，第十七回《赛画》的起始页都各不相同。

还有，亚瑟·威利和赛登施蒂克的英文译本的出场人物名字也不同，更夸张的是亚瑟·威利的英文译本竟然没有《铃虫》这一回。总之，算不上是一部完整的《源氏物语》译本。这样一来，每个人阅读的内容都各不相同，连出场人物的名字也不同。比如，一个人说书中的"某个人物做了什么，感到很震惊"。于是，另外一个人会问："谁？谁？究竟是谁啊？"简直像是喜剧表演。

沼野：一开始就直奔《源氏物语》的翻译问题了，已经可说是在谈世界文学了。

埃默里奇：是啊！因此，在课堂上要搞明白做报告的同学在讲哪一回哪一段话就需要很长时间，根本无法进行讨论。但我也因此阅读了亚瑟·威利的《源氏物语》英文译本，并为之感到震撼。也就是从那时起，我想研究《源氏物语》了。

沼野：还是本科生的时候吗？

埃默里奇：是的，普林斯顿大学毕业以后，我如愿以偿进入了立命馆大学研究《源氏物语》，但是，当时立命馆大学硕士课程中只有我一个外国留学生。大家可能不知道，当时我没有学过日语古文，甚至连日语的草体字、变体假名都不知道。在这种状态下研读《源氏物语》，我第一次上课的情况，大家可想而知。于是，我有点胆怯，就想干脆放弃日本文学去搞英美文学吧。但是，最终还是没有放弃。

沼野：那时您对现代日本文学和翻译同时产生了兴趣吗？

埃默里奇：是啊！第一次翻译的是川端康成的短篇集《富士山的初雪》，那时还在普林斯顿大学。当时作为毕业设计有"创意写作项目"的翻译实践，我以这个形式在作家乔伊斯·卡罗尔·奥茨的指导下翻译了《富士山的初雪》。就这样，对日本现代文学也产生了兴趣。

沼野：您说现代，其实也就是川端吧。

埃默里奇：嗯，不过当时……

沼野：……当时川端是最尖端的吗？

埃默里奇：难道不是吗？
　　在英美文学圈真正意识到村上春树的短篇小说集《象的失

踪》在美国的出版是1993年。而1993年正是我进入大学的那一年，普林斯顿大学开学晚，一般在9月末才开始上课。那时我已经开始学习日语，那年的12月15日我收到了父母送给我的礼物——《象的失踪》。也就是从那个时候开始村上春树才被大家关注，而当时有相当多的人还在读川端、谷崎以及三岛的作品。

沼野：《象的失踪》的译者是谁？村上春树作品的译者应该不止一个。

埃默里奇：是杰伊·鲁宾和阿尔弗雷德·伯恩鲍姆共同翻译的。

沼野：埃默里奇先生翻译的现代日本文学作品，怎么说呢，虽然不能说以村上的后现代主义作品为中心，但可以说以后现代主义主流作品为中心吧！当然川端康成的是个例外。

埃默里奇：这样的作品可以说"现在"正在翻译，也可以说"过去"曾经翻译过。

沼野：已经是过去式了吗？

埃默里奇：不是，没有成为过去式。最新的是井上靖的三部小说。

沼野：啊！是什么小说？

埃默里奇：《斗牛》《猎枪》，还有一部是《一个冒名画家的生涯》。《一个冒名画家的生涯》这部小说集中还有《芦苇》《古道尔先生的手套》两篇小说。

沼野：是 JLPP① 的项目吗？

埃默里奇：不是，是英国普希金出版社的项目。另外，接下来我打算再翻译两部川端康成的小说，可能是我一时心血来潮吧，我想再翻译一些近代日本文学作品。

沼野：这是否意味着您的兴趣发生了变化？

埃默里奇：说不上是兴趣爱好的变化。

沼野：作为一名大学教师，有没有想过要多放一点精力在授课上？

埃默里奇：嗯，相比之下，我更喜欢翻译。说到翻译，有各种各样的翻译，对于我来说体验各类翻译是一种乐趣。至今我翻译的东西都是现代文学作品，我想偶尔也尝试一下古典文学作品和近代文学作品。另外，与文学无关的商务、美术或者菜单之类的翻

---

① JLPP（Japanese Literature Publishing Project），指 2001 年日本文化厅为促进日本优秀文学作品的海外传播以及普及而出台的日本文学出版计划。

译工作也很有趣。

沼野：您也做这样的翻译吗？是兼职赚钱吗？

埃默里奇：商务翻译能赚一些钱，但对于我来说是一种新的体验，很开心呢！虽说商务翻译，也只是文案之类的翻译，把日语的宣传材料翻译成英语。广告文的翻译近似于诗歌翻译，从某种意义上来说，我感觉它是翻译的最深层面，翻译的精髓，或者说是翻译的核心。

沼野：现在还在做这样的翻译吗？

埃默里奇：是的，偶尔在做。

沼野：在日本，大型广告公司制作广告宣传商品，如果商品大受欢迎的话，会赚到巨额的广告制作费，这比文学翻译更赚钱吧！

埃默里奇：是的，的确如此！

沼野：翻译松浦理英子、川端康成等作家的纯文学作品是赚不了多少钱的。

埃默里奇：是啊！那根本赚不了钱，相反得补贴进去。

沼野：每个行业都一样啊！出书要费用，书出版了要送给朋友，书一本一本出版，钱也一点一点少下去了。

《源氏物语》——超越时间的世界文学

沼野：关于现代文学我们留到后面再谈，我想先接着《源氏物语》的话题继续谈下去。

《源氏物语》是一部有相当难度的文学作品，读原文的日本人也寥寥无几吧。即使读了，但由于原文很难理解，像我这样实际上是在完全不懂的情况下阅读的。那么，这样也算是真正的阅读吗？说起来有点微妙啊！对于日本人来说，古典文学虽然古老且难懂，但毕竟是日语，虽然读不懂，但可以从语音语调中感受其意。不认识手写稿的草书文字，看铅字印刷品，参照现代文翻译多少也能理解。总之，日语还是日语。那么，我们应该把现代日语视为千年前的日语的延续，还是把《源氏物语》中的日语视为外语那样的存在？对此您是怎么看的？

提起世界文学，一般认为不仅有日语和英语之类的语言差异，还有欧洲、美洲、亚洲、非洲那样地理空间上的差异。这些广阔的地理空间中同时存在的文学总体就是世界文学。如果说千年之前的文学和现代的文学同时存在的话——而千年以前的《源氏物语》现在确实存在——那么可以说世界文学也存在于漫长的时间中。也就是说世界文学既存在于空间维度中，也存在于时间维度中。

埃默里奇：沼野先生刚才所说的这些非常重要。

我刚进入立命馆大学时，看不懂日语的古文，甚至不知道有变体假名和草书文字的存在。因为学的是《源氏物语》，第一次的讲课内容是《十帖源氏》，那是江户时代的《源氏物语》的简编本。那时也没有翻刻本①，只能用草书文字、变体假名阅读，我想现在的大学课堂也是如此吧！讲义结束后，老师布置作业说："下周请田中君和某人一起做报告""下下周请埃默里奇和某人一起做报告"。然后给我们一叠复印的资料，要求在两周之内完成报告内容。可是我不懂古文，连草书文字、变体假名都没有见过，一下子陷入了恐慌和焦虑之中。唉！既然必须得做，也只能硬着头皮做了。

沼野：真是天才啊！两周就学会了。

埃默里奇：有一本预科学生使用的教材，里面有语法表格，我就用这个学习语法。在草书文字边上标注着变体假名，感觉只要记住变体假名，就可以勉强应付。于是，买来变体假名的词典，复印之后剪下那些常用的假名，制作字母卡片。这种方式现在已经不太有人做了。然后双手拿着一大叠字母卡片学习，像美国西部片电影里面的场景一样。

沼野：一只手握一把手枪那样的！

---

① 翻印，指抄本、刻本等按照原典编成铅字重新出版。

埃默里奇：非常辛苦。总之，我很努力地去做了，两个星期记住了变体假名，就去上课了。然后，到了课堂上才发现我周围有许多学生是学近代文学的，事实上是所有人都不会读草书文字和变体假名。早知道这样，我再多花点时间肯定会学得更好，那时有些懊恼……

然后，当我能够阅读变体假名时，我发现用变体假名书写的东西与铅字印刷的东西有很大的不同。也就是说，铅字印刷文字、手写文字，还有木刻版印刷的文字有着天壤之别，这是我当时的印象。

因此，即使您阅读的是现代印刷的古文《源氏物语》，我想那也是翻译的一种了。那是一种为了方便自己理解的阅读形式，与阅读原文还是稍有不同的。就《源氏物语》来说，现代印刷的《源氏物语》是否可以称之为原文或者原作，这很难说。总之，当时紫式部周围那些贵族阅读的东西和现在我们阅读的铅字印刷物是完全不同的。我想如果那时的贵族看到我们现在阅读的铅字印刷物也许会说："太丑了！真是岂有此理！"

因此，首先我认为文学作品"书写"的形式，也就是变体假名、草书文字的世界与现代印刷品的世界完全不能一概而论，不能轻易地认为铅字印刷的东西就是原文。

沼野：在某种意义上来说，这就像跨媒介翻译吧。但是，现代日本人认为他们读的就是原文。

埃默里奇：这么说来，从一开始就是一个大错误。

沼野：刚才我在问千年前的日语和现代日语是不是同一种语言这个问题的时候，我想到的不是原文和书写的问题，而是语法的问题。现在大部分日本人阅读古文时觉得大致意思是可以理解的，但是对于语法的理解并不正确。丸谷才一那样人文修养很高的人，也许能把古语中的所有语法理解得很透彻。可是，我等才薄学浅之人阅读古文，碰到难懂之处，只能凭借日语的发音感觉文中之意了。因此，有时会想这也算得上是真正意义上的阅读吗？

埃默里奇：许多专家阅读时，会对某个词语的意思进行议论。而不知道一般读者阅读时，往往只会简单推测这个词语的大概意思，而实际上这个词到底是什么意思才是个大问题。从书、文字层面上来看，《源氏物语》属于和现今世界完全不同的一个世界。不仅如此，无论是语法还是行文都与现代作品相去甚远。另外，从文化的角度来看，它属于贵族文学，属于我们无法接近的那个世界。因此，从这个意义上来讲，我想还是把它视为完全不同的东西为好吧。

沼野：毕竟，它有着千年的历史呢！这也是值得我们引以自豪的事情。也许在这一点上，美国是无法与我们相提并论的。但是，由于历史久远，当然以前很多事情连日本人自己也无法理解，而且很多东西也许已被遗忘了。就《源氏物语》来看，仅注释本就不计其数，而且明治末期以后的现代文译本的数量也相当可观。这么说来，实际上不仅仅是千年前的原文，在历史的长河中，它被一次又一次地接受、读解、评价与再评价，所有的这些也许都可以视为《源氏物语》这部作品的一部分。而埃默里奇先生您不仅研究《源氏物语》的接受和翻译变迁的历史，还著书探讨《源氏物语》现代文翻译问题。那么，也许可以认为《源氏物语》并不是作为某一个"点"的单独存在，而本身就是一幅悠长的"历史画卷"呢。

　　对于《源氏物语》，我完全是个门外汉，也很少读它的研究文章，我想也没有必要因此而感到羞愧吧。我读过本居宣长的《源氏物语玉小栉》，但只是挑着读了些，至于《湖月抄》①则根本没有翻阅。《湖月抄》是原文的注释本，比本居宣长的《源氏物语玉小栉》还要早吗？

埃默里奇：因为《湖月抄》是注释本，所以全部原文都在。我第一次接触到的《源氏物语》原文就是通过读1673年出版的《湖月抄》，花了整整两年时间才把它读完。

沼野：也就是说，《湖月抄》是在《源氏物语》原文上加注解的文本，所以阅读《湖月抄》就意味着阅读整部《源氏物语》。说起来，也有要读《源氏物语》只需读《湖月抄》这样的时代吧？

埃默里奇：的确如此！

---

① 《湖月抄》，《源氏物语》注释书，北村季吟著，日本延宝元年（1673年）出版。

沼野：历经千年，现代日本人已经无法看懂《源氏物语》了，或者说在没有注释的情况下已经无法阅读原著了。于是，明治时期以后，与谢野晶子、谷崎润一郎、圆地文子、濑户内寂听等多位作家开始着手《源氏物语》的现代文翻译工作。那么，如今到底有多少部《源氏物语》的现代文译本了呢？已经很难估算了吧？

埃默里奇：明治时期以后的就有 90 种以上了！

沼野：有这么多吗？

埃默里奇：全译本、摘译本全部加起来有 90 种以上。

沼野：光是有名作家翻译的、有较高知名度的也有 10 种以上吧！我们往往把两种不同语言之间的翻译和同一种语言内的翻译视为不同的东西。那么，从刚才我们探讨的情况来看，在翻译这一点上可以说是一样的吗？

埃默里奇：我认为是一样的。但是圆地文子等一些作家认为："古文不可能翻译成现代文。普通的翻译是可能的，但是古文翻译成现代文是不可能的。"但我不这么认为，就我个人的感觉来说，最好还是把同一语言内的翻译与两种不同语言之间的翻译视为同一个概念的东西为好。

沼野：今天我还想听听您对《源氏物语》英语翻译的看法。亚瑟·威利翻译的《源氏物语》英语表达很地道，但就翻译来说，罗耶尔·泰勒①给读者呈现了与威利风格迥异的《源氏物语》英语译本。就原文的学术正确性来讲，现在可以说已经进入了与威利所处的时代完全不同的崭新时代。

埃默里奇：威利的翻译出版于1926年至1933年之间，从加注的情况来看，当时威利在翻译《源氏物语》时，参考的资料并不多。那么，他以什么为依据进行翻译的呢？对于这个问题最近已有研究可以证明。总之，威利在翻译《源氏物语》时，并没有参考很多的资料。因此，这与泰勒、赛登施蒂克的英译本完全不同。但是，我把威利的译文与原著做了对比，却意外发现译文非常忠实于原著。仔细阅读就会发现译者在翻译时非常注意语言的锤炼，字斟句酌、力求精准，这和我想象中的完全不同。有时原文字句在的位置，而英语的译文字句或许就在对应的位置了，一开始我并没有注意，但是仔细阅读以后就能发现。当然，原文和译文的顺序也会有所改变，形式也会发生变化。总之，具有很强的独创性，但从结果来看，他的译文与原文非常接近。

---

① 罗耶尔·泰勒（1936— ），出生于英国的美籍日本文学家、翻译家。在就读哈佛大学期间习得日语，获哥伦比亚大学博士学位，师从唐纳德·基恩。继亚瑟·威利、爱德华·赛登施蒂克之后，于2001年完成《源氏物语》英译，是第三种《源氏物语》英译本（第二种《源氏物语》的全译本），由哥伦比亚大学出版社出版。

沼野：威利的确是个天才。说起来，那个时代把日语和中文的古典作品读到了这种程度本身就使人敬佩。但是，大概威利对现实中实际使用的日语并不了解。有一种说法，说他完全不会说日语，也从未与人讲过日语。

埃默里奇：亚瑟·威利从未到过日本。据说川端康成因为参加"国际笔会"的项目去伦敦的时候，晚餐会上他们相邻而坐，当时他们用笔谈的形式进行了交流。

沼野：威利也翻译中国诗歌，但在翻译《源氏物语》时，对于作品中出现的诗歌翻译得不多吧。

埃默里奇：翻译了一些，但大部分选择了删掉。

沼野：从学术意义上来讲，文学水平有其时代性差异，以后辈同样的评价标准对威利进行评论也没有意义。从另一个角度来看，他也不失为一位在翻译之路上做出过杰出贡献的先驱者。毕竟，那个时代的日本在欧美人看来是个遥远的异域之地，有些东西在他们看来是不可理解的。因此，威利作为一个有教养的英国文学翻译家，创作了一部能被有教养的读者所接受的作品。这是我的理解。

换句话说，在谈到他的翻译作品是忠于原著，还是对读者友好这个问题时，也许对读者友好的这一说法并不恰当。但是比起对原文的忠实性，他更倾向于将其作为英语作品来创作。这只是我个人的拙见，埃默里奇先生您是怎么看的？

文部科学省不了解世界语言现状

埃默里奇：也许可以这么理解，但是我认为这是一个相当难的问题。作为实际问题，就像刚才提及的那样，我在大学第一次接触《源氏物语》的时候，读的是亚瑟·威利的翻译。但是，如果让现在的大学生读亚瑟·威利翻译的《源氏物语》，他们大概是读不懂的。首先，对英语感觉发生了很大变化。其次，像在我工作的加州大学洛杉矶分校，英语为母语的学生大概只有半数，我想能读懂亚瑟·威利的译文的学生不会很多吧。

沼野：变化这么大吗？

埃默里奇：嗯，变化很大。1993年和1994年我在普林斯顿大学学习时的环境和现在我在加州大学洛杉矶分校教授日本文学的环境完全不同。因此，在我的课上，如果想把亚瑟·威利的翻译作品作为教材是完全不可能的。

沼野：下面，我想问一下我的专业——关于俄罗斯文学——的英译问题。20世纪初英国有一位名为康斯坦斯·加内特的俄罗斯文学翻译家，她像超人一样翻译了许多俄罗斯文学著作，其数量之多，常人难以企及！虽然译作水平算不上是最高的，但在保证数量的同时，也能保证一定的质量，她的能力非同凡响。但是，也有人说她的英语已经过时了，有维多利亚时代英语的痕迹，是古老的英语。纳博科夫说她的翻译太"过分"了,按约瑟夫·布罗茨基的话来说,英语文学圈的读者都在骂加内特,他们把英语文学圈分不清陀思妥耶夫斯基和托尔斯泰的原因都归咎于加内特差劲的英语翻译上。埃默里奇先生读过加内特的翻译吗?

埃默里奇:大学时代读过她翻译的《契诃夫全集》,一共十册。

沼野:您也认为她的英语很古老吗?

埃默里奇:嗯,是古老的英语,但没有威利的那么难懂。

沼野:在网上,加内特翻译的作家作品全集的精装礼品套装十分畅销。但是也有人批评她,说她把陀思妥耶夫斯基原著中那些畸形和扭曲的东西翻译得太过流畅,以至于失去了陀氏原著的风格。最近,由皮果瓦和果洛霍斯基联合翻译的新译本已经出版,两位译者其实是一对夫妇,妻子果洛霍斯基是俄罗斯人,感觉他们的翻译更接近原文。按照韦努蒂①的归化异化理论来说,他们采用的是异化翻译法。我认为亚瑟·威利的翻译更接近于归化翻译,或者说更接近于有修养的英国人的文化价值观。

---

① 劳伦斯·韦努蒂(Lawrence Venuti),坦普尔大学教授。在著作《译者的隐形——翻译史论》(*The Translator's Invisibility:A History of Translation*)中提出了翻译的归化(domestication)、异化(foreignization)理论。在欧美,采用哪种翻译理论因地区的不同而不同。传统上,英美文学界重视翻译的自然性,因此采用归化理论是主流。以民族主义为中心且多产浪漫主义流派的德国与法国文学界则倾向于异化理论。

埃默里奇：要判断这一点的确很难，就现在来看，要判断亚瑟·威利的英语到底是怎样的英语已经越来越困难。为准确了解当时的情况，我认为有必要进行一定的研究。

《源氏物语》中的人物是不可能坐在椅子上的，但是译著中出现了椅子，不得不说这是归化翻译。原本在日本文学很少被介绍到外国的时代，代表日本古典文学高峰的《源氏物语》丝毫不逊于欧美文学作品，搞不好还算是世界名著了——这种态度进行的翻译是归化翻译吗？我认为有必要对此重新思考。从某种意义上来说，也许它确实属于归化翻译。但是，我也发现亚瑟·威利的译文中有很多会让欧美人的世界观产生动摇的东西。

韦努蒂认为，异化与归化未必在正负两极的二元中对立，为了达到异化必须使用归化。如此说来翻译只能采用归化方法，也许存在着应该归化到什么程度，或者说能够异化到哪里的问题，但归根结底，完全没有归化的翻译是不可能的。

沼野：的确如此！本来翻译的定义中就包含了归化的含义，把一种语言信息转变成另一种语言信息的行为本身就是一种归化。

埃默里奇：所以，亚瑟·威利的翻译到底归化到什么程度，或者异化到什么程度，还是很难判断啊！

沼野：我理解您的意思，这一点很微妙，也很重要。我认识许多俄罗斯和东欧的日本文学研究者，在与他们的交流中，我深切地感受到威利是个大天才，但由于所处时代的限制，他根本无法接触原生态的日语,也没有机会讲日语。另一方面,虽然现在像埃默里奇先生这样日语比我说得好的日本文学研究者不是很普遍,但也不少。在不到一个世纪的时间里发生了如此大的变化,怎么样,是不是很令人惊讶?

埃默里奇:嗯。前几天与一个哥伦比亚大学的学弟聊天的时候,谈到一件事情,让我很吃惊。就是如果现在学习日本文学的话,只懂日语已经不行了,这已经成为一种普遍的共识。说起来,现在的加州大学洛杉矶分校也一样。在我攻读博士学位期间有一个不成文的规定,就是学习日本文学就必须学习古代汉语和现代汉语,虽然这样的要求在某种程度上可以理解,但说实话是很难做到的。可是现在,比如,我的学弟学妹,或者加州大学洛杉矶分校的研究生中有很多人是中国人,他们不仅日语讲得好,而且经常去韩国,韩语也讲得不赖。那么,当他们毕业时,汉语作为母语自然很好,日语从一开始就会,而且韩语也相当好。这种情况在我读研究生的时候是不可能的,即使有的话也是凤毛麟角,而现在已经非常普遍了。

沼野:的确如此!哈佛大学比较文学系的卡伦·桑巴教授运用中日韩三国的知识开展东亚文学研究。在东京大学,也有许多年轻的日本学者精通多国语言。《杂草之梦》(世织书房,2012年)的作者丹妮契·加布拉科娃不仅精通保加利亚语、俄语、日语,现在在中国香港用英语和汉语讲授日本文学。

过去,普遍认为搞日本文学只要会日语,搞法国文学只要学法语就行了。但是,令人惊讶的是在人文领域,这种多语言能力已经变得司空见惯。另一方面,纵观世界形势,英语作为事实上的世界通用语的趋势越来越强,学好英语可以走遍世界的全球化时代已经来临。也就是说,在日本的大学,越来越多的人认为只要有英语一种语言的单语能力就行了,我认为这样的世界趋势与人文学科重视多语言能力的趋势之间存在着尖锐的冲突。

埃默里奇:同时,这个"世界"也是根据具体情况而有所不同,那么美国会怎样呢?我现在住在洛杉矶,在这里在家说英语的只有42%,英语已经是少数派了!

沼野:还是西班牙语系的人多吗?

埃默里奇:西班牙语也是42%,与英语一样,剩下的是其他国家的语言。再过一段时间,说英语的人就比说西班牙语的人少了。虽然并不是说整个美国都是这样,但是如果大城市的话,说英语的人的比率基本差不多。也就是说,实际上英语正在成为一种普通的语言。

沼野:但是,日本文部科学省的官员们认为日本人不学英语是不行的,他们命令在大学增加英语课程的比例。结果,本来就不会说多少英语的老师们不得不用英语上课,让人惊讶不已,真是莫名其妙。

　　关于语言的话题暂时先放一放,再回到《源氏物语》翻译的话题吧！我想再问一个有关现代文翻译的问题。《源氏物语》是千年以前的古典文学，用原文进行阅读极其困难。所以对于现代的日本人来说，现代文翻译是有实际意义的，那么英语的情况又是如何呢？比如，英国最古老的史诗《贝奥武甫》是八九世纪的作品，原文用与现代英语相差甚远的古英语书写，所以英语为母语的读者如果不好好学习也很难读懂吧。从英语史的角度来看，莎士比亚的英语是现代英语的开端，但也有400多年的历史了。那么，对于以英语为母语的读者来说，莎士比亚的现代英语翻译不是也很有必要吗？

埃默里奇：这取决于您如何定义现代文翻译。比如，有一些书有很多注释，那么这些注释也就是现代文翻译。把莎士比亚的作品全部翻译成现代英语不是没有，但的确不多。但是我认为如果注上大量的注释，也是一种现代文翻译吧！

沼野：您说得有道理。的确，注释也是翻译的一种形式。另外，对于现在日本国内的古典文学现代文翻译的趋势您是怎么看的？最近，小说家角田光代女士将重新翻译《源氏物语》（《池泽夏树　个人编辑　日本文学全集》第四卷至第六卷，河出书房新社），听说上周在东京大学举行的"2015年的源氏物语"研讨会上她也提到了这个话题，角田女士是怎么说的？

埃默里奇：似乎还没有太大的进展。

沼野：《源氏物语》全译是一个很大的工程，那么有人气的一个大作家在时间方面没有周详的计划可能不行，还真有点担心呢。

埃默里奇：好像还没有开始。我想上周参加会议的各位都清楚，角田女士本人对《源氏物语》的翻译并没有多大兴趣，但因为是她的崇拜者池泽夏树先生的委托，盛情难却只能答应了。

沼野：她是这么说的吗？盛情难却只能接受，有这个必要吗？这么大的工程！

埃默里奇：很了不起！我很佩服她的胆量和气魄！换作其他人可能做不到。

沼野：这也许是我们日本人的做事风格吧。别人让我做我就做，写小说也是如此。说起来，在日本，许多作家写小说是因为有约稿才写，而欧美或者俄罗斯的一流作家通常不会接受小说约稿。特别是俄罗斯作家，他们认为被约稿写作的作家不是真正的文学家。埃默里奇先生，您会接受约稿吗？如果有人请您翻译《源氏物语》，您有信心超越罗耶尔·泰勒吗？

埃默里奇：超越罗耶尔·泰勒可不是那么简单啊！其实马上就有《源氏物语》的新译本要出版了，译者是丹尼斯·沃什本（丹尼斯·沃什本的新译本于 2015 年 7 月，即此对话活动正在进行的时候，由美国 W. W. 诺顿出版社出版）。

沼野：这部新译作品的卖点是什么？有什么创新吗？

埃默里奇：我还没有仔细阅读，据说和罗耶尔·泰勒的翻译有许多不同的地方。比如，小说人物的所谓的"思考"部分用斜体字表示，好像一般情况下，都是在正文中加入注释来表示。

沼野：唉……是吗？那埃默里奇先生您的翻译译本要在他之后了吧。

不相信"文学进步"的男人

沼野：下面我们来谈谈现代文学作品。刚才也提到过，埃默里奇先生在研究《源氏物语》的同时，也翻译了很多现代作家的作品。在这方面，我和埃默里奇先生之间确实存在一些共同点，因为我也从事现代日本文学的俄语翻译工作。当然，就我而言，我不是自己翻译俄语版，而是参与现代日本文学俄语翻译的出版策划，现代日本文学集俄语版的编辑工作，另外还写一些序言和评论。最近我担任了加贺乙彦先生的长篇小说——《宣告》（吉彼里昂出版社，2014年）的俄语译本的出版协调工作，那是一部厚厚大作！

我手上拿的这本是由日本国际交流基金会赞助，俄罗斯伊诺斯特兰出版社出版，我参与编辑的现代日本短篇小说集（《突变理论——现代日本小说》，伊诺斯特兰出版社，2003年）。

在俄国，人人都知道村上春树，但其他的日本作家却鲜为人知。为填补空白，我参与编辑了这本日本短篇小说集。小说集中收录了奥泉光、江国香织、岛田雅彦、保坂和志、河野多惠子、玄侑宗久、川上弘美、石黑达昌、山田咏美等作家的作品。实际上，在此之前的2001年，已有两部小说集在俄罗斯出版。两部小说集分别收录了1980年以后具有代表性的日本12位男性和12位女性作家的作品，题目是《他》和《她》。这次出版的小说集是我与翻译过三岛由纪夫小说的日本文学专家、俄罗斯人气作家阿库宁共同编辑的。小说集出版时，在莫斯科举行了一次新闻发布会，在会上我做了演讲。演讲结束以后，一位俄罗斯的记者突然出来刁难我。怎么说呢，也许这种情况在欧洲是很普遍吧。但在日本，这种场合一般人都会说一些恭维或者祝贺之类的话，可是这位俄罗斯的文艺媒体记者突然提出了很尖锐的问题。

这位记者首先说："我读了这次出版的日本文学选集，里面有吉本芭娜娜的《厨房》，但是完全不知道它有什么有趣的地方！"也许也有翻译的问题，从俄罗斯人的文学品位来看，《厨房》确实是一部让人难以理解的作品。这位记者紧接着毫不客气地问："《源氏物语》是一部古典文学名著，日本文学跨越千年时间从《源氏物语》到现在吉本芭娜娜的小说，这样的日本文学可以说在进步吗？既然您是日本新文学的推广者，那么您认为吉本芭娜娜的小说比《源氏物语》好吗？"

这是一个意料之外的问题，而且是用俄语提的问题，一瞬间我竟不知所措，有点语无伦次。但最后，我还是把脑海中浮现的想法用俄语简单做了说明，我说："不，我认为问题不是这样的，您提的问题本身就很奇怪。简而言之，就是每个时代都有每个时代不同的文学，拿不同时代的文学来比较是没有意义的。"

但是，这样的解释确实略显牵强，不知道普通读者是否能够接受。专家的话另当别论，普通的俄国读者或者美国读者阅读日本文学时，眼前既有《源氏物语》，也有吉本芭娜娜的《厨房》，所以可以比较和选择。本来一般的读者就没有义务按照时间顺序系统阅读从古到今的作品，先读千年以前的小说，再读五百年以前的小说，只要觉得有趣，什么都可以同时阅读。那么，通过比较而选择小说也是正常的吧。"我认为没有必要考虑文学是不是进步的"这一回答也是模棱两可，但是，好歹应付过去了。事实上，至今我仍然不知该如何回答这个问题。

不久，我说的话几乎原封不动地被刊登在俄罗斯报纸的文化专栏里，题目是《沼野充义——不相信进步的男人》，同时还附有照片，事情搞得很大。

埃默里奇："不相信进步的男人"，很酷嘛！可以把它印在名片上。

听了您的故事，我在想如果碰到那些相信"文学进步"的人，我最好是赶紧逃走。如果我被问同样的问题的话……幸亏我不会俄语，因此也不理解问题的意思，所以不需要回答。

沼野：但是，在英语文学圈可能也会有人提同样的问题吧？

埃默里奇：如果用英语提问的话，我也许会这么回答："啊！是吗？是《源氏物语》好吗？这个我也知道。但是吉本芭娜娜的《厨房》也很棒，为什么不再读一遍呢？"相反，也许也有读了两页《源氏物语》就觉得无聊的人，他们会说："《源氏物语》的内容很长，拿着书很重，手很累。吉本芭娜娜的《厨房》很有趣呢！"我认同这个观点，但反过来我可能会说："我觉得《源氏物语》也很有趣，现在读不下去没有关系，十年以后再读一次，你觉得怎么样？"

沼野：不管大家有没有兴趣读《源氏物语》，它已经被公认为世界文学史上重要的杰作之一。然而，就在不久前，赛登施蒂克的译本出来以后，英语文学圈也没有多少人读《源氏物语》。也就是说，大家还没有意识到这是一部可以列入世界文学的经典文学作品。以前，我曾经邀请罗耶尔·泰勒来东京大学讲学，在与他闲谈时谈到著名文学评论家乔治·斯坦纳。罗耶尔·泰勒说他第一次碰到斯坦纳时曾自我介绍说："我是《源氏物语》的研究者。"斯坦纳听后露出了惊讶的表情。泰勒又问："您觉得《源氏物语》怎么样？"他的回答是："那是一部 long and remote 的小说啊！""long and remote"是"又长又远"之意，大概指小说不但很长，而且是发生在与自己无关的遥远世界的意思吧！斯坦纳以博学著称，关于欧洲文学，从希腊、拉丁文学到英、德、法、俄、意、西的文学几乎无所不知，但对《源氏物语》的认知仅此而已。这件事情让我印象非常深刻。

埃默里奇：真想知道斯坦纳读了哪个版本的译本啊！如果是读了"威利版"的译本后感到"long and remote"的话，那么我想亚瑟·威利的翻译也算不上是归化翻译了。

沼野：有道理，可惜没有问。不管怎样，斯坦纳的回答让我感到他的欧洲中心主义倾向。也就是说，像他这样博学多才、修养深厚的评论家，也只是局限于欧洲文学，任何不符合欧洲文学规范的东西，对他来说都很难评价或无法评价。但是，现在情况发生了很大的变化，美国的大学使用的教材——《世界文学选集》里已经有《源氏物语》的摘选章节了。

埃默里奇：《源氏物语》对世界文学来说是重要作品的这种意识在威利之前已经有了，我在刚才提到的《源氏物语：翻译、经典和世界文学》的论著中也有论述。1882年，一位名叫末松谦澄的日本人把《源氏物语》的前十七回翻译成英语并在英国出版，他的译本在当时受到了广泛关注。虽然作为文学作品并未得到很高评价，但是因为是900年前女性创作的作品，大家都认为这部作品很了不起，甚至也出现了认为《源氏物语》是世界文学史上重要作品的声音，并得到普遍认可。

此后，威利的英译本出版以后，人们普遍认为把《源氏物语》作为文学作品来看显得很有趣，这种情况一直持续到战后。但是，因为威利的译本出现在1933年，而赛登施蒂克的译本出现在1976年，两者间隔时间太长。如此一来，也许就像斯坦纳所说的那样阅读起来并不有趣了，我想赛登施蒂克的译本要是出现得再早一点就好了。

译者幽灵说

沼野：埃默里奇先生于去年（2014年）秋天担任早稻田文学新

人奖的评审委员,去年的评审结果①将在最近发表。去年秋季刊登这则公告的《早稻田文学》中,有一篇以演讲为基础撰写而成的有关翻译的随笔②,很有意思。人们常说翻译是不同文化之间的桥梁,可埃默里奇先生说这种说法是一个谎言,他认为译者是同属于两个世界,却又不完全属于任何一个世界的如幽灵般的存在。这个比喻让我留下了深刻的印象。

说到幽灵,日本的幽灵没有脚,所以就算想把脚放在任何一边也无处可放吧。但是您所说的这个幽灵似乎是有脚,一只脚放在英语文学圈,另一只脚放在日语文学圈,也就是说译者具有摇摆不定的特性!

埃默里奇: 刚才您说的幽灵是有脚的,其实没有脚的日本幽灵则更为形象。如果一只脚踩在这边,另一只脚踩在那边,看起来还是和认为译者是桥梁的想法一样吧。日本的幽灵不是半透明的吗?如果说它是半透明的,那是因为它一半属于这个世界,另一半属于那个世界,所以我们只能看到存在于这个世界的幽灵,因此看起来是半透明的。一半属于死者的世界,另一半属于生者的世界,意味着这并不像是属于英国和日本那样的不同的地方,而是属于同一时间的同一世界。总之,重叠在一起,像摄影中的双

---

① 评审结果在 2015 年 8 月出版的《早稻田文学》秋季刊中发表。获奖作品是中野睦夫的《祭献之时》、桝田丰的《小恶》。
② 指刊登在《早稻田文学》2014 年秋季刊的《我是迈克尔·埃默里奇》这篇随笔。埃默里奇在早稻田大学文化构想学部文艺与文学创作评论系同国际日本文学与文化研究所主办的学术会议中发表了"关于翻译的困境"的演讲,随笔以此为基础修改而成。

重曝光那样，活着的人只能看到照片上"一半"的影像，就是其中的一个层次的影像。

沼野：也就是说，译者是具有这种特殊视觉的人。

埃默里奇：是的，他们可以看到两个重叠着的影像。

沼野：按常理来讲，译者如果没有脚，这对他们来说是个问题。在日本文学研究中也经常使用"越境"这个词，最近也有人用"跨境"这种难懂的说法。因为有"分界点"，有两条腿，因此叫"跨境"。所以，很多人认为翻译也是一种"跨境"行为，是两种语言之间的桥梁。

埃默里奇：从这个意义上来说，幽灵是个令人困惑的存在，也是个危险的存在，因此，译者就像幽灵的这种比喻也是行不通的。

沼野：埃默里奇先生年轻时就从事翻译工作，并且很早就开始翻译川端康成的小说了。至今已有多部译著出版，在翻译方面取得了显著成果。您喜欢翻译这个工作吗？

埃默里奇：喜欢啊！

沼野：这一点您和柴田元幸先生完全相同啊！但是，在美国学术界，翻译作为学术成果的评价不是很高吧？

埃默里奇：是啊！感觉在慢慢改善，但总体说来评价不高。

沼野：2010年，您的川上弘美《真鹤》的英文译本获得了大奖吧？那是美国的大奖吗？

埃默里奇：是日美友好基金日本文学翻译奖，是哥伦比亚大学唐纳德·基恩研究中心设立的奖项。

沼野：这是否意味着现代文学翻译也可以作为一项学术业绩被表彰了呢？

埃默里奇：说明情况正在向好的方向发展，但是我想每个大学情况是不同的。我曾经换过一次工作，最初我在加州大学圣塔巴巴拉分校工作，那里的人文系系主任在评价我的业绩的时候，清楚地写着："对于埃默里奇在翻译中取得的业绩应给予进一步的肯定和认可。"话虽如此，也并非所有美国大学都如此重视翻译业绩，所以不能一概而论。

沼野：这和翻译什么作品有关吧！如果是《源氏物语》的翻译，那是一项伟大的成就。可是，翻译村上春树的作品恐怕还不一定能被重视吧。

埃默里奇：听说泰勒先生因为《源氏物语》的翻译不被认可而非常恼怒，一气之下想退出翻译界。不过，这也是道听途说，也许是我记错了。

沼野：如此巨大的成绩都不被承认的话，是有点令人失望的！这么说来，现代文学翻译要得到学术界的认可并不是一朝一夕之事。埃默里奇您正在翻译古川日出男的《贝尔卡，咆哮吧!》，听说翻译这样的作品也不能成为晋升教授的条件啊。

埃默里奇：靠翻译作品晋升职称是不可能的，但可以成为加分点。

沼野：至少能赢得大家的尊重。

埃默里奇：或许能加点工资。例如每月增加1日元或者1.5日元。哈哈！

沼野：与美国不同的是，在日本，虽说文学翻译的工作也只局限于少数的几个人，但却是一个相当引人注目的工作。以柴田元幸先生为首的一些著名翻译家在媒体上很活跃，深受大家欢迎和尊敬。柴田先生的译作大概已经超过百册，在美国，如果说是东京大学的教授翻译了百册现代美国文学作品的话，与其说是令人尊敬，不如说是令人吃惊吧。因为按照美国学术界的常识来考虑，大学教授做那么多的翻译工作是绝对不可能的。

因村上春树作品的英译本而闻名的杰伊·鲁宾先生曾抱怨说，在美国，现代文学翻译作品出版时，封面很少出现译者的名字，即使出现了也被放在很不起眼的地方。因此，在美国，有很多翻译作品不知道是谁翻译的。读者也不会以译者的译笔好坏来判断翻译作品的好坏，不会因为是埃默里奇翻译的所以想读，或者因为是鲁宾翻译的就不读了。

埃默里奇：没错，的确如此。但与我上大学时相比似乎已经大不相同了。而在上世纪90年代，人们根本不在乎作品是谁翻译的，而且也一直没有注意到世上还有译者的存在。

沼野：那译者是真正的"透明人"了！

埃默里奇：这些情况在最近十年慢慢发生了变化。如今，越来越多的人选择自己喜欢的译本积极阅读。每当发行新刊物时，他们都会买来阅读。在美国，很少有译者的名字写在封面上，但川上弘美《真鹤》的英译本封面上却写着译者的名字。实际上，有一个人制订了一个有趣的计划，计划在一年里每天阅读一本翻译作品，这个人在他的博客里回顾一年读过的翻译作品时，提到了封面上是否写着译者的名字。他说他所读之作品中有几本封面上是写着译者名字的，只有一本不仅封面，连封底也写着译者的名字，这本书竟然就是《真鹤》的英译本。按常理，译者的名字是不可能出现在封底的，但不知为什么，只有这本小说的封底出现了译者的名字。我想大概是没有人告诉书籍装帧设计师说译者的名字是不允许出现在封底的吧。

沼野： 封底不能出现译者的名字，怎么会有如此不成文的规定呢！确实在英语文学圈对译者名字的处理还很糟糕，比如，在网上书店"亚马逊"的美国网站上浏览翻译图书的信息，书的信息中一般不会有译者的名字，这个很不方便。可是，我想确认译者的名字以后才买，一生气就给"亚马逊"写了一封投诉信，希望介绍译者的信息，但是完全没有回复，当然网站页面上的信息也没有改善。顺便说一下，在日本的网上书店的图书信息中，很多时候连出版社的名字都没有，也许对于网上买书的年轻一代来说，出版社的名字有没有都无所谓，因为没有出版社的名字书也可以订购。但是，对于我们这一代人来说，这是一件令人气愤的事，像我这样的人是不会买不知道出版社名字的书的。

再回到译者地位的问题上，在日本，如果是村上春树翻译的小说，那么他的名字会写在非常显眼的地方，甚至比原著作者还要显眼。以前有一个我非常尊敬的美国文学专家——一个性情有些乖僻的人——在村上春树翻译的雷蒙德·卡佛小说的书评中抱怨说："翻译的确很精彩，但封面上村上春树的名字比卡佛的名字还要大，这样可以吗？"这是一个比较特殊的例子。但是，最近在美国，译者的地位也发生了很大的变化吧？

埃默里奇： 嗯。虽然只是一点点，至少比20世纪90年代后半期要好得多。

沼野： 再回到译书出版的话题上，美国给人以世界图书第一翻译大国的印象，但实际上美国翻译图书在整个出版中所占的比率非常小，据统计大概不到3%，而文学作品的翻译就更少了，好像不到1%。据调查，除了出版数量偏少，还有一个问题，就是美国读者一般认为翻译小说的水平低于原创小说的水平。大概美国人认为美国人撰写的英语小说水平是最高的，而用他们不懂的外语写的东西本来水平就很低。那么，问题就来了，就是有没有必要把这些外语作品特意翻译成英语作品？

据说村上春树作品的英译本刚刚在美国出版时，美国读者根本不知道村上春树是何方人士，也没有心情去关心是谁的译作。据说甚至有人误以为是一位名叫"春树·村上"的日裔美国作家用英语撰写的小说。这也许是玩笑吧！我想不可能有那样的事吧！

埃默里奇：关于村上春树是日裔美国作家的这种说法我倒没有听说。但是，好像吉本芭娜娜的小说有时会被误认为是亚裔美国文学作品。

沼野：以为她是移民作家吗？

埃默里奇：详细情况不得而知，但是好像确实有过这样的事情。我父母一直订阅《纽约时报》，那份报纸每周周日有一个书评栏目，但是报纸栏目的目录上绝对不会出现译者的名字。有一次，我刚开始学日语，当时是大学一年级的时候，对翻译和译者是多么"透明"这件事情还没有多少思考，突然有一天看到书评栏目的目录中有一篇作者署名为"Junichiro Tanizaki"的小说，因为没有译者的名字，看到题目的一瞬间还以为是谷崎润一郎本人用英语写的小说呢。

令人气愤的是，美国笔会中心这一知名文化团体组织主办的文学杂志，其作品目录上也没有刊登译者的名字。

沼野：这不是美国笔会主办的杂志吗？美国笔会是一个重视和保护语言权利的组织，连他们的杂志都这样，真令人想不通啊！

关于《真鹤》序言的译文

沼野：关于川上弘美女士的《真鹤》这部长篇小说和其英译本存在着有趣的语言和文体问题，我想稍微花点时间来讨论。

《真鹤》是一部非常杰出的作品，是川上女士优秀的作品之一。小说以"走在路上，后面总跟着什么"开始。从日语的文体方面看，这是部非常有趣的小说。在讨论之前，首先来看一下小说开头部分的日语原文和几种外语翻译。

（日语原文）

走在路上，后面总跟着什么。

离得很远，不知是女人、还是男人。女人也好、男人也罢，都没有关系，我并不在乎，继续往前走。

（英语译版，迈克尔·埃默里奇译）

I walked on, and something was following.

Enough distance lay between us that I couldn't tell if it was male or female. It made no difference, I ignored it, kept walking.

(俄语译版,吕德米拉·米罗诺夫译)

Я шла, а за мной кто-то следовал. Издалека было непонятно, женщина это или мужчина. Не обращая внимание, я продолжала идти вперёд.

(波兰语译版,芭芭拉·斯沃姆卡译)

Cały czas idzie za mną.

Jest jeszcze daleko. Więc nie rozpoznaję. Czy to kobieta czymę z czyzna. Wszystko mizresztà jedno, idę dalej, nie przejmująс tym.

(法语译版,伊丽莎白·斯诶古译)

Tandis que je marchais, j'ai senti que je n'étais par seule.

La distance était trop grande, je ne pouvais pas savoir si c'était un home ou une femme qui se trouvait derriè re moi. Sans me poser dvaantage de questions, j'ai continué à advancer.

川上女士的原文开头两句话充分体现了日语语言表达的特征。"走在路上",但不知道谁走在路上。从这里可以看出,即使没有主语,句子也能成立。"后面总跟着什么"这句话用日语平假名书写,显得柔和。那么"跟着"的到底是什么东西呢?

感觉语义非常模糊。英语的翻译怎么来体现呢？应该很难吧？

读到这里，如果不理解开头部分这两句话对整个作品的意义，就很难翻译，再说日语原文中本来句子就没有主语。从语法的角度来看，是否使用主语则根据语言的不同而有不同的处理方式。俄语、波兰语即使没有主语，句子也可以成立。可是英语就不同了，没有主语的句子是错误的句子。

对此，埃默里奇先生的英语翻译是"I walked on"，句子一开始就用了"I"。但在日本人看来，"I"这个视点一旦设定，感觉就是"我"在看这个世界。就是说，英语一开始就明确了"镜头"的位置。那么，日语原文的独特韵味——没有表明镜头在哪里的模糊感消失了，变得清晰直接了。但是，这并不是译者的水平问题，而是语言本身的问题。

那么，再来看一下俄语的翻译，出现了与英语不同的问题。俄语开头部分的译文是"Я шла（yaa syuraa）"。"Я"是第一人称单数代词，不分男女，但"шла"是女性单数的过去式。实际上，俄语的过去式中男女的区分是非常明确的，所以在语法上无法表达日语的模糊性。因此，只要看这两句话，就知道主语是第一人称"我"，而且是女性，这是俄语语法特征所决定的。但是，日语的情况就完全不同了，说得极端一些，可以写得让人分不清是男是女，甚至根本不用第一人称的代词就能搞定。实际上，《真鹤》这部小说中"我"这个人称代词基本没有出现。

所以，《真鹤》的开头两句话虽然非常简单，但对于译者来说却是很大的挑战。

埃默里奇：读到"后面总跟着什么"这里，感觉已经有点明白正在说话的人大概是在用第一人称叙述。也就是说，基本可以确定不是第三人称。但是，单凭"走在路上"这个信息却根本无法知道说话人是谁。也就是说，小说用第一人称写的，还是第三人称写的，还不是很清晰。

但是，在英语中这一点必须很明确，这种情况只能用"I"。我们再来看一下英语使用"I"的情况，一般来说英语中第一人称说话时会反复出现"I"，如此一来，"I"的意思反而弱化了。但日本人会认为经常使用"I"是极其自我中心主义的表现。实际上，英语中如果反复出现"I"，那么它的重要性反而会被弱化。而日语恰恰相反，如果反复出现"我怎么怎么"，"我"的分量会越来越重。况且，日语中有诸如"在下""我""俺""鄙人"等许多第一人称的称呼，而不同称呼使用的场合也不同。但英语中，第一人称的称呼只有"I"，非常透明。

事实上，关于《真鹤》开头两句话的翻译，我们已经谈过多次。沼野先生您刚才也谈到读者读到"走在路上"这里根本无法知道主语是第一人称还是第三人称。其实，还有一个问题，就是到底是现在时还是过去时的问题。我提出的这个问题，对于以日语为母语的人来说，大多会表现出"怎么都行吧"的反应。但对我来说，这非常有趣，因为这句话很好地体现了日语语法特征。

"走在路上"没有时态，所以不能断定是在过去还是将来，但确确实实是正在进行中的动作。后半句的"后面总跟着什么"同样没有表明是在现在还是过去，但"后面总跟着什么"这里却能感觉到有一种明确的判定。总之,"走在路上"这一模糊的表达,与"后面总跟着什么"的明确判断之间形成了鲜明的对比。

因此,我个人认为《真鹤》开头两句话的对比手法对整部小说来说十分重要。其中的原因,我想读过《真鹤》的读者应该明白。小说中主人公常常去真鹤见幽灵——就是跟在后面的东西,为此,她进入了一个虚幻的、类似时钟被破坏而时间已经停止的世界。某一天主人公"京"的丈夫"礼"突然失踪,就是说,"礼"已经成为过去之人,但他作为一种模糊的存在依附在"京"的身上,一直与"京"在一起。因此,不能确定正在讲述的事情"到底是现在发生的事情,还是过去的事情"是这部小说的重点,这也是作者在小说的开头设下的伏笔。那么,怎么用英语来表达这个意思呢?在译文中我努力试着表现出这种氛围,但不知道是否已经成功。

我是这样翻译的——"I walked on, and something was following"。"walked on"表示过去,那么整个句子变成了过去式。"walked on"的"on"让人不清楚具体的时间,但是却蕴含着动作的持续性,有"继续走下去"的意思吧。"I walked on"有在那以前已经在走了的意思,这一点与原文不同,是我擅自添加的,这样就有了从那时走过来的意思。然后紧接着出现的是"and something was following"。"was following"确实是正在进行的动作,但是是过去进行式。整个句子非常复杂,一般会翻译成"I walked on and something followed"或者"I was walking and something was following"。而我把它翻译成了"I walked on, and something was following",虽然语法前后不一致,但这是我大胆的尝试。

沼野:英语的表达是有点怪呢!

埃默里奇:虽然读的时候没有很明显地感到"好奇怪啊",但总觉得与原文意思有点不同。

沼野:非常有趣的话题。也许有人会认为,只对小说的开篇进行讨论,不对整部小说进行讨论显得过于草率简单。但是,小说的开篇往往是全文的基调,因此也是作家倾注全部精力进行精心雕琢的部分。而《真鹤》的开篇颇具特色,值得我们花时间深入探讨。

在翻译理论方面,川端康成《雪国》的开头部分经常被拿出来讨论。"穿过'国境'长长的隧道,便是雪国。"这里的"国境"到底应该读"kokkyou"还是"kunizakai",学者们经常为此争论。在课堂上,我总是让学生突然朗读这一句,并一个一个确认。暂且不说这个,我们先来看赛登施蒂克翻译的《雪国》的英译本,他的这部译作在国际上获得了很高的评价。小说开头部分的译文是这样的——"The train came out of the long tunnel into the snow country",日语原文中的主语还是模糊不清,"穿过'国境'长长的隧道"的是谁?是主人公,还是第三者,抑或是列车,完全不知道。像这种地方,大概日本人会很自然从日语所表现的"语言世界"中看到人与人乘坐的列车浑然一体,处在一个没有分别的世界。我想应该是这样的感觉吧！但是，赛登施蒂克直接把主语定为了"The train"，这大概是英语语法特点所决定的吧！

我们再来看一下《真鹤》的法语翻译。原文的"后面总跟着什么"译成了"我发现我不是一个人"，然后用"我不知道背后的那位是男还是女"来补充第一个句子中省略的"后面总跟着什么"。

我手里这本是《真鹤》的波兰语译本，那真是下了很大功夫。波兰语在语法上接近俄语，动词过去式有男女性别之分，但译者不希望开头的句子中马上出现主语是女性的信息，没有翻译为"走在路上"，而是以"一直（有什么）跟在我身后"的现在时态突然开始，而且连"跟过来"这个动词的主语也省略了。今天研究日本俳句的波兰留学生埃尔吉贝塔·科罗娜也在聆听我们的讲座，我们来听听她的意见吧！你好！科罗娜女士！你觉得《真鹤》的波兰语译本的开篇"Cały czas idzie za mną"翻译得怎么样？是不是有点奇怪？

科罗娜：是啊！省略了主语，译文显得有点僵硬且不自然，是一种相当实验性的表达吧！

沼野：没错。虽说波兰语在语法上是允许省略主语的，但这样表达的确很不自然。译者芭芭拉·斯沃姆卡是一位精通日语的学者，她非常正确地抓住了川上弘美作品的文体特征，我想在这一点上她是下了很大功夫的。

关于英语研究论文"日本文学"的日语翻译

沼野：下面进入提问与评述环节。柳原孝敦①先生是拉丁美洲文学专家，也是著名文学翻译家。柳原先生您一定有很多想说的吧？

柳原：我想向埃默里奇先生请教一个今天没有谈到的问题，是关于村上春树先生的。有一个 NHK 的《用英语阅读村上春树》广播节目的文本连载，每一期我都很认真地读了。前些日子读了《且听风吟》的评论文章，评论文章中写着《且听风吟》是由"鼠"先生写的，让我觉得这个观点十分有趣。《且听风吟》《1973 年的弹子球》《寻羊冒险记》是村上春树的"青春三部曲"，如果按照埃默里奇先生的观点来考虑，感觉把它们作为"三部曲"作品不是很合适。如果是这样，那么您对于《1973 年的弹子球》和《寻羊冒险记》的解读是否有所改变？

埃默里奇：作为"三部曲"来考虑也可以，但是是比较松散的"三部曲"吧。我感觉没有必要过分拘泥于此，但非要解释的话，撇开《1973 年的弹子球》不说，《寻羊冒险记》中最后以"鼠"的死结束，小说中有死去的"鼠"与"我"背靠背坐着聊天的场面，那时"我"才发现"原来是鼠策划的"，是"鼠"在控制一切。这和我认为该小说由"鼠"所写的观点非常吻合，

---

① 柳原孝敦（1963— ），西班牙语文学、思想文化论研究者。东京大学大学院人文社会系研究科、文学部现代文艺理论研究室准教授。作为评论员曾参加当天的对话活动。

退一步说，即使不是这样，我觉得这部作品类似是一种变奏曲，我想以后也会反复碰到同样的问题。本来打算每部作品的解读通过两次广播节目完成，但我改变了主意，下次的节目将改成《世界末日与冷酷仙境》。

《世界末日与冷酷仙境》的日语版是怎样的不得而知，我想不同版本情况也有所不同。今天我来谈一下英语版的《世界末日与冷酷仙境》，英语版小说的开头会出现一张地图。这是一张被揉搓得皱巴巴的地图，边上的一角已经破损。之所以如此，是因为它不是属于小说外部的、单纯为了说明世界末日地形的抽象地图，而是属于故事中的、是小说人物经常拿在手里的地图，这张地图原本是"影子"要求"我"画的。小说的最后，我们来到一个池塘或者说泳池的地方，正要跳进池塘准备逃离的时候，叙述者"我"做了留下的决定，让"影子"独自拿着地图逃走。那时"影子"大概把地图揉成一团，塞进口袋跳进池塘，去了另一个地方。去了哪里呢？简而言之，就是那边的世界吧。

那么，为什么这张地图会出现在眼前呢？作为叙述者的"我"，在"世界尽头"这一节中，进入了世界尽头已经无法出来，那么地图是谁画的呢？那只能是"影子"了。因此，在《世界末日与冷酷仙境》中，是不是也有一位隐藏着的作家呢？那是不是"影子"呢？我想这样的解释也未尝不可。而事实上，如果隐藏着另一个作家的假设一旦成立，那么就会找到许多这样的例子。所以，我认为这是村上春树的一种写作策略，或者说是他划分两个世界的方法。这种在小说表层看不到的、隐藏着另一个作者的结构模式，实际上在小说《且听风吟》《寻羊冒险记》

《世界末日与冷酷仙境》都可以看到，在这一点上三部作品非常相似……我的回答可能不能令您满意，不好意思！

柳原：不不，谢谢您！很期待接下来的续篇。

沼野：那个连载已经有多长时间了？

埃默里奇：有一年半了。

沼野：我担任过《用英语阅读村上春树》广播讲座开始时第一年的讲师，您上这个广播讲座节目是那之后吧？

埃默里奇：是的，是您的讲座结束之后开始的。

沼野：在那个节目中，我邀请了杰伊·鲁宾等多位村上春树作品的外国翻译家作为嘉宾来到演播室，共同探讨村上的作品，非常开心！
那么，接下来，我们把提问的机会留给学生吧。

学生1："后面总跟着什么"的英语翻译不是"something"吗？而俄语直接翻译成了"人"。用日语表达的情况下，这个"跟着的东西"既不能说是人也不能说是物，我认为这本来与我们把幽灵看作物还是人有关。那么，您为什么要把它翻译成"something"呢？

埃默里奇："something"这个词很有意思。比如在森林中漫步，说"I heard something move"的话，就不清楚这是生物还是其他东西。当然并不是说生物不能用"something"这个词，而是用了这个词会更让人捉摸不透，也许会是浮现心中的一个影子，或是某种感觉。因此，我用了"something"这个词。

沼野：我喜欢的小说中有一部是雷·道格拉斯·布莱伯利的 *Something Wicked This Comes*（日语译名是《当幽灵来临》，大久保康雄译，创元推理文库，1964年），好像里面也有一个来历不明的东西呢。英语单词"thing"的确是"物"之意，但有时也指某种生物，像是一种来历不明的妖怪之类的东西吧。因此，英语单词"something"的词义有时与日语的"幽灵"之义竟意外地相近。

学生2：刚才提到明治以后出版的《源氏物语》现代文译本有90余部，那么请问，明治以前的情况是怎样的？另外，"源氏绘"之类的作品的情况怎么样？是明治以前多还是明治以后多？其原因是什么？关于这些您能否从文化接受史的角度给我们梳理一下？

还有一个问题是，作为里程碑式或者说作为文化遗产的文学，和所谓的现代文学——就是具有商业性的、脱离上下文语境的、以自由的语言为前提撰写的文学是同样的东西吗？

埃默里奇：你的第一个问题是《源氏物语》的现代文译本在明

治以后就有90多个，那么明治以前怎么样，有很多"源氏绘"之类的作品，那么这些作品怎么样呢，这些是相当复杂的问题。首先来谈一下"源氏绘"，说起来关于"源氏绘"的定义，专家们一直都有分歧。"源氏绘"实际上是日本天保年间（1831—1845）及之后非常流行的浮世绘，也有人主张用来指代版画。虽然被叫"源氏绘"，实际上并非是从《源氏物语》衍生出来的作品，而是一位叫柳亭种彦的人衍生创作出的"合卷"①，通称《田舍源氏》，正确的说法是《偐紫田舍源氏》。该书在天宝年间开始出版，非常受欢迎，"源氏绘"就是在这样的情况下出现的。因此，它与《源氏物语》本身并没有直接的关系。那么就产生了一个问题，即它是否可以作为《源氏物语》被接受文化的一部分而被大家认可呢？

进入近代自不必说，其实近世②后期就出现过现代文译本。另一方面，18世纪初期存在大量基于《源氏物语》创作的作品，例如所谓"梗概本""浮世草子"等，但这些作品与现代文译本有所不同。所以，我认为现代文译本基本上是明治以后的东西，还是与以前的作品区分开来比较好。

那么，它们的最大区别是什么呢？就说现代文译本吧！因为原著冗长，又用古文书写，如果不通晓古文就无法阅读，所以需

---

① 合卷，宽文时期至江户时期出版的草双纸类的最终形态，始于1804年。把五张［五丁（丁为书页纸的张数）］一册分别装订的书籍改为集中装订，此法一直延续至明治初期。

② 近世，此处指日本近世这一历史时期。关于其具体时期的划分，目前学术界仍有争议。大致为1603年至1869年，即江户幕府的建立到明治维新迁都东京这一时期。——编者注

要现代文翻译。江户时代的人读《田舍源氏》，并不是为了读《源氏物语》，而是《田舍源氏》本身非常有趣。所以，从这个意义上来说，我想进入近代以后的《源氏物语》文化接受史或许可以说已经发生了很大的变化。

关于具有商业性的现代文学作品与《源氏物语》是否相同这个问题，可以说取决于您如何看待这个问题，这也是文学的有趣之处。我认为这与"作品到底是世界文学还是日本文学"的问题相同。我认为这是日本文学，基本上只是对文本的看法，与书的本质完全无关。文学也是如此，是否应该区别商业性文学作品和《源氏物语》，说到底只是看法的问题，我认为不是本质的问题。

沼野：埃默里奇先生主编的英文版《论〈源氏物语〉》是一部非常优秀的学术著作，是否有计划把它翻译成日语？

埃默里奇：有个出版社让我先做个策划方案。

沼野：您想请谁翻译？您自己翻译吗？

埃默里奇：这可不行！自己翻译还是有点难啊！

沼野：这是一部用英语撰写的近五百页的论著，以我的英语能力很难把它读完，所以我只读了最开头的部分。虽然只是开头部分，已经为埃默里奇先生深厚的学识、现代的文学研究的方法论意识以及敏锐清晰的思路所折服。迄今为止,有许多用日语或外语写的《源氏物语》研究著作,但如此精彩的研究论著并不多见。论著的开头部分特意阐述了用英语撰写此作的意义,这一点特别吸引我。因为在英语文学圈,无论你研究什么文学,用英语撰写文章已经成为惯例。因此,通常不会对用英语撰写文章的原因特意进行自我反思。我把此作开头的部分翻译成了日语,最后就用我拙劣的译文来结束今天的访谈吧!

本书完成于2008年,这一年正是《源氏物语》诞生1000周年之际,世界各地都在举行与《源氏物语》相关的纪念活动。在把自己的研究成果用英语和日语展现给专家学者或广大听众时,我不得不对讲述《源氏物语》、研究《源氏物语》所具有的社会以及政治事件的诱发性这一点比平时更敏感。同时,我也深切地感受到了在怎样的语境下,如何讲述《源氏物语》的重要性。就是说不仅是讲什么本身很重要,而且是用什么语言讲也很重要。如今《源氏物语》的研究者可以在学术语境下通过英文进行构思,而关于此种情况如何产生,本身也是一段历史。从某个层面上讲,本研究正是这一历史的集中体现。

(本次对话是"现代文艺理论研究室"沼野充义教授的正式授课内容,时间是2015年7月10日)

2015年的思考
——以此文作为后记

"读书是一件有趣的事情"

在第四次系列对谈结束之际,我重新思考了每次对谈的内容,并记录所感所悟作为本书后记。

首先,在这个世界上文学有用吗?也许有人会说,你怎么现在才来谈这个问题。但最近我在想,作为在大学教文学的人,这是一个无法回避的问题。这个话题一开始就很不轻松,之所以如此,其原因是今年(2015年)6月日本文部科学省面向全国的国立大学发布了《国立大学法人等组织及其整体工作改正的相关通知》,通知要求设置师范类专业、人文社会科学专业的本科和研究生院的大学要"积极开展评估工作","废除此类专业或积极尝试向社会需求较高的领域转变"。

简而言之,是社会对人文社科类人才需求降低,也就是说这些专业对社会贡献度不高，对经济发展所起的作用不大，所以应该废除吧。对此，我很受打击。那些政商界的重要人士大概老早就在这么想了吧。但万万没有想到，率先主动提出改革的竟然是文部科学省！可是，文部科学省不是应该以传承学问、发展学问，提高国民整体文化素质为己任吗？文学虽然不能赚钱，对功利主义没有多大作用，但文学可以滋养我们的心灵。如果文部科学省能抵御功利主义的世界潮流，站出来大声说"我们要保护好文学"，那才是酷呢！

但是，受到打击的不仅仅是像我这样的不谙世故之人。对于文部科学省的通知，社会各界反响强烈，就连日本科学界的大本营——日本学术会议这样的组织，也对此提出了严厉的批评，认为这样实在是太过分了。

文部科学省的这个通知在国际上也引起了强烈的反响。《华尔街日报》等新闻报纸也对此提出了批评。有人指出，日本以政治为主导，摒弃人文社会科学，只推进对产业、经济有直接帮助的这一政策，从长远来看不但不会对日本产生积极影响，反而会导致整个国力以及国际竞争力的下降。

对于这样的批评，文部科学省大概也着急了吧。极力辩称没有舍弃人文社会科学专业的意图，并解释说是由于制作文件的负责人写作能力不足造成的误解。但是此后，既没有取消通知，也没有修改通知。于是，全国各地的国立大学为求生存，积极开展重组——从人文社会科学领域向社会需求更高的领域转变。为此，那些人文社会科学专业很有可能首先被废除吧。但是，这并不是说只要谴责文部科学省就可以了。在那些政商界人士的施压之下，整个世界都在朝着这个方向发展。此时，作为从事文学相关工作的我思考了很多。文学虽然带有一个"学"字，但究竟能不能称之为学问还不得而知。我生性孤僻，就我个人而言，我觉得文学没有什么用处也没有关系。但是，既然世界已经改变，如果说文学已经没有什么用处，或者只应把文学作为兴趣爱好，那么我就有愧于我的学生以及还有漫长道路要走的那些年轻人。我想说文学这一短时间看起来毫无用处的东西，其实它不仅有用，而且很重要，这是我到了这个年纪开始思考的问题。因此，本书中的对话内容，一直都在传递着文学为何如此重要的信息。

但是，从现实情况来看，很多年轻人根本不读文学书。他们甚至连陀思妥耶夫斯基、莎士比亚都不知道。而我们这一代，在读初中、高中的多愁善感的青春期，阅读了大量的文学名著并思考人生，但我担心这种阅读体验现在似乎正一点点地消失。

造成此种现象可能是媒体环境的急速变化吧。个人电脑、互联网、智能手机的不断更新换代，也许已经不是阅读纸质文字的时代了吧。连漫画书的销售量也在下降，漫画被当作"旧事物"的时代也已经来临。前些日子，《咯咯咯的鬼太郎》的作者水木茂先生去世，先生的离世是否也意味着一个时代就此终结呢？也许白土三平、手冢治虫、水木茂、柘植义春的漫画作品，会和小说、诗歌一起作为重要的古典文学作品被收录在下一部日本文学全集中。

即使在大学任教，我仍然感到人们对文学作品的阅读已经变得越来越少。托大家的福，前来聆听讲座的读者并不算少，但从整体来看，对文学抱有浓厚兴趣的人，已经成了少数派。文学这个东西凭借兴趣去阅读才是最好的，在学校被老师逼着去读只会觉得无聊。我不想说得太过分，但是在日本的教育体系中，大学另当别论，在小学、初中、高中的初等、中等教育阶段，是情操教育最重要的时期，其他学科都被挤得满满的，但是为什么没有文学科目呢？

学校教育中，有音乐和美术科目，却没有文学科目，这不是很奇怪吗？说到原因，恐怕是因为已经设置了"国语"科目了吧。那么，这样就可以了吗？"国语"毕竟只是"国语"，教科书中虽然有经典文学作品的片段摘抄，但是不能代替对整部长篇小说的阅读体验。因此，除非暑假才会有写读书感想的作业，否则学校的课堂上是不会要求读整本书的。

这是一个大问题。初高中没有开设学习文学的课程，因此大学入学考试也不用考文学。而在国语课中，作为"古文"的代表性作品《源氏物语》也只被讲解其中短小的一节，芥川龙之介的小说也只有短短一篇，仅此而已。我不喜欢拿外国的例子来对日本的情况说长道短，但据我所知，在欧洲的中学，的确是经常让学生读书的。

说起来，前几天，一个俄罗斯人来到我这里，他的头衔是俄罗斯国家电视台和电台的东亚分局局长，他邀请我参加诵读《战争与和平》的特别节目。

2015年是俄罗斯的"文学年"，这一年中他们开展各种文学活动以示庆祝。据说这个特别节目是"文学之年"的重头戏，将由一千五百人从头到尾接力诵读托尔斯泰的长篇小说《战争与和平》，这让我非常吃惊！一千五百人轮番登场诵读《战争与和平》，在俄罗斯国家电视台专门播放的文化节目上连续播放六十个小时，真是太精彩了！我佩服于他们对文学的热爱和执着，欣然接受邀请，在东京大学本乡校区三四郎池边、银杏林旁，站在摄像机前诵读了《战争与和平》的内容片段。在日本，用四天四夜播放一场诵读《源氏物语》的马拉松式朗诵会，这样的策划，我觉得很有意思，但我想在日本这是不可能实现的吧！

拍摄期间，与这名东亚分局局长闲聊时，谈到中学时代他也被学校强逼阅读将近 4500 页的《战争与和平》，虽然有些不情愿，但也从此明白了阅读文学作品的重要性。

在欧洲，许多国家的大学考试制度与日本不同，都有大学入学的国家考试。例如，法国的毕业会考"baccalaureate"，德国的毕业会考"Abitur"，还有意大利以及中欧其他国家的毕业会考"Matura""Maturit"等等。尽管各国差异很大，但每个国家对文学问题的书面考试时间都很长。其中，德国最长，需要四到五个小时。在法国，除文学之外，也会对哲学问题进行书面考试。而且，并不是死记硬背就能回答的简单问题，而是"过去如何造就了现在的我"之类的论述题。为回答这样的问题，必须花上四个小时来论述。那么，如果没有相当多的阅读量来培养思考问题的能力，我想是回答不好的。

波兰的毕业会考大约是三小时，需要论述相当高度的文学问题。作为前提，参加会考的学生有必读书目单，内容涉及从波兰国民诗人密茨凯维奇①的代表作到 20 世纪的贡布罗维奇、舒尔

---

① 亚当·密茨凯维奇（1798—1855），波兰国民诗人，浪漫主义诗人，革命家。

茨的作品，需要有铁杵磨成针的毅力才能读完。那些毕业会考中关于波兰文学的优秀解答，已经达到优秀文艺评论文章的水平。

总之，上述每个国家都非常重视文学教育。文学不是以对错来评分的。因此，阅读大量文学作品，对其进行论述，是普通人的基本教养。阅读文学书籍已经成为人类的基本活动。

本来，把书当作书来读，思考问题是人文系的基本工作，所以当权者要废除人文系等于说没有必要读书。即便不是这样，我认为在现代日本社会，把书当作书来读的人已经越来越少，思考问题的能力也不断弱化。换句话说，即使是读书，也只是将其作为参考书或工具书来阅读，以获取必要的知识和信息。如此，读书文化还会持续多久呢？所以，即使是逆势而行，我也要大声疾呼："读书比什么都重要！读书是一件有趣的事情！"这是我辈之职责。这是我想在这里说的第一件事。

搞文学的人才有出场的机会

读书是一种和平的行为，但另一方面，最近世界日益动荡不安。"伊斯兰国"的得势在某种意义上是具有象征性的，但"9·11"之后，世界一直处于恐怖主义威胁的危险之中。这不是谴责恐怖分子们不好就可以解决的问题，因为世界的格局和手握权力的西方发达国家已经为恐怖主义准备了生根发芽的土壤。

如今，以"反恐"为名义的战争与正在发生的战争正在世界范围内蔓延。在这种情况下，宣传和发扬民族主义爱国精神是必不可少的，不服从多数意见的少数人有被镇压的危险。今天的日本正在朝着非常危险的方向发展，不遵循多数人意见的少数派会被"贴上不爱国的标签"。

因此,要说当权者为什么要舍弃人文社会科学这个专业,不仅仅是因为没有用处吧。对于政商界的动向,提出批判意见的多是人文社会科学专业的人。虽然也有例外,但是理科的人是不会提出这些的。引起政商界人士不快的是人文社会科学专业的人,对他们而言,这些人不仅做着无用的事情,甚至经常对社会现状进行批判。

正因为如此,我想现在人文社会科学专业的作用反而在提高。我无意呼吁文学家参与政治,也不希望文学家聚集在反核能的集会上。但是,以柔和的语言为根本的文学具有看穿"蔓延"于世间的谎言的能力。因此,在大家被政治和经济话语中的谎言操纵而向着某个方向"横冲直撞"时,文学可以发挥其相对应的潜在力量。当下世界形势很是不妙,趁我们生活的日本还未卷入战乱,炸弹还没有在头上乱飞,我想我们应该从事和平的文学工作,通过从事真正和平的文学工作,获得与当下世界"抗衡"的力量。

现在,倒不如说是搞文学的人才有出场的机会。在大学里研究文学的年轻人也在担心这个世界今后会变成什么样。如果人文系被废除,研究生院的研究生将找不到工作。从这个意义上说,文学工作者生存艰难的时代已经到来。但是,正因为如此,我们才有应该做的事。如果世界变好了,没有任何问题了,大家都幸福了的话,其实没有文学也没关系。如果这样,我要告诉年轻人,我为此感到高兴。虽然坚持做自己喜欢的事很难,但我想这是一个值得我们去努力的时代。

具体来说,文学有着怎样的可能性呢?我认为其中重要的一点就是,在本书收录的对话内容中小川洋子女士极力主张的"故事的力量"。总而言之,小说就是与现实对峙的同时,用故事的形式替代从现实中产生的想法。村上春树时常会把批评自己的批评家放在心上,提出"聪明的批评家们不懂故事"这样的反批判理论,但确实存在着超越逻辑的根本性的"故事的力量"。也就是说,小说家的工作就是把那些触及灵魂深处的,内心深处涌现的意识挖掘、呈现出来。从创造故事这一点来看,可以说小川女士是与村上春树齐名的天才吧。

关于写小说,村上春树是这么说的,写小说就是"一直下降到灵魂的最深处,在黑暗中摸索着什么,然后再回来。这样,就变成故事了"。因此,写小说难免让人疲劳困乏,需要充沛的体力和顽强的毅力。这也是村上春树和心理学研究者河合隼雄①先生关系如此亲密的原因了。

斯维特拉娜·阿列克谢耶维奇——2015年诺贝尔文学奖获得者

接下来谈一个应时的话题吧!2015年获得诺贝尔文学奖的是白俄罗斯的斯维特拉娜·阿列克谢耶维奇,对于这个结果也许日本的村上春树的书迷们很失望,因为他们对村上春树的获奖充

---

① 河合隼雄(1928—2007),心理学家。京都大学名誉教授、国际日本文化研究中心名誉教授。曾任日本文化厅厅长。日本第一位在荣格研究所取得荣格派心理分析师证书的心理分析师,在日本荣格学派精神分析的普及和应用方面做出很大贡献。第一位把沙盘治疗从欧洲介绍到日本乃至亚洲的心理学家。与村上春树合著《村上春树去见河合隼雄》(新潮文库)。

满期待。而且，阿列克谢耶维奇也不是那么有名的人气作家，甚至有人问："啊！阿列克谢耶维奇是谁啊？"况且，她的小说也只有四五部，且都是基于采访的纪实文学，怎么看也不是一般意义上的小说。刚刚我们谈到了"故事的力量"，可是，这样的纪实文学作家和"故事派"代表村上春树竞争，却得奖了。让我不得不思考：这难道是"文学"的另一种形式的力量吗？

我认为阿列克谢耶维奇获奖是一件很棒的事情。在与村上春树式"故事"不同的层面上，她以事实雄辩地证明了文学能起作用的另一条道路。我在这里对她的作品做一下简单的介绍，她第一部作品是《战争中没有女性》（1984年出版，2008年三浦美翠译，群像社，岩波现代文库版，2016年）。在第二次世界大战中，苏联最终战胜了德国。但是，这场战争使三千多万人失去了生命，苏联人民付出了巨大的牺牲，为战胜德国法西斯而感到无比自豪。

在战争史上，勇敢战斗的士兵一般都是男性。但是，据阿列克谢耶维奇计算，实际上有上百万名的苏联女性在第二次世界大战中战斗，她们并不是守在后方，而是和男人一样拿枪战斗在最前线。在苏联，甚至还有女性狙击手，她们像男人一样拿枪杀敌。

这些经历战争痛苦的女性，在战后艰难地回到以前和平的生活。她们隐瞒过去，悄然隐身于市井之中，结婚生子。因此，虽然女性在战争中英勇奋战，打败纳粹德国也有女性的功劳，但被视为英雄的最终多只有男性。阿列克谢耶维奇说："男人偷走了女人的功劳。"阿列克谢耶维奇找到这些隐藏过去，安静过着市井生活的女性，努力打开她们的心扉，倾听她们可怕的经历。

阿列克谢耶维奇的厉害之处，就是认准了就干下去。说得不好听一点，可能有点显得千篇一律，但我觉得她能坚持做一件事就很了不起。第二部作品写的是许多白俄罗斯的孩子在第二次世界大战时的战争经历。阿列克谢耶维奇到处寻找那些战争幸存者，倾听他们小时候的战争故事。于是，那些没有印刷在书本上的、难以言表的可怕的心灵创伤又复苏了。这就是《我还是想你，妈妈》（1985年出版，2000年三浦美翠译，群像社，岩波现代文库版，2016年）。

第三部是《阿富汗退伍兵的证言——被尘封的事实》（1991年出版，1995年三浦美翠译，日本经济新闻社）。以苏联武装入侵阿富汗为故事背景，这场战争类似于美国打越南战争。大国如果以压倒性的武力攻打小国，小国注定无法抵挡外来强大的迅猛进攻。但奇怪的是，事实并非如此。外部力量反而促使小国进行游击战抵抗，使大国陷入战争泥潭，最终大国被迫收手，停止战争。在阿富汗的苏军也因陷入战争的泥潭之中而被迫撤兵，但对于苏联的年轻人而言，这也是一场不知道为何而去的战争。于是，许多幸存下来的士兵，他们即使从战场上返回祖国，也会像越南战争中的美国士兵那样因心理创伤，无法融入社会。

小说的俄文原名是《锌皮娃娃兵》。"锌皮"指的是用锌皮做成的棺材，那时，那些战死沙场的士兵的遗体是被放进锌皮棺材运回苏联的。虽说是遗体，但大多已被炸得支离破碎、惨不忍睹，他们的遗体被装在密封的锌皮棺材中最终安葬在家乡的墓地中。阿列克谢耶维奇采访那些死去士兵的母亲和活着回来的年轻人，忠实地记录了他们不愿提起的经历。

阿列克谢耶维奇《锌皮娃娃兵》的写作风格类似村上春树的《地下》（讲谈社，1997年，后收录于讲谈文库），以听和记录为主，丝毫不夹杂作者的主观情感，95%的内容是被采访者口述的原话。如果没有任何预备知识而去阅读阿列克谢耶维奇的作品，您也许会认为这是访谈录而不是文学作品。那么，也许有人会说这算得上是她本人的著作吗？毫无疑问这是她的著作，收集这么多的采访内容也许比虚构小说的创作来得更加困难。

为了走进被采访者的心灵而写下此书的阿列克谢耶维奇，就这样把这些被采访者本人不愿提起的经历公之于世。她原本不是一个反思型的斗士，她只是通过揭露事实真相，告诉大家侵略战争不是应该被称颂的，而是悲惨和卑劣的。

尽管如此，在撰写有关第二次世界大战的纪实文学时，可以说她已经是一个爱国主义者了。她的书很明确地告诉我们，阿富汗战争是苏联政府发动的错误的战争，这很自然让她成为了一名反思型作家。《阿富汗退伍兵的证言——被尘封的事实》出版以后，曾经接受采访的许多士兵的母亲愤怒了，觉得自己孩子的名誉受到损害，她们无法接受自己的孩子在一场被作者认为是"错误的战争"中失去生命的事实，把阿列克谢耶维奇告上了法庭。这场官司的审判记录被收录在了新版俄文版原著中，遗憾的是没有收录在第一版中，要是谁能把它翻译出来，那就好了！

就这样，阿列克谢耶维奇寻找那些隐遁避世的无名小人物，打开他们的心扉，把他们的"心声"编成自己的采访集。如果有人问："这是文学吗？"我想说这还是文学，而且是非常好的文学。在她的作品中出场的每个"小人物"都在内心留着深深的伤痛，讲述着"生命的故事"。虽然这些都是基于真实的事件，但终究还是"故事"啊！这些小人物的故事编织在一起，就成为了大国沙文主义失败的故事。诺贝尔文学奖评审委员会把这个奖颁给了阿列克谢耶维奇，我认为他们非常有见识和眼光。文学不仅仅是有趣的怪诞小说，或是辞藻华丽的诗歌，阿列克谢耶维奇这样的"复调式书写"，扩大了文学的概念，也是现代文学所必要的。

总之，文学拥有的并不仅仅是作为虚构的"故事"的力量，有时也有像阿列克谢耶维奇的作品那样，走进人们的心灵，挖掘出因心灵创伤而被封存的个人故事。往往通过那样的积累，甚至可以获得重新审视文明本身的力量。这和日本的石牟礼道子女士的观点也有相通之处。听说池泽夏树先生在自己编辑的《世界文学全集》中，将石牟礼道子女士选为唯一一位日本文学代表人物。这可以说是十分大胆之举。这与阿列克谢耶维奇获得诺贝尔文学奖有些相似之处。我承认石牟礼道子女士是一位非常重要的作家，她的小说《苦海净土》是一部堪称奇迹的作品。但在《日本文学全集》中，她的名字与紫式部、夏目漱石、森鸥外、大江健三郎甚至村上春树等文学各家相提并论，的确让人难以理解。通常认为因为是纪实文学，所以肯定是有价值的优秀作品，但如果要评价的话，那应该另当别论。而池泽先生却敢于挑战这种常识。

"文明的误译"的问题

刚才是我对于所谓的纪实文学所具有的文明批判性特征的思考，在这里我想再次对"9·11"以及"伊斯兰国"得势为代表的全球性对立和冲突事件进行思考。发生这种对立和冲突的原因可能是现在世界上还没有哪个译者能够走进被归类成恐怖分子阵营的"小人物"的内心世界，并将他们的心声直接翻译成我们能够理解的语言，于是产生了巨大的误译，也可以说是一个翻译失败的例子。也许可以这么来比喻吧！一方面是穆斯林的语言、思维方式和世界观，另一方面是以美国为代表的西方语言、哲学和世界观。很明显，这两个阵营之间语言是不通的吧。

并非是我个人的想法与众不同，其实美国新锐翻译理论家艾米莉·阿普特在她的《翻译领域：一种新的比较文学》（Emily Apter, *The Translation Zone: A New Comparative Literature*, Princeton University Press, 2005）中早有论述。阿普特分析了"9·11"事件之后英语国家的言论，批判了美国的英语中心主义和使用单一语言的"单语主义"（monolingualism）。特别有意思的是她根据克劳塞维茨的《战争论》给战争下了具有刺激性的定义："所谓战争就是把极度的误译和不一致，通过另一种手段加以延续""所谓战争就是翻译不可能性和翻译失败状态达到最暴力的顶点"。换句话说，也就是我们现在所面临的世界局势，从某种意义上说是"文明的误译"的结果吧。

我们再回到阿列克谢耶维奇的话题。刚才我们谈到有关战争的文学，在日本最深受读者喜爱的还是她的第五部纪实文学作品《切尔诺贝利的悲鸣》（1997年出版，松本妙子译，1998年译，岩波书店出版，后收录岩波现代文库）吧！这部纪实文学作品是在切尔诺贝利核电站事故发生后，她用了大概十年的时间采访写成的。通常情况下，如果发生核泄漏事故，记者会调查事故发生的原因、核电站的构造问题、管理人员和工作人员的技术及设计问题，或者管理方可能会掩盖的事实真相的问题，然后把调查结果公布于世。但令人意外的是阿列克谢耶维奇没有这么做。

那么阿列克谢耶维奇做了什么呢？总之，她在听普通人的故事。这些故事中，有受害者自己讲的故事，也有治疗这些受害者的医生和其他相关人员讲的故事。比如，最先赶到事故现场而受到大量辐射不治而亡的消防员的新婚妻子的悲惨回忆。这位新婚妻子一直陪伴在消防队员丈夫身边，直到他死亡。这不是一两年就可以轻松完成的工作。至于核电站是好是坏，她一句也没有提及，因为那是多余的。

福岛核泄漏事故至今也不过五年，我想日本的记者们今后应该还会有出场的机会。日本人很健忘，也许有人会想过了十年，对事故的记忆会淡化，但这不是十年就可以遗忘的问题。或许要到30年、40年后，影响才会显现出来，从小就遭受内部辐射，即使是受到少量辐射的人患癌症的概率也比普通人更高。所以，现在关于核电站"完全被控制"、核辐射污染问题"已经解决"等言论都是巨大的谎言，但如果只是指出这是巨大的谎言，那只能是空洞的话语。所以，在踏实地追寻事实真相的同时，细致追踪人们怀着怎样的心情生活下去这一问题也是不可或缺的。希望日本的记者继续阿列克谢耶维奇所做的工作。

翻译有很多种类

那么，关于在世界上多发的恐怖活动，刚才我谈了"翻译的失败""文明的误译"的问题。在本系列对谈中，翻译一直是一个很大的话题，所以在这里我想再来谈一下翻译的问题。首先是"文明的误译"，这句话让人联想到不久前流行的塞缪尔·亨廷顿的《文明的冲突与世界秩序的重建》（铃木主税译，集英社，1998年）。

亨廷顿很像一位对国际形势进行战略性思考的美国政治家，他指出，不同文明相互接触时，它们之间在"断层线（fault line）"上发生冲突的危险性很高。作为事实，这种论断本身并没有错，那么为了不引起那样的冲突，怎样做才好呢？不同文明之间以及不同文化之间互相理解的努力是徒劳的吗？伊斯兰教徒、俄罗斯人，因为有着不同性质的文明，所以有冲突是难免的。那么，不同性质的文明是危险的这个信息，说得简单一点，是在亨廷顿的书中得到的。但是对这种信息处理得不好可能会助长彼此的对立和仇恨，因为在他看来有着不同文化背景的人之间是无法相互理解的。

另一方面，产生"文明的误译"是因为我们对异文化之间的相互理解、相互交流的努力不够。为什么会产生这样的"误译"呢？这是一个问题。它与亨廷顿的"文明冲突"理论是大相径庭的。所谓"翻译"常常是被难以翻译的东西所困扰——以相互理解为目标的产物吧。

原本翻译就有很多种类，在社会或文化的各个领域发挥着作用。这次与池泽夏树先生的对话中，谈到了《日本文学全集》

的编辑方针是以古典文学进行现代文翻译为原则的。当然，对日本古典文学的现代文翻译至今已不在少数。比如，对《源氏物语》的现代文翻译就有过数次尝试，这在我和埃默里奇先生对话中已经提及。如果是《枕草子》的话，桥本治的桃尻语版①译文非常有名。那么，为什么需要现代文翻译呢？其原因是日本文学拥有1300多年的悠久历史，又加之地域狭窄——这在世界也属罕见。那么经过如此漫长岁月，语言当然也会改变。所以，以前的东西对现代人来说——如果不好好学习古典语法的话——是无法理解的。

因此，日本古典的现代文翻译也有其必然性，而池泽先生的《日本文学全集》就是很好的证明。在他编辑的《日本文学全集》中，原则上江户时代以前的文学作品全部被翻译成了现代文，而且翻译这些作品的译者并不是年长的古典文学研究者，而是活跃在当今文坛的年轻作家。说到翻译，我们通常认为翻译是从外语到日语的翻译，其实不然，也有如此这般是在同一日语间的"语言内的翻译"。

从理论上来讲，翻译的确有很多种类。出生在俄罗斯的语言学家罗曼·雅各布森把翻译分为语内翻译（intralingual translation）、语际翻译（interlingual translation）和符际翻译（intersemiotic translation）。"语际翻译"是指从英语到日语这样的翻译，就是人们通常所指的严格意义上的翻译。"语内翻译"可能

---

① 指日本作家桥本治用其小说代表作《桃尻娘》的语言风格翻译的《源氏物语》。因翻译中广泛使用上世纪80年代至90年代年轻女性的语言而备受瞩目。

大家还不太熟悉，但其实在日常生活中很是常见。比如，把"吾辈乃猫也"这种古老的说法换成"我是猫"。那么，古代日语和现代日语是否可以说是同一种语言呢？这的确有点微妙。但如果是同一种语言的话，那么古典文学的现代文翻译也就是"语内翻译"吧。"符际翻译"，指的是不同符号体系之间的翻译。比如说把人类的自然语言译成计算机语言，还有所谓的"小说改编"（Adaptation）等等，文学作品的电影化实际上也是"符际翻译"。

村上春树先生和小川洋子女士把普通人所经历的"故事"改编成小说，从某种意义上来说，这也是翻译的一种。

进一步说，读一部文学作品，读者能够理解作家所写的语言，即使这是在同一语言中的行为，也可以说是每个读者以自己的方式"翻译"作品的行为。如此说来，实际上在所有的地方——两个主体之间发生交流的地方一定会发生翻译。假设有一个A，还有一个使用完全相同的语言且想法也完全相同的B，这两个人之间的交流是不需要翻译的。但在通常情况下，A和B不可能完全相同，在一般的交流情况下，彼此之间达到百分之百的相互理解是不可能的，所以总是都需要"翻译"。因此，翻译这个过程，是因为人与人之间交流的不完全而产生的，但正因为如此，翻译才成为了让人感到有趣的探索领域。

因此，作家和读者、作家和评论家、作家和阅读翻译作品的外国读者之间存在各种层次的交流，这些都是广义上的翻译。说到翻译，在外国文学研究的学术世界里，很多时候被认为是没有必要的。如果想要真正欣赏和理解外国文学，就应该阅读原文。

但在看不懂原文的情况下，一般认为只能通过翻译来阅读，很多时候人们不承认翻译本身具有的自律性价值。

但是，现在普遍认为广义上的翻译就文学而言是一种本质性的东西，如果没有翻译，世界文学的概念就无法成立。

因此，我说翻译有很多种类，但是从另一种角度来看，翻译可以说是"旅行"。如同作品也从一个语言圈旅行到了另一个语言圈，从俄罗斯旅行到了日本，读者也因此而改变。乘坐"翻译"这种交通工具旅行的话，周围的景色会发生变化，读者也会随之改变，最后作品本身也会有所改变。如果你的旅行很长，则必须扔掉多余的东西以减轻重量，因此你可能会失去原本拥有的东西。与之相对，你会在旅途中得到各种各样的东西，并将这些新的东西添加带上。当代优秀世界文学评论家大卫·达姆罗什曾经说过："世界文学是通过翻译增加价值的文学。"

虽然这和一般的见解不同，但也是一种有趣的说法。其实他反向化用了美国诗人罗伯特·弗罗斯特说过的一句话——"诗乃翻译中失去的东西"，这句话现在成了有名的格言。总而言之，他主张文学（尤其是诗歌）的翻译会失去原文的所有优点，并且从诗人的角度对诗歌的翻译表示怀疑，认为诗歌的翻译是不可能的。但是，达姆罗什却反驳说诗歌的翻译并不仅仅是失去，还有通过翻译增加的新意义和价值。

旅行并非仅是在空间里移动。虽然不是时光机器，但是阅读遥远过去的古典文学，然后把它翻译成现代文，这也是一种时间旅行吧。翻译之旅是空间之旅加上时间之旅，所以是四维的。这不是很神奇吗？世界文学不仅在空间上能自由移动，在时间上也能自由移动，所以不管是 2500 年前的希腊，还是 1200 年前的中国，只要乘坐"翻译"这个时光机器就可以前往。

青山南先生说"翻译家是乐天派"。总之，就是什么都可以翻译的意思，这一点我也很清楚，但我自己总是在乐观主义者和悲观主义者之间徘徊。心情乐观的时候，无论是詹姆斯·乔伊斯的《芬尼根的守灵夜》，还是陀思妥耶夫斯基的《卡拉马佐夫兄弟》，觉得什么都能翻译。相反，情绪低落时，有时觉得连简单的问候语都翻译不出来。但是，我想也许只有当这矛盾的两面像镜子那样重合在一起时，文学才可能存在。如果僵化到只认定其中一个是正确的，那就是"法西斯主义"了。和人与人之间的交流一样，翻译也没有唯一正确的答案。在翻译的不可能性和可能性之间摇摆不定的人，才是好的翻译家。如果您以"我的翻译很完美"这样的态度进行翻译，那么读者也会无法忍受。"翻译得不好，真伤脑筋啊！"如果读者可以从您的译文中隐约感受到惭愧之情，那么这种译文才是细腻严谨的好译文啊！

同样，在了解外国以及外国文化时也是如此。像我这种人，明明几十年来一直从事俄语相关的工作，但是有时甚至连俄罗斯孩童说的简单俄语都听不懂，便会感到很绝望。另一方面，有时换一种思考方式就会发现我也能弄懂这么难的东西，而感到心情激动。中国人、俄罗斯人、美国人——明明大家都不同，为什么会如此互相了解呢？我对此感到很惊讶。明明都是人类，为什么不能互相理解呢？我认为拥有这两种极端的想法很重要。接受不会翻译、不能理解对方这个事实，认真思考为什么不会翻译和为什么不能理解。此时，翻译和理解异文化也就开始了。

所以，一直在这样的可能性与不可能性之间摇摆不定的我希望今后继续与各种各样的人对话，继续更加地摇摆不定。如果不摇摆了，那也就不是人了。

本书编写的对话内容是根据以下演讲撰写而成

池泽夏树

"文学构筑世界——10岁开始的翻译文学指南《新·世界文学入门》,与沼野教授一起阅读世界的日本、日本的世界"特别篇"现在,文学才能做到的事情"。由日本出版文化产业振兴财团(JPIC)与光文社共同主办,2014年10月12日在千代田区一桥讲堂第三会场和第四会场举行。

迈克尔·埃默里奇与沼野充义的对话

"世界文学入门"番外篇公开课程"外国人眼中的日本现代文学——文学与翻译的世界性"。由日本出版文化产业振兴财团(JPIC)和光文社共同主办,东京大学现代文艺理论研究室协办,2015年7月10日在东京大学文学系3号馆斯拉夫语斯拉夫文学馆举行。

以下均由日本出版文化产业振兴财团(JPIC)主办。

"文学构筑世界——10岁开始的翻译文学指南《新·世界文学入门》,与沼野教授一起阅读世界的日本、日本的世界"中的"文学作品中的孩子"系列讲座。

"文学作品中的孩子"第一回 小川洋子 2014年12月20日"新宿安与厅"

"文学作品中的孩子"第二回 青山南 2015年1月31日"御茶水天空城"

"文学作品中的孩子"第三回 岸本佐知子 2015年2月28日"新宿安与厅"

© Mitsuyoshi Numano[2016]
Editorial Cooperation: Tetsuo Konno
All rights reserved.

Original Japanese edition published by Kobunsha Co., Ltd.
Publishing rights for Simplified Chinese character arranged with Kobunsha Co., Ltd. through KODANSHA LTD., Tokyo and KODANSHA BEIJING CULTURE LTD. Beijing, China.
本书简体中文版权为浙江文艺出版社独有。
版权合同登记号：图字：11-2018-439 号

图书在版编目（CIP）数据

东大教授世界文学讲义 . 4 /（日）沼野充义编著；严红君译 . —杭州：浙江文艺出版社，2021.7
ISBN 978-7-5339-6528-0

Ⅰ.①东… Ⅱ.①沼… ②严… Ⅲ.①世界文学—文学研究 Ⅳ.①I106

中国版本图书馆CIP数据核字（2021）第114713号

统筹策划	柳明晔
责任编辑	邵　劼
责任印制	吴春娟
封面设计	人马艺术设计·储平
营销编辑	张恩惠
数字编辑	姜梦冉

东大教授世界文学讲义4
[日] 沼野充义 编著　严红君 译

出版发行	浙江文艺出版社
地　址	杭州市体育场路347号
邮　编	310006
电　话	0571-85176953（总编办）
	0571-85152727（市场部）
制　版	浙江新华图文制作有限公司
印　刷	杭州富春印务有限公司
开　本	850毫米×1168毫米　1/32
字　数	206千字
印　张	9.25
插　页	6
版　次	2021年7月第1版
印　次	2021年7月第1次印刷
书　号	ISBN 978-7-5339-6528-0
定　价	84.00元

版权所有　侵权必究
（如有印装质量问题，影响阅读，请与市场部联系调换）

澄心清意

阅读致远

东大教授世界文学讲义

⟨5⟩

[日] 沼野充义
——编著——

李先瑞
——译——

浙江文艺出版社
Zhejiang Literature & Art Publishing House

越秀译丛

总策划：李贵苍
　　浙江越秀外国语学院外国语言文化研究院院长

主　编：许金龙
　　中国社会科学院外国文学研究所研究员
　　浙江越秀外国语学院大江健三郎研究中心主任

译　者：王宗杰
　　浙江越秀外国语学院东语学院院长

　　　　王　凤
　　浙江越秀外国语学院东语学院副教授

　　　　严红君
　　浙江越秀外国语学院东语学院副教授

　　　　李先瑞
　　浙江大学宁波理工学院外国语学院教授

　　　　石　俊
　　四川省成都市翻译协会会员

序言：世界文学六条要求

打着"通过对谈学习'世界文学'的系列讲义"的旗号而刊行的本系列讲义，至此已经是第五册了。之前进展顺利，有赖于和我对谈的各位嘉宾，也有赖于以极大的兴趣和共鸣来听讲义的各位听众。真是谢谢了！

但是，任何事物都会告一段落。我想本系列讲义日文版也到第五册为止告一段落。在第四册，我将意向稍加改变，将日文版主要标题定为"8岁到80岁的世界文学入门"。这个标题来源于凯斯特纳①，我自己也觉得标题很好。但是据我妻子说，她将书送给喜欢读书的岳母时，岳母一脸诧异。岳母现在还很健康（值得高兴），读书欲强烈，送给她的书很快就读完了，并说很有趣。恕我愚钝，事后才终于想起来这事儿。那本书的标题上写着"80岁

---

① 埃里希·凯斯特纳（Erich kästner, 1899—1974），德国著名儿童文学作家、小说家、剧作家，主要作品有《埃米尔擒贼记》等。

以前"，已年过 80 岁的岳母那一瞬间肯定觉得自己被排除在外了。

平均寿命延长，想进行战争的或者想靠武器发财的人是极少部分，显得很扎眼。现在的社会可以和平地读书，将读者限定为"80 岁之前"的确很失败，不符合现实。于是，这次我经过反省，将读者限定为"90 岁之前"，干脆"100 岁之前"吧，那一瞬间我想到了华丽的大团圆局面。不，不，原本就没有必要靠年龄来区分人，想到这里，我更加精神百倍，决定把标题定为"总之，读书是冒险"了。

利用这个机会，我打算把我日常思考的——通过迄今为止已收录到五册书中的许多对谈来加以凝练出来的——阅读好世界文学所需六条要求加以披露：

1. 阅读文学是一种体验。
2. 阅读文学像旅行。
3. 翻译能够丰富一些东西。
4. 多样性才有价值。
5. 世界文学要看"你怎么阅读它"。
6. 没有任何人替你读书。开拓世界文学冒险之旅的男女主人公是你自己。

怎么样？我想这六条里，有的意思很明白，有的则意思不明。若要详细论述的话，仅这些内容就可以另外构成一册书，我在此进行简单说明。

第一条，阅读文学是一种体验。阅读文学像应试的时候一样，它不是为了获得某种知识。对于人而言，读书本身是一种体验。有了某种体验，人多多少少会得到成长，会发生变化。知识忘了也就算了，但是读书这种体验——即便你忘记了所读小说的梗概和登场人物的名字——会终生伴随着阅读者。在阅读了好的书籍之前和之后，你肯定会发生一点变化，看待这个世界的目光肯定也会不同。

第二条，阅读文学像旅行。文学会将你引向遥远的未知国度。会把你带到现实中无法旅行的时空之中。不仅是超越空间，这种旅行还是超越时间的旅行。文学是能够自由超越时空的很棒的梦想机器。

第三条，翻译能够丰富一些东西。丰富什么？可以使文学作品本身丰富，而且当然也可以使阅读翻译的你自己得到丰富。一般来讲，人们往往认为阅读文学作品原文是最好的，翻译之后原文的价值无论如何都会失去一些（特别是诗歌，这方面很明显）。的确是那样，但是没有翻译，"世界文学"无法想象。通过翻译我们知道了世界，知道了世界，我们会变得丰富。另外，翻译也是文学作品从母语到外语的旅行。旅行时，多余的行李会被舍弃。相反，在旅行地会得到各种好东西、新东西以及有趣的东西，会变得丰富。

第四条，多样性才有价值。现在这个瞬间，有数百种，或者有上千种语言在不断书写着世界文学，形成了一个无以言表的巨大群体。但是，我们没必要被这种多样性压垮。把多样性作为多样性来欣赏，作为编织这种多样性的一个要素，自己也加入到这个庆典之中。那便是阅读世界文学。我们不能否认有下面这种立场，即否定多样性并回归到原点的传统主义和国粹主义的立场。

但是传统只有加入到多样性的庆典之中才具有力量和意义。

第五条,世界文学要看"你怎么阅读它"。现行的世界文学我们必须要阅读。我们不可能有必读书书单,说读了这些书就行了。不管多么出色的世界文学全集,也不可能网罗全部世界文学名作。那么,怎么办才好呢?在过于庞大的世界文学面前,我们一定要绝望吗?非也,没有那种必要。姑且把想读的,遇到的先按照自己的方式阅读,将它们进行联系和扩展。这种活动就是世界文学。所以,所谓世界文学不是一系列的必读书书单,也不是认定有价值的古典名作的总合,它跟你怎么读它有直接关系。

最后是第六条,没有任何人替你读书。开拓世界文学冒险之旅的男女主人公是你自己。这一条也许最容易明白。但实际上这也是最难实践的。即便我们自己有读书的心情,但实际上很多时候我们读书时被别人的思维框架束缚着。自己认为是所感所想的内容,实际上世上其他人已经有过,你只是对别人已做过的事情进行千篇一律的模仿。(特别是读了中老年人的读后感,这种感觉尤其强烈。)但是,苏联出生的俄语诗人布罗茨基①曾经在诺贝尔文学奖获奖仪式上进行了讲演(1987),他在讲演中这样说道:"大部分东西可以与人分享。面包、床,甚至恋人。但是,比如赖内·马利亚·里尔克②的诗歌不能与别人分享。整个艺

---

① 约瑟夫·布罗茨基(Joseph Brodsky, 1940—1996),俄裔美国诗人、散文家,1972年被剥夺苏联国籍,并于1987年获诺贝尔文学奖,主要著作有诗集《诗选》《言论之一部分》,散文集《小于一》等。
② 赖内·马利亚·里尔克(Rainer Maria Rilke, 1875—1926),奥地利诗人,代表作有《生活与诗歌》《祈祷书》《新诗集》等。

术，特别是文学，而且尤其是诗歌，它是与人进行一对一的对话，去掉中间者，可以与人结成直接关系。"

庞大且多样化到了令人绝望程度的世界文学，一个人来应对它或许有些内心不安。不过，面对文学作品的只能是你自己。我们不能让其他人来阅读，这是理所当然的，也是极美妙的事情，因为冒险的男女主人公是阅读世界文学的你。

最后，按照惯例要陈述感谢词。本书收录的对话和之前的四册一样，由日本出版文化产业振兴财团（JPIC）主办，光文社作为共同举办者来策划，东京大学文学部现代文艺理论研究室给予协助而公开进行的。而且，为了显示在大学研究室欢乐而多彩的世界文学探究的合理方式，我们稍微改变了趋向，这次在结尾处收录了很热闹的研讨会内容。

在总结全五卷系列之时，对于常年主办讲演会的JPIC的各位，即常年热情不减地推进企划的光文社驹井稔先生、高嶋知明先生，还有负责编辑的今野哲男先生、小都一郎先生等各位表示特别的感谢。对于各位嘉宾、听众和读者表示特别感谢。

这个"连续讲义"至此告一段落，并不是结束。文学会继续。我、你、世界会继续。

2017年2月24日，我一边听着忌野清志郎的"没有明天的世界"，一边写下此文。

沼野充义

目录

第一章 "我与文学"
——川上弘美与沼野充义的对谈，特别嘉宾小泽实

流畅、热烈，充满甘苦 / 001

大学学的生物学科，在图书馆读书，在研究室煮杂烩 / 003

发表园地《季刊 NW-SF》/ 008

我写出了沉淀十年的东西 / 014

在异类世界中畅游的翻译文学的喜悦 / 021

阅读《真鹤》/ 026

创作俳句的小说家 / 035

翻译《伊势物语》/ 040

《神 2011》的想象力——现在推荐的书 / 046

回答问题 / 052

第二章　从木兰花的庭院走出
——小野正嗣与沼野充义的对谈

文学的未来会怎样？／057

所谓文学就是创造、给予并接受场所的东西／059

方言、标准语、登场人物的原型等故事／069

关于小场所／077

与世界相关的克里奥尔文学／083

住在小岛路边的人们／093

在外地发现自己的故乡／101

有五种身份的小说家／109

推荐的书／116

回答提问／123

第三章　作为世界文学的东亚文学
——张竞与沼野充义的对谈

中日文学交流的现状／131

明治之前的日本文学是汉语与日语两种语言并存的状态／133

相似事物的"陷阱"／138

80年代这个拐点／144

"文体"的问题／149

翻译告诉我们的——以春树的英译为中心／152

中日、日中最新文学交流情况／158

饮食文化的造诣／165

现代中国文学的丰富——日本随笔的美妙之处与诗歌的中译 / 169

要多读小说 / 175

中国人讨厌日本人吗？日本人讨厌中国人吗？/ 178

第四章　费尽心思的日语
　　——茨维塔娜·克里斯特娃与沼野充义的对谈

讲述短诗系文学 / 187

日本古典文学的肇始 / 189

和歌的兴衰与将来 / 197

"暧昧的"诗学 / 204

文学的现代性也在两义性之中 / 214

和歌的顶点是俳句 / 221

回答提问 / 228

推荐的书 / 235

第五章　世界文学和它愉快的伙伴们
　　座谈会参与人：柳原孝敦、阿部贤一、龟田真澄、奈仓有里。主持人：沼野充义

第一部　从日本到世界 / 239

"拉丁美洲文学"这一有广度的文学类型 / 241

捷克文学——在一个价值观并非绝对的世界里生活下去的"手段" / 246

克罗地亚·塞尔维亚——持续被大国愚弄的地域"带有政治意图宣传"的物语 / 251

俄罗斯——在位于松鼠建筑物尽头的小房间里倾听 / 256

回答提问 / 262

第六章　世界文学和它愉快的伙伴们

座谈会参与人：莱安·莫里森、比亚切斯拉布·斯洛贝、邵丹、郑重、乌森·博塔格斯、孙亨准、艾尔吉维塔·科罗娜。主持人：沼野充义

第二部　从世界到日本 / 273

外国的日本文学研究者们给予我们的 / 275

在莫名其妙中充分浸染的日本版现代主义作家石川淳 / 275

兴趣的焦点在语言和文学之间 / 279

在扬州缅怀鉴真的庭院里想到日本，为京都留下的古代大唐的气息而感动 / 283

从"あ"行开始的乱读，读到"こ"行时发现了小岛信夫的名字 / 286

无法从模仿日本人说日语这件事中解放自己 / 290

不是着陆而是自己朝向某处前进的心情，关心这个过程中存在的事物 / 294

能发现完美无瑕的瞬间美，是因为读了俳句 / 298

后记——完成二十六次"对谈"之后 / 304

第一章
"我与文学"

——川上弘美与沼野充义的对谈,特别嘉宾小泽实

流畅、热烈,充满甘苦

川上弘美

生于东京，小说家，大学期间给 SF① 杂志投稿了短篇小说，也从事编辑工作。其描写特色是幻想世界与日常生活的相互交织。当过高中生物老师，1994 年凭借短篇小说《神》登上文坛，该作品获得帕斯卡短篇文学新人奖。此后，1996 年作品《踩蛇》获芥川文学奖，1999 年作品《神灵》获得紫式部文学奖和双叟文学奖，2000 年作品《溺》获得伊藤整文学奖和女流文学奖，2001 年作品《老师的提包》获得谷崎润一郎文学奖，2007 年作品《真鹤》获艺术选奖文部科学大臣奖，2015 年《水声》获读卖文学奖，2016 年《别被大鸟掠走》获泉镜花文学奖。2007 年担任第 137 届芥川奖评委。此外，还担任谷崎润一郎文学奖、三岛由纪夫文学奖评委。作为俳句诗人也进行俳句创作活动。

---

① 科学幻想（Science Fiction）的缩写，主要指以科学为题材呈现未来或幻想出来的世界的作品。

大学学的生物学科，在图书馆读书，在研究室煮杂烩

沼野：今天我们围绕如何阅读世界文学这个话题，与川上弘美女士进行探讨。当然，我想川上女士已经阅读了很多书，您小时候是个什么情况？

川上：我小时候实际上几乎没有读书。小学三年级时，我生了一场病，休学了一学期。因为太无聊了，就想起了读书，读不习惯，也没多少看进去。没办法，虽然已小学三年级了，还是妈妈读给我听，当时读的是《鲁滨孙漂流记》。以此为契机我开始阅读起来。我一直对外这样讲。今天事先从沼野先生这里得到了提问问题，我稍微认真地进行了思考。于是有些事情就想起来了。实际上由于父亲工作的关系，在入幼儿园之前我就去了美国，在美国居住了三年，所以最初读的书大概是英文书吧。

沼野：那时候您几岁？

川上：五岁。同样是日本小孩去了美国，大概三个月就可以说英语了。我有一年时间根本不会说英语。所以，一年后才开始阅读英文书。去过美国或英语圈国家的人也许知道，《苏斯博士的图画书》（苏斯博士著，渡边茂雄译，偕成社等出版）有个系列，已经有几册翻译成日文了。译成日文的是故事性较强的内容，我喜欢读的是以语言游戏为中心的图画书。主人公是穿高筒礼服的猫，我喊着"CAT ON THE HUT"①，用初级英语做着无聊的语言游戏。我喜欢的是这类图画书。后来我的英语又有所进步时，我反复阅读了在英语圈很有名的《简的毛毯》（阿瑟·米勒著，厨川圭子译，偕成社，1971年），讲的是放不下毛毯的小女孩直到放下毛毯为止的故事。

沼野：跟日本的一般孩子不一样啊。

川上：不，也不是那样。与其说是阅读故事和知晓意思，倒是感觉每天朗朗上口地读着诗歌和韵律体文章。现在我才想到原来这和自己写小说的方法有关系。

沼野：小时候生活中有外语的存在，后来语言感觉是如何发展的？我对此很感兴趣。有一段时间您是两国语言并用的状态吗？

川上：不是的，我在美国待到小学一年级，所以我英语说得再好也是小学一年级水平。

沼野：后来就回到了日本？

---

① 出自美国儿童文学家苏斯博士的作品《戴帽子的猫》，原文应为"The Cat in the Hat"。

川上：是的。只是我在日本是从一年级第二学期入学的，语音阶段没有学。所以我不知道"あかさたな"① 的规律，小学四年级学习罗马字时才知道，吓了一跳。在那之前一直深信平假名是44个。

沼野：然后就用日语读书？

川上：没有读书。所以我觉得我有很长一段空白期。

沼野：那么，您回到日本在小学有喜欢读的书吗？

川上：完全不记得了。小学三年级时阅读《鲁滨孙漂流记》之前，父母每月给我订《世界儿童文学全集》，总之读不好。不过后来生病了，以此为契机开始阅读《鲁滨孙漂流记》，然后才开始一心一意读《世界儿童文学全集》。

沼野：刚才您说的可谓是儿童文学中的《世界文学全集》。我觉得有小学馆和集英社等多个版本。

川上：我手头的是河出书房版的。

---

① 指日语五十音图，日语由平假名、片假名、汉字构成，平、片假名是日语的表音字母，其发音用即罗马字母表示。

沼野：我的话题有些跳跃。大家都认识川上女士。她大学时期学习理科，初高中时期有理科系少女的特质。

川上：我不擅长写作文和感想文，语文成绩很差，喜欢读小说，离不开儿童文学，上高中后最爱读的书是《姆明》系列丛书①。自己根本没想到会进入研究文学的大学。

沼野：您最初就打算学习理科吗？

川上：是的，而且我还喜欢数学。

沼野：我认为有许多搞文学的是因为不擅长数学才来学习文学的。

川上：我在大学学的是生物，我听说俄罗斯的乌利茨卡娅②学的也是生物。日本小说家里偶尔也有大学学理科的。前几天，负责翻译河出书房《日本文学全集》中世文学部分的五位小说家开

---

① 芬兰儿童文学作家杜芙·颜生的一部世界名著，讲述了长得像河马的精灵"姆明"的故事。
② 柳德米拉·叶甫盖尼耶芙娜·乌利茨卡娅，1943年生，俄罗斯小说家，毕业于莫斯科国立大学遗传学专业。作为儿童文学家登上文坛，1993年凭借《索尼奇卡》一举成名，居住在莫斯科。著述有《女人撒谎时》、《库科茨基医生的病案》等。

了小型研讨会，其中有一人叫森见登美彦①，听说他在农学研究生院时是研究竹子的。

沼野：这样啊。的确有些人本来是学理科的，可是中途改学文科。在大学里这被称作"转去文科"，有位叫柴田翔②的作家，现场的各位也许对他不熟悉。他曾以《别了，我们的生活》（文艺春秋新社，1964年，后改为文春文库出版）获得芥川奖。

川上：我们那个年代，这是必读书。

沼野：他也是从理科转为文科的，好像曾经是自己制作无线电收音机的理科少年。不过，反过来从文科转向理科的不太有，因为理科内容太难了。

有时候，我这里经常有理工系的学生和医学系学生想转为文科。我不太劝他们变更专业。倒是会劝他们不要着急。一边学医一边靠喜好去阅读文学作品是可以做到的，但不可能一边搞文学一边当医生。即便如此，还有学生会来找我。反过来说，如果没有特别强烈的愿望，转文科之后会很艰难，会后悔。川上女士生

---

① 森见登美彦（もりみ とみひこ），1979年生，小说家，籍贯奈良县生驹市。京都大学农学系毕业，以《太阳之塔》获得第十五届日本奇幻小说大奖，以小说家登上文坛，凭借《春宵苦短，少女前进吧！》获得2006年度山本周五郎奖，著述有《神圣懒汉的冒险》（2013）等。
② 柴田翔（しばた しょう），1935年生，日本著名作家，日本20世纪70年代具有重大影响的文学流派"作为人派"的代表作家，1963年凭借《别了，我们的生活》获得芥川文学奖。

物方面研究什么的?

沼野：谈不上研究，探索控制海胆精子尾巴动向的蛋白质等。

沼野：理科学生一旦进入毕业研究阶段会很忙，可以说没有时间玩，或者说没有闲暇阅读小说。

川上：不是的。我根本没有学习理科的东西，大学三年级之前几乎全是旷课，一直去图书馆读书。我只出席最低限度的课程，当然成绩也不好。四年级时同一研究室进来三位同学，除了我之外其他人成绩优秀。要说我在研究室干什么，我在煮杂烩。

发表园地《季刊 NW-SF》

沼野：和专业研究不同，您在图书馆读的是什么书?

川上：全是小说。

沼野：那时候您喜欢的作家和小说是?

川上：我经常读海外的作品。日本的小说从仓桥由美子和安部公房的作品开始读，内田百闲，第三新人作家①，还有村上龙之后

---

① 1952 年前后兴起的一个日本的文学流派，由安冈章太郎、庄野润三、小岛信夫等人组成。

年轻作家的作品。不过,比起日本来,还是更喜欢读外国作品。

沼野: 那么外国作家都有谁?

川上: 大学研究的是"SF(科幻)"小说,所以从阿西莫夫①、海因莱因②、冯内古特③等作家的作品开始阅读,后来阅读了早川书房出版的伊塔洛·卡尔维诺④的作品,慢慢地阅读了布扎蒂⑤的作品,大学之后出了《世界文学合集》,开始接触拉美作家马尔克斯⑥、科尔塔萨尔、卡彭铁尔⑦、巴尔加斯·略萨的作品,然后是博尔赫斯的作品。

---

① 艾萨克·阿西莫夫(Isaac Asimov, 1920—1992),美国科幻小说作家、科普作家,美国科幻小说黄金时代的代表人物之一,曾获雨果奖和星云终身成就奖,代表作有"基地系列"、《银河帝国三部曲》和"机器人系列"等。
② 罗伯特·安森·海因莱因(Robert Anson Heinlein, 1907—1988),美国著名科幻小说家,被誉为"美国现代科幻小说之父",著有《星船伞兵》《星际迷航》《严厉的月亮》等。
③ 冯内古特(Kurt Vonnegut, 1922—2007),美国小说家、剧作家。现代美国文学代表作家之一。代表作有《泰坦的海妖》(1959)、《猫的摇篮》(1963)、《五号屠宰场》(1969)、《冠军早餐》(1973)、《打闹剧》(1976)等。
④ 伊塔洛·卡尔维诺(Italo Calvino, 1923—1985),意大利作家。在科幻作品、幻想文学和儿童文学等多个领域进行创作。被誉为20世纪意大利国民作家。代表作品有小说《树上的男爵》《寒冬夜行人》《隐形的城市》,短篇集有《宇宙连环图》《柔和的月亮》等。
⑤ 迪诺·布扎蒂(Dino Buzzati-Traverso, 1906—1972),意大利作家、画家、诗人。和伊塔洛·卡尔维诺并称20世纪意大利最具代表性作家。代表作品有《鞑靼沙漠》《观神犬》。
⑥ 加西亚·马尔克斯(1928—2014),哥伦比亚作家。作为魔幻现实主义的旗手对世界文学有很大影响。1982年获得诺贝尔文学奖。代表作品有《百年孤独》《霍乱时期的爱情》等。
⑦ 阿莱霍·卡彭铁尔(Alejo Carpentier, 1904—1980),古巴小说家、散文家、文学评论家,著有《竖琴与阴影》等。

沼野：你所说的科幻小说不是硬派科幻，而是幻想系列小说或者新浪潮小说①吧。

川上：是的。不是室外空间，而是室内空间，描写内心宇宙的东西。

沼野：比如布赖恩·奥尔迪斯②等人。

川上：是啊。像奥尔迪斯的《地球漫长的午后》（伊藤典夫译，早川书房，1967年，后由早川科幻文库出版）这样的名作。

沼野：实际上我少年时代也是科幻小说迷，还兼作各位听众的读书向导，我多少补充一点。艾萨克·阿西莫夫是俄罗斯裔美国人，他还是著名科学家。他写了机器人的故事，此外还有以银河系的宇宙为舞台的宇宙武打戏之类的系列小说。

川上：是啊。叫作"基地系列"，是令人兴奋的雄伟的宇宙叙事小说。

---

① 20世纪70年代涌现的在科幻小说中引入宗教、平权、心理学等元素的流派，与之相对的是以物理学、化学、天文学等学科为基础的"硬科幻"小说。
② 布赖恩·奥尔迪斯（Brian Aldiss，1925—2017），英国著名科幻作家，被誉为"英国科幻小说的教父"，曾获雨果奖、星云奖和坎贝尔奖，代表作有《温室》《地球漫长的午后》《永不停止》等。

沼野：他创作的故事为后来的《星球大战》提供了素材。海因莱因等人对于我们这些科幻少男少女来说也是令人怀念的。

说起"SF（科幻）"来，它是"Science Fiction（科学幻想）"的省略语，新浪潮小说的人们探索具有思索性的内心世界，称之为"理论性科幻"。

川上：也有一种说法叫"思辨的"。

沼野：日本早川书房有本杂志叫《科幻杂志》，它的内容反映科幻的主要潮流。新潮流小说的人们比起他们更加具有知识，更高级，虽然受众面窄，但都是想做创新事物的人们，这些人之中最有名的是作家山野浩一①。我认为他是位天才作家。很遗憾，作为科幻小说作家他很早就辍笔了，后来以赛马评论为主开展著述。我对赛马一窍不通，但我听说他在那一行非常有名。山野浩一曾出版过杂志《季刊 NW-SF》。现在，如果在旧书店发现了该杂志，那是很宝贵的。川上女士您学生时代经常出入这个杂志的编辑部吧。

川上：大学四年级时朋友邀请我去看小说，就去了那里。他们说"我给你刊登小说吧"。后来，我大学毕业没有就职，在大学继续晃了一年，后来想，要不要打个工啊，就到杂志社打工，负责

---

① 山野浩一（やまのこういち，1939—2017），日本赛马评论家、小说家，1969年创办科幻小说杂志《季刊 NW-SF》，并在1978年作为顾问参与创建三丽鸥 SF 文库。

了第二、三期的编辑工作。

沼野：我这里有《季刊 NW-SF》实物，我收藏的。
（屏幕上映出《季刊 NW-SF》第 16 期的封面。）

川上：这个封面图案是我做实验时染色细胞的切片。

沼野：《季刊 NW-SF》的每一期我几乎都有。这一期有个座谈会，川上弘美在其中以山田弘美的名字出现。

川上：我旧姓山田①。

沼野：也刊登了照片。好像是编辑部的外行摄影师拍的，黑乎乎一片，几乎看不到脸庞。也刊载了川上女士的小说，作者名字好像也是山田弘美。

川上：是啊。

沼野：您在《季刊 NW-SF》总共发了三篇短篇小说，对吧。全都是本科时代的作品吗？

---

① 日本法律规定夫妻婚后必须同姓，因此多数女性在婚后会舍弃旧姓，冠以夫姓。

川上：是大学四年级或者大学毕业后不久写的。

沼野：川上女士的读者看到了会觉得这个很稀奇的。

川上：请不要去找了。

沼野：不过最近您的作品具有您自己的特点了。

川上：不是的，比如《女人自己说女人》讲的是如何在小说中升华女性特点的问题。那时我隐隐约约觉得自己是女性，女性的特点无论如何也要表现出来，当时只说了这样的问题，我自己的文章或许表现了女性的特点。

沼野：大学学的是理科，您读的小说从 SF 小说逐步变为幻想小说，从这趋势看，您对 SF 感兴趣也正是您学理科的缘故。

川上：不，运用科学知识写不出来科幻小说。不是那样的，实际上我认为自己不是适合理科方面的。

沼野：的确我们刚才所列举的作家，像伊塔洛·卡尔维诺啦，布扎蒂啦，他们在 20 世纪后半期的世界文学领域里也是走在幻想文学的最前沿，伊塔洛·卡尔维诺的作品与其说是科幻小说，莫如说是宇宙的吹牛故事，不太符合科学规律。不管怎么样，川上女士还有不被人知的 SF 时代，真想再次让出版社出版《初期川上弘美 SF 短篇集》。

顺便说一下，后来三丽鸥公司创刊具有传说性的 SF 文库时，以山野浩一为首的《季刊 NW-SF》编辑部是其总指挥。

川上：那个三丽鸥 SF 文库的阵容是山野浩一想出来的，沼野教授也翻译过斯坦尼斯拉夫·莱姆①的作品（斯坦尼斯拉夫·莱姆《枯草热》，井上昭吉、沼野充义共译，三丽鸥 SF 文库，1979年），莱姆是《索拉里斯星》的作者。

沼野：是的。那时我也经常出入山野浩一那里，和学习英语的人讨论谁的哪部作品能够进入三丽鸥 SF 文库，哪部作品由谁来翻译等话题。我和川上女士在编辑部也曾擦肩而过，虽然彼此并不认识。

川上：我像个用人一样工作，不让我进入负责翻译的队伍里。

我写出了沉淀十年的东西

沼野：川上女士您后来作为小说家登上文坛，第一部作品是获得"帕斯卡文学奖②"的《神》（收录于《神》，中央公论社，1998

---

① 斯坦尼斯拉夫·莱姆（Stanislaw Lem，1921—2006），波兰科幻作家、哲学家，国际公认的科幻小说天才作家，著有《星际日记》《伊甸园》《索拉里斯星》等。
② 帕斯卡短篇文学新人奖。1994 年至 1996 年举办的公开募集型新人文学奖。最大的特征是终评以公开评选的形式实施。第一届大奖获奖者是后来获芥川奖的川上弘美。

年，后由中央文库出版），这部作品是大学毕业后发表的吗？

川上： 我那时已35岁了。我曾在《季刊 NW-SF》打过工。父母说了，如果我不认真工作就让我离开家，找了各种门路我终于当上教师。当上教师以后有时也会很忙，但小说一行也不写了。不是不会写而是不写，现在也不写，当时更没有写。所以我觉得20多岁登上文坛的人真的了不起。

我们那个年代，学生运动基本上已结束，生长在和平年代，没有体验过战争，个人生活也不是那种波澜壮阔的生活，虽然喜欢写文章，但可能是写的内容没有什么反响。一般来讲有太阳照射才会有影子，可能是由于没有太阳照射进来吧。自己也注意到这一点，于是就不会写小说了。所以开始工作、结婚、生孩子，过着普通人的生活，在35岁时终于积淀成功，有了写小说的欲望。

沼野： 作家里面的确有人很年轻就登上了文坛，也有像大江健三郎那样20来岁作为作家就已得到文坛承认的。他作为作家在文坛第一线坚持写作近六十年。他持续工作时间之长令人惊讶，大江属于特例中的特例。更年轻的作家当中，比如岛田雅彦也是大学期间登上文坛的。我们看一下后来他作为作家的成长经历，虽然也很活跃，但是年纪轻轻就当作家的话，之后必须一边创作一边学习以增加实力。在积淀还不充分的时候登上文坛，其后面漫长的创作道路会很辛苦。与他们相比，川上女士登上文坛虽然晚一些，但已有很深的积淀。

川上：是啊！我觉得积淀了有十年多时间。

沼野：您在学校当老师是教生物吗？

川上：是的。教授理科的内容。那所女子学校是初高中一体的学校，我教物理、化学和生物。

沼野：您是一位怎样的老师？

川上：我很喜欢上课。我教的学生有几位读了大学的理工科，我想我的课还可以吧。不过作为教师我觉得还不行。教师不应该只教课，也需要跟每一位学生面对面交流，这一方面我不行。与其说我是在教学生，不如说我总是被学生教。

沼野：川上女士教物理化学时的学生如今也应该渐渐在很多领域活跃了吧。

川上：要是那样就好了呀。

沼野：有没有学生现在在某个领域活跃，会说"实际上有现在的我，完全是托川上女士教我生物的福啊"？

川上：没有啊！

沼野：是女子学校对吧。有当作家的吗？

川上：离开那所学校很久了，不清楚。

沼野：在"积淀"了十年多时间之后，您凭借《神》这部作品登上文坛，虽是短篇却令人印象深刻。那部作品的构思是怎样产生的呢？

川上：不知不觉就写出来了，很少见。我的第一个孩子开口说话很迟，上小学之前才会说话，所以经常上医院，要是养这样一个孩子该怎么办呢，我不知道怎么办，心里很苦恼，《神》讲的是熊搬来和我做邻居，我和熊散步的故事。但是这只熊感觉自己被这个世界所排挤，这个故事不是讲熊如何憎恨人们排挤它，而是我心里想，在这没有道理的社会里该怎么活下去呢，于是写了小说。虽然不是长子和这个世界联系的比喻，但我感觉是将日常生活中感受到的东西原封不动地利用一两个小时一下子写出来的。在那之前也想写小说来着，但没有什么内容能让人充满实感地写出来。

沼野：您之前是不是感觉抽屉里堆满了原稿呢？

川上：有些是写了就扔的。那时候比起当小说家来，制作新闻摘要更加愉快。因为养育着孩子，没时间读书，唯一的乐趣就是看报纸。当月的有趣报道，有关死者的报道，每一张纸上按照三段格式总结，做了好几年。

沼野：是手写吗？

川上：最初是手写，买了文字处理机后就使用文字处理机来做了。

沼野：那种东西是您全家都看吗？

川上：在制作新闻摘要之前我曾经写过一两页的短小说，写好后复印，再送给朋友看。朋友们没任何反应。有一半人讨厌我写的短小说，所以就不写小说了，每月把报纸摘要送给他们，结果这一举动很受欢迎。

沼野：那时候互联网还没普及吗？

川上：我出道后获得的"帕斯卡文学奖"是靠电脑通信投稿的。那时候还没有因特网。

沼野：那篇作品是这样形式获得文学奖的啊。那个时候是现在的因特网出现前的一段时间。

川上：我想，如果我还年轻，我会不会写自己的短篇小说在网上发表呢？而且我觉得，会因为没人看而感到失望吧。

沼野：现在因特网确实方便。但另一方面，由于因特网过于普及，却有一种埋头于处理过于庞大的信息的危险。要找到真正好的东西也许反而更困难。那时候连奖状都保留着手写的痕迹。

川上：这种情况是有的。我那时认识了作家长嶋有①，现在关系还很好。长嶋有那时也是参加第一届帕斯卡奖投稿的人。投稿的人们互相创作俳句来欣赏，后来有一个网友见面会，有的网友亲自前来见面，见面后会觉得原来这个作家长这个样子啊。

沼野：于是您逐渐开始创作之路了，对吧。据我跟已成名的作家打听，他们过去都是努力想当作家的，至于实际上怎么当上的，很难解释清楚。如果能够简单解释的话，那么任何人都能当作家了。所以，我的话乍一听似乎觉得很俗气啊。川上女士您是怎样一种情况？我想因喜欢 SF 而大量阅读 SF 的人并不缺，至于从只会阅读到能够成为作家，我认为这需要大胆的飞跃。

川上：进入大学后又进了 SF 研究社团，每年要制作两期社团杂志。于是别人硬逼着我写小说，就从超短篇开始写起，终于可以

---

① 长嶋有（ながしまゆう），1972 年生，小说家、漫画家。作为专栏作家以波旁小林的名义活跃于文坛。以《挎斗里的犬》获得第 92 届文学界新人奖，2002 年以《母亲拼命疾走》获得第 126 届芥川奖。主要著作有《坦诺伊的爱丁堡》、《夕子的近道》（第 1 届大江健三郎奖）等。

写最长只有 20 到 30 页的小说了。由于有截稿日期，我第一次写成小说了。如果没有截稿日期，也许一辈子也写不出来。截稿日期很重要啊。

沼野：是御茶水女子大学的 SF 研究社团吧。从那里走出来的作家还有谁？

川上：比我小一岁的伊东麻纪①，小三岁的松尾由美②。这两个人都比我先出道，我想也许在同一杂志写作的我也可能出道，当时抱着这种天真的想法。

沼野：那么，你在 SF 研究社团的杂志上也写了很多作品了？

川上：每期都写的。

沼野：看样子如果将它们归纳起来，可以轻松出一本短篇集了。找起来难吗？

川上：所以，就请您不要找了。

---

① 伊东麻纪（いとうまき），幻想型科幻小说作家。主要作品有《（反逆）号记录笔记》《住在悬崖上的女人》《狐媚的女人》《〈黑玫瑰〉的归还》等。
② 松尾由美（まつおゆみ），1960年生，SF 作家、推理小说作家。主要作品有《异次元露天茶座》、"安乐椅子侦探阿奇系列"、"气球塔系列"等。

在异类世界中畅游的翻译文学的喜悦

沼野：那么，我们下面转移话题到翻译文学。据说川上女士不习惯日本文学，读了不少外国文学，阅读日本文学和阅读翻译文学有什么不同？

川上：如今的外国生活感觉跟我们也很近。四十年前第一次去法国时只待了几天，当时去超市买葡萄酒，酒的价格约合 500 日元。如果在日本买葡萄酒，再便宜也要花 2000 到 3000 日元，而且味道一般。后来我觉得哪怕是一般的法国面包也很美味。日本人根本无法实际感受外国人的日常生活。

现在身在日本也可以买到外国的各种东西，也明白外国人的实际生活了。之前我时隔很久读了《九故事》（J. D. 塞林格著，柴田元幸译，乡村图书，2009）。以前读书的时候，感觉书里描写的日常风景是另外一个世界。这是阅读外国文学的有趣之处。对于作家而言的真实，在自己这里感觉像是幻想，在当时的翻译文学作品中却能让人感到这种欢乐。

沼野：有人喜欢翻译文学，但也有人不习惯翻译文学。特别在过去，有人说翻译文学有种翻译腔。还有人说跟日本的文学比较，总觉得翻译文学的日语不自然、不融洽，川上女士您正好相反，不习惯日本文学。这是怎么回事啊？

川上：小时候不习惯日本的学校。觉得不习惯现实世界，但还是在现实世界长大了。比如，我觉得那些很享受学校生活的人是不太喜欢阅读关于异类世界读物的。不习惯现实世界的人会想阅读非现实世界的东西。

沼野：也许是那样的。这种事情说多了也许有些冒犯。感觉以外国文学为专业的人有些讨厌日本文学。

川上：是这样的。现在人们说"现充"①，可能有些人不想阅读"在现实中生活充实"类的作品。

沼野：在阅读翻译作品时您是怎样选择的？

川上：我选择自己喜欢的翻译家的译文来阅读。就拿 SF 作品来说吧，我阅读伊藤典夫和浅仓久志翻译的内容。他们的日语简明易懂，也很优美。跳跃得有点远了，如今我喜欢岸本佐知子翻译的 SF 小说，特别喜欢②。

沼野：我东京大学的同事柴田元幸翻译的小说质量也很高。比起日本文艺杂志上的小说，阅读翻译小说有时候更能体会到文学的世界。

---

① 现实生活中充实（现充）：朋友关系、恋爱、工作等现实生活很充实，或者指充实的人。发源于二频道的因特网俗语。
② 伊藤典夫与浅仓久志是活跃于二十世纪六十年代的日本著名翻译家，两人一道将美国著名科幻作家考德维纳·史密斯、小詹姆斯·提普垂、RA 拦弗提的作品译为日语。而岸本佐知子则是日本新一代的翻译家，翻译了近年来欧美新兴科幻作家的作品。

川上女士仅仅从阅读外国文学的立场出发,希望自己的小说被译成外文,对吧。现在我感兴趣的是,您是怎样跟译者接触的。译者在翻译时会因为不懂原文内容向作者提问,也有在个人层面跟小说作者交往密切的,川上女士,您这里是怎样一种情况?

川上: 实际上经常交往的译者只有一个人。我的作品最初是被译成法语的,那位译者是法国女性,和日本人结婚了,现在居住在京都。

沼野: 是末次伊丽莎白吧。

川上: 是的。我通过电话跟她讲,跟她聊。她在翻译我的小说时,仅仅在语句翻译和怎么定标题方面会有一些疑问,后来就没有什么问题了。我心想可能很难译吧。即便难译,能够发挥自己的想象力来决定译文的人,我想让这样的人来翻译我的小说。

沼野: 川上女士的文章没有使用生僻的字。所以表面看起来比较简明易懂。但您的小说有一种独特的语感,拟声词的使用上也很有个性。正确感知微妙的语感,这还是很难的。

川上: 我也认为很难。我的小说翻译之后我也看不懂。

沼野: 译成法语和英语后,您自己不检查吗?

川上：本打算阅读英译的内容，看了三页就累了，就停下来不看了。

沼野：不过，有些作家还是检查的。他们担心自己辛辛苦苦写的东西是否能翻译得很好。

川上：先前去伦敦时，我和一位会三国语言的小说家交谈，她用英语写了小说，又用法语和德语写了同样的内容。她说如果不自己写就受不了。她还说我为什么那么不在意自己小说的译文。

或许是因为我是阅读着译成日语的外国文学长大的，所以我坚信译者都翻译得很好。

沼野：作家有很多种情况。比较有名的是米兰·昆德拉①，小说家，出生于捷克，1975年起在法国定居，代表作品有《玩笑》《生活在别处》《慢》《小说的艺术》等。他从捷克逃亡到法国，现在用法语创作。他的母语是捷克语，长篇小说《不朽》之前的前期杰作全用捷克语创作。可能是由于捷克语受众小，找不到完全可以信赖的译者，他神经质般地自己仔细检查译文。他是欧洲式的有教养的人，英语、德语、法语等语言读得很溜。不过读

---

① 米兰·昆德拉（Milan Kundera），1929年生，代表作品有《玩笑》《生活在别处》《慢》《小说的艺术》等。

得很溜也许反而是个问题。如果完全不会读的话,他自己也不会去仔细检查了。

昆德拉的《玩笑》这部小说最初被译成英语时,他检查了,结果发现了很多荒唐的事情。连章节数都不对。即便完全不懂英语,这一点还是明白的。还有更加荒唐的:他的小说本来在故事的展开中夹杂着许多思辨的或者说富于哲学意义的评论内容,译者在翻译时随便把这一部分砍掉了。译者不打招呼随便翻译。从那以后,昆德拉陷入对译者的不信任,开始一一检查译文了,甚至检查他自己不懂的日文译文。

川上: 怎么检查?

沼野: 好像是通过编辑和代理人,拜托会捷克语的其他翻译家和专家,听取他们的意见。但是,这样做的话人际关系会出现问题,这不难想象。如果翻译者全是可以将竞争对手的作品进行公正评价的人就好了。

川上: 进行对谈时,编辑首先会起稿。说实在的,检查校对很费工夫,如果我会很多语言,也许我也会同样做的。

沼野: 太花时间了。如果因为这样而没时间写自己作品的话,那就……

川上: 是啊。我也会想这种事。小时候流行那种名作的简编版,但我母亲讨厌这种东西，不让我读。但我非常想读，读过后觉得很满足。总之，读者一方没有像作者想的那样进行细致阅读。

沼野：这里有作者与读者立场上的区别。如今，在全世界出版和阅读的小说有很多，如果仔细品味文本的每句话，然后说"这个地方的翻译有点……"，那样的话翻译出版就搞不成了。不管多么出众的天才来进行翻译，要说可以用其他语言百分百地再现原作吗？那是不可能的。不太懂语言学的人常常抱有这种幻想，语言一一对应地翻译，那可能吗？

川上：那是不可能的。构成语言的社会不同，语言之间会有误差，所以那是不可能的。

沼野：这样一来，译作和原作多少会有些区别，原作会被翻译成多个语种，这是世界文学的实际状态。村上春树也是这样被广泛阅读的。过于在乎细微之处的话，翻译则变得不可能了。

阅读《真鹤》

今天好不容易请各位来到学校教室，今天我们像上课一样，结合实际文本来看一下川上弘美的作品翻译成外语时会怎么样。

川上弘美的代表作中，有一个长篇叫作《真鹤》（文艺春秋，2006年，后由文春文库出版）。这篇作品用非常有气氛的文体写成。看它的开头部分，是以"走着走着，有个人跟着我"开头的。不知道跟着的人是男是女，或许是个幽灵。小说的写作方法中体现了这样的氛围。这个开头部分充分体现了川上弘美的个性。把这个开头部分翻译成外语看起来简单，实则很难。今天首先请川上女士读一下小说的日文原文，接下来请在场的各位外国的日本文学研究者读一下英语、俄语、波兰语的译文。下面有请川上女士朗读。

（川上朗读《真鹤》的开头部分）

　　歩いていると、ついてくるものがあった。
　　まだ遠いので、女なのか、男なのか、わからない。どちらでもない、かまわず歩きつづけた。
　　午前中に入り江の宿を出て、岬の突端に向かっている。昨夜はその集落の、母親年配と息子年配の男女の二人でやっている小さな宿に、泊まった。
　　東京から電車で二時間、九時ごろに着いた宿の表はすでに閉じていた。表といっても、民家と同じ低い鉄製の門に、細くねじれた松を二三本置いた、宿の名も書かれていない。「砂」と墨書された古びた表札がぽつりとかけてあるばかりの構えだ。
　　「砂、という名字は珍しいですね」と答えた。
　　「このあたりには、幾軒かあります」答えた。
　　息子は白髪の多い、けれどわたしとそう年はかわらないだろう、四十なかばを過ぎたほどの齢とみえた。
　　「朝食は」と聞く息子の声に、おぼえがあったが、あきらかに初対面である、知ったものの声に似ているにしても、それが誰なのか思いだせない。①

沼野：谢谢！还是请作者本人读更好啊。那么，下面我们从英语翻译开始吧。为我们朗读的是大卫·博伊德。从东京大学现代文艺理论专业硕士毕业，现在在普林斯顿大学攻读博士课程，研究日本近代文学。

（博伊德开始朗读英语译文）

> I walked on, and something was following.
>
> Enough distance lay between us that I couldn't tell if it was male or female. It made no difference, I ignored it, kept walking.
>
> I had set out before noon from the guest house on the inlet,

---

① 《真鹤》目前在国内没有引进出版，下文由译者译。日语原文省略了句子主语，译文中按照中文表达习惯已补上。
　漫步前行时，发现有东西正在跟着我。
　因为相距还远，所以不知道是女人，还是男人。好像既不是女人也不是男人，因此我继续前行。
　早上我从江民宿出来，前往海岬的尽头。昨夜，我就住在那个村落里，从年龄来看应该是母子二人所经营的一家小小的民宿。
　从东京乘电车到这里需要两个小时，我晚上九点抵达时民宿的入口处已经关了。说是入口，也不过是一扇普通的铁门，门口放着两三棵装饰用的门松，连民宿的名字也没有写。只挂了一个用墨水写着"砂"的招牌。
　我说道："'砂'，这个名字很奇特。"
　"这附近有好几间相同名字的民宿。"老板娘答道。
　她的儿子有许多白发，我看不出人的年龄，大概是四十五岁以上吧。
　他问我："您需要早餐吗？"我对他的声音有印象，尽管是第一次见面。但我实在想不起，是在哪听到过他的声音了。

headed for the tip of the cape, I stayed there last night, in that small building set amidst an isolated cluster of private houses, run by a man and woman who, judging from there ages, were mother and son.

It was nearly nine when I arrived, two hours on a train from Tokyo, and by then the entrance to the inn was shut. The entrance was unremarkable: a low swinging iron gate like any other; two or three wiry, gnarled pines; nothing to indicate the lodge' name but a weathered nameplate, ink on wood, bearing the name "SUNA" *suna* meaning *sand*.

"Unsaual name, isn't it?" I asked. "Suna?"

"There are a few in the area," the mother replied.

Her son's hair was graying, though he looked my age, forty-five or so.

When he asked what time I wanted breakfast, it was as I knew his voice. And yet it was obvious we had never met.

沼野: 博伊德很喜欢涩泽龙彦[1],此外他还在研究近代文坛史。当然他熟知日语,这里的日文原文和英语译文相比较,有什么见解没有?顺便说一下,刚才的英语译文是一位年轻而出类拔萃的

---

[1] 涩泽龙彦(しぶさわ たつひこ,1928—1987),日本小说家,法国文学研究者,著有《唐草物语》《虚舟》《世界恶女传》等。

日本文学者翻译的。译者叫迈克尔·埃梅里克。

博伊德：我认为很好。跟原文相比，逗号和句号，逗点的放置方式很有趣。原文的特征是没有主语。我认为他省略了很多，再现了很多东西。

沼野："I walked on"，这是个过去式，这个句子后面加了个逗点，"something was"后面接续的是过去进行时。埃梅里克自己说在这一句上他是下了功夫的，表现出了独特的韵律。

博伊德：句子中主语变了，我认为是视角的变化。

沼野：可以说变了。原先的日文里本来就没有主语。

川上：没有主语。我的文坛成名作《神》从没有第一人称的地方写起。用英语说的话可以说是日记文体。日记文体在英语中很稀罕地没有主语，不用"I"，直接说"go to the"。所以尝试着写了《神》，没有主语。

沼野：没有主语，日语也能写下去啊。

川上：能写下去。一不注意就出现了主语。这部小说是有意不出现主语。

沼野：英语的话，没有主语句子不成立。这个英语翻译是突然从"I"这个第一人称单数开始的。谢谢你，博伊德。

下面这个翻译可能有些异国情调，这种语言在日本不太有人知道。翻译成这种语言会怎么样呢？大家听一下吧。

现在我请留学生乌森·博塔格斯来读一下。乌森现在攻读现代文艺理论博士课程，研究领域是太宰治和契诃夫的比较研究。乌森是哈萨克斯坦人，能讲俄语和哈萨克语。

（乌森开始朗读俄语译文）

> Я шла, а за мной кто-то следовал. Издалека было непонятно, женщина это или мужчина. Не обращая внимания, я продолжала идти вперёд.
>
> Утром, оставив гостиницу, располагавшуюся в бухте, я направилась к краю мыса. Ночь я провела в местном маленьком отеле, который держали мужчина и женщина, по виду мать и сын.
>
> (……) только одиноко висела потертая табличка, на которой черной тушью было написано 《Суна》.
>
> - 《Суна》- необычная фамилия, - заметила я.
> - Здесь таких несколько, - ответила хозяйка. （后略）

沼野：乌森，关于俄语翻译你有何见解？

乌森：跟英语比较，接近文本的方法是不同的。日语中"跟着来"的，不知是人还是物，但俄语中直接翻译成人，英语翻译成"某个东西"，没有翻译成人。这方面的区别比较有意思。而且英语中把"砂"的意思进行了解释，而俄语中没进行任何解释。

沼野：原文中只说到"砂，这个名字很奇特"。俄罗斯的读者不明白什么意思，或许加个说明会好些。保持一种奇妙的感觉也可以。

乌森：因为上面写着"很稀奇"，所以就没敢添加多余的说明。不过，我认为这个俄语翻译很不错。

沼野：乌森刚才没有讲到，由于俄语的语法特征而导致的最大的差异是，主语突然出现，紧接着出现阴性动词，会明白主语是位女性。"我"在走路的时候，用俄语翻译，如果是过去时，或者如果没决定好主语是男性还是女性，则无法翻译。非常不方便。

川上：如果一个男性认为"自我"是女性，又会怎样呢？

沼野：那要根据自己的意识来使用。

乌森：认为"自我"是女性的人则使用阴性词。

川上：也就是说在这里要做出决定。

乌森：是的。哈萨克斯坦语跟俄语不同，可以不区分男女。

川上：如果是法语，则与说话人的性别无关，而是根据"事物"的性别来决定用词。

沼野：跟哈萨克斯坦语不同，根据男女性别的不同，俄语的动词过去时词尾的形式会发生变化。所以，同样是"走了"，是男的在走还是女的在走，则区别很明显。现在，可以说很不方便。不过这是语法，没有办法。

刚才我们就有关翻译的各种问题进行了探讨。我们并非在此吹毛求疵地说哪个语言可以翻译哪个语言不可以翻译。今天列举的几种语言，我认为翻译得都很棒。只不过，各自有所区别的是我们如何面对文本。根据语言的特质而翻译出来的东西，在结果上差别很大。最后，我们请人为我们读一下波兰语翻译。

为我们读波兰语译文的是厄尔基维塔·科罗娜。科罗娜在东京大学现代文艺理论研究室搞日语俳句的波兰语翻译研究。

（科罗娜朗读波兰语译文）

> Cały czas idzie za mną.
>
> Jest jeszcze daleko, więc nie rozpoznaję, czy to kobieta czy mężczyzna. Wszystko mi zresztą jedno, idę dalej, nie przejmując się tym.
>
> Przed południem wyszłam z pensjonatu nad zatoczką i

skierowałam się ku krańcowi cypla. Ostatnią noc spędziłem w małym wiejskim pensjonacie, prowadzonym przez kobietę i mężczyznę, sądząc w wieku: matkę i syna.

（……）i stara tabliczka, na której nie było nawet nazwy pensjonatu, tylko wypisane tuszem nazwisko "Suna".

—— "Suna" to rzadkie nazwisko, prawda? —— Zapytałam, na co matka odpowiedziała:

A tu w okolicu jest kilka rodzin. （后略）

科罗娜：英语里面翻译为"I walked on"，是过去时，而波兰语里面是现在时。因为在波兰语里面，译成过去时的话，会明白主语是男还是女。

沼野：故意模糊主人公的性别，而且主语还省略了。这种开头非常暧昧。很好地利用了波兰语的语法，有点不可思议。是为了对应日文原文的不可思议之处，而故意变为现在时的吧。

川上：大家都很细致啊。

沼野：翻译的质量，特别是各国日本学的水平都很高了，对于翻译这种小说的人来说，我说的话也许有些失礼。虽然翻译了，但他们不是为了挣钱而翻译的，而是因为喜欢才翻译的。

川上：这件事，我也深有感触。有很多人是这一种情况，他们觉得川上的作品虽然在本国知名度不高，不被读者认可，但是译者自己却想翻译。这样的译者有很多，他们饱含真心，注重细微之处，想挑战着翻译一下。如果这样说，我就会很高兴。

沼野：以这种心情做翻译的人很认真，而且水平很高。

川上：我信任他们，觉得他们的翻译没问题。

沼野：在这种水平上，笔者在细微之处插嘴的话，会变得非常复杂。我手头有川上作品的德语译本和法语译本。今天在朗读环节，我们介绍了不怎么有机会听到的两种语言。

川上：我也是第一次听到。让我有了一次很难得的体验，感谢。

创作俳句的小说家

沼野：川上女士是小说家，也是随笔作家。而且说实在的，她还是俳句①诗人。

川上：说我是俳句诗人有点名不副实。只是个小说家，有点喜好俳句而已。有一个俳句集，名叫《开心的犬》。

---

① 日本的一种古典短诗，由"五七五"共十七字音组成，要求严格，受"季语"（表示四季的词汇）的限制。

沼野：我认为俳句和小说差别很大。怎么样？跟写小说时相比，有没有变换心情的感觉？

川上：越是打算转换心情越创作不了。不管多么短的小说，要完成它需要写很多东西。而俳句是五七五，总共十七个音就完成了。创作俳句有一种完成后的喜悦，这是最大的不同，是短时间就能收获的喜悦。

沼野：能不能从《开心的犬》中介绍几首俳句？

川上：はっきりしない人ね茄子投げるわよ（你这个人啊，真正是个糊涂人，用茄子砸你）

C難度宙返りせる春のたましひ（时间是仲春，C级难度后空翻，吓得丢了魂）

てながざるほしくてをどるちるさくら（樱花扑簌簌，真想变为长臂猿，爬上樱花树）

聖夜なりミナミトリシマ風力10（今日圣诞夜，南鸟岛上刮台风，风力达十级）

楽しさは湯豆腐に浮く豆腐くづ（软软汤豆腐，浮在上面豆腐渣，我的最爱）

春の夜人体模型歩きそう（清净春夜里，人体模型在移动，十分惊悚）

名画座へゆく落第のおとうと（弟弟未及第，我和弟弟逛画展，悠闲又惬意）

はるうれひ乳房はすこしお湯に浮く（春日忧思重，洗澡泡在浴缸里，乳房在浮动）

　　秋晴や山川草木皆無慈悲（秋高气爽日，山川草木皆无情，不久将入冬）

　　（听众发出笑声）

沼野：第一句的"用茄子砸你"很有气势。

川上：这句韵律都乱掉了，加起来是十七个音，是我最早创作的俳句。

沼野：今天我想带给大家一个惊喜。此人实际上是川上的搭档。

川上：是搭档，也是我的师傅。

沼野：有请小泽实。你介绍一下吧。

川上：在这种场合介绍别人，我是第一次。我想这是他在日本第一次公开亮相。

　　（小泽实登场）

小泽：我是小泽实。

沼野：刚才请川上女士朗读了几首俳句。小泽老师，从你的角度看，川上的俳句如何？

小泽：非常自在。一般的俳句诗人不太说有趣的事。各位听众都笑了，说明她的俳句很有趣味。这种乐趣一般人是没有的。

沼野：从小泽您的立场来看，写小说所必要的才能以及作俳句所需要的感性，在根本上是不同的吧。

小泽：不，我认为两者是紧密相连的。写小说的人有时也是一句句跳跃着写的。

沼野：您是说小说和俳句是相通的？

小泽：是的。这么做，写小说的人获得了一般俳句诗人所没有的自由。

川上：作为俳句的创作方法，如果过多掺入故事性，我认为不好。因为我是小说家，非常喜欢写虚构的，这样的俳句有很多。相反，咏吟自己情况的俳句反而很少。我想俳句还是会弱一些。

小泽：我认为这正是俳句的有趣之处。

川上：您觉得 OK？

小泽：是 OK 的。

沼野：经常创作俳句吗？

小泽：我每月在自己办的俳句杂志《泽》上发表。

川上：每月必须要作俳句。虽然很厌烦，但还是在创作。作了俳句会很愉快。跟构思了一部小说一样，创作一首俳句也很辛苦。小说一旦写起来就必须跨越几道栅栏，创作俳句也需要跨越栅栏。

小泽：如果有俳句会，川上会给我们创作俳句。没有俳句会的话她就不创作了。

川上：如果有截止日期我就创作俳句。

沼野：是当场创作吗？

小泽：俳句会设定在两个月后。

沼野：在这两个月进行思考吗？

川上：不，根本不考虑，到了跟前再考虑。

沼野：您刚才说小说和俳句有相通之处，小泽您创作过小说吗？

小泽：高中时写过小说。很难为情的。

沼野：让川上弘美当你的老师，今后试着写一下小说，如何？小说界需要人才。

小泽：仅仅创作俳句就够受的了，根本不可能两者兼顾。

川上：如果开始指导他写小说，我们两人的关系会产生裂痕。

沼野：实际上，我和川上还有小泽一起去俄罗斯旅行过。那是几年前的事了。之前没有什么机会请二人来到台前讲话。今天是个宝贵的机会，那就请小泽在台上坚持到最后吧。

翻译《伊势物语》

沼野：下面谈一些日本古典文学的话题。

川上女士，比起日本文学，听说您更喜欢外国文学。但是日本文学有漫长的历史，有很出色的古典宝库。我想问一下，我们应该如何去接触日本的古典文学？

川上女士最近把《伊势物语》译成现代日语了。这个翻译是为作家池泽夏树个人编辑的《日本文学全集》而进行的。池泽夏树几年前出版了划时代的《世界文学全集》，取得巨大成功，紧接着又出版了《日本文学全集》。她的编辑方式很独特，原则上近代以前、明治以前的古典作品都要译成现代日语进行收录。之前也做过日本古典作品的现代日语翻译，多数情况下是古典文学专业的研究者在做，这种翻译在学问上是正确的，但是很多时候从这个译本本身的日语中体会不出作为文学作品的味道来。

可是，这次的《日本文学全集》在这一方面完全不同，几乎将一线的作家进行了总动员，请他们将古典作品翻译成现代日语。川上女士负责《伊势物语》这一卷，森见登美彦负责《竹取物语》，中岛京子负责《堤中纳言物语》，堀江敏幸负责《土佐日记》，江国香织负责《更级日记》的翻译。也就是说，云集了目前活跃在日本文坛第一线的作家来参与古典作品的翻译。真是豪华的译者阵容。川上女士，你尝试了翻译《伊势物语》，怎么样？

川上：哎呀，我的古典不在行。这次我问出版社的负责同志，问他有没有很好的参考书。出版社的人给我介绍的是小西甚一的古文名著《古文研究法》（洛阳社，1965年，后由学艺文库出版）。

沼野：那本来是作为学习参考书而编写的，现在作为文库本又再版了吧。

川上：我年轻时知道这本书的话，我的古典日语水平或许会更好一些。不过，说实在的，即使翻译过古典作品，也具备不了古典的素养。我在翻译《伊势物语》时，认为铃木日出男的《伊势物语评解》这本书很棒，心里想着如何将铃木的解释置换成自己的日语，我边想着这件事边写文章。所以，说真的，我觉得我所做的不是翻译，而是将研究者不断积累的东西用自己的语言进行了改编。老实说，我自己无法充分读懂古典作品。

所以，像一些人想学俄语而开始学俄语一样，有些人很擅长古典作品，他们可以将古典文章流利地阅读。这些人另当别论，对于不是很擅长的人来说，比如《伊势物语》已经有中谷孝雄和田边圣子的现代日语翻译了，我觉得有他们的翻译就够了。

声明一下，我不是在做宣传啊。就拿刊载着我翻译的《伊势物语》的那一卷来说，堀江敏幸在《土佐日记》的翻译方法上下了大功夫。在他的翻译里面，堀江敏幸添加了古典《土佐日记》所没有的前言。这个前言对于《土佐日记》里本该写生硬汉字文章的"我"为什么用平假名写文章这件事进行了解释，对作者当时的心境进行了说明①。读了这个前言之后再去读译文会深有同感。我自身没有添加注释性的东西，现在我们使用的日语在多大程度上能够自然地阅读呢？我思考着这件事进行了翻译。我觉得这两部书对于不擅长阅读古典的人来说，编辑得很好。

沼野：就这样您得到了密切接触《伊势物语》这个古典文本的宝贵机会。您有没有发现还是古典作品好啊。

---

① 《土佐日记》的作者生活在平安时代初期，当时男性一般以汉文写日记，而《土佐日记》作者纪贯之却故意假借女性身份以平假名写下这本日记。

川上：我真实感受到那个时代的东西里面还是和歌重要，散文和韵文同等重要，或许说韵文更重要。特别是《伊势物语》里面有和歌，紧接着有了散文。所以这次在翻译和歌时，进行了很多换行。换了行就可以慢慢阅读了。像这样，我想让读者多少花点时间认真读一下，于是就翻译了《伊势物语》。这时我才明白如何使用和歌来讲述更多的故事。

沼野：日本的古典作品中，叫作"物语"的有很多。按照学习参考书上讲，物语也分几种类型，既有像《平家物语》那样的军记物语，也有传奇物语、历史物语、说话物语。而且还有《源氏物语》，物语有各种不同的类型。刚才川上女士说和歌很重要，《伊势物语》的确是以和歌为中心构成的，所以它被划分为"歌物语"。但是，在平安时代，原本就是和歌占据中心位置，《源氏物语》中实际上也有很多和歌。二十世纪初阿萨·威利将《源氏物语》译成英语，他的英译很出名，广为人知。在重要和歌无法很好地进行英译时，他就进行了省略。这肯定算一种见解。如果说和歌无法英译，很可能会被认为日本古典作品本来就不能外译。

我在此想问一下小泽先生。刚才出现了和歌的话题，说起日本传统的短诗形式来，先有短歌、和歌，后有俳谐、俳句。它们都是日本的传统诗歌，世界闻名。和歌和俳句是不是很相像但又不同呢？

小泽：感觉上好像和歌与俳句的区别只是韵律的区别，和歌和短歌的韵律形式是"五七五七七",俳句是"五七五"。实际上两者差别很大。在和歌中,想表达的能够表达出来。实际创作后会发现,俳句真的无法表达完整的意思,它不是为了表达什么而成立的。

沼野:俳句要凝练许多。

小泽:是的。现代和歌,特别是年轻人创作的和歌以口语为中心,有种亲切感。但是,俳句以文言文为中心,要使用断句字,年轻人不感兴趣。这是让人为难之处。

沼野:确实有像俵万智①和穗村弘②等非常有人气的明星级人物在用现代口语创作和歌。这种和歌接近散文,可以表达日常生活中的各种事情。俳句的表达反倒是阻碍了人们进入这个领域。

川上:这样说来,我喜欢夏目漱石的《梦十夜》和内田百闲的作品。他们两位作家都创作俳句。

沼野:外国学习日语和搞日本文学研究的人之中,好像有不少人对俳句非常关心。俳句的表达非常凝练。如何翻译它则是个大问

---

① 俵万智(たねらまち),1962年生,当代日本影响力最大的和歌诗人,代表作有《沙拉纪念日》《巧克力革命》《小熊维尼的鼻子》等。
② 穗村弘(ほむらひろし),1962年生,日本现代短歌代表作家之一,代表作有《异性》等。

题。我并非说别人的坏话，认真读一下俵万智的短歌内容就能够翻译出来。实际上，我在波兰时正值俵万智的《沙拉纪念日》大受欢迎之时，当时有人拜托我在华沙的市民礼堂就日本文学搞个讲座，当时也谈到了俵万智，尝试着将她的短歌译成了波兰语，听众一脸惊讶。也可能是由于我的翻译水平差吧，大家的表情似乎在说"这是怎么回事啊？这也能算诗歌？"。总之，许多短歌读懂意思后可以简单地进行翻译，但很难译成诗歌形式。弄不好会翻译成简短的散文。

川上：我也创作过短歌。我感觉创作短歌跟写一篇短篇小说很相似。短歌里有情节，有含义。不过，俳句几乎没有情节和含义。正因为如此，作为一名小说家，反而觉得很有趣。

沼野：今天有两位俳句诗人在现场，他们的论调是俳句比短歌好。俳句和短歌都是日本文学中有特性的值得骄傲的表现形式。我年轻时是外国文学迷，所以觉得自己不太喜欢日本的传统文学。现在无法在别人面前卖弄说短歌好或者俳句好。但是读过以后会觉得真棒啊！不管怎么说，两者都是充分活用了日语发音和语法特性而形成的独特事物。特别是俳句，很多人用外语在创作俳句。不过，还是用日语写俳句是正道啊。

小泽：是啊！五七调感觉很爽！简短且很有韵律，能够马上记住，这是它的魅力所在吧。

《神2011》的想象力——现在推荐的书

沼野：我还想谈一个问题。川上女士在小说中很少涉及深刻的社会问题。但是在"3·11"大地震之后，您写了《神》的续作《神2011》（讲谈社，2011年）。这部作品是在核泄漏事件之后面临放射线污染的危险之中写成的，是值得特别一提的小说。您写这部小说的契机在哪里？有的人认为写得真好，但是也有些人认为作家完全不必写这种东西。

川上：《神2011》写的是"3·11"大地震之后我和熊一起散步，然后回家的故事，极其简单。

那部作品是地震时核电站发生氢气爆炸仅几天之后写的。现在看来，没有导致因大量放射物质污染而无法在东京居住的局面。当时堆芯熔融连续发生，所有的建筑物都爆炸了，放射性物质大量扩散，有可能无法回东京居住。如果真是那样了，那时候我在想，自己今后究竟会怎么样呢？

当时我是这样想的：我最初写的《神》是牧歌式的小说，是那种回到家道声晚安然后相互拥抱式的小说，这个小说里的世界会如何变化呢？还有，我是东京出生东京长大的，即使无法居住，我也会像现在仍居住在切尔诺贝利附近的人们一样，自己有可能一直居住在离故乡近的地方。同时我还在想，如果继续居住并在其中生活，那种幸福的光景会变成怎样呢？自己真的会不幸吗？还是在其中边摸索边生活呢？我是思考着这些事情写成的，所以纯粹是作为自己的事情写的。

现如今仍然觉得自己是在写日常事物，那个作品是在日常事物的延长线上写的。我丝毫没有打算写一些崭新的事物或者写具有社会启蒙性的东西。

沼野：我觉得这部作品很好。是那种"做得真棒"的感觉。初出茅庐之作里面的纯洁无垢的世界被放射性物质污染的时候,世界会变成什么样子?作品主要描写了这些内容。当然,这种想象力不是作为社会批评的想象力,而确实是作为文学的想象力,十分出色。经过那种事件,在日本能有作者写这种事,我们特别感谢。

川上：有个读后感我想可能是沼野先生写的。文章没有任何变化,虽没有变化,但读后感截然不同。地震发生后产生核泄漏,当时我们处于半径几百千米之内的地域,现在我觉得那是我们大家的真实感受。

沼野：最后,请川上女士为我们推荐三本书。这三本书是希望大家务必读的三本书,其中一本是她自己的书。

川上：小说有各种阅读方法。有的时候想读跟自己同时代的人写的作品,有的时候会想阅读完全属于异类世界的读物。有的时候在阅读异类世界的东西时有抵触感,觉得麻烦。但是读过以后精神得到释放的作品不是距离自己近的东西,而是距离自己远的东西。我想介绍几篇有这种感觉的作品。

今天来的年轻读者居多,我把我十几岁二十几岁读的小说介绍几篇。这些小说使我感到惊讶，我当时觉得小说还可以这样写！还可以这样构思！

约翰·欧文的《盖普眼中的世界》（上下册，筒井正明译，三丽鸥，1983年，后由新潮文库出版）真的让我大吃一惊。它讲述了盖普这个人的一生，那种饶舌的感觉很新鲜。我是在读了加西亚·马尔克斯的《百年孤独》（鼓直译，新潮社，1972年）之后读的《盖普眼中的世界》，跟《百年孤独》相比要容易读，但是给我的冲击是一样的。

接下来是伊塔洛·卡尔维诺的《宇宙连环图》（米川良夫译，早川书房，1978年，后由早川文库出版）。《柔和的月亮》也有译文，两部作品都是出人意料的愉快的创世神话的夸夸其谈。

还有日本作家内田百闲，他写了《冥途》和《萨拉萨蒂的棋盘》等短篇小说。他的作品都值得一读。不管从哪个角度来看，内田百闲还是内田百闲，作品都很有趣，这种感觉是确实的。

女作家的作品也列举一下。刚才提到日记的事情，我推荐一下武田百合子的日记——《富士日记》（上中下三册，中央公论社，1977年，后来由中央文库出版），很有名。她的《狗看见了星星》这部俄罗斯游记也推荐一下。武田百合子是武田泰淳的妻子，但是武田泰淳去世后，出版社的人拜托她写武田泰淳的事情，于是她开始了文学创作。原本《富士日记》只是以泰淳要求她写的备忘录性质的东西为基础写成的，比如在富士山庄吃了什么，在路上做了什么，给山庄的管理人员送了礼物，等等。她对事物有独特的看法,在这一点上可以算得上佐野洋子①的大前辈,感觉很痛快,这些作品都很好,试着读一下吧。

我自己的作品中,我认为是《神》。《神》是我年轻时的作品。现在上了年纪,觉得写得不错的有两部作品。一部是短篇集,叫作《不管从哪里去,城镇都遥远》(新潮社,2008年,后由新潮文库出版),另一部是最新长篇小说《别被大鸟掠走》(讲谈社,2016年)。

沼野:谢谢!小泽先生能否从俳句的角度向我们推荐一些必读书?

小泽:首先是松尾芭蕉。芭蕉对于俳句的贡献巨大,在他之前的俳句只是以戏谑为主,芭蕉将自己的人生作为俳句的主题进行创作。他有很多地方值得我们学习。希望大家读一读《芭蕉俳句集》(岩波文库等有出版)。

近代的俳句有很多流派,我认为多样性是近代俳句的特点。我推荐一个人,山口誓子。俳句是短诗,咏物是中心。他的俳句有个特点,即以物吟咏世界。他有一首俳句是这样的:

かりかりと蟷螂蜂のかおを食む(夏日大螳螂,啃噬马蜂黑面庞,咔哧咔哧响)

---

① 佐野洋子(さのようこ,1938—2010),日本著名绘本作家,代表作《活了100万次的猫》。作品风格以独特的视角和崭新的色彩运用著称。

螳螂抓住马蜂，咔哧咔哧地吞噬着马蜂的脸。俳句中是一个就事论事的残酷世界，但很有魅力。

川上：

> 海に出て木枯帰るところなし（海上寒风吹，特攻队员上前线，最终无处归）

这是山口誓子战后创作的俳句。

小泽： 这和特攻队的事情是重合的。是直面太平洋战争而创作的俳句。他有各种各样的俳句，如果想从俳句诗人那里学点什么，我想推荐山口誓子。

沼野： 到哪个书店可以买到小泽先生编辑的杂志《泽》？

川上： 书店里没有放。这个不值一提，在网页上搜索"泽俳句会"或者搜索"泽"就能看到，拜托各位了（http://www.sawahaiku.com）。我觉得创作俳句的人在减少，社会在高龄化。我在 NHK 的电台做过三年节目，每期 25 分钟。即便如此，会员也只增加了十人。我们欢迎新人入会。

沼野： 我把我推荐的书也说一下。人们会觉得那些古典很老旧，但这些古典进行重译后会恢复生机。集英社的《口袋书巨作学习》系列，准备出一套新翻译的世界文学选集，每部著作都很有趣。多和田叶子翻译的卡夫卡的《变形记》成为谈论的话题，歌德的《少年维特之烦恼》由大宫勘一郎翻译，他的翻译很有新鲜感，令人吃惊。

光文社古典新译文库要出内村鉴三的《我是如何成为基督信徒的》（河野纯治译，2015年）。也许大家会纳闷，觉得内村会有这样的书吗？实际上这是内村鉴三用英语写的英语书。过去，在明治时代，内村鉴三的弟子翻译为《余は如何にして基督教徒となりし乎》，被大家长时间阅读。但这个译文毕竟是明治时代的文语翻译，现在有些古旧的感觉，年轻人根本读不懂。不过，也许会有人认为毕竟是内村鉴三嘛，那些古旧难懂的日语跟他是相符的。但这是个极其荒唐的错误。你们看一下英语原文，那确实简单易懂，那是一种年轻人的留学体验记或者说是跟异文化接触的记录。这次用接近年轻人的语言重新进行了翻译，焕发了生机。这本书的内容主要讲述为了追求人生的意义而冒险的年轻人的体验，给人以很大的震动。

此外，出于我的个人喜好，我推荐一部不为人知的儿童文学杰作《真正的天空颜色》（德永康元译，讲谈社青鸟文库，1980年，后由岩波少年文库出版，2001年）。这是匈牙利著名电影理论家鲍拉日·贝拉的作品，刚才我说是"不为人知的杰作"，因为该作品都进入岩波少年文库了，当然不可能"不为人知"。但我没怎么遇见过读过该作品的人……所以这部作品我不太愿意告诉别人，想把它只作为自己喜欢的作品。

川上女士的每一部作品都很棒，要从中选取一部有些困难。

首先我想推荐短篇集《流畅、热爱，充满甘苦》，书中的语言创造出了异类世界，这个短篇集可以体会到绵密的语言感觉。

回答提问

沼野：最后请大家进行提问。

提问者 1：翻译类书籍中有没有已经绝版的，但这类书又是我们应该读的书？

川上：绝版的情况我不太懂。我喜欢米歇尔·莱里斯的《非洲幽灵》（细田直孝译，现代思潮社，1970 年），受到他的影响。刚才所说的"三丽鸥 SF 文库"只能从旧书店弄到手，作者阵容很强大。

沼野：现在网上书店发达，通过网络可以很简单地查到旧书。最近有很多年轻人喜欢清洁，说旧书很脏，讨人嫌。不管怎么说，与书本的邂逅很有意义，比起在网上查阅，有点时间的话，自己去旧书店亲自寻找更有乐趣。

川上：旧书店很有意思的，可以买到自己想买的书。过去街上的旧书店都是这样的，有特点的旧书店有很多，去到那里会遇到自己想买的书。

沼野：已经绝版的俳句书有没有好一些的？

川上：俳句书几乎都绝版了。

沼野：平井照敏编辑了明治时期到昭和时期俳句诗人的句集《现代俳句》，由讲谈社学艺文库出版。这些俳句诗人比小泽实出道要早。我觉得读了这本句集可以算阅览全部现代俳句了。

小泽：是啊。虽然不太严密，但可以全部阅读到。不过，价钱有些贵。

川上：是的。前几天我想在网上买，结果要花费两千日元。

提问者2：我在神奈川县做教员。我在教室里教授古典时，感觉是在一边解释一边教。以此为契机，有时会从学生那里得到意想不到的解释。具体说来，我使用的教科书上刊登有川上老师的《水蝎子》（2000年，刊载于《东京新闻》，收录于短篇集《叶月》），读过这个作品的学生说，小说的吃饭场面印象深刻，在吃饭期间体现了人际关系，吃饭场面成为故事的分界线。如果我要回答这个学生的问题，答案会是怎样的呢？能否告知？

川上：这个学生很犀利呀。《水蝎子》讲述一位女孩春子暗暗喜欢一位即将退役的棒球选手玄坊的故事。这位选手在职业棒球界活跃，后来肩膀受伤接近退役，住在女孩家附近。两人走路时，发现盆里有只水蝎子。通过这种东京不太见到的动物，我想要书写这种有些古旧的令人怀念的东西。

提问者2：学生有一种感想，即您是不是把玄坊封闭的精神打开这件事寄托在春子这个名字上了呢？

川上：嗯嗯，这位学生读懂了作者的无意识。我自己没有意识到。

提问者2：上课时怎样才能引导出这样的解释呢？各位老师，能否给出建议。

小泽：深入阅读是很好的。我认为现在的指导方针很好。

沼野：这些内容教科书里有登载吗？如果登载了，阅读作品是一种义务。如果以义务的名义去要求阅读，再好的作品都会变得索然无味。这感觉像是一种宿命。因为老师指导得好，所以产生了那么好的感想。我在大学授课每天都想这样的事情，如果有兴趣的话，请来听我的课。不仅是日本学生，外国留学生的读解也十分犀利。

提问者3：您在随笔中写道：五岁时去了美国，还尿床，因此受到了歧视……

川上：小时候常尿床的。不过，不是现在说的"校园霸凌"，我有点跟不上大家，被大家认为是弱者，是这样的感觉。

提问者3：看过您的描写，今天直接听您讲话，我觉得您的体验是很痛苦的体验。有些客观观察事物的内容也反映在作品中了。我认为主观和客观的搭配非常好，作品不同，主观和客观的搭配也会不同。您怎么看？

川上：也许是那样。只是，如果过度分析我自己的小说，我就很难写下去了。我是这种类型。关于您提问的主观和客观的搭配，我确实没想过。抱歉了！

提问者4：川上女士初中时就进入文艺部，您说自己写过SF小说。这种SF小说的构思是如何形成的？

川上：我总是在想，这个构思是从哪里来的呢？我自己也想问一下自己呢。不过，想写的时候构思就来了。想写什么的时候，从正在阅读的东西中也会产生构思，或者从跟人交谈的话语中产生构思。我的传感器工作起来变得容易，由于截稿日期的存在，它使我的传感器一直运转。

沼野：俳句诗人的截稿日就是俳句会的日子吧。

小泽：是的。截稿日期的限制很严格。

沼野： 在多大程度上能够遵守截稿日期，不同的作家或诗人情况各不相同。我一般是到了截稿日才想起写东西，对于编辑来说，我是那种让他们头疼的可恶至极的人。相反，诗人谷川俊太郎速度很快。我听说过他在截稿之前很早就把稿子交给编辑了，结果编辑搞不懂是什么稿子而大吃一惊。我是大学老师，平时必须要面对本科生和研究生的论文。像读书报告、毕业论文、硕士论文、博士论文，各种论文都有截止期限。提前交的学生很少，大部分学生临近期限时才交论文，很多时候还听到学生的不得已的申辩。我自己都是经常不遵守截止期限的人，在截止期限方面对学生要求也不严格。但是有了截止期限这个东西也让人为难，没有它也为难。还有一种终极的截止期限，编辑在你身边等着，绝对不让你逃走。在截止期限之前必须要完成。这不是针对学生，而应该说是针对我自己。

川上女士、小泽先生，今天对谈了这么长时间，谢谢你们！

第二章
从木兰花的庭院走出

——小野正嗣与沼野充义的对谈

文学的未来会怎样？

小野正嗣

　　1970 年生，小说家、比较文学学者、法国文学学者、立教大学教授。修习过东京大学大学院综合文化研究科语言信息科学博士课程，取得学分后退学，后凭借研究玛丽斯·孔戴的论文获得巴黎第八大学博士学位。1996 年以小说《奶奶·猴子·爷爷》应募新潮学生小说大赛，从而登上文坛。2001 年凭借《水淹之墓》获得朝日新人文学奖。2002 年凭借《停泊在热闹海湾的船》获得三岛由纪夫奖。2015 年凭借《九年前的祈祷》获得芥川奖。主要作品有：《水淹之墓》《停泊在热闹海湾的船》《在森林尽头》《面包车》《线路、河流与母亲的交集》《比夜晚还大》《狮子渡之鼻》《九年前的祈祷》《残余者们》《溺死者的归还》等。此外，还有著作《文学 人道主义》《从海湾到木兰花的庭院》。

所谓文学就是创造、给予并接受场所的东西

沼野：欢迎各位的到来。今天天气很好。对于这样的活动好天气未必是好事,有人想去更有趣的地方。不过,我很感谢各位今天的到场。我是小野,这位是嘉宾沼野充义。我是在开玩笑。我想应该没有人会把我和小野正嗣搞混淆的。以前我去美国留学的时候有个翁贝托·艾柯的讲演会,我去听了。那个意大利人教授担任主持,他突然说道:"今天我要广播一件事,翁贝托·艾柯是站在我旁边的人,翁贝托·艾柯不是我。"听了他的话,我觉得意大利人真是有趣,我十分佩服他。今天我模拟了一把。下面不是请翁贝托·艾柯,而是请小野正嗣来给我们讲两句。

小野：我叫小野正嗣,天气转好,这很好。各位有没有要去其他地方的?

沼野:你这种消极的开场方式还是算了吧。我和小野先生是老相识了,一开始我们的气氛就很欢乐。不过今天我们打算谈一些严肃的话题。拜托你了!

小野:好的。

沼野:我想提问的问题有很多。首先从最近获得芥川奖的作品

《九年前的祈祷》（讲谈社，2014年）开始吧。

小野：虽说是"最近"，但也有一年多了，是去年的一月份。紧接着《火花》（又吉直树著，文艺春秋，2015年）获得芥川奖，我心中的这团火就彻底熄灭了。

沼野：不过，最近NHK在播送小野先生的特辑（2016年2月6日播送，电台节目特辑"靠近'海湾'的物语——培育作家小野正嗣的蒲江"），这在街头巷尾成为人们议论的焦点。我想也有很多人看过节目。小野先生，一年过后再说这个话题有点那个，祝贺你获得芥川奖！

小野：谢谢！

沼野：人们说芥川奖是文坛新人的鲤鱼跃龙门，不仅仅是新人奖，这个奖项具有特别的含义。怎么样？获芥川奖之后有没有什么改变？

小野：嗯，我认为它是颁给年轻人的新人奖，我已一大把年纪了。

沼野：在那之前获得过三岛由纪夫奖。从那个时候开始我就认为小野先生作为作家已经比很多评委厉害了。所以呢，你有没有一种感觉，觉得不获奖也无所谓？

小野：不是的。自己也有"过时的新人"这种感觉。能够获奖，十分难得。特别是我吧，出生于大分县，一直以大分县南部海边的小村子为舞台创作作品，所以当地的百姓非常高兴。很多地方有人跟我打招呼，去年我每一个月回大分一趟或两趟。以前只有在盂兰盆节或新年时回去。我认为回故乡的机会增多是最大的变化。所以，我能够以不同的形态观察故乡或者在故乡有新的发现了。我认为这也非常棒。

沼野：我也参加了颁奖仪式。这种颁奖晚会的邀请函我收到过很多，平时很少去参加。不过，这次我心里想，小野会发表什么感言呢，于是我就去了。小野你的致辞令我很感动，很有你的特点。其中记忆深刻的是"文学是施与别人的，是礼物"。"施与别人的东西"是一种什么感觉，能不能稍微讲一下？

小野：我认为来到会场的各位都喜欢书籍，都非常喜欢进入物语的世界。如果仔细思考我们读书的体验，我认为我们会被书本的世界所接受，会被展现在我们面前的语言所创造的世界所接受，这反倒是一种得到某种物质的体验。不仅仅是文学，我自己感觉所有艺术都是这样毫不吝惜地施与别人，我认为很多人都有这种感觉。

沼野：我感觉从迄今为止读过的文学作品中我们被给予了很多吧。这种感觉特别强烈，是这样吗？

小野：虽然我们被给予了，但不知道究竟被给予了什么。只是知道自己得到了东西，是被他们所包围或者被他们接受了吧。

所谓让别人接受，就是让人拥有自己的空间，并让别人给予自己一定的空间。所以，作者通过创作而创造出自己的空间。那对于作者是空间。不可思议的是，它同时是读者的空间。我作为读者在阅读世界各国不同作家的作品，我认为我在其中获得了使自己沉下心来的感觉，或者获得了心潮起伏的感觉。

沼野：提供这个空间的是作家个人吗？

小野：不是，我认为不是作家个人。应该是作品本身吧。

沼野：是作品本身啊。作为"空间"的作品本身。

小野：我觉得今天会出现许多跟外国文学和外语有关的话题。法语里面把发生了什么事情说成"avoir lieu"，意思是有一定的空间。英语里则说"take place"，意为取得空间。也就是说，作品在哪里产生就意味着在哪里创造了空间。我认为那不是具体的场所，而是由语言创造出来的，或者说是由作者和读者的想象力共同编织的空间。读者的感觉是自己被这个空间所接受了。本来嘛，不论任何语言，只要能轻松进入这个语言的世界就可以了。但有时会不顺利。很明显，这个空间不属于自己。因为在阅读过程中有时难以进入作品的世界。

沼野：我觉得吧，小野你作为作者，你的作用是为了读者创造这样的空间。

小野：那个啊，有趣的是……对了，不能跟沼野老师您说话时用"那个啊"这样不恭敬的说法。

沼野：不，不，没问题的。因为我本来就不是什么老师。

小野：我称呼沼野老师为"团块"，不是乍一看他的形象而这么说的，而是说他是知性和教养的化身。

沼野：仅仅说是"团块"，不明白是什么意思。

小野：其中有各种含义。大家知道吗？沼野老师的著作有《彻夜的团块》三部曲。

沼野：嗯，那个啊。大家常看错，以为是《彻夜的灵魂》呢。我希望大家仔细认清楚汉字①。

小野：其中在很多地方设有圈套。

---

① 沼野充义《彻夜的团块》的日文版原书名为"徹夜の塊"，与"彻夜的灵魂（徹夜の魂）"汉字字形相近，容易混淆。

沼野：这个先不提了。是什么话题来着？

小野：是"团块"的话题。

沼野：不是。

小野：沼野老师很出色，我不能跟这样的老师轻松地说"那个啊"。

沼野：你算了吧。我们把话题转回去吧。

小野：是！

关于为读者创造空间这件事，我认为作者可能没有考虑为读者创造空间。比如很多作者会说写作就是发掘自己。

沼野：嗯，是的。

小野：一边发掘自己，一边构筑自己的空间，也就是筑自己的巢。但是为自己筑巢是极端个人化的行为，那有可能成为不特定多数的空间。这一点蛮有意思。

沼野：小野，你写小说时眼前有没有浮现出读者的面庞？

小野：至少不会浮现沼野老师的脸。因为我认为，不管我写什么，老师都不会表扬我。

沼野：哈哈哈。

小野：当然是开玩笑啦。

沼野：的确，我基本上都进行了表扬。不过，比如评论或者研究类书籍的话，阅读者自然会受到限定。

小野：是的，那个时候我眼前多少会浮现出他们的面庞。大概是学术团体的面庞吧。

沼野：小野你除了写小说和做研究之外，也写评论或者高难度的启蒙书，《文学 人道主义》（岩波书店，人道主义系列，2012），这种书标题看起来很厉害呀。这本书是不是有预想的读者？

小野：是的。写那本书时我预想的读者是年轻读者。编辑告诉我，写这本书的目的是让还没有接触文学和没有阅读文学习惯的人了解文学是什么，文学活动对于人类来说具有什么意义。所以假定的读者是那些年轻的高中生。我就把读者设定为即将升入大学的人而写了这本书。

沼野：写小说时不考虑这种事吗？

小野：不考虑，老师您考虑吗？

沼野：不，因为我不写小说。

小野：最近，老师您写了本书，叫《契诃夫——七分绝望和三分希望》（讲谈社，2016）吧，部分内容刊登在文艺杂志（《群像》）上了。您写这本书是一种什么打算？

沼野：我只想一件事，即把想写的东西尽量写出来。我认为一般人不太能够确定好不同的读者，然后很巧妙地分类书写。

小野：我的答案也完全一样。写小说时，全身心关注写作，没时间去设想读者。

沼野：听说小说家写东西是一种对自我进行挖掘的感觉。这种事情在外国也经常听到。和俄罗斯人交谈时得知，他们之中喜欢文学的人很多，他们经常说的一句话就是，在日本所谓的纯文学一样的严肃文学是为作者自己写的。相反，那些为了娱乐，为了卖钱而写的书是为读者写的，这很明白地说明了两者的区别。我的话也许对于娱乐类作家有些失礼。所以，对于俄罗斯严肃的文学家来说，心里想着读者而写作，这不是件好事情，或者说不是合理的步骤。原本，优秀的作品就是写给作者自己的。这种说法你觉得怎么样？

小野：本来是写给自己的东西，很可能与众多的人产生共鸣。发生这种情况时是相当幸福的瞬间。

沼野：如果没有这种瞬间，便成了作者的自我满足。乔伊斯的《尤利西斯》①，即便是现在也不是大家都能明白，或许这部作品没有一个人懂。然而它在某个地方跟读者联系着，这是它的厉害之处。

小野：是啊。很多作家读了乔伊斯的《尤利西斯》，都惊讶地说乔伊斯竟然能做到这样！自己也想写这样的东西，自己也要在自己的空间尝试一下。我们经常听到这样的事。

沼野：是啊。

小野：也就是说能理解的人自然就理解了。所以，比起什么也不写，我觉得还是写点什么为好。

沼野：还有一个问题，在对谈的开始部分提到了"施与的东西""礼物"等话题，我想问一下，英语的"give"或者法语的"donner"，"施与的东西"是谁给予别人？说起这个，一般呢，欧洲有一种意识，即是神施与我们东西。日本也说"天赋之

---

① 爱尔兰作家詹姆斯·乔伊斯创作的长篇意识流小说，讲述的是青年诗人斯蒂芬寻找一个精神上象征性的父亲和布卢姆寻找一个儿子的故事，通过描述一天内发生的单一事件向人们展示了一幅人类社会的缩影，揭示了喜与悲，英雄与懦夫的共存以及宏伟与沉闷的共现。

才",才能是上天赋予的。小野你说过,关于作品这个空间,与其说是特定的作者在进行创作,倒是这个空间是被某种东西隔开的。在这里,一种所谓超越人类的神灵给予了我们某种东西,有没有这种感觉?有人说灵感等东西是上天赋予的。

小野:于是我想到的是福楼拜的《布瓦尔和佩居榭》(《口袋书巨作学习07·福楼拜》,堀江敏幸编,集英社文库文学遗产系列,2016年),这是一部未完成的晚年作品,讲述的是关于两名糊涂的代写人的故事,他们一味地只是代写。两名代写人尝试通过代写书籍或者通过实践来掌握全世界的知识或艺术。作者以一种滑稽的笔调描写了他们。于是,作家说,当布瓦尔和佩居榭朝着艺术的方向努力时灵感就会降临到他们身上。两个人在大自然中来回徘徊,等待灵感的降临,但最后什么也没有降临。这是一个很滑稽的场面。总体来说我是这种感觉,不仅没降临什么,感觉他们在那里也准备拾到些什么。

沼野:inspiration(灵感)这个词的语源是"吹入气息",有一种从外部吹进来什么的感觉,或者是从内部涌出什么吧。

小野:这个怎么说呢。比如玛格丽特·杜拉斯[1],我认为她当时说她听到了灵感的声音。

---

[1] 玛格丽特·杜拉斯(Marguerite Duras,1914—1996),法国作家、电影编导,代表作有《广岛之恋》《情人》等。作品倾向于抹去小说情节,更强调主观感受和心理变化。

沼野：真了不起！翻译也是这种情况，柴田元幸他们说过这样的话，在做翻译的时候好像听到了登场人物的声音，译者只是将他们的声音进行记录而已。

小野：那不是从阅读的文本中听到的吗？应该不是从其他地方听到的声音。

沼野：柴田元幸翻译的文本是英语文本，他在日语中听到了文本的声音，所以很厉害。我在翻译俄语小说时，不管读多少遍俄罗斯文学文本，也只能听出俄语的声音。所以翻译真是件难事！

方言、标准语、登场人物的原型等故事

沼野：下面进行下一个话题。刚才的话题讲的是文学创造的空间很重要。我们不谈这个了。实际上，我想具体问一下小野你自己创造的文学空间的问题。

在此之前你的主要舞台是参加电视节目。小野你是大分县海边出生的吧，一个叫什么"浦"的地方，对吧。你之前写的很多小说都靠这个"空间"相互缓缓地联系着，而且一贯坚持。拥有这样的"空间"对于作家来说意味着什么？说得简单些，这是你创作的原点吗？

小野：最初我想写小说来着，但那不是单纯地想写小说，而是想描写这片土地。到了外地我才发现自己的故乡真是个很有趣的地

方。是上了大学之后。

沼野：是来到东京之后吧。

小野：是的。

沼野：高中毕业之前你一直在大分县？

小野：是的，是大分县。从村落翻过一座山，那里有县立高中，我在那里上学。坐巴士约需要一小时。

沼野：居然要一个小时？

小野：而且是里亚斯型海岸，道路弯弯曲曲，我晕车看不成书。在车里读书的话会不舒服，会呕吐。

沼野：你的作品中也有在那一带坐中巴车的情节。

小野：我上高中的时候，有很大的文化冲击。来到东京后感受到的文化冲击更厉害。我认为这是出生于地方上的人都体验过的。

沼野：语言也差别很大呀。

小野：是的。语言也不一样。我也经常看新闻，也确实明白标准语是个什么东西，但自己标准语根本说不好。比如在大学学习的内容要用标准语表达。

比较有趣的事情是，上学期间回老家时，老家的人总问我在大学学的什么内容。想要解释的时候，用方言无法解释，我觉得这一点比较有趣。因为是用标准语学习的，只能用标准语表达。比如我读过沼野老师的《屋顶的双语人》，于是，在老家解释这本书时便用了标准语。

沼野：法律和宪法的话语无法译成方言。就连平时只用方言交流的朋友或亲戚，跟他们说起法律或宪法的问题，不用标准语则无法交流。

小野：我觉得这很有趣。我深深体会到方言是这样一种语言，方言适合表达跟自己亲密的世界或者跟亲密圈有关的事物，或者表达跟自己接近的事物、情感和情绪。所以，我觉得到东京进大学学习这件事就是跟自己的方言相隔离的一种体验。

进入大学，大家经常会问道："你从哪里来？"我说自己家乡的话，大家觉得很有趣，我也觉得自己出生的地方相当好。进入大学后读了各种各样的文学作品，很多朋友给我推荐说："这个可以读。"我认为有这样的好朋友我获益良多，也有很好的老师。就像刚才所说，进入大学后我遇见了柴田元幸老师，也遇到了当时在大学当讲师的西谷修老师。这些人告诉我："你出生于那个地方，你可以读这样的书。"他们还说"你读这部作品会比较有趣"，我经常读他们手头的书。于是，我终于发现有一部作品是描写很小的村落的，但作品中包含着具有普遍性的力量。这个发现对我来说是件大事，或者说来到东京以后更加强烈地感受到自己出生的土地真是有趣。我认为这和自己感觉能够描写自己出生的土地这种心情有直接的关系。

沼野：那时候阅读的世界文学里，以一个小的空间为起点的作品都有哪些？

小野：我认为可以算是世界文学，比如大江健三郎后期描写四国农村森林里面峡谷的作品。

沼野：大江的后期作品写了作家古义人[①]，他一会儿住在位于成城的家，一会儿又回到东京居住。所以他在两个世界往返。

小野：是啊，我觉得比较好的作品是《致令人怀念的岁月的信》。从宇宙论的角度将但丁的文学世界与四国的森林相联系。这的确是通过书籍将小地方与普遍的世界相联系了。

沼野：日本有些作品已经超越了世界文学的经典作品了。

小野：时代上也远远超越了啊。

---

① 指长江古义人，大江健三郎作品《奇怪的二人配》《优美的安娜贝尔·李寒彻战栗早逝去》《水死》《晚年样式集》中的主人公，其原型为作者本人。

沼野：仔细想一想会觉得大江健三郎这个作家真了不起。

小野：我觉得这部作品真了不起。此外，日本作家的作品我还读过中上健次①的众多作品，以纪州被称作"路地"的受歧视部落为舞台。然后是加西亚·马尔克斯的《百年孤独》等作品。它们都是世界文学的杰作，通过接触这样的作品，我觉得优秀作品给我以勉励，让我觉得虽然自己不能够写得那么好，但是关于故乡是可以写的。这些优秀作家似乎在催促我说，我已经写了我所处空间的事，你也寻找你的空间写一下，他们给我以很大的鼓励。

沼野：的确，像加西亚·马尔克斯《百年孤独》中的城镇马孔多，马孔多这个地名本身虽然是架空的地名，但很大程度上是基于现实的。虽然它是基于现实的，但加西亚·马尔克斯的创作手法被称为魔幻现实主义，他的作品中常出现实际上不可能发生的不可思议的事情。这种文学引起了世界潮流。不过，我觉得如果写的内容跟特定的空间相结合，有可能被这个空间所具有的力量带走，从而失去想象力的自由。很显然，加西亚·马尔克斯超越了种种危险性。小野先生你是怎么一种情况？

小野：我觉得所有的地方能够讲述的事物和事情，我都拥有。所以，有人说："小野君是个了不起的出生于农村的人，这很好。"

---

① 中上健次（1946—1992），日本当代著名作家，他的《岬》（芥川奖获奖作品）、《枯木滩》、《天涯海角·至上之时》并称为"路地三部曲"，都是描写其故乡部落民的作品。

不管是东京还是其他地方，如果挖掘的话，我可以写的素材有很多。我觉得那是写作方法的问题。

沼野：这个怎么说呢。我想今天来这里的多数人住在东京近郊，也就是说很多人没有像样的农村体验。比如说比你年长的岛田雅彦，他最多也只是有都市近郊体验，所以市郊住宅区成了他的心灵故乡。我出生后一直在东京长大，没有像样的农村体验，小时候被大人带去神奈川县伊势原的亲戚家，附近有农田，在附近捉青蛙很好玩，这可能是我唯一的农村记忆，有点寂寞。只有捉青蛙的记忆。这方面小野应该是得天独厚吧。

小野：是啊。我认为我在农村真的获得了很多。生活在当地的人们之中也有很多与众不同的。

沼野：于是，这些素材就成就了小野你的魔幻现实主义吧。小野你的作品中真有这样的人物吗？是凭借想象力虚构的吧。你的作品中会出现奇特的人，这一方面是什么情况？

小野：有这样的人。

沼野：有原型吗？

小野：语言和行动奇特的人有很多。我最初的小说里出现很多猴子，这些猴子真正存在，而且净干坏事。

沼野：电视上也播放过猴子的故事，你老家那里真有猴子吗？

小野：真有。

沼野：读着读着就搞不懂哪里是真的，哪里是虚构的了。猴子一般山上都有的。

小野：一般都有，是真有！它们会来到村庄附近，是以前回老家时我父母说的。父母每天早上去扫墓，遭遇到一只很大的猴子。猴子在墓地干坏事。它把供奉的八角茴香的枝子折断，把插着的菊花花瓣全部薅掉，把茶碗打破，等等，这是真的。我父母亲眼所见，也经常听到这样的故事。母亲说："那只猴子太大了，吓我一跳。"我问父亲那只猴子有多大，父亲说："跟你妈妈一样大小。"我心想那只猴子真是与众不同。

沼野：也就是说，这类真实存在的事本身已经具备故事性了吗？

小野：是的。

沼野：在小野先生的作品中，此类取材自现实的故事可谓是一直都有的，特别在初期作品中经常出现，像《水淹之墓》（朝日新闻社，2001年）、《停泊在热闹海湾的船》（朝日新闻社，2002年）这些作品的文体独特，登场人物也丰富多彩且性格鲜明，甚至让人感到有些眼花缭乱。这些登场人物都有实际存在的原型吧？

小野：未必一定有原型。小时候耳濡目染的各色人等的姿态和语言，在我进行人物创作时有很大的参考价值。我记得库切跟奥斯特的往返书简①中有这样的话，即在小说中创造某个人物时，比起具体的某个人物原型，先前遇到的人的举止或者他身上具有的特点，这些部分组合在一起会构成人物。就是这样一种情况。在描写登场人物时，我心想如果具体以沼野老师为原型，会描写出很有趣的人物来，有一种可爱的吉祥物的感觉。

沼野：以我为原型，不可能有很有趣的故事。

小野：啊，被你反击了！

沼野：哪里哪里。我都不知道要说什么了……

对了对了，刚才说到会有很多人物出现。我问一个有点微妙的话题。以故乡为舞台，以故乡的人物为原型的话，认为自己被描写到作品中的那些人会生气或者感到不快，在社会上会有这种事情。小野先生你的小说不是这种情况。故乡的作家使故乡出名了，乡亲们会很高兴。但另一方面，有时候也有人会认为这个

---

① 美国小说家保罗·奥斯特与南非小说家 J. M. 库切从 2008 年到 2011 年展开书信对话，被收录在《此时此地》一书中。

作家写了很奇怪的事情。小野你属于什么情况？是不是你获得芥川奖后乡亲们都觉得故乡出了个文豪，大家都很欢迎你呢？

小野：你这个问题很有意思。实际上只有一人发了牢骚，是我的父亲。小说里有喝烧酒后乱闹的父亲形象。据说当时父亲说了"那个父亲是我吧""把我写成了酒鬼"。即便如此，那个父亲形象也不是父亲。至少父亲不是唯一的原型。从小时候起酒鬼我可没少见，这些人物形象也掺杂在其中。除了父亲之外，其他任何人没有抱怨的。

沼野：过去，我在写《停泊在热闹海湾的船》的书评时，由于登场人物太多，我边做笔记边制作人物关系表，这个人是这样的人，然后一一整理出人物。今天我把笔记拿来了，现在看来，人物还是很多。"淑子奶奶"好像出现了很多次吧。像巨型烟花发射到家里来了等等，有趣的故事不少，印象很深刻。

关于小场所

小野：说起巨型烟花，我想起来了，可以说吗？

沼野：请。

小野：在小说里写巨型烟花的故事时，有个比我小一岁的男子，我们小时候经常一起玩。在农村大家都叫我"麻君"，那位小我一岁的男子说："是麻君你朝着别人家放的巨型烟花呀！"哎呀哎呀，我可没干过这种事情。放巨型烟花的故事完全属于创作，我感觉读过之后自己的记忆被人捏造了。

沼野：是啊！实际上，这种记忆的捏造也是有的。

小野：感觉有趣的是，他读过我的小说后说我们小时候确实干过那种事情。之前的话还好听，后来他居然说是我指挥他朝别人家放烟花的。

沼野：文学作品有一种力量，一旦文本完成，它就成了历史，或者大家根据这个文本将记忆更替。我认为书写的力量很强大。

关于场所，我还想问你一个问题。你刚才提到各种作品，我认为通过描写那些远离世界的产业和经济中心的边境或小地方的内容，或者通过自始至终描写边境或小地方，反而可以达到世界文学的高水平。这是很好的似是而非的说法。刚才也提到过，作家不是为了某某而写作的，仅仅是为了不断挖掘自己。挖掘了自己也就等于为大家提供了场所。通过一直描写的场所，就可以跟广阔的文学世界相联系，这一点你怎么看？

小野：发生这种事情是文学和艺术的不可思议之处。托老师的福，《停泊在热闹海湾的船》这本书翻译成了越南语。

沼野：是去越南旅行讲演时翻译的吧。

小野：是的。沼野老师前一年去的，第二年沼野老师替我打了招呼，我就去了越南。以此为契机，作品被译成越南语了。结果，读我作品的越南读者说，他以为我写的是越南农村的故事呢。

沼野：他们有一种亲切感。

小野：他们说，明明描写的是日本一个小地方的故事，读者却以为描写的是自己的家乡。大城市虽然有不同之处，但基本上都很相似，有一种共通性。同样，我认为狭小的边境也有相通之处，日本的边境、越南的边境、俄罗斯的边境也都有相似之处。前一阵子我去了俄罗斯，在当地的图书馆讲了自己的小说，那里的听众也觉得像是讲的俄罗斯乡村的故事。我听他们说"去到俄罗斯乡村，那里有些事情比起你写的还要厉害"，他们觉得很有趣。

沼野：小野你的作品还没有翻译成俄语吗？

小野：是的是的。关于这一点还有个有趣的故事。我去俄罗斯的图书馆之前，有人问我要不要去亚美尼亚。建议我先去亚美尼亚讲演，然后再去俄罗斯讲演。当然，我的小说没有翻译成亚美尼亚语，有人说为了读者，他准备把小野小说的一部分进行翻译。于是那个人把我的《九年前的祈祷》全部进行了翻译。我原以为我的小说被翻译成亚美尼亚语的，结果被翻译成俄语了。因为亚美尼亚是苏联的成员国，他们国家的人会讲俄语和亚美尼亚语两种语言。只不过呢，因为译成俄语了，在亚美尼亚和俄罗斯，他们可以用俄语对我的作品进行交流。

沼野： 果然啊，那种小国家的语言状况相当复杂。关于小语种的话题回头再说。在此我想多说一点的是，即便是小的空间，深入挖掘的话也可以变为更广阔的舞台。一方面，小的空间自身的特点之中有可以共通理解之处，但是大城市的生活也有相同之处。比如村上春树描写的都市中上层知识青年们的感觉，估计这种感觉全世界是相通的。所以我认为他的作品不管在东南亚还是在东亚，不管是欧洲还是美洲都有理解它的土壤。只不过，像托尔斯泰的《安娜·卡列尼娜》开头部分的名言那样："所有幸福的家庭都十分相似；每个不幸的家庭却各有各的不幸。"总之不幸的状态有很多种，各不相同。我并不是说边境（偏僻之所）就是不幸的。城市里那种看起来安稳富足的生活在全世界感觉都一样，与此相比，地方上富有特点的小地方也各有其闪亮之处。不能简单地以偏概全，正因为如此，它才是小地方的。

小野： 小说或物语中必定要有场所，如果只有人物没有场所，不可能写出作品来。我认为都市的确有都市的丰富，但到了地方，有一种跟都市风景迥然不同的景象，那里有田地，有河流，有大海或者高山，有了这些，土地的表情就大不相同了，人际关系依然浓厚。所以，以地方的小场所为舞台进行创作的话，就必须触及人们所编制的浓密的关系网以及地缘、血缘的关系网，必须要描写人际关系。当然即便在城市或其他地方，人与人的关系是重要的媒介，但对于这种关系的描写方法有了一点变化。

沼野：事到如今说这些也无济于事。我最初去美国留学是20世纪80年代前半期，美国的饮料自动售货机比日本要先进。不仅就机器性能而言，美国的自动售货机故障多一些，投入钱币也不出东西，或者不出零钱，有各种纠纷。这个话题暂且不提了，我对于美国自动售货机感到惊讶的是居然用声音回答说"你好""谢谢"等。也就是说，放入钱币从机子上买东西时，和机器之间进行一种疑似的信息交流，没有与人进行任何接触，交流就结束了。但是在过去的苏联，自动售货机当然是没有的，即便买个小东西也需要到柜台上，柜台上老阿姨面目狰狞地站在那里。购买者无法拿东西，跟老阿姨说那个东西给我看一下，老阿姨说是这个吗，然后拿给我看。不过没标价钱，必须一一地询问这个多少钱那个多少钱，不这样就无法购物。农村还有这样的地方吗？

小野：是的。几年前，在日本的学术会议上有一个分科会，讨论和制作针对大学的语言文学领域的教育课程的参照标准，也不知为什么，我和柴田元幸被叫到分科会上参加了会议。其中从事文学教学的文学部的教员们说文学重要，只有他们自己这么说的话也没有说服力，于是在参照标准问世前围绕草案举办了公开的研讨会，请外围的人也参加了。于是，来了一位企业家，他认为文学部教育很重要，从经营方面谈到文学为什么重要。

这位企业家说，从基本上讲，文学部是处理语言的空间。人们的一切活动靠语言来建立。现在到了公司无法进行沟通而迅速辞职的年轻人正在增多，而且因为交流不畅而长期内心痛苦的人也很多。正因为如此，在大学认真学习文学十分重要。

那位企业家说的有些话令我印象深刻："我前几天去京都出差了。仔细想来，除去工作时间一句话不说，和任何人不说话就出了家门，在自动售票机上买票也不用跟人说话，去小超市买东西，将商品拿到柜台时跟店员也不说话，到达京都坐出租车的时候只说了一句目的地。到了出差地结束工作之后仍然不说话。所以不说话也可以生活，现在的社会跟人接触聊天的机会变少了。"那位企业家的话仍浮现在我的脑海。

沼野：或许生活不便这种情况更适合文学。

小野：是啊。

沼野：在俄罗斯，现在有一位前卫作家叫索罗金①，受人膜拜。他初期有部作品叫《排队》（未译）。俄罗斯常出现物资不足的情况，不管买什么东西都需要排很长的队。比如买个厕纸也要排一小时的队。这不是开玩笑，是真事。于是排队的人开始各种聊天，有时候还会发生口角。《排队》这部小说仅仅由排队时人们的会话构成，虽然很前卫但也很真实。我觉得是文学的力量使得这样的作品能够形成。

---

① 弗拉基米尔·索罗金（Vladimir Georgievich Sorokin），1955年生，俄罗斯后现代派小说家、剧作家，代表作有《玛丽娜的第三十次爱情》《蓝色脂肪》《排队》等。

与世界相关的克里奥尔文学

沼野：从刚才讲的场所的话题，我想转到外部一点的话题。刚才小野的话有这样的内容，即意识到自己的空间性，看到了世界各种各样的文学。那么我有个问题想问你。这个问题是，你想写小说的时候，不是想写自己而是想写场所，对吧。

我这么说是因为我认为，很多年轻的文学少年、文学青年他们有些自我意识过剩，他们眼里只有他们自己。投稿新人奖的作品，在我看来一多半有这种感觉。不过，小野你另当别论，你的"自我"早不知道飞到哪里去了。是场所的话题很有趣吗？

小野：是啊。我自身一直觉得只有跟乡土和其他人结合起来才会有我自己这个人。回到农村和别人交谈时也会发生有趣的事。自己一个人不会产生趣事。

沼野：日本近代文学拿"自我"没办法。在无法应对的过程中形成了近代文学。小野你在某种意义上从一开始就脱离了日本文学，可以这么说吧。这一点我觉得很有趣。

小野：因为近代人的苦恼基本上都是讲都市人的故事嘛。

沼野：是啊。刚才提到关系很重要。格里森写了《"关系"的诗学》（管启次郎译，脚本社，2000年），他在书中也提到了关系的重要性。跟克里奥尔文学①的关联我们回头再讲。在这里,我想把话题从日本的小场所转移到外围的世界文学。刚才的话题里也提到了,进入大学,接触到各个国家的文学,从而眼界大开。小野你的专业是外国文学吧。而且你专攻法语,去法国留过学,走上了研究者的道路。在法国取得了博士学位,不仅是作家,还是出色的研究者。学习外语然后进入外国文学的世界,关于这件事你怎么看待?对于年轻人来说,那意味着什么呢?

小野:我原本不是学的文学。

沼野:最初学习的是什么?

小野:是米歇尔·福柯②,是哲学思想,我对这个很感兴趣。

沼野:这样说来,你也参与了福柯的《米歇尔·福柯讲义集成6 社会必须防卫》(十天英敬译,筑摩书房,2007年)的翻译工作了吧?

小野:是的啊。

---

① 克里奥尔人在16—18世纪本指出生于美洲而双亲是西班牙或葡萄牙人的白种人,如今多用于指代在殖民地出生的欧洲后裔,更多地用来指所有属于加勒比文化的人民。
② 米歇尔·福柯(Michel Foucault,1926—1984),法国哲学家、社会思想家,著有《疯癫与文明》《性史》《词与物》等。

沼野：这么说来，你原本对这方面的思想研究感兴趣吗？

小野：在某个时期，说起法国文学和哲学来，萨特是典型代表。他的文学和哲学表里一体，是密切相关的。在福柯那里，初期的作品可以感受到文学要素的过剩，也出现许多文学作品的话题。他也实际论述过文学作品。我对于他如何与文学作品面对面交流也很感兴趣。只不过我感觉自己不适合这条道路。

沼野：是研究思想和哲学吗？

小野：是的，感觉自己不适合这条道路。

沼野：你提到了福柯，我说话有些狠毒，我觉得法国的现代小说自从出现了新小说后就变得没意思了。

小野：是呀！我有同感。读了福柯说的有趣的小说之后，没觉得多有意思。

沼野：福柯说的有趣的小说也许很无聊，但是福柯本人很有趣。

小野：是啊。

沼野：这是法国文化对世界的伟大贡献。在20世纪后半期的文学领域，重要的不是小说本身，而是现代思想。

小野： 还有一点就是文学批评。

沼野： 在法国，现代思想和文学批评代替了小说本身。所以罗兰·巴特虽然是批评家，但人们是把他的作品当作文学作品来阅读的。我时常想，这也是蛮不错的事情。我可能会惹怒法国文学专家。

小野： 我觉得你会被他们刺死的。

沼野： 这种事情因为要在大学等地方讲，会产生各种各样的问题吧。于是，小野你就去研究了文学，对吧？

小野： 是的。虽然在搞文学，真觉得有点不对。福柯本身使我大开眼界。他告诉我，我们觉得理所当然的事情是如何从历史的角度形成的。

沼野： 很有趣的。"知识（episteme）"① 这个现代一般使用的词语原本也是福柯作为具有特别含义的词第一次开始使用的。

小野： 当时是 20 世纪 90 年代前半期，法国有一位来自加勒比海

---

① 知识（episteme），原先是意味着"知识"或"科学"的希腊语，米歇尔·福柯用作"知识的框架"的意思，广为人知。

法属马提尼克的作家获得了法国文学最高奖——龚古尔奖，他叫帕特里克·夏莫瓦佐①。此后加勒比海的文学在法国文学中受到高度瞩目。我从大学本科阶段开始，我的老师西谷修在日本最先介绍加勒比海的法语文学，也就是说介绍了克里奥尔文学的潮流。

沼野：夏莫瓦佐和康费安合著的《克里奥尔是什么》（平凡社，1995年，后由平凡社图书出版），这个由西谷修老师翻译成日语了。现在想起来有些意外，西谷老师在那方面也属于先驱性人物。

小野：是的。

沼野：解说也很好。

小野：很棒。于是，西谷老师告诉我说："小野，还有这种文学的。"于是我让人送来原书，读了夏莫瓦佐的第一部作品和第二部作品。但是我当时不太会法语。在加勒比海法属马提尼克和瓜德罗普，那里的人们讲克里奥尔语，克里奥尔语跟法语相似，但两者是不同的语言。以克里奥尔语为母语的作家们在学校习得了法语，他们在用法语写小说的过程中加入许多基于克里奥尔语的

---

① 帕特里克·夏莫瓦佐（Patrick Chamoiseau），1953年生，法属马提尼克岛作家，1992年凭借《德士古》获龚古尔文学奖。

单词、表达等克里奥尔元素。我认为夏莫瓦佐尤其如此。读的时候相当难懂。所以，我认为可能无法全部理解。只不过，在阅读的时候觉得非常怀恋或者会觉得他描写的世界我也懂得。加勒比海的小岛上有了超市，原先的市场失去了活力。在那里真正有许多登场人物，描写了许多人的悲哀与欢乐。读了作品，感觉很熟悉，总觉得很亲近。当时我在想，这种亲近感是什么呢？是的，我发觉我的故乡也是这种感觉。我心想，还可以通过海外文学发现自己的故乡啊。反正要创作的话，我想阅读这样的作品，于是就开始研究加勒比海的法语文学了。

沼野：夏莫瓦佐的作品虽然加入很多克里奥尔语的要素，但是创作的本体还是法语，对吧？

小野：是法语。

沼野：康费安这个人的作品《咖啡水》（冢本昌则译，纪伊国屋书店，1999 年）被翻译成日语了，这部作品也很棒。这是用法语创作的吗？解说里有说过，夏莫瓦佐他用法语创作。这么说的话，就意味着康费安也有用法语创作的作品了？

小野：有这样的作品。

沼野：那个不是很多人读不懂吗？

小野：嗯。不过，归根结底对于自己来讲母语还是克里奥尔语，法语是殖民主义强加给他们的语言，所以有些人认为应该用克里奥尔语创作。肯尼亚有位作家叫作恩古齐·瓦·提安哥①。那个作家不也是停止用英语写作了吗？他在用他的母语基库尤语创作。

在加勒比海诸岛上，法属殖民地马提尼克和瓜德罗普跟第二次世界大战后获得独立的其他岛屿不同，它们成为法国的海外省。后来也有人想独立。想独立的这些人主张说，自己的文化是克里奥尔文化，自己的母语是克里奥尔语，所以文学也必须用克里奥尔语来创作。现在似乎人们在积极使用克里奥尔语创作作品。但是，如果用克里奥尔语，只有自己岛上的四十万人能读懂，由于这种情况，我认为也有作家选择用法语创作。

沼野：于是小野你去法国留学，博士论文的题目选了玛丽斯·孔戴②这位作家。夏莫瓦佐是马提尼克岛出生的，孔戴不一样。

小野：孔戴是瓜德罗普岛出生。从马提尼克岛看去，它位于北部，中间夹着多米尼克岛。

---

① 恩古齐·瓦·提安哥（Ngugi Wa Thiong'O），1938年生，肯尼亚作家，代表作有《一粒麦种》《界河》《黑色隐士》等。
② 玛丽斯·孔戴，1927年生于加勒比海的瓜德罗普岛，15岁时去巴黎留学，在巴黎大学学习，在非洲各地当法语教师，后回到巴黎，1976年创作小说《艾莱马克农》而登上文坛，其他作品有：历史小说《塞古》（1978年）、《我是提琴》（1986年）、《生命之树——某个加勒比家族的物语》等。

沼野：两个岛有点距离。他们的语言和风俗也各不相同吧。

小野：是啊。不一样。

沼野：不过他们都讲以法语为基础的克里奥尔语。

小野：是的。但是，同样是克里奥尔语，瓜德罗普人和马提尼克人他们自己都相互觉得不一样。

沼野：是啊。是微妙的区别吧。

小野：区别很微妙。在日本，即便同一个县，由于旧藩的区别以及南北的区别，也会觉得自己和另外的人不一样。

沼野：比如冲绳。不同的岛有不同的意识，他们会觉得别的岛跟自己不一样。

小野：我认为是这种感觉。

沼野：是吗？

小野：我读了玛丽斯·孔戴后觉得很有趣。所以博士论文决定写玛丽斯·孔戴了。

沼野：的确。刚才提到克里奥尔语，我想在座的有很多人懂我讲的是什么，肯定也有人云里雾里的，所以我在此稍加说明。

从语言学的角度来讲，在殖民地，克里奥尔语是当地语言与殖民者、宗主国的语言接触后形成的语言。语言是信息交流必不可少的手段，最初形成的混成语言叫作皮钦语（洋泾浜语）。皮钦语仅限于特定场合可以听懂，是为了方便起见而使用的信息交流的语言，在商业目的上也经常使用。以皮钦语为母语千秋万代传下去，是万万不可能的。克里奥尔语作为语言更加成熟，也有语法体系，作为母语是可以继承下去的。克里奥尔语属于哪一种情况？迄今为止它一直受到人们的轻视。

小野：因为它彻头彻尾是口语，而不是书面语。

沼野：从讲法语的人的角度来看，他们认为克里奥尔语是带口音的走形的奇怪语言，很多时候人们看不起这个语言。虽说是口语，但是它有体系性，可以被继承下去。虽说它最初被限定在口语中，但不久人们便开始用克里奥尔语进行文学创作，甚至出现了有意识地使用克里奥尔语进行创作的作家。只不过，被称作克里奥尔语的并不单单是一种语言，它既有以法语为基础的语言，也有以英语为基础的语言，还有以葡萄牙语为基础的语言，很多种。

小野：不过，像加勒比海那样的近邻岛屿，大体上是相通的。

沼野：因为混成语言在形成之时都有共通的倾向。小野你对这种倾向感兴趣时，当时的指导者有西谷修，此外还有文化人类学者今福龙太。今福龙太写了著作《克里奥尔主义》（青土社，1991年，后由筑摩学艺文库出版增补版），还有比较文学者西成彦写了有关克里奥尔语的随笔，于是产生了对克里奥尔语感兴趣的一代。管启次郎等人也翻译了玛丽斯·孔戴的《生命之树——某个加勒比家族的物语》（平凡社，"新·世界文学系列"，1998年），从最初他们就对克里奥尔的东西一直感兴趣。有了这些人，虽然绝不能称为主流，却是一种强有力的潮流，小野你处于最前端。

小野：我不是最前端，我在最末端，得到他们很多教导。由于有他们的作品，我才想进一步进行阅读和研究的。夏莫瓦佐的作品也是用克里奥尔语和法语两种语言写成的。虽然用法语在写，但其中有着克里奥尔语的某些东西在呼吸。夏莫瓦佐自己经常说，他的文学语言不仅仅是这两种语言。他在和世界上所有的语言一起创作。今天的话题我想也是世界文学的话题。总之，是在和世界文学一起进行创作。他还说，不管是语言、文化还是时代，对自己有影响的是那些跟自己有同样问题，面对世界时跟自己有一样面对方式的人们，阅读了他们的文学作品，即便是通过译文阅读的，也感觉自己可以见到文学中的兄弟，自己是在和这些兄弟一起写作。

沼野：是夏莫瓦佐自己这么说的吗？

小野：夏莫瓦佐自己说的。

住在小岛路边的人们

小野：我想在这里稍做一下宣传，今年（2016）四月开始，广播电视大学由我和著名的宫下志朗老师（因为翻译拉伯雷和蒙田而闻名）担任主任讲师，进行电视讲座。讲座题目也开门见山，是"向世界文学发出邀请"，有兴趣的各位请务必看一下。课本也有卖的（《向世界文学发出邀请》，广播电视大学教材，广播电视大学教育振兴会，宫下志朗、小野正嗣著）。

沼野：我也看到了，是很好的书。

小野：是参加电视讲座的讲师们执笔编写的，阵容非常豪华。有现代英美文学翻译界很活跃的藤井光，有以捷克语为主、在中欧文学翻译和介绍方面很活跃的阿部贤一，有在阿拉伯文学方面做出杰出成就的冈真理，有韩国、朝鲜近现代文学研究的第一人渡边直纪。还有一位，我认为也很牛，他叫迈克尔·埃梅里克，在美国加州大学洛杉矶分校教授日本文学，是研究《源氏物语》的文学专家，翻译和介绍日本的现代文学。

沼野：通过这个系列我和埃梅里克也有一次对话。讲师阵容以小野这一代为主，全盘年轻化了。

小野：宫下老师在考虑讲师的阵容时说年轻人好。比较有趣的是，宫下老师比我年纪要大很多，他快 70 岁了。

沼野：是的啊。

小野：和宫下老师一起工作时，宫下老师说："小野君，我们这一代就算了。"我说："老师，我和老师岁数差很多。"

沼野：是被要求一起做的。不过，这个"我们"是不包括说话对象的"我们"，不是吗？在语言学上讲，这种第一人称复数形称作"排他性（exclusive）"。

小野：也许吧。不过，总而言之我们做了很好的节目。

沼野：通过电视听实际讲座当然好了，即便只看看教材，我想也会有很好的价值。

我们回到夏莫瓦佐的话题，克里奥尔语或者克里奥尔的世界是个很狭小的世界，但是，他们和世界文学同在，这种感觉很强烈。还有一点我一定要问的，夏莫瓦佐等人已属于前辈级的作家了。还有一位作家爱德华·格里森，是克里奥尔文学的旗手，刚才提到过他的名字。此人除了共同著有《"关系"的诗学》之外，还著有《全——世界论》（恒川邦夫译，美铃书房，2000年），这本书的"全世界"，用日语说的话在"全"的后面加了破折号，形成"全——世界"这个特殊的说法。是不是可以认为格里森思考的这个"全——世界"和刚才夏莫瓦佐说的和世界文学共存是相同的东西呢?

小野:夏莫瓦佐的思想完全来自格里森。

沼野:还是相互联系的。

小野:为了广播电视大学的电视授课,我亲自到了加勒比海的马提尼克岛。

沼野:啊啊,是这么一回事啊。很好啊!

小野:还可以!进行了采访。

沼野:采访了谁?

小野:夏莫瓦佐。

沼野:那了不起!

小野:以非常美丽的风景为背景,夏莫瓦佐接受了采访。

沼野:这个采访电视上播放了吗?

小野：是的。

沼野：那一定要看一下。

小野：他回答问题非常棒，我想，如果他和沼野老师进行对谈的话，肯定会非常快乐。

沼野：哪里哪里。会这样吗？

小野：夏莫瓦佐的谈话中经常出现格里森的话，比如"格里森说过""正如格里森所示"。夏莫瓦佐还说："自己跟世界所有的语言一起书写。"这也是格里森经常说的话。同一性不是固定化的东西，它面向着我们和世界的所有关系。我认为这种关系就是与其他文化、其他语言及其他人的关系。像这样，应该与世界的多样性共存，不断使自己变化，让自己向他人敞开心扉。而且，这并不会损毁自己。格里森同一性论的根源之处就有这种想法。夏莫瓦佐把格里森的理论原封不动地作为自己的理论运用到作品中。他一直写马提尼克岛的生活，他小说的舞台几乎全是面积那么狭小、跟冲绳差不多大小的马提尼克岛。而且夏莫瓦佐自己说今后他的小说仍然以马提尼克岛为舞台。究其原因，据他说，那是因为马提尼克岛对于夏莫瓦佐而言是从历史的角度向世界所有关系敞开的场所。那里有取之不尽用之不竭的写作资源。

沼野：说到关系的话题，这是我自己的理解，也许不对。日本近代文学的疾病之一即被"私（自我）"所束缚，无法从这个"私（自我）"的疾病中挣脱出来。重视关系的话就不是只把"私（自我）"作为问题，而是要在"我"和各种人的关系中如何把握世界。格里森的《"关系"的诗学》中基本上讲到了这样的问题。在某种意义上，我感觉他的著作对于"私（自我）"病是一种特效药。现代思想中，有人说"根茎关系"，即存在着一种体系的树木，价值体系不是一元式构筑，其中有许多看不见的根互相联系着，这也是一种扩展关系。是不是可以这样来把握世界呢？

小野：从水平的角度上讲可以这样把握。

沼野：克里奥尔式的东西之中，重视的不是垂直的上下关系，而是重视这种水平的横向关系，对吧？

小野：有这样的倾向。如果思考一下这个岛屿的历史就会明白这一点。那里混合着世界各种文化和语言，这个场所构成了各种关系。原本这里有加勒比族和阿拉瓦克族，后来欧洲来了殖民者，这些殖民者掠夺土地，并歼灭了这些民族的人。后来，由于需要劳动力，殖民者就从非洲带来了奴隶。19世纪中叶奴隶制被废除，奴隶都逃到了街上，没有了劳动力。紧接着印度人和华人作为移民也来到这里。继而还有从中东来的叙利亚人。比如，以骇人听闻的行径而闻名的维·苏·奈保尔①即出生于特立尼达和多巴哥，是从印度以年度契约形式来特立尼达劳动的移民后裔。

沼野：刚才说的"以骇人听闻的行径而闻名"，不解释的话可能会不明白。奈保尔因为其特异的个性，在被邀请去参加会议或讲演会时，他会让主办方和主持人很为难。不过，为人和作品另当别论，他的作品相当有趣。

小野：有趣的。

沼野：小野你也和小泽自然在共同翻译奈保尔的作品吧。

小野：是初期的作品。

沼野：非常好的作品。作品叫作《米格尔大街》（与小泽自然共同翻译，岩波书店，2005年）。

小野：讲的是住在小岛马路边的人们的故事。

沼野：小野你也够可以的。那可是英语作品呀。法国文学研究者

---

① 维迪亚达·苏莱普拉萨德·奈保尔，1932年生于西印度群岛的旧英属特立尼达岛。1950年前往英国，毕业于牛津大学。曾在BBC工作，开始创作活动。写了多部以特立尼达的印度人社会为背景的小说。1971年《在自由之国》获得布克奖。2001年获得诺贝尔文学奖。2018年在英国去世。

甚至去翻译英语小说!

小野：因为有小泽这位很棒的朋友，所以才能够翻译的。是和他一起翻译的。工作真的很快乐。

沼野：由于提到了克里奥尔的话题，我并不打算把我知道的都说出来。借此机会有件事我想说一下。也就是说呀，日本作家里面，可能是安部公房较早开始对克里奥尔问题感兴趣。20 世纪 80 年代后半期，确切说是 1987 年，岩波书店的杂志《世界》上刊登了安部公房的论文《克里奥尔之魂》，很长一段时间没有作为单行本发行。读了这个大家会明白，克里奥尔和安部公房的文学观结合得很紧密。安部公房对克里奥尔的理解非常具有先驱性。他是反传统的人，很讨厌大家聚在一起说"这是传统"。克里奥尔式的东西不是扎根于传统并在继承传统中形成的，它是在和传统绝缘的地方生成的，这一点强烈地吸引着安部公房。

小野：他自己不是失去故乡的人吗？幼年时期在中国东北经历了战争。战后，像是把他从自己生活的地方拉回来一般撤回日本。他有一种自己的故乡被夺去的体验。

沼野：是啊。我想安部公房自身感受到了和克里奥尔的共通性。

小野：用刚才说的"根茎"与"树木"的对比来说的话，他原本是根茎被拔起的人，所以他对于大树一类的东西持怀疑态度，各种关系像根茎一样自由自在地联系着的克里奥尔式的扩展深深吸引了他。我是刚才想起来的,不是有一个叫山内的老师吗?他是大江健三郎的亲友或者说是大江健三郎在大学时代开始交往的好朋友。

沼野:是英美文学研究专家山内久明老师①。

小野:这位山内老师写过关于日本现代文学的书籍,我忘了他是牛津毕业的还是剑桥毕业的了。

沼野:是用英语写的书吧。

小野:读那本书的时候,我想起安部公房了,他作为失去故乡的人被介绍过。

沼野:是吗?顺便说一句,山内老师还健在。大江的诺贝尔奖获奖讲演的英语翻译是他帮的忙。

小野:大江小说中的"Y君"就是山内老师吧。

沼野:他们大概是东京大学驹场校区同一级的朋友吧。专业不一样,山内老师学了英美文学。

---

① 山内久明(やまのうち ひさあき),1934年生,英美文学研究者。

在外地发现自己的故乡

沼野：小野你研究的不是所谓的正统法国文学，你进入了相当奇特的异文化的世界呀！小野你也是大学教师，要作为教师面对年轻人。最近经常听到这样的话，说日本年轻人不想出国，想去留学的人在减少。这一点你怎么认为？听说如今在美国的留学生，中国人和韩国人占压倒性多数，日本人在减少。总觉得日本的年轻人变得封闭，他们不想进入异文化的世界去接触他者，是这样的吗？

刚才也提到了，小野你积极地到亚美尼亚、俄罗斯、越南进行讲演。现代日本年轻一代作家中很少有人想去亚美尼亚。事后我问了相关人员，听说小野你在亚美尼亚和俄罗斯很受欢迎。他们说从日本来了这么优秀的作家，大家都很高兴。对于小野你来说，进入未知的外国文化之中还是蛮有意思的吧。

小野：今天对谈的标题是"从木兰花的庭院走出"，我对于亚美尼亚感兴趣之处就在于"木兰花的庭院"。还有一点，我相信"关系"这种东西，主要还是想与人接触。我在法国留学时，有一位叫克劳德·穆沙瓦的诗人兼评论家，他是我去留学的巴黎第八大学教授，被认为是福楼拜等19世纪法国文学的研究专家。实际上我遇到了一位很棒的教授，他热爱世界上所有的文学。所以，我在法国第一次见克劳德教授时，当时心里想，法国也有像沼野老师一样的人啊！克劳德对于所有文学都感兴趣，所以巴黎第八大学留学生很多。他会问留学生各种问题，你们国家有没有有趣的诗人？有没有有趣的小说家？之后克劳德会让留学生们拿来他们国家的诗人和作家的作品一起翻译成法语。比如他和韩国留学生翻译了韩国现代诗人高银的作品。他和我一起翻译了日本的代表性诗人吉增刚造的诗歌。克劳德和他夫人埃雷诺一起生活的奥尔良的家里有个很大的内庭，那里种着木兰花，一到春天，美丽的木兰花开满庭院。他经常邀请留学生到他家里一起进行翻译。即便对那个国家的语言一无所知，他仍然和那个国家的留学生一边交谈着一边花时间认真翻译那个国家的文学。我也被邀请到他家，翻译了吉增刚造等诗人的现代诗。译着译着，不知不觉在巴黎度过了五年时间。他与俄罗斯也有联系，定期去圣彼得堡讲授法国文学，沼野老师熟识的艾基，他也很熟悉。

沼野：是诗人根纳季·艾基吧。很遗憾，几年前艾基去世了，很出色的诗人。来过日本。

小野：听说这个艾基与克劳德是好朋友，来过克劳德家几次。

沼野：的确是的。艾基是俄罗斯的少数民族楚瓦什人，他会楚瓦什族的语言楚瓦什语，还会俄语，会说两种语言。创作风格非常具有实验性，是俄罗斯文学诞生的现代诗歌的最高峰之一。他的诗歌在日本也有人进行翻译和评论。在欧洲好像评价更高一些。据说他还曾经是诺贝尔文学奖候选人。

小野：艾基也来到了木兰花的庭院。"木兰花的庭院"是这样的场所，即它对世界各种各样的文学敞开。克劳德从证言的文学这个观点出发，对于欧洲的犹太人大屠杀问题写了好几篇论考文章。托他的福，我还见到了关心亚美尼亚大屠杀的文学研究者。我去了法国这个异乡，遇见了克劳德这样的人，意义重大。比起法国文学，克劳德对世界文学更感兴趣，所以我得到克劳德的教导，不仅接触了法国文学，也接触到法国文学以外的世界文学各种作品。于是我不仅见到跟克劳德关系密切的研究者和艺术家，还见到了克劳德与埃雷诺帮助的移民与难民们，也因此打开了各种门扉。亚美尼亚是个什么地方？那里有怎样的历史，有怎样的文学？法国有很多亚美尼亚人的团体，托克劳德的福，我对亚美尼亚很感兴趣。我对俄罗斯也是这种感觉，实际上我在法国发现了俄罗斯文学许多作家。克劳德劝我阅读哈尔姆斯、沙拉莫夫、布拉托诺夫①的作品。就这样，法国和木兰花的庭院向我敞开了宽阔的世界文学之窗和世界文学之门。这是我的实际感受。对于对文学感兴趣的人来说，那是很理想的环境。

沼野：的确像是根茎关系。不断有根横向伸出，连接到下一个地方。是这样的感觉吧。

小野：如果不到法国去，是不会有这种相遇的。

沼野：是呀。

---

① 安德烈·普拉图诺维奇·布拉托诺夫（1899—1951），俄罗斯小说家。

小野：后来我不是去亚美尼亚了嘛？有意思的是，从日本没有直飞亚美尼亚的航班，乘坐了经由莫斯科到亚美尼亚埃里温的飞机。飞机上好像有很多外出打工回家的人，这一点从外表上看就会明白。看到这些人总觉得十分亲近。因为小时候在我的故乡有很多人外出务工。现在高龄少子化现象很严重，我老家的村子这方面达到极限了。在亚美尼亚，说起自己的家乡，他们说"你说的这些事在我们亚美尼亚也有很多"。据说亚美尼亚国内人口约300万人，散落在全世界的亚美尼亚人居然有900万人。因为国内没有大型产业，现在到外国特别是到俄罗斯寻找工作外出务工的人很多，我听他们说"到了农村，没有男性，全是老人、妇女和儿童"。刚才也说过，我的故乡是个小渔村，很多人外出务工，在某种意义上两者情况很相似。这样就会在外部发现自己的故乡或者再一次理解当时的情况。

沼野：这很有趣。我在俄罗斯乘坐出租车时，出租车司机很多是亚美尼亚人。就在前不久我还和一位亚美尼亚出租车司机闲聊，这位中年司机把家人撇在故乡，一个人来俄罗斯打工，他很难过。

不过，在外地发现自己也是蛮有趣的。小野你的情况是，人走到哪里自己的作品就被翻译成哪里的语言。那里的人们是如何接受小野你的作品的？去越南的时候也是如此吧。为了赶上讲演，《停泊在热闹海湾的船》被译成越南语了吧。

小野：在越南我不是首先在三个城市进行巡回讲演了嘛。后来去的时候我也是在三个城市进行巡回讲演。沼野老师评论的内容是从古典文学到村上春树，感觉我是论述村上春树以后的内容，结果大受好评，有人提出要把我的作品翻译成越南语。

沼野：是吗？

小野：后来又去了一趟。

沼野：了不起啊。成了回头客了。

小野：是的。

沼野：不管怎么说，利用这个机会自己的作品被译成越南语并让当地人阅读，这是很棒的。在亚美尼亚，《九年前的祈祷》被译成了俄语，在当地反响如何？有没有跟日本不一样的地方？

小野：听说当地人对作品的印象跟我们在日本抱有的印象相差很大。他们说没想到日本文学能写这样的乡村故事。

沼野：可能他们只知道村上春树吧。

小野：这方面我不清楚。不过，俄罗斯人和亚美尼亚人都很亲切。比如，俄罗斯有一位描写地方风情的知名作家，我并不知道该作家。有人提到了这个作家，劝我们说"可以读一下这个人的作品"。所以,我在那里也得到了很多,很感谢!

沼野:你去了很多地方,这些地方又对你的文学有所影响吧?

小野:是的。我觉得还是跟某些地方有联系为好。我认为绝对会有联系的。即便自己意识不到,我认为自己经历过的场所的记忆必定会跟创作这个行为结合起来。总而言之,俄罗斯和亚美尼亚很有意思。

沼野:各种各样的场所联系在一起,将之称为地域的汇集,这会很奇怪。今后小野和小野的作品中或许会展现世界上各种场所,形成作家小野正嗣的新的场所。

小野:由于文学的原因,我去过很多地方,方向感比较强。不管去什么地方都不迷路。在文学方面更不会迷失。

沼野:不是路痴。

小野:是的,我认为我方向上不迷路,文学上更不迷失。因为有各种各样必要的引导,所以我一直在阅读作品和进行创作。

我最近读了沼野老师的书,有件事我一直记在心里,想问问您。即《契诃夫——七分绝望和三分希望》这本书。这本书太棒了,我想推荐给大家。这本书的后记里有这样的文章。

"我有些迷失自我,亚历山大·丘达科夫告诉我说'这个世上没有比文学研究更重要的事',他已不在这个人世。"

我觉得沼野老师就是文学的化身,大家会觉得不可思议:"那个沼野老师在文学研究的道路上也会有迷惑的时候?"有这种事吗?

沼野:是的,你问得好!这个话题,咱们刚才在后台那里照面的时候也提到了。

小野:是啊。在后台我纠缠不休问您,您说:"这个呢,我会告诉小野君的。但还是让大家问更有意思。"于是再现了在后台的提问。

沼野:这一部分,稍微读一下的话,听起来是很严肃的话题,不是吗?

小野:于是我也很在意。

沼野:感觉很严重。哎呀,严重归严重,但实际上是半开玩笑的。我故意在写的时候让人感觉不出这是半开玩笑,心想没有人感觉到是半开玩笑就算了。若要说起这是怎么一回事,是这样的。亚历山大·丘达科夫是俄罗斯的契诃夫研究第一人,他头脑相当敏锐,是顶级学者。他来日本时,我给他当向导,在私人层面也有很多交往。他结束在日本的工作即将回俄罗斯时,我没有时间送到成田机场,心想在品川把他送上前往机场的成田快速电车的话,剩下的在机场办手续、安检等事情他一个人能办到吧。哎呀,他年纪相当大了,我有点担心——我和他一起到了品川站,想让他在品川乘坐前往机场的电车。我们一起走在品川站,走着走着心想,哎呀,是几号站台来着?不知道乘电车的站台了。

不过那个时候,丘达科夫教授和我一起走在车站内,关于文学研究,他一直跟我讲严肃而深奥的话题,中间没有停顿。但是我很焦急地在寻找站台,心想误了电车可就麻烦了,虽然他一直在说,可我没心思去听。我说"请稍等,我正在找站台",想要打断他的话。于是丘达科夫教授生气了:"你怎么回事啊!我在说这么重要的话题,你却……"但是我也确实生气了,顶了一句:"您要是回不到俄罗斯,那就麻烦了!"大概有这样的交涉。说起来有些难听,他有些像学痴。但这样的人还是很了不起的。

小野:我心想,沼野老师您是否写了自己痴迷于文学研究的事呢。

沼野:不,我没有写痴迷于文学,我写了"迷路了"。地地道道是迷路了。

小野:您这种写法,不认真读真搞不懂您的意思。

沼野:也许认真读也搞不懂是什么意思的。这样的话。

小野:不过,老师您的契诃夫论的确是那种感觉。当论及契诃夫的作品是悲剧还是喜剧时，契诃夫说是喜剧，但大多数人把它当作悲剧来阅读。您的评论主要解释为什么会出现这种情况。老师您在书里面写到了作品被接受方式的奇特性，您在后记中也对它们进行了实践。

沼野：是啊。这个设计比较有趣吧。或许是大家都没搞懂就结束了。

小野：能够在此说出来太好了。

有五种身份的小说家

沼野：今天我们请到了小野这位有魅力的讲师，我想大家可能有很多问题，所以我想把提问时间多留一些。接下来我打算总结一下了。刚才提到了文学研究的话题，最后我想问一下小野作为文学家的生活方式以及活动的方法。

从刚才的话题中也可以得知，小野具有多个身份，是文学研究者也是翻译家。今天除了奈保尔的《米格尔大街》之外，没怎么提及翻译的话题。从法国的保罗·尼詹到克里奥尔文学，福柯，等等，他翻译了很多作品。现在我想他手头也积攒了大量工作。也就是说，他是教师、小说家、翻译家和文艺研究者，大致算来至少四个身份。这些身份可以在一个人身上共存吗？时间上相当紧张啊。所以，感觉他总是很忙。此外还有一个身份，这是很重要的一个身份，即家中爸爸的角色。看电视的人可能会知道，据说小野孩子又多，是现今很少见的孩子多的家庭。

小野：被称为"日本生产性本部"。

沼野：五种面孔，对吧。

小野：别人经常问我会很忙吧。但我认为自古以来日本最忙的文学研究者是沼野老师。不过，老师您也很擅长啊！

沼野：为什么？

小野：您是这样的风貌和说话方式，所以根本看不出焦急。

沼野：啊啊，说我是个闲人。

小野：可是您的工作很多。听说您是"熬夜的人"。

沼野：有人来见我，以社交辞令的方式说"您很忙吧"。这时，我必定会说："哪里的话，我有空。"于是，大家都当真了。我认为这固然不错，但我太太总是生气地对我说："你为什么说那么愚蠢的话！"

小野：看了老师翻译的书和研究类书籍的后记才知道，很多是在飞机上或者列车上写的。所以，沼野老师才是珍惜寸暇来工作的人。

沼野：订好计划什么时间做什么，这样的做法我不太相信，我只是尽可能做自己想做的事，小野你怎么样？

小野：是啊！如果我也有计划地做了，就不会这么多孩子了。啊啊，没多大意思啊。

沼野：孩子的话题先放一边吧。一位文学家同时是作家，还是翻译家、教师和文学研究者，你觉得怎么样？文学研究者也有批评家这样的一个身份。各个身份之间是否有难以共存的一面，对此您怎么看？

小野：不过呢，我认为研究者和作家相距并不那么远。柴田元幸老师曾经跟我说过："小野君自从写小说以后成了一名好的读者，不是吗？"的确自己写小说之后，在阅读作为阅读对象的作品时，我认为能够从经验的角度感受到小说的某个地方很合我意，某个地方很费力气。所以写小说和研究作品或许并不遥远。而且写作这件事也许是对自己的挖掘。我认为客观观察被描写的对象的视角无论如何是必要的。这个时候研究和批评会告诉我们，对于写作对象要保持适当的距离。在这个意义上，我认为我通过研究和批评体验到的东西对于我的写作非常有意义。关于翻译也是如此。纵观文学的历史，很多小说家和作家不也是翻译家吗？法国文学方面，波德莱尔和马拉美也是翻译家，世界上有很多搞翻译的作家。所以，我认为翻译和创作是相辅相成的。

沼野：村上春树也是这样。但是，今天世界很繁忙。一旦成为人气作家，一般会想着集中精力去写自己的小说。如果不专心于本职工作，时间就会不够用，也会在竞争中败下阵来。所以，翻译别人写的东西这项工作，怎么说呢，就成了次要的工作。一般他们会说原本就没时间做这种事情。如果是世界性有名的畅销作家，他的经纪人会给予压力，说有空翻译别人的作品还不如写自己的小说。在这一点上，我认为村上春树是极端的例外。

小野：村上春树了不起。我的作品卖得不好，所以做点翻译完全没关系。只是因为没有能力，所以我所有的工作都完成得晚。

沼野：你还是想搞翻译的了？

小野：想搞翻译，因为翻译很有趣嘛。

沼野：堀江敏幸[①]也做了很多翻译。

小野：将优秀作品译成日语时，我会通过翻译这项工作非常仔细

[①] 堀江敏幸（ほりえ としゆき），1964年生，小说家、法国文学研究者、早稻田大学教授。主要作品有《往昔》（三岛由纪夫奖，1999年）、《熊的铺路石》（芥川奖，2001年）、《雪沼一带》（谷崎润一郎奖，2004年）、《河岸忘日抄》（读卖文学奖，2006年）。翻译的作品有菲利普·索雷尔斯的《神秘的莫扎特》、罗贝尔·杜瓦诺的《在不完整的镜头下——回想与肖像》、玛格丽特·尤瑟纳尔的《何谓永恒？世界的迷路Ⅲ》等。

地阅读作品的语言风格是如何形成的。我感觉这对于我自己的写作会带来很好的效果。

沼野：那么，你作为老师工作怎么样呢？大学教师的工作如何？

小野：老师您怎么样？

沼野：我的话题……

小野：跟学生接触很愉快吧。

沼野：不过，最近跟不上时代的话题多了起来。受年轻人欢迎的那些人之中，不管电影导演还是漫画家，听了名字也不知道是谁。

小野：是不知道吧。

沼野：最近，《尤里卡》① 特辑的人名和主题，我搞不懂了。若是二十五年前，我倒是制作特辑的一方，一般意义上的文学特辑很难制作。小野，你那里是什么情况？

---

① 日本出版社青土社发行的月刊杂志，内容以诗歌为中心，涉及文学、思想多个领域。

小野：这种情况，我也遇到过。不过，新生事物不断出现，我认为近距离观察那些享受新生事物的人群也是一种有趣的体验。

沼野：写毕业论文时，有些学生想写我听都没听说过的现代作家。现在，我待在"现代文艺论研究室"，事实上若是世界文学，研究什么都无所谓。十个人写毕业论文，其中八个人要研究我没有读过的作家。于是我读了那些作家的作品发现，其中有些人的作品只能说很无聊。有的学生会反驳：啊？不是挺有趣的吗？或者说现在这个作家很受欢迎。我需要学习的还很多。

小野：当老师感觉有趣不就是这方面收获大吗？很可能碰到自己不知道的东西。

沼野：我自己年纪越来越大，学生年年变化，学生永远年轻。

小野：是这样的啊。这很有趣的。所以我觉得跟他们话题不通也是蛮有趣的。

沼野：小野，你的教授方法属于热血教授方式吧。

小野：不，没这回事。我觉得自己作为语言学教师还是不错的教师。但现在不教法语了。

沼野：现在只教授文学吗？

小野：是的。我觉得在文学方面自己是最差的老师。

沼野：教授什么类型的课程？要阅读世界上各种小说。是这种感觉吗？

小野：多数属于文本细读。若是讲义的话，会讲"文学是什么"等话题，但是如果听课的人少，还是读作品。

沼野：是通过译本来阅读吗？

小野：因为大家未必会外语，是通过译本阅读。有人说像是杂谈一般的课程，大体上是怎样的课您也明白了吧。不过，杂谈不是会让人记忆深刻吗？

沼野：是这样的。我当教师很多年了。在偶然的机会跟二十年前的弟子见面，对方会说"老师，过去你也说过这个话"，他们记得我说过的话。他们说烙在心里忘不了，我觉得这个很有趣。不过，我自己不记得了。我心里会想，我说过吗？所以呢，还是注意些为好。因为自己无意中说的话很可能会刺痛他们的心。

小野：如果说杂谈给人的印象深刻的话，那样是可以的。而且我还想多一些杂谈。如果极其认真全力以赴地给学生讲课，学生们基本上会吓一跳。

沼野：是的。严肃的话题，听起来会使人疲劳。有一个人写了一部很厚的也很出色的文学研究书，我就不说他的名字了。是我教过的学生。他把我教过的内容像是自己的想法似的原封不动地写出来。他写的内容连我自己都觉得写得很好。所以，感觉对方不吭声就窃取了自己的成果。虽然有一点点这种感觉，但是教师这个职业不就是这样给予的吗？原本自己说的话里面没有我自己这个著者，成了其他人著作的血肉。如果是这样，应该感到高兴。所以教师的话分量很重的，是那种到处播种的工作。或许小野你说的话已在很多人头脑中呈根茎状扩展了。

小野：我没说过重要的事情，没关系的。

推荐的书

沼野：想问的问题还有很多。最后我们该转移到推荐书目这个话题了。

这个系列是一个连续对谈节目，兼有推荐书目的功能。我们每次谈话都想请每位讲师务必向我们推荐五本书，并陈述推荐的理由。关于世界文学只推荐五本，这不可能是固定的。当然也可以根据当时的心情多推荐的。请小野你向大家推荐书目吧，也包括你自己的作品。

小野：好的。听说今天会场来了很多初中生和高中生，所以我想到了进入初中后可以读的书目。首先是夏目漱石的《少爷》，很单纯很有趣。这部小说讲述了从都市来的青年遇到乡村文化的故事，可以作为异文化体验的故事来阅读。这么说来，小说里唯一的文学部毕业的学士"红衬衫"这个人给人的感觉最坏。所以，文学部毕业的人没一个好东西。

沼野：啊啊，对呀，"红衬衫"是唯一的文学士呀。确实让人感觉不爽。

小野：还有一个，我好不容易来这里跟沼野老师对谈，所以请允许我推荐沼野老师翻译的《新译契诃夫短篇集》。我觉得《万卡》等作品真是打动人心的好作品，而且很短。请各位初中生务必读一下。其他还有《渴睡》等，好的作品真的很多。向初中生突然推荐契诃夫，这种人不多的。所以我趁此机会一定要推荐。第三册和"给予"这个话题重合。最近新潮文库新翻译了《小公主》（伯内特夫人著，畔柳和代译，新潮文库，2014年）。这基本上属于"给予"的故事。即便自己处境贫寒，主人公少女萨拉仍然担心他人，不断给予。而且那个故事里还包含殖民地的问题。萨拉的父亲在印度从事矿山事业。当时印度还是大英帝国的殖民地，作品中还可以感受到本国和殖民地之间的差距，这给整体带来很大的阴影。这样子已经三本书了。五本书里面要我推荐一本我自己的书，对吧？

沼野：没必要在意数量。不是刚好五本书，六本七本都可以。

小野：那么再推荐一本。柴田元幸老师新翻译的《汤姆·索亚历险记》（马克·吐温著，新潮文库，2012年）。本来呢，我想让大家读《哈克贝利·费恩历险记》，但这个《哈克贝利·费恩历险记》目前只有抄译（《一套口袋书学习06 马克·吐温》，集英社文库文学遗产系列，2016年）。

沼野：全译本还没出版？

小野：还没有。如果出了全译本还是《哈克贝利·费恩历险记》好一些。我的大女儿现在读小学六年级，她读了这个《汤姆·索亚历险记》，说很有趣，说"和电视上的不一样啊"。实际读起来，我想会有各种发现的。通过动画片来看固然也不错，但是柴田老师的翻译真的很好，希望大家还是读一下为好。

我的书是本小说，主人公是位小孩，并不是太有趣的故事。小说叫《狮子渡之鼻》（讲谈社，2013年，后由讲谈社文库出版），我觉得各位中学生可以读一下。

沼野：好的，谢谢。关于《狮子渡之鼻》我也想说上两句。这部作品刚问世时，我认为作品很好，但是有点难懂。很佩服小野那个时段的最优秀作品，体现了小野最好的一面。我说"接下来的芥川奖就是它了，这么优秀的作品！"。然后给大家传阅。然而，当时出现了秘密武器一样的作品，把芥川奖从小野这里抢走了。

小野：感觉彻底被人整了。不不不，并不是被人整了，并不是。

沼野：获得芥川奖的是黑田夏子的《ab 珊瑚》。我并不打算说这部作品的坏话，我觉得这也是很好的作品。

小野：是很棒的作品。

沼野：不过，没想到 75 岁的黑田夏子突然杀出，获得了年轻作家登龙门的芥川奖，真没想到。唉唉，由于出了这事，所以小野君有点运气不好。不过，后来小野君很快获得了芥川奖。是一年后？

小野：是两年后。

沼野：中间空了那么长时间。也许你那段时间很郁闷吧。

小野：不，根本没有。因为我也不是为了获奖而创作的。

沼野：当然是这么回事。作为结束，在这里请允许我介绍一下我写的关于小野的东西。我在《东京新闻》等三社联合发行的报纸上写了十多年文艺时评。已经做了很长时间，而且我打算不再继续做下去了——决定辞掉这个工作。作为那个文艺时评的最后一期的结束，当时正好也是小野君刚获得芥川奖，我就写了这样的文章（《东京新闻》晚报。2015 年 3 月 31 日）。

小野正嗣的芥川奖获奖致辞（刊登于《群像》）令人感动，据他讲，所谓作品就是用来"给予"的。的确我也从许多优秀作品中被给予很多，这就是时评这个痛苦工作的最大喜悦。另一方面，在思考自己作为批评家能给予读者什么的时候，我内心却充满羞愧。只是，虽然以文学价值的自律性为大前提，但是他时常意识到社会上的文学以及世界范围内的日本文学，这一点我认为能够贯穿于他自己的态度。

小野：不过，老师啊，批评也是一种给予的场所。

沼野：怎么说呢？

小野：不仅能够理解作品，而且为作者提供了写了十多年进一步创作的场所。在这个意义上，我认为批评也是给予。因为优秀的批评会激励作者。

沼野：如果是这样那就好喽。
哎呀，时间所剩不多，我自己推荐的书就省去了。刚才，一边听小野君的话我一边想，小野君的小说每一部都很出色，要从中选一部还是很难的。但是，从我个人的喜好来讲——这个话跟作家说，会遭作家嫌弃——我觉得最初的作品特别好。

小野：没关系。我喜欢老师您。

沼野：《水淹之墓》和《停泊在热闹海湾的船》都是初期作品，给人以很新鲜的印象。然后还有个作品，今天无法详细涉及了，它在小野的小说里还是很重要的，即《文学 人道主义》。作为一线作家，小野从正面论述了文学究竟是什么。这样的书一般人肯定写不出来。

在小野的作品之外，有的作品今天无法在谈话中涉及了。有位作家叫牙买加·琴凯德，出生于加勒比海域的安提瓜岛，不是用法语或克里奥尔语写作，而是用英语写作。他有一部作品叫作《一个小地方》（旦敬介译，平凡社，"新·世界文学系列"，1997年），直指事物核心。还有一部作品叫作《在河底》（管启次郎译，平凡社，"新·世界文学系列"，1997年），有几本已被译成日语。琴凯德的作品译本不知为什么全部绝版了，很难弄到手。

小野：是啊！

沼野：真不可思议啊！

小野：我读研究生的时候在柴田老师的课上读了琴凯德的其他小说，觉得这个作家很有趣。

沼野：啊！是吗？

小野：后来，《一个小地方》的日译本一出来，我不知不觉中通过原著读了《一个小地方》。

沼野：很棒的书啊。还有就是大江健三郎，他的名字出现了好多次，感觉大的长篇像一座山一样，也像一片竹林一样互相缠绕，不知从何处入手。为了这些人，我来列举一下岩波文库的《大江健三郎自选短篇》吧。在重录这个短篇集的时候，听说大江本人对于过去的作品进行了很多修订。这可以作为大江健三郎文学的入门篇。从最初期到最近的作品全都排列着，可以称得上是短篇集的最终版。

还有一个是诗歌方面的。如果说起简单易懂的好诗人，在日本就会想起像茨城法子或者吉野弘那样的人。最近刚去世的人之中有一个叫长田弘的诗人。长田活着的时候我也想问他各种问题，但从来没机会见到，我们一直互相赠书。他的诗歌写得语言简单却道理深奥，跟我喜欢的波兰诗人辛波斯卡有相通之处。最近他有一部诗集——《奇迹——奇迹——》（美玲书房，2013年）。我们不由得会想到，好的诗歌本身就是一种奇迹。

还有一位宗教学者，叫米尔恰·伊里亚德。这位学者出生于罗马尼亚，在某种意义上他出生于"小地方"，是小国家诞生的大学者。不仅写了关于宗教学的学术著作，还写了许多幻想小说。作品社出版了他的"伊里亚德幻想小说全集系列"（住谷春也、直野敦译，2003—2005年），共三卷。全部读一遍很费工夫。全是独特的幻想小说，向我们展示了这个充满秘密的世界里所隐藏的想象。从世界角度来看，像这样将伊里亚德的幻想小说全部结集出版的计划为日本独有，显示了日本出版文化的高度。

小野：真了不起！

沼野：仅仅说到伊里亚德写幻想小说，我的内心就兴奋不已。

回答问题

沼野：刚才，小野君陪我们聊了很长时间，谢谢了！到预定结束时间还有十分钟，接下来请大家向我们提问，我想让小野来回答大家的问题。想提问的请举手。

提问者1：今天谢谢你们的对话。我想问一下小野老师您的小说准备什么时候发行？也就是您准备什么时候写新的小说？

小野：首先我打算写一部长篇。实际上，获奖后我马上为大分县的地方报纸写了一个短篇小说。但是，除了那个短篇之外，别说长篇小说了，就连其他短篇都还没写呢。

之前，我写的小说以我自己的出生地大分县南部的小地方为背景。但是，在法国留学过程中，我在克劳德·穆沙瓦的家里住过，他的家里有开满木兰花的庭院。那时我遇见了一些难民和移民，有各种各样的体验，所以我打算接下来写关于这些事情的作品。有一个短篇集叫《在森林的尽头》（文艺春秋，2006年），打算以跟这个短篇集接近的背景或主题进行创作。

提问者 1：《从海湾到木兰花的庭院》（白水社，2010 年）这本书在书店不太找得到。我认为内容很棒。如果能读到跟那个世界相通的东西，会很高兴。

小野：听说有读者如此看中我的作品并阅读我的作品，我很高兴，我自己对于写随笔兴趣不大。虽然与刚才的话题无关。但我认为写自己的事情也并非不可，之前决心不写随笔，但最后写了，还是因为有人际关系的原因。《西日本新闻》一位关系很好的记者朋友劝我说："小野，你写一下故乡的事情或者法国留学时的事情吧。"在那之前我一直不想写随笔，由于拒绝不了他的请求就写了随笔。写了之后，后来仍有关系好的报社记者来拜托我，我仍然无法拒绝，又接着写了随笔。我自己觉得写得并不好。你能够仔细阅读，我很高兴。

提问者 2：小野老师您写了以自己故乡为背景的小说，今天您说到很多作家描写各种地方上的故事或者描写自己的故乡，比如中上健次或者美国的威廉·福克纳。他们未必是仅仅因为对当地的热爱而写的。我觉得也有的作家描写了比较阴暗的部分，或者说爱憎各半的作家也有很多。听了您今天的谈话，我觉得可以看出小野老师还是比较直接地表达了对故乡的热爱。因为是小说，如果全都是阳光明朗的话语，那当然不可以。在您今后的创作中想怎样抓住对于故乡的距离感，或者说想抓住怎样一个侧面呢？如果能得到您的答案就好了。

小野：很好的提问，感谢！我本人住在故乡时是很想离开故乡的。我的故乡是位于利亚斯式海岸的一个小渔村，感觉被大山和海洋所隔绝，所以经常想去遥远的地方。人际关系方面也是，成天待在那里，感觉有点令人窒息。我想的确是距离的问题。置身于某个场景中进行书写是很困难的。假如有个故事是人踩到香蕉皮而滑倒。沼野老师已经在《契诃夫论》中写到了悲剧和喜剧的关系。如果这种事在大分县发生时，假设滑倒后碰到了头，从滑倒的人的角度出发的话，这个一点都不好笑，不是吗？

沼野：是个严重的悲剧。

小野：是的。不过，如果不是从当事者的立场出发，而是在保持距离来观察的人看来，这成了喜剧。毕竟因香蕉皮而滑倒的人的姿势有些滑稽，旁观的人会哈哈大笑。同样是由于距离的问题，我觉得我自身的确对于故乡会感到窒息，但是离开家乡保持了距离之后，感觉故乡在对我微笑。在故乡时无法进行言语表达的东西，因为离开了故乡反而可以进行描写了，这种事例有很多。大概可以说，所有的事情很相似吧。我根本不认为我的小说是以礼赞故乡土地的方式在书写。或许有时候离得太近，有时候又距离太远。我认为书写这种事每次与书写对象的距离也一直在变化。

提问者3：谢谢你们愉快的对话。最初提到方言与普通话的话题，在小说中这二者的关系跟小野老师自身感受到的不一样吗？描写情绪的部分和描写其他内容的部分，您认为两者之间的差别在小说中会是怎样的？

小野：写小说时，有时候不用方言写就失去了对于自己而言的真实。当然，我自己以我的方言为母语，在书写时能够感受到真实。但有个问题，对于不使用相同方言的人，这个果真能行得通吗？把读者先放在一边，如果小说的背景是我的故乡，登场人物是在我故乡生活的人，那么我感觉无论如何也要使用方言。

关于这一点，有一件事非常值得高兴。有一本杂志，柴田元幸老师当责任编辑，叫《MONKEY》（switch publishing 出版）。有一期是柴田元幸老师和小川洋子就海外文学进行的对谈。对谈中小川洋子提到了我作品中的方言使用情况。小川洋子说，方言本身并没有特别大的意义，但是它却传递了重要东西。小说中有个片段，老奶奶们乘坐飞机时听到婴儿哭声，她们用方言说"好可爱，好可爱"。正因是方言才传递了某种东西。我亲自见到小川洋子[①]时她也这样说。小川洋子当然和我的方言不同，不过以这种形式让阅读者内心产生某种共鸣的话，作者首先会把读者放入心中，写自己认为真实的内容就可以了。而且，这会奇迹般地与他者联系起来。所以，我认为用方言书写不是我有意的操

[①] 小川洋子（おがわようこ），1962年生，日本著名女作家，1990年以《妊娠日历》获芥川奖，代表作有《米娜的行进》《博士的爱情算式》等。

作，而是这里不用方言的话对自己来说感觉不够真实，于是在这种地方自然地使用了方言。

提问者3：顺便问一下，我想您现在住在东京吧。住在东京后您和方言的距离感变化了吗？

小野：说方言的机会减少了。但是跟父亲打电话聊天时是用方言聊。就像我最初说过的那样，我经常回大分县，现在发现了大分县很多地方的方言，我觉得自己跟方言的关系进入了一个新的阶段。

提问者4：岩波书店出版了您的《文学 人道主义》一书，从正面追问文学是什么。我随意断想，小野老师是不是继承了特里·伊格尔顿①呢？小野老师您说过，在某种意义上故乡的利亚斯式海岸像是散布在全世界。中上健次也说过，故乡的小巷散布在全世界。我由于工作关系，偶尔会在新宫旁边三重县的城镇居住。

小野：是熊野市吗？

提问者4：是的，是熊野市。中上健次曾在熊野市住过一阵子，他还想在熊野市盖房子呢。这里有人知道中上健次生前状况，我

---

① 特里·伊格尔顿（Terry Eagleton），1943年生，英国文艺批评家、哲学家。主要著作有《文学是什么》《莎士比亚》《意识形态是什么》等。自传有《看门人》。

从他们那里听到很多。我认为小野老师和中上健次具有对照性。之所以这么说，是因为您说了，写了故乡的情况后除您父亲之外大家都很高兴。而中上健次正好相反，这家伙居然写了我们新宫乱七八糟的事，人们希望他赶紧不要再写了，这种事在中上健次那里有很多。虽然说故乡散布在世界，但是小野老师的写法属于积极的，而中上健次的写法则是消极的。我认为你们二人有很强的对照性，所以才问了您。在这里我提个问题，今后您有计划在小说或者评论中写中上健次吗？

小野：关于中上健次的作品实际上我已经评论过。在《从海湾到木兰花的庭院》里面评论过。确实是熊野大学邀请我去的时候。

当时的主题是坂口安吾，我一边谈着安吾一边论及了中上健次，以这种形式写的。中上健次是一位很有趣的作家，但他去世之后就没什么人读他的作品了，真是太可惜了。他的盟友柄谷行人为了使大家一直读中上健次的作品，他在熊野大学等地尽了最大的努力。我觉得我今后需要重读的作品中有许多是中上健次的作品。《奇迹》（朝日新闻社，1989年，后由河出文库出版）这个作品真的是用奇迹一般的文体来写的小说。我很惊讶这样的作品是怎样创作出来的。我认为作为小说语言是很棒的作品。在海外，如果有人问起日本现代文学中应该阅读的作家是谁，我经常举出中上健次的名字。

提问者 4：正好迎来他去世二十周年，确实在《Kotoba》（集英社）这个杂志上组了中上健次的特辑。如您所说，现在年轻人不怎么阅读中上健次的作品了，比如《轻蔑》这部作品，我认为它正中人类歧视现象的要害。

小野：《轻蔑》刚发表时成为一个话题，我也买了单行本马上阅读了，是令人怀念的回忆。

沼野：话题还有很多，说不完了。时间已经超过很多了，今天的谈话就此结束。谢谢各位！

小野：谢谢！

第三章
作为世界文学的东亚文学

——张竞与沼野充义的对谈

中日文学交流的现状

张竞

1953年生于中国上海,比较文学学者,文化史学者,明治大学教授。专业是中日比较文化论。华东师范大学毕业后,当过该大学助教,后到日本留学。1986年进入东京大学研究生院,1991年东京大学综合文化研究科比较文学比较文化专业博士课程毕业,获学术博士学位。起初在国学院大学当副教授,2008年开始任明治大学国际日语系教授。1993年《恋爱的中国文明史》获读卖文学奖。1995年,以博士论文为基础写的《近代中国与"恋爱"的发现——西洋的冲击与中日文学交流》获得三得利学艺奖。主要著作有《什么是美女——中日美女文化史》《"情"的文化史——中国人的心理状态》《漂洋过海的日本文学》《异文化理解的陷阱——中国·美国·日本》《梦想和身体的人间博物志——绮想与现实的东洋》《诗文往返——战后作家的中国体验》等。

明治之前的日本文学是汉语与日语两种语言并存的状态

沼野：张竞教授是中国上海出生，长期待在日本。在东京大学研究生院专攻比较文学，写了博士论文，他不仅在比较文学专业方面，在现代日本文学和日本文化方面也进行了旺盛的执笔活动。获得过三得利学艺奖，在学术上评价很高，著作颇多，有很多被引用。中国和日本在文化上有很多共通点，但也有会招致误解的不同点，今天我们首先从这一点开始谈起，根据现在中国广泛阅读日本文学这个现状，从中国的角度如何看待日本文学，关于这一点我也想听一听张教授的意见。

我们同在汉字文化圈，说相同实际上有点愚蠢，中国是兄长辈儿的，我们日本人从中国借来了汉字，那么，张教授您亲眼看到后感觉怎么样？读了日语有没有感受到同在汉字文化圈的好处？

张竞：有啊。首先，汉诗汉文完全相同。现代日语中汉字越多的文章中国人越容易读，汉文表达多的会容易理解。只是，日语和汉语是完全不同体系的语言，想要正确理解时，汉字反而会招致误解。此外，虽说有汉字，也并没有使翻译变得容易。

沼野：近几年关于日本文学的翻译与介绍多起来了？

张竞：是的。中国大规模介绍日本文学，包括近代文学，是进入20世纪70年代以后。70年代中期开始增加，80年代，特别是90年代，中国以完全不同的规模翻译和阅读日本文学了。近些年的话，代表作家可以举出村上春树，以中日比较的观点进行思考时，必须要进行时代区分。比如日本的近代文学，在1970年之前是如何被中国接受的？对于当时的读者来说，日本文学有容易理解的，也有难以理解的。

沼野：虽说同为汉字文化圈，时代不同理解也会不同啊。

张竞：正如您所言。日本文学和中国文学在江户时代之前有共通的基础。中国有汉诗和古汉语，日本在汉诗和古汉语的基础上还有和文、俳句和和歌。大家也许会认为俳句、和歌与汉诗、古汉语没有任何关系。实际上不管是松尾芭蕉还是小林一茶，他们一般会读汉诗和古汉语，他们创作的俳句中有很多是根据汉诗和古汉语形成的。它们共同的基础开始丧失是进入近代以后。近代对于日本来说是从明治时代，即19世纪的1860年左右开始的。[①]在中国，近代要晚很多，是20世纪初，即1910年左右开始的。后来，"中日"的近代文学各自走过了不同的道路。

进入20世纪70年代，两国文学再一次真正相遇的时候，比起共同点，反倒是不同点引人注目了。

[①] 中国近代史指从1840年6月鸦片战争爆发到1949年中华人民共和国成立的中国历史。文中此处内容有误。——编者注

沼野：近代是一个分水岭呀。

张竞：是的。比如，在日本评价很高的谷崎润一郎的《痴人之爱》《春琴抄》这些作品，对于当时的中国读者来说是很难理解的。虽然明白故事，但人们会纳闷为什么这样的作品会是名作。看了后来的过程，我认为是这样一个过程，即进入近代后，一度失去的共同基础慢慢地逐渐形成了。

日本的近代文学非常独特。要说什么方面独特，比如说在现代日本，从西方翻译过来的小说原封不动没有任何阻力就可以阅读。这件事实际上是很可笑的现象。因为原本原封不动翻译过来的东西当然就不会明白其文化背景和文学文脉的差异了。

沼野教授参与了将日本文学介绍到海外的 J-Lit（日本文学出版交流中心）非营利组织，这个团体是将日本小说翻译后介绍到海外。当时，首先是寻找翻译者并拜托译者进行翻译。译好之后将译稿交给讲母语的编辑，这个编辑不一定要会日语，只需要把译文改得像是对象国的文学。如果译成英语的话，则用懂英语的编辑，俄语的话用俄罗斯的编辑。这样做，比起忠实地翻译，进行过较大改动的译文更容易传递意思。有时候按照忠实翻译的原则进行的翻译不太被人理解，或者说容易失去文学性。

比如村上春树的翻译者有其中两位。一位是杰·鲁宾，他在日本很有名，人们经常介绍他。实际上人们并不怎么知道他。另一位翻译者是阿尔弗雷德·班巴姆。有位美国作家说鲁宾的翻译很精确，按照我读后的感觉，班巴姆翻译的读起来更具文学性。也就是说，忠实地将日本小说原样翻译过去，人们很难理解。

沼野：与此相比，日本的确是柔软地接受外国文学，对于直译也不太有抵触。

张竞：如果说为什么在日本原样直译的东西能够被接受，那是因为日本的近现代文化所处环境很好。日本大学的人文类院系和学科非常多，有教授各种语言的教师。这些教师中的大部分人迅速介绍并翻译了自己所学语言对象国的文学，从古典名著到现代流行的文学都有翻译。日本人接触了很多这样的文学，所以作品中写的东西，包括衣食住，他们习惯了各种各样的文化信息和寒暄等社会表达，对于翻译过来的东西没觉得不融洽。

仔细想来，这是很特殊的事情，20世纪90年代以后在中国的普通读者当中形成了这种文化环境。所以，中国读者可以理所当然地接触海外文学的时间也不算很早。虽说同处东亚文化圈，关于近代文学，我觉得可以说很长一段时间处于没有共通性的状态。

沼野：近代日本的作家也注意到这个不同了吗？

张竞：注意到了。日本有个叫武田泰淳的作家，他已经去世了。他也是研究中国文学的学者，当过北海道大学副教授。后来他开始写小说，辞掉了大学老师的工作。关于近代中国文学，他这样批评道："只有政治空想的堆积，没有把哲学思想当作思想来对待。看起来文学中有非文学，非文学中又有文学。"他习惯并喜好中国近代文学，即便是他，也没觉得中国文学有意思。

中国方面也有同样的不适应感。有的日本文学作品毫不费力地进入了中国。比如夏目漱石的作品没受到任何阻力便被中国所接受。究其原因，漱石的作品虽然被认为是纯文学，但是像《三四郎》等作品中有很多大众小说的要素。大众小说这种东西有世界范围的共通性，比较容易接受。在这一点上，私小说基本上都很难，川端康成的《雪国》有些地方只能通过道理来理解，至于谷崎润一郎的《春琴抄》，看起来有些变态。

沼野：哪里呀。不仅是看起来变态，实际上相当具有猎奇性。

那个，今天听众中有很多年轻的初中生，请允许我一边说明一边提问。刚才您说到日本和中国之间在古汉语和汉诗方面有共通性，现在日本的初中生在语文课上学习汉诗和古汉语吗？

初中生：像《矛与盾》等课文还是学的。

沼野：确实是啊。这篇课文讲的是词语的由来。是原封不动学习中国的古汉语吗，还是将古汉语译成日语来学习？

初中生：学习译成日语的。

沼野：嗯。现在学习古汉语的时间减少了啊。高中还有一点点时间在学习。

不管怎么说，说起古汉语，日本的年轻人也越来越不懂了。

至少明治之前的日本，若是有教养的人都会读古汉语。不仅会读，还会写汉诗。将古汉语的读法按照日语的顺序阅读，感觉像日语似的。但作为语言它还是汉语。古汉语的素养在明治时代之前对于文化人，特别是男性文化人来说是必须具备的素养。说得极端些，日本在文学方面可以说是日语和汉语两种语言并存。这么一说很多人会觉得惊讶，事实上就是这么一回事。日本的文学史虽然不能说有一半，但有三分之一或四分之一是用汉语写的日本文学，不这么看待是不行的。

批评家加藤周一在《日本文学史序说》（上·下，筑摩学艺文库，1999年）等著作中明确说过这样的话。即使进入明治时期，会古汉语的日本人仍然很多，森鸥外等人就是典型的例子。他的史传三部曲对于初中生而言也许早了些，里面有很多难读的汉字，对于没有汉字素养的现代日本人来说，"啃"不动他写的日语。森鸥外的古汉语素养相当深厚，非同一般。

夏目漱石实际上也写汉诗，是用汉语写汉诗。进入明治时期之后这种曾经存在的汉文化迅速消失了。

相似事物的"陷阱"

张竞：古汉语也有包括现代汉语的部分。现代中国人会读汉诗和古汉语吗？说起这个话题，实际上不是专家也不会读。汉诗和古汉语对于中国人而言成了拉丁语一样的存在。

沼野：意思是和西欧的拉丁语一样的东西吗？

张竞：是的。不仅是对于现代中国人，对于日本人同样如此。大家要把汉诗和古汉语像是对于西欧的拉丁语那样，必须要把古代日语熟练掌握，这个"大家"也包括初中生。如若不然，就等于不知道日本的众多文化遗产了。比如，有个诗集叫《文华秀丽集》，这确确实实是日本人写的日本诗集，全都是汉诗。所以，不会读汉诗就读不懂日本文化的一部分，会陷入这种悲惨的境地。汉诗和古汉语之中有着跟欧洲的拉丁语相似的地方。

沼野：只不过，正像欧洲已经不需要希腊语素养和拉丁语素养一样，在现代日本，片假名的外来语压倒性地增加，如果不懂起源于英语跟计算机有关的外来语就活不下去了。换句话说，在 IT 最新领域，技术用语中不再出现汉字了。在这个意义上，日语本身也在发生变化。这是全世界所见的现象。

在讲文学问题之前，先稍微说一下常识性话题。日本和中国同属东洋文化圈，其中有很多共通的基础。我想各位初中生平时很少会考虑，我们认为是在使用的日语词汇中，实际上有半数以上是来自汉语的，只不过有不少词汇从中国过来后意义发生了变化，这里是对异文化理解的陷阱。

比如张竞教授的书里也有很多例子。令人比较熟悉的一个日语词叫"手纸（信）"，这在汉语里是"厕纸"的意思，然后还有一个词"爱人（第三者）"，用日语写的话，总觉得给人以讨厌的感觉，在汉语中是"配偶"的意思，指丈夫或妻子。

这只是一个例子。学中文的人最初会学到很多，没有学过中文的人根本不知道。同样是使用汉字，差别会这么大，令人吃惊。所以，正因为日本和中国都是用汉字，所以才容易产生误解。

实际上，即使在欧洲，因为英语、德语、法语还有俄语在同一个欧洲使用，所以会有起源于希腊语和拉丁语的共通的语源和词语。然而，这些词语在各种语言中使用时意思渐渐就变了。因是同一个语源，比如在德国、法国、美国等地，如果你以为他们使用的是同一个意思，那就大错特错了。实际上他们在意义上有微妙的差别。这在翻译上也是很难的问题。有个词形容专家和翻译家之间的关系，叫作"假朋友"，叫作"false friends"。这句话的意思是表面上看似是朋友，实际上却背叛了你。汉语日语之间有很多汉字字形相同却用法不同，这在翻译上不会成为问题吗？

张竞：会成为问题。比如"先辈"这个日语词，在汉语中是"先人"的意思，对活着的人不能用的。汉语中"快乐"这个词没有情色方面的含义。在中日文翻译时如果原封不动地使用这些，容易招致误解。除此之外，日语中的汉字词有很多在中国和日本都使用。比如"哲学""社会""思想"之类的词语，它们走了有趣的路径，这些词实际上是从日本传输到中国的，中国也以同样的意思在使用。要说这类词语在日本是什么时候形成的？这是明治时期翻译西方的政治、思想、文学和经济等领域时，人们思考这些日语中所没有的新概念该如何表达时琢磨出来的。于是最后把汉语词汇里有的词语用作了新的意思。

比如，"民主"这个词语，现在像"民主主义"这样使用，但是在古汉语中原本是"君主"的意思。也就是说,"民主"的意思不是"民是主人",而是"民"的"主",也就是"大王"的意思。

还有"主权"这个词语,这在中文里原本也是"王的力量""统治者的力量"的意思。就这样将西方的词语翻译成日语,将这些再一次译成中文时会原封不动地使用汉字,结果在中文里也固定使用了。这类词语比如"philosophy"译成"哲学",在日本和中国几乎以相同的意思在使用。

要说为什么这种词语作为翻译词使用?那是因为当时日本的翻译者们使用了《英华词典》的缘故。"华"是"中华"的"华",是英译中词典。这是18世纪至19世纪来到中国的传教士们编写的词典。他们很好地学习了中文,让人困惑的是没有词典,于是编写了这个《英华词典》,这样的词典在中国没什么人使用,日本人在明治维新时引进了这个词典。表达西洋式概念的词语就是以此为基础,边整理边用汉语词汇制作了翻译词。而且它们逆向输入,在中国也开始使用了。

另一方面,还有其他类型的词语。同一个汉字意思完全不同,或者意思虽然相近但有微妙的语感差别。在翻译时这是最让人头疼的。意思相近就使用了,结果读者联想的意思完全不同。如果在这方面不注意,原封不动地使用日语中的汉字,那么翻译出来的文章很不自然,给人一种从日语中翻译过来的印象。这种文体特征在中国经常称之为"翻译腔"。

沼野: 不仅是翻译,在意思明显不对或者意思不明白的时候,要查词典，要拼命查词典，最后会明白：原来是这个意思啊！这还算好的。有的人也不查词典，坚信两者相似，长时间不明白它们之间的微妙差别却一直在用，这很危险。作为学习异文化的一员，这种事情要时刻铭记在心。

张竞：我认为有个例子很典型。刚才沼野教授使用的"猎奇"一词，在日语和汉语中它的语感是不同的。在日本，像"猎奇"这个词语会伴随着奇怪的联想，而在中国仅仅是"标新立异"的意思，没有更多的贬义。经常听中国留学生讲"猎奇"，这最让人头疼。

沼野："鬼""狼"等字词也不一样。

张竞："鬼"联想的事物在中国和日本完全不同。

沼野："小鬼"在汉语中是可爱的意思。
　　关于汉字问题我再补充一点。人们常说汉字文化圈，不管怎么说，汉字也是起源于中国的，在这个意义上，中国是老兄或者说是父亲。在朝鲜半岛原先是使用汉字的，现在韩国朝着不使用汉字的趋势发展。正如大家所知，二战后中国在使用简化的新汉字。中国台湾仍然在使用繁体字。
　　因为是汉字文化圈而引发的趣事之一就是读音的问题。我前几天去了趟北京，叫别人名字时要用汉字，我的名字是"沼野"，中国人用中文发音是"zhaoye"。我以为是谁呢，原来是叫我呢。相反，我在报告中说"村上春树这个作家非常受欢迎"，村上春树的日语发音是"murakami haruki"，我说日语他们听不懂，必须说"cun shang chun shu"。关于这一点，您怎么认为？比如关于张竞教授，日本式的说法是"tyou kyou sensei"，这和中文的发音不一样。

张竞：虽然发音不同，但既然平时使用汉字，我觉得也可以像日本的汉字那样来读。原本东亚的汉字文化圈，大家都按照自己的方式使用汉字，至于怎么读，我认为用自己国家的读音方式就可以了。日本人"田中"中国不会读作"Tanaka"，所以如果有中国人到了日本，按照日语的方式读就行了，相互按照对方的方式就可以了。

相反，如果按照当地的读音来书写的话，会很不方便，也很拙劣。因为日语里面音素非常少。音素是用音将词语分开的最小单位。"か"这个音按照字母表标示的话，会是"ka"。即"か"是由"k"这个音和"a"这个音组合起来构成的。"k"还可以分为有气音"k"和无气音"k′"。无法继续细分的"k"和"a"就称为音素。日语的音素很少，在世界范围内都属少见。用日语来标记中文的发音会很困难，硬要标记也不准确。

沼野：无法区分呀。

张竞：无法区分。所以我觉得倒是应该用日语方式来读。

沼野：读作"zhang"的汉字有很多，如果用日语来标记的话，就都变成"tyan"了。所以，中国和日本是相互主义，相互用自己的读法来读就可以了。可是韩国属于停用汉字的趋势，使用汉字进行交流本身就变得困难。从我们的角度而言，如果名字里有汉字则容易记忆，但对于不会韩语的人来说，那些名字看起来全都一样，感觉很不方便。总而言之，中国人看到日本人的名字就用汉语方式读。

张竞：用汉语读，用汉语记忆。我来日本三十年了，至今仍觉得困难的是，比如电话里听到对方的名字，如果不能当场置换为汉字则不明白是谁。这个非常困扰我，如有汉字马上就能明白。比如"沼野"，因为我知道您，转换得会快些。如果这个人长时间没见面或者他的名字平时不太常见，心里会想这人是谁呢，打着电话过了三分钟之后终于明白"原来是这个人呀"！

靠发音来理解对我来说仍然困难。这大概是因为日语和汉语完全不同的缘故。虽然同为汉字，但从韵律学和语法的角度来看两者是完全不同的语言的缘故。

80年代这个拐点

沼野：文学，特别是诗歌，音韵很重要。语法和发音这种语言特性的不同会和文学表达有什么样的关系，这是个问题。这个在接下来讲翻译话题的时候再问您，在此我们先进行下个话题。

刚开始的时候我们提到，过去日本和中国有共通的文学基础，但明治以来发生了变化。张竞教授来日本后最初的学术工作即写博士论文时写了近代中国的恋爱问题。和日本文学进行比较后指出，近代中国没有西方所认为的恋爱，使我们恍然大悟，是具有划时代意义的工作。这种研究不是您研究的全部内容，而是部分内容汇总到《近代中国与"恋爱"的发现——西洋的冲击与中日文学交流》这部书里了。我阅读后发现，您在书的开头部分突然写到中日之间在文学上几乎没有类似性，日本人经常说中国的近代文学没意思，相反中国读者说日本的近代文学好像没有魅力，开始了相互都觉得无趣的认识状况。如今我感觉这种情况多少有些不同了，这应该怎么看待？特别是村上春树出现之后变得怎么样了？

张竞：90年代以后，改变了很多。当然表达习惯不同，关心的主题和题材的选择方式也有不同。但是相互觉得无趣或者说相互不理解的情况不复存在了。80年代之前，不管是日本的文学者还是读者，他们都说中国文学没意思。即便是日本的研究者，他们也说是为了理解革命而学习中国文学的。代表人物是竹内好，他说了句话，叫作"作为方法的中国"。

另一方面，中国人也这样认为，比如中国人没有理解私小说的背景。为什么会这样呢？刚才我也说过，那是因为中日近代文学所走过的道路不同。日本在吸取西欧文学的时候，文学不是手段而是目的，作家们费尽心思所想的是如何能写出西欧小说一样的小说。我认为夏目漱石也是如此。他有一半都放弃了，但另一半仍在努力。读了漱石的文学论和小说，会明白他的小说具有中间的意味。我们虽然说他的小说和西欧的不同，但小说的方法上仍吸收了很多西欧的方法。我认为当时的文学者之中夏目漱石最为苦恼。

夏目漱石写的汉诗很好，能够遵循汉诗的作诗法来押韵，平仄有序。平仄是指将发音分为两种，有平的发音，也有仄的发音。第一个字采用哪种音，第二个字采用哪种音，平平仄仄……像这样是规定好的，全部对应起来。夏目漱石有了不起的汉诗功力，可以一个不错地进行对应。

另外，夏目漱石英语水平也很高，汉诗和英语都会，我想他心里会产生很大的纠葛。他具有很深的汉诗和古汉语素养，阅读了近代的西欧文学，他经常思考该如何书写日本新时代的文学。日本的近代文学就是这样发展过来的。其中西欧所没有的文学形式就是"私小说"。

还有，鲁迅在中国发表的第一部小说是在1918年，比日本要晚约四十年，快半个世纪。要说之后怎么样了，大致说来，中国的近代文学和革命是平行发展的，当然也有不平行发展的时候。

然而，20世纪80年代以后发生了巨大变化。80年代中期，中国年轻作家们不仅学习了近代西方文学，也开始阅读拉美文学了。马尔克斯的《百年孤独》啦，博尔赫斯的短篇集啦，这类作品进入中国市场，看到福克纳等人的作品，他们感到自己获救了。也就是说，近代欧美文学这座大山，日本在明治维新后花费数十年才翻越的这座大山，中国作家要在短时间内同样翻越，不仅很辛苦同时也不可能。这时，通过与拉美文学的相遇，他们产生了这样的思想："啊啊，是这样啊。我们探寻自己的路就可以了。"于是有几个作家崭露头角,他们写的作品在日本也获得好评。

比如残雪的作品啦,苏童啦,余华啦,莫言啦,或者在其后登上文坛的阎连科等人都是如此。这些作家不仅大量阅读了欧美文学,还阅读了日本同时代的小说。余华承认自己从日本文学中获取了养分:"有三年多时间,川端康成对我的初期作品有影响。"他还说道:"我理解了川端康成之后,努力去理解日本文学,并通过日本文学发现了共通的基础,明白了川端康成的登场不是偶然。"他将自己的日本文学读书体验进行了披露。另一方面,日本读者通过余华、莫言和残雪的作品,了解了中国文学的最新动向,而且中国也大量翻译了日本文学。

回头还会提到,我几年前担任过野间文艺翻译奖的评委。这个翻译奖的策划很有趣。如果今年把译成英文的作品作为评审对象的话,下一年则是法语,再下一年是中文,是这样一个顺序。我担任中文翻译的评委,为此我调查了最近几年译成中文的作品究竟有哪些。

大致调查了一下,我大吃一惊。日本近代文学中,没被译成中文的作品几乎没有,几乎全译成了中文。有的在日本知名度根本不高的作品也译成中文了。2000年以后,世界各国的作品以迅猛的速度得到翻译。这和大正时期以后,日本近代文学所处的文化状况非常相似。在这个意义上,两国拥有了共通的基础,相互理解也容易了。

沼野:我也知道莫言、残雪,还有最近的阎连科,他们的作品译成日语，我觉得很棒。这个话题我想回头再谈。在这之前，有人就刚才的话题进行过述评。关于夏目漱石，在这个对话系列的第一册，我们迎来了利比·英雄作为嘉宾，当时谈了很多漱石的话题。第一点，漱石会汉诗。日本作家中有一位特别优秀的，现代文坛最长老级的作家，名曰古井由吉。古井由吉也写了评论《读漱石的汉诗》（岩波书店，2008年）。我认为，现在这个时代，所有日本人不拼命学习漱石的汉诗则无法品味他的作品。

还有一点，利比·英雄提出了一个关于漱石的英语的话题。夏目漱石的专业是英国文学，实际上他的小说没有用英语写的。但除了小说和日记，还有部分内容用英语写了，在东京帝国大学学习期间，漱石曾打算和英国老师一起把《枕草子》译成英语。明治的知识分子有一种心情，他们觉得日语是地方性语言，为了向世界发出日本的声音，用日语表达是不行的，必须要用英语。

下面说的事不是关于小说。比如内村鉴三的《我是如何成为基督信徒的》（光文社古典新译文库）、冈仓天心的《茶之书》、新渡户稻造的《武士道》等是用英语写成的，向世界发出了日本的声音。在这个意义上，漱石是潜在的具有用英语写作能力的人，所以我认为漱石也是会日语、英语和中文三种语言的作家。这是明治知识分子所处的一般文化状况。由此看来，今天的日本变化很大。现在这个时代只会日语就能应付。所以呢，或许他们处于一个幸福的时代。

关于中国文学的变化，刚才提到过所谓魔幻现实主义，加西亚·马尔克斯等拉美作家进入中国。莫言等作家跟加西亚·马尔克斯的比较做了很多，但是我认为，也许中国传统的文学感性跟日本及欧美的文学感性是有不同之处的。

下面我想问的问题，张竞教授也曾写过，比如卡夫卡有一部小说《变形记》，在日本也很有名，它可以称为20世纪新文学的起源之一，是很重要的作品。也就是说，大家普遍认为《变形记》是20世纪世界文学的正典。对于这样的作品，中国人不觉得有趣吗？

"文体"的问题

张竞：前几天，我去了上海，到处逛书店。卡夫卡的小说很少，即便有也是放在不起眼的地方。可能中国还没觉得他的作品有趣吧。卡夫卡的作品很早就译成中文了，1985年出版了《卡夫卡短篇小说选》（孙坤荣选编，外国文学出版社）。要说中国人读后是否感到佩服，我个人觉得，不是很佩服。究其原因，只读故事情节的话，会觉得是这样的故事啊，这样的话题在古代中国不是有很多吗？那只不过是现代版的故事，类似这样的印象很强烈。实际上我阅读的时候也没觉得佩服。我认为卡夫卡式构思的独特性只有在欧美文学的文脉中才显得格外显眼，还有一个理由，我认为卡夫卡小说文体的魅力没有通过翻译反映出来。

实际上，我本人对他的文体还是蛮在意的，在日本举办的某个研讨会上，我遇到某位捷克研究者说起了这个话题。如大家所知，过去在布拉格，普遍都会讲德语和捷克语，比如我认识的一位老奶奶，她是普通市民，但她会德语，也会读德语文章。我问捷克学者，卡夫卡好在哪里？他回答说，读了卡夫卡的文章会哈哈大笑，十分有趣。我读了翻译成现代汉语的卡夫卡的文章，根本感受不到幽默。但是，若是用德语阅读的话，我认为有一种我们通过翻译感受不到的美和感动。

用日常的语言无法形成优秀的文学作品。日常的语言指的是简单明了地表达所处理的问题或想表达的意志，是这样的文章。然而，文学不能仅靠日常的文章来构成。必须要表达人们的情绪，引起读者的感动和关心。必须要有这种文体的力量。这种文体的魅力和妙趣在翻译时往往会丢失，我想这大概是我不佩服翻译后的卡夫卡作品的真正原因吧。

沼野：翻译发挥的作用比一般人想的要大，口译也是如此。我熟识的一位，叫米原万里，很遗憾她已去世。作为随笔家她曾经非常活跃，现在仍有很多人喜欢读她的随笔，也有很多您认识。原本她是作为口译开始工作的，她总是直言不讳、毫无顾忌地说着有趣的事。关于翻译者和口译的重要性，她经常举这样的例子。日常那些了不起的社长和大学校长，不管他们用日语说着多么好的致辞，他们的致辞在翻译之后看起来也只是像个傻子。说极端些就是这么回事。不是原来文章怎么样，而是翻译出来的东西怎么样，是通过译文进行评价。

平常说的日常部分，比如"我二十岁（I am twenty years old）"，像这种简单明了的信息，估计任何人都能够正确翻译。不过，这里有个文体的问题，即文学要以什么样的感觉来翻译。说话者是要开玩笑呢，还是要讽刺或者是要撒娇呢，这时会说"俺，是二十岁了呀"或者"我都二十岁了"。像这样，同样的日语却有不同的说法，如果全部译成"I am twenty years old"，那么原文表达上所费功夫以及语感的差别就完全消失了。在翻译时与此类似的还有很多，刚才提到有的学者读了卡夫卡的作品会发笑，那些不属于基本信息的信息很难传递给读者，比如开玩笑、讽刺或者幽默等等。

张竞：是啊。隐含于文体中的东西，通过翻译有的容易表达，有的难以表达。容易表达的译文后来仍然会受到好评。根据作家的不同，有的内容会很难翻译。

就日本作家而言，志贺直哉和幸田文，这些作家的文章中具有的所谓语言的修辞，也就是说我们读日语后感觉"真是好文章"的部分，这些部分我们总觉得会轻易感受到。这实际上是因为它是好文章的缘故。这些好文章在译成外语时，有些好的部分会丢失。

另一方面，也有些文章即便译成外语也不失原来的味道。比如梶井基次郎①精心创作的作品以及三岛由纪夫的一部分作品是比较容易传达的。三岛由纪夫有些作品用诗一般的文体表达了人工美，这类作品即便译成外语，也比较容易传递信息。

人们说创作诗歌必须要使用干净纯洁的语言，小说也是如此。在这件事上特别用心的是法国的小说家们。他们对于文体特别用心，尽可能用一般人写不出来的文字来创作作品。我们读了他们的作品会感动。比如说"蓝天多么美丽！"，这样说没什么

---

① 梶井基次郎（かじい もとじろう，1901—1932），日本近代作家，擅长以象征的手法及病态的幻想构筑出病者忧郁的世界及理想，三岛由纪夫表明受其影响。代表作有《柠檬》等。

惊艳的，大家都会说的。可是假如他们说了"看到蓝天我会悲伤"或者"我会忧郁"，总觉得他们迈出了具有文学特色的一步。究其原因，是因为多数人不会这样说，大家会思考为什么他会这样表达。

这就是文体的力量，在这个意义上，文学作品不仅仅是阅读故事就完了。现在人们常说没人看书了，我认为只从小说中读故事情节是其中一个原因。如果只想读故事，那肯定会输给电视剧的。

沼野：我在大学的文学课上也经常讲，将作品还原为梗概和构思来阅读的话是不行的。社会上有的词典将作品的梗概介绍了，有些人的做法很欠妥当，他们看了这样的词典就写读书报告，书也不读，真让人困惑。如果仅仅还原为梗概来阅读的话，就没必要写小说和读小说了。作者用语言表达时下了怎样的功夫很重要，因为这个功夫也成了小说的血和肉了。

翻译告诉我们的——以春树的英译为中心

沼野：话题转移到翻译上面了。关于这个领域我也想听一下张教授的意见。您刚才说过，日本作家中梶井基次郎的文章翻译过后仍然容易理解，我认为如今的日本人读了他的文章后仍觉得很难理解。他的作品是很难，但他的文体属于翻译后仍能保持原意的文体吗？

张竞：他的写法很注重修辞，由于意识到修辞，所以容易传达的部分很多。

沼野：注重修辞这一点上三岛由纪夫也是如此。人为地下了功夫的语言，翻译成其他语言也可以期待"equivalence（等价的东西）"或者说可以期待同样的效果。

张竞：我有朋友通过译文读了《金阁寺》，感到无比兴奋。

沼野：是读译成中文的作品吗？

张竞：是的。因为他不会日语。那么，他兴奋是因为故事情节吗？我想不是的。我认为三岛的作品翻译之后仍然在某种程度上可以传达美感。

若以传达信息的角度来说，首先，除了刚才所说的使用修辞的文章之外，还有一条，比如村上春树的文章容易传达。村上春树不是不使用修辞，他有他独特的有趣之处。但是，他的作品在东亚被广泛阅读是因为他的文章有些脱离日语。

这个怎么说呢，人们几乎没有意识到。现代日语是人工制作出来的。如果我们乘坐时光机器回到江户时代，当时有读本和绘图小说。这些东西有些和现代日语一样可以阅读，这些东西在会话时未必能够用得上。还有，比如大家跟外国朋友聊天，他们的会话是理解的，但是这个会话一旦翻译过来，话题就会乱了，变得不易理解了。这是由于发话的习惯不同造成的。发话习惯的不同不仅在不同语言之间，在相同语言的不同时代之间也存在。

说起现代日语，会预想到下面的问题。也就是说，我们在听一个语言的时候，会一边预想一边听。所以，即使实际不明白会说什么，谈话也会进行下去。因为，比如说我们在听上年纪的说话有障碍者的话时，我们不是一一判断他的声音，而是预想接下来的说话内容。

古代或者中世时期的日语对于现代人来说本来就难以读懂。进入明治时期吸收了欧美的文体并形成现代日本语之后变得容易懂了。如果说有哪个作家将这一方面掌握得极其好，那就是村上春树。读他的文章会发现，比如他不省略人称代词。原本日语中规定第一人称代词"我"尽量省略。但是村上春树不省略第一人称。日本人之间也有人认为他的文章简单易懂，推荐他的文章是好文章。

一句话，对于习惯了欧美文学的人来说，他们感觉村上春树的文章思路清晰。思路清晰的部分在翻译之后仍然能够容易接受。我认为这是村上春树在东亚人气很旺，而在欧洲则并没有那么受欢迎的一个原因。我这么说并不为过。

沼野：不不，我认为村上春树不仅在东亚，在世界上也可以说人气很高。他既懂英语，也亲自翻译过美国文学。所以他把英语的表达原封不动地采用，比如他的小说里有"像黄瓜一般酷"这种说法。这是将英语的惯用语"cool as a cucumber"直接用在日语中了。听说原本在他作为作家出道前，他准备用英语写小说来着，但好像那个原稿弄丢了。

所以，或许村上的文体原本就脱离日语。村上是 1979 年凭借《且听风吟》登上文坛的。从那时起他的文体就很新鲜。上年纪的人说没见过这样的日语小说,他们会说:"这是具有洋臭味的日语。"然而,现在"洋臭味"这个词本身已经成为死语。不知大家听说过没有。

初中生:没有。

沼野:是不懂它的意思吧。
 过去日本人不太吃黄油。所以把不具有日本特色,有些装腔作势的外国风格的东西称为"洋臭味"。日本食物味道清淡,而美国人吃那些使用黄油的油腻东西。所以,由于这种感觉,人们说"村上春树的文章具有洋臭味"。如今这个批评用语已经不通用了。
 所以,村上春树的文章有些地方作为日语感觉很新鲜,但译成英语便成了普通的英语。译成中文会怎么样呢?

张竞:会是很好的文章。有个说法叫村上风格的文章。村上作品的译者之中有位林少华,他没有翻译《1Q84》,但是翻译了村上的很多作品。这些译本大受欢迎,产生了村上春树现象。现在村上的书初次印刷就印几万本。

沼野:我只是听说过林少华。他有点上了年纪。若问起中国的年轻人,他们说林少华的翻译有些古色古香。关于这一点,您怎么认为?

张竞：不同年纪的人接受方法不同。虽说是上年纪的人，也只比我大一两岁。

沼野：是吗？我刚才说的不合适吧。因为我们都还年轻着呢。

用英语的情况来说的话，谈话中出现的杰·鲁宾这个人原先是哈佛大学教授。他原本跟大众化的现代文学没关系，是位学院派近代文学研究者。他在翻译村上春树的作品时，非常认真。因为认真，所以和原文相差不大。我两年前在NHK做广播讲座，题目是《用英语阅读村上春树》，在讲座节目中担任了一年讲师。当时将鲁宾的英译和村上春树的原文一一进行了详细比较，几乎没有一处错误。翻译得非常准确，我大为惊讶。当然，村上春树的作品有很多表达无法直译，比如日语原文有一处"NHK7点的新闻"，看了英语翻译，只写着"七点的电视新闻"，把NHK漏掉了。但是《用英语阅读村上春树》不是别的节目，正是NHK的节目，所以节目主持人说"这里为什么没出现NHK字样啊"，满脸不高兴。不过，NHK这个固有名词被漏掉当然不是因疏忽而犯的错误，大概是因为在日本之外，说起NHK很多人不知道是怎么回事，所以就故意漏掉的吧。如果是日本认真的翻译家，难懂的词语会原样保留下来，然后加个译注吧。

还有一个译者叫阿尔弗雷德·班巴姆。这个人的翻译如您所说，人们评价他的翻译自由洒脱。译者不同译稿也会有很大变化，即便如此，村上春树的文章是英语味儿很浓的日语这一点是没错的。用日语阅读时，带英语味儿的日语具有新鲜感，但是将它译成外语，特别是译成英语时，这种新鲜感就消失了。或许大江健三郎也有相似的情况。

张竞：是有这种情况啊。作家下功夫创作的日语，其新鲜感会失去。只不过翻译之后会容易理解。我认为大江健三郎的作品被译成汉语和英语之后再阅读会是更好的小说。用日语读有时会觉得乱七八糟，会觉得"这算什么呀！"。

沼野：用日语读的时候，觉得他的作品文体很特异，有个性。

张竞：翻译得简单易懂，对象国读者容易接受，的确有这一方面。为了对象国读者很勉强地译得简单易懂，这种做法也不是没有用。比如在考虑日本近代文学时，如果没有数量众多的直译西洋小说，我想就没有今天的日语了。北杜夫写的小说《幽灵》是一部好小说，它将欧洲文脉内在化，有机会请一定要读一下。我想这部小说的文字是漱石那个时代的人写不了的。

学习欧洲语言，经常阅读欧洲文学，在这一点上是相同的。北杜夫的文体还有一个特征，它有将整个明治、大正、昭和时期西欧文学中的西洋文脉勉勉强强原样带入日本的痕迹。将西洋文脉带入日本的那些人翻译的作品，日本文学界花了很长时间才消化吸收，变成自己的日语，我认为这是在后面一个阶段发生的事情。我认为《幽灵》的文体反映了这个情况。

现在译成中文的日本文学作品有很多，译者的水平参差不齐，搞翻译的人有很多，所以也有很生硬的翻译。由于这种生硬的翻译，日语语言保持原样进入中国。比如在中国，过去没有"融资"一词，现在这个日语词原封不动进入中国并开始使用。几年前我去了中国东北，大吃一惊。地铁那里有个标识"通勤口"，我心想这不是日语吗？这种事情在过去是不敢想象的。通过使用原有语言中没有的词语，有时这些词语及其含义反而被汉语吸收了。

"人气"这个词在中国意思完全不同。本来是"人多憋闷"的意思，可是现在却和日语一样用作"有人气""没人气"的意思。这种语言有很多。我认为这种变化是翻译造成的。

沼野：是翻译造成的，同时正因为日本和中国都使用汉字，所以才发生了这种现象。看样子这种相互渗透今后还会发生。

张竞：英语里也说"skosh"①，是"稍微"的意思，直接相通的。

沼野：的确日语也进入到英语中了。"bento（便当）"啦，"koban（交番）"啦，日语独特的好东西渐渐被世界承认了。

中日、日中最新文学交流情况

沼野：我们换个角度再继续讨论翻译的问题吧。村上春树的人气遥遥领先。除了他之外，请告诉我在中国广为阅读的日本作家。

---

① "skosh"源自日语词"キ少し（すこし）"。

比如前面提到了大江健三郎、安部公房等人的作品，没有人读啊，让人很意外。

张竞：翻译了。安部公房在专业人士即作家之间有很高的评价，但在一般读者那里跟村上春树相比，读者要少得多。

沼野：因为安部公房很早以前就去世了。看年龄，安部公房和三岛由纪夫是同一代，很多作品描写了现代社会的不合理，具有幻想色彩。中国读者不太接受，可能和卡夫卡一样吧。

张竞：安部公房被介绍到中国时中国读者对西方文学的理解，跟卡夫卡那时相比，我认为理解已经很深了。不像过去那样只在中国文学的文脉中把握，而是在世界文学中把握它了。还形成了不同的鉴赏方法和作品阅读方法。在这个意义上，我认为安部公房比卡夫卡所处环境更好。

沼野：时代往前回溯。这在张竞教授的书里也写到了。1930年左右，中日之间有一段时期出现了各种紧张状况，当时相互批判对方的文学，那时候出现了作家巴金以及更加严厉的批评家。比如，日本的私小说等作品在他们看来简直不值一提，连芥川龙之介也没得到高度评价。究其原因，或许大家通过教科书读过芥川，知道他。但他的很多题材取材于《今昔物语》等古典作品，有些人觉得他没有独创性。虽然他高度知性，但人们怀疑他是不是自己没有写独创性物语的能力呀。总之，在中国人看来，私小说也不行，芥川那种全是模仿他人的作家也不行。当时的中国人憧憬西方的正统小说，目标指向西方正统小说，是不是跟这件事情有关系呢？

张竞：是啊。比如日本作家中，有岛武郎的作品特别是《一个女人》，即便在中日关系恶劣的时候，也几乎没有人批判它，说它不好。究其原因，是因为作品风格是长篇，故事的展开跟西欧现实主义很像。

沼野：有岛的《一个女人》这部作品，现在的年轻人不读了。我认为它是日本近代长篇小说中特别优秀的一部。人们说有岛读了托尔斯泰的《安娜·卡列尼娜》，《一个女人》从中受到影响。最近，我这里来了一位非常优秀的年轻研究者布鲁加利亚，他的日语和俄语都很棒。他将《安娜·卡列尼娜》和《一个女人》进行了比较，这两部作品是值得比较的。

这个话题也许跟中国没关系。比如，说起在海外获得更高评价的人，比如远藤周作这样的信仰天主教的作家，或者说还有一位作家叫贺川丰彦，时间稍早。贺川丰彦与其说是作家，不如称之为基于基督教思想的社会活动家。关于这种现象您如何看待？也就是说，在海外比在日本国内阅读更广泛，获得的评价更高的作家，您如何看待？

张竞：贺川丰彦的作品在20世纪20年代大量译成汉语了。

沼野：啊？在中国也广泛阅读呀！在当今的日本几乎没有人知道他的存在。

张竞：有人在读。只不过他也写小说。中国翻译了很多他的评论，在当时的日本近代作家中，我觉得他在中国最广为人知。当时，中国也渴望近代思想，贺川丰彦写的东西容易传播。

如果还要举出一人的话，那就是厨川白村了。他是京都大学的学者，如今几乎没有人知道他了。他是在关东大地震中去世的。鲁迅翻译过他的作品，许多翻译者也翻译过。他是研究者，可为什么还有人阅读他的著述呢？因为厨川白村是英国文学研究者，最早准确介绍了欧洲文学的新思潮。而且他的介绍简单易懂。对中国人来说，比起直接翻译欧洲的东西，翻译厨川白村的更为省事。介绍欧洲的东西时，必须从许多东西中甄别选取好的东西来介绍，这需要相当的知识和体力，厨川白村从一开始就选取了最好的进行了介绍，所以翻译厨川白村的就可以了。20世纪20年代，他在中国很受欢迎。

沼野：的确，厨川白村见识之广在当时的日本都是超群的。有些类似于我们现在思考的"世界文学"。

我觉得日本和中国的文学交流有些部分不被大家所认识。日本比中国先一步翻译介绍西洋文学、外国文学。

上周，我刚被叫去北京参加了关于俄罗斯文学的国际学会。在会上有件有趣的事我很受教。日本对俄罗斯文学的翻译研究很兴盛的时期是明治时期，那时中国没多少人会俄语，翻译介绍也晚。有位俄罗斯文学家升曙梦，他在日本接受俄罗斯文学的初级阶段就很活跃。他写的俄罗斯文学概论和俄罗斯文学史，很早便译成汉语了，共五册。我也是第一次知道这事。中国专家特意将译本拿到学会会场给我看了。升曙梦出生于奄美，后来在东京的尼古拉大教堂的俄罗斯正教学校学习俄语，在现在的日本只有专家知道他的名字。很长一段时间，他是日本的俄罗斯文学压倒性的第一人。升曙梦给中国的翻译者亲笔写信，在会上我看到了书信，大吃一惊。30年代，中国和日本以这种形式进行了文学交流，我感到非常值得记忆。

下面将话题回到新的时代。在某种意义上，是不是可以说村上春树发挥了决定性作用。村上之后的日本文学也在大量翻译，具体而言，那些作家受欢迎呢？

张竞：说起村上春树之后的热门作品，可以举出山冈庄八的《德川家康》。

沼野：那是大型长篇小说。全部翻译了吗？

张竞：全部翻译了。将26卷压缩成13卷了，所以每册都很厚。

沼野：听起来像是开玩笑。将日语译成汉语，字数不是会减少吗？没有假名只有汉字，所以听说字数会减少三成。

张竞：也有人说字数会减少两成。100页翻译后会变成80来页。

一般单单只翻译一本书的话，字数有些不够。所以，《德川家康》的日语版两卷译成了一卷。今年九月我去上海时，《德川家康》还入选畅销书了。

去书店时，书店有个畅销书排行榜，国内的和国外的是分开排的。现在海外的书里面东野圭吾的书卖得最好。

人们是从好几年前开始阅读东野圭吾的，若要说起东野圭吾的人气有多么旺，中国的出版社全部拼命地在争取他作品的翻译权。日本大型出版社的编辑在北京逗留期间，会被叫去参加当地出版社的聚会，一起喝酒。中国酒很烈，稍喝一点就烂醉了。然后编辑回到家一摸口袋，大吃一惊。口袋里放了很多钞票，字条上写着"东野圭吾的事，拜托了"。东野圭吾就是如此有人气。

究其原因，是因为中国还没有特别好的推理小说。中国有写推理小说的人，但写得很差。日本的小说有悠久的传统，不仅限于推理小说，有各种类型的东西。有科幻小说，有推理小说，还有历史小说，时代小说，还有在初中生面前难以开口的官能小说。有多个领域，各自非常发达，好作家也多，真让人羡慕。对于文学而言，能够有多个种类进行自由书写，这很重要，所以我觉得有了这些积累才会有好作品产生。

还有一种情况，在日本被广泛阅读的小说家却没人介绍，即使介绍了也不受欢迎。比如中勘助，我觉得他的小说真是好。也许已经译成中文了，但至少不受欢迎。像他这样作品质量很好却不受读者欢迎的例子也是有的。

沼野：若以难翻译来论的话，中上健次的文章好像很难翻译。

张竞：中上健次也是位很好的小说家。我认为他的作品不好翻译。不仅是文体，因为他写作的背景中有当地复杂的人际关系。不知道背景的话，有些地方读了也不懂啊。

沼野：他的作品有一种"泥臭味儿"，也有别人对他敬而远之的地方。

张竞：这一点也是有的。我认为很难进入他的作品世界。

沼野：中上健次的作品也开始翻译成欧洲语言了，仍然有难翻译难理解的地方。

张竞：在日本和海外，我想中上健次的冲击力是完全不同的。在这个意义上，我们深深地感受到翻译是魔鬼，完全无法预想别人是如何接受的。

沼野：村上龙怎么样？

张竞：村上龙的作品也有译成中文的。跟村上春树比，没有那么多。

沼野：近年在中国，日本刚获得芥川奖作家的作品马上会译成中文。前几天中国有人咨询来日本留学的事，说想研究川上未映子。那个人说想就《乳和卵》写硕士论文。作品太新了，还很难成为完整的研究对象。我所在的"现代文艺理论研究室"与传统的日本文学研究室不同，虽然也在积极吸收新鲜事物，但川上未映子2008年刚获得芥川奖，还未形成真正的评价，至少在大学的研究室这个场合还是很难的。相反，中国人对现代日本文学关心都到这个地步了。也有人说想研究东野圭吾，说这话的也是中国人。翻译也进展到这一步了。我觉得从这件事可以看出中国对日本文学的关心方式变化很大。

饮食文化的造诣

沼野：还有一个，我们在这里稍微谈一下饮食文化的话题。之所以这么说是因为张竞教授也熟悉食物，在饮食文化的中日比较方面很有造诣。这是我的一贯主张。如果从外国文化的接受方面思考的话，文学与饮食文化有一种很深的并进关系。在现代俄罗斯，当村上春树的人气爆棚时，人们对于整个日本的兴趣提高了，同时产生了寿司热和日本饮食热——关于这两者的关系，除了我之外还没有人明确指出这一点。要说在如今的俄罗斯日本饮食多么受欢迎，你会发现若走在莫斯科的城市中心会看到日式餐馆和寿司店比在东京还见得多。寿司店多到随便扔个石头都会砸到寿司店。总之，不仅是寿司专卖店，像比萨店、咖啡馆的菜单里也都有寿司。三四十年前，社会主义时代的苏联在饮食生活上贫乏而单调。与那时相比，有一种隔世之感。

我想不仅是俄罗斯，中国、日本也是一样。人到了一定年纪会对饮食变得保守，不太想吃新东西了。小时候没吃过生食的人,到了50岁突然让他吃寿司,他会觉得寿司让人心情不爽,难以下咽,这是普遍现象。过去的西洋人也是这样,俄罗斯人也是这样。然而,我有个假说,这和他们接受了现代日本文学不是并行关系吗?是不是有一种本质上的关系呢?这在中国也是一样。过去中国人是不吃生鱼的吧。

张竞:不吃的。现在有的日本料理店非常贵。换算成2000日元的饭菜,在日本吃可以吃到很好的东西。即便是这样,吃的人仍然很多,而且最近在中华料理店的宴席上,最初会上一个叫龙船的料理,这可能跟俄罗斯相似。所谓龙船就是在龙舟形的器皿上放上生鱼片。哎呀,类似日本料理"船盛"①啊。我想这种新东西也是受日本料理的影响。我认为这种东西开始流行的确和阅读日本文学处在同一时期。不过,我觉得如果说是因为阅读了日本文学才这样的,说起这种因果关系,感觉有些牵强。比如,即使阅读了村上春树的小说,端上来的还是咖啡、面包或意大利面,而不会端上来寿司或生鱼片。他本人也不是对食物很执着的人,端上来烦人食物给人的印象仍然是快餐食品。

沼野:是啊,跟您说的一样。我想说的不是读了村上春树后想吃日本食物了这种直接的因果关系,而是人们读了村上春树这种新型的日本文学后认为很有趣,在这背后是不是有一种情况,即中国人的感性变了或者说变新了?

---

① "船盛",一种在船形的器皿上盛放生鱼片的日本料理。

张竞：这种情况也有。因为不仅是村上春树，中国还翻译了其他日本作家的许多作品。这些作品理所当然会出现日本食物。还有一种情况就是，读者通过小说对日本产生了好感，吃日本料理有一种酷酷的感觉或者高级的感觉。实际上几乎从来没听说过吃法国料理或者吃俄罗斯料理成为热潮的。在这个意义上，日本料理很突出。相反，我也听说过有人读了村上春树的作品后对咖啡入迷了。受村上影响的还有音乐。甚至出了一本书《村上春树的音乐》，他作品的主人公听什么音乐等等，进行集中介绍。他作品里的音乐对现在的日本人来说太旧了。村上春树初期的小说描写的是20世纪60年代的中国人。当时这些初中生没有接触过西欧的文化，他们没有听过西洋音乐，特别是同时代的甲壳虫乐队和摇滚乐队等，听都没听说过。也几乎不知道什么是爵士乐。这些音乐对于他们来讲，像是人生需要的"补课"。"补课"的入口就是村上春树。所以食物也是西洋风格，这种偶然重叠在一起了。

沼野：村上春树的小说从初期开始几乎只出现片假名的食物。在处女作《且听风吟》中，主人公进入一个酒吧，喝的是啤酒，吃的是意大利面，然后是花生米、面包圈，全部是片假名词语①。在他小的时候，面包圈还很时髦，现在唐恩都乐的甜甜圈

---

① 指日语中用片假名表示的外来语，多数为英语的音译词，如上文的啤酒、意大利面等。

也不稀罕了。

只不过，村上春树对于意大利面很执着。他不是对食物不感兴趣。相反，可能他也喜欢自己做饭。比如在《发条鸟年代记》的开头有个场面令人印象深刻，主人公在做意大利面。只不过很少出现和食。还有一点，他很讨厌吃拉面，在他的小说里没出现过一次吃拉面的情节，不是吗？说起之前很少出现的日本风格的东西来，在《海边的卡夫卡》里面，主人公去四国时才第一次出现了乌冬面。

像这样，村上春树对食物很讲究。我认为这种讲究跟以前所谓文士的美食爱好又完全不同。在他之前的作家中，像丸谷才一等对于饮食文化很有造诣的作家有很多，像吉田健一那样对日本酒和日本料理很熟悉的人也不少。现在这一代已经没有这样的人了。

日本饮食文化发达，作家写饮食在传统上属于技艺之一。中国也有这种情况吗？

张竞：有的。有位作家在小说里光写拉面的事。拉面的吃法、粗细、味道，光写这些。

沼野：在此我们没有总结"饮食"，反而提出很多粗暴的假说。日本饮食在中国开始受欢迎，而日本人有相当多的人反而觉得中华料理很好吃。我也是。要是用一句话说这两者的区别，中国菜很多是用油炒或者给食材加热加工，用味道很浓的调味料调味。与此相反，日本料理比较清淡，新鲜的食材尽可能原样生吃，不加工者居多。所以，在文学方面是不是可以说中国文学比较浓厚，日本文学比较淡泊呢？

张竞：这个问题很难啊。日本有各种类型的作家，文章也完全不同。很难用一句话总结日本作家的特性，中国作家也可以说是同样的情况。断言日本文学比较淡泊，我个人认为很难这样下结论。觉得自己总算是明白了，仅此而已。对日本读者而言，中国作家可能有这种情况，即描写有些啰唆，或许看了原文更容易理解，写法上比较讲究等等。

现代中国文学的丰富——日本随笔的美妙之处与诗歌的中译
沼野：的确因作家而不同。就日本作家来说，有古井由吉，有中上健次，还有村上春树。就我阅读的中国现代文学而言，残雪的作品很厉害，超出常人的感觉，脱离了常规，一般人跟不上她的思路。但也有莫言那样的作家，作品规模宏大，人们称他是中国版魔幻现实主义。也有的作家以压倒性数量逼向读者，将奔放粗犷的想象力运用自如。最近翻译的阎连科作品《欢乐家园》也很厉害（谷川毅译，河出书房新社，2014年）。

张竞：如您说的，阎连科是位很好的作家，我觉得他很有前途。我觉得中国现代作家渐渐注意到文学不仅仅是由故事构成的，而是由故事和文体两方面构成的。他们在书写时在文章表达上很用心，意识到了符合故事的文体。

我对莫言的初期作品评价很高。《透明的红萝卜》（藤井省三译，朝日出版社，2013年）很出色，甚至《红高粱》（井口晃译，岩波现代文库，2003年）与之相比都稍显逊色。但是，我仅仅在这个场合说说的啊。后来莫言没写出超越此作的作品，他能获得诺贝尔文学奖，有点不可思议。这不仅仅是我个人的想法，我向很多中国人问起，比我年纪大的和年纪差不多的人，他们基本上会说："他的作品太长，过于残酷。"鲁迅先生说过："文学什么都可以描写，但有两条不可以写。"举两个例子，就是毛毛虫和排泄物。的确如此，我认为文学作品中有些内容是不可以写的。但莫言不管这些，仍然在写。我个人认为这样很不好。

残雪的初期作品也是很棒的，觉得她是世界通用的大作家。虽然我本能地不喜欢她，但我也觉得这样的作家不多。她80年代中期登上文坛，到90年代为止，写了很好的作品，但后来她就不写作品了。《突围表演》（近藤直子译，文艺春秋，1997年）是失败之作。

沼野：我也把《突围表演》读完了，佩服它是一部好作品。您说的我明白了。这部作品有点莫名其妙，很多人跟不上它的节奏。莫言在《红高粱》等作品中揭露了战争时期日本军队的残暴行为，《檀香刑》（上·下，吉田富夫译，中央公论新社，2003年，后由中央文库出版）以义和团时期的中国为舞台，描写了恐怖而残酷的处刑方式，太残酷了，有点奇怪。我也不喜欢这类残酷的故事，所以我不想去读。但是，我觉得文学是不允许有禁忌的，莫言的作品充满暴力和奇异，此外还有超出一般的性爱描写。我觉得如果不是中国大地，这种被非同一般的过剩性所支撑的物语很难成立。

阎连科的《欢乐家园》也是很好的作品。小说讲的是有个村子里住的全是残疾人，这些人有的跑得跟鸟一样快，有的是刺绣天才，大家都有非凡的能力。这些人创办的杂技团很活跃，他们无视一切禁忌，说要出去挣钱。故事奔放而粗犷。日本作家受社会常识和隐形的规则束缚，很难这样写。我觉得中国文学有了这样的作品，在某种意义上跟世界相通了，登上了世界文学的舞台。

张竞：日本文学在中国的介绍，希望专家阅读一下相关内容。山口瞳的作品《江分利满的优雅生活》，我觉得这个作品非常好或者说西方小说家写不出来。具体说哪里好，我觉得是其随笔风格的笔调好，具有独创性。这部作品在直木奖评审会上，人们对它的批评很苛刻，有的评委说这不是小说，是随笔，极力贬低，但一般读者喜欢它。要说这部作品什么地方受到人们支持，即这部作品写了工薪阶层的生活，很富于机智，和西方的随笔感觉也不一样。我认为她属于吉田兼好和鸭长明那一流派的，很有独创性的小说，我希望这部作品能翻译成汉语。

沼野：与其说是具有日本特点的散文，不如说是随笔。随笔绝不是日本文学的旁支，实际上随笔一直占据主流。《枕草子》《徒然草》《方丈记》是日本文学的重要古典作品，这一点没有人否定吧。说起散文和随笔，在现代日本，知名人士在杂志上随便写一些无聊的身边杂记来赚取稿费。印象上是这种水平的散文。这原本可以称作日本文学的传统特征。

张竞：是啊，鸭长明、吉田兼好的作品，里面的文章很好。是有抑扬顿挫和音乐性的文章，要说它们跟西方的散文有什么区别，西方的散文是有目的性的，若读了蒙田的散文就会明白这一点。它想明确传达某种信息。然而东洋的随笔虽然在粗枝大叶地进行书写，但全部写下来一看，不可思议，是一个整体。它很难，没这方面技能的人写不了。

沼野：随笔如其字面意思，是"随着笔而写"。所以一开始会写成什么样子，没人知道。与之相对，"essay（散文）"在法语中原本是"尝试"的意思，尝试某种议论和思考，在理论上试图达到某个结论。所以，它想好了目的地。这一点是本质的区别。中国有相当于随笔的文章吗？

张竞：有，就是"随笔"两个字。

沼野：中国和日本的随笔，哪个先有呢？是中国吗？

张竞：详情我不明白。"随笔"这个词很早之前就有，南宋有个作品叫《容斋随笔》，此外还有"笔记"，也有笔记小说。

沼野：在日本文学里，随笔，游记或者像《土佐日记》那样的日记，不是虚构的故事，而是非虚构的散文。这类文学自古以来就丰富多彩，在文学史上占据重要位置。私小说也有与之相关联的一面，这一块儿可能中国人很难评价。

张竞：作为小说的确有的地方很难评价。日本近代文学在中国的接受方面的确有欠缺的部分，我认为私小说和随笔是不是评价过低了，应该更加积极评价它们。日本的小说是翻译成汉语了，但日本的随笔没有得到热心介绍。

沼野：在张竞教授看来，日本近代和现代的随笔名家是谁呢？

张竞：团伊玖磨①很有人气。他是不是代表性的随笔家另当别论。丸谷才一写的随笔也不错。稍微老一点的有柳田国男和幸田文等人吧。

沼野：丸谷才一的散文教养也太高了吧。散文里的话题能全部理解领会的人可能很有限。

张竞：能领会的人也有，莫名讨厌者也有。
　　我想说的是，小说的奖项也很多，可随笔的奖项很少。随笔很难成为一种文学种类，人们把它作为小说家的业余工作。我觉

---

① 团伊玖磨（だん いくま，1924—2001），日本三大作曲家之一，中日文化交流协会会长，在杂志上的随笔被收录于《烟斗随笔》一书中。

得这有些可惜。旅居法国的华裔小说家高行健有部小说《灵山》（饭塚容译，集英社，2003年）。该小说获得诺贝尔文学奖的最大理由是吸纳了东洋风格的随笔手法。可能是正因为使用了这个手法，对于西方人来说才体现出独创性或创造性的。

沼野：还有一个话题我想提一下。日本文学的家传绝技是短歌和俳句。这种被各种规则束缚的短的定型诗，能够很好地翻译成汉语吗？中国人通过翻译来阅读这些短歌和俳句之后会觉得有趣吗？

张竞：要说翻译了还是没翻译，确实翻译了很多。只不过以什么形式表现短歌和俳句，翻译者之间处理方式也不相同，这和翻译者本身的美学追求有关。大致分为两种，一种形式是自由诗，现代汉语自由诗，另一种是以汉诗的形式翻译。汉诗中还有人译成五言绝句，有人译成七言绝句。哪一个更好，这种判断也因人而异。读者也分两种，有人喜欢现代汉语翻译，有人喜欢古典，也就是汉诗风格的。

另一方面，受日本俳句影响，中国人开始写"汉俳"，这是将中文汉字按照五个字、七个字、五个字的形式写的诗歌，还有一本杂志叫《汉俳诗人》，感觉它仅仅是在模仿日本俳句的形式，我个人不太喜欢。

沼野："汉俳"有没有古典诗歌那样的平仄规则呢？

张竞：分古典风格的"汉俳"与现代风格的"汉俳"。古典风格的"格律汉俳"有平仄，但现代风格的"汉俳"没有平仄。

沼野：使用季语吗？

张竞：好像有人在使用。没有严格的规定。

沼野：中国人季节感跟日本人是不一样的吗？或者说季节感在东亚人之间有很大部分是重合的，是吗？

张竞：重合的部分有很多。有二十四节气，也有四季。

沼野：这一块儿，倒是日本吸收了中国的东西。

要多读小说

沼野：那么最后我们想接受听众们的提问。在这之前，我先总结一两句。今天的话题以中国和日本为中心展开，张竞教授也去过美国，在哈佛大学作为研究员逗留过，不仅是中国和日本，他还去过包括美国在内的广阔世界。今天也来了年轻人，最后很唐突地问您一句，今后作为生活在国际化时代的国际人应该留心什么？能否说两句？总之，现在这个社会不会英语肯定不行，但只会英语的话有点不合适。作为东亚有教养的人要在国际上生活下去，哪些方面比较重要呢？我的话题有些跳跃，对不起了。

张竞：今天来了很多初中生，我想说一句，希望你们一定要多读一些小说，要珍视日本文学。我在大学教书，大学生几乎不读书，这给我以很大冲击。日本文学是日本文化的一个主要支柱，如果日本文学无法得到读者的传承就产生不了优秀作家，这样的话会产生很严重的问题。这在世界范围内也是很值得担心的情况。

我在美国待了两年。我自己的孩子在日本读完初一后带到了美国，进了当地的初中学习。日本是四月份入学，美国是九月份入学。美国的插班时间也因地域不同而不同。我们家所在的波士顿，七年级和八年级与日本的初中一样，插班到七年级后，三个月暑假之后就是八年级了。在美国，从相当于日本高中的九年级开始到十二年级，这四年还有七年级八年级的语文课没有教材，取而代之的是读小说。每学期读二至三本小说。这些小说不是随便选的，而是选择跟同期的社会课话题相符的小说。比如在社会课上讲有关奴隶贸易的内容时，语文课上会读《轰鸣的雷声，请听我的呼喊》（米尔德里德·D. 泰勒著，小野和子译，评论社，1981 年）和《根》（亚历克斯·哈利著，安冈章太郎、松田铣译，1977 年）等作品，总之，语文课就是读小说。

另外，学生们读小说很热心，跟是否上课无关。七年级和八年级读的作家是固定的，被阅读的那个作家基本上两年出一本小说。日本的作家写的小说太多了，美国小说家在好好休息之后会写出好的作品。最初是精装本，价格 24 美元，半年后出平装本，价格减半，12 美元。家庭情况不太好的孩子等软皮书印出后再阅读。再过半年会出一个预告，说下一年会出什么书。于是大家很兴奋，期盼着明年会出什么样的小说。这种读书方式在美国很正常。

到了九年级会大变样，要阅读其他小说。作家也变了，小说也不一样。大家听说过《暮色》（斯蒂芬妮·梅尔著，小原亚美译，bridgebooks，2008年）吗？这部小说在日本卖得不好，在美国还拍成电影《暮光之城》了，销量特别好。

像这样，美国的初高中生语文课只读小说，没有教材。选小说读就可以了。进入高中，还加了古典内容，比如莎士比亚、狄更斯、勃朗特、托马斯·哈代①等作家。读这些知名作家的代表作。所以，在日常会话中，学生们谈论的全是小说。

可回到日本一看，年轻人几乎不读小说，这是非常危险的状态。考虑到这件事，我觉得考试都无所谓了。今后考试制度也会改变，但总而言之不读小说不行。对于人的成长而言，小说很重要，可以培养人的感性，不单单是守护日本文学这层意思，在人格形成方面也很重要。特别是青春期在人生当中是很重要的时期，会直面精神上的危机。自己是谁？和父母的关系怎么样？自己是独立于父母的人，青春期是萌生这种意识的时期。要说这个时候读小说会有什么用？人能够体验的人生只有一次，而小说里有各种各样不同的人生。通过阅读小说可以体验不同的人生。所以，请一定要读小说，不仅是日本的小说，还有外国的小说。通过读书可以获得教养。这样的话，如同沼野教授说的那样，我觉

---

① 托马斯·哈代（Thomas Hardy，1840—1928），英国诗人、小说家，代表作有《德伯家的苔丝》《无名的裘德》《还乡》等。

得我们就获得了作为东亚有教养的人在国际化时代活下去的能力。

沼野：在现今日本的学校教育的框架中，要说能不能获得阅读小说的时间，在教科书里有的只是"语文"，原本就没有文学这个科目。今天也有学校老师来了。作为老师这一块儿可能很辛苦。

中国人讨厌日本人吗？日本人讨厌中国人吗？

沼野：那么接下来我们接受提问和建议。

在东京大学，我所属的现代文艺理论研究室里面有很多想研究日本的外国年轻研究者，今天请埃尔吉维塔·科罗娜来到现场，她来自波兰，是专门研究俳句的硕士生。关于今天的话题，请科罗娜谈谈感想或给出建议，比如中国老师眼中的日本和波兰人眼中的日本的区别，或者有什么注意到的事情，请！

科罗娜：我是外国人，读了日本文学，那也不是母语的文学，而是外国文学。把日本文学和波兰文学相比较的话，我觉得日本文学比较淡泊。不过从世界文学的角度来看，日本文学有些部分会给世界以新的刺激。张竞老师也说了，东野圭吾的推理小说进入中国后形成了一个新的文学种类。

而且日本的俳句也译成了英语和波兰语，人们用日语以外的外语在创作俳句，不仅在欧洲，在世界范围内都有。能够纳入到相同音节数的语言，其信息量不同，语法上也有差异。同样是俳句，通过将俳句翻译成英语和波兰语或者其他各种语言，会产生各种不同的文本。仅仅松尾芭蕉的"古潭……"这么一句，就构成一本书了。俳句中的意象有时会给世界以新的刺激，从而产生新的文学。所以我想问一问，不管小说也好随笔也好，有没有给世界以影响的其他方面的日本文学？老师们怎么认为的？

张竞：说得简短点，我认为小说有影响。我觉得不足的是现代诗和随笔的介绍。我认为这方面没有影响或者说影响小，古典的分量也没那么重，在中国来说，几乎全部翻译了。日本也几乎把中国的古典都翻译了，还有更厉害的。如果把中国古典用英语翻译的话，那数量可得了。日本的古典几乎全翻译成现代英语了。

沼野：您说的日本古典是进入日本古典文学全集的名作吧？

张竞：是的。仅仅《词花和歌集》等古典没被译成英语。

沼野：《万叶集》也有译本吗？

张竞：有好几种译本。

提问者1（初中生）：中国人讨厌日本人，日本人讨厌中国人，这种印象有吗？是怎么回事？

张竞：很好的问题。我想那大概是看电视以后的印象。我想说明一个事实，有很多中国游客来到日本，我想这不过占了想来日本旅游的人数的几十分之一。为什么呢？来日本旅游的中国人的人数只有去泰国旅游的中国人人数的大约十分之一。但是，虽然泰国有意思，但要说中国游客对哪里感兴趣，我想那肯定是对日本感兴趣。所以我认为今后来日本的游客会增加。如果中国人讨厌日本人，就都不会来日本了。相反也一样，日本人如果讨厌中国人，也几乎没有日本游客去中国了。不过，我觉得中国没有像日本说的那样，成天在报纸和电视上说日本的坏话。

我这么说是因为我之前被一报社采访过。"日本的书店里有很多说中国坏话的书籍，在中国也是一样吗？"我没有自信回答，接下来我打算去中国，所以我回答他说："我去中国看看。"于是到中国书店转了转，没看到一本那种说日本坏话的书。于是回到日本后跟他说："中国说日本坏话的书一本也没有，反倒是有很多书介绍日本如何如何好。"我这么一说，他不信。于是他亲自去中国看了一圈，的确没有发现说日本坏话的书。

我读了某个学生写的读书报告，发现了类似的情况。这个学生上大学之前一直认为中国不好。为什么呢，因为一看电视全是讲中国坏话的，从没有听过说中国好话的。不过，上大学之后，留学生有很多，大家接触之后发现中国人不也很正常吗，正常地会话交流，跟媒体上说的完全不一样。他把这件事写在读书报告里，我觉得是这样啊，的确是这样的。

由于这种情况，请大家不要再满足于看电视，而是要学习日语以外的语言，要通过因特网看看外国新闻。这样一来会明白报道和实情相差很大。日本播放的新闻只播放制片人挑选的节目，而且日本的无线电视数量少，中央台只有六个台，而美国有上百个，都不知道该看哪个台了，信息量完全不同。虽然英语帝国主义是不可行的，但还是希望你们学习英语，从各种角度获取信息。

沼野：关于国际问题，为了获得正确的没有偏颇的信息并理解其内容进行理，像刚才张竞教授所说的那样，看多个语言来源是不可或缺的。比如，假设在某个问题上中国和日本之间是对立的，首先如果你想获得基本信息的话，因特网上不是有维基百科吗，不用去图书馆查阅厚厚的百科全书，可以一直看到最新信息，很简单。还有个问题，维基百科有多么正确，它写的事情全都可信吗？要查阅什么东西，开头部分最为简单。如果是日本人，首先你会查阅日语版的维基百科，这个步骤大家之前都在做，但是不能停留在这一步，会汉语的你可以看一下汉语的维基百科上怎么写的。或许汉语的维基百科从中国的立场出发，上面写的正好相反。

也就是说，维基百科的内容，在有关事项上，多个对立的国家会有完全不同的写法。关于乌克兰问题，有用俄语写的，还有用英语写的，这两者写的就不一样。所以，如果仅仅看了日本发的信息就满足，则容易偏颇。我在大学也经常跟学生说这样的话。所以，要想成为一名真正的国际人，必须会多种外语。

张竞：美国的高中有一个课程叫媒体读写能力，要说这个课程做什么，是让学生自己制作电视节目。这样一来，他们会实际感受到原来电视节目可以这样随便制作，有时候一个制片人会全部决定今天新闻的顺序和内容。当然还有一个"气氛"的问题。

沼野：刚才的问题太大了，虽然汉语不是我的专业，但上周我去北京参加了一个会议。在这种专家级别的交往中，我从未感受到人们对日本的反感或偏见。至少我接触的中国学者们，从能力、人品来看，我个人觉得都是很棒的人。当然他们对日本没有偏见。只不过社会制度不同而已，在日本可以随便说的，他们在公共场合不能说，其中有各种情况。日本是一个原则上基本保障言论自由的国家，但日本也有一些话不适合在公共场合说。关于这一点，可能实际上中日两国没有本质的区别。

提问者2（初中生）：在讲到东野圭吾的推理小说时，您说日本的文学种类有很多。比如中国一般有的文学形式，有哪些还没有传到日本和其他国家的?

张竞：你们的初中真好！大学的学生不提问的。一位美国老师想让大家进行讨论，学生们都不吭声。那位美国老师发怒了。他说，你们没意见是吧，为什么让自己受到忽视呢？在大学里这种现象很普遍。这个初中很好，不断有人提问。

你的提问很重要。在特定文学种类之中，还有一些没被介绍到日本的作品。只不过，种类本身没有日本多。所以，我认为还没有传到日本和其他国家的种类是没有的。还有一点，中国文学的特征之一是不分纯文学和大众文学，科幻小说也不是没有，但极少。推理小说也有，但水平不高。原本数量就少，我觉得不太有被介绍到日本的科幻小说。

提问者3：作为对读者的建议，您强烈要求要多读小说，关于要读谁的小说您有什么建议？

张竞：要说劝大家读哪个作家的作品，现在作家没必要过度坚持国家意识。人只能从自己的立场来思考事物或发出信息，所以在这个意义上，立足于自己的生活很重要。同时面向他者和其他国家的想象力也很重要。我认为，现代社会自己都可以接触到其他国家的信息，在这个意义上，国家这个壁垒变矮了。所以比起过度在意自己是日本作家，反倒是作为世界的作家来写作为好。

提问者4：我在私立女子高中教书。我有句话可能有点刺耳，现在小说方面的教材还是少，很为难。老师们擅长的俄罗斯文学和中国文学中，如果有符合初高中生阅读的小说，请告诉我。

张竞：沼野教授跟我说希望我推荐五本书。

作为外国文学，梅里美的《马铁奥·法尔哥尼》（新潮文库，收录于《卡门》）是一部好小说，我希望青春期的青年读一下这部作品。它有现代的感性所理解不了的地方，让我感到很吃惊，同时这部作品给人一种印象，即知道了其他世界。

外国作品再举出一个的话，陀思妥耶夫斯基的《罪与罚》（光文社古典新译等）不错，因是长篇，可以利用暑假等时间读一下。说起陀思妥耶夫斯基，还有一部名作《卡拉马佐夫兄弟》。里面的场面跟芥川龙之介的《蜘蛛丝》有关联，这部小说比《罪与罚》还要长，这次就不推荐了。

日本的作品我想从现代文学中推荐开高健的《闪光的黑暗》（新潮文库，1982年）。将这部作品作为题材来讲，大家也许没有亲切感，是作者参加越南战争，根据战场体验写的小说，我觉得这部小说的日语很棒。

当代文学我推荐黑田夏子的《ab珊瑚》，主人公是一位少女，文章好，作品构成也不错，据说是西洋风格。我读后的感受是，这不是《枕草子》系谱的作品吗？

我还希望大家读一读诗歌。现代诗歌中无聊的诗歌太多了，中国诗人余秀华写了诗歌《打谷场的麦子》，这是我翻译成日语的，读了这首诗歌，你们会明白诗的语言是如何给人以感动的。

以上五本，希望大家有机会读一下。如果老师们作为副教材可以让学生们阅读，则非常高兴。

沼野： 可能会有人说张竞教授介绍的《罪与罚》对于初中生来说太长了，《ab珊瑚》太难了。或许大人们不可以对年轻人说这个难那个难的。老师推荐读了，所以才读的。这种心情不值得赞扬，反倒是读了老师不允许读的东西，这样更有趣。我认为读者可以有这种越不让读越要读的欢乐。

余秀华这个人的诗歌很好，在张竞教授最新的著作《时代的忧郁 灵魂的幸福——文化批评的视点》（明石书店，2015年）中有翻译。这首诗很棒，我都想朗读它了。

我的专业是俄罗斯古典文学，能用于教材的短篇是契诃夫的短篇集（《新译 契诃夫短篇集》，沼野充义译，集英社）。一篇文章 5 页到 20 页左右，可以简单阅读，里面真有很好的文章，我推荐一下。

今天谈了很长时间，谢谢！

第四章
费尽心思的日语

——茨维塔娜·克里斯特娃与沼野充义的对谈

讲述短诗系文学

茨维塔娜·克里斯特娃

生于保加利亚首都索非亚。国际基督教大学教授。莫斯科大学亚非研究所日本文学系毕业,1980—1981年间,东京大学文学部日本文学系当研修生。历任索非亚大学东方语言学教授、中京女子大学教授、东京大学研究生院人文社会研究科客座教授。著作有《泪水的诗学——王朝文化的诗的语言》、《费尽心思的日语——用和歌阅读古代思想》、《笔迹》(保加利亚语),与唐纳德·基恩合著有《日本俳句为什么是世界的》。曾将太宰治的《斜阳》、后深草院二条的《不问自语》以及清少纳言的《枕草子》(获得保加利亚文化部翻译奖)翻译成保加亚语。

日本古典文学的肇始

沼野： 茨维塔娜·克里斯特娃教授生于保加利亚首都索非亚，一直研究日本古典文学。莫斯科大学毕业后，作为研修生在东京大学的留学。获得索非亚大学、东京大学博士学位，是两所大学的客座教授。现在在 ICU，即国际基督教大学任教。

主要著述有《泪水的诗学——王朝文化的诗的语言》（名古屋大学出版会，2001 年）这样堂堂的研究著作。发到大家手里的复印资料是 2002 年 1 月，这本书出版后没多久岩波书店的《文学》（2002 年 3、4 月号）杂志刊登的座谈会内容。《文学》杂志是日本文学研究的权威杂志之一，作为特辑的一环，请到克里斯特娃教授，围绕这部著作开了座谈会。当时我还很年轻，担任了座谈会主持人。座谈会上有很多重要的话题，我觉得可能会给大家提供参考，就发给大家了。克里斯特娃教授后来也写了许多著作，我的介绍就到这里，下面请她本人讲一下吧。

在进入学问研究的话题之前，我想问一件事情。教授您是在保加利亚索非亚出生，对于很多日本人来说，生长于保加利亚的人研究日本文学，有些难以想象。教授您对日本文学产生兴趣是从保加利亚的孩提时代开始的吗？

茨维塔娜： 完全不是。我小时候几乎连日本这个国家都不知道。因为那个时代几乎没人知道日本文化和日本文学。对日本文学感兴趣是在高中最后一年，进入莫斯科大学的日本文学系之后，我怎么也没想到自己会研究日本古典。也就是说，我作为保加利亚人踏入日本古典文学的研究领域，对任何人来说（包括我自己）都是难以想象的。与其说是因果论的结果，倒是可以说是所有偶然的一致的连续。

我想也许有人知道。心理学家荣格着眼于"偶然的一致"，和构成西方思想主流的因果论相对比。荣格为了把《易经》译成德语，他在前言里称《易经》的法则原理是共时性，认为这是东方哲学思想的表现。当然，要问这两者哪个更好，这种问题没有意义。因为人的思考是由重视事情的通时性以及焦点化之后的共时性构成的。

总之，我想说的是，我们的人生既有选择也有机会。各位同学今后会选择各自的道路，这个选择过程中肯定也有"偶然的一致"。比如，与人的相遇是其表现之一。日语的"一期一会"①正好有这样的意思。

将话题回归到我的体验。大学时期我很喜欢文学，我的数学家哥哥对我的影响也很大。我还有个擅长的科目是数学。我当时犹豫究竟是搞文学还是研究数学。我很讨厌高中的数学老师，因为这个老师，我也讨厌数学了。相遇之中反而会有反作用。

长话短说，我读的高中是英语专科学校，通常是选择英文系。而我原本不是那种满足于"通常"的人（到了这个年纪也

---

① 源自茶道用语，认为人的一生中可能只能够和对方见一次面，因此要用最好的方式对待对方。

没有变），想挑战不同的事物。我在犹豫是选择斯堪的纳维亚文学还是日本文学，最后选择了日本文学。理由是我单纯地向往日本文化的审美意识，想多多了解。当时能上的大学里，莫斯科大学的日本研究水平很高，就上了莫斯科大学。当然是从现代文学开始做起的。

沼野："当然"这种情况是不存在的吧。

茨维塔娜：不，是当然从现代文学开始的。不过，如果没有什么特别的情况，估计没有年轻人打算研究这么难的古典文学吧。我因为不太知道日本古典文学，也没有兴趣。现代日本语和文学已经很难了，这很少见。

沼野：我记得当时的莫斯科大学确实有可以教日本古典文学的教师。

茨维塔娜：是的。有一位老师非常有名，叫伊利那·利波瓦耶夫，是翻译《平家物语》的翻译家。这位老师培养了翻译《源氏物语》的杜鲁西娜等多位出色的研究者。与这位老师的相遇对我来说蛮幸运的。当时还没上古典文学，有一天在大学旧馆昏暗的走廊里，老师跟我打招呼说"有一个主题很适合你"，在日本也没多少人研究。他给我介绍了《不问自语》①。所以,我一直想,在某种意义上与其说是我选择了古典文学,不如说是古典文学选择了我。

后来回到保加利亚后,我每日都很孤独。因为保加利亚不仅没有研究日本古典文学的,甚至研究现代文学的人也几乎没有。不过,社会上任何事情既有好的一面也有坏的一面。我的一个好的方面是必须向不懂日本文学的人们说明日本文学的有趣之处和独自性。而且,为了说明必须经常考虑日本文学的精华部分。

保加利亚虽然人口少,但我获得了向一般读者介绍日本古典文学的绝好机会。继《不问自语》之后又尝试翻译了《枕草子》。两部作品读者都很多。托第一次面对日本古典文学读者的福,我发现了一个重大特征,即很多事情如果习惯了就反而不明白了。我从读者的反应和建议中学到了很多。"泪水"也是其中之一。

还有一个好处是,因为身边没有可以商量的人,所以我以文本本身为对象,一点点听懂文本的声音了。来到日本开始追求"泪水"的时候,我不受陈词滥调所影响去阅读和歌,我认为这成为我能有自己独到发现的力量。我体会到了研究的喜悦。

我想跟大家说的是,如果做你喜欢的事情,可以做得很好。我甚至认为,不喜欢的研究对象还是别做了。

---

① 日本镰仓时代的日记纪行文学,作者为后深草院二条,被认为是作者14岁至49岁的自传。

沼野：现在这个时代，要找到喜欢的内容也很难。这一块儿是个问题啊。

茨维塔娜：沼野教授为什么觉得现在这个时代难以发现喜欢的呢？我们的那个时代也同样难找到，我觉得是因人而异吧。

沼野：没有什么东西能让我有自信地说自己喜欢这个。上司命令我干什么时我会顶撞，反而想做那些不被允许的事情。于是会发现趣事，感觉如今没有这种情况了。

茨维塔娜：啊啊，是这样啊……的确有这种情况。可以说反骨精神是研究者不可或缺的。

东西方冷战时期是争夺唯一"正确意识形态"的时期。我觉得当时人们的观念非黑即白，很自然萌生了疑问和反抗之心。如沼野教授所说，越被禁止的东西反而越关心。

日本古典文学的研究是权威者的世界。那里的气氛是，假如某位了不起的老师说了什么，是不允许其他人对此进行反驳的。不管多么了不起的老师的意见，我首先会怀疑。绝不是不尊重他们，只是觉得没有绝对的。我有时候能接受他们的意见，有时候则不能。总之，怀疑是思考的开始。所以我想向各位学生提出这样的建议。请你们多产生怀疑，怀疑我们所说的。

沼野：请多批评老师。

茨维塔娜： 我说的是多多怀疑。

沼野： 我想问一下您的学生时代周围是什么气氛。我认为保加利亚和俄罗斯有很多不自由的方面。在文学研究方面怎么样？我认为莫斯科大学也有意识形态方面的限制。在感觉自己做的事情了不起这层意义上，你有没有在其中对日本文学研究产生过抵触感？

茨维塔娜： 我认为的确是反抗的表现吧。未必能说当时充分意识到了这一点。教日语和教日本文学的老师们作用很大。因为他们想教我们跟意识形态没有关系的"真东西"。仅举一个例子，我们几乎没有学习所谓的"普罗文学"①。利波瓦耶夫老师说："小林多喜二虽然有文学才能，却无法使文学得到发展。"他们把教学的重心放在日本和西欧的高水平文学作品上。老师选我研究古典文学时说："古典中有不变的价值，而且研究古典会自由，不会被意识形态所摆弄。"

可是，我想使用符号学学者塔尔图学派（塔尔图现在是爱沙尼亚的城市）的代表尤里·洛特曼的理论时，有人忠告我说："最好不要牵涉进去。"结果我产生了无法抑制的好奇心，现在仍在参考这个学派的符号学。

---

① 来源于20世纪现实主义文学，强调文学为政治服务，文学是政治经济的产物，原意为"无产阶级的文学"。

沼野：洛特曼的书在苏联也有出版，并没有完全禁止。在主流体制派的学者看来，或许是一种"有些新奇，是不好的西洋风格"的感觉。

茨维塔娜：是吗？有出版的，但很多书很难弄到手。符号学强调解释的多样性和差异的重要性，其想法本身在高度意识形态化的环境中被认为是不好的东西。如您所知，洛特曼是活跃在跨学科的学者。在地理方面和文学方面都很出色。

沼野：在那样的环境里，在苏联时期，喜欢日本古典并拼命学习的优秀学者有很多。

茨维塔娜：当然了。毕竟日本研究是始于 19 世纪末，具有悠久的传统嘛。研究者们同时也是翻译家，不仅翻译文学作品，也翻译了文学史相关的书。比如给我以很大冲击的利波瓦耶夫老师和他的弟子们一起翻译了唐纳德·基恩的 *World within Walls*（直译《围在墙里的世界》），日语翻译有《日本文学的历史》（中央公论社，1994 年，后改为《日本文学史》由中央文库出版）。

沼野：说起唐纳德·基恩，就在前一阵子，他和克里斯特娃以小册子的形式，出版了一本关于俳句的内容丰富的书，名字叫《日本俳句为什么是世界的》。这个小册子在谈论短歌和俳句时经常会被提起。

茨维塔娜： 那是讲演会的记录。当然唐纳德·基恩是主角，我充其量是配角。内容以刚才介绍的书为基础。沼野老师，您称呼我"克里斯特娃"，我不习惯，请叫我"茨维塔娜"。的确我的名字是"克里斯特娃"，但有一位出生于保加利亚的法国符号学学者、哲学家茱莉亚·克里斯特娃。在国际符号学学会上两个人同一个名字，我的立场有些尴尬，所以尽量区别开来。顺便说一下，非常有名的茨维坦·托多罗夫①和茱莉亚·克里斯特娃同时期流亡法国，我和托多罗夫的名字前几个字母一样，但是女性的词尾要加一个"a"，所以名字不是完全一样。

沼野： 顺便问一下，"Tzvetana"是"花"的意思吧？

茨维塔娜： 是的。意思是"花"或者"华丽的"。所以我的名字直译是"十文字华子"。作为正式的通称登记在册，但那是另一个我。

沼野： 因为基督被钉在十字架上了嘛。日本名字"十文字华子"女士。我认为茱莉亚·克里斯特娃和茨维坦·托多罗夫是保加利亚最著名的两位文化人物。您的名字似乎是将此二人的名字组合了一下，令人印象深刻的名字。

---

① 茨维坦·托多罗夫（Tzvetan Todorov，1939—2017），生于保加利亚的法国思想家、文艺评论家。有《小说符号学——文学与意义的作用》《民主主义的主要敌人》等著作。

茨维塔娜：在姓名上我也是做符号学的命啊。

沼野：我说一个您在莫斯科时的插曲。我知道得很详细。有位作家叫波利斯·阿库宁，现在很有名。茨维塔娜你和他是同学吧。他是20世纪90年代末第一个将三岛由纪夫译成俄语的人，是在苏联掀起三岛由纪夫热的主要人物。在苏联，三岛由纪夫被认为是极右的军国主义分子，而且是变态的颓废作家，实质上遭到禁止。阿库宁学生时期作为交换学生来到日本的时候，他寻找了三岛由纪夫的书来阅读。他的研究好像也是从那里开始的。

茨维塔娜：是啊！从学生时期开始他就一直是个脑子好使但反抗心很强的人。总之，三岛作品在苏联的命运很好地表现出禁忌的作用。保加利亚也一样。前辈多拉·巴洛娃（当时的列宁格勒大学毕业）站在编辑的立场，很早以前就打算翻译介绍三岛由纪夫的作品，但是社长提醒她说："你不要以为苏联的禁忌可以忽视。"三岛由纪夫的翻译还是在苏联解体之后。

和歌的兴衰与将来

沼野：如前所述，茨维塔娜进入了日本研究这条路，于是跟和歌相遇了。

茨维塔娜：是啊……我们该说说和歌了，大家知道和歌吧，喜欢它吗？

沼野：今天在场的研究生里面，大概从外国来的留学生比日本人还知道和歌。

茨维塔娜：各位日本学生，怎么样？喜欢和歌吗？

（没什么特别的反应）

沼野：我们从基本的事情开始确认，可以吗？和歌与短歌怎么区别？最近连这种情况都不明白了，现在这两个基本是同义词了。俳谐和俳句也是如此，基本上作为同一意思在使用。人们说"芭蕉的俳句"，几乎没有人认为这是错误的。

茨维塔娜：所谓"短歌"是指五七五七七韵律的诗歌，所有的和歌都是短歌，"和歌"是文学种类，是文化现象，在历史上受到限定。

原本"和歌"的概念来源于《古今和歌集》（905年）"假名序"的开头部分，即"大和之歌以人之内心为素材，形成万种语言"。也就是说，"和歌"是以和语吟诵，用假名文字写的诗歌，通过与"真名"（汉字）的对比被赋予了意义，相当于是从模仿中国文化到日本独自表达的转换。

和歌作为日本独特的表现形式固定下来，与大和词语的特征密切相关。长话短说，正如大家所知道的那样，日语（大和词语）是音节语，而且音节数量少。这种语言中，比如夏威夷语有一种鱼的名字叫"humuhumunukunukuapua'a（黑带锉鳞鲀）"，正如这个名字一样，肯定可以通过音节的反复而形成很多长词语。或者可以考虑通过声调的强弱和声调在声音方面更加洗练的可能性。但是日语的同音异义词很多，这是为什么？

我认为事到如今没必要跟大家解释了。语言是一个完美无缺的系统。既没有不足之处，也没有多余之处。语言完全契合使用这个语言的集团和社会的需求。所以，古代人不打算把同音异义词消除掉，这成为人们想法的一种暗示。

和歌的主要技法之一"双关"使得同音异义词的存在有了意义。有这样的例子，"松（matsu）"和等人的"待つ（matsu）"发音相同，古代人把焦点对准这种发音的一致性上，"如同松树的颜色不变似的，我的内心也不变化，一直等你"。像这样就把两个"matsu"联系上了。也就是说，"双关"的作用确确实实如最初介绍的共时性一样，是"偶然一致"的具体表现。它沿袭了古代中国思想的法则原理。

但这是历史事实。真名（汉字）和假名的使用范围是有区别的。假名的世界从"隆重"的场合中被排挤出来，专注于自然和内心这两个主题。可以说是从禁忌中获得了自由。这种自由跟"政事"无关，只集中于存在的问题本身。这也是"双关"词语的焦点所在。也就是说，从多个同音异义词中，选取使自然和内心形成对比的词作为双关语固定下来。换句话说，通过双关语在意义上得到双关的不仅是语言本身，也包括自然和内心这两个世界。和歌起的作用是，通过将眼睛看不到的内心活动寄托给眼睛能看到的自然，从而也能看到内心活动了。

就像我在这之前总结的那样，因为和歌这种表达形式将日语的本质特点进行了活用，所以才能够成为有教养之人的交流手段。还有一点，从和歌表达的修辞手段到被表达的内容，均反映了古代中国的思想，作为日本特有的哲学表达的媒介发挥着作用。

只不过，我认为我们现代人将西方的文化实践绝对化了，对哲学和文学进行了区分，所以看不到和歌的这种作用了。两年前，我在日本思想史学会发表论文时就痛感到这种事实。主题是文学和思想史，却将"思想史"限定在佛教等宗教思想和哲学这两个层面，因为他们的见解是，文学只起到反映并表现思想的作用。

日本没出现苏格拉底、亚里士多德和柏拉图那样的人物，也没出现孔子、孟子、老子和庄子。日本没有知名的哲学家，有的是纪贯之、藤原定家、和泉式部和西行等优秀的和歌学者及和歌诗人。这意味着什么呢？原本不发展形而上学式思想的文化是不存在的，不是吗？这是常识性知识。于是，人们会理所当然地下结论，认为知识的形态因文化不同而不同。论述和歌的书籍是日本最早的理论书籍，这毫无疑问。和歌作为一般交流的手段固定下来了。所以，所谓元语言的功能（具有解释的、理论的谈话特征的功能）作为元诗歌的功能也成立，这一点大家不觉得理所当然吗？

和歌的表达优美，而且可以打动人的内心，所以即便人们忽视这种元诗歌层面上阅读的可能性，也可以充分享受它。不过，日本弄丢了这么重要的知识遗产，不是有点可惜吗？

我说的有点长，抱歉。我只是很想说明"短歌"与"和歌"

是如何区别的。

沼野：和歌这个文学种类，听说它的优美之处在于最大限度激发了日语的特质和表现力。只不过，我认为在日本文化中，平行存在着汉语，汉语的作用也很大。过去日本有教养的人，特别是男性，如果不会汉文，也就是说如果没有汉语的素养，则无法出人头地。他们也写了很多汉诗。和歌是日本的诗歌，但这是与汉诗对照才叫大和之歌的。《古今和歌集》中既有著名的"假名序"，也有用汉文写的"真名序"。也就是说，"假名"与"真名"就是日语的大和词语与汉文的世界，两者属于平行的存在。刚才您提到日本没有哲学家和思想家，但是通过使用从中国吸收进来的汉字来表达思想，也就是说这种思想性的东西适合用汉字来表达，而和歌适合表达内心的感情，这种角色的分担您是怎么考虑的？

茨维塔娜：沼野教授所说的内容，有些我认同，有些我认为稍有不同。古代中国文化的确发挥了难以估量的作用，毕竟中国文化在亚洲文化圈作为一个范式在发挥作用，不仅对日本，对亚洲所有的文化都产生了重大影响。还有，沼野教授指出的有一段时间古代汉语与大和词语平行使用这件事，也是事实。古代汉语知识对于有教养的男子而言是不可或缺的，所有文献均证明了这一点。

《费尽心思的日语——用和歌阅读古代思想》（筑摩新书，2011 年）的第二章中，我整理了这个问题。古代日本人从中国文化中获得的东西不仅仅是所有的知识，大量涌入日本的中国文化也给日本独自的文化发展以巨大刺激。日本在东亚很快完成了独自的文化发展，其中有很多原因，我认为其中尤其重要的是假名文字的完成。为慎重起见，请允许我向各位学生进行说明。假名文字是指平假名（也叫变体假名）。《万叶集》中使用的万叶假名还保留着汉字的特点。也就是说，原先汉字的意思还残留着。从万叶假名到平假名的转换期是从模仿中国文化到形成独自文化的转换期，其代表就是公元905年的《古今和歌集》。

如沼野教授所言，《古今和歌集》有用汉文写的"真名序"以及用和文写的"假名序"这两个序文。其目的是什么？两个序文的内容很近似，它们之间也有让人很感兴趣的不同之处。简单地说，"真名序"重点放在和歌的起源、历史以及与中国文化的关联性方面。与此相对，"假名序"涉及和歌的"词汇"和"内心"，探讨的是日本式表达的可能性。顺便补充一句，《万叶集》中见不到的"言之叶（词语）"这个概念通过与普通语言的对比，又通过与"树叶"的联想被赋予了意义。这使我惊讶，让我想起20世纪初提倡的诗的语言。

总之，"真名序"是面向外部的，"假名序"是面向内心的。可以想象，将二者并列，其中有深意。一是证明了大和语言与假名文字的表现力，不仅是吟诵和歌的表现力，还有与真名（汉字）不相上下进行评论的表现力。

真名与假名的并存一方面是具有这样的意义，所指的目标常在眼前，成为假名表达的原动力。另一方面，《古今和歌集》以后，假名的社会地位为之一变。因为毕竟《古今和歌集》是敕撰和歌集，也就是得到天皇的敕命而编撰的和歌集嘛。敕撰书籍的传统从中国传来，日本最早的敕撰书籍是《日本书纪》（公元720年）。进入平安时代，诗歌成为敕撰书籍的对象，首先编撰的是三个敕撰汉诗集。虽然后来也创作汉诗，但《古今和歌集》之后所有的敕撰书籍全是和歌集。《古今和歌集》是一个转换期。它诞生了与"唐"不同的独自的文化同一性。原本是从盛大场面排挤出去的假名文字——和歌，没多久成了权力的象征。顺便说一下，敕撰集共二十一部，第二十一部和歌集是《新续古今和歌集》，成书于1439年，在室町幕府时期编撰，那可以说是和歌社会作用的黄昏期了。

最后关于古汉语和汉文书籍的知识我来讲两句。对于有教养的男性而言，古汉语的确是不可或缺的。通过各种文献可以得知，清少纳言、紫式部、赤染卫门等有教养的女性也具备这种知识。问题是，这和一般的社会规定是相矛盾的，所以不允许她们使用古汉语。也就是说，女性和男性能够交流的仅限于假名的世界。毫无疑问，这种情况更加强化了作为一般交流手段的和歌的作用。

沼野：正如您所说的那样，日本和歌的作用是很大的。但是，在正式的官府文件中还保留着使用古汉语的传统。

和歌有各种作用，日本虽然没出现康德与黑格尔，但或许有这种可能性，即通过和歌进行深入的哲学行为。和歌支撑了男女交流的重要部分。所以也可以说，无法完全进入正式盛大场面的私人的亲密圈是由和歌承担的。与此同时，和歌也成为敕撰作品，也就是说它具有最高权力方认可的重要东西。那时候私人与公家的关系十分复杂，宫廷恋爱诗在西方也有很发达的时期。在某种意义上可以说两者很相似。

"暧昧的"诗学

茨维塔娜：这是个有意思的比较。正因为有共同点，所以才能看出差异来嘛。只不过这个问题很大，在这里提出的话，时间和知识储备都不够。因为将西洋文化和东亚文化进行比较时，还必须要考虑印度和波斯文化。

我想仅仅着眼于两点进行探讨。首先是西方与东亚关于"书写"和"书"的见解。至少在古希腊和古代中国可以看到很大的差异，不是吗？就像从柏拉图的对话篇可以看出的那样，古希腊人主张"声音"的优越性，发展了辩论术。与此相对，如同日本编撰的第一部敕撰汉诗集《凌云集》（814年）的序文里引用的三国魏第一代皇帝文帝的话——"文章，经国之大业，不朽之盛事"那样，古代中国特别重视文章（书、书写）的力量。

还有一点是敕撰书籍的不同点。的确在西洋文化中也有一种演讲和文章的种类，是专门写赞赏之词的。可回溯到古希腊，在古代罗马特别盛行，在中世纪的法国、西班牙、英国等国家也很普及。其内容是对皇帝等主权者的赞赏。《古今和歌集》等敕撰和歌集中，有称作"贺歌"的和歌，与西方的赞赏之词很相似，但数量极少。占大部分的是吟咏四季和讴歌恋爱的和歌。

沼野：有点不可思议啊。

茨维塔娜：是啊。这在西洋文化中是无法想象的。中国也见不到这样的内容。讴歌恋爱的和歌与吟咏四季的和歌构成敕撰和歌集的中心，如刚才说的那样，是"真名"与"假名"区分开来导致的结果。两者均远远超过各自的主题框架。所以，如果连续阅读各歌群、各卷以及和歌集整体的和歌，就可以理解当代人的存在论和人生哲学了。

沼野：接下来的话题好像有些岔开主题了。茨维塔娜教授也熟悉《源氏物语》，我来问一下。《源氏物语》里面出现了很多诗歌。因为是物语这一体裁，所以应说更偏向散文一些。和歌也出现很多，它实际写的是恋爱的世界，全是男女的事情。这种源氏物语式的"好色"世界中，您认为它与和歌的恋爱诗歌一样，具有超出"色"的哲学内容吗？

茨维塔娜：我想先声明一件事。我很长一段时间很讨厌《源氏物语》。当然，在大学里学习、读书、听别人发表见解，也掌握了相应的知识，但就是不喜欢它。理由不在于光源氏本人，在于赋予光源氏的身份。他的身份是绝对权威者的身份。所以，我认为是他本来的反抗之心在发挥作用。我第一次来日本留学的时候，说起《不问自语》的话题，大家普遍的反应是"还是算了吧。研究《源氏物语》吧"，我个人感觉简直是受到伤害一般。于是我在内心发誓"我要向不知道《源氏物语》的读者介绍

《不问自语》,使其广为人知"。总之,我打算一辈子不跟《源氏物语》打交道。但是,与某一首和歌的相遇改变了我的想法。是一首同时表达"Yes"和"No"两种意思的和歌,让我产生了无法抑制的感伤,使我长年对《源氏物语》的怨恨转瞬之间烟消云散。

我讨厌政治和意识形态,我为什么会选择日本古典文学呢?答案在这首和歌里。这首和歌里有人生中追求的重要东西。我认为它也回答了对于我们现代人来说为什么需要日本古典文学这个问题。

仅仅为了一个"正确的意识形态"而进行战争或者搞恐怖活动,仅仅为了一个"正确的想法"而中伤他人或者杀死他人。我们眼前的现实过于丑陋。这个社会要完蛋了。怎么办才好呢?我想答案之一就在于《源氏物语》,在于日本古典文学。

《源氏物语》第二卷名字叫作"帚木"。帚木是一种不可思议的树木,从远处看可以看得清楚,越走近越看不清了。我认为这是幸福的隐喻。他人的幸福看起来令人炫目,自己的幸福反而不明白了,只有在失去之后才会发现,啊啊,那个时候真的很幸福。

占据"帚木"卷大部分的是"雨夜的评定"那个插曲。光源氏、头中将还有两位男士,他们根据自己的经验对女性的是与非进行评判,他们的讨论是出色的人性论。其中的精华部分是头中将的话语:"毫无优点的无聊之人与极其优秀的人同样为数极少。"换句话说,它的意思就是"社会上不存在没有任何优点的人,也不存在没有任何缺点的人"。

《源氏物语》的登场人物均以这种价值观来描写。六条妃子也不完全是恶人，末摘花也不是完全没有女性的魅力，她有美丽的黑发。另一方面，光源氏也不是完美无瑕的。在他的"光"的背后，潜藏着黑暗的阴影。总之，它不是"Yes"或者"No"（二者择一）的世界。

（沼野教授站起来在黑板上写了一首和歌）

沼野教授写在黑板上的和歌是我被《源氏物语》的世界所迷住的一首和歌，是一位叫藤壶的女性吟诵的。长话短说，如果大家关心的话，请你们自己详细查阅。藤壶是光源氏的婚外恋对象，也是他的继母。他们俩年纪相差不大。两人之间生了私生子，却对外宣称孩子的父亲是光源氏之父桐壶帝。和歌所吟诵的场面是很富有戏剧性的场面之一。生完孩子后，藤壶给桐壶帝看了年幼的皇子，光源氏居然也在场。因为他们将婚外恋关系进行保密，所以光源氏对藤壶和孩子都不可以表达爱意。回到自己住处作了一首和歌赠予藤壶："よそへつつ 見るに心は 慰まで 露けさまさる 撫子の花（将花比作心头肉，难慰愁肠泪转多）。"和歌的分析我们就省略了，关键词之一的"撫子（瞿麦）"让人联想到"瞿麦花"，所以这首和歌的意思是"将瞿麦花比作年轻的皇子，但是内心无法得到安慰。如果认为那是我们的爱情之花，会更加增添怀恋和悲伤的泪水"。藤壶回答他的和歌就是沼野教授写在黑板上的和歌。

袖濡るる 露のゆかりと 思ふにも なほ疎まれぬ 大和撫子

(为花洒泪襟常湿,犹自爱花不忍疏)

　　解释部分我尽可能简短些。关于"露水"这个和歌词语,我想补充一句。那是泪水的比喻,也是无常的象征。还有很多非常具有色情意义,但又很含蓄的其他词语。总之,我最关注的是和歌的第四句"なほ疎まれぬ(仍然受到冷淡)"。下面说的是个语法问题。如果能让大家明白语法如此有趣,我想学习起来就更加容易了。这里的"疎まれぬ"来自"疎まる"[现代日语是"疎まれる(受到疏远)"]。"ぬ"是表达否定的"ず"的连体形,也可以理解为表示完结的"ぬ"的终止形。而且,否定形接在动词的未然形后面,表示完结时接在动词连用形后面,所以"疎まれぬ"有两种解释的可能性,即"疎ましく思われない"和"疎ましく思われてしまう"这两种。两者在语法上都是正确的,而且这种表达是在句末,所以连体形和终止形都是可以的。前者是"疎ましく思われない大和撫子(不令人疏远的瞿麦花)",后者是"疎ましく思われてしまう、大和撫子(令人疏远的瞿麦花)"。"露"的意义也可多用,有"露水"和"泪水"两种解读的可能性。

　　所有出版社的印刷本都指出了两种解读的可能性,但他们严守着两者必居其一,"只有一种解释是正确的"这样的见解。也就是说,这充分表现了受"Yes"或者"No"所束缚的现代人思维的局限性。顺便提一下,比较有趣的是,女性一般解释为"疎ましく思われない(不令人疏远)",相反男性一般解释为"疎ましく思われてしまう(令人疏远)"。因为几乎所有的注

释者均是男性，除去一个例子之外，完了形之说成为"正确"的一方。

我在《费尽心思的日语——用和歌阅读古代思想》中进行了详细的追究。如果想使其成为某一种意思，比如肯定有"疎まれず（疎ましく思われない、不令人疏远）"或者"疎まる（疎ましく思う、令人疏远）"等选择项。尽管如此，紫式部还是勇敢地同时表达了两种正相反的解读，这么做是因为想把两者都活用。这么推测很自然吧。藤壶强调后悔的心情，向光源氏传递爱情。心情的"表"与"里"正是这种"又爱又恨"混乱心境的表达。将两种解读方法加以活用，和歌的意义可以总结如下。

"这个瞿麦花般的女人和年幼的皇子，都是罪恶之花，痛苦的泪水沾湿了衣袖，令人厌烦。尽管如此，这位年幼的皇子是爱情的结晶，衣袖上洒满可爱的泪水，又不觉得厌烦了。"

这首和歌令人感动到汹涌澎湃，非常优美。消除掉其中某一方的理解，理解上都不完善。可是当我说出自己的观点时，却被人训了一通。一位我尊敬的先辈，也是注释者之一的人威胁我说，如果不按照完了形来解释，我不支持你的研究。我很受打击。实际上，有一首和歌是依据藤壶的和歌而作的"咲けば散る 花の浮き世と 思うにも なほ疎まれぬ 山桜かな"（花开又凋谢，浮世皆蹉跎，花世即浮世，不觉山樱恶）。这种场合该怎么办？如果无论如何也想坚持完了形之说，则变成了"山桜は疎ましく思われた（讨厌山樱）"了。这样的话，他是不是不想当日本人了。这首和歌的意思肯定也是由两种解读方法构成的。

即"山樱开了，马上又凋谢，觉得很厌烦。但是，花儿的浮世就是人间浮世的缩影，反而更加亲切和爱恋，不觉得它厌烦了"。

藤壶的和歌表达了正好相反的两种意思，接受了她和歌的"真实"之后，眼前简直像展开了一片新宇宙一样。因为我明白这样的意义作用绝不限于这首和歌，秘诀在于浊音符①。我想问一下大家，你们认为浊音符是从什么时候开始使用的？几乎没有人想过吧。不过，浊音符是个新鲜事物。第一次使用它是在近世时代，广泛使用居然是在明治之后。于是，当和歌作为文化活动和社会活动的原动力在发挥作用时，当时没有使用浊音符。而且，《竹取物语》里面的"はち（钵、羞耻）を捨つ（丢弃钵/不觉得羞耻）"等说法，或许在和歌中经常使用。我们从"流るる（流动）/泣かるる（使……哭泣）"这些双关语中可以得知，古代人意识到通过浊音符的有无而导致意义作用不同的可能性，从而进行了彻底的探讨。我们从这个视角把焦点对准助词、助动词来阅读和歌时，可以确认有数不清的例子，比如"见えで（见えないで）/见えて（看不见/看得见）""忘れじ（忘れまい）/忘れし（忘不了/忘了）"等。因为这是和歌语法层面的理解，毫无疑问可以判断出这是他们所瞄准的意义。

语法是规则，所以必须要清晰，这是现代人的常识。但是，如果是为了表达"暧昧性"，所谓的"常识"也会发生变化，不

---

① 浊音符指日语中将清音浊化的符号，下文的"ち（ti）"浊化成为"ぢ（ji）"等。古代日语多不分清音浊音，因此"流るる"和"泣かるる"都发音为"nakaruru"，现代日语中前者一般发音为"nagaruru"。

是吗?此时,语法的任务就变成了清晰明确地表达"暧昧性"。时代不同,常识也不同。仅此而已。

抱歉!趁我还没忘记,有一件事情想确认一下。我在这里所说的"语法"是和歌的语法。罗曼·雅各布森发展了诗的语言和诗歌的概念。正如他在《语言学和诗学》(*The Poetry of Grammar and the Grammar of Poetry*)这篇具有划时代意义的文章中具体证明的那样,诗歌是最高度形式化的文学样式,所以诗歌具有自己独特的语法。

"暧昧性"涉及和歌的语法,其根本之处在于中国古代思想——道教。这是从老子强调的"惟恍惟惚"这种道教教化中产生的思想。我觉得在文学研究中我们经常提起佛教,而对于给其思想赋予特征的道教则考察很少。道教比佛教还要早传入日本并得到普及,所有的资料都证明了这件事情。说起道教,我认为学生们都知道,庄子的《庄周梦蝶》很有名,对吧?"是梦还是现实?"这是《古今和歌集》的主要主题之一。原本,发挥语言潜力的"言の葉(言语)"这个概念本身即沿用了老子提倡的"自然"的概念。这里的"自然"即"自身就是那样"的意思。总之,我想说的是,因为和歌作为交流沟通的手段以及议论的媒体在发挥作用,所以和歌成了接受道教思想和解释道家思想的一个"场"。结果呢,古代中国的"暧昧的哲学"在日本演变为"具有暧昧性的诗歌"了。

沼野: 备考学习中不好的一点是必须决定一个正确答案,然后给出分数。

刚才茨维塔娜教授为我们讲解了暧昧诗学的典型例子。《费尽心思的日语——用和歌阅读古代思想》中还使用了法国思想家德里达①所说的"药人"这个概念。那是古希腊词语，指的是既是毒药又是解药这种具有两义性的东西。这种东西在社会上相当多。"疎まれぬ"该怎样解释，这个相当复杂，但我也赞成它们具有两义性，像大家那样想接受它。

茨维塔娜：是啊，因为教授您不是国语学者嘛。

沼野：正确答案只有一个，这样的话会很困惑。

茨维塔娜：不过，这样的人很多。

沼野：如果总是必须要决定属于哪一方的话，会很为难的。国文学中有古典实证主义，如果从实证的角度调查研究的话，我想必定会有一个正确答案。我想可能是从那里来的吧。

比如关于西洋诗歌，在日本广为人知的是燕卜荪②这个人写的《暧昧的七种类型》这本书（岩崎宗治译，研究社，1974年，后由岩波文库出版）。在诗的表达中，比起说它具有暧昧性来，

---

① 雅克·德里达（Jacques Derrida，1930—2004），法国思想家，后结构主义代表哲学家。因提出"解构""延异"等概念而著名。代表性著作有《书写与差异》《声音与现象》《播撒》等。
② 威廉·燕卜荪（William Empson，1906—1984），英国文学理论家、诗人。主要著作有《暧昧的七种类型》《牧歌的多重奏》等。

用大江健三郎喜欢的语言来说的话，是具有两义性。大江本人对于"vague（模糊的）"是持否定态度的。但对于"ambiguous（不明确的）"，他说自己也是两义性的存在，承认它的意义。两义性反映在日本固有的诗学之中，但我认为在一般的文学表达之中是包含两义性或者暧昧性的。

茨维塔娜： 确实如您所说。从古希腊语、拉丁语到阿拉伯语，可以看到拥有正相反意义的词语。弗洛伊德的梦的解析也是从超越对立的视角进行的。但是，《暧昧的七种类型》归根结底是停留在表达的层面上。换句话说，人们认为"暧昧性"脱离了基准。英语里面的"vague（模糊的）"和"ambiguous（不明确的）"被理解得十分消极，这就是很好的证明。另一方面，和歌成了古代中国思想的接受的"场"。在和歌里，"暧昧性"成了世界观。所以，要表达"暧昧性"这件事本身，从语法到内容都成了目标。

沼野： 您最初说到的双关语，那是将日语的特征加以活用，最大限度地使用了同音异义词啊。

茨维塔娜： 是啊！同一个音有不同含义，一直是这样。此外还有像"鉢/恥（钵/羞耻）""流るる/泣かるる（流动/使……哭泣）""知らず/知らす（不知/知会）"等这样的例子，我称之为"同音异义词"。因为在和歌中，不仅有"音"还有"字"，

两者都可以成为意义生成过程的原动力。顺便补充一下，石川九杨①是著名的书法家，也是书法研究者，他着眼于和歌中"双关"字的存在。比如写"は"这一个假名，可读作"は（ha）"与"ば（ba）"两种音。双关字和双关语一样具有双重的意义作用。日本古代文化就是一种叠加的文化，十二单②就是这样的例子。

文学的现代性也在两义性之中

沼野：跟西洋的事物相比，是如何区别的？想到这件事我觉得很有意思。我把话题转移到我的专业领域。比如，在现代派文学中有很多人书写那些结构复杂的作品。纳博科夫等人写的作品里面有很复杂的设置，很难领会，有很多地方像谜一样。

京都大学有位英美文学教师，叫若岛正，他是我所尊敬的纳博科夫研究第一人。实际上他精通国际象棋，具有世界水平，日本将棋也格外强。残棋谱属于专业选手的领域，若岛正说，若要解读下去，正确答案必定只有一个。他说不管是国际象棋还是残棋谱，正确答案必须是唯一的。残棋谱里出现几个解答方式时叫作"余詰め（新奇想法）"，出现两三个答案时就不对了。在某种意义上若岛老师是不是将残棋谱或国际象棋的感觉应用于文学

---

① 石川九杨（いしかわ きゅうよう），1945年生，日本书法家、书法史家。京都精华大学教授，曾任该大学表达研究机构文字文明研究所所长等职。主要著作有《书的终焉》（三得利学艺奖）、《日本书史》（每日出版文化奖）、《近代书史》（大佛次郎奖）等。
② 十二单，指日本平安时代一种宫廷女性的装束，亦称五衣唐衣裳或唐衣裳装束。通过一件件衣服叠加的穿衣效果表现女性的华贵。

文本的解读了呢。所以，解读纳博科夫的作品时，如果是作者有意设置的东西，那么正确答案只有一个，他是这么想的吧。

只不过我和他有些不同，我认为答案可以有两种。用茨维塔娜教授的话来说的话，有时候著者本身是有意识地进行重复的。

茨维塔娜：是的，是那样的。像国际象棋和日本将棋这种游戏，答案只有一个。原本游戏的最终目的是一个，即获胜。所有设的谜，其答案只有一个，这是正确的。但是，在文学作品中会怎样呢？黑泽明的电影《罗生门》是以芥川龙之介的小说《竹林中》为基础拍成的，这部小说就是最好的证明。原本心中的思绪不可能集中到一点上，即便是魔术，像"撒谎的反论"①等证明的一样，有可能不是只有一个结论。

话题回到"なほ疎まれぬ"那首和歌。可以说"设置"本身在于同时表达了"Yes"或"No"。它在语法上是可能的，是因为它符合当代人的想法。但是，如果想把它理解为其中一种意思也是可能的。从这个角度来看，可以判断为紫式部有意识地选择了这种变异。在这种意义上，它不是"设置"，应该说是"创意"为好。另一方面，这首和歌的创意作为物语言说方面的"设置"在发挥作用，在其后的故事发展上也起到重要作用。藤壶是爱光源氏呢还是不爱呢？桐壶帝发现没发现两人的秘密呢？

---

① 撒谎的反论，意思是：当某个人说"我是撒谎者"的时候，人们无法判断其真伪。如果我真撒了谎，那么"我是撒谎者"的发言肯定也是谎言，意思是其实没有撒谎。另一方面，如果我不是撒谎者，那么"我是撒谎者"的发言就不是真的，也就是说我成了撒谎者。

"Yes"或"No"的互斗以及中间领域的紧张感将读者卷入其中,勾起读者的关心。总之,它成为物语张力的重要设置。

在思考文学作品的"设置"时,我认为还必须考虑另一件重要事情。作者能够完全操控语言吗?我不熟悉纳博科夫的语言表达,现代文学中詹姆斯·乔伊斯对语言的设置是非常有名的。他的《芬尼根的守灵夜》对于读者而言是最大的挑战,需要很宽的知识面和巨大的努力。我无法判断对于各个表达的解读结果是不是一个。但是,也可称作 quashed quotatoes(会联想到 smashed potatoes,即捣碎的土豆)的那个"乖僻的引用"的世界是由作者创造的。可以说解读文章的意思就是解读作者的"设置"。

另一方面,虽然双关语也是语言游戏,但两者根本上是不同的。刚才也提到过,"言の葉(言语)"会联想到"树之叶",是自然生长的东西。其生长过程便是彻底探求语言的潜在能力并将其灵活运用的过程。"松(matsu)"与"等(matsu)","鸣叫(naki)"与"哭泣(naki)""死亡(naki)""没有(naki)",或者"浦/裏を見て(看见海湾/里面)(海湾与里面都读作 ura)",还有"怨みて(怨恨)",为了使词语读音相同,必须要读懂语言的"声音"。语言本身成了主角。所以,"读"和歌与"吟咏"和歌是同样的行为。就像"吟咏者"这个词语所证明的一样,"読み人(读和歌的人,指读者)""詠み人(吟咏和歌的人,指作者)"发音上没有明显区别。顺便补充一句,和歌能够成为有教养之人的一般交流手段,跟这种特征是有关联的。因为那是任何人都可以参加的行为。和歌初期,双关语的所有可能性就是探索词语重叠的可能性。诗歌的规范确定下来以后，虽然不能说完全没有新的双关语例子了，但焦点放在了"取本歌"上，即放在与古代和歌语句的重叠上。不管哪一种情况，即便没什么才能，只要有教养就可以完成。

不过，比较有趣的是，必要的教养范围越广，能够领会出来的意思越会超过作者吟咏的和歌的意思，这样的事例经常发生。也就是说，在高度准则化的文脉中，使用某种和歌词语的作者因为知识不足，他没有掌握所有的意思和联想，结果把自己没意识到的意思吟咏到和歌中了。中世文学的模仿诗文便是这样的典型例子。平安时代的和歌里已经见到某种滑稽效果了。总之，语言本身是主角，可以说和歌中读者的参与度远超过西洋文化所见的读者的"自由"。

像这样，和歌以及以和歌为基础的日本古典文学是开放的，如同它的字面意思。它远超过西洋文学所追求的读者的参与范围。由于这层关系，我想向同学们推荐一个文献。翁贝托·艾柯著的《开放的作品》（篠原资明·和田忠彦译，青土社，2011年），这是一部关于现代音乐的理论书籍，却是很值得参考的好书。书很薄，请务必读一下。

回到沼野教授的提问这里，像"なほ疎まれぬ"这类事例跟纳博科夫和乔伊斯的设置是不同的，和西方中世文学中常见的寓言①也不相同。因为寓言在构思时也还是以达到一个正确答案为目的，它是基于决定论式的逻辑而形成的。原本设置时，其特

---

① 寓言 allegory，寓意，讽喻。或者是寓言，寓言故事。

征就在于设置方式上,不是吗?所以我认为这是一个想法的问题。要说古代日本文学属于哪一种,古代日本文学像现代物理学一样,不可能有确定的答案。

沼野： 关于和歌的问题,我想再深入询问一下茨维塔娜教授的意见,如果是刚才的话题,首先有作者吟咏和歌,对吧。也就是说,先有和歌文本,然后有了读者。现在议论的焦点是,当意义产生两重性时,也就是像"疎まれぬ"里面的"ぬ"一样,理解为它有两个答案的时候,设置时会设想两种情况。作者的意图果真是设定了两种情况而进行创作的吗?首先有一种设置。这里有两种情况,第一种情况是最初有意识地设定了两种意思而创作。还有一种情况,即只考虑到一种意思,可是形成的文本在日语这个框架中不容分辩地拥有了其他意思。结果产生了作者意想不到的双重性。但是读者在接受作品时并不真正知道作者的意图,所以如何阅读文本是读者的自由,于是对文本的解释会产生分歧。我们再一次整理作者和读者的关系进行思考时,和歌会是什么样子呢?

茨维塔娜： 是啊,从一般论来看,其效果有的是能预计的,有的却是意想不到的。我们从和歌里面的赠答歌以及《伊势物语》等可以看到,后者的原因主要在于作者的知识不足。另一方面,和歌要发挥语言的潜在能力来得到发展,人们在吟诵和歌时所没有意识到的意义是后来才定下来的。比如,我们比较一下这两首和歌。

淡路の 野鳥が崎に 浜風に 妹が結びし 紐吹き返す
（淡路岛上野鸟崎，衣带翻飞海风吹，衣带本是阿妹系）
近江路の 野鳥が崎に 浜風に 妹が結びし 紐吹き返す
（近江路上野鸟崎，衣带翻飞海风吹，衣带本是阿妹系）

　　第一首和歌是《万叶集》里柿本人麻吕的和歌，第二首是镰仓时代后期的《玉叶集》收录的，作者同样是柿本人麻吕。所不同的只是"野鸟崎"从"淡路"移动到"近江路"了。虽然可以把它当作不慎失误来处理，但是和歌的意思差别很大，所以可以推测为是有意识进行的变更。"近江"标有读音"あふみ"，这个"あふみ"在《古今和歌集》之后容易联想到同字异义词"逢ふ身（遇到的人）"。从这个视角看，将目光投向"淡路"的话，会发现"逢わじ"（逢わないだろう，遇不到）这个同音异义词。一般认为《万叶集》时代没有这样的联想，是随着诗歌语言的发展逐渐意识到的联想。是从什么时候开始意识到的呢？我们回溯时代来探究吟咏"淡路"的和歌，这是类似发掘和复原的工作。我觉得这才是古典文学研究的魅力之一。

　　那么，关于"なほ疎まれぬ"，您刚才说这个是不是也可以进行推测。我认为这种可能性很小。因为凑齐很多证据的事例很少见。我说的又是前边内容的重复。我们既可以在语法上避免暧昧性，在《源氏物语》之前的和歌中也有先例，而且《源氏物语》中也有其他类似的例子。在物语的流变中暧昧性也在发挥作用。当时也有依据"取本歌"的和歌来进行解释的证据。

可是，作者的意图原本就是相当可疑的，不是吗？即便作者本人详细知道，我觉得也难以判断，也有各种各样玩笑一样的话。研究者和评论家领会后说是"存在的苦恼"，可作者本人却说明道："没有。我只是牙疼。"我们能做的只是探讨所有解读的可能性，分辨出最有说服力的一个。

"なほ疎まれぬ"同时表达两种正好相反的意思，我们围绕它所产生的疑惑也还是因为想法的问题。换句话说，可以说问题在于对"二者择一"这种决定论解释的执着。这种时候，现代物理学可成为极其强有力的抓手。相对论和量子力学理论以后的物理学证明了自然界在其根源处假装一副非决定论的样子，因为自然科学将焦点对准了"中间领域=暧昧的领域"。很遗憾，我对于物理学很生疏，希望某个青年学者能从物理学的视角来分析和歌。希望有人将古代中国的"暧昧的哲学"与物理学相关联，对日本古典文学的"暧昧的诗学"进行彻底分析。不过，像我这样的外行也详细知道的是"薛定谔的猫"的实验。据说这是显示量子力学基本思考的"叠加的原理"的思考实验。无法判断猫死了没有。所谓"既活着又死了"这种状态会令人惊讶地想起起源于古代中国"暧昧的哲学"的日本古典文学的"暧昧的诗学"，不是吗？

实际上，关于这种关联性，有的物理学家已经开始着手研究。这个人就是沃纳·卡尔·海森堡。1932年，因对"量子力学的确立"做出贡献，海森堡获得诺贝尔物理学奖。海森堡说道："第二次世界大战后日本对理论物理学的发展做出巨大贡献，这可看作是东洋哲学思想的传统与量子力学的哲学要素之间有某种关联性的证明。"我认为海森堡的话语对于日本古典文学的再解释和再评价也具有巨大的刺激作用。

总之,我想说的是,同时表达两种正相反意思的"なほ疎まれぬ"这样的和歌表达,虽然它违背了我们的想法,但是在物理学上它丝毫不可笑。而且,物理学(physics)构成了形而上学(metaphysics)的思想基础,所以我们的想法肯定迟早也会变的吧。当这种变化来临的时候,和歌以及以它为基础的日本古典文学肯定会成为我们身边的事物。

和歌的顶点是俳句

沼野:茨维塔娜教授对于各种各样的复杂问题有明确且深刻的认识,所以仅仅听一听,就感觉醍醐灌顶,非常惊险。和歌的话题说起来没有尽头了,下面我们说一些和歌以外的话题吧。

日语的短诗形态持续了很多年,其持续性在世界范围内来看都很少见。刚才您说到短歌与和歌是不同的,至少只关注五七五七七这种形式的话,这种诗形在《万叶集》之前的时代便有,大概在一千三四百年前也遵守了同样的形态,这可以说是日本文学的显著特征。只不过,和歌之后诗形变得更短,按照发句、俳谐、俳句的顺序展开。关于这一点如何看待呢?从古典和歌来看的话,俳句有一点堕落,是吗?

茨维塔娜:不不不,首先,人们一直在吟诵短歌,这很棒。我认为也是理所当然的。因为七五调跟日语很贴合。这并不是说日本人过分拘泥于传统,欧洲文化也一样。比如,欧洲也有自古传下来的四行诗或者十四行诗嘛。

但是，说起俳句，我认为它不仅不是堕落，反而是日本诗歌的极致。它的形式只有三个句子，是诗歌最小限度的形式了。如果是两行就不是诗歌了。所以俳句作为世界上最短的诗歌得到普及。但是，世界各地吟诵的俳句跟日语的俳句差别太大，可以说毫无关系。

沼野： 全世界的俳句都是以三行诗的形式写成的。保加利亚也写俳句吗？

茨维塔娜： 是的。好像最近很流行。保加利亚人对于俳句也很关心。现在任何国家都在作俳句。那是出自各自文化的俳句，跟日本的俳句是不一样的啊。

回到沼野教授刚才的提问。即发句、俳谐、俳句这三个词怎么区别，是这个问题吧。简单总结现代的区分的话，"发句"是从连歌中独立出来的，是五七五韵律（是和歌的上半句），俳句是近代诞生的词语，是芭蕉到现代的所有五七五诗歌的种类名称。近世时代广泛使用的"俳谐"意味着滑稽、戏谑和模仿色彩的诗句。

总之，它们不同于和歌与短歌的区别，芭蕉的俳句和现代俳句都同样叫俳句。当然内容上区别很大。所谓"蕉风"，即芭蕉俳句风格的精华是"不易流行"。我想这和"禅宗思想"相关联，意思是永远和瞬间，作为谋求永远的瞬间。最有名的是这首俳句"古池や 蛙飛びこむ 水の音（幽幽古池旁，青蛙跃入水中

央，扑通一声响）"。我最喜欢的俳句是"閑かさや 岩にしみいる 蝉の声（我来立山寺，禅门寂静悄无声，夏蝉入石鸣）"，这首俳句让我们听到了蝉的叫声。

沼野：吱吱的叫声能一直听到吧，是油蝉的声音吧。

茨维塔娜：是啊，也可能是昼鸣蝉。通过让我们听到它的声音，甚至让我们看到它的身影。起到了"用眼睛看、用耳朵听"的作用。另一方面，蝉的叫声是测量寂静程度的一把尺子。如果没有蝉鸣声，我想也不会注意到周围的寂静吧。

顺便说一下，关于和歌与俳句的关联性我想补充一句。没有和歌也就没有俳句。这不仅仅是形式上的问题。有一首俳句在海外和刚才所引用的两首俳句一样有名，即"枯れ枝に 鳥の止まりけり 秋の暮れ（光秃枯枝上，寂寞乌鸦立枝头，日暮一片秋）"，这首俳句在日本国内也同样有名吧。将这首俳句比喻成水墨画，可解释为"超越时间的瞬间"，这首俳句传递着一种孤独感。"秋天的黄昏"既是秋天的终结，又是天色已晚的秋天的黄昏。而且，受病魔折磨的芭蕉创作的最后一首俳句"この道や 行くひとなしに 秋の暮（漫漫人生路，路上已无同行人，秋天的黄昏）"中，"秋天的黄昏"也是人生的黄昏。眼前浮现出"超越时间"的芭蕉本人的形象。

芭蕉的"秋天的黄昏"中寂静与孤独的冲击来自很多和歌里吟诵的"秋天的黄昏"吧。尤其有名的是《古今和歌集》中的"三夕之歌"。

寂しさは その色としも なかりけり 真木立つ山の 秋の暮れ（寂莲）

　　　（不知何处来，寂寞满山梁，黄昏悄然降，秋山柏苍苍）

　　　心なき 身にもあはれは 知られけり しぎ立つ沢の 秋の暮れ（西行）

　　　（世情早抛却，豁然犹自伤，秋夕鹬鸟去，冷冷望池塘）

　　　見渡せば 花も紅葉も なかりけり 浦の苫屋の 秋の暮れ（藤原定家）

　　　（无花无红叶，放眼四处望，海岸唯鱼舍，寂寞来秋光）

　　我个人很喜欢西行的和歌，但藤原定家的和歌更有名些。特别在里千家①的世界里，作为"闲寂茶"精神的代表受到盛赞。总之，这三首和歌均表达了充满孤寂的"哀愁"，芭蕉的"秋天的黄昏"凝聚了这种孤寂的哀愁。在这个意义上，可以说俳句是和歌表现力的极致。

　　俳句乍一看很简单，实际上其中包含着极其深奥的东西。人们经常把它比作冰山。我们只看到冰山上面的最高处，但它下面有一直持续下来的传统基础。现代俳句没有这样的基础。这也就

---

① 茶道流派之一，与之相对的是表千家、武才小路千家。

算了。可能是为了将俳句与川柳①相区别的目的吧,现代俳句非常拘泥于季语。这和世界上的俳句也大不一样。

沼野: 没有季语便成了自由律,就不明白究竟在写什么诗了。

茨维塔娜: 是啊,将内心与自然相重叠,这在日本的确有很深厚的传统。但即便如此,我觉得是不是可以将俳句稍微解放一下呢。

沼野: 全世界写的那种名叫俳句的三行诗,您说它们和日本的俳句不一样。关于翻译的可能性,您怎么认为呢?将日本的短歌与俳句翻译成外语,这是一项什么样的工作呢?茨维塔娜教授有没有将俳句译成保加利亚语?

茨维塔娜: 有啊。

沼野: 能翻译吗?

茨维塔娜: 在《不问自语》里翻译了很多。

沼野: 不难吗?

---

① 不受季语限制的现代俳句。

茨维塔娜：很难的。双关语译起来还是很难。方法只有一个，就是用对象国语言的诗歌技法将语言游戏的技法进行传达。也有成功的案例，但我觉得有局限性。此外，只有日语里有同时表示"Yes"或"No"的方法，太难了，我都觉得无法翻译了。

我认为原本就有形式的问题。海外也创作俳句，作为三行诗固定下来，所以翻译时也译成三行。问题是要不要遵守"五七五"的韵律。另一方面，和歌与短歌的翻译在形式上乱七八糟的。我认为应该用五行诗表达。因为我认为俳句和短歌的句子数量都是奇数，这个事情意义重大。它的意义在于在最后一句或一行文字长度的位置表现沉默的瞬间，我们也可以称此为"终止"。

不管怎么说，翻译和歌时没有统一的标准是现状。看一下英语翻译，比如皮特·麦克米兰翻译的《小仓百人一首》，其翻译形式也是多种多样。与其正好相反的例子，可举出罗耶尔·泰勒翻译的《源氏物语》里面的和歌。所有和歌的译文全是五句，而且居然是"五七五七七"的韵律。两种翻译在根本上有不同，但两种翻译都获得了很高的评价。我认为仅仅这个事实就可以显示和歌的翻译是多么的难。

但是，话题回到我的翻译经验，《枕草子》的植物，像第五十五段"草……"和第三十五段"树木的花……"等章节的翻译也非常难，至少与和歌翻译同样难。

沼野：即所谓的"费尽心思"吗？那是为什么呢？

茨维塔娜：说起来，那里面几乎所有的植物都是欧洲所没有的。所以，首先必须要分析那个植物出现的意义。这些植物是开花时期重要呢？还是颜色特别美呢？或者说它吟咏到和歌中的意思受到人们重视呢？比如有一种草叫"野慈姑（日语汉字写'面高'）"，名字看起来很牛。因为这个名字很有意思，在翻译时应该活用它的名字，真是很费力，但也很有趣。编辑嘲笑我说："你不应该拿翻译奖，应该拿植物学奖项。"

沼野：不会翻译时仍然坚持翻译，这种挑战很有趣。

茨维塔娜：是啊，挑战精神非常棒，是比任何研究都好的学习。我认为基本上没有翻译不了的东西。有时候可能会花太多的时间。

沼野：我自己也有一个插曲。过去，我用国际交流基金的钱制作过俄语版的现代日语诗歌选集。我作为编者或者说协调人参与其中，实际进行翻译的是俄罗斯人，他们都是日本文学专家。日本的现代诗、短歌和俳句，从这三个种类中各选取 20 位作者，编辑成一册。这项工作很花费时间。如果是现在还活着的诗人，当然还有版权的问题，我联系了 60 多位诗人，得到了他们的翻译许可。于是，金钱上就不宽裕了，所以必须跟他们说即便翻译出来了，版权费也支付不了。大部分诗人高兴地说自己的诗歌能译成俄语被广大读者阅读，这很好。有一位俳句诗人说"那绝对不行"。我就不在这里说他的名字了。是一位日本具有代表性的俳句诗人。我问他:"为什么不行?"结果他回答我说:"俳句这种东西原本就不能翻译。"很遗憾,我无法颠覆他的想法,结果在花费大力气制作的文选中缺了一位代表日本的俳句诗人的作品。啊啊,俳句界有人是这样的立场呀。

茨维塔娜: 是啊。我认为他并不是不知道翻译的价值,是有些"锁国"的味道。如果没有翻译,"世界文学"的概念也不成立了,文化上的对话也无法进行了,不是吗?的确将和歌与俳句翻译成外语太难了,难到几乎不可能。但是,比如,将莎士比亚作品译成日语也同样很难。正因为有作为"世界文学"的价值,通过不完整的翻译也能传递给读者。

回答提问

沼野: 下面转移到回答提问的环节。

提问者 1(邵丹): 刚才您在谈话中说到日本和歌的基础实际上是中国的道教,这很有意思。还有一点,您说只有日语能同时表达"Yes"或者"No",于是我在想,中国的老子和庄子的作品中原本就没带标点符号。所以根据句读放的位置不同,意义也会发生变化。汉语里全是汉字,不像日语的假名有词尾变化。根据区分之处的不同,意义也会变化。有时候也会出现"Yes"或"No"的颠倒。比如老子有名的作品里有句话"道可道,非常道"①。这是现代人在正中间加了逗号隔开了,所以才成了这种意思。如果原本没有句读的话,有可能"Yes"的意思里包含着"No"。我觉得汉语里面根据语法有时候既可以理解为"Yes",也可以理解为"No"。

沼野:那是著者有意识的暧昧呢,还是因为没有句号和逗号导致没明白作者的意图呢?是哪种情况呢?作者本身就考虑了两者的意思吗?

提问者1:是啊。正如茨维塔娜教授所说的那样,老子思想和庄子思想有些地方跟现代的爱因斯坦的相对论有些相似。我认为其意图还是像《源氏物语》里的和歌一样,准备了两种意思。

茨维塔娜:我也这样认为。如果想避免暧昧性,就可以找到方法。比如,古代日语因为没有浊音符号,可以增加暧昧表达。但是像浊音符号这种简单的东西,如有必要肯定能够做出来。毕竟他们是创造了假名文字的人嘛。刚才的发言所指出的内容很有趣,我也向教古汉语的老师问过,我觉得肯定是这种情况,根据隔开地方的不同,意义会跟着变化。因为原本就是暧昧思想嘛,肯定在文章中也有表现。

提问者1:是啊。进入现代之后,汉语加入了句读,使意思明确

---

① 原文是"道可道非常道"。

了，原先的古文跟现在的文章相比，老子和庄子的文章很短。也就是说，原来的汉字，一个汉字所支撑的意思相当大，到了现代这方面变弱了。现代汉语中两个字的词语很多，也有从日语中输入进来的单词，像老师您所指出的那样，我认为现代汉语通过加入句读，和现代日语一样，一个字所具有的暧昧之力变弱了。

茨维塔娜：我想有些地方也是没办法。过去中国的人口和日本的人口都少，有很多空闲时间可以慢慢地看文本并进行各种思考。可是我们呢，既没有时间思考，信息也过多。中国人口世界第一，如果不能做到明确地传达信息，对于国家的建设与文化的发展都是难以想象的。所以，现在是没有办法。我认为问题在于我们现代的立场有点偏颇，看丢了古代的有趣之处。

你告诉我的内容使我很感动。谢谢你！如果可以的话，希望你在自己的研究之中将它们充分活用。我并非充分掌握了古代中国文化的研究，我认为说这么有趣话题的人不多。

沼野：顺便说一下，邵丹是来自中国的留学生，原本做的是村上春树和斯科特·菲茨杰拉德的比较研究。刚才的话题好像是她的研究主题。实际上邵丹现在在做翻译论，这些讨论也能够得到活用。

提问者 2：我说的是暧昧性的问题。"ぬ"产生了暧昧性。您说这个很重要。不过，大和语言正好是应用了中国汉字的偏旁部首而形成的。如果按照每个汉字来区分原有语言的意思，会怎样呢？

茨维塔娜：首先，和歌完全是和语文字，是假名文字，不是汉字的文学。

提问者2：您是说它没用汉字？

茨维塔娜：是的，没用汉字。和歌完全是假名文字。我在这里没有给你举具体例子，但在万叶假名中，还残留着汉字的意思，即使是同音异义词，能够区别的例子也不少。刚才提到名字的石川九杨老师的《用万叶假名读〈万叶集〉》（岩波书店，2011年），我想这本书会很有参考价值。总之，要说假名文字向哪里发展，向平假名的发展过程就是向产生暧昧性方向的发展过程。仅仅看了这个，就会判断出对于古代人来说暧昧性多么重要。顺便说一下，据说汉字传入日本文学的时间大概和《今昔物语集》的时间差不多。产生了和汉混合文，表现出跟和歌以及以和歌为基础的文学所不同的表达可能性。还要顺便说一下，我把我觉得有趣的见解介绍给大家。这是文化人类学者川田顺造老师的见解。他作为克洛德·列维-斯特劳斯的弟子非常有名，他也是音声学研究者，关于日本引入汉字的是与非进行过有趣的论证。也就是说，如果日语中没有汉字进来，日语按照音声来发展下去，会变成完全不同的语言。也就是说从音声学角度探究文字层面上无法区别的东西。

提问者2：再提一个问题可以吗？"日本文学"与"国文学"这些词语在分别使用。茨维塔娜教授又提及"过去的日本文学"，这两个词语是区分使用的吗？

茨维塔娜：对于我来说，日本的文学归根结底是"日本文学"。原本"国文学"被认为是继承了江户时代"国学"的传统。它有积极的一面，即历史悠久，也有思想保守这个消极的方面。与此相对，"日本文学"包含着"世界文学的一部分"这样的意思。最近有种倾向，即将"国文学科"改为"日本文学科"。不仅是名称，内容也要改，不然没有意义。我自己认为两者都可以有。将文献学归为"国文学科"，仅仅将采取理论研究和比较文学研究的方法归为"日本文学"。但是，在学校称之为"国语""国文"就可以了，这是为了使日语和日本文学与日本人的身份认同产生联系。而且我认为在高中仅仅介绍一下"日本文学"的大致情况就可以了。

也许你已经知道，有一个很大的研究所"国文学研究资料馆"，几年前曾经打算将其改为"日本文学研究资料馆"，但我是反对者之一，因为我认为古代传统文学的研究和文献学的研究也十分必要。重要的是国文学研究与日本文学研究相互承认对方。

沼野：大学研究室的名字还根深蒂固地保留着"国文学"字样。东京大学文学部是日本国文学研究的中心权威机构，这里的招牌上至今还写着"国文学"几个字。然而，看一下正式的便览就会知道，研究生院的专业领域称之为"日本语学专业日本文学学科"。也就是说，两种叫法平行使用。这究竟是怎么回事？门外汉是不了解这个的。

在语言学领域，"国语学"和"日本语学"好像也有对立的一面。"日本语学"是不是更侧重现代一般语言学的手法呢？"日本语学"不特别重视日本的传统。

茨维塔娜：是啊。要说日本传统的国文学属于什么，实际上是文献学。现在随着数字化的进展，正在变得动一下手指就可以查阅所有文献了。但是，我认为文献学的研究很有意义。那是对各个时代的古典接受情况进行调查啊。

沼野：茨维塔娜教授，和歌研究中使用数字化的文献吗？

茨维塔娜：是的。如果没有《国歌大观》① 的 CD 光盘，我想也就没有我的和歌研究了。只不过日本古典文学的数字化很落后，包括《国歌大观》在内，已经完成的少数 CD 光盘很难检索到。同一个词，经常会在不同的和歌中读不同的音。如果不知道词语的所有读音，无法得到确实的数据。哎呀，如果是词语倒还好，如果只是一个字，就会让人很绝望。比如，查阅"香"这个字时，现实的结果是《古今和歌集》里面数据是"零"。稍等。《古今和歌集》中不是有一首和歌吗？"五月待つ 花橘の 香を嗅

---

① 日本收录了其所有和歌作品的一个数据库。

げば 昔の人の 袖の香ぞする（等待五月来，橘花香喷喷，深情嗅又闻，恋人袖香传）。"我十分焦躁地进行确认，哎呀，上面没写"香"这个字，而是写的平假名"か（ka）"。我不是电脑专家，但研究日语文本时，需要有针对日语的特定研究方法才可以，这是显而易见的。

提问者3：解读和歌是很有意思的。我觉得您说的意思是大家都在参与和歌的创作，和歌的门槛低了。我认为在当时的平安时代，吟咏和歌者很多是有政治地位的人。和歌由谁吟咏和歌扩展到怎样的程度范围了呢？

茨维塔娜：首先平安时代的日本社会人口很少。从各种各样的文献中可以明白，住在平安京的人，不管地位如何，谁都可以吟咏和歌。因为和歌是一般的知识教养，在地方上有教养的人也吟咏和歌。《古今和歌集》中收录了"东歌"① 等不属于贵族社会的人吟诵的和歌，而且在《土佐日记》等日记文学作品中，记录着旅行中与遇见的所有社会阶层的人进行的和歌交流。我觉得原本吟咏和歌是很简单的事情。当然，不论是现在还是过去，优秀的和歌作品都需要才能。总之，记住五七五七七的韵律，再记住一些双关语等有名的先例，任何人都会创作和歌的。和歌能成为教养人的一般交流手段，一方面是因为这个原因。可以说在某种意义上，它像现在的 E-mail 一样在发挥作用，也许我这么说不

---

① 驻守于今日本关东地区一带的武士、旅人所创作的和歌。

太正确。

  如果说起和歌是在怎么的场合创作的，除了私人的场合外，还有一个为了提高知识水平和创意能力的特别的场合，即宫中妃子或女官们举办的沙龙。而且，其中最有名的是"和歌赛会"。分为左右两个组，定好题目后创作和歌。评判员拿出根据来决定胜负。平分秋色的情况并不少，由此看来，可以说不是为了获胜，而是在于享受创作，提高和歌的创意。有趣的是，参加者本身也可以进行反驳，有时候甚至要听取观众的意见。也就是说，对于评判员的判断有发牢骚的自由。这可谓日本早期的民主主义的表现了。当然这是玩笑话，但任何玩笑都根植于真实。不管哪一种情况，认为创作和歌的只是地位高的贵族，这种陈词滥调是对真实的极度扭曲。和歌的吟咏范围很广，成了一般教养。

推荐的书

沼野：那么，最后请嘉宾茨维塔娜教授来推荐几本书。

茨维塔娜：首先推荐的是《古今和歌集》。在《古今和歌集》中特别希望大家读的是梅花系列的第32首到第48首，连续阅读的话，可作为恋爱故事来读。此外，也可以成为讨论梅花颜色或香味的有趣的话题。总之，我认为可以从中获得阅读和歌的快乐。我在ICU（国际基督教大学）讲解一般基础课"文学的世界"，课里我采纳了这个系列的和歌，让学生们写自己的故事。学生们不仅来自人文科学专业，社会科学和自然科学专业的学生也很多。大家一起欣赏和歌，给我提供了很多有趣的解释。

接下来是《枕草子》，请一定要读。因为大家会从中受到很大的刺激。这是一部激发你想象力的作品，文章很短，也没必要按顺序阅读。比如，在电车上随意打开书，翻一两页读一下，如果结合着自己的经验和思考来阅读则更加有趣。我认为甚至会有各种发现。总之，保加利亚语读者之中参加创作活动的人很多，大家都说从中受到很大的刺激。

还有一部是江户时期的书籍。我想推荐上田秋成的《雨月物语》。这是短篇作品，我觉得读起来容易些。其中的故事有些恐怖，但很好懂。顺便问一下，大家听说过沟口健二这个名字吗？他是日本的优秀电影导演。还有黑泽明导演的电影《竹林中》《罗生门》等，很有名。比如《河童》那样的模仿作品也是很棒的。

理论书和哲学书的话，我已经推荐了翁贝托·艾柯的《开放的作品》，顺便说一下，如果还没有读过他的小说《蔷薇的名字》，我推荐大家阅读一下。拍成的同名电影也很棒。

但是，对我影响最大的人是雅克·德里达。我在和你们年纪差不多的时候读了德里达的《论文字学》（上·下，足立和浩译，现代思潮社，1972年），我的思维方式改变了。这本书很难，为了从陈词滥调中解放出来，应该阅读德里达的书。顺便说一下，我认为这本书的日语翻译比较难懂，如果对自己的英语有自信的话，我推荐加得利·斯皮瓦克的英译本。此外，在研究中经常使用的德里达的书是《播撒》（日译，《播种》，藤本一勇等译，法政大学出版局，2013年）。终于也出版了日译本，很高兴。芭芭拉·约翰逊的英译本做得非常好。还要说一下，芭芭拉自己写的《诗歌语言的解构》(土田知则译,水声社,1997年),也很有意思。

有人觉得德里达的书太难了,但请你们至少要读一下克洛德·列维-斯特劳斯的《神话与意义》(大桥保夫译,美铃书房,1996年),这个是公开讲座的记录,很容易读的。其中我尤其想推荐的是"'未开化'思考与'文明'心性"这一章。比如"人们不可能同时将人类所拥有的多种知识能力全部开发,只能使用其中一小部分,究竟要使用哪一部分的知识,这会因文化不同而不同,仅此而已"。这些话很有参考价值。在地理上相距很远的文化,或者像古典文学那样时间上距现在很远的文化,作为对它们的研究,知识形态会因文化和时代的不同而不同。

沼野:最后我推荐茨维塔娜的《费尽心思的日语》这本书,是新书,可以比较简单地阅读,但内容比较深奥。

茨维塔娜:谢谢!做到什么程度了我也不知道,但至少我尽可能把它做成了易读的书。大家能读的话我很高兴。那样一来,今天所说的内容会更容易理解。

第五章
世界文学和它愉快的伙伴们

座谈会参与人：
柳原孝敦、阿部贤一、
龟田真澄、奈仓有里
主持人：沼野充义

第一部　从日本到世界

柳原孝敦（やなぎはら たかあつ）：1963 年生，研究西班牙语文学、思想文化论。东京大学文学部（现代文艺理论）教授。著作有《将剧场面向世界——外语剧的历史与挑战》（共著）、《拉丁美洲主义的修辞学》等。译著有艾拉的《我的故事》《文学会议》，格瓦拉的《切·格瓦拉革命日记》，门多萨的《外星人在巴塞罗》，巴斯克斯的《坠物之声》，波拉尼奥的《第三帝国》等。

阿部贤一（あべ けんいち）：1972 年生，研究捷克中欧文学、比较文学。东京大学文学部（现代文艺理论）副教授。著作有《乙基·克拉什的诗学》；译著有赫拉巴尔的《我曾侍候过英国国王》，奥吉尼克的《艾尔罗佩阿那》（共译，获第一届日本翻译大奖），福库斯《火葬人》，艾瓦兹的《又一条街》，库拉德福比尔《约定》等。

龟田真澄（かめだ ますみ）：1981 年生，研究俄罗斯和东欧文化、政治宣传中的视觉表象。萨格勒布大学留学后，当过日本学术振兴会特别研究员，东京大学文学部（现代文艺理论）助教。著作有《国家建设的肖像学——苏联与南斯拉夫的五年计划视觉表象》，共著有《图标视图 南斯拉夫·怀旧》1-3。

奈仓有里（なぐら ゆり）：1982 年生，研究现代俄罗斯诗歌、现代俄罗斯文学。东京大学研究生院人文社会类研究科博士课程在读。当过日本学术振兴会特别研究员，现在担任三得利文化财团特别研究员。译书有希施金的《书信》，阿库宁的《土耳其式开局》，乌利茨卡娅的《欢乐的葬礼》，共著有《口袋书学习 10 陀思妥耶夫斯基》等。

"拉丁美洲文学"这一有广度的文学类型

沼野：我是主持人沼野。今天在大学举行一个研讨会，但不是学术性的研究报告会。在日本以外的世界，有很多值得阅读的有魅力的文学作品，所以也有很多日本人想学习外语来阅读这些文学作品。另一方面，受日本文学的魅力所吸引，在日本也集结了很多来自外国的年轻的优秀研究者。也就是说，从日本走向世界，从世界走到日本，希望我们的活动能做到让我们的眼神在这两个完全相反的方向上交义。在第一册里，以现代文艺理论研究室的工作人员为主，有研究外国文学或外国文化的四位日本研究者登场，请大家各自先介绍你是怎样邂逅到自己的专业领域的？你的专业领域文学的魅力是什么？然后请你们各推荐一本书。

首先有请柳原孝敦教授发言。

柳原：我的专业是西班牙语圈的拉丁美洲文学。一个很偶然的机会我开始学习西班牙语。我的老师里面有一位叫牛岛信明的，他已经亡故。我觉得他因为翻译现在岩波文库的《堂吉诃德》，是接触西班牙语机会最多的。这位老师在第一节课的总结时引用了神圣罗马帝国查理五世（同时是西班牙国王查理一世）说的话："德语是在和马说话，法语是在和情人说话，西班牙语是在和神说话。"他说着"西班牙语是世界上最美的语言，我们今后一起学习世界上最美的语言吧"，说完精神抖擞地离开了。我大吃一惊，因为我没觉得语言有什么美与不美的，而且我也没有印象听有人说过西班牙语是那么美的语言。根本没有想到大学有老师这样说话的。我心里想这老师真会装腔作势，是典型的"文学青年"的印象。说他装腔作势是因为跟他见面相处会有很多麻烦事，但从旁边观望的话又非常有趣。当时我就这样在意起牛岛老师了。

这位牛岛老师在那一年年末翻译了一本书。当时他正能干呢，几乎每年都有翻译的书出版。我进大学的那一年牛岛老师出的译著碰巧是一位古巴小说家的遗作，是阿莱霍·卡彭铁尔的《竖琴与阴影》。我在大学的书店看到了。因为这是在那个课上说那种话的老师翻译的书，所以我心想这是一部多么装腔作势的小说呀！就拿到手里看，果然是很装腔作势的小说。

这是一部讲述哥伦布是否应该被册封为福者的小说。正如大家知道的那样，哥伦布被认为是第一个到达美洲大陆的人物。在基督教世界，是被称作"圣人""圣者"的存在。对基督教有贡献的人，将他们与圣人有关系的日子记载在日历上，这一天出生的人会把那位圣人作为守护圣人一样来尊崇，名字里被授予那位圣人的名字。圣人的前一阶段叫作"福者"。要成为"福者"，或者从"福者"成为"圣人"，都必须在梵蒂冈进行商议。会开一个判定会议，判定哪些人可以当"福者"，哪些人可以当"圣人"。于是，听说 19 世纪智利的司教想把哥伦布推为"圣者"，就先把他册封为"福者"，引发了这场讨论。《竖琴与阴影》便是涉及这场讨论的小说。这是根据实际故事撰写的，小说的判定中有一位叫巴尔托洛美·德·拉斯·卡萨斯的人，他说人死不能复生，哥伦布死后他成为攻击哥伦布的人。然后有人反击拉斯·卡萨斯，这位反击者叫凡·西内斯·德·塞布尔维塔，甚至于把哥伦布读过诗歌的古典时期的诗人塞内加都搬出来了。一般认为会讨论作为裁判证据的文件，但这部小说描写的是裁判自己为其证言。这样说明会容易明白吧。但实际阅读起来很难读懂。小说由哥伦布、拉斯·卡萨斯以及塞内加等人的诸多引用构成，而且卡彭铁尔自己的描写部分也很凝练，牛岛老师将其译成流利的日语，文章有些炫目，内容一点儿也没有记住。

让人为难的是，我不仅不认为这种难以理解的文章麻烦，反而有些被其吸引了。文章虽然难了些，说真的没搞明白书里写的什么，但我对于写这种晦涩难懂小说的卡彭铁尔产生了兴趣。

不明白是正常的，读一下其中引用的哥伦布和拉斯·卡萨斯这些人就可以了。不仅仅是小说，在一部书里，既有读得懂的，也有很多读不懂的。必定会有其他书籍能够成为读懂它的契机。如果是讲述哥伦布的话，读哥伦布传记，读拉斯·卡萨斯传记就可以了。日本的翻译书后面都有"译后记"这样的解说，所以我认为读一下其他能引起启发的读物就可以了。于是我读了哥伦布传记和拉斯·卡萨斯传记，还按照牛岛老师的"译后记"读了卡彭铁尔的其他著作。不仅限于卡彭铁尔，当时20世纪80年代初期日本掀起了拉美文学的翻译热潮，许多大作都被译成日文，我按照牛岛老师的解说，慢慢了解了加西亚·马尔克斯等作家的作品，开阔了眼界，一直坚持到现在。

主持人让我讲一下拉丁美洲文学的魅力与特征。说真的，即便一个小国的文学也很广泛且具有多样性。我认为无法用一句话来表达拉丁美洲文学的魅力。或者可以说拉美文学包罗万象。实际上我去了墨西哥一周时间，昨天刚回到日本。在墨西哥城市的书店里，文学书架约占三成。有墨西哥文学、世界文学，在墨西哥文学和世界文学之间还有中北美文学乃至伊斯帕尼卡，也就是西班牙语圈的文学，或者有拉丁美洲文学的专架，它将世界文学与墨西哥文学连接起来。所以呢，即便你不看墨西哥文学，哥伦比亚的加西亚·马尔克斯，或者阿根廷的豪尔赫·路易斯·博尔赫斯以及胡里奥·科塔萨尔这些人的书就放在旁边的书架上。

我想在日本也是日本文学和外国文学的二分法居多。在这种二分法的中间部分夹进来的是拉美文学，这很有意思。拉美文学跟"世界文学"这个过于宽泛的概念相比，它有些贴近我们自己，但它也不是墨西哥文学。两者之间存在着这种使人感觉到它宽度的范畴，我觉得很有趣。

我们对于拉美文学或者拉丁美洲所拥有的印象各种各样吧。当然也存在涉及非欧洲系的原住民生活的小说，或者是涉及荒谬的金钱世界的小说，这种小说从日本的风土根本无法想象。当然也有下面这样的小说，它在世界任何地方都能互相理解，不设前提，读起来也很有趣。即便没写我们想象的拉美文学的现实，也会有很有趣的作品。所以呢，总之是多种多样。并不是说仅一个"拉美文学"就能够概括的。

如果一个人在某种程度上对外国文学感兴趣，那么说起拉美文学，也许有人知道一个说法：所谓的魔幻现实主义就产生于此。但是，这个用语已属于世界性的，没必要与拉美文学关联起来思考。现在，特别是从二十年前开始，在拉丁美洲，人们的着眼点反倒是放在了如何与魔幻现实主义对峙或斗争方面，或者如何描写魔幻现实主义无法表达的国际社会中的拉丁美洲等方面了。我认为在世界上任何地方国际社会的存在方式几乎是相似的，所以我想说，通过与国际社会保持面对面的态度，拉美文学也和其他地域的文学一样，是具有世界性的。希望大家把拉美文学作为世界文学的一部分来欣赏。

我想推荐的书是哥伦比亚的加夫列夫·巴斯肯斯的作品《坠物之声》（柳原孝敦译，松籁社，2016年）。这部作品的确描写了现代的国际化世界，我认为它是拉美文学的代表作品。哥伦比亚曾经通过向美国贩卖毒品而出现了毒枭，这些毒枭为了杀死对抗他们的人而雇用了杀手，因为这种毒品战每天要死几十人几百人，非常悲惨。这种毒品战实际上始于最大的毒品消费国美国为进行海外合作而设置的某个志愿团体，这部作品揭露了这样的事实。但是，这绝不是荒唐的揭露，而是作为个人恋爱与国际婚姻的物语来描写的，是很有趣的作品。

分发给大家的打印材料是《坠物之声》的一节。登场人物有位美国女性，小说里描写了这位女性在加西亚·马尔克斯的《百年孤独》出版两年后是如何阅读这部小说的。她还不习惯阅读西班牙语文章，在给祖父的信中发牢骚说"这么无聊的东西，我不会再读下去了"。由于作品的趣味性而成为空前的畅销书，给世界众多作家以影响的《百年孤独》被美国女性如此评价，在你熟悉了拉美文学之后再一次阅读它，我想会更好地明白它的趣味了。所以，我建议大家读了这部作品以后再读《百年孤独》，接着再重新读这一节的内容。

沼野： 谢谢！时间很短，但内容紧凑，关于拉美文学多样而富有魅力的文学世界，柳原教授为我们进行了讲解。

捷克文学——在一个价值观并非绝对的世界里生活下去的"手段"

沼野： 那么，我们话题转到其他地区。下面讲的是东欧和中欧地区的话题。东欧和中欧在英国、德国、法国等主要的欧洲中心国家看来属于边缘地区，在这个意义上东欧和中欧跟拉丁美洲有些相似。

阿部： 关于我与捷克文学的相遇以及捷克文学的魅力，今天我想努力呼吁一下。这些年我经常被人问起"为什么学捷克语？"，差不多一年三十来次，这个问题必定会被人问到。留学的时候差不多每周三次。于是根据对象或实际状况我的回答会有多种模式。今天我以最正统的模式来说明。

我的高中时代是 80 年代末，所谓东欧革命的时代。当时我的第二外语正好是德语，上课时老师说德语有两大分支——高地德语与低地德语，突然柏林墙轰然倒塌，亲眼看到这种事态，我心里想，历史不是学的，是亲身经历的。

当时，遇到了几本书，其中之一是千野荣一老师写的《外语提高法》（1986 年），是岩波新书出版社出的书。这本书现在还是畅销书，内容涉及如何提高外语。遇到这本书，知道了还有捷克语这个不可思议的语言。而且同时期我读了很多弗兰茨·卡夫卡的作品，不知为什么我对于布拉格这个地方非常关心。

而且，在考虑大学的升学考试时，意外得到一个通知，从1991年起东京外国语大学将在日本首先开设捷克语和波兰语课程。什么德语啦法语啦，大学里不仅有专业，而且电视和收音机里还有讲座，但捷克语没有这样的环境。好不容易在大学学习，那还是学一个其他地方学不到的吧，我以这样的想法选了捷克语。所以，千野荣一老师的名字、卡夫卡以及有着莫名其妙历史背景的布拉格，这三个要素偶然地重叠在一起，这是我选择捷克语的开始。

刚开始的时候，千野老师是语言学家，他也是落语①表演者一样的讲书人，可能是语言学有乐趣吧，所以我成了语言学的俘虏，开始研究捷克语的语序或句法论。不过，我也真想学一下捷克文学，大学时代去过新宿的纪伊国屋书店。那是90年代初，卡尔·恰彼克②或昆德拉等作家的书开始大量出版，那时候人们对捷克文学多少知道些了。可是去了外国文学专柜一看，什么也没有。当然，柜架上写着美国文学、法国文学、德国文学、俄罗斯文学。其他文学的柜架如大家所知，上面写着"其他"。最近区分得细了，那时候还是"其他"类别，而且柜架上仅有几本书。不过，那时候卡尔·恰彼克颇有人气，他的《达申科》是关于狗的故事，我想书店里应该有几本吧，就问店员："恰彼

---

① 落语，日本的一种传统曲艺，类似于中国的单口相声。
② 卡尔·恰彼克（1890—1938），捷克小说家、剧作家，代表作有《明亮的深潭》《罗素姆万能机器人》等。

克的书或者捷克语的书在哪里?"店员一边说着"啊,在那里",一边把我领到里侧的书架。我问店员这里是什么书,店员说是"猫与狗的文学"专柜。所以,那个时代虽然对以恰彼克为中心的童话有所关心,但当时的状况是,捷克的现代文学很难进入日本。

那么,要说我真正跟捷克文学邂逅始于何时,那是我1995年到捷克的布拉格留学之后了。去了布拉格的书店,有很多很多捷克文学书,而且是在革命后,在捷克共产主义时代禁止发售的书也逐渐刊行了,出版业生气勃勃,所以我跟捷克文学的邂逅是理所当然的。有很多人革命以前曾经当过锅炉工,进入90年代后回到大学当教授了。当时的氛围是大家目光炯炯地讲述着各个作家和作品。于是我查着词典开始阅读起来,感觉眼前一下子展开了一个新的世界。

那时候我遇见的是乙基·克拉什这位艺术家的作品。他在初期曾是很前卫的诗人,后来患脑梗塞,无法继续拿笔写作了。这时候他就想啊,患脑梗塞的人写诗会怎样呢?或者不识字的人写诗会怎样呢?于是他开始了作为造型诗歌的"拼贴画"创作。他亲自动手做的视觉效果诗歌在诗歌的世界和美术的世界来回往返,一刹那将我迷住了。

此外还有个作家,叫博胡米尔·赫拉巴尔[1]。他跟克拉什同年出生,帮助克拉什第一次将自己的作品变成了铅字。捷克的啤

---

[1] 博胡米尔·赫拉巴尔(Bohumil Hrabal,1914—1997),捷克作家,代表作有《底层的珍珠》《我曾侍候过英国国王》《过于喧嚣的孤独》等。

酒非常有名，据说平均每人的啤酒消费量世界第一，大家都很自信。捷克酒吧的特点在于它的席位基本上都是和陌生人同坐的。在日本即便是进入饭店，也会有个长柜台，基本上是每个桌子有一群人在谈话的模式。捷克有长凳子和桌子，即一群人坐下来也可以，一个人坐下来也可以。我明显是亚洲人，在不知不觉中会有人跟我打招呼说："喂，你在干什么？"像这样开始交谈后，会不断出现朋友和各种各样的人名，其中必定会出现的名字是博胡米尔·赫拉巴尔。所谓文学史上的知名人物我是知道的，但在布拉格，大家真正像朋友一样谈论作家，这一点很有趣，比如"哎呀，赫拉巴尔老爷爷，真能喝酒呀"。因为城市小，所以感觉大家都是酒友。因为没见过村上春树，所以我们很难说出"村上春树，是个好家伙啊"这样的话。不过在布拉格有氛围可以这样说话，作家和一般人之间距离很近，构筑了很好的关系，我对此十分惊讶。

在赫拉巴尔的作品中，居酒屋和啤酒的话题占据了大量的篇幅。他出生于啤酒厂，是地地道道沾满啤酒过了一生。有这么一个逸闻，他还是婴儿时家里很穷，婴儿奶粉很贵，不过啤酒很多，于是让他喝了无酒精啤酒，感觉啤酒是他身边的人一样。赫拉巴尔作品的有趣之处在于，在这类不装腔作势的插曲之中到处充溢着闪闪发光的语言。他的文坛处女作是短篇集《底层的珍珠》。在这部作品中，作者的想法是，虽然漂亮但实际上像泥沼一样的水底，稍微寻找一下肯定能找到闪烁的小珍珠。不管多么醉醺醺的"奇怪大叔"，实际上也会有闪闪发光的瞬间，作品把焦点放在市井人物身上进行了描写。但是作品中介入了"历史"

这个大的物语。他的代表作是《我曾侍候过英国国王》(阿部贤一译，《池泽夏树　个人编辑世界文学全集　第三辑》，河出书房新社，2010年)，讲述的是梦想成为百万富翁的捷克的乡下年轻的故事。主人公西切尔只是想成为有钱人，成为酒店之王，却被纳粹势力以及共产主义这种自己无能为力的巨大洪流所吞没。但是赫拉巴尔把焦点对准西切尔这个人的无聊行为，也就是将焦点对准在"小故事"上了。

中欧、东欧经常存在着一种"历史"，这个"历史"可作为体验二十世纪缩影的一个背景场所。如果单线条地将其作为小说题材，小说会被阅读者批判为体制的书籍，会被人用有色眼镜看待。赫拉巴尔的妻子是德国人，当时经历了很多磨难。比如，人们往往有一种刻板印象，即德国人是坏人，赫拉巴尔把这种刻板印象加以引用，达到了远近法的妙用。我们往往会这样图示化地认为捷克是个小国家，它受奥地利统治，但我认为在赫拉巴尔的笔下很好地描写了不一样的情况。

所以，"沾满啤酒"的赫拉巴尔的故事就是这样。讲述同样历史主题的书还有《欧罗巴20世纪史概观》(帕特里克·奥杰德尼克著，白水社)，这是2014年我和篠原琢一起翻译的。这本书也有些历史相对主义。我认为捷克或者说布拉格的文学精华之一，在于他们很擅长活在一种非绝对价值观的世界里，或者说他们的生活方式以各种形式得到集中呈现。暂且说这些吧。

沼野：阿部刚才说的内容提到了克拉什这位诗人，这位叫克拉什的人创作了"拼贴画"诗歌，这听起来像是玩笑，却是真事。

"拼贴画"诗歌也是阿部博士论文的题目,也出了著作(阿部贤一著,《乙基·克拉什诗学》,成文社,2006年)。阿部老师不仅搞研究,还以破竹之势翻译了现代捷克作家的各种作品。研究拉美文学的柳原老师最近也以迅猛的势头在搞翻译,将这两人的成果合在一起,简直可以建一个现代世界文学的迷你图书馆了。

大家聚在一起就这个世界的文学进行谈论时,总会遇到一个问题,出版文集和词典等出版物时也是这样,那就是按照国别和地域如何分配时间和空间的问题。西班牙语圈这么大,有很多国家在使用西班牙语。相比之下,捷克是个很小的国家。然而,大家或许会产生这样的疑问,对于西班牙语圈的文学和捷克文学分配的时间一样合适吗?可是,我们应该认为文学的价值与领土大小、人口多少以及国家的强弱没有关系吧。我们可以这样想啊,在世界文学的共和国,不毛之地的领土之争是没有的。不论国家大小,大家都有相同的权利。由于这种情况,在今天的研讨会上我给各位发言者同样的发言时间,本着这个原则,我们继续下面的内容。

克罗地亚·塞尔维亚——持续被大国愚弄的地域
"带有政治意图宣传"的物语

沼野: 下面有请龟田真澄发言。龟田做过很多工作,首先她是巴尔干半岛诸国研究专家,也就是研究南斯拉夫联邦的塞尔维亚、克罗地亚方面的专家。而且她俄语也很好,所以她把俄罗斯与苏联也作为比较的对象。她身体娇小,但研究规模宏大。

龟田：谢谢！这次的研讨会的通知里，我名字后面写着"克罗地亚·塞尔维亚"，也许有人搞不清我是哪一方面的。我自己在这两个国家都留过学。原本这两个国家语言基本相似，大约二十五年前还属于同一个国家，即南斯拉夫社会主义联邦共和国。我研究苏联和南斯拉夫的"带有政治意图的宣传"。

"带有政治意图的宣传"就是意识形态的宣传。这不仅是日本，是第一次世界大战后的世界的印象。这个词语印象不好难以使用，可用"PR"（Public Relations），即公共关系这个词语表达。我说个题外话啊，开始使用"PR"这个词语的是在美国当过广告宣传员的爱德华德·伯内兹，被称为"PR"之父，第一次世界大战后他将宣传理论进行了发展。他舅舅是西格蒙德·弗洛伊德。精神分析之父的外甥成为"PR"之父，这是很有意思的亲戚关系。

我感兴趣的事情里有这样的事，即人们心里描绘的未来形象在历史上是如何形成的？当人们说未来是光明的，这时大家心里会浮现一种什么样的未来呢？它和权力、政治是怎样结合的呢？

只有在艰难的时刻，人们为了掩盖丑恶的一面才屡屡抱有未来是光明的这个印象。比如美国的20世纪30年代，我们看大萧条时期的报纸，感觉有很多新闻报道、带照片的随笔和广告都是给人以生活幸福且富裕的印象，这些东西多得有些不自然。1931年，"美国式幻想"这个词语的出现也恰好是这个时期。人们都知道这个时期。今后会怎样我们不知道，但比现在更加黑暗的时代也许会到来的时候，人们会发表宣言说"不，不可能的，未来是光明的"，这是很明显的"带有政治意图的宣传"。只不过它实际上也会给人们带来希望。

在"带有政治意图的宣传"之中,最令人激动的还是创立国家之时的宣传,不是吗?创造新国家、新国民绝非小事,需要各种各样的故事。可以说"带有政治意图的宣传"也是故事的一个形态。说起国家建设的故事,文学传统当然也重要,但在20世纪以后,直接给人们视觉和听觉以影响的电影也是重要媒体。很多人知道纳粹德国的希特勒是电影迷。这个大独裁者是电影迷,这意味着什么呢,我很感兴趣。

有一部电影《电影主义》(2012年),现在正在放映。这是一部展现南斯拉夫时代电影产业的,由塞尔维亚的米拉·图拉莉奇导演的纪录片电影,但这里主要还是讲政府的专属放映员这个人。在电影里电影放映员本人回答了问题,在拍摄的第二年他去世了,我觉得他赶上了最后的机会,这很好。

他作为政府的专属放映员工作了32年,你们觉得这32年期间他给铁托看的电影数量有多少呢?喜欢电影的领导人在这32年看的电影数量为8801部,数量惊人,几乎每晚都看电影。所以康斯塔提诺维奇说寻找电影真是一项艰难的工作。有一个传说,说当时的领导人很喜欢外国电影,放映员没办法就把几年前放映过的外国电影又放了一遍,结果被识破了,放映员满街找,就是找不到,都快哭了。所以,这个电影很好地反映了南斯拉夫时代的氛围,我只把开头部分放映一下。

(电影放映,出现声音,传出英语歌曲)

龟田:现在出了英语字幕,字幕上写道:"这是关于已经不存在的国家的作品。是关于一个不存在的国家的故事。"

（放映了一会儿）

龟田：就放映到这里。

刚才的影像里出现的是南斯拉夫这个国家，这个地区多民族交错。有被多个国家统治的历史，而且宗教也很混杂。比如从某个交叉路口各种教堂和寺院都可以看到，什么东正教教堂、天主教教堂、犹太教教堂和伊斯兰清真寺等，在这个地方这种事情毫不稀奇。因为这种地域性，人们讲述了各种各样的故事，而这些故事被政治所利用或者被忘却，或者又复活，这样一直反复着直到今天。

社会主义的南斯拉夫是第二次世界大战之后出现的。因为它采取一种独立自主的姿态，所以人们杜撰了关于它的很多故事。比如，南斯拉夫的任何一个国家都有著名的童话，布兰科·乔皮奇的作品《刺猬之家》是一个住在小洞穴里的刺猬的故事。自己之外的森林动物们都喜欢奢侈，它们没有家，每天快乐地生活。而童话的主人公刺猬说小小的洞穴是自己的家，它很珍视自己的家。森林里的动物瞧不起刺猬，那些喜欢奢侈的动物们遭遇到事故，被人类捕捉了，全部死亡了。不过，只有刺猬因为小小的洞穴得以存活，是一个很残酷的童话故事。故事得出的教训是，再穷也要有自己的家，这样可以保住自己的自由和安全。

这次我推荐的一本书是当时南斯拉夫孕育的作家米洛拉德·

帕维奇①的小说《哈扎尔辞典》（工藤幸雄译，东京创元社，1993年，后由创元文库出版），这部小说以事典的形式讲述了传说于中世纪灭亡的哈扎尔王国的故事。也就是说这也是关于国家的物语。哈扎尔王国在历史的流变中必须要改变信仰，结果灭亡了。关于这一点，基督教、伊斯兰教、犹太教这三个宗教分别从各自的立场进行了解释，小说以事典形式构成，网罗了这些解释。说起来，这部小说是以哈扎尔王为素材，模仿了宗教组织之间"带有政治意图的宣传"。分别有女性版和男性版，两者有细微的不同。顺便说一下，2015年出版的文库本是沼野老师写的解说内容，解说内容也分男性版和女性版，请大家试着从中"寻找错误"。这部作品讲述的全都是脱离现实的不可思议的插曲，但是通过这些内容不仅反映出宗教、民族的问题，还像其中的政治一样，各种问题浮现出来，简直像世界的缩影一样。

南斯拉夫地区的文艺作品中，事典形式的作品特别多，这种倾向到2000年以后特别明显。德扬·诺瓦奇奇2002年有部作品叫《为了落榜生的南斯拉夫联邦》，这是一部关于南斯拉夫用语集的随笔。从虚实巧妙结合的黑色幽默中，稍微显露出对已经消逝的祖国的热爱，这种形式的口语体博得了人气。

此外，还有杜布拉夫卡·尤格勒西奇和其他人编写的《南斯拉夫神话学事典》。这本书很厚，作家们和新闻记者们按照项目类别写了关于南斯拉夫时代的事物和文化的随笔，以事典形式

---

① 米洛拉德·帕维奇（Милорад Павић, 1929—2009），塞尔维亚作家、诗人、翻译家，代表作品有《哈扎尔辞典》。

汇总。除此之外，这样的动向还有很多很多。但面对这样的作品时，南斯拉夫这个国家自身看起来便像个物语。另外，它把南斯拉夫用一部事典来总结，这看起来很幼稚。南斯拉夫虽然面积小，但南斯拉夫充满了各种世界性的问题，世界上的各种问题在这里得到凝缩。越是想知道南斯拉夫，就越是必须要了解世界。

研究南斯拉夫时，大国的利害关系和民族问题等反映在各个方面，我感觉拥有这种情况的国家会成为描绘世界缩影的画布。当然原封不动地将世界缩小是不可能的，所以有时会导致人们像是用歪镜子来截取图像一样。正因为有了这种歪曲，所以呢，如果我们将视野从缩影扩展到世界时，对于世界会形成跟平时不一样的、稍微改变的看法，这样就好喽。

沼野：南斯拉夫面积比较小，但它同时也确实是情况很复杂的。刚才龟田兴致勃勃地为我们介绍了它的复杂性。

俄罗斯——在位于松鼠建筑物尽头的小房间里倾听

沼野：下面有请奈仓发言，她研究的是一个很大的国家，她是俄罗斯文学的专家。

俄罗斯这个国家不仅面积大，在广为日本所知的外国文学中，俄罗斯文学可以说是很重要的。俄罗斯对于明治以后的日本人而言是文学大国，它和西欧的英、法、德文学同等重要，或者说影响力超过了以上三个国家的文学。很遗憾，人们不像过去那样广泛阅读现代俄罗斯文学了。奈仓正在研究和翻译现代俄罗斯文学很重要且有趣的一个领域。

奈仓： 谢谢！被冠以"大"的称号，也是没有办法。如果从俄罗斯文学这个大框架开始讲，会涉及俄罗斯文学的概况，可没时间在这里说。我从我开始研究俄罗斯文学的契机这个小的地方开始讲，打算说一些平时不太说的。

我小时候很喜欢读书，15岁时特别喜欢的作家是托尔斯泰。后来，16岁至18岁时读了很多书，有一种被文学拯救的体验。于是，托尔斯泰的文库本《复活》就像护身符一样一直待在身边，那时候我觉得自己的生活中只剩下文学了。我对俄罗斯文学有好感，无意中开始听NHK电台的语言学讲座时，正好沼野教授在讲俄语的应用，沼野教授当时在读着布拉特·奥库加娃①的诗歌，我十分感动。后来，原本爱钻牛角尖的我突然不讲道理地选择去俄罗斯留学。

那时我头脑中想起我的曾祖父奈仓次郎，他研究英美文学。但是，我不仅没见过我的曾祖父，通过家人了解的也很少。曾祖父1871年出生，据说他年轻时很冲动，作为当时来讲他的举动属于胡来。他没告诉家人突然去美国留学了，回国之后做了学者，翻译了莎士比亚和笛福的作品。我曾祖父和推广世界语的爱德华·伽利特交往密切。还有一点，我曾祖父这个人非常奇怪，大概就听说了这些。

这里有一本我曾祖父翻译的书，是日英对照的《青年英国

---

① 布拉特·奥库加娃（Булат Шалвович Окуджава，1924—1997），苏联诗人、原创歌手、小说家。给自己创作的诗谱曲，用吉他弹唱，这种风格风靡一时。

文学丛书》，红色封面，文库本大小。是明治三十九年，也就是1906年翻译的。题名是《水手新八》，是新旧的"新"，汉语数字"八"，所以是"新八"。你们知道这个"新八"指的是谁吗？是指《一千零一夜》的航海家辛巴达。他把"辛巴达"译成了"新八"。好像当时的翻译类似情况常有，我认为改编成了日本人容易接受的名字。打开书本可以发现里面的内容是英语和日语的对照，这本书是适合当时青少年的启蒙性读物。

我突然去俄罗斯留学当然不是模仿我的曾祖父。只不过拯救我的是托尔斯泰，是文学，如果没有托尔斯泰也许就没有现在的我。我想，如果我的人生为了这样的文学能做些什么，那么其他事情我也觉得无所谓了，即便有人误认为我是很怪的人。

最初去的地方是圣彼得堡，这里有旧圣彼得堡女子学院，现在是面向外国人教授俄语和俄罗斯文化的机构。我经常来这个学院学习俄语和俄罗斯文化。其中尤其有趣的是文学精读的课程，老师叫艾琳娜。这位老师不管是古典还是现代文学，不管是诗歌还是散文全都知道，我为她所朗读的亚历山大·勃洛克①的诗歌入迷，从那时起我便想研究诗歌了。艾琳娜一般在授课之后还单独帮我上课。在我的请求下，我学习托尔斯泰的《克鲁采奏鸣曲》和20世纪初所谓"白银时代"②的许多诗歌。

我接受艾琳娜的单独授课是在圣彼得堡女子学院建筑物走廊

---

① 亚历山大·勃洛克（Алекса́ндр Алекса́ндрович Блок，1880—1922），俄罗斯诗人、剧作家。代表俄罗斯象征主义的文学家。
② 白银时代，俄罗斯文学从19世纪末到20世纪初，杰出诗人辈出。19世纪初的普希金时代称为"黄金时代"，与之相对，这被称为"白银时代"。

尽头的一间小屋。从秋天到冬天，圣彼得堡因夏天的白夜现象而闻名。相反，到了冬天很难看到日出，下午三点已经彻底黑下来了。在这种微暗的房间里授课时，艾琳娜手指窗外说道："啊，有鸟来了。"我一看，就在风雪狂吹的窗外枝头上，一只小鸟停在上面。艾琳娜继续说："你绝对不会忘记这个瞬间的。""每天在风雪飘舞之中读《克鲁采奏鸣曲》，我们两人就恋爱、嫉妒、社会制度以及其他所有的事情进行交谈，窗外停着一只鸟等等，所有这些事情你绝对不会忘的。"那时我真正明确地知道了这一瞬间，树上的鸟儿是绝对忘不了的。

如果要揭秘的话，那还是语言的魅力。艾琳娜深知文学的魅力，在操控语言的魔力方面也是超一流的。我打算更加认真地学习语言和文学，向艾琳娜说起此事，她推荐我去莫斯科的高尔基文学院。我听从劝告，一个月后便乘坐夜行列车从圣彼得堡前往莫斯科，在莫斯科先上大学预科，第二年夏天考入高尔基文学院。在文学院学了什么？刚知道的俄罗斯文学世界是什么样的？因为今天没时间，无法聊这些话题。下面我推荐一本书，我对这本书充满自信。也不是转换话题啊，我来介绍一下这本书。

我推荐的书是我自己翻译的书，翻译的是柳德米拉·乌利茨卡娅①的《欢乐的葬礼》，作为"新潮波峰图书"的一册，这是我翻译的刚出版的中篇小说。这部小说的背景是1991年的纽约。20世纪80年代至20世纪90年代，乌利茨卡娅为了探望留学的

---

① 柳德米拉·乌利茨卡娅（Lyudmila Ulitskaya），1943年生，俄罗斯作家，2001年凭借《库科茨基医生的病案》获俄罗斯布克奖，2014年获奥地利国家欧洲文学奖。

儿子和移居在纽约的朋友们，她多次来纽约，在这个过程中她有了写这部作品的构思。主人公画家阿里克的画室位于切尔西地区，作品中描写了一个名叫卡茨·德利卡特森的店铺，出品很有名的五香熏肉三明治，是犹太移民的店铺。作品还描写了华盛顿地区旁边的大学，华尔街，鱼市场里新鲜的鱼，等等，有很多描写将纽约的实际活力呈现在眼前。

然而，大家听了《欢乐的葬礼》这个标题，会怎么想呢？书背面的带子处写着文字，即乌利茨卡娅也说过的，如果人的死亡是所爱之人的死亡则更加哀愁，我被深深的悲哀所点缀。按照这个前提，她胆敢将葬礼说是"欢乐的"，这在文学上讲即所谓的"oxymoron（矛盾语）"，一般指的是将两个相反的词拼接在一起，比如可以说它是跟"热的雪""行尸走肉"或"死灵魂"相似的修辞。比如"死灵魂"，某个时期有人批判说"灵魂不灭的，说'灵魂死了'是不谨慎的"，和这种批判一样，看到"欢乐的葬礼"这个标题，也许会有人认为"葬礼一定是悲伤的，说'欢乐的葬礼'是不慎重的"。那么为什么乌利茨卡娅竟然起了这样的标题呢？是想把人的死亡写得有趣些吗？这么说的话也不是那么回事。身患重病濒临死亡的阿里克在思想上可以说是乌利茨卡娅的分身，他和作者无限接近，而且作者在描写阿里克时，他身上具有作者见到的几位主人公的特征，他们拥有强大魅力，大家都为之着迷。阿里克这位主人公天生讨人喜欢，小时候临时保姆和保姆都喜欢他，上小学后女同学邀请他参加生日晚会，去别人家玩的时候，别人家里的孩子、奶奶和家里的狗都喜欢阿里克。到了青春期，朋友之间吵架时他负责调解，逗得大家发笑。最与众不同的一点是他有着无与伦比的自信和才能，总是说"人生从下周一开始"，他认为昨天已经过去，可以忽略（尤其是那种不怎么样的昨天）。书上是这样描写阿里克的，但阿里克即将死去时的姿态充满了明亮而清澄的色彩感。乌利茨卡娅说这是因为他很有魅力，他的魅力像具有感染力一样，周围的人们也因此具有魅力了。

在一次采访乌利茨卡娅时，有人问她："你为什么能够把这种无可救药且乱七八糟的人生写得这么肯定？这部作品中没有负面人物吗？"乌利茨卡娅笑着答道："因为我都喜欢他们嘛！"而且她还说："任何一个人物必定会有可爱之处，我想写这些。"听到她的这些话我有些理解了，很奇妙。最初读这部小说时，我对登场人物产生了一种爱情或者说依依难舍，我的心情十分舒畅。的确，我觉得作者的"都喜欢他们"这种姿态感染了我。这本书我读的遍数都数不过来了，但即使读了很多遍，我仍然被登场人物的人性魅力所吸引，为之着迷。然后有的场面不管读多少遍还是会忍不住哭泣，读完之后才会安心。

我刚才说的内容，它的魅力究竟有多少传递给大家了呢，我不知道。如果大家感兴趣，能亲自读一读是最好的。如果有哪位需要关于内容的切实的解说，那么平松洋子在新潮社的杂志《波浪》上面写了书评（2016年3月号，"柳德米拉·乌利茨卡娅《欢乐的葬礼》——对这个不可思议的庆典有感"）。今天早起的《朝日新闻》上，江国香织写了书评（2016年2月28日"本周的书架"柳德米拉·乌利茨卡娅《欢乐的葬礼》——"现在、这里"飘荡着透彻的光亮），两个书评都很棒，正如通过奈仓的话我们知道的那样，年轻时远渡俄罗斯，从高尔基文学院那里毕业，在这个大学学完全部课程后毕业的，奈仓好像是日本有史以来第一人。这在日本从事俄罗斯文学的众多人之中也是很少见的经历。正因为如此，奈仓才有出类拔萃的俄语能力，才能够充满精力地介绍现代俄罗斯文学。

回答提问

沼野：刚才持续进行了内容丰富的谈话，时间转瞬便过去了。我想会场的各位会有很多问题要问。大家对四位发言者的每一位提问一个或两个问题，如果还有时间，然后就自由讨论吧。这次回答问题顺序颠倒一下，首先有没有谁对研究俄罗斯文学的奈仓提问的？

提问者1：大家好。我的提问不仅问奈仓女士，如果可以的话我想问一下大家。如果外语学到了可以进行翻译的程度，会不会以不同的眼光来看待日本文学呢？特别想知道以什么目光来看待文体。

沼野：很棒的提问啊。那么首先有请奈仓女士来说几句。

奈仓：很棒而且很难的问题，谢谢你了。我认为的确是这样。我在留学之后过了几年才感受到这件事，我在纯粹只有俄语的环境中生活的时候，非常非常想看日语小说，就去了藏有日语图书的图书馆。在阅读《日本文学全集》时，我惊讶地感受到，哎呀，日语原来是这样的语言啊！那个时候我认为语言非常新鲜，像是将我带入其中一样，这是我的主观体验，很抱歉，我的看法发生了改变。只不过到了现在要对之前和之后的看法进行比较的话，不是一两句话说得清的。

沼野：对于刚才的提问，现场的其他嘉宾也都是外语的一线专家，我希望大家都简短地回答两句。龟田，你怎么样？

龟田：会外语之后，对外国文化产生亲切感，被当地人的社区接受，这时突然阅读日本文学，有时候会觉得之前感觉很一般的故事也非常具有日本味了。这不是坏的意思，任何事情会因为文化的、历史的背景等偶然要素而发生重大变化，当然也包括我的思路。我意识到这种东西强烈地影响着我。

沼野：阿部，你觉得怎么样？

阿部：可能有两个侧面。一是介绍外国语言和文化的侧面，还有一个侧面我认为是应该意识到作为日本文学的一个部分的翻译问题。在日本书店里，外国文学的翻译作品放在外国文学的架子上，但我认为它们还属于日本文学的范围。介绍的是现代文学作家或者其他作家，但归根结底应该理解为日本文学的一种。那个时候，我觉得不仅是捷克的作家，其他地方的作家也是这样的。我觉得将日语里没有的文学翻译成日语很有意义，所以有意识地选取日语领域里所没有的作家来翻译。

沼野：柳原，你是什么意见？

柳原：阿部老师说得很好。我说一些很个人化的事情。我最近不会读日语了，读起来变慢了，或者说是因为我变老造成的。我原本属于在翻译上不怎么费时间的，最近几乎是一字一句查字典，越来越费时间了。不仅查阅西班牙语词典、西日词典，还频繁地查阅日语词典。由于这种情况，我感觉我既不会西班牙语了，也不会日语了。即便这样我仍然开始阅读日本作家里能读的作家和作品。这也有好的一面，即我开始觉得即使不会读一些日语假名也无所谓了。我开始觉得我可以判断出日语中语义误用或者是在语法上不正确的情况了。

沼野：谢谢。可以的话，我想问一下刚才提问的人是哪国人。

提问者1：塞尔维亚。

沼野：你长期住在日本吗？

提问者1：是的。经常来日本。我二十年前从贝尔格莱德大学的日语专业毕业。

沼野：的确。就刚才的问题请允许我也回答两句。我从事俄罗斯文学和波兰文学研究，年轻时在美国的研究生院留学四年，后两年作为助教讲授了俄罗斯文学。因为是美国的大学，课程当然全部用英语进行。我的英语并不很出色,准备课程很费力,不管是一个人在家里的时候还是洗澡的时候,一整天都会嘟嘟哝哝地用英语说授课内容进行练习,每天如此。不过这样做的话,后来有空闲的时候为了娱乐而轻松阅读的书籍还是英语书,是平装本的推理小说,迷迷糊糊睡着的时候,做梦都是用英语,是这样的一种状态。曾有一段时间我跟日语隔断了。

回到日本以后,想要进行翻译时,通过俄语和英语知道的概念不会马上转换成日语,十分费力。但是,用外语阅读外国文学之后再反过来用日语阅读日本文学时,日语看起来像外语,感觉很新鲜。我会想,日本作家说了俄语里不允许说的,或者反过来俄罗斯作家可以说的事情,日本作家为什么不能说呢?这还是因为一边和外语比较一边看日语角度导致的。后来我开始认为,为了阅读日本文学,了解外语和外国文学是很重要的。

那么,下面有没有哪位向讲南斯拉夫话题的龟田教授提问的?

提问者2:我曾有这样的体验,因为喜欢南斯拉夫和捷克文学,想阅读它们但基本上弄不到日语翻译,只能用英语读。现在的出版状况,您怎么看待它们的比重?

龟田:是啊。南斯拉夫文学和捷克文学的英语翻译很多,然后德语版也很多,翻译成外语的作品不少,但是它们还很少被译成日语,假如想要阅读这些文学的呼声更大的话……

提问者2：我们想多阅读。

沼野：我感觉好像只有阿部一个人在翻译啊。

阿部：不，没有的事。不过我感觉刚才说的话真的也适合其他方面。我很偶然地遇到了捷克语这个矿脉，知道捷克有这么有趣的作家。虽是偶然遇到，但如果能够将这个矿脉推广到其他语言的话，我想还会发现更多的作家。这样一想，觉得可不得了。捷克实际上还有很多不为人知，只是因为没有偶然遇见而没被发掘的作家。

做这件事的线索是认真查阅出版信息。书店里的确很少有捷克文学的译本，但认真调查后会意外地发现有不少捷克文学日译本，因为没有人宣传，有时候不被人知道，或者被人忘记了。相反，如果大家提要求，让翻译一下这个作品，或者让复制一下那部作品，今天出版社也来了人，如果大家在这种场合大力呼吁的话，我想出版社也会采纳大家的意见吧。

沼野：东欧、中欧文学在日本是个很小的研究领域，说领域小有些失礼。现在在东欧和中欧文学方面特别下力气的是京都的一家出版社，叫松籁社。阿部翻译的赫拉巴尔的《剃发仪式》，最近刚出版的东欧文学的小册子《东欧的想象力》（奥彩子、西成彦、沼野充义编，2016年）都是松籁社出版的。拉美文学方面，像柳原翻译的巴斯克斯的《坠物之声》也是松籁社出版的。现在的状况是松籁社独占了这么好的文学作品。但反过来也说明，更主流的出版社不想涉足这种一看就市场占比很小的外国文学作品。

沼野：下面有没有哪位对捷克文学专家阿部教授提问的？

提问者3：今天谢谢了！我想问一下全体老师，现在像卡夫卡、托尔斯泰、陀思妥耶夫斯基，还有马尔克斯等大家都知道的文豪有很多，而现在信息化高度发展，全世界的文学大都得到翻译，我想翻译的量会不断扩大，大学的研究者们对于不断扩大的翻译工作怎么看待的？我的提问可能有些难以回答，拜托了。

阿部：是很难回答。我想平板化这种现象不仅限于文学，在各个知识领域都存在。总之，曾经有一种规范或者说曾经有一种大家读了某个作品后认为这个领域很好的共同理解。也不知是幸福还是不幸，大家都认可的这种基础在消失。不可能说读了这一册书就算明白捷克文学了，我认为世界文学和日本文学也同样如此。

相反，我认为这也跟自己如何描绘这个世界有关。即便不是个大的故事，我认为我们也能够成为自己进行描绘的主体。之前可以说"不要读这个，要看俄罗斯文学"，或者说"不要看卡夫卡的文学，要看德国文学"，这种现象在以前是占据统治地位的，但现在这种做法不再有了，我认为这种做法的消失相反也能够提示出一种文学框架，即普通的人也能够以主体性参与到自己的文学之中了。我认为不管是捷克文学还是中欧文学，不管是东欧文学还是世界文学都可以这样。所以平板化现象不单单只有坏的一面，相反它也有好的一面。

　　只不过，像您所说的那样，要说从哪里开始切入，这个很难说。话虽如此，河出书房新社还在出版《世界文学全集》，而且也在出版《日本文学全集》，我觉得或许以其中感兴趣的作家、研究者或翻译者为线索，可以一点点地扩展自己的广度，这可能也算是一个方法吧。我认为大概这样一种入口现在有很多，比如从电影切入，也可以读原作。只不过反过来说的话还有另一件事很重要，那就是要时常意识到自己知道的知识只是一部分。如果不时常更新的话，我觉得自己接下来应该关心的对象经常会被覆盖掉，所以自己一方也要毫不认输地蓄积知识，或者读书后思考，必须要不断更新对文学的印象。

沼野：刚才提问的那位，你自己也是老师吗？还是学生呢？

提问者3：还是大学生。

沼野：是吗。刚才的问题我也想请其他几位回答一下，很遗憾时间不够了。接下来有谁对柳原老师提问拉美文学相关的问题吗？

提问者4：老师您说了世界上的都市都有共同的文学姿态，即跟全球主义进行斗争方面的内容。是否能请您具体说明一下呢？

柳原：好的。让我想一下怎么说明与全球主义斗争的这个情况，今天这个场合，我就不推荐了，但有位玻利维亚的作家叫埃德蒙多·巴斯·索尔丹,这位作家生于1967年,还不到50岁,他的小说《图灵的妄想》(服部绫乃、石川隆介译,现代企划室,2014年)被译成日文了。事实上在玻利维亚第三大城市科恰班巴,下水道已脱离国营化,进行私营化了。于是含有美国资本的某个公司开始供水,这样一来,水费呈几倍增长,普通人支付不起了。于是,发生罢工和暴动,老百姓总算获胜了,水费又恢复平常了。这件事叫作"水战争",以其为素材还拍成了电影。《图灵的妄想》这部作品是在这件事的启发下来描写供电公司私有化这个故事的。供电不稳定,市民发动罢工,反总统势力趁机以赛伯空间为立足点开始推翻政权的运动,并将之扩展到现实世界,是这种内容的小说。

这件事情对于直面供电自由化的我们来讲感觉并非他人之事,这么说来,大阪便出现了下水道私有化的话题。关于供电,由于自由化的竞争原理发挥作用,电费便宜了是好事,但比如在加利福尼亚,据说有些公司无法提供稳定的电力。国有服务行业是以保证国民进行健康方面和文化方面最低限度的生活权利为理念在进行工作,私人企业的理念未必能够和市民的人权相容。所以将生命线交与这种私人公司,肯定会有风险。价格或许会高涨,供给或许会不足。实际上究竟会出现什么结果另当别论,如果带着这种潜在的恐惧来生活便是一种国际化社会的话,那么我感觉这部以玻利维亚实际发生的下水道事件为基础而写的小说里也有我们感同身受之处,所谓国际化就是这种意思。

提问者4:谢谢!《图灵的妄想》已经有了日译本了吧。我一定要读一下。

沼野：有没有要向柳原老师提一个问题的？

提问者5：刚才您提到了拉美文学热这个话题。我们这一代，即使接触到拉美文学，过去曾有的热潮也已成为遥远的往昔，现在已经开始了对魔幻现实主义的清算，甚至怀疑是否曾经真有这么一股热潮。柳原老师还是学生的时候怎么看待拉美文学热呢？能否谈一谈当时的情况和来龙去脉呢？

柳原：来龙去脉……好的。要我说几句的话，感觉拉美文学热是在我出生的时候，将当时的大作大规模翻译介绍到日本是在我上大学之前，上大学时达到顶点。我不知道真正的热潮是什么时候。关于出版状况，当时一口气翻译了很多大作，连平常不说拉美文学的人们，读了这些翻译之后也开始就作品写一些感想。比如筒井康隆和安部公房等作家接触过拉美文学。的确从70年代后半期到80年代前半期，大家都有一种意识，即拉美文学是新的文学，要阅读它。感觉我们也是抱着这种打算开始接触拉美文学的，碰巧我学习西班牙语，所以开始阅读拉美文学了。只不过当我想当所谓的研究者时，我为拉美文学的地域之广和作家的多样性而惊叹，我开始对于用一句话概括拉美文学产生了疑惑，所以拉美文学这个概念只不过是一种语言表现，我在博士论文中，不主张拉美文学具有现实存在性。

沼野：本想继续回答问题，但已过了预定时间。我想第一部分就到此结束吧。最后再说几句。刚才有人提问说，面对不断庞大的世界文学该如何应对，这正是策划这个研讨会的现代文艺理论研究室平时的课题。日本文学和法国文学已经制度化，作为既成的东西已经有了文学史，已经有了一个体系。比如一定要读《源氏物语》或者说明治时期的作家必须要读夏目漱石、森鸥外等等。然而，如果想从事现代世界文学研究而要超越语言和国界的时候，所有的东西都会蜂拥而至。今天我们请了四位专家分别从不同的专业角度进行了对话，这只是世界文学的极小一部分。当然，说起世界文学来，如果仅限定在已经故去的作家写的古典作品的话，那基本上他们的体系是有限的。但实际情况是现在进行时，在无限扩展着。直面这么庞大而多样的世界文学时，大家都会为之惊讶。感到惊讶之后什么也不用读了吗？没那回事。进入到这个庞大的团块之中，会发现其中有很多有趣的、有魅力的、日本所没有的东西，如果不知道它就算了的话，对于人生而言是个巨大损失。那么，我们该如何面对世界文学呢？我们打算思考一下这个问题。那是我们共通的思考。

面对世界文学，我们没有特效药。我认为有系统地全部读完它是不可能的，还是以偶尔遇到的有趣作品作为开始，将它们扩展。只有这样，才是最便捷的方法。今天四位嘉宾分别告诉我们并推荐给我们的好书，请大家先阅读这些好书。今天接下来还有第二部分登场的年轻学者，他们是外国留学生，会对所推荐的书进行讨论，我想如果读了这些作品而扩展了视野，那是很好的。

第六章
世界文学和它愉快的伙伴们

座谈会参与人：
莱安·莫里森、比亚切斯拉布·斯洛贝、
邵丹、郑重、乌森·博塔格斯、
孙亨准、艾尔吉维塔·科罗娜
主持人：沼野充义

第二部　从世界到日本

莱安·莫里森（美国）：名古屋外国语大学专任讲师。以谷崎润一郎的《痴人之爱》为契机对日本文学产生兴趣，专门研究石川淳。在东大的毕业论文题目是"与写实主义的对抗——作为言说的石川淳初期作品"。

比亚切斯拉布·斯洛贝（乌克兰）：基辅大学毕业。会说乌克兰语和俄罗斯语双语，还会日语、英语，对四种语言进行比较对照，对关于概念的隐喻和翻译可能性的问题展开研究。

邵丹（中国）：生于中国扬州。东日本大地震之后仅一个月，即2011年4月来到日本。广泛研究桥本治和村上春树等现代日本文学。正在写关于翻译文学在日本的接受方面的博士论文。

郑重（中国）：生于上海市。现在准备写博士论文，从符号学和语言学的视角进行小岛信夫的文本分析。汉译日作品有严歌苓的《陆犯焉识》《永远的少年——成龙自传》。

乌森·博塔格斯（哈萨克斯坦）：会讲乌克兰语和俄语双语，还会日语、英语，能灵活运用四国语言，以太宰治为中心开展比较文学研究，现在哈佛大学研究生院攻读博士课程。

孙亨准（韩国）：受多和田叶子吸引开始喜欢文学。很关心身体的文学性问题。环游世界以记录多和田叶子的朗读表演。现在是日本学术振兴会研究员。

艾尔吉维塔·科罗娜（波兰）：华沙大学日语专业毕业。通过俳句对日语声音的美妙进行再确认。以此为契机，开始研究作为世界文学的俳句，也包括她自己的创作。东京大学的硕士论文是《俳句和"俳句"的诗学》。

外国的日本文学研究者们给予我们的

沼野： 接下来开始今天研讨会的第二部分。第一部分的标题是"从日本到世界",请日本的外国文学研究者跟大家进行了交流。第二部分的标题是"从世界到日本"。之所以这么说,是因为我们要请正在现代文艺理论研究室留学的或者曾经留过学的七位外国的日本研究者聚在一起,请他们从各自的观点讲述自己与日本的相遇以及日本文学的有趣之处。

既然在研究日本,大家的日语当然很好,发言请全部用日语进行。

发言者比第一部分人要多,所以每人的发言时间很短,在有限的时间框架内我期待能听到很好体现你们背景和个性的发言。那么第一个发言的是从美国来的日本文学研究者,现在名古屋外国语大学担任专任讲师的莱安·莫里森。

在莫名其妙中充分浸染的日本版现代主义作家石川淳

莱安·莫里森： 拜托各位。我叫莫里森。我的专业是近代日本文学,特别是石川淳①。关于石川淳我从六年前开始一直写博士论文,昨天彻夜终于把最后一章的最后一些文字完成了,现在还没

---

① 石川淳（いしかわじゅん,1899—1987）,日本小说家、作家,1936年凭借《普贤》获芥川奖,另著有《佳人》等。

睡觉呢。在从名古屋到东京的新干线上，我写了今天的简单致辞。现在把它念一下。

主题基本上是学习日本文学的契机，为什么选择日本文学等话题。我上大学时专攻的是英美文学，有一次一位朋友递给我一本书，那是谷崎润一郎的小说《痴人之爱》的英译本。读了之后觉得很有趣。总之我受到冲击的是这部小说中出现的女性娜奥密。我在现实世界和小说世界中从来没见过这么美又这么坏的女人，我干脆为这个娜奥密倾倒了。主人公让治采用了在人生失败之前一直迷恋娜奥密的第一人称叙述，我把自己和让治重叠起来阅读，读完之后我心里想，一定要寻找到娜奥密的现实版本。

花了两年时间找遍了加利福尼亚整个州，结果还是没找到。如果现实版本不存在的话，至少我要更加接近小说中的娜奥密，缩短与娜奥密的距离。我想到用原文阅读，抱着这个目的我开始自学日语了。而且我在网上查阅了《痴人之爱》的英译者，很偶然地知道了译者正好是我出生地方的大学——亚利桑那州立大学的教授，我马上跟他取得了联系，决心前往他那里去上研究生院。

（下面开始朗读准备好的稿子）

《痴人之爱》和登场人物娜奥密的什么方面让20岁的我觉得如此有趣呢？它的刺激点是什么？这大概是因为有些东西铭刻在心了吧。它非常切实地跟自己之前与女性的交往经验有着共同点。那便是在男女关系上必定会出现的权力问题，也就是说小说中很巧妙而纤细地描写了男女双方哪一方在上、哪一方在下的这种摇摆以及非常具有流动性的构造。让治想支配比自己小13岁的女性，最终反而受到女性支配，成为奴隶。或者从其他观点来看的话，他居然通过把自己置于女性之下，在暗中支配着娜奥密，可以说是这样的结构。小说中的上下关系，也就是"S（施虐）"和"M（受虐）"的极其复杂的构造，人微妙的心理、男性的性情癖好、欲望的构图等东西，能把握得如此好的作家之前没见过。读过谷崎作品的人都知道，这种主题从谷崎润一郎明治初期写的第一部作品《刺青》到晚期昭和三十七年（1962年）写的《疯癫老人日记》，始终是一致的。

我设想今天会有很多外国留学生来到会场而写了这些内容。不知为什么，今天没见到一位外国留学生。对日本人说这话有些奇怪，作为日本近代文学的入门，请一定要读一下这篇优美而深奥的作品。

有位老师叫唐纳德·金，他把日本文学介绍到英语国家。我想大家都知道这位老师。去年他结束在美国的生活来日本生活了。他说："虽然关于谷崎润一郎的评价还没有定论，但谷崎是20世纪日本最重要的作家。"我同意他这种大胆的说法。

我虽然是以谷崎润一郎为契机开始学习日语并被日本文学所迷倒的，但是纳入我的研究范围并成为研究的中心部分的并不是谷崎，而是和他在性质上、感觉上和文学方法上正好相反的石川淳这位作家。我翻译了几部石川淳初期的作品，就作品进行考察的博士论文今天早上刚刚完成。就像我最初说的那样，我是专攻英美文学的。但是本科时期我喜欢读的是詹姆斯·乔伊斯或者是T·S.艾略特①等20世纪现代主义作家的作品。他们的作品富有互文性，和过去各种各样的作品关系密切，极其浓厚而复杂。说真的，虽然我几乎不理解，但那时觉得很有趣，就不断阅读下去了。于是我开始寻找日本的现代主义作家中有谁跟他们相当，结果找到的是石川淳。

最初我读了《佳人》《普贤》这种虚构的作品，还读了几篇评论，当时的印象特别好。但是完全读不懂。读了《痴人之爱》之后感触很深，理解深入，而石川淳的作品以完全相反的形态给我造成冲击。乔伊斯和艾略特等海外的现代主义作家的作品莫名其妙地有趣，阅读起来无法停下来，我感受到一种类似于兴奋的东西，全身心投入到石川淳的研究之中。说起石川淳来，话题会很长也很难，对石川淳有兴趣的，等会议结束后可以单独问我。

设想着外国留学生会来现场，我推荐的书也是选择了海伦·克雷格·麦卡洛的《文语指南》（Helen Craig McCullough, *Bongo Manual：Selected Reference Materials for students of classical Japanese*, Cormell University East Asia program, 1988）。这本书对于我这个外国人很管用。在他那里原本没有近代和现代日语语法课的，授课时教授的语法只有古典语法。我上亚利桑那大学时最先上了古典语法，有了古典语法基础，在阅读近代小说时也很管用。即便

---

① 托马斯·斯特尔那斯·艾略特（Thomas Stearns Eliot, 1888—1965），英国诗人、剧作家，代表作品有《荒原》《四个四重奏》等。

自己不读，如果周围有学习日语的外国佬，请一定要把这本书推荐给他们。

沼野：莫里森自己说自己是"外国佬"，这有点可笑啊。接下来在第二部分出场的各位原本都是"外国佬"，也就是从外国来的日本研究者。既然是日本研究者，作为"外国佬"的他们知道一般日本人所不知道的事情，这也是理所当然的。日本人还很难适应这种事态，他们得知"外国佬"在阅读连日本人都不知道的文学作品时会大吃一惊。今天的各位日本听众之中读过石川淳的《普贤》这部作品的人究竟有多少呢？很抱歉，至少在年轻人之中很少吧。由于这种原因，所以请不是"外国佬"的各位要向外国年轻的日本研究者多多请教，没必要感到害羞。这是这个第二部分的主旨。

下面有请来自乌克兰的研究语言学的比亚切斯拉布·斯洛贝发言。

兴趣的焦点在语言和文学之间

比亚切斯拉布·斯洛贝：我来自乌克兰，基辅大学日语专业毕业后作为研修生来到东京大学。那是十年前的事。我在基辅大学专攻日语和日本文学，我兴趣的焦点在语言和文学两者之间。所谓"之间"是指文学翻译。当初只是单纯地将日语的文艺作品和乌克兰语的翻译进行对照，对翻译问题进行了各种思考。当然了，日语中有很多词语很难翻译成乌克兰语。

这些词语在日常生活中经常出现。比如既有像"蒲团（被子)"这种代表日本文化的词语,也有像"常識(常识)""義理(义理)""遠慮(客气,回避)"这种表示抽象概念的词语。前者通过译注来说明总算能够明白,后者的翻译不那么简单。我非常明白,如果翻译错了有可能对整个文艺作品的理解产生影响,于是我来到东京大学,硕士论文里列举了像"世間(社会,世上)""かわいい(可爱,卡哇伊)""遠慮(客气,回避)"等难以翻译成其他语言的文化关键词,对这些词语所表示的日语的世界观和翻译的可能性进行了多方面的考察。

当然,我的母语中没有与之对应的词语,所以为了更加深入理解其意思,我读了很多专业书籍。比如我读了四方田犬彦老师的《论"卡哇伊"》(筑摩新书,2006年)和阿部谨也老师的《所谓"世间"是什么》(讲谈社现代新书,1995年),明白了这些语言很深奥,都具有复杂的结构,我非常吃惊。提交硕士论文之后我突然想起来,一般日本人即使不读专业书籍,也可以毫无问题地正确使用这些词语。比如女中学生不读四方田犬彦老师的《论"卡哇伊"》,一天也要说上上百遍"卡哇伊"。而且总觉得大家对这个"卡哇伊(可爱)"和"不可爱"东西的印象是相通的。如果是这样,那么我会单纯地抱有疑问:这个消极的感觉究竟来自哪里?我觉得孩子们为了模仿周围大人的用法,从这种用法也就是从使用的习惯用法中会涌出单词意义的印象。像这样,我觉得在我的博士论文中,要阐明这些难以翻译的语言的意思,必须要使用不同的研究方法。我使用了很多方法,最后我受到学者乔治·雷科夫①的《概念隐喻论》的鼓舞，决定自己进行"Collocation"②，即日语的"连语"的分析。

我们具体使用一些例子一起思考吧。当然，长大后再次想起自己学习语言时的感觉会有些困难。所以，我想如果是最近学到的外来语，那种感觉会很鲜明。这是我前几天想出来的例子。我们一起思考并分析一下外来语"コミュニケーション（communication，交流）"吧。为此，小内一③老师编的《Teniwowa辞典》很管用。今天我斗胆推荐这部辞典，而不是文学作品。

要说现代日语中"コミュニケーション"这个词该怎么使用？人们会说"コミュニケーションをとります（得到交流）""コミュニケーションをはかります（谋求沟通）""コミュニケーションを交わします（进行交流）"。"コミュニケーション"进入日本后马上就这样使用了。我查阅了20世纪60年代到70年代的书籍，结果明白了当时已经进行创造使用我刚才说的"Collocation（惯用词组）"。那么，在使用"コミュニケーション"时，为什么偏偏不把"コミュニケーションを借りる""コミュニケーションを掛ける""コミュニケーションを売る"作为特定的连语来说呢？

我通过查辞典查阅了固定下来的许多连语，大概"コミュニ

---

① 乔治·雷科夫（George Lakoff），1941年生，美国语言学家，加利福尼亚大学伯克利分校教授，是20世纪70年代以后发展的认知语言学的提倡者之一。
② Collocation，两个以上单词的惯用组合。惯用词组。
③ 小内一，校对者。1953年生于群马县。著述有《终极版 逆查顺查日语词典 用名词和动词查阅17万句例》（1997年），《日语表达大词典 比喻和近义词33800》（2005年），《にてをは词典》（2010年）等。

ケーション"是作为"意思的沟通"这个单词来理解和使用的。只不过，要说是不是所有人最初都有这种感觉，好像也不是。70、80年代出现了"コミュニケーションを通わす（使信息流通）"这个说法。我查阅了"通わす"这个词的意思，明白了它的意思大概是从"心灵相通"这个惯用词组来的。还有些说法，像"コミュニケーションがマッチする"或"コミュニケーションがよく合う"，如果这样说会很奇怪。大概这个场合看起来"コミュニケーション"继承了"话语"这个单词的基因。

那么，现在可以说"コミュニケーション"与"意思疏通（心灵相通）"意思一样吗？想到这里，我觉得两者多少还是有语感的差异。比如，"意思疏通を作る"这个说法稍微有些不自然，但"コミュニケーションを作る（沟通信息）"这种说法好像还通用。和"コミュニケーションを結ぶ（构筑沟通）""コミュニケーションを中断する（中断沟通）""コミュニケーションを打ち切る（断绝沟通）"一样，这种场合"意思疏通（心灵相通）"不能使用。"コミュニケーション"这个单词的这种性质来自哪里呢？

借用生物学的用语来讲，虽然"コミュニケーション"和"意思疏通（心灵相通）"作为同义词开始使用了，但中途基因发生变异，还编入了其他单词的基因。这个例子是我之前刚思考的，还没有进行深入分析。我认为大概"コミュニケーション"这个词又加入了"关系"一词的基因。总之，"コミュニケーション"是从"意思疏通（心灵相通）"和"关系"两个词中产生出来的。为了确认这个推测，我再一次查阅了辞典，进一步进行了DNA检测，进行亲子鉴定。

"関係（关系）"一词可以说"构筑关系"或"断绝关系"，"コミュニケーション"也可以说"构筑"或"断绝"，"关系"的"遗传因子"还是传递到"コミュニケーション"里了。我认为，通过这种惯用语的分析来扩大"世間（社会，世人）""遠慮（客气，回避）""常識（常识）"等文化关键词的范围来进行亲子鉴定，更加接近理解这些语言中表现出来的日本人的世界观，进而在翻译可能性研究方面发挥作用。在这个意义上，这部辞典不仅可作为推敲日语的教材，在使人思考惯用词组或者概念隐喻中所见的日本人的构思时，它作为教材也可以充分进行品味。

沼野：斯洛贝是乌克兰人，毕业于基辅大学，会说乌克兰语和俄语，日语和英语也很不错，今后她会进行四国语言的比较对照研究，期待她能得出很有趣的比较结果。

在扬州缅怀鉴真的庭院里想到日本，为京都留下的古代大唐的气息而感动

沼野：下面来自中国的嘉宾有两位，首先请邵丹发言。

邵丹：我首先声明，我讲的跟前面两位的话题不同，我想根据自己的经验从文化方面谈一谈。我出生于中国扬州，大家知道中国的情况、扬州的情况吗？也许对中国情况不熟悉的人反应不过来。扬州现在只不过是中国的一个地方城市，在唐代却是数一数

二的商业都市，十分繁荣，接收了众多来自日本的遣唐使。据说当时来自日本的留学生首先渡海来到位于东边的扬州，在扬州学习唐朝语言，之后再奔赴位于西边的长安。

而且也有反向行动的。公元754年，来自扬州的和尚鉴真多次克服困难，最后东渡日本。有个说法，据说跟鉴真一起东渡到日本的是豆腐。实际上在我家后面就是供奉鉴真的大明寺。这个寺庙现在还有个日式庭院，这个庭院为缅怀鉴真，模仿了他在奈良的住处以及唐招提寺的庭院。我小时候经常在这个日式庭院里玩耍。由于我在这个环境长大，我很早就能够亲身感受到中日之间的纽带，这么说丝毫不为过。

后来，2006年我陪同日本友人拜访了长安，即现在的西安。在西安期间，我们在西安城墙上溜达时，偶然遇到一位老人。1992年日本平成天皇夫妇访问西安之际，这位老人负责当向导，他给我们讲了很多过去的回忆。据说当天皇的年号"平成"在西安博物馆的金石文①中得以确认时，天皇非常高兴。听到他的话我感到很佩服。2011年我访问了京都，感受到留在日本的古代唐朝的气息。

这种中日之间的结合也表现在文学方面。比如用汉文体写的《古事记》的开头部分，使人联想到张鷟《游仙窟》②的《源氏

---

① 古代在刀剑和青铜这类金属以及石碑上刻的文字或文章。
② 中国唐代文人张鷟写的传奇小说。主人公在旅途中误入神仙窟，受到仙女们的款待后过了一夜。用四六韵律（每句的字数以四个字或者六个字为基础的装饰性句子）美文写成，奈良时代传到日本，对日本后世的文学产生了很大影响。

物语》，或者是《怀风藻》以及其他众多汉诗集等等，简直不胜枚举。但吸引我的绝不仅仅是古代的良好时代，也包含明治维新后推进近代化的日本。近代日本以跟吸收中国文化要素时一样的积极性，学习西方文明，并持续加以洗练。结果，不仅是现代日本的生活空间和生活方式，连现代日语都采取了西式构造，变得高度混合了。我对于这种变化过程很感兴趣。

来日本之前我在大学和研究生阶段学习的是英语和翻译学，按照正常的发展路径，我应该去欧美。实际上我的同学里面有很多这样做了。不过，因为我一直以来被日本吸引，所以我就随着自己的内心来到日本。那是2011年4月，东日本大地震过后仅仅一个月。最近读的书里有比较喜欢的语句，是"另辟蹊径，别有洞天"。现在回想一下，当时我走上日本研究的道路确实是"另辟蹊径，别有洞天"，是改变人生道路的一次重大选择。来日本留学感觉像是挖到了宝藏。

最后我也想向大家推荐一本书，这本书是谷崎润一郎的作品《钥匙》。对于谷崎润一郎的优秀，刚才莱安·莫里森有过详细介绍，所以我关于谷崎的话题在此省略。只不过作为补充，正好在本月（2016年2月）9日由中央公论新社发行了包括《乱菊物语》《盲人物语》在内的《谷崎润一郎全集》的第15卷。而且仅仅两天后池泽夏树个人编辑的《日本文学全集》（河出书房新社）的谷崎润一郎卷也出版了。所以，这个月确实可以说是谷崎及其作品备受瞩目的月份。

研究文学的立场主要以作品为病例来观看，也就是说按照弗洛伊德的风格寻求某一个方向的解释，我不知道莱安怎么想的啊，我读谷崎作品的时候总是被他作品本身所吸引，感到喜悦，我想让大家也感受一下这种喜悦，我推荐《钥匙》这部作品。

沼野：邵丹今天为我们推荐了谷崎。当然除此之外她还对很多文学作品感到亲切，像桥本治和村上春树的作品她也经常阅读。最近关于和村上作品的邂逅她接受了电视采访。

从"あ"行开始的乱读，读到"こ"行时发现了小岛信夫的名字

沼野：那么下面请另一位来自中国的留学生郑重来发言。

郑重：今天来这里之前，沼野教授给我发了 E-mail，说不是学术研讨会，不需要太多的准备，简单说一说就可以的。可是过来一看，大家都拿着稿子。大家说的内容都跟学会发表一样，水平很高，我感觉自己受骗了。我经常梦见自己去参加晚会，别人对我说穿便装就好了，到了晚会一看，大家都穿着晚礼服或女礼服，再看自己的打扮，是穿着成套睡衣来的。现在我的心情跟梦中的自己一样。

还有一点，就在刚才沼野老师让我讲一下日本文学的话题，而且时间只有五分钟。如果说太多多余的话，五分钟很快就过去了。没办法，那里不是写着有关人员席吗？而且研讨会开始前的休息时间里我把想说的话列了要点，我暂且稍微说明一下为什么我在这个场合吧。

我根本不是因为受日本文学和日本文化吸引而留学的。在中国高中毕业后，我既没有升学也没有就职，和当地的朋友结伴，成天无所事事，依靠父母生活。自己没有任何罪恶感。父母似乎很担心我，跑到算卦的那里问："我们家孩子该怎么办才好呢？"我稍微辩解一下啊，现在或许已经改变了，当时中国实行独生子女政策。不仅我们家，周围家庭也都是独生子女，独生子女都是受父母溺爱长大的。中国上海是个不错的城市，经济富裕的人很多，而且大家都刚刚经历过"文革"，比起教育首先是溺爱。我也十分受溺爱，成了不中用孩子的范本。算命先生说了些什么我也不知道，父母回来后跟我说："你去日本留学吗？"可能是说了风水啦什么的，说出了应该去的方位吧。说应该去东边，不清楚怎么回事。

正好那个时候在当地的朋友中间流行"X-JAPAN"①，大家知道这个吗？周围的人将头发染成黑色，鼻子上穿着鼻环，身上文着骷髅文身，这类人增加很多。这种流行的源头可从日本寻得，人们认为这种打扮很酷。那时是父母找算命先生商量，决定出钱让我去日本，于是我就来日本了。

当时，我的日语只知道"X-JAPAN"的歌词，那个歌词全是些鲜血呀什么的，全无用处，也没有朋友，不知道怎么办才好。我去了日语学校，授课很无聊，同学们都抱有志向来日本的，所以我不习惯，上了两天学就不去了。所以刚开始时我在街上徘徊，从外表看我的面庞是亚洲人，大家也不知道我不会日语。稍微有人跟我打个招呼，我会一头雾水，对方满脸惊讶，我讨厌这样子，几乎不离开出租屋周围。

---

① 日本著名重金属乐队，视觉系摇滚乐队，成立于1982年1月。

我住在荒川区的町屋那里，住处附近有个大的公园，旁边有个三层公寓，公寓的二层有一间是区立图书馆。图书馆规模只有那么大，里面漫画书和文库本很多。反正在家里也无所事事，我一整天去公园打篮球什么的，打完球后去图书馆看书。最初看漫画，里面有什么漫画书来着？我感觉我确实在那里看过柘植义春的漫画全集。还有冈崎京子、杉浦日向子等漫画家稍微有些奇特的漫画。有没有手冢治虫的呢？大概看过一遍。我觉得我要看一些文字图书了，但我不知道该从何处读起，就暂且决定从文库本的架子上，从最边上的"あ"行①的书开始读起。我心想谁的书在架子上放得多，谁的书就好，我从书多的作者读起。所以"あ"行的话，首先是读赤川次郎和绫辻行人这些人的书，感觉在这里也是第一次读阿佐田哲也的《麻雀放浪记》。最先读的是赤川次郎的书吧。有叫作"三姐妹侦探团系列"和"三毛猫福尔摩斯系列"。"三姐妹侦探团系列"我应该是看过10册。在阅读的过程中，我开始阅读我关心的作家的作品，渐渐不按五十音图的顺序阅读了。芥川等作家的作品当然也看了。今天我想谈一下纯文学的话题，刚才做了点笔记。

原本是要求推荐一本书。我现在专攻的是战后的日本文学，如果从中只推荐一名作家的话，我推荐深泽七郎。特别是听说今天来了很多年轻人，所以我最想推荐的是《东京的王子们》（中央公论社。1959年，后收入新潮文库《楢山节考》）这部小说。

---

① 指按照作家名的五十音图顺序排列，按照首字母的"あかさたなはまやらわ"顺序。

描写的基本上是昭和30年代的男高中生们的日常生活，他们常去爵士咖啡馆和年轻女孩子约会。《东京的王子们》里有这样的场面：途中在朋友家的二楼放着艾尔维斯的唱片，无意中读了一本虚构的书，书名叫《原子弹的实验与实在》。我引用一下书的内容："通过破坏原子核而产生能量，不是破坏，能量变为速度，放射能也是速度。"上面写着些不太明白的事情。可能是意识形态无缝隙可入，我认为以这种形式来处理"原子弹"的小说除了这个时代没有其他的了。

然后还有一本书是我翻译的，我今天带来了。是这本书，这本书叫《陆犯焉识》。刚才说的是上海的事情。这本书的时代是战前，像我一样真的什么也不会的男子出生于这样一个环境，读过之后会很明白了。是这样一个故事。这是女作家写的作品，男主人公可爱得无与伦比，这种感觉全面表现出来。这部作品还具有少女漫画的特色，很有趣。我想中国人都溺爱孩子，今天就把这本书拿来了……是这样一个故事。

沼野：今天让大家推荐的书原则上是让外国研究者举出那些看到后觉得有趣的日本文学作品。但是郑重推荐了自己翻译的书。这是个很了不起的话题，如果说他把某个作品由日语翻译成中文的话，那作品我们还是知道的，但《陆犯焉识》是他由中文译成日语的书。郑重后来还把成龙的自传译成了日语，是《永远的少年——成龙自传》（宝石社，2016年）。刚才他的话语中关于图书馆的部分，因为空闲，从"あ"行开始按照顺序来读作家的作品。说实在的，他说的是真的吗，我有些怀疑。哎呀，我姑且算相信了,好像郑重从赤川次郎不断地阅读,至少读到了"こ"行作家。在那个图书馆他遇到小岛信夫这个作家的作品,现在小岛信夫成为他学术研究的主题。今天的话题归根结底没走到"こ"行。

无法从模仿日本人说日语这件事中解放自己

沼野:那么,今天出场者很多,我们赶赶进度。下面请来自哈萨克斯坦的乌森·博塔格斯发言,有请。

乌森·博塔格斯:我现在在现代文艺理论研究室攻读博士课程,来自哈萨克斯坦。作为留学生,经常有人问我为什么会走上日本研究这条路。和大家不同,我没有那么有趣的故事。我上的哈萨克斯坦的大学里有东语系,在那里选择了一种亚洲语言,即选择了亚洲研究这个领域开始学习日语的。

在东语系能够学习的亚洲语言中,当时日语很稀罕,一般是哈萨克斯坦的其他大学学不到的语言。东语系的日语学科也是刚刚成立,专攻日语的专家不多,所以我首先被学日语的人很多这个情况吸引,决定学习日语了。日语学科是新成立的,教科书和书籍很少,比如日语教科书只有一本,大家都复印着学习。最初没有本土的日语老师,后来也只有一位老师,留学机会也不多,做梦也没想到有一天能来日本。当时我碰巧遇到了来哈萨克斯坦玩儿的日本人,如果稍微能够用日语交谈的话会很幸运。当时在哈萨克斯坦,日语和日本人十分稀罕。很少见日语书籍和日本人,这也许对我来说反而有些刺激。

我本来就喜欢读书，关于文学，在我学习日语的时候我也梦想有朝一日能用日语读懂日本文学。对我来说，日本文学的妙趣在于它具有漫长的历史，而且日语作为语言在漫长的历史中发生了各种变化。

按照我的想法，日本文学的重大特征是，它作为亚洲文学具有漫长的历史，但明治时期又受到欧洲很大的影响。在这个意义上我认为日本文学是亚洲和欧洲文化的混合产物。所以，通过这种外来的影响，日语作为语言也发生了很大的变化。

比如，古典就不用说了，将一百年前樋口一叶的作品翻译成现代日语就十分有趣。虽然是同一种语言，可是随着时代的变化，日语也发生了难以让人理解的变化。这种现象大概是日语中仅有吧。当然随着时代的发展任何语言都会产生变化，在一百年这个比较短的时间里，书面语言发生了巨大变化，我认为这个历史现象是日本独特的现象。

跟俄罗斯文学相比，两百年前普希金的俄语跟现在的俄语没有大的变化，哈萨克斯坦的文学，两百年前用哈萨克语写的文学和现在的哈萨克语也没什么变化。我认为通过时代和社会的变化，日语吸收了各种知识和文体，结果成为很丰富的语言。不用说，在拥有丰富语言的国家，其文学的可能性也会扩展。

保持着亚洲和欧洲两方面的影响，又不失自身的独创性，这样来创作自己国家的文学，这种做法特别对于现在的哈萨克斯坦而言是个非常重要的课题。日本将亚洲和欧洲的睿智进行调和，我认为日本文学和日本的历史经验中有很多值得哈萨克斯坦学习的。哈萨克斯坦是1991年独立的，只有25年时间，现在有一个重要课题,即从俄语的影响中解放出来,创作哈萨克斯坦自己的文学,同时还保持好居住在哈萨克斯坦各民族的共同语言——俄语。也就是说,如果同时保持好哈萨克语和俄语的话,哈萨克斯坦的文学范围也会扩展。在两种语言的影响下,文学的可能性也会扩展。在创作本国文学这个意义上,我认为我们有很多地方需要学习日本的经验。

我在现代文学理论研究室研究的是太宰治。太宰治的小说里,我最先读的是《维荣的妻子》这部短篇小说。男性作家站在女性的视角书写,而且将女性的感情很好地进行了传达,当时这种印象相当强烈。所以今天我推荐一本书,我想推荐太宰治用"女性的独白体"写的短篇集《女生徒》。

在太宰治研究中,"女性的独白体"是一个重要的主题。太宰治文学分为前期、中期和后期三个时期。其中前期没有用女性独白形式写的作品,是在中期以后出现的。前期的太宰治致力于实验性文学,比如最初的短篇集《晚年》,从其题目来说,在文学上刚出道的太宰治已经发表了晚年的作品。在二元对立的意义上,这个作品具有很强的实验性。

据说太宰治在这个叫作《晚年》的作品集里想把自己要说的全部说完,在某种意义上他极尽语言和文体的可能性,达到了语言和文体的极限。于是当他找到新的文体想重新建立自己的文学时,对于太宰治而言,"女性的独白体"成为最适合传递他自己的感情和故事的文体。

要说为什么有必要从女性的视角来讲述,其中有各种解释。最简洁的解释是,太宰治因自杀未遂或者药物中毒问题而经历了痛苦。在当时的日本社会，他是失败者，是弱者。所以他用同样处于弱者立场的女性视角讲述故事来表达自我。这算是个很简单的解释，也就是说，"女性的独白体"对于太宰治来说可以说是文学的转换之策，同时也是恢复之策。而且在俄罗斯文学中，太宰治特别受契诃夫的影响，尝试模仿契诃夫的短篇或戏剧，还以其他作家的日记或者书简为基础，对此进行改编，从而创作出新的故事，这是太宰治文学的主要特征。所以我认为，太宰治的出色之处不仅在于他采用各种方法、文体、形式创作了实验性的文学，他还在各种形式和文体中不失自己的风格和独特的声音，即他的出色之处在于在不失独创性的前提下表现了自我。

最后我想指出一点。太宰治用女性的视角讲述时，他仍然在模仿女性。在模仿别人时，使用自己用不习惯的他者的语言来讲述，跟学外语时的体验很相似。这是我自己的经验啊。最初我每次讲外语，感觉像是模仿在某个地方听过的本土语言。所以，如果不模仿而能够清楚地表达自己的想法，这意味着他的语言已经达到本土语言的水准了。

我和日语的接触时间较长，已经十多年了，但是还处于模仿阶段。即便太宰治用女性的视角讲述，他也无法从作为男性的存在和作为男性的视角中解放自己。即便是现在，我也无法从模仿日本人说日语中把自己解放出来。通过掌握他者的言语可以变成他者吗？这个观点很有意思。所以请大家务必从这个观点出发阅读一下太宰治的实验性文体。

沼野：听了刚才的话，我觉得博塔格斯的意思是说，用哈萨克语说话时跟用俄语、日语说话时肯定在某些地方会产生人格的不同。顺便说一下，乌森·博塔格斯会说俄语和哈萨克语两种语言，而且日语和英语也很好。她运用多语言能力，即所谓变身为多重人格来进行比较文学的研究。

不是着陆而是自己朝向某处前进的心情，关心这个过程中存在的事物

沼野：接下来我们进度快一点。下面请来自韩国的孙亨准发言。

孙亨准：我是刚才沼野老师介绍的孙亨准，在现代文艺理论研究室攻读博士课程。是来自韩国的留学生。我想以我自己在韩国感受到的日本文化为基础，就自己的研究讲上几句。韩国对日本文化的解禁是以2002年举办足球世界杯为界限开始的。实际上从2001年开始一点点解禁了。由于历史问题和各种各样的限制，当时音乐、漫画和电影也理所当然受到法理上的限制。但是，令人不可思议的是，日本文学书籍虽谈不上全面热销，但在书店里知名作家的书都有卖的。夏目漱石和川端康成的书是考大学时的必读书。我记得上高中时，村上春树和村上龙这两个村上在年轻人中间非常流行。所以学生之间经常互有这样的提问："你是哪个村上派？"

即便如此，在当时仍不能够尽情欣赏日本文化和日本文学。说起日本的东西，首先有很多人进行否定的。而且由于历史原因，欣赏日本文化一定会带有某种程度的罪恶感，虽然日本文化距离我们不是很近，是一种隐藏在后面的存在，非常遥远且不可

思议。但是，正因为如此我才胆战心惊地开始接触日语的。日语带给我复杂的情感，同时它也是很有魅力的。

我进小学之前在距离日本最近的釜山生活了三年，我第一次接触日语是通过釜山书店的很多书籍接触的。我非常喜欢位于港口靠近黑市的旧书店街。我在那里接触到很多乘船漂洋过海来到釜山的书、唱片和录音磁带，虽然这些东西谈不上十分合法。从母亲那里要了零花钱后，我去买这些散落在船底的书籍、唱片、磁带等，这是我最大的乐趣。这些东西很脏，妈妈甚至错认为它们是垃圾，差点扔掉。当时我也搞不清这些东西是哪里来的，我当时没见过这样的书，也无法猜测这是什么书。我模仿着这些散落在船底的奇怪的书，毫不掩饰自己的激动眺望着大海。海的那边有什么呢？捕捉不到，也没有联系。不过由于自己心中的某种思绪，我想去海外看一看的心情渐渐增强。和憧憬有点不同，只是觉得很不可思议。那众多未知字母的魅力深深地吸引着我，我陷入自己开创的世界和空间之中。

我大学学的专业是哲学。哲学可以扩展人们看待世界的视野。不过，比起哲学来，不知为何我被哲学理论中各种各样的外语所吸引，大学时代除了必修科目之外，我选了德语、法语等多个外语课程。那时候第一次记住了日语平假名和片假名。而且我大学毕业时有个想法，想去能说不同语言的国家，不管是去哪里，总之什么都行。那时碰巧由于父亲工作的关系，我来日本留学了。

来日本留学真是偶然。我在日本遇到了"文学"。实际上我之前对于文学不太感兴趣，现在也不太感兴趣，文学的事情不太懂。碰巧留学时知道了作家多和田叶子,她既懂德语也会日语。我被她那标题是《扔到大海的名字》(新潮社,2006年)这部作品吸引了,所以真是很多偶然凑在一起了,能走到今天也是偶然导致的结果。

不过,知道了多和田叶子之后,我马上决定停止留学,就回国了。回到韩国我读着《扔到大海的名字》,从这个莫名其妙的书中感受到一种紧张感和兴奋。是那种在海上悠闲地漂着,不知目的地是哪里,也不知自己身在何处的紧张感和兴奋。此外,我知道了不管是事物还是人类,拥有名字很危险,相反失去名字会很舒畅。自己的名字、自己的国家、自己的母语和自己的性别等等是由某个人决定的,这成为一个契机,这个契机使人回首决定自己一切的所有语言。当以前认为理所当然的所有一切不再理所当然的那一瞬间,那种体验对于自己而言是非常触动的。

但是,因为当时多和田叶子的作品在韩国没有翻译,我就想尝试着翻译和研究一下。但是遇到了难题,不知从哪里开展。文学研究是按照国家分类的,这是现状。多和田叶子的文学既谈不上是德国文学也不算是日本文学,感觉没有一个来研究她文学的研究室。那时我很偶然地知道了现代文艺理论研究室,于是我又回到了日本。这个研究室以越境的观点为研究基点,与现代文艺理论研究室的相遇成为我进行文学研究的最初契机。而且文学给了我向前方不断行进的力量。

现在我在做多和田叶子的研究,主题是文学中的声音。多和田叶子以两种语言创作了多部作品,同时她发挥了在现代社会往往容易丧失的"亲身体验性",积极进行朗读活动。不怕跨越国境的作家不拒绝跨越领域，和各种各样的艺术家们一起演出，在世界各地飞来飞去，同时很活跃地进行着文学创作。

我原本就被她的越境所迷倒，为了写博士论文，我不仅拿着纸和铅笔，还拿着摄像机到世界各地的文学现场，去拍摄充满"亲身体验性"的朗读演出。今年（2016年）1月份，我去参加了在印度斋普尔举行的世界最大规模的文学庆典，下个月我要去拍摄在美国各地举行的朗读表演。今年一整年我打算到各个国家进行拍摄。我打算找个时间以拍摄的内容为基础制作一部关于世界文学的纪录片电影。

通过文学我跨越海洋飞向世界。不是到达了某种高度或到了某个地方，而是面向某种事物或某个地方的心情及过程，还有对于存在于其中事物的某种关心是始于文学的，文学把我跟世界联系在一起了。我不太懂得文学，讲的全是个人的情况，很惶恐。这是我所体验的世界与日本，还有文学。很不成熟，今后我打算跨越世界进行研究。

沼野：就像刚才的谈话中说的那样，孙亨准现在对于表演很感兴趣，在世界各地飞来飞去。特别是在个人关系上跟多和田叶子很亲近，一起做了很多活动。

在此我做一个研究室的宣传。现代文艺理论研究室出版一本杂志叫《不易腐蚀》，每年出一期。现在准备出版的第六期，孙亨准投了一篇关于多和田叶子的研究稿子。这是关于多和田叶子毕业论文的内容。实际上多和田叶子是早稻田大学俄国文学专业毕业的，她写的毕业论文很棒，是关于女诗人阿赫玛杜琳娜的论文。这件事之前没有人公开过，谁都不知道。小孙从多和田那里看到了这个毕业论文，在此基础上写了论文，而且打算将多和田叶子的毕业论文的一部分作为附录进行收录。我认为这在探索多和田叶子这位作家不为人知的原点上是贵重的资料。《不易腐蚀》的下一期出版后，有兴趣的请一定要看一下。（注：《不易腐蚀》第六号特辑　俄罗斯中东欧，2016年3月刊行了）。

另外，《不易腐蚀》在"Utokyo Repository"这个东京大学的数据库里公开，可以在网页上阅读全文。

能发现完美无瑕的瞬间美，是因为读了俳句

沼野：时间已经很晚了，下面有请来自波兰的留学生艾尔吉维塔·科罗娜发言。

艾尔吉维塔·科罗娜：谢谢！听了各位前辈的精彩发言，我觉得我现在处境艰难，但我还是想努力一下。

我叫艾尔吉维塔·科罗娜，生于波兰，毕业于华沙大学的日语专业。东京大学的硕士研究生，现在是硕士一年级。

我们日语专业的学生经常被人追问为什么选日语，为什么选日语专业。我的情况呢，初中的时候喜欢日语的语音，契机是朋友借给我的磁带里有录好的日语流行歌曲。"X-JAPAN""GACKT"[①] "Porno Graffitti"[②] 等曲子中第一次听到日语语言。

[①] 指日本视觉系艺人，演员神威乐斗，1955年出道。
[②] 歌手Extreme演唱歌曲，曲名来自和制英语"Porno Graffitti（色情涂鸦）"。

日语和波兰语的区别很大，这不用多说。波兰语里面堆积了很多子音。与此不同，日语母音多，其旋律美妙地传递到我的耳鼓。喜欢的曲子会听很多遍，不知不觉中就记住了歌词。我以一种忘我的状态拼命地比较歌词原文和英文翻译，想要解答日语的声音美妙之谜。

我再一次实际感受到日语的音很美，是在接触日本俳句的时候。会鉴赏俳句之前我走了很远的路。实际上，我与俳句的最初邂逅是通过波兰语译文。松尾芭蕉、与谢芜村、小林一茶、正冈子规的俳句于20世纪初开始译成波兰语，在翻译的影响下，波兰文学产生了"俳句"这个新的种类。

在翻译过程中保持音与内容，形式与意象的精巧平衡，这是很难的。有很多译者不断反复摸索，尝试将日语的美妙之处译成波兰语。另外，既有创作五七五音节的俳句诗人，也有些诗人吟咏前卫的俳句，比起韵律来更优先考虑简洁性。

但是，对于还不成熟的我来说，即便读了俳句还是觉得过于短小，我认为有些不足。我习惯了波兰语浪漫主义时代创作的豪壮的诗歌，对我来说俳句的妙趣是很难解开的谜。

后来的一次温泉旅行居然告诉了我俳句的妙趣。来日本之前我完全不知道为什么日本人喜欢花那么长时间泡在热水里。长时间坐在热水里，难道皮肤不会皱皱巴巴的吗，身体也会疲劳吧，也会头晕吧。但是，我的第一次日本温泉体验不仅是娱乐的体验，更是一次美学的、宝贵的体验，这一点我根本没想到。

那是四年前的事了。我留学住在东京。过年时受大学的朋友邀约，一起去了朋友的老家——松本。东京几乎不下雪，松本与东京不同，当时的松本被皑皑白雪覆盖，山上的景色别具魅力。于是，我们决定晚上去泡温泉。首先在屋内的浴室洗好身体，然后泡在放在外面的大木桶里。寒冷的冬夜，外面气温零下8摄氏度，但坐在热水里的心情十分舒畅。月光安稳地照着水面、白雪和我们的肌肤，竹篱笆旁边开着红色山茶花。正在这时从夜空中飘飘洒洒下起了雪，这样的景色组合很少见吧。我心想，如何才能将那一瞬间的感动传递给其他人呢，我第一次感到"要是会创作俳句就好了"。

但是，能注意到那一瞬间的完美无瑕，原本就是因为读了俳句的缘故。之所以这么说，是因为俳句给了这一特别的瞬间和极其日常的风景以新的框架，将这一瞬间的事情琢磨得像宝石一样。抓住无常人生的一瞬间，像沉在琥珀里的虫子一样，可以给周围提供美丽的光泽。也就是说，通过采用俳句这种形式，自己的心绪会变成给他者的刺激。这种刺激传递给他者，会呼唤起更进一步的联想。

所以我想更多地了解俳句，今天把我要推荐的书拿来了。这本书的题目是《子规句集》（创风社出版，2004年），是可以慢慢品味正冈子规俳句的一本书。俳句诗人坪内稔典和小西昭夫选了子归一百首俳句。不仅可以鉴赏各个作品的魅力，还包括被选出来的鉴赏者的解说和介绍子规人生的随笔。所以，这本书可以一边读俳句一边加深对正冈子规的知识，通过俳句来更好地了解子规。而且通过正冈子规还可以知道日本方方面面的知识。

如果要举出子规喜欢的俳句，那么我最先想起来的是这两首，"柿くへば 鐘が鳴るなり 法隆寺（憩所食甜柿，报时钟声

忽想起，秋漫法隆寺）""菜の花の中に道有り一軒家（绿色菜花田，一条小路现中间，房子在路边）"。俳句中描写的景色像是看电影一般，一帧接一帧浮现在眼前。但是，即便是正冈子规的俳句具有刺激性，我眼前的风景却屡屡变为波兰的风景。读了子规的"菜花"俳句，感觉故乡油菜花的风景扩展在眼前了。托子规的福，日本和波兰的景色在我眼里重叠了。

我打算找个时间将子规的俳句译成波兰语。说真的，有很多地方译不出来。比如，我喜欢的一首俳句"梅雨晴や 所々に 蟻の道（梅雨突放晴，阳光庭院照湿地，蚁道处处明）"，里面的"梅雨晴（梅雨放晴）"，几乎是不可能用一句话将这个季语译成波兰语。波兰的俳句不会成为跟日语百分百一样的俳句。但是，只要刺激了波兰语读者们的想象力，我觉得就有翻译的价值。很多俳句被译成波兰语了，也有不少俳句在波兰吟咏，这些俳句既有波兰语的特色，也有崭新的魅力。如果说所谓世界文学就是跨越语言和文化的壁垒，给世界的人们造成影响的文学，那么子规的俳句集和整个俳句文学肯定是世界文学的一部分。俳句的翻译成为一种刺激，致使波兰文学和波兰的俳句爱好者都发生了改变。

如果哪一位想从新的角度看待世界，那么我劝你读一读日语的俳句和外国人写的"haiku（俳句）"。我期望大家无论如何也要在世界文学里发现自己想解的谜。

沼野：谢谢！日本人都知道波兰这个国家，但是实际接触的人很少，也许我们还不熟悉波兰。实际上艾尔吉维塔·科罗娜毕业的华沙大学在欧洲也是以日本学研究水平高而著称，东京大学和华沙大学之间签订了学术交流协定。根据此协定，虽然人数不多，两校之间长年坚持研究人员和留学生的互换。由于这个原因，在此之前现代文艺理论研究室已接收了很多来自华沙大学的留学生，留过学的后来成为研究人员或者成为大使馆官员，在多个领域活跃着，成为日本和波兰文化交流的重要力量。

刚才我们请七名留学生进行了发言。很遗憾回答问题的时间所剩无几了，但至少还是回答一个问题吧。

提问者1：我想问孙亨准一个问题。您对身体性很关心，在世界各地用摄像机拍摄多和田叶子朗读的样子。我认为歌曲和弹唱等表演也是用语言和身体性来表达的表演。关于朗读以外的语言和身体相结合的表演，如果有什么的话，希望告知。

孙亨准：原本我想做朗读研究的契机是因为自己有一个疑问。在现在的社会，文学严重被视听觉所束缚。说起文学，很多人的印象是读书和读文字，但实际上在文字产生之前物语就存在，大家都通过声音来传递物语。于是我产生了一个疑问，文学中的声音是个什么东西？我原本做的不是表演的研究，而是在文学中意识到声音的存在，我现在做的研究是关于声音是如何被接受的。我还不知道关于其他方面的表演，也还是像科罗娜说的那样，我认为俳句是那样的艺术。

沼野：谢谢。已经很晚了，我想大家还有很多问题要问的。第二部分的研讨就到这里。

我作为教师虽然不能说自己很好地指导了这些留学生，但他们的日语很棒，他们关于日本文学作品进行了很出色的发言，弄不好这些作品我也没读过。听了他们的发言，我觉得自己也必须要多多阅读、多多学习了，这方面我很高兴。另一方面，我当然也指导了很多本国的本科生和硕士生，所以我想鼓励他们说："你们作为日本人也要更加努力，要像他们一样把外语说得这么好，不然可不行呀。"不，最重要的首先应该是自我鼓励。

我在第一部分的开头说过，我认为今天是"从日本到世界"和"从世界到日本"这两个方向完全相反的目光巧妙地构成了交流，对彼此而言是一个很刺激的场合。各位，今天的研讨时间很长，谢谢大家了！

后记
——完成二十六次对谈之后

我们邀请到各种嘉宾，我作为主持人举办了"通过对话学习'世界文学'连续讲义"这一对谈活动，第一次对话活动是在2009年11月，距今已经七年多了。值得纪念的最初的嘉宾是利比·英雄。那时候没想到这个系列讲义的对谈活动会持续这么长时间。而且我们花七年时间进行了二十六次对谈，总共出了五本日版书。

再一次向关照我们的各位表示感谢，通过这五本日版书，我们提出了文学方面的哪些侧面、哪些问题和哪些可能性呢？为了重新审视这些问题，请允许我将之前的对话主题和嘉宾的名字进行列举。

《文学构筑世界——通过对话学习"世界文学"连续讲义》(2012年1月刊)

1. 利比·英雄 "跨境文学的冒险"
2. 平野启一郎 "飞越国境和时代"
3. 罗伯特·坎贝尔 "来自'J文学'的邀请"
4. 饭野友幸 "读诗，听诗"
5. 龟山郁夫 "在现代日本重新发现陀思妥耶夫斯基"

《构筑世界的还是文学——通过对话学习"世界文学"连续讲义2》（2013年11月刊）
1. 龟山郁夫 "重新思考陀思妥耶夫斯基"
2. 野崎欢 "'美丽的法语'将去向"
3. 都甲幸治 "作为'世界文学'开端的美国文学"
4. 绵矢莉莎 "在太宰治和陀思妥耶夫斯基的作品中都能感受到的某种相同的气息"
5. 杨逸 "以日本语，写中国心"
6. 多和田叶子 "走到母语之外的旅行"

《即便如此，还是文学构筑世界——通过对话学习"世界文学"连续讲义3》（2015年3月刊）
1. 加贺乙彦 "现在重新思考——'文学'是什么"
2. 谷川俊太郎、田原 "诗的翻译有可能吗"
3. 辻原登 "带我走进'世界文学'"
4. 罗杰·裴费斯 "惊人的日语、出色的俄语——视线超越地平线"
5. 阿瑟·比纳德 "怀疑语言，用语言抗争"

《8岁到80岁的世界文学入门——通过对话学习"世界文学"连续讲义4》（2016年8月刊）

1. 池泽夏树"当下只有文学才能做到的事"
2. 小川洋子"人，总是需要故事的"
3. 青山南"孩子和绘本告诉我的事情"
4. 岸本佐知子"我的兴奋点在召唤美国现代小说"
5. 迈克尔·埃默里奇"外国人眼中的日本现代文学"

《总之，读书是冒险——通过对话学习"世界文学"连续讲义5》（2017年3月刊）

1. 川上弘美、小野实"'我与文学'——流畅、热爱，充满甘苦"
2. 小野正嗣"从木兰花的庭院走出——文学的未来会怎样？"
3. 张竞"作为世界文学的东亚文学——中日文学交流的现状"
4. 茨维塔娜·克里斯特娃"费尽心思的日语——讲述短歌系文学"
5. 研讨会"世界文学和它愉快的伙伴们"

第一部分的"从日本到世界"演讲嘉宾　柳原孝敦、阿部贤一、龟田真澄、奈仓有里

第二部分的"从世界到日本"演讲嘉宾　莱安·莫里森、比亚切斯拉布·斯洛贝、邵丹、郑重、乌森·博塔格斯、孙亨准、艾尔吉维塔·科罗娜。

遇到很多人，大家交流了很多事，读了很多书。即便如此也不可能说就说到此为止了，这就是世界文学，人生也是如此。

后记

本书所刊载的对谈内容以下面的活动为基础构成。

● 川上弘美 2016 年 1 月 31 日 "'我与文学'——流畅、热爱，充满甘苦"（东京大学法文 2 号馆文学部第一大教室）

● 小野正嗣 2016 年 2 月 27 日 "从木兰花的庭院走出——文学的未来会怎样？"（御茶水阳光城露台房间）

● 张竞 2015 年 11 月 28 日 "漂洋过海的日本文学——现今的中日文学交流"（东京大学法文 1 号馆文学部 113 教室）

● 茨维塔娜·克里斯特娃 2015 年 11 月 30 日 "费尽心思的日语——讲述短诗类文学的魅力"（东京大学研究生院人文社会系研究科现代文艺论研究室举办的公开讲座）（东京大学法文 1 号馆 216 教室）

以上四个对谈全部由一般财团法人出版文化产业振兴财团（JPIC）主办／"文学构筑世界——从十岁开始会遇到的文学翻译的向导（新·世界文学入门）和沼野教授理解世界的日本，日本的世界"系列

● 研讨会 2016 年 2 月 28 日 "世界文学和它愉快的伙伴们"第一和第二部分（东京大学法文 2 号馆文学部第一大教室）

这个研讨会是一般财团法人出版文化产业振兴财团（JPIC）主办，由东京大学研究生院人文社会系研究科现代文艺论研究室策划并实施。

© Mitsuyoshi Numano[2017]
Editorial Cooperation: Tetsuo Konno
All rights reserved.
Original Japanese edition published by Kobunsha Co., Ltd.
Publishing rights for Simplified Chinese character arranged with Kobunsha Co., Ltd. through KODANSHA LTD., Tokyo and KODANSHA BEIJING CULTURE LTD. Beijing, China.
本书简体中文版权为浙江文艺出版社独有。
版权合同登记号：图字：11-2018-439号

图书在版编目（CIP）数据

东大教授世界文学讲义.5/（日）沼野充义编著；李先瑞译.—杭州：浙江文艺出版社，2021.7
ISBN 978-7-5339-6529-7

Ⅰ.①东… Ⅱ.①沼… ②李… Ⅲ.①世界文学—文学研究 Ⅳ.①I106

中国版本图书馆CIP数据核字（2021）第114715号

统筹策划	柳明晔
责任编辑	邵　劼
责任印制	吴春娟
封面设计	人马艺术设计·储平
营销编辑	张恩惠
数字编辑	姜梦冉

东大教授世界文学讲义5
[日]沼野充义 编著 李先瑞 译

出版发行	浙江文艺出版社
地　址	杭州市体育场路347号
邮　编	310006
电　话	0571-85176953（总编办） 0571-85152727（市场部）
制　版	浙江新华图文制作有限公司
印　刷	杭州富春印务有限公司
开　本	850毫米×1168毫米　1/32
字　数	223千字
印　张	10
插　页	6
版　次	2021年7月第1版
印　次	2021年7月第1次印刷
书　号	ISBN 978-7-5339-6529-7
定　价	86.00元

版权所有　侵权必究
（如有印装质量问题，影响阅读，请与市场部联系调换）